日本古典文学全集・内容綜覧 第Ⅱ期
付・作家名索引

日外アソシエーツ

Index to the Contents of The Collections of Japanese Classical Literature

II

Table-of-contents Index

with Author Index

Compiled by

Nichigai Associates, Inc.

©2019 by Nichigai Associates, Inc.

Printed in Japan

本書はディジタルデータでご利用いただくことができます。詳細はお問い合わせください。

●編集スタッフ● 松本 裕加／岡田 真弓／新西 陽菜

刊行にあたって

　長い年月にわたって先人から受け継がれてきた古典文学作品は、日本人共通の財産である。2019年には、日本に現存する最古の歌集「万葉集」を典拠として新元号が「令和」に決まり、日本古典に改めて注目が集まった。千年の時を経てなお版を重ね、新訳の出版もなされている「源氏物語」や、演劇や映像で何度もとりあげられている「南総里見八犬伝」のように今日でも親しまれている作品も多い。

　本書は日本の古典文学全集の内容を一覧・検索できる索引ツールとして2005年4月に刊行した「日本古典文学全集 内容綜覧 付・作家名索引」「同 作品名綜覧」の継続版である。古典文学は時代も分野も幅広く、全集も総合全集のほか、時代別、作家別、テーマ別など多種多様な内容で刊行されている。また収録作品の違いのほか、注、訳文、解説類によっても特色がある。それだけに全集内容を一覧し、作家名や作品名から収載全集を検索できるツールが大きな役割を果たすものと期待される。また、近世以前の古典文学作品を対象とした本書と小社刊「現代日本文学綜覧」シリーズを合わせると、古代から現代までの日本文学作品を収めたすべての全集の内容を調べることができる。

　本書では、前版刊行後に完結した全集をはじめとした84種930冊を調査・収録した。各巻の目次細目を一覧できる内容綜覧、作品名から収載全集を調べられる作品名綜覧の2冊構成とし、内容綜覧の巻末には原作者や校注者・訳者・解説の著者から検索できる作家名索引を付した。また作品名綜覧の後半では解説・資料類を時代別に作家名やテーマごとに検索できるようにした。

　編集にあたっては誤りや遺漏のないように努めたが、至らぬ点もあろうかと思われる。お気づきの点はご教示いただければ幸いである。本書が「現代日本文学綜覧」シリーズ同様、文学を愛好する方々をはじめ、図書館や研究機関等で広く活用されることを願っている。

2019年9月

　　　　　　　　　　　　　　　　　　　　　　　　日外アソシエーツ

凡　例

1. 本書の内容

　　本書は、国内で刊行された日本の古典文学作品を主に収録した全集の内容細目集である。

2. 収録対象

　　2005（平成17）年以降に刊行が完結した全集、および刊行中で全巻構成が判明しているものを原則として収録した（2019年8月刊行まで）。なお、2004年以前に刊行されたもので前版に収録されなかった全集も含んでいる。また、前版収録全集のうち2005年以降に刊行された巻を補遺として収録した。影印（写真版）を主とする全集は対象外とした。収録数は、全集84種930冊である。

3. 排　列

　　全集名の読みの五十音順とし、同一全集の中は巻数順（巻数がないものは、巻名の五十音順）に排列した。

4. 記載事項

　　全て原本の内容に基づいて記載し、目次に記載がない作品も採録した。収録した作品および解説等の総数は35,234件である。

　1）記載形式

　　（1）作品名、作家名、全集名などの表記は、原則として原本の表記を採用した。

　　（2）原本にある繰り返し記号の一部は元の文字に直して記載した。漢字1字の反復は「々」を使用した。

　　（3）原本にある返り点は記載を省いた。

　　（4）和歌、俳句、漢詩等において、冒頭部のみを記載し、「――」を付して後を略した場合がある。

　　（5）角書、原本のルビ等は、文字サイズを小さくして表示した。

(6) 全集の巻次表示は、アラビア数字に統一した。
　　(7) 巻次のない全集には、巻名の五十音順に仮巻次を〔　〕囲みで付した。
 2) 記載項目
　　全集番号／全集名／出版者／総巻数／刊行期間／叢書名／監修者・編者／注記
　　巻次・巻名／刊行年月日／各巻訳注・編者等
　　作品名・論題／原作者名、注・訳者名、解説などの著者名〔（　）で表示〕／原本掲載（開始）頁
　　※解説・年表・参考文献等は、タイトルの先頭に「＊」を付した。

5. 作家名索引
 1) 全集に収載された各作品の原作者・編者等、注・訳者および解説・資料の著者を見出しとし、作品や解説・資料を示した。
 2) 「原作者」索引を前に、「注・訳者」索引を後におき、それぞれ姓の五十音順、名の五十音順に排列した。「ふじわらの」など姓の末尾につく「の」は排列上無視した。また「紫式部」など姓名の形をとらない作家名は全体を姓と同じ扱いとして排列した。
 3) 同一作家・著者の下では、作品名および解説・資料のタイトルを五十音順に排列した。濁音・半濁音は清音、拗促音は直音扱いとし、音引きは無視した。また、ヂ→シ、ヅ→スとみなした。作品名中の角書は排列上無視した。
 4) 作品等の所在は［全集番号］巻次－原本掲載（開始）頁の組み合わせで示した。

収録全集目次

[001]「浅井了意全集 仮名草子編」 全11巻 岩田書院 2007年8月〜 ········· 1
[002]「和泉古典叢書」 全11巻 和泉書院 1987年11月〜 ················· 2
[003]「和泉古典文庫」 全11巻 和泉書院 1983年11月〜2016年6月 ········ 7
[004]「一休和尚全集」 全5巻、別巻1 春秋社 1997年7月〜2010年10月 ····· 8
[005]「一休和尚大全」 全2巻 河出書房新社 2008年3月 ················· 9
[006]「歌合・定数歌全釈叢書」 全20巻 風間書房 2003年1月〜2018年3月 ··· 10
[007]「江戸怪異綺想文芸大系」 全5巻 国書刊行会 2000年10月〜2003年3月 ···· 14
[008]「江戸怪談文芸名作選」 全5巻 国書刊行会 2016年8月〜 ············ 16
[009]「江戸狂歌本選集」 全15巻 東京堂出版 1998年5月〜2007年12月 ····· 17
[010]「江戸後期紀行文学全集」 全3巻 新典社(新典社研究叢書) 2007年6月〜2015年7月 ··· 20
[011]「榎本星布全句集」 全1巻 勉誠出版 2011年12月 ················· 22
[012]「新装解註 謡曲全集」 全6巻 中央公論新社(オンデマンド版) 2001年12月 ··· 23
[013]「笠間文庫 原文&現代語訳シリーズ」 全8巻 笠間書院 2005年9月〜2015年2月 ··· 26
[014]「春日昌預全家集」 全1巻 山梨日日新聞社 2001年10月 ············· 37
[015]「假名草子集成」 全70巻 東京堂出版 1980年5月〜 ················ 38
[016]「漢詩名作集成〈日本編〉」 全1巻 明徳出版社 2016年3月 ············ 51
[017]「関東俳諧叢書」 全32巻、編外1 関東俳諧叢書刊行会 1993年9月〜2009年1月 ··· 56
[018]「義太夫節浄瑠璃未翻刻作品集成」 全52巻(第1〜5期)、索引2巻 玉川大学出版部 2006年5月〜2018年2月 ·· 61
[019]「几董発句全集」 全1巻 八木書店 1997年6月 ··················· 71
[020]「紀海音全集」 全8巻 清文堂出版 1977年3月〜1980年12月 ········· 72
[021]「狂歌大観」 全3巻 明治書院 1983年1月〜1985年3月 ············ 74
[022]「近世上方狂歌叢書」 全29巻 近世上方狂歌研究会 1984年10月〜2002年3月 ··· 76
[023]「決定版 対訳西鶴全集」 全18巻 明治書院 1992年4月〜2007年6月 ···· 80
[024]「現代語で読む歴史文学」 全23巻 勉誠出版 2004年6月〜 ··········· 89
[025]「現代語訳 江戸の伝奇小説」 全6巻 国書刊行会 2002年6月〜 ······· 110
[026]「現代語訳 洞門禅文学集」 全7巻 国書刊行会 2001年5月〜2002年5月 ··· 111
[027]「校注 良寛全歌集」 全1巻 春秋社(新装版) 2014年5月 ············· 122
[028]「校注 良寛全句集」 全1巻 春秋社(新装版) 2014年5月 ············· 123
[029]「校注 良寛全詩集」 全1巻 春秋社(新装版) 2014年5月 ············· 123
[030]「古典文学翻刻集成」 全7巻 ゆまに書房 1998年10月〜1999年11月 ··· 124
[031]「古典名作リーディング」 全4巻 貴重本刊行会 2000年4月〜2001年7月 ··· 132
[032]「コレクション日本歌人選」 全80巻(第Ⅰ〜Ⅳ期) 笠間書院 2011年2月〜2019年6月 ··· 135
[033]「西鶴全句集 解釈と鑑賞」 全1巻 笠間書院 2008年2月 ············ 170
[034]「西鶴選集」 全13巻26冊 おうふう 1993年10月〜2007年2月 ······· 170
[035]「西行全歌集」 全1巻 岩波書店(岩波文庫) 2013年12月 ············ 171
[036]「西行全集」 全1巻 貴重本刊行会 1996年11月(3版) ·············· 172
[037]「西郷隆盛漢詩全集 増補改訂版」 全1巻 斯文堂 2018年3月 ·········· 173

収録全集目次

[038]「山東京傳全集」 全18巻 ぺりかん社 1992年10月～2018年12月 …………………… 175
[039]「私家集全釈叢書」 全40巻 風間書房 1986年9月～2016年5月 …………………… 184
[040]「私家集注釈叢刊」 全17巻 貴重本刊行会 1989年6月～2010年5月 ………………… 193
[041]「新修 橘曙覧全集」 全1巻 桜楓社 1983年5月 ……………………………………… 195
[042]「新注和歌文学叢書」 全24巻 青簡舎 2008年2月～2018年10月 …………………… 196
[043]「新潮日本古典集成 新装版」 全82巻 新潮社 2014年10月～ ……………………… 202
[044]「新 日本古典文学大系」 全100巻,別巻5巻 岩波書店 1989年1月～2005年11月 ……… 221
[045]「新編国歌大観」 全10巻20冊 角川書店 1983年2月～1992年4月 ………………… 221
[046]「新編西鶴全集」 全5巻16冊 勉誠出版 2000年2月～2007年2月 …………………… 252
[047]「新編 芭蕉大成」 全1巻 三省堂 1999年2月 ………………………………………… 255
[048]「菅専助全集」 全6巻 勉誠社 1990年9月～1995年11月 ……………………………… 267
[049]「増訂 秋成全歌集とその研究」 全1巻 おうふう 2007年10月 ……………………… 269
[050]「増補改訂 加舎白雄全集」 全2巻 国文社 2008年2月 ……………………………… 270
[051]「増補 蓮月尼全集」 全1巻 思文閣出版 2006年9月（2刷復刊）……………………… 272
[052]「宝井其角全集」 4分冊 勉誠社 1994年2月 …………………………………………… 274
[053]「建部綾足全集」 全9巻 国書刊行会 1986年4月～1990年2月 ……………………… 280
[054]「橘曙覧全歌集」 全1巻 岩波書店（岩波文庫） 1999年7月 ………………………… 284
[055]「他評万句合選集」 全2巻 太平書屋 2004年7月～2007年2月 ……………………… 284
[056]「近松時代物現代語訳」 全3巻 北の街社 1999年11月～2003年9月 ………………… 286
[057]「中世王朝物語全集」 全22巻,別巻1 笠間書院 1995年5月～ ……………………… 287
[058]「中世日記紀行文学全評釈集成」 全7巻 勉誠出版 2000年10月～2004年12月 ……… 292
[059]「中世の文学」 全12巻（第29～40回配本） 三弥井書店 2005年7月～2017年11月 …… 295
[060]「蝶夢全集」 全1巻 和泉書院 2013年5月 ……………………………………………… 307
[061]「定本 良寛全集」 全3巻 中央公論新社 2006年10月～2007年3月 ………………… 310
[062]「伝承文学資料集成」 全22巻 三弥井書店 1988年2月～ …………………………… 312
[063]「銅脈先生全集」 全2巻 太平書屋 2008年12月～2009年11月 ……………………… 322
[064]「西沢一風全集」 全6巻 汲古書院 2002年8月～2005年10月 ………………………… 323
[065]「西村本小説全集」 全2巻 勉誠社 1985年3月～1985年7月 ………………………… 327
[066]「西山宗因全集」 全6巻 第1～4巻：八木書店,第5～6巻：八木書店古書出版部 2004年7月～2017年4月 …………………………………………………………………………… 328
[067]「日本漢詩人選集」 全17巻,別巻1 研文出版 1998年11月～ ………………………… 336
[068]「日本古典評釈・全注釈叢書」 既刊39巻 〔32～33〕：KADOKAWA,〔34～39〕：角川学芸出版 1966年5月～2016年11月 ……………………………………………………… 349
[069]「日本の古典をよむ」 全20巻 小学館 2007年7月～2009年1月 …………………… 351
[070]「人情本選集」 全4巻 太平書屋 1990年9月～2005年4月 …………………………… 368
[071]「芭蕉全句集」 全1巻 おうふう 1995年9月（重版）………………………………… 369
[072]「芭蕉全句集 現代語訳付き」 全1巻 角川学芸出版（角川ソフィア文庫） 2010年11月 … 370
[073]「八文字屋本全集」 全23巻,索引 汲古書院 1992年10月～2013年3月 ……………… 373
[074]「藤原為家全歌集」 全1巻 風間書房 2002年3月 …………………………………… 389
[075]「藤原定家全歌集」 全2巻 筑摩書房（ちくま学芸文庫） 2017年8月 ……………… 390
[076]「藤原俊成全歌集」 全1巻 笠間書院 2007年1月 …………………………………… 392
[077]「蕪村全句集」 全1巻 おうふう 2000年6月 ………………………………………… 394

収録全集目次

[078]「蕪村全集」 全9巻 講談社 1992年5月〜2009年9月 ………………………… *395*
[079]「覆刻 日本古典全集〔文学編〕」 全57巻 現代思潮社 1982年9月〜1983年4月 ………… *409*
[080]「三弥井古典文庫」 全9巻 三弥井書店 1993年3月〜2018年6月 ………………………… *420*
[081]「連歌大観」 全3巻 古典ライブラリー 2016年7月〜2017年12月 ………………………… *427*
[082]「和歌文学大系」 全80巻,別巻1 明治書院 1997年6月〜 ………………………………… *431*
[083]「和歌文学注釈叢書」 全3巻 新典社 2006年5月〜2006年10月 ………………………… *440*
[084]「わたしの古典」 全22巻 集英社 1985年10月〜1987年9月 ………………………… *441*

［001］浅井了意全集
仮名草子編
岩田書院
全11巻
2007年8月〜
（浅井了意全集刊行会編）

※刊行中

1（岡雅彦責任編集）
2007年8月刊

＊刊行のことば（浅井了意全集刊行会）……… i
＊凡例 ……………………………………………… 2
＊収録書目細目 …………………………………… 7
堪忍記（小川武彦翻刻）………………………… 15
孝行物語（湯浅佳子翻刻）…………………… 189
浮世物語（深沢秋男翻刻）…………………… 319
浮世ばなし（深沢秋男翻刻）………………… 405
＊解題 ………………………………………… 485
　＊堪忍記 特大本八巻八冊（小川武彦）…… 485
　＊孝行物語 大本六巻六冊（湯浅佳子）…… 488
　＊浮世物語 大本五巻五冊（深沢秋男）…… 491
　＊浮世ばなし 五巻五冊（深沢秋男）……… 493

2（冨士昭雄, 土屋順子責任編集）
2011年2月刊

＊凡例 ……………………………………………… 2
＊収録書細目 ……………………………………… 7
三綱行実図（小川武彦翻刻）…………………… 13
大倭二十四孝（柳沢昌紀翻刻）……………… 205
＊解題 ………………………………………… 451
　＊三綱行実図 大本三巻九冊（小川武彦）… 451
　＊大倭二十四孝 大本二十四巻十二冊（柳沢昌紀）……………………………………… 462

3（花田富二夫, 土屋順子責任編集）
2011年5月刊

＊凡例 ……………………………………………… 2
＊収録書細目 ……………………………………… 7
可笑記評判（深沢秋男翻刻）…………………… 17
＊解題 ………………………………………… 469
　＊可笑記評判 大本十巻十冊（深沢秋男）… 469
　＊『可笑記』『可笑記評判』章段対照表 ……………………………………………… 474
　＊章段数対照表 ……………………………… 476

4（江本裕責任編集）
2013年11月刊

＊凡例 ……………………………………………… 2
＊収録書細目 ……………………………………… 7
因果物語（江本裕, 土屋順子翻刻）…………… 19
法花経利益物語（渡辺守邦翻刻）……………… 99
戒殺物語・放生物語（湯浅佳子翻刻）……… 427
鬼利至端破却論伝（中島次郎翻刻）………… 485
天草四郎（中島次郎翻刻）…………………… 523
＊解題 ………………………………………… 549
　＊因果物語 大本六巻六冊（江本裕, 土屋順子）………………………………………… 549
　＊法花経利益物語 大本十二巻十二冊（渡辺守邦）……………………………………… 559
　＊戒殺物語・放生物語 大本四巻二冊（湯浅佳子）………………………………………… 565
　＊鬼利至端破却論伝 大本三巻合一冊（中島次郎）………………………………………… 572
　＊天草四郎 半紙本二巻一冊（中島次郎）… 577

5（深沢秋男, 入口敦志, 湯浅佳子責任編集）
2015年9月刊

＊凡例 ……………………………………………… 2
＊収録書細目 ……………………………………… 7
やうきひ物語（安原眞琴翻刻）………………… 15
伽婢子（渡辺守邦翻刻）………………………… 61
狗張子（江本裕翻刻）………………………… 303
＊解題 ………………………………………… 421
　＊やうきひ物語 大本三巻三冊（安原眞琴）… 421
　＊伽婢子 大本十三巻十三冊（花田富二夫）… 426
　＊狗張子 大本七巻七冊（江本裕）………… 432

[002] 和泉古典叢書
和泉書院
全11巻
1987年11月～

※刊行中

1　枕草子（増田繁夫校注）
1987年11月15日刊

* 凡例 1
* 解説 10
本文（清少納言著） 1
【一】春はあけぼの 1
【二】ころは正月、三月 1
【三】同じことなれども、聞き耳ことな
　　るもの 4
【四】思はん子を 4
【五】大進生昌が家に 5
【六】上に候ふ御猫は 8
【七】正月一日、三月三日は 11
【八】よろこび奏するこそ 11
【九】今内裏の東をば 11
【一〇】山は 12
【一一】市は 12
【一二】峰は 12
【一三】原は 12
【一四】淵は 12
【一五】海は 13
【一六】みささぎは 13
【一七】渡りは 13
【一八】舘は 13
【一九】家は 13
【二〇】清涼殿の丑寅のすみの 13
【二一】生ひさきなく 17
【二二】すさまじきもの 18
【二三】弛まるるもの 22
【二四】人にあなづらるるもの 22
【二五】にくきもの 22
【二六】心ときめきするもの 25
【二七】過ぎにしかた恋しきもの 25
【二八】心ゆくもの 25
【二九】檳榔毛は 26
【三〇】説経の講師は 26
【三一】菩提といふ寺に 28
【三二】小白河といふ所は 29
【三三】七月ばかり、いみじう暑ければ ... 33
【三四】木の花は 34
【三五】池は 36
【三六】節は 37
【三七】花の木ならぬは 38
【三八】鳥は 40
【三九】あてなるもの 42
【四〇】虫は 42
【四一】七月ばかりに、風いたう吹きて .. 43
【四二】にげなきもの 43
【四三】細殿に人あまた居て 44
【四四】主殿司こそ 44
【四五】男は、また、随身こそ 44
【四六】職の御曹司の西面の立蔀のもと
　　にて 44
【四七】馬は 47
【四八】牛は 48
【四九】猫は 48
【五〇】雑色、随身は 48
【五一】小舎人童 48
【五二】牛飼は 48
【五三】殿上の名対面こそ 48
【五四】若くよろしき男の 49
【五五】若き人、児どもなどは 49
【五六】児は 49
【五七】よき家の中門あけて 50
【五八】瀧は 50
【五九】川は 50
【六〇】暁に帰らん人は 50
【六一】橋は 51
【六二】里は 52
【六三】草は 52
【六四】草の花は 53
【六五】集は 54
【六六】歌の題は 54
【六七】おぼつかなきもの 54
【六八】たとしへなきもの 54
【六九】忍びたる所にありては 55
【七〇】懸想人にて来たるは 55
【七一】ありがたきもの 56
【七二】内の局、細殿 56
【七三】職の御曹司におはしますころ、
　　木立などの 58
【七四】あぢきなきもの 59
【七五】心地よげなるもの 59
【七六】御仏名のまたの日 60
【七七】頭中将の、すずろなる虚言を聞
　　きて 60
【七八】返る年の二月廿日 64
【七九】里にまかでたるに 67
【八〇】物のあはれ知らせ顔なる物 69
【八一】さて、その左衛門の陣などに行
　　きて後 70
【八二】職の御曹司におはしますころ、
　　西の廂に 70

| 【八三】師走の十余日のほどに 72
| 【八四】めでたきもの 79
| 【八五】なまめかしきもの 81
| 【八六】宮の五節出ださせ給ふに 81
| 【八七】細太刀に、平緒つけて 84
| 【八八】内は、五節のころこそ 84
| 【八九】無名といふ琵琶の御琴を 85
| 【九〇】上の御局の御簾の前にて 86
| 【九一】ねたきもの 87
| 【九二】かたはらいたきもの 88
| 【九三】あさましきもの 88
| 【九四】くち惜しきもの 89
| 【九五】五月の御精進のほど 89
| 【九六】職におはしますころ、八月十余日の月明き夜 96
| 【九七】御方々、君達、上人など 96
| 【九八】中納言参り給ひて 97
| 【九九】雨のうちはへ降るころ 97
| 【一〇〇】淑景舎、東宮に参り給ふほど 99
| 【一〇一】殿上より、梅の花散りたる枝を 104
| 【一〇二】二月つごもりごろに 104
| 【一〇三】はるかなるもの 105
| 【一〇四】方弘は 105
| 【一〇五】見苦しきもの 107
| 【一〇六】言ひにくきもの 107
| 【一〇七】関は 107
| 【一〇八】森は 108
| 【一〇九】原は 108
| 【一一〇】卯月のつごもり方に 108
| 【一一一】常より異に聞ゆるもの 108
| 【一一二】絵にかき劣りするもの 108
| 【一一三】かきまさりするもの 108
| 【一一四】冬は 109
| 【一一五】あはれなるもの 109
| 【一一六】正月に寺に籠りたるは 110
| 【一一七】いみじう心づきなきもの 114
| 【一一八】わびしげに見ゆるもの 115
| 【一一九】暑げなるもの 115
| 【一二〇】はづかしきもの 115
| 【一二一】むとくなるもの 116
| 【一二二】修法は 116
| 【一二三】はしたなきもの 117
| 【一二四】八幡の行幸のかへらせ給ふに 117
| 【一二五】関白殿、黒戸より 118
| 【一二六】九月ばかり、夜一夜降り明かしつる雨の 119
| 【一二七】七日の日の若菜を 119
| 【一二八】二月、官の司に 120
| 【一二九】などて官得はじめたる六位の笏に 121
| 【一三〇】故殿の御ために、月ごとの十日 122
| 【一三一】頭の弁の、職に参り給ひて 123
| 【一三二】五月ばかり、月もなういと暗きに 125
| 【一三三】円融院の御果ての年 126
| 【一三四】つれづれなるもの 128
| 【一三五】つれづれ慰むもの 128
| 【一三六】とりどころなきもの 129
| 【一三七】なほめでたきこと、臨時の祭ばかりの 129
| 【一三八】殿などのおはしまさで後 132
| 【一三九】正月十よ日のほど 135
| 【一四〇】清げなる男の 136
| 【一四一】碁を、やむごとなき人の打つとて 136
| 【一四二】恐ろしげなるもの 137
| 【一四三】清しと見ゆるもの 137
| 【一四四】いやしげなるもの 137
| 【一四五】胸つぶるるもの 138
| 【一四六】うつくしきもの 138
| 【一四七】人ばへするもの 139
| 【一四八】名恐ろしきもの 139
| 【一四九】見るにことなることなきものの 139
| 【一五〇】むつかしげなるもの 140
| 【一五一】えせ者の所得る折 140
| 【一五二】苦しげなるもの 140
| 【一五三】羨ましげなるもの 141
| 【一五四】とくゆかしきもの 142
| 【一五五】心もとなきもの 143
| 【一五六】故殿の御服のころ 144
| 【一五七】弘徽殿とは 149
| 【一五八】昔おぼえて不用なるもの 150
| 【一五九】頼もしげなきもの 150
| 【一六〇】読経は 151
| 【一六一】近うて遠きもの 151
| 【一六二】遠くて近きもの 151
| 【一六三】井は 151
| 【一六四】野は 151
| 【一六五】上達部は 151
| 【一六六】君達は 151
| 【一六七】受領は 151
| 【一六八】権の守は 152
| 【一六九】大夫は 152
| 【一七〇】法師は 152
| 【一七一】女は 152
| 【一七二】六位の蔵人などは 152
| 【一七三】女一人住む所は 152
| 【一七四】宮仕人の里なども 153
| 【一七五】ある所に、何の君とかや 154

【一七六】	雪のいと高うはあらで	155
【一七七】	村上の先帝の御時に	155
【一七八】	御形の宣旨の	156
【一七九】	宮にはじめて参りたるころ	156
【一八〇】	したり顔なるもの	161
【一八一】	位こそ	162
【一八二】	かしこきものは	162
【一八三】	病は	163
【一八四】	好き好きしくて	164
【一八五】	いみじう暑き昼中に	165
【一八六】	南ならずは東の	165
【一八七】	大路近なる所にて聞けば	166
【一八八】	ふと心劣りとかするものは	166
【一八九】	宮仕人のもとに来などする男の	167
【一九〇】	風は	167
【一九一】	野分のまたの日こそ	168
【一九二】	心にくきもの	169
【一九三】	島は	172
【一九四】	浜は	172
【一九五】	浦は	172
【一九六】	森は	172
【一九七】	寺は	172
【一九八】	経は	172
【一九九】	仏は	172
【二〇〇】	文章は	172
【二〇一】	物語は	173
【二〇二】	陀羅尼は	173
【二〇三】	遊びは	173
【二〇四】	遊びわざは	173
【二〇五】	舞は	173
【二〇六】	弾く物は	173
【二〇七】	笛は	173
【二〇八】	見物は	174
【二〇九】	五月ばかりなどに	178
【二一〇】	いみじう暑きころ	178
【二一一】	五月四日の夕つ方	179
【二一二】	賀茂へ参る道に	179
【二一三】	八月つごもり、太秦に	179
【二一四】	九月廿日あまりのほど、初瀬に	180
【二一五】	清水などに参りて	180
【二一六】	五月の菖蒲の	180
【二一七】	よくたきしめたる薫物の	180
【二一八】	月のいと明きに、川を渡れば	180
【二一九】	大きにてよき物	180
【二二〇】	短くてありぬべき物	180
【二二一】	人の家につきづきしき物	181
【二二二】	ものへ行く道に、清げなる男の	181
【二二三】	よろづの事よりも	181
【二二四】	細殿に、便なき人なん	183
【二二五】	三条の宮におはしますころ	183
【二二六】	御乳母の大輔の命婦	184
【二二七】	清水に籠りたりしに	184
【二二八】	駅は	184
【二二九】	社は	184
【二三〇】	一条の院をば、今内裏とぞ	187
【二三一】	身をかへて、天人などは	188
【二三二】	雪高う降りて、今もなほ降るに	189
【二三三】	細殿の遺戸を	189
【二三四】	岡は	189
【二三五】	降るものは	189
【二三六】	雪	189
【二三七】	日は	190
【二三八】	月は	190
【二三九】	星は	190
【二四〇】	雲は	190
【二四一】	騒がしきもの	190
【二四二】	ないがしろなるもの	190
【二四三】	言葉なめげなるもの	190
【二四四】	さかしきもの	190
【二四五】	ただ過ぎに過ぐるもの	191
【二四六】	ことに人に知られぬもの	191
【二四七】	文ことばなめき人こそ	191
【二四八】	いみじう汚きもの	192
【二四九】	せめて恐ろしきもの	192
【二五〇】	頼もしきもの	192
【二五一】	いみじうしたてて婿取りたるに	192
【二五二】	世の中に、なほいと心憂きものは	193
【二五三】	男こそ、なほいとありがたく	194
【二五四】	よろづのことよりも、情あるこそ	194
【二五五】	人の上いふを腹立つ人こそ	195
【二五六】	人の顔に、とりわきてよしと	195
【二五七】	古代の人の、指貫着たるこそ	196
【二五八】	十月十余日の月の	196
【二五九】	成信の中将こそ	196
【二六〇】	大蔵卿ばかり	196
【二六一】	うれしきもの	197
【二六二】	御前にて、人々とも	199
【二六三】	関白殿、二月二十一日に	201
【二六四】	尊きこと	215
【二六五】	歌は	216
【二六六】	指貫は	216
【二六七】	狩衣は	216
【二六八】	単衣は	216
【二六九】	下襲は	216
【二七〇】	扇の骨は	216

| 【二七一】 | 檜扇は ………………………… 216
| 【二七二】 | 神は ……………………………… 216
| 【二七三】 | 崎は ……………………………… 217
| 【二七四】 | 屋は ……………………………… 217
| 【二七五】 | 時奏する ……………………… 217
| 【二七六】 | 日のうらうらとある昼つ方… 217
| 【二七七】 | 成信の中将は ………………… 217
| 【二七八】 | 常に文おこする人の ………… 221
| 【二七九】 | 今朝はさしも見えざりつる空
の ………………………………… 222
| 【二八〇】 | きらきらしきもの …………… 222
| 【二八一】 | 雷のいたう鳴る折に ………… 222
| 【二八二】 | 坤元録の御屏風こそ ………… 223
| 【二八三】 | 節分違などして ……………… 223
| 【二八四】 | 雪のいと高う降りたるを …… 223
| 【二八五】 | 陰陽師のもとなる小童部こそ… 223
| 【二八六】 | 三月ばかり、物忌しにとて … 224
| 【二八七】 | 十二月二十四日、宮の御仏名
の ………………………………… 225
| 【二八八】 | 宮仕する人々の、出で集りて… 226
| 【二八九】 | 見ならひするもの …………… 226
| 【二九〇】 | うちとくまじきもの ………… 226
| 【二九一】 | 衛門の尉なりける者の ……… 228
| 【二九二】 | また、傅の殿の御母上とこそ
は ………………………………… 229
| 【二九三】 | また、業平の中将のもとに … 229
| 【二九四】 | をかしと思ふ歌を …………… 229
| 【二九五】 | よろしき男を、下衆女などの
ほめて …………………………… 229
| 【二九六】 | 左右の衛門の尉を、判官とい
ふ名つけて ……………………… 230
| 【二九七】 | 大納言参り給ひて、文のこと
など奏し給ふに ………………… 230
| 【二九八】 | 僧都の御乳母のままなど …… 231
| 【二九九】 | 男は、女親亡くなりて ……… 232
| 【三〇〇】 | ある女房の、遠江の子なる人
を ………………………………… 233
| 【三〇一】 | 便なき所にて、人に物を …… 233
| 【三〇二】 | 「まことにや。やがては下る」
と ………………………………… 233
【一本】 ………………………………… 233
| 【三〇三】 | 夜まさりするもの …………… 233
| 【三〇四】 | 日影に劣るもの ……………… 234
| 【三〇五】 | 聞きにくきもの ……………… 234
| 【三〇六】 | 文字に書きてあるやうあら
めど、心得ぬもの ……………… 234
| 【三〇七】 | 下の心かまへてわろくて、
清げに見ゆるもの ……………… 234
| 【三〇八】 | 女の表着は …………………… 234
| 【三〇九】 | 唐衣は ………………………… 234
| 【三一〇】 | 裳は ……………………………… 234
| 【三一一】 | 汗衫は ………………………… 234
| 【三一二】 | 織物は ………………………… 234
| 【三一三】 | 綾の文は ……………………… 234
| 【三一四】 | 薄様、色紙は ………………… 234
| 【三一五】 | 硯の箱は ……………………… 234
| 【三一六】 | 筆は ……………………………… 235
| 【三一七】 | 墨は ……………………………… 235
| 【三一八】 | 貝は ……………………………… 235
| 【三一九】 | 櫛の箱は ……………………… 235
| 【三二〇】 | 鏡は ……………………………… 235
| 【三二一】 | 蒔絵は ………………………… 235
| 【三二二】 | 火桶は ………………………… 235
| 【三二三】 | 畳は ……………………………… 235
| 【三二四】 | 檳榔毛は ……………………… 235
| 【三二五】 | 松の木立高き所の …………… 235
| 【三二六】 | 宮仕所は ……………………… 237
| 【三二七】 | 荒れたる家の、蓬深く ……… 237
| 【三二八】 | 池ある所の …………………… 237
| 【三二九】 | 初瀬に詣でて ………………… 238
| 【三三〇】 | 女房の参りまかでには ……… 238
【跋文】 この草子、目に見え、心に思ふ
ことを …………………………… 239
【勘物】 ………………………………… 241
【奥書】 ………………………………… 242
＊補注 ……………………………………… 243
＊系図一・清原氏、高階氏略系 ……… 325
＊系図二・皇族 …………………………… 326
＊系図三・藤原氏略系 ………………… 326
＊系図四・橘氏略系 …………………… 327
＊系図五・藤原兼家略系 ……………… 328
＊系図六・藤原道隆略系 ……………… 328
＊附図1・内裏図 ………………………… 329
＊附図2・清涼殿図 ……………………… 330
＊附図3・一条院内裏図（長保元年）… 331
＊年表 ……………………………………… 332
＊語彙索引 ……………………………… 341

3 後撰和歌集（工藤重矩校注）
1992年9月30日刊

＊凡例 ………………………………… （1）
＊解題 ………………………………… （3）
本文（源順、大中臣能宣、紀時文、清原元輔、
坂上望城撰、藤原伊尹別当） ………… 1
＊補注 ……………………………………… 313
＊他出文献一覧 ………………………… 353
＊作者詞書人名索引 …………………… 369
＊和歌初句索引 ………………………… 398

5 後拾遺和歌集（川村晃生校注）
1991年3月25日刊

＊凡例 ………………………………… （1）

＊解題 ……………………………… (3)
本文（藤原通俊撰）……………………… 1
＊付録 ……………………………… 309
　後拾遺和歌抄目録序 ……………… 310
　＊難後拾遺 後拾遺抄註 凡例 …… 313
　難後拾遺（源経信著）……………… 314
　後拾遺抄註（顕昭著）……………… 330
　＊補注 ……………………………… 353
　＊作者略伝 ………………………… 404
　＊詞書人名索引 …………………… 443
　＊和歌初句索引（西端幸雄作成）… 451

7　詞花和歌集（松野陽一校注）
1988年9月27日刊

＊凡例 ……………………………… (1)
＊解題 ……………………………… (5)
本文（藤原顕輔撰）……………………… 1
＊校訂付記 ………………………… 121
顕昭『詞花集注』…………………… 123
＊補注 ……………………………… 153
＊主要撰集資料一覧（詞花後葉対照）… 189
詞花後葉共通歌対照表 …………… 191
＊歌枕地名一覧 …………………… 197
＊作者略伝 ………………………… 205
＊詞書人名索引 …………………… 222
＊和歌初句索引（西端幸雄作成）… 226

8　千載和歌集（上條彰次校注）
1994年11月25日刊

＊凡例 ……………………………… (1)
＊解題 ……………………………… (3)
本文（藤原俊成撰）……………………… 1
＊校訂付記 ………………………… 369
＊補注 ……………………………… 373
＊付録 ……………………………… 547
＊歌題一覧 ………………………… 548
＊歌枕地名一覧 …………………… 558
＊作者略伝 ………………………… 582
＊詞書人名索引 …………………… 626
＊和歌初句索引 …………………… 632

10　太山寺本 曽我物語（村上美登志校註）
1999年3月27日刊

＊口絵 ……………………………… 巻頭
＊凡例 ……………………………… 8
本文
　曽我物語 巻第一 ………………… 11
　曽我物語 巻第二 ………………… 57
　曽我物語 巻第三 ………………… 81
　曽我物語 巻第四 ………………… 111
　曽我物語 巻第五 ………………… 145
　曽我物語 巻第六 ………………… 167
　曽我物語 巻第七 ………………… 191
　曽我物語 巻第八 ………………… 217
　曽我物語 巻第九 ………………… 251
　曽我物語 巻第十 ………………… 289
＊解説（村上美登志）……………… 311
＊系図 ……………………………… 319
　＊『尊卑分脈』「南家乙麿流」…… 319
　＊『醍醐寺雑記』………………… 319
　＊「工藤・二階堂系図」…………… 320
　＊「河津系図」……………………… 319
　＊「清和源氏系図」………………… 319
＊曽我物語地図 …………………… 322
＊参考文献一覧 …………………… 324
＊索引 ……………………………… 328
　＊人名索引 ……………………… 328
　＊書名索引 ……………………… 339
　＊地名索引 ……………………… 342
＊あとがき（村上美登志）………… 349

11　新校注 萬葉集（井手至，毛利正守校注）
2008年10月15日刊

＊凡例（井手至，毛利正守）……………… i
＊萬葉集巻第一 目録 ……………… 1
萬葉集巻第一 ………………………… 3
＊萬葉集巻第二 目録 ……………… 20
萬葉集巻第二 ………………………… 23
＊萬葉集巻第三 目録 ……………… 45
萬葉集巻第三 ………………………… 49
＊萬葉集巻第四 目録 ……………… 79
萬葉集巻第四 ………………………… 83
＊萬葉集巻第五 目録 ……………… 113
萬葉集巻第五 ……………………… 114
＊萬葉集巻第六 目録 ……………… 136
萬葉集巻第六 ……………………… 139
＊萬葉集巻第七 目録 ……………… 162
萬葉集巻第七 ……………………… 164
＊萬葉集巻第八 目録 ……………… 189
萬葉集巻第八 ……………………… 194
＊萬葉集巻第九 目録 ……………… 223
萬葉集巻第九 ……………………… 225
＊萬葉集巻第十 目録 ……………… 245
萬葉集巻第十 ……………………… 249
＊萬葉集巻第十一 目録 …………… 286
萬葉集巻第十一 …………………… 287
＊萬葉集巻第十二 目録 …………… 319
萬葉集巻第十二 …………………… 320
＊萬葉集巻第十三 目録 …………… 346

萬葉集巻第十三 ………………………	*347*
＊萬葉集巻第十四 目録 …………………	*369*
萬葉集巻第十四 ………………………	*370*
＊萬葉集巻第十五 目録 …………………	*387*
萬葉集巻第十五 ………………………	*389*
＊萬葉集巻第十六 目録 …………………	*408*
萬葉集巻第十六 ………………………	*410*
＊萬葉集巻第十七 目録 …………………	*426*
萬葉集巻第十七 ………………………	*428*
＊萬葉集巻第十八 目録 …………………	*452*
萬葉集巻第十八 ………………………	*454*
＊萬葉集巻第十九 目録 …………………	*473*
萬葉集巻第十九 ………………………	*476*
＊萬葉集巻第二十 目録 …………………	*499*
萬葉集巻第二十 ………………………	*502*

---

[003] 和泉古典文庫
和泉書院
全11巻
1983年11月〜2016年6月

※2002年10月までに刊行の10冊は、『日本古典文学全集 内容綜覧』〔第Ⅰ期〕に収録

11　甲子庵文庫蔵 紹巴冨士見道記 影印・翻刻・研究（島津忠夫, 大村敦子編著）
2016年6月25日刊

＊一　はじめに（島津忠夫）……………………… *1*
二　影印（里村紹巴著）…………………………… *3*
三　翻刻（大村敦子執筆, 島津忠夫検討）
　　（里村紹巴著）……………………………… *39*
＊四　書誌 甲子庵文庫蔵『紹巴冨士見道記』一巻（島津忠夫）…………………… *63*
＊五　諸本略解題―校合本を中心に―（島津忠夫）………………………………… *65*
＊六　本文校合箚記（島津忠夫執筆, 大村敦子検討）……………………………… *69*
＊七　本文の崩れゆく過程（島津忠夫）…… *109*
＊八　濱千代清先生を偲ぶ（大村敦子）…… *118*
　＊【濱千代清先生 略年譜】……………… *124*
＊九　後記―甲子庵文庫本との出会い、解説を兼ねて―（島津忠夫）………… *127*

［004］一休和尚全集
春秋社
全5巻, 別巻1
1997年7月～2010年10月
（平野宗浄監修）

第1巻　狂雲集　上（平野宗浄訳注）
1997年7月30日刊

* ＊序にかえて（平野宗浄） ……………………… 1
* ＊凡例 ……………………………………………… 4
* ＊はじめに ………………………………………… 5
* 狂雲集　上（偈頌一～四九四） ………………… 1
* ＊補注 …………………………………………… 543
* ＊初句一覧 ……………………………………… 557
* ＊語句索引 ……………………………………… 569

第2巻　狂雲集　下（蔭木英雄訳注）
1997年11月30日刊

* ＊凡例 ……………………………………………… 2
* 狂雲集　下（偈頌四九五～八八一） …………… 1
* ＊補注 …………………………………………… 355
* ＊解題 …………………………………………… 371
* ＊あとがき ……………………………………… 374
* ＊初句一覧 ……………………………………… 377
* ＊語句索引 ……………………………………… 387
* ＊固有名詞索引 ………………………………… 409

第3巻　自戒集・一休年譜（平野宗浄訳注）
2003年6月30日刊

* ＊凡例 …………………………………………… 巻頭
* ＊東海一休和尚年譜 ……………………………… 1
  * ＊東海一休和尚年譜 ……………………………… 3
  * ＊東海一休和尚年譜 原文 ……………………… 79
* 自戒集 …………………………………………… 105
  * 自戒集 ………………………………………… 107
  * 真珠庵本のみにある録頌 …………………… 259
* 開祖下火録 ……………………………………… 285
  * 開祖下火録 …………………………………… 287
  * 開祖下火録 原文 …………………………… 369
* 狂雲集補遺 ……………………………………… 447
* ＊解題（平野宗浄） …………………………… 503
  * ＊一、『一休和尚年譜』 ……………………… 503
  * ＊二、『自戒集』 ……………………………… 504
  * ＊三、『開祖下火録』 ………………………… 507
  * ＊四、『狂雲集補遺』 ………………………… 507

第4巻　一休仮名法語集（飯塚大展訳注）
2000年5月30日刊

* ＊凡例 …………………………………………… 巻頭
* 一休骸骨 …………………………………………… 1
* 一休水鏡 ………………………………………… 25
* 一休和尚法語 …………………………………… 63
* 阿弥陀裸物語 …………………………………… 115
* 仏鬼軍 …………………………………………… 147
* 般若心経抄図会 ………………………………… 185
* ＊参考資料 ……………………………………… 251
  * ＊一休法利はなし …………………………… 253
  * ＊三本対照表（幻中草打画・一休水鏡・一休骸骨） …………………………………………… 267
* ＊補注 …………………………………………… 301
  * ＊一休骸骨 …………………………………… 303
  * ＊一休和尚法語 ……………………………… 303
  * ＊一休水鏡 …………………………………… 309
  * ＊阿弥陀裸物語 ……………………………… 316
* ＊解題 …………………………………………… 319
  * ＊一、はじめに ……………………………… 319
  * ＊二、『幻中草打画』について ……………… 321
  * ＊三、『一休水鏡』について ………………… 328
  * ＊四、『一休骸骨』について ………………… 330
  * ＊五、『一休和尚法語』について …………… 334
  * ＊六、『阿弥陀裸物語』について …………… 339
  * ＊七、『仏鬼軍』について …………………… 342
  * ＊八、『般若心経抄図会』について ………… 344
* ＊初句索引 ……………………………………… 345

第5巻　一休ばなし（飯塚大展訳注）
2010年10月30日刊

* ＊凡例 …………………………………………… 巻頭
* 一休咄 ……………………………………………… 1
* 一休諸国物語 …………………………………… 177
* 一休関東咄 ……………………………………… 379
* 統一休咄 ………………………………………… 465
* ＊解題 …………………………………………… 615
  * ＊一、はじめに ……………………………… 615
  * ＊二、『一休咄』について …………………… 615
  * ＊三、『一休諸国物語』について …………… 620
  * ＊四、『一休関東咄』について ……………… 622
  * ＊五、『統一休咄』について ………………… 625

別巻　一休墨跡（寺山旦中編著）
1997年7月30日刊

* ＊序文（平野宗浄） ……………………………… 1
* ＊凡例 ……………………………………………… 4
* 墨跡 ………………………………………………… 9
* ＊落款一覧 ……………………………………… 100
* ＊一休墨跡について（寺山旦中） …………… 110

* 一休略年譜 ………………………… 117
* 主要参考文献 ……………………… 118
* あとがき (寺山旦中) ……………… 119

> [005] 一休和尚大全
> 河出書房新社
> 全2巻
> 2008年3月
> (石井恭二訓読・現代文訳・解読)

上
2008年3月30日刊

* 解題 (石井恭二) ……………………………… 5
* 一休和尚の生涯 (石井恭二) ……………… 17
* 東海一休和尚年譜訓読文 ………………… 224
狂雲集 ……………………………………… 245
　賛 …………………………………………… 247
　大陸の詩人たち ………………………… 315
　当代の禅僧 ……………………………… 336
　花鳥風月 ………………………………… 359
　号 ………………………………………… 379

下
2008年3月30日刊

狂雲集 (承前) ……………………………… 5
　雑 …………………………………………… 7
自戒集 ……………………………………… 161
　* 凡例 ……………………………………… 161
付録1 ……………………………………… 189
　* 一休宗純関連伝灯略系図 ……………… 191
開祖下火録 (あころく) …………………… 203
付録2 一休和尚大全 白文原典 (付・東海一
　休和尚年譜白文) ………………………… 245
　狂雲集 …………………………………… 247
　自戒集 …………………………………… 381
　* 東海一休和尚年譜白文 ……………… 398
* あとがき (石井恭二) ……………………… 411

［006］歌合・定数歌全釈叢書
風間書房
全20巻
2003年1月～2018年3月
（歌合・定数歌全釈叢書刊行会）

1　永福門院百番自歌合全釈（岩佐美代子著）
2003年1月31日刊

- ＊凡例 ………………………………………… 3
- 全釈 …………………………………………… 5
- ＊解説 ……………………………………… 137
  - ＊はじめに …………………………… 139
  - ＊第一章　永福門院の生涯 ………… 141
  - ＊第二章　永福門院百番御自歌合 … 161
  - ＊第三章　影月堂文庫本考察 ……… 180
  - ＊系図 ………………………………… 198
  - ＊参考文献 …………………………… 200
- ＊各句索引 ………………………………… 203
- ＊あとがき（岩佐美代子） ……………… 217

2　重家朝臣家歌合全釈（武田元治著）
2003年4月30日刊

- ＊凡例 ………………………………………… 3
- 全釈（藤原重家ほか詠、藤原俊成加判）… 5
- ＊解説 ……………………………………… 171
  - ＊判詞覚書―『中宮亮重家朝臣家歌合』の
    俊成の批評についての覚書 ……… 177
- ＊作者一覧 ………………………………… 196
- ＊索引 ……………………………………… 199
  - ＊語句索引 …………………………… 201
  - ＊和歌索引 …………………………… 204
- ＊あとがき ………………………………… 207

3　俊頼述懐百首全釈（木下華子、君嶋亜紀、五月女肇志、平野多恵、吉野朋美著）
2003年10月31日刊

- ＊凡例 ………………………………………… 3
- 全釈 ………………………………………… 11
- ＊解説 ……………………………………… 145
  - ＊総説（木下華子、君嶋亜紀、五月女肇志、平野多恵、吉野朋美） …… 147
  - ＊一　地名論（吉野朋美） ………… 177
  - ＊二　動植物詠（平野多恵） ……… 190
  - ＊三　万葉摂取（五月女肇志） …… 203
  - ＊四　述懐歌詠出の方法―摂取・類句を
    めぐって（君嶋亜紀） …………… 212

- ＊五　後世への影響―俊恵・歌林苑をめ
  ぐって（木下華子） ……………… 229
- ＊冷泉家本解題（五月女肇志） ………… 241
- ＊参考文献 ………………………………… 245
- ＊索引 ……………………………………… 249
- ＊あとがき（吉野朋美） ………………… 259

4　和泉式部百首全釈（久保木寿子著）
2004年5月15日刊

- ＊凡例 ………………………………………… 3
- 全釈 …………………………………………… 7
- ＊解説 ……………………………………… 207
  - ＊一　本文について ………………… 209
  - ＊二　初期百首歌の概容 …………… 211
  - ＊三　和泉式部の連作歌・群作歌 … 214
  - ＊四　和泉百首の成立 ……………… 216
  - ＊五　和泉百首成立の背景 ………… 224
  - ＊六　表現の特徴 …………………… 228
  - ＊七　和泉百首の男歌・女歌 ……… 234
  - ＊八　「恋」部の性格―万葉歌・古今六
    帖歌摂取を通じて ………………… 238
  - ＊参考文献 …………………………… 242
- ＊各句索引 ………………………………… 245
- ＊あとがき（久保木寿子） ……………… 253

5　堀河院百首全釈 上（滝澤貞夫著）
2004年10月31日刊

- ＊凡例 ………………………………………… 3
- 全釈（上）（藤原公実、大江匡房、源国信、
  源師頼、藤原顕季、藤原仲実、源俊頼、源
  師時、藤原顕仲、藤原基俊、隆源、肥後、
  祐子内親王家紀伊、前斎宮河内、源顕仲、
  永縁詠） ……………………………………… 7
- 春部 ………………………………………… 13
- 夏部 ………………………………………… 209
- 秋部 ………………………………………… 344

6　堀河院百首全釈 下（滝澤貞夫著）
2004年11月30日刊

- ＊凡例 ………………………………………… 3
- 全釈（下）（藤原公実、大江匡房、源国信、
  源師頼、藤原顕季、藤原仲実、源俊頼、源
  師時、藤原顕仲、藤原基俊、隆源、肥後、
  祐子内親王家紀伊、前斎宮河内、源顕仲、
  永縁詠） ……………………………………… 7
- 冬部 ………………………………………… 9
- 恋部 ………………………………………… 140
- 雑部 ………………………………………… 234
- ＊解説 ……………………………………… 421

* 初句索引 …………………… *461*
* あとがき（滝澤貞夫）…………… *485*

7　住吉社歌合全釈（武田元治著）
2006年5月15日刊

* 凡例 ……………………………… *3*
全釈（藤原敦頼勧進，藤原俊成加判）… *5*
　社頭月 ………………………… *7*
　旅宿時雨 ……………………… *58*
　述懐 …………………………… *110*
* 解説 …………………………… *167*
* 作者一覧 ……………………… *175*
* 索引 …………………………… *179*
  * 語句索引 …………………… *181*
  * 和歌索引 …………………… *184*
* あとがき（武田元治）………… *187*

8　文集百首全釈（文集百首研究会著）
2007年2月28日刊

* 凡例 ……………………………… *3*
全釈（慈円，藤原定家，寂身詠）…… *11*
* 解説 …………………………… *477*
  * 一　「文集百首」における慈円の撰句について（片山享）……… *479*
  * 二　「文集百首」句題本文の性格について（近藤美奈子）……… *501*
  * 三　慈円歌と定家歌の違いについて（田中幹子）…………… *511*
  * 四　寂身と「文集百首」（片山享，近藤美奈子）…………… *518*
  * 五　八条院高倉の詠について（小山順子）………………… *527*
  * 六　名所詠について（細川知佐子）… *533*
  * 七　新古今時代の『白氏文集』の受容と「文集百首」（岩井宏子）… *541*
  * 八　祐徳稲荷神社中川文庫蔵『文集句題』について（藏中さやか）… *553*
* 〈表Ⅰ〉句題の出典及び【句題の他出状況】一覧 ……………… *563*
* 〈表Ⅱ〉句題・原詩句異同一覧 ……… *571*
* 索引 …………………………… *579*
* あとがき（片山享）…………… *589*

9　為忠家初度百首全釈（家永香織著）
2007年5月15日刊

* 凡例 ……………………………… *3*
全釈（藤原為忠，藤原忠成，藤原顕広，源仲正，藤原為業，藤原為盛，藤原盛忠，源頼政詠）…………………………… *7*

* 解説 …………………………… *501*
* 索引 …………………………… *539*
  * 初句索引 …………………… *541*
  * 地名索引 …………………… *550*
  * 歌語索引 …………………… *553*
* あとがき（家永香織）………… *559*

10　最勝四天王院障子和歌全釈（渡邉裕美子著）
2007年10月15日刊

* 凡例 ……………………………… *3*
全釈（後鳥羽院，慈円，源通光，俊成卿女，藤原有家，藤原定家，藤原家隆，飛鳥井雅経，源具親，藤原秀能詠）……… *7*
* 解説 …………………………… *415*
  * 一　序 …………………… *417*
  * 二　成立過程 …………… *419*
  * 三　障子歌の表現方法 …… *469*
  * 四　享受 ………………… *480*
  * 五　伝本 ………………… *487*
  * 付表 …………………… *490*
    * 〈表Ⅰ〉名所撰定過程 …… *490*
    * 〈表Ⅱ〉名所一覧 ………… *492*
    * 〈表Ⅲ〉先行名所障屏画一覧 … *500*
    * 〈表Ⅳ〉景物一覧 ………… *502*
    * 〈関係年譜〉……………… *506*
* 参考文献 ……………………… *511*
* 各句索引 ……………………… *517*
* あとがき（渡邉裕美子）……… *547*

11　恵慶百首全釈（筑紫平安文学会著）
2008年4月30日刊

* 凡例 ……………………………… *3*
全釈 ……………………………… *5*
* 解説 …………………………… *229*
  * 一　恵慶法師について―交友のこと・恵慶百首のこと・伝本のこと―（福田智子）………………………… *231*
  * 二　恵慶百首と『万葉集』―表現摂取を中心に―（南里一郎）……… *249*
  * 三　恵慶百首と『古今和歌六帖』に共通する特殊語句について（福田智子）… *263*
  * 四　恵慶と曾禰好忠の和歌―好忠百首・恵慶百首を中心に―（田坂憲二）… *275*
  * 五　恵慶と順の和歌―恵慶百首と順百首の類似歌句を中心に―（黒木香）… *289*
* 附録 …………………………… *303*
  * 一　〈恵慶百首〉〈好忠百首〉〈順百首〉本文対照表 ……………… *305*
  * 二　資経本『恵慶集』歌番号対照表 … *325*

＊三　研究文献一覧 ………………… *329*
　　＊四　〈恵慶百首〉各句索引 ………… *334*
　＊初出一覧 ………………………………… *341*
　＊あとがき（田坂憲二） ………………… *343*

12　慈円難波百首全釈（慈円和歌研究会著）
2009年3月15日刊

　＊凡例 ……………………………………… *3*
　全釈 ………………………………………… *11*
　＊解説 ……………………………………… *239*
　＊索引 ……………………………………… *253*
　＊あとがき（山本章博） ………………… *257*

13　広田社歌合全釈（武田元治著）
2009年5月15日刊

　＊凡例 ……………………………………… *3*
　全釈（道因勧進、藤原俊成加判） ……… *5*
　　社頭雪 …………………………………… *7*
　　海上眺望 ………………………………… *67*
　　述懐 ……………………………………… *129*
　＊解説 ……………………………………… *197*
　＊作者一覧 ………………………………… *211*
　＊索引 ……………………………………… *215*
　　＊語句索引 ……………………………… *217*
　　＊和歌索引 ……………………………… *221*
　＊あとがき（武田元治） ………………… *225*

14　寂然法門百首全釈（山本章博著）
2010年7月31日刊

　＊凡例 ……………………………………… *3*
　全釈（寂然詠） …………………………… *9*
　＊解説 ……………………………………… *201*
　＊題出典一覧 ……………………………… *223*
　＊索引 ……………………………………… *233*
　　＊初句索引 ……………………………… *235*
　　＊書名索引 ……………………………… *237*
　＊あとがき（山本章博） ………………… *241*

15　為忠家後度百首全釈（家永香織著）
2011年10月31日刊

　＊凡例 ……………………………………… *3*
　全釈（藤原為忠、藤原親隆、藤原顕広、源仲
　　正、藤原為業、藤原為盛、藤原為経、源頼
　　政詠） …………………………………… *7*
　＊解説 ……………………………………… *563*
　＊索引 ……………………………………… *609*
　　＊初句索引 ……………………………… *611*
　　＊地名索引 ……………………………… *620*

　　＊歌語索引 ……………………………… *623*
　＊あとがき（家永香織） ………………… *631*

16　土御門院句題和歌全釈（岩井宏子著）
2012年12月18日刊

　＊凡例 ……………………………………… *3*
　全釈 ………………………………………… *9*
　　詠五十首和歌Ⅰ ………………………… *11*
　　　春 ……………………………………… *11*
　　　夏 ……………………………………… *43*
　　　秋 ……………………………………… *57*
　　　冬 ……………………………………… *81*
　　　恋 ……………………………………… *94*
　　　雑 ……………………………………… *106*
　　詠五十首和歌Ⅱ ………………………… *145*
　　　春 ……………………………………… *145*
　　　夏 ……………………………………… *170*
　　　秋 ……………………………………… *183*
　　　冬 ……………………………………… *208*
　　　恋 ……………………………………… *220*
　　　雑 ……………………………………… *231*
　＊解説 ……………………………………… *265*
　＊索引 ……………………………………… *293*
　＊あとがき（岩井宏子） ………………… *299*

17　鑁也月百首・閑居百首全釈（室賀和子著）
2013年3月31日刊

　＊凡例 ……………………………………… *3*
　全釈 ………………………………………… *7*
　　月百首（鑁也詠） ……………………… *9*
　　閑居百首（鑁也詠） …………………… *95*
　＊解説 ……………………………………… *165*
　　＊はじめに ……………………………… *167*
　　＊Ⅰ　和歌をめぐって ………………… *169*
　　　＊1　『露色随詠集』ならびに鑁也歌
　　　　　評 ……………………………… *169*
　　　＊2　「月百首」について ………… *175*
　　　＊3　「閑居百首」について ……… *199*
　　＊Ⅱ　事蹟をめぐって ………………… *224*
　　　＊1　『明月記』から見た鑁也 …… *224*
　　　＊2　室生山仏舎利盗掘事件ならびに
　　　　　その信仰背景の一端 ………… *237*
　＊各句索引 ………………………………… *291*
　＊あとがき（室賀和子） ………………… *305*

18　順百首全釈（筑紫平安文学会著）
2013年5月31日刊

　＊凡例 ……………………………………… *3*
　全釈 ………………………………………… *7*

＊解説 …………………………………… 217
　＊一 源順の人生と百首歌（福田智子）… 219
　＊二 『曾禰好忠集』所収〈順百首〉の本
　　　 文について（南里一郎）…………… 229
　＊三 〈好忠百首〉と〈順百首〉の配列と
　　　 対応関係（岩坪健）………………… 249
　＊四 〈順百首〉の四季配列について（黒
　　　 木香）………………………………… 259
　＊五 〈順百首〉における『万葉集』受容
　　　 （曽根誠一）………………………… 270
　＊六 〈順百首〉の表現受容―歌合を中心
　　　 に―（福田智子）…………………… 289
　＊七 後世の歌集に採られた〈順百首〉
　　　 歌の作者認定について（福田智子）… 298
＊附録 …………………………………… 317
　＊一 〈好忠百首〉〈順百首〉本文対照 … 319
　＊二 主要参考文献一覧 ………………… 336
　＊三 源順関係年表 ……………………… 339
　＊四 〈順百首〉各句索引 ……………… 344
＊あとがき（曽根誠一）………………… 351

19　新宮撰歌合全釈（奥野陽子著）
2014年6月15日刊

＊凡例 ……………………………………… 3
全釈（藤原俊成判者）…………………… 7
＊解説 …………………………………… 155
＊作者略歴 ……………………………… 199
＊索引 …………………………………… 205
　＊和歌各句索引 ………………………… 207
　＊判詞語句索引 ………………………… 211
＊あとがき（奥野陽子）………………… 213

20　好忠百首全釈（筑紫平安文学会著）
2018年3月31日刊

＊凡例 ……………………………………… 3
全釈 ……………………………………… 7
＊解説 …………………………………… 241
　＊一 曾禰好忠―その人生と歌―（福田
　　　 智子）………………………………… 243
　＊二 資経本『曾禰好忠集』の本文につ
　　　 いて（南里一郎）…………………… 260
　＊三 〈好忠百首〉における『万葉集』受
　　　 容 附『万葉集』古点の成立時期臆断
　　　 （曽根誠一）………………………… 280
　＊四 〈好忠百首〉春夏秋冬恋部の表現―
　　　 『古今集』『後撰集』の受容―（福田智
　　　 子）…………………………………… 306
　＊五 〈好忠百首〉の表現摂取―歌合・私
　　　 家集との関わりを中心に―（福田智
　　　 子）…………………………………… 315

＊六 〈順百首〉に見られる〈好忠百首〉
　　　 の享受と展開（岩坪健）…………… 329
＊七 〈恵慶百首〉に見られる〈好忠百
　　　 首〉の影響について（南里一郎）… 338
＊八 不遇と老いの歌―〈好忠百首〉と
　　　 その周辺―（黒木香）……………… 355
＊附録 …………………………………… 369
　＊一 〈好忠百首〉〈順百首〉〈恵慶百首〉
　　　 本文対照 …………………………… 371
　＊二 主要参考文献一覧 ………………… 386
　＊三 〈好忠百首〉各句索引 …………… 390
＊あとがき（福田智子）………………… 397

[007] 江戸怪異綺想文芸大系
国書刊行会
全5巻
2000年10月～2003年3月
（高田衛監修）

第1巻　初期江戸読本怪談集（大高洋司、近藤瑞木編）
2000年10月30日刊

＊凡例 ……………………………………… 9
奇伝新話（蜉蝣子作、大高洋司、木越俊介校訂） ……………………………… 13
奇伝余話（近藤瑞木校訂） …………… 129
怪異前席夜話（反古斎著、近藤瑞木校訂） … 211
菟道園（桑楊庵光著、大高洋司、木越俊介校訂） ……………………………… 265
壺菫（源温故著、大高洋司、木越俊介校訂） ……………………………… 335
一二草（振鷺亭著、槙山雅之校訂） … 389
秋雨物語（流霞窓広住著、木越俊介校訂） … 465
蜑捨草（山家人（流霞窓）広住作、近藤瑞木校訂） ……………………………… 521
怪婦録（斜橋道人著、木越俊介校訂） … 573
聞書雨夜友（東随舎著、近藤瑞木校訂） … 611
＊解題 …………………………………… 673
　＊総説（大高洋司） ………………… 675
　＊奇伝新話・奇伝余話（近藤瑞木） … 685
　＊怪異前席夜話（近藤瑞木） ……… 688
　＊菟道園（大高洋司） ……………… 689
　＊壺菫（大高洋司） ………………… 690
　＊一二草（槙山雅之） ……………… 691
　＊秋雨物語（近藤瑞木） …………… 692
　＊蜑捨草（近藤瑞木） ……………… 694
　＊怪婦録（木越俊介） ……………… 695
　＊聞書雨夜友（近藤瑞木） ………… 696

第2巻　都賀庭鐘・伊丹椿園集（稲田篤信、木越治、福田安典編）
2001年5月20日刊

＊凡例 ……………………………………… 9
都賀庭鐘篇 ……………………………… 13
　莠句冊（木越治校訂） ………………… 15
　義経磐石伝（稲田篤信校訂） ……… 121
　四鳴蟬（稲田篤信校訂） …………… 273
　呉服文織時代三国志（木越治校訂） … 331
　過目抄（木越治校訂） ……………… 441
伊丹椿園篇 …………………………… 475

翁草（福田安典校訂） ………………… 477
唐錦（福田安典校訂） ………………… 551
深山草（福田安典校訂） ……………… 615
椿園雑話（福田安典校訂） …………… 671
絵本弓張月（福田安典校訂） ………… 711
＊解題 …………………………………… 729
　＊都賀庭鐘について（福田安典） … 731
　＊伊丹椿園について（福田安典） … 744
　＊莠句冊（木越治） ………………… 755
　＊義経磐石伝（稲田篤信） ………… 758
　＊四鳴蟬（稲田篤信） ……………… 760
　＊呉服文織時代三国志（木越治） … 761
　＊過目抄（木越治） ………………… 765
　＊翁草（福田安典） ………………… 770
　＊唐錦（福田安典） ………………… 771
　＊深山草（福田安典） ……………… 773
　＊椿園雑話（福田安典） …………… 775
　＊絵本弓張月（福田安典） ………… 777

第3巻　和製類書集（神谷勝広編）
2001年12月24日刊

＊凡例 ……………………………………… 8
訓蒙故事要言（宮川道達編、神谷勝広校訂） … 11
絵本故事談（山本序周編、神谷勝広校訂） … 565
＊解題（神谷勝広） …………………… 745
　＊一　和製類書とは─中国故事を伝達するパイプ役（神谷勝広） …………… 747
　＊二　和製類書と怪談・奇談（神谷勝広） ……………………………… 748
　＊三　『訓蒙故事要言』（神谷勝広） … 750
　＊四　『絵本故事談』（神谷勝広） … 754
＊『訓蒙故事要言』『絵本故事談』書名索引・主要人名索引 ………………… 左I

第4巻　山東京山伝奇小説集（髙木元編）
2003年1月30日刊

＊凡例 ……………………………………… 9
復讐妹背山物語（髙木元校訂） ……… 13
小桜姫風月奇観（髙木元校訂） ……… 67
鶯談伝奇桃花流水（髙木元校訂） … 177
煙草二抄（湯浅淑子校訂） …………… 325
劇春大江山入（三浦洋美校訂） ……… 359
奴勝山愛玉丹前（津田眞弓校訂） …… 415
戻駕籠故郷錦絵（津田眞弓校訂） …… 447
＊〔口絵〕
絵半切かかしくの文月（髙木元校訂） … 513
閧（ワラウカド）七福茶番（本多朱里校訂） … 571
昔語成田之開帳（鵜飼伴子校訂） …… 583
家桜継穂鉢植（本多朱里校訂） ……… 651
契情身持扇（髙木元校訂） …………… 721

[007] 江戸怪異綺想文芸大系

熱海温泉図彙 (津田眞弓校訂) ………… 789
百姓玉手箱 (鵜飼伴子校訂) ………… 823
琴声女房形気 (本多朱里校訂) ……… 847
敵討貞女鑑 (髙木元校訂) …………… 903
＊解題 …………………………………… 977
　＊はじめに (髙木元) ………………… 979
　＊山東京山略伝 (髙木元) …………… 981
　＊復讐妹背山物語 (髙木元) ………… 986
　＊小桜姫風月奇観 (髙木元) ………… 988
　＊鶯談伝奇桃花流水 (髙木元) ……… 992
　＊煙草二抄 (湯浅淑子) ……………… 995
　＊劇春大江山入 (三浦洋美) ……… 1000
　＊奴勝山愛玉丹前 (津田眞弓) …… 1007
　＊戻駕籠故郷錦絵 (津田眞弓) …… 1012
　＊絵半切かしくの文月 (髙木元) … 1023
　＊閧 (ワラウカド) 七福茶番 (本多朱里) …… 1024
　＊昔語成田之開帳 (鵜飼伴子) …… 1027
　＊家桜継穂鉢植 (本多朱里) ……… 1029
　＊契情身持扇 (髙木元) …………… 1032
　＊熱海温泉図彙 (津田眞弓) ……… 1034
　＊百姓玉手箱 (鵜飼伴子) ………… 1038
　＊琴声女房形気 (本多朱里) ……… 1041
　＊敵討貞女鑑 (髙木元) …………… 1043
　＊参考文献 ………………………… 1045

＊燈前新話 (土井大介) …………… 1065
＊佐渡怪談藻塩草 (本間純一) …… 1068
＊三州奇談 (堤邦彦) ……………… 1069
＊駿国雑志 (抄) (堤邦彦) ………… 1071
＊西播怪談実記 (北城伸子) ……… 1073
＊因幡怪談集 (伊藤龍平) ………… 1074
＊雪窓夜話 (杉本好伸) …………… 1077
＊稲亭物怪録 (杉本好伸) ………… 1078
＊神威怪異奇談 (南路志巻三十六・三十七) (土屋順子) ……………………… 1081
＊大和怪異記 (土屋順子) ………… 1083
＊古今弁惑実物語 (堤邦彦) ……… 1085
＊おなつ蘇甦物語 (平田徳) ……… 1086
＊孝子善之丞感得伝 (北城伸子) … 1087

第5巻　近世民間異聞怪談集成 (堤邦彦, 杉本好伸編)
2003年3月31日刊

＊凡例 …………………………………… 9
燈前新話 (虎厳道説著, 土井大介校訂) …… 15
佐渡怪談藻塩草 (作者未詳, 本間純一校訂) ‥ 49
三州奇談 (堀麦水著, 堤邦彦校訂) ………… 105
駿国雑志 (抄) (阿部正信著, 堤邦彦校訂) … 297
西播怪談実記 (春名忠成作, 北城伸子校訂) ……………………………………… 397
因幡怪談集 (伊藤龍平校訂) ……… 461
雪窓夜話 (上野忠親著, 杉本好伸校訂) …… 519
稲亭物怪録 (柏正甫著, 杉本好伸校訂) …… 643
神威怪異奇談 (南路志巻三十六・三十七) (武藤致和編, 土屋順子校訂) ……………… 735
大和怪異記 (作者未詳, 興雲子 (荻原政親か)), 土屋順子校訂) ………………… 819
古今弁惑実物語 (北尾雪坑斎作・画, 堤邦彦校訂) …………………………… 919
おなつ蘇甦物語 (釈義貫聞書, 平田徳校訂) ………………………………………… 971
孝子善之丞感得伝 (直往談, 厭求記, 北城伸子校訂) ……………………………… 989
＊解題 ………………………………… 1057
　＊はじめに (堤邦彦) …………… 1059

[008] 江戸怪談文芸名作選
国書刊行会
全5巻
2016年8月〜
(木越治責任編集)

第1巻　新編浮世草子怪談集（木越治校訂代表）
2016年8月15日刊

＊凡例 ……………………………………… 2
玉櫛笥（林義端作、木越治、金永昊校訂）……… 5
玉箒子（林義端作、木越治、金永昊校訂）…… 189
都鳥妻恋笛（江島其磧作、木越治、加藤十
　　握校訂）………………………………… 317
＊解説（木越治、金永昊、加藤十握）……… 437
　＊『玉櫛笥』『玉箒子』解説 …………… 438
　＊『都鳥妻恋笛』解説 ………………… 451

第2巻　前期読本怪談集（飯倉洋一校訂代表）
2017年7月15日刊

＊凡例 ……………………………………… 2
垣根草（草官散人作、有澤知世校訂）………… 5
新斎夜語（梅朧館主人作、浜田泰彦校訂）… 121
続新斎夜語（梅朧館主人作、簑田将樹校
　　訂）……………………………………… 193
唐土の吉野（前川来太作、飯倉洋一校訂）… 281
＊解説 …………………………………… 353
　＊『垣根草』解説（有澤知世）………… 354
　＊『新斎夜語』解説（簑田将樹）……… 365
　＊『続新斎夜語』解説（簑田将樹）…… 374
　＊『唐土の吉野』解説（飯倉洋一）…… 380

第3巻　清涼井蘇来集（井上泰至校訂代表）
2018年4月5日刊

＊凡例 ……………………………………… 2
古実今物語（木越秀子校訂）………………… 5
今昔雑冥談（郷津正校訂）………………… 127
後篇古実今物語（紅林健志校訂）………… 221
当世操車（宍戸道子校訂）………………… 295
＊解説（井上泰至、木越秀子、紅林健志、郷
　　津正、宍戸道子）……………………… 373

第4巻　動物怪談集（近衞典子校訂代表）
2018年10月25日刊

＊凡例 ……………………………………… 2
雉鼎会談（藤貞陸編、近衞典子校訂）……… 5
風流狐夜咄（豊田軒可候作、網野可苗校
　　訂）……………………………………… 107
怪談記野狐名玉（谷川琴生糸作、高松亮太
　　校訂）………………………………… 175
怪談名香富貴玉（谷川琴生糸作、田丸真理
　　子校訂）……………………………… 243
怪談見聞実記（中西敬房作、小笠原広安校
　　訂）……………………………………… 303
＊解説 …………………………………… 385
　＊『雉鼎会談』解説（近衞典子）……… 386
　＊『風流狐夜咄』解説（網野可苗）…… 393
　＊『怪談記野狐名玉』解説（高松亮太）‥ 402
　＊『怪談名香富貴玉』解説（近衞典子）‥ 414
　＊『怪談見聞実記』解説（近衞典子）… 422

[009] 江戸狂歌本選集
東京堂出版
全15巻
1998年5月～2007年12月
（江戸狂歌本選集刊行会、人名索引刊行会（第14巻）編）

第1巻（粕谷宏紀責任編集）
1998年5月20日刊

* 刊行にあたって（江戸狂歌本選集刊行会） ‥ 1
* 凡例 ……………………………………………… 3
* 解題 夢庵戯哥集（小林勇） …………………… 2
夢庵戯哥集（釈大我著、小林勇翻刻）………… 3
* 解題 明和狂歌合（石川俊一郎）……………… 54
明和狂歌合（内山椿軒、萩原宗固判者、石川俊一郎翻刻）………………………………… 55
* 解題 柳の雫（岡雅彦）………………………… 66
柳の雫（柳下泉末竜詠、岡雅彦翻刻）………… 67
* 解題 下町稲荷社三十三番御詠歌（塩村耕）………………………………………………… 82
下町稲荷社三十三番御詠歌（塩村耕翻刻）… 83
* 解題 今日歌集（宇田敏彦）…………………… 88
今日歌集（木室卯雲著、藍明編、宇田敏彦翻刻）…………………………………………… 89
* 解題 興歌めさし岬（久保田啓一）………… 106
興歌めさし岬（丹青洞恭円編、久保田啓一翻刻）………………………………………… 107
* 解題 狂歌栗の下風（石川了）……………… 128
狂歌栗の下風（浜辺黒人輯、石川了翻刻）… 129
* 解題 狂歌若葉集（宇田敏彦）……………… 156
狂歌若葉集（唐衣橘洲編著、宇田敏彦翻刻）… 157
* 解題 万載狂歌集（宇田敏彦）……………… 218
万載狂歌集（四方赤良、朱楽菅江編著、宇田敏彦翻刻）………………………………… 219
* 解題 猿のこしかけ（久保田啓一）………… 276
猿のこしかけ（浜辺黒人編、久保田啓一翻刻）………………………………………… 277
* 解題 落栗庵月並摺（岡雅彦）……………… 292
落栗庵月並摺（元杢網編、岡雅彦翻刻）…… 293

第2巻（粕谷宏紀責任編集）
1998年8月30日刊

* 凡例 …………………………………………… 1
* 解題 狂歌すまひ草（広部俊也）……………… 2
狂歌すまひ草（普栗釣方、宿屋飯盛、なますの盛方、つむりの光著、広部俊也翻刻）… 3
* 解題 巴人集（広部俊也）…………………… 54
巴人集（四方赤良著、広部俊也翻刻）……… 55

* 解題 狂言鶯蛙集（宇田敏彦）……………… 110
狂言鶯蛙集（朱楽漢江編著、宇田敏彦翻刻）………………………………………… 111
* 解題 徳和哥後万載集（宇田敏彦）………… 190
徳和哥後万載集（四方山人（赤良）編著、宇田敏彦翻刻）……………………………… 191
* 解題 栗花集（石川了）……………………… 254
栗花集（四方赤良編、石川了翻刻）………… 255
* 解題 下里巴人卷（広部俊也）……………… 304
下里巴人卷（四方赤良著、広部俊也翻刻）… 305

第3巻（岡雅彦責任編集）
1999年2月10日刊

* 凡例 …………………………………………… 1
* 解題 狂歌評判俳優風（高橋啓之）…………… 2
狂歌評判俳優風（わざをぎぶり）（唐衣橘洲、朱楽菅江、四方赤良編、高橋啓之翻刻）… 3
* 解題 夷歌百鬼夜狂（粕谷宏紀）…………… 42
夷歌百鬼夜狂（粕谷宏紀翻刻）……………… 43
* 解題 三十六人狂歌撰（石川了）…………… 58
三十六人狂歌撰（四方赤良編、石川了翻刻）… 59
* 解題 新玉狂歌集（延広真治）……………… 72
新玉狂歌集（四方赤良編著、延広真治翻刻）… 74
* 解題 狂歌才蔵集（石川俊一郎）…………… 94
狂歌才蔵集（四方赤良編、石川俊一郎翻刻）… 95
* 解題 狂歌千里同風（粕谷宏紀）…………… 142
狂歌千里同風（粕谷宏紀翻刻）……………… 143
* 解題 鸚鵡盃（小林勇）……………………… 162
鸚鵡盃（朱楽菅江編、小林勇翻刻）………… 163
* 解題 狂歌数寄屋風呂（高橋啓之）………… 174
狂歌数寄屋風呂（鹿都部真顔編、高橋啓之翻刻）………………………………………… 175
* 解題 八重垣縁結（小林勇）………………… 184
八重垣縁結（朱楽菅江編、小林勇翻刻）…… 185
* 解題 狂歌部領使（佐藤悟）………………… 194
狂歌部領使（粕谷宏紀、佐藤悟翻刻）……… 195
* 解題 狂歌四本柱（佐藤悟）………………… 246
狂歌四本柱（佐藤悟翻刻）…………………… 247
* 解題 狂歌桑之弓（小林勇）………………… 282
狂歌桑之弓（桑楊庵光編、小林勇翻刻）…… 283
* 解題 狂歌太郎殿犬百首（岡雅彦）………… 292
狂歌太郎殿犬百首（桑楊庵光編、岡雅彦翻刻）………………………………………… 293

第4巻（延広真治責任編集）
1999年6月30日刊

* 凡例 …………………………………………… 1
* 解題 狂歌上段集（石川了）…………………… 2
狂歌上段集（尚左堂俊満輯、石川了翻刻）…… 3

[009] 江戸狂歌本選集

＊解題 狂歌三十六歌仙（宮崎修多）………… 68
狂歌三十六歌仙（千秋庵三陀羅編、宮崎修
　多翻刻）………………………………………… 69
＊解題 新古今狂歌集（粕谷宏紀）…………… 84
新古今狂歌集（粕谷宏紀翻刻）……………… 85
＊解題 四方の巴流〔西尾市岩瀬文庫蔵〕
　（塩村耕）……………………………………… 154
四方の巴流〔西尾市岩瀬文庫蔵〕（狂歌堂
　鹿都部真顔編、塩村耕翻刻）……………… 156
＊解題 四方の巴流〔京都大学文学部穎原
　文庫本〕（小林勇）…………………………… 189
四方の巴流〔京都大学文学部穎原文庫本〕
　（狂歌堂真顔編、小林勇翻刻）……………… 190
＊解題 よものはる〔東京国立博物館蔵本〕
　（小林ふみ子）………………………………… 205
よものはる〔東京国立博物館蔵本〕（四方
　歌垣編か、小林ふみ子翻刻）……………… 207
＊解題 二妙集（岡雅彦）……………………… 242
二妙集（岡雅彦翻刻）………………………… 243
＊解題 晴天闘歌集（宮崎修多）……………… 252
晴天闘歌集（後巴人亭つむりの光編、宮
　崎修多翻刻）…………………………………… 253

第5巻（小林勇責任編集）
1999年8月30日刊

＊凡例 ……………………………………………… 1
＊解題 柳の糸（宮崎修多）……………………… 2
柳の糸（浅草庵市人編、宮崎修多翻刻）……… 3
＊解題 狂歌東西集（石川俊一郎）…………… 26
狂歌東西集（千秋庵三陀羅法師編、石川俊
　一郎翻刻）……………………………………… 27
＊解題 狂歌東来集（佐藤悟）………………… 92
狂歌東来集（酒月米人（吾友軒）編、佐藤悟
　翻刻）…………………………………………… 93
＊解題 狂歌杓子栗（渡辺好久児）…………… 150
狂歌杓子栗（便々館湖鯉鮒編、渡辺好久児
　翻刻）…………………………………………… 151

第6巻（石川了責任編集）
1999年10月30日刊

＊凡例 ……………………………………………… 1
＊解題 古寿恵のゆき（石川了）………………… 2
古寿恵のゆき（淮南堂行澄、陽羨亨儘成書、
　唯我堂川面等12人編、石川了翻刻）………… 3
＊解題 五十鈴川狂歌車（石川俊一郎）……… 22
五十鈴川狂歌車（千秋庵三陀羅法師編、石
　川俊一郎翻刻）………………………………… 23
＊解題 狂歌酔竹集（渡辺好久児）…………… 42
狂歌酔竹集（唐衣橘洲編、渡辺好久児翻刻）… 43
＊解題 狂歌萩古枝（久保田啓一）…………… 80

狂歌 萩古枝（浅草庵市人編、久保田啓一翻
　刻）……………………………………………… 81
＊解題 狂歌左鞆絵（渡辺好久児）…………… 134
狂歌左鞆絵（尚左堂俊満編、渡辺好久児翻
　刻）……………………………………………… 135
＊解題 狂歌武射志風流（渡辺好久児）……… 230
狂歌武射志風流（四方真顔、森羅万象編、
　渡辺好久児翻刻）……………………………… 231
＊解題 狂歌茅花集（石川了）………………… 290
狂歌茅花集（四方歌垣（真顔）編、石川了翻
　刻）……………………………………………… 291

第7巻（久保田啓一責任編集）
2000年6月15日刊

＊凡例 ……………………………………………… 1
＊解題 狂歌浜荻集（神田正行）………………… 2
狂歌浜荻集（便々館湖鯉鮒編、神田正行翻
　刻）………………………………………………… 3
＊解題 職人尽狂歌合（石川俊一郎）………… 98
職人尽狂歌合（六樹園飯盛判者、石川俊一
　郎翻刻）………………………………………… 99
＊解題 とこよもの（延広真治）……………… 138
とこよもの（尋幽亭栽名編、延広真治翻
　刻）……………………………………………… 139
＊解題 狂歌当載集（佐藤至子）……………… 152
狂歌当載集（千秋庵三陀羅法師編、佐藤至
　子翻刻）………………………………………… 153
＊解題 新撰狂歌百人一首（粕谷宏紀）……… 262
新撰狂歌百人一首（六樹園宿屋飯盛編、粕谷
　宏紀翻刻）……………………………………… 263

第8巻（石川了責任編集）
2000年8月25日刊

＊凡例 ……………………………………………… 1
＊解題 狂歌若緑岩代松（渡辺好久児）………… 2
狂歌若緑岩代松（時雨庵萱根編、渡辺好久
　児翻刻）………………………………………… 3
＊解題 狂歌波津加蛭子（粕谷宏紀）………… 18
狂歌波津加蛭子（宿屋飯盛撰、粕谷宏紀翻
　刻）……………………………………………… 19
＊解題 万代狂歌集（粕谷宏紀）……………… 80
万代狂歌集（宿屋飯盛編、粕谷宏紀翻刻）… 81
＊解題 狂歌関東百題集（久保田啓一）……… 226
狂歌関東百題集（鈍々亭和樽編、久保田啓
　一翻刻）………………………………………… 227
＊解題 狂歌あきの野ら（久保田啓一）……… 296
狂歌あきの野ら（萩の屋裏住編、久保田啓
　一翻刻）………………………………………… 297

第9巻（石川了、粕谷宏紀責任編集）

2000年9月25日刊

* 凡例 ……………………………………… 1
* 解題 狂歌水薦集(石川俊一郎) ……… 2
狂歌水薦集(四方滝水楼米人編, 石川俊一郎翻刻) ……………………………… 3
* 解題 評判飲食狂歌合(粕谷宏紀) ……… 20
評判飲食狂歌合(六樹園飯盛判者, 粕谷宏紀翻刻) ………………………………… 21
* 解題 俳諧歌兄弟百首(石川俊一郎) …… 80
俳諧歌兄弟百首(四方真顔選, 石川俊一郎, 粕谷宏紀翻刻) ……………………… 81

第10巻 (粕谷宏紀責任編集)
2001年3月1日刊

* 凡例 ……………………………………… 1
* 解題 芦荻集(小林勇) …………………… 2
芦荻集(紀真顔著, 小林勇翻刻) ………… 3
* 解題 吉原十二時(高橋啓之) ………… 138
吉原十二時(石川雅望(六樹園飯盛)編, 高橋啓之翻刻) …………………………… 139
* 解題 我おもしろ(石川俊一郎) ……… 236
我おもしろ(手柄岡持作, 平沢太寄編, 石川俊一郎翻刻) …………………………… 237

第11巻 (粕谷宏紀責任編集)
2001年9月25日刊

* 凡例 ……………………………………… 1
* 解題 狂歌棟上集・続棟上集(延広真治) … 2
狂歌棟上集(狂歌堂真顔, 談洲楼焉馬撰, 延広真治翻刻) ……………………………… 5
続棟上集(狂歌堂真顔, 談洲楼焉馬選, 広部俊也翻刻) ………………………………… 60
* 解題 狂歌類後杓子栗(石川了) ………… 70
狂歌類後杓子栗(便々館湖鯉鮒輯, 広部俊也翻刻) …………………………………… 71
* 解題 あさくさくさ(石川俊一郎) …… 250
あさくさくさ(万歳逢義編, 石川俊一郎翻刻) ……………………………………… 251

第12巻 (粕谷宏紀責任編集)
2002年9月30日刊

* 凡例 ……………………………………… 1
* 解題 狂歌吉原形四季細見(高橋啓之) … 2
狂歌吉原形四季細見(六樹園, 浅草庵, 芍薬亭, 鈍々亭, 宝船舎撰, 高橋啓之翻刻) … 3
* 解題 新玉帖(延広真治) ……………… 42
新玉帖(燕栗園編著, 延広真治翻刻) …… 43
* 解題 四方歌垣翁追善集(石川了) …… 70

四方歌垣翁追善集(森羅亭(万象), 弥生庵(雛丸), 秋長堂(物簗)編, 石川了翻刻) … 71
* 解題 江戸名物百題狂歌集(石川了) …… 92
江戸名物百題狂歌集(文々舎蟹子丸撰, 石川了翻刻) ………………………………… 93
* 解題 十符の菅薦(高橋啓之) ………… 164
十符の菅薦(梅многоちう楼撰, 高橋啓之翻刻) … 165
* 解題 狂歌煙草百首(粕谷宏紀) ……… 188
狂歌煙草百首(橘薫著, 粕谷宏紀翻刻) … 189
* 解題 狂歌四季人物(宮崎修多) ……… 218
狂歌四季人物(天明老人尽語楼(下手内匠)編, 宮崎修多翻刻) ……………………… 219

第13巻 (石川俊一郎, 粕谷宏紀責任編集)
2004年5月25日刊

* 凡例 ……………………………………… 1
* 解題 狂歌江都名所図会(石川了) ……… 2
狂歌江都名所図会(天明老人(入道)内匠撰, 粕谷宏紀, 小林ふみ子翻刻) ………… 3

第14巻 人名索引 (人名索引刊行会編)
2006年8月25日刊

* 『江戸狂歌本選集 人名索引』凡例 ……… 1
* 人名索引 ………………………………… 1
* 『江戸狂歌本選集』第一~十三巻総合目次 ……………………………………… 225

第15巻
2007年12月25日刊

* 凡例 ……………………………………… 1
狂歌論 ……………………………………… 1
* 解題 狂歌はまのきさご(小林ふみ子) … 4
狂歌はまのきさご(元木網著, 小林ふみ子翻刻) …………………………………… 5
* 解題 狂歌大体(伴野英一) …………… 30
狂歌大体(朱楽菅江著, 伴野英一翻刻) … 31
* 解題 たはれうたよむおほむね(牧野悟資) ……………………………………… 42
たはれうたよむおほむね(狂歌堂真顔著, 牧野悟資翻刻) …………………………… 44
* 解題 狂歌初心抄(渡辺好久児) ……… 52
狂歌初心抄(唐衣橘洲著, 渡辺好久児翻刻) ……………………………………… 53
名鑑 ……………………………………… 83
* 解題 狂歌師細見(高橋啓之) ………… 86
狂歌師細見(高橋啓之翻刻) …………… 87
* 解題 狂歌知足振(石川了) …………… 100
狂歌知足振(普栗釣方編, 石川了翻刻) … 101
* 解題 狂歌艦初編(吉丸雄哉) ………… 116

狂歌艦初編（式亭三馬編著，吉丸雄哉翻
　刻箇所）……………………………… 118
＊解題 狂歌艦後編（吉丸雄哉）………… 150
狂歌艦後編（式亭三馬編著，吉丸雄哉翻
　刻箇所）……………………………… 151
＊解題 新狂歌艦 初編・二篇（吉丸雄
　哉）…………………………………… 186
新狂歌艦 初編（菅原長根編著，吉丸雄哉
　翻刻箇所）…………………………… 187
新狂歌艦 二篇（菅原長根編著，吉丸雄哉
　翻刻箇所）…………………………… 225
＊解題 俳諧歌艦（吉丸雄哉）…………… 260
俳諧歌艦（式亭三馬編著，吉丸雄哉翻刻
　箇所）………………………………… 261
＊解題 狂歌人物誌（粕谷宏紀）………… 328
狂歌人物誌（四世絵馬屋額輔著，粕谷宏
　紀，山名順子翻刻）…………………… 329
＊解題 狂歌師伝（山名順子）…………… 398
狂歌師伝（梅本高節著，山名順子翻刻）… 399
＊人名索引 …………………………………… 415
＊江戸狂歌本大全集 総合目次（第一巻～第
　十四巻）……………………………… 471
＊終刊にあたって（粕谷宏紀）…………… 473

［010］江戸後期紀行文学全集
新典社
全3巻
2007年6月～2015年7月
（新典社研究叢書）
（津本信博著）

第1巻
2007年6月11日刊

＊〔口絵〕……………………………………… 3
＊刊行にあたって（津本信博）……………… 13
＊凡例 ………………………………………… 16
朝三日記（木下幸文作）…………………… 17
　上巻 ……………………………………… 19
　下巻 ……………………………………… 83
越の道の記（源さだき作）………………… 141
中道日記（片岡春乃作）…………………… 151
相良日記（中島広足作）…………………… 157
花鳥日記（村田了阿作）…………………… 171
橋立日記 磯清水（小山田与清作）………… 181
香川平景樹大人東遊記（菅沼斐雄作）…… 191
中空の日記（香川景樹作）………………… 229
輔尹先生東紀行（藤田輔尹作）…………… 279
鈴屋大人都日記（石塚龍麿編）…………… 293
　上巻 ……………………………………… 295
　下巻 ……………………………………… 332
やつれ蓑の日記―附録 雨瀧紀行・美徳山
　紀行―（衣川長秋作）……………………… 373
伊豆日記（富秋園海若子作）……………… 395
　上巻 ……………………………………… 397
　下巻 ……………………………………… 420
宇治のたびにき（大野祐之作）…………… 445
文月の記（加納諸平作）…………………… 453
千代の浜松（島津重豪女作）……………… 481
修学院御幸（谷采茶作）…………………… 495
二条日記（高林方朗作）…………………… 501
　上巻 ……………………………………… 503
　中巻 ……………………………………… 547
　下巻 ……………………………………… 591
出雲路日記（藤井高尚作）………………… 625
みかげのにき（氷室長翁作）……………… 643
御蔭日記（氷室豊長作）…………………… 653
＊解題 ……………………………………… 665
　＊朝三日記 ……………………………… 667
　＊越の道の記 …………………………… 668
　＊中道日記 ……………………………… 669
　＊相良日記 ……………………………… 669
　＊花鳥日記 ……………………………… 670

[010] 江戸後期紀行文学全集

＊橋立日記 磯清水 …………………… 671
＊香川平景樹大人東遊記 …………… 672
＊中空の日記 ………………………… 673
＊輔尹先生東紀行 …………………… 674
＊鈴屋大人都日記 …………………… 675
＊やつれ蓑の日記 …………………… 677
＊伊豆日記 …………………………… 678
＊宇治のたびにき …………………… 679
＊文月の記 …………………………… 680
＊千代の浜松 ………………………… 681
＊修学院御幸 ………………………… 682
＊二条日記 …………………………… 683
＊出雲路日記 ………………………… 684
＊みかげのにき ……………………… 685
＊御蔭日記 …………………………… 686

第2巻
2013年9月23日刊

＊〔口絵〕……………………………… 3
＊凡例 ………………………………… 18
蓬莱園記（橘守部著, 孫道守書）… 19
　上巻 ………………………………… 21
　下巻 ………………………………… 40
煙霞日記（小津久足作）…………… 55
　上巻 ………………………………… 57
　下巻 ………………………………… 102
さきくさ日記（貞幸, 益親, 千枝子作）… 139
はまの松葉（小山田與清作）……… 165
野総紀行（雙松行義作）…………… 195
春のみかり（新見正路, 成島司直等作）… 205
日光道の記 全（藤原定祥）………… 225
青葉の道の記（川路高子作）……… 269
蜻蜒百首道の記（大堀守雄作）…… 279
九月十三夜の詞 堀練誠に贈る歌（鹿持雅澄作）……………………… 305
　九月十三夜の詞 …………………… 307
　堀練誠に贈る歌 …………………… 310
日光山扈従私記（露の道芝）（成島司直作）………………………… 313
かりの冥途（松岡行義作）………… 347
淡路廼道草（新居正方作）………… 359
堂飛乃日難美（松岡行義作）……… 375
須磨日記（香川景周作）…………… 387
近江田上紀行 全（橋本実麗作）… 399
たけ狩（川路高子作）……………… 405
寺めぐり（草稿）（川路高子作）… 415
よしの行記（川路高子作）………… 429
＊解題 ………………………………… 443
　＊蓬莱園記 ………………………… 445
　＊煙霞日記 ………………………… 445
　＊さきくさ日記 …………………… 446
　＊はまの松葉 ……………………… 447
　＊野総紀行 ………………………… 448
　＊春のみかり ……………………… 448
　＊日光道の記 ……………………… 449
　＊青葉の道の記 …………………… 450
　＊蜻蜒百首道の記 ………………… 451
　＊九月十三夜の詞 堀練誠に贈る歌 … 451
　＊日光山扈従私記（露の道芝）… 452
　＊かりの冥途 ……………………… 453
　＊淡路廼道草 ……………………… 453
　＊堂飛乃日難美 …………………… 454
　＊須磨日記 ………………………… 454
　＊近江田上紀行 …………………… 455
　＊たけ狩 …………………………… 456
　＊寺めぐり（草稿）……………… 457
　＊よしの行記 ……………………… 457
＊あとがき（有馬義貴, 髙野浩, 濱田寛, 福家俊幸, 松島毅）…………………… 459

第3巻
2015年7月18日刊

＊〔口絵〕……………………………… 3
＊凡例 ………………………………… 14
ふるの道くさ（草稿）（川路高子作）… 15
木曽の道の記（作者未詳）………… 31
熊埜紀行 踏雲吟稿（三木克明稿）… 65
兎道紀行（宇治紀行）（矢盛教愛作）… 81
天山日記（阿蘇惟敦作）…………… 97
野山の歎き 完（伴光平作）………… 115
西行日記（中島宜門著）…………… 135
あさぎぬ（小出粲著）……………… 187
乙卯記行（水野豊春, 加藤行虎作）… 207
＊解題 ………………………………… 229
　＊ふるの道くさ（草稿）………… 231
　＊木曽の道の記 …………………… 231
　＊熊埜紀行・踏雲吟稿 …………… 232
　＊兎道紀行（宇治紀行）………… 233
　＊天山日記 ………………………… 234
　＊野山の歎き ……………………… 235
　＊西行日記 ………………………… 236
　＊あさぎぬ ………………………… 236
　＊乙卯記行 ………………………… 237
付載 …………………………………… 239
　ライデン大学蔵本『源氏』翻刻紹介 … 241
　　翻刻（甲斐屋林右衛門）……… 241
　＊解題 ……………………………… 247
　＊『熊本十日記』に見る日記文学的性格―敬神党の乱に関わって― ……… 249
＊著者略歴・業績一覧 ……………… 267

日本古典文学全集・内容綜覧 第II期　21

＊あとがき（津本靜子）……………… 284

> ［011］榎本星布全句集
> 勉誠出版
> 全1巻
> 2011年12月
> （小磯純子編）

〔1〕
2011年12月28日刊

＊〔口絵〕………………………………… 巻頭
＊序（矢羽勝幸）………………………… (1)
＊凡例 …………………………………… (5)
春の部 …………………………………… 1
夏の部 …………………………………… 51
秋の部 …………………………………… 89
冬の部 …………………………………… 135
＊句集所蔵・出典一覧 ………………… 169
＊榎本星布年譜 ………………………… 172
＊榎本家系図 …………………………… 174
＊初句索引 ……………………………… 175
＊あとがき（小磯純子）………………… 188

[012] 新装解註 謠曲全集
中央公論新社
全6巻
2001年12月
(オンデマンド版)
(野上豊一郎編)

巻1
2001年12月10日刊

* 凡例(野上豊一郎) ……………………… 1
* 序説 ……………………………………… 1
  * 謠曲と能 ……………………………… 3
  * 謠曲の種類 ………………………… 10
  * 謠曲の番数と流派 ………………… 15
  * 各流謠曲現行曲目 ………………… 20
  * 謠曲の作者 ………………………… 38
  * 謠曲の構成 ………………………… 41
  * 變化と制限 ………………………… 47
  * 音樂・舞踊・扮装・等 …………… 52
「翁」と脇能物 ………………………… 61
  * 脇能物について …………………… 63
翁 ………………………………………… 71
  翁(觀世流) …………………………… 73
脇能物 …………………………………… 83
  高砂(觀世流)神舞物 ………………… 85
  弓八幡(觀世流)神舞物 ……………… 99
  養老(觀世流)神舞物 ……………… 111
  志賀(宝生流)神舞物 ……………… 123
  代主(宝生流)神舞物 ……………… 135
  松尾(宝生流)神舞物 ……………… 147
  御裳濯(金春流)神舞物 …………… 157
  淡路(金剛流)神舞物 ……………… 171
  繪馬(金剛流)神舞物 ……………… 183
  逆矛(觀世流)働物 ………………… 195
  氷室(金剛流)働物 ………………… 205
  加茂(金春流)働物 ………………… 219
  嵐山(金春流)働物 ………………… 233
  竹生島(金春流)働物 ……………… 243
  和布刈(宝生流)働物 ……………… 253
  九世戸(觀世流)働物 ……………… 265
  江島(觀世流)働物 ………………… 275
  玉井(觀世流)働物 ………………… 289
  富士山(金剛流)働物 ……………… 301
  金札(喜多流)働物 ………………… 313
  岩船(喜多流)働物 ………………… 323
  難波(宝生流)楽物 ………………… 333
  白鬚(金春流)楽物 ………………… 347
  道明寺(觀世流)楽物 ……………… 361

東方朔(金春流)楽物 ………………… 375
源太夫(金春流)楽物 ………………… 385
大社(觀世流)楽物 …………………… 397
寝覺(觀世流)楽物 …………………… 409
輪藏(觀世流)楽物 …………………… 419
鶴龜(宝生流)楽物 …………………… 431
鵜祭(金春流)楽物 …………………… 437
老松(觀世流)真序舞物 ……………… 449
放生川(宝生流)真序舞物 …………… 459
白樂天(觀世流)真序舞物 …………… 471
佐保山(金春流)真序舞物 …………… 483
呉服(觀世流)中舞物 ………………… 495
西王母(金春流)中舞物 ……………… 507
右近(宝生流)中舞物 ………………… 517
鱗形(喜多流)神楽物 ………………… 527
内外詣(金剛流)獅子舞物 …………… 535

巻2
2001年12月10日刊

修羅物 …………………………………… 1
  * 修羅物について …………………… 3
  田村(觀世流)カケリ物 ……………… 15
  八島(觀世流)カケリ物 ……………… 27
  箙(宝生流)カケリ物 ………………… 43
  忠度(金春流)カケリ物 ……………… 55
  通盛(宝生流)カケリ物 ……………… 69
  經正(金剛流)カケリ物 ……………… 81
  俊成忠度(喜多流)カケリ物 ………… 91
  頼政(喜多流)準カケリ物 ………… 101
  實盛(宝生流)準カケリ物 ………… 115
  兼平(喜多流)準カケリ物 ………… 131
  知章(金剛流)準カケリ物 ………… 145
  朝長(金春流)準カケリ物 ………… 159
  清經(觀世流)準カケリ物 ………… 175
  巴(金剛流)準カケリ物 …………… 189
  敦盛(觀世流)中の舞物 …………… 201
  生田敦盛(金春流)中の舞物 ……… 215
鬘物(一) ……………………………… 225
  * 鬘物について …………………… 227
  東北(金春流)大小序の舞物 ……… 235
  井筒(觀世流)大小序の舞物 ……… 247
  江口(金春流)大小序の舞物 ……… 259
  采女(金剛流)大小序の舞物 ……… 273
  佛原(觀世流)大小序の舞物 ……… 287
  夕顔(喜多流)大小序の舞物 ……… 299
  半蔀(宝生流)大小序の舞物 ……… 309
  芭蕉(金春流)大小序の舞物 ……… 319
  梅(觀世流)大小序の舞物 ………… 333
  雪(金剛流)大小序の舞物 ………… 345
  身延(觀世流)大小序の舞物 ……… 351

野宮（宝生流）大小序の舞物 ……………… 359
楊貴妃（金春流）大小序の舞物 …………… 373
二人靜（観世流）大小序の舞物 …………… 387
千手（金春流）大小序の舞物 ……………… 399
吉野靜（金春流）大小序の舞物 …………… 413
住吉詣（宝生流）大小序の舞物 …………… 427
定家（金剛流）大小序の舞物 ……………… 437
鸚鵡小町（喜多流）大小序の舞物 ………… 451
關寺小町（観世流）大小序の舞物 ………… 463
檜垣（観世流）大小序の舞物 ……………… 477
姨捨（宝生流）太鼓序の舞物 ……………… 489
杜若（喜多流）太鼓序の舞物 ……………… 501
藤（宝生流）太鼓序の舞物 ………………… 513
六浦（金剛流）太鼓序の舞物 ……………… 523
葛城（宝生流）太鼓序の舞物 ……………… 533
誓願寺（観世流）太鼓序の舞物 …………… 545
羽衣（観世流）太鼓序の舞物 ……………… 559

巻3
2001年12月10日刊

鬘物（二） ………………………………………… 1
＊鬘物について（二） …………………………… 3
熊野（観世流）大小中の舞物 ……………… 13
松風（金春流）大小中の舞物 ……………… 29
草紙洗（宝生流）大小中の舞物 …………… 47
祇王（宝生流）大小中の舞物 ……………… 63
胡蝶（金剛流）大小中の舞物 ……………… 73
吉野天人（観世流）太鼓中の舞物 ………… 83
初雪（金春流）太鼓中の舞物 ……………… 91
落葉（金剛流）大小序の舞物 ……………… 99
源氏供養（喜多流）大小イロエ物 ………… 111
大原御幸（観世流）大小舞なし物 ………… 125
雲林院（金剛流）太鼓序の舞物 …………… 143
小鹽（喜多流）太鼓序の舞物 ……………… 155
遊行柳（宝生流）太鼓序の舞物 …………… 167
西行櫻（喜多流）太鼓序の舞物 …………… 179
四番目物（一） ………………………………… 193
＊四番目物について ……………………… 195
＊狂乱物について ………………………… 199
班女（観世流）カケリ・中の舞物 ………… 207
雲雀山（宝生流）カケリ・中の舞物 ……… 223
水無月祓（観世流）カケリ・中の舞物 …… 237
加茂物狂（宝生流）カケリ・イロエ・中の舞物 … 249
飛鳥川（喜多流）中の舞物 ………………… 261
玉葛（金春流）カケリ物 …………………… 271
浮舟（金剛流）カケリ物 …………………… 283
花筐（観世流）カケリ・イロエ物 ………… 293
三山（宝生流）カケリ物 …………………… 309
櫻川（観世流）カケリ・イロエ物 ………… 323
三井寺（金春流）カケリ物 ………………… 341

柏崎（喜多流）カケリ物 …………………… 361
隅田川（金春流）カケリ物 ………………… 377
蟬丸（金剛流）カケリ物 …………………… 393
籠太鼓（宝生流）カケリ物 ………………… 407
百萬（金春流）立廻・イロエ物 …………… 423
富士太鼓（金春流）楽物 …………………… 437
梅枝（観世流）楽物 ………………………… 449
卒都婆小町（宝生流）イロエ物 …………… 461
高野物狂（宝生流）カケリ・中の舞物 …… 475
蘆刈（観世流）カケリ・男舞物 …………… 491
土車（喜多流） …………………………… 509
弱法師（金春流）イロエ物 ………………… 523
歌占（宝生流）カケリ物 …………………… 537
木賊（観世流）序の舞物 …………………… 551

巻4
2001年12月10日刊

四番目物（二） ………………………………… 1
＊遊樂・遊狂について …………………… 3
卷絹（宝生流）神楽物 ……………………… 11
三輪（観世流）神楽物 ……………………… 23
龍田（喜多流）神楽物 ……………………… 35
室君（観世流）中の舞物 …………………… 49
蟻通（宝生流）カケリ物 …………………… 55
雨月（観世流）真の序の舞物 ……………… 65
菊慈童（観世流）楽物 ……………………… 75
枕慈童（観世流）楽物 ……………………… 83
天鼓（金剛流）楽物 ………………………… 89
邯鄲（金春流）楽物 ………………………… 103
唐船（宝生流）楽物 ………………………… 119
三笑（観世流）楽物 ………………………… 137
一角仙人（喜多流）楽物 …………………… 145
自然居士（観世流）羯鼓・中の舞物 ……… 155
東岸居士（宝生流）羯鼓・中の舞物 ……… 175
花月（観世流）羯鼓物 ……………………… 187
放下僧（宝生流）羯鼓物 …………………… 199
錦木（観世流）男舞（黄鐘早舞）物 ……… 217
松蟲（喜多流）男舞（黄鐘早舞）物 ……… 233
四番目物（三） ………………………………… 245
＊執念物について ………………………… 247
通小町（金春流）カケリ物 ………………… 253
船橋（金春流）カケリ物 …………………… 265
女郎花（金剛流）カケリ物 ………………… 277
善知鳥（宝生流）カケリ物 ………………… 291
阿漕（宝生流）カケリ物 …………………… 303
求塚（宝生流） …………………………… 315
藤戸（金剛流）カケリ物 …………………… 329
綾鼓（宝生流） …………………………… 343
戀重荷（観世流） ………………………… 355
砧（観世流） ……………………………… 367

水無瀬（喜多流）	381
鐵輪（金剛流）	391
葵上（金春流）祈物	403
道成寺（観世流）乱拍子・急の舞・祈物	415
四番目物（四）	433
＊人情物について	435
鳥追舟（金剛流）	439
竹雪（宝生流）	455
接待（宝生流）	471
俊寛（観世流）	491
景清（喜多流）	503
鉢木（金春流）	519
藤榮（宝生流）男舞・羯鼓物	541
望月（金春流）獅子舞物	559

巻5
2001年12月10日刊

四番目物（五）	1
＊現在物について	3
春榮（観世流）男舞物	7
盛久（喜多流）男舞物	29
安宅（金春流）男舞物	47
七騎落（喜多流）男舞物	73
小袖曾我（金春流）男舞物	89
元服曾我（喜多流）男舞物	103
小督（金春流）男舞物	123
木曾（観世流）男舞物	137
滿仲（宝生流）男舞物	145
現在忠度（金剛流）男舞物	161
櫻井驛（金剛流）男舞物	169
楠露（宝生流）男舞物	181
夜討曾我（宝生流）切組物	191
禪師曾我（宝生流）切組物	213
大佛供養（金剛流）切組物	221
橋辨慶（観世流）切組物	233
笛之巻（観世流）切組物	243
忠信（宝生流）切組物	251
正尊（宝生流）切組物	259
錦戸（宝生流）切組物	275
關原與市（喜多流）切組物	287
咸陽宮（喜多流）準切組物	295
切能物（一）	309
＊切能物について	311
＊働物について（一）	313
野守（金春流）働物	315
鍾馗（金春流）準働物	327
皇帝（観世流）働物	337
昭君（宝生流）働物	347
鵜飼（観世流）準働物	361
松山鏡（下掛宝生流）働物	375

壇風（下掛宝生流）準働物	387
項羽（宝生流）働物	415
草薙（宝生流）準働物	425
船辨慶（喜多流）働物	435
碇潜（観世流）準働物	457
黒塚（金春流）祈物	469
紅葉狩（観世流）働物	487
大江山（喜多流）働物	499
土蜘蛛（金剛流）働物	519
羅生門（下掛宝生流）働物	529
飛雲（宝生流）祈物	539
舎利（観世流）働物	547
雷電（観世流）準祈物	557
谷行（下掛宝生流）祈物	567

巻6
2001年12月10日刊

切能物（一）（続）	1
＊働物について（二）	3
國栖（金春流）準働物	7
泰山府君（金剛流）働物	25
藍染川（下掛宝生流）準働物〔ノット物〕	35
調伏曾我（喜多流）準働物	57
春日龍神（観世流）働物	71
大蛇（金剛流）働物	83
現在七面（観世流）準働物〔神楽物〕	93
小鍛冶（喜多流）働物	105
殺生石（金剛流）準働物	117
合浦（観世流）働物	129
鵼（宝生流）準働物	137
現在鵼（金剛流）準働物	151
龍虎（観世流）働物	159
鞍馬天狗（宝生流）働物	171
是界（金春流）働物	185
大會（金春流）働物	195
車僧（喜多流）準働物	211
第六天（観世流）働物	225
熊坂（金春流）働物	233
烏帽子折（金剛流）準働物〔切組物〕	247
張良（宝生流）働物	273
切能物（二）	283
＊早舞物について	285
海人（金剛流）早舞物	287
當麻（宝生流）早舞物	301
融（金剛流）早舞物	315
絃上（宝生流）早舞物	331
須磨源氏（宝生流）早舞物	345
松山天狗（金剛流）早舞物	355
切能物（三）	367
＊特殊舞踊物について	369

山姥（金春流）カケリ物 ……………………… 371
石橋（観世流）獅子舞物 ……………………… 391
鷺（観世流）乱物 ……………………………… 399
猩猩（喜多流）中の舞物〔乱物〕…………… 407
大瓶猩猩（観世流）中の舞物 ………………… 413
切能物（四）…………………………………… 421
＊祝言物について …………………………… 423
大典（観世流）神舞物 ………………………… 425
＊謡曲固有名詞索引 ………………………… 433

[013] 笠間文庫 原文＆現代語訳シリーズ
笠間書院
全8巻
2005年9月〜2015年2月

〔1〕伊勢物語（永井和子訳・注）
2008年3月31日刊

＊口絵について（永井和子）…………………巻頭
＊（口絵）三条西家旧蔵本（学習院大学蔵）
＊はじめに—伊勢物語覚え書（永井和子）…… 1
＊復刊にあたって（永井和子）………………… 5
＊凡例（永井和子）……………………………… 7
＊（さし絵）三条西家旧蔵本の本文の一部… 16
伊勢物語 ……………………………………… 20
　第一段 むかし、をとこ、初冠して ……… 20
　第二段 むかし、男ありけり。奈良の京
　　はなれ ……………………………………… 22
　第三段 むかし、男ありけり。懸想じけ
　　る女のもとに ……………………………… 22
　第四段 むかし、ひんがしの五条に ……… 24
　第五段 むかし、男ありけり。ひんがし
　　の五条わたりに …………………………… 26
　第六段 むかし、男ありけり。女のえ得
　　まじかりけるを …………………………… 28
　第七段 むかし、男ありけり。京にあり
　　わびて ……………………………………… 30
　第八段 むかし、男ありけり。京や住み
　　うかりけむ ………………………………… 30
　第九段 むかし、男ありけり。その男、
　　身をえうなきものに ……………………… 32
　第一〇段 むかし、男、武蔵の国までま
　　どひありきけり …………………………… 36
　第一一段 むかし、男、あづまへゆきけ
　　るに ………………………………………… 38
　第一二段 むかし、男ありけり。人のむ
　　すめを盗みて ……………………………… 40
　第一三段 むかし、武蔵なる男 …………… 40
　第一四段 むかし、をとこ、陸奥の国に … 42
　第一五段 むかし、陸奥の国にて ………… 44
　第一六段 むかし、紀有常といふ人あり
　　けり ………………………………………… 46
　第一七段 年ごろおとづれざりける人の … 48
　第一八段 むかし、なま心ある女ありけ
　　り …………………………………………… 50
　第一九段 むかし、男、宮仕へしける女
　　の方に ……………………………………… 50
　第二〇段 むかし、男、大和にある女を
　　見て ………………………………………… 52

第二一段 むかし、をとこをんな、いとかしこく ……… 54
第二二段 むかし、はかなくて絶えにけるなか ……… 58
第二三段 むかし、田舎わたらひしける人の子ども ……… 62
第二四段 むかし、男、かた田舎に住みけり ……… 66
第二五段 むかし、男ありけり。あはじともいはざりける女の ……… 68
第二六段 むかし、男、五条わたりなりける女を ……… 70
第二七段 むかし、をとこ、女のもとにひと夜いきて ……… 70
第二八段 むかし、色ごのみなりける女 ……… 72
第二九段 むかし、春宮の女御の御方の花の賀に ……… 72
第三〇段 むかし、男、はつかなりける女のもとに ……… 74
第三一段 むかし、宮の内にて ……… 74
第三二段 むかし、ものいひける女に ……… 74
第三三段 むかし、をとこ、津の国、菟原の郡に ……… 76
第三四段 むかし、をとこ、つれなかりける人のもとに ……… 78
第三五段 むかし、心にもあらで ……… 78
第三六段 むかし、「忘れぬるなめり」と ……… 78
第三七段 むかし、男、色好みなりける女に ……… 80
第三八段 むかし、紀有常がりいきたるに ……… 80
第三九段 むかし、西院の帝と申す帝おはしましけり ……… 82
第四〇段 むかし、若きをとこ、けしうはあらぬ女を ……… 84
第四一段 むかし、女はらからふたりありけり ……… 86
第四二段 むかし、男、色好みとしるき ……… 88
第四三段 むかし、賀陽親王と申す親王 ……… 88
第四四段 むかし、県へゆく人に ……… 90
第四五段 むかし、男ありけり。人の娘のかしづく ……… 92
第四六段 むかし、をとこ、いとうるはしき友ありけり ……… 94
第四七段 むかし、男、ねむごろにいかでと思ふ女 ……… 94
第四八段 むかし、男ありけり。馬のはなむけせむとて ……… 96
第四九段 むかし、をとこ、いもうとのいとをかしげなりけるを ……… 96

第五〇段 むかし、男ありけり。怨むる人をうらみて ……… 98
第五一段 むかし、男、人の前栽に ……… 100
第五二段 むかし、男ありけり。人のもとより ……… 100
第五三段 むかし、をとこ、逢ひがたき女に逢ひて ……… 102
第五四段 むかし、をとこ、つれなかりける女に ……… 102
第五五段 むかし、男、思ひかけたる女の ……… 102
第五六段 むかし、男、臥して思ひ ……… 104
第五七段 むかし、男、人しれぬ物思ひけり ……… 104
第五八段 むかし、心つきて色好みなる男 ……… 104
第五九段 むかし、男、京をいかゞ思ひけむ ……… 106
第六〇段 むかし、男ありけり。宮仕へいそがしく ……… 108
第六一段 むかし、をとこ、筑紫まで ……… 110
第六二段 むかし、年ごろおとづれざりける女 ……… 110
第六三段 むかし、世ごころづける女 ……… 114
第六四段 むかし、男、みそかに語らふわざも ……… 116
第六五段 むかし、おほやけおほして ……… 118
第六六段 むかし、男、津の国にしる所ありけるに ……… 122
第六七段 むかし、男、逍遥しに ……… 124
第六八段 むかし、男、和泉の国へいきけり ……… 124
第六九段 むかし、男ありけり。その男伊勢の国に ……… 126
第七〇段 むかし、男、狩の使より ……… 130
第七一段 むかし、をとこ、伊勢の斎宮に ……… 132
第七二段 むかし、をとこ、伊勢の国なりける女 ……… 132
第七三段 むかし、そこにはありと聞けど ……… 134
第七四段 むかし、男、女をいたう怨みて ……… 134
第七五段 むかし、男、「伊勢の国に率ていきてあらむ」と ……… 134
第七六段 むかし、二条の后の ……… 136
第七七段 むかし、田村のみかどと申すみかど ……… 138
第七八段 むかし、多賀幾子と申す女御 ……… 140
第七九段 むかし、氏のなかに、親王うまれ給へりけり ……… 142
第八〇段 むかし、おとろへたる家に ……… 144

第八一段 むかし、左のおほいまうちぎみ ……………………………… 144
第八二段 むかし、惟喬の親王と申す親王 …………………………… 146
第八三段 むかし、水無瀬にかよひ給ひし惟喬の親王 …………… 150
第八四段 むかし、男ありけり。身はいやしながら ……………… 154
第八五段 むかし、男ありけり。わらはよりつかうまつりける君 … 156
第八六段 むかし、いと若き男、若き女を ……………………………… 156
第八七段 むかし、男、津の国菟原の郡芦屋の里に ……………… 158
第八八段 むかし、いと若きにはあらぬ、これかれ ……………… 162
第八九段 むかし、いやしからぬ男 ……… 164
第九〇段 むかし、つれなき人をいかでと ……………………………… 164
第九一段 むかし、月日のゆくをさへなげく男 ……………………… 166
第九二段 むかし、こひしさに来つゝかへれど ………………………… 166
第九三段 むかし、男、身はいやしくて … 166
第九四段 むかし、男ありけり。いかゞありけむ ……………………… 168
第九五段 むかし、二条の后に仕うまつる男 ………………………… 170
第九六段 むかし、男ありけり。女をとかくいふこと ………………… 170
第九七段 むかし、堀川のおほいまうちぎみと申す ………………… 174
第九八段 むかし、太政大臣と聞ゆる、おはしけり ………………… 174
第九九段 むかし、右近の馬場のひをりの日 ……………………………… 176
第一〇〇段 むかし、男、後涼殿のはさまを ……………………………… 176
第一〇一段 むかし、左兵衛督なりける在原の行平 …………………… 178
第一〇二段 むかし、男ありけり。歌はよまざりけれど ……………… 180
第一〇三段 むかし、男ありけり。いとまめに ……………………………… 180
第一〇四段 むかし、ことなる事なくて … 182
第一〇五段 むかし、男、「かくては死ぬべし」と ……………………… 184
第一〇六段 むかし、男、親王たちの …… 184
第一〇七段 むかし、あてなる男ありけり ……………………………… 184
第一〇八段 むかし、女、人の心を怨みて ……………………………… 188
第一〇九段 むかし、をとこ、友だちの … 188
第一一〇段 むかし、をとこ、みそかにかよふ女 ……………………… 190
第一一一段 むかし、をとこ、やむごとなき女のもとに ……………… 190
第一一二段 むかし、男、ねむごろにいひ契れる女の ………………… 192
第一一三段 むかし、男、やもめにて居て ……………………………… 192
第一一四段 むかし、仁和の帝 …………… 192
第一一五段 むかし、みちの国にて ……… 194
第一一六段 むかし、をとこ、すゞろにみちの国まで ………………… 196
第一一七段 むかし、帝、住吉に行幸し給ひけり ……………………… 196
第一一八段 むかし、男、久しく音もせで ……………………………… 196
第一一九段 むかし、女の、あだなる男の ……………………………… 198
第一二〇段 むかし、をとこ、女のまだ世へずと ……………………… 198
第一二一段 むかし、をとこ、梅壺より雨にぬれて ……………………… 198
第一二二段 むかし、男、契れることあやまれる人に ………………… 200
第一二三段 むかし、男ありけり。深草に住みける女を ……………… 200
第一二四段 むかし、をとこ、いかなりけることを ……………………… 202
第一二五段 むかし、をとこ、わづらひて ……………………………… 202
＊底本の勘物・奥書等 …………………… 206
＊解説 ……………………………………… 215
　＊一　成立 …………………………… 215
　＊二　在原業平と作者 ……………… 219
　＊三　影響 …………………………… 222
　＊四　諸本・参考文献 ……………… 224
＊系図 ……………………………………… 208
＊和歌初句索引 …………………………… 231
＊学習院大学蔵伝定家自筆天福本『伊勢物語』本文の様態(室伏信助) ………………… 239

〔2〕**古今和歌集**(片桐洋一訳・注)
2005年9月30日刊

＊はじめに ………………………………… 3
＊凡例 ……………………………………… 8
〔古今和歌集〕(紀友則, 紀貫之, 凡河内躬恒, 壬生忠岑撰) …………………… 12
　仮名序([紀貫之]) ……………………… 12
　巻第一　春歌上 ……………………… 38
　巻第二　春歌下 ……………………… 62

巻第三　夏歌	85
巻第四　秋歌上	97
巻第五　秋歌下	123
巻第六　冬歌	146
巻第七　賀歌	156
巻第八　離別歌	165
巻第九　羈旅歌	182
巻第十　物名	190
巻第十一　恋歌一	207
巻第十二　恋歌二	231
巻第十三　恋歌三	253
巻第十四　恋歌四	275
巻第十五　恋歌五	299
巻第十六　哀傷歌	328
巻第十七　雑歌上	342
巻第十八　雑歌下	367
巻第十九　雑体	392
巻第二十　大歌所御歌・神遊びの歌・東歌	423
付録　墨滅歌	434
真名序（紀淑望）	440
＊解説	452
＊一　『古今和歌集』前夜	452
＊二　「古今和歌集」の成立	454
＊三　『古今集』の表現と歌風	456
＊四　時代と作者	460
＊五　「古今集」の伝本	463
＊六　本書の底本	465
＊七　参考文献	467
＊作者名索引　付　作者解説	473
＊和歌各句索引	491

〔3〕讃岐典侍日記（小谷野純一訳・注）
2015年2月25日刊

＊凡例	iv
〔讃岐典侍日記〕（讃岐典侍作）	1
上巻	1
一　五月の空も	2
二　六月二十日のことぞかし	4
三　かくて、七月六日より	6
四　明け方になりぬるに	16
五　かくおはしませば	20
六　おまへに金椀を	24
七　かやうにて今宵も明けぬれど	28
八　明けぬれば	30
九　例の御方より	34
一〇　例の、御傍らに参りて	38
一一　受けさせまゐらせ果ててて	42
一二　かかるほどに	44
一三　僧正召し	50

一四　僧正	54
一五　昼御座の方に	68
下巻	73
一六　かくいふほどに	74
一七　かやうにてのみ明け暮るるに	78
一八　十九日に	86
一九　十二月一日	90
二〇　十二月も	94
二一　明けぬれば	98
二二　正月になりぬれば	104
二三　二月になりて	106
二四　三月になりぬれば	108
二五　四月の衣更へにも	110
二六　五月四日	114
二七　六月になりぬ	116
二八　七月にもなりぬ	118
二九　よろづ果てぬれば	120
三〇　かくて八月になりぬれば	126
三一　その夜も	128
三二　明けぬれば	134
三三　かくて	138
三四　十月十一日	140
三五　かやうに	142
三六　ひととせ	144
三七　皇后宮の御方	150
三八　つとめて	156
三九　御神楽の夜になりぬれば	158
四〇　またの日	164
四一　つごもりになりぬれば	164
四二　十月十余日のほどに	168
四三　いかでかく	170
四四　わが同じ心に	170
＊解説（小谷野純一）	175
＊一　讃岐典侍日記の表象世界について	175
＊二　讃岐典侍日記の伝本	204
＊三　主要研究文献	207
＊改訂本文一覧	210
＊脚注語句索引	214
＊和歌各句索引	230

〔4〕更級日記（池田利夫訳・注）
2006年5月30日刊

＊凡例	6
＊更級日記地図	8
更級日記（菅原孝標女作）	11
京への旅	12
あづまぢの道のはてよりも	12
門出したる所は	14
十七日のつとめて立つ	16
そのつとめてそこを立ちて	16

[013] 笠間文庫 原文＆現代語訳シリーズ

```
今は武蔵の国なりぬ ………………………… 18
野山蘆荻のなかを …………………………… 24
足柄山といふは ……………………………… 26
富士の山はこの国なり ……………………… 30
富士川といふは ……………………………… 30
ぬまじりといふ所も ………………………… 32
それよりかみは ……………………………… 34
尾張の国鳴海の浦を ………………………… 36
粟津にとゞまりて …………………………… 38
身ひとりの頃 ………………………………… 38
　ひろびろと荒れたる所の ………………… 38
　継母なりし人は …………………………… 40
　その春世の中いみじうさわがしうて … 42
　かくのみ思ひくんじたるを ……………… 44
　五月ついたちごろ ………………………… 46
　物語の事を ………………………………… 48
　花の咲き散るをりごとに ………………… 50
　世の中に長恨歌といふ文を ……………… 52
　そのかへる年 ……………………………… 56
　その五月の朔日に ………………………… 56
　かへる年睦月の司召に …………………… 62
　四月つごもりがた ………………………… 64
　京にかへり出づるに ……………………… 70
　継母なりし人 ……………………………… 72
　親となりなば ……………………………… 74
　八月ばかりに太秦にこもるに …………… 80
　あづまより人来たり ……………………… 82
　かうてつれづれとながむるに …………… 84
　母一尺の鏡を鋳させて …………………… 84
　あづまにくだりし親 ……………………… 88
　十月になりて京にうつろふ ……………… 92
　ひじりなどうへ …………………………… 96
　十二月二十五日 …………………………… 98
弥陀のひかり ………………………………… 100
　かう立ち出でぬとならば ………………… 100
　そののちは何となく ……………………… 102
　冬になりて ………………………………… 106
　上達部殿上人などに ……………………… 108
　今は昔のよしなし心も …………………… 118
　そのかへる年の十月二十五日 …………… 122
　二三年四五年へだてたることを ………… 132
　又初瀬に詣づれば ………………………… 134
　いにしへいみじうかたらひ ……………… 136
　うらうらとのどかなる宮にて …………… 140
　さるべきやうありて ……………………… 142
　世の中にとにかくに ……………………… 146
　さすがにいのちは ………………………… 152
　甥どもなどひと所にて …………………… 152
　年月は過ぎかはりゆけど ………………… 154
＊奥書・勘物 ………………………………… 158
＊解説 ………………………………………… 163
```

```
＊更級日記年譜 ……………………………… 186
＊付録
　＊更級日記における和泉下りの位相―
　　孝標女と兄定義との永承年間― …… 195
　＊菅原定義詩文詩句拾遺 ………………… 224
＊和歌初句索引 ……………………………… 236
```

〔5〕堤中納言物語（池田利夫訳・注）
2006年9月30日刊

```
＊凡例 ………………………………………… 5
本文 …………………………………………… 7
　花桜折る中将 ……………………………… 7
　このついで ………………………………… 23
　虫めづる姫君 ……………………………… 37
　ほどほどの懸想 …………………………… 61
　逢坂越えぬ権中納言 ……………………… 73
　貝合 ………………………………………… 95
　思はぬ方にとまりする少将 ……………… 113
　はなだの女御 ……………………………… 137
　はいずみ …………………………………… 161
　よしなしごと ……………………………… 183
〔付録〕天喜三年五月三日六条斎院褋子内
　親王家歌合 ………………………………… 198
＊解説（池田利夫） ………………………… 209
＊ある堤中納言物語論―藤田徳太郎の遺
　稿『新釈』より― ……………………… 235
　＊はしがき（池田利夫） ………………… 235
　＊一、花桜折る中将（評） ……………… 237
　＊二、このついで（評） ………………… 241
　＊三、虫めづる姫君（評） ……………… 245
　＊四、ほどほどの懸想（評） …………… 249
　＊五、逢坂越えぬ権中納言（評） ……… 250
　＊六、貝合（評） ………………………… 254
　＊七、思はぬ方にとまりする少将（評） … 259
　＊八、はなだの女御（評） ……………… 262
　＊九、はいずみ（評） …………………… 264
　＊一〇、よしなしごと（評） …………… 269
　＊一一、断章（評） ……………………… 272
＊高松宮本「堤中納言物語 花桜折る中将」
　書影 ………………………………………… 273
＊校訂付記 …………………………………… 274
＊和歌初二句索引 …………………………… 278
```

〔6〕方丈記（浅見和彦訳・注）
2012年12月25日刊

```
＊凡例 ………………………………………… 4
＊総説 ………………………………………… 5
〔方丈記〕（鴨長明） ………………………… 27
　ゆく河のながれ …………………………… 27
　安元の大火 ………………………………… 32
```

治承の辻風 ……………………………… 39
福原への遷都 …………………………… 45
養和の飢饉 ……………………………… 61
元暦の大地震 …………………………… 76
世に従へば、身、苦し ………………… 83
父かたの祖母の家 ……………………… 91
仮の庵のありやう ……………………… 98
山中の景気 ……………………………… 107
仮の庵もややふるさととなりて ……… 120
手のやつこ、足ののりもの …………… 127
三界はただ心ひとつ …………………… 134
一期の月かげかたぶきて ……………… 138
＊同時代関係年表 ……………………… 144
＊鴨長明・方丈記 参考文献 …………… 148
＊関係地図 ……………………………… 151

〔7〕枕草子［能因本］（松尾聰、永井和子訳・注）
2008年3月31日刊

＊凡例 ……………………………………… 14
枕草子［能因本］（清少納言） ………… 21
 一 春はあけぼの
　　　　　…………… 23（原文），389（現代語訳）
 二 ころは ……………………………… 24, 389
 三 正月一日は ………………………… 24, 389
 四 ことことなるもの ………………… 28, 392
 五 思はむ子を ………………………… 28, 392
 六 大進生昌が家に …………………… 29, 393
 七 うへに候ふ御猫は ………………… 33, 395
 八 正月一日、三月三日は …………… 37, 398
 九 よろこび奏するこそ ……………… 37, 398
 一〇 今内裏の東をば ………………… 38, 398
 一一 山は ……………………………… 38, 399
 一二 峰は ……………………………… 39, 399
 一三 原は ……………………………… 39, 399
 一四 市は ……………………………… 40, 399
 一五 淵は ……………………………… 40, 399
 一六 海は ……………………………… 40, 400
 一七 みささぎは ……………………… 41, 400
 一八 わたりは ………………………… 41, 400
 一九 家は ……………………………… 41, 400
 二〇 清涼殿の丑寅の隅の ……………… 41, 400
 二一 生ひさきなく、まめやかに …… 47, 404
 二二 すさまじきもの ………………… 48, 405
 二三 たゆまるるもの ………………… 52, 407
 二四 人にあなづらるるもの ………… 52, 407
 二五 にくきもの ……………………… 53, 408
 二六 にくきもの、乳母の男こそあれ
　　　　　　…………………………… 57, 410
 二七 文ことばなめき人こそ ………… 57, 410

 二八 暁に帰る人の …………………… 59, 412
 二九 心ときめきするもの …………… 61, 413
 三〇 過ぎにし方恋しきもの ………… 61, 413
 三一 心ゆくもの ……………………… 62, 413
 三二 檳榔毛は ………………………… 63, 414
 三三 牛は ……………………………… 63, 414
 三四 馬は ……………………………… 63, 414
 三五 牛飼は …………………………… 63, 414
 三六 雑色随身は ……………………… 64, 414
 三七 小舎人は ………………………… 64, 414
 三八 猫は ……………………………… 64, 415
 三九 説経師は ………………………… 64, 415
 四〇 蔵人おりたる人、昔は ………… 65, 415
 四一 菩提といふ寺に ………………… 67, 417
 四二 小白川といふ所は ……………… 68, 417
 四三 七月ばかり、いみじく暑ければ
　　　　　　…………………………… 73, 421
 四四 木の花は ………………………… 76, 422
 四五 池は ……………………………… 78, 423
 四六 節は ……………………………… 79, 424
 四七 木は ……………………………… 80, 425
 四八 鳥は ……………………………… 83, 427
 四九 あてなるもの …………………… 84, 428
 五〇 虫は ……………………………… 85, 428
 五一 七月ばかりに、風の …………… 86, 429
 五二 にげなきもの …………………… 86, 429
 五三 細殿に人とあまたゐて ………… 88, 430
 五四 月夜にむな車のありたる ……… 88, 430
 五五 主殿司こそ ……………………… 88, 430
 五六 をのこは、また随身こそ ……… 89, 430
 五七 職の御曹司の立蔀のもとにて … 89, 431
 五八 殿上の名対面こそ ……………… 93, 433
 五九 若くてよろしき男の …………… 94, 434
 六〇 若き人とちごとは ……………… 95, 434
 六一 よろづよりは、牛飼童べの …… 95, 435
 六二 人の家の門の前をわたるに …… 96, 435
 六三 よき家の中門あけて …………… 97, 435
 六四 滝は ……………………………… 97, 436
 六五 橋は ……………………………… 97, 436
 六六 里は ……………………………… 98, 436
 六七 草は ……………………………… 98, 436
 六八 集は ……………………………… 100, 437
 六九 歌の題は ………………………… 100, 437
 七〇 草の花は ………………………… 100, 437
 七一 おぼつかなきもの ……………… 102, 439
 七二 たとしへなきもの ……………… 103, 439
 七三 常磐木おほかる所に …………… 103, 439
 七四 しのびたる所に ………………… 104, 439

七五	また、冬のいみじく寒きに … 104, 440	一一二	物のあはれ知らせ顔なるもの
七六	懸想文にて来たるは ……… 105, 440		…………………………… 174, 484
七七	ありがたきもの ………… 106, 440	一一三	方弘は、いみじく ……… 174, 485
七八	うち局は ………………… 106, 441	一一四	関は …………………… 176, 486
七九	まして、臨時の祭の調楽などは	一一五	森は …………………… 176, 486
	…………………………… 108, 442	一一六	卯月のつごもりに、長谷寺に
八〇	職の御曹司におはしますころ、木		…………………………… 177, 486
	立など …………………… 109, 443	一一七	湯は …………………… 178, 486
八一	あぢきなきもの ………… 109, 443	一一八	常よりことに聞ゆるもの … 179, 487
八二	いとほしげなき事 ……… 111, 444	一一九	絵にかきておとるもの … 179, 487
八三	心地よげなるもの ……… 111, 444	一二〇	かきまさりするもの …… 179, 487
八四	取り持たる者 …………… 112, 444	一二一	冬は …………………… 179, 487
八五	御仏名ノ朝 ……………… 112, 444	一二二	夏は …………………… 180, 487
八六	頭中将のそぞろなるそら言にて	一二三	あはれなるもの ………… 180, 487
	…………………………… 113, 445	一二四	正月寺に籠りたるは …… 182, 488
八七	返る年の二月二十五日に …… 118, 448	一二五	いみじく心づきなきものは
八八	里にまかでたるに ……… 122, 451		…………………………… 187, 492
八九	物のあはれ知らせ顔なるもの	一二六	わびしげに見ゆるもの … 188, 492
	…………………………… 125, 453	一二七	暑げなるもの …………… 188, 493
九〇	さてその左衛門の陣、行きて後	一二八	はづかしきもの ………… 189, 493
	…………………………… 125, 453	一二九	むとくなるもの ………… 190, 494
九一	職の御曹司におはしますころ、西	一三〇	修法は ………………… 191, 494
	の廂に …………………… 126, 453	一三一	はしたなきもの ………… 191, 494
九二	めでたきもの …………… 137, 461	一三二	関白殿の、黒戸より出でさせた
九三	なまめかしきもの ……… 140, 463		まふとて ………………… 193, 495
九四	宮の五節出させたまふに … 141, 463	一三三	九月ばかり夜一夜降り明かした
九五	細太刀の平緒つけて、清げなるを		る雨の …………………… 194, 496
	のこ ……………………… 144, 465	一三四	七日の若菜を …………… 195, 497
九六	内裏は、五節のほどこそ … 144, 465	一三五	二月官の司に …………… 196, 497
九七	無名といふ琵琶 ………… 146, 466	一三六	頭弁の御もとよりとて …… 196, 497
九八	うへの御局の御簾の前にて … 147, 467	一三七	などて官得はじめたる六位笏に
九九	御乳母の大輔の、今日の …… 148, 468		…………………………… 198, 499
一〇〇	ねたきもの ……………… 149, 468	一三八	故殿の御ために、月ごとの十日
一〇一	かたはらいたきもの …… 151, 470		…………………………… 199, 499
一〇二	あさましきもの ………… 152, 471	一三九	頭弁の、職にまゐりたまひて
一〇三	くちをしきもの ………… 153, 471		…………………………… 201, 500
一〇四	五月の御精進のほど、職に	一四〇	五月ばかりに、月もなくいと暗
	…………………………… 154, 472		き夜 ……………………… 203, 502
一〇五	御方々、君達、上人など、御前	一四一	円融院の御果ての年 …… 205, 503
	に ………………………… 162, 477	一四二	つれづれなるもの ……… 208, 505
一〇六	中納言殿まゐらせたまひて	一四三	つれづれなぐさむもの … 208, 505
	…………………………… 163, 478	一四四	とりどころなきもの …… 208, 505
一〇七	雨のうちはへ降るころ …… 164, 478	一四五	なほ世にめでたきもの 臨時の
一〇八	淑景舎、春宮にまゐりたまふほ		祭のおまへばかりの事 … 209, 505
	どの事など ……………… 166, 479	一四六	故殿などおはしまさで、世ノ中
一〇九	殿上より ………………… 172, 483		に事出で来 ……………… 213, 508
一一〇	二月つごもり、風いたく吹きて	一四七	正月十日、空いと暗う …… 217, 511
	…………………………… 172, 484	一四八	清げなるをのこの、双六を
一一一	はるかなるもの ………… 173, 484		…………………………… 219, 512

一四九	碁をやんごとなき人の打つとて …… 219, 512
一五〇	おそろしげなるもの …… 220, 512
一五一	清しと見ゆるもの …… 220, 512
一五二	きたなげなるもの …… 220, 512
一五三	いやしげなるもの …… 221, 513
一五四	胸つぶるるもの …… 221, 513
一五五	うつくしきもの …… 222, 513
一五六	人ばへするもの …… 223, 514
一五七	名おそろしきもの …… 224, 515
一五八	見るにことなる事なきもの、文字に書きてことごとしき …… 225, 515
一五九	むつかしげなるもの …… 225, 515
一六〇	えせものの所得るをりのこと …… 226, 515
一六一	苦しげなるもの …… 226, 516
一六二	うらやましきもの …… 227, 516
一六三	とくゆかしきもの …… 229, 517
一六四	心もとなきもの …… 229, 517
一六五	故殿の御服のころ …… 231, 519
一六六	宰相中将斉信、宣方の中将と …… 233, 520
一六七	昔おぼえて不用なるもの …… 239, 524
一六八	たのしげなきもの …… 240, 524
一六九	読経は 不断経 …… 240, 524
一七〇	近くて遠きもの …… 241, 524
一七一	遠くて近きもの …… 241, 525
一七二	井は …… 241, 525
一七三	受領は …… 241, 525
一七四	やどりづかさの権の守は …… 242, 525
一七五	大夫は …… 242, 525
一七六	六位の蔵人、思ひかくべき事にもあらず。かうぶり得て …… 242, 525
一七七	女の一人住む家などは …… 243, 526
一七八	宮仕へ人の里などは …… 244, 526
一七九	雪のいと高くはあらで …… 245, 527
一八〇	村上の御時、雪のいと高う降りたるを …… 247, 528
一八一	みあれの宣旨の、五寸ばかりなる …… 247, 528
一八二	宮にはじめてまゐりたるころ …… 248, 529
一八三	したり顔なるもの …… 254, 533
一八四	位こそなほめでたきものにはあれ。同じ人ながら、大夫の君や、侍従の君など聞ゆるをりは …… 255, 534
一八五	風は …… 257, 535
一八六	野分のまたの日こそ …… 258, 535
一八七	心にくきもの …… 259, 536
一八八	島は …… 260, 537
一八九	浜は …… 260, 537
一九〇	浦は …… 260, 537
一九一	寺は …… 261, 537
一九二	経は …… 261, 537
一九三	文は …… 261, 537
一九四	仏は …… 262, 537
一九五	物語は …… 262, 537
一九六	野は …… 262, 538
一九七	陀羅尼は 暁 …… 263, 538
一九八	遊びは 夜 …… 263, 538
一九九	遊びわざは さまあしけれど …… 263, 538
二〇〇	舞は …… 263, 538
二〇一	弾き物は …… 264, 538
二〇二	笛は …… 264, 538
二〇三	見るものは …… 265, 539
二〇四	五月ばかり山里にありく …… 269, 541
二〇五	いみじう暑きころ …… 269, 542
二〇六	五日の菖蒲の、秋冬過ぐるまで …… 270, 542
二〇七	よくたきしめたる薫物の …… 270, 542
二〇八	月のいと明かき夜 …… 271, 542
二〇九	大きにてよきもの …… 271, 542
二一〇	短くてありぬべきもの …… 271, 542
二一一	人の家につきづきしきもの …… 272, 543
二一二	物へ行く道に、清げなるをのこの …… 272, 543
二一三	行幸はめでたきもの …… 273, 543
二一四	よろづの事よりも、わびしげなる車に …… 273, 543
二一五	細殿にびんなき人なむ、暁にかささせて出でけるを …… 275, 545
二一六	四条ノ宮におはしますころ …… 276, 545
二一七	十月十余日の月いと明かきに …… 277, 546
二一八	大蔵卿ばかり耳とき人はなし …… 277, 546
二一九	硯きたなげに塵ばみ …… 278, 546
二二〇	人の硯を引き寄せて …… 279, 547
二二一	めづらしと言ふべき事にはあらねど、文こそなほ …… 279, 547
二二二	河は …… 280, 548
二二三	むやは …… 281, 548
二二四	岡は …… 281, 548
二二五	社は …… 281, 548
二二六	降るものは …… 285, 551

二二七	日は	285, 551
二二八	月は	286, 551
二二九	星は	286, 551
二三〇	雲は	286, 551
二三一	さわがしきもの	286, 551
二三二	ないがしろなるもの	287, 552
二三三	ことばなめげなるもの	287, 552
二三四	さかしきもの	287, 552
二三五	上達部は	288, 552
二三六	君達は	289, 552
二三七	法師は	289, 553
二三八	女は	289, 553
二三九	宮仕へ所は	289, 553
二四〇	にくきもの、乳母の男こそあれ	290, 553
二四一	一条院をば今内裏とぞいふ	290, 553
二四二	身をかへたらむ人はかくやあらむと見ゆるものは	291, 554
二四三	雪高う降りて、今もなほ降るに	292, 554
二四四	細殿の遣戸を押しあけたれば	293, 555
二四五	ただ過ぎに過ぐるもの	293, 555
二四六	ことに人に知られぬもの	293, 555
二四七	五六月の夕がた、青き草を	293, 555
二四八	賀茂へ詣づる道に	294, 555
二四九	八月つごもりに、太秦に詣づて	295, 556
二五〇	いみじくきたなきもの	295, 556
二五一	せめておそろしきもの	295, 556
二五二	たのもしきもの	296, 556
二五三	いみじうしたてて婿取りたるに	296, 556
二五四	うれしきもの	297, 557
二五五	御前に人々あまた、物仰せらるついでなどに	300, 559
二五六	関白殿、二月十日のほどに、法興院の	303, 561
二五七	たふとき事	321, 573
二五八	歌は	321, 573
二五九	指貫は	321, 573
二六〇	狩衣は	321, 573
二六一	単衣は	322, 573
二六二	男も女もよろづの事まさりてろきもの ことばの文字あやしく使ひたるこそあれ	322, 573
二六三	下襲は	323, 574
二六四	扇の骨は	323, 574
二六五	檜扇は	324, 574
二六六	神は	324, 574
二六七	崎は	325, 575
二六八	屋は	325, 575
二六九	時奏するいみじうをかし	325, 575
二七〇	日のうらうらとある昼つかた	325, 575
二七一	成信中将は、入道兵部卿宮の御子にて	326, 575
二七二	常に文おこする人	330, 578
二七三	ただ朝は、さしもあらざりつる空の、いと暗うかき曇りて	331, 579
二七四	きらきらしきもの	331, 579
二七五	神のいたく鳴るをりに	332, 579
二七六	坤元録の御屏風こそ、をかしうおぼゆる名なれ	332, 579
二七七	方違へなどして、夜深く帰る	332, 579
二七八	雪のいと高く降りたるを、例ならず御格子まゐらせて	333, 580
二七九	陰陽師のもとなる童べ	334, 580
二八〇	三月ばかり物忌にとて	334, 580
二八一	清水に籠りたるころ	336, 581
二八二	十二月二十四日、宮の御仏名の初夜	336, 582
二八三	宮仕へする人々の出であつまりて	338, 583
二八四	家ひろく清げにて、親族はさらなり	338, 583
二八五	見ならひするもの	339, 583
二八六	うちとくまじきもの	339, 583
二八七	右衛門尉なる者の、えせなる親を持たりて	342, 585
二八八	また、小野殿の母上こそは	342, 585
二八九	また、業平が母の宮の	343, 585
二九〇	をかしと思ひし歌などを草子に書きておきたるに	343, 586
二九一	よろしき男を、下衆女などのめで	343, 586
二九二	大納言殿まゐりて、文の事など奏したまふに	344, 586
二九三	僧都の君の御乳母、御匣殿とこそは	345, 587
二九四	男は、女親亡くなりて、親一人ある	347, 588
二九五	定て僧都に桂なし	348, 589
二九六	まことや、かうやへくだると言ひける人に	348, 589

二九七 ある女房の、遠江の守の子なる人を語らひてあるが	348, 589
二九八 便なき所にて、人に物を言ひけるに	349, 589
二九九 唐衣は	349, 590
三〇〇 裳は	349, 590
三〇一 織物は	350, 590
三〇二 紋は	350, 590
三〇三 夏のうは着は	350, 590
三〇四 かたちよき君達の、弾正にておはする	351, 590
三〇五 病は	351, 591
三〇六 心づきなきもの	352, 591
三〇七 宮仕へ人のもとに来などする男の、そこにて	353, 592
三〇八 初瀬に詣でて、局にゐたるに	354, 592
三〇九 言ひにくきもの	355, 593
三一〇 四位五位は冬。六位は夏	355, 593
三一一 品こそ男も女もあらまほしき事なめれ	355, 593
三一二 人の顔にとりつきてよしと見ゆる所は	356, 593
三一三 たくみの物食ふこそ、いとあやしけれ	356, 594
三一四 物語をもせよ、昔物語もせよ	357, 594
三一五 ある所に、中の君とかや言ひける人のもとに	357, 594
三一六 女房のまかり出でまゐりする人の、車を借りたれば	358, 595
三一七 好き好きしくて一人住みする人の	359, 595
三一八 清げなる若き人の、直衣も、うへの衣も、狩衣もいとよくて	360, 596
三一九 前の木立高う、庭ひろき家の	360, 596
三二〇 見苦しきもの	363, 598
三二一 物暗うなりて、文字も書かれずなりにたり。筆も使ひ果てて、これを書き果てばや。この草子は、目に見え心に思ふ事を、人やは見むずると思ひて	364, 598
三二二 左中将のいまだ伊勢の守と聞えし時	365, 599
三二三 わが心にもめでたくも思ふ事を、人に語り	366, 600
奥書	369, 602
三巻本系諸本逸文	371
一 たちは	371, 603
二 職におはしますころ	371, 603
三 原は	372, 603
四 〔一本 牛飼はおほきにてといふ次に〕法師は	372, 603
女は	372, 603
女の遊びは	373, 604
五 いみじう暑き昼中に	373, 604
六 南ならずは	373, 604
七 大路近なる所にて聞けば	374, 604
八 森は	375, 605
九 九月二十日あまりのほど	375, 605
一〇 清水などにまゐりて、坂もとのぼるほど	376, 605
一一 〔一本 心にくきものの下〕夜居にまゐりたる僧を	376, 605
一二 世ノ中になほいと心憂きものは	376, 606
一三 男こそ、なほいとありがたく	377, 606
一四 よろづのことよりも情あるこそ	378, 607
一五 人のうへ言ふを腹立つ人こそ	379, 607
一六 古代の人の指貫着たるこそ	380, 608
一七 成信の中将こそ	380, 608
一八 左右の衛門の尉を	380, 608
一九 〔一本 きよしとみゆるものの次に〕夜まさりするもの	381, 608
二〇 ひかげにおとるもの	381, 609
二一 聞きにくきもの	382, 609
二二 文字に書きてあるやうあらめど心得ぬもの	382, 609
二三 下の心かまへてわろくてきよげに見ゆるもの	382, 609
二四 女のうは着は	383, 609
二五 汗衫は	383, 609
二六 薄様色紙は	383, 610
二七 硯の箱は	383, 610
二八 筆は	383, 610
二九 墨は	384, 610
三〇 貝は	384, 610
三一 櫛の箱は	384, 610
三二 鏡は	384, 610
三三 蒔絵は	385, 610
三四 火桶は	385, 610
三五 夏のしつらひは	385, 610
三六 冬のしつらひは	385, 610
三七 畳は	385, 611

三八　檳榔毛は ………………………	386, 611
三九　荒れたる家の蓬ふかく、葎はひ	
たる庭に ………………………	386, 611
四〇　〔又一本〕 ……………………	387, 611
霧は ………………………………	387, 611
出で湯は …………………………	387, 611
陀羅尼は …………………………	387, 611
時は ……………………………	387, 611
下簾は …………………………	387, 611
目もあやなるもの ………………	387, 611
めでたきものの人の名につきてい	
ふかひなくきこゆる …………	387, 611
見るかひなきもの ………………	388, 612
まづしげなるもの ………………	388, 612
本意なきもの ……………………	388, 612
＊校訂付記 ………………………………	613
＊解説（松尾聰） ………………………	631
＊一　作者について …………………	631
＊二　作品について …………………	634
＊三　作品の背景について …………	639
＊四　諸本について …………………	646
＊参考文献 ………………………………	653
＊付録 ……………………………………	655
＊枕草子年表（岸上慎二編） ………	656
＊枕草子関係系図 ……………………	672
＊皇室・源氏系図 …………………	672
＊平氏・源氏・高階氏系図 ………	673
＊藤原氏系図（一） ………………	674
＊藤原氏系図（二） ………………	676
＊橘氏系図 …………………………	677
＊清少納言系図 ……………………	677
＊栞（月報より） …………………………	678
＊「先しのびやかに短く」（松尾聰）……	678
＊「中宮様のことば」（永井和子）………	682

〔8〕**紫式部日記**（小谷野純一訳・注）
2007年4月30日刊

＊凡例 ………………………………………	iv
紫式部日記（紫式部著） …………………	1
一　秋のけはひ入り立つままに ………	2
二　まだ夜深きほどの月 ………………	4
三　渡殿の戸口の局に見出だせば ……	6
四　しめやかなる夕暮に ………………	6
五　播磨の守 ……………………………	8
六　八月二十余日のほどよりは ………	10
七　二十六日、御薫物合はせ果てて …	10
八　九日、菊の綿を ……………………	12
九　十日の、まだほのぼのとするに …	14
一〇　十一日の暁に ……………………	18

一一　御いただきの御髪おろしたてまつ	
り …………………………………	22
一二　いまとせさせたまふほどに ……	24
一三　午の時に …………………………	26
一四　御湯殿は …………………………	30
一五　よろづの物の ……………………	34
一六　三日にならせたまふ夜は ………	36
一七　五日の夜は ………………………	38
一八　御膳まゐり果てて ………………	42
一九　またの夜 …………………………	46
二〇　七日の夜は ………………………	48
二一　八日 ………………………………	52
二二　十月十余日までも ………………	54
二三　「行幸近くなりぬ」とて ………	56
二四　その日 ……………………………	58
二五　御簾のうちを見わたせば ………	64
二六　暮れゆくままに …………………	68
二七　またの朝 …………………………	72
二八　御五十日は ………………………	76
二九　おそろしかるべき夜の御酔ひなめ	
り …………………………………	82
三〇　入らせたまふべきことも近くなり	
ぬれど ………………………………	86
三一　おまへの池に ……………………	88
三二　入らせたまふは十七日なり ……	94
三三　五節は二十日にまゐる …………	100
三四　寅の日の朝 ………………………	104
三五　かからぬ年だに …………………	106
三六　丹波の守の童女 …………………	108
三七　侍従の宰相の五節の局 …………	110
三八　何ばかりの耳にとどむることも …	114
三九　臨時の祭の使ひは ………………	116
四〇　しはすの二十九日にまゐる ……	118
四一　つごもりの夜 ……………………	120
四二　正月一日 …………………………	124
四三　このついでに ……………………	128
四四　宮の内侍ぞ ………………………	130
四五　若人のなかに ……………………	132
四六　宮城の侍従こそ …………………	134
四七　かういひいひて …………………	136
四八　これらをかく知りて ……………	142
四九　いまは …………………………	146
五〇　まづは ……………………………	148
五一　和泉式部といふ人こそ …………	152
五二　清少納言こそ ……………………	154
五三　風の涼しき夕 ……………………	156
五四　よろづのこと ……………………	160
五五　様ようすべて人はおいらかに ……	164
五六　いかに、いまは言消しはべらじ ……	170
五七　御文に ……………………………	172
五八　十一日の暁 ………………………	174

五九　源氏の物語 …………………… 178
　六〇　ことし正月三日まで …………… 180
　六一　二日、宮の大饗はとまりて ……… 182
　六二　あからさまにまかでて …………… 186
　六三　上は …………………………… 192
＊解説（小谷野純一） ………………… 197
　＊一　作者とその家系 ……………… 197
　＊二　紫式部日記の世界 …………… 209
＊改定本文一覧 ………………………… 228
＊和歌各句索引 ………………………… 232

```
┌─────────────────────┐
│ ［014］春日昌預全家集 │
│   山梨日日新聞社       │
│   全1巻                │
│   2001年10月           │
│  （吉田英也編著）      │
└─────────────────────┘
```

〔1〕
2001年10月20日刊

＊序（石川孝） ………………………………… i
春日昌預全家集翻刻 …………………………… 1
　＊底本 ………………………………………… 2
　＊翻刻凡例 …………………………………… 3
　丑年詠歌 ……………………………………… 4
　安永二年癸巳秋詠草 ………………………… 36
　安永八年亥七月より詠草 …………………… 48
　家集（天明五年─寛政六年） ……………… 87
　梨園集（寛政四年） ………………………… 113
　梨園集（寛政十一年） ……………………… 187
　梨乃耶集（文化六年） ……………………… 243
　梨園集（文政五年） ………………………… 318
　梨園集（文政六年） ………………………… 384
＊論考 …………………………………………… 423
　＊若松屋・加藤家の人びと　付　春日昌預
　　略年譜 ……………………………………… 424
　　　＊春日昌預関係略年譜 ………………… 430
　＊乙骨耐軒の研究　人とその作品につい
　　て …………………………………………… 432
＊吉田英也先生年譜・主要著作 ……………… 443
＊讃吉田英也先生　跋に代えて（清水琢道）
　　…………………………………………… 448

[015] 假名草子集成
東京堂出版
全70巻
1980年5月～

※刊行中

第1巻　あ–あみ（朝倉治彦編）
1980年5月12日刊

* 例言（朝倉治彦） ································· 1
* 凡例 ··· 4
  秋寝覚（三巻、寛文九年序）（松庵著） ····· 3
  あくた物語（三巻、寛文六年刊） ··········· 35
  浅井物語（六巻、寛文二年刊、ゑ入） ······ 89
  浅草物語（写本） ······························· 153
  飛鳥川（三巻、慶安五年刊）（識丁子三柳）
  ··· 169
  愛宕山物語（写本、寛永二十年） ········· 231
  あた物かたり（二巻、寛永十七年刊、ゑ
  入）（平為春） ······································· 243
  あつま物語（一巻、寛永十九年刊、ゑ入） ··· 333
  安倍晴明物語（七巻、寛文二年刊、ゑ入） ··· 363
  阿弥陀裸物語（二巻、明暦二年刊） ······ 469
* 解題 ··· 499
  * 秋寝覚 ··· 501
  * あくた物語 ································· 503
  * 浅井物語 ····································· 504
  * 浅草物語 ····································· 507
  * 飛鳥川 ··· 508
  * 愛宕山物語 ································· 509
  * あた物語 ····································· 510
  * あつま物語 ································· 517
  * 安倍晴明物語 ····························· 524
  * 阿弥陀裸物語 ····························· 527
* 〔口絵〕 ··· 巻末

第2巻　あん–いそ（朝倉治彦編）
1981年5月15日刊

* 例言（朝倉治彦） ································· 1
* 凡例 ··· 4
  案内者（六巻、寛文二年刊、ゑ入）（中川喜
  雲著） ··· 3
  為愚痴物語（八巻八冊、寛文二年刊、ゑ
  入）（曽我休自著） ······························· 105
  石山寺入相鐘（二巻、延宝四年成、ゑ入）
  （冨尾似船著） ······································· 325
  医世物語（一巻、延宝九年刊） ············· 357
  伊曾保物語（三巻、古活字版） ············· 371
* 解題 ··· 453

* 案内者 ··· 455
* 為愚痴物語 ····································· 459
* 石山寺入相鐘 ································· 465
* 医世物語 ··· 467
* 伊曾保物語 ····································· 468
* 〔口絵〕 ··· 巻末

第3巻　いそ–いつ（朝倉治彦編）
1982年4月30日刊

* 例言（朝倉治彦） ································· 1
* 凡例 ··· 4
  伊曾保物語（三巻、寛永古活字版、十二行
  本） ··· 3
  伊曾保物語（三巻、古活字版、寛永十六年
  刊） ··· 87
  伊曾保物語（三巻三冊、万治二年刊、ゑ
  入） ··· 175
  一休関東咄（三巻、寛文十二年刊、ゑ入） ··· 259
  一休諸国物語（五巻、ゑ入） ··············· 301
  一休はなし（四巻、寛文八年刊、ゑ入） ··· 401
* 解題 ··· 481
  * 伊曾保物語（十二行、寛永古活字版） ··· 483
  * 伊曾保物語（寛永十六年、古活字版、
    十二行） ····································· 487
  * 伊曾保物語（万治二年板、ゑ入） ······ 492
  * 一休関東咄 ································· 500
  * 一休諸国物語 ····························· 502
  * 一休はなし ································· 505
* 〔口絵〕 ··· 巻末

第4巻　いぬ–いん（朝倉治彦編）
1983年11月22日刊

* 例言（朝倉治彦） ································· 1
* 凡例 ··· 4
  犬つれづれ（二巻、承応二年奥書板、ゑ入） ··· 3
  狗張子（七巻、元禄五年刊、ゑ入）（浅井了
  意著） ··· 27
  犬方丈記（二巻、天和二年刊、ゑ入） ··· 153
  色物語（一巻、万治寛文頃刊、ゑ入） ··· 177
  因果物語（平仮名本、六巻、万治頃刊、
  入）（鈴木正三著） ······························· 199
  因果物語（片仮名本、三巻、寛文元年刊）
  （義雲、雲歩同撰） ······························· 289
  〈影印〉異国物語（三巻、万治元年刊、ゑ
  入） ··· 369
  * 不鮮明部分補正表 ······················· 422
* 解題 ··· 423
  * 犬つれづれ ································· 425
  * 狗張子 ··· 436
  * 犬方丈記 ····································· 443

[015] 假名草子集成

* 色物語 ………………………………… 445
* 因果物語（ゑ入、平仮名本）……… 447
* 因果物語（片仮名本）……………… 456
* 〈影印〉異国物語（三巻、万治元年刊、
  ゑ入）…………………………… 459
* 〔口絵〕……………………………… 巻末

第5巻　い（続）（朝倉治彦編）
1984年10月10日刊

* 例言（朝倉治彦）………………………… 1
* 凡例 ……………………………………… 4
為人鈔（十巻十冊、寛文二年五月刊）（中
  江与右衛門著）………………………… 3
一休水鏡（慶長古活字十行本、一冊）（純
  一休著）………………………………… 213
いなもの（二巻二冊、ゑ入、明暦二年二月
  刊）……………………………………… 227
犬枕并狂哥（一巻一冊、古活字版）…… 251
犬枕（写本、横本、七十四題・三百四十七
  句）……………………………………… 269
いぬまくら（写本、国籍類書の内、七十二
  題・三百四十三句）…………………… 287
犬まくら（写本、枡型本、七十一題・三百
  二十句）………………………………… 305
今長者物語（一巻、絵入）……………… 323
いわつゝし（二巻、二冊、絵入、延宝四年
  成、正徳三年刊）……………………… 349
* 解題 ……………………………………… 371
  * 為人鈔 ……………………………… 373
  * 一休水鏡 …………………………… 375
  * いなもの …………………………… 377
  * 犬枕 ………………………………… 379
  * 今長者物語 ………………………… 383
  * いわつゝし ………………………… 384
* 〔口絵〕……………………………… 巻末

第6巻　う（朝倉治彦編）
1985年11月30日刊

* 例言（朝倉治彦）………………………… 1
* 凡例 ……………………………………… 4
浮雲物語（三巻三冊、寛文元年刊、ゑ入）… 3
うき世物語（十一行本、五巻五冊、無刊
  記、ゑ入）（浅井了意）……………… 85
うしかひ草（一巻一冊、寛文九年刊、ゑ
  入）（月坡著）………………………… 185
うすぐも恋物語（二巻二冊、万治二年刊、
  ゑ入）…………………………………… 201
うすゆき物語（二巻二冊、寛永九年刊、ゑ
  入丹緑）………………………………… 227

うらミのすけ（二巻二冊、ゑ入、寛永中
  刊）……………………………………… 267
〈影印〉うすゆき物語（下巻一冊、古活字、
  十行本）………………………………… 317
* 解題 ……………………………………… 373
  * 浮雲物語 …………………………… 375
  * うき世物語 ………………………… 377
  * うしかひ草 ………………………… 383
  * うす雲物語 ………………………… 385
  * うすゆき物語 ……………………… 387
  * うらみのすけ ……………………… 393
* 〔口絵〕……………………………… 巻末

第7巻　え–お（朝倉治彦編）
1986年9月15日刊

* 例言（朝倉治彦）………………………… 1
* 凡例 ……………………………………… 4
江戸名所記（七巻七冊、寛文二年五月刊、
  ゑ入）（浅井了意著）………………… 3
柏木ゑもん桜物語（一冊、江戸前期刊）… 127
おとぎばうこ（十三巻十三冊、寛文六年三
  月刊、ゑ入）（浅井了意著）………… 143
* 解題 ……………………………………… 433
  * 江戸名所記 ………………………… 435
  * ゑもん桜物語 ……………………… 443
  * 御伽碑子 …………………………… 444
* 〔口絵〕……………………………… 巻末

第8巻　お（朝倉治彦編）
1987年8月30日刊

* 例言（朝倉治彦）………………………… 1
* 凡例 ……………………………………… 4
をぐら物語（三巻三冊、寛文元年十一月
  刊、ゑ入）……………………………… 3
女郎花物語（三巻三冊、万治四年初春刊、
  ゑ入）…………………………………… 55
尾張大根（写本、二巻二冊、寛文十二年
  跋）……………………………………… 129
女郎花物語（写本、二冊）……………… 163
〈影印〉大坂物語（古活字版、一冊）…… 235
* 解題 ……………………………………… 311
  * 小倉物語 …………………………… 313
  * 女郎花物語（刊本）………………… 317
  * 尾張大根 …………………………… 322
  * 女郎花物語（写本）………………… 325
  * 大坂物語（古活字版）……………… 327
* 〔口絵〕……………………………… 巻末

第9巻　お（続）（朝倉治彦編）
1988年9月30日刊

[015] 假名草子集成

* 例言（朝倉治彦） ……………………… 1
* 凡例 ……………………………………… 4
大坂物語（古活字版第一種、十行、一巻一冊） ……………………………………… 3
大坂物語（古活字版第三種、十二行、一巻一冊、「大坂城之畫図」入） ………… 29
大坂物語（古活字版第四種、十一行、二巻二冊） ……………………………………… 57
大さか物語（古活字版第五種、十一行、二巻二冊） ……………………………… 109
大坂物語（古活字版第六種、十二行、二巻二冊） ……………………………………… 161
大坂物語（寛永整板、十一行本、二巻二冊、ゑ入） ………………………………… 213
* 大坂物語（正保整板）挿絵 ……………… 271
* 解題 …………………………………… 277
　　* 大坂物語 ………………………… 279

第10巻　お（続）（朝倉治彦, 深沢秋男編）
1989年9月30日刊

* 例言（朝倉治彦） ……………………… 1
* 凡例 ……………………………………… 4
をむなかゞみ（三巻三冊、慶安三年刊）（津阪孝綽著） ………………………… 3
女五経（五巻五冊、延宝三年刊、絵入）（小亀益英著） ………………………… 79
をんな仁義物語（二巻二冊、万治二年刊、絵入） ……………………………… 173
女みだれかミけうくん物語（一冊、寛文十三年刊、絵入） …………………… 201
　　* 女みだれかミけうくん物語（写真版） ‥ 207
有馬山名所記（五巻五冊、寛文十二年跋刊、絵入）（平子政長著, 生白堂行風校） ……………………………………… 215
* 解題 …………………………………… 289
　　* をむなかゞみ …………………… 291
　　* 女五経 …………………………… 298
　　* をんな仁義物語 ………………… 303
　　* 女みだれかミけうくん物語 …… 319
　　* 有馬山名所記 …………………… 321

第11巻　あ行　補遺（朝倉治彦, 深沢秋男編）
1990年8月25日刊

* 例言（朝倉治彦, 深沢秋男） ………… 1
* 凡例 ……………………………………… 4
芦分船（六巻六冊、延宝三年刊、絵入）（一無軒道冶著） ……………………… 3
大坂物語（古活字版第二種、一冊）（菊池真一校訂） …………………………… 91

大坂物語（上下二冊、写本）（青木晃校訂） ……………………………………… 117
女式目并儒仏物語（三巻三冊、万治三年刊、絵入）（最登波留著） …………… 141
女式目（三巻三冊、絵入） …………… 195
* 解題 …………………………………… 247
　　* 芦分船 …………………………… 249
　　* 『大坂物語』古活字第二種本（お茶の水図書館蔵）（菊池真一） ……… 256
　　* 写本『大坂物語』解説（青木晃） … 257
　　* 女式目并儒仏物語 ……………… 261
　　　　* 儒仏物語 …………………… 267
　　　　* 女式目 ……………………… 270
* 〔口絵〕 ………………………………… 巻末

第12巻　か（朝倉治彦, 深沢秋男編）
1991年9月25日刊

* 例言（朝倉治彦, 深沢秋男） ………… 1
* 凡例 ……………………………………… 4
怪談全書（五巻五冊、元禄十一年刊、片カナ、絵入） …………………………… 3
怪談（一巻一冊、写本、片カナ） …… 67
怪談（二巻一冊、写本、平かな） …… 129
怪談録（二巻二冊、写本、片カナ） … 195
幽霊之事（一冊、写本） ……………… 311
* 解題 …………………………………… 349
　　* 怪談全書 ………………………… 351
　　* 怪談（写本、一巻一冊、片仮名本） … 361
　　* 怪談（写本、二巻一冊、平仮名本） … 364
　　* 怪談録 …………………………… 367
　　* 幽霊之事 ………………………… 369
　　* 収録題目一覧表 ………………… 371
* 〔口絵〕 ………………………………… 巻末

第13巻　か（朝倉治彦, 深沢秋男編）
1992年8月20日刊

* 例言（朝倉治彦, 深沢秋男） ………… 1
* 凡例 ……………………………………… 4
海上物語（二巻二冊、寛文六年刊、絵入） … 3
戒殺放生物語（四巻四冊、寛文四年刊、絵入） ……………………………………… 51
怪談録前集（五巻五冊、不角序刊、絵入） ‥ 119
奇異怪談抄（上下四冊、写本） ……… 199
* 解題 …………………………………… 267
　　* 海上物語 ………………………… 269
　　* 戒殺放生物語 …………………… 277
　　* 〔漢考〕怪談録前集 ……………… 282
　　* 奇異怪談抄 ……………………… 290
* 寛文十年板挿絵集 …………………… 293
* 巻末口絵（首尾、挿絵） ……………… 巻末

[015] 假名草子集成

第14巻 か(続)(朝倉治彦, 深沢秋男編)
1993年11月20日刊

* 例言(朝倉治彦, 深沢秋男) ……………… 1
* 凡例 ……………………………………… 4
* 鑑草(六巻六冊、正保四年刊)(中江藤樹著) …………………………………… 3
* 可笑記(五巻五冊、寛永十九年刊、十一行本)(如儡子著) ……………………… 131
* 解題 …………………………………… 377
  * 鑑草 ………………………………… 379
  * 可笑記 ……………………………… 397
  * 戒殺放生文 ………………………… 420
* 浅井了意『戒殺物語・放生物語』と株宏『戒殺放生文』(小川武彦) ………… 421
* 戒殺放生文(影印) ……………………… 437
* 『鑑草』延宝三年板挿絵 ……………… 450
* 『可笑記』万治二年板挿絵 …………… 465
* 写真 ……………………………………… 477

第15巻 か(続)(朝倉治彦, 深沢秋男編)
1994年12月10日刊

* 例言(朝倉治彦, 深沢秋男) ……………… 1
* 凡例 ……………………………………… 4
* 可笑記評判(十巻十冊、万治三年刊)巻一～巻七(浅井了意著) ……………… 3

第16巻 か(朝倉治彦, 深沢秋男編)
1995年9月5日刊

* 例言(朝倉治彦, 深沢秋男) ……………… 1
* 凡例 ……………………………………… 4
* 可笑記評判(十巻十冊、万治三年刊)巻八～巻九(浅井了意著) ………………… 1
* 可笑記跡追(五巻五冊、絵入) ……… 211
* 解題 …………………………………… 285
  * 可笑記評判 巻八～巻九 ………… 287
  * 可笑記跡追 ………………………… 303
* 写真 …………………………………… 巻末

第17巻 か(朝倉治彦, 深沢秋男編)
1996年3月20日刊

* 例言(朝倉治彦, 深沢秋男) ……………… 1
* 凡例 ……………………………………… 4
* 花山物語(写本、一冊) ………………… 1
* 堅田物語(天和三年奥書刊、一冊) …… 17
* 仮名列女伝(明暦元年十一月跋刊、ゑ入、八冊) ………………………………… 27
* 解題 …………………………………… 267
  * 花山物語 …………………………… 267
  * 堅田物語 …………………………… 270
  * 仮名列女伝 ………………………… 272
* 写真 …………………………………… 巻末

第18巻 か(朝倉治彦, 深沢秋男編)
1996年9月20日刊

* 例言(朝倉治彦, 深沢秋男) ……………… 1
* 凡例 ……………………………………… 4
* かさぬ草子(写本、一冊、寛永二十一年写奥書) ………………………………… 1
* 枯枕集(六巻六冊、寛文八年刊、絵入) … 43
* かなめいし(三巻三冊、絵入) ……… 175
* 鎌倉物語(五巻五冊、万治二年刊、絵入) … 221
* 解題 …………………………………… 327
  * かさぬ草子 ………………………… 329
  * 枯枕集 ……………………………… 332
  * かなめいし ………………………… 337
  * 鎌倉物語 …………………………… 343
* 写真 …………………………………… 巻末

第19巻 か(朝倉治彦, 深沢秋男編)
1997年3月10日刊

* 例言(朝倉治彦, 深沢秋男) ……………… 1
* 凡例 ……………………………………… 4
* 葛城物語(三巻三冊、絵入、無刊記)(浅井了意著) ……………………………… 1
* 河内鑑名所記(六巻六冊、絵入、延宝七年刊)(三田浄久作) ………………… 55
* 堪忍弁義抄(一冊、慶安四年刊) …… 231
* 解題 …………………………………… 247
  * 葛城物語 …………………………… 249
  * 河内鑑名所記 ……………………… 256
  * 堪忍弁義抄 ………………………… 265
* 補記 …………………………………… 269
  * 一 享保二年求版『可笑記』(深沢秋男) ……………………………… 271
  * 二 写本『可笑記跡追』(深沢秋男) … 273
  * 三 仮名草子の目次小言(朝倉治彦) … 277
* 写真 …………………………………… 巻末

第20巻 か(朝倉治彦, 深沢秋男編)
1997年8月30日刊

* 例言(朝倉治彦, 深沢秋男) ……………… 1
* 凡例 ……………………………………… 4
* 勧孝記(二巻二冊、明暦元年西村板、絵入)(釈宗徳作) ……………………… 3
* 堪忍記(八巻八冊、万治二年荒木板、絵入)(浅井了意作) ……………………… 93
* 解題 …………………………………… 295

＊勸孝記	297
＊堪忍記	303
＊写真	巻末

第21巻　か−き（朝倉治彦, 深沢秋男編）
1998年3月20日刊

＊例言（朝倉治彦, 深沢秋男）	1
＊凡例	4
假枕（写本、二冊）	1
奇異雑談（写本、二冊二冊）〈上段〉	63
奇異雑談集（刊本、貞享四年刊、六巻六冊、絵入）〈下段〉	63
＊刊本挿絵	294
＊解題	301
＊假枕	303
＊奇異雑談集	304
＊写真	巻末

第22巻　き（朝倉治彦, 深沢秋男, 柳沢昌紀編）
1998年6月25日刊

＊例言（朝倉治彦, 深沢秋男）	1
＊凡例	4
祇園物語（寛永未刊、二巻）	1
京童（明暦四年八文字屋五兵衛板、六巻六冊）（中川喜雲作）	89
京童あとをひ（寛文七年八文字屋五兵衛板、六巻六冊）（中川喜雲作）	193
清水物語（寛永十五年刊、二巻二冊）	291
＊解題	345
＊祇園物語	347
＊京童	352
＊京童あとをひ	365
＊清水物語	373
＊写真	巻末

第23巻　き（朝倉治彦編）
1998年9月15日刊

＊例言（朝倉治彦）	1
＊凡例	4
きくわく物語（下巻、万治頃刊、絵入）	1
菊の前（鱗形屋板、一冊、絵入）	19
清瀧物語（寛文十年うろこかた屋板、絵入）	39
狂歌咄（寛文）（浅井了意作）	69
遠近草（写本、三冊）	157
＊解題	241
＊きくわく物語	242
＊菊の前	245
＊清瀧物語	248

＊狂歌咄	252
＊遠近草	263
＊『清水物語』解題（承前）	265
＊写真	巻末

第24巻　き−け（朝倉治彦, 伊藤慎吾編）
1999年2月25日刊

＊例言（朝倉治彦）	1
＊凡例	4
宜應文物語（一冊、無年刊、井上茂兵衛刊）	1
狂歌旅枕（二冊二冊、天和二年、酒田屋刊、師宜絵入）	25
悔草（三巻三冊、正保四年七月、吉野屋刊）	71
化女集（一冊、写本）	149
賢女物語（五巻五冊、寛文九年四月、秋田屋刊、絵入）	177
＊解題	247
＊宜應文物語	248
＊狂歌旅枕	254
＊悔草	258
＊化女集	265
＊賢女物語	267
＊お伽草子・仮名草子、書肆別目録稿（朝倉治彦, 伊藤慎吾著）	273
＊写真	巻末

第25巻　き−け（朝倉治彦, 柏川修一編）
1999年9月25日刊

＊例言（朝倉治彦）	1
＊凡例	4
吉利支丹御対治物語（寛永十六年八月刊、二巻二冊）	1
鬼理志端破却論傳（山田市郎兵衛刊、三巻三冊、絵入）（浅井了意著）	35
破吉利支丹（寛文二年二月、堤六左衛門刊、一巻一冊）（鈴木正三著）	81
けんさい物語（三冊、絵入）	91
けんもつさうし（写本、一冊）	143
見聞軍抄（寛永頃刊、八巻八冊、うち巻一〜三）（三浦浄心著）	153
＊解題	239
＊吉利支丹御対治物語	240
＊鬼理志端破却論伝	246
＊破吉利支丹	251
＊けんさい物語	256
＊けんもつさうし	259
＊正誤補正	263
＊仮名草子刊行年表（稿）	269
＊『吉利支丹退治物語』挿絵	273

[015] 假名草子集成

第26巻　け–こ（朝倉治彦, 柏川修一編）
2000年4月20日刊

＊例言（朝倉治彦） ……………………… 1
＊凡例 …………………………………… 4
見聞軍抄（承前巻、寛永中刊、八巻八冊、うち巻四–八）（三浦浄心著） …… 1
和訳好生録（延宝七年刊、二巻四冊）（王廣宣著、釈洞水訳） ……………… 167
＊解題 …………………………………… 249
　＊見聞軍抄 …………………………… 251
　＊和訳好生録 ………………………… 261
＊「好生録」索引（人名、動物名、書名）… 267
＊写真 …………………………………巻末

第27巻　こ（朝倉治彦, 大久保順子編）
2000年7月15日刊

＊例言（朝倉治彦） ……………………… 1
＊凡例 …………………………………… 4
孝行物語（万治三年刊、六巻、絵入） …… 1
狐媚鈔（写本、一巻） ………………… 157
古今犬著聞集（内一至巻四）（椋梨一雪作） ………………………………… 215
＊解題 …………………………………… 307
　＊孝行物語 …………………………… 309
　＊狐媚鈔 ……………………………… 321
＊写真 …………………………………巻末

第28巻　こ（朝倉治彦, 大久保順子編）
2000年9月25日刊

＊例言（朝倉治彦） ……………………… 1
＊凡例 …………………………………… 5
古今犬著聞集（写本、全十二巻十二冊、うち巻五〜十二）（一雪編） ………… 1
小さかづき（寛文12年刊、5巻5冊、絵入）（山岡元隣作） ………………… 187
＊解題 …………………………………… 293
　＊古今犬著聞集 ……………………… 295
　＊小さかづき ………………………… 299
＊写真 …………………………………巻末

第29巻　こ（朝倉治彦編）
2001年2月10日刊

＊例言（朝倉治彦） ……………………… 1
＊凡例 …………………………………… 5
古今百物語評判（貞享三年刊、五巻、絵入）（山岡元隣述、元恕補編） ……… 1

日本武士鑑（内題「古今武士鑑」元禄九年刊、五巻、絵入）（一雪著） ……… 83
『古今犬著聞集』関連資料集 ………… 167
大和怪異記（宝永六年刊、七巻、絵入）抄 …………………………………… 168
犬著聞集 抜書（元禄六年五月奥書写本、一冊） ……………………………… 207
陰山茗話（宝永二年三月奥書写本、一冊）抄 ………………………………… 236
＊解題 …………………………………… 261
　＊古今百物語評判 …………………… 263
　＊日本武士鑑 ………………………… 269
　＊大和怪異記 ………………………… 277
　＊犬著聞集 抜書 …………………… 290
　＊陰山茗話 …………………………… 294
＊写真 …………………………………巻末

第30巻　こ（朝倉治彦編）
2001年7月30日刊

＊例言（朝倉治彦） ……………………… 1
＊凡例 …………………………………… 5
古老物語（万治四年求版刊、六巻、絵入）… 1
『古今犬著聞集』関連資料集（承前） …… 213
　武士鑑 附孝子伝（写本） …………… 214
　舊説拾遺物語（抄） ………………… 266
＊解題 …………………………………… 273
　＊古老物語 …………………………… 275
　＊武士鑑 ……………………………… 285
　＊舊説拾遺物語 ……………………… 287
　＊『古今犬著聞集』関連資料所収説話対照（大久保順子） ……………… 297
＊写真 …………………………………巻末

第31巻　さ（朝倉治彦編）
2002年3月20日刊

＊例言（朝倉治彦） ……………………… 1
＊凡例 …………………………………… 5
催情記（明暦三年刊） …………………… 1
嵯峨名所盡（万治四年成 一冊） ……… 33
嵯峨問答（寛文十二年序 二冊 絵入）（清水春流作） ……………………… 47
三國物語（寛文七年四月刊記板 五冊 絵入） ………………………………… 71
＊解題 …………………………………… 241
　＊催情記 ……………………………… 243
　＊嵯峨名所盡 ………………………… 251
　＊嵯峨問答 …………………………… 258
　＊三國物語 …………………………… 262
＊元隣年譜（稿） ……………………… 269
＊正誤表 ………………………………… 284

日本古典文学全集・内容綜覧 第II期　43

[015] 假名草子集成

*写真 ··· 巻末

第32巻　さ（朝倉治彦編）
2002年8月30日刊

* 例言（朝倉治彦）························· 1
* 凡例 ··· 5
三綱行実圖（無刊記）····················· 1
* 解題 ··· 253
  * 三綱行実圖 ······························· 255
  * 三綱行実圖（和訳本）（大久保順子）···· 263
  * 三綱行実圖（朝鮮版和刻本）（大久保順子）······························· 270
  * 第三十一巻正誤・補入・解題（続）···· 273
    * 一、正誤 ································· 273
    * 一、補入 ································· 273
    * 三、『三國物語』解題（続）······· 277
    * 『三國物語』の二本に関して―小城鍋島文庫本と広島大学蔵本―（大久保順子）······························· 277
* 書林の目録に見る了意の作品（一）······ 287
* 写真 ··· 巻末

第33巻　し（朝倉治彦編）
2003年3月31日刊

* 例言（朝倉治彦）························· 1
* 凡例 ··· 5
しかた咄（寛文十一年刊）（中川喜雲作）······· 1
似我蜂物語（寛文元年刊）············· 105
* 解題 ··· 233
  * しかた咄 ································· 235
  * 似我蜂物語 ····························· 250
    * 参考資料（一）師宣の初期絵入本に就て（田中喜作）··························· 260
    * 参考資料（二）『骨董集』上編上（七）〔影印〕···································· 278
* 正誤・追加 ································· 281
* 書林の目録に見る了意の作品（二）······ 282
* 写真 ··· 巻末

第34巻　し（朝倉治彦編）
2003年9月30日刊

* 例言（朝倉治彦）························· 1
* 凡例 ··· 4
しきをんろん（徳永種久著）············· 1
地獄破（甲）（写本）························ 33
地獄破（乙）（延宝五年奥書写本）······ 61
七人ひくに（寛永十二年刊）············ 98
しらつゆ姫物語（貞享四年奥書刊）（片野長次郎作）································· 175

* 解題 ··· 219
  * しきをんろん ························· 221
  * 地獄破 ····································· 233
  * 七人ひくに ····························· 238
  * しらつゆ姫物語 ····················· 267
* 正誤・追加 ································· 270
* 書林の目録に見る了意の作品（三）······ 271
* 写真 ··· 巻末

第35巻　し（朝倉治彦編）
2004年3月30日刊

* 例言（朝倉治彦）························· 1
* 凡例 ··· 4
釈迦八相物語（寛文六年刊）············· 1
* 解題 ··· 207
  * 釈迦八相物語 ························· 209
  * 付1『釈迦如来一代記』（改題）全挿絵 ···· 233
  * 付2『釈迦如来一代記鼓吹』全目次 ···· 261
* 追記・正誤 ································· 281
* 写真 ··· 巻末

第36巻　し（朝倉治彦編）
2004年9月30日刊

* 例言（朝倉治彦）························· 1
* 凡例 ··· 4
七人ひくにん（横本、三冊、奈良絵本）······· 1
嶋原記（慶安二年七月板、三巻三冊）······ 51
順礼物語（寛永中板、三巻三冊）（三浦浄心者）····································· 115
* 解題 ··· 229
  * 七人ひくにん ························· 231
  * 嶋原記 ····································· 235
  * 順礼物語 ································· 237
    * （解題 付）『名所和歌物語』（『順礼物語』改題）全挿絵 ··············· 249
* 『七人ひくにん』写本・刊本比較表（前半）·· 262
* 写真 ··· 巻末

第37巻　し（朝倉治彦編）
2005年7月30日刊

* 例言（朝倉治彦）························· 1
* 凡例（朝倉治彦）························· 4
女訓抄（寛永十六年古活字本、翻刻、上・中巻）··· 1
（影印）女訓抄（寛永十九年整版本、上・中巻）··· 171
* 『七人比丘尼』写本・刊本 本文比較表（後半）··· 253

* 『尼物かたり』書誌 ………………… 290
* 追記・正誤 ……………………… 292

第38巻　し（朝倉治彦編）
2005年9月30日刊

* 例言（朝倉治彦）………………………… 1
* 凡例（朝倉治彦）………………………… 4
* 女訓抄（承前）（寛永十六年古活字本、翻刻、下巻）………………………… 1
* (影印)女訓抄（承前）（寛永十九年整版本、下巻）………………………… 107
* 解題 ……………………………………… 157
  * 『女訓抄』解題 ……………… 159
  * 『嶋原記』解題 ……………… 194
* (付一)『女訓抄』（万治板）全挿絵 ……… 207
* (付二)『嶋原記』（寛文十三年板）全挿絵 … 241
* (付三)『嶋原記』（貞享五年板）全挿絵 …… 251
* (付四)『嶋原記』（無刊記板）全挿絵 ……… 261
* 書林の目録に見る了意の作品（四） …… 270
  * 元禄九年目録 ………………… 270
* 正誤 ……………………………………… 274
* 写真 ………………………………… 巻末

第39巻　し（菊池真一，深沢秋男，和田恭幸編）
2006年3月15日刊

* 例言（朝倉治彦）………………………… 1
* 凡例（菊池真一，花田富二夫，深沢秋男，和田恭幸）………………………………… 4
* 若輩抄（写本、一冊）…………………… 1
* 聚楽物語（寛永十七年五月版、三巻三冊）… 27
* 死霊解脱物語聞書（元禄三年十一月版、二巻二冊）……………………………… 81
* (影印)女訓抄（古活字版、寛永十四年三月刊、上下二冊、中巻欠）…………… 125
* 解題 ……………………………………… 295
  * 『若輩抄』（深沢秋男） …… 297
  * 『聚楽物語』（菊池真一） …… 299
  * 『死霊解脱物語聞書』（和田恭幸）… 301
  * 『女訓抄』（深沢秋男） …… 305
* 書林の目録に見る了意の作品（五）（朝倉治彦稿）…………………………… 309
* 正誤・追加（朝倉治彦記）……………… 312
* 写真 ………………………………… 巻末

第40巻　し（花田富二夫，中島次郎，柳沢昌紀編）
2006年9月30日刊

* 例言（朝倉治彦）………………………… 1
* 凡例（菊池真一，花田富二夫，深沢秋男，中島次郎，柳沢昌紀）…………………… 4
* 女四書（明暦二年三月三書肆板、七巻七冊）（辻原元甫作）…………………… 1
* 女孝経巻之上（辻原元甫作）…………… 6
* 女孝経巻之下（辻原元甫作）…………… 21
* 女論語巻之上（辻原元甫作）…………… 44
* 女論語巻之下（辻原元甫作）…………… 59
* 内訓巻之上（辻原元甫作）……………… 91
* 内訓巻之下（辻原元甫作）……………… 115
* 新語園（天和二年二月板、十巻十冊のうち巻之五まで）（浅井了意著）…… 125
* 解題 ……………………………………… 285
  * 『女四書』（柳沢昌紀） …… 287
* 写真 ………………………………… 巻末

第41巻　し（花田富二夫，入口敦志，菊池真一，中島次郎，深沢秋男編）
2007年2月28日刊

* 例言（朝倉治彦）………………………… 1
* 凡例（菊池真一，花田富二夫，深沢秋男，入口敦志，中島次郎）…………………… 4
* 新語園（承前）（天和二年二月板、十巻十冊のうち巻之六から巻之十五まで）（浅井了意著）………………………… 1
* 十二関（写本、一冊）………………… 163
* 衆道物語（寛文元年板、二巻二冊）… 169
* 親鸞上人記（延宝板、二巻一冊）…… 187
* 解題 ……………………………………… 207
  * 『新語園』（花田富二夫） …… 209
  * 『十二関』（菊池真一） ……… 221
  * 『衆道物語』（入口敦志） …… 224
  * 『親鸞上人記』（深沢秋男） … 229
* 写真 ………………………………… 巻末

第42巻　し・す（深沢秋男，伊藤慎吾，入口敦志，花田富二夫編）
2007年7月25日刊

* 例言（朝倉治彦）………………………… 1
* 凡例（菊池真一，花田富二夫，深沢秋男，伊藤慎吾，入口敦志）………………… 4
* 四しやうのうた合（上 下）（無刊記古活字版、二冊、無彩色本）………………… 1
* 四十二のみめあらそひ（写本、一冊）… 71
* 水鳥記（上 下）（寛文七年五月中村五兵衛板、二巻二冊、絵入）（地黄坊樽次作）… 83
* 水鳥記（巻之上 巻之中 巻之下）（松会板、三巻三冊、絵入）（地黄坊樽次作）…… 133

杉楊枝（巻一 巻二 巻三 巻四 巻五 巻六）
　（延宝八年板、六巻六冊、絵入〔巻四〕
　元禄十六年板、六巻六冊、絵入）（里木
　予一作）………………………………… 173
＊解題 ………………………………………… 271
　＊『四しやうのうた合』（伊藤慎吾）… 273
　＊『四十二のみめあらそび』（入口敦志）
　　………………………………………… 291
　＊『水鳥記』（花田富二夫）…………… 293
　＊『杉楊枝』（花田富二夫）…………… 311
＊写真 ……………………………………… 巻末

第43巻　す・せ（花田富二夫, 小川武彦, 柳沢
　昌紀編）
2008年4月25日刊

＊例言（朝倉治彦）………………………… 1
＊凡例（菊池真一, 花田富二夫, 深沢秋男,
　小川武彦, 柳沢昌紀）…………………… 4
住吉相生物語（延宝六年板、五巻五冊、絵
　入）（一無軒道冶編）…………………… 1
醒睡笑（広本系写本、八巻八冊）（安楽庵
　策伝作）………………………………… 57
＊解題 ……………………………………… 333
　＊『住吉相生物語』（小川武彦）……… 335
　＊『醒睡笑』（柳沢昌紀）……………… 340
＊写真 ……………………………………… 巻末

第44巻　せ・そ（菊池真一, 冨田成美, 和田恭
　幸編）
2008年9月25日刊

＊例言（朝倉治彦）………………………… 1
＊凡例（菊池真一, 花田富二夫, 深沢秋男,
　冨田成美, 和田恭幸）…………………… 4
＊『假名草子集成』で使用する漢字の字体
　について………………………………… 9
世諺問答（写本、一冊）（［一条兼良著］）…… 1
世諺問答（古活字本、一冊）（［一条兼良
　著］）……………………………………… 23
世諺問答（万治三年板、三巻三冊、絵入）
　（［一条兼良著］）………………………… 49
是楽物語（大本、三巻三冊、絵入）……… 83
世話支那草（寛文四年板、三巻三冊）…… 135
草菜物語（慶安元年板、三巻三冊）……… 201
続つれづれ草（寛文十一年板、二巻二冊）… 229
＊解題 ……………………………………… 311
　＊『世諺問答』（写本）（冨田成美）…… 313
　＊『世諺問答』（古活字本）（冨田成美）… 317
　＊『世諺問答』（万治三年板）（冨田成
　　美）…………………………………… 319
　＊『是楽物語』（菊池真一）…………… 325

　＊『世話支那草』（菊池真一）………… 328
　＊『草菜物語』（和田恭幸）…………… 330
　＊『続つれづれ草』（菊池真一）……… 331
＊第四十三巻『醒睡笑』解題（柳沢昌紀）… 333
＊写真 ……………………………………… 巻末

第45巻　そ（花田富二夫, 大久保順子, 菊池真
　一, 柳沢昌紀, 湯浅佳子編）
2009年3月15日刊

＊例言（朝倉治彦）………………………… 1
＊凡例（菊池真一, 花田富二夫, 深沢秋男,
　大久保順子, 柳沢昌紀, 湯浅佳子）…… 4
＊『假名草子集成』で使用する漢字の字体
　について………………………………… 9
続清水物語（江戸前期板、二巻二冊）（［朝
　山意林庵作］）…………………………… 1
そぞろ物語（写本、一冊）（三浦浄心著）… 41
曾呂里物語（寛文三年板、五巻五冊、絵
　入）……………………………………… 65
続著聞集（写本、十巻五冊）…………… 127
＊解題 ……………………………………… 267
　＊『続清水物語』（写本）（柳沢昌紀）… 269
　＊『そぞろ物語』（古活字本）（菊池真
　　一）…………………………………… 272
　＊『曾呂里物語』（万治三年板）（湯浅佳
　　子）…………………………………… 273
＊第四十四巻『草菜物語』解題追加（和田
　恭幸）…………………………………… 289
＊写真 ……………………………………… 巻末

第46巻　し（花田富二夫, 入口敦志, 大久保順
　子編）
2010年9月30日刊

＊例言（朝倉治彦）………………………… 1
＊凡例（花田富二夫, 深沢秋男, 入口敦志,
　大久保順子）……………………………… 4
＊『假名草子集成』で使用する漢字の字体
　について………………………………… 9
諸国百物語（延宝五年板、五巻十冊、絵入）… 1
新著聞集（寛延二年板、十八巻十二冊）
　（椋梨一雪作）………………………… 121
＊解題 ……………………………………… 351
　＊『諸国百物語』（入口敦志）………… 353
　＊『新著聞集』（大久保順子）………… 355
＊『続著聞集』解題（大久保順子）…… 368
＊写真 ……………………………………… 巻末

第47巻　た・ち（深沢秋男, 伊藤慎吾, 入口敦
　志, 花田富二夫, 安原眞琴, 和田恭幸編）
2011年6月30日刊

[015] 假名草子集成

＊例言（朝倉治彦）……………………… 1
＊凡例（花田富二夫, 深沢秋男, 伊藤慎吾,
　入口敦志, 安原眞琴, 和田恭幸）……… 4
＊『假名草子集成』で使用する漢字の字体
　について ……………………………… 9
醍醐随筆（寛文十年板、二巻四冊）（中山
　三柳著）……………………………… 1
大仏物語（寛永二十一年板、二巻二冊）…… 59
沢庵和尚鎌倉記（万治二年板、二巻二冊、
　絵入）………………………………… 91
糺物語（明暦三年板、二巻二冊、絵入）
　（［日心作］）………………………… 119
たにのむもれ木（写本、一冊）………… 167
竹斎東下（写本、一冊）（［富山道治作］）… 185
＊解題 ………………………………… 219
　＊醍醐随筆（伊藤慎吾）…………… 221
　＊大仏物語（和田恭幸）…………… 230
　＊沢庵和尚鎌倉記（安原眞琴）…… 232
　＊糺物語（和田恭幸）……………… 244
　＊たにのむもれ木（花田富二夫）… 248
　＊竹斎東下（入口敦志）…………… 252
＊写真 ………………………………… 巻末

第48巻　た・ち（花田富二夫, 入口敦志, 中島
　次郎, 安原眞琴, ラウラ・モレッティ編）
2012年6月30日刊

＊例言（朝倉治彦）……………………… 1
＊凡例（花田富二夫, 入口敦志, 中島次郎,
　安原眞琴, ラウラ・モレッティ）……… 4
＊『假名草子集成』で使用する漢字の字体
　について ……………………………… 9
他我身のうへ（明暦三年板、六巻六冊、絵
　入）（山岡元隣作）…………………… 1
沢庵和尚鎌倉記（写本、一冊）………… 95
竹斎（古活字十一行本、二巻二冊）（［富山
　道治作］）…………………………… 115
竹斎狂哥物語（正徳三年板、三巻三冊、絵
　入）…………………………………… 147
竹斎療治之評判（貞享二年板、二巻二冊、
　絵入）………………………………… 175
智恵鑑（万治三年板、十巻十冊、絵入）
　（［橘軒散人作］）…………………… 203
＊解題 ………………………………… 309
　＊他我身のうへ（花田富二夫）…… 311
　＊沢庵和尚鎌倉記（安原眞琴）…… 315
　＊竹斎（入口敦志）………………… 321
　＊竹斎狂哥物語（中島次郎）……… 323
　＊竹斎療治之評判（ラウラ・モレッ
　　ティ）…………………………… 328
＊写真 ………………………………… 巻末

第49巻　ち（深沢秋男, 伊藤慎吾, 入口敦志, 中
　島次郎, 柳沢昌紀編）
2013年3月30日刊

＊例言（朝倉治彦）……………………… 1
＊凡例（深沢秋男, 伊藤慎吾, 入口敦志, 中
　島次郎, 柳沢昌紀）…………………… 4
智恵鑑（承前）（万治三年板、十巻十冊、絵
　入）（［橘軒散人作］）………………… 1
竹斎（寛永整版本、二巻二冊、絵入）（［富
　山道治作］）………………………… 107
寛文板『竹斎』全挿絵（寛文板、四巻四
　冊、絵入）…………………………… 163
竹斎（奈良絵本、一冊、絵入）（［富山道冶
　作］）………………………………… 179
長斎記（写本、一冊）………………… 231
長者教（古活字版、一巻一冊）……… 261
長生のみかど物語（元禄八年板、一巻一
　冊）…………………………………… 269
＊解題 ………………………………… 285
　＊智恵鑑（承前）（柳沢昌紀）……… 287
　＊竹斎（寛永整版本）（入口敦志）… 310
　＊寛文版『竹斎』（中島次郎）……… 313
　＊竹斎（奈良絵本）（中島次郎）…… 316
　＊長斎記（伊藤慎吾）……………… 321
　＊長者教（伊藤慎吾）……………… 326
　＊長生のみかど物語（伊藤慎吾）… 332
　＊第四十八巻『智恵鑑』（巻一～巻五）正誤 … 337
＊写真 ………………………………… 巻末

第50巻　ち・つ（柳沢昌紀, 冨田成美, 速水香
　織, 安原眞琴編）
2013年11月30日刊

＊例言（朝倉治彦, 花田富二夫, 深沢秋男,
　柳沢昌紀）……………………………… 1
＊凡例（柳沢昌紀, 冨田成美, 速水香織, 安
　原眞琴）………………………………… 4
＊『假名草子集成』で使用する漢字の字体
　について ……………………………… 9
朝鮮征伐記（万治二年板、九巻九冊、絵入）… 1
塵塚（元禄二年板、六巻六冊、絵入）…… 147
月見の友（元禄十六年板、上・下・追加、
　絵入）………………………………… 263
＊解題 ………………………………… 309
　＊朝鮮征伐記（速水香織）………… 311
　＊塵塚（冨田成美）………………… 316
　＊月見の友（安原眞琴）…………… 321
　＊第四十九巻『智恵鑑』解題 正誤（柳沢昌
　　紀）……………………………… 323
＊写真 ………………………………… 巻末

日本古典文学全集・内容綜覧 第II期　47

[015] 假名草子集成

第51巻　補遺(花田富二夫編)
2014年3月20日刊

＊例言(朝倉治彦, 花田富二夫, 深沢秋男, 柳沢昌紀) ……………………………… 1
＊凡例(花田富二夫) ………………………… 4
＊ホノルル美術館所蔵リチャード・レインコレクション『伽婢子』紹介(英文)(南清恵) ……………………………… 9
＊ホノルル美術館所蔵リチャード・レインコレクション『伽婢子』紹介(翻訳)(南清恵) ……………………………… 11
＊『假名草子集成』で使用する漢字の字体について ………………………………… 12
伽婢子(寛文十一年板, 正六巻六冊・続七巻七冊, 絵入) ……………………… 1
(影印)伽婢子 ………………………………… 223
＊解題 ………………………………………… 367
　＊伽婢子(花田富二夫) ………………… 369
　＊第五十巻『朝鮮征伐記』解題 正誤・追加(速水香織) ……………………… 382

第52巻　ち・つ・て(柳沢昌紀, 大久保順子, 入口敦志, 冨田成美編)
2014年9月30日刊

＊例言(朝倉治彦, 花田富二夫, 深沢秋男, 柳沢昌紀) ……………………………… 1
＊凡例(柳沢昌紀, 入口敦志, 大久保順子, 冨田成美) …………………………… 4
＊『假名草子集成』で使用する漢字の字体について ………………………………… 9
新板下り竹斎咄し(整版本, 三巻三冊, 絵入)([富山道冶作]) ……………… 1
露殿物語(絵巻, 三巻) ……………………… 55
田夫物語(大本, 一巻一冊, 絵入) ………… 99
帝鑑図説(整版本, 十二巻六冊, 絵入) …… 115
＊解題 ………………………………………… 277
　＊新板下り竹斎咄し(入口敦志) ……… 279
　＊露殿物語(大久保順子) ……………… 282
　＊田夫物語(冨田成美) ………………… 287
＊写真 ……………………………………… 巻末

第53巻　て・と(花田富二夫, 入口敦志, 松村美奈, 柳沢昌紀編)
2015年3月30日刊

＊例言(朝倉治彦, 花田富二夫, 深沢秋男, 柳沢昌紀) ……………………………… 1
＊凡例(花田富二夫, 入口敦志, 松村美奈, 柳沢昌紀) ……………………………… 4
＊『假名草子集成』で使用する漢字の字体について ………………………………… 8
帝鑑図説(承前)(寛永四年板, 十二巻六冊, 絵入) …………………………… 1
棠陰比事加鈔(整版本, 三巻六冊) ……… 47
棠陰比事物語(寛永頃無刊記板, 五巻五冊) ………………………………… 143
常盤木(正徳・享保頃板, 一冊, 絵入) …… 277
＊解題 ………………………………………… 289
　＊帝鑑図説(承前)(入口敦志) ………… 291
　＊棠陰比事物語(寛永頃無刊記板)(花田富二夫) ……………………………… 296
　＊常盤木(柳沢昌紀) …………………… 298
＊写真 ……………………………………… 巻末

第54巻　つ・と・な(柳沢昌紀, 伊藤慎吾, 中島次郎, 花田富二夫, 安原眞琴編)
2015年8月30日刊

＊例言(朝倉治彦, 花田富二夫, 深沢秋男, 柳沢昌紀) ……………………………… 1
＊凡例(柳沢昌紀, 伊藤慎吾, 中島次郎, 花田富二夫, 安原眞琴) ……………… 4
＊『假名草子集成』で使用する漢字の字体について ………………………………… 9
棠陰比事加鈔(承前)(整版本, 三巻六冊) …… 1
つれづれ御伽草(整版本, 一巻一冊, 絵入) ………………………………………… 77
徒然草嫌評判(寛文十二年板, 二巻一冊) … 89
道成寺物語(万治三年十月板, 三巻三冊, 絵入) ……………………………… 157
徳永種久紀行(写本, 一冊)(徳永種久著) ………………………………………… 185
何物語(寛文七年板, 三巻三冊)([児玉信栄作]) ……………………………… 201
＊解題 ………………………………………… 247
　＊棠陰比事加鈔(承前)(整版本)(花田富二夫) ……………………………… 249
　＊つれづれ御伽草(安原眞琴) ………… 252
　＊徒然草嫌評判(安原眞琴) …………… 256
　＊道成寺物語(伊藤慎吾) ……………… 260
　＊徳永種久紀行(中島次郎) …………… 263
　＊何物語(花田富二夫) ………………… 268
　＊第五十三巻『棠陰比事物語』解題追補(松村美奈) ……………………… 271
＊写真 ……………………………………… 巻末

第55巻　と・に・ね(花田富二夫, 大久保順子, 中島次郎, 湯浅佳子編)
2016年2月29日刊

[015] 假名草子集成

＊例言（朝倉治彦，花田富二夫，深沢秋男，柳沢昌紀）…… 1
＊凡例（花田富二夫，大久保順子，中島次郎，湯浅佳子）…… 4
＊『假名草子集成』で使用する漢字の字体について …… 9
宿直草（延宝五年一月板，五巻五冊，絵入）‥ 1
匂ひ袋（延宝九年板，二巻二冊，絵入）…… 113
にぎはひ草（天和二年板，二巻二冊）（灰屋紹益著）…………… 137
仁勢物語（寛永ごろ整版本，二巻二冊，絵入）……………… 229
ねこと草（寛文二年板，二巻二冊，絵入）（小野久四郎作）………… 287
＊解題 …… 313
　＊宿直草（湯浅佳子）…… 315
　＊匂ひ袋（大久保順子）…… 317
　＊にぎはひ草（大久保順子）…… 319
　＊仁勢物語（花田富二夫）…… 322
　＊ねこと草（中島次郎）…… 328
＊写真 …… 巻末

第56巻　と・に・ね・〈補遺〉け（柳沢昌紀，花田富二夫，三浦雅彦，湯浅佳子編）
2016年9月30日刊

＊例言（朝倉治彦，花田富二夫，深沢秋男，柳沢昌紀）…… 1
＊凡例（柳沢昌紀，花田富二夫，三浦雅彦，湯浅佳子）…… 4
＊『假名草子集成』で使用する漢字の字体について …… 10
童蒙先習（元和・寛永初期頃板，十五巻二冊）（小瀬甫庵道喜著）…………… 1
錦木（無刊記板，五巻五冊，絵入）……… 67
二十四孝（整版本，一巻一冊，絵入）…… 133
二人比丘尼（堤六左衛門板，一冊，絵入）（鈴木正三作）……………… 153
念仏草紙（堤六左衛門板，二巻一冊）（[鈴木正三作]）………… 175
（補遺）慶長見聞集（[三浦浄心作]）…… 203
＊解題 …… 253
　＊童蒙先習（柳沢昌紀）…… 255
　＊錦木（湯浅佳子）…… 261
　＊二十四孝（湯浅佳子）…… 264
　＊二人比丘尼（花田富二夫）…… 265
　＊念仏草紙（三浦雅彦）…… 273
　＊第五十五巻『宿直草』解題追加（湯浅佳子）…………… 276
＊写真 …… 巻末

第57巻　は・〈補遺〉け、せ（花田富二夫，伊藤慎吾，柳沢昌紀編）
2017年2月28日刊

＊例言（朝倉治彦，花田富二夫，深沢秋男，柳沢昌紀）…… 1
＊凡例（花田富二夫，伊藤慎吾，柳沢昌紀）…… 4
＊『假名草子集成』で使用する漢字の字体について …… 9
白身房（写本，一冊）…………………… 1
初時雨（整版本，二巻二冊，絵入）……… 9
慶長見聞集（承前）（写本，十巻五冊）（三浦浄心作）………………………… 29
醒睡笑（寛永正保頃板，八巻三冊）（[安楽庵策伝作]）…………………… 237
＊解題 …… 299
　＊白身房（伊藤慎吾）…… 301
　＊初時雨（伊藤慎吾）…… 304
　＊慶長見聞集（承前）（花田富二夫）…… 306
　＊第五十六巻『童蒙先習』解題追加（柳沢昌紀）………………………… 310
　＊第五十六巻『童蒙先習』正誤（柳沢昌紀）………………………… 313
＊写真 …… 巻末

第58巻　ね・は・ひ・〈補遺〉せ（柳沢昌紀，入口敦志，冨田成美，速水香織，松村美奈編）
2017年11月30日刊

＊例言（朝倉治彦，花田富二夫，深沢秋男，柳沢昌紀）…… 1
＊凡例（柳沢昌紀，入口敦志，冨田成美，速水香織，松村美奈）…… 4
＊『假名草子集成』で使用する漢字の字体について …… 11
年斎拾唾（寛文三年九月以後板，二巻合一冊）（恵空著）………………… 1
囃物語（延宝八年八月板，三巻三冊）（[高田]幸佐作）……………………… 31
花の縁物語（寛文六年三月以後板，二巻二冊，絵入）（器之子作）………… 81
はなむけ草（貞享三年六月板，二巻二冊，絵入）……………………… 97
春風（寛文頃板，一冊）………………… 115
春寝覚（影写本，一冊）………………… 125
百物語（万治二年四月板，二巻二冊）…… 139
ひそめ草（正保二年板，三巻三冊）……… 183
醒睡笑（承前）（寛永末・正保頃板，八巻三冊）（[安楽庵策伝作]）………… 229
＊解題 …… 257
　＊年斎拾唾（入口敦志）…… 259
　＊囃物語（速水香織）…… 261

日本古典文学全集・内容綜覧　第Ⅱ期　49

＊花の縁物語（冨田成美）................ 265
 ＊はなむけ草（冨田成美）................ 267
 ＊春風（速水香織）.................... 274
 ＊春寝覚（速水香織）.................. 275
 ＊百物語（松村美奈）.................. 278
 ＊醒睡笑（承前）（柳村昌紀）............ 283
＊第五十六巻『二十四孝』解題追加（湯浅
　佳子）........................... 287
＊写真 .... 巻末

第59巻　ひ（花田富二夫, 柳沢昌紀, 湯浅佳子編）
2018年2月20日刊

＊例言（朝倉治彦, 花田富二夫, 柳沢昌紀）.... 1
＊凡例（花田富二夫, 柳沢昌紀, 湯浅佳子）.... 4
＊『假名草子集成』で使用する漢字の字体
　について 8
ひそめ草（承前）（正保二年板、三巻三冊）... 1
比売鑑 述言（宝永六年板、十二巻十二冊、
　絵入）（中村惕斎著）................. 23
比売鑑 紀行（正徳二年一月板、十九巻十
　九冊、絵入）（中村惕斎著）........... 235
＊解題 299
　＊ひそめ草（承前）（柳沢昌紀）........ 301
＊写真 .... 巻末

第60巻　ひ・ふ（柳沢昌紀, 大久保順子, 湯浅佳子編）
2018年10月10日刊

＊例言（朝倉治彦, 花田富二夫, 柳沢昌紀）.... 1
＊凡例（柳沢昌紀, 大久保順子, 湯浅佳子）.... 4
＊『假名草子集成』で使用する漢字の字体
　について 9
比売鑑 紀行（承前）（正徳二年一月板、十
　九巻十九冊、絵入）（中村惕斎著）........ 1
秀頼物語（写本、二巻二冊）........... 197
夫婦宗論物語（寛永末正保頃板、一巻一
　冊）............................. 253
不可得物語（正保五年板、二巻二冊）... 261
＊解題 313
　＊比売鑑（湯浅佳子）................ 315
　＊秀頼物語（柳沢昌紀）.............. 322
　＊夫婦宗論物語（大久保順子）........ 325
　＊不可得物語（大久保順子）.......... 326

第61巻　ひ・へ（花田富二夫, 飯野朋美, 安原眞琴編）
2019年3月10日刊

＊例言（朝倉治彦, 花田富二夫, 柳沢昌紀）.... 1

＊凡例（花田富二夫, 飯野朋美, 安原眞琴）.... 4
＊『假名草子集成』で使用する漢字の字体
　について 8
百戦奇法（明暦四年五月板、七巻七冊、絵
　入）............................... 1
百八町記（寛文四年五月板、五巻五冊）
　（如儡子作）....................... 135
変化はなし（無刊記、板本、一冊）...... 253
＊解題 263
　＊百戦奇法（花田富二夫）............ 265
　＊百八町記（飯野朋美）.............. 269
　＊変化はなし（安原眞琴）............ 271
＊第五十六巻『念仏草子』解題追加（三浦
　雅彦）........................... 274
＊写真 .... 巻末

[016] 漢詩名作集成〈日本編〉
明德出版社
全1巻
2016年3月
（李寅生著，宇野直人，松野敏之監訳）

〔1〕
2016年3月4日刊

＊原書まえがき（李寅生，宇野直人） ………… 1
＊日本語版例言（宇野直人） ………………… 11
第一章 飛鳥・奈良・平安 ……………………… 29
　宴に侍す（大友皇子） ……………………… 31
　山斎（川島皇子） …………………………… 33
　終りに臨む（大津皇子） …………………… 35
　月を詠ず（文武天皇） ……………………… 37
　述懐（文武天皇） …………………………… 38
　裂裳の衣縁に繡る（長屋王） ……………… 40
　宝宅に於て新羅の客を宴す（長屋王） …… 41
　吉野川に遊ぶ（藤原宇合） ………………… 43
　西海道節度使を奉ずるの作（藤原宇合） … 45
　唐に在つて 本国の皇太子に奉ず（釈道
　　慈） ………………………………………… 47
　唐に在つて本郷を憶ふ（釈弁正） ………… 49
　主に朝ずる人に与ふ（釈弁正） …………… 50
　長王の宅に宴す（境部王） ………………… 53
　七夕（山田三方） …………………………… 55
　南荒に瓢寓し 京に在す故友に贈る（石
　　上乙麻呂） ………………………………… 57
　秋夜の閨情（石上乙麻呂） ………………… 58
　命を衘んで本国に使す（阿倍仲麻呂） …… 60
　郷を望むの詩（阿倍仲麻呂） ……………… 62
　秋日 長王の宅に於て新羅の客を宴し
　　「稀」の字を賦し得たり（刀利宣令） …… 64
　初めて大和上に謁す二首 序を幷す（元
　　開） ………………………………………… 66
　諸友の入唐するに別る（賀陽豊年） ……… 71
　聖制の「旧宮に宿す」に和し奉る 応制
　　（藤原冬嗣） ……………………………… 73
　冬日 汴州の上源駅にて雪に逢ふ（菅原
　　清公） ……………………………………… 75
　司馬遷を賦し得たり（菅原清公） ………… 76
　梅花落（平城天皇） ………………………… 79
　後夜 仏法僧鳥を聞く（空海） ……………… 81
　南山中にて新羅の道者に過らる（空海） … 82
　唐に在つて昶法和尚の小山を観る（空
　　海） ………………………………………… 83
　青龍寺の義操闍梨に別るるの詩（空海） … 84
　「春閨怨」に奉和す（朝野鹿取） …………… 86
　遠く辺城に使す（小野岑守） ……………… 90

　文友に留別す（小野岑守） ………………… 91
　暇日の閑居（良岑安世） …………………… 93
　春夜 鴻臚館に宿し 渤海より入朝せる王
　　大使に簡す（滋貞主） …………………… 95
　神泉苑に花宴し 落花の篇を賦す（嵯峨
　　天皇） ……………………………………… 97
　秋日 深山に入る（嵯峨天皇） …………… 100
　江頭の春暁（嵯峨天皇） ………………… 101
　王昭君（嵯峨天皇） ……………………… 102
　河陽十詠―河陽花（嵯峨天皇） ………… 103
　早春に打毬を観る（嵯峨天皇） ………… 104
　鞦韆篇（嵯峨天皇） ……………………… 106
　漁歌 歌毎に「帯」の字を用ふ（嵯峨天皇）… 108
　秋日 友に別る（巨勢識人） ……………… 112
　嵯峨院に納涼して「帰」の字を探り得
　　たり 応製（巨勢識人） ………………… 113
　秋日 叡山に登つて澄上人に謁す（藤原
　　常嗣） …………………………………… 115
　奉試 隴頭秋月明を賦し得たり（題中に韻を
　　取ること六十字に限る）（小野篁） ……… 118
　渤海に入朝す（大伴氏上） ……………… 121
　「巫山高」に奉和す（有智子） …………… 123
　閑庭にて雪に対す（仁明天皇） ………… 125
　譴責被れて 豊後藤太守に別る（淡海福
　　良満） …………………………………… 127
　伏枕吟（桑原宮作） ……………………… 129
　早春の途中（藤原令緒） ………………… 133
　早秋（島田忠臣） ………………………… 135
　桜花を惜む（島田忠臣） ………………… 136
　暮春（島田忠臣） ………………………… 138
　独り坐して古を懐ふ（島田忠臣） ……… 138
　『後漢書』の竟宴にて 各々史を詠じて蔡
　　邕を得たり（島田忠臣） ……………… 140
　雨中に桜花を賦す（島田忠臣） ………… 143
　敬んで斐大使の「重ねて題す」に和す
　　「行」の韻（島田忠臣） ………………… 144
　流放の詩（菅原道真） …………………… 146
　路に白頭の翁に遇ふ（菅原道真） ……… 148
　山寺（菅原道真） ………………………… 153
　門を出でず（菅原道真） ………………… 154
　琴を弾ずるを習ふを停む（菅原道真） … 156
　寒早十首（菅原道真） …………………… 157
　晨に起きて山を望む（菅原道真） ……… 160
　自ら詠ず（菅原道真） …………………… 160
　旅雁を聞く（菅原道真） ………………… 161
　渤海の斐大使の真図を見て感有り（菅原
　　道真） …………………………………… 162
　謫居の春雪（菅原道真） ………………… 163
　秋 駅館に宿る（橘直幹） ………………… 165
　林花 落ちて舟に瀉ぐ（高階積善） ……… 167
　月下即事（大江匡衡） …………………… 169
　菊叢 花 未だ開かず（大江匡衡） ……… 170

秋山に過る(具平親王) …… 172	偶作(武田信玄) …… 252
暮秋 宇治の別業に於ける 即事(藤原道長) …… 174	新正の口号(武田信玄) …… 253
	九月十三夜(上杉謙信) …… 255
書中に往事有り(一条天皇) …… 176	自ら詠ず(伝豊臣秀吉) …… 256
傀儡子の孫君(大江匡房) …… 178	乱を避け 舟を江州の湖上に泛ぶ(足利義昭) …… 258
花下に志を言ふ(藤原忠通) …… 181	
秋日 偶々吟ず(藤原忠通) …… 182	**第三章 江戸** …… 261
暮春に清水寺に遊ぶ(藤原忠通) …… 184	山居(藤原惺窩) …… 263
覆盆子を賦す(藤原忠通) …… 185	偶成(伊達政宗) …… 265
第二章 鎌倉・室町 …… 178	帰舟(伊達政宗) …… 267
山居(道元) …… 189	夜 桑名を渡る(林羅山) …… 269
偈(無学祖元) …… 192	月前に花を見る(林羅山) …… 270
山居(鉄庵道生) …… 194	岳飛(林羅山) …… 270
秋湖の晩行(鉄庵道生) …… 195	新居(石川丈山) …… 272
春望(虎関師錬) …… 198	富士山(石川丈山) …… 274
江村(虎関師錬) …… 199	渓行(石川丈山) …… 275
月に乗じて舟を泛ぶ六首 其の三(虎関師錬) …… 200	熊沢子の備前に還るを送る(中江藤樹) …… 278
	『論語』を読む(山崎闇斎) …… 280
秋日 野に遊ぶ(虎関師錬) …… 200	朱先生を夢む(安東省庵) …… 283
王州判に寄す(雪陽)(雪村友梅) …… 202	草山の偶興(釈元政) …… 286
偶作(雪村友梅) …… 204	飢年 感有り(釈元政) …… 287
九日 翠微に遊ぶ(雪村友梅) …… 205	即事(伊藤仁斎) …… 290
壁に題す(永源寂室) …… 207	嵯峨の途中(伊藤仁斎) …… 292
可休亭に題す(別源円旨) …… 209	春日の漫興(林春信) …… 294
天岸首座の採石渡に和す(別源円旨) …… 210	落葉(林春信) …… 299
金陵懐古(中巌円月) …… 212	白髪の嘆(鳥山芝軒) …… 301
郷を思ふ(中巌円月) …… 214	秦の始皇(鳥山芝軒) …… 302
三月二日 雨を聴く(愚中周及) …… 215	自ら肖像に題す(新井白石) …… 304
小景(義堂周信) …… 218	九日 故人に示す(新井白石) …… 305
子陵の釣台(義堂周信) …… 219	春日の作(新井白石) …… 306
廬山の図に題す(義堂周信) …… 220	青地伯契丈の東都に適くを送る(室鳩巣) …… 308
海南行(細川頼之) …… 223	
雨後 楼に登る(絶海中津) …… 225	暮秋の山行(荻生徂徠) …… 311
山家(絶海中津) …… 226	少年行(荻生徂徠) …… 313
河上の霧(絶海中津) …… 227	甲陽の客中(荻生徂徠) …… 314
古寺(絶海中津) …… 228	孟浩然の詩を読む(釈萬庵) …… 315
銭塘懐古 次韻(絶海中津) …… 229	山家の風(伊藤東涯) …… 319
杜牧の集を読む(絶海中津) …… 231	秋郊の閑望(伊藤東涯) …… 320
応制 三山を賦す(絶海中津) …… 232	里村昌億法眼 蔵する所の東坡先生の真筆を観る(伊藤東涯) …… 322
多景楼(絶海中津) …… 233	
洪武皇の問はるるに対へて日本国を詠ず(遣明使) …… 235	春日の雨中(伊藤東涯) …… 325
	秋夕 琵琶湖に泛ぶ二首 其の一(梁田蛻巖) …… 327
牧笛(鄂隠慧奯) …… 237	
孟東野を賛す(一曇聖瑞) …… 239	鉄拐峰に登る(梁田蛻巖) …… 328
端午(一休宗純) …… 241	九日(梁田蛻巖) …… 329
尺八(一休宗純) …… 242	荘子の像に題す(梁田蛻巖) …… 330
乱の後 京を出で 江州水口に到る(一条兼良) …… 244	暮春 竹林に小集す(梁田蛻巖) …… 331
	徐福を詠ず(祇園南海) …… 333
江天暮雪(天隠龍沢) …… 246	葉声(祇園南海) …… 334
暮秋 旧を話す(横川景三) …… 248	琵琶湖(祇園南海) …… 335
遣唐使を送る(横川景三) …… 249	八島懐古 其の一(桂山彩巖) …… 337

白雲山に登る(太宰春台)	339
稲叢懐古(太宰春台)	340
神巫行(太宰春台)	341
子夜呉歌(安藤東野)	345
農事忙し(安藤東野)	346
夜 墨水を下る(服部南郭)	349
早涼(服部南郭)	350
暮春に山に登る(服部南郭)	351
明月篇 初唐の体に效ふ(服部南郭)	351
早に深川を発す(平野金華)	360
詠史(秋山玉山)	362
夜 落葉を聞く(秋山玉山)	363
月夜 三叉江に舟を泛ぶ(高野蘭亭)	365
詠懐(高野蘭亭)	366
放歌行(高野蘭亭)	368
人の 南に帰るを送る(高野蘭亭)	370
自ら遣る(高野蘭亭)	371
隣花(石島筑波)	373
讃海の帰舟 風悪しく浪猛きに遭ひ 慨然として之を賦す(湯浅常山)	375
龍伏水先生に寄す(日下生駒)	377
冬夜 客思(服部白賁)	379
春夜 江上に客を送る(服部白賁)	380
大雅道人の歌(江村北海)	382
感有り(江村北海)	384
江南の意(江村北海)	385
早春の感懐(新井滄洲)	386
郷を思ふ(龍草廬)	388
嵯峨の道中(龍草廬)	389
竹枝詞(龍草廬)	390
幽居 集句(龍草廬)	391
千日行(釈大典)	393
蘭亭先生の鎌山草堂に題するの歌(横谷藍水)	397
阪越の寓居(赤松滄洲)	400
山家村を経(宇野醴泉)	403
冬郊(宇野醴泉)	404
親を夢む(細井平洲)	405
独酌 故人の書を得たり(守屋東陽)	407
鴨河西岸の客楼にて雨を望む(皆川淇園)	409
秋日(伊東藍田)	411
人の錦衣を贈るを辞す(西山拙斎)	413
月夜 禁垣の外に歩して笛を聞く(柴野栗山)	415
富士(柴野栗山)	416
大堰川上の即事(釈六如)	418
江春の閑歩 即矚(釈六如)	419
夏日 寓舎の作(釈六如)	420
西村村に過る(山村蘇門)	423
画馬の引(赤松蘭室)	425
鹿児島客中の作(亀井南冥)	428
赤馬が関を過ぐ(伊形霊雨)	430
林苑 花を待つ(清田龍川)	432
池館の晩景(清田龍川)	433
松島(頼春水)	435
塾生に示す(尾藤二洲)	437
『白氏長慶集』を読む(尾藤二洲)	439
蝶(菅茶山)	442
夏日(菅茶山)	443
冬夜読書(菅茶山)	444
江州(菅茶山)	445
龍盤(菅茶山)	446
冬日雑詩(菅茶山)	447
影戯行(菅茶山)	448
東披赤壁の図(市河寛斎)	451
渡るを待つ(市河寛斎)	453
雪中雑詩(市河寛斎)	454
江戸を発す(市河寛斎)	454
江月(亀田鵬斎)	457
初夏偶成(松本愚山)	459
芳野に游ぶ(頼杏坪)	461
虞美人草行(頼杏坪)	462
山寺(神吉東郭)	465
偶作(伝良寛)	466
秋 尽く(館柳湾)	468
花を売る人に贈る(小栗十洲)	470
鴨林の秋夕(小栗十洲)	471
秋 立つ(柏木如亭)	473
木母寺(柏木如亭)	474
山居(大田錦城)	476
秋江(大田錦城)	477
漁家(大窪詩仏)	479
早桜(大窪詩仏)	480
蒲子承翁 将に長崎に游ばんとして 路に草廬に過りて留宿す 喜びに賦して以て贈る 時に翁 阿州自り至る(菅恥庵)	482
初夏の閑居(牧野鉅野)	485
秋日 病に臥して感有り(松崎慊堂)	487
河合漢年の 姫路に帰るを送る(佐藤一斎)	489
太公望 垂釣の図(佐藤一斎)	491
芙蓉峰に登る(桜田虎門)	493
枕上の作(横山致堂)	495
山に游ぶ(田能村竹田)	497
松前城下の作(長尾秋水)	499
述懐(頼山陽)	501
不識庵 機山を撃つの図に題す(頼山陽)	502
舟 大垣を発し 桑名に赴く(頼山陽)	503
阿嵎嶺(頼山陽)	504
天草洋に泊す(頼山陽)	505

歳暮（頼山陽）	506
山鼻に游ぶ（頼山陽）	507
放翁の賛（頼山陽）	508
暮に故城に上る（西島蘭渓）	511
楽山亭の秋眺（西島蘭渓）	512
落葉（西島蘭渓）	513
范蠡 西施を載するの図（朝川善庵）	515
義貞 投剣の図（篠崎小竹）	517
浪華城の春望（篠崎小竹）	518
桂林荘雑詠 諸生に示す四首 其の二（広瀬淡窓）	520
彦山（広瀬淡窓）	521
江村（広瀬淡窓）	522
筑前城下の作（広瀬淡窓）	523
散歩の口号（広瀬淡窓）	525
山行 同志に示す（草場佩川）	526

第四章 幕末 ……529

田氏の女 玉葉の画ける常盤 孤を抱くの図（梁川星巌）	531
紀事（梁川星巌）	532
早春の雑興（梁川星巌）	533
淵明 高臥の図（梁川星巌）	534
耶馬渓（梁川星巌）	535
三笠山の下に阿倍仲麻呂を懐ふ有り（梁川星巌）	536
舟夜 夢に帰る（梁川星巌）	537
御塔門（梁川星巌）	538
少年行（頼元鼎）	540
蠹魚を詠ず（摩島松南）	542
雲州雑詩（仁科白谷）	544
偶興（安積艮斎）	546
墨水秋夕（安積艮斎）	547
富士山（安積艮斎）	548
自ら画ける墨竹に題す（渡辺崋山）	550
泉岳寺（阪井虎山）	552
彦山（中島米華）	554
画竹（野田笛浦）	556
昌平橋納涼（野田笛浦）	557
竹二首（藤森弘庵）	559
静姫歌舞の図（藤森弘庵）	561
禁門を過ぐ（斎藤拙堂）	563
河内の途上（菊池渓琴）	565
霍田山人を訪ふも遇はず（菊池渓琴）	566
梅を看て 夜帰る（大槻磐渓）	568
春日山懐古（大槻磐渓）	569
崖山楼に題す（武田耕雲斎）	571
霜暁（梁川紅蘭）	573
郷を思ふ（梁川紅蘭）	574
壇浦夜泊（木下犀潭）	575
山房の夜雨（木下犀潭）	576
菊池容斎の龍の図に題す（藤田東湖）	577
文天祥の正気の歌に和す 序を并す（藤田東湖）	578
夏初 桜祠に游ぶ（広瀬旭荘）	589
阿部野（広瀬旭荘）	590
春雨 筆庵に到る（広瀬旭荘）	591
桜花（広瀬旭荘）	592
春寒（広瀬旭荘）	593
芳野（藤井竹外）	595
花朝 淀江を下る（藤井竹外）	596
東人 嵐山を写す者罕なり 独り谷文二のみ 喜んで 此の図を作す（藤井竹外）	597
中秋 那珂川に游ぶ（青山延光）	599
初夏の晩景（佐藤蕉盧）	601
海楼（宇津木静斎）	603
壇の浦を過ぐ（村上仏山）	605
晩望（村上仏山）	606
秋月 客中の作（村上仏山）	607
長崎雑詠（長梅外）	609
窮巷（佐久間象山）	612
蘭の図（平野五岳）	614
辛酉二月 寺を出でて蓄髪せし時の作（伴林蒿斎）	616
老将（宇野南村）	618
述懐（森庸軒）	620
雨を聴く（鍋島閑叟）	623
朱舜水先生の墓（小野湖山）	625
訣別（梅田雲浜）	627
将に東遊せんとして 壁に題す（月性）	629
下田の開港を聞く（月性）	630
盗に問ふ（日柳燕石）	632
歳晩 懐ひを書す（大沼枕山）	634
宴に侍して恭しく賦す（元田東野）	636
芳山楠帯刀の歌（元田東野）	637
岐阜竹枝（森春濤）	640
秋晩の出游（森春濤）	641
蟹江城址（森春濤）	642
残月 杜鵑（菊池三渓）	644
新涼 書を読む（菊池三渓）	645
桜花（草場船山）	646
児島高徳 桜樹に書するの図に題す（斎藤監物）	648
渓山の春暁（中内朴堂）	650
風雪 藍関の図（中内朴堂）	651
不孝嶺を過ぐ（山崎鯢山）	654
芳山懐古（鈴木松塘）	656
落花（鈴木松塘）	657
遠州灘を過ぐ（勝海舟）	659
春簾 雨窓（頼鴨崖）	661
函嶺を過ぐ（頼鴨崖）	662
古に擬す（河野鉄兜）	664
居を卜す（鷲津毅堂）	666

白虎隊(佐原豊山)………………… 668	金州城下の作(乃木石樵)………… 763
竹を移す(杉浦梅潭)……………… 672	凱旋 感有り(乃木石樵)…………… 764
偶成(西郷南洲)…………………… 675	雪暁 驢に騎つて秦涯を過ぐ(永井禾原)
月照和尚の忌に賦す(西郷南洲)… 676	………………………………… 766
国姓爺(堤静斎)…………………… 678	松島(岩渓裳川)…………………… 768
清国公使参賛官の陳哲甫明邁 任満ちて	芳野懐古 其の一(国分青厓)…… 770
将に帰らんとす 小蘋女史をして紅葉	芳野懐古 其の二(国分青厓)…… 771
館にて別れを話るの図を制せ俾め 題	厳島に遊ぶ(国分青厓)…………… 772
詠を索む為に一律を賦す(重野成斎)… 681	呉昌碩に寄す(井土霊山)………… 774
解嘲(副島蒼海)…………………… 684	饒州絶句二首 其の二(本田種竹)… 776
丁巳の元旦(金本摩斎)…………… 686	川中嶋(本田種竹)………………… 777
磯原の客舎(吉田松陰)…………… 688	夜 鎮江を過ぐ三首 其の三(森槐南)… 779
葦岸の秋晴(松本奎堂)…………… 690	湖上にて韻に次す(森槐南)……… 780
偶作(川田甕江)…………………… 692	鵑声(森槐南)……………………… 781
磯浜にて望洋楼に登る(三島中洲)… 694	古意(松平天行)…………………… 783
舞剣の歌(安積東海)……………… 696	京都東山(徳富蘇峰)……………… 785
偶成(木戸松菊)…………………… 699	萬里の長城(田辺碧堂)…………… 787
逸題(木戸松菊)…………………… 700	山中即事(市村瓚堂)……………… 789
獄中の作三首 其の二(橋本景岳)… 702	猛虎行(石田東陵)………………… 791
雑感二首(橋本景岳)……………… 704	江北の古戦場を過ぐ(内藤湖南)… 795
逸題(前原梅窓)…………………… 706	山路に楓を観る(夏目漱石)……… 798
獄中の作(児島強介)……………… 708	無題(夏目漱石)…………………… 799
香港(成島柳北)…………………… 710	春興(夏目漱石)…………………… 800
丙子の歳晩 感懐(成島柳北)…… 711	郁達夫 近作を寄示せらる即ち其の韻に
新たに小池を鑿つ(森田梅礀)…… 713	次し却寄す(服部担風)………… 803
西都雑詩(中井桜洲)……………… 715	病中偶題(森川竹磎)……………… 806
乙未二月十七日(宮島栗香)……… 717	耶馬渓(久保天随)………………… 808
暁に白河城を発す(宮島栗香)…… 718	那須野(久保天随)………………… 809
黄参議公度君 将に京を辞せんとし 留別	方広寺の古鐘(久保天随)………… 810
の作 七律五篇有り 余 公度と交はる	癸巳歳晩書懐(鈴木豹軒)………… 813
こと最も厚し 別れに臨んで黯然銷魂	西瓜(大正天皇)…………………… 815
無き能はず 強ひて其の韻に和し平生	吾が妃松露を南邸に采り 之を晩餐に供
を叙べて以て贈言に充つ(宮島栗香)… 719	す 因つて此の作有り(大正天皇)… 816
史を詠ず(亀谷省軒)……………… 724	第六章 昭和 ……………………… 819
獄中の作(高杉東行)……………… 726	芳山懐古(土屋竹雨)……………… 821
絶命の詞(黒沢忠三郎)…………… 728	山楼即事(土屋竹雨)……………… 822
秋夜 雁を聞く(伊藤蘭斎)……… 730	原爆行(土屋竹雨)………………… 823
失題(久坂玄瑞)…………………… 732	山海関(土屋竹雨)………………… 825
第五章 明治・大正 ……………… 735	松(阿藤伯海)……………………… 827
日出(伊藤春畝)…………………… 738	右term吉備公の館址にて作る(阿藤伯海)… 828
野狐 婚娶の図(大須賀筠軒)…… 739	屋島懐古(磯部草丘)……………… 834
牛蠱行(大須賀筠軒)……………… 742	南座にて劇を観る(吉川善之)…… 836
山居 雨後(土屋鳳洲)…………… 745	山居(猪口観濤)…………………… 840
近江八景の図に題す(佚名氏)…… 747	春興(猪口観濤)…………………… 841
人の 長崎に帰るを送る(竹添井井)… 749	懸空寺に遊ぶ(村山流堂)………… 842
新郷県にて雨に阻まる 西風 寒きこと甚	龍門(石川岳堂)…………………… 844
し(竹添井井)…………………… 750	秦の兵馬俑の坑(石川岳堂)……… 845
雨中 海棠を観て感有り(雲井龍雄)… 752	＊主要参考文献 …………………… 847
事に感ず(橋本蓉塘)……………… 756	＊後記(李寅生, 宇野直人)……… 849
蚕婦(釈大俊)……………………… 758	＊監訳者あとがき(松野敏之)…… 851
偶詠(丹羽花南)…………………… 760	＊作者紹介 ………………………… 858
富岳を詠ず(乃木石樵)…………… 763	

[017] 関東俳諧叢書
関東俳諧叢書刊行会
全32巻, 編外1
1993年9月～2009年1月
(加藤定彦, 外村展子編)

第1巻　江戸座編 1
1994年1月11日刊

- ＊〔口絵〕..................................巻頭
- ＊翻刻凡例..................................2
- 余花千句(宝永二年刊)(沾徳編)..................3
- 並松(宝永三年刊)(竹宇編)......................87
- 舟便(享保二年刊)(法竹編).....................107
- 奥ノ紀行(享保八年刊)(琴風編).................143
- 夜桜(享保十二年刊)(蘭台編)...................179
- 雨のをくり(享保十九年刊)(丈国編).............191
- 魚のあふら(享保二十年成)(徹雨編).............225
- 七多羅樹(元文元年刊)(露月編).................257
- 付録　東海道中俳諧双六(享保十六、十七年頃刊)(丁柳園編).....................275
- ＊あとがき(加藤定彦, 外村展子).................282

第2巻　江戸座編 2
1994年10月11日刊

- ＊〔口絵〕..................................巻頭
- ＊翻刻凡例..................................2
- 平河文庫(享保二十年刊)(紀逸編).................3
- 一碗光(享保二十年刊)(独歩庵超波編)............45
- 吾妻海道(元文五年刊)(巽我, 鬼丸編)............85
- 春のまこと(元文六年刊)(逸志編)...............119
- 置土産(享保三年刊)(訥子編)...................147
- 宗匠点式幷宿所 1〔天理図書館綿屋文庫蔵〕(寛延二年序)(蜂巣編)......183
- 宗匠点式幷宿所 2〔東京大学図書館酒竹文庫蔵〕(寛延二年序)(蜂巣編)......223
  - ＊[参考資料]江都俳諧判者宿坊......255
- 誹諧田家集(寛延四年刊)(羊素編)................257

第3巻　五色墨編 1
1993年9月11日刊

- ＊〔口絵〕..................................巻頭
- ＊刊行の辞(加藤定彦, 外村展子).................1
- ＊翻刻凡例..................................2
- 柿むしろ(享保十九年刊)(宗瑞, 咫尺編)............5
- 俳諧一筆烏(享保二十年刊)(柳条編)...............29
- 俳諧茶話稿(享保二十一年刊)(竹郎編).............49
- 談笑随筆(元文元年成)(軽子編)..................89

- 俳諧捲簾(元文二年成)(弄花編)..................99
- 俳諧つなぎ花(寛保二年刊)(百木編).............139
- 俳諧薮うぐひす(寛保二年成)(馬光編)...........159
- 柳居遊杖集 付、松籟行脚草稿・柳居羽黒諧・俳諧歌比丘尼(抄)(嵐也編)....205
- 若竹笠 付、汐干潟................249
  - 若竹笠(寛保三年刊)(翠紅編)..................251
  - 汐干潟(寛保頃刊)(至芳編)....................271
- ＊[参考資料]辻村五兵衛蔵版「蕉門俳書目録」.............................278
- ＊あとがき..................................279

第4巻　五色墨編 2
1994年4月11日刊

- ＊〔口絵〕..................................巻頭
- ＊翻刻凡例..................................2
- 風の末(元文四年刊)(寥和(咫尺)編)................3
- 芭蕉林(寛保三年刊)(朶雲編)....................45
- 蓮社灯(寛保三年刊)(晩牛編)....................89
- 翌のたのむ(延享元年刊)(至芳, 瑞葩, 琴吹編)....131
- 夏の落葉(延享二年刊)(瑞五, 白囲編).............175
- 松の答(宝暦二年刊)(北窓竹阿編)................191
- 五七記(宝暦十年刊)(鳥酔編)....................229
- 付録一　白兎園系系(明治頃成)(蔦翁編)..........269
- 付録二　元文四己未歳旦(抄)(元文四年刊)(寥和編)....................273

第5巻　四時観編 1
1994年7月11日刊

- ＊〔口絵〕..................................巻頭
- ＊翻刻凡例..................................2
- 去来今(享保十八年刊)(水光(祇徳)ら編)............3
- ひなつくば(享保二十年刊)(汶光編)..............35
- 祇明発句帖(元文二年成)(莎鶏(祇明)著)..........53
- ちくは集(元文三年刊)(祇徳編)..................79
- 辛酉歳旦(元文六年刊)(魚貫編).................111
- 俳六帖(寛保元年頃刊)(魚貫編).................129
- 祇徳判五十番発句合(延享三年成)(文子ら編)......215
- 薙髪集(延享三年刊)(助貫, 梧尋, 老魚編).........253
- 付録　俳諧六歌仙絵巻(享保16、17年成)(祇空著)....287

第6巻　四時観編 2
1996年9月11日刊

- ＊〔口絵〕..................................巻頭

[017] 関東俳諧叢書

＊翻刻凡例 …………………………… 2
六日記（寛延元年刊）（青祇編）…… 3
菅廟八百五十年（宝暦二年刊）（祇徳、二世魚貫編）………………………… 27
花さきの伝（宝暦二年刊）（心水編）… 97
桃の帘（宝暦三年刊）（得牛編）…… 117
草庵式（宝暦四年刊）（梵薩、仏因編）… 149
誰ため（宝暦四年刊）（二世一麿編）… 209
五湖庵句集（宝暦四年刊）（来徳編）… 245

第7巻　東武獅子門編 1
1995年1月11日刊

＊〔口絵〕…………………………… 巻頭
＊翻刻凡例 …………………………… 2
袖みやけ（享保二十一年刊）（片石編）… 3
片石上東記（寛保頃刊）（片石編）… 35
落葉籠（延享元年成）（裏梅子、杏花編）… 47
雁のつて（延享二年刊）（吟雨編）… 175
三夜の吟（延享三年刊）（吟雨、湖堂編）… 189
此秋集（寛延二年刊）（許虹編）…… 197
付録 梅日記 天巻（延享二年刊）（沾耳編）… 231

第8巻　東武獅子門編 2
1997年2月11日刊

＊〔口絵〕…………………………… 巻頭
＊翻刻凡例 …………………………… 2
俳諧初尾花（寛延四年刊）（百蝶園夜白編）… 3
三幅対（宝暦二年刊）（達斎範路編）… 15
梅勧進（宝暦四年刊）（弥生庵杏花ら編）… 47
葛の別（宝暦五年刊）（雪炊庵二狂編）… 81
雪折集（宝暦八年刊）（遊林舎文鳥編）… 105
譬喩蓮華（宝暦十一年刊）（文月庵周東編）……………………………… 131
むしの野（宝暦十二年刊）（以哉坊編）… 173
二夜歌仙（明和五年刊）（祇尹、五葉編）… 185
老の籠（明和六年刊）（文月庵周東編）… 229

第9巻　江戸編 1
1995年5月11日刊

＊〔口絵〕…………………………… 巻頭
＊翻刻凡例 …………………………… 2
江戸町俳諧（寛文以前成）（作者未詳、玄札判）………………………………… 3
紫竹杖 上巻（宝永六年序）（倫和ら編）… 15
千駄ケ谷・大窪吟行（享保十一年刊）（丹志ら編）……………………… 41
誹諧江戸名所（抄）（享保十八年刊）（貞山編）…………………………… 51
合点游（享保十九年頃刊）（推巴編）… 177
江戸巡り（元文三年成）（考槃斎著）… 199
はいかい飛鳥山（元文四年刊）（紀逸編）… 209
鳥の都（延享四年刊）（秋瓜編）…… 243
付録 飛鳥山道之記（元文四年刊）（松翁著）…………………………… 263

第10巻　江戸編 2
1997年5月22日刊

＊〔口絵〕…………………………… 巻頭
＊翻刻凡例 …………………………… 2
夜さむの石ぶみ（宝暦三年刊）（紀逸編）… 3
江府諸社俳諧たま尽し（宝暦六年刊）（宮崎如銑編）……………………… 25
俳諧拾遺清水記（宝暦七年刊）（秀谷編）… 75
桜勧進（宝暦九年刊）（斑象編）…… 157
江戸にしき（宝暦九年刊）（春堂編）… 173
おほろぶね（宝暦十四年刊）（如風編）… 219
はいかる玩世松陰（明和元年刊）（鳥酔編）… 241

第11巻　武蔵・相模編 1
1995年8月11日刊

＊〔口絵〕…………………………… 巻頭
＊翻刻凡例 …………………………… 2
紀行笠の蠅（元禄十四年刊）（不角著）… 3
入間川やらずの雨（元禄十五年刊）（不角著）………………………………… 83
芋の子（正徳五年刊）（玉全著）…… 137
六物集（享保十八年刊）（紀逸編）… 191
島山記行（元文二年刊）（岑水編）… 217
俳神楽（元文四年刊）（魚文編）…… 245
湯山紀行（元文四年刊）（馬光著）… 265

第12巻　武蔵・相模編 2
1997年9月11日刊

＊〔口絵〕…………………………… 巻頭
＊翻刻凡例 …………………………… 2
木々の夕日（元文四年刊）（宗瑞編）… 3
前書発句集（元文五年刊）（翅紅編）… 15
記行（元文五年成）（翅紅編）……… 31
俳諧冬野あそび（元文五年刊）（鳥酔編）… 49
俳諧稲筏（元文五、六年頃刊）（梅富編）… 67
あみ陀笠（寛保三年刊）（柳居著）… 103
俳諧古学浦やどり（延享二年刊）（祇中、祇交編）………………………… 113
けふの時雨（延享二年刊）（鳥酔編）… 135
武蔵野紀行（延享三年刊）（楼川ほか編）… 159
卯のやよひ（延享四年刊）（枝舟編）… 175
醬甕覆（延享五年刊）（宗阿編）…… 189
日光紀行（寛延二年成）（樹徳、祇仙著）… 211

[017] 関東俳諧叢書

二笈集（寛延二年刊）（柳儿編）............... 223

第13巻　常総編 1
1996年2月11日刊

＊〔口絵〕... 巻頭
＊翻刻凡例 2
鹿島紀行（享保元年刊）（千梅林亜請著）...... 3
秋浦吟行（元文四年刊）（可浩，狂羅著）...... 27
旅の日数（寛保元年刊）（宗瑞著）............. 41
合点車（寛保二年刊）（巽我編）................ 69
月次発句（延享二年刊）（鳥酔編）............. 113
丙寅歳旦（延享三年刊）（鳥酔編）............. 127
ことのはし（延享四年刊）（斑鷲編）.......... 149
俳諧帰る日（延享四年刊）（秋瓜編）.......... 163
星なくさ（寛延元年刊）（秋瓜編）............. 203
歌仙貝（宝暦二年刊）（左明編）................ 243

第14巻　常総編 2
1998年2月11日刊

＊〔口絵〕... 巻頭
＊翻刻凡例 2
露白歳旦帖 仮称（寛延末年〜宝暦初年刊）
　（露白編）.. 3
鹿島詣（宝暦四年刊）（秋瓜編）................ 15
なるべし（宝暦四年刊）（阿誰編）............. 45
いゑのさき（宝暦四年刊）（沙文編）.......... 59
天慶古城記（宝暦五年刊）（鳥酔編）.......... 83
鹿島記行笘のやど（宝暦九年刊）（蓼太編）... 117
千鳥墳（宝暦十年刊）（徳雨編）................ 145
露柱庵記（宝暦十一年刊）（烏明編）.......... 175
松島游記（宝暦十三年刊）（徳雨編）.......... 235

第15巻　両毛・甲斐編 1
1996年5月11日刊

＊〔口絵〕... 巻頭
＊翻刻凡例 2
御柱（正徳三，四年刊）（立鴨編）............. 3
春夏之賦（正徳六年刊）（貞佐編）............. 39
やすらい（享保五年刊）（雁山編）............. 71
他むら（享保五年刊）（貞佐，潭北編）........ 101
俳諧ふところ子（享保九年刊）（潭北自筆）
　... 139
ひらづゝみ（享保十一年刊）（貞山編）....... 183
田植集（享保十五年刊）（紫桂編）............. 213
ふること（享保十七年刊）（諸自編）.......... 229

第16巻　両毛・甲斐編 2
1998年5月11日刊

＊〔口絵〕... 巻頭
＊翻刻凡例 2
癸丑歳旦（享保十八年刊）（調唯編）.......... 3
次の月（享保二十年刊）（和橘編）............. 25
菊畑（享保二十年刊）（桐里編）................ 61
辛酉歳旦（元文五年刊）（宋阿編）............. 91
手漉紙（延享三年刊）（芦角編）................ 107
貞山一周忌追善集（寛延三年刊）（貞屋編）
　... 141
甲斐餞別（寛延四年成）（由林編）............. 185
上毛野山めぐり（宝暦元年奥）（玉芝編）.... 207
俳諧雪塚集（宝暦七年刊）（竹因編）.......... 237
続下埜風俗（宝暦八年刊）（雲柱編）.......... 253

第17巻　絵俳書編 1
1998年9月11日刊

＊〔口絵〕... 巻頭
＊翻刻凡例 2
誹諧絵そらごと（万治三年刊）（加友編）.... 3
百福寿（享保二年刊）（沾涼編）................ 113
閏の梅（享保十二年刊）（露月編）............. 251

第18巻　絵俳書編 2
1999年2月11日刊

＊〔口絵〕... 巻頭
＊翻刻凡例 2
俳度曲（享保七年刊）（識月編）................ 3
誹諧絵風流（宝暦五年刊）（万千百太編）.... 265

第19巻　絵俳書編 3
1999年6月11日刊

＊〔口絵〕... 巻頭
＊翻刻凡例 2
画図百花鳥（享保十四年刊）（石中子編）.... 3
名挙集（宝暦七年成）（英一蟬編）............. 221
東土産（宝暦八年刊）（古郷編）................ 287

第20巻　研究・索引編 1
2000年7月11日刊

＊〔口絵〕... 巻頭
＊出版・書肆から見た関東俳諧史─解説
　（加藤定彦）... 3
＊関東俳書年表（宝暦以前）..................... 55
＊参考文献 159
＊補訂 167
＊あとがき 179
＊書名索引 左169
＊地名索引 左131

[017] 関東俳諧叢書

＊作者索引 ················· 左1

第21巻　江戸座編 3
2001年3月11日刊

＊〔口絵〕 ················· 巻頭
＊翻刻凡例 ················· 2
巻藁（宝暦四年刊）（存義ほか編）······· 3
桜五歌仙（宝暦五年刊）（紀逸編）······ 45
東風流雛語（宝暦七年刊）·········· 67
俳諧歳花文集（宝暦七年刊）（紀逸編）··· 97
誹花笑（宝暦九年刊）（湖十ほか編）··· 125
もとのみづ（宝暦九年刊）（雪斎編）··· 181
花得集（宝暦十年刊）············ 221
うぶ着がた（明和三年刊）（雪淀ほか編）··· 259
俳諧八題集（明和五年頃刊）（百万編）··· 283
かれ野（天明二年刊）（可因編）····· 345

第22巻　五色墨編 3
2001年11月11日刊

＊〔口絵〕 ················· 巻頭
＊翻刻凡例 ················· 2
庚午歳旦（寛延三年刊）（馬光編）····· 3
影をちこち（宝暦元年刊）（漱光ほか編）··· 47
甲戌歳旦（宝暦四年刊）（二世宗瑞編）··· 65
芭蕉翁墓碑（宝暦六年刊）（烏酔編）··· 89
ふるぶすま（宝暦七年刊）（竹阿編）··· 103
露薬（宝暦八年刊）（烏明編）······· 147
墨絵合（宝暦八年刊）（蓼太編）····· 153
青嵐（宝暦九年成）（素丸著）······ 179
十三講俳諧集（宝暦十年刊）（竹外編）··· 199
野鶴頌（宝暦十二年刊）（素丸ほか編）··· 241
白兎余稿 下（明和元年刊）（二世宗瑞編）··· 255
贅語（明和五年奥）（烏酔編）······ 287
　付、はし書ぶり（白雄著）······· 312
俳諧六指（抄）（明和七年成）（栢舟編）··· 323
（補訂）五七記付録（宝暦十年刊）（烏酔編）··· 359

第23巻　四時観編 3
2002年6月11日刊

＊〔口絵〕 ················· 巻頭
＊翻刻凡例 ················· 2
除元吟嚢（延享三年刊）（祇徳編）····· 3
花ごころ（寛延三年刊）（祇肖編）···· 41
三芳野句稿（仮称）（寛延三年成）（祇徳編）··· 53
探題集（寛延三年成）（樹徳編）····· 73
開庵賀集（仮称）（寛延四年刊か）（祇十編）··· 93

追善もときし道（宝暦四年刊）付、追善之唫
　（抄）（祇貞編）············ 101
　付録：『追善之唫』抄 ········· 121
祇空師廿三回（宝暦五年刊）（祇貞編）··· 129
俳諧名目集（宝暦五年刊）（心祇門人編）··· 143
玄冬集（明和元年刊）（心水編）···· 205
春興ちさとの花（明和六年刊）（祇風編）··· 265
歳旦牒（安永六年刊）（二世祇徳編）··· 283
続河鼠（天明四年刊）（二世金翠編）··· 343

第24巻　東武獅子門編 3
2002年11月11日刊

＊〔口絵〕 ················· 巻頭
＊翻刻凡例 ················· 2
二見行（宝暦二年刊）（牛渚編）····· 3
茶摘笠（宝暦五年刊）（玄武坊編）···· 17
東武墨直し（宝暦七年刊）（玄武坊編）··· 31
俳諧くらま坂（安永九年刊）（桃二編）··· 43
無分після（天明二年刊）（紀迪編）···· 93
白山文集（寛政二年以前成か）（素桐編）··· 135
歳旦（寛政九年刊）（歩牛編）····· 163
俳人名録（寛政十年以前成）（玄武坊筆録）
　·························· 183
白山和詩集（寛政十二年刊）（玄武坊著）··· 213
玄武庵発句集（寛政十二年刊）（玄武坊著）
　·························· 261
野山のとぎ（文政十三年成）（楚青著）··· 327

第25巻　江戸編 3
2003年7月22日刊

＊〔口絵〕 ················· 巻頭
＊翻刻凡例 ················· 2
江戸貞門点取俳諧集（慶安五年頃成）（編
　者不明（家重か））·········· 3
天神法楽之発句（延宝四年刊）（蝶々子編）··· 77
江戸名跡志（明和八年刊）（二世宗瑞編）··· 101
江戸近在所名集後編（安永五年刊）（三世
　一漁編）················· 123
武総境地名集（安永八、九年頃刊）（松成
　編）··················· 169
順礼集（天明六年刊）（安袋編）···· 271
広茗荷集 前編（文政九年成）（野桂編）··· 311

第26巻　武蔵・相模編 3
2004年2月11日刊

＊〔口絵〕 ················· 巻頭
＊翻刻凡例 ················· 2
俳諧たのもの梅（宝暦二年刊）（吾州編）··· 3
鄙の綾（宝暦四年刊）（鶏口編）····· 19

[017] 関東俳諧叢書

のちの日（宝暦五年刊）（門雪編）............ 65
やたら草（宝暦八年刊）（淵光著）............ 83
鶴の屋どり（宝暦九年刊）（仙桂編）......... 107
山と水（宝暦十三年刊）（烏明編）........... 119
歳旦（明和二年刊）（吾山編）............... 155
其手紙（明和三年刊）（忍連中編）........... 177
金沢紀行（仮称）（明和前半刊）（楼川，許一著）........................... 203
そのきさらぎ（明和八年刊）（百明編）....... 213
ふるとね川（安永四年刊）（法angeles編）........ 261
吉見行二本杖（寛政三年成）（古潮，梅志著）........................... 353

第27巻　常総編 3
2004年10月11日刊

＊〔口絵〕........................... 巻頭
＊翻刻凡例........................... 2
摘菜集（延享四年刊）（松吟編）........... 3
二季の杖（明和五年刊）（百明編）......... 45
布施詣夜話（明和六年刊）（薪江，砂迪編）... 67
初霞（明和七年刊）（玉斧編）............. 97
茶の花見（安永元年刊）（買風編）........ 133
鹿島紀行月の直路（安永七年刊）（柳几，篁雨編）........................... 167
風羅念仏 房総の巻（天明二年刊）（暁台編）... 211
桃一見（天明五年刊）（翠兄編）......... 233
一覧歳旦（天明七年刊）（一覧編）....... 247
竹の友（天明七年刊）（瑞石著）......... 277
卯月の雪（寛政四年刊）（岷水編）....... 299
さらしな紀行 旧庵后の月見（寛政九年刊）（梅人編）........................ 311
青郊襲号記念集（享和元年刊）（幽竹庵編）... 343

第28巻　両毛・甲斐編 3
2005年6月11日刊

＊〔口絵〕........................... 巻頭
＊翻刻凡例........................... 2
富士井の水（宝暦七年刊）（三城編）....... 3
俳諧白井古城記（宝暦十二年刊）（烏明編）... 39
ゆき塚（宝暦十三年刊）（朔宇編）......... 75
秋のほころび（明和五年刊）（由和編）..... 95
俳諧はるの遊び（明和七年刊）（春路編）... 127
秋興八歌仙（明和八年刊）（吏鳥編）..... 167
俳諧みどりの友（明和九年刊）（素輪編）... 193
草津集（安永四年刊）（一菊編）......... 227
はなのころ（安永五年刊）（欺雪，何来編）... 251
追善すて硯（天明三年刊）（宜長編）..... 287
茂々代草（寛政九年刊）（其流，楚舟，秋花編）........................... 309

下毛みやげ（文化頃刊）（秋天，秋英編）..... 347

第29巻　雪門編
2005年10月11日刊

＊〔口絵〕........................... 巻頭
＊翻刻凡例........................... 2
風の上（宝永四年刊）（百里編）........... 3
とをのく（宝永五年刊）（百里編）......... 33
俳諧野あそび（元文二年刊）（左佼々編）... 61
或問珍 続（元文五年刊）（吏登編）....... 79
若水（元文六年刊）（吏登編）............. 95
うつ木垣（延享二年刊）（平舎編）....... 133
卯の花衣（延享三年刊）（平舎編）....... 149
はいかい朝起（寛延三年刊）（蓼太編）... 179
芭蕉翁俤塚 付、芭蕉翁俤塚造立勧進帳（宝暦十三年刊）（蓼太編）......... 235
歳旦（明和二年刊）（白牛編）........... 281
俳諧明月談笑（明和四年刊）（人左編）... 311
探荷集 二編（天明六年刊）（白麻編）... 339

第30巻　絵俳書編 4
2006年6月11日刊

＊〔口絵〕........................... 巻頭
＊翻刻凡例........................... 2
海幸（宝暦十二年刊）（秀国編，竜水画）... 3
江戸の幸（安永三年刊）（秀国編，祖荷，祇徳，華藍，春章，幸元ほか画）... 133
歳旦帖（天明二年刊）（燕志編，久英，石燕，石子，其鳳，子興，東林，燕調，漁柳ほか画）........................... 305

第31巻　絵俳書編 5
2006年11月11日刊

＊〔口絵〕........................... 巻頭
＊翻刻凡例........................... 2
百富士（明和八年刊）（岷雪編・画）....... 3
俳諧鏡之花（安永七年刊）（山幸編，蓼太補，石川幸元画）........................ 257
龍の宮津子（享和二年刊）（素外編，蕙斎画）........................... 311

第32巻　研究・索引編 2
2009年1月11日刊

＊緒言—完結に当たって—............... 2
＊関東俳書年表2—明和二年～文化十五年.... 3
＊素輪手控『俳人名録』（宝暦十二年奥）... 127
＊解題........................... 128
＊凡例........................... 129

```
＊翻刻 ………………………………… 130
＊参考文献2 ……………………… 151
＊補訂2 …………………………… 193
＊書名索引 ……………………… 左183
  ＊書名索引1補訂 ……………… 左205
＊地名索引 ……………………… 左147
  ＊地名索引1補訂 ……………… 左182
＊作者索引 ………………………… 左7
  ＊作者索引1補訂 ……………… 左146
＊総目次 …………………………… 左1
```

編外1　半場里丸俳諧資料集（加藤定彦編）
1995年11月30日刊

```
＊〔口絵〕………………………… 巻頭
＊凡例 ………………………………… 3
＊口絵解題 …………………………… 4
Ⅰ 選集ほか ………………………… 5
  ＊解題 ……………………………… 6
  一 名れむ花（梅丸七回忌追善集）（錦水、
    里丸ら編）………………………… 7
  二 錦水追善集（一周忌）（若楓発起・編、
    里丸編）………………………… 18
  三 身延詣諸家染筆帖（翻刻および複製）
    （里丸）………………………… 24
  四 里丸句稿（里丸句）…………… 43
  五 雪のかつら（里丸編）………… 54
  六 四ヶ国俳諧大角力 四季混雑発句合… 85
  七 四季混雑発句合 ……………… 97
  八 杉間集（里丸編）…………… 103
    付、『杉間集』配本扣 ……… 131
  九 四季混雑発句扣（里丸句）… 150
  一〇 旦暮発句（梅丸稿本）（梅丸輯）… 153
  一一 歩十居士追悼集（百ヶ日）（安袋ら
    編）……………………………… 155
Ⅱ 連句抄ほか …………………… 157
  ＊解題 …………………………… 158
  一 懐紙 ………………………… 159
  二 連句帖 ……………………… 201
  三 連句抄 ……………………… 207
  四 その他 ……………………… 215
  五 書簡 ………………………… 227
Ⅲ 一枚刷りほか ………………… 235
  ＊解題 …………………………… 236
＊里丸伝記 ……………………… 323
＊里丸年譜 ……………………… 334
＊参考文献 ……………………… 357
＊あとがき（加藤定彦）………… 359
＊発句索引 ……………………… 左18
  ＊里丸発句 …………………… 左18
  ＊連句立句 …………………… 左20
＊作者索引 ……………………… 左1
```

[018] 義太夫節浄瑠璃未翻刻作品集成
玉川大学出版部
全52巻（第1～5期），索引2巻
2006年5月～2018年2月
（第1～4期 監修：鳥越文蔵、第5期 監修：
鳥越文蔵、内山美樹子、第1～5期 編：義太
夫節正本刊行会）

（第1期）1　出世握虎稚物語
2006年5月25日刊

```
＊刊行にあたって（義太夫節正本刊行会）…… 3
＊凡例 ………………………………………… 7
出世握虎稚物語（竹田出雲1世作）……… 11
  〔第一〕…………………………………… 13
  第二 ……………………………………… 36
    道行木下闇 …………………………… 45
  第三 ……………………………………… 55
  第四 ……………………………………… 84
  第五 …………………………………… 109
＊解題（坂本清恵）……………………… 117
＊享保期興行年表（神津武男）………… 124
```

（第1期）2　藤原秀郷俵系図
2006年5月25日刊

```
＊刊行にあたって（義太夫節正本刊行会）…… 3
＊凡例 ………………………………………… 7
藤原秀郷俵系図（並木宗助、安田蛙文作）… 11
  〔第一〕…………………………………… 13
  第二 ……………………………………… 39
  第三 ……………………………………… 62
  第四 ……………………………………… 95
    道行旅の海づら ……………………… 95
  第五 …………………………………… 123
    弓矢龍神 …………………………… 131
＊解題（川口節子）……………………… 137
＊享保期興行年表（神津武男）………… 144
```

（第1期）3　工藤左衛門富士日記
2006年5月25日刊

```
＊刊行にあたって（義太夫節正本刊行会）…… 3
＊凡例 ………………………………………… 7
工藤左衛門富士日記（竹田出雲1世作）… 11
  〔第一〕…………………………………… 13
    曽我手まりうた ……………………… 31
  第二 ……………………………………… 43
  第三 ……………………………………… 73
  第四 …………………………………… 111
```

```
　　　道行裾野もやう ………………… 111
　　　第五 …………………………… 139
　＊解題（黒石陽子）………………… 149
　＊享保期興行年表（神津武男）…… 156

（第1期）4　伊勢平氏年々鑑
2006年7月25日刊

＊刊行にあたって（義太夫節正本刊行会）…… 3
＊凡例 ………………………………… 7
伊勢平氏年々鑑（竹田出雲1世作）…… 11
　　　兵衛佐兒鎧 …………………… 13
　　〔第一〕 ……………………………… 16
　　　第二 ……………………………… 30
　　　源氏花供養 …………………… 34
　　　第三 ……………………………… 57
　　　第四 ……………………………… 85
　　　第五 …………………………… 105
＊解題（東晴美）……………………… 113
＊享保期興行年表（神津武男）…… 120

（第1期）5　尊氏将軍二代鑑
2006年9月25日刊

＊刊行にあたって（義太夫節正本刊行会）…… 3
＊凡例 ………………………………… 7
尊氏将軍二代鑑（並木宗助、安田蛙文作）…… 11
　　〔第一〕 ……………………………… 13
　　　第二 ……………………………… 39
　　　第三 ……………………………… 65
　　　第四 ……………………………… 96
　　　道行絹かづら ………………… 96
　　　第五 …………………………… 124
　　　名筆懸物そろへ ……………… 129
＊解題（飯島満）……………………… 135
＊享保期興行年表（神津武男）…… 142

（第1期）6　清和源氏十五段
2006年11月25日刊

＊刊行にあたって（義太夫節正本刊行会）…… 3
＊凡例 ………………………………… 7
清和源氏十五段（並木宗助、安田蛙文作）…… 11
　　〔第一〕 ……………………………… 13
　　　第二 ……………………………… 34
　　　第三 ……………………………… 58
　　　道行よぶ子鳥 ………………… 58
　　　第四 ……………………………… 91
　　　第五 …………………………… 117
　　　はたぞろへ …………………… 124
＊解題（内山美樹子）………………… 131
＊享保期興行年表（神津武男）…… 138

（第1期）7　京土産名所井筒
2007年1月25日刊

＊刊行にあたって（義太夫節正本刊行会）…… 3
＊凡例 ………………………………… 7
京土産名所井筒（長谷川千四作）…… 11
　　　上巻 ……………………………… 13
　　　　恋のたばね木 ……………… 25
　　　中ノ巻 …………………………… 49
　　　　道行月見酒 ………………… 49
　　　下之巻 …………………………… 81
＊解題（神津武男）…………………… 95
＊享保期興行年表（神津武男）…… 102

（第1期）8　信州姨拾山
2007年4月25日刊

＊刊行にあたって（義太夫節正本刊行会）…… 3
＊凡例 ………………………………… 7
信州姨拾山（長谷川千四、文耕堂作）…… 11
　　〔第一〕 ……………………………… 13
　　　首実検 ………………………… 27
　　　第二 ……………………………… 36
　　　第三 ……………………………… 60
　　　第四 ……………………………… 93
　　　道行女夫箱伝授 ……………… 93
　　　第五 …………………………… 117
＊解題（東晴美）……………………… 123
＊享保期興行年表（神津武男）…… 130

（第1期）9　鬼一法眼三略巻
2007年5月25日刊

＊刊行にあたって（義太夫節正本刊行会）…… 3
＊凡例 ………………………………… 7
鬼一法眼三略巻（文耕堂、長谷川千四作）…… 11
　　〔第一〕 ……………………………… 13
　　　第二 ……………………………… 37
　　　道行古郷ノ順礼歌 …………… 37
　　　第三 ……………………………… 68
　　　第四 ……………………………… 98
　　　第五 …………………………… 121
＊解題（桜井弘）……………………… 131
＊享保期興行年表（神津武男）…… 138

（第1期）10　須磨都源平躑躅
2007年7月25日刊

＊刊行にあたって（義太夫節正本刊行会）…… 3
＊凡例 ………………………………… 7
須磨都源平躑躅（文耕堂、長谷川千四作）…… 11
　　〔第一〕 ……………………………… 13
```

```
        第二 ………………………… 32
        第三 ………………………… 60
           正神宜童部 ………………… 64
        第四 ………………………… 90
           道行双塗笠 ………………… 90
        第五 ………………………… 117
*解題(坂本清恵) ………………………… 129
*享保期興行年表(神津武男) …………… 136
```

(第1期)11 右大将鎌倉実記
2007年9月25日刊

```
*刊行にあたって(義太夫節正本刊行会) … 3
*凡例 ……………………………………… 7
右大将鎌倉実記(竹田出雲1世作、池山晃翻
 刻) ……………………………………… 11
    〔第一〕…………………………… 13
     第二 ………………………… 36
        しづか大和めぐり ………… 44
     第三 ………………………… 54
     第四 ………………………… 81
     第五 ………………………… 99
*解題(鳥越文蔵) ………………………… 111
*享保期興行年表(神津武男) …………… 118
```

(第1期)12 赤沢山伊東伝記
2007年11月25日刊

```
*刊行にあたって(義太夫節正本刊行会) … 3
*凡例 ……………………………………… 7
赤沢山伊東伝記(並木宗助、安田蛙文作) … 11
    〔第一〕…………………………… 13
     第二 ………………………… 34
        頼朝子の日の元服 ………… 46
     第三 ………………………… 56
     第四 ………………………… 82
        道行二葉の緑 …………… 82
        やつし軍勢 ……………… 100
     第五 ………………………… 106
        首途蓬莱山 ……………… 112
*解題(黒石陽子) ………………………… 117
*享保期興行年表(神津武男) …………… 126
```

(第2期)13 河内国姥火
2011年2月25日刊

```
*刊行にあたって(義太夫節正本刊行会) … 3
*凡例 ……………………………………… 9
河内国姥火(かわちのくにうばがひ)(松田和吉
 作) ……………………………………… 11
    〔第一〕…………………………… 13
     第二 ………………………… 31
```

```
     第三 ………………………… 55
        道行旅の称名 …………… 55
     第四 ………………………… 80
     第五 ………………………… 98
*解題—河内国姥火(桜井弘) …………… 105
*義太夫節人形浄瑠璃上演年表(一七一六
 —一七五一)(義太夫節正本刊行会監修、
 飯島満、伊藤りさ、富澤美智子作成) …… 111
```

(第2期)14 記録曽我玉笄髷
2011年2月25日刊

```
*刊行にあたって(義太夫節正本刊行会) … 3
*凡例 ……………………………………… 9
記録曽我玉笄髷(きろくそがこうがいわげ)(戸川
 不鱗作) ………………………………… 11
    〔第一〕…………………………… 13
     第二 ………………………… 30
        まくづくし ……………… 31
     第三 ………………………… 49
        時宗三部経 ……………… 66
    〔第四〕…………………………… 68
        道行形見の駒 …………… 68
     第五 ………………………… 83
*解題(飯島満) …………………………… 93
*義太夫節人形浄瑠璃上演年表(一七一六
 —一七五一)(義太夫節正本刊行会監修、
 飯島満、伊藤りさ、富澤美智子作成) …… 102
```

(第2期)15 曽我錦几帳
2011年2月25日刊

```
*刊行にあたって(義太夫節正本刊行会) … 3
*凡例 ……………………………………… 9
曽我錦几帳(そがにしきのきちょう)(安田蛙文
 作) ……………………………………… 11
    〔第一〕…………………………… 13
     第二 ………………………… 32
     第三 ………………………… 47
     第四 ………………………… 77
        道行袖の大磯 …………… 77
        とんさく大こくまひ ……… 83
     第五 ………………………… 97
*解題(山之内英明) ……………………… 109
*義太夫節人形浄瑠璃上演年表(一七一六
 —一七五一)(義太夫節正本刊行会監修、
 飯島満、伊藤りさ、富澤美智子作成) …… 118
```

(第2期)16 敵討御未刻太鼓
2011年2月25日刊

```
*刊行にあたって(義太夫節正本刊行会) … 3
```

[018] 義太夫節浄瑠璃未翻刻作品集成

＊凡例 ……………………………………… 9
敵討御未刻太鼓（かたきうちおやつのたいこ）（長谷川千四作） ……………………… 11
　上巻 …………………………………… 13
　　御神事馬揃 ………………………… 15
　　いもせの友千鳥 …………………… 50
　下之巻 ………………………………… 53
＊解題（渕田裕介） ……………………… 87
＊義太夫節人形浄瑠璃上演年表（一七一六－一七五一）（義太夫節正本刊行会監修、飯島満、伊藤りさ、富澤美智子作成） …… 94

（第2期）17　南都十三鐘
2011年2月25日刊

＊刊行にあたって（義太夫節正本刊行会） ……… 3
＊凡例 ……………………………………… 9
南都十三鐘（なんとじゅうさんがね）（並木宗輔、安田蛙文作） ……………………… 11
　〔第一〕 ……………………………… 13
　第二 …………………………………… 32
　第三 …………………………………… 55
　〔第四〕 ……………………………… 87
　　道行児手柏 ………………………… 87
　第五 ………………………………… 111
　　ふた子物ぐるひ …………………… 122
＊解題（川口節子） …………………… 129
＊義太夫節人形浄瑠璃上演年表（一七一六－一七五一）（義太夫節正本刊行会監修、飯島満、伊藤りさ、富澤美智子作成） …… 139

（第2期）18　梅屋渋浮名色揚
2011年2月25日刊

＊刊行にあたって（義太夫節正本刊行会） ……… 3
＊凡例 ……………………………………… 9
梅屋渋浮名色揚（うめやしぶうきなのいろあげ）（松田和吉作） ……………………… 11
　　薬売小梅の昔 ……………………… 13
　〔上の巻〕 …………………………… 16
　中の巻 ………………………………… 30
　下の巻 ………………………………… 45
＊解題（東晴美） ……………………… 69
＊義太夫節人形浄瑠璃上演年表（一七一六－一七五一）（義太夫節正本刊行会監修、飯島満、伊藤りさ、富澤美智子作成） …… 74

（第2期）19　楠正成軍法実録
2011年2月25日刊

＊刊行にあたって（義太夫節正本刊行会） ……… 3
＊凡例 ……………………………………… 9
楠正成軍法実録（くすのきまさしげぐんぽうじつろく）（並木宗輔、安田蛙文作） ……… 11
　〔第一〕 ……………………………… 13
　第二 …………………………………… 36
　第三 …………………………………… 62
　　道行雲井の旅 ……………………… 62
　第四 …………………………………… 93
　第五 ………………………………… 120
　　名将再幣論 ………………………… 123
＊解題（山之内英明） ………………… 131
＊義太夫節人形浄瑠璃上演年表（一七一六－一七五一）（義太夫節正本刊行会監修、飯島満、伊藤りさ、富澤美智子作成） …… 142

（第2期）20　源家七代集
2011年2月25日刊

＊刊行にあたって（義太夫節正本刊行会） ……… 3
＊凡例 ……………………………………… 9
源家七代集（げんけしちだいしゅう）（並木宗輔、安田蛙文作） …………………… 11
　〔第一〕 ……………………………… 13
　第弐 …………………………………… 35
　第三 …………………………………… 57
　　道行似せの縁 ……………………… 68
　第四 …………………………………… 89
　第五 ………………………………… 111
　　今様女丹前 ………………………… 113
＊解題（黒石陽子） …………………… 121
＊義太夫節人形浄瑠璃上演年表（一七一六－一七五一）（義太夫節正本刊行会監修、飯島満、伊藤りさ、富澤美智子作成） …… 128

（第2期）21　和泉国浮名溜池
2011年2月25日刊

＊刊行にあたって（義太夫節正本刊行会） ……… 3
＊凡例 ……………………………………… 9
和泉国浮名溜池（いずみのくにうきなのためいけ）（並木宗輔、安田蛙文作） ……… 11
　〔上之巻〕 …………………………… 13
　中之巻 ………………………………… 30
　　道行うかれ笠 ……………………… 47
　下之巻 ………………………………… 71
＊解題（田草川みずき） ……………… 95
＊義太夫節人形浄瑠璃上演年表（一七一六－一七五一）（義太夫節正本刊行会監修、飯島満、伊藤りさ、富澤美智子作成） …… 102

（第2期）22　鎌倉比事青砥銭
2011年2月25日刊

[018] 義太夫節浄瑠璃未翻刻作品集成

* 刊行にあたって（義太夫節正本刊行会）…… 3
* 凡例 …… 9
鎌倉比事青砥銭（かまくらひじあおとのぜに）（安田蛙文作）…………………… 11
　〔第一〕………………………………… 13
　第二 ……………………………………… 34
　第三 ……………………………………… 57
　　道行やもめの友鳥 …………………… 65
　　狂女恋のそらね ……………………… 71
　第四 ……………………………………… 84
　第五 ……………………………………… 106
　　現世六道めぐり ……………………… 108
* 解題（山之内英明）…………………… 117
* 義太夫節人形浄瑠璃上演年表（一七一六―一七五一）（義太夫節正本刊行会監修、飯島満、伊藤りさ、富澤美智子作成）…… 127

(第3期) 23　尼御台由比浜出
2013年2月25日刊

* 刊行にあたって（義太夫節正本刊行会）…… 3
* 凡例 …… 9
尼御台由比浜出（あまみだいゆいがはまいで）（竹田出雲1世、長谷川千四作）………… 11
　〔第一〕………………………………… 13
　第二 ……………………………………… 37
　第三 ……………………………………… 61
　　衣裳絵みやこのふうぞく ……………… 63
　第四 ……………………………………… 90
　　道行あつまからげ …………………… 90
　第五 ……………………………………… 118
* 解題（坂本清恵）……………………… 127
* 義太夫節人形浄瑠璃上演年表（一七一六―一七五一）（義太夫節正本刊行会監修、飯島満、伊藤りさ、富澤美智子作成）…… 136

(第3期) 24　蒲冠者藤戸合戦
2013年2月25日刊

* 刊行にあたって（義太夫節正本刊行会）…… 3
* 凡例 …… 9
蒲冠者藤戸合戦（かばのかんじゃふじとがっせん）（並木宗助、安田蛙文作）……………… 11
　〔第一〕………………………………… 13
　第二 ……………………………………… 35
　第三 ……………………………………… 63
　第四 ……………………………………… 97
　　道行おかげ参り ……………………… 97
　第五 ……………………………………… 123
　　藤戸のうらみ ………………………… 128
* 解題（黒石陽子）……………………… 135

(第3期) 25　本朝檀特山
2013年2月25日刊

* 刊行にあたって（義太夫節正本刊行会）…… 3
* 凡例 …… 9
本朝檀特山（ほんちょうだんどくせん）（並木宗助、安田蛙文作）…………………… 11
　〔第一〕………………………………… 13
　第二 ……………………………………… 36
　第三 ……………………………………… 62
　〔第四〕………………………………… 87
　　道行妹背の相の山 …………………… 87
　第五 ……………………………………… 109
* 解題（東晴美）………………………… 125
* 義太夫節人形浄瑠璃上演年表（一七一六―一七五一）（義太夫節正本刊行会監修、飯島満、伊藤りさ、富澤美智子作成）…… 135

(第3期) 26　車還合戦桜
2013年2月25日刊

* 刊行にあたって（義太夫節正本刊行会）…… 3
* 凡例 …… 9
車還合戦桜（くるまがえしかっせんざくら）（文耕堂作）………………………………… 11
　〔第一〕………………………………… 13
　第二 ……………………………………… 38
　　道行岸姫笠 …………………………… 47
　第三 ……………………………………… 62
　第四 ……………………………………… 89
　第五 ……………………………………… 113
* 解題（飯島満）………………………… 125
* 義太夫節人形浄瑠璃上演年表（一七一六―一七五一）（義太夫節正本刊行会監修、飯島満、伊藤りさ、富澤美智子作成）…… 135

(第3期) 27　曽我昔見台
2013年2月25日刊

* 刊行にあたって（義太夫節正本刊行会）…… 3
* 凡例 …… 9
曽我昔見台（そがむかしけんだい）（近松門左衛門、並木宗助、並木丈助作）…………… 11
　〔第一〕………………………………… 13
　　小袖もんつくし ……………………… 25
　第二 ……………………………………… 33
　第三 ……………………………………… 51
　〔第四〕………………………………… 76

道行玉の盃 ……………………… 76
第五 …………………………… 92
時宗三部経 …………………… 96
＊解題（田草川みずき）………… 101
＊義太夫節人形浄瑠璃上演年表（一七一六
　－一七五一）（義太夫節正本刊行会監修、
　飯島満、伊藤りさ、富澤美智子作成）… 108

（第3期）28　元日金年越
2013年2月25日刊

＊刊行にあたって（義太夫節正本刊行会）… 3
＊凡例 …………………………… 9
元日金年越（がんじつこがねのとしこし）（文耕堂
　作）…………………………… 11
　〔上巻〕………………………… 13
　　　大さはぎ五徳楽 ………… 33
　中之巻 ………………………… 53
　〔下巻〕………………………… 74
　　　物狂ゆかりの十徳 ……… 74
＊解題（上野左絵）……………… 85
＊義太夫節人形浄瑠璃上演年表（一七一六
　－一七五一）（義太夫節正本刊行会監修、
　飯島満、伊藤りさ、富澤美智子作成）… 92

（第3期）29　万屋助六二代襷
2013年2月25日刊

＊刊行にあたって（義太夫節正本刊行会）… 3
＊凡例 …………………………… 9
万屋助六二代襷（よろづやすけろくにだいがみこ）
　（並木丈輔添削、並木宗輔作）… 11
　〔上の巻〕……………………… 13
　中の巻 ………………………… 35
　下の巻 ………………………… 70
　　　道行月のかつら ………… 70
＊解題（佐藤麻衣子）…………… 83
＊義太夫節人形浄瑠璃上演年表（一七一六
　－一七五一）（義太夫節正本刊行会監修、
　飯島満、伊藤りさ、富澤美智子作成）… 92

（第3期）30　丹州爺打栗
2013年2月25日刊

＊刊行にあたって（義太夫節正本刊行会）… 3
＊凡例 …………………………… 9
丹州爺打栗（たんしゅうてておうぐり）（竹田小出
　雲、三好松洛作）……………… 11
　〔第一〕………………………… 13
　第二 …………………………… 39
　第三 …………………………… 66
　　　道行幾野の枝折附リ丸木橋の段 …… 66

第四 …………………………… 95
第五 …………………………… 122
＊解題（淵田裕介）……………… 131
＊義太夫節人形浄瑠璃上演年表（一七一六
　－一七五一）（義太夫節正本刊行会監修、
　飯島満、伊藤りさ、富澤美智子作成）… 142

（第3期）31　傾城枕軍談
2013年2月25日刊

＊刊行にあたって（義太夫節正本刊行会）… 3
＊凡例 …………………………… 9
傾城枕軍談（けいせいまくらぐんだん）（並木千
　柳、三好松洛、竹田出雲（二世）作）… 11
　発端 …………………………… 13
　二端目 ………………………… 22
　三端目 ………………………… 38
　四端目 ………………………… 56
　五端目 ………………………… 69
　六端目 ………………………… 85
　　　道行瓢念仏 ……………… 85
　七端目 ………………………… 94
　八端目 ………………………… 112
＊解題（原田真澄）……………… 121
＊義太夫節人形浄瑠璃上演年表（一七一六
　－一七五一）（義太夫節正本刊行会監修、
　飯島満、伊藤りさ、富澤美智子作成）… 128

（第3期）32　一谷嫩軍記
2013年2月25日刊

＊刊行にあたって（義太夫節正本刊行会）… 3
＊凡例 …………………………… 9
一谷嫩軍記（いちのたにふたばぐんき）（浅田一
　鳥、浪岡鯨児、並木正三、難波三蔵、豊竹
　甚六、並木宗輔作）…………… 11
　〔第一〕………………………… 13
　第二 …………………………… 37
　第三 …………………………… 65
　第四 …………………………… 100
　　　道行花の追風 …………… 100
　第五 …………………………… 127
＊解題（伊藤りさ）……………… 137
＊義太夫節人形浄瑠璃上演年表（一七一六
　－一七五一）（義太夫節正本刊行会監修、
　飯島満、伊藤りさ、富澤美智子作成）… 144

（第4期）33　待賢門夜軍
2015年2月25日刊

＊刊行にあたって（義太夫節正本刊行会）… 3
＊凡例 …………………………… 9

[018] 義太夫節浄瑠璃未翻刻作品集成

待賢門夜軍（たいけんもんのよいくさ）（並木宗助、安田蛙文作） ………… 11
〔第一〕 ………… 13
第二 ………… 34
第三 ………… 60
　道行うきねのふた女夫 ………… 60
第四 ………… 84
第五 ………… 108
　現在鵺神おろし ………… 110
＊解題（山之内英明） ………… 117
＊義太夫節人形浄瑠璃上演年表（一七一六－一七五一）（義太夫節正本刊行会監修、飯島満、伊藤りさ、富澤美智子作成） ………… 126

(第4期) 34　苅萱桑門築紫轢
2015年2月25日刊

＊刊行にあたって（義太夫節正本刊行会） ………… 3
＊凡例 ………… 9
苅萱桑門築紫轢（かるかやどうしんつくしのいえずと）（並木宗輔、並木丈輔作） ………… 11
〔第一〕 ………… 13
第二 ………… 30
第三 ………… 52
第四 ………… 78
　道行越後獅子 ………… 78
第五 ………… 102
＊解題（川口節子） ………… 117
＊義太夫節人形浄瑠璃上演年表（一七一六－一七五一）（義太夫節正本刊行会監修、飯島満、伊藤りさ、富澤美智子作成） ………… 127

(第4期) 35　今様東二色
2015年2月25日刊

＊刊行にあたって（義太夫節正本刊行会） ………… 3
＊凡例 ………… 9
今様東二色（いまようあずまのにしき） ………… 11
〔下巻〕 ………… 13
　道行舞子袖 ………… 31
＊影印 ………… 39
＊解題（東晴美） ………… 99
＊義太夫節人形浄瑠璃上演年表（一七一六－一七五一）（義太夫節正本刊行会監修、飯島満、伊藤りさ、富澤美智子作成） ………… 104

(第4期) 36　釜渕双級巴
2015年2月25日刊

＊刊行にあたって（義太夫節正本刊行会） ………… 3
＊凡例 ………… 9

釜渕双級巴（かまがふちふたつどもえ）（並木宗輔作） ………… 11
〔上之巻〕 ………… 13
中之巻 ………… 35
下之巻 ………… 59
　道行街の手向草 ………… 67
＊解題（桜井弘） ………… 79
＊義太夫節人形浄瑠璃上演年表（一七一六－一七五一）（義太夫節正本刊行会監修、飯島満、伊藤りさ、富澤美智子作成） ………… 86

(第4期) 37　丹生山田青海剣
2015年2月25日刊

＊刊行にあたって（義太夫節正本刊行会） ………… 3
＊凡例 ………… 9
丹生山田青海剣（にぶやまだせいがいつるぎ）（並木宗輔作） ………… 11
〔第一〕 ………… 13
第二 ………… 33
第三 ………… 55
第四 ………… 85
　道行諸かづら ………… 92
第五 ………… 111
　光君台品定 ………… 112
＊解題（飯島満） ………… 119
＊義太夫節人形浄瑠璃上演年表（一七一六－一七五一）（義太夫節正本刊行会監修、飯島満、伊藤りさ、富澤美智子作成） ………… 128

(第4期) 38　田村麿鈴鹿合戦
2015年2月25日刊

＊刊行にあたって（義太夫節正本刊行会） ………… 3
＊凡例 ………… 9
田村麿鈴鹿合戦（たむらまろすずかかっせん）（浅田一鳥、豊田正蔵作） ………… 11
〔第一〕 ………… 13
第二 ………… 37
第三 ………… 60
第四 ………… 89
　道行しるべの駒 ………… 89
第五 ………… 121
＊解題（田草川みずき） ………… 127
＊義太夫節人形浄瑠璃上演年表（一七一六－一七五一）（義太夫節正本刊行会監修、飯島満、伊藤りさ、富澤美智子作成） ………… 136

(第4期) 39　花衣いろは縁起
2015年2月25日刊

＊刊行にあたって（義太夫節正本刊行会） ………… 3

*凡例 ………………………………… 9
花衣いろは縁起(はなごろもいろはえんぎ)(三好松洛、竹田小出雲作) ……………… 11
　〔第一〕 ……………………………… 13
　第二 ………………………………… 44
　第三 ………………………………… 71
　第四 ……………………………… 102
　　道行恋山中 …………………… 105
　第五 ……………………………… 131
*解題(渕田裕介) ………………… 139
*義太夫節人形浄瑠璃上演年表(一七一六―一七五一)(義太夫節正本刊行会監修、飯島満、伊藤りさ、富澤美智子作成) … 147

(第4期)40　百合稚高麗軍記
2015年2月25日刊

*刊行にあたって(義太夫節正本刊行会) … 3
*凡例 ………………………………… 9
百合稚高麗軍記(ゆりわかこうらいぐんき)(為永太郎兵衛作者、浅田一鳥、並木宗輔文者) … 11
　〔第一〕 ……………………………… 13
　第二 ………………………………… 40
　第三 ………………………………… 64
　第四 ………………………………… 98
　　品の君道行 ……………………… 98
　第五 ……………………………… 129
　　宮島詣 ………………………… 129
*解題(原田真澄) ………………… 135
*義太夫節人形浄瑠璃上演年表(一七一六―一七五一)(義太夫節正本刊行会監修、飯島満、伊藤りさ、富澤美智子作成) … 144

(第4期)41　石橋山鎧襲
2015年2月25日刊

*刊行にあたって(義太夫節正本刊行会) … 3
*凡例 ………………………………… 9
石橋山鎧襲(いしばしやまよろいがさね)(為永太郎兵衛、並木宗輔作) ……………… 11
　〔第一〕 ……………………………… 13
　第二 ………………………………… 32
　第三 ………………………………… 59
　第四 ………………………………… 93
　　道行陸路のなた ………………… 93
　　老のなみ枕 …………………… 106
　第五 ……………………………… 127
*解題(黒石陽子) ………………… 137
*義太夫節人形浄瑠璃上演年表(一七一六―一七五一)(義太夫節正本刊行会監修、飯島満、伊藤りさ、富澤美智子作成) … 147

(第4期)42　いろは日蓮記
2015年2月25日刊

*刊行にあたって(義太夫節正本刊行会) … 3
*凡例 ………………………………… 9
いろは日蓮記(いろはにちれんき)(近松門左衛門作、並木宗輔添削) ……………… 11
　〔第一〕 ……………………………… 13
　第二 ………………………………… 34
　第三 ………………………………… 56
　第四 ………………………………… 81
　　道行法の縁 ……………………… 81
　第五 ……………………………… 102
　　帰り花祖師の恩 ……………… 106
*解題(坂本清恵) ………………… 111
*義太夫節人形浄瑠璃上演年表(一七一六―一七五一)(義太夫節正本刊行会監修、飯島満、伊藤りさ、富澤美智子作成) … 121

(第5期)43　眉間尺象貢
2018年2月25日刊

*刊行にあたって(義太夫節正本刊行会) … 3
*凡例 ………………………………… 9
眉間尺象貢(みけんじゃくぞうのみつぎ)(竹田出雲1世、長谷川千四作) …………… 11
　〔第一〕 ……………………………… 13
　第二 ………………………………… 38
　第三 ………………………………… 65
　第四 ………………………………… 92
　　道行象の餞別 …………………… 92
　第五 ……………………………… 118
*解題(川口節子) ………………… 131
*義太夫節人形浄瑠璃上演年表(一七一六―一七五一)(義太夫節正本刊行会監修、飯島満、伊藤りさ、富澤美智子作成) … 139

(第5期)44　芳伶人吾妻雛形
2018年2月25日刊

*刊行にあたって(義太夫節正本刊行会) … 3
*凡例 ………………………………… 9
芳伶人吾妻雛形(ふたばれいじんあずまひながた)(並木宗助、並木丈助作) ……………… 11
　〔第一〕 ……………………………… 13
　第二 ………………………………… 34
　第三 ………………………………… 55
　　道行闇路の杖 …………………… 63
　第四 ………………………………… 83
　第五 ……………………………… 106
*解題(渕田裕介) ………………… 113

*義太夫節人形浄瑠璃上演年表（一七一六
　—一七五一）（義太夫節正本刊行会監修、
　飯島満、伊藤りさ、富澤美智子作成）…… *120*

〈第5期〉45　赤松円心緑陣幕
2018年2月25日刊

*刊行にあたって（義太夫節正本刊行会）…… *3*
*凡例 …………………………………………… *9*
赤松円心緑陣幕（あかまつえんしんみどりのじんま
　く）（文耕堂、三好松洛作）……………… *11*
　〔第一〕……………………………………… *13*
　第二 ………………………………………… *39*
　第三 ………………………………………… *64*
　第四 ………………………………………… *89*
　　道行秋の浪路 …………………………… *94*
　第五 ………………………………………… *116*
*解題（山之内英明）………………………… *127*
*義太夫節人形浄瑠璃上演年表（一七一六
　—一七五一）（義太夫節正本刊行会監修、
　飯島満、伊藤りさ、富澤美智子作成）…… *135*

〈第5期〉46　安倍宗任松浦箕
2018年2月25日刊

*刊行にあたって（義太夫節正本刊行会）…… *3*
*凡例 …………………………………………… *9*
安倍宗任松浦箕（あべのむねとうまつらのきぬがさ）
　（並木宗輔作）……………………………… *11*
　〔第一〕……………………………………… *13*
　第二 ………………………………………… *34*
　第三 ………………………………………… *58*
　第四 ………………………………………… *82*
　　道行武勇万歳 …………………………… *82*
　　吃の置土産 ……………………………… *102*
　第五 ………………………………………… *110*
*解題（桜井弘）……………………………… *119*
*義太夫節人形浄瑠璃上演年表（一七一六
　—一七五一）（義太夫節正本刊行会監修、
　飯島満、伊藤りさ、富澤美智子作成）…… *129*

〈第5期〉47　太政入道兵庫岬
2018年2月25日刊

*刊行にあたって（義太夫節正本刊行会）…… *3*
*凡例 …………………………………………… *9*
太政入道兵庫岬（だじょうにゅうどうひょうごの
　みさき）（竹田小出雲、竹田正蔵作）…… *11*
　〔第一〕……………………………………… *13*
　第二 ………………………………………… *38*
　第三 ………………………………………… *61*
　第四 ………………………………………… *95*

　　国春法師道行 …………………………… *95*
　第五 ………………………………………… *120*
*解題（伊藤りさ）…………………………… *129*
*義太夫節人形浄瑠璃上演年表（一七一六
　—一七五一）（義太夫節正本刊行会監修、
　飯島満、伊藤りさ、富澤美智子作成）…… *136*

〈第5期〉48　本田善光日本鑑
2018年2月25日刊

*刊行にあたって（義太夫節正本刊行会）…… *3*
*凡例 …………………………………………… *9*
本田善光日本鑑（ほんだよしみつやまとかがみ）
　（為永太郎兵衛作）………………………… *11*
　〔第一〕……………………………………… *13*
　第二 ………………………………………… *36*
　　道行妹背の旅衣 ………………………… *46*
　第三 ………………………………………… *66*
　第四 ………………………………………… *92*
　　飯縄七ばけ ……………………………… *108*
　第五 ………………………………………… *119*
*解題（上野左絵）…………………………… *127*
*義太夫節人形浄瑠璃上演年表（一七一六
　—一七五一）（義太夫節正本刊行会監修、
　飯島満、伊藤りさ、富澤美智子作成）…… *137*

〈第5期〉49　鎌倉大系図
2018年2月25日刊

*刊行にあたって（義太夫節正本刊行会）…… *3*
*凡例 …………………………………………… *9*
鎌倉大系図（かまくらおおけいず）（浅田一鳥、豊
　岡珍平、為永千蝶（太郎兵衛）作）……… *11*
　〔第一〕……………………………………… *13*
　第二 ………………………………………… *37*
　第三 ………………………………………… *61*
　第四 ………………………………………… *92*
　　道行ひよくの拍鞠売 …………………… *92*
　　風流恋の茶の湯 ………………………… *115*
　第五 ………………………………………… *129*
*解題（東晴美）……………………………… *141*
*義太夫節人形浄瑠璃上演年表（一七一六
　—一七五一）（義太夫節正本刊行会監修、
　飯島満、伊藤りさ、富澤美智子作成）…… *151*

〈第5期〉50　酒呑童子出生記
2018年2月25日刊

*刊行にあたって（義太夫節正本刊行会）…… *3*
*凡例 …………………………………………… *9*
酒呑童子出生記（しゅてんどうじしゅっしょうき）
　（梁塵軒作）………………………………… *11*

〔第一〕……………………………… 13
第二 ……………………………… 32
第三 ……………………………… 59
第四 ……………………………… 92
　道行姿の紅葉 ………………… 101
第五 ……………………………… 127
* 解題(田草川みずき) …………… 141
* 義太夫節人形浄瑠璃上演年表(一七一六
　―一七五一)(義太夫節正本刊行会監修,
　飯島満, 伊藤りさ, 富澤美智子作成)…… 150

(第5期)51　粟島譜嫁入雛形
2018年2月25日刊

* 刊行にあたって(義太夫節正本刊行会)…… 3
* 凡例 ………………………………………… 9
粟島譜嫁入雛形(あわしまけいずよめいりひながた)
(竹田出雲, 三好松洛, 並木千柳作)…… 11
〔第一〕……………………………… 13
第二 ……………………………… 32
　道行恋路のうつほぶね ………… 56
第三 ……………………………… 58
第四 ……………………………… 90
第五 ……………………………… 118
* 解題(飯島満) …………………… 123
* 義太夫節人形浄瑠璃上演年表(一七一六
　―一七五一)(義太夫節正本刊行会監修,
　飯島満, 伊藤りさ, 富澤美智子作成)…… 136

(第5期)52　物ぐさ太郎
2018年2月25日刊

* 刊行にあたって(義太夫節正本刊行会)…… 3
* 凡例 ………………………………………… 9
物ぐさ太郎(ものぐさたろう)(浅田一鳥, 安田
蛙桂, 豊丈助, 豊正助, 難波三蔵作)…… 11
〔第一〕……………………………… 13
第二 ……………………………… 45
第三 ……………………………… 80
第四 ……………………………… 120
　道行秋の往合 ………………… 120
第五 ……………………………… 150
* 解題(原田真澄) ………………… 159
* 義太夫節人形浄瑠璃上演年表(一七一六
　―一七五一)(義太夫節正本刊行会監修,
　飯島満, 伊藤りさ, 富澤美智子作成)…… 170

索引1　『出世握虎稚物語』自立語索引(坂
本清恵, 佐藤麻衣子, 上野左絵編)
2010年3月8日刊

* はじめに ……………………………………… i
* 索引凡例 …………………………………… i
* 『出世握虎稚物語』自立語索引 ……… 1
* 注記 ………………………………… 255
* あとがき(坂本清恵) ……………… 巻末

索引9　『鬼一法眼三略巻』自立語索引(佐
藤麻衣子, 上野左絵, 坂本清恵編)
2011年5月31日刊

* はじめに ……………………………………… i
* 索引凡例 …………………………………… i
* 『鬼一法眼三略巻』自立語索引 ……… 1
* 校異 ………………………………… 338
* あとがき(坂本清恵) ……………… 巻末

```
[019] 几董発句全集
    八木書店
    全1巻
    1997年6月
    （浅見美智子編校）
```

〔1〕
1997年6月16日刊

* 〔口絵〕 ································ 巻頭
* 序（木村三四吾） ······················· 1
* 凡例 ··································· 5
几董発句全集 ····························· 1
　宝暦五年頃 乙亥（一七五五）十五歳 ······· 3
　宝暦八年以前 戊寅（一七五八）十八歳 ····· 3
　宝暦九年 己卯（一七五九）十九歳 ········· 3
　宝暦一三年 癸未（一七六三）二十三歳 ····· 3
　明和元年 甲申（一七六四）二十四歳 ······· 4
　明和二年 乙酉（一七六五）二十五歳 ······· 4
　明和三年 丙戌（一七六六）二十六歳 ······· 4
　明和五年 戊子（一七六八）二十八歳 ······· 4
　明和六年以前 己丑（一七六九）二十九歳 ··· 5
　明和七年 庚寅（一七七〇）三十歳 ········· 8
　明和八年 辛卯（一七七一）三十一歳 ······ 31
　安永元年以前 壬辰（一七七二）三十二
　　歳 ·································· 49
　安永二年 癸巳（一七七三）三十三歳 ······ 50
　安永二年以前 ·························· 76
　安永三年 甲午（一七七四）三十四歳 ······ 76
　安永四年 乙未（一七七五）三十五歳 ····· 105
　安永四年以前 ························· 137
　安永五年 丙申（一七七六）三十六歳 ····· 138
　安永五年以前 ························· 161
　安永六年 丁酉（一七七七）三十七歳 ····· 162
　安永七年 戊戌（一七七八）三十八歳 ····· 202
　安永八年 己亥（一七七九）三十九歳 ····· 238
　安永八年以前 ························· 241
　安永九年 庚子（一七八〇）四十歳 ······· 241
　天明元年 辛丑（一七八一）四十一歳 ····· 247
　天明二年 壬寅（一七八二）四十二歳 ····· 253
　天明二年以前 ························· 255
　天明三年 癸卯（一七八三）四十三歳 ····· 256
　天明三年以前 ························· 259
　天明四年 甲辰（一七八四）四十四歳 ····· 312
　天明四年以前 ························· 320
　天明五年 乙巳（一七八五）四十五歳 ····· 320
　天明五年以前 ························· 330
　天明六年 丙午（一七八六）四十六歳 ····· 330
　天明六年以前 ························· 332
　天明七年 丁未（一七八七）四十七歳 ····· 332
　天明四年以後 天明七年以前 ············· 338
　天明七年以前 ························· 361
　天明八年 戊申（一七八八）四十八歳 ····· 371
　寛政元年 己酉（一七八九）四十九歳 ····· 400
　年代不明・補遺 ······················· 439
* 年譜 ··································· 1
* 三句索引 付 人名索引 ·················· 37
　* 三句索引 ···························· 39
　* 人名索引 ··························· 171
* 引用書目録 ··························· 177
* 後記（浅見美智子） ··················· 193
* 追記 ································· 196

[020] 紀海音全集
清文堂出版
全8巻
1977年3月～1980年12月
（海音研究会編）

第1巻
1977年3月30日刊

* 口絵 ……………………………………… 巻頭
* はじめに（横山正）
* 凡例
  椀久末松山 ……………………………………… 1
  おそめ久松袂の白しぼり ……………………… 29
  熊坂 ……………………………………………… 65
  なんば橋心中 …………………………………… 81
  鬼鹿毛無佐志鐙 ……………………………… 107
  今宮心中丸腰連理松 ………………………… 153
  鎌倉尼將軍 …………………………………… 183
  三井寺開帳 …………………………………… 235
  信田森女占 …………………………………… 295
  傾城三度笠 …………………………………… 351

第2巻
1977年11月25日刊

* 口絵 ……………………………………… 巻頭
* 凡例
  小野小町都年玉 …………………………………… 1
  曾我姿富士 ……………………………………… 57
  愛護若姥箱 …………………………………… 125
  平安城細石 …………………………………… 179
  山桝太夫恋慕湊 ……………………………… 237
  仏法舎利都 …………………………………… 307

第3巻
1979年2月28日刊

* 口絵 ……………………………………… 巻頭
* 凡例
  甲陽軍鑑今様姿 …………………………………… 1
  新百人一首 ……………………………………… 63
  末廣十二段 …………………………………… 127
  八百やおと ……………………………………… 183
  花山院都巽 …………………………………… 221
  傾城國性爺 …………………………………… 287

第4巻
1979年12月15日刊

* 口絵 ……………………………………… 巻頭
* 凡例
  本朝五翠殿 ……………………………………… 1
  新板兵庫の築嶋 ………………………………… 63
  殺生石 ………………………………………… 123
  鎌倉三代記 …………………………………… 179
  山桝太夫葭原雀 ……………………………… 233
  義經新高舘 …………………………………… 285

第5巻
1978年7月15日刊

* 口絵 ……………………………………… 巻頭
* 凡例
  神功皇后三韓責 …………………………………… 1
  三勝半七二十五年忌 …………………………… 65
  賴光新跡目論 …………………………………… 95
  鎮西八郎唐士舩 ……………………………… 157
  日本傾城始 …………………………………… 215
  三輪丹前能 …………………………………… 279

第6巻
1979年2月10日刊

* 口絵 ……………………………………… 巻頭
* 凡例
  八幡太郎東初梅 …………………………………… 1
  呉越軍談 ………………………………………… 71
  冨仁親王嵯峨錦 ……………………………… 137
  坂上田村麿 …………………………………… 199
  大友皇子玉座靴 ……………………………… 265
  心中二ッ腹帯 ………………………………… 325

第7巻
1980年4月10日刊

* 口絵 ……………………………………… 巻頭
* 凡例
  東山殿室町合戦 …………………………………… 1
  玄宗皇帝蓬來鶴 ………………………………… 63
  傾城無間鐘 …………………………………… 129
  忠臣青砥刀 …………………………………… 191
  お高弥市梅田心中 …………………………… 255
  存疑作篇 ……………………………………… 279
  　心中涙の玉井 …………………………… 281
  　金屋金五郎浮名額 ……………………… 303
  　金屋金五郎後日雛形 …………………… 327
  　傾城思界屋 ……………………………… 353
  　曾祢崎心中 ……………………………… 387

第8巻（長友千代治, 西島孜哉編, 横山正監修）
1980年12月25日刊

[020] 紀海音全集

```
＊口絵 ………………………………… 巻頭
＊凡例
俳諧 …………………………………………… 1
  一 元禄十七年俳諧三物揃 ……………… 3
  二 誹諧梓 ………………………………… 3
  三 多美農草 ……………………………… 8
  四 千句つか ……………………………… 8
  五 松の香 ………………………………… 9
  六 宝永二年俳諧三物揃 ………………… 9
  七 俳諧何枕 …………………………… 11
  八 夢の名残 …………………………… 13
  九 西鶴十三年忌俳仙こゝろ葉 ……… 14
  一〇 宝永四年三惟歳旦 ………………… 19
  一一 海陸前集 …………………………… 19
  一二 鷺の尾 ……………………………… 21
  一三 三十六歌仙集 ……………………… 22
  一四 花の市 ……………………………… 25
  一五 誹諧鑢鏡 …………………………… 26
  一六 千葉集 ……………………………… 26
  一七 松三尺 ……………………………… 27
  一八 雨の集 ……………………………… 31
  一九 鹿子の渡 …………………………… 32
  二〇 すがむしろ ………………………… 32
  二一 知里能粉 …………………………… 33
  二二 たつか弓 …………………………… 33
  二三 続千葉集 …………………………… 34
  二四 をくらの塵 ………………………… 36
  二五 来山十七回忌誹諧葉久母里 ……… 36
  二六 石霜庵道善集 ……………………… 38
  二七 はつか草 …………………………… 40
  二八 似錦集 ……………………………… 40
  二九 誹諧欅農能 ………………………… 41
  三〇 此君集 ……………………………… 41
  三一 捨火桶 ……………………………… 43
  三二 叙位賀集橘波志羅 ………………… 44
  三三 名のうさ …………………………… 57
  三四 月の月 ……………………………… 58
  三五 さくら道 …………………………… 59
  三六 波の入日 …………………………… 59
  三七 石城祀 ……………………………… 60
  三八 俳諧梅の牛 ………………………… 60
  三九 ききさかつき ……………………… 61
  四〇 誹諧家譜 …………………………… 61
  四一 時雨の碑 …………………………… 62
  四二 続いま宮草 ………………………… 62
  四三 短冊・色紙 ………………………… 63
雑俳点 ………………………………………… 66
  四四 烏かふと …………………………… 67
  四五 三番続 ……………………………… 67
  四六 誹諧万人講 ………………………… 68
  四七 誹諧三国志 ………………………… 70
  四八 誹諧神子の臍 ……………………… 71
  四九 〔花洞等前句付集〕 ………………… 71
  五〇 〔海音等前句付集〕 ………………… 73
  五一 〔享保前句集〕 ……………………… 87
  五二 一句笠 ……………………………… 88
  五三 はいかい銀かわらけ ……………… 88
  五四 誹諧扇の的 ………………………… 89
  五五 もしほ草 …………………………… 94
  五六 俳諧唐くれない ………………… 144
狂歌 ………………………………………… 151
  五七 置土産 …………………………… 153
  五八 狂歌机の塵 ……………………… 154
  五九 狂歌戎の鯛 ……………………… 154
  六〇 活玉集 …………………………… 155
  六一 狂歌餅月夜 ……………………… 214
  六二 狂歌落葉嚢 ……………………… 214
  六三 狂歌時雨の橋 …………………… 215
  六四 三拾六俳仙 ……………………… 216
  六五 短冊 ……………………………… 216
浮世草子 …………………………………… 217
  六六 四民乗合船 ……………………… 219
  六七 けいせい手管三味線 …………… 256
歌謡 ………………………………………… 333
  六八 歌系図 …………………………… 335
  六九 琴線和歌の糸 …………………… 335
伝記資料 …………………………………… 337
  七〇 大坂点者高点集 ………………… 339
  七一 御用雑記 ………………………… 339
  七二 叙位賀集橘波志羅 ……………… 340
  七三 狂歌戎の鯛 ……………………… 340
  七四 狂歌落葉嚢〔系図抜粋〕 ………… 341
  七五 狂歌時雨の橋 …………………… 341
  七六 六条家古今和歌集伝授 ………… 343
  七七 誹諧家譜 ………………………… 345
  七八 時雨の碑 ………………………… 345
  七九 狂哥松の隣 ……………………… 346
  八〇 狂歌貞柳伝 ……………………… 347
  八一 摂津名所図会大成〔抜粋「紀海音
      の墓」〕 ……………………………… 347
  八二 墓碑・過去帳 …………………… 348
＊解題 ……………………………………… 349
＊正誤表（第一巻～第七巻） ……………… 377
```

[021] 狂歌大観
明治書院
全3巻
1983年1月～1985年3月
(狂歌大観刊行会編)

第1巻　本篇
1983年1月15日刊

* 序 (狂歌大観刊行会)
* 凡例
1　東北院職人歌合 …………………… 1
2　鶴岡放生会職人歌合 ……………… 7
3　十二類歌合 ………………………… 11
4　狂歌酒百首 (暁月坊著) …………… 13
5　金言和歌集 ………………………… 17
6　三十二番職人歌合 ………………… 31
7　永正五年狂歌合 …………………… 39
8　調度歌合 (三条西実隆著か) ……… 43
9　玉吟抄 (潤甫周玉, 三条西公条詠, 三条西実隆判) ……………………… 46
10　七十一番職人歌合 ………………… 56
11　道増誹諧百首 (聖護院門跡道増大僧正著 (諸説あり)) …………………… 71
12　詠百首誹諧 ………………………… 76
13　雄長老狂歌百首 (雄長老詠, 也足軒中院通勝評点) ……………………… 81
14　古今若衆序 ………………………… 86
15　三斎様御筆狂歌 (三斎細川忠興著) … 90
16　入安狂歌百首 (入安著) …………… 92
17　四生の歌合 (木下長嘯子著か) …… 96
18　新撰狂歌集 ………………………… 117
19　関東下向道記 (斎藤徳元著) ……… 127
20　貞徳百首狂歌 (松永貞徳著) ……… 132
21　狂歌之詠草 (松永貞徳著) ………… 137
22　〔貞徳狂歌抄〕(松永貞徳著) ……… 142
23　職人歌合 (烏丸光広著か) ………… 146
24　吾吟我集 (石田未得著) …………… 148
25　東海道各駅狂歌 (詠者不詳, 西山宗因評点) ……………………… 172
26　鼻笛集 (高瀬梅盛編 (或いは『俳諧書籍目録』にいう一イ子か)) ……… 176
27　古今夷曲集 (生白庵行風編) ……… 181
28　堀河百首題狂歌合 (池田正式著) … 227
29　堀川狂歌集 ………………………… 242
30　後撰夷曲集 (生白庵行風編) ……… 252
31　卜養狂歌集 ………………………… 325
32　卜養狂歌拾遺 ……………………… 339
33　豊蔵坊信海狂歌集 (豊蔵坊信海著) … 352
34　孝雄狂歌集 (豊蔵坊信海 (孝雄は法諱) 自筆か) ……………………… 380
35　信海狂歌拾遺 (豊蔵坊信海著) …… 392
36　類字名所狂歌集 (佐心子賀近) …… 397
37　銀葉夷歌集 (生白堂行風編) ……… 405
38　狂歌旅枕 (著者不明) ……………… 450
39　長崎一見狂歌集 (長崎一見著) …… 464
40　大団 (黒田月洞軒著) ……………… 475
41　春駒狂歌集 (藤本由己編著) ……… 560
42　甲州紀行狂歌集 (藤本由己編著) … 569
43　続春駒狂歌集 (藤本由己編著) …… 572
44　甚久法師狂歌集 (甚久法師 (楮袋) 著) … 576
45　家つと (油煙斎貞柳) ……………… 585
46　華紅葉 (万笈斎桑魚 (桑名屋甚兵衛) 編) ………………………………… 595
47　狂歌乗合船 (永井走帆編) ………… 608
48　雅筵酔狂集・腹藁 (風水軒石玉翁 (正親町公通) 著) ……………………… 623
49　狂歌三十六歌仙 (高野中納言保光著) … 681
50　続家つと (由縁斎貞柳) …………… 684
51　置みやげ (由縁斎貞柳著, 永田貞竹編) ……………………………… 694
52　狂歌糸の錦 (百子堂潘山編) ……… 706
53　狂歌机の塵 (永田貞竹編) ………… 716
54　狂歌ますかがみ (栗柯亭木端編) … 727
55　狂歌戎の鯛 (永田柳因編) ………… 739
56　狂歌種ふくべ (永井走帆編, 水谷李郷編) ……………………………… 750
57　狂歌餅月夜 (塘潘山堂百子編) …… 764
58　狂歌続ますかがみ (栗柯亭木端編) … 776
59　狂歌活玉集 (法橋契因 (紀海音) 編) … 790

第2巻　参考篇
1984年4月5日刊

* 序 (狂歌大観刊行会) …………… 巻頭
* 凡例
参考篇
　参1　平治・平家物語 ………………… 1
　　　平治物語 (古活字本) …………… 1
　　　平家物語 ……………………… 1
　参2　山門・寺門落首 ………………… 5
　　　日吉社叡山行幸記 ……………… 5
　　　禅定寺文書所載落書 …………… 5
　参3　太平記 …………………………… 6
　参4　餅酒百首 ………………………… 9
　参5　応仁・応仁別記 ………………… 12
　　　応仁記 ………………………… 12
　　　応仁別記 ……………………… 12
　参6　廻国雑記 ………………………… 14
　参7　再昌草 …………………………… 15
　参8　永正落首 ………………………… 26

細川大心院記	26
瓦林政頼記	26
参9 宗長手記・日記	27
宗長手記	27
宗長日記	29
参10 信長記	31
信長公記	31
甫庵信長記	31
参11 太閤記	32
惟任退治記	32
紀州御発向之事	32
小田原軍記	32
太閤様軍記のうち	32
川角太閤記	32
天正十九年洛中落書	33
参12 幽斎道の記	34
九州道の記	34
東国陣道記	34
参13 長諸道の記	36
九州陣道の記	36
参14 新旧狂歌誹諧聞書	37
参15 遠近草	45
参16 越後在府日記	52
参17 犬枕并狂歌	56
狂歌	56
参18 寒川入道手記	57
参19 雄長老狂歌	58
参20 戯言養気集	59
参21 きのふはけふの物語	60
参22 醒睡笑	62
参23 竹斎	73
参24 誹諧狂歌発句	76
俳諧 狂哥 発句	76
哥 俳諧 狂哥 発句	77
参25 策伝和尚送答控	78
参26 仁勢物語	92
参27 かさね草紙	97
参28 寛永以前落首	103
参29 長斎狂歌	105
長斎記	105
長斎遺草	108
参30 浮世物語	109
参31 百物語	110
参32 竹斎狂歌物語	112
参33 一休はなし	113
参34 私可多咄	115
参35 狂歌咄	117
参36 一休関東咄	124
参37 一休諸国物語	125
参38 秋の夜の友	127
参39 杉楊枝	129
参40 元の木阿弥	134
参41 けんさい物語	135
参42 新竹斎	136
参43 二休咄	138
参44 地誌所載狂歌抄	139
京童	139
京童跡追	140
出来斎京土産	141
有馬私雨	150
有馬大鑑迎湯抄	157
河内鑑名所記	169
芦分船	176
難波鑑	177
吉野山独案内	177
南都名所集	180
鎌倉物語	180
沢菴順礼鎌倉記	180
東海道名所記	180
江戸名所記	183
江戸雀	186
古郷帰の江戸咄	186
参45 諸国落首咄	191
参46 宝永落書	195
参47 鸚鵡籠中記落首抄	201
狂歌絵本集―本文の部―	215
絵1 犬百人一首（佐心子賀近著）	217
絵2 狂遊集（夢丸編）	222
絵3 古今狂歌仙（愛香軒睨鼻子編）	224
絵4 貞徳狂歌集	227
絵5 江戸名所百人一首（近藤助五郎清春作・画）	235
絵6 狂歌五十人一首（珍菓亭編）	240
絵7 絵本御伽品鏡（鯛屋貞柳著, 長谷川光信画）	243
＊図録篇	247
＊1 本篇挿絵集	249
＊2 本篇影印集	261
＊狂歌酒百首	261
＊入安狂歌百首	275
＊鼻笛集	285
＊春駒狂歌集	292
＊甚久法師狂歌集	314
＊雅筵酔狂集	342
＊狂歌活玉集	454
＊3 狂歌絵本集	493
＊犬百人一首	493
＊古今狂歌仙	520
＊貞徳狂歌集	540
＊江戸名所百人一首	563
＊狂歌五十人一首	577
＊絵本御伽品鏡	591

第3巻　索引篇
1985年3月20日刊

＊序（狂歌大観刊行会） ………………巻頭
＊凡例
＊索引篇 凡例
＊収載書目一覧
＊各句索引 …………………………………… *1*
＊人名索引 ………………………………… *683*
＊あとがき（信多純一）……………… *735*

---

［022］近世上方狂歌叢書
近世上方狂歌研究会
全29巻
1984年10月～2002年3月

1　狂歌か〻みやま（西島孜哉編）
1984年10月30日刊

＊凡例 ……………………………………巻頭
狂歌か〻みやま（栗柯亭木端撰）……………… *1*
＊解説 …………………………………… *93*

2　狂歌手なれの鏡（他）（西島孜哉編）
1985年3月30日刊

＊凡例 ……………………………………巻頭
狂歌手なれの鏡（栗柯亭木端撰）……………… *1*
狂歌ふもとの塵（揚果亭栗毬詠，栗柯亭木端詠・撰）………………………………… *20*
狂歌友かゞみ（如棗亭栗洞，園果亭義栗詠，栗柯亭木端撰）…………………… *26*
狂歌しきのはねかき（栗柯亭木端詠）……… *38*
狂歌溪の月（溪月庵宵眠詠，坤井堂宵瑞撰）‥ *59*
＊解説 …………………………………… *88*

3　狂歌秋の花（他）（西島孜哉編）
1985年10月30日刊

＊凡例 ……………………………………巻頭
狂歌秋の花（永日庵其律撰）……………………… *1*
狂歌千代のかけはし（桃縁斎芥河貞佐撰）…… *19*
きやうか圓（市中亭吾峒撰）…………………… *44*
狂歌栗下草（岫雲亭華産撰）…………………… *58*
＊解説 …………………………………… *89*

4　狂歌ならひの岡（他）（西島孜哉編）
1986年2月20日刊

＊凡例 ……………………………………巻頭
狂歌ならひの岡（仙果亭嘉栗撰）……………… *1*
狂歌藻塩草（揚果亭栗毬詠，岫雲亭華産撰）‥ *24*
拾遺藻塩草（揚果亭栗毬詠，伏陽一道人撰）‥ *49*
狂歌芦分船（園果亭義栗撰）…………………… *58*
＊解説 …………………………………… *90*
＊狂歌ならひの岡 書込み 頭注 ……………… *103*

5　狂歌栗葉集（他）（西島孜哉編）
1986年5月30日刊

＊凡例 ……………………………………巻頭

狂歌栗葉集（宜果亭朝省，仙果亭嘉栗，雲来亭林栗撰）……… 1
狂歌花の友（前川淵龍詠，前川朝宗撰）…… 24
狂歌辰の市（仙果亭嘉栗撰）……… 40
狂歌夜光玉（如棗亭栗洞詠，棗由亭負米詠・撰）……… 76
＊解説 ……………………………… 88

6 狂歌肱枕（他）（西島孜哉編）
1986年10月30日刊

＊凡例 …………………………… 巻頭
狂歌肱枕（韓果亭栗崚詠）……………… 1
狂歌百羽搔（籃果亭拾栗詠）…………… 19
狂歌二見の礒（籃果亭拾栗詠）………… 25
狂歌百千鳥（籃果亭拾栗詠）…………… 31
萩の折はし（翠柳軒栗飯，門葉詠，翠芽亭野柳撰）……… 37
狂歌板橋集（揚棗廬楫友撰）…………… 57
狂歌似世物語（棗由亭負米詠）………… 83
＊解説 ……………………………… 92

7 狂歌柳下草（他）（西島孜哉編）
1987年2月20日刊

＊凡例 …………………………… 巻頭
狂歌柳下草（柏木遊泉詠）……………… 1
狂歌軒の松（園果亭義栗撰）…………… 10
狂歌三栗集（條果亭栗標，靳果亭有栗（始石），桂果亭諦栗（幽山）詠，橙果亭天地根，英果亭（百尺樓）桂雄撰）……… 36
狂歌越天楽（棗由亭負米詠）…………… 54
狂歌一橙集（橙果亭島天地根詠）……… 59
＊解説 ……………………………… 89

8 狂歌後三栗集（他）（西島孜哉編）
1987年5月30日刊

＊凡例 …………………………… 巻頭
狂歌後三栗集上（百尺楼桂雄，橙果亭天地根撰）……………………… 1
狂歌後三栗集下（百尺楼桂雄，橙果亭天地根撰）……………………… 26
狂歌新三栗集上（橙果亭天地根詠）…… 45
狂歌新三栗集下（橙果亭天地根詠）…… 83
＊解説 ……………………………… 111

9 狂歌拾遺わすれ貝（他）（西島孜哉編）
1987年11月30日刊

＊凡例 …………………………… 巻頭

狂歌拾遺わすれ貝（樵果亭栗圍詠，望郊亭馬朝，臨江亭三津国撰）…………… 1
狂歌家の風（栗本軒貞国詠，柳園の井蛙撰）…… 15
狂歌新後三栗集（橙果亭天地根，清果亭桂影撰）……………………… 25
狂歌拾遺三栗集（橙果亭天地根撰）…… 59
＊解説 ……………………………… 96

10 狂歌月の影（他）（西島孜哉編）
1988年3月20日刊

＊凡例 …………………………… 巻頭
狂歌月の影（二松庵万英詠，二松庵清楽撰）……… 1
狂歌栗のおち穂（百喜堂貞史撰）……… 12
狂歌わかみとり（今西五平（柳條亭小道）撰）……… 58
狂歌つのくみ草（如棗亭栗洞撰）……… 72
＊解説 ……………………………… 94

11 狂歌あさみとり（他）（西島孜哉編）
1988年9月30日刊

＊凡例 …………………………… 巻頭
狂歌あさみとり（柳條亭小道撰）……… 1
狂歌我身の土産（養老館路芳詠，養老館路産編）……………………… 60
古稀賀吟帖（古稀翁桃李園栗間戸詠・編，桃李園一門詠）…………… 76
狂歌鵜の真似（山中千丈詠）…………… 84
＊解説 ……………………………… 97

12 狂歌三年物（他）（西島孜哉編）
1989年3月30日刊

＊凡例 …………………………… 巻頭
狂歌三年物（麦里坊貞也撰）…………… 1
狂歌水の面（麦里坊貞也撰）…………… 20
狂歌柿の核（麦里坊貞也撰）…………… 35
狂歌ふくるま（麦里坊貞也撰）………… 49
狂歌今はむかし（土屋自休集）………… 80
＊解説 ……………………………… 103

13 朋ちから（他）（西島孜哉，光井文華編）
1990年2月28日刊

＊凡例 …………………………… 巻頭
朋ちから（九如館鈍永撰）……………… 1
興太郎（九如館鈍永撰）………………… 23
興河内羽二重（九如館鈍永，鈍永社中詠，山居撰）……………………… 44
興野夫鴬（九如館鈍永詠，吐虹校撰）… 56
狂歌除元集（四穂園麦里撰）…………… 76

*解説 ………………………………………… 93

14 興歌かひこの鳥(他)(西島孜哉, 光井文華編)
1990年10月31日刊

＊凡例 ………………………………………… 巻頭
興歌かひこの鳥(得閑斎繁雅撰) ………………… 1
和哥夷(永田貞也撰) ………………………… 21
狂歌芦の若葉(得閑斎繁雅撰) ……………… 72
＊解説 ………………………………………… 95

15 狂歌廿日月(他)(西島孜哉, 光井文華編)
1991年3月31日刊

＊凡例 ………………………………………… 巻頭
狂歌廿日月(兎走亭倚柳, 可陽亭紅圓撰) …… 1
狂歌君か側(塵尾庵乙介撰) ………………… 13
夷曲哥ねふつ(御射山社紅圓撰) …………… 27
興歌野中の水(山田繁雅撰) ………………… 38
狂歌紅葉集(文屋茂喬撰) …………………… 53
＊解説 ………………………………………… 99

16 狂歌手毎の花(西島孜哉, 光井文華編)
1991年11月30日刊

＊凡例 ………………………………………… 巻頭
狂歌手毎の花 初編(文屋茂喬撰) …………… 1
狂歌手毎の花 二編(文屋茂喬撰) …………… 40
狂歌手毎の花 三編(文屋茂喬撰) …………… 74
＊解説 ………………………………………… 112

17 狂歌千種園(西島孜哉, 光井文華編)
1992年3月30日刊

＊凡例 ………………………………………… 巻頭
狂歌千種園 春(繁雅撰) ……………………… 1
狂歌千種園 夏(繁雅撰) ……………………… 28
狂歌手毎の花 四編(文屋茂喬輯) …………… 44
狂歌手毎の花 五編(本城守棟輯) …………… 78
＊解説 ………………………………………… 94

18 狂歌俤百人一首(西島孜哉, 光井文華編)
1993年1月30日刊

＊凡例 ………………………………………… 巻頭
狂歌俤百人一首(得閑斎三大人撰(繁雅撰・茂喬補撰・砂長次撰)) ………… 1
狂歌千種園 秋(繁雅撰) ……………………… 63
狂歌千種園 冬(繁雅撰) ……………………… 86
＊解説 ………………………………………… 102

＊付録〔狂歌俤百人一首 西尾市立図書館所蔵本 影印・翻刻〕……………… 108

19 興歌百人一首嵯峨辺(西島孜哉, 光井文華, 羽生紀子編)
1993年3月30日刊

＊凡例 ………………………………………… 巻頭
興歌百人一首嵯峨辺(中川度量撰) ………… 1
狂歌角力草(桑田抱臍撰) …………………… 30
狂歌千草園 恋(繁雅撰) ……………………… 50
狂歌千草園 雑(繁雅撰) ……………………… 76
＊解説 ………………………………………… 100

20 狂歌帆かけ船(西島孜哉, 光井文華, 羽生紀子編)
1994年3月30日刊

＊凡例 ………………………………………… 巻頭
狂歌帆かけ船(雪縁斎一好詠, 白縁斎梅好編) ………………………………… 1
狂歌浪花丸(白縁斎梅好編) ………………… 15
狂歌三津浦(白縁斎梅好編) ………………… 38
狂歌雪月花(白縁斎梅好編) ………………… 56
狂歌大和拾遺(田中其翁編) ………………… 73
＊解説 ………………………………………… 95

21 古新狂歌酒(西島孜哉, 光井文華, 羽生紀子編)
1995年1月30日刊

＊凡例 ………………………………………… 巻頭
古新狂歌酒(こしんきょうかしゅ)(白縁斎梅好撰) …………………………… 1
狂詞いそちとり(白縁斎梅好編) ……………… 8
絵本名物浪花(なには)のながめ(白縁斎梅好撰) …………………………… 23
狂歌浪花(なには)のむめ(白縁斎梅好撰) …… 56
狂歌古万沙良迦(籃果亭拾栗詠) …………… 88
狂歌名越岡(籃果亭拾栗詠) ………………… 92
＊解説(西島孜哉, 光井文華, 羽生紀子) …… 97

22 五色集(西島孜哉, 光井文華, 羽生紀子編)
1996年1月30日刊

＊凡例 ………………………………………… 巻頭
(翻刻)『五色集』〈対照〉(自然軒鈍全詠)
　五色集 青之巻 …………………………… 1
　五色集 黄之巻 …………………………… 24
　五色集 赤之巻 …………………………… 44
　五色集 白之巻 …………………………… 65
　五色集 黒之巻 …………………………… 82

＊解説(光井文華)…………… 106

23 興歌牧の笛(西島孜哉, 光井文華, 羽生紀子編)
1996年3月30日刊

＊凡例…………………………… 巻頭
興歌牧の笛(素泉編)…………………… 1
狂歌春の光(得閑斎繁雅編)…………… 12
酔中雅興集(湖月堂可吟詠)…………… 23
興歌老の胡馬(九如館鈍永編)………… 34
狂歌ことはの道(紫髯, 山丘, 如館, 紫山, 如錘編)……………………………… 53
狂歌無心抄(如雲紫笛述作, 即今舎放過輯)… 72
＊解説………………………………… 88

24 狂歌気のくすり(西島孜哉, 光井文華, 羽生紀子編)
1997年1月30日刊

＊凡例…………………………… 巻頭
狂歌気のくすり(三休斎白掬撰)……… 1
狂歌落穂集(無為楽詠)………………… 23
狂歌阿伏兎土産(含笑舎桑田抱臍詠)… 40
狂歌水の鏡(山果亭紫笛詠)…………… 46
狂歌まことの道(如雲舎紫笛詠, 呉雲館山岐, 楚雲堂山丘, 猿声堂山峡, 如々庵真, 即今舎放過撰)……………………… 69
＊解説………………………………… 86

25 狂歌西都紀行(西島孜哉, 羽生紀子編)
1998年3月30日刊

＊凡例…………………………… 巻頭
狂歌西都紀行(含笑舎桑田抱臍詠)…… 1
狂歌ふくろ(栗枝亭燕園選)…………… 25
狂歌言玉集(篠目保雅楽選)…………… 75
＊解説………………………………… 110

26 玁葉夷曲集(西島孜哉, 羽生紀子編)
1999年3月30日刊

＊凡例…………………………… 巻頭
玁葉夷曲集(原素館尾田初丸撰)……… 1
狂歌二翁集(蝙蝠軒魚丸詠)…………… 33
狂歌玉雲集(玉雲斎雄崎貞右撰)……… 56
狂歌拾葉集(一静舎草丸撰)…………… 80
＊解説………………………………… 99

27 狂歌泰平楽(西島孜哉, 羽生紀子編)
2000年3月30日刊

＊凡例…………………………… 巻頭
狂歌泰平楽(玉雲斎貞右詠, 市中庵時丸, 旧路館魚丸撰)………………………… 1
狂歌選集楽(玉雲斎貞右詠, 雄崎貞丸撰)… 19
除元狂歌小集(天明三年)(混沌軒社中六群之内(混沌軒門人)詠, 雄崎貞右編)… 39
除元狂歌小集(天明四年)(玉雲斎社中六群之内(混沌軒門人)詠, 雄崎貞右編)… 64
除元狂歌集(天明五年)(玉雲斎社中(玉雲斎門人)詠, 雄崎貞右編)……………… 88
＊解説………………………………… 110

28 狂歌よつの友(西島孜哉, 羽生紀子編)
2001年3月30日刊

＊凡例…………………………… 巻頭
狂歌よつの友(蝙蝠軒魚丸撰)………… 1
狂歌蘆の角(雌雄軒蟹丸詠)…………… 23
絵賛常の山(玉雲斎貞右詠, 春朝斎竹原信繁画)………………………………… 45
＊解説………………………………… 93

29 狂歌浦の見わたし(西島孜哉, 羽生紀子編)
2002年3月30日刊

＊凡例…………………………… 巻頭
狂歌浦の見わたし(葉流軒河丸, 一文舎銭丸集)……………………………………… 1
狂歌かたをなみ(雌雄軒蟹丸詠)……… 52
狂歌得手かつて(凡鳥舎虫丸撰)……… 74
＊解説………………………………… 88

[023] 決定版 対訳西鶴全集
明治書院
全18巻
1992年4月～2007年6月
(1～16：麻生磯次，冨士昭雄著)

1 好色一代男
1992年4月10日刊

* 凡例 ··· 1
好色一代男 ··· 1
　巻一 ··· 1
　巻二 ·· 37
　巻三 ·· 73
　巻四 ·· 111
　巻五 ·· 147
　巻六 ·· 183
　巻七 ·· 223
　巻八 ·· 265
* 西鶴小伝 ··· 291
* 解説 ·· 306
　　* 好色一代男 ································· 306
* 西鶴略年譜 ·· 311
* 付図 ·· 315
* 主要語句索引 ··· 1

2 諸艶大鑑
1992年5月10日刊

* 凡例 ··· 1
好色二代男諸艶大鑑 ····································· 1
　巻一 ··· 1
　　目録 ·· 2
　　一 親の㐂は見ぬ初夢 ···················· 4
　　二 誓紙は異見のたね ···················· 10
　　三 詰り肴に戎大黒 ························ 19
　　四 心を入て釘付の枕 ···················· 27
　　五 花の色替て江戸紫 ···················· 38
　巻二 ··· 51
　　目録 ·· 52
　　一 大臣北國落 ································ 54
　　二 津浪は一度の濡 ························ 64
　　三 髪は嶋田の車僧 ························ 72
　　四 男かと思へばしれぬ人さま ···· 81
　　五 百物語に恨が出る ···················· 88
　巻三 ··· 99
　　目録 ·· 100
　　一 朱雀の狐福 ······························ 102
　　二 欲捨て高札 ······························ 110
　　三 一言聞身の行儀 ······················ 117

　　四 樂助が靱猿 ······························ 126
　　五 敵無の花軍 ······························ 131
　巻四 ·· 141
　　目録 ·· 142
　　一 緣の撮取は今日 ······················ 144
　　二 心玉が出て身の燒印 ·············· 150
　　三 七墓參りに逢ば昔の ·············· 158
　　四 忍び川は手洗が越 ·················· 165
　　五 情懸しは春日野の釜 ·············· 172
　巻五 ·· 179
　　目録 ·· 180
　　一 戀路の内證疵 ·························· 182
　　二 四匁七分の玉もいたづらに ··· 190
　　三 死ば諸共の木刀 ······················ 198
　　四 夜の契は何じややら ·············· 205
　　五 彼岸參の女不思議 ·················· 210
　巻六 ·· 219
　　目録 ·· 220
　　一 新竜宮の遊興 ·························· 222
　　二 小指は戀の燒付 ······················ 228
　　三 人魂も死る程の中 ·················· 235
　　四 釜迄琢く心底 ·························· 242
　　五 帶は紫の塵人手を握 ·············· 249
　巻七 ·· 259
　　目録 ·· 260
　　一 惜や姿は隱れ里 ······················ 262
　　二 勤の身狼の切賣よりは ··········· 269
　　三 捨てもとゝ様の鼻筋 ·············· 278
　　四 反古尋て思ひの中宿 ·············· 283
　　五 菴さがせば思ひ草 ·················· 290
　巻八 ·· 297
　　目録 ·· 298
　　一 流れは何の因果經 ·················· 300
　　二 秋にあまる心覺え ·················· 305
　　三 終には掘ぬきの井筒 ·············· 313
　　四 有まで美人執行 ······················ 320
　　五 大往生は女色の臺 ·················· 327
* 解説 ·· 334
　　* 諸艶大鑑 ····································· 334
* 付図 ·· 343
* 主要語句索引 ··· 1

3 好色五人女・好色一代女
1992年6月10日刊

* 〔口絵〕 ··· 巻頭
* 凡例 ··· 1
好色五人女 ·· 1
　巻一 ··· 1
　巻二 ·· 29
　巻三 ·· 61

巻四 ························· 93
　　巻五 ························ 123
　好色一代女 ···················· 149
　　巻一 ························ 151
　　巻二 ························ 189
　　巻三 ························ 221
　　巻四 ························ 253
　　巻五 ························ 283
　　巻六 ························ 313
　＊解説 ························ 347
　　＊好色五人女 ················ 347
　　＊好色一代女 ················ 354
　＊付図 ························ 364
　＊主要語句索引 ·················· 1

4　椀久一世の物語・好色盛衰記・嵐は無常物語
1992年7月10日刊

＊凡例 ··························· 1
椀久一世の物語 ···················· 1
　上巻 ···························· 3
　　目録 ·························· 3
　　一　夢中の鎹 ··················· 5
　　二　人のほだしは女の敷銀 ······ 11
　　三　野良宿は不破の關屋 ········ 16
　　四　花車は引かれてのぼりづめ ·· 20
　　五　時ならぬ數の子 ············ 23
　　六　袖乞ひなれど義理の姿 ······ 27
　　七　世界は夜が晝 ·············· 33
　下巻 ··························· 37
　　目録 ························· 37
　　一　手桶も時の雨笠 ············ 39
　　二　情の錢五百 ················ 46
　　三　借着の袖はあはぬ昔 ········ 49
　　四　現の情物語 ················ 54
　　五　小歌のねうち ·············· 58
　　六　水は水で果つる身 ·········· 61
好色盛衰記 ······················· 67
　巻一 ··························· 69
　　目録 ························· 70
　　一　松にかゝるは二葉大臣 ······ 72
　　二　是は房崎の新大臣 ·········· 79
　　三　久七生ながら俄大臣 ········ 83
　　四　夢にも始末かんたん大臣 ···· 90
　　五　夜の間の賣家化物大臣 ······ 97
　巻二 ·························· 103
　　目録 ························ 104
　　一　見ぬ面影に入聟大臣 ······· 106
　　二　惡所金頂々大臣 ··········· 112
　　三　都を見ずにもぬけ大臣 ····· 118

　　四　難波の冬は火桶大臣 ······· 125
　　五　仕合よし六藏大臣 ········· 131
　巻三 ·························· 137
　　目録 ························ 138
　　一　難波の梅や澁大臣 ········· 140
　　二　無分別の三大臣 ··········· 148
　　三　反古と成文宿大臣 ········· 154
　　四　腹からの帥大臣 ··········· 161
　　五　戀風しのぐ紙子大臣 ······· 167
　巻四 ·························· 173
　　目録 ························ 174
　　一　一生榮花大臣 ············· 176
　　二　煙に替る姿大臣 ··········· 182
　　三　情に國を忘れ大臣 ········· 190
　　四　目前に裸大臣 ············· 195
　　五　菊紅葉鉢の木大臣 ········· 200
　巻五 ·························· 205
　　目録 ························ 206
　　一　後家にかゝつて仕合大臣 ··· 208
　　二　當流帥仕立の大臣 ········· 214
　　三　皆吹あぐる風呂屋大臣 ····· 221
　　四　形はかまはぬ欲大臣 ······· 226
　　五　色に燒れて煙大臣 ········· 231
嵐は無常物語 ···················· 237
　上巻 ·························· 239
　　一　男はしらぬ戀をするかな ··· 240
　　二　念者はしらぬ思ひするかな · 250
　　三　世の人しらぬしにをするかな · 259
　下巻 ·························· 271
　　一　客にはしらぬ精進するかな · 272
　　二　親仁はしらぬ床入するかな · 278
　　三　むかしはしらぬ瘊子見るかな · 287
　　四　浮世としらぬ酒を呑かな ··· 292
＊解説 ·························· 300
　＊椀久一世の物語 ··············· 300
　＊好色盛衰記 ··················· 303
　＊嵐は無常物語 ················· 307
＊付図 ·························· 311
＊主要語句索引 ···················· 1

5　西鶴諸國ばなし・懷硯
1992年8月10日刊

＊凡例 ··························· 1
西鶴諸國ばなし ···················· 1
　巻一 ···························· 1
　　序 ···························· 3
　　目録 ·························· 4
　　一　公事は破らずに勝 ··········· 6
　　二　見せぬ所は女大工 ··········· 9
　　三　大晦日はあはぬ算用 ········ 12

四　傘の御詫宣 ……………………… 18	二　付たき物は命に浮桶 ……………… 190
五　不思議のあし音 …………………… 21	三　比丘尼に無用の長刀 ……………… 194
六　雲中の腕押 ………………………… 25	四　鞍の色にまよふ人 ………………… 201
七　狐四天王 …………………………… 30	五　椿は生木の手足 …………………… 206
巻二 …………………………………… 35	巻三 …………………………………… 211
目録 ………………………………… 36	一　水浴は涙川 ………………………… 212
一　姿の飛のり物 ……………………… 38	二　龍燈は夢のひかり ………………… 220
二　十二人の俄坊主 …………………… 41	三　氣色の森の倒石塔 ………………… 224
三　水筋のぬけ道 ……………………… 45	四　枕は残るあけぼのゝ縁 …………… 231
四　残る物とて金の鍋 ………………… 48	五　誰かは住し荒屋敷 ………………… 237
五　夢路の風車 ………………………… 52	巻四 …………………………………… 245
六　男地藏 ……………………………… 56	一　大盜人入相の鐘 …………………… 246
七　神鳴の病中 ………………………… 59	二　憂目を見する竹の世の中 ………… 254
巻三 …………………………………… 63	三　文字すはる松江の鱸 ……………… 257
目録 ………………………………… 64	四　人眞似は猿の行水 ………………… 263
一　蚤の籠ぬけ ………………………… 66	五　見て歸る地獄極樂 ………………… 269
二　面影の燒殘り ……………………… 70	巻五 …………………………………… 275
三　お霜月の作り髭 …………………… 74	一　佛の似せ男 ………………………… 276
四　紫女 ………………………………… 77	二　明し悔しき養子が銀笞 …………… 282
五　行末の寶舟 ………………………… 81	三　居合もだますに手なし …………… 289
六　八疊敷の蓮の葉 …………………… 85	四　織物屋の今中將姫 ………………… 295
七　因果のぬけ穴 ……………………… 88	五　御代のさかりは江戸櫻 …………… 298
巻四 …………………………………… 93	＊解説 ………………………………… 304
目録 ………………………………… 94	＊西鶴諸国ばなし ………………… 304
一　形は書のまね ……………………… 96	＊懐硯 ……………………………… 313
二　忍び扇の長哥 ……………………… 99	＊付図 ………………………………… 317
三　命に替る鼻の先 …………………… 103	＊主要語句索引 ………………………… 1
四　鷲は三十七度 ……………………… 106	
五　夢に京より戻る …………………… 108	**6　男色大鑑**
六　力なしの大佛 ……………………… 111	1992年9月10日刊
七　鯉のちらし紋 ……………………… 114	
巻五 …………………………………… 117	＊凡例 …………………………………… 1
目録 ………………………………… 118	本朝若風俗男色大鑑 …………………… 1
一　灯挑に朝皃 ………………………… 120	第一巻 …………………………………… 1
二　戀の出見世 ………………………… 123	序 ……………………………………… 3
三　樂の鱅鮎の手 ……………………… 126	目録 …………………………………… 5
四　闇の手がた ………………………… 128	一　色はふたつの物あらそひ ………… 7
五　執心の息筋 ………………………… 132	二　此道にいろはにほへと …………… 15
六　見を捨て油壺 ……………………… 135	三　垣の中は松楓柳は腰付 …………… 22
七　銀が落てある ……………………… 138	四　玉章は鱸に通はす ………………… 30
懐硯 …………………………………… 141	五　墨繪につらき釼菱の紋 …………… 41
巻一 …………………………………… 143	第二巻 …………………………………… 51
序 …………………………………… 144	目録 …………………………………… 52
惣目録 ……………………………… 145	一　形見は弍尺三寸 …………………… 54
一　二王門の綱 ………………………… 148	二　傘持てもぬるゝ身 ………………… 67
二　照を取畫舟の中 …………………… 153	三　夢路の月代 ………………………… 75
三　長持には時ならぬ太鼓 …………… 159	四　東の伽羅様 ………………………… 85
四　案内しつてむかしの寝所 ………… 169	五　雪中の時鳥 ………………………… 91
五　人の花散疱瘡の山 ………………… 174	第三巻 …………………………………… 101
巻二 …………………………………… 181	目録 …………………………………… 102
一　後家に成ぞこなひ ………………… 182	一　編は重ての恨み …………………… 104

二 鵙ころする袖の雪 ……………… 113	目録 ……………………………………… 4
三 中脇指は思ひの燒殘り ………… 118	一 心底を彈琵琶の海 ………………… 6
四 藥はきかぬ房枕 ………………… 124	二 毒藥は箱入の命 …………………… 16
五 色に見籠は山吹の盛 …………… 134	三 嗟嗟といふ俄正月 ………………… 26
第四卷 ……………………………………… 143	四 内儀の利發は替た姿 ……………… 38
目録 …………………………………… 144	卷二 ……………………………………… 49
一 情に沈む鸚鵡盃 ……………… 146	目録 ……………………………………… 50
二 身替りに立名も丸袖 ………… 153	一 思ひ入吹女尺八 ………………… 52
三 待兼しは三年目の命 ………… 163	二 見ぬ人貝に宵の無分別 ………… 60
四 詠めつゞけし老木の花の比 … 170	三 身軀破る落書の團 ……………… 67
五 色噪ぎは遊び寺の迷惑 ……… 175	四 命とらる、人魚の海 …………… 77
第五卷 ……………………………………… 183	卷三 ……………………………………… 85
目録 …………………………………… 184	目録 ……………………………………… 86
一 泪のたねは紙見せ …………… 186	一 人指ゆびが三百石 ……………… 88
二 命乞は三津寺の八幡 ………… 193	二 按摩とらする化物屋敷 ………… 95
三 思ひの燒付は火打石賣 ……… 202	三 大蛇も世に有人が見た樣 …… 105
四 江戸から尋て俄坊主 ………… 209	四 初茸狩は戀草の種 …………… 112
五 面影は乘掛の繪馬 …………… 215	卷四 …………………………………… 121
第六卷 ……………………………………… 223	目録 …………………………………… 122
目録 …………………………………… 224	一 太夫格子に立名の男 ………… 124
一 情の大盃潰膽丸 ……………… 226	二 誰捨子の仕合 ………………… 134
二 姿を連理の小櫻 ……………… 235	三 無分別は見越の木登 ………… 141
三 言葉とがめ耳にかゝる人樣 … 244	四 踊の中の似世姿 ……………… 154
四 忍び盤男女の床違ひ ………… 249	卷五 …………………………………… 161
五 京へ見せいで殘りおほひもの … 254	目録 …………………………………… 162
第七卷 ……………………………………… 261	一 枕に殘る藥違ひ ……………… 164
目録 …………………………………… 262	二 吟味は奧嶋の袴 ……………… 174
一 螢も夜は勤免の尻 …………… 264	三 不斷心懸の早馬 ……………… 184
二 女方も爲なる土佐日記 ……… 272	四 火燵もありく四足の庭 ……… 192
三 袖も通さぬ形見の衣 ………… 281	卷六 …………………………………… 199
四 恨見の數をうつたり年竹 …… 289	目録 …………………………………… 200
五 素人繪に惡や釘付 …………… 295	一 女の作れる男文字 …………… 202
第八卷 ……………………………………… 307	二 神木の咎めは弓矢八幡 ……… 210
目録 …………………………………… 308	三 毒酒を請太刀の身 …………… 218
一 聲に色ある化物の一ふし …… 310	四 碓引べき埴生の琴 …………… 231
二 別れにつらき沙室の鷄 ……… 319	卷七 …………………………………… 239
三 執念は箱入の男 ……………… 325	目録 …………………………………… 240
四 小山の關守 …………………… 334	一 我が命の早使 ………………… 242
五 心を染し香の圖誰 …………… 340	二 若衆盛は宮城野の萩 ………… 252
＊解説 ……………………………………… 348	三 新田原藤太 …………………… 258
＊男色大鑑 …………………………… 348	四 愁の中へ樽肴 ………………… 267
＊付圖 ……………………………………… 357	卷八 …………………………………… 273
＊主要語句索引 ……………………………… 1	目録 …………………………………… 274
	一 野机の煙くらべ ……………… 276
7 武道傳來記	二 惜や前髪箱根山颪 …………… 285
1992年10月10日刊	三 幡州の浦浪皆歸り打 ………… 292
	四 行水でしる、身の程 ………… 301
＊凡例 ………………………………………… 1	＊解説 …………………………………… 309
諸國敵討武道傳來記 ……………………… 1	＊武道伝来記 …………………… 309
卷一 ………………………………………… 1	＊付圖 …………………………………… 316
序 ……………………………………… 3	＊主要語句索引 ……………………………… 1

8　武家義理物語
1992年11月10日刊

```
＊凡例 ............................................... 1
武家義理物語 ........................................ 1
　巻一 ................................................ 1
　　序 ................................................. 3
　　目録 .............................................. 4
　　一　我物ゆへに裸川 ............................ 6
　　二　瘊子はむかしの面影 ...................... 10
　　三　衆道の友よぶ衛香炉 ...................... 16
　　四　神のとがめの榎木屋敷 ................... 23
　　五　死ば同じ浪枕とや ......................... 26
　巻二 ............................................... 31
　　目録 ............................................. 32
　　一　身軆破る風の傘 ........................... 34
　　二　御堂の太鞁うつたり敵 ................... 39
　　三　松風計や殘るらん脇差 ................... 46
　　四　我子をうち替手 ........................... 52
　巻三 ............................................... 55
　　目録 ............................................. 56
　　一　発明は瓢箪より出る ...................... 58
　　二　約束は雪の朝食 ........................... 63
　　三　具足着て是みたか ........................ 67
　　四　おもひもよらぬ首途の聟入 ............. 69
　　五　家中に隱れなき蛇嫌ひ ................... 76
　巻四 ............................................... 81
　　目録 ............................................. 82
　　一　成ほどかるひ縁組 ......................... 84
　　二　せめては振袖着て成とも ................ 91
　　三　恨の數讀永樂通寶 ........................ 97
　　四　丸綿かづきて偽りの世渡り ............ 102
　巻五 .............................................. 107
　　目録 ............................................ 108
　　一　大工が拾ふ明ぼのゝかね ............... 110
　　二　同じ子ながら捨たり抱たり ............ 115
　　三　人の言葉の末みたがよい ............... 119
　　四　申合せし事も空き刀 ..................... 124
　　五　身がな二つ二人の男に ................... 127
　巻六 .............................................. 133
　　目録 ............................................ 134
　　一　筋目をつくり髭の男 ..................... 136
　　二　表むきは夫婦の中垣 ..................... 142
　　三　後にぞしる、戀の闇打 .................. 147
　　四　形の花とは前髪の時 ..................... 154
＊解説 .............................................. 160
　＊武家義理物語 ................................. 160
＊付図 .............................................. 170
＊主要語句索引 ..................................... 1
```

9　新可笑記
1992年12月10日刊

```
＊凡例 ............................................... 1
新可笑記 ............................................. 1
　巻一 ................................................ 1
　　序（西鵬） ....................................... 3
　　目録 .............................................. 4
　　一　理非の命勝負 ............................... 6
　　二　ひとつの卷物兩家有 ..................... 15
　　三　木末に驚く猿の執心 ..................... 21
　　四　生肝は妙藥のよし ........................ 27
　　五　先例の命乞 ................................. 36
　巻二 ............................................... 43
　　目録 ............................................. 44
　　一　炭燒も火宅の合点 ........................ 46
　　二　官女に人のしらぬ灸所 ................... 52
　　三　胸をすゝし連判の座 ..................... 56
　　四　兵法の奥は宮城野 ........................ 63
　　五　死出の旅行約束の馬 ..................... 70
　　六　魂よばひ百日の樂しみ ................... 75
　巻三 ............................................... 81
　　目録 ............................................. 82
　　一　女がたきに身替り狐 ...................... 84
　　二　國の掟はちえの海山 ..................... 91
　　三　掘どもつきぬ佛石 ........................ 97
　　四　中にぶらりと俄年寄 .................... 101
　　五　取やりなしに天下德政 ................. 106
　巻四 .............................................. 111
　　目録 ............................................ 112
　　一　舟路の難義 ................................ 114
　　二　哥の姿の美女二人 ....................... 122
　　三　市にまぎるゝ武士 ....................... 127
　　四　書置の思案箱 ............................. 134
　　五　兩方一度に神おろし .................... 139
　巻五 .............................................. 147
　　目録 ............................................ 148
　　一　鑓を引鼠のゆくゑ ....................... 150
　　二　見れば正銘にあらず .................... 154
　　三　乞食も米に成男 ......................... 159
　　四　腹からの女追剝 .......................... 165
　　五　心の切たる小刀屏風 .................... 170
＊解説 .............................................. 177
　＊新可笑記 ...................................... 177
＊付図 .............................................. 188
＊主要語句索引 ..................................... 1
```

10　本朝二十不孝
1993年1月10日刊

```
＊凡例 ............................................... 1
本朝二十不孝 ........................................ 1
　巻一 ................................................ 1
```

序	3
目錄	4
一 今の都も世は借物	6
二 大節季にない袖の雨	13
三 跡の剃たる娌入長持	22
四 慰改て咄しの点取	28
卷二	35
目錄	36
一 我と身をこがす釜が渕	38
二 旅行の暮の僧にて候	44
三 人はしれぬ國の士佛	50
四 親子五人偽書置如レ件	56
卷三	65
目錄	66
一 娘盛の散櫻	68
二 先斗に置て來多男	76
三 心をのまるゝ蛇の形	82
四 當社の案内申程おかし	86
卷四	93
目錄	94
一 善惡の二つ車	96
二 枕に殘す筆の先	103
三 木陰の袖口	108
四 本に其人の面影	114
卷五	119
目錄	120
一 胸こそ踊れ此盆前	122
二 八人の狸々講	127
三 無用の力自慢	132
四 ふるき都を立出て雨	137
＊解説	145
＊本朝二十不孝	145
＊付圖	158
＊主要語句索引	1

11　本朝櫻陰比事
1993年2月10日刊

＊凡例	1
本朝櫻陰比事	1
卷一	1
目錄	2
一 春の初の松葉山	4
二 曇は晴る影法師	9
三 御耳に立は同じ言葉	13
四 太鞁の中はしらぬが因果	15
五 人の名をよぶ妙藥	22
六 孑は他人のはじまり	26
七 命は九分目の酒	30
八 形見の作り小袖	32
卷二	39

目錄	40
一 十夜の牛弓	42
二 兼平の諷過	48
三 佛の夢は五十日	50
四 恨み千万近所へ縁付	55
五 俄大工は都の費	59
六 鯛鮪すゞき釣目安	64
七 聾も愛は聞所	65
八 死人は目前の釼の山	71
九 京に隱れもなき女房去	75
卷三	79
目錄	80
一 惡事見へすく揃へ帷子	82
二 手形は消て正直が立	87
三 井戸は則末期の水	89
四 落し手有拾ひ手有	92
五 念佛賣てかねの声	95
六 待ば算用もあいよる中	99
七 銀遣へとは各別の書置	100
八 壺掘て欲の入物	104
九 妻に泣する梢の鶯	107
卷四	113
目錄	114
一 利發女の口まね	116
二 善惡二つの取物	122
三 見て氣遣は夢の契	125
四 人の刃物を出しおくれ	129
五 何れも京の妾女四人	131
六 參詣は枯木に花の都人	135
七 仕掛物は水になす桂川	138
八 住もせぬ事を隱しそこなひ	141
九 大事を聞出す琵琶の音	146
卷五	155
目錄	156
一 櫻に被る御所染	158
二 四つ五層重ての御意	163
三 白浪のうつ脈取坊	165
四 兩方よらねば埒の明ぬ藏	169
五 あぶなき物は筆の命毛	171
六 小指は高ぐゝりの覺	174
七 煙に移り氣の人	176
八 名は聞えて見ぬ人の貝	181
九 傳受の能太夫	186
＊解説	190
＊本朝桜陰比事	190
＊付圖	200
＊主要語句索引	1

12　日本永代藏
1993年3月10日刊

[023] 決定版 対訳西鶴全集

* 凡例 ·· 1
日本永代藏 ·· 1
　卷一 ·· 1
　　目錄 ·· 2
　　一 初午は乘てくる仕合 ··············· 4
　　二 二代目に破る扇の風 ··············· 9
　　三 浪風靜に神通丸 ····················· 15
　　四 昔は掛算今は當座銀 ············· 24
　　五 世は欲の入札に仕合 ············· 29
　卷二 ·· 35
　　目錄 ·· 36
　　一 世界の借屋大將 ····················· 38
　　二 怪俄の冬神鳴 ·························· 45
　　三 才覺を笠に着る大黒 ············· 51
　　四 天狗は家な風車 ····················· 60
　　五 舟人馬かた鐙屋の庭 ············· 65
　卷三 ·· 71
　　目錄 ·· 72
　　一 煎じやう常とはかはる問藥 ···· 74
　　二 國に移して風呂釜の大臣 ······ 80
　　三 世はぬき取の觀音の眼 ········· 86
　　四 高野山借錢塚の施主 ············· 92
　　五 紙子身袋の破れ時 ················· 98
　卷四 ·· 105
　　目錄 ·· 106
　　一 祈るしるしの神の折敷 ········ 108
　　二 心を疊込古筆屏風 ··············· 115
　　三 仕合の種を蒔錢 ··················· 120
　　四 茶の十德も一度に皆 ··········· 127
　　五 伊勢ゑびの高買 ··················· 133
　卷五 ·· 141
　　目錄 ·· 142
　　一 廻り遠きは時計細工 ··········· 144
　　二 世渡りには淀鯉のはたらき ··· 149
　　三 大豆一粒の光り堂 ··············· 158
　　四 朝の塩籠夕の油桶 ··············· 166
　　五 三匁五分曙のかね ··············· 172
　卷六 ·· 177
　　目錄 ·· 178
　　一 銀のなる木は門口の柊 ······· 180
　　二 見立て養子が利發 ··············· 185
　　三 買置は世の心やすい時 ······· 193
　　四 身躰かたまる淀川のうるし ··· 197
　　五 智惠をはかる八十八の升搔 ··· 202
* 解說 ·· 209
　* 日本永代藏 ····························· 209
* 付圖 ·· 213
* 貨幣 ·· 218
* 主要語句索引 ·································· 1

13　世間胸算用

1993年4月10日刊

* 凡例 ·· 1
世間胸算用 大晦日は一日千金 ·············· 1
　卷一 ·· 1
　　序(西鶴) ·· 2
　　目錄 ·· 3
　　一 問屋の寬闊女 ··························· 5
　　二 長刀はむかしの鞘 ·················· 11
　　三 伊勢海老は春の栖 ·················· 18
　　四 鼠の文づかひ ·························· 27
　卷二 ·· 35
　　目錄 ·· 36
　　一 銀壹匁の講中 ························· 38
　　二 訛言も只はきかぬ宿 ············· 46
　　三 尤始末の異見 ························· 51
　　四 門柱も皆かりの世 ················· 58
　卷三 ·· 65
　　目錄 ·· 66
　　一 都の貝見せ芝居 ····················· 68
　　二 年の内の餅ばなは詠め ········· 75
　　三 小判は寢姿の夢 ····················· 82
　　四 神さへお目違ひ ····················· 88
　卷四 ·· 95
　　目錄 ·· 96
　　一 闇の夜のわる口 ··················· 98
　　二 奈良の庭竈 ························· 105
　　三 亭主の入替り ····················· 110
　　四 長崎の餅柱 ························· 117
　卷五 ·· 125
　　目錄 ·· 126
　　一 つまりての夜市 ··················· 128
　　二 才覺のぢくすだれ ··············· 135
　　三 平太郎殿 ······························ 141
　　四 長久の江戸棚 ····················· 149
* 解說 ·· 155
　* 世間胸算用 ····························· 155
* 付圖 ·· 161
* 主要語句索引 ·································· 1

14　西鶴織留

1993年5月10日刊

* 凡例 ·· 1
西鶴織留 ··· 1
　卷一 ·· 1
　　序(西鶴) ·· 3
　　序(團水誌) ···································· 4
　　目錄 ·· 6
　　一 津の國のかくれ里 ·················· 8
　　二 品玉とる種の松茸 ················· 18
　　三 古帳よりは十八人口 ············· 27

```
        四 所は近江蚊屋女才覺 ………………… 36
    卷二 …………………………………………… 45
        目錄 ………………………………………… 46
        一 保津川のながれ山崎の長者 ………… 48
        二 五日歸りにおふくろの異見 ………… 57
        三 いまが世のくすの木分限 …………… 68
        四 塩うりの樂すけ ……………………… 72
        五 當流のものずき ……………………… 79
    卷三 …………………………………………… 83
        目錄 ………………………………………… 84
        一 引手になびく狸祖母 ………………… 86
        二 藝者は人をそしりの種 ……………… 92
        三 色は當座の無分別 …………………… 99
        四 何にても知惠の振賣 ……………… 107
    卷四 ………………………………………… 113
        目錄 ……………………………………… 114
        一 家主殿の鼻ばしら ………………… 116
        二 命に掛の乞所 ……………………… 124
        三 諸國の人を見しるは伊勢 ………… 135
    卷五 ………………………………………… 147
        目錄 ……………………………………… 148
        一 只は見せぬ佛の箱 ………………… 150
        二 一日暮しの中宿 …………………… 158
        三 具足甲も質種 ……………………… 168
    卷六 ………………………………………… 177
        目錄 ……………………………………… 178
        一 官女のうつり氣 …………………… 180
        二 時花笠の被物 ……………………… 186
        三 子をおもふ親仁 …………………… 196
        四 千貫目の時心得た ………………… 201
*解説 ………………………………………………… 209
    *西鶴織留 ……………………………………… 209
*付圖 ………………………………………………… 217
*主要語句索引 ………………………………………… 1

15  西鶴置土產・萬の文反古
1993年6月10日刊

*凡例 …………………………………………………… 1
西鶴置土產 …………………………………………… 1
    卷一 …………………………………………………… 1
        追善發句 …………………………………… 2
        團水 序 …………………………………… 4
        西鶴 序 …………………………………… 5
        目錄 ………………………………………… 6
        一 大釜のぬきのこし …………………… 8
        二 四十九日の堪忍 ……………………… 19
        三 僞もいひすごして …………………… 26
    卷二 …………………………………………………… 35
        目錄 ……………………………………… 36
        一 あたご嵐の袖さむし ………………… 38
```

```
        二 人には棒振むし同前におもはれ …… 46
        三 うきは餅屋つらきは碓ふみ ………… 53
    卷三 …………………………………………… 63
        目錄 ……………………………………… 64
        一 おもはせ姿今は土人形 ……………… 66
        二 子が親の勘當逆川をおよぐ ………… 73
        三 算用して見れば一年弐百貫目づか
            ひ ……………………………………… 78
    卷四 …………………………………………… 85
        目錄 ……………………………………… 86
        一 江戸の小主水と京の唐土と ………… 88
        二 大晦日の伊勢參わらやの琴 ………… 96
        三 戀風は米のあがりつほねにさがり
            有 …………………………………… 102
    卷五 ………………………………………… 111
        目錄 ……………………………………… 112
        一 女郎がよいといふ野良がよいとい
            ふ ……………………………………… 114
        二 しれぬ物は子の親 ………………… 123
        三 都も淋し朝腹の獻立 ……………… 129
萬の文反古 ………………………………………… 139
    卷一 ………………………………………… 141
        序(西鶴) ………………………………… 142
        目錄 ……………………………………… 144
        一 世帶の大事は正月仕舞 …………… 146
        二 榮花の引込所 ……………………… 153
        三 百三十里の所を拾圓の無心 ……… 158
        四 來る十九日の榮燿獻立 …………… 163
    卷二 ………………………………………… 169
        目錄 ……………………………………… 170
        一 緣付まへの娘自慢 ………………… 172
        二 安立町の隱れ家 …………………… 180
        三 京にも思ふやう成事なし ………… 185
    卷三 ………………………………………… 195
        目錄 ……………………………………… 196
        一 京都の花嫌ひ ……………………… 198
        二 明て驚く書置箱 …………………… 205
        三 代筆は浮世の闇 …………………… 213
    卷四 ………………………………………… 221
        目錄 ……………………………………… 222
        一 南部の人が見たも眞言 …………… 224
        二 此通りと始末の書付 ……………… 230
        三 人のしらぬ祖母の埋み金 ………… 236
    卷五 ………………………………………… 245
        目錄 ……………………………………… 246
        一 廣き江戸にて才覺男 ……………… 248
        二 二膳居る旅の面影 ………………… 254
        三 御恨みを傳へまいらせ候 ………… 260
        四 櫻のよし野山難義の冬 …………… 267
*解説 ………………………………………………… 274
    *西鶴置土產 …………………………………… 274
```

＊万の文反古	279
＊付図	288
＊主要語句索引	1

16　西鶴俗つれづれ・西鶴名殘の友
1993年7月10日刊

＊凡例	1
西鶴俗つれづれ	1
巻一	1
序	2
叙（團水撰）	5
目録	6
一　過て克は親の異見悪敷は酒	8
二　上戸丸はだかみだれ髪	12
三　地獄の釜へ酒おとし	17
四　おもはくちがひの酒樽	22
巻二	27
目録	28
一　只取ものは沢桔梗銀で取物はけいせい	30
二　作り七賢は竹の一よにみだれ	38
三　まことのあやは後にしるゝ	46
巻三	53
目録	54
一　世にはふしぎのなまず釜	56
二　悪性あらはす螢の光	61
三　一滴の酒一生をあやまる	65
四　酔ざめの酒うらみ	70
巻四	77
目録	78
一　孝と不孝の中にたつ武士	80
二　序　嵯峨の隠家好色菴	86
三　御所染の袖色ふかし	94
四　是ぞいもせのすがた山	97
巻五	101
目録	102
一　金の土用干伽羅の口乞	104
二　佛の爲の常灯遊女の爲の髪の油	113
三　四十七番目の分限又一番の貧者	118
西鶴名殘の友	125
巻一	127
序（團水）	128
惣目録	129
一　美女に摺小木	134
二　三里違ふた人の心	139
三　京に扇子能登に鯖	143
四　鬼の妙藥爰に有	145
巻二	149
一　昔たづねて小皿	150
二　神代の秤の家	155
三　今の世の佐々木三良	159
四　白帷子はかりの世	164
五　和七賢の遊興	167
巻三	171
一　入日の鳴門浪の紅ゐ	172
二　元日の機嫌直し	178
三　腰ぬけ仙人	182
四　さりとては後悔坊	186
五　幽霊の足よは車	188
六　ひと色たらぬ一卷	193
七　人にすぐれての早道	195
巻四	199
一　小野の炭がしらも消時	200
二　それぞれの名付親	204
三　見立物は天狗の媒鳥	206
四　乞食も橋のわたり初	210
五　何ともしれぬ京の杉重	214
巻五	219
一　宗祇の旅蚊屋	220
二　交野の雉子も喰しる客人	223
三　無筆の礼帳	226
四　下帶計の玉の段	228
五　年わすれの糸鬢	232
六　入歯は花のむかし	236
跋	239
＊解説	240
＊西鶴俗つれづれ	240
＊西鶴名殘の友	246
＊付図	252
＊主要語句索引	左1

17　色里三所世帯・浮世榮花一代男（冨士昭雄訳注）
2007年6月10日刊

＊凡例	1
色里三所世帯	1
巻上	1
目録	2
一　戀に関有女ずまひ	4
二　戀に風有女涼み	10
三　戀に燒火有女行水	14
四　戀に種有女帶の色	18
五　戀に違ひ有女形氣	24
巻中	31
目録	32
一　戀に勢有女かけろく	34
二　戀に座敷有女髪切	40
三　戀に網有女川狩	47
四　戀に松陰あり女執行	53
五　戀に數有女床	60

       巻下 ………………………………… 65
          目録 ………………………………… 66
          一 戀に堪忍有女もたず ……… 68
          二 戀に隙有女奉公 …………… 75
          三 戀に違ひ（有）女の肌 …… 82
          四 戀に燒付有女の鍋尻 ……… 92
          五 戀に果有女ぎらひ ………… 97
   浮世榮花一代男 ………………………… 103
       巻一 ………………………………… 105
          序（西鶴）………………………… 106
          目録 ………………………………… 108
          一 花笠は忍びの種 …………… 110
          二 花は盛の男傾城 …………… 118
          三 花はやれど三人の子の親 … 127
          四 僞にちる花おかし ………… 139
       巻二 ………………………………… 149
          目録 ………………………………… 150
          一 鳥の聲も常に替り物 ……… 152
          二 八声の鶏九重の奥様 ……… 163
          三 籠の鳥かやあかぬなげぶし … 175
          四 ひとりの女鳥緞子の寝道具 … 183
       巻三 ………………………………… 189
          目録 ………………………………… 190
          一 姉も妹も當世風俗 ………… 192
          二 山の神が吹く家の風 ……… 204
          三 風聞の娘見立男 …………… 213
          四 風流の座敷踊 ……………… 221
       巻四 ………………………………… 231
          目録 ………………………………… 232
          一 裸の勤め冬の夜の月 ……… 234
          二 月影移す龍宮の椙焼 ……… 242
          三 油火消て月も闇 …………… 250
          四 笠ぬぎ捨て武藏の月 ……… 260
      ＊解説 ………………………………… 268
         ＊色里三所世帯 ………………… 268
         ＊浮世栄花一代男 ……………… 274
      ＊付図 ………………………………… 282
      ＊主要語句索引 ………………………… 1

 18 総索引（冨士昭雄，中村隆嗣編）
    2007年6月10日刊

     ＊はじめに …………………………………… 1
     ＊凡例 ………………………………………… 3
     ＊総索引 ……………………………………… 1

[024] 現代語で読む歴史文学
勉誠出版
全23巻
2004年6月～

※刊行中

〔1〕義経記（西津弘美訳，西沢正史監修）
2004年6月10日刊

＊登場人物紹介（和田琢磨）………………（6）
＊関係系図（清和源氏）……………………（10）
現代語訳 義経記（西津弘美訳）………………… 1
   巻第一 ……………………………………… 3
     1 義朝、都落のこと ………………… 3
     2 常磐、都落のこと ………………… 4
     3 牛若、鞍馬入りのこと …………… 6
       〈名文抄〉牛若、鞍馬入りのこと …… 6
     4 少進坊のこと ……………………… 10
     5 牛若、貴船詣のこと ……………… 13
     6 吉次が奥州物語のこと …………… 16
     7 遮那王殿、鞍馬出のこと ………… 21
   巻第二 ……………………………………… 27
     1 鏡の宿、吉次が宿に強盗の入ること … 27
     2 遮那王元服のこと ………………… 34
     3 阿濃禅師に御対面のこと ………… 36
     4 義経、陵が舘を焼き給うこと …… 38
     5 伊勢三郎はじめて義経の臣下に成
       ること ……………………………… 40
     6 義経、はじめて秀衡に対面のこと … 52
     7 義経、鬼一法眼が所へ御出のこと … 55
   巻第三 ……………………………………… 79
     1 熊野の別当、乱行のこと ………… 79
     2 弁慶生まるること ………………… 83
     3 弁慶、山門を出ること …………… 88
     4 書写山炎上のこと ………………… 90
     5 弁慶、洛中にて人の太刀を奪い取
       ること ……………………………… 102
     6 弁慶、義経に君臣の契約申すこと … 106
     7 頼朝謀叛のこと …………………… 114
     8 頼朝謀叛により、義経奥州より出
       で給うこと ………………………… 119
   巻第四 ……………………………………… 123
     1 頼朝義経対面のこと ……………… 123
       〈名文抄〉頼朝、義経対面のこと …… 123
     2 義経、平家の討手にのぼり給うこ
       と …………………………………… 131
     3 腰越の申状のこと ………………… 136
     4 土佐坊、義経の討手にのぼること … 139
     5 義経都落のこと …………………… 167

6　住吉・大物二ヶ所合戦のこと …… 181
巻第五 …………………………………… 189
　　1　判官、吉野山に入り給うこと …… 189
　　2　静、吉野山に捨てらるること …… 195
　　3　義経、吉野山を落ち給うこと …… 201
　　4　忠信、吉野に止まること ………… 206
　　5　忠信、吉野山の合戦のこと ……… 214
　　6　吉野法師、判官を追いかけ奉ること ……………………………………… 231
巻第六 …………………………………… 249
　　1　忠信、都へ忍びのぼること ……… 249
　　2　忠信、最期のこと ………………… 253
　　3　忠信が首鎌倉へくだること ……… 261
　　4　判官、南都へ忍び御出あること … 264
　　5　関東より勧修坊を召さるること … 271
　　6　静、鎌倉へくだること …………… 286
　　7　静、若宮八幡宮へ参詣のこと …… 296
　　　〈名文抄〉静、若宮八幡宮へ参詣のこと ……………………………………… 296
巻第七 …………………………………… 319
　　1　判官、北国落のこと ……………… 319
　　2　大津次郎のこと …………………… 332
　　3　愛発山のこと ……………………… 339
　　4　三の口の関通り給うこと ………… 341
　　5　平泉寺御見物のこと ……………… 351
　　6　如意の渡にて、義経を弁慶打ち奉ること ……………………………… 362
　　　〈名文抄〉如意の渡にて義経を弁慶打ち奉ること ……………………………… 362
　　7　直江の津にて笈探されしこと …… 367
　　8　亀割山にて御産のこと …………… 375
　　9　判官、平泉へ御着のこと ………… 378
巻第八 …………………………………… 381
　　1　継信兄弟御弔いのこと …………… 381
　　2　秀衡死去のこと …………………… 386
　　3　秀衡が子供、判官殿に謀反のこと … 389
　　4　鈴木三郎重家、高館へ参ること … 395
　　5　衣川合戦のこと …………………… 396
　　　〈名文抄〉衣川合戦の事 …………… 396
　　6　判官御自害のこと ………………… 405
　　7　兼房が最期のこと ………………… 411
　　8　秀衡が子供御追討のこと ………… 413
＊解説（和田琢磨） …………………… 415
＊『義経記』関係年表（和田琢磨） …… 437
＊『義経記』関係地図（和田琢磨） …… 446

〔2〕完訳 **源平盛衰記 一**（巻一～巻五）（岸睦子訳、矢代和夫解説）
2005年9月1日刊

＊『源平盛衰記』の世界（矢代和夫） …… 1
＊研究文献 ……………………………… 17

源平盛衰記 以巻第一 …………………… 21
　＊梗概 …………………………………… 21
　平家繁昌、並びに徳長寿院導師の事 …… 22
　五節の夜の闇討ち、附けたり五節の始め、並びに周の成王臣下の事 ………… 26
　兼家・季仲・基高・家継・忠雅等拍子、附けたり忠盛卒する事 ………………… 36
　清盛大威徳の法を行う、附けたり陀天を行う、並びに清水寺詣での事 ……… 39
　清盛化鳥を捕る、並びに一族官位昇進、附けたり禿童、並びに王莾の事 …… 43
源平盛衰記 呂巻第二 …………………… 53
　＊梗概 …………………………………… 53
　清盛息女の事 …………………………… 54
　日向太郎通良の頚を懸くる事 ………… 66
　基房殿下の御随身を打つ、附けたり主上上皇除目相違の事 ………………… 67
　二代の后、附けたり則天皇后の事 …… 69
　新帝御即位同じく崩御、附けたり郭公、並びに雨禁獄の事 ………………… 73
　額打論、附けたり山僧清水寺を焼く、並びに会稽山の事 …………………… 76
　清水寺縁起、並びに上皇六波羅に臨幸の事 …………………………………… 82
源平盛衰記 波巻第三 …………………… 89
　＊梗概 …………………………………… 89
　諒闇の事 ………………………………… 90
　高倉院春宮に立ち御即位の事 ………… 91
　一院御出家の事 ………………………… 92
　有安厳王品を読む事 …………………… 94
　法皇熊野山那智山御参詣の事 ………… 94
　熊野山御幸の事 ………………………… 96
　資盛乗り合い狼藉の事 ………………… 96
　小松大臣入道に教訓の事 ……………… 98
　殿下事に会うの事 ……………………… 100
　朝覲行幸の事 …………………………… 104
　成親大将を望む事 ……………………… 106
　左右大将の事 …………………………… 108
　有子水に入る事 ………………………… 115
　成親謀叛の事 …………………………… 117
　一院女院厳島御幸の事 ………………… 119
　澄憲雨を祈る事 ………………………… 123
源平盛衰記 邇巻第四 …………………… 139
　＊梗概 …………………………………… 139
　鹿谷酒宴静憲御幸を止むる事 ………… 140
　湧泉寺喧嘩の事 ………………………… 144
　白山神輿登山の事 ……………………… 147
　加賀国温河焼失の事 …………………… 154
　殿下の御母立願の事 …………………… 161
　山門御輿振りの事 ……………………… 167
　豪雲僉議の事 …………………………… 170
　頼政歌の事 ……………………………… 171

山王垂迹の事 ………………… 177	宇治左府贈官の事 ………………… 106
師高流罪の宣の事 …………… 182	彗星出現の事 ……………………… 107
京中焼失の事 ………………… 185	法皇三井の灌頂の事 ……………… 108
盲卜の事 ……………………… 187	源平盛衰記 理巻第九 …………… 125
大極殿焼失の事 ……………… 189	*梗概 ……………………………… 125
源平盛衰記 保巻第五 ………… 191	堂衆軍の事 ………………………… 128
*梗概 ………………………… 191	山門堂塔の事 ……………………… 135
座主流罪の事 ………………… 192	善光寺炎上の事 …………………… 140
山門奏上の事 ………………… 195	中宮ご懐妊の事 …………………… 142
澄憲血脈を賜わる事 ………… 202	宰相丹波少将を申し預かる事 …… 142
一行流罪の事 ………………… 210	康頼熊野詣で、附けたり祝言の事 … 152
山門落書の事 ………………… 212	源平盛衰記 奴巻第十 …………… 169
行綱中言の事 ………………… 218	*梗概 ……………………………… 169
成親已下召捕らるる事 ……… 222	中宮御産の事 ……………………… 174
小松殿教訓の事 ……………… 230	頼豪皇子を祈り出す事 …………… 183
	赤山大明神の事 …………………… 188
〔3〕完訳 **源平盛衰記 二**(巻六~巻十一)(中村晃 訳)	良真皇子を祈り出す事 …………… 189
2005年9月1日刊	頼豪鼠となる事 …………………… 190
	守屋啄木鳥となる事 ……………… 191
源平盛衰記 辺巻第六 …………… 1	三井寺戒壇許されざる事 ………… 191
*梗概 ……………………………… 1	丹波少将上洛の事 ………………… 193
丹波少将、並びに謀反人召し捕えらる る事 ……………………………… 5	康頼入道双林寺に着く事 ………… 203
西光父子が亡ぶ事 ………………… 16	有王硫黄が島へ渡る事 …………… 205
西光卒塔婆の事 …………………… 19	源平盛衰記 留巻第十一 ………… 215
大納言が声をたてる事 …………… 21	*梗概 ……………………………… 215
入道院参を企てる ………………… 24	有王俊寛問答の事 ………………… 220
小松殿、父に教訓する事 ………… 29	小松殿夢同じく熊野詣での事 …… 231
内大臣、兵を召集する事 ………… 36	旋風の事 …………………………… 235
幽王褒姒烽火の事 ………………… 41	大臣所労の事 ……………………… 236
源平盛衰記 登巻第七 …………… 47	灯籠大臣の事 ……………………… 240
*梗概 ……………………………… 47	育王山に金を送る事 ……………… 241
成親卿流罪の事 …………………… 51	経俊布引きの滝に入る事 ………… 243
丹波少将召し下る事 ……………… 60	将軍塚鳴動の事 …………………… 247
日本国広狭の事 …………………… 62	大地震の事 ………………………… 248
笠島道祖神の事 …………………… 65	静憲法印勅使の事 ………………… 251
大納言出家の事 …………………… 66	静憲入道と問答の事 ……………… 252
信俊下向の事 ……………………… 67	金剛力士兄弟の事 ………………… 266
俊寛、成経らを鬼界が島に移す事 … 75	
康頼卒塔婆をつくる事 …………… 78	〔4〕完訳 **源平盛衰記 三**(巻十二~巻十七)(三野恵 訳)
和歌の徳の事 ……………………… 82	2005年10月10日刊
近江石塔寺の事 …………………… 84	
源平盛衰記 智巻第八 …………… 85	源平盛衰記 遠巻第十二 ………… 1
*梗概 ……………………………… 85	*梗概 ……………………………… 1
漢朝蘇武の事 ……………………… 89	大臣以下流罪の事 ………………… 2
善友悪友両太子の事 ……………… 94	師長熱田の社琵琶の事 …………… 7
康基信解品を読む事 ……………… 94	高博稲荷の社の琵琶の事 ………… 13
大納言入道が亡くなる事 ………… 96	教盛夢忠正為義の事 ……………… 16
大納言北の方出家の事 …………… 97	行孝召し出される事 ……………… 18
讃岐院の事 ………………………… 98	一院鳥羽籠居の事 ………………… 21
	静憲、鳥羽殿へ参る事 …………… 24

| 主上鳥羽御籠居御嘆きの事 … 27
| 安徳天皇御位の事 … 31
| 新院厳島鳥羽御幸の事 … 32
源平盛衰記 和巻第十三 … 37
　*梗概 … 37
　新院厳島より還御の事 … 38
　入道厳島を信ず、並びに垂迹の事 … 39
　高倉宮廻宣、附けたり源氏揃の事 … 43
　行家使節の事 … 50
　頼朝施行の事 … 52
　鳥羽殿鬮の沙汰の事 … 53
　法皇鳥羽殿より還御の事 … 54
　熊野新宮軍の事 … 55
　高倉宮信連戦いの事 … 61
　高倉宮三井寺に籠る事 … 69
源平盛衰記 住巻第十四 … 71
　*梗概 … 71
　木の下馬の事 … 72
　周朝八匹の馬の事 … 76
　小松の大臣情けの事 … 77
　三位入道入寺の事 … 79
　南都山門牒状等の事 … 86
　山門変改の事 … 94
　三井寺僉議、附けたり浄見原天皇の事 … 98
源平盛衰記 世巻第十五 … 107
　*梗概 … 107
　高倉宮出寺の事 … 108
　万秋楽の曲の事 … 109
　蝉折の笛の事 … 110
　宇治合戦、附けたり頼政最後の事 … 111
　宮、流矢にあたる事 … 130
　季札が剣の事 … 133
　南都騒動始めの事 … 134
　相形の事 … 139
　宮御子たちの事 … 141
源平盛衰記 陀巻第十六 … 145
　*梗概 … 145
　帝位人力に非ざる事 … 146
　満仲西宮殿を譏する事 … 149
　仁寛流罪の事 … 151
　円満院大輔登山の事 … 153
　三位入道の歌等、附けたり昇殿の事 … 156
　菖蒲前の事 … 158
　三位入道芸等の事 … 161
　三井の僧綱召さるる事、附けたり三井寺焼失の事 … 171
　遷都、附けたり将軍塚、附けたり司天台の事 … 174
源平盛衰記 礼巻第十七 … 183
　*梗概 … 183
　福原京の事 … 184

祇王祇女仏前の事 … 186
新都の有様の事 … 199
隋堤の柳の事 … 200
人々名所名所の月を見る事 … 201
実定上洛の事 … 201
待宵侍従、附けたり優蔵人の事 … 204
源中納言侍の夢の事 … 208
大庭早馬の事 … 212
謀叛素懐を遂げざる事 … 214
栖軽雷を取る事 … 216
蔵人鷺を取る事 … 217
始皇燕丹、並びに咸陽宮の事 … 218
勾践夫差の事 … 228
光武天武即位の事 … 229

〔5〕完訳 **源平盛衰記 四**(巻十八〜巻二十四)(田中幸江, 緑川新訳)
2005年10月10日刊

源平盛衰記 智巻第十八(田中幸江訳) … 1
　*梗概 … 1
　文覚が頼朝に反乱を勧め申し上げた事 … 2
　孝謙天皇、道鏡を寵愛する事、附けたり松名、宇佐神宮に勅使として参った事 … 9
　文覚、高雄の勧進をする事、附けたり院御所での管弦の事 … 12
　文覚が流罪にされた事 … 25
　文覚の清水への書状、天神の金の事 … 27
　龍神、三種の大願を守る事 … 39
源平盛衰記 津巻第十九(田中幸江訳) … 47
　*梗概 … 47
　文覚の発心、附けたり東帰の節女の事 … 48
　文覚、頼朝と対面する事、附けたり白首、附けたり曹公、父の骸を探す事 … 61
　文覚入定、京上りの事 … 68
　義朝の首が獄門から出た事 … 73
　聞性、八の数を検討する事 … 75
　頼朝、家人を呼び寄せる事 … 77
　佐々木、馬を奪って下向する事 … 80
源平盛衰記 弥巻第二十(田中幸江訳) … 85
　*梗概 … 85
　八牧を夜討にした事 … 86
　子供が諷誦文を読んだ事 … 97
　頼朝殿、大庭、軍勢をととのえる事 … 98
　石橋合戦の事 … 104
　工藤介自害の事 … 119
　楚效、荊保の事 … 120
　高綱、頼朝の姓名を賜る事、附けたり紀信、高祖の名を借りる事 … 122
源平盛衰記 那巻第二十一(緑川新訳) … 127
　*梗概 … 127

兵衛佐殿臥木に隠る、附けたり梶原佐殿を助くる事	129	源平盛衰記 井巻第二十五	1
聖徳太子椋木、附けたり天武天皇榎木の事	134	*梗概	1
		大仏造営奉行勧進の事	2
小道地蔵堂、附けたり韋提希夫人の事	135	鱠の奏吉野の国栖の事	5
大沼三浦に遇ふ事	141	春日垂迹の事	7
小坪合戦の事	145	御斎会を行ふ、並びに新院崩御、附けたり教円入寂の事	8
源平盛衰記 羅巻第二十二（緑川新訳）	159	此の君賢聖、並びに紅葉の山葵宿禰、附けたり鄭仁基の女の事	10
*梗概	159		
衣笠合戦の事	161	時光茂光御方違盗人の事	15
土肥焼亡舞 同女房消息、附けたり大太郎烏帽子の事	172	西京の座主祈祷の事	18
		小督局の事	21
宗遠小次郎に値ふ事	176	前後相違無常の事	32
佐殿三浦に漕ぎ会う事	179	入道乙女を進らする事	35
大庭早馬立つる事	183	源平盛衰記 濃巻第二十六	37
千葉足利催促の事	184	*梗概	37
俵藤太将門仲違いの事	186	木曽謀反の事	38
入道官符を申す事	188	兼遠起請の事	41
源平盛衰記 牟巻第二十三（緑川新訳）	191	尾張の目代早馬の事	45
*梗概	191	平家東国発向、附けたり大臣家尊勝陀羅尼の事	46
新院厳島の御幸、附けたり入道起請を勧め奉る事	193		
		義基法師首渡しの事	47
朝敵追討の例、附けたり駅路の鈴の事	199	知盛所労上洛の事	48
貞盛将門合戦、附けたり勧賞の事	202	宇佐公通脚力、附けたり伊予国飛脚の事	49
忠文神と祝う、附けたり追使門出の事	204	入道病を得、附けたり平家亡ぶべき夢の事	51
源氏隅田河原に陣を取る事	207		
畠山推参、附けたり大庭降人の事	209	御所侍酒盛の事	56
平氏清見が関下りの事	213	蓬壺焼失の事	57
実盛京上り、附けたり平家逃げ上る事	216	馬の尾に鼠巣くふ例、附けたり福原怪異の事	58
新院厳島より還御、附けたり新院御起請を恐れ給う、附けたり落書の事	219	入道徒人にあらず、附けたり慈心坊閻魔の請を得る事	60
		祇園女御の事	64
義経軍陣に来る事	223	忠盛婦人の事	67
頼朝鎌倉入り勧賞、附けたり平家の方人罪科の事	224	天智懐妊の女を大織冠に賜ふ事	72
		平家東国発向、附けたり邦綱卿薨去同思慮賢き事	73
若宮八幡宮を祝う事	228		
源平盛衰記 宇巻第二十四（緑川新訳）	231	如無僧都烏帽子同母亀を放つ、附けたり毛宝亀を放つ事	77
*梗概	231		
大嘗会儀式、附けたり新嘗会の事	233	行尊琴絃、附けたり静信箸の事	79
山門都返りの奉状の事	234	法住寺殿御幸、附けたり新日吉新熊野の事	80
都返り僉議の事	241		
両院主上還御の事	244	源平盛衰記 於巻第二十七	83
頼朝回文、附けたり近江源氏追討使の事	247	*梗概	83
		墨俣川合戦、附けたり矢作川軍の事	83
坂東落書の事	248	大神宮祭文東国討手帰洛、附けたり天下飢死の事	89
南都合戦 同焼失、附けたり胡徳楽河南浦の楽の事	251		
		頼朝追討の庁宣、附けたり秀衡系図の事	94
仏法破滅の事	274	信濃横田河原軍の事	96
〔6〕完訳 **源平盛衰記 五**（巻二十五〜巻三十）（酒井一字訳）		周の武王紂王を誅する事	106
		資永中風死去の事	109
2005年10月10日刊		源氏追討の祈りの事	110

奉幣使定隆死去、附けたり覚算寝死の
　事 ………………………………… 111
実源大元法の事 ……………………… 113
大嘗会延引の事 ……………………… 114
皇嘉門院崩御、附けたり覚快入滅の事 … 115
法住寺殿移徒の事 …………………… 115
源平盛衰記 倶巻第二十八 ……………… 117
　＊梗概 ………………………………… 117
　天変、附けたり踏歌の節会の事 …… 118
　役の行者の事 ………………………… 120
　顕真一万部法華経の事 ……………… 122
　宗盛大臣に補せらる、並びに拝賀の事 … 124
　頼朝義仲仲悪しき事 ………………… 127
　源氏追討使の事 ……………………… 134
　経正竹生島詣、附けたり仙童琵琶の事 … 139
　斉明蟇目を射る事 …………………… 149
　源氏燧城を落つる事 ………………… 150
　北国所々合戦の事 …………………… 154
源平盛衰記 屋巻第二十九 ……………… 159
　＊梗概 ………………………………… 159
　般若野軍の事 ………………………… 160
　平家礪波志雄二手の事 ……………… 160
　三箇の馬場願の事 …………………… 161
　俱梨伽羅山の事 ……………………… 166
　源氏軍配分の事 ……………………… 167
　新八幡願書の事 ……………………… 169
　礪波山合戦の事 ……………………… 173
　平家落ち上る所々軍の事 …………… 181
　俣野五郎長綱亡ぶる事 ……………… 187
　妹尾、並びに斉明虜らるる事 ……… 190
源平盛衰記 摩巻第三十 ………………… 193
　＊梗概 ………………………………… 193
　実盛討たる、附けたり朱買臣の袴、並
　　びに新豊県の翁の事 ……………… 194
　平氏侍共亡ぶる事 …………………… 200
　赤山堂布施論の事 …………………… 203
　大神宮行幸の願、附けたり広嗣謀反、
　　並びに玄昉僧正の事 ……………… 204
　賀茂斎院八幡臨時の祭の事 ………… 207
　平家延暦寺願書の事 ………………… 207
　貞能西国より上洛の事 ……………… 211
　維盛兼言の事 ………………………… 214
　平家の兵宇治勢多に向はるる事 …… 215
　木曽山門牒状の事 …………………… 216
　覚明山門を語らふ事 ………………… 221
　山門僉議牒状の事 …………………… 224

〔7〕完訳 **源平盛衰記 六**（巻三十一〜巻三十六）（中
　村晃訳）
2005年10月30日刊

源平盛衰記 食巻第三十一 ……………… 1
　＊梗概 ………………………………… 1
　木曽登山――勢多の戦い …………… 4
　後白河法皇・鞍馬へ御幸なさる …… 6
　平家の都落ち ………………………… 9
　維盛、妻子に名残りを惜しむ ……… 13
　畠山兄弟に暇を与える ……………… 23
　平経正、仁和寺宮のもとに参る …… 25
　青山の琵琶と流泉啄木のこと ……… 27
　昔村上天皇の御代のこと …………… 28
　頼盛、都に留まる …………………… 34
　貞能、小松殿の墓に参る、附けたり小
　　松大臣、如法経の写経を求む …… 35
源平盛衰記 賦巻第三十二 ……………… 41
　＊梗概 ………………………………… 41
　落ち行く人々の歌、附けたり忠度淀よ
　　り帰り俊成に会う ………………… 44
　田村麻呂恵美大臣を討つ …………… 51
　円融房へ御幸のこと ………………… 53
　義仲、行家京に入る ………………… 54
　法皇比叡山より帰られる …………… 55
　福原管弦講のこと …………………… 59
　四の宮即位 …………………………… 66
　惟高親王と惟仁親王の位論 ………… 70
　阿育王の即位 ………………………… 76
　義仲、行家の受領 …………………… 78
　平家大宰府に着く、附けたり北野天神
　　飛梅のこと ………………………… 79
　還俗の人が即位された前例 ………… 81
源平盛衰記 枯巻第三十三 ……………… 87
　＊梗概 ………………………………… 87
　大神宮勅使、附けたり緒方三郎平家を
　　攻める ……………………………… 90
　平家の大宰府落ち、並びに平家宇佐宮
　　の歌、附けたり清経入海 ………… 98
　平氏九月十三夜、歌読みのこと …… 102
　平氏屋島に着く ……………………… 104
　時光神器の御使いを辞退する ……… 105
　頼朝に征夷大将軍の宣旨が下る、附け
　　たり康定関東へ下向する ………… 107
　光隆、木曽の許に向う、附けたり木曽
　　院参、頑固なこと ………………… 113
　源平水島の戦い ……………………… 119
　木曽義仲備中へ下向する、斎明討たれ
　　る、並びに兼康、倉光を討つ …… 123
　兼康、板蔵城の戦い ………………… 127
　行家謀反により木曽上洛 …………… 131
　行家、平氏と室山で戦う …………… 131
　木曽勢洛中狼藉 ……………………… 134
源平盛衰記 槁巻第三十四 ……………… 137
　＊梗概 ………………………………… 137

- 木曽義仲追討、附けたり木曽詫状を山門に挙ぐる …… 141
- 法住寺殿の戦い …… 144
- 明雲と八条宮、斬殺、附けたり信西、明雲を相すること …… 150
- 法皇のお歎き、木曽暴走、附けたり四十九人の官職を止めること …… 161
- 公朝、時成関東へ下向する、附けたり知康芸能のこと …… 164
- 範頼、義経上洛、附けたり頼朝、山門に木札の訴状を送る …… 168
- 木曽平家に組せんと考える、並びに維盛の歎き …… 170
- 木曽内裏を守護する、附けたり光武、王莽を誅する …… 172
- 京屋島の朝礼これなし、附けたり義仲将軍を宣する …… 174
- 東軍兵馬揃え、佐々木生ずきを賜わる、附けたり象王太子の象 …… 176
- 源平盛衰記 帝巻第三十五 …… 189
  - ＊梗概 …… 189
- 範頼・義経の京入り …… 193
- 高綱、宇治川を渡る …… 199
- 木曽、貴女と名残りを惜しむ …… 211
- 義経の参院 …… 214
- 東使、木曽と戦う …… 217
- 巴が関東へ下向する …… 220
- 粟津の戦い（義仲の最後） …… 228
- 木曽義仲の首が引き廻される …… 237
- 兼光誅される、並びに沛公咸陽宮に入る …… 239
- 源平盛衰記 阿巻第三十六 …… 241
  - ＊梗概 …… 241
- 一谷の城構え …… 244
- 能登守、高名をあげる …… 247
- 福原の除目、附けたり将門平新王と称する …… 250
- 維盛住吉へ詣でる、並びに明神垂迹のこと …… 252
- 忠度、名所名所を見る、附けたり難波浦賤の夫婦のこと …… 253
- 維盛の北の方の歎き、附けたり梶井宮、全真に歌を与える …… 256
- 福原忌日のこと …… 258
- 源氏の勢揃え …… 259
- 義経三草山に向かう …… 262
- 平氏手向かいを嫌う、附けたり通盛小宰相局を求める …… 265
- 清章鹿を射る、並びに義経鵯越えに赴く …… 268
- 鷲尾、一谷案内者となる …… 272
- 熊谷大手に向かう …… 278

〔8〕完訳 **源平盛衰記 七**（巻三十七～巻四十二）（西津弘美訳）
2005年10月30日刊

- 源平盛衰記 佐巻第三十七 …… 1
  - ＊梗概 …… 1
  - 一の谷の城戸口に寄せる熊谷直実父子 …… 2
  - 平山季重の二度駆け …… 8
  - 梶原景時の二度駆けと秀句 …… 14
  - 鵯越を駆け下る義経主従 …… 23
  - 越中前司盛俊、猪俣則綱の奸計に陥る …… 29
  - 重衡の捕縛と一の谷の落城 …… 33
  - 忠度と通盛の最期 …… 40
- 源平盛衰記 照巻第三十八 …… 47
  - ＊梗概 …… 47
  - 名馬で海上の船に逃れる知盛 …… 48
  - 敦盛の笛 …… 50
  - 敦盛の首と熊谷直実 …… 60
  - 小宰相局と慎夫人 …… 64
  - 獄門台の平家の御首 …… 76
  - 捕縛された重衡と院宣の重み …… 82
- 源平盛衰記 遊巻第三十九 …… 91
  - ＊梗概 …… 91
  - 桜町中納言の姫君と再会する重衡 …… 92
  - 法然上人と重衡 …… 100
  - 重衡の関東下向 …… 103
  - 頼朝と対面する重衡 …… 108
  - 千手前と伊王前 …… 112
  - 屋島を出る維盛 …… 122
  - 滝口入道と横笛 …… 129
- 源平盛衰記 目巻第四十 …… 137
  - ＊梗概 …… 137
  - 法輪寺から高野山へ …… 138
  - 弘法大師の影像を拝む …… 144
  - 出家する維盛 …… 152
  - 唐皮の鎧と小烏の太刀 …… 156
  - 維盛の熊野詣 …… 161
  - 維盛の入水 …… 171
- 源平盛衰記 瀾巻第四十一 …… 181
  - ＊梗概 …… 181
  - 崇徳院の遷宮と大納言頼盛の関東下向 …… 182
  - 三日平氏と維盛夫人の嘆き …… 189
  - 瀧野砦の陥落と八月十五夜の屋島 …… 195
  - 佐々木盛綱と児島合戦 …… 198
  - 義経の法皇拝謁と土肥実平の飛脚 …… 203
  - 頼朝の条々と義経の馬揃え …… 207
  - 悲愁の平家と逆櫓問答 …… 211
- 源平盛衰記 資巻第四十二 …… 217
  - ＊梗概 …… 217
  - 四国へ渡海する義経 …… 218
  - 勝浦から勝宮の合戦 …… 224

金仙寺の観音講と屋島への使者 ……… 229
扇の的と那須与一 ……………………… 235
継信と光政の追善供養 ………………… 254

〔9〕完訳 源平盛衰記 八（巻四十三～巻四十八）（石黒吉次郎訳）
2005年10月30日刊

源平盛衰記 絵巻第四十三 …………………… 1
　＊梗概 ……………………………………… 1
　湛増源氏に同意、附けたり平家志度道
　　場詣で、並びに成直降人の事 ………… 2
　住吉の鏑、並びに神功新羅を攻む、附
　　けたり住吉諏訪、並びに諸神一階の事 … 8
　源平侍遠矢、附けたり成良返忠の事 …… 11
　知盛船掃除、附けたり海豚を占う、並
　　びに宗盛取替子の事 …………………… 18
　二位禅尼入海、並びに平家亡虜の人々、
　　附けたり京都注進の事 ………………… 21
　安徳帝吉瑞ならず、並びに義経上洛の事 … 37
　神鏡神璽還幸の事 ………………………… 40
源平盛衰記 日巻第四十四 …………………… 43
　＊梗概 ……………………………………… 43
　神鏡神璽都入り、並びに三種の宝剣の事 … 44
　老松・若松剣を尋ねる事 ………………… 52
　平家の生け捕り都入り、附けたり癩人
　　法師口説言、並びに戒賢論師の事 …… 57
　大臣殿の舎人、附けたり女院吉田に移
　　る、並びに頼朝を二位に叙する事 …… 63
　宮人の曲、並びに内侍所効験の事 ……… 65
　時忠罪科、附けたり時仲、義経を婿と
　　する事 …………………………………… 67
　頼朝・義経仲悪し、附けたり屋島内府
　　の子副将亡びる事 ……………………… 70
　女院出家、附けたり忠清切られる事 …… 76
源平盛衰記 裏巻第四十五 …………………… 81
　＊梗概 ……………………………………… 81
　内大臣関東下向、附けたり池田の宿遊
　　君の歌の事 ……………………………… 82
　女院御徒然、附けたり大臣・頼朝問答
　　の事 ……………………………………… 90
　虜りの人々流罪、附けたり伊勢勅使・
　　改元有らんや否やの事 ………………… 93
　内大臣京へ上り斬られる、附けたり重
　　衡南都に向かい斬られる、並びに大
　　地震の事 ………………………………… 95
　源氏等受領、附けたり義経伊予守に任
　　じる事 …………………………………… 123
源平盛衰記 施巻第四十六 …………………… 127
　＊梗概 ……………………………………… 127
　南都御幸大仏開眼、附けたり時忠流罪、
　　忠快許される事 ………………………… 128

女院（にょういん・にょうん）寂光院に入る事 … 139
頼朝義経仲違いの事 ……………………… 140
土佐房上洛の事 …………………………… 145
高直斬られる、並びに義経庁の下文を
　乞い申す、附けたり義経女に名残を
　惜しむ事 ………………………………… 153
義経・行家都を出る、並びに義経最後
　の有様の事 ……………………………… 156
時政・実平上洛、附けたり吉田経房廉
　直の事 …………………………………… 166
平家の小児を尋ねて殺す、附けたり免
　官、恩賞の人々の事 …………………… 169
源平盛衰記 果巻第四十七 …………………… 171
　＊梗概 ……………………………………… 171
　北条上洛し平家の子孫を尋ねる、附け
　　たり髑髏の尼御前の事 ………………… 172
　六代御前の事 ……………………………… 182
　文覚関東下向の事 ………………………… 189
　六代許しを蒙り上洛、附けたり長谷の
　　観音、並びに稽文仏師の事 …………… 200
源平盛衰記 巻第四十八 ……………………… 209
　＊梗概 ……………………………………… 209
　女院吉田のお住まい、同じく御出家の
　　事 ………………………………………… 210
　大臣父子鎌倉より上洛、附けたり女院
　　寂光院にお入りの事 …………………… 214
　法皇大原におましましの事 ……………… 218
　女院六道廻り物語の事 …………………… 236

〔10〕古事記（緒方惟章訳, 西沢正史監修）
2004年6月10日刊

＊凡例 …………………………………………（9）
現代語訳 古事記（太朝臣安萬侶編纂）………… 1
上巻 …………………………………………… 3
　1 序第一段―稽古照今 ………………… 3
　2 序第二段―古事記撰録の発端 ……… 7
　　＊【メモ】1「削偽定実」―古事記
　　　撰録の意図 ………………………… 9
　3 序第三段―古事記の成立 …………… 11
　4 別天神五柱 …………………………… 13
　　＊【メモ】2 ウマシアシカビヒコジ
　　　の神―〈葦の文化圏〉の残影 …… 14
　5 神世七代 ……………………………… 17
　6 イザナキの命とイザナミの命 ……… 18
　　1 国土の修理固成 …………………… 18
　　＊【メモ】3〈天の浮橋〉と〈オノゴ
　　　ロ島〉―イザナキ・イザナミ二神
　　　の系統1 …………………………… 19
　　2 二神の結婚 ………………………… 22
　　＊【メモ】4〈天のみ柱〉巡り―イ
　　　ザナキ・イザナミ二神の系統2 …… 24

3 大八島国の生成 …… 26
*【メモ】5〈大八島国生み神話〉に見る後代的特質 …… 28
4 神々の生成 …… 32
5 火神殺される …… 34
6 黄泉の国 …… 36
*【メモ】6〈ヨモツヘグイ〉 …… 40
7 禊祓と神々の化生 …… 43
8 三貴子の分治 …… 45
*【メモ】7〈三貴子構想〉の解体と〈二貴子構想〉の構築 …… 46
9 スサノオの命の涕泣 …… 49
*【メモ】8〈妣の国〉・〈根の堅州国〉 …… 50
7 アマテラス大御神とスサノオの命 …… 52
1 スサノオの命の昇天 …… 52
2 天の安の河の誓約 …… 54
*【メモ】9〈天の安の河の誓約〉の謎 …… 56
3 スサノオの命の勝さび …… 59
4 天の石屋戸 …… 60
*【メモ】10〈天の石屋戸籠り神話〉の本義と「神代記」の構想 …… 63
5 五穀の起原 …… 67
6 スサノオの命の大蛇退治 …… 67
*【メモ】11〈ヤマタノオロチ退治神話〉の本義と「神代記」に占める位置 …… 72
8 大国主の神 …… 75
1 稲羽の素兎 …… 75
*【メモ】12 鰐は鰐鮫か？—〈稲羽の素兎神話〉の原形 …… 78
2 八十神の迫害 …… 81
3 根の国訪問 …… 82
*【メモ】13〈根の国訪問神話〉の本義—〈大国主の神〉の誕生 …… 86
4 ヌナカワヒメ求婚 …… 94
*【メモ】14 歌謡と人称 …… 97
5 スセリビメの嫉妬 …… 100
6 大国主の神裔 …… 102
*【メモ】15〈十七世の神〉 …… 103
7 スクナビコナの神と国作り …… 105
*【メモ】16 オオナムチの神及びスクナビコナの神の実像 …… 106
8 オオトシの神裔 …… 108
*【メモ】17 オオトシの神神裔 …… 109
9 葦原の中つ国の平定 …… 110
1 アメノホヒの神 …… 110
2 アメノワカヒコ …… 110
3 タケミカヅチの神 …… 116
4 コトシロヌシの神の服従 …… 117
5 タケミナカタの神の服従 …… 118

*【メモ】18〈コトシロヌシの神〉と〈タケミナカタの神〉 …… 119
6 大国主神の国護り …… 123
10 ニニギの命 …… 125
1 天孫の誕生 …… 125
*【メモ】19 降臨する神の変更の理由 …… 126
2 サルタビコの神 …… 131
3 天孫降臨 …… 131
*【メモ】20〈出雲〉と〈日向〉—〈天孫降臨〉の地をめぐる謎 …… 133
4 サルメの君 …… 137
5 コノハナサクヤビメ …… 138
*【メモ】21 天皇の〈寿命〉 …… 141
11 ホオリの命 …… 144
1 海幸彦と山幸彦 …… 144
2 海神の宮訪問 …… 145
3 ホデリの命の服従 …… 148
*【メモ】22〈海幸・山幸神話〉の本義 …… 152
4 ウガヤフキアエズの命 …… 156
*【メモ】23〈妣の国〉と〈常世の国〉 …… 159
中巻 …… 165
1 神武天皇 …… 165
1 東征 …… 165
*【メモ】24〈神武東征伝説〉の本義 …… 177
2 皇后選定 …… 182
*【メモ】25〈歌垣〉—〈片歌問答〉と〈物名歌〉 …… 185
3 タギシミミの命の反逆 …… 187
2 綏靖天皇 …… 190
3 安寧天皇 …… 190
4 懿徳天皇 …… 191
5 孝昭天皇 …… 192
6 孝安天皇 …… 192
7 孝霊天皇 …… 193
8 孝元天皇 …… 194
9 開化天皇 …… 196
*【メモ】26〈八代欠史〉の時代 …… 199
10 崇神天皇 …… 203
1 后妃皇子女 …… 203
2 神々の祭祀 …… 204
*【メモ】27〈三輪の神〉の本義 …… 205
3 三輪山伝説 …… 209
4 タケハニヤス王の反逆 …… 211
*【メモ】28〈ハツクニシラス天皇〉の本義 …… 214
11 垂仁天皇 …… 217
1 后妃皇子女 …… 217
2 サホビコの王の反逆 …… 219

＊【メモ】29〈妹の力〉 …………… 224
　　3　ホムチワケの王 ………………… 227
　　4　マトノヒメ ……………………… 231
　　5　タジマモリ ……………………… 233
　12　景行天皇 …………………………… 234
　　1　后妃皇子女 ……………………… 234
　　2　オオウスの命 …………………… 235
　　3　オウスの命の西征 ……………… 236
　　4　オウスの命の東伐 ……………… 241
　　5　倭建命の薨去 …………………… 248
　　＊【メモ】30〈ヤマトタケルの命〉
　　　の本義 …………………………… 252
　　6　ヤマトタケルの命の子孫 ……… 260
　13　成務天皇 …………………………… 261
　14　仲哀天皇 …………………………… 262
　　1　皇后皇子女 ……………………… 262
　　2　神功皇后の新羅征討 …………… 263
　　＊【メモ】31〈神功皇后新羅征討
　　　伝承〉の本義 …………………… 267
　　3　オシクマ王の反逆 ……………… 269
　　4　気比の大神と酒楽の歌 ………… 271
　15　応神天皇 …………………………… 274
　　1　后妃皇子女 ……………………… 274
　　＊【メモ】32 ホムダワケ王（応神
　　　天皇）のみ子の総数 …………… 275
　　2　オオヤマモリの命とオオサザキ
　　　ノミコト ………………………… 277
　　3　ヤガワエヒメ …………………… 278
　　4　カミナガヒメ …………………… 280
　　5　クズの歌・百済の朝貢 ………… 282
　　6　オオヤマモリの命の反逆 ……… 285
　　7　アメノヒボコ …………………… 288
　　8　アキヤマノシタビオトコとハル
　　　ヤマノカスミオトコ …………… 291
　　9　天皇のご子孫 …………………… 293
下巻 ……………………………………… 295
　1　仁徳天皇 …………………………… 295
　　1　后妃皇子女・聖帝 ……………… 295
　　＊【メモ】33〈仁徳天皇国見伝説〉
　　　と〈国見〉の本義 ……………… 297
　　2　皇后の嫉妬・クロヒメ ………… 303
　　3　ヤタの若郎女 …………………… 305
　　4　メドリの王とハヤブサワケの王
　　　の反逆 …………………………… 311
　　5　雁の卵の祥瑞 …………………… 314
　　6　枯野という船 …………………… 315
　2　履中天皇 …………………………… 317
　　1　皇后皇子女 ……………………… 317
　　2　スミノエのナカツ王の反逆 …… 317
　　3　ミズハワケの命とソバカリ …… 319
　3　反正天皇 …………………………… 322
　4　允恭天皇 …………………………… 323

　　1　后妃皇子女 ……………………… 323
　　2　天皇の即位と氏姓の正定 ……… 324
　　3　カルの太子と衣通の王 ………… 325
　　＊【メモ】34〈近親相姦〉はなぜ罪
　　　であるのか？ …………………… 331
　5　安康天皇 …………………………… 336
　　1　押木の玉縵 ……………………… 336
　　2　マヨワの王の乱 ………………… 337
　　3　イチノベのオシハの王の難 …… 340
　6　雄略天皇 …………………………… 343
　　1　后妃皇子女 ……………………… 343
　　2　皇后求婚 ………………………… 344
　　3　引田のアカイコ ………………… 346
　　＊【メモ】35〈引田部のアカイコ〉
　　　の実体 …………………………… 349
　　4　吉野 ……………………………… 352
　　5　葛城山 …………………………… 353
　　6　金鉏の岡・長谷の百枝槻 ……… 355
　7　清寧天皇 …………………………… 360
　　1　二王子発見 ……………………… 360
　　2　オケの命とシビの臣 …………… 362
　8　顕宗天皇 …………………………… 365
　　1　オキメの嫗 ……………………… 365
　　2　御陵の土 ………………………… 367
　　＊【メモ】36〈報復の道義〉―〈儒
　　　教的天子像〉の形成 …………… 370
　9　仁賢天皇 …………………………… 372
　10　武烈天皇 …………………………… 373
　11　継体天皇 …………………………… 373
　12　安閑天皇 …………………………… 375
　13　宣化天皇 …………………………… 375
　14　欽明天皇 …………………………… 376
　15　敏達天皇 …………………………… 377
　16　用明天皇 …………………………… 379
　17　崇峻天皇 …………………………… 380
　18　推古天皇 …………………………… 380

〔11〕**曽我物語**（葉山修平訳, 西沢正史監修）
2005年1月5日刊

＊登場人物紹介（和田琢磨） ………… (8)
＊関係系図 ……………………………… (11)
＊『曽我物語』関係地図 ……………… (12)
現代語訳 曽我物語（葉山修平訳） ……… 1
第一巻 日本の報恩の合戦、謝徳の闘諍
　の集並びに序 ………………………… 2
　1　日本の始まり ……………………… 2
　2　桓武平氏の系譜とその滅亡 ……… 4
　3　惟喬親王・惟仁親王、位争い …… 6
　4　在原業平、小野の惟喬親王を訪ねる … 10
　5　源氏の系譜と頼朝の治世 ………… 14

6 伊東一族内紛の始まり 伊東祐継が死ぬ ……… 18
  7 河津祐親、伊東荘を横領する ……… 23
  8 工藤祐経は、祐親・祐通の暗殺を命じる ……… 26
  9 伊豆の奥野の狩り 山内、熊を射る ……… 28
  10 人々、相撲を取る 俣野景久勝ち誇る ……… 32
  11 河津祐通と俣野、相撲を取る ……… 37
  12 祐通、八幡三郎に射落とされる ……… 46
第二巻 日本の報恩の合戦、謝徳の闘諍の集並びに序 ……… 49
  1 序 ……… 49
  2 河津祐通死す 父祐親の悲しみ ……… 49
  3 河津の女房・子供らの悲しみ ……… 52
  4 三十五日・四十九日の仏事を催す ……… 56
  5 御坊生まれ、伊東九郎に預けられる ……… 59
  6 河津祐通の女房、曽我祐信と再婚する ……… 61
  7 伊東祐親、大見・八幡を討つ ……… 65
  8 蛭が小島の流人源頼朝の悲しみ ……… 67
  9 頼朝、伊東の三女と契り、子をもうける ……… 69
  10 伊東祐親、千鶴御前を殺害する ……… 70
  11 藤原元方の子、山中に捨てられる ……… 73
  12 伊東祐親、頼朝から娘を奪い返す ……… 75
  13 頼朝、命を狙われ、伊東荘を脱出する ……… 76
  14 頼朝、北条の館に逃げ入る ……… 79
  15 頼朝、北条時政上洛中に政子と契る ……… 80
第三巻 日本の報恩の合戦、謝徳の闘諍の集並びに序 ……… 82
  1 序 ……… 82
  2 北条政子、山本兼隆に嫁がせられる ……… 82
  3 政子、伊豆山権現で頼朝と再会する ……… 88
  4 兼隆、祐親、伊豆山を攻めようとする ……… 90
  5 政子、伊豆山権現に祈念する ……… 93
  6 盛長の夢想を景義夢合わせする ……… 95
  7 以仁王挙兵し、その令旨到来する ……… 99
  8 文覚により、後白河院の院宣到来する ……… 101
  9 頼朝挙兵し、坂東を平定する ……… 102
  10 伊東祐親、頼朝に召され自害する ……… 106
  11 頼朝により註罰された人々 ……… 107
  12 頼朝、八幡大菩薩を勧請する ……… 108
第四巻 日本の報恩の合戦、謝徳の闘諍の集並びに序 ……… 110
  1 序 ……… 110
  2 頼朝、上洛する 工藤祐経時めく ……… 110
  3 曽我兄弟、飛ぶ雁を見て父を恋しく思う ……… 112
  4 母、仇討ちを止めようと教訓する ……… 117
  5 一方、元服する 箱王、箱根山へ登る ……… 119
  6 箱王、箱根権現に仇討ちを祈念する ……… 121
  7 頼朝、箱根権現に参詣する 箱王、祐経を見る ……… 124
  8 箱王、祐経を狙うが翻弄される ……… 128
  9 箱王、出家を嫌い、山を下る ……… 132
第五巻 日本の報恩の合戦、謝徳の闘諍の集並びに序 ……… 137
  1 序 ……… 137
  2 箱王元服し、母に勘当される ……… 137
  3 兄弟、縁者のもとを訪ねあるく ……… 140
  4 兄弟、京の小次郎を仇討ちに誘う ……… 141
  5 母、仇討ちを止めようと教訓する ……… 146
  6 十郎、大磯の遊女虎のもとに通う ……… 151
  7 兄弟、大磯で和田義盛と酒宴する ……… 152
  8 兄弟、戸上が原で祐経を狙うが果たせず ……… 154
  9 頼朝、浅間・美原の狩場巡りを触れる ……… 155
  10 兄弟、宿々で祐経を狙うが果たせず ……… 158
  11 三原の狩りを終え、上野国へ入る ……… 161
  12 頼朝、那須野へ向かう 宇都宮の支度 ……… 164
第六巻 日本の報恩の合戦、謝徳の闘諍の集並びに序 ……… 167
  1 序 ……… 167
  2 兄弟、宿の女房と酒宴をし、語り合う ……… 167
  3 頼朝、宇都宮の女房を讃える ……… 171
  4 頼朝、那須野の狩りをして、鎌倉へ帰る ……… 173
  5 兄弟、富士野の狩場での仇討ちを誓う ……… 174
  6 十郎、三浦与一を仇討ちに誘う ……… 176
  7 畠山・和田、与一を制止する ……… 178
  8 五郎、早川の伯母を訪ね、衣装を乞う ……… 181
  9 十郎、虎に仇討ちの本心を告げる ……… 182
  10 十郎と虎、山彦山の峠で別れる ……… 193
  11 曽我に戻り、庭の千草を眺める ……… 196
  12 五郎、勘当を許され、母と対面す る ……… 198
  13 兄弟、母に小袖を乞い、形見とする ……… 202
  14 兄弟、形見の文を書き、家を出る ……… 203

[024] 現代語で読む歴史文学

第七巻 日本の報恩の合戦、謝徳の闘諍の集並びに序 ……… 207
  1 序 ……… 207
  2 母に呼び戻され、最後の対面をする ……… 207
  3 兄弟、曽我の里を振り返りつつ箱根路を行く ……… 212
  4 兄弟、二宮太郎と行きあい、姉に言伝てる ……… 216
  5 兄弟、矢立の杉に鏑矢を射こんで祈る ……… 219
  6 兄弟、箱根権現の別当と対面する ……… 220
  7 兄弟、三島大明神に仇討ち成就を祈念する ……… 226
  8 兄弟、富士野の井手の屋形に着く ……… 227
  9 頼朝、兄弟を見つけ誅殺しようとする ……… 228
第八巻 日本の報恩の合戦、謝徳の闘諍の集並びに序 ……… 231
  1 序 ……… 231
  2 十郎、工藤祐経を狙うが射損なう ……… 231
  3 富士野の巻狩り 人々鹿を射る ……… 234
  4 兄弟、罪作りだと鹿を射外す ……… 239
  5 新田四郎忠経、大猪に飛び乗り仕留める ……… 240
  6 十郎、祐経の屋形に招き入れられる ……… 241
  7 十郎、五郎に祐経の屋形でのことを語る ……… 248
  8 十郎、立ち並ぶ屋形の次第を語る ……… 250
第九巻 日本の報恩の合戦、謝徳の闘諍の集並びに序 ……… 254
  1 序 ……… 254
  2 兄弟、和田義盛のもてなしを受ける ……… 254
  3 兄弟、畠山重忠のもてなしを受ける ……… 257
  4 兄弟、母に最後の手紙をしたためる ……… 258
  5 兄弟、丹三郎・鬼王丸を曽我へ帰す ……… 262
  6 兄弟、工藤祐経を討ち果たす ……… 266
  7 兄弟、御家人たちと打ち合う ……… 272
  8 十郎、新田忠経と戦い、討たれる ……… 279
  9 五郎、頼朝の屋形に侵入し捕われる ……… 281
  10 頼朝、五郎を直々に尋問する ……… 284
  11 祐経の嫡子犬房、五郎を打つ ……… 292
  12 十郎の首実検 五郎の死罪定まる ……… 293
  13 筑紫仲太、五郎の首を切る ……… 295
第十巻 日本の報恩の合戦、謝徳の闘諍の集並びに序 ……… 298
  1 序 ……… 298
  2 母や縁者たち、兄弟の死を嘆く ……… 298
  3 曽我の里で兄弟の葬送をする ……… 302
  4 王藤内の妻、夫の死を聞き出家する ……… 303
  5 虎、十郎の死を聞き、泣き沈む ……… 304
  6 頼朝、曽我荘の年貢を免除する ……… 304
  7 御坊、頼朝に召され自害す ……… 306
  8 京の小次郎・三浦与一の末路 ……… 308
  9 虎、兄弟の母と対面して語り合う ……… 309
  10 母と虎、百か日の供養のために箱根へ赴く ……… 317
  11 箱根の別当を導師として法要を営む ……… 319
  12 虎、箱根の別当を戒師として出家する ……… 324
  13 虎、母と別れ井手の屋形跡へ赴く ……… 325
  14 虎、天王寺で王藤内の妻に出会う ……… 326
  15 一周忌の法要 丹三郎・鬼王丸出家する ……… 327
  16 虎、京の小次郎の妾と出会う ……… 328
  17 三周忌の法要 母、往生を遂げる ……… 331
  18 虎、井手の屋形跡を再訪する ……… 332
  19 兄弟に縁ある人々、往生を遂げる ……… 333
  20 虎、六十四歳で往生を遂げる ……… 335
＊解説（和田琢磨） ……… 337

〔12〕完訳 **太平記（一）**（巻一～巻一〇）（上原作和,小番達監修, 鈴木邑訳）
2007年3月20日刊

＊凡例 ……… (7)
＊登場人物（和田琢磨） ……… (8)
現代語訳 太平記（一）（鈴木邑訳） ……… 1
巻第一 ……… 3
 〈序文〉 ……… 3
  1 鎌倉幕府の姿勢の変化と後醍醐天皇による政治 ……… 4
  2 関所廃止のこと ……… 8
  3 中宮禧子立后のこと、付けたり三位局廉子のこと ……… 10
  4 後醍醐天皇の皇子たちのこと ……… 12
  5 中宮懐妊の祈祷のこと、付けたり俊基の偽りの自宅謹慎 ……… 14
  6 無礼講のこと、付けたり玄恵の文学談義のこと ……… 16
  7 頼員の返り忠のこと ……… 22
  8 日野資朝・俊基の関東下向のこと、付けたり天皇の告文のこと ……… 29
巻第二 ……… 35
  1 南都北嶺行幸のこと ……… 35

2 円観上人らが六波羅に召し捕られたこと、付けたり為明の詠歌のこと‥ 38
3 三高僧、関東下向のこと ‥‥ 41
4 日野俊基ふたたび関東へ連行さる ‥‥ 47
5 鎌倉幕府の評定、付けたり阿新のこと ‥‥‥‥‥‥‥‥‥‥‥‥‥ 53
6 日野俊基の処刑、付けたり助光のこと ‥‥‥‥‥‥‥‥‥‥‥‥‥ 65
7 後醍醐天皇、笠置へ逃れる ‥‥‥ 70
8 後醍醐天皇の身代わりのこと、付けたり唐崎浜合戦のこと ‥‥‥ 75
9 持明院統の上皇と東宮、六波羅に難を避ける ‥‥‥‥‥‥‥‥‥ 81
10 叡山の情勢の変化、付けたり紀信のこと ‥‥‥‥‥‥‥‥‥‥‥ 82

巻第三 ‥‥‥‥‥‥‥‥‥‥‥‥‥‥‥ 87
1 後醍醐天皇の夢のこと、付けたり楠正成のこと ‥‥‥‥‥‥‥‥ 87
2 笠置合戦のこと、付けたり陶山・小見山勢の夜討ちのこと ‥‥‥ 90
3 後醍醐天皇の逃避行 ‥‥‥‥‥‥ 103
4 赤坂城の合戦のこと ‥‥‥‥‥‥ 109
5 備後の神官・桜山入道の自害のこと ‥‥‥‥‥‥‥‥‥‥‥‥‥ 117

巻第四 ‥‥‥‥‥‥‥‥‥‥‥‥‥‥ 119
1 笠置山で捕らえられた人々の死罪流刑のこと、付けたり万里小路藤房のこと ‥‥‥‥‥‥‥‥‥‥‥ 119
2 八歳の親王の歌のこと ‥‥‥‥ 128
3 一宮尊良親王、付けたり妙法院尊澄法親王のこと ‥‥‥‥‥‥ 131
4 中国の僧俊明極の予言 ‥‥‥‥ 134
5 中宮禧子の嘆きのこと ‥‥‥‥ 135
6 後醍醐天皇、隠岐の島へ ‥‥‥ 136
7 児島高徳の志、付けたり呉越の戦いのこと ‥‥‥‥‥‥‥‥‥‥ 139

巻第五 ‥‥‥‥‥‥‥‥‥‥‥‥‥‥ 164
1 持明院殿即位のこと ‥‥‥‥‥ 164
2 万里小路宣房、二君に奉公のこと‥ 165
3 叡山根本中堂の新たな常灯が消えたこと ‥‥‥‥‥‥‥‥‥‥‥ 168
4 北条高時の田楽遊びと闘犬のこと‥ 169
5 時政、榎島（江の島）に参籠のこと ‥ 172
6 大塔宮、熊野へ逃亡のこと ‥‥ 174

巻第六 ‥‥‥‥‥‥‥‥‥‥‥‥‥‥ 193
1 大塔宮の母・三位局の夢のこと‥ 193
2 楠正成、天王寺に出撃のこと、付けたり隅田・高橋ならびに宇都宮のこと ‥‥‥‥‥‥‥‥‥‥‥‥ 197
3 楠正成、天王寺で未来記を見る ‥‥ 207
4 大塔宮、赤松入道円心に令旨を与える ‥‥‥‥‥‥‥‥‥‥‥‥‥ 209

5 関東の幕府の大軍上洛のこと ‥‥ 211
6 赤坂合戦のこと、付けたり本間、抜け駆けのこと ‥‥‥‥‥‥‥ 214

巻第七 ‥‥‥‥‥‥‥‥‥‥‥‥‥‥ 225
1 大塔宮、吉野の決戦 ‥‥‥‥‥ 225
2 千剣破城の合戦 ‥‥‥‥‥‥‥ 232
3 大塔宮、新田義貞に綸旨を与える ‥ 242
4 赤松、蜂起のこと ‥‥‥‥‥‥ 246
5 河野一族謀反のこと ‥‥‥‥‥ 247
6 後醍醐天皇、船上へ臨幸のこと ‥ 248
7 船上合戦のこと ‥‥‥‥‥‥‥ 256

巻第八 ‥‥‥‥‥‥‥‥‥‥‥‥‥‥ 260
1 摩耶合戦、付けたり酒部・瀬川合戦のこと ‥‥‥‥‥‥‥‥‥‥ 260
2 三月十二日の合戦のこと ‥‥‥ 265
3 光厳天皇、六波羅へ避難する ‥ 270
4 宮中の祈祷のこと、付けたり山崎合戦のこと ‥‥‥‥‥‥‥‥‥ 277
5 比叡山の僧兵、京へ攻め寄せる ‥ 281
6 四月九日の合戦のこと、付けたり妻鹿孫三郎の勇力のこと ‥‥‥ 286
7 後醍醐天皇の祈祷のこと、付けたり千種忠顕京合戦のこと ‥‥‥ 295
8 諸寺炎上 ‥‥‥‥‥‥‥‥‥‥ 302

巻第九 ‥‥‥‥‥‥‥‥‥‥‥‥‥‥ 305
1 足利高氏上洛 ‥‥‥‥‥‥‥‥ 305
2 幕府軍大将名越高家討ち死にす ‥‥ 310
3 足利高氏、大江山を越える ‥‥ 314
4 足利高氏、丹波篠村に陣を取る ‥ 316
5 足利高氏、篠村の八幡宮に祈願する ‥‥‥‥‥‥‥‥‥‥‥‥‥ 322
6 六波羅攻め ‥‥‥‥‥‥‥‥‥ 325
7 光厳天皇、京都を脱出する ‥‥ 333
8 六波羅探題滅亡 ‥‥‥‥‥‥‥ 343
9 光厳天皇捕わる ‥‥‥‥‥‥‥ 350
10 千剣破城合戦の終結 ‥‥‥‥‥ 352

巻第十 ‥‥‥‥‥‥‥‥‥‥‥‥‥‥ 354
1 千寿王、鎌倉から逃亡 ‥‥‥‥ 354
2 新田義貞背信 ‥‥‥‥‥‥‥‥ 355
3 大多和義勝、新田義貞を激励する ‥ 365
4 鎌倉合戦 ‥‥‥‥‥‥‥‥‥‥ 370
5 前相模守赤橋守時の自害、付けたり本間山城左衛門の忠節のこと ‥‥‥ 373
6 稲村ヶ崎の合戦 ‥‥‥‥‥‥‥ 376
7 鎌倉炎上のこと、付けたり長崎父子の武勇 ‥‥‥‥‥‥‥‥‥‥ 379
8 大仏貞直、金沢貞将討ち死にす ‥ 383
9 前執権北条基時自害のこと ‥‥ 385
10 塩田父子自害のこと ‥‥‥‥‥ 386
11 塩飽入道自害のこと ‥‥‥‥‥ 388
12 安東左衛門入道聖秀自害のこと ‥ 390

13 高時の子亀寿信濃へ逃れ、弟左近
　　　　大夫奥州へ逃れる ………………… 393
　　14 長崎高重、最期の合戦 …………… 399
　　15 高時ならびに北条一門、東勝寺に
　　　　おいて自害 ……………………… 405
＊年譜・系図・地図（和田琢磨）……… 409
　＊南北朝時代（太平記の時代）の略年譜 … 409
　＊皇室略系図 ……………………… 421
　＊清和源氏略系図 ………………… 422
　＊『太平記』関係地図 ……………… 423

〔13〕完訳 **太平記（二）**（巻一一〜巻二〇）（上原作
和, 小番達監修・訳, 鈴木邑訳）
2007年3月20日刊

＊凡例 ………………………………… (9)
＊登場人物（和田琢磨）………………… (10)
現代語訳 太平記（二） ………………… 1
巻第十一（鈴木邑訳）…………………… 3
　1 五大院右衛門宗繁の裏切りのこと … 3
　2 後醍醐天皇、船上山を下りること … 8
　3 書写山行幸のこと、付けたり幕府
　　　滅亡の急報 ……………………… 10
　4 楠正成兵庫へ参上のこと、付けた
　　　り京都還幸のこと ……………… 14
　5 筑紫合戦のこと ………………… 16
　6 長門の探題降参のこと ………… 22
　7 越前牛原の地頭自害のこと …… 25
　8 越中の守護の自害のこと、付けた
　　　り怨霊のこと ………………… 28
　9 金剛山の幕府軍有力武将の最期、
　　　付けたり佐介貞俊のこと ……… 32
巻第十二（鈴木邑訳）………………… 40
　1 朝廷による政治 ………………… 40
　2 大内裏造営のこと、付けたり聖廟
　　　のこと ………………………… 48
　3 国家安泰を念ずる祈祷のこと、付
　　　けたり諸大将の恩賞のこと …… 67
　4 千種忠顕、文観僧正のおごり、付
　　　けたり解脱上人のこと ………… 70
　5 隠岐広有、怪鳥を射ること …… 76
　6 神泉苑のこと ………………… 80
　7 護良親王流刑のこと、付けたり朧
　　　姫のこと ……………………… 87
巻第十三（鈴木邑訳）………………… 97
　1 駿馬献上のこと ………………… 97
　2 万里小路藤房出家のこと ……… 107
　3 西園寺公宗謀反のこと ………… 113
　4 中先代北条時行蜂起のこと …… 126
　5 大塔宮護良親王の死、付けたり刀
　　　鍛冶干将夫婦のこと ………… 128

　6 足利高氏鎌倉出陣、付けたり北条
　　　時行滅亡のこと ……………… 135
巻第十四（鈴木邑訳）………………… 142
　1 新田・足利の対立 …………… 142
　2 追討使派遣のこと …………… 153
　3 矢矧・鷺坂・手越河原の合戦のこ
　　　と ……………………………… 159
　4 箱根・竹下の合戦のこと …… 166
　5 官軍、箱根を退却のこと …… 173
　6 諸国の朝敵蜂起のこと ……… 180
　7 尊氏出陣、大渡・山崎等で合戦
　　　のこと ………………………… 186
　8 後醍醐天皇比叡山へ逃れること … 197
　9 名和長年の帰京、付けたり内裏炎
　　　上のこと ……………………… 199
　10 足利尊氏入京、付けたり結城親光
　　　討ち死にのこと ……………… 201
　11 後醍醐天皇、坂本の皇居で祈願文
　　　を書くこと …………………… 203
巻第十五（鈴木邑訳）………………… 206
　1 園城寺の戒壇院造営をめぐる争い
　　　のこと ………………………… 206
　2 奥州北畠軍坂本へ到着 ……… 213
　3 三井寺合戦のこと、付けたり俵藤
　　　太のこと ……………………… 214
　4 建武十二年正月十六日の合戦のこと … 225
　5 正月二十七日の合戦のこと … 231
　6 尊氏都落ちのこと …………… 238
　7 摂津国豊島原合戦のこと …… 242
　8 後醍醐天皇、比叡山から帰京のこ
　　　と ……………………………… 246
　9 賀茂神社の神主罷免のこと … 247
巻第十六（上原作和, 小番達訳）……… 253
　1 足利尊氏、九州へ退くこと … 253
　2 少弐、菊池と合戦のこと、付けた
　　　り宗応蔵主のこと …………… 255
　3 多々良浜合戦のこと、付けたり高
　　　師茂の例を引くこと ………… 257
　4 西国蜂起、官軍進発のこと … 263
　5 新田義貞、赤松入道・円心を攻め
　　　ること ………………………… 265
　6 児島高徳、熊山に旗を掲げること、
　　　付けたり船坂合戦のこと …… 268
　7 足利尊氏、九州より御上洛のこと、
　　　付けたり吉夢のこと ………… 273
　8 備中の福山合戦のこと ……… 276
　9 新田義貞、兵庫から退却すること … 283
　10 楠正成、兵庫に下向のこと … 285
　11 兵庫の海路・陸路の寄手のこと … 289
　12 本間孫四郎遠矢のこと ……… 291
　13 経島合戦のこと ……………… 294
　14 楠正成兄弟討死のこと ……… 296

15 新田義貞、湊川合戦のこと ……… 299
16 小山田太郎・高家、青麦を刈ること ……… 302
17 後醍醐天皇再び山門へ行幸のこと ……… 304
18 持明院・本院、東寺に潜幸のこと ……… 306
19 日本の朝敵のこと ……… 307
20 楠正成の首、故郷へ送ること ……… 311
巻第十七（上原作和、小番達訳）……… 314
1 山門攻めのこと、付けたり日吉山王神託のこと ……… 314
2 京都での二度の戦いのこと ……… 332
3 山門の牒状を南都に送ること ……… 335
4 四条隆資、八幡から攻め寄せること ……… 346
5 新田義貞の戦いのこと、付けたり名和長年討死のこと ……… 349
6 近江での戦いのこと ……… 354
7 山門より還幸のこと ……… 357
8 皇太子を立てて新田義貞に付けられること、付けたり鬼切を日吉山王社に奉納すること ……… 361
9 新田義貞、北国落ちのこと ……… 363
10 還幸供奉の人々禁殺されること ……… 365
11 北国下向の軍勢凍え死のこと ……… 367
12 瓜生判官・保心変わりのこと、付けたり義鑑房義治をかくすこと ……… 369
13 十六騎の軍勢、金崎に入ること ……… 375
14 金崎船遊びのこと、付けたり白魚船に入ること ……… 377
15 金崎城を攻めること、付けたり野中八郎のこと ……… 379
巻第十八（上原作和、小番達訳）……… 384
1 先帝・後醍醐吉野へ潜幸のこと ……… 384
2 高野と根来の不和のこと ……… 388
3 瓜生旗を挙げること ……… 391
4 越前国府の戦いのこと、並びに金崎後攻めのこと ……… 395
5 瓜生判官の老母のこと、付けたり程嬰と杵臼のこと ……… 399
6 金崎城陥落のこと ……… 403
7 皇太子還御のこと、付けたり一宮御息所のこと ……… 409
8 比叡山開闢のこと ……… 433
巻第十九（上原作和、小番達訳）……… 444
1 光厳院殿重祚のこと ……… 444
2 我が国の将軍に兄弟が任じられる例のないこと ……… 445
3 新田義貞越前国府の城を落とすこと ……… 446
4 金崎の皇太子ならびに将軍の宮が亡くなられたこと ……… 451

5 諸国の宮方蜂起のこと ……… 454
6 相模二郎・時行勅免のこと ……… 455
7 奥州の国司北畠顕家ならびに新田徳寿丸上洛のこと ……… 457
8 奥州勢の跡を追って道中で合戦のこと ……… 461
9 青野原の戦いのこと、付けたり嚢砂背水の謀のこと ……… 464
巻第二十（上原作和、小番達訳）……… 476
1 黒丸城での初戦のこと、付けたり足羽での三度の戦いのこと ……… 476
2 越後勢、越前に侵攻すること ……… 478
3 宸筆の勅書を新田義貞に下されること ……… 479
4 新田義貞山門に牒状を送る、同じく返牒のこと ……… 481
5 石清水八幡宮炎上のこと ……… 487
6 新田義貞、再び黒丸城で合戦のこと、付けたり平泉寺調伏の法のこと ……… 490
7 義貞の夢想のこと、付けたり諸葛孔明のこと ……… 492
8 義貞の馬、暴れること ……… 498
9 新田義貞自害のこと ……… 500
10 脇屋義助、再度敗軍を招集すること ……… 504
11 義貞の首を獄門にかけること、付けたり勾当内侍のこと ……… 505
12 奥州下向の南朝軍、暴風に遭うこと ……… 512
13 結城道忠、地獄に堕ちること ……… 514
＊年譜・系図・地図（和田琢磨）……… 521
　＊南北朝時代（太平記の時代）の略年譜 … 521
　＊皇室略系図 ……… 533
　＊清和源氏略系図 ……… 534
　＊『太平記』関係地図 ……… 535

〔14〕完訳 太平記（三）（巻二一～巻三〇）（上原作和, 小番達監修・訳）
2007年3月20日刊

＊凡例 ……… （7）
＊登場人物（和田琢磨）……… （8）
現代語訳 太平記（三）（上原作和, 小番達共訳,（中丸貴史, 原田敦史分担共訳））……… 1
巻第二十一 ……… 3
1 天下の情勢のこと ……… 3
2 佐々木道誉、流刑のこと ……… 5
3 法勝寺の塔、炎上のこと ……… 9
4 後醍醐天皇崩御のこと ……… 11
5 後村上天皇即位のこと ……… 16

6　先帝の遺言によって新帝の命が下されること、付けたり新田義助が黒丸城を攻め落すこと …… 17
　7　塩冶高貞、讒言によって死に追い込まれること …… 21
巻第二十二 …… 43
　1　畑時能のこと …… 43
　2　脇屋義助吉野に参ること、ならびに四条隆資のこと …… 51
　3　佐々木信胤、南朝方に寝返ること … 56
　4　脇屋義助、伊予国へ下向すること … 61
　5　義助病死のこと、付けたり鞆における戦いのこと …… 63
　6　大館氏明討死のこと、付けたり篠塚伊賀守豪胆のこと …… 70
巻第二十三 …… 73
　1　大森彦七・盛長のこと …… 73
　2　直義、病悩によって上皇へ御願書のこと …… 87
　3　土岐頼遠、御幸に行き会って狼藉をすること、付けたり殿上人車から降りること …… 91
巻第二十四 …… 99
　1　朝儀・年中行事のこと …… 99
　2　天龍寺建立のこと …… 104
　3　山門の強訴によって公卿僉議のこと …… 107
　4　天龍寺供養のこと、付けたり大仏供養のこと …… 135
　5　三宅高徳、荻野朝忠謀反のこと、付けたり壬生地蔵のこと …… 144
巻第二十五 …… 148
　1　崇光天皇の御即位のこと、付けたり院御所での怪異のこと …… 148
　2　宮方の怨霊たちが六本杉に集うこと、付けたり医師の診断のこと …… 150
　3　藤井寺合戦のこと …… 155
　4　伊勢から宝剣を献上すること、付けたり黄梁の夢のこと …… 158
　5　住吉合戦のこと …… 175
巻第二十六 …… 181
　1　楠正行、吉野朝廷に参内すること … 181
　2　四条縄手合戦のこと、付けたり上山六郎左衛門の討死のこと …… 185
　3　楠正行の最期のこと …… 197
　4　吉野炎上のこと …… 201
　5　賀名生の皇居のこと …… 206
　6　高師直・師泰兄弟、奢りをきわめること …… 207
　7　上杉重能と畠山直宗、高家を讒言すること、付けたり廉頗・藺相如のこと …… 212
　8　妙吉侍者のこと、付けたり秦の始皇帝のこと …… 221
　9　足利直冬、西国へ下向すること … 230
巻第二十七 …… 232
　1　天下の怪異のこと、付けたり清水寺炎上のこと …… 232
　2　田楽のこと、付けたり長講の見物のこと …… 233
　3　雲景の未来記のこと …… 240
　4　足利左兵衛督直義、高師直を殺害しようとすること …… 251
　5　高師直の軍勢、足利尊氏の御所を囲むこと …… 255
　6　足利直冬、九州へ落ち行くこと …… 261
　7　足利義詮上洛のこと …… 262
　8　足利直義隠遁のこと、付けたり玄恵法印最期のこと …… 263
　9　上杉重能と畠山直宗の流罪・死刑のこと …… 266
　10　大嘗会のこと …… 271
巻第二十八 …… 273
　1　足利義詮が政務を執ること …… 273
　2　武藤頼尚が足利直冬を婿とすること …… 274
　3　三角入道の謀叛のこと …… 274
　4　足利直冬蜂起のこと、付けたり足利尊氏出陣のこと …… 280
　5　足利直義が南へ逃げること …… 281
　6　足利直義が光厳上皇より院宣を受けとること …… 283
　7　足利直義が南朝と同盟を結ぶこと、付けたり高祖と項羽の合戦のこと …… 284
巻第二十九 …… 309
　1　南朝、京攻めのこと …… 309
　2　足利尊氏上洛のこと、付けたり阿保忠実と秋山光政の河原軍のこと …… 313
　3　足利尊氏・義詮父子、京を退去すること、付けたり井原の岩屋寺のこと …… 319
　4　高師泰、石見国から引き返すこと … 322
　5　光明寺合戦のこと、付けたり高師直の怪異のこと …… 325
　6　小清水合戦のこと、付けたり吉夢のこと …… 330
　7　松岡の城、周章のこと …… 336
　8　高師直・師泰出家のこと、付けたり薬֥寺公義遁世のこと …… 339
　9　高師冬自害のこと、付けたり諏訪五郎のこと …… 343
　10　高師直以下誅殺されること、付けたり仁義の勇者と血気の勇者のこと …… 346

巻第三十 ……… 353
1 足利兄弟の和睦のこと、付けたり天狗勢揃いのこと ……… 353
2 足利直義、京都を離れること、付けたり殿の紂王のこと ……… 356
3 足利直義追討の宣旨の使いのこと、付けたり下鴨社の神殿鳴動のこと ……… 363
4 薩埵山合戦のこと ……… 364
5 足利直義逝去のこと ……… 370
6 南朝、足利義詮と和睦のこと、付けたり住吉の松が折れること ……… 372
7 足利義詮、近江へ退くこと ……… 380
8 光厳上皇、吉野へ遷幸のこと、付けたり梶井宮・尊胤法親王のこと ……… 381
＊年譜・系図・地図（和田琢磨） ……… 387
＊南北朝時代（太平記の時代）の略年譜 ……… 387
＊皇室略系図 ……… 399
＊清和源氏略系図 ……… 400
＊『太平記』関係地図 ……… 401

〔15〕完訳 太平記（四）（巻三一〜巻四〇）（上原作和，小番達監修・訳，和田琢磨解説）
2007年3月20日刊

＊凡例 ……… (8)
＊登場人物（和田琢磨） ……… (9)
現代語訳 太平記（四）（上原作和，小番達共訳） ……… 1
巻第三十一 ……… 3
1 新田義興ら、義兵を起こすこと ……… 3
2 武蔵野合戦のこと ……… 10
3 鎌倉合戦のこと ……… 18
4 笛吹峠での戦いのこと ……… 21
5 八幡合戦のこと、付けたり官軍夜討のこと ……… 27
6 後村上天皇、八幡より御退去のこと ……… 34
巻第三十二 ……… 39
1 茨宮弥仁親王（後光厳天皇）御即位のこと ……… 39
2 宝剣・神璽なくして御即位の例なきこと、付けたり院の御所炎上のこと ……… 40
3 山名師氏敵となること、付けたり高師詮自害のこと ……… 43
4 後光厳天皇・足利義詮退去のこと、付けたり佐々木秀綱討死のこと ……… 51
5 山名時氏、都落ちのこと ……… 53
6 足利直冬、南朝と同盟すること、付けたり天竺・震旦物語のこと ……… 54
7 足利直冬上洛のこと、付けたり鬼丸・鬼切のこと ……… 64
8 神南合戦のこと ……… 71
巻第三十三 ……… 84
1 京軍のこと ……… 84
2 八幡神の御託宣のこと ……… 92
3 三上皇ら吉野から御出のこと ……… 94
4 飢えた人が身を投げること ……… 96
5 公家と武家、栄枯の地を替えること ……… 99
6 足利尊氏逝去のこと ……… 102
7 新待賢門院ならびに梶井宮逝去のこと ……… 104
8 崇徳院のこと ……… 105
9 菊池合戦のこと ……… 107
10 新田佐兵衛佐義興自害のこと ……… 114
巻第三十四 ……… 129
1 足利宰相中将義詮に将軍の宣旨を賜うこと ……… 129
2 畠山道誓上洛のこと ……… 131
3 和田正武と楠正儀作戦会議のこと、付けたり諸公卿離散のこと ……… 133
4 新将軍・足利義詮南方へ進発のこと、付けたり軍勢狼藉のこと ……… 136
5 紀州龍門山軍のこと ……… 140
6 再び紀伊国軍のこと、付けたり住吉神社の楠が折れること ……… 143
7 銀嵩軍のこと、付けたり曹娥と精衛のこと ……… 149
8 龍泉寺軍のこと ……… 155
9 平石城軍のこと、付けたり和田夜討ちのこと ……… 158
10 吉野の御廟における神霊のこと、付けたり諸国の軍勢京都に帰ること ……… 161
巻第三十五 ……… 166
1 新将軍足利義詮帰洛のこと、付けたり仁木義長を討とうと図ること ……… 166
2 京の軍勢再度南方へ出発のこと、付けたり仁木義長没落のこと ……… 168
3 南朝方蜂起のこと、付けたり畠山入道道誓関東下向のこと ……… 175
4 北野通夜物語のこと、付けたり青砥左衛門のこと ……… 179
5 尾張の小川中務丞と土岐東池田のこと ……… 208
巻第三十六 ……… 213
1 仁木右京大夫義長南朝方へ参ること、付けたり伊勢大神宮御託宣のこと ……… 213
2 大地震、並びに夏の雪のこと ……… 218
3 天王寺造営のこと、付けたり京都ご祈祷のこと ……… 221
4 山名伊豆守時氏美作城を落すこと、付けたり菊池肥後守武光の戦いのこと ……… 224
5 佐々木秀詮兄弟討死のこと ……… 228

6　細川相模守清氏反逆のこと、付け
　　　　たり清氏の子息元服のこと ………… 232
　　7　頓宮四郎左衛門心変わりのこと、
　　　　付けたり畠山入道道誓のこと …… 243
　巻第三十七 ……………………………… 249
　　1　細川清氏と楠正儀京へ攻め寄せる
　　　　こと ……………………………… 249
　　2　新将軍・足利義詮京落ちのこと … 251
　　3　南朝の官軍都を落ちること ……… 255
　　4　後光厳天皇近江国から還幸のこと、
　　　　付けたり細川相模守清氏四国に渡
　　　　ること …………………………… 257
　　5　大将を立てるべきこと、付けたり
　　　　漢の高祖と楚の項羽義帝を立てる
　　　　こと ……………………………… 259
　　6　尾張左衛門佐氏頼遁世のこと …… 262
　　7　身子声聞、一角仙人、志賀寺上人
　　　　のこと …………………………… 264
　　8　畠山入道道誓謀反のこと、付けた
　　　　り楊国忠のこと ………………… 269
　巻第三十八 ……………………………… 285
　　1　彗星と客星のこと、付けたり湖水
　　　　涸れること ……………………… 285
　　2　諸国の南朝方蜂起のこと、付けた
　　　　り越中軍のこと ………………… 287
　　3　九州探題・斯波氏経下向のこと、
　　　　付けたり李将軍陣中に女を禁ずる
　　　　こと ……………………………… 295
　　4　菊池武光と大友氏時の戦いのこと ‥ 297
　　5　畠山兄弟修禅寺の城に立て籠もる
　　　　こと、付けたり遊佐入道性阿のこ
　　　　と ………………………………… 299
　　6　細川相模守清氏討死のこと、付け
　　　　たり西長尾軍のこと …………… 303
　　7　和田正武と楠正儀、箕浦次郎と戦
　　　　うこと …………………………… 310
　　8　太元軍のこと ………………………… 315
　巻第三十九 ……………………………… 326
　　1　大内介弘世降参のこと …………… 326
　　2　山名左京大夫時氏、将軍の味方に
　　　　参上すること …………………… 328
　　3　仁木左京大夫義長降参のこと …… 329
　　4　芳賀兵衛入道禅可の戦いのこと … 331
　　5　春日神社の神木入京のこと、付け
　　　　たり京中変異のこと …………… 340
　　6　諸大名、尾張修理大夫入道道朝を讒
　　　　言すること、付けたり佐々木佐渡判
　　　　官入道道誉の大原野花の会のこと ‥ 343
　　7　春日神社の神木御帰座のこと …… 351
　　8　高麗人来朝のこと ………………… 354
　　9　太元国から日本を攻めること …… 356
　　10　神功皇后、新羅を攻めなさること ‥ 362
　　11　光厳院禅定法皇行脚のこと ……… 366
　　12　光厳法皇御葬礼のこと …………… 375
　巻第四十 ………………………………… 377
　　1　中殿御会のこと …………………… 377
　　2　足利左馬頭基氏逝去のこと ……… 387
　　3　南禅寺と三井寺との確執のこと … 388
　　4　最勝講の時、闘争に及ぶこと …… 389
　　5　将軍・足利義詮逝去のこと ……… 391
　　6　細川右馬頭頼之西国より上洛のこ
　　　　と ………………………………… 393
＊年譜・系図・地図（和田琢磨）…… 395
　＊南北朝時代（太平記の時代）の略年譜 ‥ 395
　＊皇室略系図 ……………………………… 407
　＊清和源氏略系図 ………………………… 408
　＊『太平記』関係地図 …………………… 409
＊解説（和田琢磨）……………………… 441
＊参考文献 ………………………………… 443

〔16〕**南総里見八犬伝**(上巻)（鈴木邑訳，西沢
正史監修）
2004年6月10日刊

＊主な登場人物 ………………………… （6）
抄訳　南総里見八犬伝（上巻）………………… 1
　第一輯 ……………………………………… 3
　　1　里見義実、南房総へ渡る ………… 3
　　2　滝田城の攻防 ……………………… 25
　　3　伏姫と八房 ………………………… 53
　第二輯 …………………………………… 80
　　1　伏姫の数珠 ………………………… 80
　　2　宝刀村雨丸 ………………………… 100
　第三輯 …………………………………… 133
　　1　秘密の玉を持つ二少年 …………… 133
　　2　浜路の運命 ………………………… 154
　　3　流浪のはじまり―許我への道 …… 172
　第四輯 …………………………………… 198
　　1　芳流閣の決闘 ……………………… 198
　　2　旅籠古那屋の惨劇 ………………… 218
　第五輯 …………………………………… 251
　　1　額蔵危うし ………………………… 251
　　2　荒芽山の麓 ………………………… 266
　第六輯 …………………………………… 294
　　1　悪女船虫現わる …………………… 294
　　2　謎の美少女旦開野 ………………… 317
　　3　庚申山の妖怪 ……………………… 334
＊解説 ……………………………………… 351
＊南総里見八犬伝関係地図 ……………… 368
＊作中地名所在地 ………………………… 369

〔17〕**南総里見八犬伝**(下巻)（鈴木邑訳，西沢
正史監修）

2004年6月10日刊

＊主な登場人物 ……………………… (6)
抄訳 南総里見八犬伝 (下巻) ……………… 1
　第七輯 ……………………………………… 3
　　1 雛衣と角太郎 ……………………… 3
　　2 犬塚信乃、甲斐の浜路に会う …… 30
　第八輯 ……………………………………… 59
　　1 越後の暴れ牛 ……………………… 59
　　2 相模小僧と鎌倉いざり …………… 81
　　3 湯島天神の猿騒動 ………………… 107
　第九輯 ……………………………………… 132
　　1 五十子城攻略 ……………………… 132
　　2 館山城の悪漢蟇田素藤 …………… 147
　　3 富山の神童犬江親兵衛現わる …… 161
　　4 妖尼妙椿 …………………………… 186
　　5 親兵衛の復讐 ……………………… 206
　　6 八犬士、結城につどう …………… 234
　　7 親兵衛京へ行く …………………… 258
　　8 絵から出た虎 ……………………… 278
　　9 戦乱のはじめ ……………………… 298
　　10 戦車と猪 ………………………… 330
　　11 房州大海戦 ……………………… 349
　　12 新たな日々 ……………………… 375

〔18〕平家物語（一）（西沢正史訳・監修）
2005年1月5日刊

＊凡例 ………………………………………… (6)
＊登場人物紹介（和田琢磨）……………… (8)
現代語訳 平家物語（一）（西沢正史訳） ……… 1
　巻一 ………………………………………… 3
　　〈序文〉―『平家物語』の歴史観 ………… 3
　　1 平清盛の先祖 ……………………… 4
　　2 平忠盛（清盛の父）、殿上の闇討ち
　　　をかわす ……………………………… 5
　　3 平清盛と平家一門の栄華 ………… 11
　　4 平清盛、白拍子祇王、続いて仏御
　　　前を愛す ……………………………… 19
　　5 朝廷内の対立、仏教界の抗争など、
　　　世情は不穏であった ………………… 37
　　6 高倉天皇の即位により、平家一門
　　　が栄華への道を歩む ………………… 47
　　7 後白河院の側近たち、平家打倒の
　　　クーデターを画策する ……………… 49
　　8 後白河院の側近西光一族、横暴に
　　　よって延暦寺と対立する …………… 59
　巻二 ………………………………………… 78
　　1 天台座主明雲、西光の讒言により
　　　流罪となる …………………………… 78
　　2 多田行綱の密告で、陰謀の首謀者
　　　達が捕えられて処罰される ………… 89

　　3 重盛、成親・後白河院の処罰につ
　　　いて、父清盛を諌言する …………… 98
　　4 鹿が谷の陰謀の首謀者新大納言成
　　　親、流罪の果てに殺される ………… 127
　　5 比叡山延暦寺、内部対立から荒廃
　　　し、仏法が衰退する ………………… 148
　　6 鬼界が島の流人・平康頼等、京都
　　　帰還を祈る …………………………… 153
　巻三 ………………………………………… 166
　　1 中宮御産の恩赦で、鬼界が島の流
　　　人たち赦免される …………………… 166
　　2 中宮（建礼門院）に皇子が誕生し、
　　　平家全盛時代が到来する …………… 175
　　3 成経・康頼は帰京するが、残され
　　　た俊寛、悲憤の中で死去する ……… 188
　　4 平重盛、病気で死去する ………… 205
　　5 清盛、重盛の死後、大臣等を流罪
　　　にし、後白河院を幽閉する ………… 217
平家物語・人物別名文抄（西沢正史編）…… 239
　1 平清盛 …………………………………… 241
　　1 平清盛の栄達と暴政 ……………… 241
　　2 鹿が谷の変―反平家クーデター失
　　　敗に終わる …………………………… 248
　　3 清盛、福原遷都を強行する ……… 259
　　4 清盛、熱病にて死去する ………… 263
　2 平重盛 …………………………………… 270
　　1 平重盛、父・清盛の暴政を諌言す
　　　る ……………………………………… 270
　　2 平重盛、清盛が後白河院を幽閉し
　　　ようとするのを諌言して止める …… 274
　　3 平重盛、病気により、四十三歳で
　　　死去する ……………………………… 283
　3 祇王 ……………………………………… 289
　4 俊寛 ……………………………………… 300
　　1 後白河院を中心に、藤原成親・西
　　　光・俊寛・平康頼ら、平家打倒の
　　　クーデターを画策する ……………… 300
　　2 鹿が谷の陰謀に加担した俊寛・成
　　　経・康頼の三人、南海の鬼界が島
　　　へ流罪となる ………………………… 302
　　3 中宮（建礼門院）の御産の恩赦に
　　　よって、鬼界が島の流人のうち、
　　　成経と康頼は帰京を許されるが、
　　　残された俊寛は、足摺りをして船
　　　を追う ………………………………… 303
　　4 鬼界が島にとり残された俊寛は、
　　　弟子有王の訪問を受けるが、帰京
　　　かなわず、断食して死去する ……… 307
＊年譜・系図・地図（和田琢磨）………… 315
＊『平家物語』関係略年譜 ………………… 315
＊天皇家系図 ………………………………… 323
＊平氏系図 …………………………………… 324

[024] 現代語で読む歴史文学

＊源氏系図 ………………………… 325
＊『平家物語』関係地図 ………… 326

〔19〕**平治物語**（中村晃訳, 西沢正史監修）
2004年6月10日刊

＊登場人物紹介 ………………………(8)
＊平治物語関係系図 ………………(15)
<small>現代語訳</small> 平治物語 ……………………… 1
　上巻 ………………………………… 3
　1 藤原信頼と藤原信西とが対立する
　　こと ……………………………… 3
　　〈名文抄〉当時の施政者の政治姿勢と
　　　信頼と信西とがたがいに敵視する ‥3
　2 藤原信頼、藤原信西を滅ぼそうと
　　して策略をめぐらすこと ……… 10
　3 藤原信頼、源義朝と語らい、信西
　　邸を焼き払うこと ……………… 12
　4 信西の子息たちが探し出されて捕
　　われること ……………………… 14
　5 藤原信西、奈良へ落ちのび、殺さ
　　れること ………………………… 17
　　〈名文抄〉信西の出家の由来と最後 …… 17
　6 藤原信西の死骸、大路を引き回さ
　　れた後、獄門にかけられること … 23
　7 藤原信西の妻・紀の二位局、夫の
　　思い出にふけること …………… 24
　8 叡山物語のこと ………………… 28
　9 六波羅から紀州へ早馬をたてるこ
　　と ………………………………… 32
　　〈名文抄〉熊野参詣の途中、切部の宿
　　　で都の異変を知った平清盛は悲
　　　愴な覚悟で都に引き返す …… 32
　10 藤原光頼が参内し、藤原惟方の決
　　心をかえさせること …………… 38
　　〈名文抄〉藤原光頼の参内 ……… 38
　11 信西の子息たちが遠島となること ‥ 46
　12 平清盛、六波羅へ帰り、後白河上
　　皇、仁和寺に御幸すること …… 47
　　〈名文抄〉後白河上皇は脱出して仁和
　　　寺へ …………………………… 48
　13 二条天皇、六波羅へ御幸すること ‥ 50
　　〈名文抄〉二条天皇は六波羅へ御幸す
　　　る ……………………………… 50
　14 源氏勢揃えのこと ……………… 54
　　〈名文抄〉信頼・義朝、清盛を討つた
　　　め出陣する …………………… 58
　中巻 ………………………………… 65
　1 平氏と源氏が待賢門で戦い、藤原
　　信頼都落ちすること …………… 65
　　〈名文抄〉待賢門の戦い ………… 67

　2 源義朝六波羅に攻め寄せ、源頼政
　　が変心すること ………………… 82
　3 六波羅の戦いのこと …………… 85
　　〈名文抄〉義朝六波羅の清盛攻めに破
　　　れる …………………………… 87
　4 義朝敗北のこと ………………… 90
　　〈名文抄〉東国へ逃れる途中、義朝八
　　　瀬の松原で信頼と会う ……… 95
　5 信頼降参し、最後をとげること ‥ 98
　　〈名文抄〉信頼降参し最後をとげるこ
　　　と ……………………………… 98
　6 謀叛人が流罪となり、平氏が栄え
　　ること …………………………… 104
　7 義朝、奥波賀（青墓）に落ちつくこ
　　と ………………………………… 106
　下巻 ………………………………… 119
　1 源頼朝、青墓につくこと ……… 119
　　〈名文抄〉源頼朝青墓につくこと … 119
　2 義朝、内海に着く。忠致の心変り
　　のこと …………………………… 124
　　〈名文抄〉義朝、尾張国（愛知県）内海
　　　で長田忠致・景致父子に討たれ
　　　る ……………………………… 126
　3 金王丸、尾張から馳せ上ること … 133
　4 長田忠致六波羅に参り、尾張国に
　　逃げ帰ること …………………… 134
　5 悪源太が討たれること ………… 135
　　〈名文抄〉悪源太が討たれること … 139
　6 頼朝、生け捕る。夜叉姫のこと … 144
　7 頼朝、池禅尼の願いにより命を助
　　けられること …………………… 147
　　〈名文抄〉池の禅尼、重盛と清盛に義
　　　朝の助命を願う ……………… 150
　8 常葉が落ちのびること ………… 155
　　〈名文抄〉常葉落ちのびること … 155
　9 常葉、六波羅に出頭すること … 164
　　〈名文抄〉義朝の愛妾常葉（盤）、三人
　　　の子を連れて六波羅の清盛のも
　　　とへ出頭する ………………… 166
　10 藤原経宗・藤原惟方遠流となり、
　　赦免のこと ……………………… 171
　11 悪源太が雷となること ………… 173
　12 頼朝、遠流となり、守康の夢合せ
　　のこと …………………………… 175
＊解説 平治物語の世界 …………… 181
＊平治物語関係地図 ……………… 211

〔20〕**保元物語**（武田昌憲訳, 西沢正史監修）
2005年1月5日刊

＊主要登場人物 ………………………(8)
＊保元物語関係系図 ……………… (13)

108　日本古典文学全集・内容綜覧　第II期

* 保元物語関係地図 ……………………（16）
現代語訳 保元物語 …………………………… 1
　上巻 ………………………………………… 3
　　1 後白河天皇の御即位のこと ………… 3
　　　〈名文抄〉後白河院御即位の事 ……… 3
　　2 鳥羽院が熊野に参詣して、託宣を受けること ……………………… 7
　　　〈名文抄〉法皇熊野御参詣并びに御託宣の事 ……………………… 7
　　3 鳥羽院の崩御のこと ………………… 11
　　　〈名文抄〉法皇崩御の事 ……………… 11
　　4 崇徳院が御謀反を思い立つこと …… 14
　　　〈名文抄〉新院御謀反思し召し立つ事 … 14
　　5 後白河天皇が官軍をあちこちに派遣すること　また親治等を生け捕ること ……………………………… 24
　　6 崇徳院の謀反が露見のこと、及び調伏のこと、また内大臣の意見のこと … 27
　　7 崇徳院が、源為義を招くこと ……… 31
　　8 左大臣頼長が上洛すること、および、着到のこと ……………………… 34
　　9 官軍を召集すること ………………… 36
　　10 崇徳院の御所の各門を警護すること、また戦さの評定をすること …… 37
　　　〈名文抄〉新院の御所各門々固めの事 付けたり 軍評定の事 ……… 37
　　11 将軍塚が鳴動し、彗星があらわれること ……………………………… 48
　　12 後白河天皇が三条殿に行幸すること、また官軍の勢汰えのこと …… 51
　　　〈名文抄〉主上三条殿に行幸の事 付けたり 官軍勢汰への事 ……… 51
　中巻 ………………………………………… 63
　　1 白河殿へ義朝が夜討ちに攻め寄せること ……………………………… 63
　　　〈名文抄〉白河殿へ義朝夜討ちに寄せらるる事 ……………………… 63
　　2 白河殿を攻め落とすこと …………… 82
　　3 崇徳院と左大臣頼長が落ちられること ………………………………… 102
　　　〈名文抄〉新院、左大臣殿落ち給ふ事 … 102
　　4 崇徳院が如意山に逃げなさること … 108
　　5 朝敵の宿所を焼き払うこと ………… 111
　　6 崇徳院が出家されること …………… 113
　　7 天皇の命令を受けて重成が崇徳院を守護すること ……………………… 115
　　8 関白忠実殿が本官に復職なさること、また、武士に勧賞を行なうこと …………………………………… 116
　　9 左大臣頼長の最期 および父の忠実が嘆くこと …………………………… 120
　　　〈名文抄〉左府の御最後 付けたり 大相国御歎きの事 ………………… 120
　下巻 ………………………………………… 129
　　1 謀反人が皆、捕らえられること …… 129
　　2 重仁親王が御出家のこと …………… 130
　　3 為義が降参すること ………………… 132
　　　〈名文抄〉為義降参の事 ……………… 132
　　4 忠正、家弘等を処刑すること ……… 142
　　5 為義の最期のこと …………………… 145
　　　〈名文抄〉為義最後の事 ……………… 145
　　6 義朝の弟達を処刑すること ………… 156
　　7 義朝の幼少の弟達が処刑されること ………………………………… 157
　　　〈名文抄〉義朝の幼少の弟悉く失はるる事 ………………………… 157
　　8 為義の北の方が身を投げること …… 168
　　　〈名文抄〉為義の北の方身を投げ給ふ事 …………………………… 168
　　9 左大臣頼長の死骸検視のこと ……… 176
　　10 崇徳院が讃岐の国に遷幸されること …………………………………… 178
　　11 左大臣頼長の子供並びに謀反人が遠流になること ………………… 185
　　12 藤原忠実が上洛すること …………… 189
　　13 為朝が生け捕られて遠流になること ………………………………… 191
　　14 崇徳院が血で御経の奥に御誓状を書くこと、及び崩御のこと ……… 193
　　　〈名文抄〉新院血を以て御経の奥に御誓状の事 付けたり 崩御の事 … 193
　　15 為朝が鬼島に渡ること、及び最期のこと ………………………………… 203
＊解説（武田昌憲）………………………… 213

[025] 現代語訳 江戸の伝奇小説

| [025] 現代語訳 江戸の伝奇小説 |
| 国書刊行会 |
| 全6巻 |
| 2002年6月〜 |
| （須永朝彦編訳） |

※刊行中

1 復讐奇談安積沼／桜姫全伝曙草紙
2002年6月21日刊

- ＊凡例 …………………………………… 4
- 復讐奇談安積沼（山東京伝作, 北尾重政画）… 5
- 桜姫全伝曙草紙（山東京伝作, 歌川豊国画）…………………………………… 163
- ＊補註 …………………………………… 371
    - ＊『復讐奇談安積沼』補註 ………… 371
    - ＊『桜姫全伝曙草紙』補註 ………… 392
- ＊解題（須永朝彦）……………………… 415
    - ＊長篇読本と山東京伝 ……………… 415
    - ＊『復讐奇談安積沼』……………… 422
    - ＊『桜姫全伝曙草紙』……………… 425

3 飛騨匠物語／絵本玉藻譚
2002年10月25日刊

- ＊凡例 …………………………………… 4
- 飛騨匠物語（六樹園作, 葛飾北斎画）……… 5
- 絵本玉藻譚（岡田玉山作・画）………… 219
- ＊補註 …………………………………… 499
    - ＊『飛騨匠物語』補註 ……………… 499
    - ＊『絵本玉藻譚』補註 ……………… 510
- ＊解題（須永朝彦）……………………… 539
    - ＊石川雅望と『飛騨匠物語』……… 539
    - ＊絵本物読本と『絵本玉藻譚』…… 543

5 報仇奇談自来也説話／近世怪談霜夜星
2003年3月25日刊

- ＊凡例 …………………………………… 4
- 報仇奇談自来也説話（感和亭鬼武作, 蹄斎北馬画）…………………………………… 5
- 自来也説話後編（感和亭鬼武作, 蹄斎北馬画）…………………………………… 151
- 近世怪談霜夜星（柳亭種彦作, 葛飾北斎画）…………………………………… 287
- ＊補註 …………………………………… 441
    - ＊『報仇奇談自来也説話』補註 …… 441
    - ＊『自来也説話後編』補註 ………… 445
    - ＊『近世怪談霜夜星』補註 ………… 449
- ＊解題（須永朝彦）……………………… 473
    - ＊『自来也説話』と蝦蟇の稗史小説 ……… 473
    - ＊柳亭種彦と『近世怪談霜夜星』………… 480

```
[026] 現代語訳 洞門禅文学集
     国書刊行会
     全7巻
     2001年5月～2002年5月
```

〔1〕懐奘・大智（飯田利行編訳）
2001年7月25日刊

光明蔵三昧（孤雲懐奘）........................... 11
　＊はしがき（飯田利行）....................... 13
　新彫光明蔵三昧序............................... 17
　光明蔵三昧..................................... 21
大智偈頌（大智）................................. 81
　＊はしがき（飯田利行）....................... 83
　　＊一　大智禅師略伝......................... 83
　　＊二　本書の底本........................... 85
　　＊三　内容について......................... 85
　大智偈頌....................................... 87
　　一　仏誕生（仏誕生）....................... 87
　　二　仏成道（仏成道）....................... 88
　　三　同..................................... 88
　　四　同..................................... 89
　　五　仏涅槃（仏涅槃）....................... 90
　　六　出山相（出山の相）..................... 91
　　七　達磨（達磨）........................... 92
　　八　魚籃（魚籃（ぎょらん））............... 93
　　九　雁山諾瞙羅尊者（雁山の諾瞙羅尊者）..... 94
　　一〇　布袋和尚（布袋和尚）................. 94
　　一一　栽松道者（栽松道者）................. 95
　　一二　不落不昧話（不落不昧の話）........... 96
　　一三　百丈野狐話（百丈野狐の話）........... 97
　　一四　応真不借（応真不借）................. 98
　　一五　即心即仏（即心即仏）................. 99
　　一六　非心非仏（非心非仏）................. 100
　　一七　拈華話（拈華の話）................... 101
　　一八　聖諦不為（聖諦すらなお為さず）....... 102
　　一九　無情説法話 二首（無情説法の話 二首） 103
　　二〇　同................................... 104
　　二一　趙州狗子話（趙州狗子の話）........... 104
　　二二　雲巌弄師子話（雲巌師子の話を弄ぶ）... 105
　　二三　玄路（玄路）......................... 106
　　二四　鳥道（鳥道）......................... 107
　　二五　展手（手を展べる）................... 108
　　二六　不依倚一物（一物に依倚せず）......... 109
　　二七　即心即仏（即心即仏）................. 110
　　二八　奪人不奪境（奪人不奪境）............. 110
　　二九　透法身句（透法身の句）............... 112
　　三〇　随所自在（随所に自在）............... 112
　　三一　金書華厳（金書の華厳）............... 114
　　三二　読法華（法華を読む）................. 115
　　三三　覧永平和尚之坐禅箴（永平和尚の坐禅箴（しん）を覧（よ）む）... 115
　　三四　看真歇和尚語（真歇（しんけつ）和尚の語を看む）... 116
　　三五　跋真歇和尚拈古（真歇和尚の拈古を跋す）... 117
　　三六　覧投子語（投子の語を覧む）........... 118
　　三七　賀永平正法眼蔵到来（永平の正法眼蔵到来を賀す）... 119
　　三八　宿竜翔真歇堂（竜翔の真歇堂に宿す）... 120
　　三九　謝太元天子詔許還本国（太元天子の詔して本国に還すことを謝す）... 121
　　四〇　遊天冠山華厳境（天冠山華厳境に遊ぶ）... 122
　　四一　破船時呈高麗王（破船の時高麗王に呈す）... 122
　　四二　呈双谿大師（双谿（そうけい）大師に呈す）... 123
　　四三　高麗遊白蓮社（高麗の白蓮社に遊ぶ）... 124
　　四四　松吟庵（松吟庵）..................... 125
　　四五　瀑泉（瀑泉）......................... 126
　　四六　大徹堂（大徹堂）..................... 126
　　四七　眺望院（眺望院）..................... 127
　　四八　等接軒（等接軒）..................... 128
　　四九　台島（台島）......................... 129
　　五〇　鷲尾看花（鷲尾に花を看る）........... 130
　　五一　笠津遠望 二首（笠津の遠望 二首）..... 130
　　五二　同................................... 131
　　五三　雪後上比良山（雪後比良山に上る）..... 132
　　五四　水月庵 二首（水月庵 二首）........... 133
　　五五　同................................... 134
　　五六　蘆月庵 二首（蘆月庵 二首）........... 134
　　五七　同................................... 135
　　五八　富士山（富士山）..................... 136
　　五九　賀覚庵和尚浄土寺建方丈（覚庵和尚の浄土寺に方丈を建てるを賀す）... 137
　　六〇　笠津和韻（笠津に和韻す）............. 138
　　六一　無漏接待（無漏〔寺〕の接待）......... 139
　　六二　宿南谷庵有感 三首（南谷庵に宿して感有り 三首）... 140
　　六三　同................................... 140

六四　同 ……	141
六五　辞源長老（源長老を辞す） ……	142
六六　上螢山和尚 三首（螢山和尚に上る 三首） ……	143
六七　同 ……	144
六八　同 ……	144
六九　寄広首座（広首座に寄す） ……	146
七〇　喜僧自大元至（僧の大元より至れるを喜ぶ） ……	146
七一　寄等持古先和尚 三首（等持の古先和尚に寄す 三首） ……	147
七二　同 ……	148
七三　同 ……	149
七四　上源元師（源元師に上る） ……	150
七五　寄道人（道人に寄す） ……	151
七六　会道友（道友に会す） ……	152
七七　寄弘宗庵主（弘宗庵主に寄す） ……	152
七八　上東明和尚（東明和尚に上る） ……	153
七九　寄人 二首（人に寄す 二首） ……	154
八〇　同 ……	155
八一　祖庭（祖庭） ……	156
八二　月堂（月堂） ……	157
八三　太虚（太虚） ……	157
八四　玉礀（玉礀） ……	158
八五　月江（月江） ……	159
八六　曲江（曲江） ……	160
八七　月堂（月堂） ……	161
八八　心月（心月） ……	162
八九　雲山（雲山） ……	163
九〇　果山（果山） ……	164
九一　竹庵（竹庵） ……	164
九二　桂岩（桂岩） ……	165
九三　心田（心田） ……	166
九四　桂堂（桂堂） ……	167
九五　坦翁（坦翁） ……	168
九六　南叟（南叟） ……	168
九七　同庵（同庵） ……	169
九八　石室（石室） ……	170
九九　古灯（古灯） ……	171
一〇〇　枯木（枯木） ……	172
一〇一　大虚（大虚） ……	173
一〇二　無覓（無覓） ……	173
一〇三　玉泉（玉泉） ……	174
一〇四　覚天（覚天） ……	175
一〇五　無禅（無禅） ……	176
一〇六　黙山（黙山） ……	177
一〇七　松岩 二首（松岩 二首） ……	178
一〇八　同 ……	179
一〇九　悟庵（悟庵） ……	180
一一〇　黙翁（黙翁） ……	180
一一一　照庵 二首（照庵 二首） ……	181
一一二　同 ……	182
一一三　宝山（宝山） ……	183
一一四　鉄関（鉄関） ……	184
一一五　黙山（黙山） ……	185
一一六　玉峰（玉峰） ……	186
一一七　隠山（隠山） ……	186
一一八　虚庵（虚庵） ……	187
一一九　絶同（絶同） ……	188
一二〇　鉄山（鉄山） ……	189
一二一　画橋（画橋） ……	190
一二二　無方（無方） ……	191
一二三　同 ……	192
一二四　円観（円観） ……	192
一二五　照庵（照庵） ……	194
一二六　雪中懐古（雪中懐古） ……	194
一二七　雪中示寂山 五首（雪中に寂山を示す 五首） ……	195
一二八　同 ……	196
一二九　同 ……	197
一三〇　同 ……	198
一三一　同 ……	198
一三二　示講主帰禅（講主 禅に帰するに示す） ……	199
一三三　因月憶馬祖（月に因みて馬祖を憶う） ……	200
一三四　坐中有感 四首（坐中に感あり 四首） ……	201
一三五　同 ……	202
一三六　同 ……	202
一三七　同 ……	203
一三八　示人 二首（人に示す 二首） ……	204
一三九　同 ……	205
一四〇　鳳山山居 八首（鳳山山居 八首） ……	206
一四一　同 ……	207
一四二　同 ……	207
一四三　同 ……	208
一四四　同 ……	209
一四五　同 ……	210
一四六　同 ……	210
一四七　同 ……	211
一四八　因事 三首（事に因み 三首） ……	212
一四九　同 ……	213
一五〇　同 ……	214
一五一　答洞上宗要（洞上の宗要に答う） ……	214
一五二　鎮西道中有感（鎮西道中に感あり） ……	215
一五三　偶作 二首（偶作 二首） ……	216
一五四　同 ……	217
一五五　山中偶作（山中偶作） ……	218
一五六　示僧 二首（僧に示す 二首） ……	218

一五七	同 …… 219		一九六	同 …… 252
一五八	山居（山居）…… 220		一九七	為洞谷和尚起塔（洞谷和尚の為に塔を起つ）…… 253
一五九	偶作（偶作）…… 221		一九八	礼育王塔（育王の塔に礼す）…… 254
一六〇	示人（人に示す）…… 222		一九九	礼足庵和尚塔（足庵和尚の塔を礼す）…… 255
一六一	城中偶作（城中にて偶作）…… 222		二〇〇	悼戴家女児（戴家の女児を悼む）…… 256
一六二	偶作 二首（偶作 二首）…… 223		二〇一	礼永平塔 二首（永平の塔を礼す 二首）…… 256
一六三	同 …… 224		二〇二	同 …… 257
一六四	示僧 二首（僧に示す 二首）…… 225		二〇三	礼天衣塔（天衣の塔を礼す）…… 258
一六五	同 …… 226		二〇四	礼永興開山塔（永興開山の塔を礼す）…… 259
一六六	示明照大姉（明照大姉に示す）…… 227		二〇五	悼雪艇和尚（雪艇和尚を悼む）…… 260
一六七	聴竹（竹に聴く）…… 228		二〇六	歳晩（歳晩）…… 260
一六八	送僧礼石橋（僧の石橋を礼するに送る）…… 228		二〇七	中秋有感（中秋に感あり）…… 261
一六九	送僧之大元（僧の大元に之（ゆ）くを送る）…… 229		二〇八	半夏示僧（半夏に僧に示す）…… 262
一七〇	送僧之京（僧の京に之くを送る）…… 230		二〇九	立春（立春）…… 263
一七一	同 …… 231		二一〇	元旦 二首（元旦 二首）…… 264
一七二	送体長老赴天皇請（体長老 天皇の請に赴くを送る）…… 232		二一一	同 …… 264
一七三	送同参（同参を送る）…… 233		二一二	開炉 三首（開炉 三首）…… 265
一七四	送僧之大元 三首（僧の大元に之くを送る 三首）…… 234		二一三	同 …… 266
一七五	同 …… 234		二一四	同 …… 267
一七六	同 …… 235		二一五	雪（雪）…… 268
一七七	送源上人（源上人を送る）…… 236		二一六	藕花 二首（藕花 二首）…… 268
一七八	送僧 二首（僧を送る 二首）…… 237		二一七	同 …… 269
一七九	同 …… 238		二一八	笋（笋）…… 270
一八〇	送僧見洞峰（僧の洞峰に見ゆるを送る）…… 238		二一九	栽松（栽松）…… 271
一八一	送行（送行（そうあん））…… 239		二二〇	竹篦 二首（竹篦 二首）…… 272
一八二	送僧遊大元 二首（僧の大元に遊ぶを送る 二首）…… 240		二二一	同 …… 273
一八三	同 …… 241		二二二	蒲団（蒲団）…… 274
一八四	送僧之関東（僧の関東に之くを送る）…… 242		二二三	袈裟 二首（袈裟 二首）…… 274
一八五	同 …… 243		二二四	同 …… 275
一八六	僧見洞谷和尚（僧の洞谷和尚に見（まみ）ゆ）…… 244		二二五	鉢盂（鉢盂）…… 276
一八七	送僧之万寿（僧の万寿に之くを送る）…… 244		二二六	香合（香合）…… 277
一八八	送瞿維那省本師（瞿維那の本師を省（せい）するに送る）…… 245		二二七	牛（牛）…… 278
一八九	悼洞谷和尚 八首（洞谷和尚を悼む 八首）…… 246		二二八	化灯 二首（化灯 二首）…… 279
一九〇	同 …… 247		二二九	同 …… 280
一九一	同 …… 248			
一九二	同 …… 249			
一九三	同 …… 250			
一九四	同 …… 251			
一九五	同 …… 251			

〔2〕瑩山（飯田利行編訳）
2002年5月25日刊

＊はしがき …… 1
　＊一 伝光録は嫡々相承の足跡 …… 1
　＊二 底本について …… 2
瑩山和尚伝光録訳（抜粋）…… 11
首章 釈迦牟尼仏 …… 12
　本則 …… 12
　機縁 …… 12
　提唱 …… 14

[026] 現代語訳 洞門禅文学集

頌古 ………………………………… 18
第一章 第一祖摩訶迦葉 ………… 21
 本則 ……………………………… 21
 機縁 ……………………………… 21
 提唱 ……………………………… 23
 頌古 ……………………………… 29
第二十八章 第二十八祖(中国初祖)菩提達磨 ………………………………… 31
 本則 ……………………………… 31
 機縁 ……………………………… 32
 提唱 ……………………………… 41
 頌古 ……………………………… 45
第三十章 第三十祖(中国三祖)鑑智僧璨 … 47
 本則 ……………………………… 47
 機縁 ……………………………… 48
 提唱 ……………………………… 52
 頌古 ……………………………… 54
第三十一章 第三十一祖(中国四祖)大医道信 ………………………………… 57
 本則 ……………………………… 57
 機縁 ……………………………… 58
 提唱 ……………………………… 62
 頌古 ……………………………… 65
第三十三章 第三十三祖(中国六祖)大鑑慧能 ………………………………… 67
 本則 ……………………………… 67
 機縁 ……………………………… 68
 提唱 ……………………………… 87
 頌古 ……………………………… 90
第三十五章 第三十五祖(中国八祖)石頭希遷 ………………………………… 93
 本則 ……………………………… 93
 機縁 ……………………………… 95
 提唱 ……………………………… 98
 頌古 …………………………… 108
第三十八章 第三十八祖(中国十一祖)洞山悟本 ……………………………… 109
 本則 …………………………… 109
 機縁 …………………………… 111
 提唱 …………………………… 113
 頌古 …………………………… 131
第四十四章 第四十四祖(中国十七祖)投子義育 ……………………………… 133
 本則 …………………………… 133
 機縁 …………………………… 134
 提唱 …………………………… 137
 頌古 …………………………… 154
第四十九章 第四十九祖(中国二十二祖)雪竇智鑑 ……………………………… 157
 本則 …………………………… 157
 機縁 …………………………… 158
 提唱 …………………………… 161
 頌古 …………………………… 170
第五十章 第五十祖(中国二十三祖)天童如浄 … 171
 本則 …………………………… 171
 機縁 …………………………… 172
 提唱 …………………………… 180
 頌古 …………………………… 182
第五十一章 第五十一祖(日本初祖・高祖)永平道元 ……………………………… 183
 本則 …………………………… 183
 機縁 …………………………… 185
 提唱 …………………………… 203
 頌古 …………………………… 210
第五十二章 第五十二祖(日本二祖)永平懐奘 ……………………………… 213
 本則 …………………………… 213
 機縁 …………………………… 214
 提唱 …………………………… 225
 頌古 …………………………… 232
＊総持寺開山 第五十四祖(日本四祖・太祖)瑩山紹瑾略伝(瀧谷琢宗撰、飯田利行訳) … 233

〔3〕世阿弥・仙馨(飯田利行編訳)
2001年6月25日刊

風姿花伝 ………………………………… 7
＊はしがき(飯田利行) ………………… 9
 ＊一 世阿弥研究と洞門禅 …………… 9
 ＊二 洞門禅の面授と世阿弥の花伝(授伝) ……………………………… 15
風姿花伝(世阿弥著) …………………… 17
 第一 年来稽古条々 ………………… 20
 第二 物学(ものまね)条々 ………… 32
 第三 問答条々 ……………………… 48
 第四 神儀ニ云ハク ………………… 71
 第五 奥義ニ云ハク ………………… 78
 第六 花修ニ云ハク ………………… 89
 第七 別紙口伝 ……………………… 106
拾玉得花 ……………………………… 159
 五位 ………………………………… 159
 六義 ………………………………… 165
 九位 ………………………………… 170
 却来華(きゃらいくわ) …………… 179
 夢跡一紙(むせきいっし) ………… 186
半仙遺稿 ……………………………… 189
＊はしがき(飯田利行) ……………… 191
半仙遺稿(佐田仙馨) ………………… 195
 一 春日郊行(春日郊行) ………… 195
 二 山村雨後(山村雨後) ………… 197
 三 晩涼雑興(晩涼雑興) ………… 198
 四 戊子除夕(戊子除夕) ………… 199
 五 田園雑興(田園雑興) ………… 200

[026] 現代語訳 洞門禅文学集

六 山居(山居) ……………… 201
七 堤上散策(堤上散策) ……… 201
八 秋夜宿山寺(秋夜 山寺に宿る) …… 202
九 夏日山居(夏日山居) ……… 203
一〇 贈高田奇一君(高田奇一君に贈る) ……………… 203
一一 又(又) ………………… 204
一二 客中除夕(せき)(客中の除夕) … 205
一三 又(又) ………………… 206
一四 芳山(芳山) …………… 206
一五 同(同) ………………… 207
一六 山居(山居) …………… 208
一七 某園看菊花有感(某園に菊花を看て感あり) …… 209
一八 花間酌月(花間に月を酌む) …… 211
一九 中秋有感(中秋に感あり) …… 213
二〇 述懐(述懐) …………… 215
二一 西川先生足下──(西川先生足下) ……………… 222
二二 右祝素堂翁古稀 贈僧 幷引(素堂翁の古稀を右祝し、僧に贈る 幷びに引) ……… 225
二三 河野臥痴兄寄其肖像賦酬之(河野臥痴兄その肖像を寄す、賦してこれに酬う) ……… 227
二四 丁酉夏日訪春牛先生於五条幻寓──(丁酉夏日 春牛先生を五条の幻寓に訪う。) …… 228
二五 堤上散策(堤上散策) …… 230
二六 又(又) ………………… 230
二七 又(又) ………………… 231
二八 丁亥新正(丁亥新正) …… 232
二九 偶感(偶感) …………… 233
三〇 端午(端午) …………… 234
三一 七夕(七夕) …………… 235
三二 次麓南先生所寄韻却呈(麓南先生寄するところの韻に次し却呈す) ……………… 236
三三 憶磨甎(磨甎を憶う) …… 237
三四 憶臥痴(臥痴を憶う) …… 238
三五 答人(人に答う) ………… 239
三六 答焼柏詞兄兼呈石舟先生次其所寄韻(焼柏詞兄に答え兼ねて石舟先生に呈し、其の寄する所の韻に次す) ……………… 240
三七 寄懐焼柏(懐を焼柏に寄す) …… 242
三八 寄懐臥痴(懐を臥痴に寄す) …… 243
三九 憶春牛(春牛を憶う) …… 244
四〇 春日遊嵐山(春日嵐山に遊ぶ) …… 246
四一 己丑除夕(己丑除夕) …… 247
四二 庚寅元旦(庚寅元旦) …… 248

四三 呈夢桜先生和其所寄韻(夢桜先生に呈しその寄する所の韻に和す) ……………… 249
四四 和春牛先生所寄韻却呈(春牛先生寄する所の韻に和し却呈す) …… 250
四五 昭和丁卯秋日登雄峰有感慨不自禁者仍賦寄懐云(昭和丁卯秋日雄峰に登り、自ら禁ぜざる感慨あり。よりて懐を寄せ賦して云う) …… 251
四六 次久保麓南韻(久保麓南の韻に次す) ……………… 252
四七 又(又) ………………… 253
四八 江南見梅(江南に梅を見る) …… 254
四九 聞子規(子規を聞く) …… 254
五〇 夏日経旧都(夏日旧都を経) …… 255
五一 春日書懐(春日書懐) …… 256
五二 送高田頴哉遊学東都(高田頴哉の東都に遊学するを送る) …… 256
五三 送山室良範遊学東都(山室良範の東都に遊学するを送る) …… 257
五四 寄師弟(師弟に寄す) …… 258
五五 読史有感(史を読みて感あり) …… 258
五六 詠史(詠史) …………… 259
五七 観三保桃花(三保の桃花を観る) ……………… 260
五八 題堪助井(堪助井に題す) …… 261
五九 詠史(詠史) …………… 261
六〇 聞蛙 戯作(蛙を聞く 戯れに作る) ……………… 262
六一 葵花(葵の花) …………… 263
六二 夏菊(夏菊) …………… 263
六三 杜若(杜若) …………… 264
六四 偶感(偶感) …………… 265
六五 有所求贈人(求むる所ありて人に贈る) ……………… 265
六六 詠史(詠史) …………… 266
六七 寓意(寓意) …………… 267
六八 東上車中賦呈桜痴居士(東上車中にて賦みて桜痴居士に呈す) …… 268
六九 同畳韻(同じく畳韻) …… 268
七〇 同畳韻(同じく畳韻) …… 269
七一 詠犬(詠犬) …………… 270
七二 送清太入営(清太の入営を送る) ……………… 271
七三 同 其二(同 其二) …… 271
七四 浅間山(浅間山) ………… 272
七五 即興(即興) …………… 273
七六 賀檜笠堂一蓑翁嗣六華苑(檜笠堂一蓑翁六華苑を嗣ぐを賀す) …… 274
七七 呈玉峰山主(玉峰山主に呈す) …… 274
七八 調磨甎(磨甎を調える) …… 275
七九 次春牛先生(春牛先生に次す) …… 276

[026] 現代語訳 洞門禅文学集

八〇　送琴荘先生遊中華民国（琴荘先生の中華民国に遊ぶを送る）……… 277
八一　題淵明高臥図（淵明高臥の図に題す）……… 277
八二　謝香集主盟寄柑（香集主盟の柑を寄するに謝す）……… 278
八三　首座賀偈（首座の賀偈）……… 279
八四　秋日遊嵐山（秋日嵐山に遊ぶ）… 280
八五　奉祝大典（大典を奉祝す）……… 280
八六　酬臥痴（臥痴に酬ゆ）……… 281
八七　探春小草（探春小草）……… 282
八八　寄磨磚（磨磚に寄す）……… 283
八九　次宝珠主盟所示韵新年書懐（宝珠主盟の示す所の韵に次し、新年に懐を書す）……… 285
九〇　庚午新年所感（庚午新年の所感）……… 286
九一　恭奉賦海辺松（恭んで海辺の松を賦し奉る）……… 287
九二　寄樋口良歩師（樋口良歩師に寄す）……… 287
九三　呈覚王青山師兼寄全徳宗将（覚王の青山師に呈し兼ねて全徳の宗将に呈す）……… 288
九四　観洒水瀑布記（洒水の瀑布を観るの記）……… 289
九五　刀環余響（刀環余響）……… 293
九六　某童子　下火（あこ）（某童子　下火）……… 321
九七　長昌寺慶讃会（長昌寺慶讃会）……… 323
九八　瑩祖忌（瑩祖忌）……… 324
九九　慶田開山海門興徳和尚忌（慶田開山海門興徳和尚忌）……… 326
一〇〇　雄峰開山忌拈香（雄峰開山忌拈香）……… 328
一〇一　竜海院周道和尚大祥忌（竜海院周道和尚大祥忌）……… 329
一〇二　長善寺洞伝和尚秉炬（長善寺洞伝和尚秉炬）……… 331
一〇三　太祖献粥（太祖献粥）……… 335
一〇四　安盛寺真哉和尚鎖龕（安盛寺真哉和尚鎖龕）……… 336
一〇五　真応誠諦禅師鎖龕（真応誠諦禅師鎖龕）……… 338
一〇六　某和尚奠茶（某和尚奠茶）… 342
一〇七　竜門寺智正和尚奠湯（竜門寺智正和尚奠湯）……… 345
一〇八　橘林寺奇岳仙馨和尚　遺偈（橘林寺奇岳仙馨和尚　遺偈）……… 347
＊あとがき（飯田利行）……… 349

〔4〕道元（飯田利行編訳）

2001年5月21日刊

＊はしがき（飯田利行）……… 1
定本 山水経（『正法眼蔵』第二十九））（道元著）……… 9
宝慶記（道元著）……… 41
　彫宝慶記序（瑞方面山）……… 118
　竜華院本宝慶記跋（上州東雲寺一法利行）……… 123
偈頌（道元著）……… 125
　一　師嘗於大宋宝慶二年丙戌、──（師嘗て大宋の宝慶二年丙戌に、──）……… 125
　二　和文本秀才韻（文本秀才の韻に和す）……… 126
　三　無題……… 127
　四　無題……… 128
　五　無題……… 128
　六　無題……… 129
　七　無題……… 130
　八　続溥侍郎韻（溥侍郎の韻を続ぐ）……… 131
　九　和文本官人韻（文本官人の韻に和す）……… 132
　一〇　和溥来韻（溥の来韻に和す）二首… 133
　一一　和李奇成忠韻（李奇成忠の韻に和す）二首……… 134
　一二　与茹千一娘（茹千一の娘に与う）… 135
　一三　与南綱使（南綱使に与う）……… 136
　一四　和王官人韻（王官人の韻に和す）二首……… 137
　一五　与茹秀才（茹秀才に与う）……… 138
　一六　和妙溥韻（妙溥の韻に和す）五首… 139
　一七　酬王観察韻（王観察の韻に酬う）二首……… 142
　一八　看然子終焉語（然子が終焉の語を看む）二首……… 143
　一九　続宝陀旧韻（宝陀の旧韻に続く）… 145
　二〇　与宋土僧妙真禅人（宋土の僧妙真禅人に与う）……… 145
　二一　与成忠（成忠に与う）二首……… 146
　二二　訪全禅人亡子（全禅人の子を亡えるを訪う）……… 147
　二三　題報慈庵悟道（報慈庵の悟道に題す）……… 148
　二四　与報慈庵（報慈庵に与う）……… 149
　二五　与王侍郎（王侍郎に与う）五首……… 150
　二六　和李通判韻（李通判の韻に和す）… 153
　二七　和王好溥官人韻（王好溥官人の韻に和す）……… 154
　二八　与郷間禅上座（郷間の禅上座に与う）……… 155
　二九　答陳亨観察（陳亨観察に答う）…… 157

三〇 酬思首座来韻(思首座の来韻に酬う)……… 157
三一 詣昌国見補陀路迦山因題(昌国見補陀路迦山に詣で因りて題す)……… 158
三二 和王官人韻(王官人の韻に和す)……… 159
三三 与茹千二秀才(茹千二秀才に与う)……… 160
三四 答大宋李枢密(大宋李枢密に答う)二首……… 161
三五 酬陳参政韻(陳参政の韻に酬う)……… 162
三六 与学人求頌(学人の頌を求むるに与う)……… 163
三七 与野山忍禅人(野山の忍禅人に与う)……… 164
三八 与禅人(禅人に与う)八首……… 164
三九 次禅者来韻(禅者の来韻に次す)……… 169
四〇 与野助光大宰府(野助光の大宰府に帰るに与う)……… 170
四一 与禅人求頌(禅人の頌を求むるに与う)……… 171
四二 与禅人求頌(禅人の頌を求むるに与う)……… 172
四三 閑居之時(閑居の時)六首……… 172
四四 春雪夜(春雪の夜)……… 176
四五 大師釈尊、――(大師釈尊、――)……… 178
四六 八月十五夜、――(八月十五夜、――)……… 179
四七 重陽与兄弟言志(重陽に兄弟と志を言る)……… 180
四八 冬夜諸兄弟言志(冬夜 諸兄弟と志を言る)……… 181
四九 因在相州鎌倉聞鷲鷙作(相州鎌倉に在りて鷲鷙を聞くに因んで作る)……… 181
五〇 天満天神諱辰、次月夜見梅華本韻(天満天神の諱辰に、月夜に梅華を見るの本韻に次する)……… 183
五一 六月半示衆(六月半 衆に示す)……… 184
五二 八月十五夜(八月十五夜)……… 185
五三 十五夜 頌雲散秋空(十五夜 雲の秋空に散ゆるを頌す)……… 186
五四 十六夜 頌即心見月(十六夜「即心月を見る」を頌す)……… 187
五五 十七夜 頌挙払子云看(十七夜「払子を挙て云く看よ」を頌す)……… 188
五六 十五夜 頌家家門前照明月(十五夜「家家の門前に明月照る」を頌す)……… 189
五七 十六夜 頌処処行人共明月(十六夜 処処の行人 明月を共にするを頌す)……… 190
五八 十七夜 頌騎鯨捉月(十七夜 鯨に騎りて月を捉うに頌す)……… 191
五九 雪頌(雪の頌)六首……… 191
六〇 冬至(冬至)二首……… 195
六一 続越調韻(越調の韻に続く)……… 196
六二 仏成道(仏 成道す)……… 197
六三 一年有両立春(一年に両立春あり)……… 198
六四 雪夜感準記室廿八字病中右筆(雪夜に準記室 二十八字の病中右筆に感ず)……… 198
六五 山居(山居)十五首……… 199
＊付 久我龍胆の賦(飯田利行賦)……… 209
 ＊(一) 新世紀の人間像……… 209
 ＊(二) 肖像……… 220
 ＊(三) 文章……… 224
 ＊(四) 梅華……… 228
 ＊(五) 善悪……… 232
 ＊(六) 無常……… 235
 ＊(七) 洗面……… 238
 ＊(八) 面授……… 240

〔5〕洞山(飯田利行編訳)
2001年11月25日刊

＊はしがき(飯田利行)……… 1
 ＊一 略歴……… 1
 ＊二 日本における『洞山録』の編次……… 5
 ＊三 底本について……… 6
 ＊四 洞山の所在地……… 6
筠州洞山悟本禅師語録(洞山良价述)……… 21
 一 師とは人を相(み)る者である……… 21
 二 和尚よ璞(あらたま)の見立てを誤りなさるな……… 22
 三 無情説法の聞きとり方……… 23
 四 澱(おり)の残らない修行……… 32
 五 大悟徹底すれば 別人か……… 34
 六 証上に修し 修中に証を見る……… 35
 七 別れて逢う……… 36
 八 只これこれ……… 38
 九 神通妙用とは平常心のこと……… 41
 一〇 不言とは……… 42
 一一 心の通(かよ)いは礼に先行する……… 44
 一二 親近すれば言葉は要らない……… 45
 一三 真面目は小我にあらず……… 47
 一四 洞山 初首座を問殺する……… 49
 一五 清風 白月を払う……… 52
 一六 川を無事に渡る法……… 57
 一七 無功徳の功……… 58
 一八 下手な註は本義を失う(述べて作らず)……… 59
 一九 太尊貴生……… 61
 二〇 死中に活を得る……… 63
 二一 子を養って知る父(おや)の恩……… 64
 二二 真の師の指導法……… 67
 二三 本来の師は子の中にいる……… 69
 二四 大蔵経の真の読みとり方……… 71

二五 厚さ寒さの苦を避ける法	72
二六 恋人を慕うように参学に馴染(なじ)め	73
二七 たった一生の修行くらいで、たじろぐなかれ	74
二八 向背(うらおもて)のない面目(すがた)	76
二九 出世の本懐	77
三〇 枯木 春に逢うて花ひらく	78
三一 行脚(あんぎゃ)の行先(ゆきさき)〈万里無寸草処〉を誤るな	80
三二 修行のあり方	83
三三 肖(あやか)り心は、犯戒(ぼんかい)に値(あたい)する	86
三四 塵中不染丈夫児(ほこりたかきおとこ)	87
三五 死人の舌のようなもの	89
三六 穂も茎も本は同じ	90
三七 頭だけが人体ではない	91
三八 二羽の烏の蝦蟆(がま)争い	92
三九 父母未生(みしょう)以前からの門風	93
四〇 好(よい)牛は稲を喫(た)べない	95
四一 智識では及ばないもの	96
四二 本来無一物	97
四三 石の上にも三年	99
四四 頂上に人無し	101
四五 御八(おや)つを喫(た)べそこねる	103
四六 死(し)に遭(お)うたら 死ぬが宜しく候	104
四七 我に三路有り	106
四八 自と他と 感応同交する	109
四九 心通(かよ)えば 見ずとも見える	110
五〇 仏行とは 頭長三尺 頸短二寸	111
五一 本来の師に会いたい	114
五二 意(こころ)で会話する	115
五三 世の中に何が苦しと人問わば 御法(みのり)を知らぬ人と答えよ	117
五四 主人不在の主人公	118
五五 青山は白雲の父	120
五六 不萠の草	121
五七 坐禅と僧都(かかし)	122
五八 蛇 蝦蟆(がま)を呑む 救うが是か非か	123
五九 老僧も修行に連れて行かんか	124
六〇 行路説路	126
六一 洞庭湖は満水	128
六二 悟りは 修行の終わりではない	130
六三 心月は輪	132
六四 草刈りの話	133
六五 不露の面目を露(あら)わせ	135
六六 不坐も坐も仏の位	136
六七 銅鑼(どら)をたたくには	138
六八 汚れがないのに何故拭(ぬぐ)う	139
六九 死んでも行き場がない	141
七〇 童子いずれの処にか去(ゆ)ける	143
七一 鬼に捕(つか)まえられる	144
七二 玉か石かは 見分けにくい	146
七三 伊達(だて)には作家(さつけ)に就かなかった	149
七四 名なしの権兵衛(ごんべえ)	151
七五 立場を代えてみよ	153
七六 生まれ代わっても 王にも仏にもなるまい	154
七七 千万人といえども我往(われゆ)かん	155
七八 にぶい男	157
七九 良い塩梅(あんばい)	158
八〇 父を殺し 母を害(そこな)うのが真の孝養	159
八一 言葉は魔性(ましょう)	160
八二 学人の疾病(やまい)	162
八三 一歩一歩が玄(さとり)の道	164
八四 喫茶(きっさ)喫飯すべてが示誨(おしえ)	165
八五 素首(そっくび)を狙(ねら)われたらどうなさる	167
八六 洞水逆流して源派一体となる	169
八七 万里 寸草だにない処へ行け	170
八八 避場(さけば)のない路で 人に出遇うたらどうするか	171
八九 冬 筍(たけのこ)を掘る	173
九〇 誰(た)がために松を植える	174
九一 心猿意馬の嶺(みね)は峻(たか)く険(けわ)しい	176
九二 相手なしの相見(しょうけん)	177
九三 鉄棒を喫(くら)うに足る漢(おとこ)	179
九四 米とぎ桶を蹴とばす	180
九五 肝腎(かんじん)のおさとりの方は如何(どう)じゃ	182
九六 口がないなら目を	183
九七 本来の面目は無面目か	185
九八 後頭部を突(つ)っつかれてハッとする	187
九九 なにをもって孝順というか	189
一〇〇 雲居(うんご)の一撃	190
一〇一 閑名(むなしきな)は水に映る影にも似て	191
一〇二 洞門の病人看護法	194
一〇三 てぬるいお方	196
一〇四 一束(ひとたば)の薪の重さを知る	197
一〇五 亡前失後は父子本来の面目	198
一〇六 真如(さとり)は座位で格付けできぬ	199
一〇七 洞山の三十棒	201
一〇八 天地いっぱいが「良价」の面目	203

一〇九　両断された蚯蚓(みみず)そのどちらに仏性(ぶっしょう)ありや……204	外道李浩和景賢靠字韻予再和呈景賢(外道李浩 景賢の靠字の韻に和す 予ふたたび和して景賢に呈す)……68
一一〇　整形外科医の禅……206	湛然居士文集巻之三……70
一一一　洞山 端座して長(とこし)えに往(ゆ)けり……208	用万松老人韻作十詩寄鄭景賢(万松老人の韻を用いて十詩を作り鄭景賢に寄す)……70
一一二　洞山 法嗣二十七人……209	万松老人琴譜詩一首(万松老人に琴譜を贈るの詩一首)……71
宝鏡三昧(洞山良价撰)……215	和移剌子春見寄 五首(移剌(やら)子春の寄せるを見て和す 五首)……72
新豊吟(洞山良价賦)……225	其三(其の三)……73
玄中銘并序(洞山良价著)……231	其四(其の四)……74
〔6〕耶律楚材(飯田利行編訳)	寄景賢 一十首(景賢に寄す 一十首)……75
2002年2月25日刊	其三(其の三)……76
＊はしがき(飯田利行)……1	其四(其の四)……77
領中書省湛然居士文集 序……21	其六(其の六)……78
湛然居士文集巻之一(耶律楚材撰)……31	和景賢韻三首(景賢の韻三首に和す)……80
和平陽王仲祥韻(平陽の王仲祥の韻に和す)……31	和景賢十首(景賢の十首に和す)……81
和李世栄韻(李世栄の韻に和す)……33	其六 換韻(其の六 韻を換う)……82
和移剌継先韻三首(移剌(やら)継先韻三首に和す)……36	其八 読唐史有感(其の八 唐史を読みて感あり)……83
其二(其の二)……38	過東勝用先君文献公韻二首(東勝をよぎり先君文献公の韻を用いての二首)……84
其三(其の三)……40	過夏国新安県 時丁亥九月望也(夏国新安県をよぎり 時は亥九月望なり)……85
和南質張学士敏之見贈七首(南質の張学士敏之より七首を贈らるるを見て和す)……42	過青塚用先君文献公韻(青塚をよぎり先君文献公の韻をもってす)……86
其二(其の二)……44	過青塚次買摶霄韻 二首(青塚をよぎり買摶霄(かたんしょう)の韻に次す 二首)……87
其三(其の三)……46	再用前韻以美摶霄之徳(再び前韻を用いて以って摶霄(たんしょう)の徳をほむ)……88
其七(其の七)……48	過燕京和陳秀玉韻 五首(燕京をよぎり陳秀玉の韻に和す 五首)……89
湛然居士文集巻之二……50	其二(其の二)……90
従聖安澄老借書(聖安(しょうあん)の澄老より書を借る)……50	其三(其の三)……91
過陰山和人韻 四首(陰山をよぎり人の韻に和す 四首)……51	其四(其の四)……92
其二(其の二)……53	湛然居士文集巻之四……94
其三(其の三)……54	再用韻贈摶霄(再び韻を用い摶霄(たんしょう)に贈る)……94
其四(其の四)……55	和摶霄韻代水陸疏文因其韻為十詩(摶霄(たんしょう)の韻に和し水陸の疏文にかゆ 其の韻にちなみて十詩をつくる)……95
用前韻送王君玉西征 二首(前韻を用い王君玉の西征を送る 二首)……56	其三(其の三)……96
其二(其の二)……59	其七(其の七)……97
和裴子法見寄(裴子法(はいしほう)の寄せらるるに和す)……62	其八(其の八)……98
用李徳恒韻寄景賢(李徳恒の韻を用いて景賢に寄す)……64	和竹林一禅師韻(竹林一禅師の韻に和す)……99
過天徳和王輔之 四首(天徳をよぎり王輔之に和する 四首)……65	送韓浩然用馬朝卿韻(韓浩然を送るに馬朝卿の韻を用う)……101
寄雲中臥仏寺照老(雲中臥仏寺の照老の寄す)……66	和王正之韻 三首(王正之の韻に和す 三首)……102
外道李浩求帰再用韻示景賢(外道(げどう)李浩 帰らんことを求む 再び韻を用い景賢に示す)……67	

其三（其の三） ……………………… 103
湛然居士文集巻之五 ……………………… 105
　贈蒲察元帥 七首（蒲察元帥に贈る 七首） ……………………… 105
　庚辰西域清明（庚辰西域の清明） ……… 106
　用昭禅師韻 二首（昭禅師の韻を用う 二首） ……………………… 107
　和薛正之見寄（薛正之（せつせいし）の寄せらるるに和す） ……………………… 108
　壬午西域河中遊春 十首（壬午 西域河中にて春に遊ぶ 十首） ……………………… 109
　其十（其の十） ……………………… 110
　遊河中西園和王君玉韻 四首（河中の西園に遊び王君玉の韻に和す 四首） ……………………… 111
　河中遊西園 四首（河中にて西園に遊ぶ 四首） ……………………… 112
　其四（其の四） ……………………… 113
　河中春遊有感 五首（河中に春遊して感あり 五首） ……………………… 114
　過閺居河 四首（閺居河をよぎりて 四首） ……………………… 115
　其二（其の二） ……………………… 116
　其三（其の三） ……………………… 117
　感事 四首（事に感ず 四首） ……………………… 118
　其三（其の三） ……………………… 119
　其四（其の四） ……………………… 120
　壬午元旦 二首（壬午元旦 二首） ……… 122
　西域従王君玉乞茶因其韻 七首（西域にて王君玉より茶を乞う 其の韻にちなむ 七首） ……………………… 123
湛然居士文集巻之六 ……………………… 125
　西域河中 十詠（西域河中 十詠） …… 125
　其九（其の九） ……………………… 126
　西域和王君玉詩 二十首（西域にて王君玉詩二十首に和す） ……………………… 127
　其二（其の二） ……………………… 128
　其九（其の九） ……………………… 129
　其十（其の十） ……………………… 130
　其十一（其の十一） ………………… 131
　西域有感（西域にて感あり） ……… 132
　自叙（自叙） ……………………… 133
　西域寄中州禅老士大夫 一千五首（西域にて中州の禅老 士大夫に寄す） ……… 134
　蒲華城夢万松老人（蒲華城にて万松老人を夢む） ……………………… 135
　寄巨川宣撫（巨川宣撫に寄す） …… 137
　観瑞鶴詩巻独子進治書無詩（瑞鶴詩巻を観てひとり子進治書 詩なし） ……… 139
　寄清渓居士秀玉（清渓居士秀玉に寄す） …… 140
　戯秀玉（秀玉に戯る） ……………… 141
　寄仲文尚書（仲文尚書に寄す） …… 142
　思親用旧韻 二首（親を思う 旧韻二首を用う） ……………………… 143
　其二（其の二） ……………………… 145
　思親有感（親を思うて感あり） …… 146
　再過西域山城駅（再び西域の山城駅を過ぐ） ……………………… 147
　辛巳閏月西域山城値雨（辛巳（しんし）閏月西域山城にて雨にあう） ……… 148
　夢中偶得（夢中偶得） ……………… 149
　賈非熊餞余用其韻（賈日熊（かひゆう）余にはなむけす 其の韻を用う） …… 150
湛然居士文集巻之七 ……………………… 152
　和鄭景賢韻（鄭景賢の韻に和す） … 152
　和景賢二絶（景賢の二絶に和す） … 153
　其二（其の二） ……………………… 154
　和買搏霄韻 二絶（買搏霄（たんしょう）の韻に和す 二絶） ……………… 154
　復用前韻（復び前韻を用う） ……… 155
　其四（其の四） ……………………… 156
　洞山五位頌（じゅ） ………………… 157
　　正中偏（正中偏） ………………… 157
　　偏中正（偏中正） ………………… 158
　　正中来（正中来） ………………… 158
　　兼中至（兼中至） ………………… 159
　　兼中到（兼中到） ………………… 160
　大陽十六題 …………………………… 161
　　識自宗（識自宗） ………………… 161
　　死中活（死中活） ………………… 162
　　活中死（活中死） ………………… 163
　　不落死活（不落死活） …………… 164
　　背捨（背捨） ……………………… 164
　　不背捨（不背捨） ………………… 165
　　活分（活分） ……………………… 166
　　殺人剣（殺人剣） ………………… 167
　　平常（平常） ……………………… 167
　　利道抜生（利道抜生） …………… 168
　　言無過失（言無過失） …………… 169
　　透脱（透脱） ……………………… 170
　　透脱不透脱（透脱不透脱） ……… 170
　　称揚（称揚） ……………………… 171
　　降句（降句） ……………………… 172
　　其二（其の二） …………………… 173
　　方又円（方又円） ………………… 174
湛然居士文集巻之八 ……………………… 175
　酔義歌（酔義歌） …………………… 175
　進西征庚午元暦表（西征庚午元暦を進るの表） ……………………… 184
　弁邪論序（弁邪論序） ……………… 191
　万松老人評唱天童覚和尚頌古従容庵録序（万松（ばんしょう）老人 天童の覚和尚頌古（じゅこ）を評唱せる従容庵録（しょうようあんろく）の序） …………………… 196

湛然居士文集巻之九 ……………… 203
　和張敏之詩七十韻 三首（張敏之の詩七十韻に和す 三首）……………… 203
湛然居士文集巻之十 ……………… 212
　用秀玉韻（秀玉の韻を用う）……… 212
　鼓琴（琴を鼓（かな）ず）………… 213
　扈従羽猟（羽猟（うりょう）に扈従（こしょう）す）……………………… 215
　対雪鼓琴（雪に対して琴を鼓（かな）ず）……… 217
　紅梅 二首（紅梅 二首）…………… 219
　其二（其の二）……………………… 220
　自賛（自賛）………………………… 221
　和謝昭先韻（謝昭先の韻に和す）… 222
　李庭訓和予詩見復用元韻以謝之（李庭訓 予が詩に和して寄せらる ふたたび元韻を用いもって之に謝す）……… 225
　和黄山張敏之擬黄庭詞韻（黄山 張敏之の擬黄庭詞韻に和す）………………… 226
　寄妹夫人（妹（まい）夫人に寄す）… 230
　和董彦才東坡鉄杖詩二十韻（董彦才（とうげんさい）の東坡（とうば）鉄杖の詩二十韻に和す）……………………… 232
湛然居士文集巻之十一 …………… 236
　用張道亨韻（張道亨（どうこう）の韻を用う）……………………………… 236
　題龐居士陰徳図（龐（ほう）居士の陰徳の図に題す）……………………… 241
　冬夜弾琴頗有所得、乱道拙語三十韻、以遺猶子蘭、幷序（冬夜琴を弾きすこぶる得るところあり 乱道拙語三十韻もって猶子（ゆうし）蘭におくる ならびに序）………………………………… 242
　夜坐弾離騒（夜 坐して離騒を弾く）… 247
　弾秋宵歩月秋夜歩月 二曲（秋宵歩月 秋夜歩月の二曲を弾く）………… 248
　弾秋水（秋水を弾く）……………… 248
　弾秋思用楽天韻二絶示景賢（秋思を弾き楽天の韻を用いての二絶を景賢に示す）……………………………………… 249
　吾山吟 幷序（吾山吟 ならびに序）… 250
　乙未元日（乙未（いつび）元日）… 252
　旦日遺従祖（旦日 従祖におくる）… 253
　旦日示従同仍簡忘憂（旦日 従同に示しなお忘憂に簡す）………………… 254
　戯景賢（景賢に戯る）……………… 257
　寄景賢（景賢に寄す）……………… 258
　再用知字韻戯景賢（再び知字の韻を用いて景賢に戯る）……………………… 259
　慕楽天（楽天を慕う）……………… 260
　弾広陵散（広陵散を弾く）………… 261
湛然居士文集巻之十二 …………… 263

　琴道喩五十韻以勉忘憂進道幷序（琴道喩五十韻 もって忘憂をはげます ならびに序）……………………………… 263
　弾琴逾時作鮮嘲以呈万松老師（禅琴に時をこえ鮮嘲（かいちょう）を作りもって万松老師に呈す）……………………… 270
　勉景賢（景賢をはげます）………… 271
　示忘憂 幷序（忘憂に示す ならびに序）… 272
　再和世栄二十韻寄薛玄之（再び世栄二十韻に和して薛玄之に寄す）…… 273
　怨浩然（浩然を怨む）……………… 276
　為子鋳作詩三十韻（子 鋳のために詩三十韻を作る）……………………… 278
湛然居士文集巻之十三 …………… 282
　茶榜（茶榜（さぼう））…………… 282
　寄万松老人書（万松老人に寄する書）… 284
　和林城建行宮上梁文（和林城に行宮（あんぐう）を建つる上梁の文）……… 288
湛然居士文集巻之十四 …………… 291
　中秋召景賢飲（中秋 景賢を召して飲む）……………………………………… 291
　雲漢遠寄新詩四十韻、回和而謝之（雲漢より遠く新詩四十韻を寄す よりて和して之に謝す）……………………… 292
　子鋳生朝（子鋳（ちゅう）の生朝に）… 296
　屏山居士鳴道集序（屏山居士鳴道集序）… 299
　和趙庭玉子賛韻（趙庭玉の子 賛（し）の韻に和す）………………………… 303
　贈景賢玉澗鳴泉琴（景賢に玉澗（けん）鳴泉琴を贈る）……………………… 305
　丙申元日為景賢寿（丙申元日 景賢の寿（ことほぎ）をなす）………………… 306
　景賢作詩頗有思帰意 因和元韻以勉之（景賢 詩を作りすこぶる思帰の意ありよりて元韻に和し もって之を勉（はげ）ます）………………………………… 307
　和景賢召飲韻（景賢 召飲の韻に和す）… 308
　送門人劉徳真征蜀（門人劉徳真の蜀に征くを送る）………………………… 308
　送門人劉復亨征蜀（門人劉復亨の蜀に征くを送る）………………………… 309
　和太原元裕之韻（太原の元裕之の韻に和す）……………………………………… 310
　喜和林新居落成（和林の新居落成を喜ぶ）……………………………………… 311
湛然居士文集序 …………………… 313

〔7〕**良寛**（飯田利行編訳）
2001年9月25日刊

＊はしがき ……………………………… 1
＊一 略歴 ……………………………… 1
＊二 底本について …………………… 6

法華讃（良寛）………………………… 7
　一　慨世警語・克己策進 ……………… 31
　二　参禅弁道・愛宗護法 ……………… 79
　三　行雲流水・花紅柳縁 ……………… 97
　四　一顆明珠・一鉢随縁 ……………… 107
　五　時空観照・芸林閑語 ……………… 135
　六　遍界寂寥・天地慟哭 ……………… 159
　七　不断友情・老来懐古 ……………… 177
　八　頌徳題讃・招魂挽歌 ……………… 199
　九　雲鬢花顔・春風秋月 ……………… 223
　十　閑居双忘・空林拾葉 ……………… 231

[027] 校注 良寛全歌集
春秋社
全1巻
2014年5月
（新装版）
（谷川敏朗著）

※1996年2月初版発行

〔1〕
2014年5月20日刊

＊凡例 …………………………………… 3
校注 良寛全歌集 ……………………… 9
　住居不定時代 ………………………… 11
　五合庵定住時代 ……………………… 27
　五合庵時代と推定される歌 ………… 44
　乙子神社草庵時代 …………………… 149
　乙子神社時代と推定される歌 ……… 190
　木村家邸内庵室時代 ………………… 297
　木村家邸内庵室時代と推定される歌 … 346
　短連歌 ………………………………… 392
校異編 …………………………………… 393
　同案削除の歌 ………………………… 394
　他者作品の峻別 ……………………… 402
＊良寛の歌の世界 ……………………… 421
＊良寛略年譜 …………………………… 456
＊初句索引 ………………………（巻末）2

```
┌─────────────────────────┐   ┌─────────────────────────┐
│  ［028］校注 良寛全句集  │   │  ［029］校注 良寛全詩集  │
│        春秋社            │   │        春秋社            │
│        全1巻             │   │        全1巻             │
│       2014年5月          │   │       2014年5月          │
│       （新装版）         │   │       （新装版）         │
│      （谷川敏朗著）      │   │      （谷川敏朗著）      │
└─────────────────────────┘   └─────────────────────────┘
```

※2000年2月初版発行　　　　　　※1998年5月初版発行

〔1〕　　　　　　　　　　　　　〔1〕
2014年5月20日刊　　　　　　　　2014年5月20日刊

＊凡例 ………………………… 3　＊凡例 ………………………… 3
校注 良寛全句集 …………… 9　校注 良寛全詩集 …………… 11
　新年 ……………………… 11　　五合庵期 ………………… 13
　春 ………………………… 19　　　（一）有題詩 ………… 14
　夏 ………………………… 63　　　（二）無題詩 ………… 95
　秋 ……………………… 105　　　（三）補遺（1） ……… 200
　冬 ……………………… 179　　　（四）補遺（2） ……… 210
　無季 …………………… 211　　　（五）五合庵期と推定される詩 … 231
　（ア）諸本から削除した良寛の句 … 237　　乙子神社期 ……………… 259
　（イ）良寛遺墨中の他句 … 242　　　（一）自筆『草堂集』より … 260
＊良寛の俳句の世界 ……… 247　　　（二）『草堂集貫華』「小楷詩巻」及び
＊良寛略年譜 ……………… 274　　　　　　阿部家横巻 ……… 289
＊初句索引 ………………（巻末）2　　　（三）乙子神社期と推定される詩 … 319
　　　　　　　　　　　　　　　島崎期 …………………… 353
　　　　　　　　　　　　　　　時期不明 ………………… 375
　　　　　　　　　　　　　　　偈頌 ……………………… 447
　　　　　　　　　　　　　　　校異編 …………………… 463
　　　　　　　　　　　　　　　　（一）同案削除の詩 …… 464
　　　　　　　　　　　　　　　　（二）他者作品と思われる詩 … 471
　　　　　　　　　　　　　　＊良寛の漢詩の世界 ……… 489
　　　　　　　　　　　　　　＊良寛略年譜 ……………… 511
　　　　　　　　　　　　　　＊首句索引 ………………… 517

```
[030] 古典文学翻刻集成
     ゆまに書房
      全7巻
  1998年10月～1999年11月
   （加藤定彦監修）
```

第1巻　俳文学篇 貞門・談林
1998年10月23日刊

＊緒言（加藤定彦）... 1
＊凡例 3
西ベルリンの犬筑波集（沢井耐三解説・翻刻）................... 7
　　＊〔解説〕.. 9
　　＊書誌・凡例... 10
　　〔翻刻〕（山崎宗鑑編）.................................... 10
「底抜磨」―解題と翻刻―（前田金五郎解題・翻刻）............. 13
　　＊解題・附記・追記....................................... 15
　　＊翻刻凡例・附記... 19
　　「底抜磨」本文翻刻（江崎幸和著）......................... 19
堺半井家代々資料考（四）（落髪千句）（森川昭解説・翻刻）..... 47
　　落髪千句（云也独吟）..................................... 48
　　＊〔解説〕... 70
翻刻 貝殻集（今栄蔵解説・翻刻）.............................. 75
　　＊解説 77
　　〔翻刻〕（成安予撰、秀政補撰）........................... 78
資料翻刻 便船集（深井一郎解題・翻刻）....................... 121
　　＊「便船集」正誤表...................................... 122
　　＊解題 125
　　〔翻刻〕（高瀬梅盛編）.................................. 126
手繰舟所収 松山玖也判 百番俳諧発句合
　　（檀上正孝解説・翻刻）.................................. 155
　　＊解説 156
　　〔翻刻〕（松山玖也判）.................................. 157
誹諧隠蓑 巻上〔翻刻〕...................................... 171
　　＊訂正表 172
　　＊〔書誌〕... 174
　　＊解説（雲英末雄）...................................... 175
　　〔翻刻〕（富尾似船編、中村俊定校閲、雲
　　英末雄校訂）... 177
『つくしの海』翻刻 201
　　＊〔解説〕（中西啓）.................................... 202
　　翻刻（内田橋水編、中西啓、木原秋好編
　　）.. 203
「四人法師」解説・四人法師（中村俊定解
　　説・翻刻）... 239
　　＊「四人法師」解説...................................... 240
　　〔翻刻〕（葎宿編）...................................... 241

道頓堀 花みち（一）～（二）（富永辰壽編、
　　高安吸江解説・翻刻）.................................... 261
道頓堀 花みち（一）... 262
　　＊〔解説〕... 262
　　〔翻刻〕... 263
道頓堀 花みち（二）... 271
　　＊〔解説〕... 271
　　＊正誤 272
　　〔翻刻〕... 273
　　＊正誤 277
翻刻『誹諧 遠舟千句附 幷百韵』（岡田彰子
　　解題・翻刻）... 281
　　＊正誤表 282
　　＊書誌・解題・翻刻凡例.................................. 283
　　翻刻（遠舟著）... 284
顰・俳書『安楽音』（田中道雄解説・翻
　　刻）... 309
　　＊正誤表 310
　　＊〔解説〕... 311
　　＊凡例 312
　　〔翻刻〕（富尾似船編）................................. 313

第2巻　俳文学篇 元禄・蕉風・中興期
1998年10月23日刊

＊緒言（加藤定彦）... 1
＊凡例 3
椎の森―解題と翻刻―（前田金五郎解題・
　　翻刻）... 7
　　＊解題・翻刻凡例・附記................................... 9
　　「椎の森」本文翻刻（和及編）............................ 11
杉浦博士未翻刻「曽良日記」（中西啓解説・
　　翻刻）.. 31
　　＊〔解説〕・凡例.. 32
　　〔翻刻〕（曽良著）...................................... 33
　　　曽良日記、随行日記残部............................... 33
　　　近畿巡遊日記... 34
　　　古代十六ヶ条〔弓道関係覚書〕......................... 51
　　　白鷺（高泉）〔漢詩〕................................. 51
　　　楓林見月（丈山）〔漢詩〕............................. 51
　　＊正誤（一）（二）...................................... 52
「胡蝶判官」―解題と翻刻―（前田利治解
　　題・翻刻）... 53
　　＊解題・翻刻凡例.. 55
　　〔翻刻〕（重徳、信徳編）................................ 56
資料翻刻 青葛葉（阿部倬也解説・翻刻）..................... 71
　　＊正誤表 72
　　＊解説・凡例.. 73
　　青葛葉〔翻刻〕（山本荷分撰）........................... 74
板本『一の木戸』下巻の紹介（久富哲雄解
　　説・翻刻）... 91
　　＊『一の木戸』の伝本.................................... 93

* 『一の木戸』の成立年時 ……………… 94
* 凡例・書誌 ……………… 94
板本『一の木戸』下巻の本文（相楽等躬編）……………… 95
* 作者別発句索引 ……………… 116
* 入集句数順作者一覧 ……………… 118
九州蕉門の研究—（二）『漆川集』と筑前嘉穂俳壇について—（杉浦正一郎解説・翻刻）……………… 119
* 〔解説〕……………… 121
〔翻刻〕（土明撰）……………… 141
翻刻『春鹿集』天の巻 ……………… 171
* はじめに（富山奏）……………… 173
* 翻刻凡例 ……………… 174
翻刻（魯九編, 中川真喜子翻刻）……………… 176
『春鹿集』の地の巻—付・翻刻—（富山奏解説・翻刻）……………… 225
* 〔解説〕……………… 227
* 凡例 ……………… 231
〔翻刻〕（魯九編, 富山奏翻刻）……………… 231
* 『春鹿集』作者一覧・翻刻『春鹿集』の補正 ……………… 237
* 『春鹿集』作者一覧（富山奏, 中川真喜子）……………… 239
* はじめに（富山奏）……………… 239
* 凡例 ……………… 241
* 『春鹿集』作者一覧 ……………… 242
* 翻刻「春鹿集」の補正（富山奏）……………… 259
* はじめに ……………… 259
* （一）天の巻の補正 ……………… 259
* （二）地の巻の正誤 ……………… 260
* （三）作者一覧の補正 ……………… 261
『刷毛序』（翻刻と解題）（岡本勝解説・翻刻）……………… 263
* 解説 ……………… 264
翻刻（太田巴静編）……………… 265
俳諧伝書 椎本先生語類 誹諧秘説集の研究（一）～（三）（島本昌一解説・翻刻）……………… 285
* 俳諧伝書 椎本先生語類 誹諧秘説集の研究（一）……………… 287
* 凡例 ……………… 288
椎本先生語類 ……………… 289
誹諧秘説集 ……………… 299
* 俳諧伝書 椎本先生語類 誹諧秘説集の研究（二）……………… 302
誹諧秘説集 ……………… 302
* 校勘篇 ……………… 313
* 一、『舊徳語類』後半部と跋 ……………… 315
* 二、『俳諧秘説抄』跋 ……………… 318
* 三、『俳諧秘説抄』に組込まれている後人の注記 ……………… 318

* 俳諧伝書 椎本先生語類 誹諧秘説集の研究（三）……………… 321
* 校勘篇 四 『椎本先生語類』（国会本）と『誹諧秘説抄』との異同 ……………… 321
篗纑輪—翻刻と解題—（一）～（六）（方寛千梅選, 島居清解題・翻刻）……………… 331
篗纑輪—翻刻と解題—（一）……………… 333
* 〔解題〕……………… 333
〔翻刻〕……………… 334
篗纑輪—翻刻—（二）……………… 353
篗纑輪—翻刻—（三）……………… 375
篗纑輪—翻刻—（四）……………… 401
篗纑輪—翻刻—（五）……………… 419
篗纑輪—翻刻並索引—（六）……………… 457
〔翻刻〕……………… 457
* わくかせわ索引 ……………… 468
松のわらひ・合歓のいひき 翻刻と解題（森川昭解題・翻刻）……………… 491
* 〔解題〕……………… 492
松のわらひ（下郷蝶羅著）……………… 494
合歓のいひき（下郷蝶羅著）……………… 507
「雪丸げ」私見・周徳自筆本『ゆきまるげ』—翻刻—（久富哲雄解説・翻刻）……………… 521
* 正誤表 ……………… 522
* 「雪丸げ」私見 ……………… 523
周徳自筆本『ゆきまるげ』—翻刻—（曽良編, 河西周徳校正, 久富哲雄校訂）……………… 534
* 書誌・凡例 ……………… 534
〔翻刻〕……………… 535
翻刻『友なし猿』（大谷篤蔵解説・翻刻）……………… 551
* 〔解説〕……………… 553
〔翻刻〕（市川団十郎白猿（五世）著）……………… 553

第3巻 続・俳文学篇 貞門・談林
1999年11月25日刊

* 緒言（加藤定彦）……………… 1
* 凡例 ……………… 3
貞徳『誹諧新式十首之詠筆』季吟『如渡得船』一茶『湖に松』（種茂勉解説・翻刻）
　　　　　　　　　　　　　　　　　　左開12
（1）貞徳『誹諧新式十首之詠筆』（松永貞徳）……………… 左開10
（2）季吟『如渡得船』（北村季吟）…… 左開9
（3）一茶『湖に松』（小林一茶）……… 左開9
* （1）貞徳『誹諧新式十首之詠筆』補足 ……………… 左開8
貞徳独吟—翻刻と解題—（前田金五郎解題・翻刻）……………… 13
* 解題 ……………… 14
* 翻刻凡例 ……………… 16
貞徳獨吟（松永貞徳）……………… 17

徳元の周囲―「徳元等百韻五巻」考―（森川昭解説・翻刻）……… 29
　＊〔解説〕……… 31
　資料翻刻 徳元等百韻五巻（斎藤徳元ほか）… 38
立圃三点（白石悌三解説・翻刻）……… 53
　立圃句日記（立圃著）……… 55
　みちのき（立圃著）……… 59
　〔立圃自筆巻子本（屏山文庫蔵）〕（立圃著）……… 64
立圃の承応癸巳紀行（野々口立圃著、島田筑波翻刻）……… 67
富永燕石著『夜のにしき』解説と翻刻（米谷巌解説・翻刻）……… 75
　＊一　解説……… 77
　二　翻刻……… 81
　　＊凡例……… 81
　　夜のにしき（富永燕石著）……… 82
穂久邇文庫「明暦二年立圃発句集」紹介（沢井耐三解題・翻刻）……… 93
　＊一、解題……… 94
　二、翻刻……… 95
　　＊凡例……… 95
　　〔明暦二年立圃発句集〕（野々口立圃著）……… 96
　＊三、校異・補注……… 99
『十八番諸職之句合』解題と翻刻―立圃俳諧資料考一―（下垣内和人、米谷巌、檀上正孝解題・翻刻）……… 103
　＊解題……… 105
　〔翻刻〕（立圃著）……… 112
九大図書館蔵『寛文五 乙巳記』―翻刻と解題―（井上敏幸解題・翻刻）……… 117
　＊翻刻凡例……… 118
　寛文五 乙巳記（梅友著）……… 118
　＊解題……… 124
翻刻『維舟点賦何柚誹諧百韻』（田中道雄解説・翻刻）……… 127
　＊解説……… 129
　＊註……… 135
　翻刻（維舟筆、愚溪、朋之、如自詠、田中道雄翻刻）……… 136
　＊訂正……… 140
安原貞室の書簡二通（島居清解説・翻刻）… 141
松山坊秀句（新田孝子解説・翻刻）……… 147
　＊解題……… 149
　本文（松山玖也著）……… 151
『奉納于飯野八幡宮ノ発句』―解題と翻刻（檀上正孝解題・翻刻）……… 155
　＊一　書誌……… 156
　＊二　料紙の配列順序……… 156
　＊三　飯野八幡宮の沿革……… 157
　＊四　飯野八幡宮奉納俳諧と風虎……… 158

奉納于飯野八幡宮（松山玖也著）……… 163
聖心女子大学所蔵『寛伍集・巻第四』の紹介（久富哲雄解題・翻刻）……… 165
　＊解題……… 167
　＊書誌……… 168
　＊凡例……… 168
　寛伍集題目録……… 169
　寛伍集巻第四（南方由編）……… 170
　＊作者別発句索引……… 187
翻刻 奥州名所百番誹諧発句合（尾形仂解説・校訂）……… 189
　＊〔解説〕……… 191
　奥州名所百番誹諧発句合（筆者未詳、松山玖也判者）……… 192
貞室独吟「曙の」百韻自註―玉川大学図書館蔵貞室新出資料―（母利司朗解説・翻刻）……… 213
　＊〔解説・書誌〕……… 214
　〔翻刻〕俳諧之連歌（一囊軒貞室独吟自註）……… 217
延宝四年西鶴歳旦帳（森川昭解説・翻刻）… 227
　翻刻……… 228
　＊解説……… 239
翻刻「難波千句」（板坂元解説・翻刻）……… 247
　＊〔解説〕……… 248
　〔翻刻〕（高滝以仙編）……… 249
翻刻・延宝六年『俳諧三ッ物揃』（一）（保英末雄解題・翻刻）……… 275
　（二）……… 276
　翻刻・延宝六年『俳諧三ッ物揃』（一）……… 276
　　＊書誌……… 276
　　＊解題……… 276
　　＊翻刻凡例……… 279
　〔翻刻〕……… 280
　翻刻・延宝六年『俳諧三ッ物揃』（二）……… 293
　〔翻刻〕……… 293
延宝七己未名古屋歳旦板行之写シ―千代倉家代々資料考一一―（森川昭解説・翻刻）……… 315
延宝七己未名古屋歳旦板行之写シ（下里知足写）……… 318
　＊〔解説〕……… 324
翻刻『箱柳七百韻』（板坂耀子解説・翻刻）……… 329
　＊〔解説〕……… 330
　＊書誌・凡例……… 332
　〔翻刻〕（高滝益翁編）……… 332
雪之下草歌仙 俳諧―解題と翻刻―（前田金五郎解説・翻刻）……… 343
　＊解題……… 345
　＊翻刻凡例……… 346
　＊附記……… 346
　翻刻 雪之下草歌仙 俳諧（小川野水撰）……… 346

片岡旨恕編「わたし舩」〔延宝七年十二月
　朔日序〕翻刻 初句索引（米谷巌翻刻）…… 363
　＊翻刻凡例 …………………………………… 365
　〔翻刻〕（片岡旨恕編）……………………… 367
　＊初句索引凡例 ……………………………… 375
　＊〔初句索引〕………………………………… 376
不卜編『俳諧向之岡』上巻―翻刻―（岡田
　彰子解説・翻刻）……………………………… 385
　＊〔解説〕……………………………………… 385
　＊凡例 ………………………………………… 386
　＊書誌 ………………………………………… 386
　〔翻刻〕（岡村不卜編）……………………… 387
『桑折宗臣日記』（抄）（一〜終）（桑折宗臣
　著，美山靖解説・翻刻）……………………… 409
　『桑折宗臣日記』（抄）……………………… 411
　　＊はしがき ………………………………… 411
　　〔翻刻（延宝八年九月）〕………………… 412
　『桑折宗臣日記』（抄）―その二― ……… 420
　　〔翻刻（延宝九年二月）〕………………… 420
　『桑折宗臣日記』（抄）―その三― ……… 423
　　〔翻刻（寛文四年正月〜六月）〕………… 423
　『桑折宗臣日記』（抄）―その四― ……… 432
　　〔翻刻（寛文四年七月〜十二月・寛文
　　　八年正月〜三月）〕……………………… 432
　『桑折宗臣日記』（抄）―その五― ……… 446
　　〔翻刻（寛文八年四月〜九月）〕………… 446
　『桑折宗臣日記』（抄）―その六― ……… 446
　　〔翻刻（寛文八年十月〜九年正月）〕…… 456
　『桑折宗臣日記』（抄）―その七― ……… 462
　　〔翻刻（寛文九年正月〜五月）〕………… 462
　『桑折宗臣日記』（抄）―その八― ……… 470
　　〔翻刻（延宝八年閏八月・十月）〕……… 470
　『桑折宗臣日記』（抄）―その九― ……… 477
　　〔翻刻（延宝八年十月・十一月）〕……… 477
　『桑折宗臣日記』（抄）―その十― ……… 484
　　〔翻刻（延宝八年十一月・極月）〕……… 484
　『桑折宗臣日記』（抄）―その十一― …… 491
　　〔翻刻（延宝八年極月）〕………………… 491
　『桑折宗臣日記』（抄）―その十二― …… 496
　　〔翻刻（延宝九年正月・二月）〕………… 496
　『桑折宗臣日記』（抄）―終― …………… 503
　　〔翻刻（延宝九年三月・四月）〕………… 503

第4巻　続・俳文学篇 元禄・蕉風（上）
1999年11月25日刊

＊緒言（加藤定彦）………………………………… 1
＊凡例 ……………………………………………… 3
『俳諧茗摺』（牛見正和解説・翻刻）…………… 7
　＊〔解説〕………………………………………… 8
　＊凡例 …………………………………………… 18
　〔翻刻〕（等躬編，牛見正和翻刻）…………… 19

いわゆる去来系芭蕉伝書『元禄式』―許六
　『俳諧新々式』との相関について―（東
　聖子解説，真下良祐翻刻）…………………… 35
　＊凡例 ………………………………………… 36
　〔翻刻〕………………………………………… 36
　＊〔解説〕……………………………………… 42
翻刻『俳諧わたまし抄』（竹下義人解題・
　翻刻）…………………………………………… 55
　＊〔解題〕……………………………………… 56
　（翻刻）『俳諧わたまし抄』）（春色編著）… 65
『佐郎山』について（仁枝忠解説・翻刻）…… 89
　＊天理図書館・綿屋文庫本「佐郎山」の
　　一部・一 紅雪の序〔影印〕…………… 91
　＊『佐郎山』について ……………………… 95
　佐郎山（芳水撰（紅雪撰・芳水補））……… 96
上御霊俳諧と『八重桜集』（岡田利兵衞解
　説・翻刻）……………………………………… 121
　＊〔解説〕……………………………………… 123
　俳諧八重櫻集 ………………………………… 142
翻刻『俳諧八重桜集 下』（大内初夫解説・
　翻刻）…………………………………………… 177
　＊〔解説〕……………………………………… 179
　＊凡例 ………………………………………… 180
　俳諧八重桜集 下巻 …………………………… 181
翻刻『しらぬ翁』（岡田彰子解説・翻刻）…… 203
　＊書誌 ………………………………………… 205
　＊〔解説〕……………………………………… 206
　＊翻刻凡例 …………………………………… 207
　〔翻刻〕（遠舟編）…………………………… 207
　＊『しらぬ翁』索引 ………………………… 217
伊藤信徳の「雛形」（殿田良作解説・翻刻）
　………………………………………………… 223
　＊〔解説〕……………………………………… 225
　〔翻刻〕（伊藤信徳著）……………………… 225
翻刻・難波順礼（櫻井武次郎解説，今栄蔵
　翻刻）…………………………………………… 231
　＊〔解説〕……………………………………… 233
　＊〔翻刻凡例〕………………………………… 235
　俳諧難波順礼（瓠界編）……………………… 236
翻刻・轍士編『墨流し わだち第五』（雲英
　末雄解題・翻刻）……………………………… 245
　＊書誌 ………………………………………… 247
　＊解題 ………………………………………… 247
　墨流し わだち第五（轍士編）………………… 251
『水仙畑』―九州俳書 解題と翻刻（三）（大
　内初夫解説・翻刻）…………………………… 267
　＊〔解説〕……………………………………… 269
　＊凡例 ………………………………………… 273
　〔翻刻〕（田間鶏立編）……………………… 274
翻刻 西国追善集（井上敏幸翻刻，大内初夫
　解説・注）……………………………………… 293
　＊解説 ………………………………………… 295

＊翻刻凡例 ………………………… 298
西国追善集 ……………………… 298
長崎俳書『岬之道』翻刻と解題―『去来先生全集』補訂をかねて―(白石悌三解説・翻刻) …………………………… 305
　＊〔解説〕……………………… 306
　〔翻刻〕(宇鹿, 紗柳編) ……… 308
『西の詞集』―九州俳書 解題と翻刻 (五)―(大内初夫解説・翻刻) … 323
　＊〔解説〕……………………… 325
　＊凡例 ………………………… 330
　西の詞集(釣壺編) …………… 331
土芳自筆本 箕虫庵集草稿(解説並びに翻刻)(中西啓解説・翻刻) ……… 365
　＊解説 ………………………… 367
　＊凡例 ………………………… 367
　翻刻(土芳著) ………………… 368

第5巻 続・俳文学篇 元禄・蕉風 (下)
1999年11月25日刊

＊緒言(加藤定彦) ………………… 1
＊凡例 ……………………………… 3
翻刻 寺の笛(天)(大内初夫解説, 檀上正孝翻刻) ………………………… 7
　＊解説 …………………………… 9
　＊書誌 ………………………… 11
　＊凡例 ………………………… 11
　〔翻刻〕(使帆, 一通, 野長編) … 12
九州蕉門の研究(一) 枯野塚と『枯野塚集』―(杉浦正一郎解説・翻刻) … 21
　＊〔解説〕……………………… 22
　〔翻刻〕(晡川撰) ……………… 41
翻刻『千句塚』(下垣内和人解説・翻刻) ……… 63
　＊『千句塚』について ………… 65
　＊除風について ……………… 66
　＊書誌 ………………………… 67
　＊凡例 ………………………… 68
　〔翻刻〕(除風撰) ……………… 68
芳賀一晶著『千句後集』の紹介・芳賀一晶著『千句後集』の紹介補訂(久富哲雄解説・翻刻) ……………………… 77
　＊芳賀一晶著『千句後集』の紹介 … 79
　＊解題 ………………………… 79
　＊書誌 ………………………… 79
　＊凡例 ………………………… 80
　千句後集(芳賀一晶著) ……… 80
　＊芳賀一晶著『千句後集』の紹介補訂 … 101
翻刻『三日歌仙』(島居清解説・翻刻) … 103
　＊解題と書誌 ………………… 104
　〔翻刻〕(支考編) ……………… 104
誹諧津の玉川(杉浦正一郎解説・翻刻)… 119

誹諧津の玉川(露白堂生水撰) … 120
　＊「誹諧津の玉川」について … 132
『軒伝ひ』―解題と翻刻―(服部直子解題・翻刻) ………………………… 133
　＊解題 ………………………… 135
　＊書誌 ………………………… 135
　翻刻(露川) …………………… 136
翻刻 正宗文庫本『岩壺集』(岡本史子解題・翻刻) …………………… 163
　＊解題 ………………………… 165
　翻刻 岩壺集(柳本正興編) …… 167
追悼集『谷の鶯』翻刻と解題(白石悌三解題・翻刻) …………………… 179
　〔翻刻〕(鈴木秋月編) ………… 180
　＊解題 ………………………… 184
　＊「追悼集『谷の鶯』翻刻と解題」の追補 ………………………… 185
翻刻『位山集』(小谷成子解題, 福田道子翻刻) …………………………… 187
　＊〔書誌〕……………………… 189
　〔翻刻〕(江鷗撰) ……………… 190
『二人行脚』―解題と翻刻―(服部直子解題・翻刻) …………………… 215
　＊解題 ………………………… 217
　＊書誌・凡例 ………………… 218
　翻刻 二人行脚(沢露川編) …… 218
木因翁紀行(森川昭解説・翻刻) …… 231
　＊解説 ………………………… 233
　＊凡例 ………………………… 237
　木因翁紀行(谷木因著) ……… 237
鍋島家蔵『一言俳談』―翻刻と解題―(井上敏幸解説・翻刻) …………… 251
　＊解説 ………………………… 253
　＊翻刻凡例 …………………… 258
　一言俳談(進藤松丁子述) …… 259
『遼々篇』―解題と翻刻―(檀上正孝解題・翻刻) …………………… 267
　＊書誌・内容・編者 ………… 268
　＊刊年 ………………………… 269
　＊表記・追而 ………………… 270
　遼々篇(珍ామ編) ……………… 271
『舩庫集』―解題と翻刻―(服部直子解題・翻刻) …………………… 279
　＊解題 ………………………… 281
　＊書誌・凡例 ………………… 282
　翻刻(東推編) ………………… 282
露沾公の歳旦吟その他(高木蒼梧解説・翻刻) …………………………… 311
　＊〔解説〕……………………… 313
　〔翻刻〕……………………… 313
みちのかたち(複刻)(坂井華渓解説・翻刻) ………………………………… 317

```
    *〔解説〕 ···································· 318
  〔翻刻〕（大立編） ····························· 319
坂上羨鳥編「俳諧花橘 春秋 下」（米谷巌翻
  刻） ·············································· 325
  俳諧はなたち花 巻之下（坂上羨鳥編）··· 326
    春の部 ······································ 326
    秋之部 ······································ 332
『国曲集』―解題と翻刻―（服部直子解題・
  翻刻） ··········································· 339
  *解題 ··········································· 341
  *書誌・凡例 ·································· 342
  〔翻刻〕（露川） ································ 342
許六一門・送行未来記（森川昭解説・翻
  刻） ·············································· 385
  *〔解説〕 ······································· 386
  送行未来記 ···································· 388
『許六自筆 芭蕉翁伝書』（石川真弘、牛見正
  和翻刻） ········································ 397
  *書誌 ··········································· 399
  大秘伝白砂人集（許六筆） ················· 400
  俳諧新々式（許六筆） ······················· 408
  俳諧新式極秘伝集（許六筆） ·············· 418
岩田涼菟の柏崎住吉神社奉納百韻（矢羽勝
  幸解説・翻刻） ······························· 421
  *〔解説〕 ······································· 422
  *書誌 ··········································· 423
住吉奉納〔柏崎住吉神社奉納百韻〕（岩
  田涼菟編） ···································· 423

## 第6巻　続・俳文学篇 中興期（上）
1999年11月25日刊

*緒言（加藤定彦） ·································· 1
*凡例 ················································· 3
翻刻『茶初穂』（立圃五十回忌追善集）（富
  田志津子解説・翻刻） ························ 7
  *解説 ············································· 8
  茶初穂（柚花翁林鯔山編） ··················· 9
『俳諧天上守』―九州俳書 解題と翻刻
  （四）―（大内初夫解題・翻刻） ········· 17
  *〔解題〕 ········································ 19
  *凡例 ············································ 21
  俳諧天上守 ····································· 22
翻刻・『言水追福海音集』（雲英末雄解説・
  翻刻） ············································ 63
  *〔解説〕 ········································ 65
  言水追福海音集（金毛斎方設編） ········ 67
新出『其木からし』〈仮題〉（言水七回忌追
  悼）―解題と翻刻―（宇城由文解題・翻
  刻） ·············································· 103
  *解題 ··········································· 105
  *翻刻凡例 ····································· 106

本文（言水堂方設編） ······························· 106
和及伝書「倭哥誹諧大意秘抄」と去来伝書
  「修行地」について（中西啓解説・翻刻）
   ···················································· 115
  その一 ·········································· 117
    *〔解説〕 ···································· 117
    倭哥誹諧大意秘抄（松花堂欠壷筆）··· 117
  その二 ·········································· 124
    *〔解説〕 ···································· 124
    修行地 ······································· 125
祇空の子（西村燕々解説・翻刻） ············· 127
第三の『仏兄七久留万』（櫻井武次郎解説・
  翻刻） ··········································· 129
  *〔解説〕 ······································· 131
  〔翻刻〕（鬼貫著） ······························· 135
祇空遺芳（一）～（完結）（稲津祇空句、西
  村燕々翻刻） ·································· 153
  祇空遺芳（一） ································ 155
  祇空遺芳（二） ································ 158
  祇空遺芳（三） ································ 160
  祇空遺芳（四） ································ 162
  祇空遺芳（五） ································ 165
  祇空遺芳（六） ································ 168
  祇空遺芳（七） ································ 170
  祇空遺芳（八） ································ 173
  祇空遺芳（完結） ······························ 175
享保末期江戸俳人名録―『祇明交遊録』と
  『御撰集』から―（白石悌三） ············ 179
翻刻 俳諧雪月花（柳生四郎解説・翻刻）··· 189
  *解説 ··········································· 190
  〔翻刻〕（湖鏡楼見竜編） ···················· 190
江の島紀行（大場蓼和著、島田筑波翻刻）··· 195
元文四年『伊都岐嶋八景 下』―解説と翻
  刻―（米谷巌解説・翻刻） ················· 205
  *解説 ··········································· 207
  伊都岐嶋八景 下（浅生庵野坡編） ······ 209
『水のさま』（翻刻と解題）（岡本勝解題・
  翻刻） ··········································· 225
  *解題 ··········································· 227
  翻刻（梅路編） ································ 228
「蕉門千那俳諧之伝」解説と翻刻（中西啓
  解説・翻刻） ·································· 237
  *〔解説〕 ······································· 239
  蕉門千那俳諧之伝 ···························· 239
寛延二己巳年 奉扇会（翻刻・解題）（宮田
  正信解題・翻刻） ···························· 243
  芭蕉翁 奉扇會 ································ 244
                                          ······ 248
宝暦期諸国美濃派系俳人名録（矢羽勝幸解
  説・翻刻） ····································· 251
  *〔解説〕 ······································· 253
  *書誌 ··········································· 253
```

＊〔諸国文通俳名俗名〕 …………… 254
翻刻・超波十七回忌追善集『はせを』（雲英末雄解題・翻刻） ……………………… 261
　＊書誌 …………………………… 262
　＊解題 …………………………… 263
　はせを（祇丞, 買明編） ………… 264
翻刻 奥羽の日記（大谷篤蔵解題・翻刻）… 277
　＊解題 …………………………… 279
　奥羽の日記（南嶺庵梅至編） …… 280
『芭蕉句解』―飜刻と解題―（島居清解題・翻刻） …………………………… 313
　＊解説 …………………………… 315
　＊書誌 …………………………… 315
　＊書入 …………………………… 316
　〔翻刻〕（蓼太述） ……………… 316
蕪村の信州行―翻刻『俳諧風の恵』―（矢羽勝幸解題・翻刻） ………………… 349
　＊解題 …………………………… 350
　翻刻『俳諧風の恵』（吉沢鶏山著）… 357
翻刻・麦水俳諧春帖四種―『濃春夜』・『三津袮』・『大盞曲』・逸題春帖（田中道雄解説・翻刻） ……………………… 375
　＊解説 …………………………… 377
　＊凡例 …………………………… 378
　一　春濃夜（麦水編） …………… 379
　二　三津袮（麦水編） …………… 383
　三　大盞曲（麦水編） …………… 388
　四　安永二年刊逸題春帖（麦水編） … 393

第7巻　続・俳文学篇 中興期（下）
1999年11月25日刊

＊緒言（加藤定彦） ………………… 1
＊凡例 ………………………………… 3
ますみ集 解題と翻刻 付 立教大学日本文学研究室蔵俳書目録（楠元六男, 有座俊史解題・翻刻） ……………………… 7
　＊解題 …………………………… 8
　＊翻刻凡例 ……………………… 9
　ますみ集（虚来編） ……………… 10
　＊立教大学日本文学研究室蔵俳書目録（白石悌三, 楠元六男, 有座俊史ほか作成） …………………………… 14
　＊後記（白石悌三） ……………… 21
天府自筆の日記三部書（一）（二）（杉浦正一郎解説・翻刻） ………………… 23
　天府自筆の日記三部書（一） …… 25
　　難波日記（天府著） …………… 25
　　後難波日記（天府著） ………… 29
　　三津濱（天府著） ……………… 31
　天府自筆の日記三部書（二） …… 35
　　＊〔解説〕 ……………………… 35

白砂人集―本文翻刻と解題―（小林祥次郎解題） ………………………………… 43
　＊凡例 …………………………… 45
　〔翻刻本文〕白砂人集 …………… 45
　＊解題 …………………………… 50
須賀川市図書館所蔵『栗木菴之記』の紹介（前・後）（久富哲雄） ……………… 55
須賀川市図書館所蔵『栗木菴之記』の紹介（前）（久富哲雄解説・翻刻） …… 57
　＊〔解説〕 ……………………… 57
　＊書誌 …………………………… 60
　＊凡例 …………………………… 60
　〔栗木菴之記 天の巻〕 ………… 61
須賀川市図書館所蔵『栗木菴之記』の紹介（後）（久富哲雄解説・翻刻） …… 75
　＊凡例 …………………………… 75
　＊書誌 …………………………… 75
　〔栗木菴之記 地の巻・人の巻〕 … 76
暁台の越後行 付・翻刻『なづな集』（矢羽勝幸解題・翻刻） ………………… 95
　＊〔暁台の越後行〕 ……………… 96
　＊『なづな集』解題 ……………… 97
　　＊編者鷺大 …………………… 98
　翻刻『なづな集』（鷺大編） …… 98
新出樗良句集『無為菴樗良翁発句書』（矢羽勝幸解題・翻刻） ………………… 103
　一、＊解題 ……………………… 104
　二、「無為菴樗良翁発句書」 …… 106
　　＊翻刻凡例 …………………… 106
　　〔無為菴樗良翁発句書〕（樗良句, 無事菴慮呂編） ………………… 107
　三、「山里集草稿」 ……………… 118
　　〔山里集草稿〕（無事菴慮呂編） … 118
翻刻・冬の日句解（雲英末雄校訂・解題・翻刻） ……………………………… 125
　＊解題 …………………………… 127
　＊翻刻凡例 ……………………… 128
　〔冬の日句解〕（闌更述, 木陰庵蓋編） … 128
翻刻『秋風菴月化発句集』（上）（下）（大内初夫解説・翻刻） ………………… 145
　翻刻『秋風菴月化発句集』（上） … 147
　　＊〔解説〕 ……………………… 147
　　＊凡例 ………………………… 147
　　秋風菴月化發句集 上（秋風菴月化句, 春坡編） ……………………… 148
　翻刻『秋風菴月化發句集』（下） … 177
　　秋風菴月化發句集 下（秋風菴月化句, 春坡編） ……………………… 177
柳條編「奥の枝折」―翻刻―（久富哲雄解題・翻刻） ……………………… 211
　＊解題 …………………………… 213
　　＊書誌 ………………………… 216

＊凡例 ……………………………… 216
　〔奥の枝折〕（柳條編）………… 217
　　＊参考 後刷本の奥付 ………… 252
　　＊校注 ………………………… 252
其角伝書「正風二十五条」（中西啓解説・
　翻刻）……………………………… 253
　＊〔解説〕……………………… 255
　正風廿五条（其角著）………… 256
梅人著『桃青伝』―翻刻―（久富哲雄解
　説・翻刻）………………………… 265
　＊〔解説〕……………………… 267
　＊凡例 ………………………… 269
　桃青伝（梅人著）……………… 269
　＊正誤表（久富哲雄）………… 275
翻刻・嚴嶋奉納集初編（櫻井武次郎解説・
　翻刻）……………………………… 277
　＊〔解説〕……………………… 278
　＊書誌 ………………………… 278
　嚴嶋奉納集初編（篤老撰）…… 278
あきのそら―解題と翻刻―（富山奏解題・
　翻刻）……………………………… 297
　＊〔解題〕……………………… 298
　　＊はじめに ………………… 298
　　＊（一）…………………… 298
　　＊（二）…………………… 299
　　＊（三）…………………… 300
　　＊おわりに ………………… 301
　翻刻『あきのそら』（鶯橋編著）… 303
　　＊凡例 ……………………… 303
　　〔翻刻本文〕……………… 303
翻刻『奥細道洗心抄』（一）～（六）（雲英末
　雄，佐藤勝明，竹下義人，玉城司解題・翻
　刻）………………………………… 317
　翻刻『奥細道洗心抄』（一）……… 318
　　＊〔凡例〕………………… 318
　　奥細道洗心抄（葛菴舎来著）… 318
　翻刻『奥細道洗心抄』（二）……… 330
　　〔承前〕奥細道洗心抄 ……… 330
　翻刻『奥細道洗心抄』（三）……… 342
　　〔承前〕奥細道洗心抄 ……… 342
　翻刻『奥細道洗心抄』（四）……… 350
　　〔承前〕奥細道洗心抄 ……… 350
　翻刻『奥細道洗心抄』（五）……… 358
　　〔承前〕奥細道洗心抄 ……… 358
　翻刻『奥細道洗心抄』（六）……… 366
　　〔承前〕奥細道洗心抄 ……… 366
　　＊解題 ……………………… 371
国立国会図書館蔵『七部礫噺』翻刻篇（西
　村真砂子解説・翻刻）…………… 375
　＊〔解説〕……………………… 376
　＊凡例 ………………………… 379
　〔七部礫噺〕（遠藤日人著）…… 380
　＊『七部礫噺』記載の絵図 …… 402
　＊正誤表 ……………………… 407
＊東都俳人墓所集 其一～五（吉原春蘿編）
　…………………………………… 409
　＊東都俳人墓所集（一）（吉原春蘿）…… 411
　＊東都俳人墓所集（二）（春ら生）…… 416
　＊東都俳人墓所集（三）（春蘿生）…… 420
　＊東都俳人墓所集（四）（春蘿生）…… 423
　＊東都俳人墓所集（五）（春蘿生）…… 426

> [031] 古典名作リーディング
> 貴重本刊行会
> 全4巻
> 2000年4月～2001年7月

1　蕪村・一茶集（揖斐高著）
2000年4月25日刊

蕪村集

＊凡例 ……………………………………… 4
＊総説 ……………………………………… 5
発句篇 …………………………………… 23
俳詩篇 ………………………………… 103
　北寿老仙（ほくじゅらうせん）をいたむ … 103
　春風馬堤曲（しゅんぷうばていきよく）…… 110
　澱河歌（でんがか）………………………… 126
俳文篇 ………………………………… 131
　新花摘（抄）……………………………… 131
　顔見世 …………………………………… 151
　春泥（しゅんでい）句集序 ……………… 157
　洛東芭蕉庵再興記 ……………………… 170
付篇 ……………………………………… 181
　夜半翁終焉記（几董著）………………… 181
＊蕪村略年譜 …………………………… 197
一茶集 ………………………………… 203
＊凡例 …………………………………… 204
＊総説 …………………………………… 205
発句篇 …………………………………… 221
俳文篇 …………………………………… 271
　寛政三年紀行（抄）……………………… 271
　父の終焉日記（抄）……………………… 281
　おらが春（抄）…………………………… 301
　俳諧寺記（抄）…………………………… 312
＊一茶略年譜 …………………………… 317
＊蕪村集初句索引 ……………………… 325
＊一茶初句索引 ………………………… 329

2　お伽草子（沢井耐三著）
2000年11月15日刊

＊凡例 ……………………………………… 2
＊総説 ……………………………………… 3
一寸法師 ………………………………… 25
ささやき竹 ……………………………… 39
酒呑童子 ………………………………… 53
文正草子 ……………………………… 111
浅間（せんげん）の本地（源蔵人物語）…… 177
梵天国 ………………………………… 219
うたたねの草子 ……………………… 271
精進魚類物語 ………………………… 303

3　芭蕉集（雲英末雄著）
2000年5月25日刊

＊凡例 ……………………………………… 2
＊総説 ……………………………………… 3
おくのほそ道 ……………………………… 41
発句篇 ………………………………… 137
連句篇 ………………………………… 221
去来抄（去来著）……………………… 279
＊芭蕉略年譜 …………………………… 317
＊発句篇・出典俳書一覧 ……………… 327
＊初句索引 ……………………………… 331
＊おくのほそ道行程図 ………………… 337

4　徒然草（稲田利徳著）
2001年7月25日刊

＊凡例 ……………………………………… 9
＊総説 …………………………………… 11
〔徒然草〕（兼好著）……………………… 29
上巻 ……………………………………… 29
　つれづれなるままに（序段）…………… 29
　願はしかるべきこと（第一段）………… 30
　あるにしたがひて用ゐよ（第二段）…… 35
　好色まざらん男（第三段）……………… 37
　後の世と仏の道（第四段）……………… 39
　配所の月（第五段）……………………… 39
　子といふもの（第六段）………………… 41
　あだし野の露・鳥部山の煙（第七段）… 43
　久米の仙人（第八段）…………………… 45
　愛著の道（第九段）……………………… 47
　あらまほしき家居（第十段）…………… 50
　心ぼそき庵（第十一段）………………… 54
　心の友（第十二段）……………………… 57
　見ぬ世の友（第十三段）………………… 60
　ふす猪の床（第十四段）………………… 61
　しばしの旅だち（第十五段）…………… 65
　神楽・ものの音（第十六段）…………… 67
　山寺にこもりて（第十七段）…………… 68
　なりひさこ（第十八段）………………… 69
　折節のうつりかはるさま（第十九段）… 72
　空の名残（第二十段）…………………… 78
　清く流るる水の気色（第二十一段）…… 80
　したはしき古き世（第二十二段）……… 82
　九重のありさま（第二十三段）………… 84
　野宮のありさま（第二十四段）………… 87
　常ならぬ世（第二十五段）……………… 89
　うつろふ人の心の花（第二十六段）…… 92
　御国ゆづりの節会（第二十七段）……… 95
　諒闇の年（第二十八段）………………… 97
　過ぎにしかた（第二十九段）…………… 98

人のなきあと（第三十段）……………… 100	心おとりせらるる調度（第八十一段）…… 223
雪の朝（第三十一段）…………………… 105	不具なるこそよけれ（第八十二段）……… 225
月見るけしき（第三十二段）…………… 106	亢竜の悔（第八十三段）…………………… 227
櫛形の穴（第三十三段）………………… 109	情ありける三蔵（第八十四段）…………… 229
へなたり（第三十四段）………………… 111	驥を学ぶは驥のたぐひ（第八十五段）…… 231
手のわろき人（第三十五段）…………… 113	風月の才に富める人（第八十六段）……… 234
仕丁やある（第三十六段）……………… 114	下部に酒飲ますること（第八十七段）…… 236
朝夕馴れたる人（第三十七段）………… 116	道風の書ける和漢朗詠集（第八十八段）… 240
玉は淵に投ぐべし（第三十八段）……… 117	猫また（第八十九段）……………………… 242
往生は一定と思へば一定（第三十九段）… 122	頭ばかりの見えざりけん（第九十段）…… 245
栗をのみ食ふ娘（第四十段）…………… 124	吉凶は日によらず（第九十一段）………… 247
賀茂の競馬（第四十一段）……………… 126	ふたつの矢（第九十二段）………………… 250
気の上る病（第四十二段）……………… 129	死を憎まば生を愛すべし（第九十三段）… 252
かたちきよげなる男（第四十三段）…… 131	勅書を持ちたる北面（第九十四段）……… 256
笛を吹きすさぶ若き男（第四十四段）… 133	緒をつくること（第九十五段）…………… 258
堀池の僧正（第四十五段）……………… 137	めなもみといふ草（第九十六段）………… 259
強盗法印（第四十六段）………………… 139	僧に法あり（第九十七段）………………… 260
鼻ひたる時のまじなひ（第四十七段）… 140	一言芳談（第九十八段）…………………… 261
有職のふるまひ（第四十八段）………… 142	庁屋の唐櫃（第九十九段）………………… 264
無常の身に迫りぬること（第四十九段）… 144	まがひを参らせよ（第一〇〇段）………… 266
女の鬼（第五十段）……………………… 147	衣被きの女房（第一〇一段）……………… 267
亀山殿の水車（第五十一段）…………… 150	先づ軾を召さるべくや（第一〇二段）…… 268
先達はあらまほしきこと（第五十二段）… 152	唐瓶子（第一〇三段）……………………… 270
頭にかづきたる足鼎（第五十三段）…… 154	荒れたる宿の女（第一〇四段）…………… 272
風流の破子（第五十四段）……………… 158	物語する男女（第一〇五段）……………… 277
家の作りやう（第五十五段）…………… 161	尊かりけるいさかひ（第一〇六段）……… 280
残りなく語る人（第五十六段）………… 163	女の性（第一〇七段）……………………… 282
歌物語の歌のわろき（第五十七段）…… 165	寸陰惜しむ人（第一〇八段）……………… 287
世を遁れんこと（第五十八段）………… 167	高名の木のぼり（第一〇九段）…………… 290
大事を思ひたたん人（第五十九段）…… 170	双六の上手（第一一〇段）………………… 292
いもがしら（第六十段）………………… 173	囲碁・双六好む人（第一一一段）………… 294
御産のときの甑（第六十一段）………… 178	日暮れ途遠し（第一一二段）……………… 295
牛の角文字（第六十二段）……………… 180	若き人にまじはる老人（第一一三段）…… 298
武者をあつむること（第六十三段）…… 182	高名の牛飼（第一一四段）………………… 299
車の五緒（第六十四段）………………… 184	ぼろぼろの闘諍（第一一五段）…………… 302
このごろの冠（第六十五段）…………… 185	名をつくること（第一一六段）…………… 306
花に鳥つくるすべ（第六十六段）……… 186	わろき友よき友（第一一七段）…………… 308
賀茂の岩本・橋本（第六十七段）……… 191	鯉の羹（第一一八段）……………………… 310
土大根の兵二人（第六十八段）………… 194	鰹と言ふ魚（第一一九段）………………… 312
豆と豆殻（第六十九段）………………… 197	遠き物を宝とせず（第一二〇段）………… 314
懐のそくひ（第七十段）………………… 199	養ひ飼ふもの（第一二一段）……………… 316
おしはからるる面影（第七十一段）…… 201	人の才能（第一二二段）…………………… 318
賤しげなるもの（第七十二段）………… 203	人間の大事（第一二三段）………………… 321
世に語り伝ふる虚言（第七十三段）…… 205	明暮念仏して（第一二四段）……………… 323
変化の理（第七十四段）………………… 209	唐の狗に似候ふ（第一二五段）…………… 325
閑なる身（第七十五段）………………… 211	よきばくち（第一二六段）………………… 327
とぶらふ中のひじり法師（第七十六段）… 214	あらためて益なきこと（第一二七段）…… 329
よく案内知りて語ること（第七十七段）… 216	犬の足を斬る（第一二八段）……………… 330
今様のめづらしきこと（第七十八段）… 217	人に労を施さじ（第一二九段）…………… 333
問はぬ限りは言はぬこと（第七十九段）… 219	学問の力（第一三〇段）…………………… 336
我が身にうときこと（第八十段）……… 220	おのが分を知ること（第一三一段）……… 338

鳥羽の作道（第一三二段）	340	鮎のしらぼし（第一八二段）	470
東枕・南枕（第一三三段）	342	人突く牛・人食ふ馬（第一八三段）	472
おのれを知ること（第一三四段）	344	障子を張る松下禅尼（第一八四段）	473
むまのきつりやう（第一三五段）	348	さうなき馬乗り（第一八五段）	476
土偏に候ふ（第一三六段）	353	乗るべき馬（第一八六段）	477
下巻	356	得の本・失の本（第一八七段）	479
始め終りこそをかしけれ（第一三七段）	357	説教習ふひまえて（第一八八段）	481
後の葵（第一三八段）	368	不定こそまこと（第一八九段）	489
家にありたき木（第一三九段）	373	妻といふもの（第一九〇段）	491
身死して財残るも（第一四〇段）	377	夜のみこそめでたけれ（第一九一段）	494
堯蓮上人（第一四一段）	378	夜まゐりたる（第一九二段）	497
恩愛の道（第一四二段）	382	文字の法師・暗証の禅師（第一九三段）	498
終焉のありさま（第一四三段）	386	虚言をかまへ出す人（第一九四段）	500
阿字本不生（第一四四段）	388	地蔵を洗ふ人（第一九五段）	504
落馬の相ある人（第一四五段）	390	社頭の警蹕（第一九六段）	506
兵仗の難（第一四六段）	392	定額の女孺（第一九七段）	508
灸治のあと（第一四七段）	394	揚名目（第一九八段）	510
三里を焼く（第一四八段）	395	単律の国（第一九九段）	511
鹿茸（第一四九段）	396	呉竹・河竹（第二〇〇段）	512
能をつかんとする人（第一五〇段）	397	退凡・下乗の卒都婆（第二〇一段）	514
上手にいたらざらん芸（第一五一段）	400	神事にはばかること（第二〇二段）	515
毛はげたるむく犬（第一五二段）	402	靫かくる作法（第二〇三段）	518
あなうらやまし（第一五三段）	404	笞にて打つ時（第二〇四段）	520
たぐひなき曲者（第一五四段）	406	勧請の起請（第二〇五段）	521
機嫌を知ること（第一五五段）	408	大理の座に臥す牛（第二〇六段）	523
大臣の大饗（第一五六段）	412	蛇の塚（第二〇七段）	526
心はことに触れて来る（第一五七段）	413	紐を結ふこと（第二〇八段）	528
魚道（第一五八段）	416	いづくをか刈らざらん（第二〇九段）	530
みなむすび（第一五九段）	418	喚子鳥（第二一〇段）	532
額かくる（第一六〇段）	419	人は天地の霊（第二一一段）	534
花のさかり（第一六一段）	421	秋の月（第二一二段）	538
殺す所の鳥を頸にかけ（第一六二段）	422	火炉に火を置く時（第二一三段）	539
太衝の太の字（第一六三段）	425	想夫恋といふ楽（第二一四段）	541
無益の談（第一六四段）	427	味噌のさかな（第二一五段）	543
本山を離れぬる僧（第一六五段）	428	あるじまうけ（第二一六段）	546
春の日の雪仏（第一六六段）	429	大福長者の言（第二一七段）	549
物にほこることなし（第一六七段）	431	人に食ひつく狐（第二一八段）	554
老の方人（第一六八段）	434	横笛の五の穴（第二一九段）	555
何事の式といふこと（第一六九段）	436	天王寺の舞楽（第二二〇段）	559
阮籍の青き眼（第一七〇段）	438	放免のつけ物（第二二一段）	562
聖目を直ぐにはじくこと（第一七一段）	441	亡者の追善（第二二二段）	565
若き時は情欲多し（第一七二段）	444	童名たづ君（第二二三段）	567
小野小町がこと（第一七三段）	446	いたづらに広き庭（第二二四段）	568
大につき小を捨つること（第一七四段）	448	白拍子の根元（第二二五段）	570
酒飲む人（第一七五段）	450	五徳の冠者（第二二六段）	571
黒戸（第一七六段）	459	六時礼讃（第二二七段）	576
乾き砂子（第一七七段）	461	千本の釈迦念仏（第二二八段）	577
昼御座の御剣（第一七八段）	463	妙観が刀（第二二九段）	578
那蘭陀寺の大門（第一七九段）	465	未練の狐（第二三〇段）	579
さぎちやう（第一八〇段）	467	百日の鯉（第二三一段）	582
たんばのこゆき（第一八一段）	468	古きひさくの柄（第二三二段）	585

万のとが（第二三三段） ………………… 588
もの馴れぬ人（第二三四段） …………… 590
虚空よく物をいる（第二三五段） ……… 592
獅子・狛犬の立ちやう（第二三六段） …… 595
柳筥に据ゆるもの（第二三七段） ……… 598
自讃のこと七つ（第二三八段） ………… 600
妻宿（第二三九段） ……………………… 616
世にあり佗ぶる女（第二四〇段） ……… 618
年月の懈怠（第二四一段） ……………… 621
楽欲する所（第二四二段） ……………… 624
仏は如何なるものにか（第二四三段）… 626

[032] コレクション日本歌人選
笠間書院
全80巻（第Ⅰ～Ⅳ期）
2011年2月～2019年6月
（第Ⅰ～Ⅲ期：和歌文学会監修）

※収録は近現代の巻を除く

001　柿本人麻呂（高松寿夫著）
2011年3月25日刊

* 凡例 …………………………………………… iv
01 玉だすき 畝傍の山の ………………… 2
02 楽浪の滋賀の唐崎 …………………… 6
03 やすみしし 我が大君 ………………… 8
04 くしろつく手節の崎に ……………… 12
05 やすみしし 我が大君 ………………… 14
06 東の野には炎 ………………………… 18
07 大君は神にしませば ………………… 20
08 やすみしし 我が大君 ………………… 22
09 玉藻刈る敏馬を過ぎて ……………… 24
10 淡路の野島が崎の …………………… 26
11 矢釣山木立も見えず ………………… 28
12 もののふの八十宇治川の …………… 30
13 近江の海夕波千鳥 …………………… 32
14 大君の遠の朝廷と …………………… 34
15 石見の海 角の浦みを ………………… 36
16 篠の葉はみ山もさやに ……………… 40
17 古へにありけむ人も ………………… 42
18 夏野ゆく牡鹿の角の ………………… 44
19 天地の はじめの時 …………………… 46
20 飛ぶ鳥の 明日香の川の ……………… 50
21 ……鶏が鳴く 東の国の ……………… 56
22 天飛ぶや 軽の道は …………………… 60
23 去年見てし秋の月夜は ……………… 64
24 秋山の したへる妹 …………………… 66
25 玉藻よし 讃岐の国は ………………… 70
26 山の際ゆ出雲の子らは ……………… 74
27 鴨山の岩根しまける ………………… 76
28 天の海に雲の波たち ………………… 78
29 穴師川川浪たちぬ …………………… 80
30 わたつみの持てる白玉 ……………… 82
31 とこしへに夏冬ゆけや ……………… 84
32 黄葉の過ぎにし子らと ……………… 86
33 ひさかたの天の香具山 ……………… 88
34 天の川去年の渡りで ………………… 90
35 愛くしとわが思ふ妹は ……………… 92
36 白妙の袖をはつはつ ………………… 94
37 春柳葛城山に ………………………… 96
38 わが背子が朝明の姿 ………………… 98

| 39 葦原の 瑞穂の国は ……………… 100
| 40 ほのぼのと明石の浦の ……………… 102
| 41 我妹子の寝たれ髪を ……………… 104
| ＊歌人略伝 ……………… 107
| ＊略年譜 ……………… 108
| ＊解説「和歌文学草創期の大成者 柿本人麻呂」(高松寿夫) ……………… 110
| ＊読書案内 ……………… 117
| ＊【付録エッセイ】詩と自然―人麻呂ノート1（抄）(佐佐木幸綱) ……………… 119

002　山上憶良 (辰巳正明著)
2011年6月25日刊

| ＊凡例 ……………… iv
| 01 いざ子ども早く日本へ ……………… 2
| 02 天翔りあり通ひつつ ……………… 4
| 03 憶良らは今は罷らむ ……………… 6
| 04 愛河ノ波浪ハ已先ニ滅エ ……………… 8
| 05 大君の 遠の朝廷と ……………… 10
| 06 家に行きて ……………… 14
| 07 愛しきよしかくのみからに ……………… 16
| 08 悔しかもかく知らませば ……………… 18
| 09 妹が見し棟の花は ……………… 20
| 10 大野山霧立ち渡る ……………… 22
| 11 父母を 見れば尊し ……………… 24
| 12 瓜食めば 子ども思ほゆ ……………… 28
| 13 銀も金も玉も ……………… 32
| 14 世間の 術なきものは ……………… 34
| 15 常磐なすかくしもがもと ……………… 40
| 16 春さればまづ咲く宿の ……………… 42
| 17 松浦県佐用比売の子が ……………… 44
| 18 天飛ぶや鳥にもがもや ……………… 46
| 19 人もねのうらぶれ居るに ……………… 48
| 20 天離る鄙に ……………… 50
| 21 吾が主の御霊給ひて ……………… 52
| 22 うち日さす宮へ上ると ……………… 54
| 23 たらししの母が目見ずて ……………… 58
| 24 常知らぬ道の長手を ……………… 60
| 25 風雑り 雨降る夜の ……………… 62
| 26 世間を憂しとやさしと ……………… 68
| 27 俗道ノ変化ハ猶ホ ……………… 70
| 28 たまきはる 現の限りは ……………… 72
| 29 術もなく苦しくあれば出で走り去なな と思へど児らに障りぬ ……………… 76
| 30 荒栲の布衣をだに着せかてにかくや嘆かむせむ術をなみ ……………… 78
| 31 世の人の 貴び願ふ ……………… 80
| 32 稚ければ道行き知らじ ……………… 86
| 33 士やも空しくあるべき ……………… 88
| 34 天の川相向き立ちて ……………… 90
| 35 ひさかたの天の川瀬に ……………… 92

| 36 秋の野に咲きたる花を ……………… 94
| 37 萩の花尾花葛花瞿麦の花 ……………… 96
| 38 大君の遣さなくに ……………… 98
| 39 荒雄らは妻子の産業をば ……………… 100
| ＊歌人略伝 ……………… 103
| ＊略年譜 ……………… 104
| ＊解説「生きることの意味を問い続けた歌人 山上憶良」(辰巳正明) ……………… 106
| ＊読書案内 ……………… 114
| ＊【付録エッセイ】「士(をのこ)」として歩んだ生涯―みずからの死―(中西進) ……………… 116

003　小野小町 (大塚英子著)
2011年2月28日刊

| ＊凡例 ……………… iv
| 01 思ひつつぬれぱや人の ……………… 6
| 02 うたた寝に恋しき人を ……………… 6
| 03 いとせめて恋しき時は ……………… 10
| 04 うつつにはさもこそあらめ ……………… 14
| 05 かぎりなき思ひのまゝに ……………… 18
| 06 夢路には足もやすめず ……………… 20
| 07 秋の夜も名のみなりけり ……………… 24
| 08 あはれてふことこそうたて ……………… 28
| 09 花の色はうつりにけりな ……………… 32
| 10 秋風にあふたのみこそ ……………… 36
| 11 わびぬれば身をうき草の ……………… 40
| 12 おきのゐて身を焼くよりも ……………… 44
| 13 人に逢はむつきのなきには ……………… 48
| (14) 包めども袖にたまらぬ (阿倍清行) ……………… 52
| 15 おろかなる涙ぞ袖に ……………… 54
| 16 今はとてわが身時雨に ……………… 58
| (17) 人を思ふ心の木の葉に (小野貞樹) ……………… 62
| 18 見るめなきわが身を浦と ……………… 64
| 19 海人のすむ里のしるべに ……………… 68
| 20 色見えで移ろふものは ……………… 72
| 21 岩の上に旅寝をすれば ……………… 76
| 22 心から浮きたる舟に ……………… 80
| 23 あまの住む浦漕ぐ舟の ……………… 84
| 24 花咲きて実ならぬ物は ……………… 86
| 25 よひよひの夢のたましひ ……………… 88
| 26 ちはやぶる神も見まさば ……………… 90
| 27 けさよりは悲しの宮の ……………… 92
| 28 あはれなりわが身のはてや ……………… 94
| 29 あるはなくなきは数そふ ……………… 96
| 30 陸奥は世をうき島も ……………… 98
| 31 秋風の吹くたびごとに ……………… 100
| ＊歌人略伝 ……………… 103
| ＊略年譜 ……………… 104
| ＊解説「最初の女流文学者小野小町」(大塚英子) ……………… 106
| ＊読書案内 ……………… 112

＊【付録エッセイ】小野小町（抄）（目崎徳衛）‥114

004　在原業平（中野方子著）
2011年3月25日刊

＊凡例 ………………………………………… iv
01　ちはやぶる神代も聞かず ……………… 2
02　抜き乱る人こそあるらし ……………… 6
03　大原や小塩の山も ……………………… 8
04　人知れぬ我が通ひ路の ………………… 10
05　月やあらぬ春や昔の …………………… 12
06　唐衣着つつなれにし …………………… 16
07　名にしおはばいざ言問はむ …………… 20
08　行き帰り空にのみして ………………… 24
09　紫の色濃き時は ………………………… 28
10　見ずもあらず見もせぬ人の …………… 30
11　起きもせず寝もせで夜を ……………… 34
12　浅みこそ袖はひつらめ ………………… 36
13　かずかずに思ひ思はず ………………… 40
14　かきくらす心の闇に …………………… 44
15　寝ぬる夜の夢をはかなみ ……………… 48
16　秋の野に笹分けし朝の ………………… 50
17　大幣と名にこそ立てれ ………………… 52
18　今ぞ知る苦しきものと ………………… 54
19　年を経て住み越し里を ………………… 56
20　今日来ずは明日は雪とぞ ……………… 58
21　濡れつつぞしいて折りつる …………… 62
22　植ゑし植ゑば秋なき時や ……………… 64
23　世の中に絶えて桜の …………………… 66
24　狩り暮らしたなばたつめに …………… 70
25　飽かなくにまだきも月の ……………… 72
26　忘れては夢かとぞ思ふ ………………… 74
27　桜花散りかひくもれ …………………… 78
28　大方は月をもめでじ …………………… 82
29　世の中にさらぬ別れの ………………… 84
30　つひに行く道とはかねて ……………… 86
31　ゆく蛍雲の上まで ……………………… 88
32　難波津を今日こそ御津の ……………… 92
33　頼まれぬ憂き世の中を ………………… 94
34　大井川浮かべる舟の …………………… 96
35　いとどしく過ぎ行く方の ……………… 98
＊歌人略伝 ………………………………… 101
＊略年譜 …………………………………… 102
＊解説「伝説の基層からの輝き―業平の
　和歌を読むために」（中野方子） …… 104
＊読書案内 ………………………………… 112
＊【付録エッセイ】在原業平（抄）（目崎徳衛）‥115

005　紀貫之（田中登著）
2011年2月28日刊

＊凡例 ………………………………………… iv

01　夏の夜のふすかとすれば ……………… 2
02　桜花散りぬる風の ……………………… 4
03　桜散る木の下風は ……………………… 6
04　袖ひちてむすびし水の ………………… 8
05　人はいさ心も知らず …………………… 10
06　桜花とく散りぬとも …………………… 12
07　秋の菊にほふかぎりは ………………… 14
08　見る人もなくて散りぬる ……………… 16
09　夕月夜小倉の山に ……………………… 18
10　行く年をのしくもあるか ……………… 20
11　むすぶ手のしづくに濁る ……………… 22
12　糸によるものならなくに ……………… 24
13　小倉山峰立ちならし …………………… 26
14　吉野河岩波高く ………………………… 28
15　世の中はかくこそありけれ …………… 30
16　人知れぬ思ひのみこそ ………………… 32
17　色もなき心を人に ……………………… 34
18　色ならばうつるばかりも ……………… 36
19　玉の緒の絶えてみじかき ……………… 38
20　暁のなからましかば …………………… 40
21　行きて見ぬ人しのべと ………………… 42
22　花もみな散りぬる宿は ………………… 44
23　逢坂の関の清水に ……………………… 46
24　唐衣打つ声聞けば ……………………… 48
25　来ぬ人を下に待ちつつ ………………… 50
26　いづれをか花とはわかむ ……………… 52
27　大空にあらぬものから ………………… 54
28　訪ふ人もなき宿なれど ………………… 56
29　思ひかね妹がり行けば ………………… 58
30　一年に一夜と思へど …………………… 60
31　今日明けて昨日に似ぬは ……………… 62
32　春ごとに咲きまさるべき ……………… 64
33　吹く風に氷とけたる …………………… 66
34　かつ越えて別れも行くか ……………… 68
35　明日知らぬ命なれども ………………… 70
36　君まさで煙絶えにし …………………… 72
37　石上古く住みこし ……………………… 74
38　恋ふるまに年の暮れなば ……………… 76
39　唐衣新しくたつ ………………………… 78
40　影見れば波の底なる …………………… 80
41　君恋ひて世を経る宿の ………………… 82
42　なかりしもありつつ帰る ……………… 84
43　こと夏はいかが聞きけむ ……………… 86
44　かきくもりあやめも知らぬ …………… 88
45　霜枯れに見えこし梅は ………………… 90
46　高砂の峰の松とや ……………………… 92
47　家ながら別るる時は …………………… 94
48　花も散り郭公さへ ……………………… 96
49　またも来む時ぞと思へど ……………… 98
50　手にむすぶ水に宿れる ……………… 100
＊歌人略伝 ………………………………… 103

```
＊略年譜 ……………………………… 104
＊解説「平安文学の開拓者 紀貫之」（田中
  登）……………………………… 106
＊読書案内 ……………………………… 113
＊【付録エッセイ】古今集の新しさ ―言語の自覚
  的組織化について（抄）（大岡信）……… 115
```

006　和泉式部（高木和子著）
2011年7月25日刊

```
＊凡例 ……………………………………… iv
01 黒髪の乱れも知らず ……………… 2
02 春霞立つや遅きと ………………… 4
03 岩つつじ折り持てぞ見る ………… 6
04 ながめには袖さへ濡れぬ ………… 8
05 ありとても頼むべきかは ………… 10
06 晴れずのみものぞ悲しき ………… 12
07 寝る人を起こすともなき ………… 14
08 見渡せば真木の炭焼く …………… 16
09 いたづらに身をぞ捨てつる ……… 18
10 つれづれと空ぞ見らるる ………… 20
11 逢ふことを息の緒にする ………… 22
12 君恋ふる心は千々に ……………… 24
13 世の中に恋といふ色は …………… 26
14 冥きより冥き道にぞ ……………… 28
15 ともかくも言はばなべてに ……… 30
16 瑠璃の地と人も見つべし ………… 32
17 類よりも独り離れて ……………… 34
18 あはれなる事をいふには ………… 36
19 などて君むなしき空に …………… 38
20 留めおきて誰をあはれと ………… 40
21 待つ人は待たども見えで ………… 42
22 ある程は憂きを見つつも ………… 44
23 津の国のこやとも人を …………… 46
24 あらざらんこの世のほかの ……… 48
25 薫る香によそふるよりは ………… 50
26 なぐさむと聞けば語らま ………… 52
27 世の常のことともさらに ………… 54
28 待たましかばかりこそは ………… 56
29 ほととぎす世に隠れたる ………… 58
30 やすらはでたつにたちうき ……… 60
31 偲ぶらんものとも知らで ………… 62
32 ふれば世のいとど憂さのみ ……… 64
33 宵ごとに帰しはすとも …………… 66
34 近江路は忘れぬめりと …………… 68
35 よそにても同じ心に ……………… 70
36 惜しまるる涙に影は ……………… 72
37 今朝の間にいまは消ぬらむ ……… 74
38 うちかへし思へば悲し …………… 76
39 捨てはてむと思ふさへこそ ……… 78
40 鳴きや鳴き我が諸声に …………… 80
41 今の間の命にかへて ……………… 82
42 夢にだに見で明かしつる ………… 84
43 おぼめくな誰ともなくて ………… 86
44 いかにしていかにこの世に ……… 88
45 竹の葉に霰ふるなり ……………… 90
46 ぬれぎぬと人には言はん ………… 92
47 もの思へば沢の蛍も ……………… 94
48 あさましや剣の枝の ……………… 96
49 折からはおとらぬ袖の …………… 98
50 ありはてぬ命待つ間の …………… 100
＊歌人略伝 ……………………………… 103
＊略年譜 ………………………………… 104
＊解説「歌に生き恋に生き 和泉式部」（高
  木和子）……………………………… 106
＊読書案内 ……………………………… 113
＊【付録エッセイ】和泉式部、虚像化の道（藤
  岡忠美）……………………………… 115
```

007　清少納言（圷美奈子著）
2011年5月25日刊

```
＊凡例 ……………………………………… iv
1『清少納言集』の歌
  言の葉
    01 言の葉はつゆ掛くべくも ……… 2
  恋
    02 いづかたのかざしと神の ……… 6
    03 身を知らず誰かは人を ………… 8
    04 我ならずわが心をも …………… 10
    05 濡れ衣と誓ひしほどに ………… 12
    06 わたの原そのかた浅く ………… 16
    07 よしさらばつらさは我に ……… 20
  旅・物詣で
    08 ここながら程の経るだに ……… 24
    09 恋しさにまだ夜を籠めて ……… 28
    10 いづかたに茂りまさると ……… 32
    11 いつしかと花の梢は …………… 36
  陸奥
    12 たよりある風もや吹くと ……… 40
    13 名取河かかる憂き瀬を ………… 44
  わが身
    14 これを見よ上はつれなき ……… 48
    15 訪ふ人にありとはえこそ ……… 50
    16 月見れば老いぬる身こそ ……… 52
  今の世
    17 あらたまるしるしもなくて …… 56
    18 風のまに散る淡雪の …………… 60
  涙
    19 忘らるる身のことわりと ……… 62
    20 心には背かんとしも …………… 66
    21 憂き身をばやるべき方も ……… 70
2『枕草子』の歌
  鳥のそら音
```

22　夜を籠めて鳥のそら音は……… 74
　元輔ののち
　　23　その人ののちと言はれぬ……… 82
　空寒み
　　24　空寒み花にまがへて……… 84
3　ゆかりの人々の歌
　中宮定子
　　25　みな人の花や蝶やと……… 88
　　26　夜もすがら契りしことを……… 90
　一条天皇
　　27　野辺までに心ひとつは……… 92
　　28　露の身の風の宿りに……… 94
　和泉式部
　　29　これぞこの人の引きける……… 96
　小馬命婦（母の草子）
　　30　ちり積める言の葉知れる……… 98
＊『枕草子』段数表示　対照表……… 102
＊歌人略伝……… 105
＊略年譜……… 106
＊解説「時代を越えた新しい表現者　清少納言」（圷美奈子）……… 108
＊読書案内……… 114
＊【付録エッセイ】宮詣でと寺詣り（抄）（田中澄江）……… 116

008　源氏物語の和歌（高野晴代著）
2011年7月25日刊

＊凡例……… iv
01　限りとて別るる道の（桐壺更衣）……… 2
02　山がつの垣ほ荒るとも（夕顔）……… 4
03　空蟬の羽におく露の（空蟬）……… 6
04　見し人の煙を雲と（光源氏）……… 8
05　世がたりに人や伝へむ（壺壺中宮）……… 10
06　ふりにける頭の雪を（光源氏）……… 12
07　唐人の袖ふることは（藤壺中宮）……… 14
08　憂き身世にやがて消えなば（朧月夜）……… 16
09　袖ぬるる泥とかつは（六条御息所）……… 18
10　神垣はしるしの杉も（六条御息所）……… 20
11　橘の香をなつかしみ（光源氏）……… 22
12　初雁は恋しき人の（光源氏）……… 24
13　思ふらむ心のほどや（明石君）……… 26
14　水鶏だに驚かさずは（花散里）……… 28
15　藤波のうち過ぎがたく（光源氏）……… 30
16　逢坂の関やいかなる（空蟬）……… 32
17　別るとて遙かにいひし（前斎宮［秋好中宮］）……… 34
18　行く先をはるかに祈る（明石入道）……… 36
19　末遠二葉の松に引き別れ（明石君）……… 38
20　氷とぢ石間の水は（紫上）……… 40
21　心から春待ちつ苑は（秋好中宮［前斎院梅壺女御］）……… 42
22　年を経て祈る心の（太宰少弐妻［玉鬘の乳母］）……… 44
23　めづらしや花の寝ぐらに（明石君）……… 46
24　思ふとも君は知らじな（柏木）……… 48
25　今日さへや引く人もなき（蛍兵部卿宮［蛍宮］）……… 50
26　草若み常陸の浦の（近江君）……… 52
27　行方なき空に消ちてよ（玉鬘）……… 54
28　大方に荻の葉過ぐる（明石君）……… 56
29　唐衣また唐衣（光源氏）……… 58
30　朝日さす光を見ても（蛍兵部卿宮）……… 60
31　三瀬川わたらぬ先に（玉鬘）……… 62
32　花の香は散りにし枝に（朝顔姫君［前斎院］）……… 64
33　秋を経て時雨降りぬる（朱雀院）……… 66
34　若葉さす野辺の小松に（玉鬘）……… 68
35　消えとまる程やは経べき（紫上）……… 70
36　この春は柳の芽にぞ（一条御息所）……… 72
37　憂き世にはあらぬ所を（女三宮）……… 74
38　雲の上をかけ離れたる（冷泉院）……… 76
39　山里のあはれをそふる（夕霧）……… 78
40　置くと見る程ぞはかなき（紫上）……… 80
41　掻きつめて見るもかひなし（光源氏）……… 82
42　おぼつかな誰に問はまし（薫）……… 84
43　花の香を匂はす宿に（匂宮）……… 86
44　桜花匂ひあまたに（女童なれき）……… 88
45　いかでかく巣立ちけるぞと（大君）……… 90
46　我なくて草の庵は（八宮）……… 92
47　貫きもあへずもろき涙の（大君）……… 94
48　あり経ればうれしき瀬にも（大輔君）……… 96
49　霜にあへず枯れにし（今上帝）……… 98
50　里の名も昔ながらに（薫）……… 100
51　年経とも変はらむものか（匂宮）……… 102
52　あはれ知る心は人に（小宰相君）……… 104
53　憂きものと思ひも知らで（浮舟）……… 106
54　法の師と尋ぬる道を（薫）……… 108
＊『源氏物語』の和歌概観……… 111
＊光源氏・薫略年譜……… 112
＊解説「和歌から解く『源氏物語』世界の機微」（高野晴代）……… 115
＊読書案内……… 121
＊【付録エッセイ】源氏物語の四季（抄）（秋山虔）……… 123

009　相模（武田早苗著）
2011年7月25日刊

＊凡例……… iv
01　岩間もる水にぞやどす……… 2
02　花ならぬなぐさめもなき……… 4
03　霞だに山ちにしばし……… 6
04　見渡せば波のしがらみ……… 8
05　五月雨は美豆の御牧の……… 10
06　五月雨の空なつかしく……… 12
07　聞かでただ寝なましものを……… 14

```
08　下紅葉ひと葉づつ散る …………… 16
09　手もたゆくならす扇の ……………… 18
10　ほどもなくたちやかへらむ ………… 20
11　秋の田になみよる稲は ……………… 22
12　雨により石田の早稲も ……………… 24
13　暁の露は涙も ………………………… 26
14　都にも初雪降れば …………………… 28
15　あはれにも暮れゆく年の …………… 30
16　逢ふことのなきよりかねて ………… 32
17　五月雨の闇はすぎにき ……………… 34
18　つきもせずこひに涙を ……………… 36
19　もろともにいつか解くべき ………… 38
20　昨日今日嘆くばかりの ……………… 40
21　さもこそは心くらべに ……………… 42
22　なほざりに行きてかへらん ………… 44
23　ことの葉につけてもなどか ………… 46
24　荒かりし風の後より ………………… 48
25　あやふしと見ゆる途絶えの ………… 50
26　来じとだにいはで絶えなば ………… 52
27　荒磯海の浜の真砂を ………………… 54
28　恨みわび干さぬ袖だに ……………… 56
29　夕暮れは待たれしものを …………… 58
30　辛からん人をもなにか ……………… 60
31　いつとなく心そらなる ……………… 62
32　あふさかの関に心は ………………… 64
33　あきはててあとの煙は ……………… 66
34　いとはしき我が命さへ ……………… 68
35　時しもあれ春のなかばに …………… 70
36　さして来し日向の山を ……………… 72
37　氏を継ぎ門を広めて ………………… 74
38　薫物のこを得むとのみ ……………… 76
39　光あらむ玉の男子 …………………… 78
40　野飼はねど荒れゆく駒を …………… 80
41　東路のそのはらからは ……………… 82
42　綱たえて離れ果てにし ……………… 84
43　見し月の光なしとや ………………… 86
44　いづくにか思ふことをも …………… 88
45　あとたえて人も分け来ぬ …………… 90
46　木の葉散る嵐の風の ………………… 92
47　埋み火をよそにみるこそ …………… 94
48　憂き世ぞと思ひ捨つれど …………… 96
49　もろともに花を見るべき …………… 98
50　難波人いそがぬたびの …………… 100
＊歌人略伝 ………………………………… 103
＊略年譜 …………………………………… 104
＊解説「歌人「相模」」（武田早苗）… 106
＊読書案内 ………………………………… 113
＊［付録エッセイ］「うらみわび」の歌について（森本元子）……………………… 115

010　式子内親王（平井啓子著）

2011年4月25日刊

＊凡例 ……………………………………… iv
01　色つぼむ梅の木の間の ……………… 2
02　山深み春とも知らぬ ………………… 4
03　ながめつる今日はむかしに ………… 6
04　いま桜咲きぬとみえて ……………… 10
05　八重ににほふ軒端の桜 ……………… 12
06　花はちりけりその色となく ………… 14
07　ふるさとの春を忘れぬ ……………… 18
08　忘れめや葵を草に ……………………20
09　まどちかき竹の葉すさぶ …………… 22
10　夕立の雲もとまらぬ ………………… 24
11　たそがれの軒端の荻に ……………… 26
12　秋風を雁にやつぐる ………………… 28
13　うたたねの朝けの袖に ……………… 30
14　ながめわびぬ秋よりほかの ………… 32
15　あともなき庭の浅茅に ……………… 36
16　千たび打つけり砧の音も …………… 38
17　更けにけり山の端ちかく …………… 40
18　桐の葉も踏み分けがたく …………… 42
19　秋こそあれ人はたづねね …………… 44
20　わが門のいなばの風に ……………… 46
21　風さむみ木の葉晴れゆく …………… 48
22　みるままに冬はきにけり …………… 50
23　さむしろの夜半の衣手 ……………… 52
24　身にしむは庭火の影も ……………… 54
25　天のしためぐむ草木の ……………… 56
26　松がねの雄島が磯も ………………… 58
27　たそがれの荻の葉風に ……………… 60
28　玉の緒よ絶えなば絶えね …………… 62
29　忘れてはうちなげかるる …………… 66
30　我が恋はしる人もなし ……………… 68
31　しるべせよ跡なき波に ……………… 70
32　夢にてもみゆらむものを …………… 72
33　逢ふことをけふ松が枝の …………… 74
34　君待つと寝屋へもいらぬ …………… 76
35　さりともとまちし月日ぞ …………… 78
36　生きてよも明日まで人も …………… 80
37　みたらしや影絶えはつる …………… 82
38　ほととぎすその神山の ……………… 84
39　今はわれ松の柱の …………………… 88
40　斧の柄のくちし昔は ………………… 90
41　暁のゆふつけ鳥ぞ …………………… 92
42　暮るるまも待つべき世かは ………… 94
43　日に千度心は谷に …………………… 96
44　さりともと頼む心は ………………… 98
45　静かなる暁ごとに ………………… 100
＊歌人略伝 ………………………………… 103
＊略年譜 …………………………………… 104
```

* 解説「斎院の思い出を胸に 式子内親王」
  （平井啓子） 106
* 読書案内 113
* 【付録エッセイ】花を見送る非力者の哀しみ
  （抄）―作歌態度としての〈詠め〉の姿勢（馬場あき
  子） 115

011　藤原定家（村尾誠一著）
2011年2月28日刊

* 凡例 iv
01 桜花またたちならぶ 2
02 天の原思へばかはる 4
03 いづくにて風をも世をも 6
04 見渡せば花も紅葉も 8
05 あぢきなくつらきあらしの 10
06 わすれぬやさはすれける 12
07 須磨の海人の袖に吹きこす 14
08 帰るさの物とや人の 16
09 里びたる犬の声にぞ 18
10 問はばやなそれかとにほふ 20
11 望月のころはたがはぬ 22
12 さむしろや待つ夜の秋の 24
13 あけばまた秋のなかばも 26
14 おもだかや下葉にまじる 28
15 たまゆらの露も涙も 30
16 なびかじな海人の藻塩火 32
17 年も経ぬ祈る契りに 34
18 忘れずはなれし袖もや 36
19 契りありて今日宮河の 38
20 旅人の袖ふきかへす 40
21 ゆきなやむ牛のあゆみに 42
22 大空は梅のにほひに 44
23 霜まよふ空にしをれし 46
24 春の夜の夢の浮き橋 48
25 夕暮はいづれの雲の 50
26 わくらばに問はれし人も 52
27 梅の花にほひをうつす 54
28 駒とめて袖うちはらふ 56
29 君が代に霞をわけし 58
30 さくら色の庭の春風 60
31 ひさかたの中なる川の 62
32 ひとりぬる山鳥の尾の 64
33 わが道をまもらば君を 66
34 消えわびぬうつろふ人の 68
35 袖に吹けさぞな旅寝の 70
36 白妙の袖の別れに 72
37 かきやりしその黒髪の 74
38 春を経てみゆき なるる 76
39 都にもいまや衣を 78
40 秋とだに吹きあへぬ風に 80
41 大淀の浦にかり干す 82
42 名もしるし峰のあらしも 84
43 鐘の音を松にふきしく 86
44 初瀬女のならす夕の 88
45 昨日今日雲のはたてに 90
46 来ぬ人をまつほの浦の 92
47 道のべの野原の柳 94
48 しぐれつつ袖にだにほさぬ 96
49 ももしきのとのへを出づる 98
50 たらちねのおよばず遠き 100
* 歌人略伝 103
* 略年譜 104
* 解説「藤原定家の文学」（村尾誠一） 106
* 読書案内 112
* 【付録エッセイ】古京はすでにあれて新都は
  いまだならず（唐木順三） 114

012　伏見院（阿尾あすか著）
2011年6月25日刊

* 凡例 iv
01 情けある昔の人は 2
02 春きぬと思ひなしぬる 6
03 いとまなく柳の末に 10
04 春や何ぞきこゆる音は 12
05 枝もなく咲き重なれる 14
06 かすみくもり入りぬとみつる 16
07 花の上の暮れゆく空に 18
08 風はやみ雲のひとむら 20
09 すずかつるあまたの宿も 22
10 照りくらし土さへ裂くる 24
11 こぼれ落つる池の蓮の 26
12 我もかなし草木も心 28
13 彦星のあふてふ秋は 30
14 見渡せば秋の夕日の 32
15 なびきかへる花の末より 36
16 宵のまのむら雲づたひ 38
17 軒近き松原山の 42
18 吹きはらふ嵐の庭に 46
19 あけがたの霜の夜がらす 48
20 入りがたの峰の夕日に 52
21 入相の鐘の音さへ 54
22 本柏神のすごもに 56
23 我も人も恨みたちぬる 58
24 思ふ人今夜の月を 60
25 こぼれ落ちし人の涙を 62
26 鳥のゆく夕べの空よ 64
27 四の時あめつちをして 66
28 我のみぞ時失へる 70
29 霞たち氷もとけぬ 74
30 おのづから垣根の草も 78
31 わが世にはあつめぬ和歌の 80

32　浦風は湊の葦に ………… 84
33　ひびきくる松のうれより ………… 86
34　小夜ふけて宿もる犬の ………… 88
35　更にぬるか過ぎ行く宿も ………… 92
36　雨の音のきこゆる窓は ………… 94
37　情けみせて残せる文の ………… 98
＊歌人略伝 ………… 101
＊略年譜 ………… 102
＊解説「王朝文化の黄旨を生きた天皇　伏見院」(阿尾あすか) ………… 104
＊読書案内 ………… 108
＊【付録エッセイ】今日の春雨(抄)(岩佐美代子) ………… 110

013　兼好法師(丸山陽子著)
2011年4月25日刊

＊凡例 ………… iv
01　衣うつ寒の袖や ………… 2
02　思ひいづや軒のしのぶに ………… 4
03　有明の月ぞ夜深き ………… 6
04　うきもまた契かはらで ………… 8
05　夜も涼し寝覚めの仮廬 ………… 10
06　はかなくてふるにつけても ………… 12
07　行き暮るる雲路の末に ………… 14
08　うち捨てて別るる道の ………… 16
09　行末の命を知らぬ ………… 18
10　世にしらず見えし梢は ………… 20
11　最上河はやくぞまさる ………… 22
12　さわらびのもゆる山辺を ………… 24
13　うちとけてまどろむとしも ………… 26
14　待てしばしめぐるはやすき ………… 28
15　ふるさとの浅茅が庭の ………… 30
16　おしなべてひとつ匂ひの ………… 32
17　めぐりあふ秋こそいとど ………… 34
18　千歳とも何か待つべき ………… 36
19　いとよやももみぢしてけり ………… 38
20　大荒木の森の下枝も ………… 40
21　柴の戸に独りすむよの ………… 42
22　花ならぬ霞も波も ………… 44
23　見ぬ人に咲きぬと告げむ ………… 46
24　朝まだき曇れる空を ………… 48
25　咲きにほふ藤の裏葉の ………… 50
26　湊川散りにし花の ………… 52
27　大原やいづれおぼろの ………… 54
28　冬枯れは野風になびく ………… 56
29　春近き鐘の響きの ………… 58
30　高砂の尾上に出る ………… 60
31　いかでわれ無漏の国にも ………… 62
32　寂しさもなぐさむものは ………… 64
33　世の中のあき田かるまで ………… 66
34　思ひたつ木曽の麻布 ………… 68

35　住めばまた憂き世なりけり ………… 70
36　いかにしてなぐさむ物ぞ ………… 72
37　山里に訪ひくる友も ………… 74
38　年ふれば訪ひこぬ人も ………… 76
39　山里は訪はれぬよりも ………… 78
40　嵐吹くみ山の庵の ………… 80
41　かくしつついつを限りの ………… 82
42　覚めぬれど語る友なき ………… 84
43　昔思ふ籬の花を ………… 86
44　松風を絶えぬ形見と ………… 88
45　おくれぬて跡弔ふ法の ………… 90
46　契りおく花とならびの ………… 92
47　逃れえぬ老蘇森の ………… 94
48　わび人の涙になるる ………… 96
49　見し人もなき故郷に ………… 98
50　帰り来ぬ別れをさても ………… 100
＊歌人略伝 ………… 103
＊略年譜 ………… 104
＊解説「歌人 兼好法師―生涯の記録『兼好法師集』」(丸山陽子) ………… 106
＊読書案内 ………… 111
＊【付録エッセイ】長明・兼好の歌(山崎敏夫) ………… 113

014　戦国武将の歌(綿抜豊昭著)
2011年3月25日刊

＊凡例 ………… iv
01　歌連歌ぬるき者ぞと(三好長慶) ………… 2
02　やがてはや国おさまりて(足利義政) ………… 4
03　人心まがりの里ぞ(足利義尚) ………… 6
04　苔のむす松の下枝に(大内義隆) ………… 8
05　伊勢の海千尋の浜の(蒲生智閑(貞秀)) ………… 10
06　梓弓おして誓ひを(北条早雲) ………… 12
07　かくばかり遠き東の(大内義興) ………… 14
08　思ひきや筑紫の海の(大友宗麟(義鎮)) ………… 16
09　青海のありとは知らで(長尾為景) ………… 18
10　分きかねつ心にもあらで(大内政弘) ………… 20
11　大海の限りも知らぬ(細川勝元) ………… 22
12　月日へて見し跡もなき(今川氏真) ………… 24
13　身の上を思へば悔し(藤堂高虎) ………… 26
14　何事もかはりはてたる(佐々成政) ………… 28
15　夏の夜の夢路はかなき(柴田勝家) ………… 30
16　いつかはと思ひ入りにし(豊臣秀次) ………… 32
17　花咲けと心をつくす(前田利家) ………… 34
18　待ちかぬる花も色香を(徳川家康) ………… 36
19　海原や水巻く龍の(太田道灌(資長)) ………… 38
20　また明日の光よいかに(今川義元) ………… 40
21　露ながら草葉の上は(木下長嘯子) ………… 42
22　竜田川浮かぶ紅葉の(毛利元就) ………… 44

23	散り残る紅葉は殊に（石田三成）……	46	11	山かげの荒磯の波の……………… 22
24	ねやの処はあとも枕も（前田慶次（利貞、利太））……	48	12	あしひきの 国上の山に…………… 24
25	もののふの鎧の袖を（上杉謙信）……	50	13	賤が家の垣根に春の………………… 26
26	山川や浪越す石の（朝倉孝景）……	52	14	若菜摘む賤が門田の………………… 28
27	逢ひ見てはなほ物思ふ（安宅冬康）…	54	15	この園の柳のもとに………………… 30
28	さぞな春つれなき老いと（新納忠元）…	56	16	梅の花折りてかざして……………… 32
29	二世とは契らぬものを（島津義久）…	58	17	霞立つ永き春日に…………………… 34
30	夏衣きつつなれにし（伊達政宗）……	60	18	この里に手まりつきつつ…………… 36
31	ともに見む月の今宵を（今川氏親）…	62	19	この宮のもりの木下に……………… 38
32	唐人の聖をまつる（朝倉義景）……	64	20	ひさかたの天ぎる雪と……………… 40
33	われならで誰かは植ゑむ（明智光秀）…	66	21	青山の木ぬれたちくき……………… 42
34	夏はきつねになく蟬の（北条氏康）…	68	22	ほととぎす汝が鳴く声を…………… 44
35	今もまた流れは同じ（蒲生氏郷）…	70	23	世の中を憂しと思へばか…………… 46
36	藻塩焼きうきめかる（宇喜多秀家）…	72	24	わくらばに人も通はぬ……………… 48
37	勝頼と名乗る武田の（織田信長）……	74	25	月夜よみ門田の田居に……………… 50
38	両川のひとつになりて（豊臣秀吉）…	76	26	わが待つ秋は来ぬらし……………… 52
39	薄墨につくれる眉の（細川幽斎（藤孝））……	78	27	久方の棚機つ女は…………………… 54
40	人は城人は石垣（武田信玄）………	80	28	渡し守はや舟出せよ………………… 56
41	日本のひかりや四方の（吉川広家）…	82	29	ひさかたの天の河原に……………… 58
42	大坂や揉まばらもみぢ（織田信長）…	84	30	ぬばたまの夜は更けぬらし………… 60
43	時は今天が下しる（明智光秀）……	86	31	今よりは継ぎて夜寒むに…………… 62
44	たなびくや千里もここの（今川氏親）…	88	32	石の上古川の辺の…………………… 64
45	奥山に紅葉を分けて（豊臣秀吉）…	90	33	さびしさに草の庵を………………… 66
46	藻塩草かく（細川幽斎）……………	92	34	わが宿を訪ねて来ませ……………… 68
47	神々の（松平広忠）…………………	94	35	秋山をわが越えくれば……………… 70
48	霜満陣営秋気清（上杉謙信）………	96	36	このごろの寝ざめに聞けば………… 72
49	詹外風光分外新（武田信玄）………	98	37	山里はうら寂しくぞ………………… 74
50	二星何恨隔年逢（直江兼続）………	100	38	もみち葉は散りはするとも………… 76
51	馬上少年過（伊達政宗）……………	102	39	夜を寒み門田の畔に………………… 78
＊	戦国武将の歌概観……………………	105	40	わが宿は越の白山…………………… 80
＊	人物一覧………………………………	106	41	いづくより夜の夢路を……………… 82
＊	解説「戦国武将の歌」（綿抜豊昭）…	110	42	その上は酒に浮きつる……………… 84
＊	読書案内………………………………	117	43	何ごとも移りのみゆく……………… 86
＊	【付録エッセイ】文の道・武の道（抄）（小和田哲男）……	119	44	思ほへずまたこの庵に……………… 88
			45	この里に 行き来の人は…………… 90
			46	あづさ弓 春野に出でて…………… 92
015　良寛（佐々木隆著）			47	山かげの 槙の板屋に……………… 94
2011年6月25日刊			48	山吹の花の盛りは…………………… 96
			49	かくあらむとかねて知りせば……… 98
＊	凡例……………………………………	iv	50	たが里に旅寝しつらむ……………… 100
01	ふるさとへ行く人あらば…………	2	＊	歌人略伝……………………………… 103
02	山おろしよいたくな吹きそ………	4	＊	略年譜………………………………… 104
03	思ひきや道の芝草…………………	6	＊	解説「新しい良寛像」（佐々木隆）… 106
04	津の国の高野の奥の………………	8	＊	読書案内……………………………… 111
05	あしひきの黒坂山の………………	10	＊	【付録エッセイ】存在のイマージュについて（抄）（五十嵐一）…… 113
06	岩室の田中の松を…………………	12		
07	来てみればわが古里は……………	14	**016　香川景樹**（岡本聡著）	
08	いにしへを思へば夢か……………	16	2011年5月25日刊	
09	あしひきの山べに住めば…………	18		
10	国上の 大殿の前の…………………	20	＊	凡例…………………………………… iv

[032] コレクション日本歌人選

01 大比叡や小比叡のおくの	2
02 惜しみても鳴くとはすれど	4
03 闇よりもあやなきものは	6
04 柴の戸に鳴きくらしたる	8
05 大堰河かへらぬ水に	10
06 池水の底に映ろふ	12
07 この里は花散りたりと	14
08 筏おろす清滝河の	16
09 なれがたく夏の衣や	18
10 武蔵野は青人草も	20
11 夜河すとたく篝火は	22
12 陽炎のもゆる夏野の	24
13 夏川の水隈隠れの	26
14 風わたる水の沢瀉	28
15 打ちかはす雁の羽かぜに	30
16 蝶の飛び花の散るにも	32
17 埋火の匂ふあたりは	34
18 埋火の外に心は	36
19 ゆけゆけど限りなきまで	38
20 昨日今日花のもとにて	40
21 酔ひふして我ともしらぬ	42
22 蝶よ蝶よ花といふ花の	44
23 白樫の瑞枝動かす	46
24 水鳥の鴨の河原の	48
25 見わたせば神も鳴門の	50
26 わが宿にせき入れておとす	52
27 夕日さす浅茅が原に	54
28 朝づく日匂へる空の	56
29 富士を木間木闇に	58
30 敷島の歌のあらす田	60
31 嵯峨山の松も君にし	62
32 親しきは亡きがあまたに	66
33 おのが見ぬ花ほととぎす	68
34 かへりみよこれも昔は	70
35 古りにける池の心は	72
36 水底に沈める月の	74
37 濡らさじとくれしこれすら	76
38 世の中にあはぬ調べは	78
39 かの国の花に宿りて	80
40 馬くらべ追ひすがひてぞ	82
41 人の世は浪のうき藻に	84
42 嬉しさを包みかねたる	86
43 花とのみ今朝降る雪の	88
44 花見むと今日うち群れて	90
45 菜花に蝶もたはれて	92
46 紙屋川おぼろ月夜の	94
47 世の中はおぼろ月夜を	96
48 双六の市場はいかに	98
49 闇ながら晴れたる空の	100
*歌人略伝	103
*略年譜	104
*解説「桂園派成立の背景 香川景樹」(岡本聡)	106
*読書案内	114
*[付録エッセイ]景樹の和歌論(林達也)	116

020　辞世の歌(松村雄二著)
2011年4月25日刊

*凡例	iv
01 かかる時さこそ命の(太田道灌)	2
02 宗鑑はどちへと(山崎宗鑑)	4
03 浮世をば今こそ渡れ(清水宗治)	6
04 ヒッ提グルワガ得具足ノ(千利休)	8
05 石川や浜の真砂は(石川五右衛門)	12
06 露と落ち露と消えにし(豊臣秀吉)	14
07 契あらば六つの衢に(大谷吉継)	16
08 昨日といひ今日と暮らして(小堀遠州)	18
09 風さそふ花よりもなほ(浅野内匠頭長矩)	20
10 あらたのし思ひは晴るる(大石内蔵助良雄)	22
11 梓弓ためしにも引け(堀部安兵衛武庸)	24
12 地水火風空の中より(早水藤左衛門満堯)	26
13 こし方は一夜ばかりの(貝原益軒)	28
14 それぞ辞世さるほどに(近松門左衛門)	30
15 百ゐても同じ浮世を(永田青柳)	32
16 憂きことも嬉しき折も(尾形乾山)	34
17 家もなく妻なく子なく(林子平)	36
18 今よりははかなき身とは(本居宣長)	38
19 耳をそこね足もくだけて(山東京伝)	40
20 善もせず悪もつくらず(式亭三馬)	42
21 ほととぎす鳴きつるかた身(蜀山人大田南畝)	44
22 この世をばどりゃお暇と(十返舎一九)	46
23 長き夜を化けおほせたる(谷文晁)	48
24 我死なば焼くな埋めるな(歌川広重)	50
25 身はたとひ武蔵の野辺に(吉田松陰)	52
26 おもしろ事もなき世を(高杉晋作)	56
27 靡他今日復何言(近藤勇)	58
28 なよ竹の風にまかする(西郷千重子)	60
29 思ひおく鮪の刺身(新門辰五郎)	62
30 快く寝たらそのまま(仮名垣魯文)	64
31 をみなにてまたも来む世ぞ(山川登美子)	66
32 爆弾の飛ぶよと見てし(幸徳秋水)	68
33 現し世を神さりましし(乃木希典)	70
34 磯の鮑に望みを問へば(黒岩涙香)	74
35 世の常のわが恋ならば(有島武郎)	76
36 わが家の犬はいづこに(島木赤彦)	78
37 刀折れ矢種も尽きぬ(栗原安秀)	80
38 国のため重きつとめを(栗林忠道)	84

```
39 待てしばし勲残して（山下奉文）……… 86
40 たとへ身は千々に裂くとも（東條英機）… 88
41 池水は濁りに濁り（太宰治）……………… 92
42 雪の上に春の木の花（前田夕暮）………… 94
43 灯を消してしのびやかに（中條ふみ子）… 96
44 益荒男がたばさむ太刀の（三島由紀夫）… 98
＊辞世史概観 ……………………………… 103
＊人物一覧 ………………………………… 104
＊解説「辞世―言葉の虚と実」（松村雄二）
　　　　　　　　　　　　　　　　　… 107
＊読書案内 ………………………………… 113
＊【附録】 ………………………………… 115
```

021　額田王と初期万葉歌人（梶川信行著）
2012年2月29日刊

```
＊凡例 ……………………………………… iv
天皇の御製歌 ……………………………… 2
　01 籠もよ み籠持ち（雄略天皇）……… 2
天皇の香具山に登りて望国したまふ時の
　御製歌 …………………………………… 6
　02 大和には 群山あれど（舒明天皇）… 6
天皇の宇智の野に遊獵したまひし時、中
　皇命の間人連老をして献らしめたまへ
　る歌
　03 やすみしし 我が大王の ………… 10
額田王の歌 ………………………………… 14
　04 秋の野の み草刈り葺き ………… 14
額田王の歌 ………………………………… 16
　05 熟田津に 船乗りせむと ………… 16
中大兄 近江宮に天の下知らしめしし 三山歌 … 18
　06 香具山は 畝火を愛しと（天智天皇）… 18
天皇の内大臣藤原朝臣に詔して、春山の
　萬花の艶ひと秋山の千葉の彩りを競ひ
　憐れしめたまひし時、額田王の歌を
　もちて判れる歌
　07 冬こもり 春去り来れば ………… 22
額田王の近江国に下りし時に作れる歌、
　井戸王の即ち和ふる歌
　08 味酒 三輪の山（額田王）………… 26
　09 綜麻形の 林の先の（井戸王）…… 30
天皇の蒲生野に遊獵したまひし時、額田
　王の作れる歌
　10 茜草指す 紫野行き 標野行き …… 32
皇太子の答へませる御歌
　11 紫草の にほへる妹を 憎くあらば
　　　　　　　（大海人皇子）………… 34
十市皇女の伊勢の神宮に参赴でます時に、
　波多の横山の巌を見て吹芡刀自の作れ
　る歌 ……………………………………… 38
　12 河の上の ゆつ磐群に 草生さず … 38
```

```
麻続王の伊勢国の伊良虞の嶋に流された
　る時に、人の哀傷びて作れる歌 ……… 40
　13 打ち麻を 麻続王 …………………… 40
麻続王のこれを聞きて感傷び和ふる歌 … 42
　14 空蟬の 命を惜しみ ………………… 42
天皇の御製歌 ……………………………… 44
　15 み吉野の 耳我の嶺に（天武天皇）… 44
天皇の吉野宮に幸せる時の御製歌 ……… 48
　16 淑き人の 良しと吉く見て（天武天
　　皇）…………………………………… 48
磐姫皇后の天皇を思ひて作りませる歌四
　首 ……………………………………… 50
　17 君が行き 日長くなりぬ …………… 50
　18 かくばかり 恋ひつつあらずは …… 52
　19 ありつつも 君をば待たむ ………… 54
　20 秋の田の 穂の上に霧らふ 朝霞 …… 56
鏡王女の和へ奉れる御歌一首 …………… 58
　21 秋山の 木の下隠り ………………… 58
内大臣藤原卿の鏡王女を娉ひし時に、鏡
　王女の内大臣に贈れる歌一首
　22 玉匣 覆ふをやすみ（鏡王女）…… 60
内大臣藤原卿の釆女安見児を娶りし時に
　作れる歌一首 ………………………… 62
　23 吾はもや 安見児得たり（藤原鎌足）… 62
久米禅師の石川郎女を娉ひし時の歌五首 … 64
　24 み薦刈る 信濃の真弓 我が引かば
　　　　　　　（久米禅師）…………… 64
　25 梓弓 引かばまにまに 寄らめども
　　　　　　　（石川郎女）…………… 66
大伴宿禰の巨勢郎女を娉ひし時の歌一首
　26 玉葛 実成らぬ木には ……………… 68
巨勢郎女の報へ贈れる歌一首 …………… 70
　27 玉葛 花のみ咲きて ………………… 70
天皇の藤原夫人に賜へる歌一首 ………… 72
　28 吾が里に 大雪降れり（天武天皇）… 72
藤原夫人の和へ奉れる歌一首 …………… 74
　29 吾が岡の 龗に言ひて ……………… 74
有間皇子の自ら傷みて松が枝を結べる歌
　二首 …………………………………… 76
　30 磐白の 浜松が枝を 引き結び …… 76
　31 家にあれば 筒に盛る飯を ………… 78
天皇の聖躬不予したまひし時に、大后の
　奉れる御歌一首 ……………………… 80
　32 天の原 ふり放け見れば（倭大后）… 80
天皇の大殯の時の歌二首 ………………… 82
　33 かからむと 懐ひ知りせば（額田王）… 82
　34 やすみしし 吾ご大王の（舎人吉年）… 84
山科の御陵より退り散けし時に、額田王
　の作れる歌一首 ……………………… 86
　35 やすみしし 吾ご大王の 恐きや … 86
十市皇女の薨ぜし時に、高市皇子尊の作
　りませる御歌三首 …………………… 90
```

36　山吹の　立ちよそひたる　山清水 ……… 90
上宮聖徳皇子の竹原井に出遊しし時に、
　　龍田山の死人を見て悲傷びて作りませ
　　る歌一首 ………………………………………… 92
　　　37　家にあらば　妹が手巻かむ ………………… 92
額田王の近江天皇を思ひて作れる歌一首 … 94
　　　38　君待つと　吾が恋ひ居れば ………………… 94
鏡王女の作れる歌一首 …………………………… 96
　　　39　風をだに　恋ふるはともし ………………… 96
崗本天皇の御製歌一首 …………………………… 98
　　　40　暮去れば　小倉の山に　鳴く鹿は ……… 98
＊額田王の略伝 ……………………………………… 101
＊初期万葉関係年表 ………………………………… 102
＊初期万葉系図 ……………………………………… 105
＊解説「古代の声を聞くために」(梶川信
　　行) …………………………………………………… 106
＊読書案内 …………………………………………… 112
＊【付録エッセイ】万葉集と〈音〉喩 ―和歌におけ
　　る転換機能（近藤信義） ……………………… 114

022　東歌・防人歌（近藤信義著）
2012年3月30日刊

＊凡例 ………………………………………………………… iv
東歌 …………………………………………………………… 2
　01　なつそびく海上潟の ………………………………… 2
　02　葛飾の真間の浦廻を ………………………………… 4
　03　筑波嶺の新桑繭の …………………………………… 6
　04　筑波嶺に雪かも降らる ……………………………… 8
　05　信濃なる須我の荒野に …………………………… 10
　06　さ寝らくは玉の緒ばかり ………………………… 12
　07　足柄の箱根の嶺ろの ……………………………… 14
　08　多摩川にさらす手作り …………………………… 16
　09　足の音せず行かむ駒もが ………………………… 18
　10　筑波嶺のをてもこのもに ………………………… 20
　11　信濃道は今の墾り道 ……………………………… 22
　12　伊香保ろのやさかのゐでに ……………………… 24
　13　足柄の我を可鶏山の ……………………………… 26
　14　陸奥の安太多良真弓 ……………………………… 28
　15　都武賀野に鈴が音聞こゆ ………………………… 30
　16　鈴が音の早馬駅家の ……………………………… 32
　17　水門の葦が中なる ………………………………… 34
　18　おもしろき野をば焼きそ ………………………… 36
　19　風の音の遠き我妹が ……………………………… 38
　20　稲つけばかかる我が手を ………………………… 40
　21　誰そこの屋の戸おそぶる ………………………… 42
　22　まかなしみ寝れば言に出 ………………………… 44
　23　夕占にも今夜と告らろ …………………………… 46
　24　相見ては千年や去ぬる …………………………… 48
　25　人妻とあぜかそを言はむ ………………………… 50
　26　東道の手児の呼坂 ………………………………… 52
　27　昼解けば解けなへ紐の …………………………… 54
　28　麻苧らを麻笥にふすさに ………………………… 56
　29　梓弓末は寄り寝む ………………………………… 58
　30　子持山若かへるでの ……………………………… 60
　31　紫草は根をかも終ふる …………………………… 62
　32　春へ咲く藤の末葉の ……………………………… 64
　33　谷狭み峯に延びたる ……………………………… 66
　34　み空ゆく雲にもがもな …………………………… 68
　35　汝が母に嘖られ我は行く ………………………… 70
　36　青柳の張らろ川門に ……………………………… 72
防人歌 ……………………………………………………… 74
　01　わが妻はいたく恋ひらし ………………………… 74
　02　大君のみことかしこみ …………………………… 76
　03　八十国は難波に集ひ ……………………………… 78
　04　真木柱ほめて造れる ……………………………… 80
　05　我妹子と二人わが見し …………………………… 82
　06　庭中の阿須波の神に ……………………………… 84
　07a　難波津にみ船下ろすゑ ………………………… 86
　　b　防人に立たむ騒きに ……………………………… 86
　08　天地の神を祈りて ………………………………… 88
　09　ふたほがみ悪しけ人なり ………………………… 90
　10　むらさきの枢に釘さし …………………………… 92
　11　ちはやふる神の御坂に …………………………… 94
　12　ひなくもり碓氷の坂を …………………………… 96
　13　草まくら旅の丸寝の ……………………………… 98
　14　防人に行くは誰が背と ………………………… 100
＊東歌・防人歌の作者達 ………………………………… 103
＊東国地図(含東山道・東海道宿駅) …………………… 104
＊解説「東歌・防人歌」(近藤信義) …………………… 106
＊「東歌」(近藤信義) …………………………………… 106
＊「防人歌」(近藤信義) ………………………………… 110
＊読書案内 ………………………………………………… 114
＊【付録エッセイ】古代の旅(抄)（野田浩子）… 116

023　伊勢（中島輝賢著）
2011年10月31日刊

＊凡例 ………………………………………………………… iv
　01　難波潟短き蘆の ……………………………………… 2
　02　涙さへ時雨に添ひて ………………………………… 4
　03　人知れず絶えなましかば …………………………… 6
　04　三輪の山いかに待ち見む …………………………… 8
　05　裁ち縫はぬ衣着し人も …………………………… 10
　06　一人行くことこそ憂けれ ………………………… 12
　07　世の常の人の心を ………………………………… 14
　08　岸もなく潮し満ちなば …………………………… 16
　09　渡津海とあれにし床を …………………………… 18
　10　春霞立つを見捨てて ……………………………… 20
　11　春ごとに流るる川を ……………………………… 22
　12　年を経て花の鏡と ………………………………… 24
　13　いなせとも言ひ放たれず ………………………… 26
　14　冬枯れの野辺と我が身を ………………………… 28

15	夢とても人に語るな	30
16	塵に立つ我が名清めん	32
17	松虫も鳴き止みぬなる	34
18	逢ひにあひて物思ふ頃の	36
19	年経ぬること思はずは	38
20	久方の中に生ひたる	40
21	別れどあひも惜しまぬ	42
22	植ゑたてて君がしめゆふ	44
23	古るる身は涙の川に	46
24	海とのみ円居の中は	48
25	伊勢の海に年経て住みし	50
26	難波なる長柄の橋も	52
27	影をのみ水の下にて	54
28	木にもおひず羽も並べで	56
29	散り散らず聞かまほしきを	58
30	飛鳥川淵にもあらぬ	60
31	山川の音にのみ聞く	62
32	波の花沖から咲きて	64
33	影見ればいとど心ぞ	66
34	いづこにも咲きはすらめど	68
35	いづこも草の枕も	70
36	宿も狭に植ゑ並めつつぞ	72
37	君見よとたづねて折れる	74
38	縒り合はせて泣くらむ声を	76
39	沖津浪 荒れのみまさる	78
40	水の上に浮かべる舟の	82
41	死出の山越えて来つらむ	84
42	青柳の枝にかかれる	86
43	見る人もなき山里の	88
44	見染めずはあらましものを	90
45	古里の荒れ果てにたる	92
46	程もなく返すにまさる	94
47	数知らず君が齢を	96
48	千年とも何か祈らん	98
49	花薄呼子鳥にも	100
50	音羽川せき入れて落とす	102
*	【補注】	105
*	歌人略伝	113
*	略年譜	114
*	解説「理想の女房 伊勢」(中島輝賢)	116
*	【読書案内】	122
*	【付録エッセイ】伊勢 女の晴れ歌(抄)(馬場あき子)	124

024　忠岑と躬恒(青木太朗著)
2012年1月31日刊

*	凡例	iv
壬生忠岑		2
01	春立つといふばかりにや	2
02	春来ぬと人は言へども	4
03	春はなほ我にてし知りぬ	6
04	暮るるかと見れば明けぬる	8
05	夢よりもはかなきものは	10
06	ひさかたの月の桂も	12
07	雨降れば笠取山の	14
08	神奈備の三室の山を	16
09	千鳥鳴く佐保の川霧	18
10	春日野の雪間をわけて	20
11	風吹けば峰に別るる	22
12	月影にわが身を替ふる	24
13	命にもまさりて惜しく	26
14	有明のつれなく見えし	28
15	ひとりのみ思へば苦し	30
16	陸奥にありといふなる	32
17	思ふてふことをぞ妬く	34
18	大荒木の森の草とや	36
19	落ちたぎつ滝の水上	38
20	かささぎの渡せる橋の	40
凡河内躬恒		42
01	月夜にはそれとも見えず	42
02	春の夜の闇はあやなし	44
03	春日野に生ふる若菜を	46
04	桜花のどかにも見ん	48
05	起きふして惜しむかひなく	50
06	いつの間に散り果てぬらん	52
07	散りぬとも影をやとめぬ	54
08	今日のみと春を思はぬ	56
09	行く先を惜しみし春の	58
10	なでしこの花咲きにけり	60
11	塵をだに据ゑじとぞ思ふ	62
12	夏と秋と行きかふ空の	64
13	心あてに折らばや折らん	66
14	立ちとまり見てを渡らん	68
15	道知らばたづねもゆかん	70
16	初雁のはつかに声を	72
17	わが恋はゆくへも知らず	74
18	伊勢の海に塩焼く海人の	76
19	頼めつつ逢はで年ふる	78
20	衣手ぞ今朝は濡れたる	80
21	冬の池に住む鴛鳥の	82
22	離れはてん後かふを知らで	84
23	吉野川よしや人こそ	86
24	睦言もまだ尽きなくに	88
25	挿頭せども老いも隠れぬ	90
26	かくばかり惜しと思ふ夜を	92
27	別れどうれしくもあるか	94
28	人につく便りだになし	96
29	引きて植ゑし人はむべこそ	98
30	照る月を弓張りとのみ	100
*	歌人略伝	103
*	壬生忠岑	103

[032] コレクション日本歌人選

* 凡河内躬恒 ………………… 103
* 略年譜 ……………………… 104
* 解説「忠岑・躬恒の評価へ向けて」(青木太朗) …………… 106
* 読書案内 …………………… 115
* 【付録エッセイ】擬人感覚と序詞の詩性(馬場あき子) ……………… 117

025　今様(植木朝子著)
2011年11月30日刊

* 凡例 …………………………… iv
01　春の初めの歌枕【出典】梁塵秘抄 ……… 2
02　仏は常にいませども【出典】梁塵秘抄 …… 4
03　弥陀の誓ひぞ頼もしき【出典】梁塵秘抄 … 6
04　達多五逆の悪人と【出典】梁塵秘抄 …… 8
05　龍女は仏に成りにけり【出典】梁塵秘抄 … 10
06　万を有漏と知りぬれば【出典】梁塵秘抄 … 12
07　いづれか貴船へ参る道【出典】梁塵秘抄 … 14
08　貴船の内外座は【出典】梁塵秘抄 …… 16
09　極楽浄土の東門に【出典】梁塵秘抄 …… 18
10　峰の花折る小大徳【出典】梁塵秘抄 …… 20
11　いづれか法輪へ参る道【出典】梁塵秘抄 … 22
12　海には万劫亀遊ぶ【出典】梁塵秘抄 …… 24
13　心の澄むものは　秋は山田の庵ごとに【出典】梁塵秘抄 …… 26
14　心の澄むものは　霞花園夜半の月【出典】梁塵秘抄 …… 28
15　常に恋するは【出典】梁塵秘抄 …… 30
16　思ひは陸奥に【出典】梁塵秘抄 …… 32
17　われを頼めて来ぬ男【出典】梁塵秘抄 …… 34
18　君が愛せし綾藺笠【出典】梁塵秘抄 …… 36
19　御馬屋の隅なる飼猿は【出典】梁塵秘抄 … 38
20　遊びをせんとや生まれけむ【出典】梁塵秘抄 …… 40
21　嫗の子どもの有様は【出典】梁塵秘抄 …… 42
22　小鳥の様がるは【出典】梁塵秘抄 …… 44
23　淡路の門渡る特牛こそ【出典】梁塵秘抄 … 46
24　舞へ舞へ蝸牛【出典】梁塵秘抄 …… 48
25　聖の好むもの【出典】梁塵秘抄 …… 50
26　山の様がるは【出典】梁塵秘抄 …… 52
27　讃岐の松山に【出典】梁塵秘抄 …… 54
28　ゐよゐよ蜻蛉よ【出典】梁塵秘抄 …… 56
29　春の野に【出典】梁塵秘抄 …… 58
30　波も聞け小磯も語れ松も見よ【出典】梁塵秘抄 …… 60
31　つはり肴に牡蠣もがな【出典】梁塵秘抄 … 62
32　東屋の【出典】梁塵秘抄 …… 64
33　神ならば【出典】梁塵秘抄 …… 66
34　小磯の浜にこそ【出典】古今目録抄料紙今様(梁塵秘抄) …… 68
35　もろこし唐なる笛竹は【出典】古今目録抄料紙今様 …… 70
36　もろこし唐なる唐の竹【出典】梁塵秘抄 … 72
37　夏の初めの歌枕【出典】古今目録抄料紙今様 … 74
38　冬の初めの歌枕【出典】古今目録抄料紙今様 … 76
39　常にこがるるもの何【出典】古今目録抄料紙今様 …… 78
40　君をはじめて見る折は【出典】古今目録抄料紙今様 …… 80
41　草の枕のうたたねは【出典】古今目録抄料紙今様 …… 82
42　王昭君こそかなしけれ【出典】唯心房集 … 84
43　楊貴妃帰りて唐帝の【出典】唯心房集 …… 86
44　さてもその夜は君や来し【出典】唯心房集 … 88
45　須磨より明石の浦風に【出典】宝篋印陀羅尼経今様 …… 90
46　若紫の昔より【出典】宝篋印陀羅尼経今様 … 92
47　聞くに心の澄むものは【出典】吉野吉水院楽書 …… 94
48　籬の内なるしら菊も【出典】古今著聞集 …… 96
49　甲斐にをかしき山の名は【出典】夫木和歌抄 …… 98
50　夜昼あけこし手枕は【出典】上野学園蔵今様断簡 …… 100
* 編者略伝 ……………………… 103
* 略年譜 ……………………… 104
* 解説「平安時代末期の流行歌謡・今様」(植木朝子) …………… 106
* 読書案内 …………………… 112
* 【付録エッセイ】風景(田吉明) ……… 114

026　飛鳥井雅経と藤原秀能(稲葉美樹著)
2011年11月30日刊

* 凡例 …………………………… iv
飛鳥井雅経 …………………………… 2
01　み吉野の山の秋風 ……………… 2
02　移りゆく雲に嵐の ……………… 4
03　影とめし露の宿りを ……………… 6
04　白雲のいくへの山を ……………… 8
05　いたづらに立つや浅間の ……… 10
06　消えねただ信夫の山の ………… 12
07　草枕結びさだむる ……………… 14
08　君が代にあへるばかりの ……… 16
09　なれなれて見しは名残の ……… 18
10　ほととぎす鳴くや五月の ……… 20
11　あしひきの大和にはあらぬ …… 22
12　たちかへり又もや越えむ ……… 24
13　花咲かでいく世の春に ………… 26
14　空蝉の羽におく露も …………… 28
15　池水に巌とならん ……………… 30
16　君まちてふたたび澄める ……… 32

17	山の端に入るまで月を	34
18	淵は瀬に変はるのみかは	36
19	あはれとて知らぬ山路は	38
20	深草や霧の籬に	40
21	春日野の雪間の草の	42
22	宇陀野のや宿かり衣	44
23	晴れやらぬ雲は雪気の	46
24	皆人の心ごころぞ	48
25	長き夜の佐夜の中山	50
26	波の上も眺めは限り	52
27	年のうちに春の日影や	54
28	むばたまのこの黒髪を	56

藤原秀能 58

01	夕月夜潮満ちくらし	58
02	吹く風の色こそ見えね	60
03	あしひきの山路の苔の	62
04	風吹けばよそに鳴海の	64
05	露をだに今は形見の	66
06	袖の上に誰ゆゑ月は	68
07	今来むと頼めしことを	70
08	人ぞ憂き頼めぬ月は	72
09	月澄めば四方の浮雲	74
10	さ牡鹿の鳴く音もいたく	76
11	飛鳥川かはる淵瀬も	78
12	心こそ行方も知らね	80
13	暮れかかる篠屋の軒の	82
14	鐘の音もあけはなれゆく	84
15	もの思ふ秋はいかなる	86
16	旅衣きてもとまらぬ	88
17	踏み分けて誰かは訪はん	90
18	しづたまき数にもあらぬ	92
19	逢ひがたき御代にあふみの	94
20	旅衣慣れずは知らじ	96
21	白波の跡を尋ねし	98
22	都いでて百夜の波の	100

*歌人略伝 103
　*飛鳥井雅経 103
　*藤原秀能 103
*略年譜 104
*解説「後鳥羽院に見出された二人の歌人」(稲葉美樹) 106
*読書案内 112
*【付録エッセイ】北面の歌人秀能（川田順）... 114

027　藤原良経（小山順子著）
2012年1月27日刊

*凡例		iv
01	冴ゆる夜の真木の板屋の	2
02	問へかしな影を並べて	4
03	ながめやる心の道も	6

04	昔誰かかる桜の	8
05	友と見る鳴尾に立てる	10
06	あはれなり雲に連なる	12
07	見し夢の春の別れの	14
08	古郷は浅茅が末に	16
09	夜の雨のうちも寝られぬ	18
10	空はなほ霞みもやらず	22
11	見ぬ世まで思ひ残さぬ	24
12	吉野山花のふる里	26
13	いつも聞くものとや人の	28
14	春霞かすみし空へ	30
15	難波津に咲くや昔の	32
16	暮れかかるむなしき空の	34
17	もろともに出でし空こそ	36
18	うちしめりあやめぞ薫る	38
19	神風や御裳濯川の	40
20	昔聞く天の川原を	42
21	光ぞふ雲居の月を	46
22	み吉野は山も霞みて	48
23	秋風の紫くだく	50
24	長きよの末思ふこそ	54
25	春日山都の南	56
26	見し夢にやがてまぎれぬ	58
27	明日よりは志賀の花園	60
28	秋近き気色の森に	64
29	きりぎりす鳴くや霜夜の	66
30	言はざりき今来むまでの	68
31	月見ばと言ひしばかりの	70
32	深草の露のよすがを	72
33	雲はみな払ひ果てたる	76
34	知るや君星を戴く	78
35	人住まぬ不破の関屋の	80
36	里は荒れて月やあらぬと	82
37	石上布留の神杉	84
38	行く末は空も一つの	86
39	忘れなむなかなか待たじ	88
40	草深き夏野分け行く	90
41	何ゆゑと思ひも入れぬ	92
42	誘はれぬ人のためとや	94
43	老いらくの今日来る道は	98
44	天の戸をおしあけ方の	100

*歌人略伝 103
*略年譜 104
*解説「新古今和歌集を飾る美玉 藤原良経」(小山順子) 106
*読書案内 112
*【付録エッセイ】心底の秋(抄)（塚本邦雄）... 114

028　後鳥羽院（吉野朋美著）
2012年2月29日刊

[032] コレクション日本歌人選

```
＊凡例 ......................................... iv
01 雲のうへに春暮れぬとは ..................... 2
02 岩田川谷の雲間に ........................... 4
03 冬くれば淋しさとしも ....................... 8
04 見るままに山風荒く ......................... 10
05 岩にむす苔踏みならす ....................... 12
06 駒並めて岸出の浜を ......................... 16
07 万代と御裳濯河の ........................... 18
08 思ひつつ経にける年の ....................... 22
09 里は荒れぬ尾上の宮の ....................... 26
10 今日だにも庭を盛りと ....................... 28
11 桜咲く遠山鳥の ............................. 32
12 秋の露や袂にいたく ......................... 34
13 露は袖に物思ふころは ....................... 36
14 何とまた忘れて過ぐる ....................... 38
15 ほのぼのと春こそ空に ....................... 42
16 石上古きを今に ............................. 46
17 見わたせば山もと霞む ....................... 48
18 思ひ出づるをりたく柴の ..................... 50
19 津の国の蘆刈りけりな ....................... 54
20 おのが妻恋ひつつ鳴くや ..................... 56
21 橋姫の片敷き衣 ............................. 58
22 水無瀬山木の葉あらはに ..................... 62
23 奥山のおどろが下も ......................... 64
24 頼めずは人を待乳の ......................... 66
25 人も愛し人も恨めし ......................... 68
26 近江なる志賀の花園 ......................... 70
27 明石潟浦路晴れゆく ......................... 72
28 西の海の仮のこの世の ....................... 74
29 片削ぎのゆきあひの霜の ..................... 76
30 思ひのみ津守の海人の ....................... 80
31 たらちねの消えやらで待つ ................... 82
32 霞みゆく高嶺を出づる ....................... 84
33 遠山路いく重も霞め ......................... 86
34 あやめふく茅が軒端に ....................... 88
35 我こそは新島守よ ........................... 90
36 わが頼む御法の花の ......................... 94
37 軒端荒れて誰か水無瀬の ..................... 98
＊歌人略伝 .................................... 101
＊略年譜 ...................................... 102
＊解説「帝王後鳥羽院とその和歌」（吉野朋美） 104
＊読書案内 .................................... 111
＊【付録エッセイ】宮廷文化と政治と文学（抄）
  （丸谷才一） ............................... 113

029 二条為氏と為世（日比野浩信著）
2012年3月30日刊

＊凡例 ......................................... iv
為氏 .......................................... 2
  01 人間はば見ずとや言はむ .................... 2
```

```
02 乙女子がかざしの桜 ......................... 6
03 春の夜の霞の間より ......................... 8
04 数ふれば春はいく日も ....................... 10
05 月だにも心つくさぬ ......................... 12
06 牡鹿待つ猟男の火串 ......................... 14
07 今よりの衣雁がね ........................... 16
08 常盤山変はる梢は ........................... 18
09 秋ごとになぐさめ難き ....................... 20
10 時雨もて織るてふ秋の ....................... 24
11 暮れかかる夕べの空に ....................... 26
12 さゆる夜の嵐の風に ......................... 28
13 冬の夜は霜を重ねて ......................... 30
14 君がすむ同じ雲居の ......................... 34
15 さしのぼる光につけて ....................... 36
16 今よりの涙の果てよ ......................... 38
17 知られじな心ひとつに ....................... 42
18 言はで思ふ心一つの ......................... 44
19 ねぬなはの寝ぬ名はかけて ................... 46
20 ありし世を恋ふる現か ....................... 48
21 いと早も移ろひぬるか ....................... 50
22 春日山祈りし末の ........................... 52
為世 .......................................... 56
  01 今朝よりや春は来ぬらむ .................... 56
  02 立ち渡る霞に浪は .......................... 60
  03 煙さへ霞添へけり .......................... 62
  04 行く先の雲は桜に .......................... 66
  05 つれなくて残るならひを .................... 68
  06 ほととぎす一声鳴きて ...................... 70
  07 鵜飼舟瀬々さしのぼる ...................... 72
  08 風寒み誰か起きゐて ........................ 74
  09 まれにだに逢はずはなにを .................. 78
  10 むら雲の浮きて空ふく ...................... 80
  11 空はなほまだ夜ふかくて .................... 82
  12 風さゆる宇治の網代木 ...................... 84
  13 堰かでただ心にのみぞ ...................... 86
  14 今はまた飽かず頼めし ...................... 88
  15 言の葉はつらきあまりに .................... 90
  16 数ならぬゆゑと思へば ...................... 94
  17 なほざりの契りばかりに .................... 96
  18 この里は山陰なれば ........................ 98
  19 をのづからうき身忘るる .................... 100
  20 今ぞ知る昔にかへる ........................ 102
＊歌人略伝 .................................... 107
＊略年譜 ...................................... 108
＊解説「伝統の継承者・為氏と為世―次
  世代への架け橋」（日比野浩信） ............. 110
＊読書案内 .................................... 120
＊【付録エッセイ】春・藤原為氏（丸谷才一）.. 133

030 永福門院（小林守著）
2011年10月31日刊
```

```
＊凡例 ································· iv
01 昔よりいく情けをか ············· 2
02 薄霧のはるる朝けの ············· 4
03 おのづから氷り残れる ··········· 6
04 なほ冴ゆる嵐は雪を ············· 8
05 峰の霞麓の草の ················· 10
06 木々の心花近からし ············ 12
07 山もとの鳥の声声 ··············· 14
08 入相の声する山の ··············· 16
09 うすみどりまじる棟の ·········· 18
10 風にきき雲にながむる ·········· 20
11 しほりつる風は籬（まがき）に ··· 22
12 空清く月さしのぼる ············ 24
13 河千鳥月夜を寒み ··············· 26
14 月かげは森の梢に ··············· 28
15 音せぬが嬉しき折も ············ 30
16 常よりもあはれなりつる ······· 32
17 玉章（たまづさ）にただ一筆と ·· 34
18 人や変るわが心にや ············ 36
19 見るままに山は消え行く ······· 38
20 くらき夜の山松風は ············ 40
21 明かしかね窓らき夜の ·········· 42
22 山風の吹きわたるかと ·········· 44
23 ほととぎす声も高嶺の ·········· 46
24 暮れはつる嵐の底に ············ 48
25 夕月日軒ばの影は ··············· 50
26 夕立の雲も残らず ··············· 52
27 宵過ぎて月まだ遅き ············ 54
28 時雨つつ秋すさまじき ·········· 56
29 朝嵐はそともの竹に ············ 58
30 なにとなき草の花さく ·········· 60
31 花の上にしばし映ろふ ·········· 62
32 散り受ける山の岩根の ·········· 64
33 かげしげき木の下闇の ·········· 66
34 ま萩ちる庭の秋風 ··············· 68
35 きりぎりす声はいづくぞ ······· 70
36 村雲に隠れ現はれ ··············· 72
37 もろくなる桐の枯れ葉は ······· 74
38 むらむらに小松まじれる ······· 76
39 鳥のこゑ松の嵐の ··············· 78
40 あやしくも心のうちぞ ·········· 80
41 我も人もあはれつれなき ······· 82
42 慣るる間のあはれに終に ······· 84
43 憂きも契り辛きも契り ·········· 86
44 今日はもし人もや我を ·········· 88
45 常よりもあはれなりしを ······· 90
46 時しらぬ宿の軒端の ············ 92
47 かくしてぞ昨日も暮れし ······· 94
48 山あひに下り静まれる ·········· 96
49 思ひやる苔の衣の ··············· 98
50 忘られぬ昔語りも ·············· 100

＊歌人略伝 ··························· 103
＊略年譜 ······························ 104
＊解説「清新な中世女流歌人」（小林守）··· 106
＊読書案内 ··························· 114
＊【付録エッセイ】「永福門院」（抄）（久松潜一）··· 116

031 頓阿（小林大輔著）
2012年1月31日刊

＊凡例 ································· iv
01 あらたまの春立つ今日の ········ 2
02 玉島やいくせの淀に ············· 4
03 鶯の声よりほかは ················ 6
04 影映す岩垣淵の ·················· 8
05 見るままにさざ波高く ·········· 10
06 立ちならぶ花の盛りや ·········· 12
07 初瀬山桜に白む ·················· 14
08 山里は訪はれし庭も ············ 16
09 世の中はかくこそありけれ ···· 18
10 咲きにけり八十宇治川の ······· 20
11 さらでだに月かとまがふ ······· 22
12 いづくにか今宵鳴くらん ······· 24
13 濡れつつや宗我の河原の ······· 26
14 宮城野の木の下闇に ············ 28
15 立ち返り明日も来てみむ ······· 30
16 行く水の淵瀬ならねど ·········· 32
17 いつよりか天の川瀬に ·········· 34
18 草も木も露けき秋の ············ 36
19 落ちたぎつ玉と見るまで ······· 38
20 足引の遠山鳥の ·················· 40
21 霧深き峰飛び越えて ············ 42
22 昔だに憂き世のほかと ·········· 44
23 ふくる夜の川音ながら ·········· 46
24 月宿る沢田の面に ··············· 48
25 秋の夜は誰待ち恋ひて ·········· 50
26 宇津の山越えしや夢に ·········· 52
27 冬の夜の闇の板間に ············ 54
28 夕暮は憂かりし秋の ············ 56
29 さゆる夜の月の宿かる ·········· 58
30 和歌の浦に跡をとめずは ······· 60
31 霜氷る朝けの窓の ··············· 62
32 今朝はまだ人の行き来の ······· 64
33 野も山も定かに見えて ·········· 66
34 はし鷹の初狩衣 ·················· 68
35 よそながら馴るるにつけて ···· 70
36 名にし負はばただ一言を ······· 72
37 待ちわびて今宵も明けぬ ······· 74
38 おのづから枕ばかりを ·········· 76
39 憂かりける人の契りに ·········· 78
40 朽ち残る蘆間の小舟 ············ 80
```

日本古典文学全集・内容綜覧 第II期 151

41 風越や谷に夕ゐる ……………… 82
42 何事を見きとかいはん ………… 84
43 煙だに跡なき海人の …………… 86
44 樒摘む山路暮れぬと …………… 88
45 雲居まで聞こえけるかな ……… 90
46 武蔵野を分け来し駒の ………… 92
47 雁の来る朝けの霧に …………… 94
48 思へただ常なき風に …………… 96
49 かはらじなむなしき空の ……… 98
50 夜も憂しねたく我が背子 ……… 100
＊歌人略伝 ……………………………… 103
＊略年譜 ………………………………… 104
＊解説「「歌ことば」のプロフェッショナル」(小林大輔) ……………………… 106
＊読書案内 ……………………………… 112
＊【付録エッセイ】『玉葉』『風雅』の叙景歌の功績、頓阿の歌(風巻景次郎) ……… 114

032　松永貞徳と烏丸光広(高梨素子著)
2012年1月10日刊

＊凡例 …………………………………… iv
松永貞徳 ………………………………… 2
01 すき間なき槇の板屋に ………… 2
02 くれ竹の夜の嵐は ……………… 4
03 けふこずは明日はと思ふ ……… 6
04 暗き夜の枕の海も ……………… 8
05 行きかよふ月雪の夜の ………… 10
06 斧の柄の朽ち木の柎の ………… 12
07 みどり子のめざめて後も ……… 14
08 たらちねのそのたらちねを …… 16
09 暗きより暗き心の ……………… 18
10 池水の濁りにしまぬ …………… 20
11 亡き魂も来るてふころの ……… 22
12 おどろかじかねて今年と ……… 24
13 頼むぞよ雲井がくれに ………… 26
14 きぬぎぬのころとてさのみ …… 28
15 夢路には人目の関も …………… 30
16 細く見し光ぞ変はる …………… 32
17 きみが代に志賀の浜松 ………… 34
18 志賀の浦や寄せて凍れる ……… 36
19 治まれる代の言の葉は ………… 38
20 何をして人の心は ……………… 40
烏丸光広 ………………………………… 42
01 誰もさぞうれしかるらむ ……… 42
02 関の名の霞もつらし …………… 44
03 開けて見ぬ甲斐もありけり …… 46
04 夕露の名ばかりに ……………… 48
05 あまざかる鄙もへだてじ ……… 50
06 よしさらば知るも厭はじ ……… 52
07 けふはまづ星に手向けて ……… 54
08 唐土になにか及ばむ …………… 56
09 富士の嶺をみるみる行けば …… 58
10 ひえの山二十ばかりは ………… 60
11 年経ても忘れぬ山の …………… 62
12 名残りまでしたふ翅は ………… 64
13 さく花の面影みせて …………… 66
14 まれにみばあらぬ所と ………… 68
15 河風の音も流れて ……………… 70
16 朝まだき神の御前の …………… 72
17 言問ひし昔覚えて ……………… 74
18 夜の鶴のあとや思ふと ………… 76
19 仰ぎみる君が恵みは …………… 78
20 祈るより水せきとめよ ………… 80
21 ひとつ二つひろはぬ玉も ……… 82
22 かけて君郡と思ふな …………… 84
23 天が下常磐の陰に ……………… 86
24 最上川はやひきかへて ………… 88
25 うつらばと花にむくとり ……… 90
26 怠らず学びの窓に ……………… 92
27 それをだに田に掘り残せ ……… 94
28 何事もうけたまはれと ………… 96
29 和歌の浦や君が光は …………… 98
30 このたびの生死の安堵 ………… 100
＊歌人略伝 ……………………………… 103
　＊松永貞徳 ………………………… 103
　＊烏丸光広 ………………………… 103
＊略年譜 松永貞徳・烏丸光広 ……… 104
＊解説 …………………………………… 106
　＊「松永貞徳、古典学の継承と大衆化」(高梨素子) ………………… 106
　＊「烏丸光広、人間的な魅力をもつ近世公家歌人」(高梨素子) ………… 109
＊読書案内 ……………………………… 112
＊【付録エッセイ】 …………………… 114
　＊松永貞徳(宗政五十緒) ………… 114
　＊烏丸光浩(駒敏郎) ……………… 118

033　細川幽斎(加藤弓枝著)
2012年3月30日刊

＊凡例 …………………………………… iv
01 今ははや心のままに …………… 2
02 敷島の道の伝への ……………… 4
03 明石潟かたぶく月も …………… 6
04 雲はらふ与謝の浦風 …………… 8
05 見るがごとくあふげ神代の …… 10
06 老の浪あはれ今年も …………… 12
07 軒ちかき梅が香ながら ………… 14
08 霞むべき山の端遠く …………… 16
09 花鳥の色にも音にも …………… 18
10 花見にと出でたちもせず ……… 20
11 夕されば雪かとぞみる ………… 22
12 植ゑわたす麓の早苗 …………… 24

13	風の音村雲ながら	26	03 きてもみよ──	6
14	蟬の声さながらまがふ	28	04 天秤や──	8
15	はるばると与謝の湊の	30	05 あら何ともなや──	10
16	灯を守りつくして	32	06 かびたんも──	12
17	剣をばここに納めよ	34	07 枯れ枝に──	14
18	慣れなれし身をば放たじ	36	08 櫓の声波ヲ──	16
19	九重に今日つむ袖の	38	09 芭蕉野分して──	18
20	色をうつし匂ひをとめて	40	10 世に経るも──	20
21	をさまれる御代ぞとよばふ	42	11 花にうき世──	22
22	月今宵音羽の山の	44	12 野ざらしを──	24
23	白妙の月は秋の夜	46	13 猿を聞人──	26
24	一枝の花盗人と	48	14 道のべの──	28
25	天の原明けがた白む	50	15 あけぼのや──	30
26	仙人の住みかとやいはん	52	16 狂句こがらしの──	32
27	山おろしの絶えず音する	54	17 海暮れて──	34
28	山をわが楽しむ身には	56	18 春なれや──	36
29	西にうつり東の国に	58	19 梅白し──	38
30	夕日影をちの山もと	60	20 山路来て──	40
31	惜しからぬ身を幻と	62	21 夏衣──	42
32	東より越えくる春も	64	22 古池や──	44
33	春風におほふ霞の	66	23 花の雲──	46
34	君がため花の錦に	68	24 五月雨に──	48
35	慕ひきて願ひもみちぬ	70	25 朝顔は──	50
36	薄墨につくれる眉の	72	26 月はやし──	52
37	月に散る花とや見まし	74	27 旅人と──	54
38	西の海やその舟装ひ	76	28 何の木の──	56
39	誰かまた今宵の月を	78	29 春の夜や──	58
40	忘るなよ翼ならべし	80	30 雲雀より──	60
40	浮海松を道の行手に	82	31 蛸壺や──	62
42	解けて行く音や分くらん	84	32 おもしろうて──	64
43	今は早ゆづりや果てん	86	33 俤や──	66
44	古も今もかはらぬ	88	34 行く春や──	68
45	藻塩草かきあつめたる	90	35 夏草や──	70
46	君が齢限りは更に	92	36 閑さや──	72
47	朝日影いつのほどにか	94	37 五月雨を──	74
48	誰もみな命は今日か	96	38 蛤の──	76
49	鶯の来なく砌の	98	39 初しぐれ──	78
50	武蔵野も果てはありなん	100	40 鷹を着て──	80
*	歌人略伝	103	41 まづ頼む──	82
*	略年譜	104	42 病雁の──	84
*	解説「和歌を武器とした文人 細川幽斎」(加藤弓枝)	106	43 都出でて──	86
*	読書案内	112	44 鶯や──	88
*	【付録エッセイ】細川幽斎(抄)(松本清張)	114	45 朝顔や──	90

034 芭蕉(伊藤善隆著)
2011年10月31日刊

46	梅が香に──	92
47	麦の穂を──	94
48	数ならぬ──	96
49	秋深き──	98
50	旅に病んで──	100

* 凡例		iv
01 月ぞしるべ──		2
02 うかれける──		4

* 俳人略伝 ……… 103
* 略年譜 ……… 104

日本古典文学全集・内容綜覧 第II期 153

＊解説「俳諧史における芭蕉の位置」(伊藤善隆) ………… 106
＊読書案内 ………………………………………… 113
＊【付録エッセイ】「や」についての考察 (山本健吉) …… 115

041　大伴旅人(中嶋真也著)
2012年8月30日刊

＊凡例 ……………………………………………… iv
01　昔見し象の小河を …………………… 2
02　橘の花散る里の ……………………… 4
03　うつくしき人の纒きてし …………… 6
04　世の中は空しきものと ……………… 8
05　竜の馬も今も得てしか …………… 10
06　やすみしし吾が大王の …………… 14
07　いざ児等香椎の潟に ……………… 16
08　隼人の瀬戸の磐も ………………… 18
09　湯の原に鳴く蘆鶴は ……………… 20
10　君がため醸みし待酒 ……………… 22
11　吾が盛りまたをちめやも ………… 26
12　吾が命も常にあらぬか …………… 30
13　吾が行きは久にはあらじ ………… 32
14　験なき物を念はずは ……………… 36
15　賢しみと物言ふよりは …………… 38
16　価なき宝と言ふとも ……………… 40
17　今代にし楽しくあらば …………… 42
18　いかにあらむ日の時にかも ……… 46
19　言問はぬ樹にはありとも ………… 48
20　吾が園に梅の花散る ……………… 50
21　吾が盛りいたくくたちぬ ………… 54
22　残りたる雪にまじれる …………… 56
23　松浦河川の瀬早み ………………… 58
24　人皆の見らむ松浦の ……………… 62
25　吾が岳にさを鹿来鳴く …………… 64
26　沫雪のほどろほどろに …………… 68
27　吾が岳に盛りに咲ける …………… 70
28　還るべき時はなりけり …………… 72
29　日本道の吉備の児島を …………… 74
30　大夫と念へる吾や ………………… 76
31　吾妹子が見し鞆の浦の …………… 78
32　鞆の浦の磯の室の木 ……………… 80
33　妹と来し敏馬の崎を ……………… 82
34　人もなき空しき家は ……………… 84
35　妹として二人作りし ……………… 86
36　ここにありて筑紫やいづち ……… 88
37　草香江の入江に求食る …………… 90
38　吾が衣人にな著せそ ……………… 92
39　指進の栗栖の小野の ……………… 94
＊歌人略伝 …………………………………… 97
＊略年譜 …………………………………… 98
＊解説「人間旅人の魅力」(中嶋真也) … 100

＊読書案内 ………………………………… 106
＊【付録エッセイ】梅花の宴の論(抄)(大岡信) …… 108

042　大伴家持(小野寛著)
2013年1月10日刊

＊凡例 ……………………………………………… iv
01　振り仰ぎて若月見れば ……………… 2
02　春の野にあさる雉の ………………… 4
03　夏山の木末の繁に ……………………… 6
04　あしひきの木の間立ちくく ………… 8
05　人も無き国もあらぬか …………… 10
06　夢の逢ひは苦しかりけり ………… 12
07　夕さらば屋戸開け設けて ………… 14
08　秋の野に咲ける秋萩 ……………… 16
09　今日降りし雪に競ひて …………… 18
10　たまきはる寿は知らず …………… 20
11　かけまくもあやに畏し …………… 22
12　石麻呂にわれ物申す ……………… 26
13　痩す痩すも生けらばあらむを …… 26
14　大宮の内にも外にも ……………… 30
15　秋の田の穂向き見がてり ………… 32
16　馬並めていざうち行かな ………… 34
17　射水川い行き廻れる ……………… 36
18　玉くしげ二上山に ………………… 42
19　立山に降り置ける雪を …………… 44
20　東風いたく吹くらし ……………… 46
21　雄神川紅に ………………………… 48
22　立山の雪し来らしも ……………… 50
23　珠洲の海に朝開きして …………… 52
24　天皇の御代栄えむと ……………… 54
25　すめろきの敷きます国の ………… 56
26　雪の上に照れる月夜に …………… 60
27　あしひきの山の木末の …………… 62
28　春の苑紅にほふ …………………… 64
29　わが園の李の花か ………………… 66
30　春まけてもの悲しきに …………… 68
31　もののふの八十やをとめらが …… 70
32　あしひきの八峰の雄 ……………… 72
33　朝床に聞けば遥けし ……………… 74
34　磯の上のつままを見れば ………… 76
35　ほととぎす来鳴く五月に ………… 78
36　桃の花紅色に ……………………… 82
37　藤波の影なす海の ………………… 86
38　しなざかる越に五年 ……………… 88
39　春の野に霞たなびき ……………… 90
40　わがやどのいささ群竹 …………… 92
41　うらうらに照れる春日に ………… 94
42　ひさかたの天の門開き …………… 96
43　初春の初子の今日の ……………… 102
44　新しき年の始めの ………………… 104

＊歌人略伝 ……… 107
＊略年譜 ……… 108
＊解説「大伴家持の絶唱と残映」(小野寛)
　 ……… 110
＊読書案内 ……… 118
＊【付録エッセイ】大伴家持 ―その悲壮なるもの
　(青木和夫) ……… 120

043　菅原道真（佐藤信一著）
2012年10月31日刊

＊凡例 ……… iv
和歌 ……… 2
　01　秋風の吹上に立てる ……… 2
　02　このたびは幣も取りあへず ……… 6
　03　桜花主を忘れぬ ……… 10
　04　君が住む宿の梢の ……… 14
　05　天つ星道も宿りも ……… 16
　06　流れ木も三年ありては ……… 18
　07　東風吹かば匂ひおこせよ ……… 22
　08　天の下逃るる人の ……… 26
　09　草葉には玉と見えつつ ……… 30
　10　谷深み春の光の ……… 34
　11　降る雪に色まどはせる ……… 38
　12　道のべの朽木の柳 ……… 40
　13　足引きのこなたかなたに ……… 42
　14　天の原あかねさし出づる ……… 44
　15　月ごとに流ると思ひし ……… 46
　16　山別れ飛び行く雲に ……… 50
　17　霧立ちて照る日の本は ……… 52
　18　花と散り玉と見えつつ ……… 54
　19　老いぬとて松は緑ぞ ……… 58
　20　筑紫にも紫生ふる ……… 60
　21　刈萱の関守のみ ……… 62
　22　海ならず湛へる水の底 ……… 64
　23　流れ木と立つ白波と ……… 66
　24　流れゆく我は水屑と ……… 70
　25　夕されば野にも山にも ……… 72
　26　作るともまたも焼けなむ ……… 74
漢詩 ……… 76
　01　月夜に梅花を見る ……… 76
　02　春日、丞相の家の門を過ぐ ……… 80
　03　尚書左丞の餞の席にて ……… 84
　04　駅楼の壁に題す ……… 88
　05　漁父の詞 ……… 92
　06　九日宴に侍る、同じく菊一叢の ……… 96
　07　九月十日 ……… 100
　08　謫居の春雪 ……… 102
＊歌人略伝 ……… 107
＊略年譜 ……… 108
＊解説「歌人であり政治家もあった詩人
　菅原道真」(佐藤信一) ……… 110

＊読書案内 ……… 118
＊【付録エッセイ】古代モダニズムの内と外
　(抄)(大岡信) ……… 120

044　紫式部（植田恭代著）
2012年6月30日刊

＊凡例 ……… iv
01　めぐりあひて見しやそれとも ……… 2
02　鳴きよわる籠の虫も ……… 6
03　おぼつかなそれかあらぬか ……… 8
04　あらし吹く遠山里の ……… 10
05　北へ行く雁のつばさに ……… 12
06　あひ見むと思ふ心は ……… 16
07　三尾の海に網引く民の ……… 20
08　知りぬらむ往き来にならす ……… 24
09　ここにかく日野の杉むら ……… 26
10　春なれど白嶺の深雪 ……… 30
11　みづうみの友よぶ千鳥 ……… 34
12　四方の海に塩焼く海人の ……… 36
13　紅の涙ぞいとど ……… 38
14　閉ぢたりし上の薄氷 ……… 40
15　東風に解くるばかりを(宣孝) ……… 42
16　いづかたの雲路と聞かば ……… 44
17　雲の上ももの思ふ春は ……… 46
18　亡き人にかごとはかけて ……… 50
19　見し人の煙となりし ……… 54
20　消えぬ間の身をも知る知る ……… 56
21　若竹の生ひゆくすゑを ……… 58
22　数ならぬ心に身をば ……… 60
23　心だにいかなる身にか ……… 62
24　身の憂さは心のうちに ……… 64
25　閉ぢたりし岩間の氷 ……… 66
26　み吉野は春のけしきに ……… 68
27　憂きことを思ひ乱れて(宮の弁) ……… 70
28　わりなしや人こそ人と ……… 72
29　しのびつる根ぞあらはるる ……… 74
30　たへなりや今日は五月の ……… 76
31　篝火のかげたちそひて ……… 78
32　かげ見ても憂き我が涙 ……… 80
33　なべて世の憂きに泣かるる ……… 82
34　女郎花さかりの色を ……… 84
35　めづらしき光さし添ふ ……… 86
36　曇りなく千歳に澄める ……… 88
37　いかにいかが数へやるべき ……… 90
38　九重ににほふを見れば ……… 92
39　神代にはありもやしけん ……… 96
40　あらためて今日しもものの ……… 98
41　恋ひわびてありふるほどの(人) ……… 100
42　暮れぬ間の身をば思はで ……… 102
43　亡き人を偲ぶることも(加賀少納言) ……… 106

＊歌人略伝 ………… 109
＊略年譜 ………… 110
＊解説「紫式部をとりまく人々」(植田恭代) ………… 112
＊読書案内 ………… 118
＊【付録エッセイ】紫式部(抄)(清水好子) ………… 120

045　能因(高重久美著)
2012年10月31日刊

＊凡例 ………… iv
馬
　01　別れれど安積の沼の[安積沼の駒] ………… 2
　02　かくしつゝ暮れぬる秋と[馬との別れ] ………… 6
交友
　03　今更に思ひぞ出づる[藤原保昌] ………… 10
　04　いづくとも定めぬものは[藤原兼房] ………… 14
　05　宮城野を思ひ出でつ[和泉式部] ………… 18
　06　すずろふる身はいづくとも[橘義通] ………… 22
　07　匂ひだに飽かなくものを[観教法眼] ………… 26
　08　思ふ人ありとなけれど[源為善] ………… 30
　09　ふるさとを思ひ出でつ[大江公資] ………… 34
　10　白波の立ちながらだに[橘則長] ………… 38
　11　蜘蛛の糸にかゝれる[相模] ………… 42
　12　あはれ人今日の命を[大江嘉言] ………… 46
　13　藻塩やく海辺にゐてぞ[藤原長能] ………… 50
　14　有度浜に天の羽衣[藤原資業] ………… 54
旅と山里
　15　昔こそ何ともなしに[伏見里] ………… 58
　16　神無月寝覚めに聞けば[落葉の音] ………… 60
　17　甲斐が嶺に咲きにけらしな[山梨岡] ………… 64
　18　わが宿の木末の夏に[児屋池亭] ………… 66
奥州の旅
　19　東路はいづかたとかは[東路](大江嘉言) ………… 70
　20　都をば霞とともに[白川関] ………… 74
　21　甲斐が嶺に雪の降れるか[甲斐嶺] ………… 78
　22　浅茅原荒れたる野べは[信夫里] ………… 82
　23　小夜ふけてものぞ悲しき[塩釜浦] ………… 86
　24　わび人は外つ国ぞよき[わび人] ………… 88
　25　幾年に帰り来ぬらん[京の家の松] ………… 94
　26　陸奥の白尾の鷹を[白尾の鷹] ………… 96
　27　うち払ふ雪も止まなん[鷹狩り] ………… 100
　28　夕されば汐風越して[野田玉川] ………… 104
歌合ほか
　29　時鳥鳴かぬ宵の[時鳥の声] ………… 106
　30　世の中を思ひ捨ててし[思ひ捨てし身] ………… 110
　31　嵐吹く御室の山の[竜田の紅葉] ………… 114
　32　春がすみ志賀の山越え[志賀の山越] ………… 118
＊歌人略伝 ………… 123
＊略年譜 ………… 124

＊解説「友と生き 旅に生きた歌人 能因」(高重久美) ………… 129
＊読書案内 ………… 134
＊【付録エッセイ】能因(安田章生) ………… 137

046　源俊頼(髙野瀬惠子著)
2012年7月30日刊

＊凡例 ………… iv
01　春のくる朝の原を ………… 2
02　庭も狭に引きつらなれる ………… 4
03　春日野の雪を若菜に ………… 8
04　梅が枝に心も雪の ………… 10
05　春雨は降りしむれども ………… 12
06　山桜咲きそめしより ………… 14
07　はかなしな小野の小山田 ………… 16
08　梢には吹くとも見えで ………… 18
09　春霞たなびく浦は ………… 20
10　白河の春の梢を ………… 22
11　掃く人もなき古里の ………… 24
12　帰る春卯月の忌に ………… 26
13　待ちかねて訪ねざりせば ………… 28
14　雪の色を盗みて咲ける ………… 30
15　おぼつかないつか晴るべき ………… 32
16　この里も夕立しけり ………… 34
17　風ふけば蓮のうき葉に ………… 36
18　澄みのぼる心や空を ………… 38
19　山の端に雲の衣を ………… 40
20　初雁は雲ゐのよそに ………… 42
21　むら雲や月の隈をば ………… 44
22　うづら鳴く真野の入江の ………… 46
23　あすも来む野辺の玉川 ………… 48
24　染めかけて籬にさほす ………… 50
25　さを鹿のなく音は野べに ………… 52
26　嵐をや葉守の神も ………… 54
27　古里は散るもみぢ葉に ………… 56
28　明けぬともなほ秋風は ………… 58
29　いかばかり秋の名残を ………… 62
30　日暮るればあふ人もなし ………… 64
31　はし鷹をとり飼ふ沢に ………… 66
32　衣手の冴えゆくままに ………… 68
33　柴の庵のねやの荒れまに ………… 70
34　君が代は松の上葉に ………… 72
35　曇りなく豊さかのぼる ………… 74
36　夜とともに玉ちる床の ………… 76
37　君恋ふと鳴海の浦の ………… 78
38　数ならで世に住の江の ………… 80
39　憂かりける人を初瀬の ………… 82
40　葦の屋のしづはた帯の ………… 84
41　あさましやこは何事の ………… 88
42　涙をば硯の水に ………… 90

43 日の光あまねき空の	94
44 行く末を思へばかなし	96
45 上における文字は真の	98
46 蜘蛛の糸かかりける	100
*歌人略伝	103
*略年譜	104
*解説「源俊頼―平安後期歌人にふれる楽しさ―」(髙野瀬惠子)	106
*読書案内	112
*【付録エッセイ】俊頼と好忠 (馬場あき子)	114

047 源平の武将歌人 (上宇都ゆりほ著)
2012年6月30日刊

*凡例	iv
01 中々に言ひも放たで (源頼光)	2
02 木の葉散る宿は聞き分く (源頼実)	4
03 夏山の楢の葉そよぐ (源頼綱)	6
04 吹く風をなこその関と (源義家)	8
05 思ふとはつみ知らせてき (源仲正)	10
06 もろともに見し人もなき (源仲正)	12
07 有明の月も明石の (平忠盛)	14
08 うれしとも中々なれば (平忠盛)	16
09 思ひきや雲居の月を (平忠盛)	18
10 またも来ん秋を待つべき (平忠盛)	20
11 深山木のその梢とも (源頼政)	22
12 人知れぬ大内山の (源頼政)	24
13 庭の面はまだかわかぬに (源頼政)	26
14 埋もれ木の花咲くことも (源頼政)	28
15 卯ぞ帰りはてなば (平清盛)	30
16 家の風吹くともみえぬ (平経盛)	32
17 いかにせむ御垣が原に (平経盛)	34
18 今ぞ知る御裳濯河の (平時子)	36
19 燃え出づるも枯るるも同じ (祇王)	38
20 眺むれば濡るる袂に (源仲綱)	40
21 恋しくは来てもみよかし (源仲綱)	42
22 伊勢武者はみな緋縅の (源仲綱)	44
23 今日までもあればあるかの (平教盛)	46
24 返り来る事は堅田に (平時忠)	48
25 墨染めの衣の色と (平重盛)	50
26 浄土にも剛のものとや (熊谷直実)	52
27 さざ波や志賀の都は (平忠度)	54
28 行き暮れて木の下蔭を (平忠度)	56
29 いづくにか月は光を (平親宗)	58
30 都をば今日を限りの (平宗盛)	60
31 源は同じ流れぞ (源頼朝)	62
32 陸奥の言はで忍ぶは (源頼朝)	64
33 和泉なる信太の森の (源頼朝)	66
34 散るぞ憂き思へば風も (平経正)	68
35 千早振る神に祈りの (平経正)	70
36 住み馴れし都の方は (平知盛)	72
37 思ひきや深山の奥に (建礼門院徳子)	74
38 澄みかはる月を見つつぞ (平重衡)	76
39 住み馴れし古き都の (平重衡)	78
40 積もるとも五重の雲に (北条政子)	80
41 いづくとも知らぬ逢瀬の (平維盛)	82
42 生まれては終に死ぬてふ (平維盛)	84
43 六道の道の衢に (武蔵坊弁慶)	86
44 思ふより友を失ふ (源義経)	88
45 ある程があるにもあらぬ (平資盛)	90
46 流れての名だにも止まれ (平行盛)	92
47 昨日こそ浅間は降らを (梶原景季)	94
48 しづやしづ倭文の苧環 (静御前)	96
49 宇津の山現にてまた (宇都宮頼綱)	98
50 我が来つる道の草葉や (源義高)	100
*源平の武将歌人概観	103
*略年譜	104
*解説「超越する和歌―「武者ノ世」に継承された共同体意識」(上宇都ゆりほ)	106
*読書案内	112
*【付録エッセイ】平家物語 (抄) (小林秀雄)	114

048 西行 (橋本美香著)
2012年9月28日刊

*凡例	iv
01 津の国の難波の春は	2
02 咲きそむる花を一枝	4
03 木のもとに住みける跡を	8
04 願はくは花の下にて	10
05 吉野山花をのどかに	14
06 花見にと群れつつ人の	16
07 あくがるる心はさても	20
08 覚えぬを誰が魂の	22
09 あはれいかに草葉の露の	24
10 心なき身にもあはれは	26
11 朽ちもせぬその名ばかりを	30
12 きりぎりす夜寒に秋の	32
13 秋篠や外山の里や	34
14 吉野山ふもとに降らむ	36
15 播磨潟灘のみ沖に	38
16 なかなかに時々雲の	40
17 忌むといひて影も当たらぬ	44
18 いかで我清く曇らぬ	46
19 いとほしやさらに心の	48
20 歎けとて月やは物を	52
21 あはれあはれこの世はよしや	54
22 伏見過ぎぬ岡の屋になほ	58
23 惜しむとて惜しまれぬべき	60
24 鈴鹿山うき世をよそに	62
25 言の葉のなさけ絶えにし	64
26 夜の鶴の都のうちを	68

27	立てそむるあみ捕る浦の	70	28 草も木も靡きし秋の	56
28	ここをまたわれ住み憂くて	74	寂蓮	58
29	山深みけぢかき鳥の	76	01 思ひ出づる事だにもなくは	58
30	苗代にせき下されし	80	02 数ならぬ身はなきものに	60
31	世の中を厭ふまでこそ	82	03 いにしへの名残もかなし	62
32	うなゐ子がすさみに鳴らす	86	04 降りそむる今朝だに人の	64
33	ぬなは生ふ池に沈める	88	05 尾上より門田にかよふ	66
34	暇もなき炎の中の	90	06 津の国の生田の川に	68
35	年たけてまた越ゆべしと	92	07 言ひおきし心もしるし	70
36	岩戸あけし天つ尊の	94	08 和らぐる光や空に	72
37	深く入りて神路の奥を	96	09 いかばかり花咲きぬらむ	74
38	風になびく富士の煙の	98	10 越えて来し宇津の山路に	76

* 歌人略伝 ………… 103
* 略年譜 ………… 104
* 解説「時代を超えて生きる遁世歌人 西行」(橋本美香) ………… 106
* 読書案内 ………… 112
* 【付録エッセイ】西行 ―その漂泊なるもの(上田三四二) ………… 114

049　鴨長明と寂蓮(小林一彦著)
2012年8月30日刊

* 凡例 ………… iv

鴨長明 ………… 2

01	ほととぎす鳴くひと声や	2
02	春しあれば今年も花は	4
03	桜ゆゑ片岡山に	6
04	住みわびぬささは越えむ	8
05	する墨をもどき顔にも	10
06	待てしばしもらしそめても	12
07	憂き身には絶えぬ思ひに	14
08	忍ばむと思ひしものを	16
09	行く水に雲ゐの雁の	18
10	そむくべき憂き世に迷ふ	20
11	花ゆゑに通ひしものを	22
12	うちはらひ人通ひけり	24
13	よそにのみ並ぶらむ袖の	26
14	頼めつつ妹を待つまに	28
15	杉の板を仮りにうち葺く	30
16	見ればまづいとど涙ぞ	32
17	あれば厭ふそむけば慕ふ	34
18	いかにせむ つひの煙の	36
19	石川や瀬見の小川の	38
20	日を経つついとどますほの	40
21	過ぎがてに思はぬたびは	42
22	秋風のいたりいたらぬ	44
23	夜もすがらひとり深山の	46
24	夜もすがらひとり深山の	48
25	かくしつつ峰の嵐に	50
26	沈みにきいまさら和歌の	52
27	右の手もその面影も	54

11 さびしさはその色としも	78
12 憂き身には犀の生き角	80
13 牛の子に踏まるる庭の	82
14 鵜飼舟たか瀬さしこす	84
15 思ひあれば袖に蛍を	86
16 深き夜の窓うつ雨に	88
17 もの思ふ袖より露や	90
18 暮れて行く春のみなとは	92
19 むら雨の露もまだひぬ	94
20 うらみわび待たじ今はの	96
21 葛城や高間の桜	98
22 里はあれぬむなしき床の	100

* 歌人略伝 ………… 103
* 略年譜 ………… 104
* 解説「激動・争乱の時代の芸術至上主義」(小林一彦) ………… 106
* 読書案内 ………… 119
* 【付録エッセイ】あはれ無益の事かな(抄)(堀田善衞) ………… 121

050　俊成卿女と宮内卿(近藤香著)
2012年11月30日刊

* 凡例 ………… iv

俊成卿女 ………… 2

01 梅の花あかぬ色香も	2
02 風かよふ寝覚めの袖の	4
03 恨みずや憂世を花の	6
04 橘の匂ふあたりの	8
05 大荒木の森の木の間を	10
06 理の秋には敢へぬ	12
07 千々の秋の光りをかけて	14
08 里の名の秋に忘れぬ	16
09 隔てゆく世々の面影	18
10 今はさは憂き世の嵯峨の	20
11 古里も秋は夕べに	22
12 葛の葉の恨みにかえる	24
13 下燃えに思ひ消えなむ	26
14 面影の霞める月ぞ	28
15 降りにけり時雨は袖に	30

16 通ひ来し宿の道芝……………… 32	04 ながめつつ思ふも悲し……………… 8
17 夢かとよ見し面影も……………… 34	05 山風の桜吹きまく……………… 10
18 人なみに君忘れずは……………… 36	06 山桜今はの頃の……………… 14
19 巡り逢はむわが予言の……………… 38	07 行きて見むと思ひしほどに……………… 16
20 払ひかね曇るも悲し……………… 40	08 君ならで誰にか見せむ……………… 18
21 流れての名をさへ忍ぶ……………… 42	09 あしびきの山時鳥……………… 20
22 暮れなばと頼めてもなほ……………… 44	10 萩の花暮れぐれまでも……………… 22
23 干しわびぬ海人の苅藻に……………… 46	11 海の原八重の潮路に……………… 24
24 馴れ馴れて秋に扇を……………… 48	12 濡れて折る袖の月影に……………… 26
25 眺むればわが身一つの……………… 50	13 雁鳴きて寒き朝明の……………… 28
26 亡き数に身も背く世の……………… 52	14 風寒み夜の更けゆけば……………… 30
宮内卿……………… 54	15 夕されば潮風寒し……………… 32
01 かき暗れしなほ古里の雪の……………… 54	16 乳房吸ふまだいとけなき……………… 34
02 薄く濃き野辺の緑の……………… 56	17 はかなくて今宵明けなば……………… 36
03 花さそふ比良の山風……………… 58	18 もののふの矢並つくろふ……………… 38
04 逢坂や梢の花を……………… 60	19 千々の春万の秋に……………… 40
05 柴の戸にさすや日影の……………… 62	20 黒木もて君がつくれる……………… 42
06 軒白きぬ月の光に……………… 64	21 宿にある桜の花の……………… 44
07 片枝さす麻生の浦梨……………… 66	22 ちはやぶる伊豆の御山の……………… 46
08 思ふことさしてそれとは……………… 68	23 宮柱ふとしき立てて……………… 48
09 心ある雄島の海人の……………… 70	24 うき波の雄島の海人の……………… 50
10 月をなほ待つらむものか……………… 72	25 小笹原おく露寒み……………… 52
11 まどろまで眺めよとての……………… 74	26 来むとしも頼まぬ上の……………… 54
12 霜を待つ籬の菊の……………… 76	27 草深くさしも荒れたる……………… 56
13 龍田山嵐や峰に……………… 78	28 涙こそ行方も知らね……………… 60
14 唐錦秋の形見や……………… 80	29 旅寝する伊勢の浜荻……………… 62
15 淋しさを訪ひ来ぬ人の……………… 82	30 住の江の岸の松ふく……………… 64
16 わが恋は人知らぬ間に……………… 84	31 沖つ波八十島かけて……………… 66
17 落ちつもる涙の露に……………… 86	32 恋しとも思はで言はば……………… 68
18 聞くやいかに上の空なる……………… 88	33 世の中は常にもがもな……………… 70
19 さてもまた慰むやとて……………… 90	34 物いはぬ四方の獣……………… 72
20 津の国の御津とな言ひそ……………… 92	35 いとほしや見るに涙も……………… 74
21 問へかしな時雨るる袖の……………… 94	36 炎のみ虚空にみてる……………… 76
22 竹の葉に風吹き弱る……………… 96	37 塔をくみ堂をつくるも……………… 78
23 時雨つる木の下風に……………… 98	38 時により過ぐれば民の……………… 80
24 杣人の取らぬ真木さへ……………… 100	39 うば玉や闇の暗きに……………… 82
*歌人略伝……………… 103	40 紅の千入のまふり……………… 84
*俊成卿女……………… 103	41 玉くしげ箱根のみ湖……………… 86
*宮内卿……………… 103	42 箱根路をわれ越えくれば……………… 88
*略年譜……………… 104	43 空や海うみやそらとも……………… 90
*解説「新古今集の二人の才媛」(近藤香)……………… 106	44 大海の磯もとどろに……………… 92
*読書案内……………… 112	45 君が代になほ永らへて……………… 94
*【付録エッセイ】夏・宮内卿(丸谷才一)……………… 114	46 山は裂け海はあせなむ……………… 96
	47 出でて去なば主なき宿と……………… 100
051 源実朝(三木麻子著)	*歌人略伝……………… 103
2012年6月30日刊	*略年譜……………… 104
	*解説「源実朝の和歌」(三木麻子)……………… 106
*凡例……………… iv	*読書案内……………… 112
01 けさ見れば山もかすみて……………… 2	*【付録エッセイ】古典は生きている(橋本治)……………… 114
02 この寝ぬる朝明の風に……………… 4	
03 みふゆつぎ春し来ぬれば……………… 6	

052　藤原為家（佐藤恒雄著）
2012年6月30日刊

＊凡例 ･･････････････････････････････ iv
01　あさみどり霞の衣 ･･･････････････ 2
02　佐保姫の名に負ふ山も ･･･････････ 4
03　若菜つむ我が衣手も ･････････････ 6
04　六十あまり花に飽かずと ･････････ 8
05　明けわたる外山の桜 ･････････････ 10
06　初瀬女の峰の桜の ･･･････････････ 14
07　よしさらば散るまでは見じ ･･･････ 16
08　契らずよかざす昔の ･････････････ 18
09　山ふかき谷吹きのぼる ･･･････････ 20
10　都にて山の端たかく ･････････････ 22
11　早瀬川波のかけ越す ･････････････ 24
12　ほととぎす待つとばかりの ･･･････ 26
13　ほととぎす鳴く一声も ･･･････････ 28
14　五月雨は行く先深し ･････････････ 30
15　天の川遠き渡りに ･･･････････････ 32
16　龍田山よその紅葉の ･････････････ 34
17　仕ふとて見る夜なかりし ･････････ 36
18　秋をへて遠ざかりゆく ･･･････････ 38
19　天の川八十路にかかる ･･･････････ 40
20　さしかへる雫も袖の ･････････････ 42
21　故郷に思ひ出づとも ･････････････ 44
22　とまらじな雲のはたてに ･････････ 46
23　さらでだにそれかと紛ふ ･････････ 48
24　冬きては雪の底なる ･････････････ 50
25　逢ふまでの恋ぞ折りに ･･･････････ 52
26　おのづから逢ふを限りの ･････････ 54
27　音無しの滝の水上 ･･･････････････ 56
28　三日月のわれて逢ひみし ･････････ 58
29　聞きてだに身こそ焦がるれ ･･･････ 62
30　玉津島あはれと見ずや ･･･････････ 64
31　たらちねの親の諫めの ･･･････････ 66
32　背きけむ親の諫めの ･････････････ 68
33　いかがして八十の親の ･･･････････ 70
34　言の葉のかはらぬ松の ･･･････････ 72
35　老いらくの親のみる世と ･････････ 74
36　今日までも憂きは身にそふ ･･･････ 76
37　数ふれば残る弥生も ･････････････ 78
38　伝へくる庭の訓への ･････････････ 80
39　和歌の浦に老いずはいかで ･･･････ 82
40　あはれなど同じ煙に ･････････････ 84
41　まだ知らぬ空の光に ･････････････ 86
42　主しらで紅葉を折らじ ･･･････････ 88
43　五十鈴川神代の鏡 ･･･････････････ 90
44　池水の絶えず澄むべき ･･･････････ 92
45　春日山松ふく風の ･･･････････････ 94
＊歌人略伝 ･･････････････････････････ 97
＊略年譜 ････････････････････････････ 98
＊解説「三代の勅撰者　藤原為家」（佐藤恒雄） ･････････････････････ 100
＊読書案内 ･････････････････････････ 107
＊【付録エッセイ】為家歌風考（抄）（岩佐美代子） ･････････････････････････ 109

053　京極為兼（石澤一志著）
2012年9月28日刊

＊凡例 ･･････････････････････････････ iv
01　忘れずよ霞の間より ･････････････ 2
02　山桜はや咲きにけり ･････････････ 4
03　秋来ぬと思ひもあえぬ ･･･････････ 6
04　澄みのぼる月のあたりは ･････････ 8
05　山風にただよふ雲の ･････････････ 10
06　いかさまに身をつくしてか ･･･････ 12
07　鳥の音ものどけき山の ･･･････････ 14
08　梅の花紅にほふ ･････････････････ 16
09　思ひそめき四つの時には ･････････ 18
10　思ひやるなべての花の ･･･････････ 20
11　回りゆかば春にはまたも ･････････ 22
12　月残る寝覚の空の ･･･････････････ 24
13　枝にもる朝日の影の ･････････････ 26
14　露重き小萩が末は ･･･････････････ 28
15　いかなりし人の情か ･････････････ 30
16　心とめて草木の色も ･････････････ 32
17　冴ゆる日の時雨の後の ･･･････････ 34
18　閨の上は積れる雪に ･････････････ 36
19　木の葉なき空しき枝に ･･･････････ 38
20　とまるべき宿をば月に ･･･････････ 40
21　旅の空雨の降る日は ･････････････ 42
22　さらにまた包みまさると ･････････ 44
23　恨み慕ふ人いかなれや ･･･････････ 46
24　人も包み我も重ねて ･････････････ 48
25　待つことの心に進む ･････････････ 50
26　訪はむしろ今は憂しやの ･････････ 52
27　時の間も我に心の ･･･････････････ 54
28　泣く泣くも人を恨むと ･･･････････ 56
29　折々のこれや限りも ･････････････ 58
30　言の葉に出でし恨みは ･･･････････ 60
31　波の上に映る夕日の ･････････････ 62
32　山風が垣ほの竹に ･･･････････････ 64
33　空しきを極め終りて ･････････････ 66
34　頼むべき神と現はれ ･････････････ 68
35　足引の山の白雪 ･････････････････ 70
36　沈み果つる入日の際に ･･･････････ 72
37　鶯の声ものどかに ･･･････････････ 74
38　梅が香は枕にみちて ･････････････ 76
39　淋しさは花よいつかの ･･･････････ 78
40　ひとしきり吹き乱しつる ･････････ 80
41　夏浅き緑の木立 ･････････････････ 82
42　松をはらふ風は裾野の ･･･････････ 84

43	秋風に浮雲高く		86
44	庭の虫は鳴きとまりぬる		88
45	朝嵐の峯よりおろす		90
46	降り晴るる庭の霰は		92
47	思ひけりと頼みなりての		94
48	大空にあまねくおほふ		96
49	大井川遙かに見ゆる		98
50	見るとなほ心にもなは		100

* 歌人略伝 …… 103
* 略年譜 …… 104
* 解説「「京極派」と歌人・京極為兼」(石澤一志) …… 106
* 読書案内 …… 112
* 〖付録エッセイ〗京極派和歌の盛衰(井上宗雄) …… 114

054 正徹と心敬（伊藤伸江著）
2012年7月30日刊

* 凡例 …… iv
正徹 …… 2
01 めぐる江の流れ洲崎の …… 2
02 水浅き蘆間に巣立つ …… 4
03 ひとりまづ梢を高み …… 6
04 憂しとてもよも厭はれじ …… 8
05 吹きしほり野分をならす …… 10
06 身ぞあらぬ秋の日影の …… 12
07 秋の日は糸より弱き …… 14
08 訪はれねば庭に日影は …… 16
09 暗き夜の誰に心を …… 18
10 冬枯れの庭に音せぬ …… 20
11 いくつ寝て春ぞと人に …… 22
12 待ちあかす人の寝し夜の …… 24
13 草も木も面影ならぬ …… 26
14 夕まぐれそれかと見えし …… 28
15 暗き夜の窓うつ雨に …… 30
16 泡と消えぬ興津潮あひに …… 32
17 村雨の古江をよそに …… 34
18 散らすより老い木の柞 …… 36
19 ふけにけり流るる月も …… 38
20 降る雨に折りける袖の …… 40
21 今日見れば杜の木の葉の …… 42
22 わたりかね雲も夕べを …… 44
23 咲けば散る夜の間の花の …… 46
心敬 …… 48
01 深き夜の月に四の緒 …… 48
02 朝涼み水の衣の …… 50
03 ふけにけり音せぬ月に …… 52
04 鐘ふかみあかつき月は …… 54
05 思ひ絶え待たじとすれば …… 56
06 知れかしな窓打つ秋の夜の …… 58
07 わが袖ぞ逢瀬に遠き …… 60

08	流れ洲に小船漕ぎ捨て		62
09	夕されば嵐をふくみ		64
10	言の葉はつみに色なき		66
11	三十路よりこの世の夢は		68

心敬連歌 …… 70
12 一声に見ぬ山深しほととぎす …… 70
13 くもる夜は月に見ゆべき心かな …… 72
14 時雨けり言の葉うかぶ秋の海 …… 74
15 秋もなほ浅きは雪の夕べかな …… 76
16 難波に霞む紀路の遠山 …… 78
17 荻に夕風雲に雁がね …… 80
18 炭こる市の帰るさの山 …… 82
19 形見の帯の短夜の空 …… 84
20 立ち出でて都忘れぬ峰の庵 …… 86
21 犬の声する夜の山里 …… 88
22 芝生がくれの秋の沢水 …… 90
23 鳥も居ぬ古畑山の木は枯れて …… 92
24 風のみ残る人の古郷 …… 94

* 【補注】 …… 97
* 歌人略伝 …… 101
* 略年譜 …… 102
* 解説「正徹から心敬へ―定家の風を継いで―」(伊藤伸江) …… 104
* 読書案内 …… 114
* 〖付録エッセイ〗正徹の歌一首(那珂太郎) …… 116

055 三条西実隆（豊田恵子著）
2012年11月30日刊

* 凡例 …… iv
01 法の道に仕へんものを …… 2
02 暫しとも言伝てやらむ …… 4
03 己が上に生ふる例や …… 6
04 忘るなよ三笠の山を …… 10
05 秋風も心あるべき …… 12
06 枝ながら見むも幾ほど …… 16
07 吹くからに風の柵 …… 20
08 深からぬ齢のほどに …… 24
09 年も経し鏡の影に …… 26
10 年をへて宿にまづ咲く …… 28
11 水鶏なく浦の苫屋の …… 30
12 落つと見し波も凍りて …… 34
13 色どるも限りこそあれ …… 36
14 契り来し身はそれなれど …… 38
15 棹さして教へやすると …… 40
16 吉野川妹背の山の …… 42
17 行末をいかに掛けまし …… 44
18 指して行く方をも花に …… 46
19 誘ふをも誰許せばか …… 48
20 思ひかけぬそれぞ契りを …… 52
21 織女に心を貸して …… 54

22 誰が方に夜の枕の……………… 56
23 暮れがたき夏の日わぶる……… 60
24 折をりつれば身に染みかへる… 64
25 鳴神はただこの里の……………… 66
26 吹かぬ間は招く袖にも…………… 68
27 枯れやらぬ片方もあれや………… 70
28 世の中は言のみぞよき…………… 72
29 世の中に絶えて春風……………… 74
30 み熊野やいく夜を月に…………… 78
31 急ぎより手に取るばかり………… 80
32 今日ならでなどか渡らぬ………… 84
33 白妙の月の砧や…………………… 86
34 思ふこと成りも成らずも………… 88
35 光ある玉を導べに………………… 90
36 植ゑざらば吉野も春の…………… 92
37 年はただ暮れう暮れうと………… 94
38 時雨降る神無月とは……………… 96
39 わが家の妹心あらば……………… 98
40 何事も負をのみする……………… 100
* 歌人略伝……………………………… 103
* 略年譜……………………………… 104
* 解説「実隆にとっての和歌とは何か」
　（豊田恵子）……………………… 107
* 読書案内…………………………… 115
* 【付録エッセイ】「実隆評伝」老晩年期（抄）
　（伊藤敬）………………………… 117

056　おもろさうし（島村幸一著）
2012年6月30日刊

* 凡例………………………………………… vi
〔01〕一聞得大君ぎや 押し遣たる精軍〈「押
　し遣たる精軍」―首里王府の八重山侵略―〉第一・一五
　（重複、第十一・一五六一・第二十一・一四一三）…………… 2
〔02〕一聞ゑ中城 東方に 向かて〈「東方に向か
　て 板門 建て直ちへ」―東方に門を開くグスク―〉第二
　・四二……………………………………………… 8
〔03〕一聞得大君ぎや 鳴響む精高子が〈「沖
　縺 しめて／辺縺 しめて」―島津の琉球侵政を呪詛す
　る―〉第三・九三……………………………… 12
〔04〕一まみちけが おもろ〈「まみちけが おもろ
　口正しや あ物」―オモロ歌唱者の名乗り―〉第五・二
　六四………………………………………………… 22
〔05〕一阿嘉のおゑつきや 饒波のおゑつき
　や〈「石は 割れる物／金は 鮮む物」―オモロ歌唱者の
　表現―〉第八・四六六……………………………… 26
〔06〕一聞ゑ蒲葵せり子／又鳴響む蒲葵せ
　り子〈「朝凪れがし居れば／夕凪れがし居れば」―海
　上の巡行表現―〉第十・五二四……………………… 30
〔07〕一ゑけ 上がる三日月や〈「ゑけ 上がる三
　日月や／ゑけ 上がる星や」―巡行に立つ神女―〉第
　十・五三四………………………………………… 40

〔08〕一福地儀間の主よ 良かる儀間の主よ
　〈「かさす若てだ／真物若てだ」―久米島の英雄―〉第
　十一・五六八…………………………………… 48
〔09〕一子丑が時 神が時〈「子丑が時 神が時／寅
　卯の時 神が時」―神が顕現する時間―〉第十一・五九
　六（重複、第二十一・一四六三）…………………… 54
〔10〕一伊祖の戦思ひ／又いぢき戦思ひ
　〈「夏は しげち 盛る／冬は 御酒 盛る」―夏と冬、琉球
　の二つの季節―〉第十二・六七一（重複、第十五・一〇
　六九）……………………………………………… 58
〔11〕一聞得大君ぎや さしふ 降れ直ちへ
　〈「君手擦り 間遠さ／見物遊び 間遠さ」―王の御事（御
　言葉）、詞書きを持つオモロ―〉第十二・六七四〇…… 62
〔12〕一首里 おわる てだ子が〈「羽打ちする小
　隼 齢ちへ」―鳥に譬えられる船―〉第十三・七六〇
　（重複、第二十二・一五四九）……………………… 72
〔13〕一山の国かねが 撫で、おちやる小松
　〈「袖 垂れて 走りやせ」―理想的な航行の表現―〉第十
　三・八七八………………………………………… 76
〔14〕一大西に 鳴響む 聞へなよくら〈「吾 守
　て 此の海 渡しよわれ」―岬の神に祈る船人―〉第十三
　・九〇〇四………………………………………… 82
〔15〕一吾がおなり御神の 守らてゝ おわ
　ちやむ〈「吾がおなり御神／弟おなり御神」―ヲナリ
　神に守られる船人―〉第十三・九六五……………… 86
〔16〕一玻名城按司付きの大親／又花城ち
　やら付きの大親〈「真人達も 見欲しや 有り
　居れ」―オモロの恋歌―〉第十四・九八三………… 90
〔17〕一知花 おわる 目眉清ら按司の／又
　知花 おわる 歯清ら按司の〈「前鞍に てだの
　形 描ちへ／後鞍に 月の形 描ちへ」―陸上の巡行表現
　―〉第十四・九八六……………………………… 98
〔18〕一勝連の阿摩和利／又肝高の阿摩和
　利〈「勝連の阿摩和利 十百歳 ちよわれ」―称えられる
　「地方」の英雄―〉第十六・一一二九……………… 106
〔19〕一屋良大司／又屋良座若司〈「屋良座大
　司／屋良座若司」―町方「那覇」に繋がる地方オモロ
　―〉第二十・一三七…………………………… 112
〔20〕一おぼつ 居て 見れば ざりよこ 為ち
　へ 見れば〈「綾庭の 珍らしや」―高級神女、君南風
　の招来―〉第二十一・一四一一（重複、第十一・一五五
　九）……………………………………………… 120
* 解説　『おもろさうし』―特に、編纂と
　構成を中心に―（島村幸一）……………… 129
* 読書案内………………………………… 136
* 【付録エッセイ】おもろの「鼓」（池宮正治）… 138

057　木下長嘯子（大内瑞恵著）
2012年10月31日刊

* 凡例………………………………………… iv
01 霞たつ逢坂山の……………………………… 2
02 年の緒を去年と今年に……………………… 4

03 よもすがら軒端の梅の	6
04 若菜つむ誰が白妙の	8
05 雪もなほ布留郷の若菜	10
06 四方の空は更けしづまりて	12
07 み吉野の山分け衣	14
08 山田もる秋の鳴子は	16
09 花の雲空もひとつに	18
10 紫も朱も緑も	20
11 吉野山花の盛りに	22
12 夕立の杉の梢は	24
13 誰が宿ぞ月見ぬ憂さも	26
14 哀れにもうく光りゆく	28
15 久方の中なる枝や	30
16 見るからに野守が庵ぞ	32
17 風吹けば雲の衣の	34
18 寝て明かす宿には月も	36
19 出でぬ間の心づくしを	38
20 武蔵野や尾花を分けて	40
21 春の夜のみじかき夢を	42
22 西の海指してそなたと	44
23 木の葉散り月もあらはに	46
24 神無月降るは時雨に	48
25 散り積もる庭の枯葉の	50
26 水の秋も冬籠もりして	52
27 峰白く雪の光に	54
28 はかなくてあはれ今年も	56
29 葉を茂みつれなく立てる	58
30 おのれのみ富士の妬くや	60
31 いつ消えておのが春をも	62
32 山里に住まぬかぎりは	64
33 あはれ知るわが身ならねど	66
34 あらぬ世に身は古りはてて	68
35 君も思へ我も偲ばん	70
36 大原や雪の夜月の	72
37 中々に訪はれし程ぞ	74
38 山里は苔むす岩は	76
39 谷のかげ軒の撫子	78
40 千代経とも又なほ飽かで	80
41 真袖かす月のためぞと	82
42 許せ妹冬ばかりこそ	84
43 去にざまの置土産とて	86
44 鉢叩き暁がたの	88
45 山深く住める心は	90
46 人の世に暗部の山の	92
47 黒髪も長かれとのみ	94
48 思ひつつ寝る夜も会ふと	96
49 今年わが齢の数を	98
50 露の身の消えても消えぬ	100
*歌人略伝	103
*略年譜	104
*解説「木下長嘯子の人生と歌の魅力」（大内瑞恵）	106
*読書案内	112
*【付録エッセイ】木下長嘯子（ドナルド・キーン）	114

058　本居宣長（山下久夫著）
2012年7月30日刊

*凡例	iv
01 敷島のやまと心を	2
02 いと早も高根の霞	6
03 待ち佗ぶる花は咲きぬや	8
04 桜花さくと聞くより	10
05 山遠く見に来し我を	12
06 飽かずとて折らば散るべし	14
07 暮れぬとも今はしばし見む	16
08 しろたへに松の緑	18
09 かき絶えて桜の咲かぬ	20
10 鬼神もあはれと思はむ	22
11 花の色はさらに古りせぬ	24
12 花さそふ風に知られぬ	26
13 春をおきて五月待ためや	28
14 駆けり来て桜が枝に	30
15 松はあれど桜は虫の	32
16 桜花散りて流れし	34
17 うつせみの世の人言は	36
18 あし引の嵐も寒し	38
19 八島国ひびき響もす	40
20 古事の文らを読めば	42
21 立ちかへり世は春草の	44
22 うまさけ鈴鹿の山を	46
23 玉くしげ都とここと	48
24 家を措きていづち往にけん	50
25 この世には今は渚の	52
26 大空は曇りも果てぬ	54
27 声はして山たち隠す	56
28 軒くらき春の雨夜の	58
29 風わたる梢に秋や	60
30 世の中の善きも悪しきも	62
31 善きことに禍事い継ぎ	64
32 東照る御神貴し	66
33 蔵王ちふ神は神かも	68
34 水分の神の幸ひの	70
35 賤の女が心をのべし	72
36 新玉の春来にけりな	74
37 託たれし涙の袖や	76
38 浜千鳥鳴きこそ明かせ	78
39 忘るてふ吉野の奥も	80
40 思ひやれ慣れし都に	82
41 契りをきし我が宿過ぎて	84
42 亡き魂も通ふ夢路は	86

43　書よめば昔の人は……88	37　なほ守れ和歌の浦波（権大僧都堯孝）…74
44　見るままに猶長かれと……90	38　釈迦といふ悪戯者が（一休和尚）…76
45　朝霧の晴るるも待たで……92	39　一たびも仏を頼む（蓮如上人兼寿）…80
＊歌人略伝……97	40　我もなく人も渚の（玄虎蔵主）…82
＊略年譜……98	41　心頭を滅却すれば（快川和尚紹喜）…84
＊解説「宣長にとっての歌」（山下久夫）…100	42　気は長く勤めは固く（天海僧正）…86
＊読書案内……105	43　仏法と世法は人の（沢庵禅師）…88
＊【付録エッセイ】本居宣長（抄）（小林秀雄）…107	44　思はじと思ふも物を（沢庵禅師）…90
	45　思へ人ただ主もなき（元政上人）…92
059　僧侶の歌（小池一行著）	46　釈迦阿弥陀地蔵薬師と（鉄眼禅師）…94
2012年8月30日刊	47　聞きせばや信田の森の（白隠和尚慧鶴）…96
	48　若い衆や死ぬがいやなら（白隠和尚慧鶴）…98
＊凡例……iv	49　くどくなる気短になる（仙厓義凡）…100
01　霊山の釈迦の御前に（行基菩薩）…2	＊僧侶の和歌概観……103
02　迦毘羅衛にともに契りし（婆羅門僧正遷那）…4	＊人物一覧……104
03　三輪川の清き流れに（玄賓僧都）…6	＊解説「僧侶の和歌の種類とその特徴」（小池一行）…107
04　世の中に何にたとへん（沙弥満誓）…8	＊読書案内……115
05　阿耨多羅三藐三菩提の（伝教大師最澄）…10	＊【付録】〔紀賤丸撰『道家百人一首』から僧侶の歌44首〕……117
06　忘れても汲みやしつらん（弘法大師空海）…12	
07　雲しきて降る春雨は（慈覚大師円仁）…14	**060　アイヌ神謡 ユーカラ**（篠原昌彦著）
08　蓮葉の濁りに染まぬ（僧正遍昭）…16	2013年1月10日刊
09　法の舟差してゆく身ぞ（智証大師円珍）…18	
10　人ごとに今日今日とのみ（僧正聖宝）…20	＊凡例……iv
11　一度と南無阿弥陀仏と（空也上人）…22	第一話　銀の雫をあたりに散らし―シマフクロウの神がみずからうたった謡……2
12　その上の斎身の庭に（慈慧大師良源）…24	［01］シマフクロウの神の私が人間世界を見る……4
13　いかにせむ身の浮舟の（増賀上人）…26	［02］私を見つけた子供たちが競って矢を射る……6
14　夢の中に別れて後は（性空上人）…28	［03］一人の貧しい子が私を狙う……8
15　旅衣たち行く波路（法橋奝然）…30	［04］金持ちの子らはその子を嘲笑しいじめる……10
16　夜もすがら仏の道を（恵心僧都源信）…32	［05］私はその子の矢に射られて落下する……12
17　喜ぶも嘆くも徒に（永観律師）…34	［06］子供たちは私を獲ろうと争った……14
18　嬉しきにまづ昔こそ（権僧正永縁）…36	［07］貧しい子は頑張って私を家に運んだ……16
19　夢のうちは夢も見も（覚鑁上人）…38	［08］その子の両親は立派な顔付きをしていた……18
20　世の中に地頭盗人（文覚上人）…40	［09］父親が私に祈りを捧げる……20
21　月影の至らぬ里は（法然上人）…42	［10］みんなが寝ると私は起きあがった……22
22　いにしへは踏みしかども（解脱上人貞慶）…44	［11］私はまず美しい宝物で家を一杯にする……24
23　唐土の梢もさびし（栄西禅師）…46	［12］私は次に家を大きく立派にした……26
24　皆人に一つの癖が（慈鎮和尚慈円）…48	［13］私が見せた夢……28
25　遺跡を洗へる水も（明恵上人高弁）…50	［14］老人は私に感謝の言葉を述べる……30
26　山の端のほのめく宵の（道元禅師）…52	［15］一家は神送りの準備を始める……32
27　春は花夏ほととぎす（道元禅師）…54	［16］神送りの宴に人々を招く……34
28　人間にすみし程こそ（親鸞上人）…56	
29　唐土もなほ住み憂くば（慶政上人）…58	
30　おのづから横しまに降る（日蓮上人）…60	
31　跳ねば跳ねず踊れば踊れ（一遍上人）…62	
32　唱ふれば仏も我も（一遍上人）…64	
33　聞くやいかに妻恋ふ鹿の（無住法師）…66	
34　長閑なる水には色も（他阿上人真教）…68	
35　三十あまり我も狐の（大灯国師妙超）…70	
36　極楽に行かんと思ふ（夢窓国師）…72	

[17] 金持ちの人々が軽蔑してやってきた …… 36	01 鷲の住む筑波の山の …… 2
[18] 老人が仲良く暮らすことを提案する …… 38	02 男の神に雲立ち登り …… 6
[19] 老人の願いと村人たちとの仲直り …… 40	03 しなが鳥安房に継ぎたる …… 8
[20] 私も仲間の神々の宴会を楽しんだ …… 42	04 鶏が鳴く東の国に …… 12
[21] 家に帰った私は皆に物語を語った …… 44	05 埼玉の小埼の沼に …… 18
[22] 私はその後もコタンを見護った …… 46	06 三栗の那賀に向へる …… 20
第二話 サンパヤ テレケ(横っ跳び)—ウサギがみずからうたった謡 …… 48	07 なまよみの甲斐の国 …… 22
[01] ウサギである僕は兄と山へ行った …… 50	08 富士の嶺に降り置く雪は …… 26
[02] 僕は怪我をした兄さんを助けるため村へ引き返す …… 52	09 春の日の霞める時に …… 28
[03] 僕はなんと兄さんの用事を忘れてしまった …… 54	10 鷲の卵の中に …… 36
[04] 兄兎の私の話 私はうっかり罠にかかる …… 56	11 葦屋のうなひ処女の …… 42
[05] 弟兎に託した救援はなく、私は人間の若者に連れ去られる …… 58	12 白雲の龍田の山を …… 46
[06] 若者が私の料理を始める …… 60	13 千万の軍なりとも …… 48
[07] 私はやっとのことで逃げ出して家に帰り着く …… 62	14 しなてる片足羽川の …… 50
[08] 私は自分の犯した行為を反省する …… 64	山部赤人 …… 54
[09] 私は子孫に教訓を残して死ぬ …… 66	01 天地の分れし時ゆ …… 54
第三話 コンクワ(フクロウの鳴き声)—フクロウの神がみずからうたった謡 …… 68	02 やすみししわご大君の …… 58
[01] 老シマフクロウの私は使者を捜す …… 70	03 あしひきの山にも野にも …… 64
[02] カラスの若者は失格する …… 72	04 古にありけむ人の …… 66
[03] 山カケスも失格する …… 74	05 すめろきの神の命の …… 70
[04] 川ガラスは伝言を聞き終えて天に向かった …… 76	06 みもろの神なび山に …… 76
[05] 伝言の内容 鹿の神と魚の神の怒り …… 78	07 やすみししわご大君の …… 82
[06] 川ガラスが人間の不始末を復命する …… 80	08 天地の遠きがごとく …… 86
[07] 川ガラスは鹿の神と魚の神の条件を伝える …… 82	09 御食向ふ淡路の島に …… 90
[08] 私の諭しによって人間が心を改める …… 84	10 大夫は御猟に立たし …… 94
[09] 私は人間を守って安心して天国へ旅立つ …… 86	11 我が屋戸に韓藍蒔き …… 96
* 解説(篠原昌彦) …… 88	12 いにしへの古き堤は …… 98
* 『アイヌ神謡』残り十編のあらすじ …… 93	13 春の野にすみれ摘みにと …… 100
* 読書案内 …… 107	14 あしひきの山桜花 …… 102
* 【付録エッセイ】イヨマンテの日(抄)(本多勝一) ……(右開き)1	15 明日よりは若菜摘まむと …… 104
	* 歌人略伝 …… 107
	* 高橋虫麻呂 …… 107
	* 山部赤人 …… 108
	* 略年譜 …… 109
	* 高橋虫麻呂略年譜 …… 109
	* 山部赤人略年譜 …… 111
	* 解説「表現史の中の虫麻呂・赤人」(多田一臣) …… 113
	* 高橋虫麻呂 …… 113
	* 山部赤人 …… 115
	* 読書案内 …… 119

061 高橋虫麻呂と山部赤人(多田一臣著)
2018年11月9日刊

* 凡例 …… vi
高橋虫麻呂 …… 2

062 笠女郎(遠藤宏著)
2019年2月25日刊

* 始めに …… iii
* 凡例 …… iv
笠女郎全作品 附、大伴家持歌 …… 1
笠女郎、大伴宿祢家持に贈る歌三首 …… 2
01 託馬野に—— …… 2
02 陸奥の—— …… 6

03　奥山の―― 10
笠女郎、大伴家持に贈る歌一首 13
　　04　水鳥の―― 13
笠女郎、大伴宿祢家持に贈る歌一首 17
　　05　朝毎に―― 17
笠女郎、大伴宿祢家持に贈る歌二十四首 . 20
　　06　我が形見―― 20
　　07　白鳥の―― 23
　　08　衣手を―― 26
　　09　あらたまの―― 29
　　10　我が思ひを―― 32
　　11　闇の夜に―― 35
　　12　君に恋ひ―― 38
　　13　我が屋戸の―― 41
　　14　我が命の―― 44
　　15　八百日行く―― 47
　　16　うつせみの―― 50
　　17　恋にもそ―― 53
　　18　朝霧の―― 57
　　19　伊勢の海の―― 61
　　20　心ゆも―― 64
　　21　夕されば―― 67
　　22　思ひにし―― 71
　　23　劔大刀―― 74
　　24　天地の―― 78
　　25　我も思ふ―― 81
　　26　皆人を―― 84
　　27　相思はぬ―― 88
　　28　心ゆも―― 92
　　29　近くあれば―― 96
［附載］大伴宿祢家持の和(こた)ふる歌二
　首 101
　家1　今更に―― 101
　家2　なかなかに―― 105
＊笠女郎を読み終って 109
＊解説 112
＊読書案内 117

063　藤原俊成（渡邉裕美子著）
2018年12月10日刊

＊凡例 v
花 1
　01　春の夜は軒端の梅を―― 2
　02　面影に花の姿を―― 4
　03　み吉野の花の盛りを―― 6
　04　またや見む交野の御野の―― 8
　05　紫の根はふ横野の―― 10
　06　駒とめてなほ水かはむ―― 12
　07　誰かまた花橘に―― 14
　08　山川の水の水上―― 16

鳥
　09　聞く人ぞ涙は落つる―― 18
　10　昔思ふ草の庵の―― 20
　11　夕されば野辺の秋風―― 22
　12　須磨の関有明の空に―― 24
月
　13　石ばしる水の白玉―― 26
　14　月清み都の秋を―― 28
　15　月冴ゆる氷の上に―― 30
　16　住み侘びて身を隠すべき―― 32
　17　思ひきや別れし秋に―― 34
雪
　18　雪降れば峰の真榊―― 36
　19　今日はもし君もや訪ふと―― 38
　20　思ひやれ春の光も―― 40
　21　杣くだし霞たな引く―― 42
旅
　22　夏刈りの葦のかり寝も―― 44
　23　立ち返りまたも来て見む―― 46
　24　難波人葦火焚く屋に―― 48
恋
　25　よしさらば後の世とだに―― 50
　26　いかにせんいかにかせまし―― 52
　27　恋しとも言はばおろかに―― 54
　28　思ひあまりそなたの空を―― 56
　29　よとともにたえずも落つる―― 58
　30　憂き身をば我だに厭ふ―― 60
　31　いかにせん室の八島に―― 62
　32　思ひきや榻の端書き―― 66
　33　頼めこし野辺の道芝―― 70
　34　逢ふことは身を変へてとも―― 72
哀しみ
　35　憂き世には今はあらしの―― 74
　36　秋になり風の涼しく―― 76
　37　まれにくる夜半も悲しき―― 78
嘆き
　38　憂き夢は名残までこそ―― 80
　39　世の中よ道こそなけれ―― 82
　40　沢に生ふる若菜ならねど―― 84
　41　世の中を思ひつらねて―― 86
　42　いにしへの雲井の花に―― 88
　43　雲の上の春こそさらに―― 90
　44　葦鶴の雲路迷ひし―― 92
　45　小笹原風待つ露の―― 94
祈り
　46　ももちたび浦島の子は―― 96
　47　いたづらにふりぬる身をも―― 98
　48　春日野のおどろの道の―― 100
　49　契りおきし契りの上に―― 102
　50　さらにまた花ぞ降りしく―― 104
＊歌人略伝 107

* 略年譜 …… 108
* 解説「詩心と世知と」(渡邉裕美子) …… 111
* 読書案内 …… 119

064　室町小歌(小野恭靖著)
2019年3月25日刊

* 凡例 …… viii
01　幾度も摘め── …… 2
02　いつも春立つ門の松── …… 4
03　面白の春雨や── …… 6
04　五条わたりを車が通る── …… 8
05　庭の夏草茂らば茂れ── …… 10
06　木幡山路に行き暮れて── …… 12
07　色々の草の名は多けれど── …… 14
08　憂きは在京── …… 16
09　恨み恋しや── …… 18
10　思ひ出すとは忘るるか── …… 20
11　潮に迷うた── …… 22
12　つれなかれかし── …… 24
13　あら何ともなの── …… 26
14　杜子美、山谷、李太白にも── …… 28
15　三草山より出づる柴人── …… 30
16　あたたうき世にあればこそ── …… 32
17　相思ふ仲さへ変はる世の慣らひ── …… 34
18　逢ひみての後の別れを思へばの── …… 36
19　雨の降る夜の独り寝は── …… 38
20　いかにせん、いかにせんとぞ言はれける── …… 40
21　いつもみたいは── …… 42
22　厭はるる身となり果てば── …… 44
23　嫌とおしやるも頼みあり── …… 46
24　色よき花の匂ひのないは── …… 48
25　生まるるも育ちも知らぬ人の子を── …… 50
26　縁さへあらばまたも廻り逢はうが── …… 52
27　思ひ切らうやれ── …… 54
28　葛城山の雲の上人を云── …… 56
29　帰る姿をみんと思へば── …… 58
30　君が代は千代に八千代に── …… 60
31　君と我、南東の相傘で── …… 64
32　切りたけれども── …… 66
33　草の庵の夜の雨── …… 68
34　後生を願ひ── …… 70
35　恋をさせたや鐘撞く人に── …… 72
36　恋をせばさて年寄らざる先に召さりよ── …… 76
37　末の松山小波は越すとも── …… 78
38　笑止や、うき世や、恨めしや── …… 80
39　添うたり添はぬ契りはなほ深い── …… 82
40　ただ遊べ、帰らぬ道は誰も同じ── …… 86
41　誰か作りし恋の路── …… 88
42　夏衣我は偏に思へども── …… 90

43　花がみたくは吉野へおりやれの── …… 94
44　花よ月よと暮らせただ── …… 96
45　人と契らば薄く契りて末遂げよ── …… 98
46　人と契らば濃く契れ── …… 98
47　独り寝も好やの── …… 102
48　独り寝は嫌よ── …… 102
49　比翼連理の語らひも── …… 106
50　世の中は霰よの── …… 108
* 歌人略伝 …… 111
* 略年譜 …… 112
* 解説「隆達節─戦国人の青春のメロディー─」(小野恭靖) …… 114
* 読書案内 …… 119

065　蕪村(揖斐高著)
2019年1月25日刊

* 凡例 …… iv
* はじめに …… 2
Ⅰ　故郷喪失者の自画像 …… 4
　01　春風馬堤曲 …… 6
　02　これきりに── …… 20
　03　花いばら── …… 21
Ⅱ　重層する時空─嘱目と永遠 …… 23
　04　春の海── …… 25
　05　楠の根を── …… 26
　06　几巾(いかのぼり) …… 27
　07　遅き日の── …… 29
　08　はるさめや── …… 30
Ⅲ　画家の目─叙景の構図と色彩 …… 32
　09　鶯に── …… 35
　10　稲づまや── …… 36
　11　春雨や── …… 38
　12　不二ひとつ── …… 39
　13　牡丹散て── …… 40
　14　夕兒の── …… 41
　15　もの焚て── …… 42
　16　ほと、ぎす── …… 44
　17　山は暮て── …… 45
　18　菜の花や── …… 46
　19　さみだれや── …… 48
　20　元興寺の── …… 49
Ⅳ　文人精神─風雅と隠逸への憧れ …… 51
　21　鮎くれて── …… 55
　22　桃源の── …… 56
　23　かなしさや── …… 58
　24　秋風や── …… 59
　25　冬ごもり── …… 60
　26　居servizio りて── …… 61
　27　桐火桶── …… 62
Ⅴ　想像力の源泉─歴史・芝居・怪異 …… 64

28	狩衣の――	66
29	鳥羽殿へ――	68
30	宿かせと――	69
31	行春や――	70
32	草枯て――	71
33	易水に――	72
34	御手討の――	73
35	秋たつや――	75
36	指南車を――	76
37	月の宴――	77
38	鬼老て――	79
Ⅵ	日常と非日常	81
39	古井戸や――	86
40	温泉(ゆ)の底に――	87
41	月天心――	88
42	貌見せや――	89
43	蚊屋の内に――	91
44	かけ香や――	92
45	うつ、なき――	93
46	老が恋――	94
47	我を厭ふ――	96
48	身にしむや――	98
49	葱買て(ねぎかこうて)――	99
50	燈ともせと――	100

* 俳人略伝 ……………………………… 103
* 略年譜 ………………………………… 104
* 読書案内 ……………………………… 107

076　おみくじの歌(平野多恵著)
2019年4月25日刊

* 口絵 ……………………………………… 巻頭
* 凡例 ……………………………………… vii
01　八雲立つ――【出典】『古事記』『日本書紀』『古今和歌集』仮名序 ………… 2
02　いかばかり――[住吉大社・大阪] …… 4
03　大ぞらの――[住吉楠珺神社・大阪] … 6
04　あめのした――[上賀茂神社・京都] … 8
05　もの思ふに――[下鴨神社／相生社・京都] ……………………………………… 10
06　なつかしき――[三室戸寺・京都] …… 12
07　めぐりあひて――[石山寺・滋賀] …… 14
08　思ふこと――[熊野那智大社・和歌山] … 16
09　千早ぶる――[熊野速玉大社・和歌山] … 18
10　由良のとを――[近江神宮・滋賀] …… 20
11　海ならず――[太宰府天満宮・湯島天満宮・亀戸天満宮・ときわ台 天祖神社] … 22
12　人のため――[長岡八幡宮・京都] …… 24
13　みがかずば――[明治神宮・東京] …… 26
14　目に見えぬ――[護王神社・京都] …… 28
15　草枕――[梨木神社・京都] …………… 30
16　百歳に――[伴林氏神社・大阪] ……… 32

17	筒井つの――[椿大神社・三重]	34
18	春くれば――[安井金比羅宮・京都]	36
19	山高み――[鶴岡八幡宮・神奈川]	38
20	おしなべて――[鎌倉宮・神奈川]	40
21	朝夕に――[下御霊神社・京都]	42
22	吹風の――[車折神社・京都]	44
23	鶯の――【出典】謡曲『歌占』	46
24	水上に――【出典】阪本龍門文庫蔵『歌占』	48
25	ちはやぶる――【出典】『天満宮六十四首歌占御籤抄』	50
26	春くれば――【出典】『天満宮六十四首歌占御籤抄』	52
27	天照らす――[ときわ台 天祖神社・東京]	54
28	手に結ぶ――【出典】『晴明歌占』	56
29	かくばかり――[最上稲荷・岡山]	58
30	難波潟――【出典】『歌占 萩の八重垣』	60
31	常盤なる――[平安神宮・京都]	62
32	恐也――[戸隠山御神籤・長野]	64
33	照る月に――[笠間稲荷神社・茨城]	66
34	稲荷山――[伏見稲荷大社・京都]	68
35	祈るなる――[城南宮・京都]	70
36	うるはしき――【出典】『神籤五十占』	72
37	もつれては――【出典】十文字学園女子大学図書館蔵『和歌みくじ』	74
38	唯たのめ――[今宮戎神社・大阪]	76
39	ふる雨――[日本各地の神社]	78
40	ほのかにも――[恋みくじ(日本各地の神社等)]	80
41	色見えで――[東京大神宮・東京]	82
42	正直を――[鞍馬寺・京都]	84
43	もやもやと――[長建寺・京都]	86
44	浮船に――[宗忠神社・京都／岡山]	88
45	去年の実は――[報徳二宮神社・神奈川]	90
46	有明の――[乃木神社／赤坂王子稲荷神社・東京]	92
47	しぐれには――[高津宮・大阪]	94
48	打つけに――[少彦名神社・大阪]	96
49	春といへば――[赤城神社・東京]	98
50	赤玉は――[青島神社・宮崎]	100

* おみくじの歌概観 ……………………… 103
* おみくじの歌関連略年譜 ……………… 104
* 解説「おみくじの和歌」(平野多恵) … 106
* 読書案内 ……………………………… 115

077　天皇・親王の歌(盛田帝子著)
2019年6月25日刊

* 凡例 ……………………………………… vii
01　今朝の朝――(桓武天皇) …………… 2

[032] コレクション日本歌人選

02 かくてこそ──（醍醐天皇） 5	15 思ほえず──（正徹） 42
03 あふさかも──（村上天皇） 8	16 わが家の──（三条西実隆） 44
04 幾千代と──（後白河天皇） 11	17 浦浪の──（暁月坊） 48
05 奥山の──（後鳥羽天皇） 15	18 六根の──（伝細川幽斎） 50
06 ももしきや──（順徳天皇） 19	19 美飲らに喫ふる哉や──（賀茂真淵） 52
07 ここにても──（後醍醐天皇） 22	20 世の憂さを──（小沢蘆庵） 54
08 埋もれし──（正親町天皇） 27	21 寒くなりぬ──（良寛） 56
09 わきて今日──（後陽成天皇） 31	22 ほととぎす──（頭の光） 58
10 世に絶えし──（後水尾天皇） 35	23 照る月の──（四方赤良） 60
11 霜の後の──（後光明天皇） 39	24 美酒に──（清水浜臣） 62
12 いつまでも──（後西天皇） 43	25 杯に──（平賀元義） 64
13 末とほく──（東山天皇） 47	26 とくとくと──（橘曙覧） 66
14 散りぬとも──（霊元天皇） 50	27 世の人は──（正岡子規） 70
15 折りとれば──（中御門天皇） 54	28 酒をあげて──（与謝野鉄幹） 72
16 身の上は──（桜町天皇） 57	29 かくまでも──（北原白秋） 74
17 咲きつづく──（桃園天皇） 61	30 白玉の──（若山牧水） 76
18 あさからぬ──（有栖川宮職仁親王） 64	31 寂しみて──（若山牧水） 78
19 いと早も──（後桃園天皇） 69	32 酒肆に──（吉井勇） 82
20 これも又──（妙法院宮真仁法親王） 72	33 天地に──（石川啄木） 84
21 おほけなく──（後桜町天皇） 75	34 大方は──（石樽千亦） 88
22 ありし昔──（有栖川宮織仁親王） 78	35 茂吉われや──（斎藤茂吉） 90
23 ゆたかなる──（仁孝天皇） 82	36 コノサカヅキヲ受ケテクレ──（井伏鱒二） 92
24 たぐひなき──（仁孝天皇） 86	37 昨夜ふかく──（宮柊二） 94
25 陸奥の──（孝明天皇） 90	38 うちうちだから──（山崎方代） 96
26 わたどのの──（明治天皇） 94	39 春宵の──（石田比呂志） 98
27 神まつる──（大正天皇） 98	40 泡だちて──（前登志夫） 100
28 とりがねに──（昭和天皇（裕仁親王）） 101	41 酒飲んで──（福島泰樹） 102
29 贈られし──（明仁上皇） 104	42 蜻蛉に──（塚本邦雄） 104
＊略年譜 108	43 夜がわらっている（星野哲郎作詞） 108
＊解説「天皇の和歌概観」（盛田帝子） 111	44 酒と涙と男と女（河島英五作詞） 110
＊読書案内 121	＊酒の歌概観 115
	＊作者一覧 116
080 酒の歌（松村雄二著）	＊解説「酒・酒の歌・文学」（松村雄二） 120
2019年2月25日刊	＊読書案内 131
＊凡例 vi	
01 酒を飲べて飲べ酔うて──（作者未詳） 2	
02 新栄の──（常陸国人某） 4	
03 この御酒はわが御酒ならず──（高橋邑の人活日） 6	
04 味飯を──（一娘子） 8	
05 風雑り雨降る夜の──（山上憶良） 10	
06 験なき──（大伴旅人） 14	
07 なかなかに──（大伴旅人） 18	
08 あな醜──（大伴旅人） 22	
09 官にも──（大伴一族某） 26	
10 居り明かしも──（大伴家持） 28	
11 玉垂れの──（藤原敏行） 30	
12 有明の──（大中臣能宣） 34	
13 朝出でに──（源俊頼） 36	
14 百敷や──（寂蓮） 40	

日本古典文学全集・内容綜覧 第II期 169

```
　　　　［033］西鶴全句集
　　　　　　解釈と鑑賞
　　　　　　　笠間書院
　　　　　　　　全1巻
　　　　　　　2008年2月
　　　　　　（吉江久彌著）
```

〔1〕
2008年2月28日刊

* 『西鶴全句集 解釈と鑑賞』に就いて（吉江久彌）……………………………………………… 1
* 目次細目 ………………………………………… 6
* 例言 ……………………………………………… 13
* 俳諧と発句についての参考 ………………… 17
西鶴全句集 解釈と鑑賞 …………………………… 19
　鶴永時代 寛文六年（一六六六）～延宝元年（一六七三） 二十五歳～三十二歳 ……………… 21
　西鶴と改号以後 延宝二年（一六七四）～元禄六年（一六九三）三十三歳～五十二歳 ……… 43
　年代未詳の発句 ……………………………… 292
　追加の発句 …………………………………… 339
* 初句索引 …………………………………… 左開1

```
　　　　　［034］西鶴選集
　　　　　　　おうふう
　　　　　　　全13巻26冊
　　　　1993年10月～2007年2月
```

※1996年までに刊行の12巻24冊は、『日本古典文学全集 内容綜覧』〔第Ⅰ期〕に収録

〔25〕西鶴名残の友〈翻刻〉（楠元六男, 大木京子編）
2007年2月25日刊

* 凡例 ……………………………………………… 1
* 解説 ……………………………………………… 7
本文 ……………………………………………… 67
　序（浪速滑稽林団水散人） ………………… 69
　目録 …………………………………………… 70
　巻一 …………………………………………… 75
　　一 美女に摺小木 ………………………… 75
　　二 三里違ふた人の心 …………………… 79
　　三 京に扇子能登に鯖 …………………… 83
　　四 鬼の妙藥爰に有 ……………………… 84
　巻二 …………………………………………… 87
　　一 昔たづねて小皿 ……………………… 87
　　二 神代の秤の家 ………………………… 91
　　三 今の世の佐々木三良 ………………… 93
　　四 白帷子はかりの世 …………………… 97
　　五 和七賢の遊興 ………………………… 99
　巻三 …………………………………………… 103
　　一 入日の鳴門浪の紅ゐ ………………… 103
　　二 元日の機嫌直し ……………………… 107
　　三 腰ぬけ仙人 …………………………… 109
　　四 さりとては後悔坊 …………………… 113
　　五 幽靈の足よは車 ……………………… 114
　　六 ひと色たらぬ一巻 …………………… 117
　　七 人にすぐれての早道 ………………… 118
　巻四 …………………………………………… 122
　　一 小野の炭かしらも消時 ……………… 122
　　二 それぞれの名付親 …………………… 126
　　三 見立物は天狗の媒鳥 ………………… 128
　　四 乞食も橋のわたり初 ………………… 130
　　五 何ともしれぬ京の杉重 ……………… 132
　巻五 …………………………………………… 136
　　一 宗祇の旅蚊屋 ………………………… 136
　　二 交野の雉子も喰しる客人 …………… 139
　　三 無筆の礼帳 …………………………… 140
　　四 下帯計の玉の段 ……………………… 141
　　五 年わすれの糸鬢 ……………………… 143
　　六 入歯は花のむかし …………………… 146
* 西鶴略年表 …………………………………… 149

```
＊俳人一覧 ………………………… 153
＊俳人名索引 ……………………… 169
＊後記（楠元六男）……………… 173
```

〔26〕西鶴名残の友〈影印〉（楠元六男、大木京子編）
2007年2月25日刊

```
＊凡例 ……………………………………… 1
＊〔西鶴名残の友 影印〕……………… 3
＊解題（楠元六男、大木京子）……… 131
```

```
［035］西行全歌集
      岩波書店
      全1巻
      2013年12月
     （岩波文庫）
  （久保田淳、吉野朋美校注）
```

〔1〕
2013年12月17日刊

```
＊凡例 …………………………………… 3
山家集 上 ……………………………… 9
  春 ……………………………………… 9
  夏 …………………………………… 34
  秋 …………………………………… 46
  冬 …………………………………… 79
山家集 中 …………………………… 94
  恋 …………………………………… 94
  雑 ………………………………… 110
山家集 下 ………………………… 167
  雑 ………………………………… 167
  百首 ……………………………… 239
聞書集 ……………………………… 251
残集 ………………………………… 300
御裳濯河歌合 ……………………… 312
宮河歌合 …………………………… 343
拾遺 ………………………………… 372
  六家集板本山家和歌集 ………… 372
  松屋本山家集 …………………… 378
  別本山家集 ……………………… 389
  西行法師家集 …………………… 389
  撰集・家集・古筆断簡・懐紙 … 410
＊補注 ……………………………… 425
＊校訂一覧 ………………………… 463
＊解説（久保田淳）……………… 475
＊初句索引 ………………………… 493
```

```
[036] 西行全集
貴重本刊行会
全1巻
1996年11月 (3版)
(久保田淳編)
```

〔1〕
1996年11月30日 (3版)刊

* 〔口絵〕 ………………………………… 巻頭
* 刊行のことば(久保田淳) ………………… 3
* 凡例 ……………………………………… 9
山家集 ……………………………………… 13
 山家集(陽明文庫本)(西澤美仁翻刻) … 15
 山家集(松屋本書入六家集本)(久保田淳, 西澤美仁翻刻) ………………………… 157
聞書集 …………………………………… 315
 聞書集(天理図書館本)(三角美冬翻刻・解題) …………………………………… 317
聞書残集 ………………………………… 343
 残集(宮内庁書陵部乙本)(三角美冬翻刻・解題) ………………………………… 345
西行法師家集 …………………………… 353
 西行上人集(李花亭文庫本)(藤田百合子翻刻) …………………………………… 355
 西行集(伝甘露寺伊長筆本)(藤田百合子翻刻) …………………………………… 423
山家心中集 ……………………………… 475
 山家心中集(伝西行自筆本)(久保田淳翻刻) …………………………………… 477
 山家心中集(伝冷泉為相筆本)(久保田淳翻刻) …………………………………… 501
 山家心中集(内閣文庫本)(藤田百合子翻刻) …………………………………… 535
御裳濯河歌合 …………………………… 565
 御裳濯河歌合(内閣文庫本)(西行詠, 藤原俊成判, 藤田百合子翻刻・解題) … 567
宮河歌合 ………………………………… 581
 続三十六番歌合(宮内庁書陵部本)(西行詠, 藤原俊成判, 藤田百合子翻刻・解題) … 583
贈定家卿文 ……………………………… 597
 定家卿にをくる文(扶桑拾葉集本)(久保田淳翻刻) ……………………………… 599
西行上人談抄 …………………………… 601
 蓮阿記(内閣文庫本)(西行談, 蓮阿聞書, 西澤美仁翻刻) ……………………… 603
 西行日記(神宮文庫本)(西行談, 蓮阿聞書, 西澤美仁翻刻) …………………… 613
撰集抄 …………………………………… 651
 撰集抄(松平文庫本)(小島孝之翻刻) … 653

 撰集抄(宮内庁書陵部本)(浅見和彦翻刻) … 775
 撰集鈔(嵯峨本)(木下資一翻刻) ……… 899
西行物語 ………………………………… 959
 西行物語(文明本)(三角洋一翻刻) …… 961
 西行物語絵巻・詞書(徳川家本)(木下資一翻刻) …………………………………… 999
 西行物語絵巻・詞書(萬野家本)(木下資一翻刻) ………………………………… 1001
 西行物語(伝阿仏尼筆本)(秋谷治翻刻) … 1007
 西行物語絵巻・詞書(久保家本)(秋谷治翻刻) ………………………………… 1019
御伽草子 ………………………………… 1047
 さいぎやうの物がたり(歓喜寺本)(秋谷治翻刻) ………………………………… 1049
 新板小町のさうし(国会図書館本)(秋谷治翻刻) ……………………………… 1063
謡曲・狂言(橋本朝生翻刻・解題) …… 1073
 雨月 …………………………………… 1075
 梅浜 …………………………………… 1077
 江口 …………………………………… 1080
 現在江口 ……………………………… 1084
 西行西住 ……………………………… 1086
 西行桜(世阿弥作) …………………… 1090
 西行塚 ………………………………… 1093
 実方 …………………………………… 1096
 初瀬西行甲 …………………………… 1099
 初瀬西行乙 …………………………… 1103
 人丸西行 ……………………………… 1105
 松山天狗 ……………………………… 1108
 遊行柳(観世小次郎信光作) ………… 1110
 御冷 …………………………………… 1114
 木樵歌 ………………………………… 1115
 鳴子遺子 ……………………………… 1116
 遺子 …………………………………… 1116
 * 各曲解題 …………………………… 1118
西行和歌集成(久保田淳編) …………… 1121
 勅撰和歌集 …………………………… 1123
 私撰和歌集 …………………………… 1144
 懐紙・私家集 ………………………… 1198
* 初句索引 ……………………………… 1203

[037] 西郷隆盛漢詩全集
増補改訂版
斯文堂
全1巻
2018年3月
（松尾善弘著）

〔1〕
2018年3月1日刊

＊はしがき	巻頭
1 獄中有感	1
2 偶成	3
3 謫居偶成	4
4 政照子賣僕以造船而備變感其志賦以贈	6
5 贈政照子	8
6 偶成	10
7 慶應丙寅十月上京船中作	11
8 酷暑有感	12
9 庚午元旦	14
10 失題	15
11 蒙使於朝鮮国之命	17
12 辭闕	19
13 偶成	21
14 偶成	23
15 失題	24
16 冬夜讀書	26
17 除夜	27
18 甲子元旦	29
19 失題	31
20 寒夜獨酌	32
21 失題	33
22 偶成	35
23 投村家喜而賦	36
24 閑居	38
25 閑居偶成	39
26 失題	40
27 偶成	42
28 除夜	43
29 春日偶成	46
30 偶成	47
31 偶成	49
32 和友人所寄韻以答	51
(33) 辭親	52
34 謝貞卿先醒之恩遇	54
35 贈高田平次郎	56
36 送高田平次郎將去沖永良部島	57
37 謝貞卿先醒惠茄	58
38 留別政照子	59
39 奉贈比丘尼	62
40 奉呈月形先生	64
41 高崎五郎右衞門十七回忌日賦焉（一）	66
42 高崎五郎右衞門十七回忌日賦焉（二）	67
43 送寺田望南拜伊勢神宮	68
44 送大山瑞巖	70
45 弔亡友	72
46 春日偶成	74
47 弔關原戰死	75
48 偶成	76
49 憶弟信吾在佛国	77
50 送藩兵爲天子親兵赴闕下	78
51 送村田新八之歐洲	80
52 奉送菅先生歸郷	81
53 寄弟隆武留學京都	82
54 寄友人某	83
55 奉寄（吉井）友實雅兄	84
56 偶成	86
57 月照和尚忌日賦	87
58 送菅先生	89
(59) 失題	90
60 偶成	91
61 夏雨	92
62 感懷	94
63 武村卜居作	95
64 偶成	97
65 志感寄清生兄	98
66 偶成	100
67 失題	101
68 失題	103
69 偶成	105
(70) 逸題	106
71 示子弟	107
72 示外甥政直	109
73 示子弟（一）	111
(74) 偶成	112
75 示子弟（二）	113
76 示吉野開墾社同人	115
77 示子弟（三）	116
78 寄村舍寓居諸君子	118
79 山中獨樂	120
80 閑居	121
81 賀正	122
82 溫泉寓居近于浴堂放歌亂舞譁沓亦甚故閉戶而避其煩焉	124
83 溫泉寓居作	125
84 偶成	126
85 溫泉偶作	128
86 溫泉偶作	129
87 溫泉寓居雜吟（三）	130
88 溫泉卽景（一）	131

[037] 西郷隆盛漢詩全集

89	溫泉卽景（二）	133	140	春雨新晴	197
90	白鳥山溫泉寓居雜詠（一）	134	141	偶成	198
91	白鳥山溫泉寓居雜詠（二）	135	142	夏日村行	200
92	溫泉閑居	136	143	初夏月夜	201
93	曉發山驛	137	144	失題	202
94	與友人共來賦送之	139	145	溫泉寓居雜吟（一）	203
95	溫泉寓居待友人來	140	146	偶成	205
96	溫泉途中	141	147	田園雜興（一）	206
97	田獵	142	148	苦雨	207
98	山行	143	149	田園雜興（二）	209
99	山行	145	150	山屋雜興	210
100	獵中逢雨	147	151	客舍聞雨	211
101	寸心違	148	152	夏雨驟冷（一）	212
102	獵中逢雨	149	153	夏雨驟冷（二）	213
103	獵中逢雨	150	154	夏雨驟冷（三）	214
104	連雨遮獵	152	155	避暑	215
105	游獵	153	156	夏夜如秋	217
106	游獵	154	157	閑居偶成	218
107	田獵	155	158	閑居偶成	220
108	偶成	157	159	山中秋夜	221
109	八幡公	158	160	村居卽目	222
110	平重盛	159	161	蟲聲非一	223
111	詠史	161	162	秋曉	224
112	題楠公圖	162	163	秋雨訪友	225
113	櫻井驛圖賛	163	164	秋曉煎茶	226
114	高德行宮題詩圖	164	165	秋雨排悶	228
115	詠恩地左近	166	166	山寺秋雨	229
116	題高山先生圖	167	167	月前遠情	230
117	詠史	168	168	客次偶成	231
118	讀田單傳	170	169	秋夜客舍聞砧	232
119	題韓信出胯下圖	171	170	中秋無月（一）	234
120	題子房圖	173	171	中秋賞月	235
121	今年廢太陰曆	174	172	江樓賞月	236
122	辛未元旦	176	173	田園秋興	237
123	春寒	177	174	高雄山	238
124	梅花	179	175	移蘭志感	240
125	月下看梅	180	176	閑庭菊花	241
126	海邊春月	181	177	題殘菊	242
127	春曉	182	178	閑居重陽	243
128	春曉枕上	183	179	秋江釣魚	244
129	春興	184	180	暮秋田家	246
130	春夜	185	181	偶成	247
131	失題	187	182	田家遇雨	248
132	偶成	188	183	冬日早行	249
133	待友不到	189	184	山居雪後	251
134	有約阻雨	190	185	除夜	252
135	新晴	191	186	題富嶽圖	253
136	惜春	192	187	讀關原軍記	254
137	留別	194	188	孔雀	255
138	暮春送別	195	(189)	逸題	257
139	暮春閑步	196	190	遊赤壁	258

174　日本古典文学全集・内容綜覧 第II期

191 祝某氏之長壽	260
192 茅屋	262
193 中秋無月(二)	264
194 中秋無月(三)	265
195 夏日閒居	266
196 秋夜宿山寺	267
197 温泉寓居雜吟(二)	268
〈參考Ⅰ〉西郷隆盛絶筆漢詩	270
〔絶筆習作稿詩〕	270
198 〔改訂完成稿詩〕	272
〈參考Ⅱ〉黄興の漢詩	273
南洲墓地にある石碑「黄興簡介」中の漢詩	273
199 湊川所感	275
200 奉呈奥宮先生	276
201 池邊吉十郎宛礼状中の漢詩	278
〈參考Ⅲ〉出水市籠町の旧二階堂邸で発見された西郷の書幅	279
驚馬雖遅積事多——	279
〈參考Ⅳ〉	281
富貴夭夭不弍心——	281
慈母勿悲懼厄身——	282
*あとがき(松尾善弘)	284
*増補改訂版 あとがき(松尾善弘)	286

[038] 山東京傳全集
ぺりかん社
全18巻
1992年10月～2018年12月
(山東京傳全集編集委員会編)

第1巻　黄表紙1(棚橋正博校訂・解題,水野稔解題)
1992年10月5日刊

* [口絵] ……………………………… 巻頭
* 凡例 …………………………………… 7
お花半七開帳利益札遊合(かいてやうりやくのめくりあい) …… 11
扇屋かなめ傘屋六郎兵衛米饅頭始(よねまんぢうのはじまり) …… 23
娘敵討古郷錦(むすめかたきうちこきやうのにしき) …… 37
団子兵衛(だんごひやうへ)御(お)ばゞ焼餅噺(やきもちはなし) …… 55
笑話於臍茶(おかしばなしおへそのちや) …… 69
白拍子富民静鼓音(しらびやうしとんだしづかになりやした) …… 87
手前勝手御存商売物(ごぞんじのしやうばいもの) …… 103
客人女郎(きやくじんじよろう) …… 121
天慶和句文(てんけいわくもん) …… 135
不案配即席料理(ふあんばいそくせきりやうり) …… 149
廓中丁子(くはくちうてうじ) …… 169
江戸生艶気樺焼(ゑどむまれうはきのかばやき) …… 183
八被般若角文字(はちかつきはんにやあのつのもじ) …… 203
俠中俠悪言鮫骨(きやんちうのきやん あくたいのけうこつ) …… 213
三国伝来無匂線香(さんごくでんらい にほいんせんかう) …… 221
[天地人三階図絵(てんちじんさんかいづゑ)] …… 239
江戸春一夜千両(ゑどのはるいちやせんりやう) …… 247
明矣七変目景清(あくしちへんめかげきよ) …… 267
[鐘(かね)は上野哉(うえのかな)] …… 281
京鹿子無間鐘篠梅枝伝賦(きやうかのこむげんのかねめいぶつむめがえでんぶ) …… 295
三筋緯客気植田(みすじだちきやくのきうへだ) …… 313
百々二朱寅骨牌(ひゃくもんにしゆ むだかるた) …… 335
三千歳成云蚖蛇(みちとせになるてふはばみ) …… 353
復讐後祭祀(かたきうちあとのまつり) …… 365
一体分身扮接銀煙管(いったいぶんしん そぎつぎぎんぎせる) …… 383
会通己恍惚照子(くわいつううぬぼれかゞみ) …… 401
扇蟹目傘轆轤狂言末広栄(あふひはかなめからかさはろくろ きやうげんすへひろのさかへ) …… 415

[038] 山東京傳全集

将門秀郷時代世話二挺皷(まさかどひでさと じだいせわにてつづみ)‥‥‥‥‥‥‥ 433
小倉山時雨珍説(おぐらやましぐれのちんせつ)‥‥ 445
真字手本義士之筆力(まなでほん ぎしのひつりよく)‥‥‥‥‥‥‥ 457
仁田四郎富士之人穴見物(にたんのしろう ふじのひとあなけんぶつ)‥‥‥‥‥‥‥ 475
［吉野屋酒楽(よしのやしゆらく)］‥‥‥ 493
＊解題‥‥‥‥‥‥‥‥‥‥‥‥ 511
　＊お花半七開帳利益札遊合(上巻絵題簽)(棚橋正博)‥‥‥‥‥‥‥‥ 512
　＊扇屋かなめ傘屋六郎兵衛米饅頭始(上巻絵題簽)(棚橋正博)‥‥‥‥‥‥ 513
　＊娘敵討古郷錦(上巻絵題簽)(棚橋正博)‥ 514
　＊団子兵衛御ばゝ焼餅噺(上巻絵題簽)(棚橋正博)‥‥‥‥‥‥‥‥ 515
　＊笑話於臍茶(上巻絵題簽)(棚橋正博)‥ 516
　＊白拍子富民静鈹音(袋)(棚橋正博)‥ 517
　＊手前勝手御存商売物(上巻絵題簽)(棚橋正博)‥‥‥‥‥‥‥‥ 519
　＊客人女郎(袋)(棚橋正博)‥‥‥ 520
　＊天慶和句文(上巻絵題簽)(棚橋正博)‥ 522
　＊不案配即席料理(上巻絵題簽)(棚橋正博)‥‥‥‥‥‥‥‥ 523
　＊廓中丁子(上巻絵題簽)(棚橋正博)‥ 524
　＊江戸生艶気樺焼(上巻絵題簽)(棚橋正博)‥‥‥‥‥‥‥‥ 525
　＊八被般若角文字(袋)(棚橋正博)‥ 526
　＊俠中侠悪言鮫骨(袋)(棚橋正博)‥ 527
　＊三国伝来無句線香(上巻絵題簽)(棚橋正博)‥‥‥‥‥‥‥‥ 528
　＊［天地人三階図絵］(新板広告)(棚橋正博)‥‥‥‥‥‥‥‥ 529
　＊江戸春一夜千両(上巻絵題簽)(棚橋正博)‥‥‥‥‥‥‥‥ 530
　＊明矣七変目景清(上巻絵題簽)(棚橋正博)‥‥‥‥‥‥‥‥ 532
　＊［鐘は上野哉］(棚橋正博)‥‥‥ 532
　＊京鹿子無関鐘篠梅枝伝賦(上巻絵題簽)(棚橋正博)‥‥‥‥‥‥‥‥ 533
　＊三筋緯客気植田(上巻絵題簽)(水野稔)‥ 535
　＊百文二朱寓骨牌(上巻絵題簽)(棚橋正博)‥ 536
　＊三千歳成云蚺蛇(上巻絵題簽)(棚橋正博)‥‥‥‥‥‥‥‥ 537
　＊復讐後祭祀(上巻絵題簽)(棚橋正博)‥ 538
　＊一体分身扮接銀煙管(上巻絵題簽)(棚橋正博)‥‥‥‥‥‥‥‥ 539
　＊会通己恍惚照子(上巻絵題簽)(棚橋正博)‥‥‥‥‥‥‥‥ 539
　＊扇蟹目傘轆轤狂言末広栄(上巻絵題簽)(棚橋正博)‥‥‥‥‥‥‥‥ 541

　＊将門秀郷時代世話二挺皷(上巻絵題簽)(棚橋正博)‥‥‥‥‥‥‥‥ 542
　＊小倉山時雨珍説(上巻絵題簽)(棚橋正博)‥‥‥‥‥‥‥‥ 543
　＊真字手本義士之筆力(上巻絵題簽)(棚橋正博)‥‥‥‥‥‥‥‥ 544
　＊仁田四郎富士之人穴見物(上巻絵題簽)(棚橋正博)‥‥‥‥‥‥‥‥ 545
　＊［吉野屋酒楽］(複製絵題簽)(棚橋正博)‥ 546

第2巻　黄表紙2(棚橋正博校訂・解題)
1993年5月20日刊

＊〔口絵〕‥‥‥‥‥‥‥‥‥‥‥ 巻頭
＊凡例‥‥‥‥‥‥‥‥‥‥‥‥‥ 5
甚句義経真実情文桜(そのくもよしつね しんじつせいもんざくら)‥‥‥‥‥‥‥‥ 9
二代目艶二郎碑文谷利生四竹節(にだいめえんじらう ひもんやりせうのよつだけぶし)‥‥‥‥ 29
飛脚屋忠兵衛仮住居梅川奇事中洲話(ひきやくやちうひやうへかりたくのむめがは きじもなかずわ)‥‥‥ 43
仙伝延寿反魂談(せんでん ゑんじゆはんこんたん)‥‥ 61
三河島御不動記(みかはじまごふどうき)‥‥‥‥‥‥‥‥ 79
淀屋宝物東部名物鳴呼奇々羅金鶏(ああきらきんけい)‥‥‥‥‥‥‥‥ 93
早道節用守(はやみちせつようのまもり)‥‥‥ 107
早雲小金軽業希術艶哉女倭人(はやくもこきんかるわざのきじゆつ あんなるかなをんなせんにん)‥‥ 127
一百三升芋地獄(いつぴやくさんじやういもぢごく)‥‥‥‥‥‥‥‥ 145
一生入福兵衛幸(いつしやうはいるふくべがさいわい)‥‥‥‥‥‥‥‥ 159
孔子縞于時藍染(こうじじまときにあいぞめ)‥‥ 177
花東頼朝公御入(はなのおえどよりともこうおんいり)‥‥‥‥‥‥‥‥ 195
太平記吾妻鑑玉磨青砥銭(たまみがくあをとがぜに)‥ 209
地獄一面照子浄頗梨(ぢごくいちめん かゞみのじやうはり)‥‥‥‥‥‥‥‥ 229
先時怪談花芳野犬斑点(せんじくはいだん はなはみよしのいぬはぶち)‥‥‥‥‥‥‥‥ 249
京伝憂世之酔醒(きやうでんうきよのえひさめ)‥‥ 263
冷哉汲立清水記(ひやつこいくみたてせいすいき)‥‥ 281
山鶤鳰蹴転破瓜(やまほとゝぎすけころのみづあげ)‥‥‥‥‥‥‥‥ 301
大極上請合売心学早染艸(たいこくしやううけあいうり しんがくはやそめくさ)‥‥‥‥‥‥‥‥ 323
張かへし行儀有良礼(ぎやうぎあられ)‥‥‥ 341
世上洒落見絵図(よのなかしやれけんのあつ)‥‥ 363
悪魂後編人間一生胸算用(あくだまこうへん にんげんいつしやうむなさんやう)‥‥‥‥‥‥‥‥ 383
廬生夢魂其前日(ろせいがゆめのそのぜんじつ)‥‥ 409
箱入娘面屋人魚(はこいりむすめめんやにんぎやう)‥‥‥‥‥‥‥‥ 431

京伝勧請新神名帳八百万両金金花（きやうでんくわんじやうしんじんめいちやう はつひやくまんりやうこがねのかみはな）………… 453
狂伝和尚廓中法語九界十年色地獄（きやうでんおしやうくはくちうほうごく くがいじうねんいろぢごく）………… 475
＊解題 ………… 495
　＊甚句義経真実情桜（上巻絵題簽）………… 496
　＊二代目艶二郎碑文谷利生四竹節（上巻絵題簽）………… 496
　＊飛脚屋忠兵衛仮住居梅川奇事中洲話（上巻絵題簽）………… 497
　＊仙伝延寿反魂談（上巻絵題簽）………… 499
　＊三河島御不動記（上巻絵題簽）………… 500
　＊［淀屋宝物東都名物嗚呼々々羅金鶏］………… 501
　＊早道節用守（上巻絵題簽）………… 502
　＊早雲小金軽業希術艶哉女倡人（上巻絵題簽）………… 504
　＊一百三升芋地獄（上巻絵題簽）………… 505
　＊一生入福兵衛幸（上巻絵題簽）………… 506
　＊孔子縞于時藍染（上巻絵題簽）………… 507
　＊花東頼朝公御入（上巻絵題簽）………… 509
　＊太平記吾妻鑑玉磨青砥銭（上巻絵題簽）………… 510
　＊地獄一面照子浄頗梨（上巻絵題簽）………… 511
　＊先時怪談花芳野犬斑点（上巻絵題簽）………… 512
　＊京伝憂世之酔醒（上巻絵題簽）………… 514
　＊冷哉汲立清水記（上巻絵題簽）………… 515
　＊山鵐鵐蹴転破瓜（上巻絵題簽）………… 516
　＊大極上請合売心学早染艸（上巻絵題簽）………… 517
　＊張かへし行儀有良礼（袋）………… 520
　＊世上洒落見絵図（上巻絵題簽）………… 522
　＊悪魂後編人間一生胸算用（上巻絵題簽）………… 523
　＊廬生夢魂其前日（上巻絵題簽）………… 524
　＊箱入娘面屋人魚（上巻絵題簽）………… 525
　＊京伝勧請新神名帳八百万両金金花（上巻絵題簽）………… 527
　＊狂伝和尚廓中法語九界十年色地獄（上巻絵題簽）………… 528

第3巻　黄表紙3（棚橋正博校訂・解題）
2001年3月20日刊

＊［口絵］………… 巻頭
＊凡例 ………… 5
実語教幼稚講釈（じつごきやうおさなこうしやく）………… 9
昔々桃太郎発端話説（むかしむかし もゝたらうほつたんばなし）………… 35
梁山一歩談（りやうざんいつぽだん）………… 59
天剛垂楊柳（てんがうすいやうりう）………… 79
霞之偶春朝日名（かすみのくまはるのあさひな）………… 101
怪物徒然草（ばけものつれづれぐさ）………… 115
唯心鬼打豆（たゞこゝろおにうちまめ）………… 129

神田利生王子神徳女将門七人化粧（かんだのりしやうわうじのしんとく をんなまさかどひちにんげしやう）………… 155
堪忍袋緒〆善玉（かんにんぶくろおじめのぜんだま）………… 169
貧福両道中之記（ひんぷくりやうどうちうのき）………… 193
皐下旬虫干曾我（さつきげじゆんむしほしそが）………… 213
小人国殿桜（こびとしまこゞめざくら）………… 241
浦嶋太郎龍宮鼈鉢木（うらしまたらう たつのみやこなまぐさはちのき）………… 259
花之笑七福参詣（はなのゑみしちふくまうで）………… 281
福徳果報兵衛伝（ふくとくくはほうびやうへがでん）………… 301
凡悩即席菩提料理四人詰南片傀儡（ぼんのうそくせきほだいりやうり よにんづめなんぺんかれい）………… 327
のしの書初若井の水引先開梅赤本（のしのかきぞめわかゐのみづひき まづひらくむめのあかほん）………… 351
富士之白酒阿部川紙子新板替道中助六（ふじのしろさけあべかわかみこ しんばんかわりましたどうちうすけろく）………… 377
宿昔語筆操（むかしがたりふでのあやつり）………… 403
忠臣蔵前世暮無（ちうしんぐらぜんぜのまくなし）………… 421
忠臣蔵即席料理（ちうしんぐらそくせきりやうり）………… 449
箕間尺参人酩酊（みけんじやくさんにんなまえい）………… 475
夫は水虎是は野狐根無草笔苋（それはかっぱこれはきつね ねなしぐさふでのわかばへ）………… 497
百人一首戯講釈（ひやくにんいつしゆおどけかうしやく）………… 525
栄花夢後日話金々先生造化夢（ゑいぐわのゆめごにちばなし きんきんせんせいざうくはのゆめ）………… 547
＊解題 ………… 569
　＊実語教幼稚講釈（上巻絵題簽）………… 570
　＊昔々桃太郎発端話説（上巻絵題簽）………… 571
　＊梁山一歩談（上巻絵題簽）………… 573
　＊天剛垂楊柳（上巻絵題簽）………… 574
　＊霞之偶春朝日名（上巻絵題簽）………… 575
　＊怪物徒然草（上巻絵題簽）………… 576
　＊唯心鬼打豆（上巻絵題簽）………… 577
　＊神田利生王子神徳女将門七人化粧（絵題簽）………… 578
　＊堪忍袋緒〆善玉（中巻絵題簽）………… 580
　＊貧福両道中之記（上巻絵題簽）………… 581
　＊皐下旬虫干曾我（上巻絵題簽）………… 582
　＊小人国殿桜（上巻絵題簽）………… 584
　＊浦嶋太郎龍宮鼈鉢木（上巻絵題簽）………… 585
　＊花之笑七福参詣（上巻絵題簽）………… 586
　＊福徳果報兵衛伝（上巻絵題簽）………… 587
　＊凡悩即席菩提料理四人詰南片傀儡（上巻絵題簽）………… 588
　＊のしの書初若井の水引先開梅赤本（上巻絵題簽）………… 589
　＊富士之白酒阿部川紙子新板替道中助六（袋）………… 591
　＊宿昔語筆操（上巻絵題簽）………… 592

| ＊忠臣蔵前世幕無（上巻絵題簽） ………… 593
| ＊忠臣蔵即席料理（上巻絵題簽） ………… 594
| ＊箕間尺参人酩酊（上巻絵題簽） ………… 595
| ＊夫は水虎是は野狐根無草笔苟（上巻絵題簽） … 597
| ＊百人一首戯講釈（上巻絵題簽） ………… 598
| ＊栄花夢後日話金々先生造化夢（上巻絵題簽）… 601

第4巻　黄表紙4（棚橋正博校訂・解題）
2004年7月10日刊

＊〔口絵〕 ……………………………… 巻頭
＊凡例 …………………………………… 5
人心鏡写絵（ひとごゝろかゞみのうつしゑ） …… 9
酒神餅神鬼殺心角樽（さけのかみもちのかみ おにころしこゝろのつのだる） ………… 35
諺下司話説（ことわざげすのはなし） ……… 59
正月故支談（しやうぐわつこじだん） ……… 83
和荘兵衛後日話（わさうびやうへごにちばなし）… 103
三歳図会稚講釈（さんさいづゑをさなこうしやく）… 121
虚実実草紙（うそからでたまことざうし） …… 145
東海道五十三駅人間一生五十年凸凹話（とうかいだうごじうさんつぎにんげんいつしやうごじうねん たかびくはなし） ……………………………… 167
弐刻価万両回春（いつこくあたへまんりやうくわいしゆん） …………………………… 191
児訓影絵喩（じくんかげのたとへ） ………… 209
化物和本草（ばけものやまとほんぞう） …… 231
京伝主十六利鑑（きやうでんすじふろくりかん） … 251
仮名手本胸之鏡（かなでほんむねのかゞみ）… 271
五体和合談（ごたいわがうものがたり） …… 289
両頭笔善悪日記（りやうとうふでぜんあくにつき）… 311
口中乃不曇鏡甘哉名利研（こうちうがくもらぬかゞみ あまいかなめうりおろし） ……………… 333
平仮名銭神問答（ひらかなせんじんもんだう）… 353
昔男生得這奇的見勢物語（むかしをとこのいきどりこはづらしいみせものがたり） ……… 375
嗑意馬筆曲馬仮名手綱忠臣鞍（たとへのいばふできよくば かたたづなちうしんぐら） ……… 397
市川団蔵の中狂言早業七人前（いちかはだんざうあたりきやうげん はやわざしちにんまへ） …… 421
通気智之銭光記（つきぢのぜんくわうき） … 447
諸色買帳吞込多霊宝縁起（しよしきかいちやう のみこんだれいほうえんぎ） …………… 479
賢愚湊銭湯新話（けんぐいりこみせんたうしんわ）… 511
枯樹花大悲利益（かれきのはなだいひのりやく）… 535
延命長尺御誂染長寿小紋（ゑんめいながじやく おんあつらへぞめちやうじゆごもん） …… 563
＊解題 ………………………………… 589
　＊人心鏡写絵（上巻絵題簽） ……………… 590
　＊酒神餅神鬼殺心角樽（上巻絵題簽） …… 591
　＊諺下司話説（上巻絵題簽） ……………… 592
　＊正月故支談（上巻絵題簽） ……………… 594

＊和荘兵衛後日話（上巻絵題簽） ………… 595
＊三歳図会稚講釈（上巻絵題簽） ………… 596
＊虚実実草紙（上巻絵題簽） ……………… 597
＊東海道五十三駅人間一生五十年凸凹話（上巻絵題簽） …………………………… 598
＊弐刻価万両回春（上巻絵題簽） ………… 600
＊児訓影絵喩（上巻絵題簽） ……………… 601
＊化物和本草（上巻絵題簽） ……………… 602
＊京伝主十六利鑑（上巻絵題簽） ………… 603
＊仮名手本胸之鏡（上巻絵題簽） ………… 605
＊五体和合談（上巻絵題簽） ……………… 606
＊両頭笔善悪日記（上巻絵題簽） ………… 607
＊口中乃不曇鏡甘哉名利研（上巻絵題簽）… 608
＊平仮名銭神問答（上巻絵題簽） ………… 609
＊昔男生得這奇的見勢物語（上巻絵題簽）… 610
＊嗑意馬筆曲馬仮名手綱忠臣鞍（上巻絵題簽）… 612
＊市川団蔵の中狂言早業七人前（上巻絵題簽）… 613
＊通気智之銭光記 ……………………… 614
＊諸色買帳吞込多霊宝縁起（上巻絵題簽）… 616
＊賢愚湊銭湯新話 ……………………… 617
＊枯樹花大悲利益 ……………………… 618
＊延命長尺御誂染長寿小紋（上巻絵題簽）… 619

第5巻　黄表紙5（棚橋正博校訂・解題）
2009年7月10日刊

＊〔口絵〕 ……………………………… 巻頭
＊凡例 …………………………………… 5
人間万事吹矢的（にんげんばんじふきやのまと）… 9
人間一代悟衛迷所独案内（にんげんいちだい ごだうめいしよひとりあんない） ……… 35
怪談摸摸夢字彙（くわいだんももんじい） … 67
分解道胸中双六（ぶんかいだうけうちうすごろく）… 99
人相手鏡裡家篭見通坐敷（にんさうのてすぢ うらやさんみとをしざしき） ……………… 131
作者胎内十月図（さくしやたいないとつきのづ）… 163
黄金長者白金長者江戸砂子娘敵討（こがねちやうじやしろかねちやうじや えどすなごむすめかたきうち） … 187
栄花男二代目七色合点豆（えいぐわをとこにだいめ ないろがてんまめ） ……………… 213
薩摩下芋兵衛砂糖団子兵衛五人切西瓜斬売（さつまげいもびやうゑさとうだんごびやうゑ ごにんぎりすいくわのたちうり） ………… 239
［玉屋景物］ …………………………… 271
売茶翁祇園梶復讐煎茶濫觴（ばいさおうぎをんのかぢかたきうちせんちやのはじまり） … 287
茳土自慢名産杖（えどじまんめいさんづゑ）… 313
残燈奇譚案机塵（さんとうきたんつくゑのちり）… 345
敵討狼河原（かたきうちおいぬがはら） …… 369
河内老婦火近江手孕村敵討両輛車（かはちのうばがひあふみのてばらみむら かたきうちふたつぐるま）… 411
敵討孫太郎虫（かたきうちまごたらうむし） … 453

[［虎屋景物］ ………………………… 495
［春霞御鬢付（万屋景物）］ …………… 509
京伝憂世之酔醒（きやうでんうきよのゑひさめ）… 523
＊解題 …………………………………… 541
　＊人間万事吹矢的（上巻絵題簽） …… 542
　＊人間一代悟衛迷所独案内（上巻絵題簽）… 543
　＊怪談摸摸夢字彙（上巻絵題簽）……… 544
　＊分解道胸中双六（上巻絵題簽）……… 545
　＊人相手紋裡家箕見通坐敷（上巻絵題簽）… 547
　＊作者胎内十月図（上巻絵題簽） …… 549
　＊黄金長者白金長者江戸砂子娘敵討（上巻絵題簽）……………………… 550
　＊栄花男二代目七色合点豆 …………… 552
　＊薩摩下芋兵衛砂糖団子兵衛五人切西瓜斬売（上巻絵題簽）………………… 554
　＊［玉屋景物］ ………………………… 555
　＊売茶翁祇園梶復讐煎茶濫觴（上巻絵題簽）… 556
　＊荏土自慢名産杖（上巻絵題簽） …… 558
　＊残燈奇譚案机塵（上巻絵題簽） …… 560
　＊敵討狼河原（前編上巻絵題簽） …… 562
　＊河内老嫗火近江手孕村敵討両輛車（前編上巻絵題簽）………………………… 565
　＊敵討孫太郎虫（後編上巻絵題簽） … 566
　＊［虎屋景物］ ………………………… 568
　＊［春霞御鬢付（万屋景物）］ ………… 569
　＊京伝憂世之酔醒（中巻絵題簽） …… 570

第6巻　合巻1（水野稔、清水正男校訂、棚橋正博校訂・解題）
1995年10月20日刊

＊［口絵］ ………………………………… 巻頭
＊凡例 ……………………………………… 5
於六櫛木曾仇討（おろくぐしきそのあだうち）… 9
敵討御玉川（かたきうちちどりのたまがは） … 59
こばだ小平次安積沼後日仇討（あさかのぬまごにちのあだうち）………………………… 103
敵討岡崎女郎衆（かたきうちおかざきぢよろしゆ）… 145
於杉於玉二身之仇討（おすぎおたまふたみのあだうち）……………………………… 189
安達ヶ原那須野原糸車九尾狐（あだちがはらなすのはら　いとぐるまきうびのきつね）………… 235
岩井櫛粂野仇討（いはゐぐしくめのゝあだうち）… 305
摂州有馬於藤之伝妬湯仇討話（せつしうありまおふぢのでん　うはなりゆあだうちばなし）…… 357
絞染五郎強勢談（しぼりそめごらうがうせいばなし）… 407
＊解題 …………………………………… 451
　＊於六櫛木曾仇討 ……………………… 452
　＊敵討御玉川 …………………………… 456
　＊こばだ小平次安積沼後日仇討 ……… 458
　＊敵討岡崎女郎衆 ……………………… 461

　＊於杉於玉二身之仇討 ………………… 463
　＊安達ヶ原那須野原糸車九尾狐 ……… 465
　＊岩井櫛粂野仇討 ……………………… 468
　＊摂州有馬於藤之伝妬湯仇討話 ……… 471
　＊絞染五郎強勢談 ……………………… 473

第7巻　合巻2（水野稔校訂、清水正男、棚橋正博校訂・解題）
1999年12月30日刊

＊［口絵］ ………………………………… 巻頭
＊凡例 ……………………………………… 5
濡髪放駒侠俠双蛺蜨（をとこだてふたつふてふ）… 9
女達三日月於僊（をんなだてみかずきおせん）… 87
八重霞（やゑがすみ）かしくの仇討（あだうち）… 137
白藤源太談（しらふぢげんだものがたり）…… 197
敵討天竺徳兵衛（かたきうちてんぢくとくべい）… 249
万福長者栄華談（まんふくてうじやゑいくわものがたり）……………………………… 299
松梅竹取談（まつとうめたけとりものがたり）… 327
＊解題 …………………………………… 463
　＊濡髪放駒侠俠双蛺蜨（棚橋正博） …… 464
　＊女達三日月於僊（棚橋正博） ………… 466
　＊八重霞かしくの仇討（棚橋正博） …… 468
　＊白藤源太談（棚橋正博） ……………… 470
　＊敵討天竺徳兵衛（棚橋正博） ………… 473
　＊万福長者栄華談（棚橋正博） ………… 475
　＊八百屋七伝松梅竹取談（清水正男） … 478

第8巻　合巻3（水野稔校訂、清水正男、棚橋正博校訂・解題）
2002年6月20日刊

＊［口絵］ ………………………………… 巻頭
＊凡例 ……………………………………… 5
於房徳兵衛累井筒紅葉打敷（かさねづゝ、もみぢのうちしき）…………………………… 9
笠森娘錦之笈摺（かさもりむすめにしきのおいずり）… 79
お夏清十郎風流伽三味線（ふうりうとぎじやみせん）……………………………… 131
志道軒往古講釈（しだうけんむかしがうしやく）… 219
岩戸神楽剣威徳（いはとかぐらつるぎのいとく）… 269
糸桜本朝文粋（いとざくらほんてうぶんずい）… 327
禿池昔語梅之於由女丹前（うめのおよしをんなたんぜん）……………………………… 427
＊解題 …………………………………… 477
　＊於房徳兵衛累井筒紅葉打敷（棚橋正博）… 478
　＊笠森娘錦之笈摺（清水正男） ………… 479
　＊お夏清十郎風流伽三味線（清水正男）… 481
　＊志道軒往古講釈（棚橋正博） ………… 484
　＊岩戸神楽剣威徳（清水正男） ………… 487
　＊糸桜本朝文粋（棚橋正博） …………… 489

[038] 山東京傳全集

＊禿池昔語梅之於由女丹前（清水正男）…… 492

第9巻　合巻4（水野稔校訂, 鈴木重三, 清水正男, 棚橋正博校訂・解題）
2006年8月10日刊

* 〔口絵〕……………………………………… 巻頭
* 凡例 ……………………………………………… 5
親敵うとふ之俤（のおもかげ）……………………… 9
戯場花牡丹燈籠（かぶきのはなぼたんとうろう）…… 55
暁傘時雨古手屋（あかつきがさしぐれのふるてや）‥ 105
昔織博多小女郎（むかしおりはかたこじょろう）… 161
桜ひめ筆（ふで）の再咲（ にどざき）………………… 225
岩藤左衛門尾上之助男草履打（おとこぞうりうち）… 289
梅由兵衛紫頭巾（うめのよしべいむらさきづきん）… 343
播州皿屋敷物語（ばんしうさらやしきものがたり）… 399
娘景清艦樓振袖（むすめかげきよつるのふりそで）
　…………………………………………………… 453
* 解題 ………………………………………… 505
　* 親敵うとふ之俤（鈴木重三）………………… 506
　* 戯場花牡丹燈籠（鈴木重三）………………… 514
　* 暁傘時雨古手屋（清水正男）………………… 520
　* 昔織博多小女郎（棚橋正博）………………… 523
　* 桜ひめ筆の再咲（清水正男）………………… 524
　* 岩藤左衛門尾上之助男草履打（棚橋正博）… 527
　* 梅由兵衛紫頭巾（清水正男）………………… 529
　* 播州皿屋敷物語（棚橋正博）………………… 533
　* 娘景清艦樓振袖（清水正男）………………… 535

第10巻　合巻5（清水正男校訂, 棚橋正博校訂・解題）
2014年2月20日刊

* 〔口絵〕……………………………………… 巻頭
* 凡例 ……………………………………………… 5
瀧口左衛門横笛姫咲替花之二番目（たきぐちさゑもんよこぶえひめ さきかえはなのにばんめ）… 9
女俊寛雪花道（をんなしゅんくわんゆきのはなみち）… 55
梅川忠兵衛二人虚無僧（うめがはちうべい ふたりこむそう）… 91
留袖の於駒振袖の於駒今昔八丈揃（とめそでのおこまふりそでのおこま いまはむかしはちじゃうぞろへ）… 167
久我之助ひな鳥妹背山長柄文台（くがのすけひなどりいもせやまながらぶんだい）… 213
鳴神左衛門希代行法勇雲外気節（なるかみさゑもんきだいのぎやうほう いさましやくものげきぶし）… 259
籠釣瓶丹前八橋（かごつるべたんぜんやつはし）… 311
焦尾琴調子伝薄雲猫旧話（しやうびきんのしらべにつたふうすぐもねこのふること）… 357
鹿子貫平五尺染五郎升繋男子鏡（かのこくわんべいごしやくそめごらう ますつなぎおとこかがみ）……… 405

団七黒茶椀釣船之花入朝茶湯一寸口切（だんしちくろちやわんつりふねのはないれ あさちやのゆちよつとくちきり）…………………………………………… 453
* 解題 ………………………………………… 503
　* 瀧口左衛門横笛咲替花之二番目 ………… 504
　* 女俊寛雪花道 ……………………………… 506
　* 梅川忠兵衛二人虚無僧 …………………… 509
　* 留袖の於駒振袖の於駒今昔八丈揃 ……… 512
　* 久我之助ひな鳥妹背山長柄文台 ………… 514
　* 鳴神左衛門希代行法勇雲外気節 ………… 516
　* 籠釣瓶丹前八橋 …………………………… 518
　* 焦尾琴調子伝薄雲猫旧話 ………………… 521
　* 鹿子貫平五尺染五郎升繋男子鏡 ………… 524
　* 団七黒茶椀釣船之花入朝茶湯一寸口切…… 526

第11巻　合巻6（清水正男校訂, 棚橋正博校訂・解題）
2015年5月30日刊

* 〔口絵〕……………………………………… 巻頭
* 凡例 ……………………………………………… 5
女忠信男子静釣狐昔塗笠（をんなたゞのぶおとこしづかつりぎつねむかしぬりがさ）…………………… 9
金烏帽子於寒鍾尩判九郎朝妻船柳三日月（きんゑぼしのおかんしやうきはんくらう あさづまふねやなぎのみかづき）…………………………………… 55
おそろしきもの師走の月安達原氷之姿見（おそろしきものしはすのつき あだちがはらこほりのすがたみ）‥ 105
重井筒娘千代能（かさねゐづつむすめちよのう）… 157
天竺徳兵衛初徳兵衛ヘマムシ入道昔話（てんちくとくべえはつとくべえ へまむしにうどうむかしばなし）…………………………………………………… 207
折琴姫宗玄婚礼累曾筍（をりことひめそうげん こんれいかさねだんす）……………………………… 257
江嶋吉跡児ケ淵桜之振袖（えのしまのこせき ちごがふちさくらのふりそで）………………………… 301
濡髪蝶五郎放駒之蝶吉春相撲花之錦絵（ぬれがみのてふごらうはなれごまのてふきち はるすまふはなのしきゑ）…………………………………………… 357
無間之鐘娘縁記（むけんのかねむすめゑんぎ）…… 413
* 解題 ………………………………………… 467
　* 女忠信男子静釣狐昔塗笠 ………………… 468
　* 金烏帽子於寒鍾尩判九郎朝妻船柳三日月… 470
　* おそろしきもの師走の月安達原氷之姿見… 473
　* 重井筒娘千代能 …………………………… 475
　* 天竺徳兵衛初徳兵衛ヘマムシ入道昔話 … 477
　* 折琴姫宗玄婚礼累曾筍 …………………… 480
　* 江嶋吉跡児ケ淵桜之振袖 ………………… 483
　* 濡髪蝶五郎放駒之蝶吉春相撲花之錦絵…… 485
　* 無間之鐘娘縁記 …………………………… 488

第12巻　合巻7（棚橋正博校訂・解題）

2017年2月25日刊

* 〔口絵〕 ················· 巻頭
* 凡例 ···················· 5
松風村雨磯馴松金糸腰簑(まつかぜむらさめ そなれ
　まつきんしのこしみの) ············· 9
さらやしきろくろむすめかさね会談三組盃(くわいだ
　んみつぐみさかづき) ············· 63
不破名古屋濡燕子宿傘(ふはなごや ぬれつばめねぐら
　のからかさ) ··············· 117
染分手綱尾花馬市黄金花奥州細道(そめわけたづな
　をばなのうまいち こがねのはなおくのほそみち) ···· 185
ふところにかへ服紗あり燕子花草履打所縁色揚(ふ
　ところにかへふくさありかきつばた ぞうりうちゆかり
　のいろあげ) ················ 239
緑青岛組朱塗蔦葛絵看版子持山姥(ろくしやうのい
　はぐみしゆぬりのつたかづら ゑかんばんこもちやま
　ば) ·················· 291
女達磨之由来文法語(をんなだるまのゆらいふみ
　ほうご) ·················· 367
粟野女郎平奴之小蘭猱猴著聞水月談(あはのぢよろ
　うへいやつこのこらん さるちもんすいげつものがた
　り) ·················· 429
* 解題 ··················· 483
　* 松風村雨磯馴松金糸腰簑 ········· 484
　* さらやしきろくろむすめかさね会談三組盃 ···· 486
　* 不破名古屋濡燕子宿傘 ··········· 490
　* 染分手綱尾花馬市黄金花奥州細道 ······· 495
　* ふところにかへ服紗あり燕子花草履打所縁色
　　揚 ··················· 498
　* 緑青岛組朱塗蔦葛絵看版子持山姥 ······· 500
　* 女達磨之由来文法語 ············ 503
　* 粟野女郎平奴之小蘭猱猴著聞水月談 ······ 506

第13巻 合巻8(棚橋正博校訂・解題)
2018年2月25日刊

* 〔口絵〕 ················· 巻頭
* 凡例 ···················· 5
娘清玄振袖日記(むすめせいげんふりそでにつき) ···· 9
十六利勘略縁起(じうろくりかんりやくえんぎ) ···· 65
姥池由来一家昔語石枕春宵抄(うばがいけのゆらいひ
　とつやのむかしがたり いしのまくらしゆんせうしや
　う) ··················· 93
濡髪茶入放駒掛物黄金花万宝善書(ぬれがみのちや
　いれはなれごまのかけもの こがねのはなまんぽうぜん
　しよ) ·················· 157
文展狂奴手車之翁琴声美人伝(ふみひろげのきやうど
　よてくるまのおきな きんせいびじんでん) ······ 213
大磯之丹前化粧坂編笠蝶衛曾我俤(おい そのたんぜ
　んけはひざかのあみがさ てふちどりそがのおもかげ) ·· 271
小歌蜂兵衛濡髪の小静袖之海月土手節(こうたはち
　べゑぬれがみのこしづか そでのむげつきのどてぶし) ·· 327

気替而戯作問答(きをかへてけさくもんどう) ····· 389
* 解題 ··················· 453
　* 娘清玄振袖日記 ············· 454
　* 十六利勘略縁起 ············· 456
　* 姥池由来一家昔語石枕春宵抄 ········ 458
　* 濡髪茶入放駒掛物黄金花万宝善書 ······· 460
　* 文展狂奴手車之翁琴声美人伝 ········ 466
　* 大磯之丹前化粧坂編笠蝶衛曾我俤 ······· 469
　* 小歌蜂兵衛濡髪の小静袖之海月土手節 ····· 472
　* 気替而戯作問答 ············· 476

第14巻 合巻9(棚橋正博校訂・解題)
2018年12月20日刊

* 〔口絵〕 ················· 巻頭
* 凡例 ···················· 5
小金帽子彦惣頭巾大磯俄練物(こきんぼうしひこそう
　づきん おほいそにはかのねりもの) ········ 9
笄甚五郎差櫛於六長髪姿蛇柳(かんざしのぢんごらう
　さしくしのおろく ながかもじすがたのじややなぎ) ·· 63
腹中名所図絵(ふくちうめいしよづゑ) ······· 125
助六総角家桜継穂鉢植(いへざくらつぎほのはちう
　ゑ) ··················· 177
濡髪放駒全伝復讐曲輪達引(ぬれがみはなれごまぜん
　でん かたきうちくるわのたてひき) ······· 235
[吉野屋酒楽(よしのやしゆらく)] ········· 330
[絵本東大全] ················ 335
[新板落語太郎花] ·············· 340
心学早染草(稿本) ·············· 347
諸色買帳呑込多霊宝縁記(しよしきかひちやうのみ
　こんだれいほうのえんぎ)(草稿) ········ 369
人間万事吹矢的(にんげんばんじふきやのまと)
　(草稿) ·················· 381
作者胎内十月図(さくしやたいないとつきのづ)
　(草稿) ·················· 393
無間之鐘娘縁記(むけんのかねむすめえんぎ)(草
　稿) ··················· 403
三日月形柳横櫛(みかつきがたやなぎのよこくし)
　(朝妻船柳三日月) ············· 425
踊発会金糸腰簑(をどりぞめきんしのこしみの)
　(磯馴松金糸腰簑) ············· 433
福禄寿(ふくろくじゆ)(金の成木阿止見与蕪和
　歌) ··················· 441
於花半七物語(おはなはんしちものがたり)(十種
　香萩晒白露) ················ 451
* 解題 ··················· 459
　* 小金帽子彦惣頭巾大磯俄練物 ········ 460
　* 笄甚五郎差櫛於六長髪姿蛇柳 ········ 462
　* 腹中名所図絵 ·············· 465
　* 助六総角家桜継穂鉢植 ··········· 467
　* 濡髪放駒全伝復讐曲輪達引 ········· 469

```
＊［吉野屋酒薬］・［絵本東大全］・［新板落
 語太郎花］ ‥‥‥‥‥‥‥‥‥‥‥‥‥ 470
＊心学早染草（稿本） ‥‥‥‥‥‥‥‥‥ 473
＊諸色買帳呑込多霊宝縁記（草稿） ‥‥‥ 477
＊人間万事吹矢的（草稿） ‥‥‥‥‥‥‥ 479
＊作者胎内十月図（草稿） ‥‥‥‥‥‥‥ 483
＊無間之鐘娘縁記（草稿） ‥‥‥‥‥‥‥ 484
＊三日月形柳横櫛（朝妻船柳三日月） ‥‥ 486
＊踊発会金糸腰蓑（礒馴松金糸腰簑） ‥‥ 487
＊福禄寿（金の成木阿止見与蕀和歌） ‥‥ 489
＊於花半七物語（十種香萩廼白露） ‥‥‥ 490
```

第15巻　読本1（水野稔校訂, 徳田武校訂・解題）
1994年1月31日刊

```
＊〔口絵〕 ‥‥‥‥‥‥‥‥‥‥‥‥‥‥ 巻頭
＊凡例 ‥‥‥‥‥‥‥‥‥‥‥‥‥‥‥‥‥ 5
画図通俗大聖伝 ‥‥‥‥‥‥‥‥‥‥‥‥‥ 9
 画図大聖伝序 ‥‥‥‥‥‥‥‥‥‥‥‥‥ 11
 巻之一 ‥‥‥‥‥‥‥‥‥‥‥‥‥‥‥‥ 27
 巻之二 ‥‥‥‥‥‥‥‥‥‥‥‥‥‥‥‥ 45
 巻之三 ‥‥‥‥‥‥‥‥‥‥‥‥‥‥‥‥ 66
 巻之四 ‥‥‥‥‥‥‥‥‥‥‥‥‥‥‥‥ 70
 巻之五 ‥‥‥‥‥‥‥‥‥‥‥‥‥‥‥‥ 74
 附録 ‥‥‥‥‥‥‥‥‥‥‥‥‥‥‥‥‥ 75
 自跋 ‥‥‥‥‥‥‥‥‥‥‥‥‥‥‥‥‥ 78
忠臣水滸伝 前編（ちゅうしんすいこでんぜんへん） ‥‥ 81
 忠臣水滸伝自序 ‥‥‥‥‥‥‥‥‥‥‥‥ 83
 巻之一 ‥‥‥‥‥‥‥‥‥‥‥‥‥‥‥‥ 93
 巻之二 ‥‥‥‥‥‥‥‥‥‥‥‥‥‥‥‥ 104
 巻之三 ‥‥‥‥‥‥‥‥‥‥‥‥‥‥‥‥ 127
 巻之四 ‥‥‥‥‥‥‥‥‥‥‥‥‥‥‥‥ 143
 巻之五 ‥‥‥‥‥‥‥‥‥‥‥‥‥‥‥‥ 160
 跋 ‥‥‥‥‥‥‥‥‥‥‥‥‥‥‥‥‥‥ 178
忠臣水滸伝 後編 ‥‥‥‥‥‥‥‥‥‥‥‥ 181
 自序 ‥‥‥‥‥‥‥‥‥‥‥‥‥‥‥‥‥ 183
 巻之一 ‥‥‥‥‥‥‥‥‥‥‥‥‥‥‥‥ 204
 巻之二 ‥‥‥‥‥‥‥‥‥‥‥‥‥‥‥‥ 217
 巻之三 ‥‥‥‥‥‥‥‥‥‥‥‥‥‥‥‥ 228
 巻之四 ‥‥‥‥‥‥‥‥‥‥‥‥‥‥‥‥ 242
 巻之五 ‥‥‥‥‥‥‥‥‥‥‥‥‥‥‥‥ 256
 跋 ‥‥‥‥‥‥‥‥‥‥‥‥‥‥‥‥‥‥ 265
復讐奇談安積沼（ふくしうきだん あさかのぬま） ‥ 267
 安積沼奇談引首 ‥‥‥‥‥‥‥‥‥‥‥‥ 269
 巻之一 ‥‥‥‥‥‥‥‥‥‥‥‥‥‥‥‥ 272
 巻之二 ‥‥‥‥‥‥‥‥‥‥‥‥‥‥‥‥ 295
 巻之三 ‥‥‥‥‥‥‥‥‥‥‥‥‥‥‥‥ 316
 巻之四 ‥‥‥‥‥‥‥‥‥‥‥‥‥‥‥‥ 340
 巻之五 ‥‥‥‥‥‥‥‥‥‥‥‥‥‥‥‥ 369
優曇華物語（うどんげものがたり） ‥‥‥‥‥ 393
 優曇華物語自序 ‥‥‥‥‥‥‥‥‥‥‥‥ 395
 巻之一 ‥‥‥‥‥‥‥‥‥‥‥‥‥‥‥‥ 403
 巻之二 ‥‥‥‥‥‥‥‥‥‥‥‥‥‥‥‥ 428
 巻之三 ‥‥‥‥‥‥‥‥‥‥‥‥‥‥‥‥ 448
 巻之四上 ‥‥‥‥‥‥‥‥‥‥‥‥‥‥‥ 473
 巻之四下 ‥‥‥‥‥‥‥‥‥‥‥‥‥‥‥ 496
 巻之五上 ‥‥‥‥‥‥‥‥‥‥‥‥‥‥‥ 520
 巻之五下 ‥‥‥‥‥‥‥‥‥‥‥‥‥‥‥ 537
 跋 ‥‥‥‥‥‥‥‥‥‥‥‥‥‥‥‥‥‥ 562
＊解題 ‥‥‥‥‥‥‥‥‥‥‥‥‥‥‥‥‥ 565
 ＊画図通俗大聖伝 ‥‥‥‥‥‥‥‥‥‥‥ 566
 ＊忠臣水滸伝 前編・後編 ‥‥‥‥‥‥‥ 572
 ＊復讐奇談安積沼 ‥‥‥‥‥‥‥‥‥‥‥ 580
 ＊優曇華物語 ‥‥‥‥‥‥‥‥‥‥‥‥‥ 585
```

第16巻　読本2（水野稔校訂, 徳田武校訂・解題）
1997年4月10日刊

```
＊〔口絵〕 ‥‥‥‥‥‥‥‥‥‥‥‥‥‥ 巻頭
＊凡例 ‥‥‥‥‥‥‥‥‥‥‥‥‥‥‥‥‥ 5
桜姫全伝曙草紙（さくらひめぜんでん あけぼのさうし） ‥ 9
 序 ‥‥‥‥‥‥‥‥‥‥‥‥‥‥‥‥‥‥ 11
 例言 ‥‥‥‥‥‥‥‥‥‥‥‥‥‥‥‥‥ 12
 引用書目 ‥‥‥‥‥‥‥‥‥‥‥‥‥‥‥ 14
 巻之一 ‥‥‥‥‥‥‥‥‥‥‥‥‥‥‥‥ 16
 巻之二 ‥‥‥‥‥‥‥‥‥‥‥‥‥‥‥‥ 48
 巻之三 ‥‥‥‥‥‥‥‥‥‥‥‥‥‥‥‥ 75
 巻之四 ‥‥‥‥‥‥‥‥‥‥‥‥‥‥‥‥ 99
 巻之五 ‥‥‥‥‥‥‥‥‥‥‥‥‥‥‥‥ 137
 追考 ‥‥‥‥‥‥‥‥‥‥‥‥‥‥‥‥‥ 170
善知安方忠義伝（うとうやすかたちうぎでん） ‥ 173
 優婆塞洗々序 ‥‥‥‥‥‥‥‥‥‥‥‥‥ 175
 序 ‥‥‥‥‥‥‥‥‥‥‥‥‥‥‥‥‥‥ 176
 善知鳥考証 ‥‥‥‥‥‥‥‥‥‥‥‥‥‥ 178
 本処図目 ‥‥‥‥‥‥‥‥‥‥‥‥‥‥‥ 188
 巻之一 ‥‥‥‥‥‥‥‥‥‥‥‥‥‥‥‥ 191
 巻之二 ‥‥‥‥‥‥‥‥‥‥‥‥‥‥‥‥ 229
 巻之三上冊 ‥‥‥‥‥‥‥‥‥‥‥‥‥‥ 255
 巻之三下冊 ‥‥‥‥‥‥‥‥‥‥‥‥‥‥ 283
 巻之四 ‥‥‥‥‥‥‥‥‥‥‥‥‥‥‥‥ 305
 巻之五 ‥‥‥‥‥‥‥‥‥‥‥‥‥‥‥‥ 342
 附言 ‥‥‥‥‥‥‥‥‥‥‥‥‥‥‥‥‥ 376
昔話稲妻表紙（むかしがたりいなつまへうし） ‥‥ 379
 東山八景・香づくし ‥‥‥‥‥‥‥‥‥‥ 381
 附テイフ ‥‥‥‥‥‥‥‥‥‥‥‥‥‥‥ 385
 巻之一 ‥‥‥‥‥‥‥‥‥‥‥‥‥‥‥‥ 398
 巻之二 ‥‥‥‥‥‥‥‥‥‥‥‥‥‥‥‥ 425
 巻之三 ‥‥‥‥‥‥‥‥‥‥‥‥‥‥‥‥ 456
 巻之四 ‥‥‥‥‥‥‥‥‥‥‥‥‥‥‥‥ 483
 巻之五上冊 ‥‥‥‥‥‥‥‥‥‥‥‥‥‥ 512
```

巻之五下冊	543
跋	571
梅之与四兵衛物語梅花氷裂（ばいくわへうれつ）	573
述意	585
上冊	587
中冊	616
下冊	640
＊解題	671
＊桜姫全伝曙草紙	672
＊挿絵典拠考証付記（鈴木重三）	680
＊善知安方忠義伝	681
＊補説（鈴木重三）	692
＊昔話稲妻表紙	695
＊梅之与四兵衛物語梅花氷裂	709

第17巻　読本3（徳田武校訂・解題）
2003年4月10日刊

＊〔口絵〕	巻頭
＊凡例	5
浮牡丹全伝（うきぼたんぜんでん）	9
自叙	11
小引	16
巻之一	35
巻之二	66
巻之三	96
後引	135
稲妻表紙後編本朝酔菩提全伝（ほんちやうすいぼだいぜんでん）	139
摩訶狂雲酔菩提経序	141
新刻本朝酔菩提全伝品目釈義	144
例引	147
巻之一	178
巻之二	216
巻之三	248
巻之四	284
巻之五	314
援引書目	348
後帙序	352
後帙上冊	361
後帙中冊	381
後帙下冊	411
双蝶記（そうてふき）	447
自序	451
附ていう・〇灯台鬼	453
巻之一	464
巻之二	484
巻之三	507
巻之四	534
巻之五	565
巻之六	594

＊解題	635
＊浮牡丹全伝	636
＊補説（鈴木重三）	652
＊稲妻表紙後編本朝酔菩提全伝	655
＊補説（鈴木重三）	689
＊双蝶記	690
＊補説（鈴木重三）	709

第18巻　洒落本（棚橋正博校訂・解題）
2012年12月30日刊

＊〔口絵〕	巻頭
＊凡例	5
息子部屋	9
客衆肝照子	45
古契三娼	77
初衣抄	109
総籬	157
傾城觿	197
吉原やうし	227
志羅川夜船	253
青楼和談新造図彙	283
通気粋語伝	311
閨中狂言廓大帳（くるわのだいちやう）	343
京伝予誌	373
傾城買四十八手	411
繁千話	447
仕懸文庫（しかけぶんこ）	475
娼妓絹籭	515
せいろうひるのせかい錦之裏（にしきのうら）	549
＊解題	581
＊息子部屋（題簽）	582
＊客衆肝照子（題簽）	587
＊古契三娼（題簽）	590
＊初衣抄（題簽）	591
＊総籬（題簽）	593
＊傾城觿（題簽）	595
＊吉原やうし（題簽）	597
＊志羅川夜船（題簽）	599
＊青楼和談新造図彙（題簽）	603
＊通気粋語伝（題簽）	604
＊閨中狂言廓大帳（題簽）	606
＊京伝予誌（題簽）	608
＊傾城買四十八手（題簽）	610
＊繁千話（題簽）	615
＊仕懸文庫（題簽）	619
＊娼妓絹籭（題簽）	624
＊せいろうひるのせかい錦之裏（題簽）	628

[039] 私家集全釈叢書
風間書房
全40巻
1986年9月～2016年5月

1　赤染衛門集全釈（関根慶子，阿部俊子，林マリヤ，北村杏子，田中恭子著）
1986年9月30日刊

* 序 ―『私家集全釈叢書』刊行に寄せて―（関根慶子，阿部俊子） ………………………………… 1
* 解説 ………………………………………………… 1
  * 赤染衛門集について（林マリヤ） ………… 3
  * 赤染衛門について（田中恭子） ………… 14
  * 参考文献の紹介（北村杏子） ………… 32
* 凡例 ………………………………………………… 1
全釈（本文・校異・通釈・語釈・参考）1番より614番まで … 1
* 附 桂宮本の錯簡・脱落（林マリヤ）… 557
* 系図（田中恭子）……………………………… 561
  * 帝王・源氏 ……………………………… 562
  * 藤原氏 …………………………………… 564
  * 諸氏 ……………………………………… 566
* 年表（田中恭子）……………………………… 569
* 和歌索引（林マリヤ，北村杏子）………… 575

2　源道済集全釈（桑原博史著）
1987年6月30日刊

* 解説 源道済集について ……………………… 1
* 凡例（桑原博史）……………………………… 65
全釈（本文・異同・通釈・語釈・参考）1番より319番まで … 67
* 参考資料 ……………………………………… 237
  * 尊卑文脈 ………………………………… 237
  * 中古歌仙三十六人傳 …………………… 237
  * 道濟十體（奥儀抄）……………………… 238
* 参考文献 ……………………………………… 240
* 和歌索引 ……………………………………… 243
* 人名索引 ……………………………………… 263
* 地名索引 ……………………………………… 264

3　小野篁集全釈（平野由紀子著）
1988年3月15日刊

* 解説 ……………………………………………… 3
  * 一、伝来と書名 …………………………… 3
  * 二、諸本 …………………………………… 5
  * 三、構成と素材 …………………………… 7
  * 四、成立について ……………………… 14
  * 五、小野篁の和歌 ……………………… 19
  * 六、実在の篁と伝説中の篁 …………… 27

* 七、参考文献 …………………………… 32
* 凡例 ……………………………………………… 35
* 全釈目次 ……………………………………… 37
全釈（本文・異同・現代語訳・補説）………… 37
* 〈付〉篁物語の和歌（贈答三組詳論／ただすの神と石神／身をうき雲と／夢の魂）（平野由紀子）…………………… 165
* 〈付〉「いもせ」考（平野由紀子）………… 183
* 〈付〉「だいわうの宮」考（平野由紀子）… 199
* 和歌各句索引 ………………………………… 219
* 用語索引 ……………………………………… 222
* 固有名詞索引 ………………………………… 226

4　源重之集・子の僧の集・重之女集全釈（目加田さくを著）
1988年9月30日刊

* 解説 ……………………………………………… 1
  * 源重之 ……………………………………… 3
  * 重之一門年表 ……………………………… 5
  * 源重之一家の系図 ……………………… 10
  * 重之集 …………………………………… 13
  * 重之の子の僧の集 ……………………… 25
  * 源重之女集 ……………………………… 35
  * 地図 ……………………………………… 37
* 凡例 …………………………………………… 41
全釈
  重之集 …………………………………… 43
  重之の子の僧の集 ……………………… 293
  重之女集 ………………………………… 339
* 初句索引 ……………………………………… 403

5　基俊集全釈（滝澤貞夫著）
1988年12月15日刊

* 解説 ……………………………………………… 1
  * 基俊集について …………………………… 1
  * 藤原基俊について ……………………… 7
* 凡例（滝澤貞夫識）…………………………… 31
全釈（本文・異同・通釈・語釈・参考）
  基俊集（書陵部蔵 五〇一・七四三）… 35
  基俊集（書陵部蔵 一五〇・五七八）… 179
  堀河院御時百首和歌 …………………… 203
  その他の基俊歌 ………………………… 279
* 基俊年譜 ……………………………………… 311
* 和歌索引 ……………………………………… 315

6　定頼集全釈（森本元子著）
1989年3月15日刊

* 解説 ……………………………………………… 1
  * Ⅰ 藤原定頼の家集 ……………………… 1

＊一　定頼集の構成・成立 ……………… 1
　　＊二　定頼集の内容・特色 ……………… 10
　　＊三　定頼集と勅撰和歌集 ……………… 12
　＊Ⅱ　藤原定頼の生涯素描 ………………… 20
＊凡例（森本元子）……………………………… 31
全釈（本文・通釈・語釈・参考）…………………… 33
　四条中納言定頼集（明王院本1〜459）……… 33
　四条中納言集（定家本一〜一八九）………… 313
＊研究文献について …………………………… 401
＊略年譜 ………………………………………… 403
＊関係系図 ……………………………………… 408
　＊一　皇室・源氏（宇多・醍醐・村上）……… 408
　＊二　藤原氏 ………………………………… 410
＊和歌索引 ……………………………………… 412
＊人名索引 ……………………………………… 421
＊地名寺社名等索引 …………………………… 423
＊歌題索引 ……………………………………… 425
＊語彙索引 ……………………………………… 426

7　公任集全釈（伊井春樹，津本信博，新藤協三著）
1989年5月31日刊

＊公任集解説 ……………………………………… 1
　＊一　公任集の伝本（新藤協三）……………… 1
　＊二　構成と成立（伊井春樹）………………… 15
　＊三　公任の歌風・表現（新藤協三）………… 33
　＊四　公任とその周辺の人物（津本信博）… 43
＊凡例（伊井春樹，津本信博，新藤協三）………… 51
公任集全釈（本文・異同・通釈・語釈・参考）（伊井
　春樹，津本信博，新藤協三）…………………… 53
＊公任集初句索引（伊井春樹）………………… 427
＊藤原公任文献目録（伊井春樹）……………… 447
＊あとがき（伊井春樹）………………………… 453

8　清原元輔集全釈（藤本一恵著）
1989年8月31日刊

＊解説 ……………………………………………… 1
　＊清原元輔 ……………………………………… 1
　＊元輔集 ………………………………………… 19
＊凡例（藤本一恵）……………………………… 31
全釈 ……………………………………………… 33
　正保版歌仙家集本　元輔集 ………………… 33
　前田尊経閣蔵　元輔集 ……………………… 319
　書陵部蔵桂宮丙本　元輔集　特有歌 ……… 451
＊参考文献 ……………………………………… 499
＊関係系図 ……………………………………… 502
　＊清原氏 ……………………………………… 502
　＊皇統 ………………………………………… 504
　＊藤原氏 ……………………………………… 505

＊和歌索引 ……………………………………… 506
　＊歌仙本・書陵部本　初句索引 …………… 506
　＊尊経閣本　初句索引 ……………………… 510
＊人名索引 ……………………………………… 514

9　檜垣嫗集全釈（西丸妙子著）
1990年5月25日刊

＊〔口絵〕……………………………………… 巻頭
＊凡例 …………………………………………… 1
全釈（本文・異同・通釈・語釈・参考）1番より31番まで … 3
＊解説 …………………………………………… 99
　＊Ⅰ　内容について ………………………… 100
　＊Ⅱ　伝本について ………………………… 142
　＊Ⅲ　主な参考文献 ………………………… 164
＊附載 …………………………………………… 167
　＊伝説についての資料（近世まで）………… 167
　＊翻刻　檜垣君家集　冠注附録（井沢長秀
　　著）………………………………………… 176
　＊翻刻　檜垣嫗考（青柳種信著）…………… 186
　＊翻刻　檜垣嫗集愚注（春蓑（青柳種春）
　　著）………………………………………… 189
　＊地図1　平安時代九州全域 ……………… 195
　＊地図2　大宰府周辺 ……………………… 196
　＊地図3　肥後 ……………………………… 196
＊索引 …………………………………………… 197
　＊和歌五句索引 ……………………………… 197
　＊語彙索引 …………………………………… 199

10　源兼澄集全釈（春秋会著）
1991年1月25日刊

＊序（今井源衛）………………………………… 1
＊解説 …………………………………………… 1
　＊『源兼澄集』の伝本と本文（田坂憲二）… 1
　＊源兼澄の伝記と詠歌活動（福井迪子）… 19
＊参考文献一覧（中島あや子）………………… 55
＊凡例 …………………………………………… 57
全釈（本文・異同・語釈・参考）………………… 59
　松平文庫本「源兼澄集」（1〜137）………… 59
　補遺　底本に無き歌（138・139）…………… 253
　補遺　家集に無き歌（110〜155）…………… 256
　補遺　作者存疑の歌（156〜158）…………… 268
＊索引 …………………………………………… 271
　＊自立語索引（辛島正雄）…………………… 272
　＊歌題索引（辛島正雄）……………………… 296
　＊人名索引（辛島正雄）……………………… 297
　＊初句索引（武谷恵美子）…………………… 299
＊あとがき（工藤重矩）………………………… 301

11　本院侍従集全釈（目加田さくを，中嶋眞理子著）

1991年7月25日刊

* 解説 ……………………………………… 1
  * 現存本「本院侍従集」の諸本について(中嶋眞理子) ………… 3
  * 「本院侍従集」諸本の解説(高橋正治、中嶋眞理子) ……………… 6
* 凡例 ……………………………………… 19
第一部 現存本本院侍従集(藤原兼通撰)全釈 …… 21
本院侍従集(底本 松平文庫本)(目加田さくを、中嶋眞理子全釈) ……… 23
第二部 幻の本院侍従集全釈 ……………… 67
「幻の本院侍従集」想定本文(中嶋眞理子全釈) ……………………… 69
  * 「幻の本院侍従集」歌序表 ………… 81
幻の本院侍従集(A案推定年代順)(目加田さくを通釈ほか) ……… 87
第三部 …………………………………… 171
* (一)解題(目加田さくを) ………… 173
  * 一、兼通本本院侍従集の成立時期 … 173
  * 二、本院侍従の生涯 ……………… 174
  * 三、「さうし」の問題 ……………… 179
  * 四、漢籍の教養と本院侍従・子孫 … 194
  * 五、平中説話—本院侍従にかかわる— ……………………… 204
* (二)本院侍従集考(中嶋眞理子) … 217
  * 一、現存本「本院侍従集」をめぐる一仮説 …………………… 217
  * 二、藤原兼通論—歌物語形式の可能性をめぐって— ………… 226
  * 三、「本院侍従集」の位相をめぐって ……………………… 242
  * 四、幻の「本院侍従集」 …………… 256
* (三)系図・資料(目加田さくを) … 267
  * 系図(一)~(五)本院侍従 ……… 267
  * 系図(六)国用 …………………… 270
  * 系図(七)仲文 …………………… 270
  * 系図(八)朝忠 …………………… 271
  * 別系図 本朝皇胤紹運録(群) …… 271
  * 資料 ……………………………… 272
* 初句索引 ……………………………… 281
* 本院侍従年表 ……………………… 巻末

12 相模集全釈(武内はる恵、林マリヤ、吉田ミスズ著)
1991年12月25日刊

* 〔口絵〕 ……………………………… 巻頭
* 序(関根慶子) ……………………… 1
* 解説 ……………………………………… 1
  * 流布本相模集について(武内はる恵) …… 3
    * 諸本 …………………………… 3
  * 構成と成立 ……………………… 30
  * 走湯百首と初事歌群の歌題一覧 … 39
  * 異本相模集と思女集について(林マリヤ) ………………………… 46
  * 相模について(林マリヤ) ……… 47
* 凡例 …………………………………… 65
全釈(武内はる恵、林マリヤ、吉田ミスズ全釈) ……………………………… 67
  流布本相模集 …………………… 67
    序 ……………………………… 69
    (連作) ………………………… 73
    (贈答歌・独詠歌) …………… 110
    (走湯権現奉納百首及びその贈答歌) … 284
    (物詣歌) ……………………… 499
    (初事歌群) …………………… 503
    (長歌) ………………………… 549
  異本相模集 ……………………… 563
  思女集 …………………………… 593
* 付 …………………………………… 607
  * 年表 ……………………………… 609
  * 系図 ……………………………… 612
    * 『尊卑文脈』等による賀茂氏 … 612
    * 『群書類従・巻六二』中臣氏 … 613
    * 『尊卑文脈』閑院左大臣冬嗣公六男内舎人良門利基孫 ……… 613
    * 『尊卑文脈』等による藤原氏 … 614
  * 和歌索引 ………………………… 615
    * 流本相模集 初句索引 ……… 615
    * 流本相模集 第四句索引 …… 622
    * 異本相模集・思女集 初句索引 … 629
    * 異本相模集・思女集 第四句索引 … 630
* あとがき(林マリヤ、吉田ミスズ) … 631

13 殷富門院大輔集全釈(森本元子著)
1993年10月15日刊

* 解説 ……………………………………… 1
  * Ⅰ 殷富門院大輔とその事績 ……… 1
  * Ⅱ 殷富門院大輔集とその成立 …… 9
* 凡例(森本元子) …………………… 17
全釈(本文・通釈・語釈・参考) ……… 21
  殷富門院大輔集〈書陵部蔵本1~305〉 … 21
  乙類本 殷富門院大輔集〈三手文庫蔵本一~一〇〉 …………………… 263
* 研究史について ……………………… 303
* 殷富門院大輔年譜 …………………… 305
* 和歌索引 ……………………………… 311
* 人名索引 ……………………………… 317
* あとがき(林マリヤ) ……………… 319

14 為頼集全釈(筑紫平安文学会著)
1994年5月31日刊

* 解説 ·· 1
  * 『為頼集』の構造とその歌風(田坂憲二) ············ 3
  * 『為頼集』の伝本(曽根誠一) ························ 32
  * 藤原為頼小伝(川村裕子) ···························· 54
  * 具平親王と為頼(森田兼吉) ·························· 80
* 凡例 ·· 105
為頼集全釈(本文・異同・通釈・語釈・考説) ············ 109
  為頼集(1~86)(川村裕子、黒木香、米谷悦子、曽根誠一、田坂憲二、宮田京子、森田兼吉、山田洋嗣全釈) ········ 111
  為頼拾遺歌(1~13)(福田智子全釈) ················ 245
* 付録 ·· 257
  * 為頼集参考文献(福田智子) ·························· 259
  * 為頼集勘物翻刻(米谷悦子、宮田京子) ·············· 263
  * 『為頼集』並びに拾遺歌 詠歌年次索引(黒木香) ···· 264
* 索引 ·· 268
  * 和歌自立語索引(山田洋嗣) ·························· 269
  * 各句索引(山田洋嗣) ···································· 294
* あとがき(森田兼吉) ·································· 301

15　遍昭集全釈(阿部俊子著)
1994年10月15日刊

* 〔口絵〕 ·· 巻頭
* 解説 ·· 1
  * 一、僧正遍照 ·· 3
  * 二、僧正遍照の歌に関して ···························· 37
  * 三、「遍昭集」に就いて ······························ 63
  * 四、遍昭集一覧 ·· 75
  * 五、遍照の歌 ·· 117
* 凡例 ·· 145
全釈
  遍昭集 ·· 147
  付　遍昭集に入っていない遍照歌 ···················· 395
* 略年譜 ·· 401
* 索引 ·· 419
  * 和歌索引 ·· 421
    * 初二句索引 ·· 422
    * 第四句索引 ·· 424
  * 語句索引 ·· 426
* あとがき(阿部秋生) ·································· 433

16　伊勢集全釈(関根慶子, 山下道代著)
1996年2月20日刊

* 〔口絵〕 ·· 巻頭
* 解説 ·· 1
  * 伊勢集について ······································ 3
  * 伊勢について ·· 19
* 参考文献 ·· 56
* 凡例 ·· 59
伊勢集全釈(本文・異同・通釈・語釈・参考) 1番より483番まで ·· 61
* 略系図 ·· 551
  * 帝王・王氏 ·· 551
  * 藤原氏南家 ·· 552
  * 藤原氏北家 ·· 552
* 伊勢年譜 ·· 554
* 和歌索引 ·· 563
  * 初句索引 ·· 565
  * 第四句索引 ·· 571
* あとがき(関根慶子) ·································· 577

17　成尋阿闍梨母集全釈(伊井春樹著)
1996年10月15日刊

* 解題 ·· 1
  * 一　『成尋阿闍梨母集』の伝来とその本文 ············ 3
  * 二　『成尋阿闍梨母集』―母から子へのメッセージ― ···· 22
  * 三　成尋阿闍梨の渡宋 ································ 41
  * 四　成尋阿闍梨の天台山・五臺山への巡礼 ············ 74
  * 五　成尋阿闍梨の夢と「夢記」―『参天台五臺山記』の世界― ···· 100
  * 六　『成尋阿闍梨母集』の字母―冷泉家旧蔵本から書陵部本へ― ···· 122
成尋阿闍梨母集全釈 ·································· 143
* 凡例 ·· 145
  一　序 ·· 147
  二　後冷泉天皇と頼通の病気 ·························· 153
  三　渡宋の決意 ·· 164
  四　離別の歌 ·· 180
  五　成尋の出立 ·· 186
  六　旅への悲しい思い ································ 193
  七　極楽への望み ······································ 200
  八　日々遠ざかる成尋 ································ 210
  九　成尋の夢 ·· 215
  一〇　成尋への書き置き ······························ 230
  一一　瘧病の煩い ······································ 246
  一二　成尋筑紫へ赴くの噂 ···························· 260
  一三　夫の死と二人の子供の出家 ···················· 273
  一四　成尋の帰京 ······································ 284
  一五　備中からの文 ···································· 297
  一六　法華経和歌 ······································ 304
  一七　めぐり来る季節の悲しみ ························ 317
  一八　成尋渡宋の報 ···································· 329
  一九　成尋出航の報と極楽の契り ···················· 339
  二〇　宋からの便り ···································· 348
  二一　成尋の天台山詣で ······························ 359

[039] 私家集全釈叢書

```
  二二　長き命のいとわしさ ………………… 371
  二三　訪れる人々 ………………………… 382
  二四　極楽を待つ身 ……………………… 393
＊関係資料
  ＊一　『成尋阿闍梨母集』関係年表 …… 403
  ＊二　参考資料 ………………………… 408
  ＊三　関係系図 ………………………… 411
＊和歌初句索引 …………………………… 412
＊あとがき（伊井春樹識） ………………… 415
```

18　前長門守時朝入京田舎打聞集全釈（長崎健，外村展子，中川博夫，小林一彦著）
1996年10月31日刊

```
＊解説 …………………………………………… 1
  ＊『時朝集』の成立（中川博夫） ……………… 3
＊凡例 …………………………………………… 58
前長門守時朝入京田舎打聞集全釈（本文・校
  訂・校異・通釈・本歌・語釈・参考）1番より295番ま
  で（長崎健，外村展子，中川博夫，小林一
  彦全釈） ……………………………………… 61
＊和歌索引 ………………………………… 303
＊詞書索引 ………………………………… 308
＊あとがき（長崎健） ……………………… 313
```

19　千穎集全釈（金子英世，小池博明，杉田まゆ子，西山秀人，松本真奈美著）
1997年1月31日刊

```
＊解説 …………………………………………… 1
  ＊一　伝本について（西山秀人） …………… 3
  ＊二　内容と特色（金子英世） …………… 20
  ＊三　『千穎集』の位置―初期定数歌と
    の関係性を中心に―（金子英世） ……… 29
＊凡例 …………………………………………… 47
千穎集全釈（本文・異同・通釈・語釈・参考）序，1番
  歌～104番歌（金子英世，小池博明，杉田ま
  ゆ子，西山秀人，松本真奈美全釈） ……… 51
＊和歌索引（小池博明，杉田まゆ子，西山
  秀人） ……………………………………… 183
  ＊千穎集初句索引 …………………… 185
  ＊引用歌初句索引 …………………… 187
＊あとがき（金子英世，小池博明，杉田ま
  ゆ子，西山秀人，松本真奈美） …………… 197
```

20　貫之集全釈（田中喜美春，田中恭子著）
1997年1月31日刊

```
＊〔口絵〕 ……………………………………… 巻頭
＊解説 …………………………………………… 1
  ＊一、「文章経国之大業」と「文章已絶」 ‥3
  ＊二、歌の正当性 ……………………… 11
```

```
  ＊三、在野の歌 ………………………… 16
  ＊四、句題和歌による主張 ……………… 22
  ＊五、屏風歌の時空 …………………… 27
  ＊六、掛詞・縁語と世界観 ……………… 35
  ＊七、通用する古代語法 ……………… 44
  ＊八、貫之集の本文と編者 …………… 48
＊凡例 …………………………………………… 67
貫之集全釈（本文・異同・通釈・語釈・参考） … 71
  第一 …………………………………………… 73
  第二 …………………………………………… 131
  第三 …………………………………………… 210
  第四 …………………………………………… 297
  第五 …………………………………………… 396
  第六 …………………………………………… 482
  第七 …………………………………………… 504
  第八 …………………………………………… 536
  第九 …………………………………………… 556
  異本所載歌 ………………………………… 654
＊初句索引 ………………………………… 679
＊あとがき（田中喜美春，田中恭子） …… 693
```

21　橘為仲朝臣集全釈（好村友江，中嶋眞理子，目加田さくを著）
1998年4月30日刊

```
＊解説（目加田さくを） ………………………… 1
  ＊一、諸本 ………………………………… 3
  ＊二、作者 ………………………………… 16
    ＊Ⅰ　家系 …………………………… 16
    ＊Ⅱ　橘為仲年表 ………………… 23
    ＊Ⅲ　為仲をとりまく家族・歌友 …… 27
    ＊Ⅳ　藤原頼通文化圏と橘為仲 …… 66
    ＊Ⅴ　諸氏系図 …………………… 86
  ＊三、橘為仲集復元について ………… 97
＊凡例 ……………………………………… 113
全釈 ………………………………………… 115
  〈上巻〉甲本全釈　底本書陵部蔵本（150・
    568）・西行筆本（目加田さくを全釈） ‥ 117
  〈下巻〉乙本全釈　底本尊経閣蔵本（伝家隆
    筆本）（好村友江，中嶋眞理子全釈） ‥‥ 235
＊為仲の旅〔地図〕（中嶋眞理子） ………… 305
＊索引（中嶋眞理子） …………………… 313
  ＊初句索引 ………………………… 313
  ＊人名索引 ………………………… 316
  ＊地名索引 ………………………… 318
  ＊植物索引 ………………………… 320
＊後記（目加田さくを） …………………… 321
```

22　藤原仲文集全釈（片桐洋一，小倉嘉夫，金任淑，中葉芳子，藤川晶子著）
1998年5月15日刊

| 私家集全釈叢書

*解説（片桐洋一）･････････････ 1
　*一、藤原仲文の閲歴･･･････ 3
　*二、『仲文集』の伝本･･････ 6
　*三、『仲文集』の形態と成立･･･ 8
　*四、藤原仲文の歌と歌の場･･･ 15
　*五、『国用集』付言･･････ 21
全釈（片桐洋一、小倉嘉夫、金任淑、中葉芳子、藤川晶子全釈）････ 23
　*凡例･･･････････････････ 25
　第一部（『仲文集』一）････ 27
　第二部（『国用集』（藤原国用詠）････ 78
　第三部（『仲文集』二）･･･ 109
*登場人物解説（藤川晶子）･･･ 159
*索引･･･････････････････････ 167
　*人名索引（中葉芳子）････ 169
　*和歌各句索引（小倉嘉夫）･･ 171
*参考文献一覧（金任淑）･････ 176
*編者・著者紹介 分担一覧････ 178
*あとがき（片桐洋一）･･･････ 179

23　沙弥蓮瑜集全釈（長崎健、外村展子、中川博夫、小林一彦著）
1999年5月15日刊

*解説･････････････････････ 1
　*『沙弥蓮瑜集』の作者と和歌（外村展子）･･････････ 3
*凡例･･･････････････････ 77
沙弥蓮瑜集全釈（本文・校訂・校異・通釈・本歌・語釈・参考）1番より695番まで（宇都宮景綱（法名 蓮瑜）詠、長崎健、外村展子、中川博夫、小林一彦全釈）･････ 81
*和歌索引（小林一彦）･････ 557
*詞書索引（外村展子）･････ 566
*あとがき（長崎健）････････ 569

24　深養父集・小馬命婦集全釈（藤本一恵、木村初恵著）
1999年8月31日刊

深養父集全釈････････････････ 1
　*解説（木村初恵）･･･････ 3
　　*清原深養父･････････ 3
　　*『深養父集』及び深養父歌････ 9
　*凡例･････････････････ 33
　全釈･････････････････････ 35
　　『深養父集』（書陵部蔵・五〇一・三四）････ 35
　*参考文献･････････････ 160
　　*影印･･･････････････ 160
　　*翻刻･･･････････････ 160
　　*著書・論文･････････ 161
　*関係系図･････････････ 162

　　*清原氏･････････････ 162
　　*皇統･･･････････････ 165
　　*藤原氏･････････････ 166
小馬命婦集全釈･･････････････ 167
　*龍谷大学図書館蔵写字台文庫旧蔵「子馬命婦」巻頭･･････ 168
　*解説（藤本一恵）･･･････ 169
　　*小馬命婦･･･････････ 169
　　*『小馬命婦集』･･･････ 188
　*凡例･････････････････ 215
　全釈･････････････････････ 217
　　『小馬命婦集』（龍谷大学図書館所蔵写字台文庫旧蔵本『四十人集』内「小馬命婦集」）････ 217
　*参考文献･････････････ 315
　　*写本・影印･････････ 315
　　*翻刻･･･････････････ 315
　　*著書・論文･････････ 315
　*関係系図･････････････ 317
　　*『本朝皇胤紹運録』より抜粋･･････ 317
　　*『尊卑文脈』より抜粋････ 319
*和歌各句索引･･････････････ 321
　*深養父集各句索引･･････ 321
　*小馬命婦集各句索引････ 326
*あとがき（藤本一恵）･･･････ 331

25　四条宮下野集全釈（安田徳子、平野美樹著）
2000年5月15日刊

*解説･････････････････････ 1
　*四条宮下野集について･････ 3
*凡例･･･････････････････ 37
全釈･･･････････････････････ 41
*参考文献･････････････････ 273
*索引･････････････････････ 277
　*索引凡例･････････････ 279
　*Ⅰ 歌索引･･･････････ 279
　*Ⅱ 人名索引･････････ 285
　*Ⅲ 書名索引･････････ 290
*あとがき（安田徳子）･･･････ 296

26　匡衡集全釈（林マリヤ著）
2000年8月31日刊

*解説･････････････････････ 1
*伝本･････････････････････ 3
*底本･････････････････････ 6
*『匡衡集』の編纂････････････ 8
*撰者と成立･････････････ 16
*歌の特徴･･･････････････ 19
*大江匡衡について･･････････ 24
*凡例･････････････････････ 37

日本古典文学全集・内容綜覧 第II期　189

匡衡(まさひら)集全釈 ……………………… 39
　＊系図 …………………………………… 185
　　＊大江氏 ……………………………… 185
　　＊髙階氏 ……………………………… 186
　　＊藤原氏 ……………………………… 186
＊大江匡衡略年譜 ………………………… 187
＊和歌索引 ………………………………… 195
　＊初句索引 ……………………………… 196
　＊四句索引 ……………………………… 198

27　光厳院御集全釈(岩佐美代子著)
2000年11月30日刊

＊解説 ………………………………………… 1
　＊一　伝本 ………………………………… 3
　＊二　光厳院の生涯 ……………………… 9
　＊三　光厳院御集 ……………………… 48
＊参考文献 ………………………………… 67
＊凡例 ……………………………………… 69
全釈 ………………………………………… 71
＊略年譜 …………………………………… 191
＊各句索引 ………………………………… 195
＊あとがき(岩佐美代子) ………………… 207

28　式子内親王集全釈(奥野陽子著)
2001年10月31日刊

＊解説 ………………………………………… 1
　＊一　式子内親王集諸本および底本(益田本)について ………………………… 3
　＊二　式子内親王について …………… 10
＊凡例 ……………………………………… 23
全釈 ………………………………………… 27
　式子内親王集 …………………………… 29
　補遺 ……………………………………… 652
　　Ⅰ　勅撰集 …………………………… 652
　　Ⅱ　私撰集 …………………………… 661
　　Ⅲ　諸家集 …………………………… 666
　　Ⅳ　歌合 ……………………………… 681
　存疑・誤入 ……………………………… 699
　　三百六十番歌合 ……………………… 699
　　夫木和歌抄 …………………………… 700
　　定家小本 ……………………………… 701
＊式子内親王関係研究文献目録 ………… 703
＊和歌各句索引 …………………………… 733
＊あとがき(奥野陽子) …………………… 759

29　隆信集全釈(樋口芳麻呂著)
2001年12月15日刊

＊解説 ………………………………………… 1
　＊一、藤原隆信 …………………………… 3

　＊二、二つの隆信集 …………………… 10
＊参考文献 ………………………………… 21
＊藤原隆信関係略系図 …………………… 24
＊凡例 ……………………………………… 25
＊寿永本隆信集・元久本隆信集歌対照表 … 26
全釈(本文・通釈・語釈・参考) ………… 27
　元久本隆信集 …………………………… 29
　寿永本隆信集 …………………………… 498
＊初句索引 ………………………………… 513
＊あとがき(樋口芳麻呂) ………………… 527

30　経衡集全釈(吉田茂著)
2002年3月31日刊

＊解説 ………………………………………… 1
　＊経衡集解読 ……………………………… 3
　　＊一　諸本 ……………………………… 3
　　＊二　構成 …………………………… 12
　　＊三　構成意識 ……………………… 15
　　＊四　藤原経衡とその周辺の人物 … 23
　　＊五　経衡の歌風・表現 …………… 60
＊参考文献 ………………………………… 67
＊凡例 ……………………………………… 71
全釈(本文・異同・諸本注・通釈・語釈・参考) …… 75
補遺　「経衡」の名、「経衡の歌」が見られる文献の主なもの ………………………………………… 299
＊藤原経衡　略年譜 ……………………… 309
＊関係図 …………………………………… 311
　＊内麻呂流 ……………………………… 311
＊和歌全句索引 …………………………… 315
＊人名索引 ………………………………… 329
＊地名・寺社名等索引 …………………… 329
＊歌題索引 ………………………………… 331
＊あとがき(吉田茂) ……………………… 333

31　小野宮殿実頼集・九条殿師輔集全釈(片桐洋一、関西私家集研究会著)
2002年12月25日刊

＊〔口絵〕 ………………………………… 巻頭
＊解説(片桐洋一) ………………………… 1
　＊一、小野宮殿実頼と九条殿師輔 …… 3
　＊二、『清慎公集』と『小野宮殿集』 … 5
　＊三、『九条右丞相集』の伝本と『九条殿集』 ………………………………… 26
＊凡例 ……………………………………… 51
小野宮殿実頼集全釈(藤川晶子、中葉芳子、小倉嘉夫、髙木輝代、泉紀子、岸本理恵、三木麻子全釈) …………………………… 53
九条殿師輔集全釈(藤川晶子、中葉芳子、髙木輝代、泉紀子、岸本理恵、三木麻子、磯山直子、金石哲、早川やよい全釈) …… 183

＊付録 ……………………………………… 319
　＊1　諸本配列一覧表（『小野宮殿集』『九
　　条殿集』）(中葉芳子，三木麻子) …… 321
　＊2　『小野宮殿集』『九条殿集』登場人
　　物解説(藤川晶子，早川やよい) …… 329
　＊3　『小野宮殿集』『九条殿集』関係年
　　表(髙木輝代，金石哲) ………………… 338
　＊4　参考文献一覧(泉紀子，三木麻子) … 346
　＊5　人名索引(中葉芳子，磯山直子) …… 351
　＊6　和歌各句索引(小倉嘉夫，岸本理
　　恵) ………………………………………… 354
＊編者・著者の紹介と分担 ………………… 369
＊あとがき(片桐洋一) ……………………… 371

32　惟成弁集全釈(笹川博司著)
2003年4月30日刊

＊解説 ……………………………………………… 1
　＊Ⅰ　藤原惟成について …………………… 3
　＊Ⅱ　家集について ………………………… 41
＊凡例 …………………………………………… 63
全釈 ……………………………………………… 65
　Ⅰ　惟成弁集 ………………………………… 67
　Ⅱ　惟成詠補遺 ……………………………… 145
　Ⅲ　詩文 …………………………………… 164
＊惟成年譜 ……………………………………… 209
＊関係系図 ……………………………………… 215
＊参考文献 ……………………………………… 217
＊主要語彙索引 ………………………………… 219
＊和歌初句索引 ………………………………… 226
＊あとがき(笹川博司) ……………………… 227

33　家持集全釈(島田良二著)
2003年8月31日刊

＊解説 ……………………………………………… 1
　＊序 ………………………………………………… 3
　　＊一　本文系統 …………………………… 6
　　＊二　構造および成立 …………………… 11
　　＊三　勅撰集所載歌 …………………… 34
＊凡例 …………………………………………… 51
全釈 ……………………………………………… 53
＊初二句索引 …………………………………… 305
＊地名索引 ……………………………………… 312

34　人麿集全釈(島田良二著)
2004年9月15日刊

＊解説 ……………………………………………… 1
　＊序 ………………………………………………… 3
　　＊一　本文系統 …………………………… 6
　　＊二　構成と成立 ………………………… 22

　　＊三　古今集の左注の人麿歌 …………… 33
　　＊四　古今六帖の人麿歌 ………………… 39
　　＊五　拾遺集の入唐歌 …………………… 57
　　＊六　まとめ ……………………………… 63
＊凡例 …………………………………………… 65
全釈 ……………………………………………… 69
＊初二句索引 …………………………………… 381
＊地名索引 ……………………………………… 389

35　公忠集全釈(新藤協三，河井謙治，藤田洋治著)
2006年5月15日刊

＊解説　源公忠と公忠集 ……………………… 3
　＊[1]源公忠伝(新藤協三) …………………… 5
　＊[2]公忠集の諸本(河井謙治) …………… 10
　＊[3]公忠の勅撰集入集歌と公忠集の
　　注釈史(藤田洋治) ……………………… 47
＊凡例 …………………………………………… 57
公忠集全釈(新藤協三，河井謙治，藤田洋
　治全釈) ……………………………………… 59
＊付録 …………………………………………… 215
　＊源公忠略年譜(河井謙治) ……………… 217
　＊関係系図 ………………………………… 225
　　＊Ⅰ　天皇家・光孝源氏略系図 ……… 225
　　＊Ⅱ　藤原北家略系図 ………………… 226
　＊主要参考文献(河井謙治，藤田洋治) … 227
＊索引 …………………………………………… 233
　＊凡例 ……………………………………… 234
　＊和歌索引 ………………………………… 235
　＊引用和歌索引 …………………………… 237
　＊人名索引 ………………………………… 248
＊あとがき(新藤協三) ……………………… 253

36　千里集全釈(平野由紀子，千里集輪読会著)
2007年2月28日刊

＊解説 ……………………………………………… 1
　＊一　千里集の伝本 ………………………… 3
　＊二　赤人集に混入した千里集 …………… 5
　＊三　どのような漢詩から題をとったか … 7
　＊四　詩句と和歌の関係 …………………… 11
　＊五　増補された五首 ……………………… 13
　＊六　大江千里の生涯と和歌 ……………… 14
　＊七　千里集と新撰万葉 …………………… 22
　＊八　千里集の部立 ………………………… 25
＊参考文献 ……………………………………… 29
＊本書に用いた伝本の書誌 …………………… 33
全釈 ……………………………………………… 37
＊序文凡例 ……………………………………… 39
序文 ……………………………………………… 40

＊凡例	54
春	57
宴	94
秋	114
冬	148
風月	168
遊覧	187
離別	209
述懐	229
詠懐	258
＊索引	269
＊和歌初句・四句索引	271
＊句題索引	275
＊引用和歌索引	277
＊項目索引	284
＊あとがき（平野由紀子）	291

37　大斎院前の御集全釈（天野紀代子, 園明美, 山崎和子著）
2009年5月31日刊

＊解説（園明美）	3
＊一　大斎院前の御集	5
＊二　選子内親王と前期斎院の文化	38
＊凡例	57
全釈（選子内親王詠）	59
上巻	61
下巻	292
＊付録	453
＊選子内親王関係年譜	454
＊選子内親王参考系図	470
＊参考文献一覧	472
＊索引	481
＊語句・事項索引	483
＊和歌（初句・四句）連歌索引	500
＊あとがき（天野紀代子）	509

38　御堂関白集全釈（平野由紀子著）
2012年3月31日刊

＊解説	1
＊凡例	17
全釈（藤原道長詠）	21
＊主要人物略伝	187
＊索引	191
＊初句索引	193
＊詞書人物索引	195
＊引用歌初句索引	196
＊語彙索引	200

39　紫式部集全釈（笹川博司著）
2014年6月15日刊

＊解説	1
＊紫式部について	3
＊紫式部集について	47
＊凡例	77
全釈	81
＊紫式部関連略年譜	346
＊主要語彙索引	349
＊和歌初句索引	359
＊あとがき（笹川博司）	361

40　民部卿典侍集・土御門院女房全釈（田渕句美子, 中世和歌の会著）
2016年5月31日刊

＊〔口絵〕	巻頭
Ⅰ　民部卿典侍集	1
＊解説	3
＊一　民部卿典侍因子について（田渕句美子）	3
＊二　『民部卿典侍集』について	16
＊1　伝本（幾浦裕之）	17
＊2　構成と内容（田渕句美子）	28
＊3　成立と特質（田渕句美子）	47
＊三　『民部卿典侍集』とその周辺	54
＊1　哀傷家集・日記から見る『民部卿典侍集』（大野順子）	54
＊2　未定稿な女房の家集について（幾浦裕之）	64
＊3　民部卿典侍因子の題詠歌（芹田渚）	79
＊凡例	89
全釈（一〜八三）（民部卿典侍因子詠）	93
＊付録	269
＊民部卿典侍因子年譜（田渕句美子, 米田有里作成）	269
＊民部卿典侍因子詠歌集成（大野順子作成）	288
＊『民部卿典侍集』諸本校異一覧（幾浦裕之作成）	303
Ⅱ　土御門院女房	315
＊解説（田渕句美子）	317
＊一　『土御門院女房』について	317
＊二　『土御門院女房』作者について	328
＊凡例	333
全釈（一〜四三）（土御門院女房詠）	337
＊皇室周辺略系図・御子左家周辺略系図	403
＊和歌初句索引	405
＊あとがき（田渕句美子）	407

```
[040] 私家集注釈叢刊
    貴重本刊行会
      全17巻
1989年6月〜2010年5月
 （日本古典文学会監修）
```

1　小大君集注釈（竹鼻績校注・訳）
1989年6月1日刊

- ＊凡例 …………………………………… 5
- 注釈 ……………………………………… 7
- ＊解説 ………………………………… 233
  - ＊一　小大君集の伝本 ……………… 233
  - ＊二　小大君集の成立 ……………… 241
  - ＊三　小大君集の性格 ……………… 245
  - ＊四　小大君集の生涯と作品 ……… 251
- ＊和歌初句索引 ……………………… 273

2　伊勢大輔集注釈（久保木哲夫校注・訳）
1992年6月1日刊

- ＊凡例 …………………………………… 5
- 注釈 ……………………………………… 7
- ＊解説 ………………………………… 203
  - ＊一　『伊勢大輔集』の伝本 ……… 203
  - ＊二　『伊勢大輔集』流布本系の性格 … 221
  - ＊三　『伊勢大輔集』流布本系の成立 … 227
  - ＊四　伊勢大輔の生涯と作品 ……… 234
- ＊和歌初句索引 ……………………… 245
- ＊人物索引 …………………………… 248

3　能因集注釈（川村晃生校注・訳）
1992年6月1日刊

- ＊凡例 …………………………………… 5
- 注釈 ……………………………………… 7
- ＊解説 ………………………………… 345
  - ＊一　伝本とその性格 ……………… 345
  - ＊二　構成と内容 …………………… 350
- ＊和歌初句索引 ……………………… 361

4　兼盛集注釈（高橋正治校注・訳）
1993年6月1日刊

- ＊凡例 …………………………………… 5
- 注釈 ……………………………………… 7
- ＊解説 ………………………………… 479
  - ＊一　兼盛集の伝本 ………………… 479
  - ＊二　兼盛集の成立 ………………… 490
  - ＊三　兼盛の歌 ……………………… 510
- ＊平兼盛年譜 ………………………… 522
- ＊同時代の人々 ……………………… 524
- ＊和歌初句索引 ……………………… 526

5　実方集注釈（竹鼻績校注・訳）
1993年10月16日刊

- ＊凡例 …………………………………… 5
- 注釈 ……………………………………… 7
- ＊解説 ………………………………… 481
  - ＊一　実方集の伝本 ………………… 481
  - ＊二　実方集の性格と成立 ………… 495
  - ＊三　藤原実方の生涯 ……………… 514
- ＊和歌初句索引 ……………………… 560

6　元輔集注釈（後藤祥子校注・訳）
1994年11月3日刊

- ＊凡例 …………………………………… 5
- 注釈 ……………………………………… 7
  - 書陵部蔵桂宮甲本 ………………………… 7
  - 書陵部蔵甲・丙本所載　先人詠屏風歌 … 353
  - 前田家蔵本　もとすけがしふ …… 375
- ＊解説 ………………………………… 497
  - ＊一　元輔集の伝本 ………………… 497
  - ＊二　元輔集の成立と現状 ………… 502
  - ＊三　家集からみた元輔像 ………… 520
- ＊諸本対照表 ………………………… 532
- ＊和歌初句索引 ……………………… 547
- ＊内容目録 …………………………… 555

7　能宣集注釈（増田繁夫校注・訳）
1995年10月26日刊

- ＊凡例 …………………………………… 5
- 注釈 ……………………………………… 7
- ＊補説項目　「まかる」「つかはす」「申す」の用法 …………………………………… 13
- ＊補説項目　「のたまふ」「のたうぶ」「のたぶ」の用法Ⅰ …………………………… 38
- ＊補説項目　「まうづ」「まうでく」について ……………………………………… 69
- ＊補説項目　「のたうぶ」「のたぶ」の用法Ⅱ ……………………………………… 77
- ＊補説項目　「のたうぶ」の用法Ⅲ …… 88
- ＊補説項目　「のたうぶ」の用法Ⅳ …… 106
- ＊補説項目　「きんた、の親王」について … 124
- ＊補説項目　「白河院」「白河殿」について … 126
- ＊補説項目　小馬命婦と斎宮女御と能宣 … 345
- ＊補説項目　摂政藤原兼家六十賀の屏風歌 … 523
- ＊解説 ………………………………… 529

＊一　能宣集の諸本と西本願寺本の成立
　　　　　………………………………………… 529
　　＊二　西本願寺本と書陵部本との関係 …… 531
　　＊三　西本願寺本の序について ………… 537
　　＊四　冷泉家本と書陵部本と正保版歌仙
　　　　家集本 ………………………………… 538
　　＊五　大中臣能宣 ………………………… 541
＊諸本対照表 ………………………………… 549
＊主要語彙索引 ……………………………… 553
＊和歌初句索引 ……………………………… 569

8　康資王母集注釈(久保木哲夫, 花上和広校注・訳)
1997年3月22日刊

＊凡例 ………………………………………… 5
注釈 …………………………………………… 7
＊解説 ………………………………………… 213
　＊一　『康資王母集』と伝本 ……………… 213
　＊二　『康資王母集』の成立と構成 ……… 218
　＊三　康資王母の生涯 …………………… 222
　＊四　補遺歌 ……………………………… 227
＊和歌初句索引 ……………………………… 235
＊人物索引 …………………………………… 238

9　忠岑集注釈(藤岡忠美, 片山剛校注・訳)
1997年9月25日刊

＊凡例 ………………………………………… 5
注釈 …………………………………………… 7
＊解説 ………………………………………… 357
　＊一　『忠岑集』の伝本(片山剛) ………… 359
　　＊一、歌仙家集本系について ………… 359
　　＊二、西本願寺本系について ………… 368
　　＊三、書陵部蔵御所本甲類本につい
　　　　て ……………………………………… 375
　　＊四、底本について ……………………… 381
　＊二　四系統の関係(片山剛) …………… 393
　＊三　壬生忠岑の伝記(藤岡忠美) ……… 412
＊和歌初句索引 ……………………………… 423

10　馬内侍集注釈(竹鼻績校注・訳)
1998年7月7日刊

＊凡例 ………………………………………… 5
注釈 …………………………………………… 7
＊解説 ………………………………………… 281
　＊一　『馬内侍集』の伝本と本文 ………… 281
　＊二　馬内侍の生涯 ……………………… 292
　＊三　歌人としての馬内侍 ……………… 327
＊主要語句・事項索引 ……………………… 339
＊和歌初句索引 ……………………………… 349

11　道信集注釈(平田喜信, 徳植俊之著)
2001年5月5日刊

＊凡例 ………………………………………… 5
注釈 …………………………………………… 7
＊解説(徳植俊之) …………………………… 223
　＊一　『道信集』の伝本 …………………… 225
　＊二　藤原道信の生涯 …………………… 249
　＊三　説話における道信 ………………… 275
　＊四　藤原道信の和歌 …………………… 281
＊藤原道信略年譜 …………………………… 294
＊諸本対照表 ………………………………… 296
＊主要語句・事項索引 ……………………… 303
＊和歌初句索引 ……………………………… 310
＊刊行に当たって(編集委員会) …………… 313
＊あとがき(徳植俊之) ……………………… 313

12　大斎院前の御集注釈(石井文夫, 杉谷寿郎著)
2002年9月25日刊

＊凡例 ………………………………………… 5
注釈(石井文夫校注・訳) …………………… 7
＊解説(杉谷寿郎) …………………………… 465
　＊一　選子内親王(前期) ………………… 467
　＊二　大斎院前の御集 …………………… 481
　＊三　選子内親王(後期) ………………… 499
　＊皇室・源氏の略系図 …………………… 503
　＊藤原氏(北家)の略系図 ………………… 504
＊参考文献 …………………………………… 505
＊語句・事項索引 …………………………… 511
＊和歌・連歌初句索引 ……………………… 519

13　信明集注釈(平野由紀子著)
2003年5月25日刊

＊凡例 ………………………………………… 5
注釈 …………………………………………… 7
＊解説 ………………………………………… 197
　＊一　源信明について …………………… 199
　＊二　信明と中務 ………………………… 204
　＊三　『信明集』の伝本 …………………… 211
　＊四　同質の改編は『朝忠集』にも ……… 226
　＊五　Ⅲ類本の成立 ……………………… 234
　＊六　信明の評価 ………………………… 238
　＊〈附〉Ⅱ類本を読む人のために ………… 241
＊語句・事項索引 …………………………… 257
＊和歌初句索引 ……………………………… 263

14　躬恒集注釈(藤岡忠美, 徳原茂実著)
2003年11月25日刊

| *凡例 ……………………………………… 5
| 注釈 …………………………………………… 7
| *解説 ………………………………………… 349
| *一 躬恒の伝記と和歌(藤岡忠美)…… 349
| *二 『躬恒集』の伝本(徳原茂実)…… 361
| *三 西本願寺本『躬恒集』(徳原茂実)… 364
| *主要語句索引 ……………………………… 369
| *初句索引 …………………………………… 378

15 公任集注釈(竹鼻績著)
2004年10月16日刊

*凡例 ……………………………………… 5
注釈 ………………………………………… 7
*解説 ……………………………………… 685
 *一 『公任集』の伝本と成立 ……… 685
 *二 藤原公任の伝記と和歌 ………… 696
*主要語句・人名索引 …………………… 727
*和歌初句索引 …………………………… 741
*あとがき(竹鼻績) ……………………… 749

16 恵慶集注釈(川村晃生, 松本真奈美著)
2006年11月3日刊

*凡例 ……………………………………… 5
注釈 ………………………………………… 7
*解説 ……………………………………… 417
 一 『恵慶集』の伝本 ……………… 417
 二 『恵慶集』の性格と成立 ……… 419
 三 恵慶法師の生涯 ………………… 424
*和歌初句索引 …………………………… 441

17 大弐高遠集注釈(中川博夫著)
2010年5月25日刊

*凡例 ……………………………………… 5
注釈 ………………………………………… 7
*解説 ……………………………………… 433
 *一 高遠の生涯と人物像 …………… 433
 *二 高遠集の伝本と構成 …………… 478
 *三 高遠の和歌の詠み方、歌人として
   のあり方 ………………………… 511
*主要語句索引 …………………………… 527
*和歌初句索引 …………………………… 537

---

[041] 新修 橘曙覧全集
桜楓社
全1巻
1983年5月
(井手今滋編、辻森秀英増補)

〔1〕
1983年5月25日刊

* 〔口絵〕……………………………………… 巻頭
*解題(辻森秀英)…………………………… 13
 *井手曙覧翁墓碣銘 ……………………… 13
 *橘曙覧小伝 ……………………………… 13
 *志濃夫廼舎歌集 ………………………… 14
 *藁屋詠艸 ………………………………… 15
 *藁屋文集 ………………………………… 18
 *沽哉集 …………………………………… 20
 *囲炉裡譚 ………………………………… 21
 *花廼沙久等 ……………………………… 22
 *書簡補遺 ………………………………… 23
 *短歌拾遺 ………………………………… 27
 *付録・橘氏泝源 ………………………… 27
 *累代忌日目安付略伝 …………………… 28
 *累代追遠年表 …………………………… 28
*凡例 ………………………………………… 29
橘曙覧全集 ………………………………… 31
 *井手曙覧翁墓碣銘(依田百川撰)……… 33
 *橘曙覧小伝(橘今滋)…………………… 34
 志濃夫廼舎歌集(井手今滋編)………… 45
  例言(橘今滋)………………………… 47
  橘曙覧の家にいたる詞(松平慶永筆,
   橘今滋編)…………………………… 48
  序(近藤芳樹)………………………… 50
  松籟草 第一集 ……………………… 52
  襁褓草 第二集 ……………………… 52
  春明草 第三集 ……………………… 79
  君来草 第四集 ……………………… 118
  白蛇草 第五集 ……………………… 130
  福寿草 補遺 ………………………… 139
 藁屋詠艸並藁屋文集 …………………… 147
  藁屋詠艸 ……………………………… 149
  藁屋文集 ……………………………… 156
 沽哉集 …………………………………… 179
 榊の薫 …………………………………… 189
 囲炉裡譚 ………………………………… 239
 花廼沙久等(のさくら)………………… 281
  序(井手今滋)………………………… 282
  花廼沙久等 …………………………… 282
  跋(芳賀矢一)………………………… 304

書簡補遺 ·············· 305
　＊凡例 ·············· 306
　一　芳野菅子宛書簡 ·············· 307
　二　斎藤刀自宛書簡 ·············· 326
　三　彦坂寿清尼宛書簡 ·············· 327
　四　笠原白翁宛書簡 ·············· 333
　五　真宗寺宛書簡 ·············· 340
　六　山本平三郎宛書簡 ·············· 344
　七　富田礼彦宛書簡 ·············· 353
　八　木村次郎兵衛宛書簡 ·············· 354
　九　野村淵蔵宛書簡 ·············· 355
　十　河津直入宛書簡 ·············· 357
　一一　青木庄三郎宛書簡 ·············· 358
　一二　白崎源蔵宛書簡 ·············· 360
　一三　岡崎左喜助宛書簡 ·············· 361
　十四　猪間七左衛門宛書簡 ·············· 362
　一五　佐藤誠宛書簡 ·············· 364
　一六　常見野梅宛書簡 ·············· 367
　一七　半井仲庵宛書簡 ·············· 368
　一八　布川正謙宛書簡 ·············· 369
　一九　伊藤長陰宛書簡 ·············· 370
　二〇　大田垣蓮月宛書簡 ·············· 371
　二一　表六宛書簡 ·············· 372
　二二　上月宛書簡 ·············· 373
　二三　白崎宛書簡 ·············· 374
　二四　平井屋宛 ·············· 375
　二五　猪間宛書簡 ·············· 376
短歌補遺 ·············· 380
　＊凡例 ·············· 381
　橘曙覧短歌拾遺 ·············· 411
＊付録
　橘氏泒源（井手今滋著）·············· 411
　＊累代忌日目安付略伝（橘曙覧著）·············· 436
　＊累代追遠年表（橘曙覧著）·············· 439
　＊明治四〇年福井市戸籍除籍簿 ·············· 441
＊橘曙覧伝とその作品（辻森秀英）·············· 445

---

［042］新注和歌文学叢書
青簡舎
全24巻
2008年2月～2018年10月
（浅田徹, 久保木哲夫, 竹下豊, 谷知子編集委員）

1　清輔集新注（芦田耕一著）
2008年2月25日刊

＊凡例 ·············· 1
注釈（藤原清輔詠）·············· 1
＊解説 ·············· 357
　＊一、清輔集の諸本について ·············· 357
　＊二、清輔集の成立について ·············· 359
　＊三、藤原清輔について ·············· 361
　＊四、清輔集における複合題 ·············· 371
　＊五、清輔の詠歌について ·············· 376
＊主要参考文献 ·············· 395
＊系図 ·············· 396
　＊天皇家略系図 ·············· 396
　＊六条藤原家略系図 ·············· 396
＊初句索引 ·············· 397

2　紫式部集新注（田中新一著）
2008年4月8日刊

＊はじめに ·············· iii
＊凡例 ·············· v
注釈 ·············· 1
＊解説―「集」の基礎的考察― ·············· 195
　＊なぜ実践本か ·············· 197
　　＊考察一　冒頭部の年時 ·············· 197
　　＊考察二　40番歌の詞書 ·············· 206
　＊その実践本をどう読むか ·············· 212
　　＊考察三　越前下向の旅の歌 ·············· 212
　　＊考察四　紫式部の結婚 ·············· 222
　　＊考察五　創作歌の編入・編集 ·············· 235
　＊紫式部略伝 ·············· 253
　＊実践本「紫式部集」所収歌の詠出年次順配列一覧表 ·············· 259
＊本書掲出歌五句索引 ·············· 267
＊後書き（田中新一）·············· 275

3　秋思歌 秋夢集 新注（岩佐美代子著）
2008年6月13日刊

＊凡例 ·············· iii
注釈 ·············· 1
　秋思歌（藤原為家詠）·············· 3

秋夢集（後嵯峨院大納言典侍詠）……… 115
＊解説 ……………………………………… 141
　＊秋思歌 解説 …………………………… 143
　＊秋夢集 解説 …………………………… 161
＊秋思歌 初句索引 ………………………… 187
＊秋夢集 初句索引 ………………………… 190
＊あとがき（岩佐美代子）………………… 191

4　海人手子良集 本院侍従集 義孝集 新注
（片桐洋一、三木麻子、藤川晶子、岸本理恵著）
2010年1月25日刊

＊緒言（片桐洋一）……………………… iii
＊凡例 ……………………………………… v
注釈 ………………………………………… 1
　海人手子良集（藤原師氏詠、岸本理恵、
　　三木麻子、藤川晶子注釈）…………… 3
　本院侍従集（藤原兼通詠、藤川晶子、三
　　木麻子、岸本理恵注釈）…………… 125
　義孝集（藤原義孝詠、岸本理恵、三木麻
　　子、藤川晶子注釈）………………… 183
　　＊義孝没後の説話一覧 ……………… 317
＊解説 …………………………………… 323
　＊『海人手子良集』解説（三木麻子）… 325
　　＊『海人手子良集』関連年表 ……… 340
　＊『本院侍従集』解説（藤川晶子）… 343
　　＊藤原兼通年表 ……………………… 360
　＊『義孝集』解説（岸本理恵）……… 363
　　＊『義孝集』諸本番号対照表 ……… 375
　　＊『義孝集』関連年表 ……………… 376
　＊参考文献 ……………………………… 377
　　＊海人手子良集 ……………………… 377
　　＊本院侍従集 ………………………… 379
　　＊義孝集 ……………………………… 381
　＊関係系図 ……………………………… 386
　＊和歌各句索引 ………………………… 389
＊分担一覧 ……………………………… 402

5　藤原為家勅撰集詠 詠歌一体 新注（岩佐美代子著）
2010年2月10日刊

＊凡例 …………………………………… iii
注釈 ………………………………………… 1
　新勅撰集 …………………………………… 3
　続後撰集 …………………………………… 9
　続古今集 ………………………………… 21
　続拾遺集 ………………………………… 62
　新後撰集 ………………………………… 104
　玉葉集 …………………………………… 128
　続千載集 ………………………………… 172

　続後拾遺集 ……………………………… 197
　風雅集 …………………………………… 218
　新千載集 ………………………………… 241
　新拾遺集 ………………………………… 262
　新後拾遺集 ……………………………… 282
　新続古今集 ……………………………… 294
　詠歌一体 ………………………………… 305
＊解説 …………………………………… 355
　＊一　はじめに ………………………… 357
　＊二　生涯と作品 ……………………… 360
　＊三　勅撰入集歌概観 ………………… 380
　＊四　詠歌一体考 ……………………… 388
　＊五　為家歌風考 ……………………… 418
＊御子左家系図 ………………………… 429
＊十三代集一覧 ………………………… 430
＊為家作品勅撰集入集一覧表 ………… 431
＊為家作品集別入集表 ………………… 437
＊参考文献 ……………………………… 448
＊和歌初句索引 ………………………… 461
＊あとがき（岩佐美代子）……………… 467

6　出羽弁集新注（久保木哲夫著）
2010年4月30日刊

＊凡例 …………………………………… iii
注釈 ………………………………………… 1
＊解説 …………………………………… 109
　＊一、栄花物語続編と出羽弁 ………… 111
　＊二、出羽弁集の本文 ………………… 113
　＊三、出羽弁集における詠作年次 …… 116
　＊四、出羽弁集における配列 ………… 119
　＊五、出羽弁集における日記的性格 … 124
　＊六、中宮出羽弁と斎院出羽 ………… 128
　＊七、出羽弁の生涯 …………………… 133
＊参考文献 ……………………………… 140
＊出羽弁集関係系図 …………………… 142
＊出羽弁和歌関係資料 ………………… 144
＊出羽弁関係年表 ……………………… 183
＊索引 …………………………………… 188
　＊登場人物索引 ………………………… 188
　＊和歌初句索引 ………………………… 190
＊あとがき（久保木哲夫）……………… 193

7　続詞花和歌集 新注 上（鈴木徳男著）
2010年12月25日刊

＊凡例 …………………………………… iii
注釈（藤原清輔撰）………………………… 1
　巻第一　春上 …………………………… 3
　巻第二　春下 …………………………… 35
　巻第三　夏 ……………………………… 82
　巻第四　秋上 …………………………… 127

```
　巻第五　秋下 ……………………………… 179
　巻第六　冬 ………………………………… 226
　巻第七　賀 ………………………………… 262
　巻第八　神祇 ……………………………… 289
　巻第九　哀傷 ……………………………… 311
　巻第十　釈教 ……………………………… 362
　巻第十一　恋上 …………………………… 395
　巻第十二　恋中 …………………………… 444
```

8　続詞花和歌集 新注 下（鈴木德男著）
2011年2月25日刊

```
＊凡例 ………………………………………… iii
注釈（藤原清輔撰） ………………………… 1
　巻第十三　恋下 …………………………… 3
　巻第十四　別 ……………………………… 51
　巻第十五　旅 ……………………………… 76
　巻第十六　雑上 …………………………… 111
　巻第十七　雑中 …………………………… 159
　巻第十八　雑下 …………………………… 212
　巻第十九　物名・聯歌 …………………… 261
　巻第二十　戯咲 …………………………… 293
　跋文 ………………………………………… 329
＊解説 ………………………………………… 333
　＊一、撰者藤原清輔 ……………………… 335
　＊二、成立過程 …………………………… 342
　＊三、規模・構成 ………………………… 352
　＊四、底本 ………………………………… 361
　＊参考文献 ………………………………… 365
＊入集作者略伝 ……………………………… 369
＊初句索引 …………………………………… 419
＊あとがき（鈴木德男） …………………… 433
```

9　四条宮主殿集 新注（久保木寿子著）
2011年5月31日刊

```
＊凡例 ………………………………………… iii
注釈 …………………………………………… 1
＊解説 ………………………………………… 215
　＊一、主殿について ……………………… 217
　＊二、主殿集について …………………… 226
　＊三、主殿集の構成 ……………………… 232
　＊四、主殿集の表現 ……………………… 242
　＊五、主殿集の位置 ……………………… 244
　＊参考文献 ………………………………… 247
＊索引 ………………………………………… 251
＊あとがき（久保木寿子） ………………… 271
```

10　頼政集新注 上（頼政集輪読会著）
2011年11月15日刊

```
＊凡例 ………………………………………… iii
```

```
注釈 …………………………………………… 1
　源三位頼政集 ……………………………… 3
　　春 ………………………………………… 3
　　夏 ………………………………………… 175
　　秋 ………………………………………… 285
　　冬 ………………………………………… 410
　　賀 ………………………………………… 498
　　別 ………………………………………… 512
　　旅 ………………………………………… 521
　　哀傷 ……………………………………… 529
```

11　御裳濯河歌合 宮河歌合 新注（平田英夫著）
2012年3月31日刊

```
＊凡例 ………………………………………… iii
注釈 …………………………………………… 1
　御裳濯河歌合（西行詠） ………………… 3
　宮河歌合（西行詠） ……………………… 93
＊解説 ………………………………………… 177
　＊一、御裳濯河歌合・宮河歌合の魅力 … 179
　＊二、作者 ………………………………… 186
　＊三、成立時期と構成 …………………… 187
　＊四、諸本 ………………………………… 190
　＊参考文献 ………………………………… 195
＊初句索引 …………………………………… 198
＊あとがき（平田英夫） …………………… 201
```

12　土御門院御百首 土御門院女房日記 新注（山崎桂子著）
2013年7月31日刊

```
＊凡例 ………………………………………… iii
注釈 …………………………………………… 1
　土御門院御百首 …………………………… 3
　土御門院女房日記 ………………………… 153
＊解説 ………………………………………… 211
　＊土御門院 ………………………………… 213
　　＊一、生涯の概略 ……………………… 213
　　＊二、即位と承明院在子 ……………… 214
　　＊三、承明院御所 ……………………… 216
　　＊四、譲位と土御門院の人柄 ………… 218
　　＊五、土佐への配流 …………………… 219
　　＊六、皇子女 …………………………… 220
　　＊七、文業と和歌環境 ………………… 221
　　＊付　土御門院関係略年譜 …………… 224
　＊土御門院御百首 ………………………… 228
　　＊はじめに ……………………………… 228
　　＊一、底本と伝本系統 ………………… 230
　　＊二、成立の時期と経緯 ……………… 237
　　＊三、書状 ……………………………… 242
```

＊四、和歌の特徴 ………………………… 247
　＊土御門院女房日記 …………………………… 266
　　＊はじめに ……………………………… 266
　　＊一、底本の書誌 ……………………… 266
　　＊二、書名 ……………………………… 269
　　＊三、構成と内容 ……………………… 271
　　＊四、作品の特徴 ……………………… 278
　　＊五、作者の推定 ……………………… 288
＊参考文献 ………………………………………… 296
　＊土御門院御百首 ……………………………… 296
　＊土御門院女房日記 …………………………… 297
＊和歌各句索引 …………………………………… 299

13 頼政集 新注 中（頼政集輪読会著）
2014年10月10日刊

＊凡例 ……………………………………………… iii
注釈 ………………………………………………… 1
　源三位頼政集中 ………………………………… 3
　恋 ………………………………………………… 3

14 瓊玉和歌集 新注〈宗尊親王集全注1〉
　　　（中川博夫著）
2014年10月20日刊

＊凡例 ……………………………………………… iii
注釈（宗尊親王詠） ……………………………… 1
　巻第一　春歌上 ………………………………… 3
　巻第二　春歌下 ………………………………… 64
　巻第三　夏歌 …………………………………… 108
　巻第四　秋歌上 ………………………………… 163
　巻第五　秋歌下 ………………………………… 231
　巻第六　冬歌 …………………………………… 289
　巻第七　恋歌上 ………………………………… 339
　巻第八　恋歌下 ………………………………… 378
　巻第九　雑歌上 ………………………………… 422
　巻第十　雑歌下 ………………………………… 476
＊解説 ……………………………………………… 523
　＊緒言─宗尊の略伝と家集 …………………… 525
　＊『瓊玉和歌集』の諸本 ……………………… 530
　＊『瓊玉和歌集』の和歌 ……………………… 562
　　＊主要参考文献 ………………………… 626
＊資料 ……………………………………………… 627
　＊Ⅰ　瓊玉集歌出典一覧 ……………………… 629
　＊Ⅱ　瓊玉集歌他出一覧 ……………………… 631
　＊Ⅲ　一首の古歌を本歌にする瓊玉集歌
　　　一覧 ……………………………………… 634
　＊Ⅳ　二首の古歌を本歌にする瓊玉集歌
　　　一覧 ……………………………………… 639
　＊Ⅴ　三首の古歌を本歌にする瓊玉集歌
　　　一覧 ……………………………………… 641

　＊Ⅵ　瓊玉集歌の参考歌（依拠歌）集別
　　　一覧 ……………………………………… 642
　＊Ⅶ　瓊玉集歌の参考歌（依拠歌）歌人
　　　別一覧 …………………………………… 651
　＊Ⅷ　瓊玉集歌の類歌一覧 …………………… 659
　＊Ⅸ　瓊玉集歌の影響歌一覧 ………………… 661
　＊Ⅹ　瓊玉集歌の享受歌一覧 ………………… 662
＊初句索引 ………………………………………… 663
＊初出一覧 ………………………………………… 670

15 賀茂保憲女集 新注（渦巻恵著）
2015年3月31日刊

＊凡例 ……………………………………………… iii
注釈 ………………………………………………… 1
　序文 ……………………………………………… 3
　和歌 ……………………………………………… 90
　異本独自歌 ……………………………………… 322
＊解説 ……………………………………………… 333
　＊一、賀茂保憲女について …………………… 335
　＊二、本文について …………………………… 339
　＊三、集の特徴について ……………………… 342
　＊四、集の評価について ……………………… 345
＊参考文献 ………………………………………… 354
＊各句索引 ………………………………………… 355
＊あとがき ………………………………………… 369

16 京極派揺籃期和歌 新注（岩佐美代子著）
2015年5月30日刊

＊凡例 ……………………………………………… iii
注釈 ………………………………………………… 1
　伏見院春宮御集 ………………………………… 3
　弘安八年四月歌合 ……………………………… 53
　看聞日記紙背詠草 ……………………………… 79
　　中院具顕百首　附十首 ……………………… 82
　　京極為兼立春百首 …………………………… 126
　　京極為兼歳暮百首 …………………………… 158
　　京極為兼花三十首 …………………………… 189
　　世尊寺定成冬五十首 ………………………… 199
　　世尊寺定成応令和歌 ………………………… 203
　　西園寺実兼五十首断簡 ……………………… 226
　　京極為兼和歌詠草1 ………………………… 229
　　京極為兼和歌詠草2 ………………………… 232
　看聞日記紙背詠草補遺 ………………………… 237
　　中御門為方詠三十首和歌懐紙 ……………… 237
　　五辻親氏・釈空性於法皇御方和歌懐
　　　紙写（五辻親氏（後深草院の隠名）、
　　　西園寺実兼（空性）筆） ………………… 238
　　和歌詠草断簡 ………………………………… 239
＊解説 ……………………………………………… 243
　＊一、緒言 ……………………………………… 245

```
　　＊二、歌道家の対立 ……………… 247
　　＊三、皇統の対立 ………………… 249
　　＊四、春宮の歌事 ………………… 251
　　＊五、為兼の新風 ………………… 255
　　＊六、踐祚予祝と勅撰撰者願望 … 258
　　＊七、伝来・影響・評価 ………… 259
＊参考文献 …………………………… 264
＊和歌初句索引 ……………………… 265
＊あとがき（岩佐美代子）………… 273
```

17　重之女集 重之子僧集 新注（渦巻恵, 武田早苗著）
2015年10月10日刊

```
＊凡例 ………………………………… iii
注釈 …………………………………… 1
　重之女集 …………………………… 3
　重之子僧集 ……………………… 115
＊解説 ……………………………… 199
　＊源重之女・源重之子僧 詠草とその人
　　生 ……………………………… 201
　　＊一、『重之女集』について … 201
　　＊二、重之子僧の詠草について … 221
　　＊三、重之女・子僧とその周辺 … 227
　＊『重之女集』校異一覧表 ……… 242
　＊『重之子僧集』歌番号対照表 … 247
＊参考文献 ………………………… 248
＊初句索引 ………………………… 251
＊あとがき（渦巻恵, 武田早苗）… 255
```

18　忠通家歌合 新注（鳥井千佳子著）
2015年10月25日刊

```
＊凡例 ………………………………… iii
注釈 …………………………………… 1
　永久三年前度 内大臣家歌合 ……… 3
　永久三年後度 内大臣家歌合 …… 12
　永久五年 内大臣家歌合 ………… 20
　元永元年十月二日 内大臣家歌合 … 22
　元永元年十月十一日 内大臣家歌合 … 141
　元永元年十月十三日 内大臣家歌合 … 148
　元永二年 内大臣家歌合 ………… 171
　保安二年 関白内大臣家歌合 …… 271
　大治元年 摂政左大臣家歌合 …… 352
＊解説 ……………………………… 371
　＊忠通家歌合の伝本について …… 373
　　＊一 類聚歌合 ………………… 373
　　＊二 永久三年前度 内大臣家歌合 … 378
　　＊三 永久三年後度 内大臣家歌合 … 379
　　＊四 永久五年五月十一日内大臣家歌
　　　　合 …………………………… 380
```

```
　　＊五 元永元年十月二日 内大臣家歌
　　　　合 …………………………… 381
　　＊六 元永元年十月十一日 内大臣家
　　　　歌合 ………………………… 387
　　＊七 元永元年十月十三日 内大臣家
　　　　歌合 ………………………… 388
　　＊八 元永二年 内大臣家歌合 … 389
　　＊九 保安二年 関白内大臣家歌合 … 396
　　＊十 大治元年 摂政左大臣家歌合 … 398
　＊藤原忠通と忠通家歌合について … 402
　　＊はじめに ……………………… 402
　　＊一 忠通家歌合の性格 ……… 404
　　＊二 忠通家歌合の内容 ……… 415
　　　　＊類聚歌合巻十二巻頭目録 … 415
　　＊三 忠通の和歌師範 ………… 424
　　＊四 忠通家歌合の終焉 ……… 440
　　＊五 摂関家と和歌 …………… 442
　　＊おわりに―十二世紀のワーク
　　　　ショップ …………………… 450
＊主要参考文献 …………………… 453
＊藤原忠通略年譜 ………………… 455
＊忠通家歌会関連歌一覧 ………… 459
＊判詞索引 ………………………… 476
＊各句索引 ………………………… 486
＊作者索引 ………………………… 509
＊あとがき（鳥井千佳子）……… 513
```

19　範永集 新注（久保木哲夫, 加藤静子, 平安私家集研究会著）
2016年3月10日刊

```
＊凡例 ………………………………… iii
注釈 …………………………………… 1
＊解説 ……………………………… 277
　＊一 範永集の伝本（久保木哲夫）… 279
　　＊1 冷泉家本の出現 ………… 279
　　＊2 家集の構成と配列 ……… 282
　　＊3 真観筆本とその意義 …… 286
　＊二 受領家司歌人藤原範永（加藤静子）
　　　 ……………………………… 292
　　＊1 はじめに ………………… 292
　　＊2 範永の家系と家族 ……… 294
　　＊3 官人としての範永、頼通家政機関
　　　　での範永 …………………… 298
　　＊4 範永と師実との関係 …… 306
　　＊5 准三宮祐子内親王関係歌から … 316
　　＊6 むすびにかえて ………… 321
＊付（加藤静子, 熊田洋子）…… 329
＊参考文献 ………………………… 331
＊範永集関係系図 ………………… 333
＊範永関係年表 …………………… 336
＊他文献に見える範永関係資料 … 354
```

* ＊人物索引 ………………………… 372
* ＊和歌初句索引 …………………… 374
* ＊あとがき（久保木哲夫）……… 377

20 風葉和歌集 新注1（名古屋国文学研究会著）
2016年5月25日刊

* ＊はしがき（安田徳子）………………… iii
* ＊凡例 ……………………………………… v
* 注釈 ……………………………………… 1
  * 仮名序 ………………………………… 3
  * 巻第一 春上 ………………………… 31
  * 巻第二 春下 ………………………… 157
  * 巻第三 夏 …………………………… 286
* ＊添付資料 …………………………… 407
  * ＊Ⅰ 『風葉和歌集』所蔵物語別一覧 … 409
  * ＊Ⅱ 『風葉和歌集』四季部歌題（歌材）構成一覧 …………………………… 421

21 頼政集 新注 下（頼政集輪読会著）
2016年10月31日刊

* ＊凡例 …………………………………… iii
* 注釈 ……………………………………… 1
  * 源三位頼政集 ………………………… 3
  * 雑 ……………………………………… 3
* ＊解説（中村文）……………………… 191
  * ＊一、伝本 ………………………… 193
  * ＊二、伝記 ………………………… 207
  * ＊三、和歌事績 …………………… 227
  * ＊四、雑部冒頭歌群をめぐって―「二代のみかど」とは誰か― ……… 247
* ＊人名一覧 …………………………… 260
* ＊会記一覧 …………………………… 279
* ＊頼政集諸伝本歌順対照表 ………… 295
* ＊和歌初句索引 ……………………… 328
* ＊『頼政集新注』正誤表 …………… 338
* ＊あとがき（中村文）……………… 342

22 発心和歌集 極楽願往生和歌 新注（岡﨑真紀子著）
2017年3月31日刊

* ＊［口絵］……………………………… 巻頭
* ＊凡例 …………………………………… iii
* 注釈 ……………………………………… 1
  * 発心和歌集（選子内親王詠）……… 3
  * 極楽願往生和歌（西念詠）……… 109
* ＊解説 ………………………………… 193
  * ＊発心和歌集 ……………………… 195
    * ＊一、はじめに ………………… 195
    * ＊二、伝本 ……………………… 195
    * ＊三、作者について …………… 199
    * ＊四、題と構成 ………………… 208
    * ＊五、勅撰和歌集への入集状況 … 211
  * ＊極楽願往生和歌 ………………… 215
    * ＊一、概要 ……………………… 215
    * ＊二、発見された場所と経緯およびその状況 ……………………… 217
    * ＊三、西念と『極楽願往生和歌』の埋納 ……………………………… 224
    * ＊四、『極楽願往生和歌』の和歌表現 ……………………………… 228
    * ＊五、『極楽願往生和歌』の表記と語彙 ……………………………… 236
    * ＊六、紺紙金泥供養目録と白紙墨書供養目録の概略 ……………… 238
* ＊和歌初句索引 ……………………… 247
* ＊あとがき（岡﨑真紀子）………… 249

23 風葉和歌集 新注2（名古屋国文学研究会著）
2018年2月10日刊

* ＊凡例 …………………………………… iii
* 注釈 ……………………………………… 1
  * 巻第四 秋上 ………………………… 3
  * 巻第五 秋下 ……………………… 132
  * 巻第六 冬 ………………………… 247
  * 巻第七 ……………………………… 355
    * 神祇 ……………………………… 355
    * 釈教 ……………………………… 419
  * 巻第八 ……………………………… 473
    * 離別 ……………………………… 473
    * 羇旅 ……………………………… 536

24 伝行成筆和泉式部続集切 針切相模集 新注（久保木哲夫著）
2018年10月10日刊

* ＊凡例 …………………………………… iii
* 注釈 ……………………………………… 1
  * 伝行成筆和泉式部続集切 …………… 3
    * 甲類 ……………………………… 3
    * 乙類 ……………………………… 48
  * 伝行成筆針切相模集 ……………… 118
* ＊解説 ………………………………… 153
  * ＊一、伝行成筆古筆切 …………… 155
  * ＊二、和泉式部集の伝本 ………… 157
  * ＊三、和泉式部続集切の内容と性格 … 159
  * ＊四、相模集の伝本 ……………… 166
  * ＊五、針切相模集の内容と性格 … 168
* ＊参考文献 …………………………… 173
* ＊断簡・流布本対照一覧 …………… 176

＊和泉式部続集（榊原家本）................ 177
＊相模集、初事百首歌群（浅野家本）..... 228
＊和歌初句索引 233
＊あとがき（久保木哲夫）................. 237

```
［043］新潮日本古典集成 新装版
       新潮社
       全82巻
       2014年10月〜
```

※刊行中

〔1〕和泉式部日記 和泉式部集（野村精一校注）
2017年12月25日刊

＊凡例 3
和泉式部日記 9
和泉式部集 89
＊解説（野村精一）........................... 139
＊付録 195
　＊正集所引日記歌 197
　＊宸翰本所収歌対照表 202
　＊初句索引 243
　＊図録 251

〔2〕伊勢物語（渡辺実校注）
2017年6月30日刊

＊凡例 9
伊勢物語 11
＊解説 伊勢物語の世界 137
＊附説 原伊勢物語を探る 195
＊附録 伊勢物語和歌綜覧 227

〔3〕雨月物語 癇癖談（浅野三平校注）
2018年12月25日刊

雨月物語（上田秋成著）........................ 9
　序 10
　巻之一 13
　　白峯 13
　　菊花の約 28
　巻之二 45
　　浅茅が宿 45
　　夢応の鯉魚 61
　巻之三 71
　　仏法僧 71
　　吉備津の釜 84
　巻之四 99
　　蛇性の婬 99
　巻之五 133
　　青頭巾 133
　　貧福論 146
癇癖談（上田秋成著）......................... 161

＊解説 執着—上田秋成の生涯と文学（浅野三平）……… 229
＊付録 ……… 259
　＊雨月物語紀行〔関連地図ほか〕……… 260
　＊『伊勢物語』抜萃 ……… 267

〔4〕**宇治拾遺物語**（大島建彦校注）
2019年6月25日刊

＊宇治拾遺物語 目録 ……… 2
＊凡例 ……… 13
宇治拾遺物語 ……… 17
＊解説（大島建彦）……… 543
＊付録 ……… 571
　＊昔話「瘤取爺」伝承分布表 ……… 573
　＊昔話「腰折雀」伝承分布表 ……… 577

〔5〕**大鏡**（石川徹校注）
2017年1月30日刊

＊凡例 ……… 5
大鏡 ……… 9
　第一 ……… 11
　第二 ……… 55
　第三 ……… 123
　第四 ……… 189
　第五 ……… 235
　第六 ……… 299
＊解説（石川徹）……… 349
＊付録 ……… 399
　＊十干十二支組み合せ一覧表 ……… 400
　＊年号読み方諸説一覧 ……… 402
　＊系図 ……… 404
　　＊皇室・源氏系図 ……… 404
　　＊藤原氏系図 ……… 405
　　＊皇室・藤原氏外戚関係図 ……… 408
　＊付図（内裏略図ほか）……… 410

〔6〕**落窪物語**（稲賀敬二校注）
2017年6月30日刊

＊凡例 ……… 3
落窪物語 ……… 5
　巻一 ……… 7
　巻二 ……… 95
　巻三 ……… 179
　巻四 ……… 237
＊解説 表現のかなたに作者を探る（稲賀敬二）……… 297
＊付録 ……… 325
　＊本文校訂部分一覧表 ……… 327
　＊年立・付系図 ……… 336

〔7〕**蜻蛉日記**（犬養廉校注）
2017年9月30日刊

＊凡例 ……… 3
蜻蛉日記（道綱母著）……… 7
　上（天暦八年～安和元年）……… 9
　中（安和二年～天禄二年）……… 87
　下（天禄三年～天延二年）……… 183
　巻末歌集
＊解説（犬養廉）……… 289
＊付録 ……… 345
　＊蜻蛉日記関係年表 ……… 346
　＊蜻蛉日記関係系図 ……… 352
　＊和歌索引 ……… 354

〔8〕**閑吟集　宗安小歌集**（北川忠彦校注）
2018年3月30日刊

＊凡例 ……… 3
閑吟集 ……… 9
宗安小歌集 ……… 159
＊解説 室町小歌の世界—俗と雅の交錯（北川忠彦）……… 227
＊付録 ……… 269
　＊宗安小歌集原文 ……… 271
　＊関係狂言歌謡一覧 ……… 281
　＊参考地図 ……… 286
　＊初句索引 ……… 289

〔9〕**金槐和歌集**（樋口芳麻呂校注）
2016年10月30日刊

＊凡例 ……… 3
金槐和歌集（源実朝著）……… 9
　春 ……… 11
　夏 ……… 43
　秋 ……… 54
　冬 ……… 86
　賀 ……… 106
　恋 ……… 111
　旅 ……… 146
　雑 ……… 153
実朝歌拾遺 ……… 191
＊解説 金槐和歌集—無垢な詩魂の遺書（樋口芳麻呂）……… 227
＊付録 ……… 265
　＊校異一覧 ……… 267
　＊参考歌一覧 ……… 269
　＊勅撰和歌集入集歌一覧 ……… 298
　＊実朝年譜 ……… 302
　＊初句索引 ……… 318

〔10〕源氏物語 一（石田穣二, 清水好子校注）
2014年10月30日刊

* 凡例 ······ 3
* 源氏物語 一（紫式部著）······ 7
   * 桐壺 ······ 9
   * 帚木 ······ 43
   * 空蝉 ······ 103
   * 夕顔 ······ 119
   * 若紫 ······ 181
   * 末摘花 ······ 243
* 解説 ······ 285
* 付録 ······ 323
   * 長恨歌 ······ 325
   * 系図 ······ 332
      * 天皇家 ······ 332
      * 源氏 ······ 333
      * 藤原氏（左大臣家）······ 333
      * 藤原氏（右大臣家）······ 334
      * 常陸宮家 ······ 334
      * 伊予介家 ······ 334
   * 図録 ······ 335

〔11〕源氏物語 二（石田穣二, 清水好子校注）
2014年10月30日刊

* 凡例 ······ 3
* 源氏物語 二 ······ 7
   * 紅葉賀 ······ 9
   * 花宴 ······ 47
   * 葵 ······ 63
   * 賢木 ······ 125
   * 花散里 ······ 191
   * 須磨 ······ 199
   * 明石 ······ 257
* 付録 ······ 311
   * 催馬楽ほか ······ 313
   * 琵琶引 ······ 316
   * 系図 ······ 323
      * 天皇家 ······ 323
      * 源氏 ······ 324
      * 藤原氏（左大臣家）······ 324
      * 藤原氏（右大臣家）······ 325
   * 図録 ······ 326

〔12〕源氏物語 三（石田穣二, 清水好子校注）
2014年10月30日刊

* 凡例 ······ 3
* 源氏物語 三 ······ 7
   * 澪標 ······ 9
   * 蓬生 ······ 53
   * 関屋 ······ 83
   * 絵合 ······ 91
   * 松風 ······ 117
   * 薄雲 ······ 147
   * 朝顔 ······ 187
   * 少女 ······ 215
   * 玉鬘 ······ 279
* 付録 ······ 331
   * 天徳四年内裏歌合 ······ 333
   * 系図 ······ 348
      * 天皇家 ······ 348
      * 源氏 ······ 349
      * 藤原氏（左大臣家）······ 349
      * 藤原氏（右大臣家）······ 350
      * 常陸宮家 ······ 350
      * 明石入道の家 ······ 350
      * 伊予介家 ······ 350
   * 図録 ······ 351

〔13〕源氏物語 四（石田穣二, 清水好子校注）
2014年10月30日刊

* 凡例 ······ 3
* 源氏物語 四 ······ 7
   * 初音 ······ 9
   * 胡蝶 ······ 29
   * 螢 ······ 57
   * 常夏 ······ 83
   * 篝火 ······ 113
   * 野分 ······ 121
   * 行幸 ······ 145
   * 藤袴 ······ 181
   * 真木柱 ······ 201
   * 梅枝 ······ 251
   * 藤裏葉 ······ 277
* 付録 ······ 309
   * 春秋優劣の論 ······ 311
   * 薫集類抄（藤原範兼）······ 330
   * 海漫々 ······ 340
   * 系図 ······ 342
      * 藤原家（髭黒右大将家）······ 344
      * 式部卿宮家 ······ 344
   * 図録 ······ 345
* 官位相当表 ······ 359

〔14〕源氏物語 五（石田穣二, 清水好子校注）
2014年10月30日刊

* 凡例 ······ 3
* 源氏物語 五（紫式部著）······ 7
   * 若菜 上 ······ 9
   * 若菜 下 ······ 137

柏木	265
横笛	317
鈴虫	343
*付録	363
*系図	365
*天皇家	365
*源氏	366
*藤原氏(致仕大臣家)	367
*藤原氏(髭黒右大臣家)	367
*図録	368

〔15〕源氏物語 六(石田穣二, 清水好子校注)
2014年10月30日刊

*凡例	3
源氏物語 六(紫式部著)	7
夕霧	9
御法	99
幻	125
雲隠	155
匂兵部卿	159
紅梅	179
竹河	197
橋姫	253
椎本	303
*付録	353
*系図	355
*天皇家	355
*源氏	355
*藤原氏(致仕大臣家)	357
*藤原氏(髭黒右大臣家)	358
*八の宮家	358
*図録	359

〔16〕源氏物語 七(石田穣二, 清水好子校注)
2014年10月30日刊

*凡例	3
源氏物語 七(紫式部著)	7
総角	9
早蕨	123
宿木	149
東屋	267
*付録	347
*飛香舎藤花の宴	349
*三日夜の儀	352
*李夫人	353
*系図	356
*天皇家	356
*源氏	357
*藤原氏(致仕大臣家)	358
*八の宮家	359

*常陸介家	359
*横川僧都家	359
*図録	360

〔17〕源氏物語 八(石田穣二, 清水好子校注)
2014年10月30日刊

*凡例	3
源氏物語 八(紫式部著)	7
浮舟	9
蜻蛉	99
手習	171
夢浮橋	257
*付録	281
*陵園妾	283
*系図	286
*天皇家	286
*源氏	287
*藤原氏(致仕大臣家)	288
*八の宮家	289
*常陸介家	289
*横川僧都家	289
*図録	290
*年立	295

〔18〕建礼門院右京大夫集(糸賀きみ江校注)
2018年3月30日刊

*凡例	3
建礼門院右京大夫集	7
*解説 恋と追憶のモノローグ(糸賀きみ江)	171
*付録	211
*人名一覧	213
*勅撰集入集歌	219

〔19〕古今和歌集(奥村恆哉校注)
2017年12月25日刊

*凡例	5
古今和歌集	9
仮名序([紀貫之執筆])	11
巻第一 春歌上	27
巻第二 春歌下	48
巻第三 夏歌	68
巻第四 秋歌上	79
巻第五 秋歌下	102
巻第六 冬歌	123
巻第七 賀歌	132
巻第八 離別歌	140
巻第九 羇旅歌	155
巻第十 物名	164

[043] 新潮日本古典集成 新装版

巻第十一 恋歌一	179
巻第十二 恋歌二	199
巻第十三 恋歌三	217
巻第十四 恋歌四	235
巻第十五 恋歌五	256
巻第十六 哀傷歌	280
巻第十七 雑歌上	294
巻第十八 雑歌下	317
巻第十九 雑体	340
巻第二十 大歌所御歌・神遊びの歌・東歌	364
墨滅歌	374
真名序（紀淑望執筆）	379
＊解説 古今集のめざしたもの（奥村恆哉）	389
＊付録	411
＊校訂付記	412
＊作者別索引	416
＊初句索引	421

〔20〕**古今著聞集 上**（西尾光一，小林保治校注）
2019年3月30日刊

古今著聞集上 細目	3
＊凡例	21
古今著聞集上（橘成季編）	25
序	27
巻第一 神祇第一	31
巻第二 釈教第二	67
巻第三 政道忠臣第三・公事第四	133
巻第四 文学第五	159
巻第五 和歌第六	195
巻第六 管絃歌舞第七	285
巻第七 能書第八・術道第九	345
巻第八 孝行恩愛第十・好色第十一	365
巻第九 武勇第十二・弓箭第十三	408
巻第十 馬芸第十四・相撲強力第十五	434
＊解説（西尾光一）	473
＊一、説話文学の主題―人物中心―	475
＊二、編者橘成季と著作年代	479
＊三、百科全書的な構成	483
＊四、本文と後記補入の問題	489
＊五、文学としての特質―その一―	499
＊付録	517
＊主要原漢文	519
＊図録	524

〔21〕**古今著聞集 下**（西尾光一，小林保治校注）
2019年3月30日刊

＊古今著聞集下 細目	3
＊凡例	19
古今著聞集下（橘成季編）	23
巻第十一 画図第十六・蹴鞠第十七	25
巻第十二 博奕第十八・偸盗第十九	64
巻第十三 祝言第二十・哀傷第二十一	111
巻第十四 遊覧第二十二	139
巻第十五 宿執第二十三・闘諍第二十四	150
巻第十六 興言利口第二十五	185
巻第十七 怪異第二十六・変化第二十七	266
巻第十八 飲食第二十八	303
巻第十九 草木第二十九	329
巻第二十 魚虫禽獣第三十	359
＊解説（西尾光一，小林保治）	421
＊六、「中世説話文学時代」の切断面	423
＊七、後記補入の問題	432
＊八、文学としての特質―その二―	442
＊九、本書の底本、対校本について	456
＊参考文献	460
＊付録	463
＊主要原漢文	465
＊人名・神仏名索引	467

〔22〕**古事記**（西宮一民校注）
2014年10月30日刊

＊凡例	9
古事記（太安万侶編纂）	15
上つ巻	17
中つ巻	108
下つ巻	204
＊解説	273
＊付録	319
＊神名の釈義 付索引	319

〔23〕**今昔物語集 本朝世俗部 一**（阪倉篤義，本田義憲，川端善明校注）
2015年1月30日刊

＊凡例	7
今昔物語集 巻第二十二 本朝	15
今昔物語集 巻第二十三 本朝	51
今昔物語集 巻第二十四 本朝 付世俗	107
＊解説 今昔物語集の誕生（本田義憲）	273
＊付録	315
＊説話的世界のひろがり	315
＊京師内外図	354
＊登場人物年表	左370

〔24〕**今昔物語集 本朝世俗部 二**（阪倉篤義，本田義憲，川端善明校注）

2015年1月30日刊

* 凡例 ……………………………………… 5
今昔物語集 巻第二十五 本朝 付世俗 …… 13
今昔物語集 巻第二十六 本朝 付宿報 …… 91
* 解説 「辺境」説話の説(本田義憲) …… 227
* 付録 ………………………………… 269
  * 説話的世界のひろがり ……… 271
  * 巻第二十五武者たちと合戦(年表) … 292
  * 巻第二十五系図 ……………… 315
  * 関東および奥州合戦地図 …… 318

〔25〕今昔物語集 本朝世俗部 三(阪倉篤義, 本田義憲, 川端善明校注)
2015年1月30日刊

* 凡例 ……………………………………… 9
今昔物語集 巻第二十七 本朝 付霊鬼 …… 17
今昔物語集 巻第二十八 本朝 付世俗 …… 145
* 付録 ………………………………… 293
  * 説話的世界のひろがり ……… 295
  * 地図 …………………………… 333

〔26〕今昔物語集 本朝世俗部 四(阪倉篤義, 本田義憲, 川端善明校注)
2015年1月30日刊

* 凡例 ……………………………………… 9
今昔物語集 巻第二十九 本朝 付悪行 …… 17
今昔物語集 巻第三十 本朝 付雑事 …… 161
今昔物語集 巻第三十一 本朝 付雑事 …… 227
* 付録 ………………………………… 341
  * 説話的世界のひろがり ……… 343
  * 年表「盗・闘」 ……………… 382
  * 地図 …………………………… 406
  * 「説話的世界のひろがり」見出し索引 …………………………… 410
  * 頭注索引 ……………………… 413

〔27〕更級日記(秋山虔校注)
2017年12月25日刊

* 凡例(校注者) ………………………… 5
更級日記(菅原孝標女) ……………… 11
* 解説 更級日記の世界―その内と外(秋山虔) …………………………… 113
* 付録 ………………………………… 165
  * 奥書・勘物 …………………… 167
  * 年譜 …………………………… 173
  * 地図 …………………………… 186
  * 系図 …………………………… 191
    * 皇室関係系図 ……………… 191

* 作者関係系図 …………………… 192
* 和歌索引 ………………………… 194

〔28〕山家集(後藤重郎校注)
2015年4月25日刊

* 凡例 ……………………………………… 3
山家集(西行著) ……………………… 7
山家集 上 ……………………………… 9
  春 …………………………………… 9
  夏 …………………………………… 54
  秋 …………………………………… 75
  冬 …………………………………… 135
山家集 中 ……………………………… 160
  恋 …………………………………… 160
  雑 …………………………………… 192
山家集 下 ……………………………… 288
  雑 …………………………………… 288
    雑 ……………………………… 288
    恋百十首 ……………………… 355
    雑 ……………………………… 379
    百首 …………………………… 410
* 解説(後藤重郎) …………………… 435
* 付録 ………………………………… 467
  * 校訂補記 ……………………… 468
  * 西行関係略年表 ……………… 472
  * 和歌初句索引 ………………… 477

〔29〕新古今和歌集 上(久保田淳校注)
2018年6月30日刊

* 凡例 ……………………………………… 3
新古今和歌集 上 ……………………… 7
  真名序 ……………………………… 9
  仮名序 ……………………………… 15
  巻第一 春歌上 …………………… 21
  巻第二 春歌下 …………………… 52
  巻第三 夏歌 ……………………… 76
  巻第四 秋歌上 …………………… 110
  巻第五 秋歌下 …………………… 156
  巻第六 冬歌 ……………………… 191
  巻第七 賀歌 ……………………… 239
  巻第八 哀傷歌 …………………… 256
  巻第九 離別歌 …………………… 295
  巻第十 羇旅歌 …………………… 309
* 解説(久保田淳) …………………… 339

〔30〕新古今和歌集 下(久保田淳校注)
2018年6月30日刊

* 凡例 ……………………………………… 3
新古今和歌集 下 ……………………… 7

巻第十一　恋歌一 ………………………… 9
　　巻第十二　恋歌二 ………………………… 37
　　巻第十三　恋歌三 ………………………… 59
　　巻第十四　恋歌四 ………………………… 87
　　巻第十五　恋歌五 ………………………… 118
　　巻第十六　雑歌上 ………………………… 147
　　巻第十七　雑歌中 ………………………… 199
　　巻第十八　雑歌下 ………………………… 231
　　巻第十九　神祇歌 ………………………… 283
　　巻第二十　釈教歌 ………………………… 305
＊付録 ………………………………………… 327
　＊校訂補記 ………………………………… 329
　＊出典・隠岐本合点・撰者名注記一覧 … 332
　＊作者略伝 ………………………………… 371
　＊初句索引 ………………………………… 400

〔31〕世阿弥芸術論集（田中裕校注）
2018年12月25日刊

＊凡例 ………………………………………… 5
風姿花伝 ……………………………………… 11
至花道 ………………………………………… 99
花鏡 …………………………………………… 115
九位 …………………………………………… 163
世子六十以後申楽談儀 ……………………… 171
＊解説 ………………………………………… 265

〔32〕世間胸算用（金井寅之助, 松原秀江校注）
2018年9月30日刊

＊凡例 ………………………………………… 5
世間胸算用（井原西鶴著） ………………… 11
　巻一 ………………………………………… 13
　　序 ………………………………………… 15
　　目録 ……………………………………… 17
　　一　問屋の寛闊女 ……………………… 19
　　二　長刀はむかしの鞘 ………………… 24
　　三　伊勢海老は春の梲 ………………… 31
　　四　鼠の文づかひ ……………………… 39
　巻二 ………………………………………… 47
　　目録 ……………………………………… 49
　　一　銀壱匁の講中 ……………………… 51
　　二　訛言も只はきかぬ宿 ……………… 59
　　三　尤も始末の異見 …………………… 64
　　四　門柱も皆かりの世 ………………… 71
　巻三 ………………………………………… 77
　　目録 ……………………………………… 79
　　一　都の貝見せ芝居 …………………… 81
　　二　年の内の餅ばなは詠め …………… 87
　　三　小判は寝姿の夢 …………………… 94
　　四　神さへ御目違ひ …………………… 100
　巻四 ………………………………………… 107

　　目録 ……………………………………… 109
　　一　闇の夜のわる口 …………………… 111
　　二　奈良の庭竈 ………………………… 117
　　三　亭主の入替り ……………………… 123
　　四　長崎の餅柱 ………………………… 129
　巻五 ………………………………………… 137
　　目録 ……………………………………… 139
　　一　つまりての夜市 …………………… 141
　　二　才覚のぢくすだれ ………………… 148
　　三　平太郎殿 …………………………… 154
　　四　長久の江戸棚 ……………………… 162
＊解説―世にあるものは金銀の物語（松原秀江） ……………………………………… 169
＊付録　西鶴略年表 ………………………… 207

〔33〕説経集（室木弥太郎校注）
2017年1月30日刊

＊凡例 ………………………………………… 3
かるかや ……………………………………… 9
さんせう太夫 ………………………………… 79
しんとく丸 …………………………………… 153
をぐり ………………………………………… 209
あいごの若 …………………………………… 299
まつら長者 …………………………………… 345
＊解説（室木弥太郎） ……………………… 391
＊付録 ………………………………………… 425
　＊地名・寺社名一覧 ……………………… 427
　＊校異等一覧 ……………………………… 438
　＊本文挿絵一覧 …………………………… 450
　＊参考地図 ………………………………… 457

〔34〕太平記 一（山下宏明校注）
2016年7月30日刊

＊凡例 ………………………………………… 7
太平記 一 …………………………………… 11
　巻第一 ……………………………………… 13
　巻第二 ……………………………………… 49
　巻第三 ……………………………………… 109
　巻第四 ……………………………………… 151
　巻第五 ……………………………………… 205
　巻第六 ……………………………………… 243
　巻第七 ……………………………………… 285
　巻第八 ……………………………………… 333
＊解説　太平記を読むにあたって（山下宏明） ……………………………………… 391
＊付録 ………………………………………… 413
　＊太平記年表（長坂成行, 山下宏明） …… 414
　＊系図 ……………………………………… 436
　　＊皇室系図 ……………………………… 436
　　＊赤松略系図 …………………………… 437

＊藤原略系図 …………………… 438
　　＊北条略系図 …………………… 440
　　＊地図 …………………………… 442

〔35〕**太平記 二**（山下宏明校注）
2016年7月30日刊

＊凡例 ………………………………… 7
太平記 二 …………………………… 11
　巻第九 ……………………………… 13
　巻第十 ……………………………… 75
　巻第十一 ………………………… 143
　巻第十二 ………………………… 187
　巻第十三 ………………………… 253
　巻第十四 ………………………… 305
　巻第十五 ………………………… 385
＊解説 太平記と落書（山下宏明）… 445
＊付録 ……………………………… 463
　＊太平記年表（今井正之助, 山下宏明）… 464
　＊系図 …………………………… 486
　　＊北条系図 …………………… 486
　　＊清和源氏略系図 …………… 488
　　＊藤原略系図 ………………… 490
　　＊皇室系図 …………………… 492
　＊地図 …………………………… 493

〔36〕**太平記 三**（山下宏明校注）
2016年7月30日刊

＊凡例 ………………………………… 7
太平記 三 …………………………… 11
　巻第十六 …………………………… 13
　巻第十七 …………………………… 95
　巻第十八 ………………………… 189
　巻第十九 ………………………… 269
　巻第二十 ………………………… 315
　巻第二十一 ……………………… 375
　巻第二十二 ……………………… 427
＊解説 太平記と女性（山下宏明）… 469
＊付録 ……………………………… 483
　＊太平記年表（長坂成行, 山下宏明）… 484
　＊系図 …………………………… 501
　　＊清和源氏略系図一 ………… 501
　　＊清和源氏略系図二 ………… 502
　　＊藤原略系図一 ……………… 504
　　＊藤原略系図二 ……………… 506
　　＊高階氏略系図 ……………… 506
　　＊村上源氏略系図 …………… 507
　　＊皇室系図 …………………… 508
　＊地図 …………………………… 509

〔37〕**太平記 四**（山下宏明校注）
2016年10月30日刊

＊凡例 ………………………………… 7
太平記 四 …………………………… 11
　巻第二十三 ………………………… 13
　巻第二十四 ………………………… 47
　巻第二十五 ……………………… 109
　巻第二十六 ……………………… 151
　巻第二十七 ……………………… 219
　巻第二十八 ……………………… 271
　巻第二十九 ……………………… 319
　巻第三十 ………………………… 379
　巻第三十一 ……………………… 425
＊解説 太平記の挿話（山下宏明）… 475
＊付録 ……………………………… 497
　＊太平記年表（今井正之助, 山下宏明）… 498
　＊系図 …………………………… 518
　　＊清和源氏系図 ……………… 518
　　＊藤原略系図 ………………… 520
　　＊皇室系図 …………………… 522
　　＊高階氏略系図 ……………… 523
　　＊上杉氏略系図 ……………… 523
　　＊赤松氏略系図 ……………… 523
　＊地図 …………………………… 524

〔38〕**太平記 五**（山下宏明校注）
2016年10月30日刊

＊凡例 ………………………………… 7
太平記 五 …………………………… 11
　巻第三十二 ………………………… 13
　巻第三十三 ………………………… 75
　巻第三十四 ……………………… 137
　巻第三十五 ……………………… 189
　巻第三十六 ……………………… 251
　巻第三十七 ……………………… 299
　巻第三十八 ……………………… 347
　巻第三十九 ……………………… 403
　巻第四十 ………………………… 469
＊解説 太平記は、いかなる物語か（山下宏明） … 493
＊付録 ……………………………… 513
　＊太平記年表（長坂成行, 山下宏明）… 514
　＊系図 …………………………… 534
　　＊皇室系図 …………………… 534
　　＊宇多源氏 佐々木氏略系図 … 535
　　＊清和源氏 細川氏略系図 …… 535
　　＊清和源氏 仁木氏略系図 …… 535
　　＊清和源氏 斯波氏略系図 …… 535
　　＊清和源氏略系図 …………… 536
　　＊藤原略系図 ………………… 538

＊地図 · *540*

〔39〕**竹取物語**（野口元大校注）
2014年10月30日刊

＊凡例 · *3*
竹取物語 · *7*
＊解説 伝承から文学への飛躍（野口元大） · · *87*
＊附説 作中人物の命名法 · · · · · · · · · · · · · · · · · · *185*
＊附録 · *199*
　＊『竹取物語』関係資料 · · · · · · · · · · · · · · · · *200*
　＊本文校訂一覧 · *256*
　＊図録 · *259*

〔40〕**近松門左衛門集**（信多純一校注）
2019年3月30日刊

＊凡例 · *3*
世継曾我 · *9*
曾根崎心中 · *71*
心中重井筒 · *105*
国性爺合戦 · *151*
心中天の網島 · *265*
＊解説（信多純一） · *317*
＊付録 · *367*
　＊近松門左衛門略年譜 · · · · · · · · · · · · · · · · · · · *369*
　＊挿絵中の文字翻刻 · *372*
　＊参考地図 · *380*
　　＊大坂三十三所観音廻り略図（『曾根崎心中』） · *380*
　　＊南京城図（『国性爺合戦』） · · · · · · · · · *382*
　　＊橋づくし図（『心中天の網島』） · · · · *384*

〔41〕**徒然草**（木藤才蔵校注）
2015年4月25日刊

＊凡例 · *15*
徒然草（卜部兼好著） · *19*
＊解説（木藤才蔵） · *259*
＊付録（図録） · *327*

〔42〕**土佐日記　貫之集**（木村正中校注）
2018年6月30日刊

＊凡例 · *3*
土佐日記（紀貫之著） · *9*
貫之集（紀貫之著） · *51*
＊解説（木村正中） · *307*
＊付録 · *375*
　＊『貫之集』初句索引 · · · · · · · · · · · · · · · · · · · *377*
　＊紀貫之略年譜 · *388*
　＊土佐日記関係地図 · *390*

〔43〕**とはずがたり**（福田秀一校注）
2017年1月30日刊

＊凡例 · *3*
とはずがたり（後深草院二条著） · · · · · · · · · · · *7*
巻一 · *9*
巻二 · *91*
巻三 · *155*
巻四 · *225*
巻五 · *283*
＊解説（福田秀一） · *333*
＊付録 · *391*
　＊年表 · *392*
　＊系図 · *413*
　　＊皇室（一） · *413*
　　＊村上源氏（作者の父方） · · · · · · · · · · · · *414*
　　＊藤原氏（一）四条家（作者の母方） · · · · *414*
　　＊藤原氏（二）西園寺・洞院家 · · · · · · · · · *415*
　　＊藤原氏（三）近衛・鷹司家 · · · · · · · · · · *415*
　　＊藤原氏（四）藤原仲綱一族（作者の乳父） · *415*
　　＊主要人物の関係 · *416*
　＊図録 · *417*

〔44〕**日本永代蔵**（村田穆校注）
2016年1月30日刊

＊凡例 · *5*
日本永代蔵（井原西鶴著） · *11*
　巻一 · *13*
　　目録 · *15*
　　初午は乗つて来る仕合せ · · · · · · · · · · · · · · · *17*
　　二代目に破る扇の風 · *22*
　　浪風静かに神通丸 · *27*
　　昔は掛算今は当座銀 · *35*
　　世は欲の入札に仕合せ · · · · · · · · · · · · · · · · · · *39*
　巻二 · *45*
　　目録 · *47*
　　世界の借屋大将 · *49*
　　怪我の冬神鳴 · *55*
　　才覚を笠に着る大黒 · *60*
　　天狗は家名風車 · *68*
　　舟人馬方鐙屋の庭 · *73*
　巻三 · *79*
　　目録 · *81*
　　煎じやう常とは変る問薬 · · · · · · · · · · · · · · · *83*
　　国に移して風呂釜の大臣 · · · · · · · · · · · · · · · *88*
　　世は抜取りの観音の眼 · · · · · · · · · · · · · · · · · · *93*
　　高野山借銭塚の施主 · *99*
　　紙子身代の破れ時 · *104*
　巻四 · *111*
　　目録 · *113*

```
　　祈る印の神の折敷 ………………… 115
　　心を畳み込む古筆屛風 …………… 121
　　仕合せの種を蒔銭 ………………… 126
　　茶の十徳も一度に皆 ……………… 131
　　伊勢海老の高買ひ ………………… 137
　巻五 …………………………………… 145
　　目録 ………………………………… 147
　　廻り遠きは時計細工 ……………… 149
　　世渡りには淀鯉の働き …………… 154
　　大豆一粒の光り堂 ………………… 163
　　朝の塩籠夕べの油桶 ……………… 170
　　三欠五分曙のかね ………………… 175
　巻六 …………………………………… 181
　　目録 ………………………………… 183
　　銀の生る木は門口の柊 …………… 185
　　見立てて養子が利発 ……………… 189
　　買置きは世の心安い時 …………… 196
　　身代固まる淀川の漆 ……………… 200
　　智恵を量る八十八の升搔 ………… 205
＊解説 …………………………………… 211
＊付録 …………………………………… 233
　＊西鶴略年譜 ………………………… 235
　＊近世の時刻制度 …………………… 242
　＊近世の貨幣をめぐる常識 ………… 246

〔45〕日本霊異記（小泉道校注）
2018年12月25日刊

＊日本国現報善悪霊異記 目録 ……………… 2
＊凡例 ……………………………………… 11
　日本霊異記 …………………………… 17
　　上巻 ………………………………… 19
　　中巻 ………………………………… 101
　　下巻 ………………………………… 205
＊解説（小泉道） ……………………… 315
＊付録 …………………………………… 359
　＊説話事項目次 ……………………… 360
　＊古代説話の流れ …………………… 361
　＊説話分布表 ………………………… 423
　＊説話分布図 ………………………… 426

〔46〕芭蕉句集（今栄蔵校注）
2019年6月25日刊

＊凡例 ……………………………………… 3
　芭蕉句集 ……………………………… 11
　　存疑編 ……………………………… 332
＊解説 芭蕉の発句―その芸境の展開（今栄蔵） ……………………………… 337
＊付録 …………………………………… 399
　＊松尾芭蕉略年譜 …………………… 401
　＊出典一覧（一）俳書一覧 ………… 416
　＊出典一覧（二）真蹟図版所収文献一覧 ……………………………… 424
　＊初句索引 …………………………… 434

〔47〕芭蕉文集（富山奏校注）
2019年6月25日刊

＊凡例（序文を兼ねて） ………………… 7
一　柴の戸（しばのと） ……………… 15
二　月侘斎（つきわびさい） ………… 16
三　茅舎（ぼうしゃ）の感 …………… 17
四　寒夜の辞（かんやのじ） ………… 18
五　高山伝右衛門（麋塒）（たかやまでんゑもんびじ）宛書簡 ……………… 19
六　夏野の画讃（なつののぐわさん） ……………………………………… 23
七　野ざらし紀行 ……………………… 24
八　山岸半残（重左衛門）（はんざんぢゆうざゑもん）宛書簡 ……………… 44
九　自得の箴（じとくのしん） ……… 47
一〇　垣穂（かきほ）の梅 …………… 48
一一　四山の瓢（しざんのひさご） … 49
一二　笠（かさ）の記 ………………… 51
一三　雪丸げ（ゆきまるげ） ………… 53
一四　深川の雪の夜（ふかがはのゆきのよ） …………………………………… 54
一五　鹿島詣（かしままうで） ……… 55
一六　笈の小文（おひのこぶみ） …… 62
一七　十八楼の記 ……………………… 91
一八　鵜舟（うぶね） ………………… 93
一九　更科（さらしな）紀行 ………… 94
二〇　粕屋市兵衛（卓袋）（かせやいちべゑたくたい）宛書簡 ………………… 100
二一　芭蕉庵十三夜 …………………… 103
二二　深川八貧（ふかがはははつぴん） ……………………………………… 105
二三　おくのほそ道 …………………… 106
二四　紙衾（かみぶすま）の記 ……… 158
二五　貝増卓袋（かひますたくたい）（市兵衛）宛書簡 ……………………… 160
二六　明智（あけち）が妻の話 ……… 162
二七　洒落堂（しゃらくだう）の記 … 164
二八　幻住庵（げんぢゆうあん）の記 … 166
二九　此筋・千川（しきん・せんせん）宛書簡 …………………………… 171
三〇　四条の河原（かはら）涼み …… 174
三一　小春（せうしゆん）宛書簡 …… 175
三二　立花牧童（たちばなぼくどう）（彦三郎）宛書簡 ……………………… 177
三三　雲竹（うんちく）自画像の讃（さん） ……………………………… 179
三四　水田正秀（まさひで）（孫右衛門）宛書簡 ………………………… 180
三五　嵯峨（さが）日記 ……………… 183
三六　堅田十六夜の弁（かただいざよひのべん） …………………………… 201
三七　島田の時雨（しぐれ） ………… 203
三八　雪の枯尾花（かれをばな） …… 204
```

[043] 新潮日本古典集成 新装版

三九　栖去の弁（せいきょのべん）・・・・・・・ 205
四〇　浜田珍碩（ちんせき）宛書簡・・・・・・・ 206
四一　菅沼曲水（すがぬまきょくすい）（定常）宛書簡・・・・・・・ 208
四二　窪田意専（惣七郎）（くぼたいせんそうしちらう）宛書簡・・・・・・・ 212
四三　向井去来（むかゐきょらい）（平次郎）宛書簡・・・・・・・ 214
四四　芭蕉を移す詞（ことば）・・・・・・・ 221
四五　机の銘（つくゑのめい）・・・・・・・ 224
四六　森川許六（きょりく）（五介）宛書簡・・・・・・・ 225
四七　宮崎荊口（太左衛門）（けいこうださゑもん）宛書簡・・・・・・・ 227
四八　許六離別の詞（きょりくりべつのことば）・・・ 231
四九　閉関の説（へいくわんのせつ）・・・・・・・ 233
五〇　森川許六（きょりく）（五介）宛書簡・・・・・・・ 235
五一　杉山杉風（さんぷう）（市兵衛）宛書簡・・・・ 238
五二　河合曾良（惣五郎）（かあひそらそうごら う）宛書簡・・・・・・・ 243
五三　松村猪兵衛（ゐへゑ）宛書簡・・・・・・・ 249
五四　松村猪兵衛宛書簡・・・・・・・ 251
五五　杉山杉風（さんぷう）（市兵衛）宛書簡・・・・ 253
五六　骸骨の絵讃（がいこつのゑさん）・・・・・・・ 259
五七　河合曾良（惣五郎）（かあひそらそうごらう）宛書簡・・・・・・・ 260
五八　向井去来（むかゐきょらい）（平次郎）宛書簡・・・・・・・ 262
五九　向井去来（平次郎）宛書簡・・・・・・・ 265
六〇　杉山杉風（さんぷう）（市兵衛）宛書簡・・・・ 268
六一　秋の朝寝・・・・・・・ 271
六二　松尾半左衛門宛書簡・・・・・・・ 272
六三　窪田意専（惣七郎）・服部土芳（くぼたいせんそうしちらう・はつとりどはう）（半左衛門）宛書簡・・・・・・・ 274
六四　水田正秀（まさひで）（孫右衛門）宛書簡・・・・・・・ 277
六五　菅沼曲翠（すがぬまきょくすい）（定常）宛書簡・・・・・・・ 280
六六　松尾半左衛門宛遺書・・・・・・・ 283
六七　支考（しかう）代筆の口述遺書（その一）・・・・・・・ 284
六八　支考（しかう）代筆の口述遺書（その二）・・・・・・・ 286
六九　支考（しかう）代筆の口述遺書（その三）・・・・・・・ 288
＊解説　芭蕉―その人と芸術（富山奏）・・・ 291
＊付録・・・・・・・ 367
　＊芭蕉略年譜・・・・・・・ 369
　＊芭蕉足跡略地図・・・・・・・ 380
　　＊おくのほそ道足跡略地図・・・・・・・ 380
　　＊野ざらし紀行・笈の小文・更級紀行足跡略地図・・・・・・・ 382

　　＊鹿島詣足跡略地図・・・・・・・ 382
　　＊幻住庵の記関係略地図・・・・・・・ 383
　　＊嵯峨日記関係略地図・・・・・・・ 383
　＊所収句初句索引・・・・・・・ 384

〔48〕春雨物語　書初機嫌海（美山靖校注）
2014年10月30日刊

＊凡例・・・・・・・ 3
春雨物がたり（上田秋成著）・・・・・・・ 9
　序・・・・・・・ 11
　血かたびら・・・・・・・ 12
　天津をとめ・・・・・・・ 26
　海賊・・・・・・・ 37
　二世の縁・・・・・・・ 51
　目ひとつの神・・・・・・・ 58
　死首のゑがほ・・・・・・・ 67
　捨石丸・・・・・・・ 82
　宮木が塚・・・・・・・ 94
　歌のほまれ・・・・・・・ 109
　樊噲・・・・・・・ 112
書初機嫌海（上田秋成著）・・・・・・・ 155
　序・・・・・・・ 157
　上　むかしににほふお築土の梅・・・・・・・ 158
　中　富士はうへなき東の初日影・・・・・・・ 170
　下　見せばやな難波の春たつ空・・・・・・・ 184
＊解説（美山靖）・・・・・・・ 197
＊付録・・・・・・・ 227
　＊「血かたびら」「天津をとめ」系図・・・ 229
　＊「血かたびら」「天津をとめ」「海賊」「歌のほまれ」略年表・・・・・・・ 230
　＊上田秋成略年譜・・・・・・・ 233

〔49〕平家物語　上（水原一校注）
2016年4月25日刊

＊凡例・・・・・・・ 15
平家物語　上・・・・・・・ 21
　巻第一・・・・・・・ 23
　巻第二・・・・・・・ 109
　巻第三・・・・・・・ 199
　巻第四・・・・・・・ 289
＊解説『平家物語』への途（水原一）・・・ 375
＊付録・・・・・・・ 401
　＊図録・・・・・・・ 403
　＊系図・・・・・・・ 408
　　＊皇室・貴族諸流関係系図・・・・・・・ 408

〔50〕平家物語　中（水原一校注）
2016年4月25日刊

＊凡例・・・・・・・ 15

平家物語 中 ……… 21
　巻第五 ……… 23
　巻第六 ……… 103
　巻第七 ……… 173
　巻第八 ……… 247
＊解説 歴史と文学・広本と略本（水原一）
　　　　……… 313
＊付録 ……… 345
　＊地図 ……… 347
　＊図録 ……… 350
　＊系図 ……… 350
　　＊皇室系図 ……… 350
　　＊平氏系図 その1 ……… 352
　　＊平氏系図 その2 ……… 354
　　＊源氏系図 ……… 356

〔51〕平家物語 下（水原一校注）
2016年4月25日刊

＊凡例 ……… 17
平家物語 下 ……… 23
　巻第九 ……… 25
　巻第十 ……… 129
　巻第十一 ……… 209
　巻第十二 ……… 303
＊解説『平家物語』の流れ（水原一）……… 391
＊付録 ……… 429
　＊本文修正一覧 ……… 431
　＊地図 ……… 438
　＊図録 ……… 440
　＊系図 ……… 441
　　＊皇室及び外戚図 ……… 441
　　＊桓武平氏及び縁戚系図 ……… 442
　　＊清和源氏及び縁戚系図 ……… 444
　＊年表 ……… 446
　＊補説索引 ……… 448

〔52〕方丈記 発心集（三木紀人校注）
2016年1月30日刊

＊凡例 ……… 9
方丈記（鴨長明著）……… 13
発心集（鴨長明著）……… 41
＊解説 長明小伝（三木紀人）……… 387
＊付録 ……… 423
　＊長明年譜 ……… 425
　＊校訂個所一覧 ……… 433
　＊参考地図 ……… 436

〔53〕枕草子 上（萩谷朴校注）
2017年9月30日刊

＊凡例 ……… 11
枕草子（第一段―第一三六段）（清少納言）……… 17
　一 春は、あけぼの。……… 18
　二 ころは、正月・三月・四月・五月 ……… 20
　三 おなじ言なれども、……… 26
　四 思はむ子を法師になしたらむこそ、……… 27
　五 大進生昌が家に、……… 28
　六 上さぶらふ御猫は、……… 36
　七 正月一日・三月三日は、……… 42
　八 慶び奏するこそ、……… 43
　九 今内裏の東をば、……… 43
　十 山は、小暗山、……… 44
　十一 市は、辰の市、……… 46
　十二 峰は、譲葉の峰、……… 47
　十三 原は、瓶の原、……… 47
　十四 淵は、賢淵は、……… 48
　十五 海は、水うみ、……… 49
　十六 陵は、小栗栖の陵、……… 49
　十七 渡は、しかずかの渡、……… 50
　十八 たちは、たまつくり、……… 50
　十九 家は、九重の御門 ……… 51
　二〇 清涼殿の丑寅の角の、……… 52
　二一 生ひ先なく、またやかに、……… 60
　二二 すさまじきもの。……… 62
　二三 たゆまるるもの。……… 69
　二四 人にあなづらるるもの。……… 70
　二五 にくきもの。……… 70
　二六 心ときめきするもの。……… 75
　二七 過ぎにしかた恋ひしきもの。……… 76
　二八 心ゆくもの。……… 77
　二九 檳榔毛は、のどかにやりたる ……… 79
　三〇 説経の講師は、……… 79
　三一 菩提といふ寺に ……… 83
　三二 小白河といふところは、……… 84
　三三 七月ばかり、いみじう暑ければ ……… 92
　三四 木の花は、濃きも淡きも紅梅 ……… 95
　三五 池は勝間田の池 ……… 97
　三六 節は、五月にしく月はなし ……… 99
　三七 花の木ならぬは、楓。……… 101
　三八 鳥は異どころのものなれど、……… 105
　三九 貴なるもの。……… 109
　四〇 虫は、鈴虫。……… 110
　四一 七月ばかりに、風いたう吹きて、……… 112
　四二 似げなきもの。……… 112
　四三 細殿に、人あまた居て、……… 114
　四四 殿司こそ、……… 115
　四五 郎等は、また、……… 116
　四六 職の御曹司の西面の立部のもとにて、……… 116
　四七 馬は、いと黒きが、……… 123
　四八 牛は、額は、……… 124

[043] 新潮日本古典集成 新装版

四九　猫は、表のかぎり黒くて	124
五〇　雑色・随身は、すこし痩せて、	125
五一　小舎人童、小さくて、	125
五二　牛飼は、大きにて、	126
五三　殿上の名対面こそ、	126
五四　若く、よろしき男の、	129
五五　若き人、稚児どもなどは、	129
五六　稚児は、あやしき弓・笞だちたるものなどささげて遊びたる	130
五七　いみじき家の、中門あけて、	131
五八　滝は、音無の滝	131
五九　川は、飛鳥川	132
六〇　暁に帰らむ人は	133
六一　橋は、朝津の橋	135
六二　里は逢坂の里	137
六三　草は、菖蒲	138
六四　草の花は、瞿麦	141
六五　集は、古万葉	144
六六　歌の題は、都。	144
六七　おぼつかなきもの。	145
六八　たとしへなきもの。	146
六九　忍びたるところにありては	147
七〇　懸想人にて来たるは、	148
七一　ありがたきもの。	150
七二　内裏の局、細殿いみじうをかし	151
七三　職の御曹司におはしますころ	154
七四　あぢきなきもの。	157
七五　心ちよげなるもの。	157
七六　御仏名のまたの日、	158
七七　頭の中将の、	159
七八　かへる年の二月廿余日、	168
七九　里にまかでたるに、	174
八〇　もののあはれ知らせ顔なるもの	179
八一　さて、その左衛門の陣などにいきて後	179
八二　職の御曹司におはしますころ	181
八三　めでたきもの。	199
八四　なまめかしきもの。	203
八五　宮の、五節出ださせたまふに	205
八六　細太刀に平緒つけて、	209
八七　内裏は、五節のころこそ	209
八八　『無名』といふ琵琶の御琴を	212
八九　上の御局の御簾の前にて、	214
九〇　ねたきもの。	216
九一　かたはらいたきもの。	219
九二　あさましきもの。	220
九三　口惜しきもの。	221
九四　五月の御精進のほど、	222
九五　職におはしますころ、	237
九六　御方々、君達・殿上人など、	238
九七　中納言まゐりたまひて、	240
九八　雨のうちはへ降るころ	241
九九　淑景舎、春宮にまゐりたまふほどのことなど	245
一〇〇　殿上より、梅の、	255
一〇一　二月晦ごろに、	256
一〇二　はるかなるもの。	258
一〇三　方弘は、いみじう人にわらはるる者かな	259
一〇四　見苦しきもの。	263
一〇五　いひにくきもの。	264
一〇六　関は、逢坂、	265
一〇七　森は、浮田の森	266
一〇八　原は、朝の原、	267
一〇九　卯月の晦がたに、	268
一一〇　常よりことにきこゆるもの。	269
一一一　絵に、描き劣りするもの。	269
一一二　描きまさりするもの。	270
一一三　冬は、いみじう寒き。	270
一一四　あはれなるもの。	271
一一五　正月に寺に籠りたるは、	273
一一六　いみじう心づきなきもの。	281
一一七　わびしげに見ゆるもの。	283
一一八　暑げなるもの。	284
一一九　恥づかしきもの。	284
一二〇　無徳なるもの。	287
一二一　修法は、奈良方	287
一二二　はしたなきもの。	288
一二三　関白殿、黒戸より出でさせたまふとて	290
一二四　九月ばかり、	292
一二五　七日の日の若菜を、	293
一二六　二月、宮の司に、	294
一二七　などて、官得はじめたる六位の笏に	298
一二八　故殿の御為に、	300
一二九　頭弁の、職にまゐりたまひて	303
一三〇　五月ばかり、	306
一三一　円融院の御終ての年、	310
一三二　つれづれなるもの。	315
一三三　つれづれなぐさむもの。	315
一三四　取りどころなきもの。	316
一三五　なほめでたきこと、	317
一三六　殿などのおはしますで後、	322
*解説　清少納言枕草子―人と作品（萩谷朴）	331

〔54〕枕草子　下（萩谷朴校注）
2017年9月30日刊

枕草子（第一三七段―第二九八段・一本一―二七・跋文）（清少納言）	13
一三七　正月十余日のほど、	14

一三八	清げなる男の、	15
一三九	碁を、やむごとなき人の打つとて	16
一四〇	恐ろしげなるもの。	17
一四一	清しと見ゆるもの。	17
一四二	卑しげなるもの。	18
一四三	胸つぶるるもの。	19
一四四	愛しきもの。	20
一四五	人映えするもの。	22
一四六	名恐ろしきもの。	24
一四七	見るにことなることなきものの、	26
一四八	むつかしげなるもの。	27
一四九	えせ者のところ得るをり	28
一五〇	苦しげなるもの。	29
一五一	羨ましげなるもの。	30
一五二	疾くゆかしきもの。	33
一五三	心もとなきもの。	34
一五四	故殿の御服の頃、	37
一五五	弘徽殿とは、	47
一五六	昔おぼえて不用なるもの。	50
一五七	頼もしげなきもの。	51
一五八	読経は、不断経	51
一五九	近うて遠きもの。	52
一六〇	遠くて近きもの。	52
一六一	井は、ほりかねの井。	53
一六二	野は、嵯峨野、	54
一六三	上達部は、左大将、	55
一六四	君達は、頭中将、	56
一六五	受領は、伊予守、	56
一六六	権守は、甲斐、	57
一六七	大夫は、式部大夫	57
一六八	法師は、律師。	58
一六九	女は、典侍。	58
一七〇	六位蔵人などは、	59
一七一	女ひとりすむところは、	60
一七二	宮仕人の里なども、	61
一七三	雪の、いと高うはあらで	65
一七四	村上の前帝の御時に、	67
一七五	御形の宣旨の、	68
一七六	宮にはじめてまゐりたる頃	69
一七七	したり顔なるもの。	78
一七八	位こそ、なほめでたきものはあれ	80
一七九	かしこきものは、	81
一八〇	病は、胸。	83
一八一	好き好きしくて、	85
一八二	いみじう暑き昼中に、	86
一八三	南、ならずは東の廂の坂の	87
一八四	大路近なるところにてきけば	88
一八五	ふと心劣りとかするものは、	89
一八六	宮仕へ人のもとに来などする男の	91
一八七	風は、嵐。	92
一八八	野分のまたの日こそ、	93
一八九	心にくきもの。	95
一九〇	島は、八十島。	99
一九一	浜は、有度浜。	100
一九二	浦は、大の浦。	101
一九三	森は、殖槻の森。	101
一九四	寺は、壺坂。	102
一九五	経は、法華経。	103
一九六	仏は、如意輪。	104
一九七	書は、文集。	105
一九八	物語は、住吉。	109
一九九	陀羅尼は、暁。	107
二〇〇	遊びは、夜。	108
二〇一	遊びわざは、小弓。	108
二〇二	舞は、駿河舞。	109
二〇三	弾くものは、琵琶。	110
二〇四	笛は、横笛、	111
二〇五	見物は、臨時の祭。	112
二〇六	五月ばかりなどに、	119
二〇七	いみじう暑き頃、	120
二〇八	五月四日の夕つかた、	121
二〇九	賀茂へまゐる道に、	121
二一〇	八月晦、「太奏に送づ」とて	122
二一一	九月二十日あまりのほど、	123
二一二	清水などにまゐりて、	124
二一三	五月の菖蒲の、	124
二一四	よくたきしめたる薫物の	125
二一五	月のいと明きに、	125
二一六	大きにて、よきもの。	126
二一七	短くて、ありぬべきもの。	127
二一八	人の家につきづきしきもの。	128
二一九	ものへいく路に、	129
二二〇	万づのことよりも、	130
二二一	細殿に便無きなき人なむ、	133
二二二	三条の宮におはしますころ、	134
二二三	御乳母の大輔の命婦	135
二二四	清水にこもりたりしに、	136
二二五	駅は、梨原	137
二二六	社は、布留の社	138
二二七	一条のいんをば、	144
二二八	『身を変えて』天人などは、	146
二二九	雪高う降りて、	147
二三〇	細殿の遣戸を、	148
二三一	岡は、船岡。	148
二三二	降るものは、雪。	149
二三三	雪は、檜皮葺、	150
二三四	日は、入日。	150
二三五	月は、有明の、	151

二三六	星は、昴。	151
二三七	雲は、白き。	152
二三八	騒がしきもの。	153
二三九	ないがしろなるもの。	154
二四〇	言葉なめげなるもの。	154
二四一	さがしきもの。	155
二四二	ただ過ぎに過ぐるもの。	156
二四三	殊に人に知られぬもの。	157
二四四	文言葉なめき人こそ、	157
二四五	いみじうきたなきもの。	160
二四六	せめて恐ろしきもの。	160
二四七	頼もしきもの。	161
二四八	いみじう仕立てて壻どりたるに	161
二四九	世の中に、	163
二五〇	男こそ、なほいとありがたく	164
二五一	万づのことよりも、	165
二五二	人のうへいふを腹立つ人こそ、	167
二五三	人の顔に、「とりわきてよし」	167
二五四	古体の人の、	168
二五五	十月十余日の	169
二五六	成信の中将こそ、	170
二五七	大蔵卿ばかり、	170
二五八	嬉しきもの。	172
二五九	御前にて、	175
二六〇	関白殿、二月廿一日に、	180
二六一	尊き言、九条の錫杖	209
二六二	歌は、風俗。	210
二六三	指貫は、紫の濃き	210
二六四	狩衣は、香染の淡き。	211
二六五	単衣は、白き。	212
二六六	下襲は、冬は、	212
二六七	扇の骨は、朴	213
二六八	檜扇は、無文	214
二六九	神は、松尾。	214
二七〇	崎は、唐崎	216
二七一	屋は、丸屋	216
二七二	時奏する、	217
二七三	日のうらうらとある昼つ方	218
二七四	成信の中将は、	218
二七五	常に文おこする人の、	225
二七六	きらきらしきもの。	227
二七七	神のいたく鳴るをりに、	228
二七八	坤元録の御屏風こそ、	229
二七九	節分方違へなどして、	230
二八〇	雪の、いと高う降りたるを、	231
二八一	陰陽師のもとなる小童部こそ、	231
二八二	三月ばかり、	232
二八三	十二月廿四日、	234
二八四	宮仕へする人々の、	236
二八五	見ならひするもの。	237
二八六	うちとくまじきもの。	238
二八七	衛門尉なりける者の、	241
二八八	「をはらの殿の御母上」	242
二八九	また、業平の中将のもとに、	243
二九〇	「をかし」と思ふ歌を、	243
二九一	よろしき男を、	244
二九二	左右の衛門尉を、	245
二九三	大納言殿まゐりたまひて、	246
二九四	僧都の御乳母のままなど、	249
二九五	男は、女親亡くなりて、	252
二九六	ある女房の、	253
二九七	便なきところにて、	254
二九八	「まことにや、やがては下る」	254
一本		255
一	夜まさりするもの。	255
二	灯影に劣るもの。	256
三	ききにくきもの。	256
四	文字に書きて、	257
五	下の心、構へてわろくて、	258
六	女の表着は、淡色	259
七	唐衣は、赤色	259
八	裳は、大海	260
九	汗衫は、春は	261
十	織物は、紫	261
十一	綾の紋は、葵	262
十二	薄様・色紙は、	262
十三	硯の筥は、重ねの	263
十四	筆は、冬毛	263
十五	墨は、丸なる	264
十六	貝は、虚貝。	264
十七	櫛の筥は、蛮絵	265
十八	鏡は、八寸五分	265
十九	蒔絵は、唐草	266
二〇	火桶は、赤色。	266
二一	畳は、高麗端	267
二二	檳榔毛は、	267
二三	松の木立高きところの、	268
二四	宮仕へ所は、	271
二五	荒れたる家の、	272
二六	白瀬に詣でて、	273
二七	女房のまゐりまかでには	274
跋文	この草子、目に見え、心に思ふことを	276
*附録		279
*枕草子解釈年表		281
*主要人物氏別系譜		310
*主要人物年齢対照表		316
*枕草子現存人名一覧		319
*枕草子地所名一覧		337
*枕草子動植物名一覧		347
*底本本文訂正一覧		361
*三巻本枕草子本文解釈論文一覧		371

＊附図 377

〔55〕**萬葉集 一**（青木生子, 井手至, 伊藤博, 清水克彦, 橋本四郎校注）
2015年4月25日刊

＊凡例 35
萬葉集 一 39
　巻第一（清水克彦本文・頭注） 41
　巻第二（伊藤博本文・頭注） 87
　巻第三（井手至, 青木生子本文・頭注）... 159
　巻第四（橋本四郎本文・頭注） 257
＊解説 359
　＊萬葉集の世界（一）萬葉の魅力（清水克彦） 361
　＊萬葉集の生いたち（一）巻一〜巻四の生いたち（伊藤博） 373
　＊舒明皇統系図 411
　＊萬葉集編纂年表（巻一〜巻四）... 412
＊付録 425
　＊参考地図 427

〔56〕**萬葉集 二**（青木生子, 井手至, 伊藤博, 清水克彦, 橋本四郎校注）
2015年4月25日刊

＊凡例 35
萬葉集 二 41
　巻第五（伊藤博） 43
　巻第六（清水克彦本文・頭注） 111
　巻第七（井手至本文・頭注） 183
　巻第八（青木生子本文・頭注） 281
　巻第九（橋本四郎本文・頭注） 373
＊解説 435
　＊萬葉集の世界（二）萬葉歌の流れⅠ（青木生子） 437
　＊萬葉集の生いたち（二）巻五〜巻十の生いたち（伊藤博） 467
　＊萬葉集編纂年表（巻五〜巻十）... 508
＊付録 521
　＊参考地図 523

〔57〕**萬葉集 三**（青木生子, 井手至, 伊藤博, 清水克彦, 橋本四郎校注）
2015年7月30日刊

＊凡例 11
萬葉集 三 15
　巻第十（井手至, 清水克彦本文・頭注）... 17
　巻第十一（伊藤博, 青木生子本文・頭注） 167
　巻第十二（青木生子, 橋本四郎本文・頭注） 301
＊解説 405
　＊萬葉集の世界（三）萬葉歌の流れⅡ（青木生子） 407
　＊萬葉集の生いたち（三）巻十一〜巻十二の生いたち（伊藤博） 441
　＊萬葉集編纂年表（巻十一〜巻十二）... 478

〔58〕**萬葉集 四**（青木生子, 井手至, 伊藤博, 清水克彦, 橋本四郎校注）
2015年7月30日刊

＊凡例 13
萬葉集 四 19
　巻第十三（清水克彦, 伊藤博本文・頭注）.. 21
　巻第十四（伊藤博, 井手至本文・頭注）.. 85
　巻第十五（青木生子本文・頭注） 153
　巻第十六（橋本四郎本文・頭注） 219
＊解説 273
　＊萬葉集の世界（四）萬葉集の歌の場（橋本四郎） 275
　＊萬葉集の生いたち（四）巻十三〜巻十六の生いたち（伊藤博） 317
　＊萬葉集編纂年表（巻十三〜巻十六）..... 366
＊付録 379
　＊参考地図 381

〔59〕**萬葉集 五**（青木生子, 井手至, 伊藤博, 清水克彦, 橋本四郎校注）
2015年7月30日刊

＊凡例 33
萬葉集 五 39
　巻第十七（橋本四郎本文・頭注） 41
　巻第十八（清水克彦本文・頭注） 115
　巻第十九（青木生子本文・頭注） 169
　巻第二十（井手至, 伊藤博本文・頭注）... 241
＊解説 333
　＊萬葉集の世界（五）萬葉びとの「ことば」とこころ（井手至） 335
　＊萬葉集の生いたち（五）巻十七〜巻二十の生いたち（伊藤博） 367
　＊萬葉集編纂年表（巻十七〜巻二十）..... 408
＊付録 423
　＊参考地図 425
＊通巻付録 431
　＊皇族・諸氏系図 433
　＊上代官位相当表 439
　＊人名索引 445

〔60〕**無名草子**（桑原博史校注）

[043] 新潮日本古典集成 新装版

2017年6月30日刊

＊凡例 ………………………………………… 3
無名草子 …………………………………… 5
＊解説 ……………………………………… 131
＊付録 ……………………………………… 155
　＊本文訂正一覧 ………………………… 157
　＊索引 …………………………………… 159

〔61〕紫式部日記 紫式部集（山本利達校注）
2016年1月30日刊

＊凡例 ………………………………………… 3
紫式部日記 …………………………………… 9
紫式部集 …………………………………… 113
＊解説（山本利達） ……………………… 165
付録 ………………………………………… 197
　むらさき式部集 ………………………… 199
　栄花物語 ………………………………… 237
　　＊主場面想定図 ……………………… 239
　　＊図録 ………………………………… 245
　　＊系図 ………………………………… 254
　　　＊皇室関係図 ……………………… 254
　　　＊藤原氏関係図 …………………… 256
　　　＊橘氏関係図 ……………………… 258
　＊初句索引 ……………………………… 259

〔62〕本居宣長集（日野龍夫校注）
2018年9月30日刊

＊凡例 ………………………………………… 3
紫文要領 …………………………………… 11
　巻上 ……………………………………… 13
　巻下 ……………………………………… 141
　原注 ……………………………………… 243
石上私淑言 ………………………………… 249
　巻一 ……………………………………… 251
　巻二 ……………………………………… 347
　巻三 ……………………………………… 434
　原注 ……………………………………… 494
＊解説 「物のあわれを知る」の説の来歴
　（日野龍夫） …………………………… 505
＊付録 ……………………………………… 553
　＊宣長の読書生活 ……………………… 555

〔63〕謡曲集 上（伊藤正義校注）
2015年10月30日刊

＊凡例 ………………………………………… 5
葵上 ………………………………………… 15
阿漕 ………………………………………… 25
朝顔 ………………………………………… 35
安宅 ………………………………………… 45
安達原 ……………………………………… 65
海士 ………………………………………… 79
蟻通（世阿弥） …………………………… 93
井筒（世阿弥） …………………………… 101
鵜飼（世阿弥） …………………………… 113
浮舟（横越元久） ………………………… 125
右近 ………………………………………… 135
善知鳥 ……………………………………… 145
采女 ………………………………………… 157
鵜羽（世阿弥） …………………………… 169
梅枝 ………………………………………… 181
江口 ………………………………………… 191
老松（世阿弥） …………………………… 203
鸚鵡小町 …………………………………… 213
小塩（金春禅竹） ………………………… 223
姨捨 ………………………………………… 235
女郎花 ……………………………………… 245
杜若 ………………………………………… 257
景清 ………………………………………… 267
柏崎（榎並左衛門） ……………………… 281
春日龍神 …………………………………… 295
葛城 ………………………………………… 307
鉄輪 ………………………………………… 319
兼平 ………………………………………… 329
通小町 ……………………………………… 341
邯鄲 ………………………………………… 351
＊解説 謡曲の展望のために（伊藤正義）…… 361
＊各曲解題 ………………………………… 391
　＊葵上 …………………………………… 393
　＊阿漕 …………………………………… 394
　＊朝顔 …………………………………… 395
　＊安宅 …………………………………… 397
　＊安達原 ………………………………… 398
　＊海士 …………………………………… 399
　＊蟻通 …………………………………… 402
　＊井筒 …………………………………… 403
　＊鵜飼 …………………………………… 405
　＊浮舟 …………………………………… 406
　＊右近 …………………………………… 407
　＊善知鳥 ………………………………… 409
　＊采女 …………………………………… 410
　＊鵜羽 …………………………………… 411
　＊梅枝 …………………………………… 412
　＊江口 …………………………………… 413
　＊老松 …………………………………… 415
　＊鸚鵡小町 ……………………………… 416
　＊小塩 …………………………………… 417
　＊姨捨 …………………………………… 418
　＊女郎花 ………………………………… 420
　＊杜若 …………………………………… 422

＊景清 ……… 424	朝長 ……… 411
＊柏崎 ……… 425	＊各曲解題 ……… 427
＊春日龍神 ……… 426	＊清経 ……… 429
＊葛城 ……… 428	＊鞍馬天狗 ……… 431
＊鉄輪 ……… 429	＊呉服 ……… 433
＊兼平 ……… 430	＊源氏供養 ……… 434
＊通小町 ……… 431	＊項羽 ……… 437
＊邯鄲 ……… 433	＊皇帝 ……… 439
＊付録 ……… 435	＊西行桜 ……… 440
＊光悦本・古版本・間狂言版本・主要注釈一覧 ……… 438	＊桜川 ……… 442
＊謡曲本文・注釈・現代語訳一覧 ……… 442	＊実盛 ……… 444

〔64〕謡曲集 中（伊藤正義校注）
2015年10月30日刊

＊凡例 ……… 5
清経（世阿弥）……… 15
鞍馬天狗 ……… 27
呉服 ……… 39
源氏供養 ……… 51
項羽 ……… 61
皇帝（観世信光）……… 71
西行桜 ……… 79
桜川 ……… 91
実盛（世阿弥）……… 105
志賀 ……… 119
自然居士（観阿弥）……… 129
春栄 ……… 143
俊寛 ……… 159
猩々 ……… 169
角田川 ……… 175
誓願寺 ……… 189
善界 ……… 201
関寺小町 ……… 213
殺生石 ……… 225
千手重衡 ……… 239
卒都婆小町 ……… 251
大会 ……… 261
当麻 ……… 269
高砂 ……… 281
忠度 ……… 293
龍田 ……… 307
玉鬘 ……… 319
田村 ……… 329
定家 ……… 341
天鼓 ……… 353
東岸居士 ……… 365
道成寺 ……… 373
道明寺 ……… 385
融 ……… 397

＊志賀 ……… 446
＊自然居士 ……… 448
＊春栄 ……… 451
＊俊寛 ……… 452
＊猩々 ……… 455
＊角田川 ……… 458
＊誓願寺 ……… 461
＊善界 ……… 462
＊関寺小町 ……… 463
＊殺生石 ……… 464
＊千手重衡 ……… 466
＊卒都婆小町 ……… 470
＊大会 ……… 471
＊当麻 ……… 472
＊高砂 ……… 474
＊忠度 ……… 476
＊龍田 ……… 478
＊玉鬘 ……… 480
＊田村 ……… 482
＊定家 ……… 484
＊天鼓 ……… 485
＊東岸居士 ……… 488
＊道成寺 ……… 489
＊道明寺 ……… 494
＊融 ……… 496
＊朝長 ……… 498
＊付録 ……… 501
　＊能楽諸流一覧 ……… 503
　＊能面一覧 ……… 504
　＊装束一覧 ……… 506
　＊小道具・作り物一覧 ……… 508

〔65〕謡曲集 下（伊藤正義校注）
2015年10月30日刊

＊凡例 ……… 5
難波 ……… 15
錦木 ……… 27
鵺 ……… 41
軒端梅 ……… 53

[043] 新潮日本古典集成 新装版

野宮 ·········· 65
白楽天 ·········· 77
芭蕉 ·········· 89
花筐 ·········· 101
班女 ·········· 115
檜垣 ·········· 127
氷室 ·········· 137
百万 ·········· 149
富士太鼓 ·········· 159
藤戸 ·········· 169
二人静 ·········· 179
舟橋 ·········· 189
舟弁慶 ·········· 201
放生川 ·········· 217
仏原 ·········· 227
松風 ·········· 237
松虫 ·········· 251
三井寺 ·········· 263
通盛 ·········· 279
三輪 ·········· 291
紅葉狩 ·········· 301
盛久 ·········· 313
八島 ·········· 327
矢卓鴨 ·········· 343
山姥 ·········· 355
夕顔 ·········· 367
遊行柳 ·········· 377
湯谷 ·········· 389
楊貴妃 ·········· 403
頼政 ·········· 415
籠太鼓 ·········· 429
＊各曲解題 ·········· 439
　＊難波 ·········· 441
　＊錦木 ·········· 444
　＊鵺 ·········· 446
　＊軒端梅 ·········· 448
　＊野宮 ·········· 450
　＊白楽天 ·········· 453
　＊芭蕉 ·········· 456
　＊花筐 ·········· 458
　＊班女 ·········· 461
　＊檜垣 ·········· 464
　＊氷室 ·········· 466
　＊百万 ·········· 467
　＊富士太鼓 ·········· 471
　＊藤戸 ·········· 473
　＊二人静 ·········· 475
　＊舟橋 ·········· 476
　＊舟弁慶 ·········· 477
　＊放生川 ·········· 479
　＊仏原 ·········· 481

＊松風 ·········· 483
＊松虫 ·········· 485
＊三井寺 ·········· 487
＊通盛 ·········· 489
＊三輪 ·········· 490
＊紅葉狩 ·········· 492
＊盛久 ·········· 494
＊八島 ·········· 496
＊矢卓鴨 ·········· 498
＊山姥 ·········· 500
＊夕顔 ·········· 501
＊遊行柳 ·········· 504
＊湯谷 ·········· 506
＊楊貴妃 ·········· 508
＊頼政 ·········· 509
＊籠太鼓 ·········· 510

〔66〕**梁塵秘抄**（榎克朗校注）
2018年3月30日刊

＊はじめに ·········· 3
梁塵秘抄 ·········· 9
　梁塵秘抄 巻第一 ·········· 11
　　長歌 ·········· 12
　　古柳 ·········· 16
　　今様 ·········· 17
　梁塵秘抄 巻第二 ·········· 23
　　法文歌 ·········· 25
　　四句神歌 ·········· 107
　　二句神歌 ·········· 185
　梁塵秘抄口伝集 巻第一 ·········· 223
　梁塵秘抄口伝集 巻第十 ·········· 227
＊解説（榎克朗） ·········· 271

〔67〕**和漢朗詠集**（大曽根章介，堀内秀晃校注）
2018年9月30日刊

＊凡例 ·········· 3
和漢朗詠集 ·········· 7
　巻上 ·········· 9
　巻下 ·········· 151
＊解説（大曽根章介，堀内秀晃） ·········· 301
＊付録 ·········· 345
　＊典拠一覧 ·········· 347
　＊影響文献一覧（大曽根章介，堀内秀晃） ·········· 378
　＊作者一覧（大曽根章介，堀内秀晃） ·········· 424

```
［044］新 日本古典文学大系
岩波書店
全100巻, 別巻5巻
1989年1月～2005年11月
```

※2005年11月発行の総目録(非売品)あり。2004年3月までに刊行の104冊は、『日本古典文学全集 内容綜覧』〔第Ⅰ期〕に収録

41　古事談 続古事談(佐竹昭広, 大曾根章介, 久保田淳, 中野三敏編, 川端善明, 荒木浩校注)
2005年11月18日刊

＊古事談 説話目録 ……………………… 3
＊続古事談 説話目録 …………………… 14
＊凡例 ……………………………………… 21
古事談(源顕兼編, 川端善明, 荒木浩校注) …… 1
　　第一　王道后宮 ……………………… 3
　　第二　臣節 ………………………… 125
　　第三　僧行 ………………………… 239
　　第四　勇士 ………………………… 383
　　第五　神社仏寺 …………………… 431
　　第六　亭宅 諸道 …………………… 511
〔古事談逸文〕…………………………… 596
　　(一) 古事談抄一四 ……………… 596
　　(二) 摂関補任次第別本(国立歴史民俗博物館蔵広橋家本) 法性寺殿 …… 597
続古事談(川端善明, 荒木浩校注) ……… 601
　　巻第一　王道 后宮 ……………… 603
　　巻第二　臣節 ……………………… 647
　　巻第三　(欠)
　　巻第四　神社 仏寺 ……………… 721
　　巻第五　諸道 ……………………… 761
　　巻第六　漢朝 ……………………… 823
＊注記一覧 ……………………………… 847
＊解説 …………………………………… 851
　　＊『古事談』解説(川端善明) ……… 853
　　＊『続古事談』解説(荒木浩) ……… 873
　　＊『古事談』『続古事談』の本文について(荒木浩) ……………………… 895
＊人名一覧 ……………………………… 左1

```
［045］新編国歌大観
角川書店
全10巻20冊
1983年2月～1992年4月
(「新編国歌大観」編集委員会編)
```

※オンデマンド版もあり

第1巻　勅撰集編 歌集
1983年2月8日刊

＊序(「新編国歌大観」編集委員会) ……… 1
＊凡例 ………………………………………… 3
古今和歌集(伊達家旧蔵本) ………………… 9
後撰和歌集(日大総合図書館蔵本)(源順, 大中臣能宣, 紀時文, 清原元輔, 坂上望城撰, 藤原伊尹別当) …………………………… 33
拾遺和歌集(京大附属図書館蔵本) ……… 65
拾遺抄(宮内庁書陵部蔵本) ……………… 94
後拾遺和歌集(宮内庁書陵部蔵本)(藤原通俊撰) ………………………………………… 108
金葉和歌集 二度本(ノートルダム清心女子大学附属図書館蔵本)(源俊頼撰) ……… 141
金葉和歌集 三奏本(国民精神文化研究所刊影印本)(源俊頼撰) …………………… 158
詞花和歌集(高松宮家本)(藤原顕輔撰) … 174
千載和歌集(陽明文庫蔵本)(藤原俊成撰) … 184
新古今和歌集(谷山茂氏蔵本)(源通具, 藤原有家, 藤原定家, 藤原家隆, 藤原雅経撰) …… 216
新勅撰和歌集(樋口芳麻呂氏蔵本)(藤原定家撰) ………………………………………… 259
続後撰和歌集(宮内庁書陵部蔵本)(藤原為家撰) ………………………………………… 288
続古今和歌集(前田育徳会蔵本) ………… 317
続拾遺和歌集(前田育徳会蔵本)(藤原為氏撰) ………………………………………… 357
新後撰和歌集(宮内庁書陵部蔵本 兼右筆「二十一代集」)(二条為世撰) ………………… 388
玉葉和歌集(宮内庁書陵部蔵 兼右筆「二十一代集」)(京極為兼撰) ………………… 421
続千載和歌集(宮内庁書陵部蔵本 兼右筆「二十一代集」)(二条為世撰) …………… 481
続後拾遺和歌集(宮内庁書陵部蔵 兼右筆「二十一代集」)(二条為藤, 二条為定撰) … 525
風雅和歌集(九大附属図書館蔵本)(光厳上皇撰) ………………………………………… 553
新千載和歌集(宮内庁書陵部蔵本 兼右筆「二十一代集」)(二条為定撰) …………… 599
新拾遺和歌集(宮内庁書陵部蔵本 兼右筆「二十一代集」)(藤原為明撰修) ………… 650

[045] 新編国歌大観

新後拾遺和歌集(宮内庁書陵部蔵 兼právní筆「二十一代集」)(二条為遠, 二条為重撰) ……… 690
新続古今和歌集(宮内庁書陵部蔵 兼右筆「二十一代集」)(飛鳥井雅世撰) ……… 722
新葉和歌集(国立公文書館内閣文庫蔵本)(宗良親王編纂) ……… 767
＊解題 ……… 799
　＊1　古今和歌集(藤平春男) ……… 801
　＊2　後撰和歌集(杉谷寿郎) ……… 802
　＊3　拾遺和歌集(片桐洋一) ……… 803
　＊3′　拾遺抄(片桐洋一) ……… 804
　＊4　後拾遺和歌集(後藤祥子) ……… 805
　＊5　金葉和歌集(二度本・三奏本)(橋本不美男, 平沢五郎, 赤羽淑) ……… 807
　＊6　詞花和歌集(井上宗雄) ……… 811
　＊7　千載和歌集(松野陽一) ……… 812
　＊8　新古今和歌集(後藤重郎, 杉戸千洋) ……… 813
　＊9　新勅撰和歌集(田中裕, 長谷完治) ……… 819
　＊10　続後撰和歌集(樋口芳麻呂) ……… 819
　＊11　続古今和歌集(久保田淳) ……… 820
　＊12　続拾遺和歌集(佐藤恒雄) ……… 821
　＊吉田兼右筆　二十一代集(橋本不美男) ……… 823
　＊13　新後撰和歌集(濱口博章) ……… 824
　＊14　玉葉和歌集(福田秀一, 岩松研吉郎) ……… 825
　＊15　続千載和歌集(谷山茂, 楠橋開) ……… 826
　＊16　続後拾遺和歌集(岩佐美代子) ……… 827
　＊17　風雅和歌集(荒木尚) ……… 828
　＊18　新千載和歌集(伊藤敬) ……… 829
　＊19　新拾遺和歌集(有吉保) ……… 830
　＊20　新後拾遺和歌集(島津忠夫) ……… 831
　＊21　新続古今和歌集(稲田利徳) ……… 832
　＊22　新葉和歌集(井上宗雄, 三輪正胤) ……… 833
＊全五巻収載作品一覧 ……… 835

第1巻　勅撰集編　索引
1983年2月8日刊

＊凡例 ……… 1
＊新編国歌大観　第一巻　勅撰集編　索引 ……… 3

第2巻　私撰集編　歌集
1984年3月15日刊

＊凡例 ……… 1
万葉集(西本願寺本) ……… 7
新撰万葉集(寛文七年板本) ……… 179
新撰和歌(島原公民館松平文庫蔵本)(紀貫之抽撰) ……… 189

古今和歌六帖(宮内庁書陵部蔵本) ……… 193
金玉和歌集(穂久邇文庫蔵本)(藤原公任撰) ……… 256
和漢朗詠集(御物伝藤原行成筆本)(藤原公任撰) ……… 258
玄玄集(彰考館蔵本)(能因撰) ……… 271
新撰朗詠集(梅沢記念館蔵本)(藤原基俊撰) ……… 274
後葉和歌集(宮内庁書陵部蔵本)(藤原為経撰) ……… 288
続詞花和歌集(天理図書館蔵本)(藤原清輔撰) ……… 303
今撰和歌集(神宮文庫蔵本)(顕昭撰) ……… 327
月詣和歌集(静嘉堂文庫蔵続群書類従本)(賀茂重保撰) ……… 332
玄玉和歌集(高松宮蔵本) ……… 355
新撰和歌六帖(日大総合図書館蔵本) ……… 369
万代和歌集(竜門文庫蔵本) ……… 402
夫木和歌抄(静嘉堂文庫蔵本)(勝田(勝間田)長清撰) ……… 477
＊解題 ……… 859
　＊1　万葉集 ……… 861
　＊2　新撰万葉集(木越隆) ……… 866
　＊3　新撰和歌(迫徹朗) ……… 866
　＊4　古今和歌六帖(橋本不美男, 相馬万里子, 小池一行) ……… 867
　＊5　金玉和歌集(小町谷照彦) ……… 869
　＊6　和漢朗詠集(大曽根章介) ……… 869
　＊7　玄玄集(久保木哲夫, 平野由紀子) ……… 870
　＊8　新撰朗詠集(堀内秀晃) ……… 871
　＊9　後葉和歌集(簗瀬一雄) ……… 872
　＊10　続詞花和歌集(久保田淳, 川村晃生, 川上新一郎) ……… 873
　＊11　今撰和歌集(国枝利久) ……… 874
　＊12　月詣和歌集(杉山重行) ……… 875
　＊13　玄玉和歌集(松野陽一) ……… 876
　＊14　新撰和歌六帖(安井久善) ……… 877
　＊15　万代和歌集(後藤重郎, 安田徳子) ……… 878
　＊16　夫木和歌抄(濱口博章, 福田秀一) ……… 879
＊全五巻収載作品一覧 ……… 885

第2巻　私撰集編　索引
1984年3月15日刊

＊凡例 ……… 1
＊新編国歌大観　第二巻　私撰集編　和歌索引 ……… 5
＊漢詩字画索引 ……… 1181
＊漢詩読み下し索引 ……… 1205

第3巻　私家集編Ⅰ　歌集
1985年5月16日刊

＊凡例 ……… 1
人丸集(書陵部蔵五〇六・八) ……… 9

赤人集(西本願寺蔵三十六人集)	13
家持集(書陵部蔵五〇一・一二)	17
猿丸集(書陵部蔵五〇一・一二)	20
小町集(陽明文庫蔵本)	21
業平集(尊経閣文庫蔵本)	23
遍昭集(西本願寺蔵三十六人集)	25
敏行集(西本願寺蔵三十六人集)	27
素性集(西本願寺蔵三十六人集)	27
興風集(書陵部蔵五〇一・一一五)	28
友則集(西本願寺蔵三十六人集)	29
躬恒集(西本願寺蔵三十六人集)	31
忠岑集(西本願寺蔵三十六人集)	38
兼輔集(書陵部蔵五一一・二)	42
伊勢集(西本願寺蔵三十六人集)	45
是則集(書陵部蔵五〇一・一二〇)	53
宗于集(西本願寺蔵三十六人集)	54
敦忠集(西本願寺蔵三十六人集)	55
貫之集(陽明文庫蔵本)	58
公忠集(書陵部蔵五一一・二)	74
清正集(西本願寺蔵三十六人集)	75
頼基集(西本願寺蔵三十六人集)	77
忠見集(西本願寺蔵三十六人集)	78
中務集(西本願寺蔵三十六人集)	81
信明集(正保版歌仙家集本)	86
朝忠集(小堀本)	89
仲文集(書陵部蔵五〇一・一一八)	90
元真集(西本願寺蔵三十六人集)	93
順集(書陵部蔵五一一・二)	98
斎宮女御集(西本願寺蔵三十六人集)	104
元輔集(正保版歌仙家集本)	110
兼盛集(書陵部蔵五〇六・八)	116
能宣集(西本願寺蔵三十六人集)	120
高光集(西本願寺蔵三十六人集)	131
重之集(西本願寺蔵三十六人集)	133
小大君集(書陵部蔵五〇一・九二)	138
篁集(書陵部蔵五〇一・一七九)	142
仁和御集(光孝天皇)(書陵部蔵五〇六・七五)	145
深養父集(書陵部蔵五〇一・三四)	145
千里集(書陵部蔵五一一・二三)	146
三条右大臣集(定方)(書陵部蔵五〇一・一六九)	149
元良親王集(書陵部蔵五〇一・一二〇)	150
藤六集(輔相)	153
九条右大臣集(師輔)(三手文庫蔵本)	154
檜垣嫗集(穂久邇文庫蔵本)	157
安法法師集(書陵部蔵五〇一・一九六)	158
増基法師集(群書類従本)	161
清慎公集(実頼)(書陵部蔵五〇一・一四六)	164
海人手古良集(師氏)(書陵部蔵五〇一・四四八)	167
一条摂政御集(伊尹)(益田家旧蔵本)	168
本院侍従集(群書類従本)	173
義孝集(九州大学蔵本)	174
小馬命婦集(静嘉堂文庫蔵本)	176
西宮左大臣集(高明)(書陵部蔵五〇一・一六七)	177
源賢法眼集(書陵部蔵五〇一・一六三)	179
恵慶法師集(書陵部蔵五〇一・四一、越桐喜代子氏蔵本)	180
兼澄集(島原松平文庫蔵本)	186
好忠集(天理図書館蔵本)	190
千穎集(穂久邇文庫蔵本)	197
賀茂保憲女集(榊原家蔵本)	198
道信集(榊原家蔵本)	204
馬内侍集(三手文庫蔵本)	206
朝光集(書陵部蔵五〇一・一九八)	211
道綱母集(書陵部蔵五〇一・一一二)	214
相如集(内閣文庫蔵本)	216
為頼集(三手文庫蔵本)	217
実方集(書陵部蔵一五〇・五六〇)	219
清少納言集(書陵部蔵五〇一・二八四)	227
長能集(神宮文庫蔵本)	228
嘉言集(京都女子大学蔵本)	233
大弐高遠集(書陵部蔵五〇一・一九〇)	237
紫式部集(実践女子大学蔵本)	245
和泉式部集(榊原家蔵本)	248
和泉式部続集(榊原家蔵本)	264
御堂関白集(道長)(島原松平文庫蔵本)	277
大斎院前の御集(日本大学蔵本)	279
大斎院御集(書陵部蔵五〇一・三〇二)	288
発心和歌集(選子内親王)(島原松平文庫蔵本)	292
輔親集(書陵部蔵一五四・五四九)	294
公任集(書陵部蔵五〇一・一七三九)	300
赤染衛門集(島原松平文庫蔵本)	312
故侍中左金吾家集(頼定)(島原松平文庫蔵本)	327
経信母集(書陵部蔵一五〇・五七四)	329
定頼集(出光美術館蔵本)	330
能因法師集(榊原家蔵本)	335
伊勢大輔集(東海大学蔵本)	340
入道右大臣集(頼宗)(尊経閣文庫蔵本)	344
範永集(書陵部蔵五〇一・三〇五)	346
相模集(浅野家本)	350
出羽弁集(書陵部蔵五〇一・一三八)	360
四条宮下野集(書陵部蔵五〇一・一五四)	363
成尋阿闍梨母集(書陵部蔵五〇一・一八二)	370
弁乳母集(書陵部蔵五五三・一七)	378
大弐三位集(書陵部蔵一五〇・五五三)	381
為仲集(群書類従本)	382
経信集(書陵部蔵五〇一・二〇〇)	387
国基集(志香須賀文庫蔵本)	393
顕綱集(書陵部蔵五〇一・二一五)	396
康資王母集(群書類従本)	399
江帥集(匡房)(書陵部蔵五〇一・一五三)	402
周防内侍集(東海大学蔵本)	412
祐子内親王家紀伊集(穂久邇文庫蔵本)	415

在良集(書陵部蔵一五〇・五五七)	416
俊忠集(書陵部蔵五〇一・三一八)	417
六条修理大夫集(顕季)(大東急記念文庫蔵本)	419
散木奇歌集(俊頼)(書陵部蔵五〇一・七二三)	426
行尊大僧正集(書陵部蔵一五〇・五五六)	463
基俊集(書陵部蔵五〇一・七四三)	468
雅兼集(書陵部蔵五〇九・四三)	473
忠盛集(日本大学蔵本)	474
顕輔集(書陵部蔵五〇一・七四〇)	478
待賢門院堀河集(島原松平文庫蔵本)	481
成通集(神宮文庫蔵本)	484
田多民治集(忠通)(書陵部蔵五〇一・四一)	486
清輔集(書陵部蔵五〇一・四三)	490
林葉和歌集(俊恵)(神宮文庫蔵本)	498
頼政集(書陵部蔵五一一・一五)	515
重家集(尊経閣文庫蔵本、慶応大学蔵本)	529
教長集(書陵部蔵続群書従本)	541
登蓮法師集(徳川黎明会蔵本)	558
忠度集(書陵部蔵五〇一・一五八)	559
林下集(実定)(慶応大学蔵本)	561
唯心房集(寂然)(高松宮蔵本)	568
殷富門院大輔集(書陵部蔵五〇一・一三七)	571
山家集(西行)(陽明文庫蔵本)	577
西行法師家集(石川県立図書館蔵本)	601
聞書集(西行)(伊達家旧蔵本)	613
残集(西行)(書陵部蔵五〇一・一六八)	618
長秋詠藻(俊成)(国会図書館蔵本)	619
秋篠月清集(良経)(天理図書館蔵本)	633
拾玉集(慈円)(青蓮院蔵本)	656
壬二集(家隆)(蓬左文庫蔵本)	742
拾遺愚草(定家)(書陵部蔵五一〇・五一一)	787
拾遺愚草員外(定家)(書陵部蔵五一〇・五一一)	831
*解題	843
＊1 人丸集(片桐洋一、山崎節子)	845
＊2 赤人集(片桐洋一、山崎節子)	845
＊3 家持集(片桐洋一、山崎節子)	847
＊4 猿丸集(小林茂美)	848
＊5 小町集(片桐洋一)	849
＊6 業平集(片桐洋一)	850
＊7 遍昭集(片桐洋一、片岡利博)	850
＊8 敏行集(片桐洋一)	851
＊9 素性集(蔵中スミ)	851
＊10 興風集(蔵中スミ)	852
＊11 友則集(片桐洋一)	852
＊12 躬恒集(片野達郎)	853
＊13 忠岑集(片野達郎)	853
＊14 兼輔集(工藤重矩)	854
＊15 伊勢集(片桐洋一)	854
＊16 是則集(島田良二)	855
＊17 宗于集(島田良二)	855
＊18 敦忠集(島田良二)	856
＊19 貫之集(田中登)	856
＊20 公忠集(高橋正治)	857
＊21 清正集(杉谷寿郎)	857
＊22 頼基集(杉谷寿郎)	858
＊23 忠見集(杉谷寿郎)	858
＊24 中務集(桑原博史)	859
＊25 信明集(桑原博史)	859
＊26 朝忠集(平野由紀子)	859
＊27 仲文集(平野由紀子)	860
＊28 元真集(神作光一)	861
＊29 順集(神作光一)	861
＊30 斎宮女御集(片桐洋一、福嶋昭治)	862
＊31 元輔集(後藤祥子)	863
＊32 兼盛集(小町谷照彦)	864
＊33 能宣集(村瀬敏夫)	865
＊34 高光集(芦田耕一)	865
＊35 重之集(新藤協三)	865
＊36 小大君集(久保木哲夫)	866
＊37 篁集(野口広大)	867
＊38 仁和御集(光孝天皇)(橋本不美男)	867
＊39 深養父集(橋本不美男)	868
＊40 千里集(木越隆)	868
＊41 三条右大臣集(定方)(工藤重矩)	869
＊42 元良親王集(高橋正治)	869
＊43 藤六集(輔相)(阪口和子)	869
＊44 九条右大臣集(師輔)(杉谷寿郎)	870
＊45 檜垣嫗集(山口博)	870
＊46 安法法師集(犬養廉)	871
＊47 増基法師集(増淵勝一)	871
＊48 清慎公集(実頼)(片桐洋一)	872
＊49 海人手古良集(師氏)(山口博)	872
＊50 一条摂政集(伊尹)(片桐洋一)	873
＊51 本院侍従集(守屋省吾)	873
＊52 義孝集(今井源衛)	874
＊53 小馬命婦集(藤本一惠)	875
＊54 西宮左大臣集(高明)(村瀬敏夫)	875
＊55 源賢法眼集(神作光一)	875
＊56 恵慶法師集(熊本守雄)	876
＊57 兼澄集(小町谷照彦)	877
＊58 好忠集(島田良二)	877
＊59 千穎集(山口博)	878
＊60 賀茂保憲女集(稲賀敬二)	878
＊61 道信集(久保木哲夫)	880
＊62 馬内侍集(福井迪子)	880
＊63 朝光集(増田繁夫)	881
＊64 道綱母集(木村正中)	881
＊65 相如集(山口博)	882
＊66 為頼集(増田繁夫)	882
＊67 実方集(杉谷寿郎)	882
＊68 清少納言集(杉谷寿郎)	883

＊69 長能集(平田喜信) ………… 884
＊70 嘉言集(藤本一恵, 神山重彦) … 884
＊71 大弐高遠集(有吉保) ……… 885
＊72 紫式部集(山本利達) ……… 885
＊73 和泉式部集(藤岡忠美) …… 886
＊74 和泉式部続集(藤岡忠美) … 888
＊75 御堂関白集(道長)(増田繁夫) … 888
＊76 大斎院前の御集(橋本ゆり) … 889
＊77 大斎院御集(橋本ゆり) …… 889
＊78 発心和歌集(選子内親王)(橋本ゆり) …………… 890
＊79 輔親集(増田繁夫) ………… 890
＊80 公任集(阪口和子) ………… 891
＊81 赤染衛門集(斎藤熙子) …… 891
＊82 故侍中左金吾家集(頼実)(千葉義孝) ……………… 892
＊83 経信母集(嘉藤久美子) …… 893
＊84 定頼集(森本元子) ………… 893
＊85 能因法師集(小町谷照彦) … 894
＊86 伊勢大輔集(上野理) ……… 894
＊87 入道右大臣集(頼宗)(樋口芳麻呂) … 895
＊88 範永集(犬養廉) …………… 895
＊89 相模集(斎藤熙子) ………… 896
＊90 出羽弁集(斎藤熙子) ……… 897
＊91 四条宮下野集(清水彰) …… 897
＊92 成尋阿闍梨母集(青木賢豪) … 898
＊93 弁乳母集(斎藤熙子) ……… 898
＊94 大弐三位集(増田繁夫) …… 899
＊95 為仲集(久保木哲夫) ……… 899
＊96 経信集(嘉藤久美子) ……… 900
＊97 国基集(上野理) …………… 901
＊98 顕綱集(青木賢豪) ………… 901
＊99 康資王母集(保坂都) ……… 902
＊100 江帥集(匡房)(有吉保) …… 902
＊101 周防内侍集(稲賀敬二) …… 903
＊102 祐子内親王家紀伊集(後藤祥子) ……………… 903
＊103 在良集(福井迪子) ………… 903
＊104 俊忠集(森本元子) ………… 904
＊105 六条修理大夫集(顕季)(川上新一郎) …………… 904
＊106 散木奇歌集(俊頼)(峯村文人, 柏木由夫) ……………… 905
＊107 行尊大僧正集(近藤潤一) … 906
＊108 基俊集(森本元子) ………… 906
＊109 雅兼集(上野理) …………… 907
＊110 忠盛集(有吉保) …………… 907
＊111 顕輔集(川上新一郎) ……… 908
＊112 待賢門院堀河集(坂本真理子) … 908
＊113 成通集(神作光一) ………… 909
＊114 田多民治集(忠通)(福崎春雄) … 909
＊115 清輔集(福崎春雄) ………… 910
＊116 林葉和歌集(俊恵)(上條彰次) …… 910
＊117 頼政集(大取一馬) ………… 912
＊118 重家集(岩松研吉郎, 川村晃生) … 912
＊119 教長集(岡野弘彦, 鈴木淳) … 913
＊120 登蓮法師集(坂本真理子) … 913
＊121 忠度集(上條彰次) ………… 914
＊122 林下集(実定)(岩松研吉郎, 川村晃生) ……………… 914
＊123 唯心房集(寂然)(大坪利絹) … 915
＊124 殷富門院大輔集(楠橋開) … 915
＊125 山家集(西行)(大坪利絹) … 916
＊126 西行法師家集(山木幸一) … 917
＊127 聞書集(西行)(糸賀きみ江) … 918
＊128 残集(西行)(糸賀きみ江) … 918
＊129 長秋詠藻(俊成)(黒川昌享) … 918
＊130 秋篠月清集(良経)(片山享) … 919
＊131 拾玉集(慈円)(石原清志) … 920
＊132 壬二集(家隆)(有吉保, 齋藤彰) … 921
＊133〜134 拾遺愚草・拾遺愚草員外(定家)(石川常彦) ……………… 922
＊全五巻収載作品一覧 ………… 924

第3巻　私家集編Ⅰ　索引
1985年5月16日刊

＊凡例 …………………………… 1
＊新編国歌大観 第三巻 私家集編Ⅰ 索引 … 5

第4巻　私家集編Ⅱ、定数歌編　歌集
1986年5月15日刊

＊凡例 …………………………… 1
私家集編Ⅱ ……………………… 5
　式子内親王集(書陵部蔵五〇一・三二) … 7
　守覚法親王集(神宮文庫蔵本) … 11
　太皇太后宮小侍従集(書陵部蔵五一一・二〇) … 14
　有房集(書陵部蔵一五〇・五六七、五〇一・三〇九) … 18
　実国集(神宮文庫蔵本) ……… 27
　師光集(三手文庫蔵本) ……… 29
　広言集(書陵部蔵一五四・五二九) … 32
　資賢集(書陵部蔵五〇一・二一一) … 34
　長方集(神宮文庫蔵本) ……… 35
　寂蓮法師集(書陵部蔵五〇一・七二五) … 38
　隆信集(竜谷大学蔵本) ……… 46
　二条院讃岐集(書陵部蔵五一一・二一) … 68
　長明集(書陵部蔵五一一・一二) … 70
　金槐和歌集(実朝)(高松宮蔵本) … 72
　明日香井和歌集(雅経)(日本大学蔵本) … 83
　建礼門院右京大夫集(九州大学蔵本) … 109
　明恵上人集(東洋文庫蔵本) … 120
　後鳥羽院御集(書陵部蔵五〇一・六三九) … 124
　俊成卿女集(神宮文庫蔵本) … 147

隆祐集（書陵部蔵五〇一・八三八）………… 151
兼好法師集（尊経閣文庫蔵本）………… 160
草庵集（頓阿）（承応二年板本）………… 166
続草庵集（頓阿）（承応二年板本）………… 193
慶運法印集（天理図書館蔵本）………… 207
慕景集（慶応大学蔵本）………… 212
定数歌編 ………… 215
堀河百首（日本大学蔵本）………… 217
永久百首（書陵部蔵葉・一八六一）………… 248
為忠家初度百首（尊経閣文庫蔵本）………… 263
為忠家後度百首（尊経閣文庫蔵本）………… 272
久安百首（書陵部蔵一五五・三六）………… 281
正治初度百首（書陵部蔵五〇一・九〇九）………… 298
正治後度百首（内閣文庫蔵本）………… 323
建保名所百首（曼殊院蔵本）………… 336
洞院摂政家百首（西澤誠人蔵本）………… 349
宝治百首（書陵部蔵五〇一・九一〇）………… 371
弘長百首（百草部板本）………… 447
嘉元百首（書陵部蔵一五四・三一）………… 461
文保百首（書陵部蔵五〇一・八八五）………… 504
延文百首（書陵部蔵一五四・三一）………… 539
永享百首（百草部類本）………… 596
御室五十首（書陵部蔵五〇一・七九五）………… 615
仙洞句題五十首（書陵部蔵五〇二・二三）………… 626
為尹千首（志香須賀文庫蔵本）………… 632
正徹千首（広島大学蔵本）………… 651
藤川五百首（寛文七年板本）………… 666
＊解題 ………… 677
＊1 式子内親王集（近藤潤一）………… 679
＊2 守覚法親王集（上條彰次）………… 679
　＊書陵部本拾遺 ………… 680
＊3 太皇太后宮小侍従集（遠藤晒良）………… 682
＊4 有房集（西澤美仁、石川泰水）………… 683
＊5 実国集（森本元子）………… 684
＊6 師光集（森本元子）………… 684
＊7 広言集（松村雄二）………… 685
＊8 寶賢集（柳澤良一）………… 686
＊9 長方集（竹下豊）………… 686
＊10 寂蓮法師集（半田公平）………… 687
＊11 隆信集（樋口芳麻呂、石原清志、大取一馬）………… 688
＊12 二条院讃岐集（遠藤晒良）………… 689
＊13 長明集（辻勝美）………… 690
＊14 金槐和歌集（実朝）（川平ひとし）………… 690
＊15 明日香井和歌集（雅経）（田村柳壹）………… 691
＊16 建礼門院右京大夫集（久徳高文）………… 692
＊17 明恵上人集（久保田淳）………… 693
＊18 後鳥羽院御集（久保田淳、村尾誠一）………… 693
＊19 俊成卿女集（糸賀きみ江）………… 694
＊20 隆祐集（久保田淳）………… 695

＊21 兼好法師集（小原幹雄）………… 696
＊22 草庵集（頓阿）（深津睦夫）………… 696
＊23 続草庵集（頓阿）（深津睦夫）………… 698
＊24 慶運法印集（稲田利徳）………… 698
＊25 慕景集（井上宗雄、福崎春雄）………… 699
＊26 堀河百首（橋本不美男、滝澤貞夫）………… 700
　＊異伝歌拾遺 ………… 700
＊27 永久百首（橋本不美男、滝澤貞夫）………… 702
＊28〜29 為忠家初度百首・為忠家後度百首（井上宗雄、松野陽一）………… 702
＊30 久安百首（井上宗雄、大岡賢典、坂本信男）………… 704
＊31 正治初度百首（久保田淳、大坪利絹、片山享、山崎桂子）………… 705
＊32 正治後度百首（久保田淳、大坪利絹、片山享、山崎桂子）………… 706
＊33 建保名所百首（片野達郎）………… 707
＊34 洞院摂政家百首（有吉保、半田公平、西澤誠人）………… 708
　＊東北大学本拾遺 ………… 708
＊35 宝治百首（樋口芳麻呂、田中新一）………… 712
＊36 弘長百首（佐藤恒雄）………… 714
＊37 嘉元百首（井上宗雄、千葉覚、山田洋嗣）………… 715
＊38 文保百首（相馬万里子、小池一行、八嶌正治、森県、石塚一雄）………… 716
＊39 延文百首（井上宗雄、長崎健）………… 717
＊40 永享百首（稲田利徳）………… 718
＊41 御室五十首（有吉保）………… 719
＊42 仙洞句題五十首（有吉保、鹿目俊彦）………… 719
＊43 為尹千首（島津忠夫）………… 720
＊44 正徹千首（田中新一）………… 721
＊45 藤川五百首（三村晃功）………… 721
＊全五巻収載作品一覧 ………… 723

第4巻　私家集編Ⅱ、定数歌編　索引
1986年5月15日刊

＊凡例 ………… 1
＊新編国歌大観　第四巻　私家集編Ⅱ、定数歌編　索引 ………… 5

第5巻　歌合編、歌学書・物語・日記等収録歌編　歌集
1987年4月10日刊

＊凡例 ………… 1
歌合編 ………… 19

民部卿家歌合(群書類従本) ……… 21	帯刀陣歌合 正暦四年(尊経閣文庫蔵十巻本) …… 66
寛平御時菊合(尊経閣文庫蔵十巻本) ……… 21	花山院歌合(尊経閣文庫蔵十巻本) ……… 67
是貞親王家歌合(陽明文庫蔵二十巻本) ……… 22	春夜詠二首歌合(二十巻本) ……… 68
寛平御時后宮歌合(群書類従本) ……… 23	四季恋三首歌合(神宮文庫蔵本) ……… 68
寛平御時中宮歌合(神宮文庫蔵本) ……… 27	左大臣家歌合 長保五年(尊経閣文庫蔵二十巻本) ……… 69
亭子院女郎花合(尊経閣文庫蔵十巻本) ……… 28	前十五番歌合(書陵部蔵特・六六)(藤原公任撰) ……… 70
宇多院歌合(尊経閣文庫蔵十巻本) ……… 29	後十五番歌合(書陵部蔵特・六六) ……… 70
左兵衛佐定文歌合(尊経閣文庫蔵十巻本) ……… 30	東宮学士義忠歌合(陽明文庫蔵二十巻本) ……… 71
本院左大臣家歌合(陽明文庫蔵二十巻本) ……… 31	上東門院菊合(書陵部蔵五〇一・五五四) ……… 72
亭子院歌合(尊経閣文庫蔵十巻本) ……… 31	賀陽院水閣歌合(陽明文庫蔵二十巻本) ……… 73
陽成院歌合(延喜十二年夏)(尊経閣文庫蔵十巻本) ……… 33	源大納言家歌合 長暦二年九月(尊経閣文庫蔵) ……… 75
陽成院歌合 延喜十三年九月(彰考館蔵本) ……… 34	源大納言家歌合 長暦二年(尊経閣文庫蔵本) …… 76
内裏菊合 延喜十三年(尊経閣文庫蔵十巻本) ……… 35	斎宮貝合(陽明文庫蔵二十巻本) ……… 77
亭子院殿上人歌合(尊経閣文庫蔵十巻本) ……… 36	弘徽殿女御歌合 長久二年(彰考館蔵本) ……… 78
京極御息所歌合(陽明文庫蔵十巻本) ……… 36	源大納言家歌合 長久二年(群書類従本) ……… 79
論春秋歌合(陽明文庫蔵十巻本) ……… 38	源大納言家歌合(尊経閣文庫蔵本) ……… 80
保明親王帯刀陣歌合(尊経閣文庫蔵十巻本) ……… 39	六条斎院歌合 永承三年(陽明文庫蔵二十巻本) ……… 80
醍醐御時菊合(東京国立博物館蔵本) ……… 40	内裏歌合 永承四年(尊経閣文庫蔵十巻本) ……… 80
東宮前栽合(陽明文庫蔵二十巻本) ……… 40	六条斎院歌合 永承四年(尊経閣文庫蔵十巻本) ……… 81
近江御息所歌合(二十巻本) ……… 41	六条斎院歌合 永承五年二月(陽明文庫蔵二十巻本) ……… 82
陽成院親王二人歌合(尊経閣文庫蔵十巻本) ……… 42	前麗景殿女御歌合(陽明文庫蔵二十巻本) ……… 83
陽成院一親王姫君達歌合(尊経閣文庫蔵十巻本) ……… 43	六条斎院歌合(永承五年五月)(陽明文庫蔵二十巻本) ……… 84
内裏歌合 天暦九年(東京国立博物館蔵二十巻本) ……… 44	祐子内親王家歌合 永承五年(尊経閣文庫蔵十巻本) ……… 84
麗景殿女御歌合(陽明文庫蔵十巻本) ……… 44	六条斎院歌合 永承六年一月(陽明文庫蔵二十巻本) ……… 86
宣耀殿女御瞿麦合(陽明文庫蔵十巻本) ……… 45	内裏根合 永承六年(尊経閣文庫蔵十巻本) ……… 87
坊城右大臣殿歌合(陽明文庫蔵二十巻本) ……… 45	関白殿蔵人所歌合(陽明文庫蔵二十巻本) ……… 87
蔵人所歌合 天暦十一年(尊経閣文庫蔵十巻本) ……… 46	越中守頼家歌合(平安朝歌合大成) ……… 88
内裏歌合 天徳四年(東京国立博物館蔵二十巻本) ……… 46	左京大夫八条山庄障子絵合(二十巻本・五島美術館蔵本) ……… 89
内裏歌合 応和二年(尊経閣文庫蔵十巻本) ……… 50	播磨守兼房朝臣歌合(彰考館蔵本) ……… 90
河原院歌合(尊経閣文庫蔵本) ……… 51	太宰大弐資通卿家歌合(二十巻本) ……… 90
宰相中将君達春秋歌合(平安朝歌合大成) ……… 52	六条斎院歌合 天喜三年(陽明文庫蔵二十巻本) ……… 91
源順馬名歌合(尊経閣文庫蔵十巻本) ……… 54	六条斎院歌合(天喜四年閏三月)(陽明文庫蔵二十巻本) ……… 92
内裏前栽合 康保三年(書陵部蔵五〇一・五五四) ……… 55	或所歌合 天喜四年四月(島原松平文庫蔵本) ……… 92
女四宮歌合(陽明文庫蔵二十巻本) ……… 56	皇后宮春秋歌合(陽明文庫蔵二十巻本) ……… 93
円融院扇合(尊経閣文庫蔵十巻本) ……… 58	六条右大臣家歌合(陽明文庫蔵二十巻本) ……… 95
堀河中納言家歌合(書陵部蔵一五四・五五一) ……… 59	六条斎院歌合(天喜四年五月)(陽明文庫蔵二十巻本) ……… 96
一条大納言家歌合(書陵部蔵一五四・五五一) ……… 60	六条斎院歌合(天喜四年七月)(陽明文庫蔵二十巻本) ……… 96
一条大納言家石名取歌合(書陵部蔵一五四・五五一) ……… 60	六条斎院歌合(天喜五年五月)(陽明文庫蔵二十巻本) ……… 97
三条左大臣殿前栽歌合(尊経閣文庫蔵十巻本) ……… 60	六条斎院歌合(天喜五年八月)(陽明文庫蔵二十巻本) ……… 97
小野宮右衛門督春達歌合(続群書類従本) ……… 62	
謎歌合(尊経閣文庫蔵本) ……… 63	
光昭少将歌合(尊経閣文庫蔵十巻本) ……… 64	
内裏歌合 寛和元年(尊経閣文庫蔵十巻本) ……… 64	
内裏歌合 寛和二年(尊経閣文庫蔵十巻本) ……… 64	
皇太后宮歌合 東三条院(京大附属図書館蔵本) ……… 65	
蔵人頭家歌合 永延二年七月七日(陽明文庫蔵二十巻本) ……… 66	

六条斎院歌合（天喜五年九月）（陽明文庫蔵二十巻本）…… 98
六条斎院歌合 秋（陽明文庫蔵二十巻本）…… 99
丹後守公基朝臣歌合 天喜六年（彰考館本）… 99
無動寺和尚賢聖院歌合（尊経閣文庫蔵十巻本）…… 100
丹後守公基朝臣歌合 康平六年（彰考館本）…… 100
禖子内親王桜柳歌合（書陵部蔵五〇一・五五四）…… 101
禖子内親王家歌合 庚申（神宮文庫蔵本）…… 101
禖子内親王家歌合 五月五日（書陵部蔵五〇一・五五四）…… 102
皇后宮歌合 治暦二年（陽明文庫蔵二十巻本）… 103
滝口本所歌合（彰考館本）…… 103
禖子内親王家歌合 治暦二年（書陵部蔵五〇一・五五四）…… 104
備中守定綱朝臣家歌合（書陵部蔵五〇一・五七六）…… 104
禖子内親王家歌合 治暦四年（書陵部蔵五〇一・五五四）…… 105
禖子内親王家歌合 夏（書陵部蔵五〇一・五五四）…… 106
西国受領歌合（神宮文庫蔵本）…… 107
禖子内親王家歌合 延久二年（書陵部蔵五〇一・二四）…… 108
気多宮歌合（群書類従本）…… 108
或所紅葉歌合（神宮文庫蔵本）…… 109
摂津守有綱家歌合（書陵部蔵五〇一・六〇五）…… 109
殿上歌合 承保二年（書陵部蔵五〇一・五五三）…… 110
前右衛門佐経仲歌合（二十巻本）…… 110
讃岐守顕季家歌合（松籟切）…… 111
内裏歌合 承暦二年（平安朝歌合大成）…… 111
内裏後番歌合 承暦二年（続群書類従本）…… 114
禖子内親王家歌合 承暦二年（彰考館本）…… 115
庚申夜歌合 承暦三年（神宮文庫蔵本）…… 115
出雲守経仲歌合（二十巻本）…… 116
多武峰往生院千世君歌合（書陵部蔵五〇一・二四）…… 117
後三条院四宮侍所歌合（陽明文庫蔵二十巻本）…… 117
媞子内親王家歌合（陽明文庫蔵二十巻本）…… 118
若狭守通宗朝臣女子達歌合（書陵部蔵五一〇・四〇）…… 118
四条宮扇歌合（陽明文庫蔵二十巻本）…… 120
左近権中将藤原宗通朝臣家歌合（尊経閣文庫蔵本）…… 120
従二位親子歌合（平安朝歌合大成）…… 122
郁芳院根合（久曾神昇氏蔵本）…… 123
高陽院七番歌合（陽明文庫蔵二十巻本）…… 124
権大納言家歌合 永長元年（五島美術館蔵）… 129
中宮権大夫家歌合 永長元年（五島美術館蔵本）…… 129
左兵衛佐師時家歌合（陽明文庫蔵二十巻本）…… 130
東塔東谷歌合（尊経閣文庫蔵本）…… 131
源宰相中将家和歌合 康和二年（書陵部蔵一五〇・五二三）…… 132
備中守仲実朝臣女子根合（書陵部蔵五〇一・七四）…… 136
堀河院艶書合（書陵部蔵五〇一・七四七）…… 137
散位源広綱朝臣歌合 長治元年五月（書陵部蔵五〇一・五七六）…… 138
散位源広綱朝臣歌合 長治元年五月廿日（書陵部蔵五〇一・五七六）…… 139
左近権中将俊忠朝臣家歌合（陽明文庫蔵二十巻本）…… 140
俊頼朝臣女子達歌合（書陵部蔵五〇一・七四）…… 141
山家五番歌合（書陵部蔵五〇一・五七二）…… 142
内大臣家歌合 永久三年十月（二十巻本）…… 144
内大臣家後度歌合 永久三年十月（二十巻本）…… 144
鳥羽殿北面歌合（平安歌合大成）…… 145
六条宰相家歌合（穂久邇文庫蔵本）…… 146
雲居寺結縁経後宴歌合（平安歌合大成）…… 147
新中将家歌合（陽明文庫蔵二十巻本）…… 149
右兵衛督家歌合（陽明文庫蔵二十巻本）…… 150
内大臣家歌合 元永元年十月二日（群書類従本）…… 151
内大臣家歌合 元永元年十月十三日（書陵部蔵五〇一・六〇五）…… 156
内大臣家歌合 元永二年（静嘉堂文庫蔵本）…… 157
内蔵頭長実白河家歌合 保安二年閏五月十三日（陽明文庫蔵二十巻本）…… 162
内蔵頭長実家歌合 保安二年閏五月廿六日（陽明文庫蔵二十巻本）…… 162
関白内大臣歌合 保安二年（二十巻本）…… 163
永縁奈良房歌合（天理図書館蔵本）…… 168
摂政左大臣歌合 大治元年（内閣文庫蔵本）…… 171
西宮歌合（群書類従本）…… 172
南宮歌合（群書類従本）…… 174
住吉歌合 大治三年（伝西行筆本）…… 175
殿上蔵人歌合（大治五年）（書陵部蔵五〇一・七四）…… 176
相撲立詩歌合（書陵部蔵四五三・二）（基俊撰進）…… 177
中宮亮顕輔家歌合（群書類従本）…… 178
右衛門督家歌合 久安五年（永青文庫蔵本）…… 181
太皇太后宮大進清輔朝臣家歌合（永青文庫蔵本）…… 185
中宮亮重家朝臣家歌合（内閣文庫蔵本）…… 187
太皇太后宮亮平経盛朝臣家歌合（永青文庫蔵本）…… 194

[045] 新編国歌大観

実国家歌合（書陵部蔵五〇一・六〇七）…… 199
住吉社歌合 嘉応二年（書陵部蔵五〇三・二五）…… 203
建春門院北面歌合（永青文庫蔵本）…… 210
広田社歌合 承安二年（尊経閣文庫蔵本）…… 213
三井寺新羅社歌合（歌合部類板本）…… 221
右大臣家歌合 安元元年（永青文庫蔵本）…… 224
治承三十六人歌合（三手文庫蔵本）…… 227
俊成三十六人歌合（書陵部蔵一五〇・三一七）（藤原俊成編）…… 234
別雷社歌合（書陵部蔵五〇一・五八五）…… 236
廿二番歌合 治承二年（永青文庫蔵本）…… 243
右大臣家歌合 治承三年（歌合部類板本）…… 246
三井寺山家歌合（書陵部蔵五〇一・七四）…… 249
歌合 文治二年（書陵部蔵五〇一・二〇）…… 252
御裳濯河歌合（中大図書館蔵本）（西行著）…… 259
宮河歌合（中大図書館蔵本）（西行著）…… 262
若宮社歌合 建久二年三月（群書類従本）…… 265
六百番歌合（日大総合図書館蔵本）…… 270
民部卿家歌合 建久六年（群書類従本）…… 324
慈鎮和尚自歌合（永青文庫蔵本）（慈円詠）…… 333
後京極殿御自歌合 建久九年（永青文庫蔵本）（藤原良経詠）…… 341
院当座歌合 正治二年九月（書陵部蔵五〇一・五二一）…… 347
院当座歌合 正治二年十月（書陵部蔵続群書類従本）…… 349
仙洞十人歌合（静嘉堂文庫蔵本）…… 350
石清水若宮歌合 正治二年（三康図書館蔵本）…… 353
三百六十番歌合 正治二年（天理図書館蔵本）…… 363
老若五十首歌合（永青文庫蔵本）…… 379
通親亭影供歌合 建仁元年三月（東大国文学研究室蔵本）…… 389
新宮撰歌合 建仁元年三月（内閣文庫蔵本）…… 391
鳥羽殿影供歌合 建仁元年四月（東大国文学研究室蔵本）…… 394
和歌所影供歌合 建仁元年八月（群書類従本）…… 395
撰歌合 建仁元年八月十五日（群書類従本）…… 400
和歌所影供歌合 建仁元年九月（東大国文学研究室蔵本）…… 403
石清水社歌合 建仁元年十二月（内閣文庫蔵本）…… 404
仙洞影供歌合 建仁二年五月（東大国文学研究室蔵本）…… 406
水無瀬釣殿当座六首歌合 建仁二年六月（国文学研究資料館蔵本）…… 408
水無瀬恋十五首歌合（日大総合図書館蔵本）…… 408
若宮撰歌合 建仁二年九月（有吉保氏蔵本）…… 414
水無瀬桜宮十五首歌合 建仁二年九月（書陵部蔵五〇一・七四）…… 415
千五百番歌合（高松宮家蔵本）…… 417

影供歌合 建仁三年六月（東大国文学研究室蔵本）…… 514
八幡若宮撰歌合 建仁三年七月（書陵部蔵五〇一・五八）…… 517
石清水若宮歌合 元久元年十月（築瀬一雄氏蔵本）…… 518
北野宮歌合 元久元年十一月（書陵部蔵五〇一・五八）…… 519
春日社歌合 元久元年（書陵部蔵五〇一・五八）…… 520
元久詩歌合（内閣文庫蔵本）…… 523
卿相侍臣歌合 建永元年七月（書陵部蔵五一〇・四一）…… 526
鴨御祖社歌合 建永二年（内閣文庫蔵本）…… 528
賀茂別雷社歌合 建永二年二月（群書類従本）…… 529
内裏詩歌合 建保元年二月（内閣文庫蔵本）…… 530
内裏歌合 建保元年七月（書陵部蔵五〇一・二一）…… 533
内裏歌合 建保元年閏九月（三手文庫蔵本）…… 534
内裏歌合 建保二年（永青文庫蔵本）…… 535
月卿雲客妬歌合 建保二年九月（島原松平文庫蔵本）…… 540
院四十五番歌合 建保三年（島原松平文庫蔵本）…… 542
内裏百番歌合 建保四年（書陵部蔵一五一・三六）…… 546
右大臣家歌合 建保五年九月（書陵部蔵五一〇・四一）…… 552
冬題歌合 建保五年（永青文庫蔵本）…… 554
定家卿百番自歌合（書陵部蔵五〇一・七四）（藤原定家自撰）…… 558
家隆卿百番自歌合（尊経閣文庫蔵本）…… 562
内裏百番歌合 承久元年（久曾神昇氏蔵本）…… 566
後鳥羽院自歌合（内閣文庫蔵本）（後鳥羽院詠）…… 572
石清水若宮歌合 寛喜四年（群書類従本）…… 574
光明峰寺摂政家歌合（永青文庫蔵本）…… 577
名所月歌合 貞永元年…… 584
時代不同歌合（書陵部蔵五〇一・六〇九）（後鳥羽撰）…… 586
遠島御歌合（永青文庫蔵本）（後鳥羽撰）…… 592
定家家隆両卿撰歌合（天理図書館蔵本）（後鳥羽院撰）…… 598
河合社歌合 寛元元年十一月（書陵部蔵一五一・三六一）…… 600
春日若宮社歌合 寛元四年十二月（書陵部蔵五〇一・五五三）…… 602
院御歌合 宝治元年（書陵部蔵五〇一・六〇四）…… 605
影供歌合 建長三年九月（内閣文庫蔵本）…… 615
百首歌合 建長八年（逸翁美術館蔵本）…… 628
三十六人大歌合 弘長二年（書陵部蔵特・六一）…… 675

日本古典文学全集・内容綜覧 第Ⅱ期　229

[045] 新編国歌大観

歌合 文永二年七月（書陵部蔵五〇一・一五一）‥ 679
歌合 文永二年八月十五夜（永青文庫蔵本）‥‥ 682
亀山殿五首歌合 文永二年九月（書陵部蔵五〇一・五三三） 687
新時代不同歌合（内閣文庫蔵本）（藤原基家撰） 693
摂政家月十首歌合（東大国文学研究室蔵本）‥‥ 697
仙洞五十番歌合 乾元二年（書陵部蔵五〇一・五四四） 704
歌合 永仁五年当座（天理図書館蔵本） 707
永福門院百番自歌合（群書類従本）（永福門院詠） 709
院六首歌合 康永二年（日大総合図書館蔵本）‥‥ 713
光厳院三十六番歌合 貞和五年八月（天理図書館蔵本） 716
年中行事歌合（国文学研究資料館蔵本） 719
新玉津島社歌合 貞治六年三月（永青文庫蔵本） 726
南朝五百番歌合（書陵部蔵五〇一・六二〇） 730
餅酒歌合（書陵部蔵二一〇・六四一） 754
内裏九十番歌合（書陵部蔵伏・四一） 755
前摂政家歌合 嘉吉三年（永青文庫蔵本） 760
歌学書・物語・日記等収録歌編 ‥‥‥‥ 783
和歌一字抄（書陵部蔵一五〇・六五三）（藤原清輔著） 785
物語二百番歌合（穂久邇文庫蔵本） 810
風葉和歌集（丹鶴叢書本） 823
秘蔵抄（島原松平文庫蔵本） 863
蔵玉集（島原松平文庫蔵本） 870
紀師匠家水宴和歌（島原松平文庫蔵本） 876
日本紀竟宴和歌（伝宗尊親王筆本） 877
万寿元年高陽院行幸和歌（高松宮家蔵本） 884
嘉応元年宇治別業和歌（内閣文庫蔵本）‥‥ 885
暮春白河尚歯会和歌（名大附属図書館蔵本）‥‥ 886
文治六年女御入内和歌（島原松平文庫蔵本）‥‥ 887
三体和歌（天理図書館蔵本） 894
新古今宴宴和歌（横浜市大図書館蔵本） 895
最勝四天王院和歌（高松宮家蔵本） 896
寛喜女御入内和歌（神宮文庫蔵本） 905
続古今宴宴和歌（書陵部蔵二六五・一一一三） 906
和歌体十種（伝御子左忠家筆本） 907
和歌十体（書陵部蔵一五〇・六二九） 908
三十人撰（伝行成筆本） 909
三十六人撰（書陵部蔵五〇一・一九）（藤原公任撰） 911
深窓秘抄（伝宗尊親王筆本）（藤原公任撰） 913
九品和歌（国文学研究資料館寄託本伝道増筆本）（藤原公任撰） 915
後六々撰（群書類従本）（藤原範兼撰） 915
歌仙落書（群書類従本） 917
中古六歌仙（某家蔵本） 921
続歌仙落書（彰考館蔵本） 925

秀歌大体（東大国文学研究室蔵本）（藤原定家撰） 929
百人秀歌（書陵部蔵五〇一・八九）（藤原定家撰） 931
百人一首（書陵部蔵五〇三・二三六）（藤原定家撰） 933
定家十体（書陵部蔵二六六・二一一） 935
自讃歌（京大附属図書館蔵本） 940
未来記（東大国文学研究室蔵本） 943
雨中吟（東大国文学研究室蔵本）（伝藤原定家）‥ 944
歌経標式（真本）（藤原浜成作） 945
倭歌作式 946
和歌式 946
石見女式 947
新撰髄脳（藤原公任作） 947
能因歌枕（広本）（能因作） 947
類聚証 948
難後拾遺抄（源経信作） 949
隆源口伝（隆源作） 951
新撰和歌髄脳 952
俊頼髄脳（源俊頼作） 952
綺語抄（藤原仲実作） 960
和歌童蒙抄（藤原範兼作） 970
奥儀抄（藤原清輔作） 992
袋草紙（藤原清輔作） 1001
和歌初学抄（藤原清輔作） 1016
万葉集時代難事（顕昭作） 1019
柿本人麻呂勘文（顕昭作） 1021
袖中抄（顕昭作） 1022
六百番陳状（顕昭作） 1040
古来風体抄（釈阿作） 1043
和歌色葉（上覚作） 1054
無名抄（鴨長明作） 1061
瑩玉集 1063
後鳥羽天皇御口伝（後鳥羽天皇作）‥‥ 1063
西行上人談抄（蓮阿筆録） 1063
近代秀歌（遣送本・自筆本）（藤原定家作）‥ 1064
詠歌大概（藤原定家作） 1066
先達物語（藤原長綱筆録） 1067
定家物語 1068
八雲禅抄（順徳院作） 1068
越部禅尼消息（俊成卿女作） 1073
簸河上（藤原光俊作） 1073
詠歌一体（藤原為家作） 1074
追加（慶融作） 1074
夜の鶴（阿仏尼作） 1075
為兼卿和歌抄（京極為兼作） 1075
野守鏡 1075
和歌口伝（源承作） 1076
竹園抄 1082
代集 1083

延慶両卿訴陳状（二条為世作）	1083
歌苑連署事書	1084
和歌庭訓（二条為世作）	1085
和歌用意条々	1085
愚見抄	1086
愚秘抄	1087
三五記	1087
桐火桶	1092
和歌肝要	1095
和歌大綱	1095
悦目抄	1095
和歌無底抄	1097
和歌口伝抄	1098
井蛙抄（頓阿作）	1098
愚問賢注（二条良基問, 頓阿答）	1108
梵灯庵袖下集（梵灯作）	1109
近来風体抄（二条良基作）	1111
耕雲口伝（花山院長親作）	1111
二言抄（今川了俊作）	1112
了俊一子伝（今川了俊作）	1113
落書露顕（今川了俊作）	1114
正徹物語（正徹談話筆録）	1115
東野州聞書（東常縁作）	1117
心敬私語（心敬作）	1121
兼載雑談（猪苗代兼載作）	1126
古事記（太安麻呂撰）	1129
日本書紀（舎人親王ほか撰）	1133
続日本紀（菅野真道, 藤原継縄ほか撰）	1138
日本後紀（藤原緒嗣, 源常ほか撰）	1139
続日本後紀（藤原良房, 春澄善縄ほか撰）	1139
日本三代実録（藤原時平, 大蔵善行ほか撰）	1140
風土記	1141
栄花物語	1142
大鏡	1155
今鏡	1157
水鏡（中山忠親作）	1161
増鏡	1161
保元物語	1166
平治物語	1167
平家物語（覚一本）	1167
平家物語（延慶本）	1171
源平盛衰記	1178
承久記（慈光寺本）	1185
承久記（古活字本）	1186
六代勝事記	1187
太平記	1187
曾我物語（真名）	1191
曾我物語（仮名）	1193
義経記	1194
日本霊異記（景戒作）	1195
三宝絵（源為憲作）	1196
江談抄（大江匡房談, 藤原実兼筆録）	1196
今昔物語集	1200
古本説話集	1204
宝物集（平康頼作）	1207
発心集（鴨長明作）	1218
古事談（源顕兼作）	1219
続古事談	1221
宇治拾遺物語	1222
世継物語	1223
今物語（藤原信実作）	1225
十訓抄（六波羅二﨟左衛門入道作）	1226
古今著聞集（橘成季作）	1231
撰集抄	1240
西行物語（文明本）	1243
西行物語（伝阿仏尼筆本）	1248
沙石集（無住作）	1249
土左日記（紀貫之作）	1255
蜻蛉日記（藤原道綱母作）	1256
枕草子（清少納言作）	1262
紫式部日記（紫式部作）	1263
和泉式部日記	1263
更級日記（菅原孝標女作）	1266
讃岐典侍日記（讃岐典侍作）	1268
高倉院厳島御幸記（源通親作）	1269
高倉院昇霞記（源通親作）	1269
建春門院中納言日記（建春門院中納言作）	1273
源家長日記（源家長作）	1273
海道記	1278
東関紀行	1279
うたたね（阿仏作）	1281
弁内侍日記（後深草院弁内侍作）	1281
無名の記（飛鳥井雅有作）	1287
嵯峨の通ひ路（飛鳥井雅有作）	1288
最上の河路（飛鳥井雅有作）	1289
都路の別れ（飛鳥井雅有作）	1289
春の深山路（飛鳥井雅有作）	1290
十六夜日記（阿仏作）	1292
中務内侍日記（伏見院中務内侍作）	1295
とはずがたり（後深草院二条作）	1298
徒然草（吉田兼好著）	1301
竹むきが記（竹向作）	1302
竹取物語	1303
伊勢物語	1303
大和物語	1310
平中物語	1318
多武峰少将物語	1321
宇津保物語	1323

[045] 新編国歌大観

落窪物語	1343
源氏物語（紫式部作）	1344
夜の寝覚	1360
浜松中納言物語	1361
狭衣物語	1364
堤中納言物語	1368
とりかへばや物語	1370
住吉物語（藤井本）	1371
住吉物語（真銅本）	1372
山路の露	1375
有明の別れ	1375
松浦宮物語	1377
浅茅が露	1379
風につれなき物語	1379
石清水物語	1380
言はで忍ぶ	1381
苔の衣	1387
我が身にたどる姫君	1389
しのびね物語	1392
兵部卿物語	1393
恋路ゆかしき大将	1393
小夜衣	1395
木幡の時雨	1397
唐物語	1397
無名草子	1398
＊解題	1401
＊1　民部卿家歌合（村瀬敏夫）	1403
＊2　寛平御時菊合（村瀬敏夫）	1403
＊3　是貞親王家歌合（村瀬敏夫）	1403
＊4　寛平御時后宮歌合（村瀬敏夫）	1403
＊5　寛平御時中宮歌合（片桐洋一、中周子）	1403
＊6　亭子院女郎花合（片桐洋一、中周子）	1404
＊7　宇多院歌合（片桐洋一、中周子）	1404
＊8　左兵衛佐定文歌合（片桐洋一、中周子）	1404
＊9　本院左大臣家歌合（片桐洋一、中周子）	1405
＊10　亭子院歌合（藤岡忠美）	1405
＊11　陽成院歌合（延喜十二年夏）（藤岡忠美）	1405
＊12　陽成院歌合　延喜十三年九月（藤岡忠美）	1406
＊13　内裏菊合　延喜十三年（藤岡忠美）	1406
＊14　亭子院殿上人歌合（藤岡忠美）	1406
＊15　京極御息所歌合（藤岡忠美）	1406
＊16　論春秋歌合（杉谷寿郎）	1406
＊17　保明親王帯刀陣歌合（杉谷寿郎）	1407
＊18　醍醐御時菊合（杉谷寿郎）	1407
＊19　東院前栽合（杉谷寿郎）	1407
＊20　近江御息所歌合（杉谷寿郎）	1407
＊21　陽成院親王二人歌合（杉谷寿郎）	1407
＊22　陽成院一親王姫君達歌合（杉谷寿郎）	1408
＊23　内裏歌合　天暦九年（杉谷寿郎）	1408
＊24　麗景殿女御歌合（杉谷寿郎）	1408
＊25　宣耀殿女御罌麦合（杉谷寿郎）	1408
＊26　坊城右大臣殿歌合（杉谷寿郎）	1408
＊27　蔵人所歌合　天暦十一年（杉谷寿郎）	1409
＊28　内裏歌合　天徳四年（杉谷寿郎）	1409
＊29　内裏歌合　応和二年（久保木哲夫）	1409
＊30　河原院歌合（久保木哲夫）	1409
＊31　宰相中将君達春秋歌合（久保木哲夫）	1409
＊32　源順馬名歌合（久保木哲夫）	1410
＊33　内裏前栽合　康保三年（久保木哲夫）	1410
＊34　女四宮歌合（片桐洋一、中周子）	1410
＊35　円融院扇合（片桐洋一、中周子）	1411
＊36　堀河中納言家歌合（片桐洋一、中周子）	1411
＊37　一条大納言家歌合（片桐洋一、中周子）	1411
＊38　一条大納言家石名取歌合（片桐洋一、中周子）	1412
＊39　三条左大臣殿前栽歌合（片桐洋一、中周子）	1412
＊40　小野宮右衛門督君達歌合（片桐洋一、中周子）	1412
＊41　謎歌合（片桐洋一、中周子）	1412
＊42　光昭少将家歌合（片桐洋一、中周子）	1413
＊43　内裏歌合　寛和元年（小町谷照彦）	1413
＊44　内裏歌合　寛和二年（小町谷照彦）	1413
＊45　皇太后宮歌合　東三条院（増田繁夫）	1414
＊46　蔵人頭家歌合　永延二年七月七日（増田繁夫）	1414
＊47　帯刀陣歌合　正暦四年（増田繁夫）	1414
＊48　花山院歌合（増田繁夫）	1415
＊49　春夜詠二首歌合（増田繁夫）	1415
＊50　四季恋三首歌合（増田繁夫）	1415
＊51　左大臣家歌合　長保五年（小町谷照彦）	1415
＊52　前十五番歌合（樋口芳麻呂）	1416
＊53　後十五番歌合（樋口芳麻呂）	1416
＊54　東宮学士実忠歌合（千葉義孝）	1416
＊55　上東門院歌合（千葉義孝）	1416
＊56　賀陽院水閣歌合（千葉義孝）	1417
＊57　源大納言家歌合　長暦二年九月（糸井通浩）	1418

*58 源大納言家歌合 長暦二年（糸井通浩）……… 1418	*90 丹後守公基朝臣歌合 康平六年（橋本ゆり）……… 1425
*59 斎宮貝合（糸井通浩）……… 1418	*91 禖子内親王桜柳歌合（嘉藤久美子）……… 1425
*60 弘徽殿女御歌合 長久二年（斎藤熙子）……… 1418	*92 禖子内親王家歌合 庚申（嘉藤久美子）……… 1426
*61 源大納言家歌合 長久二年（斎藤熙子）……… 1419	*93 禖子内親王家歌合 五月五日（嘉藤久美子）……… 1426
*62 源大納言家歌合（斎藤熙子）……… 1419	*94 皇后宮歌合 治暦二年（後藤祥子）… 1426
*63 六条斎院歌合 永承三年（神尾暢子）……… 1419	*95 滝口本所歌合（後藤祥子）……… 1426
*64 内裏歌合 永承四年（楠橋開）……… 1419	*96 禖子内親王家歌合 治暦二年（嘉藤久美子）……… 1427
*65 六条斎院歌合 永承四年（神尾暢子）……… 1419	*97 備中守定綱朝臣家歌合（後藤祥子）……… 1427
*66 六条斎院歌合 永承五年二月（神尾暢子）……… 1420	*98 禖子内親王家歌合 治暦四年（嘉藤久美子）……… 1427
*67 前麗景殿女御歌合（楠橋開）……… 1420	*99 禖子内親王家歌合 夏（嘉藤久美子）……… 1427
*68 六条斎院歌合（永承五年五月）（神尾暢子）……… 1420	*100 西国受領歌合（犬養廉）……… 1427
*69 祐子内親王家歌合 永承五年（楠橋開）……… 1420	*101 禖子内親王家歌合 延久二年（嘉藤久美子）……… 1428
*70 六条斎院歌合 永承六年一月（神尾暢子）……… 1420	*102 気多宮歌合（上野理）……… 1428
*71 内裏根合 永承六年（斎藤熙子）…… 1421	*103 或所紅葉歌合（上野理）……… 1428
*72 関白殿蔵人所歌合（千葉義孝）… 1421	*104 摂津守有綱家歌合（上野理）……… 1428
*73 越中守頼家歌合（千葉義孝）… 1421	*105 殿上歌合 承保二年（上野理）……… 1428
*74 左京大夫八条山庄障子絵合（千葉義孝）……… 1421	*106 前右衛門佐経仲歌合（清水彰）……… 1428
*75 播磨守兼房朝臣歌合（川村晃生）……… 1421	*107 讃岐守顕季家歌合（川上新一郎）……… 1429
*76 太宰大弐資通卿家歌合（川村晃生）……… 1422	*108 内裏歌合 承暦二年（犬養廉）……… 1429
*77 六条斎院歌合 天喜三年（藤本一恵）……… 1422	*109 内裏後番歌合 承暦二年（犬養廉）… 1429
*78 六条斎院歌合（天喜四年閏三月）（神尾暢子）……… 1422	*110 禖子内親王家歌合 承暦二年（嘉藤久美子）……… 1429
*79 或所歌合 天喜四年四月（川村晃生）… 1423	*111 庚申夜歌合 承暦三年（清水彰）…… 1429
*80 皇后宮春秋歌合（藤本一恵）……… 1423	*112 出雲守経仲歌合（清水彰）……… 1430
*81 六条右大臣家歌合（藤本一恵）… 1423	*113 多武峰往生院千世君歌合（清水彰）……… 1430
*82 六条斎院歌合（天喜四年五月）（名和修）……… 1424	*114 後三条院四宮侍所歌合（清水彰）……… 1430
*83 六条斎院歌合（天喜四年七月）（名和修）……… 1424	*115 媞子内親王家歌合（清水彰）… 1431
*84 六条斎院歌合（天喜五年五月）（名和修）……… 1424	*116 若狭守通宗朝臣女子達歌合（斎藤熙子）……… 1431
*85 六条斎院歌合（天喜五年八月）（名和修）……… 1424	*117 四条宮扇歌合（後藤祥子）……… 1431
*86 六条斎院歌合（天喜五年九月）（名和修）……… 1424	*118 左近権中将藤原宗通朝臣歌合（糸井通浩）……… 1431
*87 六条斎院歌合 秋（名和修）……… 1425	*119 従二位親子歌合（川上新一郎）… 1432
*88 丹後守公基朝臣歌合 天喜六年（橋本ゆり）……… 1425	*120 郁芳門院根合（久曾神昇）……… 1432
*89 無動寺和尚賢聖院歌合（橋本ゆり）……… 1425	*121 高陽院七番歌合（橋本不美男、小池一行）……… 1432
	*122 権大納言家歌合 永長元年（小池一行）……… 1432
	*123 中宮権大夫家歌合 永長元年（小池一行）……… 1432

* 124 左兵衛佐師時家歌合（小池一行）……… *1432*
* 125 東塔東谷歌合（小池一行）……… *1433*
* 126 源宰相中将家和歌合（康和二年〈小池一行〉）……… *1433*
* 127 備中守仲実朝臣女子根合（小池一行）……… *1433*
* 128 堀河院艶書合（橋本不美男，小池一行）……… *1433*
* 129 散位源広綱朝臣歌合 長治元年五月（森本元子）……… *1433*
* 130 散位源広綱朝臣歌合 長治元年五月廿日（森本元子）……… *1434*
* 131 左近権中将俊忠朝臣家歌合（橋本不美男，小池一行）……… *1434*
* 132 俊頼朝臣女子達歌合（川上新一郎）……… *1434*
* 133 山家五番歌合（川上新一郎）……… *1434*
* 134 内大臣家歌合 永久三年十月（川上新一郎）……… *1434*
* 135 内大臣家後度歌合 永久三年十月（川上新一郎）……… *1434*
* 136 鳥羽殿北面歌合（川上新一郎）…… *1434*
* 137 六条宰相家歌合（久曾神昇）…… *1435*
* 138 雲居寺結縁経後宴歌合（橋本不美男，滝沢貞夫）……… *1435*
* 139 新中将家歌合（井上宗雄，山田洋嗣）……… *1435*
* 140 右兵衛督家歌合（井上宗雄，山田洋嗣）……… *1435*
* 141 内大臣家歌合 元永元年十月二日（上野理）……… *1435*
* 142 内大臣家歌合 元永元年十月十三日（上野理）……… *1436*
* 143 内大臣家歌合 元永二年（上野理）……… *1436*
* 144 内蔵頭長実白河家歌合 保安二年閏五月十三日（川上新一郎）……… *1437*
* 145 内蔵頭長実家歌合 保安二年閏五月廿六日（川上新一郎）……… *1437*
* 146 関白内大臣歌合 保安二年（川上新一郎）……… *1437*
* 147 永縁奈良房歌合（橋本不美男，滝沢貞夫）……… *1437*
* 148 摂政左大臣家歌合 大治元年（上野理）……… *1437*
* 149 西宮歌合（野中春水）……… *1438*
* 150 南宮歌合（野中春水）……… *1438*
* 151 住吉歌合 大治三年（野中春水）……… *1438*
* 152 殿上蔵人歌合（大治五年）（谷山茂）……… *1438*
* 153 相撲立詩歌合（谷山茂）……… *1439*
* 154 中宮亮顕輔家歌合（大取一馬）… *1439*
* 155 右衛門督家歌合 久安五年（谷山茂）……… *1439*
* 156 太皇太后宮大進清輔朝臣家歌合（大取一馬）……… *1440*
* 157 中宮亮重家朝臣家歌合（谷山茂）……… *1440*
* 158 太皇太后宮亮平経盛朝臣家歌合（福田百合子）……… *1441*
* 159 実国家歌合（森本元子）……… *1441*
* 160 住吉社歌合 嘉応二年（八嶌正治）… *1442*
* 161 建春院北面歌合（八嶌正治）… *1442*
* 162 広田社歌合 承安二年（久保木寿子）……… *1443*
* 163 三井寺新羅社歌合（谷山茂）…… *1443*
* 164 右大臣家歌合 安元元年（大岡賢典）……… *1443*
* 165 治承三十六人歌合（樋口芳麻呂）……… *1444*
* 166 俊成三十六人歌合（樋口芳麻呂）……… *1444*
* 167 別雷社歌合（田中裕）……… *1445*
* 168 廿二番歌合 治承二年（田中裕）…… *1445*
* 169 右大臣家歌合 治承三年（川平ひとし）……… *1445*
* 170 三井寺山家歌合（松野陽一）…… *1446*
* 171 歌合 文治二年（久保田淳）……… *1446*
* 172 御裳濯河歌合（細谷直樹，久保田淳）……… *1446*
* 173 宮河歌合（細谷直樹，久保田淳）……… *1446*
* 174 若宮社歌合 建久二年三月（西村加代子）……… *1447*
* 175 六百番歌合（有吉保，田村柳壹）……… *1447*
* 176 民部卿家歌合 建久六年（久保田淳）……… *1448*
* 177 慈鎮和尚自歌合（藤平春男，石川一）……… *1448*
* 178 後京極殿御自歌合 建久九年（片山享）……… *1449*
* 179 院当座歌合 正治二年九月（有吉保）……… *1450*
* 180 院当座歌合 正治二年十月（有吉保）……… *1450*
* 181 仙洞十人歌合（久保田淳）……… *1450*
* 182 石清水若宮歌合 正治二年（井上宗雄，中村文）……… *1450*
* 183 三百六十番歌合 正治二年（峯村文人）……… *1451*
* 184 老若五十首歌合（後藤重郎）…… *1451*
* 185 通親亭影供歌合 建仁元年三月（久保田淳）……… *1452*

*186 新宮撰歌合 建仁元年三月（上條彰次）………… *1452*
*187 鳥羽殿影供歌合 建仁元年四月（久保田淳）………… *1452*
*188 和歌所影供歌合 建仁元年八月（久保田淳）………… *1452*
*189 撰歌合 建仁元年八月十五日（上條彰次）………… *1452*
*190 和歌所影供歌合 建仁元年九月（久保田淳）………… *1453*
*191 石清水社歌合 建仁元年十二月（樋口芳麻呂）………… *1453*
*192 仙洞影供歌合 建仁二年五月（久保田淳）………… *1453*
*193 水無瀬釣殿当座六首歌合 建仁二年六月（福田秀一、樋口芳麻呂）………… *1453*
*194 水無瀬恋十五首歌合（有吉保）… *1454*
*195 若宮撰歌合 建仁二年九月（有吉保）………… *1454*
*196 水無瀬桜宮十五番歌合 建仁二年九月（有吉保）………… *1454*
*197 千五百番歌合（有吉保、青木賢豪、辻勝美）………… *1454*
*198 影供歌合 建仁三年六月（久保田淳）………… *1456*
*199 八幡若宮撰歌合 建仁三年七月（有吉保）………… *1456*
*200 石清水若宮歌合 元久元年十月（簗瀬一雄）………… *1456*
*201 北野宮歌合 元久元年十一月（有吉保）………… *1456*
*202 春日社歌合 元久元年（久保木寿子）………… *1456*
*203 元久詩歌合（後藤重郎）………… *1457*
*204 卿相侍臣歌合 建永元年七月（川平ひとし）………… *1457*
*205 鴨御祖社歌合 建永二年（藤平春男、今井明）………… *1457*
*206 賀茂別雷社歌合 建永二年二月（藤平春男、今井明）………… *1458*
*207 内裏詩歌合 建保元年二月（藤平春男、兼築信行）………… *1458*
*208 内裏歌合 建保元年七月（藤平春男、兼築信行）………… *1458*
*209 内裏歌合 建保元年閏九月（藤平春男、兼築信行）………… *1458*
*210 内裏歌合 建保二年（久保田淳）…… *1459*
*211 月卿雲客妓妾歌合 建保二年九月（久保田淳）………… *1459*
*212 院四十五番歌合 建保三年（後藤重郎）………… *1459*
*213 内裏百番歌合 建保四年（藤平春男、兼築信行、今井明）………… *1459*

*214 右大臣家歌合 建保五年九月（川平ひとし）………… *1460*
*215 冬題歌合 建保五年（久保田淳）…… *1460*
*216 定家卿百番自歌合（樋口芳麻呂）………… *1461*
*217 家隆卿百番自歌合（久保田淳）… *1461*
*218 内裏百番歌合 承久元年（谷山茂）… *1461*
*219 後鳥羽院自歌合（寺島恒世）…… *1462*
*220 石清水若宮歌合 寛喜四年（田尻嘉信）………… *1462*
*221 光明峰寺摂政家歌合（佐藤恒雄）………… *1463*
*222 名所月歌合 貞永元年（佐藤恒雄）… *1463*
*223 時代不同歌合（樋口芳麻呂）…… *1463*
*224 遠島御歌合（荒木尚、樋口芳麻呂）………… *1464*
*225 定家家隆両卿撰歌合（寺島恒世）………… *1465*
*226 河合社歌合 寛元元年十一月（黒田彰子）………… *1465*
*227 春日若宮社歌合 寛元四年十二月（黒田彰子）………… *1465*
*228 院御歌合 宝治元年（家郷隆文）… *1466*
*229 影供歌合 建長三年九月（安田徳子）………… *1466*
*230 百首歌合 建長八年（福田秀一）…… *1467*
*231 三十六人大歌合 弘長二年（佐藤恒雄）………… *1467*
*232 歌合 文永二年七月（井上宗雄）… *1468*
*233 歌合 文永二年八月十五夜（井上宗雄、大岡賢典）………… *1468*
*234 亀山殿五首歌合 文永二年九月（井上宗雄）………… *1468*
*235 新時代不同歌合（黒田彰子）…… *1468*
*236 摂政家月十首歌合（大島貴子）… *1469*
*237 仙洞五十番歌合 乾元二年（岩佐美代子）………… *1469*
*238 歌合 永仁五年当座（福田秀一）… *1469*
*239 永福門院百番自歌合（岩佐美代子）………… *1470*
*240 院六首歌合 康永二年（有吉保、鹿目俊彦）………… *1470*
*241 光厳院三十六番歌合 貞和五年八月（福田秀一）………… *1470*
*242 年中行事歌合（荒木尚）………… *1471*
*243 新玉津島社歌合 貞治六年三月（伊地知鐵男、高梨素子）………… *1471*
*244 南朝五百番歌合（伊地知鐵男、高梨素子）………… *1471*
*245 餅酒歌合（大島貴子）…………… *1472*
*246 内裏九十番歌合（三村晃功）…… *1472*
*247 前摂政家歌合 嘉吉三年（伊藤敬）… *1472*

*248 和歌一字抄(井上宗雄, 西村加代子) ………… 1472	*285 新撰髄脳(橋本不美男, 滝沢貞夫) ………… 1487
*249 物語二百番歌合(久曾神昇) ……… 1476	*286 能因歌枕(広本)(橋本不美男, 滝沢貞夫) ………… 1487
*250 風葉和歌集(藤井隆) ………… 1476	*287 類聚証(橋本不美男, 滝沢貞夫) ………… 1487
*251 秘蔵抄(赤瀬信吾) ………… 1477	*288 難後拾遺抄(橋本不美男, 滝沢貞夫) ………… 1487
*252 蔵玉集(赤瀬信吾) ………… 1478	*289 隆源口伝(橋本不美男, 滝沢貞夫) ………… 1487
*253 紀師匠曲水宴和歌(橋本不美男, 滝沢貞夫) ………… 1479	*290 新撰和歌髄脳(橋本不美男, 滝沢貞夫) ………… 1487
*254 日本紀竟宴和歌(橋本不美男, 滝沢貞夫) ………… 1479	*291 俊頼髄脳(橋本不美男, 滝沢貞夫) ………… 1487
*255 万寿元年高陽院行幸和歌(橋本不美男, 滝沢貞夫) ………… 1480	*292 綺語抄(橋本不美男, 滝沢貞夫) ………… 1487
*256 嘉応元年宇治別業和歌(後藤重郎) ………… 1480	*293 和歌童蒙抄(井上宗雄, 山田洋嗣) ………… 1488
*257 暮春白河尚歯会和歌(後藤重郎) ………… 1480	*294 奥儀抄(橋本不美男, 滝沢貞夫) ………… 1488
*258 文治六年女御入内和歌(後藤重郎) ………… 1480	*295 袋草紙(有吉保, 唐沢正実, 川上新一郎, 兼築信行) ………… 1488
*259 三体和歌(赤瀬信吾) ………… 1480	*296 和歌初学抄(松野陽一) ………… 1488
*260 新古今竟宴和歌(後藤重郎) ………… 1481	*297 万葉集時代難事(竹下豊) ………… 1488
*261 最勝四天王院和歌(後藤重郎) ………… 1481	*298 柿本人麻呂勘文(竹下豊) ………… 1488
*262 寛喜女御入内和歌(後藤重郎) ………… 1481	*299 袖中抄(竹下豊) ………… 1488
*263 続古今竟宴和歌(後藤重郎) ………… 1481	*300 六百番陳状(竹下豊) ………… 1488
*264 和歌体十種(井上宗雄) ………… 1482	*301 古来風体抄(松野陽一) ………… 1488
*265 和歌十体(井上宗雄, 川村裕子) ………… 1482	*302 和歌色葉(松野陽一) ………… 1488
*266 三十人撰(樋口芳麻呂) ………… 1482	*303 無名抄(有吉保) ………… 1488
*267 三十六人撰(樋口芳麻呂) ………… 1482	*304 螢玉集(有吉保) ………… 1488
*268 深窓秘抄(樋口芳麻呂) ………… 1483	*305 後鳥羽天皇御口伝(松野陽一) ‥ 1488
*269 九品和歌(井上宗雄, 川村裕子) ………… 1483	*306 西行上人談抄(松野陽一) ………… 1488
*270 後六々撰(井上宗雄, 山田洋嗣) ………… 1483	*307 近代秀歌(遺送本・自筆本)(有吉保) ………… 1488
*271 歌仙落書(有吉保) ………… 1483	*308 詠歌大概(有吉保) ………… 1488
*272 中古六歌仙(橋本不美男, 井上宗雄, 高城功夫) ………… 1483	*309 先達物語(田中裕) ………… 1488
*273 続歌仙落書(井上宗雄) ………… 1485	*310 定家物語(三輪正胤) ………… 1488
*274 秀歌大体(有吉保) ………… 1485	*311 八雲御抄(松野陽一) ………… 1488
*275 百人秀歌(有吉保) ………… 1485	*312 越部禅尼消息(田中裕) ………… 1488
*276 百人一首(有吉保) ………… 1485	*313 簸河上(安井久善) ………… 1488
*277 定家十体(久保田淳) ………… 1485	*314 詠歌一体(田中裕) ………… 1488
*278 自讃歌(赤瀬信吾) ………… 1486	*315 追加(田中裕) ………… 1488
*279 未来記(赤瀬信吾) ………… 1486	*316 夜の鶴(田中裕) ………… 1488
*280 雨中吟(赤瀬信吾) ………… 1487	*317 為兼卿和歌抄(福田秀一) ………… 1488
*281 歌経標式(眞本)(橋本不美男, 滝沢貞夫) ………… 1487	*318 野守鏡(福田秀一) ………… 1488
*282 倭歌作式(橋本不美男, 滝沢貞夫) ………… 1487	*319 和歌口伝(福田秀一) ………… 1488
*283 和歌式(橋本不美男, 滝沢貞夫) ………… 1487	*320 竹園抄(三輪正胤) ………… 1488
*284 石見女式(橋本不美男, 滝沢貞夫) ………… 1487	*321 代集(福田秀一) ………… 1488
	*322 延慶両卿訴陳状(福田秀一) ………… 1488
	*323 歌苑連署事書(福田秀一) ………… 1488
	*324 和歌庭訓(福田秀一) ………… 1488

*325	和歌用意条々(福田秀一)	1489
*326	愚見抄(三輪正胤)	1489
*327	愚秘抄(三輪正胤)	1489
*328	三五記(三輪正胤)	1489
*329	桐火桶(三輪正胤)	1489
*330	和歌肝要(三輪正胤)	1489
*331	和歌大綱(三輪正胤)	1489
*332	悦目抄(三輪正胤)	1489
*333	和歌無底抄(三輪正胤)	1489
*334	和歌口伝抄(三輪正胤)	1489
*335	井蛙抄(田中裕)	1489
*336	愚問賢注(田中裕)	1489
*337	梵灯庵袖下集(島津忠夫)	1489
*338	近来風体抄(田中裕)	1489
*339	耕雲口伝(田中裕)	1489
*340	二言抄(田中裕)	1489
*341	了俊一子伝(田中裕)	1489
*342	落書露顕(田中裕)	1489
*343	正徹物語(田中裕)	1489
*344	東野州聞書(稲田利徳)	1489
*345	心敬私語(島津忠夫)	1489
*346	兼載雑談(田中裕)	1489
*347	古事記(後藤重郎, 村瀬憲夫)	1489
*348	日本書紀(後藤重郎, 村瀬憲夫)	1489
*349	続日本紀(後藤重郎, 村瀬憲夫)	1489
*350	日本後紀(後藤重郎, 村瀬憲夫)	1489
*351	続日本後紀(後藤重郎, 村瀬憲夫)	1489
*352	日本三代実録(後藤重郎, 村瀬憲夫)	1489
*353	風土記(後藤重郎, 村瀬憲夫)	1489
*354	栄花物語(井上宗雄, 川村裕子)	1489
*355	大鏡(井上宗雄, 中村文)	1489
*356	今鏡(井上宗雄, 中村文)	1489
*357	水鏡(井上宗雄, 中村文)	1490
*358	増鏡(井上宗雄, 中村文)	1490
*359	保元物語(黒田彰, 島津忠夫)	1490
*360	平治物語(黒田彰, 島津忠夫)	1490
*361	平家物語(覚一本)(黒田彰, 島津忠夫)	1490
*362	平家物語(延慶本)(黒田彰, 島津忠夫)	1490
*363	源平盛衰記(黒田彰, 島津忠夫)	1490
*364	承久記(慈光寺本)(黒田彰, 島津忠夫)	1490
*365	承久記(古活字本)(黒田彰, 島津忠夫)	1490
*366	六代勝事記(黒田彰, 島津忠夫)	1490
*367	太平記(黒田彰, 島津忠夫)	1490
*368	曾我物語(真名)(黒田彰, 島津忠夫)	1490
*369	曾我物語(仮名)(黒田彰, 島津忠夫)	1490
*370	義経記(黒田彰, 島津忠夫)	1490
*371	日本霊異記(小峯和明)	1490
*372	三宝絵(小峯和明)	1490
*373	江談抄(小峯和明)	1490
*374	今昔物語集(小峯和明)	1490
*375	古本説話集(小峯和明)	1490
*376	宝物集(浅見和彦, 小島孝之)	1490
*377	発心集(浅見和彦, 小島孝之)	1490
*378	古事談(浅見和彦, 小島孝之)	1490
*379	続古事談(浅見和彦, 小島孝之)	1490
*380	宇治拾遺物語(浅見和彦, 小島孝之)	1490
*381	世継物語(久保田淳)	1490
*382	今物語(久保田淳)	1490
*383	十訓抄(久保田淳)	1490
*384	古今著聞集(小島孝之)	1490
*385	撰集抄(小島孝之)	1490
*386	西行物語(文明本)(久保田淳)	1490
*387	西行物語(伝阿仏尼筆本)(久保田淳)	1490
*388	沙石集(小島孝之)	1490
*389	土左日記(萩谷朴, 浜口俊裕)	1491
*390	蜻蛉日記(萩谷朴, 浜口俊裕)	1491
*391	枕草子(萩谷朴, 浜口俊裕)	1491
*392	紫式部日記(萩谷朴, 北村章)	1491
*393	和泉式部日記(萩谷朴, 北村章)	1491
*394	更級日記(萩谷朴, 北村章)	1491
*395	讃岐典侍日記(萩谷朴, 北村章)	1491
*396	高倉院厳島御幸記(久保田淳)	1491
*397	高倉院昇霞記(久保田淳)	1491
*398	建春門院中納言日記(福田秀一)	1491
*399	源家長日記(福田秀一)	1491
*400	海道記(福田秀一)	1491
*401	東関紀行(福田秀一)	1491
*402	うたたね(福田秀一)	1491
*403	弁内侍日記(福田秀一)	1491
*404	無名の記(福田秀一)	1491
*405	嵯峨の通ひ路(福田秀一)	1491
*406	最上の河路(福田秀一)	1491
*407	都路の別れ(福田秀一)	1491
*408	春の深山路(福田秀一)	1491

[045] 新編国歌大観

* 409 十六夜日記（福田秀一） ……… *1491*
* 410 中務内侍日記（福田秀一） ……… *1491*
* 411 とはずがたり（福田秀一） ……… *1491*
* 412 徒然草（福田秀一） ……… *1491*
* 413 竹むきが記（福田秀一） ……… *1491*
* 414 竹取物語（片桐洋一，清水婦久子） ……… *1491*
* 415 伊勢物語（片桐洋一，清水婦久子） ……… *1491*
* 416 大和物語（片桐洋一，清水婦久子） ……… *1491*
* 417 平中物語（片桐洋一，清水婦久子） ……… *1492*
* 418 多武峰少将物語（片桐洋一，清水婦久子） ……… *1492*
* 419 宇津保物語（片桐洋一，清水婦久子） ……… *1492*
* 420 落窪物語（片桐洋一，清水婦久子） ……… *1492*
* 421 源氏物語（今井源衛） ……… *1492*
* 422 夜の寝覚（今井源衛） ……… *1492*
* 423 浜松中納言物語（今井源衛） ……… *1492*
* 424 狭衣物語（今井源衛） ……… *1492*
* 425 堤中納言物語（今井源衛） ……… *1492*
* 426 とりかへばや物語（今井源衛） ……… *1492*
* 427・428 住吉物語（樋口芳麻呂，三角洋一） ……… *1492*
* 429 山路の露（樋口芳麻呂，三角洋一） ……… *1492*
* 430 有明の別れ（樋口芳麻呂，三角洋一） ……… *1492*
* 431 松浦宮物語（樋口芳麻呂，三角洋一） ……… *1492*
* 432 浅茅が露（樋口芳麻呂，三角洋一） ……… *1492*
* 433 風につれなき物語（樋口芳麻呂，三角洋一） ……… *1492*
* 434 石清水物語（樋口芳麻呂，三角洋一） ……… *1492*
* 435 言はで忍ぶ（樋口芳麻呂，三角洋一） ……… *1492*
* 436 苔の衣（樋口芳麻呂，三角洋一） ……… *1492*
* 437 我が身にたどる姫君（樋口芳麻呂，三角洋一） ……… *1492*
* 438 しのびね物語（樋口芳麻呂，三角洋一） ……… *1492*
* 439 兵部卿物語（樋口芳麻呂，三角洋一） ……… *1492*
* 440 恋路ゆかしき大将（樋口芳麻呂，三角洋一） ……… *1492*
* 441 小夜衣（樋口芳麻呂，三角洋一） ……… *1492*
* 442 木幡の時雨（樋口芳麻呂，三角洋一） ……… *1492*
* 443 唐物語（樋口芳麻呂，三角洋一） ……… *1492*
* 444 無名草子（樋口芳麻呂，三角洋一） ……… *1492*
* 全十巻収載作品一覧 ……… *1493*

第5巻　歌合編、歌学書・物語・日記等収録歌編　索引
1987年4月10日刊

* 凡例 ……… *1*
* 新編国歌大観 第五巻 歌合編、歌学書・物語・日記等収録歌編 和歌索引 ……… *9*
* 漢詩字音索引 ……… *1381*

第6巻　私撰集編Ⅱ　歌集
1988年4月20日刊

金葉和歌集 初度本（静嘉堂文庫蔵本）（源俊頼撰）… *9*
秋萩集（東京国立博物館蔵本） ……… *19*
継色紙集（継色紙） ……… *19*
如意宝集（古筆断簡） ……… *20*
麗花集（古筆断簡） ……… *22*
御裳濯和歌集（天理図書館蔵本）（寂延撰） ……… *26*
楢葉和歌集（上巻 尊経閣文庫蔵本・下巻 天理図書館蔵本）（素俊撰） ……… *36*
現存和歌六帖（国書遺芳所収本）（藤原光俊撰） ……… *58*
現存和歌六帖抜粋本（永青文庫蔵本）（藤原光俊撰） ……… *74*
秋風抄（群書類従本）（小野春雄撰） ……… *81*
秋風和歌集（宮内庁書陵部蔵本）（真観撰） ……… *89*
雲葉和歌集（内閣文庫蔵本・彰考館蔵本）（藤原基家撰） ……… *119*
別本和漢兼作集（島津忠夫氏蔵本） ……… *139*
新和歌集（彰考館蔵本）（藤原為氏撰） ……… *152*
東撰和歌六帖（島原松平文庫蔵本）（後藤基政撰） ……… *170*
東撰和歌六帖抜粋本（祐徳中川文庫蔵本）（後藤基政撰） ……… *177*
人家和歌集（大倉精神文化研究所蔵本）（藤原行家撰） ……… *186*
和漢兼作集（宮内庁書陵部蔵本） ……… *196*
閑月和歌集（文化庁蔵本） ……… *217*
遺塵和歌集（宮内庁書陵部蔵本）（高階宗成集） ……… *229*
続門葉和歌集（東大寺図書館蔵本）（吠若麿，嘉宝麿撰） ……… *236*
拾遺風体和歌集（有吉保氏蔵本） ……… *258*

柳風和歌抄(内閣文庫蔵本)	268
続現葉和歌集(群書類従本)(二条為世撰)	272
松花和歌集(内閣文庫・国文学研究資料館・住吉神社・久曾神昇氏蔵本)	288
臨永和歌集(神宮文庫蔵本)	294
藤葉和歌集(群書類従本)(小倉実教撰)	310
安撰和歌集(静嘉堂文庫蔵群書類従本)(興雅撰修)	323
六華和歌集(島原松平文庫蔵本)(由阿撰)	334
津守和歌集(千葉義孝氏蔵本)	370
菊葉和歌集(宮内庁書陵部蔵本)	376
新三井和歌集(有吉氏蔵本)	405
題林愚抄(寛永十四年板本)	413
林葉累塵集(寛文十年板本)(下河辺長流編)	648
麓のちり(天和二年板本)(河瀬菅雄編)	676
難波捨草(宮内庁書陵部蔵本)(浅井忠能編)	689
鳥の迹(元禄十五年板本)(戸田茂睡撰)	708
新明和歌集(宝永七年板本)	723
霞関集(寛政十一年板本)(石野広通撰)	813
八十浦之玉(寛保四年・文政十二年・天保七年板本)(本居大平編)	843
大江戸倭歌集(安政七年板本)(蜂屋光世編)	890
*解題	931
*1 金葉和歌集(初度本)(橋本不美男)	933
*2 秋萩集(樋口芳麻呂)	934
*3 継色紙集(久保木哲夫)	935
*4 如意宝集(古筆断簡)(久保木哲夫)	935
*5 麗花集(古筆断簡)(久保木哲夫)	935
*6 御裳濯和歌集(久保田淳)	936
*7 楢葉和歌集(井上宗雄、長谷完治、中村文)	937
*8 現存和歌六帖(佐藤恒雄)	938
*8′ 現存和歌六帖抜粋本(佐藤恒雄)	938
*9 秋風抄(後藤重郎、安井久善、黒田彰子)	942
*10 秋風和歌集(橋本不美男、小池一行)	942
*11 雲葉和歌集(後藤重郎、安田徳子)	943
*12 別本和漢兼作集(後藤昭雄)	945
*13 新和歌集(長崎健)	946
*14 東撰和歌六帖(荒木尚)	947
*14′ 東撰和歌六帖抜粋本(荒木尚)	947
*15 人家和歌集(岩佐美代子)	948
*16 和漢兼作集(大曽根章介)	949
*17 閑月和歌集(川村晃生、中川博夫)	950
*18 遺塵和歌集(橋本不美男、小池一行)	951
*19 続門葉和歌集(福田秀一、湯浅忠夫)	952
*20 拾遺風体和歌集(有吉保)	953
*21 柳風和歌抄(有吉保)	954
*22 続現葉和歌集(井上宗雄)	954
*23 松花和歌集(福田秀一、今西祐一郎)	955
*24 臨永和歌集(福田秀一、湯浅忠夫)	958
*25 藤葉和歌集(稲田利徳)	959
*26 安撰和歌集(田中裕)	960
*27 六華和歌集(井上宗雄、山田洋嗣)	961
*28 津守和歌集(有吉保、千葉義孝)	962
*29 菊葉和歌集(伊藤敬)	963
*30 新三井和歌集(有吉保)	963
*31 題林愚抄(井上宗雄、三村晃功、楠橋開、田中裕、赤瀬知子)	964
*32 林葉累塵集(村上明子、島津忠夫)	966
*33 麓のちり(大島貴子、島津忠夫)	966
*34 難波捨草(日比野純三、島津忠夫)	967
*35 鳥の迹(松本節子、島津忠夫)	967
*36 新明題和歌集(上野洋三、大谷俊太、久保田啓一)	967
*37 霞関集(松野陽一、中村一基)	968
*38 八十浦之玉(鈴木淳)	969
*39 大江戸倭歌集(揖斐高、白石良夫)	970
*全十巻収載作品一覧	972

第6巻 私撰集編II 索引
1988年4月20日刊

*凡例	1
*新編国歌大観 第六巻 私撰集編II 和歌索引	5
*漢詩字画索引	1169
*漢詩読み下し索引	1181

第7巻 私家集編III 歌集
1989年4月10日刊

*凡例	1
奈良帝御集(書陵部蔵五〇六・七五)	11
業平集(書陵部蔵五一〇・一二)	11
寛平御集(宇多天皇)(書陵部蔵五〇六・七五)	14
延喜御集(醍醐天皇)(書陵部蔵五〇一・八四五)	15
躬恒集(書陵部蔵五一〇・一二)	16
忠岑集(西本願寺三十六人集)	22
貫之集(天理図書館蔵本)	25
朱雀院御集(書陵部蔵五〇一・八四五)	27
山田法師集(書陵部蔵五〇一・一八一)	27
中務集(書陵部蔵五一〇・一二)	28

村上天皇御集（書陵部蔵五〇一・八四五） …………	34
為信集（書陵部蔵五〇一・二九八） ………………	37
元輔集（尊経閣文庫蔵本） ……………………………	41
能宣集（書陵部蔵五一〇・一二） ……………………	44
御形宣旨集（書陵部蔵五〇一・一七八） …………	53
惟成弁集（書陵部蔵五〇一・五九） …………………	53
円融院御集（書陵部蔵五〇一・八四五） …………	54
輔尹集（彰考館蔵本） …………………………………	56
時司集（書陵部蔵五〇一・三九七） ………………	58
実方集（書陵部蔵五〇一・一八三） ………………	58
重之子僧集（古筆断簡） ……………………………	63
重之女集（書陵部蔵五〇一・一四六） ……………	65
冷泉院御集（書陵部蔵五〇一・八四五） …………	66
惟規集（書陵部蔵一五〇・五六二） ………………	67
匡衡集（書陵部蔵五一一・二三） ……………………	67
道命阿闍梨集（書陵部蔵五〇一・一七六） ………	70
道済集（書陵部蔵三五一・八三五） ………………	76
道成集（龍谷大学蔵本） ………………………………	82
定頼集（尊経閣文庫蔵本） ……………………………	83
四条宮主殿集（書陵部蔵五〇一・一五六） ………	92
家経集（書陵部蔵五〇一・三一） …………………	96
伊勢大輔集（彰考館蔵本） ……………………………	98
相模集（書陵部蔵五〇一・四五） …………………	102
経衡集（書陵部蔵一五一・四一三） ………………	103
匡房集（有吉保氏蔵本） ………………………………	108
肥後集（書陵部蔵一五〇・五六三） ………………	111
前斎院摂津集（書陵部蔵五〇一・一四九） ………	115
中宮上総集（彰考館蔵本） ……………………………	117
田上集（俊頼）（島原松平文庫蔵本） ………………	117
二条太皇太后宮大弐集（書陵部蔵五〇一・一三三） …………………………………………………	119
為忠集（神宮文庫蔵本） ………………………………	124
基俊集（書陵部蔵一五〇・五七八） ………………	130
行宗集（書陵部蔵一五〇・五五四） ………………	131
郁芳院安芸集（書陵部蔵五〇一・三二三） ………	138
六条院宣旨集（書陵部蔵五〇一・一三〇） ………	140
出観集（覚性法親王）（書陵部蔵五〇一・九〇） …	142
桂大納言入道殿御集（光頼）（書陵部蔵一五〇・五七二） …………………………………………………	156
風情集（公重）（谷山茂氏蔵本） ……………………	157
覚綱集（書陵部蔵五〇一・七三） …………………	168
有房集（国立歴史民俗博物館蔵本） ………………	170
禅林瘀葉集（資隆）（書陵部蔵五〇一・一九四） …	172
皇太后宮大進集（彰考館蔵本） ……………………	174
経正集（書陵部蔵一五〇・五六六） ………………	175
経盛集（神作光一氏蔵本） ……………………………	177
頼輔集（書陵部蔵五〇一・一八九） ………………	180
成仲集（穂久邇文庫蔵本） ……………………………	183
粟田口別当入道集（惟方）（書陵部蔵五〇一・二四） ………………………………………………	186
中御門大納言殿集（書陵部蔵一五〇・五四九） …	192
唯心房集（寂然）（書陵部蔵五〇一・一四七） ……	193
寂然法師集（書陵部蔵五〇一・三二三） …………	195
実家集（書陵部蔵五一一・二二一） ………………	196
公衡集（書陵部蔵五〇一・六一） …………………	204
親宗集（尊経閣文庫蔵本） ……………………………	207
親盛集（彰考館蔵本） …………………………………	209
殷富門院大輔集（書陵部蔵続群書類従本） ………	212
小侍従集（尊経閣文庫蔵本） …………………………	213
長秋草（俊成）（書陵部蔵一五〇・六三八） ………	216
隆信集（書陵部蔵五〇一・一八四） ………………	221
閑谷集（島原松平文庫蔵本） …………………………	224
隆房集（書陵部蔵五〇一・一三四） ………………	231
艶詞（隆房）（扶桑拾葉集本） ………………………	235
経家集（書陵部蔵五〇一・二四七） ………………	238
季経集（書陵部蔵五〇一・三一七） ………………	240
無名和歌集（慈円）（書陵部蔵五〇一・八二八） …	242
光経集（彰考館蔵本） …………………………………	244
露色随詠集（鑁也）（書陵部蔵五〇一・一九五） …	254
土御門院御集（書陵部蔵五一一・九） ……………	262
範宗集（書陵部蔵一五〇・五八五） ………………	272
浄照房集（光家）（書陵部蔵五〇一・一二三） ……	286
後堀河院民部卿典侍集（三手文庫蔵本） …………	287
如願法師集（書陵部蔵五〇一・三二一、一五〇・五五一、一五〇・五五二） ……………………	288
紫禁和歌集（順徳院）（内閣文庫蔵本） ……………	303
寂身法師集（書陵部蔵続群書類従本） ……………	324
雅成親王集（書陵部蔵五〇一・二一八） …………	334
後鳥羽院定家知家入道撰歌集（家良）（書陵部蔵四〇六・二二） …………………………………………	335
信生法師集（書陵部蔵五〇一・一七〇） …………	338
前長門守時朝入京田舎打聞集（書陵部蔵五〇一・二八二） ………………………………………	344
信実集（静嘉堂文庫蔵本） ……………………………	349
深心院関白集（基平）（書陵部蔵五〇一・二六三） …	353
法印珍誉集（島原松平文庫蔵本） …………………	355
実材母集（書陵部蔵五〇一・二九六） ……………	355
為世集（井上宗雄氏蔵本） ……………………………	370
顕氏集（書陵部蔵五〇一・三一五） ………………	373
瓊玉和歌集（宗尊親王）（書陵部蔵五〇一・七三六） …	376
柳葉和歌集（宗尊親王）（書陵部蔵一五一・四一四） …	385
中書王御詠（宗尊親王）（書陵部蔵五〇一・三九六） …	396
竹風和歌抄（宗尊親王）（愛知教育大付属図書館蔵本） …………………………………………………	402
為家集（書陵部蔵五〇一・四三一） ………………	417
中院集（為家）（書陵部蔵一五三・二一六） ………	455
前権典厩集（長綱）（書陵部蔵五〇一・一五一） …	459
長綱集（書陵部蔵五〇一・一五五） ………………	462
時広集（書陵部蔵五〇一・二二九） ………………	468
閑放集（光俊）（神宮文庫蔵本） ……………………	471
雅顕集（書陵部蔵五〇一・二九四） ………………	474
円明寺関白集（実経）（書陵部蔵五〇一・二八三） …	476
資平集（書陵部蔵五〇一・三一六） ………………	478

秋夢集（後嵯峨院大納言典侍〈為子〉）（書陵部蔵五〇一・一四二） …… 480	*10 中務集（杉谷寿郎） …… 781
澄覚法親王集（書陵部蔵五〇一・二六六） …… 480	*11 村上天皇御集（橋本ゆり） …… 781
政範集（天理図書館蔵本） …… 485	*12 為信集（増田繁夫） …… 782
親清四女集（書陵部蔵五〇一・一二四八） …… 495	*13 元輔集（新藤協三） …… 782
親清五女集（書陵部蔵五〇一・一三〇三） …… 498	*14 能宣集（新藤協三） …… 783
沙弥蓮愉集（国立歴史民俗博物館蔵本） …… 505	*15 御形宣旨集（中周子） …… 783
隣女集（雅有）（内閣文庫蔵本） …… 513	*16 惟成弁集（中周子） …… 784
雅有集（天理図書館蔵本） …… 551	*17 円融院御集（鬼塚厚子） …… 784
法性寺為信集（書陵部蔵五〇一・九） …… 565	*18 輔尹集（平野由紀子） …… 784
兼行集（神宮文庫蔵本） …… 571	*19 時明集（平田喜信） …… 785
亀山院御集（書陵部蔵五〇六・七一） …… 572	*20 実方集（仁尾雅信） …… 785
長景集（書陵部蔵五〇一・三二〇） …… 578	*21 重之子僧集（久保木哲夫） …… 786
茂重集（書陵部蔵五〇一・三〇四） …… 581	*22 重之女集（久保木哲夫） …… 786
後二条院御集（書陵部蔵一五四・五四〇） …… 584	*23 冷泉院御集（福井迪子） …… 786
仏国禅師集（元禄十二年板本） …… 588	*24 惟規集（福井迪子） …… 787
為理集（書陵部蔵五〇一・二六二） …… 589	*25 匡衡集（小野谷照彦） …… 787
伏見院御集（古筆断簡他） …… 606	*26 道命阿闍梨集（三保サト子） …… 788
他阿上人集（彰考館蔵本） …… 644	*27 道済集（竹下豊） …… 788
実兼集（書陵部蔵五〇一・六九一） …… 663	*28 道成集（杉谷寿郎） …… 789
俊光集（書陵部蔵五〇一・二六九） …… 664	*29 定頼集（柏木由夫） …… 790
藤谷和歌集（為相）（島原松平文庫蔵本） …… 674	*30 四条宮主殿集（今西祐一郎） …… 790
典侍為子集（龍谷大学蔵本） …… 680	*31 家経集（千葉義孝） …… 791
権大納言典侍集（親子）（書陵部蔵続群書類従本） …… 682	*32 伊勢大輔集（後藤祥子） …… 791
拾藻鈔（公順）（書陵部蔵五〇一・二八三、東山御文庫蔵本） …… 683	*33 相模集（武内はる恵） …… 791
	*34 経衡集（上野理） …… 792
慈道親王集（書陵部蔵一五〇・五六五） …… 693	*35 匡房集（有吉保） …… 792
自葉和歌集（祐臣）（書陵部蔵五〇一・一八〇） …… 696	*36 肥後集（川村晃生） …… 793
権僧正道我集（書陵部蔵五〇一・一九九） …… 701	*37 前斎院摂津集（嘉藤久美子） …… 793
浄弁集（書陵部蔵四〇六・二四） …… 703	*38 中宮上総集（久保田淳、近藤みゆき） …… 793
正覚国師集（元禄十二年板本） …… 704	*39 田上集（俊頼）（川村裕子） …… 794
光吉集（書陵部蔵五〇一・二八一） …… 706	*40 二条太皇太后宮大弐集（久保田淳、近藤みゆき） …… 794
為定集（書陵部蔵五〇一・七〇六） …… 712	*41 為忠集（大岡賢典） …… 794
公賢集（島原松平文庫蔵本） …… 715	*42 基俊集（橋本不美男） …… 795
花園院御集（光厳院）（書陵部蔵一五一・三七〇） …… 730	*43 行宗集（上條彰次） …… 795
李花和歌集（宗良親王）（尊経閣文庫蔵本） …… 733	*44 郁芳院安芸集（赤羽淑） …… 796
嘉喜門院集（尊経閣文庫蔵本） …… 751	*45 六条院宣旨集（赤羽淑） …… 796
貞秀集（続群書類従本） …… 753	*46 出観集（覚性法親王）（黒川昌享） …… 796
公義集（島原松平文庫蔵本） …… 755	*47 桂大納言入道殿御集（光頼）（西澤美仁） …… 797
経氏集（東大史料編纂所蔵本） …… 760	*48 風情集（公重）（上條彰次） …… 797
為重集（書陵部蔵二〇六・七〇三） …… 766	*49 覚綱集（杉山重行） …… 798
*解題 …… 775	*50 有房集（石川泰水） …… 798
*1 奈良帝御集（片桐洋一） …… 777	*51 禅林瘀葉集（寛隆）（杉山重行） …… 798
*2 業平集（青木賜鶴子） …… 777	*52 皇太后宮大進集（松野陽一） …… 799
*3 寛平御集（宇多天皇）（片桐洋一） …… 778	*53 経正集（糸賀きみ江） …… 799
*4 延喜御集（醍醐天皇）（片桐洋一） …… 778	*54 経盛集（神作光一、糸賀きみ江） …… 799
*5 躬恒集（徳原茂実） …… 779	*55 頼輔集（辻勝美） …… 800
*6 忠岑集（吉川栄治） …… 779	*56 成仲集（久保田淳） …… 800
*7 貫之集（田中登） …… 780	
*8 朱雀院御集（工藤重矩） …… 780	
*9 山田法師集（工藤重矩） …… 780	

- *57 粟田口別当入道集(惟方)（西澤美仁）………800
- *58 中御門大納言殿集（松野陽一）……801
- *59 唯心房集(寂然)（松野陽一）………801
- *60 寂然法師集（松野陽一）…………802
- *61 実家集（石川泰水）………………802
- *62 公衡集（久保田淳, 渡部泰明）…802
- *63 親宗集（井上宗雄, 中村文）……803
- *64 親盛集（半田公平）………………803
- *65 殷富門院大輔集（井上宗雄, 中村文）………………………………803
- *66 小侍従集（藤平春男）……………803
- *67 長秋草(俊成)（藤平春男）………804
- *68 隆信集（樋口芳麻呂）……………805
- *69 閑谷集（青木賢豪）………………806
- *70 隆房集（三角洋一）………………806
- *71 艶詞(隆房)（三角洋一）…………806
- *72 経家集（松野陽一）………………807
- *73 季経集（辻勝美）…………………807
- *74 無名和歌集(慈円)（石川一）……807
- *75 光経集（青木賢豪）………………807
- *76 露色随詠集(讃也)（藤平春男）…808
- *77 土御門院御集(寺島恒世)…………809
- *78 範宗集（兼築信行）………………809
- *79 浄照房集(光家)（久保田淳）……810
- *80 後堀河院民部卿典侍集（森本元子）……………………………………810
- *81 如願法師集（有吉保, 藤平泉）…811
- *82 紫禁和歌集(順徳院)（大取一馬）…811
- *83 寂身法師集（半田公平）…………813
- *84 雅成親王集（寺島恒世）…………813
- *85 後鳥羽院定家知家入道撰歌(家良)（佐藤恒雄）…………………………814
- *86 信生法師集（長崎健）……………815
- *87 前長門守時朝入京田舎打聞集（久保田淳, 中川博夫）………………815
- *88 信実集（久保田淳, 村尾誠一）…816
- *89 深心院関白集(基平)（久保田淳, 村尾誠一）…………………………816
- *90 法印珍誉集（石川一）……………817
- *91 実材母集（樋口芳麻呂）…………817
- *92 為世集（井上宗雄, 山田洋嗣）…817
- *93 顕氏集（家郷隆文）………………818
- *94 瓊玉和歌集(宗尊親王)（黒田彰子）…818
- *95 柳葉和歌集(宗尊親王)（黒田彰子）…819
- *96 中書王御詠(宗尊親王)（黒田彰子）…819
- *97 竹風和歌抄(宗尊親王)（樋口芳麻呂, 黒柳孝夫）………………………819
- *98 為家集（有吉保）…………………819
- *99 中院集(為子)（有吉保）…………819
- *100 前権典厩集(長綱)（川平ひとし）…820
- *101 長綱集（川平ひとし）……………821
- *102 時広集（濱口博章）………………821
- *103 閑放集(光俊)（家郷隆文）………822
- *104 雅顕集（田村柳壹）………………822
- *105 円明寺関白集(実経)（家郷隆文）…822
- *106 資平集（家郷隆文）………………822
- *107 秋夢集(後嵯峨院大納言典侍〈為子〉)（岩佐美代子）……………………823
- *108 澄覚法親王集（石川一）…………823
- *109 政範集（外村展子）………………823
- *110 親清四女集（菊地仁）……………824
- *111 親清五女集（菊地仁）……………824
- *112 沙弥蓮愉集（安田徳子）…………824
- *113 隣女集(雅有)（青木賢豪, 田村柳壹）…825
- *114 雅有集（青木賢豪, 田村柳壹）…827
- *115 法性寺為信集（久保田淳, 村尾誠一）…………………………………827
- *116 兼行集（岩佐美代子）……………828
- *117 亀山院御集（久保田淳）…………828
- *118 長景集（濱口博章）………………828
- *119 茂重集（濱口博章）………………829
- *120 後二条院御集（荒木尚）…………829
- *121 仏国禅師集（塚田晃信）…………829
- *122 為理集（濱口博章）………………830
- *123 伏見院御集（小池一行, 相馬万里子, 八嶌正治）………………………830
- *124 他阿上人集（石原清志, 大取一馬）………………………………………832
- *125 実兼集（久保田淳）………………833
- *126 俊光集（鹿目俊彦）………………833
- *127 藤谷和歌集(為相)（荒木尚）……833
- *128 典侍為子集（岩佐美代子）………834
- *129 権大納言典侍集(親子)（岩佐美代子）…………………………………834
- *130 拾藻鈔(公順)（錦仁）……………834
- *131 慈道親王集（石川一）……………835
- *132 自葉和歌集(祐臣)（錦仁）………835
- *133 権僧正道我集（石川一）…………836
- *134 浄弁集（齋藤彰）…………………836
- *135 正覚国師集（塚田晃信）…………836
- *136 光吉集（錦仁）……………………837
- *137 為定集（紙宏行）…………………837
- *138 公賢集（齋藤彰）…………………837
- *139 花園院御集(光厳院)（鹿目俊彦）…838
- *140 李花和歌集(宗良親王)（福田秀一, 湯浅忠夫）………………………839
- *141 嘉喜門院集（福田秀一）…………840
- *142 貞秀集（福田秀一）………………841
- *143 公義集（齋藤彰）…………………841
- *144 経氏集（福田秀一）………………842

| ＊145 為重集(三村晃功) ……… 876
| ＊全十巻収載作品一覧 ……… 848

第7巻　私家集編Ⅲ　索引
1989年4月10日刊

＊凡例 ……… 1
＊新編国歌大観 第七巻 私家集編Ⅲ 索引 …… 5

第8巻　私家集編Ⅳ　歌集
1990年4月10日刊

＊凡例 ……… 1
雅世集(島原松平文庫蔵本) ……… 7
持為集Ⅰ(国立歴史民俗博物館蔵本) ……… 23
持為集Ⅱ(書陵部蔵一五〇・六三六) ……… 28
持為集Ⅲ(書陵部蔵一五〇・六三六) ……… 32
為富集(持為)(国立歴史民俗博物館蔵本) ……… 34
慕風愚吟集(尭孝)(書陵部蔵五〇一・六九六) ……… 42
尭孝法印集(群書類従本) ……… 53
沙玉集Ⅰ(後崇光院)(書陵部蔵伏・八) ……… 58
沙玉集Ⅱ(後崇光院)(書陵部蔵五〇一・六四四) ……… 64
草根集(正徹)(ノートルダム清心女子大学蔵本) ……… 82
心敬集(島原松平文庫蔵本) ……… 256
慕景集異本(静嘉堂文庫蔵本) ……… 264
常縁集(書陵部蔵一五二・二一五) ……… 266
亜槐集(雅親)(寛文十一年板本) ……… 273
続亜槐集(書陵部蔵五〇〇・一七二) ……… 295
基佐集(島原松平文庫蔵本) ……… 307
松下集(正広)(国会図書館蔵本) ……… 315
拾塵集(政弘)(祐徳中川文庫蔵本) ……… 382
蓮如上人集(大谷大学粟津文庫蔵本) ……… 401
下葉集(尭恵)(書陵部蔵一五五・三八) ……… 402
宗祇集(天理図書館蔵本) ……… 415
孝範集(九州大学附属図書館細川文庫蔵本) ……… 421
卑懐集(基綱)(宮城県図書館伊達文庫蔵本) ……… 424
基綱集(国立歴史民俗博物館蔵本) ……… 435
雅康集(大阪市大図書館森文庫蔵本) ……… 440
閑塵集(兼載)(書陵部蔵一五二・六二五) ……… 447
碧玉集(政為)(寛文十二年板本) ……… 454
柏玉集(後柏原院)(寛文九年板本) ……… 480
為広集Ⅰ(東京大学史料編纂所蔵本) ……… 522
為広集Ⅱ(書陵部蔵五〇一・八二七) ……… 526
為広集Ⅲ(書陵部蔵五〇一・七九二) ……… 529
春夢草(肖柏)(寛政十二年板本) ……… 532
邦高親王御集(続群書類従本) ……… 570
雲玉集(訓窓)(神宮文庫蔵本) ……… 573
雪玉集(実隆)(寛文十年板本) ……… 597
称名院集(公条)(祐徳中川文庫蔵本) ……… 741
春霞集(元就)(内閣文庫蔵本) ……… 772
桂林集(直朝)(島原松平文庫蔵本) ……… 775
通勝集(東洋文庫蔵本) ……… 779

惺窩集(惺窩文集所収本) ……… 805
＊解題 ……… 813
　＊1　雅世集(田中新一、樋口芳麻呂) …… 815
　＊2～4　持為集Ⅰ・Ⅱ・Ⅲ(後藤重郎、安田徳子) ……… 816
　＊5　為富集(持為)(後藤重郎、安田徳子) ……… 816
　＊6　慕風愚吟集(尭孝)(小池一行) ……… 817
　＊7　尭孝法印集(小池一行) ……… 817
　＊8～9　沙玉集Ⅰ・Ⅱ(後崇光院)(八嶌正治) ……… 818
　＊10　草根集(正徹)(赤羽淑、三村晃功、石川一、兼築信行、小野恭靖) ……… 821
　＊11　心敬集(乾安代) ……… 825
　＊12　慕景集異本(武井和人) ……… 825
　＊13　常縁集(赤瀬信吾) ……… 826
　＊14～15　亜槐集・続亜槐集(雅親)(佐藤恒雄、大伏春美) ……… 828
　＊16　基佐集(中川博夫、福田秀一) ……… 831
　＊17　松下集(正広)(有吉保、唐沢正実、藤平泉) ……… 832
　＊18　拾塵集(政弘)(荒木尚) ……… 835
　＊19　蓮如上人集(大取一馬) ……… 836
　＊20　下葉集(尭恵)(紙宏行) ……… 837
　＊21　宗祇集(赤瀬信吾) ……… 837
　＊22　孝範集(井上宗雄、長崎健) ……… 840
　＊23　卑懐集(基綱)(松野陽一、紙宏行) …… 841
　＊24　基綱集(松野陽一、紙宏行) ……… 841
　＊25　雅康集(兼築信行) ……… 842
　＊26　閑塵集(兼載)(岸田依子) ……… 843
　＊27　碧玉集(政為)(久保田淳、鈴木健一) ……… 844
　＊28　柏玉集(後柏原院)(井上宗雄、山田洋嗣、湯浅忠夫) ……… 844
　＊29～31　為広集Ⅰ・Ⅱ・Ⅲ(久保田淳、片сродно伸江) ……… 845
　＊32　春夢草(肖柏)(大島貴子、島津忠夫、鶴崎裕雄) ……… 846
　＊33　邦高親王御集(片桐洋一) ……… 847
　＊34　雲玉集(訓窓)(赤瀬知子) ……… 848
　＊35　雪玉集(実隆)(井上宗雄、大岡賢典、外村展子、中村文、高嶋由理) ……… 850
　＊36　称名院集(公条)(伊藤敬) ……… 852
　＊37　春霞集(元就)(武井和人) ……… 853
　＊38　桂林集(直朝)(赤瀬知子) ……… 854
　＊39　通勝集(藤平春男、兼築信行、今井明) ……… 855
　＊40　惺窩集(久保田淳) ……… 856
＊全十巻収載作品一覧 ……… 857

第8巻　私家集編Ⅳ　索引

1990年4月10日刊

＊凡例 ······································· 1
＊新編国歌大観 第八巻 私家集編Ⅳ 索引 ······ 5

第9巻　私家集編Ⅴ　歌集
1991年4月10日刊

＊凡例 ······································· 1
衆妙集(幽斎)(東京大学国文学研究室蔵本)(飛鳥井雅章編纂) ······························· 7
黄葉集(光広)(元禄十二年板本)(烏丸資慶編纂) ··· 22
挙白集(長嘯子)(慶安二年板本) ················ 53
後十輪院内府集(通村)(書陵部蔵五〇一・六八三) ··· 86
逍遊集(貞徳)(延宝五年板本)(和田以悦ほか編) ································· 117
草山和歌集(元政)(寛文十二年板本) ············ 162
後水尾院御集(内閣文庫蔵本) ················· 165
広沢輯藻(長孝)(享保十一年板本) ·············· 188
晩花集(長流)(文化十年板本) ················· 208
漫吟集(契沖)(天明七年板本) ················· 214
霊元法皇御集(高松宮旧蔵本) ················· 239
芳雲集(実険)(天明七年板本)(武者小路実岳編集) ··································· 257
散りのこり(倭文子)(寛政二年板本) ············ 328
梶の葉(梶女)(宝永四年板本) ················· 331
賀茂翁家集(真淵)(文化三年板本)(村田春海編集) ··································· 335
悠然院様御詠草(宗武)(田籓文化蔵本) ·········· 348
為村集(龍谷大学蔵本) ······················· 356
楫取魚彦集(文政四年板本) ··················· 389
佐保川(余野子)(国立国会図書館蔵本) ·········· 394
筑波子家集(文化十年板本) ··················· 403
六帖詠草(蘆庵)(文化八年板本) ················ 406
六帖詠草拾遺(蘆庵)(嘉永二年板本) ············ 448
鈴屋集(宣長)(寛政十年板本) ················· 455
うけらが花初編(千蔭)(享和二年板本) ··········· 494
藤簍冊子(秋成)(文化三年板本) ················ 527
琴後集(春海)(文化十年板本)(村田たせ子編) ···· 544
亮々遺稿(幸文)(弘化四年板本)(浅野譲編集) ···· 578
三草集(定信)(文政十一年頃板本) ·············· 605
はちすの露(良寛)(柏崎市立図書館蔵本)(貞心尼編纂) ································· 619
桂園一枝(景樹)(文政十三年板本) ·············· 624
桂園一枝拾遺(景樹)(嘉永三年板本) ············ 640
柿園詠草(諸平)(嘉永七年板本) ················ 652
浦のしほひ(直好)(弘化二年板本) ·············· 673
草径集(言道)(文久三年板本) ·················· 700
志濃夫廼舎歌集(曙覧)(明治十一年板本)(井手今滋編) ······························· 718
調鶴集(文雄)(慶応三年板本) ················· 737
海人の刈藻(蓮月)(明治四年板本) ·············· 755

＊解題 ····································· 765
＊1 衆妙集(幽斎)(林達也) ················· 767
＊2 黄葉集(光広)(大谷俊太) ··············· 767
＊3 挙白集(長嘯子)(嶋中道則) ·············· 769
＊4 後十輪院内府集(通村)(日下幸男) ··· 770
＊5 逍遊集(貞徳)(小高道子, 母利司朗) ······································· 772
＊6 草山和歌集(元政)(島原泰雄) ········· 773
＊7 後水尾院御集(鈴木健一) ············· 773
＊8 広沢輯藻(長孝)(上野洋三) ··········· 774
＊9 晩花集(長流)(村上明子, 島津忠夫) ······································· 775
＊10 漫吟集(契沖)(富田志津子) ·········· 775
＊11 霊元法皇御集(井上宗雄, 田中隆裕) ······································· 776
＊12 芳雲集(実険)(上野洋三) ············· 778
＊13 散りのこり(倭文子)(後藤重郎, 深津睦夫) ······························· 779
＊14 梶の葉(梶女)(島津忠夫) ············· 779
＊15 賀茂翁家集(真淵)(岡中正行) ········ 779
＊16 悠然院様御詠草(宗武)(中村一基) ···· 780
＊17 為村集(久保田啓一) ················· 781
＊18 楫取魚彦集(古相正美) ·············· 782
＊19 佐保川(余野子)(藤平春男, 高梨素子) ··································· 783
＊20 筑波子家集(後藤重郎, 深津睦夫) ······································· 784
＊21 六帖詠草(蘆庵)(藤田真一, 坂内泰子) ··································· 784
＊22 六帖詠草拾遺(蘆庵)(藤田真一, 坂内泰子) ······························· 785
＊23 鈴屋集(宣長)(鈴木淳) ················ 786
＊24 うけらが花初編(千蔭)(白石良夫) ··· 786
＊25 藤簍冊子(秋成)(長島弘明) ··········· 787
＊26 琴後集(春海)(揖斐高) ················ 788
＊27 亮々遺稿(幸文)(兼清正徳, 大伏春美) ································· 789
＊28 三草集(定信)(市古夏生) ············· 789
＊29 はちすの露(良寛)(長谷完治) ········ 790
＊30 桂園一枝(景樹)(秋本守英, 奥野陽子) ··································· 791
＊31 桂園一枝拾遺(景樹)(秋本守英, 奥野陽子) ······························· 792
＊32 柿園詠草(諸平)(青木賢豪, 田村柳壹) ··································· 792
＊33 浦のしほひ(直好)(松野陽一, 渡辺憲司, 中村文) ······················· 793
＊34 草径集(言道)(穴山健) ················ 793
＊35 志濃夫廼舎歌集(曙覧)(藤平春男) ··· 794
＊36 調鶴集(文雄)(橘りつ, 千艘秋男) ···· 794
＊37 海人の刈藻(蓮月)(白石悌三, 山田洋嗣) ································· 795

[045] 新編国歌大観

* 全十巻収載作品一覧 ………………… 796

第9巻　私家集編Ⅴ 索引
1991年4月10日刊

* 凡例 ……………………………………… 1
* 新編国歌大観 第九巻 私家集編Ⅴ 索引 …… 5

第10巻　定数歌編Ⅱ、歌合編Ⅱ、補遺編 歌集
1992年4月10日刊

* 凡例 ……………………………………… 1

定数歌編Ⅱ
　為家千首（書陵部蔵五〇一・一四一）……………… 15
　耕雲千首（書陵部蔵五〇八・二〇七）……………… 24
　宗良親王千首（群書類従本）……………………… 44
　師兼千首（書陵部蔵五〇一・七七二）……………… 64
　長慶天皇千首（書陵部蔵谷一・七四）……………… 82
　俊成五社百首（書陵部蔵五〇一・七六三）………… 87
　為家五社百首（書陵部蔵五〇一・八八）…………… 97
　安嘉門院四条五百首（鳥原松平文庫蔵本）……… 108
　宗尊親王三百首（天理図書館蔵本）……………… 118
　法門百首（寂然）（彰考館蔵本）………………… 124
　登蓮恋百首（静嘉堂文庫蔵続群書類従本）………… 132
　俊成祇園百首（谷山茂氏蔵本）…………………… 133
　公衡百首（「定家珠芳」所収本）………………… 135
　寂蓮無題百首（広島大国文学研究室蔵本）………… 137
　寂蓮結題百首（書陵部蔵五〇一・一五二）………… 138
　朗詠百首（隆房）（群書類従本）………………… 140
　忠信百首（彰考館蔵本）…………………………… 142
　道家百首（書陵部蔵五〇三・二四四）……………… 143
　後鳥羽院遠島百首（国立国会図書館蔵本）………… 144
　土御門院百首（書陵部蔵五一・一八一）…………… 145
　順徳院百首（書陵部蔵一五一・一八一）…………… 149
　長綱百首（鳥原松平文庫蔵本）…………………… 151
　祐茂百首（国立歴史民俗博物館蔵本）……………… 154
　為家一夜百首（永青文庫蔵本）…………………… 156
　実兼百首（尊経閣文庫蔵本）……………………… 158
　為兼鹿百首（書陵部蔵二〇六・七一五）…………… 160
　後二条院百首（内閣文庫蔵本）…………………… 162
　国冬百首（京都大附属図書館蔵本）………………… 164
　国冬祈雨百首（穂久邇文庫蔵本）………………… 166
　国道百首（成城大図書館蔵本）…………………… 168
　資広百首（書陵部蔵五〇一・二六四）……………… 170
　一宮百首（尊良親王）（尊経閣文庫蔵本）………… 171
　尊円親王詠法華経百首（内閣文庫蔵本）…………… 173
　尊円親王百首（書陵部蔵特・五六）………………… 175
　徽安門院一条集（尊経閣文庫蔵本）……………… 177
　等持院百首（尊氏）（尊経閣文庫蔵本）…………… 178
　後普光園院百首（良基）（京都女子大附属図書館蔵本）…… 179
　頓阿百首A（有吉保氏蔵本）……………………… 181

　頓阿百首B（書陵部蔵二六五・一一〇五）………… 183
　頓阿句題百首（彰考館蔵本）……………………… 184
　宝篋院百首（義詮）（高城功夫氏蔵本）…………… 194
　慶運百首（神宮文庫蔵本）………………………… 196
　耕雲百首（彰考館蔵本）…………………………… 198
　雲窓謄語（耕雲）（穂久邇文庫蔵本）……………… 200
　南都百首（兼良）（内閣文庫蔵本）………………… 202
　世中百首（守武）（神宮徴古館蔵本）……………… 204
　定家名号七十首（冷泉家時雨亭文庫蔵本）………… 206
　七夕七十首（為理）（群書類従本）………………… 207
　国冬五十首（書陵部蔵特・七七）………………… 208
　尊円親王五十首（書陵部蔵五〇三・二五四）……… 209
　尚賢五十首（書陵部蔵四一五・三四一）…………… 210
　延明神主和歌（神宮文庫蔵本）…………………… 212
　頓阿五十首（齋藤彰氏蔵本）……………………… 213

歌合編Ⅱ
　山家三番歌合（国立歴史民俗博物館蔵本）……… 215
　通俊俊成卿女歌合（古筆断簡）…………………… 215
　三十六番相撲立詩歌（鳥原松平文庫蔵本）（藤原良経著）…… 217
　御室撰歌合（永青文庫蔵本）……………………… 218
　内裏歌合 建暦三年八月七日（尊経閣文庫蔵本）…… 223
　歌合 建暦三年八月十二日（三手文庫蔵本）……… 224
　歌合 建暦三年九月十三夜（内閣文庫蔵本）……… 224
　禁裏歌合 建保二年七月（内閣文庫蔵本）………… 225
　月卿雲客妓歌合 建保三年六月（内閣文庫蔵本）… 226
　歌合 建保四年八月廿二日（永青文庫蔵本）……… 227
　歌合 建保四年八月廿四日（永青文庫蔵本）……… 230
　歌合 建保五年四月廿日（永青文庫蔵本）………… 232
　右大将家歌合 建保五年八月（内閣文庫蔵本）…… 233
　四十番歌合 建保五年十月（書陵部蔵五〇一・六一四）…… 234
　歌合 建保七年二月十一日（内閣文庫蔵本）……… 236
　歌合 建保七年二月十二日（内閣文庫蔵本）……… 238
　日吉社大宮歌合 承久元年（ノートルダム清心女子大蔵本）…… 239
　日吉社十禅師歌合 承久元年（ノートルダム清心女子大蔵本）…… 240
　日吉社撰歌合 寛喜四年（書陵部蔵五〇一・五三）…… 241
　日吉社知家自歌合 嘉禎元年（神宮文庫蔵本）（藤原知家著）…… 243
　閑窓撰歌合 建長三年（群書類従本）（藤原信実、藤原光俊共撰）…… 245
　宗尊親王百五十番歌合 弘長元年（尊経閣文庫蔵本）…… 247
　住吉社歌合 弘長三年（書陵部蔵五〇一・五三）…… 254

日本古典文学全集・内容綜覧 第Ⅱ期　245

[045] 新編国歌大観

玉津島歌合 弘長三年(書陵部蔵五〇一・五五三)……256
住吉社三十五番歌合(建治二年)(京都府立総合資料館蔵本)……258
十五番歌合(弘安)(尊経閣文庫蔵実躬卿記紙背)……260
和漢名所詩歌合(書陵部蔵五〇一・五二六)(藤原基家詠)……261
歌合 弘安八年四月(刈谷市中央図書館蔵本)……264
伝伏見院宸筆判詞歌合(古筆断簡)……266
伊勢新名所絵歌合(神宮文庫蔵本、神宮徴古館蔵本)……266
歌合 永仁五年八月十五夜(内閣文庫蔵本)……270
歌合(正安元年～嘉元二年)(書陵部蔵五〇一・五五三)……272
五種歌合 正安元年(島原松平文庫蔵本)……273
三十番歌合(正安二年～嘉元元年)(群書類従本)……275
金玉歌合(書陵部蔵五〇一・五八)(伏見院、京極為兼著)……278
歌合 正安四年六月十一日(書陵部蔵五〇一・五一五)……280
為兼家歌合(乾元二年)(書陵部蔵五〇一・五三)……281
二十番歌合(嘉元～徳治)(書陵部蔵五三七)……283
歌合 乾元二年五月(内閣文庫蔵本)……284
後二条院歌合 乾元二年七月(書陵部蔵特・六七)……287
永福門院歌合 嘉元三年正月(内閣文庫蔵本)……288
歌合 嘉元三年三月(神宮文庫蔵本)……289
十五番歌合(延慶二年～応長元年)(尊経閣文庫蔵本)……290
歌合 伝後伏見院筆(延慶二年～三年)(徳川黎明会蔵本)……291
詩歌合(正和三年)(書陵部蔵五〇一・六二七)……292
外宮北御門歌合 元亨元年(龍谷大図書館蔵本)……295
石清水社歌合 元亨四年(久保田淳氏蔵本)……299
比叡社歌合(志香須賀文庫蔵本)……301
源氏物語歌合(書陵部蔵五〇一・八五)……305
持明院殿御歌合 康永元年十一月四日(書陵部蔵五〇一・五五三)……311
持明院殿御歌合 康永元年十一月廿一日(書陵部蔵五〇一・五五三)……313
五十四番詩歌合 康永二年(内閣文庫蔵本)……315
三十番歌合 伝後伏見院筆(貞和末)(静嘉堂文庫蔵本)……317
歌合 後光厳院文和之比(内閣文庫蔵本)……319
守遍詩歌合(書陵部蔵五〇一・五八二)(守遍著)……320

百番歌合(応安三年～永和二年)(書陵部蔵伏・一八)……322
仙洞歌合 崇光院(応安三年～四年)(国立歴史民俗博物館蔵本)……324
南朝三百番歌合 建徳二年(祐徳稲荷神社中川文庫蔵本)……327
頓阿勝負付歌合(島原松平文庫蔵本)……332
三十番歌合(応安五年以前)(書陵部蔵五〇一・七四)(頓阿判)……334
詩歌合 文安三年(内閣文庫蔵本)……336
仙洞歌合 後崇光院 宝徳二年(書陵部蔵五〇一・五四五)……339
武家歌合 康正三年(尊経閣文庫蔵本)……348
武州江戸歌合 文明六年(内閣文庫蔵本)……349
将軍家歌合 文明十四年六月(国立国会図書館蔵本)……350
歌合 文明十六年十二月(三康文庫蔵本)……356
内裏歌合 文亀三年六月十四日(島原松平文庫蔵本)……365
内裏歌合(天正七年)(彰考館蔵本)……369
三十六人歌合(元暦)(書陵部蔵五〇一・五三〇)……371
新三十六人撰 正元二年(静嘉堂文庫蔵本)……372
女房三十六人歌合(志香須賀文庫蔵本)……377
釈教三十六人歌合(早大図書館蔵本)(栄海撰)……378
集外三十六歌仙(大東急記念文庫蔵本)……380
東北院歌人歌合 五番(東京国立博物館蔵本)……381
東北院職人歌合 十二番(陽明文庫蔵本)……382
鶴岡放生会職人歌合(松下幸之助氏蔵本)……384
三十二番職人歌合(天理図書館蔵本)……385
七十一番職人歌合(尊経閣文庫蔵本)……389

補遺編I

宝篋印陀羅尼経料紙和歌(金剛寺蔵本)……401
一品経和歌懐紙(古筆断簡)……402
熊野懐紙(古筆断簡)……403
建仁元年十月和歌(有吉保氏蔵本)……406
建保六年八月中殿御会(有吉保氏蔵本)……408
道助法親王家五十首(国立歴史民俗博物館蔵本)……409
詠十首和歌(国立歴史民俗博物館蔵本)……421
宝治元年後嵯峨院詠翫花和歌(静岡県立美術館蔵本)……424
二十八品並九品詩歌(慶応大斯道文庫蔵本)……424
正嘉三年北山行幸和歌(書陵部蔵伏・四九四)……426
弘長三年二月十四日亀山殿御会(有吉保氏蔵本)……427
白河殿七百首(内閣文庫蔵本)……428
現存卅六人詩歌(慶応大斯道文庫蔵本)(藤原資宣、真観撰)……442
正応二年三月和歌御会(彰考館蔵本)……443
正応三年九月十三夜歌会歌(神宮文庫蔵本)……444

| 正応五年厳島社頭和歌（書陵部蔵続群書類従本）……… 445
| 永仁元年内裏御会（書陵部蔵五〇一・三三九）… 446
| 詠五十首和歌（金沢文庫）（金沢文庫蔵本）……… 448
| 和歌詠草（金沢文庫）（金沢文庫蔵本）……… 449
| 花十首寄書（書陵部蔵五〇一・三八〇）……… 450
| 正和四年詠法華経和歌（書陵部蔵管見記巻一六所収本）……… 452
| 元応二年八月十五夜月十首（書陵部蔵伏・五七六）……… 455
| 亀山殿歌七百首（書陵部蔵五〇一・八四八）… 456
| 正中三年禁庭御会和歌（立教大日本文学研究室蔵本）……… 470
| 北野宝前和歌（元徳二年）（内閣文庫蔵本）… 471
| 元徳二年七夕御会（書陵部蔵一五〇・六八五）… 472
| 元徳二年八月一日御会（書陵部蔵五〇一・三七八）……… 474
| 朝棟亭歌会（神宮文庫蔵本）……… 475
| 建武三年住吉社法楽和歌（尊経閣文庫蔵本）… 477
| 北野社百首和歌（建武三年）（書陵部蔵四五八・一）……… 480
| 暦応二年春日奉納和歌（穂久邇文庫蔵本）……… 482
| 持明院殿御会和歌（刈谷市中央図書館蔵本）… 484
| 金剛三昧院奉納和歌（尊経閣文庫蔵本）……… 485
| 玄恵追善詩歌（書陵部蔵二一〇・七一五）……… 487
| 為世十三回忌和歌（東大史料編纂所蔵本）……… 488
| 経旨和歌（書陵部蔵続群書類従本）……… 491
| 正平二十年三百六十首（三康図書館蔵本）……… 493
| 貞治六年二月廿一日和歌御会（書陵部蔵五〇一・三七八）……… 501
| 貞治六年三月廿九日歌会（島原松平文庫蔵本）……… 501
| 応安二年内裏和歌（神宮文庫蔵本）……… 502
| 大山祇神社百首和歌（大山祇神社蔵本）……… 503
| 熱田本日本書紀紙背懐紙和歌（熱田神宮宝物館蔵本）……… 505
| 隠岐高田明神百首（高田神社蔵本）……… 517
| 畠山匠作亭詩歌（国立歴史民俗博物館蔵本）… 520
| 言葉集（冷泉家時雨亭文庫蔵本）（惟宗広言撰）……… 521
| 定家八代抄（書陵部蔵二一〇・六七四）（藤原定家撰）……… 529
| 八代集秀逸（書陵部蔵五〇一・一五九）（藤原定家撰）……… 563
| 正風体抄（東北大国文学研究室蔵本）……… 565
| 五代集歌枕（日本歌学大系）（藤原範兼編）… 567
| 歌枕名寄（万治二年板本）（澄月撰）……… 605
| 飛月集（三手文庫蔵本）……… 841
| 高良玉垂宮神秘書紙背和歌（高良大社蔵本）… 846
| 朗詠題詩歌（書陵部蔵続群書類従本）（尊円法親王選）……… 853
| 三百六十首和歌（島原松平文庫蔵本）……… 859
| 大嘗会悠紀主基和歌（書陵部蔵五〇二・一五）… 866
| 極楽願往生和歌（東京国立博物館蔵本）（西念作）……… 900
| 蒙求和歌 片仮名本（国立国会図書館蔵本）（源光行作）……… 901
| 蒙求和歌 平仮名本（内閣文庫蔵本）（源光行作）……… 928
| 百練抄（内閣文庫蔵本）（源光行作）……… 948
| 法隆寺宝物和歌（早大図書館蔵本）（定円詠）… 962
| 佚名歌集（徳川美術館）（徳川黎明会蔵本）… 963
| 佚名歌集（穂久邇文庫）（穂久邇文庫蔵本）… 963
| 荒木田永元集（根津美術館蔵本）……… 965
| 伏見院御集 冬部（有吉保氏蔵本）……… 967

補遺編 II

| 色葉和難集……… 969
| 和歌会次第（藤原定家作）……… 981
| 蓮性陳状（蓮性作）……… 982
| 勅撰作者部類付載作者異議（元盛作）……… 982
| 和歌密書……… 983
| 和歌灌頂次第秘密抄……… 984
| 玉伝集和歌最頂……… 984
| 了俊歌学書（今川了俊作）……… 985
| 了俊日記（今川了俊作）……… 987
| 冷泉家和歌秘々口伝……… 989
| 歌林良材（一条兼良作）……… 989
| 和歌深秘抄（堯憲作）……… 1002
| 筆のまよひ（飛鳥井雅親作）……… 1003
| 僻案抄（藤原定家作）……… 1003
| 古今和歌集古注釈書引用和歌……… 1004
| 伊勢物語古注釈書引用和歌……… 1018
| 源氏物語古注釈書引用和歌……… 1026
| 六花集注……… 1055
| 太神宮参詣記（坂十仏作）……… 1062
| 小島の口ずさみ（二条良基作）……… 1062
| 道行触（今川了俊作）……… 1063
| 鹿苑院殿厳島詣記（今川了俊作）……… 1064
| 都のつと（宗久作）……… 1065
| なぐさめ草（正徹作）……… 1065
| 筑紫道記（宗祇作）……… 1066
| ふぢ河の記（一条兼良作）……… 1067
| 吉野拾遺……… 1069
| なよ竹物語絵巻……… 1070
| あきぎり……… 1070
| 海人の刈藻……… 1072
| 風に紅葉……… 1074
| 雲隠六帖……… 1076
| 雲隠六帖 別本……… 1077
| 雫に濁る……… 1078
| 白露……… 1078
| 葉月物語絵巻……… 1079
| 松陰中納言物語……… 1079

[045] 新編国歌大観

むぐら ……………………………… 1082
八重葎 …………………………… 1082
八重葎 別本 ……………………… 1083
夢の通路 ………………………… 1084
＊解題 …………………………… 1087
＊1 一家千首（佐藤恒雄）………… 1089
＊2 耕雲千首（小池一行, 相馬万里子, 八嶌正治）………………………… 1090
＊3 宗良親王千首（小池一行, 相馬万里子, 八嶌正治）……………………… 1092
＊4 師兼千首（安井久善）………… 1094
＊5 長慶天皇千首（高梨素子）…… 1094
＊6 俊成五社百首（松野陽一, 兼築信行）…………………………………… 1095
＊7 為家五社百首（有吉保）……… 1095
＊8 安嘉門院四条五百首（長谷完治）… 1095
＊9 宗尊親王三百首（井上宗雄, 兼築信行, 小林強）………………………… 1096
＊10 法門百首（寂然）（井上宗雄, 中村文）……………………………………… 1101
＊11 登蓮恋百首（上野理, 内田徹）… 1102
＊12 俊成祇園百首（谷山茂）……… 1103
＊13 公衡百首（兼築信行）………… 1103
＊14 寂蓮無題百首（半田公平）…… 1103
＊15 寂蓮結題百首（半田公平）…… 1104
＊16 朗詠百首（隆房）（鈴木徳男）… 1104
＊17 忠信百首（川平ひとし）……… 1105
＊18 道家百首（辻勝美）…………… 1105
＊19 後鳥羽院遠島百首（田村柳壹）… 1105
＊20 土御門院百首（藤平泉）……… 1106
＊21 順徳院百首（唐沢正実）……… 1107
＊22 長綱百首（川平ひとし）……… 1108
＊23 祐茂百首（井上宗雄, 高崎由理）… 1109
＊24 為家一夜百首（辻勝美）……… 1109
＊25 実兼百首（井上宗雄）………… 1109
＊26 為兼鹿百首（田村柳壹）……… 1110
＊27 後二条院百首（有吉保, 田村柳壹）…………………………………… 1111
＊28 国冬百首（吉海直人）………… 1112
＊29 国冬祈雨百首（高城功夫）…… 1112
＊30 国道百首（福田秀一, 井上宗雄）… 1113
＊31 資広百首（井上宗雄）………… 1113
＊32 一宮百首（尊良親王）（井上宗雄, 中村文）…………………………………… 1114
＊33 尊円親王詠法華経百首（紙宏行）…………………………………… 1114
＊34 尊円親王百首（小池一行）…… 1114
＊35 徽安門院一条集（福田秀一）… 1116
＊36 等持院（尊氏）（蒲原義明）… 1116
＊37 後普光園院百首（良基）（杉浦清志）…………………………………… 1116
＊38 頓阿百首A（有吉保, 齋藤彰）… 1117
＊39 頓阿百首B（有吉保, 齋藤彰）… 1118
＊40 頓阿句題百首（有吉保, 齋藤彰）… 1118
＊41 宝篋院百首（義詮）（高城功夫）… 1119
＊42 慶運百首（杉浦清志）………… 1120
＊43 耕雲百首（高梨素子）………… 1120
＊44 雲窓臆語（耕雲）（後藤重郎, 池尾和也）…………………………………… 1121
＊45 南都百首（兼良）（外村展子）… 1121
＊46 世中百首（守武）（深津睦夫）… 1121
＊47 定家名号七十首（赤瀬信吾, 岩坪健）…………………………………… 1122
＊48 七夕七十首（為理）（上野理, 内田徹）…………………………………… 1123
＊49 国冬五十首（吉海直人）……… 1123
＊50 尊円親王五十首（小池一行）… 1123
＊51 尚賢五十首（吉海直人, 伊藤一男）…………………………………… 1123
＊52 延明神主和歌（深津睦夫, 福田秀一）…………………………………… 1124
＊53 頓阿五十首（齋藤彰）………… 1124
＊54 山家三番歌合（上野理）……… 1124
＊55 通具俊成卿女歌合（久保田淳, 渡部泰明）…………………………………… 1124
＊56 三十六番相撲立詩歌（大伏春美）…………………………………… 1125
＊57 御室撰歌合（田村柳壹）……… 1125
＊58 内裏歌合 建暦三年八月七日（久保田淳）…………………………………… 1126
＊59 歌合 建暦三年八月十二日（久保田淳, 家永香織）……………………… 1126
＊60 歌合 建暦三年九月十三夜（久保田淳, 谷知子）………………………… 1126
＊61 禁裏歌合 建保二年七月（久保田淳, 村尾誠一）……………………… 1126
＊62 月卿雲客妓歌合 建暦三年六月（久保田淳, 家永香織）………………… 1127
＊63 歌合 建保四年八月十二日（久保田淳, 村尾誠一）……………………… 1127
＊64 歌合 建保四年八月廿四日（久保田淳, 村尾誠一）……………………… 1127
＊65 歌合 建保五年四月廿日（久保田淳, 田仲洋己）………………………… 1127
＊66 右大将家歌合 建保五年八月（久保田淳, 田仲洋己）………………… 1128
＊67 四十番歌合 建保五年十月（久保田淳, 加藤睦）……………………… 1128
＊68 歌合 建保七年二月一日（久保田淳, 谷知子）………………………… 1128
＊69 歌合 建保七年二月十二日（久保田淳, 谷知子）………………………… 1128

* 70 日吉社大宮歌合 承久元年、71 日吉社十禅師歌合 承久元年（藤平春男、草野隆）・・・・・・・・・・・・・・・・ 1128
* 72 日吉社撰歌合 寛喜四年（藤平春男、草野隆）・・・・・・・・・・・・・・・・ 1129
* 73 日吉社知家自歌合 嘉禎元年（藤平春男、草野隆）・・・・・・・・・・・・・・・・ 1129
* 74 閑窓撰歌合 建長三年（安井久善）・・・・・・・・・・・・・・・・ 1130
* 75 宗尊親王百五十番歌合 弘長元年（大取一馬、鈴木徳男）・・・・・ 1130
* 76 住吉社歌合 弘長三年（外村展子）・・・ 1130
* 77 玉津島歌合 弘長三年（外村展子）・・・ 1131
* 78 住吉社三十五番歌合（建治二年）（大取一馬、小林強）・・・・・・・・・・ 1131
* 79 十五番歌合（弘安）（井上宗雄、岡利幸）・・・・・・・・・・・・・・・・・・・ 1131
* 80 和漢名所詩歌合（佐々木孝浩、中川博夫）・・・・・・・・・・・・・・・・・・・ 1132
* 81 歌合 弘安八年四月（田中登）・・・ 1132
* 82 伝伏見院宸筆判詞歌合（岩佐美代子）・・・・・・・・・・・・・・・・・・・ 1133
* 83 伊勢新名所絵歌合（深津睦夫）・・・・ 1133
* 84 歌合 永仁五年八月十五夜（久保田淳、渡部泰明）・・・・・・・・・・・・・・ 1133
* 85 歌合（正安元年～嘉元二年）（中川博夫、小林一彦）・・・・・・・・・・・・ 1134
* 86 五種歌合 正安元年（中川博夫、小林一彦）・・・・・・・・・・・・・・・・・・ 1134
* 87 三十番歌合（正安二年～嘉元元年）（久保田淳、村尾誠一）・・・・・・・ 1134
* 88 金玉歌合（鹿目俊彦）・・・・・・・・ 1134
* 89 歌合 正安四年六月十一日（久保田淳、谷知子）・・・・・・・・・・・・・・ 1135
* 90 為兼家歌合（乾元二年）（濱口博章）・・ 1135
* 91 二十番歌合（嘉元～徳治）（紙宏行）・ 1135
* 92 歌合 乾元二年五月（濱口博章）・・・ 1136
* 93 後二条院歌合 乾元二年七月（深津睦夫）・・・・・・・・・・・・・・・・・・・ 1136
* 94 永福門院歌合 嘉元三年正月（岩佐美代子）・・・・・・・・・・・・・・・・ 1137
* 95 歌合 嘉元三年三月（久保田淳、家永香織）・・・・・・・・・・・・・・・・ 1137
* 96 十五番歌合（延慶二年～応長元年）（紙宏行）・・・・・・・・・・・・・・・・ 1137
* 97 歌合 伝後伏見院筆（延慶二年～三年）（井上宗雄）・・・・・・・・・・・・・ 1137
* 98 詩歌合（正和三年）（小林一彦、中川博夫）・・・・・・・・・・・・・・・・・ 1137
* 99 外宮北御門歌合 元亨元年（大取一馬、部矢祥子）・・・・・・・・・・・・ 1138
* 100 石清水社歌合 元亨四年（久保田淳）・・・・・・・・・・・・・・・・・・ 1138
* 101 比叡社歌合（久曾神昇）・・・・・・ 1139
* 102 源氏物語歌合（樋口芳麻呂）・・・・ 1139
* 103 持明院殿御歌合 康永元年十一月四日、104 持明院殿御歌合 康永元年十一月廿一日（鹿目俊彦）・・・・・・・・ 1139
* 105 五十四番詩歌合 康永二年（鹿目俊彦）・・・・・・・・・・・・・・・・・・・ 1140
* 106 三十番歌合 伝後伏見院筆（貞和末）（鹿目俊彦）・・・・・・・・・・・・・・ 1141
* 107 歌合 後光厳院文和之比（鹿目俊彦）・・ 1141
* 108 守遍詩歌合（齋藤彰）・・・・・・・ 1142
* 109 百番歌合（応安三年～永和二年）（中村文）・・・・・・・・・・・・・・・・・ 1142
* 110 仙洞歌合 崇光院（応安三年～四年）（井上宗雄、高崎由理）・・・・・・・ 1143
* 111 南朝三百番歌合 建徳二年（山田洋嗣）・・・・・・・・・・・・・・・・・・ 1143
* 112 頓阿勝負付歌合（齋藤彰）・・・・・ 1144
* 113 三十番歌合（応安五年以前）（齋藤彰）・ 1145
* 114 詩歌合 文安三年（今井明）・・・・ 1145
* 115 仙洞歌合 後崇光院 宝徳二年（今井明）・・・・・・・・・・・・・・・・・・ 1145
* 116 武家歌合 康正三年（稲田利徳）・・ 1146
* 117 武州江戸歌合 文明六年（三村晃功）・・・・・・・・・・・・・・・・・・・・ 1146
* 118 将軍家歌合 文明十四年六月（兼築信行、浅田徹）・・・・・・・・・・・ 1146
* 119 歌合 文明十六年十二月（井上宗雄、中村文）・・・・・・・・・・・・・・・ 1147
* 120 内裏歌合 文亀三年六月十四日（荒木尚、赤塚睦男）・・・・・・・・・・・ 1147
* 121 内裏歌合（天正七年）（武井和人）・ 1147
* 122 三十六人歌合（元暦）（大伏春美）・ 1148
* 123 新三十六人撰 正元二年（中川博夫、小林一彦）・・・・・・・・・・・・・・ 1148
* 124 女房三十六人歌合（大伏春美）・・ 1149
* 125 釈教三十六人歌合（井上宗雄、大岡賢典）・・・・・・・・・・・・・・・・・ 1149
* 126 集外三十六歌仙（島津忠夫）・・・ 1150
* 127 東北院職人歌合 五番本（岩崎佳枝）・・・・・・・・・・・・・・・・・・・・ 1151
* 128 東北院職人歌合 十二番本（岩崎佳枝）・・・・・・・・・・・・・・・・・・・ 1151
* 129 鶴岡放生会職人歌合（岩崎佳枝）・・・・・・・・・・・・・・・・・・・・・ 1152
* 130 三十二番職人歌合（岩崎佳枝）・・ 1152
* 131 七十一番職人歌合（下房俊一）・・ 1152
* 132 宝篋印陀羅尼経料紙和歌（中村文）・・・・・・・・・・・・・・・・・・・ 1153
* 133 一品経和歌懐紙（久保田淳、家永香織）・・・・・・・・・・・・・・・・・ 1153

- *134　熊野懐紙（田村柳壹）………… *1154*
- *135　建仁元年十首和歌（有吉保）…… *1155*
- *136　建保六年八月中殿御会（有吉保）………………………………… *1155*
- *137　道助法親王家五十首（久保田淳, 加藤睦）………………………… *1155*
- *138　詠十首和歌（久保田淳, 堀川貴司）……………………………………… *1156*
- *139　宝治元年後嵯峨院詠歎花和歌（松野陽一, 中川博夫）……………… *1157*
- *140　二十八品並九品詩歌（岩松研吉郎, 中川博夫）…………………… *1157*
- *141　正嘉三年北山行幸和歌（岩佐美代子）……………………………… *1157*
- *142　弘長三年二月十四日亀山殿御会（有吉保）……………………………… *1157*
- *143　白河殿七百首（井上宗雄, 小林強）…………………………………… *1157*
- *144　現存卅六人詩歌（岩松研吉郎, 中川博夫）…………………………… *1158*
- *145　正応二年三月和歌御会（井上宗雄）……………………………………… *1158*
- *146　正応三年九月十三夜歌会歌（福田秀一, 深津睦夫）……………… *1159*
- *147　正応五年厳島社頭和歌（稲賀敬二）……………………………………… *1159*
- *148　永仁元年内裏御会（大岡賢典）… *1160*
- *149　詠五十首和歌（金沢文庫）（久保田淳, 渡部泰明）…………………… *1160*
- *150　和歌詠草（金沢文庫）（久保田淳, 渡部泰明）……………………………… *1160*
- *151　花十首寄書（井上宗雄, 大岡賢典）……………………………………… *1160*
- *152　正和四年詠法華経和歌（岩佐美代子）……………………………… *1161*
- *153　元応二年八月十五夜月十首（久保田淳）……………………………… *1161*
- *154　亀山殿七百首（有吉保）……… *1161*
- *155　正中三年禁庭御会和歌（井上宗雄）………………………………… *1162*
- *156　北野宝前和歌（元徳二年）（田中登）…………………………………… *1162*
- *157　元徳二年七夕御会（長崎健）… *1163*
- *158　元徳二年八月一日御会（紙宏行）……………………………………… *1163*
- *159　朝棟亭歌会（福田秀一, 深津睦夫）……………………………………… *1163*
- *160　建武三年住吉社法楽和歌（井上宗雄, 紙宏行）…………………… *1163*
- *161　北野社百首和歌（建武三年）（井上宗雄, 中村文）……………………………… *1164*
- *162　暦応二年春日奉納和歌（後藤重郎, 池尾和也）………………… *1164*
- *163　持明院殿御会和歌（長崎健）… *1165*
- *164　金剛三昧院奉納和歌（長崎健）… *1165*
- *165　玄恵追善詩歌（久保田淳, 堀川貴司）…………………………………… *1165*
- *166　為世十三回忌和歌（久保田淳, 島内裕子）…………………………… *1166*
- *167　経旨和歌（伊藤敬）…………… *1166*
- *168　正平二十年三百六十首（井上宗雄, 山田洋嗣）…………………… *1167*
- *169　貞治六年二月廿一日和歌御会（紙宏行）……………………………… *1170*
- *170　貞治六年三月廿九日歌会（紙宏行）……………………………………… *1170*
- *171　応安二年内裏和歌（紙宏行）… *1170*
- *172　大山祇神社百首和歌（和田克司）……………………………………… *1171*
- *173　熱田本日本書紀紙背懐紙和歌（田中新一）……………………………… *1172*
- *174　隠岐高田明神百首（小原幹雄）… *1173*
- *175　畠山匠作亭詩歌（稲田利徳）… *1173*
- *176　言葉集（赤瀬信吾, 岩坪健）… *1174*
- *177　定家八代抄（後藤重郎, 樋口芳麻呂）……………………………………… *1176*
- *178　八代集秀逸（樋口芳麻呂）…… *1180*
- *179　正風体抄（田中裕）…………… *1180*
- *180　五代集歌枕（有吉保, 高橋善浩, 田中初恵, 田村柳壹）…………… *1180*
- *181　歌枕名寄（福田秀一, 杉山重行, 千艘秋男, 古相正美, 坂内泰子）… *1182*
- *182　飛月集（鈴木徳男）…………… *1186*
- *183　高良玉垂宮神秘書紙背和歌（荒木尚, 赤塚睦男）…………………… *1187*
- *184　朗詠題詩歌（佐藤道生）……… *1188*
- *185　三百六十首和歌（荒木尚, 赤塚睦男）……………………………………… *1188*
- *186　大嘗会悠紀主基和歌（青木賢豪, 安田徳子, 西前正芳）…………… *1189*
- *187　極楽願往生和歌（石原清志）… *1190*
- *188・189　蒙求和歌　片仮名本 平仮名本（池田利夫, 佐藤道生）………… *1190*
- *190　百詠和歌（池田利夫, 佐藤道生）……………………………………… *1192*
- *191　法隆寺宝物和歌（田中登）…… *1196*
- *192　佚名歌集（德川美術館）（中村文）… *1196*
- *193　佚名歌集（穂久邇文庫）（後藤重郎, 池尾和也）………………… *1197*
- *194　荒木田永元集（久保田淳）…… *1197*
- *195　伏見院御集　冬部（有吉保）… *1198*
- *196　色葉和難集（久曾神昇）……… *1198*
- *197　和歌会次第（武井和人）……… *1198*

* 198 蓮性陳状（佐々木孝浩, 中川博夫）.................... 1198
* 199 勅撰作者部類付載作者異議（上野理）.................... 1198
* 200 和歌密書（武井和人）.................... 1198
* 201 和歌灌頂次第秘密抄（武井和人）.................... 1198
* 202 玉伝集和歌最頂（武井和人）.... 1198
* 203 了俊歌学書（岸田依子）.......... 1198
* 204 了俊日記（岸田依子）.............. 1198
* 205 冷泉家和歌秘々口伝（岸田依子）.................... 1198
* 206 歌林良材（武井和人）.............. 1198
* 207 和歌深秘抄（武井和人）.......... 1198
* 208 筆のまよひ（武井和人）.......... 1198
* 209 僻案抄（川平ひとし, 浅田徹）.... 1198
* 210 古今和歌集古注釈書引用和歌（片桐洋一, 青木賜鶴子）.................... 1198
* 211 伊勢物語古注釈書引用和歌（片桐洋一, 青木賜鶴子）.................... 1199
* 212 源氏物語古注釈書引用和歌（片桐洋一）.................... 1199
* 213 六花集注（三村晃功）.............. 1199
* 214 太神宮参詣記（乾安代）.......... 1199
* 215 小島の口ずさみ（乾安代）...... 1199
* 216 道行触（乾安代）.................... 1199
* 217 鹿苑院殿厳島詣記（乾安代）.... 1199
* 218 都のつと（乾安代）.................. 1199
* 219 なぐさめ草（乾安代）.............. 1199
* 220 筑紫道記（乾安代）.................. 1199
* 221 ふち河の記（乾安代）.............. 1199
* 222 吉野拾遺（鶴崎裕雄）.............. 1199
* 223 なよ竹物語絵巻（樋口芳麻呂, 三角洋一）.................... 1199
* 224 あきぎり（樋口芳麻呂, 三角洋一）.................... 1199
* 225 海人の刈藻（樋口芳麻呂, 三角洋一）.................... 1199
* 226 風に紅葉（樋口芳麻呂, 三角洋一）.................... 1199
* 227 雲隠六帖（樋口芳麻呂, 三角洋一）.................... 1199
* 228 雲隠六帖 別本（樋口芳麻呂, 三角洋一）.................... 1199
* 229 雫に濁る（樋口芳麻呂, 三角洋一）.................... 1199
* 230 白露（樋口芳麻呂, 三角洋一）.... 1199
* 231 葉月物語絵巻（樋口芳麻呂, 三角洋一）.................... 1199
* 232 松陰中納言物語（樋口芳麻呂, 三角洋一）.................... 1200
* 233 むぐら（樋口芳麻呂, 三角洋一）.................... 1200
* 234 八重葎（樋口芳麻呂, 三角洋一）.................... 1200
* 235 八重葎 別本（樋口芳麻呂, 三角洋一）.................... 1200
* 236 夢の通路（樋口芳麻呂, 三角洋一）.................... 1200
* 全十巻収載作品一覧.................... 1203

第10巻　定数歌編Ⅱ、歌合編Ⅱ、補遺編 索引
1992年4月10日刊

* 凡例.................... 1
* 新編国歌大観 第十巻 定数歌編Ⅱ、歌合編Ⅱ、補遺編 和歌索引.................... 7
* 漢詩字音索引.................... 1233

```
［046］新編西鶴全集
     勉誠出版
     全5巻16冊
     2000年2月～2007年2月
     （新編西鶴全集編集委員会編）
```

第1巻　本文篇
2000年2月28日刊

* まえがき（浅野晃）.................................（1）
* 新編西鶴全集 本文校訂凡例...............（4）
  好色一代男（谷脇理史, 小川武彦校注）........ 1
  諸艶大鑑（冨士昭雄, 篠原進, 浅野晃校注）
  177
  椀久一世の物語（浅野晃校注）............... 359
  好色五人女（冨士昭雄, 小川武彦校注）..... 393
  好色一代女（浅野晃, 竹野静雄校注）........ 497

第1巻　自立語索引篇 上
2000年2月28日刊

* 凡例... 2
* 自立語索引 あ〜す................................. 1

第1巻　自立語索引篇 下
2000年2月28日刊

* 自立語索引 せ〜わ................................. 1
* あとがき（浅野晃）.............................. 巻末

第2巻　本文篇
2002年2月15日刊

* まえがき（浅野晃）.................................（1）
* 新編西鶴全集 本文校訂凡例...............（4）
  西鶴諸国はなし（岡本勝校注）................. 1
  本朝二十不孝（花田富二夫校注）............ 103
  男色大鑑（江本裕校注）.......................... 199
  武道伝来記（染谷智幸校注）.................. 409
  好色盛衰記（谷脇理史, 井上和人校注）..... 589

第2巻　自立語索引篇 上
2002年2月15日刊

* 凡例... 3
* 自立語索引 あ〜す................................. 1

第2巻　自立語索引篇 下
2002年2月15日刊

* 自立語索引 せ〜わ................................. 1
* あとがき（浅野晃）.............................. 巻末

第3巻　本文篇
2003年2月25日刊

* まえがき（浅野晃）.................................（1）
* 新編西鶴全集 本文校訂凡例...............（5）
  懐硯（井上敏幸, 大久保順子校注）............ 1
  日本永代蔵（杉本好伸, 広嶋進校注）...... 109
  色里三所世帯（冨士昭雄校注）............... 233
  武家義理物語（浅野晃校注）.................. 301
  嵐は無常物語（中嶋隆校注）.................. 419
  新可笑記（藤原英城校注）...................... 461
  本朝桜陰比事（森田雅也校注）............... 597

第3巻　自立語索引篇 上
2003年2月25日刊

* 凡例... 3
* 自立語索引 あ〜す................................. 1

第3巻　自立語索引篇 下
2003年2月25日刊

* 自立語索引 せ〜わ................................. 1
* あとがき（浅野晃）.............................. 巻末

第4巻　本文篇
2004年2月28日刊

* まえがき（浅野晃）.................................（1）
* 新編西鶴全集 本文校訂凡例...............（5）
  世間胸算用（広嶋進, 杉本好伸校注）......... 1
  浮世栄花一代男（浅野晃校注）............... 111
  西鶴置土産（谷脇理史, 井上和人校注）..... 215
  西鶴織留（竹野静雄校注）...................... 311
  西鶴俗つれづれ（西島孜哉校注）............ 431
  万の文反古（森田雅也, 西島孜哉校注）.... 517
  西鶴名残の友（有働裕校注）.................. 613

第4巻　自立語索引篇 上
2004年2月28日刊

* 凡例... 3
* 自立語索引 あ〜す................................. 1

第4巻　自立語索引篇 下
2004年2月28日刊

* 自立語索引 せ〜わ................................. 1
* あとがき（浅野晃）.............................. 巻末

第5巻　本文篇　上
2007年2月28日刊

- ＊まえがき（谷脇理史）……………………（1）
- ＊新編西鶴全集 本文校訂凡例……………（9）
- 俳書 …………………………………………… 1
  - 生玉万句（西鶴編、佐藤勝明校注）……… 3
  - 哥仙大坂俳諧師（西鶴画・編、伴野英一校注）… 9
  - 俳諧蒙求（惟中著、佐藤勝明校注）……… 11
  - 大坂独吟集（鶴永（西鶴）ほか独吟、書肆編か、佐藤勝明校注）………………… 12
  - 誹諧独吟一日千句（西鶴編・独吟、佐藤勝明校注）………………………………… 21
  - 誹諧大坂歳旦発句三物（西鶴編か、伴野英一校注）……………………………… 82
  - 俳諧昼網（貞因編か、竹下義人校注）…… 84
  - 草枕（旨恕編、竹下義人校注）…………… 86
  - 古今俳諧師手鑑（西鶴編、伴野英一校注）………………………………………… 92
  - 西鶴俳諧大句数（西鶴著、佐藤勝明校注）… 94
  - 俳諧三部抄（惟中著、竹下義人校注）… 157
  - 逸題書（編者未詳、竹下義人校注）…… 158
  - 俳諧之口伝（西鶴著、伴野英一校注）… 159
  - 胴骨（西鶴著、佐藤勝明校注）………… 177
  - 大坂檀林桜千句（友雪編、佐藤勝明校注）… 198
  - 誹諧難波風（旨恕編、竹下義人校注）… 225
  - 大硯（西海編・吟、西鶴吟、竹下義人校注）………………………………………… 231
  - 俳諧虎溪の橋（西鶴、松意ほか吟、佐藤勝明校注）……………………………… 235
  - 珍集集（石斎編、竹下義人校注）……… 256
  - 俳諧物種集（佐藤勝明校注）…………… 263
  - 三鉄輪（編者未詳、佐藤勝明校注）…… 272
  - 俳諧五徳（編者未詳、佐藤勝明校注）… 279
  - 一時軒会合太郎五百韻（惟中編、竹下義人校注）………………………………… 292
  - 仙台大矢数（三千風編、竹下義人校注）… 308
  - 西鶴五百韻（西鶴、友雪編、佐藤勝明校注）………………………………………… 314
  - 俳諧十歌仙見花数寄（西国編、佐藤勝明）… 338
  - 句箱（一水編か、竹下義人校注）……… 341
  - 両吟一日千句（西鶴、友雪編、佐藤勝明校注）……………………………………… 346
  - 飛梅千句（西鶴編、竹下義人校注）…… 407
  - 近来俳諧風躰抄（惟中著、竹下義人校注）………………………………………… 437
  - 俳諧新附合物種集追加二葉集（西治編、竹下義人校注）……………………… 438
  - 道頓堀花みち（辰寿編、竹下義人校注）… 445
  - わたし船（旨恕編、竹下義人校注）…… 448
  - 俳諧四吟六日飛脚（西鶴ら編、佐藤勝明校注）……………………………………… 454
  - 太夫桜（遠舟編、竹下義人校注）……… 461
  - 阿蘭陀丸二番船（宗円編、竹下義人校注）………………………………………… 462
  - 雲喰ひ（西国編、竹下義人校注）……… 464
  - 江戸大坂通し馬（梅朝編、竹下義人校注）… 467
  - 尾陽鳴海俳諧喚続集（下里吉親（知足）編、石田元季写、伴野英一校注）……… 471
  - 西鶴評点湖水等三吟百韻巻断簡（西鶴評点、湖水ほか吟、伴野英一校注）…… 479
  - 西鶴大矢数（西鶴編、佐藤勝明校注）… 485

第5巻　本文篇　下
2007年2月28日刊

- ＊新編西鶴全集 本文校訂凡例……………（5）
- 俳書 ………………………………………… 755
  - それぞれ草（友悦編、竹下義人校注）… 757
  - 熱田宮雀（兼頓編、竹下義人校注）…… 758
  - 大坂みつかしら（賀子編、竹下義人校注）… 761
  - 俳諧関相撲（未達編、伴野英一校注）… 768
  - 夢想之俳諧（西鶴作、竹下義人校注）… 772
  - 俳諧本式百韻精進膽（西鶴編、竹下義人校注）……………………………………… 774
  - 日本行脚文集（三千風著、竹下義人校注）………………………………………… 780
  - 俳諧引導集（西国編、竹下義人校注）… 781
  - 古今俳諧女哥仙すかた絵入（西鶴画・編著、伴野英一校注）………………… 784
  - 西鶴評点政昌等三吟百韻巻（西鶴評点、政昌、不斎、井観斎、伴野英一校注）… 806
  - 江戸点者寄合俳諧（露葉ら著、西鶴、由平両点、伴野英一校注）……………… 815
  - 俳諧のならひ事（西鶴著、竹野静雄校注）………………………………………… 828
  - 俳諧習ひ事（西鶴著、竹野静雄校注）… 845
  - 誹諧大悟物狂（鬼貫編、竹下義人校注）… 865
  - 誹諧生駒集（燈外編、竹下義人校注）… 867
  - 誹諧物見車（可休編、伴野英一校注）… 868
  - 誹諧渡し船（順水編、竹下義人校注）… 873
  - 俳諧団袋（団水編、竹下義人校注）…… 876
  - 俳諧四国猿（律友編、竹下義人校注）… 880
  - 我か庵（轍士編、竹下義人校注）……… 883
  - 絵入物見車返俳諧石車（西鶴画・著、伴野英一校注）………………………… 885
  - 蓮実（賀子編、竹下義人校注）………… 972
  - 誹諧河内羽二重（幸賢編、竹下義人校注）………………………………………… 978
  - 逸題（『元禄難波前句附集』）（西鶴ほか句、伴野英一校注）………………… 981

[046] 新編西鶴全集

西鶴評点歌水艶山両吟歌仙巻（西鶴評点，歌水，艶山著，伴野英一校注）…… *983*
西鶴評点山太郎独吟歌仙巻山太郎再判（西鶴評点，山太郎著・再判，伴野英一校注）…… *988*
俳諧わたまし抄（春色著，竹下義人校注）… *994*
八重一重（遠舟編，竹下義人校注）……… *996*
西鶴独吟百韻自註絵巻（竹下義人校注）… *998*
前句諸点難波土産（静竹窓菊子編，伴野英一校注）……… *1047*
奈良土産（田宮言簡編，伴野英一校注）……… *1058*
くまのからす（寿柳軒南水編，竹下義人校注）……… *1059*
熊野からす（小中南水，玉置安之編，竹下義人校注）……… *1061*
俳諧蓮の花笠（朴翁編，伴野英一校注）… *1063*
三原誹諧備後砂（草也編，竹下義人校注）… *1064*
誹諧寄垣諸抄大成（鶯水編，伴野英一校注）……… *1065*
笠付前句ぬりかさ（関水編，伴野英一校注）……… *1066*
西鶴評点如雲等五吟百韻巻（西鶴評点，如雲ほか吟，伴野英一校注）……… *1067*
かたはし（木因編，竹下義人校注）……… *1076*
乙夜随筆（霊元天皇撰，伴野英一校注）……… *1077*
はいかいうしろひも（一音編，伴野英一校注）……… *1078*
発句（竹野静雄校注）……… *1079*
新編西鶴発句集 ……… *1081*
その他（竹野静雄校注）……… *1137*
難波の兒は伊勢の白粉 ……… *1139*
暦 ……… *1178*
凱陣八嶋 ……… *1216*
小竹集 序 ……… *1261*
扶桑近代艶隠者 序（西鶯軒橋泉著，西鶴筆）……… *1263*
一目玉鉾 ……… *1266*
新吉原つねづね草 ……… *1422*
かすがの・いろ香 ……… *1482*
西鶴書簡 ……… *1486*

＊凡例 ……… (5)
＊自立語索引
　＊俳書 ふ〜を ……… *1*
　＊発句 あ〜わ ……… *1*
　＊その他 あ〜わ ……… *1*
＊あとがき（谷脇理史）……… 巻末

第5巻　索引篇　上
2007年2月28日刊

＊凡例 ……… (5)
＊自立語索引
　＊俳書 あ〜ひ ……… *1*

第5巻　索引篇　下
2007年2月28日刊

> [047] 新編 芭蕉大成
> 三省堂
> 全1巻
> 1999年2月
> (尾形仂編者代表, 小林祥次郎, 嶋中道則,
> 中野沙惠, 宮脇真彦編)

〔1〕
1999年2月15日刊

* 〔口絵〕.. 巻頭
* 序(尾形仂, 加藤楸邨, 小西甚一, 広田二
  郎, 峯村文人).. 1
* 新編序(尾形仂編者代表, 小林祥次郎,
  嶋中道則, 中野沙惠, 宮脇真彦) 3
* 凡例 5
* 口絵写真解説 25
第一 発句編(嶋中道則, 本間正幸, 安田吉
　人執筆担当) 1
　寛文時代 2
　　寛文二年 2
　　寛文四年 2
　　寛文六年 2
　　寛文七年 2
　　寛文九年 3
　　寛文十年 3
　　寛文十一年 3
　　寛文十二年 3
　　寛文年中 3
　延宝時代 4
　　延宝二年 4
　　延宝三年 4
　　延宝四年 4
　　延宝五年 5
　　延宝六年 6
　　延宝七年 7
　　延宝八年 8
　　延宝年中 9
　天和時代 10
　　天和元年 10
　　天和二年 11
　　天和三年 13
　　天和年中 13
　貞享時代 14
　　貞享元年 14
　　貞享二年 19
　　貞享三年 24
　　貞享四年 27
　　貞享五年 35

　　貞享年中 51
　元禄時代(前期) 51
　　元禄二年 51
　　元禄三年 73
　　元禄四年 82
　元禄時代(後期) 92
　　元禄五年 92
　　元禄六年 96
　　元禄七年 103
　　元禄年中 117
　年代未詳 117
　存疑の部 119
　誤伝の部 140
第二 連句編(宮脇真彦執筆担当) 155
　寛文五年
　　一 貞徳十三回忌追善「野は雪に」百
　　　韻 155
　寛文七年以前
　　二 付句 三 156
　寛文十年
　　三 「君も臣も」三つ物 二 156
　延宝三年
　　四 「時節嚊(さぞ)」歌仙(桃青, 杉風
　　　両吟) 157
　　五 「いと涼しき」百韻 157
　延宝四年以前
　　六 付句 三 159
　　七 付句 四 159
　延宝四年
　　八 「此(この)梅に」百韻(信章, 芭蕉
　　　両吟) 159
　　九 「梅の風」百韻 161
　延宝五年
　　一〇 「色付(いろづく)や」百韻 162
　　一一 「あら何(なに)ともなや」百韻 ... 164
　延宝六年
　　一二 「物の名も」百韻 165
　　一三 「さぞな都」百韻 167
　　一四 「実(げに)や月」歌仙 168
　　一五 付句 五 169
　　一六 付句 二〇 169
　　一七 「のまれけり」歌仙 170
　　一八 「青葉より」歌仙 170
　　一九 「塩にしても」歌仙 171
　　二〇 「わすれ草」歌仙 172
　延宝七年
　　二一 「須磨(すま)ぞ秋」百韻 172
　　二二 「見渡せば」百韻 174
　　二三 発句・脇(わき), 三つ物他 三 175
　天和元年
　　二四 付句 二 176

[047] 新編 芭蕉大成

- 二五 「秋とはばよ」三つ物 …… 176
- 二六 「鷺(さぎ)の足」五十韻 …… 176
- 二七 「春澄(はるずみ)に問へ」百韻 …… 177
- 二八 「世に有(あり)て」百韻 …… 178
- 二九 「付贅(いぼ)一ツ」余興四句 …… 180

天和二年
- 三〇 付句 一 …… 180
- 三一 「錦(にしき)どる」百韻 …… 180
- 三二 「田螺(たにし)とられて」世吉(よし) …… 181
- 三三 「月と泣夜(なくよ)」歌仙 …… 182
- 三四 「詩商人(あきんど)」歌仙 …… 183
- 三五 「飽(あく)や今年(ことし)」歌仙 …… 184
- 三六 付句 一 …… 184

天和三年
- 三七 「花に憂(う)き世」歌仙 …… 184
- 三八 「夏馬(かば)の遅行(ちこう)」歌仙 …… 185
- 三九 「胡草(へほちぐさ)」歌仙 …… 185

天和四年
- 四〇 「栗野老(くりところ)」三つ物 …… 186

貞享元年
- 四一 「何となう」発句・脇(わき) …… 186
- 四二 「芭蕉野分(ばせをのわき)」発句・脇 …… 186
- 四三 「宿まゐらせむ」発句・脇 …… 187
- 四四 「花の咲(さく)」発句・脇 …… 187
- 四五 「師の桜」発句・脇 …… 187
- 四六 「霜寒き」発句・脇(わき) …… 188
- 四七 「好程(よきほど)に」発句・脇 …… 188
- 四八 「此(この)海に」表六句 …… 188
- 四九 「馬をさへ」一巡四句 …… 188
- 五〇 「しのぶさへ」発句・脇(わき) …… 188
- 五一 「狂句木枯(きやうくこがらし)の」歌仙 …… 188
- 五二 「初雪の」歌仙 …… 189
- 五三 「包みかねて」歌仙 …… 190
- 五四 「炭売の」歌仙 …… 190
- 五五 「霜月や」歌仙 …… 191
- 五六 「いかに見よと」表六句 …… 191
- 五七 「市人に」三つ物 …… 191
- 五八 「海暮れて」歌仙 …… 192
- 五九 「檜笠(ひのきがさ)」発句・脇(わき) …… 192

貞享二年
- 六〇 「われもさびよ」発句・脇 …… 193
- 六一 「梅白し」発句・脇 …… 193
- 六二 「我(わが)桜」三つ物 …… 193
- 六三 「樫(かし)の木の」発句・脇(わき) …… 193
- 六四 「梅絶(たえ)て」三つ物 …… 193
- 六五 「辛崎(からさき)の」発句・脇(わき) …… 193
- 六六 「何とはなしに」歌仙 …… 193
- 六七 「つくづくと」歌仙 …… 194
- 六八 「杜若(かきつばた)」歌仙未満二十四句 …… 195
- 六九 「ほとゝぎす」歌仙 …… 195
- 七〇 「思ひ立(たつ)」十二句 …… 196
- 七一 「牡丹蘂(ぼたんしべ)深く」歌仙 …… 196
- 七二 「夏草よ」発句・脇(わき) …… 197
- 七三 付句 六(貞享元・二年) …… 197
- 七四 「涼しさの」百韻 …… 197
- 七五 「目出度(めでたき)人の」三つ物 …… 199

貞享三年
- 七六 「日の春を」百韻 …… 199
- 七七 「花咲(さき)て」歌仙 …… 201
- 七八 「古池や」発句・脇 …… 202
- 七九 「深川は」一巡五句 …… 202
- 八〇 「蜻蛉(とんぼう)の」半歌仙 …… 202
- 八一 「冬景(とうけい)や」歌仙 …… 202

貞享四年
- 八二 「久かたや」歌仙 …… 203
- 八三 「花に遊ぶ」歌仙 …… 204
- 八四 「卯花(うのはな)も」三つ物 …… 204
- 八五 「塒(ねぐら)せよ」三つ物 …… 204
- 八六 「枯枝に」発句・脇(わき) …… 205
- 八七 「時は秋」歌仙 …… 205
- 八八 「旅人と」世吉(よし) …… 205
- 八九 「江戸桜」半歌仙 …… 206
- 九〇 「銀(しろがね)に」一巡十句 …… 206
- 九一 「時雨(しぐれ)時雨に」十句 …… 207
- 九二 「京までは」歌仙 …… 207
- 九三 「めづらしや」歌仙 …… 207
- 九四 「星崎(ほしざき)の」歌仙 …… 208
- 九五 「置炭(おきずみ)や」表六句 …… 209
- 九六 「麦生えて」三つ物 …… 209
- 九七 「焼飯(やきめし)や」表六句 …… 209
- 九八 「笠寺(かさでら)や」歌仙 …… 209
- 九九 「幾落葉(いくおちば)」四句 …… 210
- 一〇〇 「面白(おもしろ)し」三つ物 …… 210
- 一〇一 「薬飲む」発句・脇 …… 210
- 一〇二 「磨直(とぎなほ)す」歌仙 …… 211
- 一〇三 「凩(こがらし)の」歌仙未満 …… 211
- 一〇四 「ためつけて」歌仙 …… 212
- 一〇五 「旅人と」半歌仙 …… 213
- 一〇六 「霰(あられ)かと」表六句 …… 213
- 一〇七 「箱根(はこね)越す」歌仙 …… 213
- 一〇八 「旅寐(たびね)よし」半歌仙 …… 214
- 一〇九 「露凍(つゆいて)て」歌仙未満二十四句 …… 215

一一〇 「歩行(かち)ならば」発句・脇 ……… 215

元禄元年
一一一 「何(なに)の木の」歌仙 ……… 215
一一二 「梅の木の」発句・脇(わき) … 216
一一三 「紙衣(かみぎぬ)の」歌仙抄 … 216
一一四 「暖簾(のうれん)の」発句・脇(わき) ……… 217
一一五 「時雨(しぐれ)てや」発句・脇 … 217
一一六 「さまざまの」発句・脇 ……… 217
一一七 「杜若(かきつばた)」三つ物 … 217
一一八 「導(しるべ)して」発句・脇(わき) ……… 218
一一九 「昼顔(ひるがほ)の」歌仙 ……… 218
一二〇 「山陰や」発句・脇(わき) …… 218
一二一 「蔵の陰」三つ物 ……… 219
一二二 「どこまでも」表六句 ……… 219
一二三 「見せばやな」発句・脇(わき) ……… 219
一二四 「蓮池(はすいけ)の」五十韻 … 219
一二五 「よき家や」表六句 ……… 220
一二六 「初(はつ)秋は」歌仙 ……… 220
一二七 付句 二(貞享年中) ……… 221
一二八 「粟稗(あはひえ)に」歌仙 …… 221
一二九 「見送りの」発句・脇(わき) … 222
一三〇 「白菊に」半歌仙 ……… 222
一三一 「雁が音(かりがね)も」歌仙 … 222
一三二 「月出(いで)ば」半歌仙 ……… 223
一三三 「其(その)かたち」歌仙 ……… 223
一三四 「雪ごとに」歌仙 ……… 224
一三五 「雪の夜は」歌仙 ……… 225
一三六 「皆拝め」歌仙未満 ……… 225

元禄二年
一三七 「水仙(すゐせん)は」歌仙 …… 226
一三八 「衣装(いしやう)して」歌仙 … 227
一三九 「陽炎(かげろふ)の」歌仙 …… 228
一四〇 「月花を」発句・脇(わき) …… 228
一四一 「秣負(まぐさお)ふ」歌仙 …… 228
一四二 「落(おち)来るや」発句・脇 … 229
一四三 「風流の」歌仙 ……… 230
一四四 「旅衣」三つ物 ……… 230
一四五 「茨(ふき)やうを」三つ物 … 231
一四六 「隠れ家(が)や」歌仙 ……… 231
一四七 「雨晴れて」四句 ……… 232
一四八 「涼しさを」歌仙 ……… 232
一四九 「起臥(おきふ)しの」歌仙 …… 233
一五〇 「五月雨(さみだれ)を」歌仙 … 233
一五一 「水の奥」三つ物 ……… 234
一五二 「御尋(おたづね)に」歌仙 …… 234
一五三 「風の香を」三つ物 ……… 235
一五四 「有難(ありがた)や」歌仙 …… 235
一五五 「めづらしや」歌仙 ……… 236

一五六 「涼しさや」一巡七句 ……… 237
一五七 「あつみ山や」歌仙 ……… 237
一五八 「忘るなよ」余興四句 ……… 238
一五九 「文月(ふみづき)や」歌仙未満 二十句 ……… 238
一六〇 「星今宵(こよひ)」歌仙断簡 … 238
一六一 「薬欄(やくらん)に」歌仙一巡 四句 ……… 239
一六二 「寐る迄(ねるまで)の」歌仙一 巡四句 ……… 239
一六三 「残暑暫(しばし)」半歌仙 …… 240
一六四 「小鯛(こだひ)刺す」表六句 … 240
一六五 「しをらしき」四十四(よし) … 240
一六六 「ぬれて行(ゆく)や」五十韻 … 241
一六七 「馬借りて」歌仙 ……… 242
一六八 「あなむざんやな」歌仙 …… 243
一六九 「もの書(かき)て」発句・脇 … 243
一七〇 「胡蝶(こてふ)にも」発句・脇 … 243
一七一 「野あらしに」半歌仙 ……… 244
一七二 「籠(こも)り居て」表六句 …… 244
一七三 「それぞれに」三つ物 ……… 244
一七四 「はやう咲」歌仙 ……… 244
一七五 「秋の暮(くれ)」余興四句 …… 245
一七六 「一泊(ひととま)り」歌仙 …… 245
一七七 「いざ子ども」歌仙 ……… 246
一七八 「とりどりの」五十韻 ……… 247
一七九 「霜(しも)に今」歌仙 ……… 248
一八〇 「暁(あかつき)や」五十韻 …… 248
一八一 「少将の」発句・脇 ……… 249
一八二 「草箒(くさばうき)」発句・脇 … 249

元禄三年
一八三 「鴬(うぐひす)の」歌仙 ……… 250
一八四 「日を負(おう)て」半歌仙 …… 250
一八五 「木のもとに」歌仙(イ) …… 251
一八六 「木の本(もと)に」付延(つけのべ)歌仙(ロ) ……… 251
一八七 「種芋や」歌仙 ……… 252
一八八 「木のもとに」歌仙(ハ) …… 253
一八九 「いろいろの」歌仙 ……… 253
一九〇 「市中は」歌仙 ……… 254
一九一 「秋立(たち)て」歌仙 ……… 255
一九二 「稗柿(きざはし)や」三つ物 … 256
一九三 「白髪(しらが)抜く」半歌仙 … 256
一九四 「月代(しろ)や」発句・脇 …… 256
一九五 「月見する」歌仙 ……… 256
一九六 「灰汁桶(あくをけ)の」歌仙 … 257
一九七 「鳶の羽(とびのは)も」歌仙 … 257
一九八 「引き起(おこ)す」歌仙 …… 258
一九九 「半日は」歌仙 ……… 259

元禄四年
二〇〇 「梅若菜」歌仙 ……… 260

二〇一	「芽出しより」一巡五句	261
二〇二	「蠅(はへ)並ぶ」歌仙	261
二〇三	「牛部屋(うしべや)に」歌仙	262
二〇四	「やすやすと」歌仙	263
二〇五	「御明(みあかし)の」歌仙	264
二〇六	「うるはしき」歌仙	264
二〇七	「草の戸や」発句・脇	265
二〇八	「たふとかる」発句・脇	265
二〇九	「木枯(こがらし)に」発句・脇	265
二一〇	「漏らぬほど」半歌仙	265
二一一	「奥庭や」発句・脇(わき)	266
二一二	「水仙(すゐせん)や」一巡九句	266
二一三	「其(その)匂ひ」歌仙	266
二一四	「此(この)里は」歌仙	267
二一五	「京にあきて」八句断簡	268
二一六	「宿かりて」三つ物	268

元禄五年

二一七	「鶯(うぐひす)や」歌仙	268
二一八	「破風口(はふぐち)に」和漢歌仙	269
二一九	「名月や」半歌仙	269
二二〇	「青くても」歌仙	270
二二一	「苅株(かりかぶ)や」歌仙	271
二二二	「秋に添うて」三つ物	271
二二三	「けふばかり」歌仙	271
二二四	「口切(くちきり)に」歌仙	272
二二五	「月代(つきしろ)を」半歌仙未満	272
二二六	「水鳥よ」歌仙	273
二二七	「寒菊(かんきく)の」三つ物	274
二二八	「菅蓑(すがみの)の」発句・脇	274
二二九	「洗足(せんそく)に」歌仙	274
二三〇	「打(うち)寄りて」歌仙	275
二三一	「木枯(こがら)しに」半歌仙	275
二三二	「年忘れ」三つ物	276

元禄六年

二三三	「蒟蒻(こんにゃく)に」歌仙未満	276
二三四	「野は雪に」歌仙	276
二三五	「梅が香に」三つ物	277
二三六	付句一	277
二三七	「雛(ひな)ならで」夢想三つ物	277
二三八	「春嬉し」三つ物	277
二三九	「篠(ささ)の露」歌仙	278
二四〇	「風流の」歌仙	278
二四一	「春風や」発句・脇	279
二四二	「其(その)富士や」歌仙	279
二四三	「朝顔や」歌仙	280
二四四	「初茸(はつたけ)や」歌仙	280
二四五	「帷子(かたびら)は」歌仙	281

二四六	「いざよひは」歌仙	281
二四七	「十三夜」歌仙	282
二四八	「漆せぬ」三つ物	283
二四九	「月やその」三つ物	283
二五〇	「振売(ふりうり)の」歌仙	283
二五一	「芹焼(せりやき)や」歌仙	284
二五二	「寒菊(かんきく)や」歌仙未満	284
二五三	「勇(いさ)み立つ」歌仙(イ)	285
二五四	「勇み立(いさみたつ)」歌仙(ロ)	286
二五五	「武士(もののふ)の」表六句	286
二五六	「後風」歌仙未満二十四句	287
二五七	「雪の松」歌仙	287
二五八	「雪と散る」半歌仙	288
二五九	「生(いき)ながら」余興十二句	288

元禄七年

二六〇	「年立つや」表八句	288
二六一	「長閑(のどか)さや」三つ物	288
二六二	「梅が香に」歌仙	289
二六三	「傘(からかさ)に」歌仙	289
二六四	「五人扶持(ぶち)」歌仙	290
二六五	「八九間」歌仙	290
二六六	「水音や」半歌仙	292
二六七	「空豆(そらまめ)の」歌仙	292
二六八	「卯(う)の花や」発句・脇(わき)	293
二六九	「紫陽草(あぢさゐ)や」歌仙	293
二七〇	「新麦(にひむぎ)は」歌仙	294
二七一	「やはらかに」発句・脇(わき)	294
二七二	「世は旅に」歌仙	294
二七三	「水鶏啼(くひななく)と」半歌仙	295
二七四	「柳行李(やなぎごり)」歌仙	295
二七五	「牛流す」歌仙	296
二七六	「鶯に」歌仙	297
二七七	「葉隠れを」歌仙	297
二七八	「夕貌(ゆふがほ)」歌仙	298
二七九	「菜種干す」発句・脇	299
二八〇	「夏の夜や」歌仙	299
二八一	「ひらひらと」歌仙未満十三句	300
二八二	「秋近き」歌仙	300
二八三	「残る蚊に」歌仙未満三十句	301
二八四	「折(を)りおりや」発句・脇(わき)	302
二八五	「荒れあれて」歌仙	302
二八六	「稲妻(いなづま)に」表六句	303
二八七	「百合過(ゆりすぎ)て」歌仙断簡六句	303
二八八	「松茸(まつだけ)に」表六句	303

二八九 「松茸(まつだけ)や」歌仙未満	一 「のがれ住む」狂歌 …… 319
十六句 …… 303	元禄三年
二九〇 「つぶつぶと」歌仙 …… 304	二 「宵々(よひよひ)は」狂歌 …… 319
二九一 「松茸(まつだけ)や」歌仙 …… 304	三 「笠さして」狂歌 …… 319
二九二 「松風に」五十韻 …… 305	元禄四年
二九三 「猿蓑(さるみの)に」歌仙 …… 306	四 「九重(ここのへ)の」狂歌 …… 319
二九四 「菊に出(いで)て」三つ物 …… 307	元禄五年
二九五 「秋風に」三つ物 …… 307	五 「旧跡(ふるあと)の」狂歌 …… 319
二九六 「升買(ますかう)て」歌仙 …… 307	六 「歌もいでず」狂歌 …… 219
二九七 「秋もはや」歌仙 …… 307	年代未詳
二九八 「秋の夜を」半歌仙 …… 308	七 「鮧雑魚(あみざこ)を」狂歌 …… 320
二九九 「此(この)道や」半歌仙 …… 309	八 「麓より」狂歌 …… 320
三〇〇 「白菊の」歌仙 …… 309	九 「猪(ゐのしし)の」狂歌 …… 320
年代未詳 …… 310	一〇 「思ふこと」狂歌(元禄三年) …… 320
三〇一 前句 二 …… 310	存疑の部 …… 320
三〇二 付句 七 …… 310	1 「誰も見よ」画賛狂歌 …… 320
三〇三 付句 三 …… 310	2 「編み出しの」狂歌 …… 321
三〇四 付句 一 …… 310	3 「誰か又」狂歌 …… 321
三〇五 付句 四 …… 310	4 「いく春を」狂歌 …… 321
三〇六 付句 一 …… 311	5 「ぬけがらや」狂歌 …… 321
三〇七 付句 二 …… 311	6 「捨ぬ間に」狂歌 …… 321
三〇八 付句 四 …… 311	誤伝の部 …… 322
三〇九 付句 六 …… 311	(1) 「とふ人も」等狂歌七首 …… 322
三一〇 付句 一 …… 312	(2) 「としの夜の」狂歌 …… 322
存疑の部 …… 312	(3) 「寄る年の」狂歌 …… 322
1 「捧げたり」表八句 …… 312	第三 紀行文・日記編(尾形仂, 宮脇真彦執
2 「色々の」歌仙 …… 312	筆担当) …… 323
3 「いざ語れ」歌仙 …… 313	貞享元年八月〜貞享二年四月
4 「寂しさの」歌仙 …… 313	一 野ざらし紀行 …… 323
5 「小傾城(こげいせい)」表八句 …… 314	参考1 底本, 素堂序 …… 327
6 夢想脇 …… 314	参考2 (孤・絵)、素堂跋(絵)によ
7 「両の手に」歌仙 …… 314	り掲出 …… 328
8 「いざさらば」表六句 …… 315	貞享四年八月
9 「杜若(かきつばた)」発句・脇 …… 315	二 かしまの記 …… 328
10 「ひよろひよろと」発句・脇 …… 315	貞享四年十月〜貞享五年四月
11 「よき家や」三つ物 …… 315	三 笈の小文(おいのこぶみ) …… 330
12 「米くるゝ」発句・脇(わき)等付句	貞享五年八月
四 …… 315	四 更科(さらしな)紀行 …… 335
13 「笠寺や」三つ物 …… 316	元禄二年三月〜同年九月
14 「あかあかと」発句・脇(わき) …… 316	五 おくのほそ道 …… 336
15 「湖水より」三つ物 …… 316	参考1 底本, 素龍跋 …… 355
16 「赤人も」発句・脇 …… 316	参考2 「曾良旅日記」(元禄二年三月
17 「松杉に」本式表十句 …… 316	二十日〜九月六日, 七日以降省略)
18 「重々(おもおも)と」歌仙 …… 316	…… 355
19 「百景や」三つ物 …… 317	元禄四年四月〜同年五月
20 「薄原」三つ物 …… 317	六 嵯峨日記(さがにつき) …… 366
21 付句 一 …… 317	元禄五年八月
22 「長刀(なががたな)」漢和俳諧十二句 …… 317	七 芭蕉庵三ケ月日記(ばしようあんみかづ
23 付句 一 …… 318	きにつき) …… 369
付、狂歌 …… 319	付
元禄二年	八 いびきの図(元禄元年) …… 372
	九 月見の献立(元禄七年) …… 373

[047] 新編 芭蕉大成

　一〇　会席の掟 ·············· 373
第四　俳文編(嶋中道則, 本間正幸, 安田吉
人執筆担当) ················ 375
延宝八年
　一　「柴(しば)の戸に」句文 ········ 375
天和元年
　二　「侘(わび)てすめ」の詞書 ······ 375
　三　「芭蕉野分(のわき)して」句文 ···· 375
　四　「乞食の翁(こつじきのおきな)」句文 ·· 375
　五　寒夜の辞 ················ 376
　六　笠やどり ················ 376
天和二年
　七　「世にふるも」句文 ·········· 376
天和三年
　八　「馬ぼくぼく」画賛 ·········· 376
　九　『みなしぐり』跋(ばつ) ······· 376
天和年間
　一〇　「我(わが)ためか」の詞書 ····· 377
　一一　歌仙(かせん)の賛 ·········· 377
貞享元年
　一二　「雲霧の」句文 ············ 377
　一三　「馬に寝て」句文(イ)-(ホ) ···· 378
　一四　「三十日(みそか)月なし」の詞書 ·· 378
　一五　「蘭の香や」の詞書 ········· 379
　一六　「蔦(つた)植ゑて」句文 ······ 379
　一七　「綿弓(わたゆみ)や」句文 ···· 379
　一八　「冬知らぬ」句文 ·········· 379
　一九　当麻寺(たえまじ)まいり ····· 379
　二〇　「木の葉散(このはち)」の詞書 ·· 380
　二一　「砧(きぬた)打ちて」句文 ···· 380
　二二　「狂句木枯(こがらし)の」句文 ·· 380
貞享二年
　二三　「初春先(まづ)」句文 ······· 380
　二四　「世に匂ひ」句文 ·········· 380
　二五　「団扇(うちは)もて」の詞書 ··· 381
　二六　「宗鑑(そうかん)・守武(もりたけ)・
　　　　貞徳(ていとく)像」賛 ······ 381
　二七　「牡丹蘂(ぼたんしべ)分けて」の
　　　　詞書 ················ 381
　二八　「三人七郎兵衛(しちろべゑ)」句
　　　　文 ·················· 381
　二九　「めでたき人の」の詞書(イ)-
　　　　(ハ) ················ 381
貞享三年
　三〇　『伊勢(いせ)紀行』跋 ······· 382
　三一　「四山の瓢(ひさご)」句文(イ)
　　　　(ロ) ················ 382
　三二　「明けゆくや」の詞書(イ)(ロ) ·· 383
　三三　「初雪や」の詞書 ·········· 383
　三四　「君火を焚(た)け」句文 ····· 384
　三五　「閑居の箴(かんきょのしん)」 ·· 384
　三六　『野ざらし紀行絵巻』跋(ばつ) ·· 384

貞享三・四年春
　三七　「留守(るす)に来て」の詞書(イ)
　　　　(ロ) ················ 384
　三八　「またも訪(と)へ」の詞書 ···· 385
貞享四年
　三九　「蓑虫説」跋(みのむしせつばつ)(イ)
　　　　(ロ) ················ 385
　四〇　「星崎の」の詞書 ·········· 386
　四一　「伊良古崎(いらござき)」句文 ·· 386
　四二　「麦蒔(まき)て」三つ物句文 ·· 386
　四三　権七に示す ·············· 387
　四四　「いざ出(いで)む」の詞書 ···· 387
　四五　「歩行(かち)ならば」句文(イ)
　　　　(ロ) ················ 387
　四六　「古郷(ふるさと)や」句文 ···· 388
元禄元年
　四七　「二日にも」の詞書(イ)(ロ) ··· 388
　四八　伊賀(いが)新大仏の記 ······ 389
　四九　「何の木の」句文(イ)-(ヘ) ···· 389
　五〇　「梅稀(まれ)に」句文 ······· 390
　五一　「香に匂へ」句文 ·········· 390
　五二　「花の陰」の詞書(貞享五年) ·· 391
　五三　「ほろほろと」画賛 ········· 391
　五四　「さびしさや」句文 ········· 391
　五五　「猶(なほ)見たし」の詞書(イ)-
　　　　(ホ) ················ 391
　五六　「父母の」句文 ············ 392
　五七　「里人は」句文 ············ 392
　五八　「夏はあれど」の詞書 ······· 393
　五九　「蛸壺(たこつぼ)や」の詞書 ··· 393
　六〇　「やどりせむ」ほかの詞書 ···· 393
　六一　十八楼の記 ·············· 393
　六二　「山陰や」の詞書 ·········· 394
　六三　「又やたぐひ」の詞書 ······· 394
　六四　「おもしろうて」句文 ······· 394
　六五　「おもかげや」句文 ········· 395
　六六　更科姨捨(さらしなおばすて)月の弁
　　　　(イ)-(ハ) ············ 395
　六七　素堂亭十日菊(とおかのきく) ·· 396
　六八　芭蕉庵十三夜 ············· 396
　六九　「其(その)かたち」の詞書 ···· 396
　七〇　「二人見し」句文 ·········· 397
　七一　「深川八貧」句文 ·········· 397
貞享年間
　七二　「ものいへば」の詞書(イ)-(ハ) ·· 397
　七三　笠はり(イ)-(ハ)(元禄元年) ····· 398
元禄二年
　七四　『あら野』の序 ············ 399
　七五　「草の戸も」の詞書(イ)(ロ) ··· 399
　七六　「秣負(まぐさお)ふ」の詞書 ··· 400
　七七　秋鴉主人の佳景(しゅうあしゅじんの
　　　　かけい)に対す ············ 400

七八 「木啄（きつつき）も」の詞書（イ）
　（ロ） …… 400
七九 「田や麦や」句文 …… 400
八〇 「野を横に」の詞書 …… 401
八一 「落来るや」句文 …… 401
八二 「風流の」句文（イ）（ロ） …… 401
八三 「隠れ家や」句文（イ）-（ハ） …… 402
八四 「五月雨は」の詞書 …… 402
八五 文字摺石（もじずりいし）（イ）-（ヲ） …… 402
八六 「散失（ちりう）せぬ」の詞書（イ）
　（ロ） …… 404
八七 「笠島（かさしま）や」句文（イ）-
　（リ） …… 405
八八 松島の賦（まつしまのふ）（イ）-（ハ） …… 406
八九 「夏草や」句文 …… 407
九〇 天宥法印追悼（てんゆうほういんつい
　とう）句文 …… 407
九一 「夕晴や」の詞書 …… 408
九二 「初真桑」ほかの詞書 …… 408
九三 銀河の序（イ）-（チ） …… 408
九四 「文月（ふみづき）や」の詞書（イ）
　（ロ） …… 410
九五 「薬蘭に」の詞書 …… 411
九六 「あかあかと」の詞書（イ）-（ニ） …… 411
九七 「むざんやな」の詞書（イ）-（ホ） …… 412
九八 「山中に」句文 …… 412
九九 「さびしげに」の詞書 …… 412
一〇〇 「あさむつや」句文 …… 413
一〇一 「月清し」ほか句文（イ）-（ハ） …… 413
一〇二 「其（その）まゝよ」句文 …… 414
一〇三 紙衾（かみぶすま）の記 …… 414
一〇四 「藤の実（ふぢのみ）は」の詞書 …… 414
一〇五 「月さびよ」句文（イ）（ロ） …… 415
一〇六 「初しぐれ」の詞書（イ）（ロ） …… 415
一〇七 「少将の」の句文（イ）（ロ） …… 415
元禄三年
一〇八 「一里（ひとさと）は」の詞書
　（イ）（ロ） …… 416
一〇九 洒落堂（しゃらくどう）の記 …… 416
一一〇 「先頼（まづたの）む」の詞書
　（イ）（ロ） …… 417
一一一 幻住庵（げんじゅうあん）の記（イ）-
　（ト） …… 417
一一二 「笈の小文」旅行論草稿 …… 425
一一三 「川風や」句文 …… 426
一一四 雲竹（うんちく）自画像賛 …… 426
一一五 烏の賦（からすのふ） …… 427
一一六 「蝶も来て」の詞書（イ）（ロ） …… 427
一一七 小町画賛（イ）（ロ） …… 427
元禄四年
一一八 「落柿舎（らくししゃ）の記」 …… 428
一一九 既望（いざよい）（イ）（ロ） …… 428

一二〇 成秀（なりひで）庭上松を誉（ほ
　むる言葉 …… 429
一二一 「柴の戸」句文（イ）-（ハ） …… 430
一二二 『忘梅（わすれうめ）』の序 …… 430
一二三 「稲扱（いねこき）の」詞書 …… 431
一二四 明照寺李由子（みょうしょうじりゆ
　うし）に宿（しゅく）す …… 431
一二五 「宿借りて」の詞書 …… 431
一二六 「ともかくも」の詞書（イ）（ロ） …… 431
元禄五年
一二七 栖去の弁（せいきょのべん） …… 432
一二八 「花に寝ぬ」句文（イ）（ロ） …… 432
一二九 「素堂（そどう）寿母七十七の
　賀」前文 …… 432
一三〇 芭蕉を移す詞（ことば）（イ）-（ハ）
　…… 432
元禄五・六年
一三一 「宗祇（そうぎ）・宗鑑（そうかん）・
　守武（もりたけ）像」賛 …… 434
元禄六年
一三二 僧専吟餞別の詞（ことば） …… 434
一三三 許六（きょりく）離別の詞（ことば）
　（柴門の辞） …… 435
一三四 許六（きょりく）を送る詞（ことば）
　…… 436
一三五 初秋七日の雨星を弔う（うせい
　をとぶらう） …… 436
一三六 閉関の説 …… 437
一三七 松倉嵐蘭を悼む（らんらんをいた
　む） …… 437
一三八 東順の伝 …… 438
一三九 洒堂（しゃどう）に贈る …… 439
一四〇 素堂（そどう）菊園の遊び …… 439
元禄七年
一四一 「四つ五器の」の詞書 …… 439
一四二 「苣（ちさ）はまだ」ほかの詞書
　…… 440
一四三 「此（この）宿は」句文 …… 440
一四四 骸骨（がいこつ）画賛 …… 440
一四五 「おもしろき」句文 …… 440
年代未詳 …… 441
一四六 杵の折れ …… 441
一四七 机の銘 …… 441
一四八 「亀子が良才」草稿 …… 441
一四九 嗒山（とうざん）送別 …… 442
一五〇 西行像賛 …… 442
一五一 風絃子（ふうげんし）の号を贈る …… 442
一五二 瓢（ひさご）の銘 …… 443
存疑の部 …… 443
1「霞やら」画賛 …… 443
2「楽しさや」句文 …… 443

3　重ねを賀す ･････････････････ 443
　　4　春興 ･････････････････････････ 444
　　5　「汐路の鐘（しほぢのかね）」句文 ････ 444
　　6　「黒髪山（くろかみやま）」ほか句文 ････ 444
　　7　「一家に」句文 ･･･････････････ 444
　　8　「硯石」句文 ･････････････････ 445
　　9　「低ふ来る」の詞書 ･･････････ 445
　　10　「当山は」の詞書 ･･････････ 445
　第五　書簡編（中野沙恵執筆担当） ･････････ 447
　延宝九年
　　一　檗䂮（高山伝右衛門）宛　五月 ････････ 447
　　二　木因宛　七月 ････････････････････ 447
　　三　木因宛　七月 ････････････････････ 448
　天和二年
　　四　木因宛　二月 ････････････････････ 448
　　五　濁子宛（推定）　三月 ･･････････････ 449
　　六　木因宛　三月 ････････････････････ 449
　天和ごろ
　　七　桐葉（木示）宛　五月 ････････････ 450
　貞享二年
　　八　半残宛　一月 ････････････････････ 450
　　九　木因宛　三月 ････････････････････ 450
　　一〇　其角宛　四月 ････････････････ 451
　　一一　千那宛　五月 ････････････････ 451
　　一二　千那・尚白・青鴉宛　七月 ････ 451
　貞享三年
　　一三　東藤・桐葉宛　三月 ･･････････ 452
　　一四　去来宛　閏三月 ･･････････････ 452
　　一五　知足（寂照）宛　閏三月 ･･････ 452
　　一六　知足（寂照）宛　閏三月 ･･････ 453
　　一七　知足（寂照）宛　十月 ････････ 453
　　一八　知足（寂照）宛　十二月 ･･････ 453
　貞享四年
　　一九　知足（寂照）宛　一月 ････････ 454
　　二〇　桐葉宛　四月 ････････････････ 454
　　二一　知足（寂照）宛　十一月 ･･････ 455
　　二二　落梧・蕉笠宛　十二月 ････････ 455
　　二三　杉風宛　十二月 ･･････････････ 455
　元禄元年
　　二四　平庵宛　二月 ････････････････ 456
　　二五　杉風宛　二月 ････････････････ 456
　　二六　宗七宛　二月 ････････････････ 457
　　二七　卓袋宛　四月 ････････････････ 457
　　二八　猿雖（惣七）宛　四月 ････････ 457
　　二九　卓袋宛（推定）　四月 ････････ 459
　　三〇　荷兮宛（推定）　九月 ････････ 459
　　三一　卓袋（絈屋市兵衛）宛　九月 ････ 459
　　三二　半左衛門宛 ･･････････････････ 460
　　三三　益光宛　十二月 ･･････････････ 460
　　三四　尚白宛　十二月 ･･････････････ 460
　　三五　其角宛　十二月 ･･････････････ 461

元禄二年
　　三六　半左衛門宛　一月 ････････････ 461
　　三七　嵐蘭宛　閏一月 ･･････････････ 461
　　三八　猿雖宛（推定）　閏一月 ･･････ 462
　　三九　桐葉宛　二月 ････････････････ 462
　　四〇　猿雖（惣七郎）・宗無宛　二月 ･･ 462
　　四一　落梧宛　三月 ････････････････ 463
　　四二　李晨宛　三月 ････････････････ 463
　　四三　杉風宛　四月 ････････････････ 463
　　四四　何伝宛 ･･････････････････････ 464
　　四五　呂丸宛（推定）　六月 ････････ 464
　　四六　如行宛　七月 ････････････････ 464
　　四七　塵生宛　八月 ････････････････ 465
　　四八　卓袋宛（推定）　九月 ････････ 465
　　四九　山岸十左衛門宛　九月 ････････ 465
　　五〇　木因宛（推定）　九月 ････････ 465
　　五一　杉風宛（推定）　九月 ････････ 466
　元禄三年
　　五二　荷兮宛　一月 ････････････････ 466
　　五三　式之・槐市宛　一月 ･･････････ 466
　　五四　杜国（万菊丸）宛　一月 ･･････ 467
　　五五　無宛名　一月 ････････････････ 467
　　五六　杉風宛　三月 ････････････････ 467
　　五七　句空宛（推定）　春 ･･････････ 467
　　五八　無宛名　春 ･･････････････････ 468
　　五九　怒誰（高橋喜兵衛）宛　四月 ･･ 468
　　六〇　此筋・千川宛　四月 ･･････････ 468
　　六一　如行宛　四月 ････････････････ 469
　　六二　怒誰宛　四月 ････････････････ 469
　　六三　栖堂宛　四月 ････････････････ 469
　　六四　曲水宛（推定）　四月 ････････ 469
　　六五　乙州（又七）宛　四月 ････････ 470
　　六六　北枝宛　四月 ････････････････ 470
　　六七　乙州（又七）宛　五月 ････････ 470
　　六八　小春宛　六月 ････････････････ 470
　　六九　乙州宛　六月 ････････････････ 471
　　七〇　栖堂（珍夕）宛　六月 ････････ 471
　　七一　曲翠（曲水）宛　六月 ････････ 471
　　七二　正秀（孫右衛門）宛　七月 ････ 472
　　七三　去来宛　七月 ････････････････ 472
　　七四　牧童宛　七月 ････････････････ 473
　　七五　智月宛　七月 ････････････････ 473
　　七六　怒誰（高橋喜兵衛）宛　七月 ･･ 473
　　七七　千那宛　八月 ････････････････ 474
　　七八　去来宛　八月 ････････････････ 474
　　七九　凡兆（加生）宛　八月 ････････ 475
　　八〇　昌房（与次兵衛）宛　九月 ････ 475
　　八一　曲翠（曲水）宛　九月 ････････ 475
　　八二　伊賀門人宛（推定）　九月 ････ 476
　　八三　智月宛　九月 ････････････････ 476
　　八四　曲翠（曲水）宛　九月 ････････ 476

八五	曾良宛 九月	476
八六	凡兆(加生)宛 九月	478
八七	昌房(茶屋与次兵衞)宛 九月	478
八八	怒誰宛 九月	478
八九	昌房(与次兵衞)宛 九月	479
九〇	正秀宛 九月	479
九一	羽紅(おとめ)宛 九月	479
九二	嵐蘭宛 十月	479
九三	句空宛 十一月	480
九四	凡兆(加生)・去来宛 十一月	480
九五	去来宛 十二月	480

元禄四年

九六	句空宛 一月	481
九七	北枝宛(推定) 一月	481
九八	昌房宛 一月	481
九九	曲翠(曲水)宛 一月	482
一〇〇	正秀宛 一月	482
一〇一	智月宛 一月	482
一〇二	嵐蘭宛 二月	483
一〇三	怒誰宛 二月	483
一〇四	支幽・虚水宛 二月	483
一〇五	酒堂(珍夕)宛 二月	484
一〇六	去来宛(推定) 三月	484
一〇七	猿雖(意專)宛 五月	485
一〇八	半残宛 五月	485
一〇九	正秀宛 五月	485
一一〇	去来宛 七月	486
一一一	去来宛(推定)	486
一一二	正秀宛 閏八月	486
一一三	句空宛 秋	486
一一四	去来宛 九月	487
一一五	羽紅宛(推定) 九月	487
一一六	槐市(中尾源左衞門)・式之(浜市右衞門)宛 九月	487
一一七	千那宛 九月	488
一一八	如行宛 十月	488
一一九	曲翠(曲水)宛 十一月	488
一二〇	曲翠(曲水)宛 十一月	489
一二一	槐市(中尾源左衞門)・式之(浜市右衞門)宛 十一月	489

元禄五年

一二二	句空宛(推定) 一月	489
一二三	正秀宛 一月	490
一二四	杉風宛 二月	490
一二五	呂丸(近藤左吉)宛 二月	490
一二六	去来宛 二月	491
一二七	曲翠宛 二月	491
一二八	酒堂(珍磧)宛 二月	492
一二九	正秀宛 三月	492
一三〇	猿雖(意專)宛 三月	492
一三一	杉風宛 五月	493
一三二	去来宛 五月	493
一三三	智月宛 五月	494
一三四	乙州宛 五月	495
一三五	無宛名 夏	495
一三六	怒誰(高橋喜兵衞)宛 七月	495
一三七	曲翠(菅沼外記)宛 九月	495
一三八	去来宛(推定) 九月	496
一三九	如行宛 十月	496
一四〇	許六宛 十月	496
一四一	許六宛 十月	497
一四二	半兵衞門宛 十一月	497
一四三	猿雖(意專)宛 十二月	497
一四四	許六宛(推定) 十二月	498
一四五	許六宛 十二月	498
一四六	任行宛 十二月	499
一四七	此筋・千川宛 十二月	499
一四八	許六(森五介)宛 十二月	499
一四九	怒誰宛 十二月	500
一五〇	曲翠(馬指堂)宛 十二月	500

元禄六年

一五一	許六宛 一月	500
一五二	木因宛 一月	500
一五三	羽紅(小川の尼君)宛 一月	500
一五四	曲翠(菅沼外記)宛 二月	501
一五五	許六宛 三月	501
一五六	曲翠(菅外記)宛 三月	502
一五七	猿雖(意專)宛 三月	502
一五八	公羽(岸本八郎兵衞)宛 三月	502
一五九	公羽(岸本八郎兵衞)宛 三月	502
一六〇	公羽(岸本八郎兵衞)宛 三月	503
一六一	公羽(岸本八郎兵衞)宛 三月	503
一六二	許六宛 三月	504
一六三	闇指宛 四月	504
一六四	荊口宛 四月	504
一六五	許六宛 五月	505
一六六	猿雖宛(推定) 七月	506
一六七	白雪宛 八月	506
一六八	嵐竹(松倉文左衞門)宛 八月	507
一六九	許六宛 十月	507
一七〇	荊口宛 十一月	507
一七一	曲翠宛 十一月	508
一七二	怒誰宛 十一月	508
一七三	伊与田左内宛 十一月	509

元禄七年

一七四	半左衞門宛 正月	509
一七五	猿雖(意專)宛 一月	509
一七六	去来宛 一月	509
一七七	曲翠宛 一月	510
一七八	無宛名(怒誰宛か) 一月	510
一七九	怒誰宛 一月	510
一八〇	木導宛(推定) 正月	511

一八一　梅丸宛 二月 ･････････････ 511
　一八二　曲翠（曲水）宛 二月 ･････ 511
　一八三　許六宛 二月 ･････････････ 511
　一八四　乙州宛 四月 ･････････････ 512
　一八五　無宛名 五月 ･････････････ 512
　一八六　曾良宛 五月 ･････････････ 512
　一八七　氷固宛 閏五月 ･･･････････ 513
　一八八　雪芝（七郎右衛門）宛 閏五月 ････ 513
　一八九　去来宛（推定）閏五月 ･･･ 513
　一九〇　曾良宛 五月 ･････････････ 514
　一九一　杉風宛 閏五月 ･･･････････ 515
　一九二　猪兵衛宛 閏五月 ･････････ 516
　一九三　支考宛 閏五月 ･･･････････ 516
　一九四　曲翠宛 閏五月 ･･･････････ 516
　一九五　猪兵衛宛 六月 ･･･････････ 517
　一九六　杉風宛 六月 ･････････････ 517
　一九七　猪兵衛宛 六月 ･･･････････ 517
　一九八　杉風宛 六月 ･････････････ 518
　一九九　許六宛 六月 ･････････････ 518
　二〇〇　李由宛 六月 ･････････････ 518
　二〇一　杉風宛 六月 ･････････････ 518
　二〇二　許六宛 六月 ･････････････ 519
　二〇三　曾良宛 七月 ･････････････ 520
　二〇四　猿雖（意専）宛 七月 ････ 520
　二〇五　去来宛 八月 ･････････････ 520
　二〇六　智月宛 八月 ･････････････ 521
　二〇七　露川・素覧（ソ蘭）宛 八月 ････ 521
　二〇八　去来宛（推定）九月 ････ 521
　二〇九　杉風宛 九月 ･････････････ 522
　二一〇　此筋・千川宛（推定）九月 ････ 522
　二一一　半左衛門宛 九月 ･････････ 523
　二一二　猿雖（意専）・土芳宛 九月 ････ 523
　二一三　曲翠宛 九月 ･････････････ 523
　二一四　正秀宛 九月 ･････････････ 524
　二一五　半左衛門宛 十月 ･････････ 524
　二一六　遺言状（その一）十月 ･･･ 525
　二一七　遺言状（その二）十月 ･･･ 525
　二一八　遺言状（その三）十月 ･･･ 526
年代未詳 ････････････････････････････ 526
　二一九　無宛名 ･･････････････････ 526
　二二〇　無宛名 ･･････････････････ 527
　二二一　甚左衛門宛 十一月 ･･･････ 527
　二二二　無宛名 ･･････････････････ 527
　二二三　無宛名 十二月 ･･･････････ 527
　二二四　木津彦七宛 ･･････････････ 527
　二二五　猿雖（意専）宛 ････････ 528
〈追補〉･････････････････････････････ 528
　一　公羽（岸本八郎兵衛）宛 元禄六年三月
　　 ･･････････････････････････････ 528
　二　酒堂宛 元禄六年六月 ･････････ 528
存疑の部 ･･･････････････････････････ 529

　1　許六宛 ･･････････････････････ 529
　2　許六宛 ･･････････････････････ 529
　3　北枝宛 ･･････････････････････ 529
　4　曲翠宛 ･･････････････････････ 530
　5　昌房宛 ･･････････････････････ 530
　6　無宛名 ･･････････････････････ 530
　7　其角宛 ･･････････････････････ 530
　8　其角宛 ･･････････････････････ 530
　9　其角宛 ･･････････････････････ 531
芭蕉宛門人書簡 ･･･････････････････ 532
　貞享年代
　　一　其角書簡（三・四年ごろ）正月 ･･･ 532
　　二　越人書簡 四年十一月 ･･････ 532
　元禄年代
　　三　杉風書簡 三年九月 ････････ 532
　　四　曾良書簡 三年九月 ････････ 533
　　五　智月書簡（三・四年ごろ）八月 ･･･ 534
　　六　嵐蘭書簡 四年夏ごろ ･･････ 534
　　七　去来書簡 七年五月 ････････ 534
　　八　許六書簡 七年閏五月 ･･････ 536
　　九　桃隣書簡 七年六月 ････････ 536
　　一〇　杉風書簡 七年六月 ･･････ 536
　　一一　里東書簡 七年七月 ･･････ 537
　　一二　素覧書簡 七年七月 ･･････ 537
　　一三　木節書簡（七年か）七月 ･･･ 537
　　一四　利合（堤久兵衛）書簡 七年八月 ･･ 537
　　一五　北枝書簡 七年八月 ･･････ 538
　　一六　東庸書簡 七年八月 ･･････ 538
　　一七　酒堂書簡 七年八月 ･･････ 538
　　一八　風国書簡 七年九月 ･･････ 538
参考 ････････････････････････････････ 538
　元禄年代
　　1　猿雖（惣七）宛 杜国（万菊）書簡
　　　元年四月 ････････････････････ 538
　　2　杉風宛 曾良書簡 二年四月 ･･ 539
　　3　槐市（中尾源左衛門）・式之（浜市
　　　右衛門）宛 去来書簡 四年十月 ･･ 539
　　4　公羽（岸本八郎兵衛）宛 杉風書簡
　　　六年一月 ････････････････････ 539
　宝永年代
　　5　去来（向井平次郎）宛 許六（森川
　　　五介）書簡 元年九月 ････････ 540
第六　句合評・評語編（小林祥次郎執筆担
　当）･････････････････････････････ 543
　寛文十二年
　　一　貝おほひ ････････････････ 543
　延宝六年
　　二　十八番発句合（ほつくあわせ）････ 550
　延宝八年
　　三　田舎の句合（いなかのくあわせ）（螺子
　　　句，桃翁判）･･････････････････ 554

四　常盤屋の句合（ときわやのくあわせ）（杉
　　　風子句、華桃園判）………… *558*
　貞享四年
　　五　続（つづき）の原（冬の部）………… *563*
　延宝末年ごろ
　　六　志候等六吟百韻点巻 ………… *565*
　　七　点巻断簡 ………… *566*
　　八　吉親（知足）等十八吟百韻点巻 ………… *567*
　天和二年
　　九　批点歌仙懐紙 ………… *569*
　貞享年中
　　一〇　東藤桐葉両吟歌仙点巻（一）………… *569*
　　一一　東藤桐葉両吟歌仙点巻（二）………… *570*
　　一二　東藤桐葉両吟表六句・付合一五点
　　　　巻 ………… *571*
　貞享三年
　　一三　初懐紙評注 ………… *572*
　貞享四年ごろ
　　一四　「秋たつ日」独吟歌仙点巻 ………… *578*
　　一五　梅雀・桐蹊両吟歌仙点巻 ………… *578*
　　一六　鳴海連衆歌仙点巻 ………… *579*
　貞享四・五年
　　一七　探丸等三吟歌仙点巻 ………… *580*
　　一八　探丸等八吟歌仙点巻 ………… *581*
　元禄元年
　　一九　露沽等六吟歌仙点巻 ………… *582*
　元禄二年
　　二〇　山中三吟（やまなかさんぎん）評語 ………… *582*
　元禄六年
　　二一　秋の夜評語 ………… *584*
　年代未詳
　　二二　歌仙点巻 ………… *585*
　存疑の部
　　歌仙点巻 ………… *586*
第七　俳論編 ………… *587*
　一　去来抄　元禄十五年―十七年稿（去来著）………… *587*
　　先師評 ………… *587*
　　同門評 ………… *596*
　　故実 ………… *606*
　　修行 ………… *612*
　二　去来書簡　不玉宛　元禄七年三月 ………… *624*
　三　去来書簡　浪化宛　元禄七年五月十三日 ………… *629*
　四　去来書簡　許六宛　元禄八年正月二十九日 ………… *634*
　五　旅寝論　元禄十二年三月成（去来著）………… *640*
　六　俳諧問答　元禄十・十一年成（許六、去来
　　　著）………… *656*
　　贈晋子其角書 ………… *656*
　　贈落柿舎去来書 ………… *657*
　　答許子問難弁 ………… *659*
　　再呈落柿舎先生 ………… *667*
　　俳諧自賛之論 ………… *669*

　　自得発明弁 ………… *686*
　　同門評判 ………… *695*
　七　篇突（へんつき）　元禄十一年刊（李由、許六
　　　撰）………… *700*
　八　宇陀法師（うだのほうし）　元禄十五年刊（李
　　　由、許六撰）………… *714*
　　俳諧撰集法 ………… *714*
　　当流活法 ………… *718*
　　巻頭　并俳諧一巻沙汰 ………… *721*
　九　三冊子（さんぞうし）　宝永元年ごろ稿（土芳
　　　著）………… *728*
　　白双紙（しろさうし）………… *728*
　　赤双紙（あかさうし）………… *737*
　　わすれみづ ………… *757*
　一〇　続五論　元禄十二年刊（支考稿、嶋中道
　　　則執筆担当）………… *770*
　　一　滑稽論 ………… *770*
　　二　華実（くわじつ）論 ………… *771*
　　三　新古論 ………… *772*
　　四　旅論 ………… *774*
　　五　恋論 ………… *776*
　　跋 ………… *778*
　一一　路通伝書（ろつうでんしょ）　元禄八年奥書
　　　（路通著、嶋中道則執筆担当）………… *779*
　一二　雑抄（嶋中道則執筆担当）………… *784*
　　一―七　雑談集（ぞうたんしゅう）　元禄四年刊
　　　（其角著）………… *784*
　　八　俳諧勧進牒（かんじんちょう）　元禄四年刊
　　　（路通編）………… *786*
　　九　呂丸（ろがん）批点連句奥書　元禄五年以
　　　前（呂丸著）………… *786*
　　一〇―二八　葛（くず）の松原　元禄五年刊
　　　（支考著）………… *786*
　　二九　をのが光　元禄五年刊（車庸編）………… *789*
　　三〇　流川集（ながれがわしゅう）　元禄六年刊
　　　（丈艸著）………… *789*
　　三一―三二　句兄弟　元禄七年刊（其角撰）………… *789*
　　三三―三五　別座鋪（べつざしき）　元禄七年刊
　　　（子珊編）………… *789*
　　三六　炭俵（すみだわら）　元禄七年刊（素龍
　　　著）………… *789*
　　三七―三八　浪化（ろうか）日記　元禄七・八年
　　　（去来、浪化著）………… *790*
　　三九―四一　芭蕉翁追善之日記　元禄七年
　　　成（支考著）………… *790*
　　四二―四三　こがらし　元禄八年刊（風国、
　　　壺中、芦角著）………… *790*
　　四四―四八　笈日記　元禄八年刊（支考著）………… *791*
　　四九　芭蕉翁行状記　元禄八年刊（乙州著）
　　　………… *791*
　　五〇　去来書簡　土芳（推定）宛　元禄八年
　　　………… *792*

五一　杉風(さんぷう)書簡 慶埼宛 元禄八年 792
五二　初蟬(はつぜみ) 元禄九年刊(惟然著) 793
五三　桃舐(ももねぶり)集 元禄九年刊(路通著) 793
五四-五五　伊丹古蔵(いたみふるくら) 元禄九年刊(伊丹ほか著) 793
五六　韻塞(いんふたぎ) 元禄十年刊(許六著) 793
五七　誹林良材集(はいりんりょうざいしゅう) 元禄十年刊(鷺水著) 794
五八-五九　菊の香(きくのか) 元禄十年刊(風国著) 794
六〇-六一　鳥のみち 元禄十年刊(丈艸著) 794
六二　泊船(はくせん)集 元禄十一年刊(風国著) 794
六三-七〇　梟(ふくろう)日記 元禄十一年刊(支考著) 795
七一　猿舞師(さるまわし) 元禄十一年刊(種文著) 796
七二　続猿蓑(ぞくさるみの) 元禄十一年刊(支考著) 796
七三　続有磯海(ぞくありそうみ) 元禄十一年刊(浪化著) 796
七四-七五　誹諧曾我(はいかいそが) 元禄十二年刊(桃先著) 796
七六-七八　けふの昔 元禄十二年刊(朱拙著) 796
七九-八〇　東華集(とうかしゅう) 元禄十三年刊(支考著) 797
八一　雪の葉 元禄十三年刊(東海著) 797
八二　一幅半(ひとのはん) 元禄十三年刊(涼菟著) 797
八三-八五　某木(そのこ)がらし 元禄十四年刊(淡斎、惟然著) 797
八六　蓑虫庵集(みのむしあんしゅう) 元禄十四年(土芳著) 797
八七　柿表紙(かきびょうし) 元禄十五年刊(吾仲著) 797
八八-九〇　東西夜話 元禄十五年刊(支考著) 798
九一　三河小町 元禄十五年刊(白雪著) 798
九二-九三　杉風(さんぷう)書簡 厚為宛 元禄十五年ころ 798
九四-九五　草刈笛(くさかりぶえ) 元禄十六年刊(支考著) 798
九六　夜話(やわ)ぐるひ 宝永元年刊(宇中著) 798
九七　あさふ 宝永元年刊(許六著) 798
九八　藁人形(わらにんぎょう) 宝永元年刊(会木著) 798

九九-一〇〇　土大根(つちおおね) 宝永二年刊(朱拙著) 798
一〇一-一〇七　本朝文選(ほんちょうもんぜん) 宝永三年(許六、凡兆、去来、支考、雲鈴著) 799
一〇八　はすの葉の記行 宝永七年(孟遠著) 800
一〇九　正風彦根躰(しょうふうひこねてい) 正徳二年刊(汶村著) 800
一一〇-一一三　歴代滑稽(こっけい)伝 正徳五年刊(許六著) 800
一一四　それぞれ草(ぐさ) 正徳五年刊(乙州著) 800
一一五　千鳥掛(ちどりがけ) 正徳六年刊か(素堂著) 800
一一六　桃の杖(もものつえ) 享保元年成か(孟遠著) 800
一一七　杉風(さんぷう)書簡 蓑里宛(さりあて) 享保三年 801
一一八-一二四　誹諧十論 享保四年(支考著) 801
一二五　水の音 享保八年成(木導著) 801
一二六-一二七　ばせをだらひ 享保九年刊(有隣著) 801
一二八-一二九　水の友 享保九年刊(松琵著) 801
一三〇　石舎利(いしじゃり) 享保十年刊(孟遠著) 802
一三一-一三三　鎌倉海道(かまくらかいどう) 享保十年刊(千梅著) 802
一三四　十論為弁抄(いべんしょう) 享保十年刊(支考著) 802
一三五　伊賀産湯(いがのうぶゆ) 享保十二年刊(扇女著) 802
一三六-一三七　老(おい)の楽しみ抄 享保十九・二十年(栢筵著) 802
一三八　千どりの恩 延享元年刊(芭蕉著) 803
一三九　鉢袋(はちぶくろ) 延享二年成(樗路著) 803
一四〇-一四一　智周(ちしゅう)発句集 宝暦八年序(梢風尼句) 803
一四二　癖(くせ)物語 宝暦ころ(風律著) 803
一四三　有の儘(ありのまま) 明和六年刊(闌更著) 803
一四四-一四七　許野消息(きょやしょうそこ) 天明五年刊(許六、野坡著) 803
一四八　杉風句集 天明五年刊(梅人著) 804

第八　伝記編(嶋中道則、安田吉人執筆担当) 805
一　芭蕉翁終焉記(しゅうえんき) 元禄七年刊(其角編) 805

二　芭蕉翁行状記 元禄八年刊（路通編）…… *808*
　三　笈日記（おいにっき）（抄）元禄八年刊（支考編）…… *810*
　四　芭蕉翁系譜 文政五年成立（遠藤日人編）…… *817*
＊付録 …… *823*
　＊芭蕉略年譜（尾形仂, 本間正幸作成）…… *825*
　＊発句五十音索引（編集部作成）…… *829*
　＊発句季語別索引（小林祥次郎作成）…… *845*
　＊対照連句索引（宮脇真彦作成）…… *861*
　＊書簡編人名索引（中野沙恵, 編集部作成）…… *865*
　＊発句・紀行文・日記・俳文地名索引（小林祥次郎作成）…… *870*
　＊俳論要語索引（嶋中道則作成）…… *876*
　＊付表　芭蕉足跡図（小林祥次郎作成）…付図

[048] 菅専助全集
勉誠社
全6巻
1990年9月～1995年11月
（土田衞, 北川博子, 福嶋三知子編）

第1巻
1990年9月20日刊

＊凡例 …… *2*
染模様妹背門松（菅専助）…… *1*
　＊〔解題〕…… *2*
　染模様妹背門松 座本 豊竹此吉 …… *3*
忠孝大礒通（菅専助）…… *49*
　＊〔解題〕…… *50*
　忠孝大礒通 座本 豊竹此吉 …… *51*
紙子仕立両面鑑（菅専助）…… *153*
　＊〔解題〕…… *154*
　助六揚巻 紙子仕立両面鑑 座本 豊竹此吉 …… *155*
北浜名物黒船噺 雙紋筐巣籠 …… *213*
　＊〔解題〕…… *214*
　北浜名物黒船噺 座本 豊竹此吉（菅専助）…… *215*
　小いな半兵衛 雙紋筐巣籠 座本 豊竹此吉（菅専助, 中邑阿契）…… *278*
小田館雙生日記（菅専助）…… *311*
　＊〔解題〕…… *312*
　小田館雙生日記 座本 扇谷和歌太夫 …… *313*
＊資料編 …… *399*
　＊番付 …… *401*
　　＊染模様妹背門松 番付 …… *403*
　　＊紙子仕立両面鑑 番付 …… *404*
　＊絵尽し …… *405*
　　＊染模様妹背門松 絵尽し …… *407*
　　＊忠孝大礒通 絵尽し …… *419*
　　＊紙子仕立両面鑑 絵尽し …… *431*
　　＊北浜名物黒船噺 絵尽し …… *443*

第2巻
1991年4月20日刊

＊凡例 …… *2*
源平鴨鳥越（豊竹万三, 菅専助, 中邑阿契, 八民平七, 豊竹応律作）…… *1*
　＊〔解題〕…… *2*
　寿永楓元暦梅 源平鴨鳥越 座本 豊竹此吉 …… *3*
魁鐘岬（菅専助, 若竹笛躬, 豊芦州）…… *87*
　＊〔解題〕…… *88*
　勇猛兼道猛将真鳥 魁鐘岬 座本 豊竹若太夫 …… *89*
後太平記瓢実録（菅専助, 若竹笛躬）…… *173*

[048] 菅専助全集

* 〔解題〕 …………………………… 174
後太平記瓢実録 座本 豊竹此吉 … 175
摂州合邦辻(菅専助, 若竹笛躬) ……… 241
* 〔解題〕 …………………………… 242
摂州合邦辻 座本 豊竹此吉 ……… 243
伊達娘恋緋鹿子([菅専助, 松田和吉, 若竹笛躬]) …………………………… 293
* 〔解題〕 …………………………… 294
起請方便品書置寿量品伊達娘恋緋鹿子 座本 豊竹此吉 ……………………… 295
* 資料編 …………………………… 373
 * 番付 …………………………… 375
  * 源平鴨鳥越 番付 ………… 377
  * 魁鐘岬 番付 ……………… 379
 * 絵尽し ………………………… 381
  * 源平鴨鳥越 絵尽し ……… 383
  * 魁鐘岬 絵尽し …………… 395
  * 後太平記瓢実録 絵尽し … 407
  * 摂州合邦辻 絵尽し ……… 419

第3巻
1992年3月10日刊

* 凡例 ……………………………………… 2
呼子鳥小栗実記(菅専助, 若竹笛躬) ……… 1
* 〔解題〕 ……………………………… 2
呼子鳥小栗実記 座本 豊竹此吉 ……… 3
けいせい恋飛脚(菅専助, 若竹笛躬) …… 63
* 〔解題〕 ……………………………… 64
けいせい恋飛脚 座本 豊竹此吉 …… 65
花櫓会稽掲布染(菅専助, 若竹笛躬) … 111
* 〔解題〕 …………………………… 112
花櫓会稽掲布染 座本 豊竹此吉 … 113
軍術出口柳(菅専助, 安田阿契, 若竹十九, 若竹笛躬) ……………………………… 197
* 〔解題〕 …………………………… 198
軍術出口柳 座本 豊竹此吉 ……… 199
倭歌月見松(菅専助, 安田阿契, 若竹笛躬) …………………………… 301
* 〔解題〕 …………………………… 302
倭歌月見松 座本 豊竹此吉 ……… 303
* 資料編 …………………………… 399
 * 番付 …………………………… 401
  * 花櫓会稽掲布染 番付 …… 403
  * 倭歌月見松 番付 ………… 405
 * 絵尽し ………………………… 407
  * 花櫓会稽掲布染 絵尽し … 409
  * 軍術出口柳(二種)絵尽し … 421
  * 倭歌月見松 絵尽し ……… 445

第4巻
1993年1月30日刊

* 凡例 ……………………………………… 2
鯛屋貞柳歳旦閣(菅専助, 若竹笛躬, 安田阿契, 近松半二) ……………………… 1
* 〔解題〕 ……………………………… 2
鯛屋貞柳歳旦閣 座本 豊竹此吉 …… 3
蓋壽永軍記(菅専助, 近松半二) …… 115
* 〔解題〕 …………………………… 116
蓋壽永軍記 座本 豊竹此吉 ……… 117
桂川連理柵(菅専助) ………………… 191
* 〔解題〕 …………………………… 192
おはん長右衛門桂川連理柵 座本 豊竹此吉 … 193
端手姿鎌倉文談(菅専助) …………… 229
* 〔解題〕 …………………………… 230
端手姿鎌倉文談 座本 豊竹此吉 … 231
置土産今織上布(菅専助, 豊春暁, 若竹笛躬) …………………………… 321
* 〔解題〕 …………………………… 322
置土産今織上布 座本 豊竹此吉 … 323
* 資料編 …………………………… 375
 * 番付 …………………………… 377
  * 端手姿鎌倉文談 番付 …… 379
 * 絵尽し ………………………… 381
  * 鯛屋貞柳歳旦閣 絵尽し … 383
  * 蓋寿永軍記 絵尽し ……… 395
  * 桂川連理柵 絵尽し ……… 407
  * 端手姿鎌倉文談 絵尽し … 419

第5巻
1993年10月20日刊

* 凡例 ……………………………………… 2
融大臣鹽竈櫻花(菅専助) ……………… 1
* 〔解題〕 ……………………………… 2
融大臣鹽竈櫻花 座本 豊竹此吉 …… 3
御堂前菖蒲帷子(菅専助, 豊竹応律, 豊慶三, 若竹笛躬) ……………………… 91
* 〔解題〕 ……………………………… 92
御堂前菖蒲帷子 座本 豊竹此吉 …… 93
夏浴衣清十郎染(菅専助, 豊春助) … 181
* 〔解題〕 …………………………… 182
夏浴衣清十郎染 座本 豊竹此吉 … 183
近江國源五郎鮒(菅専助, 豊春助, 梁塵軒) …………………………… 225
* 〔解題〕 …………………………… 226
近江國源五郎鮒 座本 豊竹此吉 … 227
今盛戀緋桜(菅専助, 梁塵軒, 豊春助) … 319
* 〔解題〕 …………………………… 320
今盛戀緋桜 座本 豊竹此吉 ……… 321
* 資料編 …………………………… 361
 * 辻番付 ………………………… 362
  * 近江國源五郎鮒 辻番付 … 363

```
 *絵尽し ………………………………… 367
   *融大臣鹽竈櫻花 絵尽し ………… 369
   *女小学平治見臺 絵尽し ………… 381
   *御堂前菖蒲帷子 絵尽し ………… 393
   *近江國源五郎鮒 絵尽し ………… 405
```

第6巻
1995年11月5日刊

```
*凡例 …………………………………………… 2
東山殿幼稚物語(菅専助, 豊春助, 竹本三
  郎兵衛, 豊竹応律) ……………………… 1
 *〔解題〕 ……………………………………… 2
   東山殿幼稚物語 座本 豊竹此吉 ……… 3
稲荷街道墨染桜(菅専助, 豊春助, 豊竹応
  律) ……………………………………… 99
 *〔解題〕 …………………………………… 100
   稲荷街道墨染桜 座本 豊竹此吉 …… 101
博多織戀鏑(菅専助, 中村魚眼) ………… 205
 *〔解題〕 …………………………………… 206
   博多織戀鏑 座本 豊竹此母 ………… 207
有職鎌倉山(菅専助, 中村魚眼) ………… 261
 *〔解題〕 …………………………………… 262
   有職鎌倉山 座本 豊竹此母 ………… 263
雕刻左小刀(菅専助添削) ………………… 343
 *〔解題〕 …………………………………… 344
   雕刻左小刀 座本 豊竹此母 ………… 345
花楓都模様(菅専助) ……………………… 417
 *〔解題〕 …………………………………… 418
   花楓都模様 座本 豊竹此母 ………… 419
*資料編 …………………………………… 463
 *番付 ……………………………………… 465
   *博多織戀鏑 番付 …………………… 467
   *有職鎌倉山 番付 …………………… 469
   *雕刻左小刀 番付 …………………… 471
   *花楓都模様 番付 …………………… 473
 *絵尽し …………………………………… 475
   *東山殿幼稚物語 絵尽し …………… 477
   *稲荷街道墨染桜 絵尽し …………… 485
*人名索引 …………………………………… 左1
*地名索引 …………………………………… 左19
```

[049] 増訂 秋成全歌集とその研究
おうふう
全1巻
2007年10月
(浅野三平著)

〔1〕
2007年10月25日刊

```
*口絵 ………………………………………… 巻頭
*序(久松潜一)
本篇
 *凡例
   歌集篇 ……………………………………… 1
     春歌 ……………………………………… 3
     夏歌 ……………………………………… 63
     秋歌 ……………………………………… 97
     冬歌 …………………………………… 142
     恋歌 …………………………………… 181
     雑歌 …………………………………… 187
     賀歌 …………………………………… 270
     哀傷歌 ………………………………… 273
     旋頭歌 ………………………………… 280
     長歌 …………………………………… 281
   *秋成和歌(本篇)索引 ………………… 339
 *研究篇 …………………………………… 381
   *一、秋成作品解題 …………………… 383
   *二、秋成和歌研究史 ………………… 432
   *三、秋成の桜花七十章 ……………… 448
   *四、上田秋成歌巻と追擬十春 ―享和
     三年の歌業について― ……………… 464
   *五、秋成晩年の歌集『毎月集』につ
     いて …………………………………… 477
   *六、歌人秋成の位置 ………………… 510
   *七、秋成の歌論 ……………………… 532
   *八、秋成略年譜 ……………………… 547
 *あとがき(浅野三平) …………………… 581
 *付言 ……………………………………… 583
拾遺篇 ……………………………………… 587
 *凡例 ……………………………………… 589
   歌集篇 …………………………………… 591
     春歌 …………………………………… 593
     夏歌 …………………………………… 625
     秋歌 …………………………………… 642
     冬歌 …………………………………… 658
     雑歌 …………………………………… 668
     賀歌 …………………………………… 679
     長歌 …………………………………… 680
     歌謡 …………………………………… 683
   *秋成和歌(拾遺篇)索引 ……………… 685
```

＊研究篇 …………………………… 697
　＊一、拾遺篇作品解題 …………… 699
　＊二、秋成の『五十番歌合』について
　　 ………………………………… 723
　＊三、『海道狂歌合図巻』をめぐって ‥ 744
　＊四、「正月三十首」「水無月三十首」
　　から『毎月集』へ …………… 756
＊あとがき（浅野三平）…………… 773

[050] 増補改訂 加舎白雄全集
国文社
全2巻
2008年2月
（矢羽勝幸編）

上巻
2008年2月15日刊

＊〔口絵〕……………………………… 巻頭
＊凡例 ………………………………… 13
一、発句篇 …………………………… 17
　＊凡例 ……………………………… 19
　＊発句篇目次 ……………………… 21
　新年 ………………………………… 22
　春 …………………………………… 26
　夏 …………………………………… 61
　秋 ………………………………… 103
　冬 ………………………………… 149
　存疑 ……………………………… 175
　誤伝 ……………………………… 175
　＊出典Ⅰ（生前刊行書）………… 176
　＊出典Ⅱ（没後刊行成立書）…… 188
二、連句篇 ………………………… 197
三、俳文篇 ………………………… 353
　＊俳文篇目次 …………………… 355
　神保梅石を悼む文 ……………… 357
　赤人社頭の辞 …………………… 358
　戸燕を訪う文 …………………… 359
　雲帯婚賀の文 …………………… 360
　麦二母歯固めを祝う文 ………… 360
　移柳の文 ………………………… 361
　姨捨山十六夜観月の文 ………… 361
　十砂改号の文 …………………… 362
　信州戸倉留別文 ………………… 362
　鳥酔追悼の文 …………………… 363
　面影塚こと葉 …………………… 363
　窓湖亭訪問の文 ………………… 363
　五烟命号の文 …………………… 364
　春夜玉笛を聞く辞 ……………… 365
　麦二の母を悼む文 ……………… 365
　冠嶽（かんがく）亭の辞 ……………… 366
　沽緑居士清浄本然忌の文 ……… 367
　茶烟婚賀の文 …………………… 367
　秋海棠 …………………………… 368
　三思亭に遊ぶ文 ………………… 368
　窓湖亭を訪う文 ………………… 369
　梅之翁八十賀の文 ……………… 369
　柴雨・鳥奴二風子に対す ……… 370

八幡独楽庵越年の文 ……………… 371
『田ごとのはる』序 ……………… 371
姨捨元旦の文 ……………………… 371
若菜の文 …………………………… 371
武水別神社参詣の文 ……………… 371
山焼の辞 …………………………… 371
大輪禅利に登る …………………… 372
甘流斎の記 ………………………… 372
信一州詞友留別の文 ……………… 373
故郷の扇の文 ……………………… 374
僑居の辞 …………………………… 375
僑居三章の文 ……………………… 375
不寝三章 …………………………… 376
七夕の文 …………………………… 376
鳥酔魂祭りの文 …………………… 377
魂祭の文 …………………………… 377
一葉庵呉扇を訪う文 ……………… 378
斗墨坊如思雖髪の文 ……………… 378
鉦蓮寺芭蕉忌の文 ………………… 379
『俳諧ふくろ表紙』跋 …………… 379
路虹に与う文 ……………………… 379
芭蕉塚建立の文 …………………… 380
双林寺鳥酔塚建立の文 …………… 381
水内橋を見るの辞 ………………… 381
そばやま樗木士を悼む文 ………… 381
芭蕉翁正当日 ……………………… 382
真似鶴舟遊の文 …………………… 382
小河原雨塘訪問の文 ……………… 382
春秋庵類焼の文 …………………… 383
大輪禅利に詣ず …………………… 383
石漱亭の号を与える文 …………… 384
千曲庵に泊まる文 ………………… 384
虎杖庵記 …………………………… 384
指山居士を奨る文 ………………… 384
桑衣の号を与える文 ……………… 385
也蓼禅師を悼む文 ………………… 385
『春秋稿』五編序 ………………… 385
『葛の葉表』跋 …………………… 385
露柱庵春鴻叟正像賛 ……………… 386
『星布尼句集』跋 ………………… 386
美濃口氏長子生立を祝う文 ……… 387
鳳尾の文 …………………………… 388
平野氏を訪う文 …………………… 388
素雲を訪う文 ……………………… 389
笹湯の宴の文 ……………………… 390
春原氏を訪う文 …………………… 390
春鳩号を与うる文 ………………… 391
年次不明
　蓑虫の文 ………………………… 391
　手がひの虎をしめす言葉 ……… 391
　なり瓢の文 ……………………… 393

魂迎えの文 ………………………… 393
翁忌の文 …………………………… 393
碩布翁忌の文 ……………………… 393
重厚の母を悼む文 ………………… 393
呉扇を悼む文 ……………………… 393
几秋に与う文 ……………………… 393
桐淵氏の古筆を見る文 …………… 393
芙岳楼訪問記 ……………………… 393
茶席の文 …………………………… 394
煤掃きの文 ………………………… 394
几秋亭訪問の文 …………………… 394
四、紀行篇 …………………………… 397
春秋菴白雄居士記行 ……………… 399
内外記行 …………………………… 402
大和紀行 …………………………… 403
よしの山紀・芳野山・記行 ……… 404
須磨紀行 …………………………… 406
南紀紀行 …………………………… 408
東道記行 …………………………… 413
北越記行 …………………………… 415
奥羽記行 …………………………… 418
甲峡記行 …………………………… 423
信中四時 …………………………… 424
詣 諏訪廟・諏方社前 …………… 424
美濃路 ……………………………… 427
鎌都 ………………………………… 428
南紀吟行 …………………………… 432
前春秋菴白雄居士紀行 …………… 438
五、俳論 ……………………………… 447
抄録 ………………………………… 449
抄録 証句 ………………………… 451
昨烏伝書乙 ………………………… 459
加佐里那止（かざりなし） ……… 491
鳥酔翁遺語 ………………………… 509
附合自侘之句法・発句病之事 …… 529
俳諧寂栞 …………………………… 539
春秋夜話 …………………………… 587
六、俳諧雑篇 ………………………… 603
俳諧作法（一） …………………… 605
俳諧作法（二） …………………… 625
誹諧名家録 ………………………… 641
諸鳥之字 …………………………… 661
はし書ぶり ………………………… 685
袖書心得 …………………………… 703
誹諧去嫌大概（加舎白雄著, 花墻漣々改訂） ……………………………… 709
＊連句篇 発句初句索引 …………… 717
＊発句篇 初句索引 ………………… 739

下巻
2008年2月15日刊

* 〔口絵〕……………………………… 巻頭
* 凡例 ………………………………………… 9
六、撰集篇 ………………………………… 13
　おもかげ集 …………………………………… 15
　田ごとのはる ………………………………… 41
　文車(ふみぐるま) …………………………… 55
　俳諧俤表紙(八田其明、加舎白雄編) …… 77
　春秋稿 初編 ………………………………… 115
　春秋稿 二編 ………………………………… 151
　春秋稿 三編 ………………………………… 179
　安左与母岐(あさよもぎ) …………………… 207
　春秋稿 四編 ………………………………… 225
　春秋稿 五編 ………………………………… 261
　葛の葉表(中村伯先編、加舎白雄代編) … 297
　葉留農音津麗(はるのおとづれ)(都久毛(呉水)、あるいは春鴻編) ………………… 325
　明和期類題発句集 …………………………… 335
　故人五百題 …………………………………… 363
七、春秋庵月並書き抜き …………………… 405
八、書簡篇 …………………………………… 419
* 九、年譜 …………………………………… 581
* 十、附録 …………………………………… 619
　* 『俳諧苗代水』について(矢羽勝幸) … 621
　* 白雄伝資料 ………………………………… 622
　* 加舎家系図 ………………………………… 626
* あとがき(矢羽勝幸) ……………………… 633
* 人名索引 ………………………………… 左667

[051] 増補 蓮月尼全集
思文閣出版
全1巻
2006年9月(2刷復刊)
(村上素道編)

〔1〕
1980年11月30日(増補復刻), 2006年9月25日(2刷復刊)刊

和歌篇
* 口繪 ……………………………………… 巻頭
* 一 文學博士吉澤義則先生序 ……………… 1
* 一 例言(村上素道) ………………………… 1
海人の刈藻(蓮月尼) ………………………… 1
　一 藤原芳樹序 ………………………………… 1
　一 渡忠秋翁序 ………………………………… 3
　一 春部 ………………………………………… 1
　一 夏部 ………………………………………… 15
　一 秋部 ………………………………………… 23
　一 冬部 ………………………………………… 33
　一 戀部 ………………………………………… 43
　一 雜部 ………………………………………… 47
　一 大佛のほとりに夏をむすびける折 ‥ 59
　一 櫻戸玉緒跋(さくら戸玉緒) …………… 1
　一 ちか女跋(ちか女) ……………………… 3
拾遺 ……………………………………………… 1
　一 春部 ………………………………………… 1
　一 夏部 ………………………………………… 21
　一 秋部 ………………………………………… 33
　一 冬部 ………………………………………… 45
　一 戀部 ………………………………………… 57
　一 雜部 ………………………………………… 61
　一 長歌 ………………………………………… 93
* 一 與謝野晶子先生跋 ……………………… 1
* 一 感謝數件(村上素道) …………………… 1

消息篇
* 口繪 ……………………………………… 巻頭
* 一 勸修寺門跡和田大圓僧上序 …………… 1
* 一 例言及感謝(村上素道) ………………… 1
　一 大田垣知足宛十八通 ……………………… 1
　一 村上忠順宛廿六通 ………………………… 27
　一 六人部是香宛十二通 ……………………… 62
　一 與謝野尚綱宛七通 ………………………… 71
　一 天華上人宛一通 …………………………… 79
　一 梧菴長老宛一通 …………………………… 80
　一 貫名菘翁宛一通 …………………………… 80
　一 小野みき子宛二通 ………………………… 85
　一 道休上人宛九通 …………………………… 88

一 海純和尚宛四通音音	97
一 上田重子宛一通	101
一 西村有年宛二通	103
一 小寺韶堂宛四通	108
一 月舟大人宛一通	112
一 玉樹宛二通	112
一 しげ子宛一通	114
一 雲林泰平宛二通	115
一 よし川宛一通	116
一 竹軒宛一通	118
一 澤野宛一通	118
一 花守宛一通	119
一 山月宛一通	120
一 山島後室宛一通	121
一 惠美小兵衞宛三通	122
一 井上金兵衞宛一通	125
一 孫兵衞宛一通	127
一 北村作兵衞宛一通	127
一 御夫婦宛一通	128
一 樽井主城宛一通	129
一 春月宛一通	129
一 大野宛一通	130
一 瑞玉母宛一通	131
一 御隱居宛二通	135
一 下村良輔宛二通	136
一 西田宛一通	137
一 岩崎宛二通	138
一 山田屋宛十六通	139
一 黒田光良宛廿七通	151
一 田中素心宛三十一通	171
一 富岡春子宛廿通	193
一 富岡鐵齋宛三十五通	211
一 金子廣子宛三通	240
一 伴左衞門二通	243
一 保之介一通	244
一 神光院三通	245
傳記・逸事篇	
＊口繪	卷頭
＊一、與謝野寬先生題辭「蓮月尼の事ども」	1
＊一、例言（村上素道）	1
＊一、年譜	1
傳記篇	
＊大田垣蓮月傳（村上素道編）	1
＊一、序説	1
＊二、祖先	8
＊三、誠子の出生	15
＊四、幼年時代	20
＊五、妙齡時代	24
＊六、家庭時代	32
＊七、別居孝養時代	47

＊八、岡崎錦織時代	57
＊九、西賀茂時代	136
逸事篇	183
一、屋越屋の蓮月	183
一、評判の逆輸入	184
一、山越にて志賀へ	185
一、さくら餅の讚	185
一、蓮月るす	187
一、京の蓮月と申す	187
一、花の下ぶし	188
一、恰好の尼を置き	189
一、歌集出版の中止	189
一、葉蘭に飯を盛り	190
一、心無の松魚節	191
一、座邊の大福帳	192
一、肖像畫で失敗	192
一、却つて先方を汚す	193
一、お歷々のお揃ひで	193
一、原宏平の訪問	194
一、いかで風雅をば	195
一、サモ橫柄なる風	195
一、茂助の懺悔談	196
一、財寶は害あつて益無し	203
一、價格に相當する	203
一、名家の書畫を	203
一、朱鞘を一喝	204
一、或僧に痛棒	204
一、棺桶が米櫃	205
一、荒い縞目の	205
一、金五兩其まゝ	206
一、封金其まゝ	206
一、施棺も少數ではない	207
一、白木綿に蓮月	208
又拾遺	1
消息篇追加	1
增補	
和歌篇	3
＊解説『蓮月歌集』について	5
蓮月哥集	6
＊解説『花くらべ』について	37
＊〔花くらべ 影印〕	38
花くらべ（蓮月尼）	52
消息篇	55
＊解説―消息―「中野莊次氏藏」書簡について	57
消息（一）	58
吉川宛五通	58
おくま宛九通	63
富岡宛一通	71
村上宛一通	72
石水・春月宛一通	73

```
    廣上上人宛一通 ·················· 74
    郡山先生宛一通 ·················· 75
    断簡一通 ························ 75
  ＊解説―消息二「田結荘家」書簡に
    ついて（土田衛）················ 77
  消息（二）·························· 79
    天民宛二十五通 ·················· 79
    斎治宛三通 ······················ 143
    断簡三通 ························ 147
    消息（三）······················ 148
    中島錫胤宛二通 ·················· 148
    消息（四）······················ 150
    海純和尚宛一通 ·················· 150
```

[052] 宝井其角全集
勉誠社
4分冊
1994年2月
（石川八朗，今泉準一，鈴木勝忠，波平八郎，
古相正美共編）

〔1〕編著篇
1994年2月25日刊

```
＊はじめに（編者）················ (1)
＊凡例 ···························· 3
虚栗（みなしぐり）················ 5
蠢集（しみしふ）·················· 33
新山家（しんさんが）·············· 43
続虚栗（ぞくみなしぐり）·········· 51
いつを昔（むかし）················ 79
花摘（はなつみ）·················· 97
たれか家 ························ 129
雑談集（ざふたんしふ）············ 141
萩の露（はぎのつゆ）·············· 175
枯尾華（かれをばな）·············· 187
句兄弟（くきょうだい）············ 213
末若葉（うらわかば）·············· 255
三上吟（さんじょうぎん）·········· 293
焦尾琴（せうびきん）·············· 307
類柑子（るいかうじ）（宝井其角著・撰，秋色ほ
  か編）·························· 357
五元集（ごげんしふ）·············· 439
＊解題 ···························· 533
  ＊虚栗 ························ 535
  ＊蠢集 ························ 537
  ＊新山家 ······················ 538
  ＊続虚栗 ······················ 540
  ＊いつを昔 ···················· 542
  ＊花摘 ························ 544
  ＊たれか家 ···················· 546
  ＊雑談集 ······················ 547
  ＊萩の露 ······················ 549
  ＊枯尾華 ······················ 550
  ＊句兄弟 ······················ 552
  ＊末若葉 ······················ 555
  ＊三上吟 ······················ 556
  ＊焦尾琴 ······················ 558
  ＊類柑子 ······················ 560
  ＊五元集 ······················ 563
```

〔2〕資料篇
1994年2月25日刊

＊凡例	2	
一 坂東太郎	3	
二 桃青門弟独吟二十歌仙（桃青編）	3	
三 田舎の句合（其角句、芭蕉判）	4	
四 東日記	11	
五 次韻	13	
六 おくれ双六	20	
七 むさしふり	20	
八 美濃矢橋家資料	25	
九 馬蹄二百句	28	
一〇 空林風葉	31	
一一 貞享元年李渓宛其角書簡	31	
一二 稲莚	31	
一三 弌（いち）楼賦	31	
一四 芭蕉翁古式之俳諧（尺艾編）	35	
一五 新玉海集	38	
一六 貞享三年歳旦引付	38	
一七 鶴のあゆみ	39	
一八 初懐紙評注	43	
一九 蛙合	54	
二〇 一橋	54	
二一 孤松	56	
二二 伊賀餞別	56	
二三 吉原源氏五十四君（其角著）	58	
二四 寐さめ廿日	79	
二五 貞享五年歳旦集	79	
二六 つちのえ辰のとし歳旦	80	
二七 「『奥の細道』小見（五）」	80	
二八 元禄元年一月廿五日付芭蕉宛其角書簡	81	
二九 続の原	82	
三〇 偶興廿日	85	
三一 元禄元年十二月五日付其角宛芭蕉書簡	85	
三二 若水	86	
三三 阿羅野（荷兮編）	89	
三四 元禄二年七月千那宛其角書簡	91	
三五 千鳥掛	92	
三六 新三百韻	92	
三七 其袋	95	
三八 元禄三年加生ら宛其角書簡	97	
三九 俳諧生駒堂	98	
四〇 物見車	98	
四一 元禄三年九月十二日付曾良宛芭蕉書簡	100	
四二 破暁集	100	
四三 元禄三年十二月去来宛芭蕉書簡	100	
四四 吐綬鶏	101	
四五 元禄四年歳旦帳	101	
四六 元禄四年歳旦帳	102	
四七 渡し舟	102	
四八 祇園拾遺物語	102	
四九 百人一句	103	
五〇 嵯峨日記	103	
五一 俳諧六歌仙	103	
五二 瓜作	103	
五三 猿蓑	104	
五四 色杉原	105	
五五 我か庵	106	
五六 新花鳥	106	
五七 卯辰集	106	
五八 俳諧勧進牒	107	
五九 柏原集	113	
六〇 小松原	113	
六一 はすの実	114	
六二 元禄四年閏八月廿五日付智海宛其角書簡	114	
六三 餞別五百韻	115	
六四 よるひる	115	
六五 西の雲	115	
六六 元禄四年宛先不明其角書簡	117	
六七 河内羽二重	117	
六八 わたまし抄	117	
六九 春の物	117	
七〇 忘梅	117	
七一 すかた哉	118	
七二 きさらき	118	
七三 豊西俳諧古哲伝岫稿	118	
七四 北の山	119	
七五 元禄五年七月付去来宛芭蕉書簡	119	
七六 葛の松原	120	
七七 己か光	122	
七八 富士詣	122	
七九 柞原集	123	
八〇 けし合	123	
八一 誹林一字幽蘭集	123	
八二 鶴来酒	124	
八三 元禄五年十一月八日付詞山苑其角書簡	124	
八四 其角批点「雪の梅」百韻	124	
八五 継尾集	128	
八六 七瀬川	129	
八七 鈬始	129	
八八 くやみ草	129	
八九 正風廿五条	130	
九〇 この花	141	
九一 浪花置火燵	141	
九二 彼古礼集	141	
九三 猿丸宮集	141	
九四 桃の実	142	
九五 誹諧呉竹	145	
九六 俳風弓	149	

九七	流川集	149
九八	花圃	150
九九	曠野後集	150
一〇〇	薦獅子集	151
一〇一	五老文集	151
一〇二	元禄七甲戌歳旦帳	158
一〇三	誹諧松かさ	159
一〇四	遠帆集	159
一〇五	誹諧此日	159
一〇六	藤の実	162
一〇七	別座舗	163
一〇八	俳諧童子教	163
一〇九	卯花山	163
一一〇	元禄七年六月二十一日付浪化宛其角書簡他	163
一一一	炭俵	164
一一二	熊野からす	165
一一三	七車集	166
一一四	或時集	177
一一五	黒髪菴所蔵『晋其角採点筆跡』	178
一一六	芭蕉翁追善之日記	179
一一七	元禄七年金毛宛其角書簡	179
一一八	其便	180
一一九	いと屑	186
一二〇	ひるねの種	186
一二一	旅舘日記	186
一二二	明月集	188
一二三	後の旅集	188
一二四	元禄八年一月二九日付許六宛去来書簡	190
一二五	花かつみ	195
一二六	元禄八年杉風宛其角書簡	195
一二七	ありそ海となみ山（浪化集上・下）	196
一二八	やはき堤	199
一二九	笈日記（支考編）	199
一三〇	若菜集	200
一三一	元禄八年十月〔如行宛〕其角書簡	201
一三二	鳥羽蓮華	201
一三三	元禄八年宝井晋子消息連句	201
一三四	渡鳥	202
一三五	やへむくら	202
一三六	住吉物語	202
一三七	随門記	202
一三八	呉服絹	203
一三九	誹諧翁草	203
一四〇	留守見舞	204
一四一	うき世の北	205
一四二	若葉合	205
一四三	印南野	208
一四四	伊丹古蔵	209
一四五	まくら屏風	209
一四六	初蝉	209
一四七	韻塞	210
一四八	桃舐集	212
一四九	『俳諧塗笠』其角点	212
一五〇	橋守	212
一五一	鳥の道	213
一五二	梅さくら	214
一五三	延命冠者・千々之丞	215
一五四	柱暦	219
一五五	其角批点懐紙	219
一五六	陸奥衛	221
一五七	江戸土産	227
一五八	晋子其角俳諧歌撰集	227
一五九	菊の香	229
一六〇	其法師	233
一六一	喪の名残	233
一六二	俳林良材集	233
一六三	みとせ草	234
一六四	先日	235
一六五	晋家秘伝抄	236
一六六	宝晋斎引付	278
一六七	誹諧大成しんしき	279
一六八	俳諧問答	279
一六九	記念題	286
一七〇	後れ馳	286
一七一	続猿蓑	287
一七二	網代笠	288
一七三	水ひらめ	288
一七四	其角加点懐紙	291
一七五	篇突	294
一七六	続有磯海	295
一七七	泊船集	296
一七八	けふの昔	296
一七九	茶のさうし	298
一八〇	皮篭摺	299
一八一	旅寝論	305
一八二	能登釜	309
一八三	蓑笠	309
一八四	車路	310
一八五	梅の嵯峨	310
一八六	旅袋集	310
一八七	春草日記	310
一八八	誹諧曾我	311
一八九	小弓誹諧集	311
一九〇	伊達衣	313
一九一	男風流	315
一九二	菊の道	315
一九三	珠洲之海	315
一九四	一幅半	316
一九五	岬の道	316
一九六	たかね	316

一九七	青莚	316
一九八	金毘羅会	316
一九九	東華集	316
二〇〇	続古今誹手鑑	317
二〇一	元禄一三年十月廿八日付重興宛其角書簡	317
二〇二	えの木	318
二〇三	はたか麦	318
二〇四	蝶すかた	318
二〇五	放鳥集	318
二〇六	其木からし	319
二〇七	荒小田	319
二〇八	そこの花	319
二〇九	きれぎれ	319
二一〇	文蓬萊	320
二一一	追鳥狩	322
二一二	射水川	322
二一三	涼石	322
二一四	乙矢集	328
二一五	西の詞	329
二一六	潘州宛其角書簡	329
二一七	柿表紙	329
二一八	砂燕集	330
二一九	はつたより	330
二二〇	誹譜若えびす	330
二二一	柴橋	331
二二二	花見車	331
二二三	白馬	331
二二四	二ツの竹	333
二二五	俳諧石見銀	333
二二六	野鳥	333
二二七	元禄十五年八月十日付素英宛其角書簡	333
二二八	志津屋敷	334
二二九	当世誹諧楊梅	334
二三〇	花の雲	335
二三一	谷羊宛其角書簡	335
二三二	三河小町	336
二三三	其角書簡A(元禄十五年十二月二十日付文鱗宛)	337
	其角書簡B(元禄十五年十二月二十四日付其雫宛)	338
二三四	星月夜	342
二三五	宇陀法師	342
二三六	たままつり	342
二三七	三冊子	342
二三八	元禄十六年歳旦	343
二三九	誹諧かさり藁	344
二四〇	万歳烏帽子	345
二四一	元禄十六年二月十二日付其雫(推定)宛其角書簡	345
二四二	小柑子	346
二四三	岨のふる畑	346
二四四	幾人水主	346
二四五	ものいへは	346
二四六	早野家蔵『其角点巻』	346
二四七	花皿	351
二四八	元禄十六年丈艸宛其角書簡	352
二四九	柏崎	352
二五〇	当座はらひ	352
二五一	入日記	353
二五二	女郎蜘	353
二五三	二番船	353
二五四	笠付さをとめ	353
二五五	蛤与市	354
二五六	ききぬ	354
二五七	染糸	354
二五八	誹諧よりくり	354
二五九	あさふ	354
二六〇	白陀羅尼	355
二六一	風光集	355
二六二	山中集	355
二六三	東西集	355
二六四	元禄十七年三月十日付紫紅其角書簡	358
二六五	藁人形	360
二六六	分外	360
二六七	浜荻	362
二六八	多美農草	362
二六九	太胡盧可佐	362
二七〇	枯のつか	363
二七一	去来抄(去来著)	363
二七二	山ひこ	367
二七三	其従宛其角書簡	367
二七四	きその谿	368
二七五	頭陀袋	368
二七六	国の華	368
二七七	宝永元年序令宛其角書簡	368
二七八	土大根	368
二七九	五十四郡	369
二八〇	のほりつる	369
二八一	歳旦帳『俳諧三ツ物揃』	374
二八二	夢の名残	375
二八三	浪の手	375
二八四	誹諧御蔵林	377
二八五	宝永二年六月廿三日付みの衆宛其角書簡	377
二八六	留主こと	378
二八七	柏崎八景	378
二八八	一の木戸	378
二八九	俳諧夏の月	380
二九〇	銭竜賦	380
二九一	続山彦	385

二九二	漆川集	385	
二九三	二世立志終焉記	385	
二九四	かしまたち	386	
二九五	やとりの松	386	
二九六	安達太郎根	386	
二九七	橋南	388	
二九八	誹諧箱伝授	391	
二九九	俳諧七異跡集	391	
三〇〇	猫筑波集	392	
三〇一	心ひとつ	392	
三〇二	並松	392	
三〇三	宝永三年一川宛其角書簡	393	
三〇四	もとの水	394	
三〇五	無宛名其角書簡	394	
三〇六	漆島	395	
三〇七	中国集	395	
三〇八	本朝文選	395	
三〇九	格枝宛其角書簡	397	
三一〇	一川宛其角書簡	397	
三一一	紫紅宛其角書簡	398	
三一二	来山宛其角書簡	398	
三一三	格枝宛其角書簡	399	
三一四	刷毛序	399	
三一五	つはさ	399	
三一六	津の玉川	399	
三一七	庵の記	400	
三一八	毫の帰雁	400	
三一九	そのはちす	402	
三二〇	滑稽弁惑原俳論	403	
三二一	亦深川	404	
三二二	海陸前集	405	
三二三	絵大名	405	
三二四	岩壺集	407	
三二五	斎非時	407	
三二六	其角一周忌	410	
三二七	艶賀の松	417	
三二八	誹諧かくれ里	417	
三二九	庭の巻下	417	
三三〇	根無草	419	
三三一	星会集	419	
三三二	はいかい既望	419	
三三三	一言俳談（進藤松丁子述）	420	
三三四	菊の塵	428	
三三五	海陸後集	431	
三三六	十二月箱	431	
三三七	花の市	432	
三三八	十六景	432	
三三九	布ゆかた	436	
三四〇	誹諧石なとり	437	
三四一	二のきれ	440	
三四二	夏をばな	442	
三四三	誹諧鏽鏡	442	
三四四	花橘	443	
三四五	五一色	443	
三四六	籠前栽	446	
三四七	小太郎	447	
三四八	歴代滑稽伝	448	
三四九	元禄宝永珍話	448	
三五〇	汐越	449	
三五一	横平楽	449	
三五二	鵲尾冠	450	
三五三	誹諧解脱抄	452	
三五四	本朝文鑑	452	
三五五	沾徳随筆	455	
三五六	類柑子（再版）	457	
三五七	宰陀稿本	457	
三五八	これまて草	459	
三五九	洞房語園	459	
三六〇	摂河二百韻	459	
三六一	年々草	460	
三六二	鹿子の渡	460	
三六三	其角十七回	460	
三六四	そのはしら	469	
三六五	月の鶴	470	
三六六	海音集	472	
三六七	誹諧はせをたらひ	473	
三六八	水の友	474	
三六九	百花斎随筆	475	
三七〇	十論為弁抄	477	
三七一	俳諧古紙子	478	
三七二	鎌倉海道	478	
三七三	不猫蛇	478	
三七四	みつのかほ	479	
三七五	水精宮	479	
三七六	白字録	481	
三七七	六の花	481	
三七八	放生日	481	
三七九	削かけの返事	482	
三八〇	庭竈集	482	
三八一	続年矢誹諧集	482	
三八二	水僊伝	483	
三八三	猪の早太	483	
三八四	猫の耳	483	
三八五	門鳴子	483	
三八六	華担籠	483	
三八七	父の恩	483	
三八八	三日月日記	484	
三八九	梨園	484	
三九〇	五色墨	488	
三九一	綾錦	489	
三九二	衣更着田	489	
三九三	俳諧節文集	491	

三九四	誹諧古渡集	491
三九五	たつのうら	491
三九六	紀行誹談二十歌仙	491
三九七	鶴のあゆみ	492
三九八	親うくひす	494
三九九	誹諧句選	494
四〇〇	鳥山彦	494
四〇一	誹諧世中百韻	496
四〇二	うしろひも	497
四〇三	笠の影	497
四〇四	誹諧水くるま	497
四〇五	洞房語園	497
四〇六	三十三回	498
四〇七	誹諧桃桜	502
四〇八	俳星月夜	503
四〇九	つのもし	506
四一〇	冬紅葉	508
四一一	はいかい飛鳥山	508
四一二	其砧	509
四一三	小春笠	509
四一四	風の前	510
四一五	玄湖集	510
四一六	俳友すゞめ	511
四一七	雪の流集	511
四一八	俳諧職人尽	511
四一九	黙止	512
四二〇	淡々発句集	512
四二一	続新百韻	512
四二二	はる秋	512
四二三	梅の牛	513
四二四	温故集	513
四二五	ぬれ若葉	518
四二六	六花追悼集	518
四二七	蕉門録	519
四二八	続五元集	526
四二九	宗祇戻	607
四三〇	古今役者発句合	609
四三一	夏炉一路	609
四三二	蜀川夜話	609
四三三	桑岡集	609
四三四	丙寅初懐紙	610
四三五	俳諧わせのみち	611
四三六	蛙啼集	611
四三七	花の故事	611
四三八	俳諧未来記	612
四三九	甲相弐百韻	613
四四〇	蕉門三十六哲	613
四四一	俳諧松かさり	614
四四二	梅の草紙	614
四四三	古河わたり集	616
四四四	二弟準縄	616
四四五	其角十七条	620
四四六	多胡碑集	625
四四七	新みなし栗	625
四四八	新華摘	629
四四九	雪の薄	631
四五〇	玩世松陰	631
四五一	山里塚	631
四五二	みちのくふり	632
四五三	古今句集	632
四五四	誹諧世説	632
四五五	力すまふ	634
四五六	乞食袋	636
四五七	たね茄子	636
四五八	も、よ草	636
四五九	夢三年	637
四六〇	幽蘭集	638
四六一	三家雋	640
四六二	老のたのしみ抄	685
四六三	高野図会	686
四六四	近世奇跡考(山東京伝著)	686
四六五	都の花めくり	697
四六六	青ひさこ	698
四六七	其角発句集	698
四六八	俳家奇人談	699
四六九	随斎諧話(成美著)	701
四七〇	蕉門諸生全伝(遠藤日人稿)	707
四七一	晋子一伝録	711
四七二	続俳家奇人談	719
四七三	五元集脱漏(江由誓撰)	720

補遺 ……… 725

　四六四　近世奇跡考補遺〔影印〕……… 725

〔3〕年譜篇
1994年2月25日刊

＊凡例 ……… 2
＊年譜篇 ……… 3
　＊注 ……… 95
　＊（年譜篇補遺）……… 184

〔4〕索引篇（古相正美, 波平八郎作成）
1994年2月25日刊

＊凡例 ……… 巻頭
＊発句・付句索引 ……… 1
＊人名索引 ……… 753
＊事項索引 ……… 835

［053］建部綾足全集
国書刊行会
全9巻
1986年4月～1990年2月
（建部綾足著作刊行会編）

第1巻　（俳諧 Ⅰ）
1986年6月30日刊

- ＊口絵 ………………………………… 巻頭
- ＊編集のことば（建部綾足著作刊行会）……… 1
- ＊凡例 ………………………………………… 9
- ＊まごの手　書誌・解題（松尾勝郎）………… 12
- まごの手 ……………………………………… 13
- ＊伊香保山日記　書誌・解題（松尾勝郎）…… 26
- 伊香保山日記 ………………………………… 27
- ＊桃乃鳥　書誌・解題（松尾勝郎）…………… 34
- 桃乃鳥（百梅編）……………………………… 35
- ＊俳諧杖のさき　書誌・解題（松尾勝郎）…… 50
- 俳諧杖のさき ………………………………… 51
- ＊雪石ずり　書誌・解題（松尾勝郎）………… 60
- 雪石ずり ……………………………………… 61
- ＊伊勢続新百韻　書誌・解題（松尾勝郎）…… 72
- 伊勢続新百韻（梅路編）……………………… 73
- ＊俳諧琵琶の雨　書誌・解題（玉城司）……… 82
- 俳諧琵琶の雨（可登撰）……………………… 83
- ＊俳諧いせのはなし　書誌・解題（長島弘明）… 88
- 俳諧いせのはなし …………………………… 89
- ＊俳諧枯野問答　書誌・解題（玉城司）……… 98
- 俳諧枯野問答 ………………………………… 99
- ＊希因凉袋百題集　書誌・解題（稲田篤信） …………………………………………………… 112
- 希因凉袋百題集（百梅編、希因、凉袋（建部綾足）句）…………………………………… 113
- ＊俳諧麦ばたけ　書誌・解題（松尾勝郎）…… 120
- 俳諧麦ばたけ（李趙編）……………………… 121
- ＊俳諧南北新話　書誌・解題（玉城司）……… 128
- 俳諧南北新話 ………………………………… 129
- ＊俳諧続三疋猿　書誌・解題（玉城司）……… 164
- 俳諧続三疋猿 ………………………………… 165
- ＊俳諧ふたやどり　書誌・解題（風間誠史）… 176
- 俳諧ふたやどり（麦誉編）…………………… 177
- ＊凉倍独吟恋の百韻　書誌・解題（稲田篤信）… 182
- 凉倍独吟恋の百韻 …………………………… 183
- ＊太山樒　書誌・解題（松尾勝郎）…………… 190
- 太山樒（坂（阪）本雲郎編）…………………… 191
- ＊つぎほの梅　書誌・解題（松尾勝郎）……… 202
- つぎほの梅（無岸編）………………………… 203
- ＊俳諧山居の春　書誌・解題（松尾勝郎）…… 214
- 俳諧山居の春 ………………………………… 215
- ＊俳諧川柳　書誌・解題（高田衛）…………… 226
- 俳諧川柳（軽素、凉袋（建部綾足）著）……… 227
- ＊俳諧角あはせ　書誌・解題（玉城司）……… 240
- 俳諧角あはせ（軽素編、凉袋（建部綾足）、秋瓜句）………………………………………… 241
- ＊紀行俳仙窟　書誌・解題（玉城司）………… 252
- 紀行俳仙窟 …………………………………… 253
- ＊俳諧田家の春　書誌・解題（長島弘明）…… 272
- 俳諧田家の春 ………………………………… 273
- ＊華盗人　書誌・解題（松尾勝郎）…………… 290
- 華盗人（雲郎、凉袋（建部綾足）句）………… 291
- ＊俳諧桃八仙　書誌・解題（高田衛）………… 300
- 俳諧桃八仙（青華楼麦洲編）………………… 301
- ＊南北新話後篇　書誌・解題（玉城司）……… 312
- 南北新話後篇 ………………………………… 313
- ＊〔宝暦九年春興帖〕　書誌・解題（玉城司）… 326
- 〔宝暦九年春興帖〕…………………………… 327
- ＊続百恋集　書誌・解題（稲田篤信）………… 344
- 続百恋集（烏朴ら編、凉袋（建部綾足）句）… 345
- ＊はいかい黒うるり　書誌・解題（稲田篤信）… 356
- はいかい黒うるり（烏朴、一鼠編）………… 357
- ＊俳諧新凉夜話　書誌・解題（松尾勝郎）…… 372
- 俳諧新凉夜話（一鼠編）……………………… 373

第2巻　（俳諧 Ⅱ）
1986年8月30日刊

- ＊口絵 ………………………………… 巻頭
- ＊編集のことば（建部綾足著作刊行会）……… 1
- ＊凡例 ………………………………………… 7
- ＊俳諧絵の山陰　書誌・解題（高田衛）……… 10
- 俳諧絵の山陰 ………………………………… 11
- ＊おぎのかぜ　書誌・解題（高田衛）………… 34
- おぎのかぜ …………………………………… 35
- ＊〔佐原日記〕　書誌・解題（高田衛）………… 40
- 〔佐原日記〕…………………………………… 41
- ＊俳諧はしのな　書誌・解題（松尾勝郎）…… 48
- 俳諧はしのな ………………………………… 49
- ＊俳諧連理香　初帖　書誌・解題（風間誠史）… 74
- 俳諧連理香 …………………………………… 75
- ＊俳諧その日がへり　書誌・解題（玉城司）… 108
- 俳諧その日がへり …………………………… 109
- ＊春興幾桜木　書誌・解題（風間誠史）……… 122
- 春興幾桜木 …………………………………… 123
- ＊俳諧香爐峯　書誌・解題（長島弘明）……… 152
- 俳諧香爐峯 …………………………………… 153
- ＊古今俳諧明題集　書誌・解題（松尾勝郎） …………………………………………………… 184
- 古今俳諧明題集 ……………………………… 187
- ＊俳諧明題冬部　書誌・解題（玉城司）……… 376

俳諧明題冬部 377

第3巻　(俳諧 Ⅲ)
1986年11月15日刊

* 口絵 .... 巻頭
* 編集のことば(建部綾足著作刊行会) 1
* 凡例 7
* 片歌道のはじめ 書誌・解題(玉城司) 12
片歌道のはじめ 13
* 片歌二夜問答 書誌・解題(玉城司) 32
片歌二夜問答 33
* 片歌草のはり道 書誌・解題(松尾勝郎) .. 50
片歌草のはり道 51
* たづのあし 書誌・解題(玉城司) 60
たづのあし 61
* 片歌あさふすま 書誌・解題(高田衛) 70
片歌あさふすま 71
* をぐななぶり 書誌・解題(玉城司) 102
をぐななぶり 103
* 春興かすみをとこ 書誌・解題(松尾勝郎) 116
春興かすみをとこ 117
* 〔古人六印以上句〕 書誌・解題(長島弘明) 146
〔古人六印以上句〕 147
* 片歌東風俗 書誌・解題(風間誠史) 160
片歌東風俗 161
* 百夜問答 書誌・解題(玉城司) 188
百夜問答 189
* 片歌磯の玉藻 書誌・解題(長島弘明) 224
片歌磯の玉藻 225
* 明和三年春興帖 書誌・解題(高田衛) 234
明和三年春興帖 235
* 草枕 書誌・解題(玉城司) 264
草枕 265
* 片歌旧宜集 書誌・解題(玉城司) 276
片歌旧宜集 277
* 百夜問答二篇 書誌・解題(玉城司) 292
百夜問答二篇 293
* 追悼冬こだち 書誌・解題(高田衛) 312
追悼冬こだち 313
* とはしぐさ 書誌・解題(稲田篤信) 318
とはしぐさ 319
* いはほぐさ 書誌・解題(玉城司) 346
いはほぐさ 347
* 十題点位丸以上 書誌・解題(長島弘明) 368
十題点位丸以上 369
* 田家百首 書誌・解題(松尾勝郎) 376
田家百首 377
* 片歌弁 書誌・解題(玉城司) 384

片歌弁 385

第4巻　(物語)
1986年4月30日刊

* 口絵 .... 巻頭
* 編集のことば(建部綾足著作刊行会) 1
* 凡例 7
風雅艶談 浮舟部 9
西山物語 23
本朝水滸伝 61
本朝水滸伝 後篇 173
  * 校異 315
由良物語(作者不詳(一説に、建部綾足)) 339
* 解題 381
  * 風雅艶談 浮舟部(玉城司) 381
  * 西山物語(稲田篤信) 386
  * 本朝水滸伝(風間誠史) 391
  * 本朝水滸伝 後篇(長島弘明) 396
  * 由良物語(風間誠史) 403
* 内容細目(頁) 409

第5巻　(紀行・歌集)
1987年10月30日刊

* 口絵 .... 巻頭
* 編集のことば(建部綾足著作刊行会) 1
* 凡例 7
紀行 9
　上 笈の若葉 芦のやどり 霜のたもと 瘦
　　法師 11
　　紀行笈の若葉 13
　　紀行芦のやどり 21
　　紀行霜のたもと 25
　　紀行瘦法師 29
　中 ち、ふ山 越の雪間 北みなみ 梅の便
　　かたらひ山 草の庵 35
　　紀行ち、ふ山 37
　　紀行越の雪間 42
　　紀行北南 47
　　紀行梅の便 53
　　紀行かたらひ山 58
　　紀行草のいほり 69
　下 ひがし山 浦づたひ はながたみ 三千
　　里 小岬録 73
　　紀行東山 75
　　紀行浦づたひ 80
　　紀行花がたみ 92
　　紀行三千里 100
　　紀行小岬録 106
涼俗家稿 109

[053] 建部綾足全集

　　＊紀行笈の若葉〔写真版〕 ………… 111
　　紀行笈の若葉 ………………………… 137
　　紀行芦のやどり ……………………… 151
　　紀行霜のたもと ……………………… 155
　　紀行痩法師 …………………………… 159
紀行三千里 ……………………………… 165
三野日記 ………………………………… 175
　　＊校異 …………………………………… 193
梅日記 桜日記 卯の花日記 …………… 195
　　梅日記 ………………………………… 197
　　桜日記 ………………………………… 206
　　卯の花日記 …………………………… 219
　　＊校異 …………………………………… 229
物詣 ……………………………………… 235
　　＊校異 …………………………………… 242
やはたの道行ぶり ……………………… 243
しぐれの記 ……………………………… 255
　　＊校異 …………………………………… 274
東の道行ぶり …………………………… 277
　　＊校異 …………………………………… 329
綾足家集 ………………………………… 335
　　＊綾足家集補遺 ………………………… 406
　　＊歌体の異なるもの …………………… 408
望雲集 …………………………………… 409
奉納伊勢国能褒野日本武尊神陵請華篇 …… 421
＊解題 …………………………………… 427
　　＊紀行（稲田篤信） …………………… 427
　　＊涼俗家稿（稲田篤信） ……………… 433
　　＊紀行三千里（松尾勝郎） …………… 437
　　＊三野日記（風間誠史） ……………… 440
　　＊梅日記 桜日記 卯の花日記（風間誠史） …………………………………………… 443
　　＊物詣（風間誠史） …………………… 449
　　＊やはたの道行ぶり（長島弘明） …… 452
　　＊しぐれの記（風間誠史） …………… 454
　　＊東の道行ぶり（長島弘明） ………… 458
　　＊綾足家集（玉城司） ………………… 463
　　＊望雲集（長島弘明） ………………… 471
　　＊奉納伊勢国能褒野日本武尊神陵請華篇（長島弘明） ………………………………… 476

第6巻　（文集）
1987年2月15日刊

＊口絵 …………………………………… 巻頭
＊編集のことば（建部綾足著作刊行会） …… 1
＊凡例 ……………………………………… 7
三拾四処観音順礼秩父縁起霊験円通伝（円宗（建部綾足）著） ………………………… 9
秩父順礼独案内記（円宗（建部綾足）著）… 85
芭蕉翁頭陀物語 ………………………… 111
折々草 …………………………………… 133

　　＊校異 …………………………………… 241
古今物わすれ …………………………… 251
すずみぐさ ……………………………… 267
漫遊記 …………………………………… 303
＊解題 …………………………………… 359
　　＊三拾四処観音順礼秩父縁起霊験円通伝（風間誠史） ……………………………… 359
　　＊秩父順礼独案内記（風間誠史） …… 366
　　＊芭蕉翁頭陀物語（玉城司） ………… 371
　　＊折々草（風間誠史） ………………… 374
　　＊古今物わすれ（玉城司） …………… 386
　　＊すずみぐさ（松尾勝郎） …………… 389
　　＊漫遊記（稲田篤信） ………………… 393
　　＊『折々草』・『漫遊記』内容細目（頁）…… 399

第7巻　（国学）
1988年2月25日刊

＊口絵 …………………………………… 巻頭
＊編集のことば（建部綾足著作刊行会） …… 1
＊凡例 ……………………………………… 7
歌文要語 ………………………………… 9
はし書ぶり ……………………………… 37
勢語講義 ………………………………… 55
綾足講真字伊勢物語 …………………… 99
旧本伊勢物語　伊勢物語考異 ………… 235
古意追考 ………………………………… 275
ひさうなきの辞の論 …………………… 309
女誡ひとへ衣 …………………………… 319
後篇はしがきぶり ……………………… 345
枕詞増補詞草小苑 ……………………… 371
万葉綾足草 ……………………………… 483
万葉以佐詞考 …………………………… 499
＊解題 …………………………………… 507
　　＊歌文要語（稲田篤信） ……………… 507
　　＊はし書ぶり（風間誠史） …………… 510
　　＊勢語講義（長島弘明） ……………… 515
　　＊綾足講真字伊勢物語（稲田篤信） … 518
　　＊旧本伊勢物語　伊勢物語考異（稲田篤信） … 522
　　＊古意追考（稲田篤信） ……………… 526
　　＊ひさうなきの辞の論（風間誠史） … 532
　　＊女誡ひとへ衣（風間誠史） ………… 536
　　＊後篇はしがきぶり（風間誠史） …… 540
　　＊枕詞増補詞草小苑（風間誠史） …… 544
　　＊万葉綾足草（長島弘明） …………… 549
　　＊万葉以佐詞考（長島弘明） ………… 551

第8巻　（画譜）
1987年5月30日刊

＊口絵 …………………………………… 巻頭
＊編集のことば（建部綾足著作刊行会） …… 1

＊凡例	7
寒葉斎画譜	9
李用雲竹譜	131
孟喬和漢雑画	163
建氏画苑 海錯図	301
漢画指南	379
＊解題	455
＊寒葉斎画譜（高田衛）	455
＊李用雲竹譜（長島弘明）	460
＊孟喬和漢雑画（玉城司）	463
＊建氏画苑 海錯図（菊地玲子）	470
＊漢画指南（長島弘明）	475

第9巻　（書簡・補遺）
1990年2月26日刊

＊〔口絵〕	巻頭
＊編集のことば（建部綾足著作刊行会）	1
＊凡例	9
書簡	11
＊凡例	13
＊書簡番号一覧	14
＊綾足書簡	21
＊綾足宛書簡	147
＊関連書簡	151
＊書簡年次順索引	195
＊俳諧 海のきれ 書誌・解題	204
俳諧 海のきれ	205
連句	211
＊解題	213
(1) 葛鼠・巻石連句	216
(2) 希因・都因連句	216
(3) 都因・射石・麦瓜歌仙	216
(4) 枝舟・百川・都因半歌仙	218
(5) 五竹・凉袋歌仙	218
(6) 凉袋・雲郎・麦州五十韻	220
(7) 凉袋・烏朴・三麦三百韻	221
(8) 凉袋・鶏山・君山連句	231
評点	233
＊解題	233
＊凡例	239
(1) 凉袋点一鼠・宜中両吟五十韻	240
(2) 凉袋点虎岡独吟	242
(3) 凉袋評点句合	245
(4) 六々行	249
(5) 凉袋評書抜	251
(6) 凉袋評	253
序跋・短文	323
(1) 瓢辞	325
(2)『春興梅ひとへ』序	325
(3)〔みのむし句文〕	326

(4)『片歌かしの下葉』序	326
＊解題	324
後車戒・艶書	329
＊解題	330
後車戒（喜多村監物久通自筆）	331
艶書（森岡そね自筆）	335
建部綾足全句集（建部綾足著作刊行会編）	337
＊凡例	339
〔建部綾足全句集〕	341
＊初句索引	409
＊出典書目一覧	429
＊建部綾足略年譜（建部綾足著作刊行会編）	437

[054] 橘曙覧全歌集
岩波書店
全1巻
1999年7月
（岩波文庫）
（水島直文, 橋本政宣編注）

〔1〕
1999年7月16日刊

* 凡例 …………………………………… 5
* 付表橘曙覧和歌出典一覧 ………………… 8
志濃夫廼舎歌集（井手今滋編, 水島直文,
　橋本政宣編注）………………………… 15
　橘曙覧の家にいたる詞（松平慶永筆）…… 16
　〔序〕（近藤芳樹識）…………………… 20
　例言（橘今滋誌）……………………… 24
　松籟岬（まつあらしぐさ）第一集 ……………… 27
　襁褓岬（むつきぐさ）第二集 ………………… 92
　春明岬（はるあけぐさ）第三集 ……………… 153
　君来岬（きみきぐさ）第四集 ……………… 191
　白蛇岬（しろへみぐさ）第五集 ……………… 223
　福寿岬（さきくさ）志濃夫廼舎歌集補遺 …… 250
橘曙覧拾遺歌 …………………………… 271
* 解説（水島直文, 橋本政宣）…………… 389
* 初句・四句索引 ……………………… 407
* 人名・地名索引 ……………………… 443

[055] 他評万句合選集
太平書屋
全2巻
2004年7月〜2007年2月

1 安永元年 露丸評万句合二十四枚〈影印付〉（鴨下恭明校訂）
2004年7月刊

* 凡例 …………………………………… 5
安永元年 露丸評万句合二十四枚〈影印付〉… 7
　* 影印 ………………………………… 9
　　* 辰八月十七日初開 ………………… 10
　　* 辰八月廿七日開 乾一 ……………… 12
　　* 同 乾二 …………………………… 14
　　* 辰九月七日開 坤一 ………………… 16
　　* 同 坤二 …………………………… 18
　　* 辰九月十七日開 大一 ……………… 20
　　* 同 大二 …………………………… 22
　　* 辰九月廿七日開 道一 ……………… 24
　　* 同 道二 …………………………… 26
　　* 同 道三 …………………………… 28
　　* 辰十月七日開 孝一 ………………… 30
　　* 同 孝二 …………………………… 32
　　* 同 孝三 …………………………… 34
　　* 同 孝四 …………………………… 36
　　* 辰十月十七日開 貞一 ……………… 38
　　* 同 貞二 …………………………… 40
　　* 同 貞三 …………………………… 42
　　* 同 貞四 …………………………… 44
　　* 同 貞五 …………………………… 46
　　* 同 貞六 …………………………… 48
　　*（欠）貞七
　　* 辰十月廿七日開 忠一 ……………… 50
　　* 同 忠二 …………………………… 52
　　* 同 忠三 …………………………… 54
　　* 辰十一月七日開 ……………………… 56
　翻刻 …………………………………… 59
　　辰八月十七日初開 ……………………… 61
　　辰八月廿七日開 乾一 ………………… 64
　　同 乾二 ……………………………… 67
　　辰九月七日開 坤一 …………………… 70
　　同 坤二 ……………………………… 74
　　辰九月十七日開 大一 ………………… 78
　　同 大二 ……………………………… 82
　　辰九月廿七日開 道一 ………………… 87
　　同 道二 ……………………………… 90
　　同 道三 ……………………………… 94
　　辰十月七日開 孝一 …………………… 98

同 孝二	102
同 孝三	106
同 孝四	110
辰十月十七日開 貞一	115
同 貞二	119
同 貞三	123
同 貞四	127
同 貞五	131
同 貞六	135
（欠）貞七	138
辰十月十七日開 忠一	139
同 忠二	142
同 忠三	147
辰十一月七日開	151
＊撰者露丸について（鴨下恭明）	157

2 東月評・白亀評万句合（鴨下恭明校訂）
2007年2月刊

＊凡例	8
東月評（宝暦十一年）	9
＊巳八月十七日会 影印	10
巳八月十七日会	13
巳八月廿七日会 本一	17
同 本二	20
巳九月七日会 久一	23
同 久二	26
巳九月十七日会 瀧一	30
同 瀧二	33
巳九月廿七日会 人一	38
同 人二	42
巳十月七日会 天一	47
同 天二	50
同 天三	54
巳十月十七日会 鳳一	59
同 鳳二	63
同 鳳三	68
巳十月廿七日会 凰一	73
同 凰二	77
同 凰三	81
巳十一月七日会 麟一	87
同 麟二	89
同 麟三	92
同 麟四	97
同 麟五	102
巳十一月十七日会 春一（欠）	
同 春二	107
同 春三	111
同 春四	116
同 春五	121
巳十二月七日会 梅一	127

同 梅二	130
白亀評（宝暦十三年）	135
＊未八月朔日 影印	136
未八月朔日	139
未八月十一日	142
未八月廿一日 麟一	147
同 麟二	150
未九月朔日 鳳一	155
同 鳳二	159
未九月十一日 亀一	163
同 亀二	166
同 亀三	170
未九月廿一日 龍一	175
同 龍二	179
同 龍三	183
未十月朔日 花一	188
同 花二	192
同 花三	197
未十月十一日 鳥一	202
同 鳥二	205
同 鳥三	209
同 鳥四	213
未十月廿一日 風一	218
同 風二	222
同 風三	226
同 風四	230
未十一月朔日 月一	235
同 月二	238
同 月三	243
同 月四	247
同 月五	250
未十一月十一日廿一日 松一	255
同 松二	258
同 松三	262
未十二月一日十一日	267
＊『柳多留拾遺』異色の点者（解説にかえて）（鴨下恭明）	273
＊別表（宝暦11年）川柳評・東月評比較表	280

```
［056］近松時代物現代語訳
　　　　北の街社
　　　　全3巻
　　　　1999年11月〜2003年9月
```

〔1〕**用明天皇職人鑑** ほか（工藤慶三郎著）
1999年11月30日刊

＊はしがき 1
大職冠 11
＊解説 11
　本文 17
嫗山姥 73
＊解説 73
　本文 82
用明天皇職人鑑 133
＊解説 133
　本文 147
百合若大臣野守鑑 207
＊解説 207
　本文 218
天神記 269
＊解説 269
　本文 282

2　関八州繋馬 ほか（工藤慶三郎著）
2001年11月30日刊

＊はしがき 1
平家女護嶋 11
＊解説 11
　本文 25
関八州繋馬 93
＊解説 93
　本文 112
せみ丸 207
＊解説 207
　本文 219
けいせい反魂香 263
＊解説 263
　本文 277
後太平記四十八巻目津国女夫池 343
＊解説 343
　本文 354
双生隅田川 425
＊解説 425
　本文 435

3　日本振袖始 ほか（工藤慶三郎著）
2003年9月1日刊

＊はしがき 1
当流小栗判官 11
＊解説 11
　本文 19
日本振袖始 61
＊解説 61
　本文 68
聖徳太子絵伝記 131
＊解説 131
　本文 146
下関猫魔達 223
＊解説 223
　本文 230
天鼓 273
＊解説 273
　本文 289
善光寺御堂供養 347
＊解説 347
　本文 362

[057] 中世王朝物語全集
笠間書院
全22巻, 別巻1
1995年5月～
(市古貞次, 稲賀敬二, 今井源衛, 大槻修,
鈴木一雄, 樋口芳麻呂, 三角洋一編集委員)

※刊行中

1 あきぎり 浅茅が露(福田百合子, 鈴木一雄, 伊藤博, 石埜敬子校訂・訳)
1999年10月29日刊

- ＊凡例 あきぎり ………………………… 2
- ＊凡例 浅茅が露 ………………………… 4
- あきぎり(福田百合子校訂・訳註) ……… 7
  - 上 ………………………………………… 9
    - ＊注 …………………………………… 64
    - ＊注(校訂一覧) ……………………… 70
  - 下 ………………………………………… 75
    - ＊注 ………………………………… 141
    - ＊注(校訂一覧) …………………… 148
  - ＊底本傍記の仮名遣い校訂表 ……… 154
  - ＊年立・系図・解題 ………………… 157
    - ＊年立 ……………………………… 158
    - ＊登場人物系図 …………………… 162
    - ＊解題 ……………………………… 164
- 浅茅が露(あさぢがつゆ)(鈴木一雄, 伊藤博, 石埜敬子校訂・訳註) …………… 169
  - 本文 …………………………………… 171
    - ＊注 ………………………………… 289
  - ＊年立・系図・梗概・解題 ………… 301
    - ＊年立 ……………………………… 302
    - ＊登場人物系図 …………………… 308
    - ＊梗概 ……………………………… 310
    - ＊解題 ……………………………… 314

2 海人の刈藻(妹尾好信校訂・訳)
1995年5月30日刊

- ＊凡例 ……………………………………… 2
- 海人の刈藻(あまのかるも)(妹尾好信校訂・訳注) ……………………………… 5
  - 巻一 ……………………………………… 7
    - ＊注 ………………………………… 56
  - 巻二 ……………………………………… 59
    - ＊注 ………………………………… 113
  - 巻三 ……………………………………… 117
    - ＊注 ………………………………… 158
  - 巻四 ……………………………………… 161
    - ＊注 ………………………………… 210
  - ＊年立・系図・解題 ………………… 213
    - ＊年立 ……………………………… 214
    - ＊登場人物系図 …………………… 224
    - ＊解題 ……………………………… 226

4 いはでしのぶ(永井和子校訂・訳)
2017年5月15日刊

- ＊凡例 ……………………………………… 2
- いはでしのぶ(永井和子校訂・訳注) …… 5
  - 巻一 ……………………………………… 7
    - ＊注 ………………………………… 76
  - 巻二 …………………………………… 83
    - ＊注 ………………………………… 180
  - 巻三 …………………………………… 189
    - ＊注 ………………………………… 220
  - 巻四 …………………………………… 223
    - ＊注 ………………………………… 261
  - 巻五 …………………………………… 265
    - ＊注 ………………………………… 284
  - 巻六 …………………………………… 285
    - ＊注 ………………………………… 296
  - 巻七 …………………………………… 297
    - ＊注 ………………………………… 313
  - 巻八 …………………………………… 315
    - ＊注 ………………………………… 346
  - 巻四(冷泉本) ………………………… 349
    - ＊注 ………………………………… 386
  - ＊梗概・年立・登場人物系図・校訂一覧・解題 ……………………………… 389
    - ＊梗概 ……………………………… 390
    - ＊年立 ……………………………… 407
    - ＊登場人物系図 …………………… 422
    - ＊校訂一覧 ………………………… 434
    - ＊解題 ……………………………… 449

5 石清水物語(三角洋一校訂・訳)
2016年12月25日刊

- ＊凡例 ……………………………………… 2
- 石清水物語(いはしみづものがたり)(三角洋一校訂・訳注) …………………… 5
  - 上巻 ……………………………………… 7
    - ＊注 ………………………………… 125
  - 下巻 …………………………………… 135
    - ＊注 ………………………………… 252
  - ＊梗概・年立・登場人物系図・登場人物一覧・校訂付記・解題 ……… 389
    - ＊梗概(井真弓作成) ……………… 262
    - ＊年立(井真弓作成) ……………… 265
    - ＊登場人物系図(井真弓作成) …… 276

[057] 中世王朝物語全集

＊登場人物一覧（井真弓作成） ……… *280*
＊校訂付記 ……………………………… *287*
＊解題 …………………………………… *310*

6　木幡の時雨　風につれなき（大槻修，田淵福子，森下純昭校訂・訳）
1997年6月5日刊

＊凡例　木幡の時雨 …………………… *2*
＊凡例　風につれなき ………………… *4*
木幡の時雨（こはたのしぐれ）（大槻修，田淵福子校訂・訳注）……………………… *7*
　本文 ……………………………………… *9*
　　＊注 …………………………………… *73*
　＊年立・系図・梗概・解題 ………… *79*
　　＊年立 ………………………………… *80*
　　＊登場人物系図 ……………………… *92*
　　＊梗概 ………………………………… *94*
　　＊解題 ………………………………… *96*
風（かぜ）につれなき（森下純昭校訂・訳注）………………………………………… *111*
　上巻 …………………………………… *113*
　　＊注 ………………………………… *153*
　下巻 …………………………………… *155*
　　＊注 ………………………………… *192*
　＊年立・系図・梗概・解題 ………… *195*
　　＊年立 ……………………………… *196*
　　＊登場人物系図 …………………… *202*
　　＊梗概 ……………………………… *204*
　　＊解題 ……………………………… *206*

7　苔の衣（今井源衛校訂・訳）
1996年12月28日刊

＊凡例 …………………………………… *2*
苔の衣（こけのころも）（今井源衛校訂・訳注）…… *5*
　春 ……………………………………… *7*
　　＊注 ………………………………… *63*
　　＊登場人物系図 …………………… *66*
　夏 ……………………………………… *69*
　　＊注 ………………………………… *122*
　　＊登場人物系図 …………………… *124*
　秋 ……………………………………… *127*
　　＊注 ………………………………… *194*
　　＊登場人物系図 …………………… *198*
　冬 ……………………………………… *201*
　　＊注 ………………………………… *280*
　　＊登場人物系図 …………………… *282*
　＊年立・主要人物呼称一覧・校訂付記・梗概・解題 ……………………… *285*
　　＊年立 ……………………………… *286*
　　＊主要人物呼称一覧 ……………… *294*

＊校訂付記 ……………………………… *296*
＊梗概 …………………………………… *312*
＊解題 …………………………………… *319*

8　恋路ゆかしき大将　山路の露（宮田光，稲賀敬二校訂・訳）
2004年6月28日刊

＊凡例　恋路ゆかしき大将 …………… *2*
＊凡例　山路の露 ……………………… *4*
恋路ゆかしき大将（こひぢゆかしきたいしやう）（宮田光校訂・訳注）……………… *7*
　巻一 ……………………………………… *9*
　　＊注 …………………………………… *44*
　巻二 …………………………………… *49*
　　＊注 ………………………………… *84*
　巻三 …………………………………… *89*
　　＊注 ………………………………… *126*
　巻四 …………………………………… *131*
　　＊注 ………………………………… *144*
　巻五 …………………………………… *147*
　　＊注 ………………………………… *215*
　＊年立・系図・梗概・解題 ………… *223*
　　＊年立 ……………………………… *224*
　　＊登場人物系図 …………………… *230*
　　＊梗概 ……………………………… *235*
　　＊解題 ……………………………… *239*
山路の露（やまぢのつゆ）（稲賀敬二校訂・訳注）………………………………………… *259*
　本文 …………………………………… *261*
　　＊注 ………………………………… *312*
　＊梗概・系図・解題・付載論文 …… *323*
　　＊梗概 ……………………………… *324*
　　＊登場人物系図 …………………… *326*
　　＊解題 ……………………………… *327*
　　　＊参考文献 ……………………… *336*
　　＊〔付載論文〕「山路の露」の二系統と共通祖形の性格—本文成立と場面の「分割」「統合」機能— ……… *340*

9　小夜衣（辛島正雄校訂・訳）
1997年12月26日刊

＊凡例 …………………………………… *2*
小夜衣（さよごろも）（辛島正雄校訂・訳注）…… *5*
　上 ……………………………………… *7*
　　＊上注 ……………………………… *68*
　中 ……………………………………… *75*
　　＊中注 ……………………………… *137*
　下 ……………………………………… *143*
　　＊下注 ……………………………… *213*
　＊年立・系図・梗概・解題 ………… *221*

＊年立 …………………………… 222	＊解題―住吉物語を読むために ……… 134
＊登場人物系図 …………………… 228	小学館蔵住吉物語絵巻 翻刻 …………… 151
＊梗概 …………………………… 230	＊翻刻解題 ……………………… 152
＊解題 …………………………… 234	〔翻刻本文〕 …………………… 153

10 しのびね しら露（大槻修, 田淵福子, 片岡利博校訂・訳）
1999年6月25日刊

12 とりかへばや（友久武文, 西本寮子校訂・訳）
1998年6月25日刊

＊凡例 しのびね ………………………… 2	＊凡例 …………………………………… 2
＊凡例 しら露 …………………………… 4	とりかへばや（友久武文, 西本寮子校訂・訳注） ……………………………… 5
しのびね（大槻修, 田淵福子校訂・訳注） …… 7	巻一 …………………………………… 7
本文 ………………………………… 9	＊注 ……………………………… 86
＊付録 書陵部本巻末歌 ……………… 105	巻二 …………………………………… 93
＊注 ……………………………… 106	＊注 ……………………………… 137
＊年立・系図・梗概・解題 …………… 125	巻三 …………………………………… 143
＊年立 …………………………… 126	＊注 ……………………………… 234
＊登場人物系図 ………………… 139	巻四 …………………………………… 241
＊梗概 …………………………… 140	＊注 ……………………………… 329
＊解題 …………………………… 142	＊年立・系図・梗概・解題・参考資料 … 333
＊［主要文献目録］（吉海直人）… 161	＊年立 …………………………… 334
しら露（しらつゆ）（片岡利博校訂・訳注）… 165	＊登場人物系図 ………………… 342
上 ………………………………… 167	＊梗概 …………………………… 346
＊注 ……………………………… 217	＊解題 …………………………… 349
下 ………………………………… 221	＊参考資料 ……………………… 362
＊注 ……………………………… 264	＊一、『無名草子』 ………… 362
＊年立・系図・解題 …………………… 267	＊二、『物語二百番歌合』（後百番歌合） ……………………………… 364
＊年立 …………………………… 268	＊三、『風葉和歌集』 ……… 366
＊登場人物系図 ………………… 270	
＊解題 …………………………… 272	

11 雫ににごる 住吉物語（室城秀之, 桑原博史校訂・訳）
1995年10月29日刊

13 八重葎 別本八重葎（神野藤昭夫校訂・訳）
2019年3月31日刊

＊凡例 雫ににごる ……………………… 2	八重葎（やへむぐら）（神野藤昭夫校訂・訳注）… 3
＊凡例 住吉物語 ………………………… 4	＊凡例 …………………………………… 4
雫ににごる（しづくににごる）（室城秀之校訂・訳注） ……………………………… 5	本文・現代語訳 ……………………… 10
本文 ………………………………… 7	＊注 ……………………………… 106
＊注 ……………………………… 35	＊登場人物系図・梗概・解題 ………… 135
＊梗概・系図・解題 ……………………… 39	＊登場人物系図 ………………… 136
＊梗概（錯簡を訂正したもの）… 40	＊梗概（錯簡を訂正したもの）… 138
＊登場人物系図 ………………… 43	＊解題 …………………………… 143
＊解題 …………………………… 44	＊八重葎 諸本現態本文翻刻一覧 ……… 227
住吉物語（すみよしものがたり）（桑原博史校訂・訳注） …………………………… 51	＊凡例 …………………………… 228
本文 ………………………………… 53	＊翻刻本文 ……………………… 237
＊注 ……………………………… 126	別本八重葎（べつぽんやへむぐら）（神野藤昭夫校訂・訳注） …………………… 409
＊梗概・系図・解題 …………………… 130	＊凡例 …………………………… 410
＊梗概 …………………………… 132	本文 ……………………………… 416
＊登場人物系図 ………………… 133	＊注 ……………………………… 435
	＊登場人物一覧・梗概・解題 ………… 457
	＊登場人物一覧 ………………… 458

［057］中世王朝物語全集

＊梗概 ……………………………… 459
＊解題 ……………………………… 462
＊別本八重葎 現態本文翻刻 …… 493

15　風に紅葉 むぐら（中西健治, 常磐井和子）
2001年4月28日刊

＊凡例 風に紅葉 ………………………… 2
＊凡例 むぐら …………………………… 4
風に紅葉（かぜにもみぢ）（中西健治校訂・訳注, 田淵福子訳文） ……………… 5
　上 ……………………………………… 7
　　＊注 ……………………………… 48
　　　＊傍書一覧・補入一覧 ……… 51
　下 ……………………………………… 53
　　＊注 ……………………………… 117
　　　＊補入一覧 …………………… 120
　＊年立・系図・解題 ………………… 121
　　＊年立 …………………………… 122
　　＊登場人物系図 ………………… 130
　　＊解題 …………………………… 132
むぐら（常磐井和子校訂・訳注） …… 143
　本文 …………………………………… 145
　　＊注 ……………………………… 221
　＊梗概・系図・解題 ………………… 225
　　＊梗概 …………………………… 226
　　＊登場人物系図 ………………… 230
　　＊解題 …………………………… 232

16　松蔭中納言（阿部好臣校訂・訳）
2005年5月28日刊

＊凡例 …………………………………… 2
松蔭中納言（まつかげちゅうなごん）（阿部好臣校訂・訳注） ……………………… 5
　巻一 山の井・藤の宴・ぬれぎぬ …… 7
　　＊注 ……………………………… 36
　巻二 あづまの月・あしの屋・車たがへ … 43
　　＊注 ……………………………… 75
　巻三 むもれ水・文あはせ・おきの島・九重・ねの日 ……………………… 85
　　＊注 ……………………………… 127
　巻四 うひかぶり・音羽・南の海・やまぶき ………………………………… 139
　　＊注 ……………………………… 167
　巻五 花のうてな・初瀬・宇治川 … 177
　　＊注 ……………………………… 215
　＊年立・梗概・呼称一覧・校訂付記・系図・参考地図・和歌総覧・解題 …… 225
　　＊年立 …………………………… 226
　　＊梗概 …………………………… 232
　　＊呼称一覧 ……………………… 242

　　＊校訂付記 ……………………… 248
　　＊登場人物系図 ………………… 266
　　＊参考地図 ……………………… 269
　　＊和歌総覧 ……………………… 270
　　＊解題 …………………………… 277

19　夜寝覚物語（鈴木一雄, 伊藤博, 石埜敬子校訂・訳）
2009年5月15日刊

＊凡例 …………………………………… 2
夜寝覚物語（よるのねざめものがたり）（鈴木一雄, 伊藤博, 石埜敬子校訂・訳注） … 5
　巻一 …………………………………… 7
　　＊注 ……………………………… 90
　巻二 …………………………………… 95
　　＊注 ……………………………… 196
　巻三 …………………………………… 203
　　＊注 ……………………………… 268
　巻四 …………………………………… 273
　　＊注 ……………………………… 318
　巻五 …………………………………… 321
　　＊注 ……………………………… 379
　＊年立・系図・登場人物一覧・梗概・解題 ……………………………………… 383
　　＊年立 …………………………… 384
　　＊登場人物系図 ………………… 396
　　＊登場人物一覧 ………………… 401
　　＊梗概 …………………………… 406
　　＊解題 …………………………… 410

20　我が身にたどる姫君 上（大槻修, 大槻福子校訂・訳）
2009年11月11日刊

＊凡例 …………………………………… 2
我が身にたどる姫君 上（わがみにたどるひめぎみ）（大槻修, 大槻福子校訂・訳注） … 5
　巻一 …………………………………… 7
　　＊梗概 …………………………… 8
　　＊登場人物系図 ………………… 10
　　本文 ……………………………… 11
　　＊注 ……………………………… 53
　巻二 …………………………………… 63
　　＊梗概 …………………………… 64
　　＊登場人物系図 ………………… 66
　　本文 ……………………………… 67
　　＊注 ……………………………… 97
　巻三 …………………………………… 105
　　＊梗概 …………………………… 106
　　＊登場人物系図 ………………… 108

| 本文 ………………………………… 109
| ＊注 …………………………………… 158
| ＊登場人物系図 空白部分系図 …… 170
| 巻四 …………………………………… 171
| ＊梗概 ………………………………… 172
| ＊登場人物系図 ……………………… 174
| 本文 …………………………………… 176
| ＊注 …………………………………… 227
| ＊年立・参考文献 …………………… 241
| ＊年立 ………………………………… 242
| ＊参考文献 …………………………… 269

21 我が身にたどる姫君 下（片岡利博校訂・訳）
2010年7月31日刊

＊凡例 …………………………………… 2
我が身にたどる姫君 下（わがみにたどるひめぎみ）（片岡利博校訂・訳注） …… 5
　巻五 …………………………………… 7
　　＊梗概 ……………………………… 8
　　＊登場人物系図 …………………… 10
　　本文 ………………………………… 12
　　＊注 ………………………………… 59
　巻六 …………………………………… 65
　　＊梗概 ……………………………… 66
　　＊登場人物系図 …………………… 68
　　本文 ………………………………… 70
　　＊注 ………………………………… 121
　巻七 …………………………………… 127
　　＊梗概 ……………………………… 128
　　＊登場人物系図 …………………… 130
　　本文 ………………………………… 132
　　＊注 ………………………………… 177
　巻八 …………………………………… 181
　　＊梗概 ……………………………… 182
　　＊登場人物系図 …………………… 184
　　本文 ………………………………… 186
　　＊注 ………………………………… 213
　＊年立・解題 ………………………… 217
　　＊年立 ……………………………… 218
　　＊解題 ……………………………… 228

22 物語絵巻集（伊東祐子校訂・訳）
2019年6月15日刊

＊凡例 …………………………………… 2
藤の衣物語絵巻（ふぢのころもものがたりえまき）… 11
　＊〔口絵〕 …………………………… 12
　本文・口語訳 ………………………… 14
　＊注 …………………………………… 122
　＊梗概・絵の説明 …………………… 213

＊登場人物系図 ………………………… 236
＊登場人物一覧 ………………………… 237
＊解題 …………………………………… 239
下燃物語絵巻（したもえものがたりえまき） …… 267
　＊〔口絵〕 …………………………… 268
　本文・口語訳 ………………………… 270
　＊注 …………………………………… 282
　＊梗概 ………………………………… 289
　＊絵の説明 …………………………… 292
　＊登場人物系図 ……………………… 294
　＊解題 ………………………………… 295
豊明絵巻（とよのあがりえまき） …… 319
　＊〔口絵〕 …………………………… 320
　本文・口語訳 ………………………… 322
　＊注 …………………………………… 332
　＊梗概 ………………………………… 344
　＊絵の説明 …………………………… 346
　＊登場人物系図 ……………………… 348
　＊解題 ………………………………… 349
なよ竹物語絵巻（なよたけものがたりえまき） …… 369
　＊〔口絵〕 …………………………… 370
　本文・口語訳 ………………………… 372
　＊注 …………………………………… 382
　＊梗概 ………………………………… 398
　＊絵の説明 …………………………… 402
　＊登場人物系図 ……………………… 405
　＊解題 ………………………………… 406
掃墨物語絵巻（はいずみものがたりえまき） …… 447
　＊〔口絵〕 …………………………… 448
　本文・口語訳 ………………………… 450
　＊注 …………………………………… 456
　＊梗概 ………………………………… 463
　＊絵の説明 …………………………… 464
　＊登場人物系図 ……………………… 465
　＊解題 ………………………………… 466
葉月物語絵巻（はつきものがたりえまき） …… 481
　＊〔口絵〕 …………………………… 482
　本文・口語訳 ………………………… 484
　＊注 …………………………………… 490
　＊梗概・絵の説明 …………………… 495
　＊登場人物系図 ……………………… 502
　＊解題 ………………………………… 504

[058] 中世日記紀行文学全評釈集成
勉誠出版
全7巻
2000年10月～2004年12月
(渡辺静子, 西沢正史編, 高橋良雄, 白井忠功監修)

第1巻(辻勝美, 野沢拓夫著)
2004年12月30日刊

建礼門院右京大夫集(建礼門院右京大夫著, 辻勝美, 野沢拓夫評釈) ……… 1
* 凡例 ……… 2
本文・評釈 ……… 5
* 解説 ……… 181
  * 一 作者と成立(野沢拓夫, 辻勝美) ……… 181
  * 二 作品の特質(野沢拓夫, 辻勝美) ……… 187
  * 三 典拠・素材・関連作品(野沢拓夫, 辻勝美) ……… 189
  * 四 研究の展望・問題点(野沢拓夫, 辻勝美) ……… 191
  * 五 諸本解説(野沢拓夫, 辻勝美) ……… 194
  * 六 本文校訂表(野沢拓夫, 辻勝美) ……… 197
  * 七 年譜(辻勝美) ……… 202
  * 八 系図(辻勝美) ……… 206
  * 〔京都周辺地図〕 ……… 209
  * 九 参考文献(野沢拓夫) ……… 210
* 『建礼門院右京大夫集』和歌初句索引(野沢拓夫) ……… 左1

第2巻(大倉比呂志, 村田紀子, 祐野隆三著)
2004年12月30日刊

たまきはる(建春門院中納言著, 大倉比呂志編・評釈) ……… 1
* 凡例 ……… 2
本文・評釈 ……… 3
* 解説 ……… 92
  * 一 成立年代・作者 ……… 92
  * 二 典拠・関連作品 ……… 93
  * 三 作品の特質 ……… 94
  * 四 研究上の問題点 ……… 95
  * 五 諸本・複製 ……… 96
  * 六 主要校異一覧 ……… 97
  * 七 年譜 ……… 98
  * 八 系図 ……… 102
  * 九 参考文献 ……… 104

うたたね(阿仏尼著, 村田紀子編・評釈) ……… 111
* 凡例 ……… 112
本文・評釈 ……… 113
* 解説 ……… 150
  * 一 作者 ……… 150
  * 二 『うたたね』の成立及び諸本 ……… 152
  * 三 作品の特色 ……… 153
  * 四 略年譜 ……… 154
  * 五 関係略系図 ……… 156
  * 六 参考文献 ……… 157
* 旅程図 ……… 162

十六夜日記(阿仏尼著, 祐野隆三編・評釈) ……… 163
* 凡例 ……… 164
本文・評釈 ……… 165
* 解説 ……… 215
  * 一 阿仏尼について ……… 215
  * 二 十六夜日記について ……… 222
  * 三 校異表 ……… 230
  * 四 年譜 ……… 232
  * 五 系図 ……… 233
  * 六 参考文献 ……… 234
  * 七 諸本 ……… 236

信生法師集(信生法師著, 祐野隆三編・評釈) ……… 237
* 凡例 ……… 238
本文・評釈 ……… 239
* 解説 ……… 302
  * 一 信生法師生没年代考 ……… 302
  * 二 『信生法師集』の世界 ……… 317
  * 三 参考文献 ……… 327
* 旅程図 ……… 333

第3巻(藤田一尊, 渡辺静子, 芝波田好弘, 青木経雄著)
2004年12月30日刊

源家長日記(源家長著, 藤田一尊編・評釈) ……… 1
* 凡例 ……… 2
本文・評釈 ……… 5
* 解説 ……… 127
  * 一 筆者、源家長について ……… 127
  * 二 内容と成立時期について ……… 133
  * 三 伝本および底本(冷泉家蔵時雨亭文庫本)について ……… 136
  * 四 錯簡について ……… 139
  * 五 校訂覚書 ……… 140
  * 六 年譜 ……… 145
  * 七 系図 ……… 147
  * 八 参考文献 ……… 149

飛鳥井雅有卿日記（飛鳥井雅有著、渡辺静子、芝波田好弘、青木経雄編・評釈）...... 153
飛鳥井雅有卿事（飛鳥井雅有著、渡辺静子、芝波田好弘、青木経雄編・評釈）...... 155
　＊凡例 156
　本文・評釈 157
　＊校異・朱書一覧 224
春のみやまぢ（飛鳥井雅有著、渡辺静子、青木経雄編・評釈）...... 229
　＊凡例 230
　本文・評釈 231
　＊解説 337
　　＊一　時代背景 337
　　＊二　作者飛鳥井雅有 338
　　＊三　作品 339
　　＊四　雅有の日記観 341
　　＊五　文学史的価値 342
　　＊六　伝本 343
　　＊七　影印・翻刻 343
　　＊八　参考文献 344
　　＊九　飛鳥井雅有 略年譜 345
　　＊十　系図 354
　＊大内裏周辺図 357
　＊飛鳥井雅有旅程図 358

第4巻（西沢正史, 標宮子著）
2000年10月20日刊

＊凡例 ii
とはずがたり（後深草院二条著、西沢正史本文・評釈、標宮子本文・脚注・評釈、久保貴子脚注）...... 1
本文・評釈 3
　第一部　宮廷生活編（巻一～巻三）...... 3
　　巻一 3
　　巻二 119
　　巻三 198
　第二部　諸国遍歴編（巻四・巻五）...... 287
　　巻四 287
　　巻五 358
＊解説（標宮子）...... 419
＊付録（吉野知子、西沢正史、標宮子）...... 463
　＊年譜 465
　＊系図 468
　＊地図 470
＊研究文献総目録（標珠美、標宮子）...... 471

第5巻（青木経雄、渡辺静子著）
2004年12月30日刊

中務内侍日記（藤原経子著、青木経雄、渡辺静子編・評釈）...... 1

＊凡例 2
本文・評釈 3
　上巻 3
　下巻 42
＊解説 110
　＊一　『中務内侍日記』について 110
　＊二　時代背景 111
　＊三　作者とその周辺 112
　＊四　構成と内容 114
　＊五　作品の展望 115
　＊六　主要伝本 116
　＊七　参考文献 116
　＊八　系図 118
　＊九　年表 120
竹むきが記（日野名子著、渡辺静子編・評釈）...... 127
　＊凡例 128
　本文・評釈 129
　　上巻 129
　　下巻 186
　＊解説 259
　　＊一　現在までの研究と諸本について 259
　　＊二　『竹むきが記』の時代 262
　　＊三　作者とその家系、周辺について 264
　　＊四　竹むきという呼称と題号について 269
　　＊五　作品について 270
　　＊六　作品にみられる無常観について 280
　　＊七　年譜 285
　　＊八　系図 297

第6巻（伊藤敬, 荒木尚, 両角倉一, 石川一, 祐野隆三, 外村展子著）
2004年12月30日刊

小島のすさみ（二条良基著、伊藤敬編・評釈）...... 1
　＊凡例 2
　本文・評釈 3
　＊解説 34
鹿苑院殿厳島詣記（今川了俊著、荒木尚編・評釈）...... 51
　＊凡例 52
　本文・評釈 53
　＊解説 82
白河紀行（宗祇著、両角倉一編・評釈）...... 87
　＊凡例 88
　本文・評釈 89
　＊解説 105
住吉詣（石川一編・評釈）...... 109

```
 *凡例 ……………………………… 110
 本文・評釈 …………………… 111
 *解説 ……………………………… 119
筑紫道の記（宗祇著, 祐野隆三編・評釈）… 125
 *凡例 ……………………………… 126
 本文・評釈 …………………… 127
 *解説 ……………………………… 170
 *宗祇年譜 ……………………… 179
なぐさめ草（正徹著, 外村展子編・評釈）… 185
 *凡例 ……………………………… 186
 本文・評釈 …………………… 187
 *解説 ……………………………… 220
藤河の記（一条兼良著, 外村展子編・評
 釈）……………………………… 235
 *凡例 ……………………………… 236
 本文・評釈 …………………… 237
 *解説 ……………………………… 269
 *地図 ……………………………… 282
道ゆきぶり（今川了俊著, 荒木尚編・評
 釈）……………………………… 285
 *凡例 ……………………………… 286
 本文・評釈 …………………… 287
 *地図 ……………………………… 330
 *解説 ……………………………… 331

**第7巻**（高橋良雄, 石川一, 勢田勝郭, 岸田依子,
 伊藤伸江著）
2004年12月30日刊

廻国雑記（道興著, 高橋良雄編・評釈）……… 1
 *凡例 ………………………………… 2
 本文・評釈 ……………………… 3
 *解説 ………………………………… 88
九州下向記（是斎重鑑著, 石川一編・評
 釈）……………………………… 103
 *凡例 ……………………………… 104
 本文・評釈 …………………… 105
 *解説 ……………………………… 119
九州のみちの記（木下長嘯子著, 石川一
 編・評釈）……………………… 125
 *凡例 ……………………………… 126
 本文・評釈 …………………… 127
 *解説 ……………………………… 145
佐野のわたり（宗碩著, 勢田勝郭編・評
 釈）……………………………… 149
 *凡例 ……………………………… 150
 本文・評釈 …………………… 151
 *解説 ……………………………… 167
紹巴富士見道記（紹巴著, 岸田依子編・評
 釈）……………………………… 179
 *凡例 ……………………………… 180

 本文・評釈 …………………… 181
 *解説 ……………………………… 234
 *『紹巴富士見道記』研究文献目録 …… 245
 *地図 ……………………………… 248
楠長諳九州下向記（楠長諳著, 石川一編・
 評釈）…………………………… 251
 *凡例 ……………………………… 252
 本文・評釈 …………………… 253
 *解説 ……………………………… 274
東路のつと（宗長著, 伊藤伸江編・評釈）… 279
 *凡例 ……………………………… 280
 本文・評釈 …………………… 281
 *解説 ……………………………… 313
武蔵野紀行（北條氏康著, 石川一編・評
 釈）……………………………… 325
 *凡例 ……………………………… 326
 本文・評釈 …………………… 327
 *解説 ……………………………… 332
宗長日記（宗長著, 岸田依子編・評釈）… 339
 *凡例 ……………………………… 340
 本文・評釈 …………………… 341
 *解説 ……………………………… 407
 *地図 ……………………………… 426
```

[059] 中世の文学
三弥井書店
全12巻（第29～40回配本）
2005年7月～2017年11月

※第28回配本（2001年12月刊）までは、『日本古典文学全集 内容綜覧』〔第Ⅰ期〕に収録

〔1〕月庵酔醒記（上）（服部幸造、美濃部重克、弓削繁校注）
2007年4月3日刊

* 〔口絵〕 …………………………… 巻頭
* 『月庵酔醒記』略解題（服部幸造）……… 9
* 凡例 …………………………………… 25
〔月庵酔醒記 上巻〕（月庵（一色直朝））27
　月庵酔醒記 序 ………………………… 27
　上巻目録 ……………………………… 29
　神祇 …………………………………… 32
　　天神七代 …………………………… 32
　　地神五代 …………………………… 33
　　其外末社等 ………………………… 33
　　　昔、御門、住吉に行幸し給ひて … 33
　　　社に大明神づくり、権現作りとて … 34
　　　伊勢の月よみの宮は ……………… 34
　　　五十鈴の宮の御事は ……………… 35
　　　称徳天皇の御とき ………………… 35
　　　たがひの御影の事 ………………… 35
　　　賀茂明神御歌 ……………………… 36
　　　貴船明神は、賀茂の末社にて …… 36
　　　山王廿一社のうち、第二宮は …… 36
　　　三笠山は …………………………… 37
　　　美豆の江の神は …………………… 37
　　　信濃戸がくしの明神は …………… 37
　　　神のみあそぎには ………………… 37
　　　北野の御事、『続古今』序云 …… 38
　　　たちばなのあそむもろのりの御息
　　　　女 ……………………………… 38
　　　二月十三夜、北野宮にして ……… 40
　　　日蓮宗、世にひろごり …………… 40
　　　九州房津にある僧の ……………… 41
　　　三社託宣の事 ……………………… 43
　　　春日山に死人焼石あり …………… 43
　　　水主の神 …………………………… 43
　　　広瀬・竜田神 ……………………… 44
　　　吉田明神 …………………………… 44
　　　梅宮 ………………………………… 44
　　　あさも河の明神 …………………… 44
　　　関明神 ……………………………… 45
　　　尾張国勢田の宮は ………………… 45
　　　富士は信濃の浅間と ……………… 45
　　　志賀郡に、大道より少入て ……… 46
　王法 六十三箇条 ……………………… 46
　　四方拝 ……………………………… 46
　　供屠蘇白散事 ……………………… 46
　　小朝拝 ……………………………… 47
　　氷様 ………………………………… 47
　　腹赤御贄 …………………………… 47
　　臨時客 ……………………………… 47
　　若水 ………………………………… 48
　　白馬節会 …………………………… 48
　　視告朔 ……………………………… 48
　　春日祭 ……………………………… 48
　　御斉会 ……………………………… 49
　　女叙位 ……………………………… 49
　　県召除目 …………………………… 49
　　御薪 ………………………………… 49
　　賭弓 ………………………………… 50
　　内宴 ………………………………… 50
　　大原野祭 …………………………… 50
　　祈年祭 ……………………………… 50
　　旬 …………………………………… 50
　　平野祭 ……………………………… 50
　　松尾祭 ……………………………… 51
　　太神祭 ……………………………… 51
　　灌仏 ………………………………… 51
　　賀茂祭 ……………………………… 51
　　三枝祭 ……………………………… 51
　　五日節会 …………………………… 52
　　騎射 ………………………………… 52
　　最勝講 ……………………………… 52
　　賑給 ………………………………… 52
　　献醴酒 ……………………………… 53
　　施米 ………………………………… 53
　　大祓 ………………………………… 53
　　広瀬・竜田祭 ……………………… 53
　　乞巧奠 ……………………………… 53
　　盂蘭盆 ……………………………… 53
　　北野祭 ……………………………… 54
　　釈奠 ………………………………… 54
　　甲斐駒引 …………………………… 54
　　定考 ………………………………… 54
　　武蔵駒引 …………………………… 54
　　放生会 ……………………………… 55
　　信濃勅旨 …………………………… 55
　　上野駒引 …………………………… 55
　　季御読経 …………………………… 55
　　御灯 ………………………………… 56
　　不堪田奏 …………………………… 56
　　重陽宴 ……………………………… 56
　　例幣 ………………………………… 56

[059] 中世の文学

撰虫	56
十月更衣	57
射場殿始	57
維摩会	57
吉田祭	57
五節	57
新嘗会	58
賀茂臨時	58
豊明節会	58
月次祭	58
神今食	58
内侍所御神楽	59
仏名	59
節折	59
追儺	59
室町殿江行幸之事	60
京師九陌名	64
武篇	65
弓秘密大事	65
箭秘密大事	67
四季庭乗馬之事	68
孝儀 付 二十四孝之詩	70
目連は	70
父母十恩	71
新刊全相二十四孝之詩選	72
大舜	72
漢文帝	72
丁蘭	73
孟宗	73
閔損	74
曽参	75
王祥	75
老莱子	76
姜詩	76
黄山谷	77
唐夫人	78
楊香	78
董永	79
黄香	79
王裒	80
郭巨	80
朱寿昌	81
剡子	81
蔡順	82
庾黔婁	82
呉猛	83
張孝張礼	83
田真	84
陸績	84
五常語	85
政道	85
古人之語三十一	85
『養性』曰	87
頼家江文覚上人之返状	88
今川了俊息仲秋遺制詞廿三箇条	95
弘法大師十忍之語	98
医家両家之事 并養生論	99
和家と云は	99
丹家之末	99
養生論	100
『論』曰	100
『養生要集』曰	100
『千金』曰	100
月禁食	102
飯食相反	103
歌両仙	104
筆道三賢	104
昔今詩歌物語	105
源ノ英明作	105
気霽風梳新柳髪	105
近曽、千本のさくら	106
西行歌	107
法性寺殿の御会に	107
細川左京太夫、上杉可淳に	107
嵐山に煙の立をみて	108
出雲の国、川上弾正忠といひける者	108
石屋和尚、八島の浦をわたらせけるが	109
八島合戦之絵 万里賛	110
東福寺の喝食、春把がもとに	111
詩番匠図賛 万里	111
大心院、奥州まきみに下国の時	112
為氏卿、父大納言を前大納言になして	112
法住院殿御時	113
為兼、佐渡嶋にて	113
いかにして此一もとに時雨けむ	113
為尹卿家人、百々と云者	114
為広卿、世中乱劇の比	115
太田道灌、総州に乱入しける	115
鞠道	116
鞠の庭	116
庭は南向を専とす	116
軒と木との間	117
切立之事	117
網は	118
句感	118
一枝梅花似鉄棒	118
双枕聴鐘独有愁	119
月上梅花遺恨多	119
遠山見有色、近水聞無声	119

大地無寸土	119
思君山頭如推車	119
夜深敲門我不開	120
月惟天上賊	120
言石解語	120
一夜花裏宿、透体牡丹香	120
独立衡門数晩鴉	121
共雖立欄檻山色景不同	121
井底蝦蟇月呑却	121
貧亦風流	121
薫之種之事	122
香之出所 付 東大寺宝殿仁被籠置蘭奢待之事	122
香之出所	122
東大寺宝殿被籠置蘭奢待之事	123
香炉之出所 付 タドノノ粉	123
香炉之出所	123
号曙灰押様如斯	123
香炉によつて灰の押様替と云	124
たどんの粉は	124
道増聖護院殿ヨリ月庵相伝	124
又如此	124
香炉の名、さまざま有といへども	125
五声	126
楽器 幷於和歌所、三位入道賀給時之管 絃作者次第	127
和琴之起之事	127
囲碁事	128
将碁 筆者三人事	129
摩詰画図山水賦 幷 上筆之次第	130
摩詰画図山水賦	130
君台観左右帳記之中、上筆作者	131
立花之事	131
立花	134
抑立花者	135
須弥四州名	136
四時之名	137
十二月之名	137
支者干者	139
支者	139
干者	139
日之名	140
月之名	140
星之名	140
時神名	140
雲之名	140
霞之名	141
風之名	141
雨之名	141
霜之名	141
雪之名	141
木之名	142
竹之名	142
草之名	142
滝之名	143
海之名	143
石之名	143
宮殿之名	143
楼之名	143
台之名	144
亭之名	144
田家之名	144
塔之名	144
寺之名	144
鳥之名	144
獣之名	145
虫之名	145
僧之名	146
経之名	146
書之名	146
画之名	146
扇之名	147
団之名	147
剣之名	147
茶之名	147
酒之名	147
墨之名	148
筆之名	148
詩之名	148
硯之名	148
紙之名	148
銭之名	148
人歳之名	149
＊補注	151
＊参考文献	286
＊執筆者紹介および担当箇所	290

〔2〕**月庵酔醒記（中）**（服部幸造, 美濃部重克, 弓削繁編）
2008年9月22日刊

＊〔口絵〕	巻頭
＊凡例	9
〔月庵酔醒記 中巻〕（月庵（一色直朝））	11
中巻目録	11
歳始雷鳴吉凶之事	13
甲子之雨之事	13
尽大地驚動之文章	13
東方朔毎年天気吉凶注文	14
一行禅師出行吉凶日	16
毎月日待之日記	18
弘法之一牧雑書	19
従鞍馬毘沙門義経相伝日記	21

[059] 中世の文学

住吉衣タチノ吉日十二月分 ……… 23
誹諧 ……… 23
 さ夜ふけていまはねぶたくなりにけり ……… 23
 あづまことのこゑこそ北にきこゆなれ ……… 24
 桃ぞのゝもゝのはなこそさきにけれ ……… 24
 しめのうちにきねの音こそ聞ゆなれ ……… 25
 田の中にすきいりぬべきおきるかな ……… 25
 日のいるはくれなゐにこそにたりけれ ……… 25
 田にはむ馬はくろにぞありける ……… 26
 かはらやの板ふきにてもみゆるかな ……… 26
 つれなくたてるしかの嶋かな ……… 27
 加茂川をつるはぎにても渡る哉 ……… 27
 なにゝあゆるをあゆといふらん ……… 27
 ちはやふるかみをばあしにまく物か ……… 28
 たてかる舟のすぐるなりけり ……… 29
 はなくぎはちるてふことぞなかりける ……… 29
 ひくにはつよきすまふ草かな ……… 29
 雨ふればきじもしとゞになりにけり ……… 30
 梅のはながさきたるみのむし ……… 30
 よるをとすなる滝のしら糸 ……… 30
 あらうとみればくろき鳥かな ……… 31
 おくなるをもやはしらとはいふ ……… 31
 十王のかほは地獄のもみぢかな ……… 31
 あやしやさてもたれにかりきぬ ……… 32
 はるたつと申させ給へたれにても ……… 32
 曽我きやうだいはほとけにぞなる ……… 32
 いかにしてたでゆのからくなかるらん ……… 33
 黍粟もくはでおこなふすみの袖 ……… 33
 かきのもとながるゝ水になくかはづ ……… 34
 おやよりさきにむまれこそすれ ……… 34
 あくればやまをたちいづるなり ……… 34
 さるちごとみるにあはせず木にのぼる ……… 35
 我よりもせいたか若衆待侘て ……… 35
 後鳥羽の院におそれこそすれ ……… 35
 たなのをよたえなば絶ねなからあれば ……… 36
 あやしの賤のお三人、さきなるはあしげの馬をおいゆく ……… 36
 みやうがなや我たつ杣の麓にて ……… 37
 みな人はしぬるしぬると申せども ……… 37
 少人教ノ詞、宗祇長詞同山崎宋閑 ……… 37
 少人をしへの詞 ……… 37
 宗祇百ケ条抜書 ……… 40
 山崎宗閑、若衆教訓 ……… 44
弘法大師戒ノ語 ……… 46
雑話 ……… 47

人麿の墓は ……… 47
猿丸太夫の墓は ……… 47
喜撰が跡 ……… 47
業平の家は ……… 47
貫之家のあとは ……… 48
周防内侍家 ……… 48
王仁大臣は日本人にはあらず ……… 48
崇神天皇の御時 ……… 49
僧正遍昭は ……… 49
宇治山喜撰は ……… 49
小野小町は ……… 49
大伴黒主 ……… 49
友則 ……… 50
貫之 ……… 50
躬恒 ……… 50
忠岑 ……… 50
枕言とは ……… 50
夢窓国師曰 ……… 51
牡丹花といふ人は ……… 51
あづまがたの沙門 ……… 52
北条平氏康、遠行時 ……… 52
男女のうはさ ……… 53
 二条殿御文十ケ条 ……… 53
 たゝらのなにがし在京して ……… 58
 家とうじふたりもたるおとこの ……… 59
 夫婦の中おもはしからぬには ……… 60
 ある女に、偽男のいひけるは ……… 60
 不相応男女之事 ……… 60
世語 ……… 60
 世語 ……… 60
 宗祇はじめて ……… 62
 鵜のまねする烏は水を喰 ……… 63
井戸庄百姓之目安 ……… 66
なにぞ ……… 66
 天台山へ高野山より ……… 67
 高野山へ天台山より ……… 67
 一文字のおれ ……… 67
 らぎ ……… 67
 蛇がすむぞ ……… 67
 あさがほ ……… 68
 をんな ……… 68
 よめむかひの見物 ……… 68
 露 ……… 68
 正月三日入会とをし ……… 69
 使かへれば児のかみゆふ ……… 69
 十里の道をけさかへる ……… 69
 京の真中で夜があけた ……… 69
 都の五々は北にこそすめ ……… 70
 南無阿弥陀仏 ……… 70
 文殊普賢はしにしこそあれ ……… 70
 まがらで一期 ……… 70

僧のくはらのくはん ……………… 71	猿楽禁裏不召事 ……………………… 83
きつね、なかでかへる ……………… 71	猿楽、禁裏不召事 ………………… 83
めんしろし ……………………… 71	「山優婆」と云は ………………… 84
うしのおどり ……………………… 71	十二月番之鍛冶、同御太刀太磨、鍛冶御
嵯峨のおどり ……………………… 71	師徳、鍛冶名字 …………………… 86
山中の梅 …………………………… 72	金物之類 ……………………………… 87
近江 ………………………………… 72	彫物類 ………………………………… 88
とうしんといふもの ………………… 72	硯石之類 ……………………………… 88
にし谷の菊うら枯たり ……………… 72	土器類 ………………………………… 88
みやまにじやがすむ ………………… 73	造物之類 ……………………………… 89
田中で月をながむる ………………… 73	算面木次第、同頌詞 ………………… 89
うはう、無は無、超州の狗子 ……… 73	算面木之次第 ……………………… 90
象げうとふ也 ……………………… 73	頌詞歌 ……………………………… 91
春は花、夏はしげ山に ……………… 74	諸符 …………………………………… 92
ほのぼのと明石のうらの …………… 74	諸符事 ……………………………… 92
たきのひゞきに夢ぞおどろく ……… 74	蛇クイノ事 ………………………… 97
吉野の山はいづくなるらん ………… 74	焼メノマジナイ …………………… 97
くらげのつらは百とうあるらん …… 75	船中大事 …………………………… 97
きたみなみにしまで風の …………… 75	烏鳴、物怪ノ時 …………………… 98
蛇のすむ池は鬼のこゑする ………… 75	魂の飛をみて読歌 ………………… 98
みつ葉色になる霜の下がれ ………… 75	世間、風気はやる時 ……………… 98
閑居すみがたし ……………………… 76	馬五臓病之事・并・符・薬・針・灸 … 99
無始無終の仏、ちりにまじはる …… 76	馬諸病祈禱之守護 ………………… 101
三月、さいしやう、いしやをやめよ … 76	諸天狗之名 …………………………… 102
ひしくい十三おつたてゝ …………… 76	天狗名 ……………………………… 102
馬のみゝのなきはうしにはをとる … 77	天狗住山之名所 …………………… 102
はちのやうな物に、水半分 ………… 77	禽獣之類 ……………………………… 102
きりかさねたるなます、なま鳥 …… 77	かれうびんがは …………………… 102
ちゝの乳をみて、はゝといふ ……… 77	白沢は ……………………………… 103
もゝを百たまふれ …………………… 77	鳳凰ハ ……………………………… 103
雪の上に牛をつないで ……………… 78	天上金鶏 …………………………… 103
ちかきあひだにかならずまいるべし … 78	鶯は鳴はてに ……………………… 104
さいしやうははだかなれ共 ………… 78	郭公「過時不熟」となくが ……… 104
薬師の日、入道、かみそらで ……… 78	鴒鴒 ………………………………… 105
しちくの中の鶯 ……………………… 79	鳴の神と成事 ……………………… 105
三界の仏をあまがまたにはさんだ … 79	鶏八声 ……………………………… 106
ほうのすゑたえたるは、二仏の中間 … 79	鶏犬雲のうへにほえ ……………… 106
あなん・かせう・りばつた ………… 79	麒麟 ………………………………… 106
かつせむのかへりに ………………… 80	潙山ノ僧某牛 ……………………… 106
後生をさかさにきひて ……………… 80	千鳥の跡と云事 …………………… 107
せんずいの千どり、木かげのこ猿 … 80	梟、鳩にあふていふやう ………… 107
ぢしうのかみのきぬですそを取て … 80	我国に鷹の渡けるは ……………… 107
ねうばうのむかひに …………………… 81	ひらがの鷹 ………………………… 108
平家のちやくちやく …………………… 81	楚ノ文王、唐太宗 ………………… 110
平家のたゝかひ能登守 ………………… 81	日本国王維鷹愛之 ………………… 110
なぎさの草、露ちり …………………… 81	仁徳天皇四十六郎 ………………… 110
巷歌 …………………………………… 82	桓武天皇専愛鷹 …………………… 110
普光院殿、かつしきをほめ給ふて …… 82	新修鷹経 …………………………… 110
九州多々羅のなにがし ………………… 82	鐘山宝公 …………………………… 111
平氏時、むさしの国と ………………… 82	吾朝行基 …………………………… 111
観世々阿作 …………………………… 83	冬木鷹 ……………………………… 111

めづらしきふ	111
あか鷹	112
あを白	112
藤ふ	112
鷹のさうぞく	113
鶏の小結は	113
兄鷹の小緒	113
大鷹小緒は	113
ほこの事	114
フト口烏頭中	114
鷹屋、又ハ諸飼鳥の籠ニ貼付守	114
野州仁田山といふ所の奥に	114
竜宮の乙姫、なやみ給ふに	115
天竺しゝ国の王	116

* 補注 ……… 119
* 上巻解説・訂正 ……… 309
* 参考文献 ……… 318
* 執筆者紹介および担当箇所 ……… 325

〔3〕月庵酔醒記（下）（服部幸造、美濃部重克、弓削繁編）
2010年5月27日刊

* 〔口絵〕 ……… 巻頭
* 凡例 ……… 5
* 〔月庵酔醒記 下巻〕（月庵（一色直朝））……… 7

下巻目録	7
草木	13
百梅 付詩	13
百菊 付詩	36
姫小松之事	59
五株柳	60
昭君村柳	60
七種菜	60
恵具之菜	60
鎌倉地蔵桜	61
桃花水之事	61
橘渡朝事	62
文渡艾事	62
住吉忘草事	62
女郎花クネル事	63
三種薄事	64
大師欅実之事	65
名何	65
桔梗	65
銀河権	66
井出山吹事	66
榎	67
榎木の実、よくなる年は	67
くるみのならざるをば	68
しゆろのかるゝには	68
柚のならざるには	68
石菖は酒にかるゝ	68
梅を植には	69
松をうゆるには	69
柿にみやうたんといふ有	69
小角豆のみづら	69
延命草 牛房	70
木犀	71
道傍の苦李	71
蓮華・蘭・菊	71
唐の草木の名所 幷玉食服獣之類	71
夢想	73
公宗卿陰謀主上御夢之告	73
後奈良院御宇依御夢想、肖柏法師参内之 付九月十三、仙洞御会百韻、前内大臣序	74
宗高親王夢中人麻呂を玉事	76
上総介時重夢	77
清水ニテ物祈ケル女夢	77
藤原道信朝臣女夢	77
夢病所在知事	78
記票枳王十夢	78
浮山遠青鷹之夢	80
富士根方法華宗夢	81
山僧夢	81
六条谷田平太夢	82
釈教	84
太宗皇帝十二月礼仏ノ文	84
竜猛大士語	85
弘法大師禅家通融之語	86
妙楽大師八ヶ大事	86
聖徳太子碼碯記	86
中将姫居之語	87
大和当麻曼荼羅之事	88
八難処	89
五欲	89
布袋之歌	90
征東将軍政氏、正海法印、大日問答之事	90
京五山	91
鎌倉五山	92
夢窓国師自画自題作	92
達磨与太子通和歌玉事	92
道元禅師、永平寺建立根本 同血脈之事、又玄明首座追却の事	94
永平寺建立の根元は	94
血脈之事	97
道元の御弟子玄明首座	98
四句文末句、虎口出言之事	99
法然上人一枚起請	99

浄土宗六時礼讃、兼好法師説不審之事	100
東山真如堂阿弥陀之事	101
音誉上人火車乗シ事	101
蛤蜊菩薩現玉フ事	102
尼理薫ガ懐中血脈失シ事	103
相州関本乾峯石之事 同道立沙弥ガ悪風トナリシ事	103
春清・永芳、両僧当話	104
宅良元真之事 付殿主飯銭之話サツケ玉フ事	104
普光院殿あやまり申渡辺判官発心之事	106
安保肥前守・秋山新九郎、発心之事	106
梅山和尚影像避世之事 付筑紫商人一銭乞玉事	107
梅山聞本和尚御影避世事	107
筑紫商人に一銭乞玉事	108
仏国禅師歌、──	110
仏国禅師歌	110
夢窓国師歌	111
尺教の歌	111
伊勢国司北御方歌、同大空和尚返歌	112
和泉逆井人歌、同純蔵主の歌	113
浄土僧楽西歌	113
弘法大師ノ歌	114
法然上人の歌	114
七月十五日純蔵主作	114
恵心十王歌	114
俊成卿歌二首	115
筑紫安楽寺シテ小野道風霊来テ額書シ事	116
天道二十七天ノ名	116
八熱地獄八寒地獄名	118
観音経ヲ菊水延命経ト名ヅケ、亦当途王経ト名ヅクル事	120
*補注	123
*上・中巻補説・訂正	308
*参考文献	316
*執筆者紹介および担当箇所	320

〔4〕**源平盛衰記（五）**（松尾葦江校注）
2007年12月25日刊

*〔口絵〕	巻頭
*凡例	7
源平盛衰記 巻第二十五	9
大仏造営奉行勧進	11
鎰奏吉野国栖	13
春日垂跡	15
行御斎会	16
新院崩御	16
教円入滅	17
此君賢聖・紅葉山	17
葵宿祢	19
鄭仁基女	21
時光茂光・御方違盗人	22
西京座主祈禱	24
小督局	27
前後相違無常	36
入道進乙女	38
源平盛衰記 巻第二十六	41
木曾謀坂	43
兼遠起請	45
尾張目代早馬	48
平家東国発向	49
大臣家尊勝陀羅尼	49
義基法師首渡	50
知盛所労上洛	50
宇佐公通脚力	51
伊予国飛脚	52
通信合戦	52
入道得病	53
平家可亡夢	54
御所侍酒盛	57
蓬壷焼失	58
馬尾鼠巣例	59
福原怪異	60
入道非直人	61
慈心房得閻魔請	62
祇園女御	64
忠盛帰人	66
天智懐妊女賜大職冠	70
平家東国発向	70
邦綱卿薨去	71
同人思慮賢	72
如無僧都烏帽子	74
同母放亀	75
毛宝放亀	76
行尊琴絃	76
静信箸	77
法住寺殿御幸	77
新日吉新熊野	77
源平盛衰記 巻第二十七	79
墨俣川合戦	81
矢矯川軍	84
大神宮祭文	86
天下餓死	89
頼朝追討庁宣	91
信濃横田原軍	92
周武王誅紂王	101
資永中風	103

[059] 中世の文学

源氏追討祈	104
奉幣使定隆死去	105
覚算寝死	106
実厳大元法	106
大嘗会延引	107
皇嘉門院崩御	108
覚快入滅	108
法住寺殿移徙	108
源平盛衰記 巻第二十八	109
天変	111
顕真一万部法華経	114
宗盛補大臣	116
頼朝義仲中悪	120
篠原源平取陣	125
経正竹生島詣	131
斉明射墓目	138
源氏落篠城	139
北国所々合戦	143
源平盛衰記 巻第二十九	147
般若野軍	149
平家礪志雄二手	149
三箇馬場願書	150
白山権現垂跡	153
倶梨伽羅山	154
新八幡願書	157
礪並山合戦	161
平家落上所々軍	167
俣野五郎月長綱亡	173
妹尾并斉明被虜	175
源平盛衰記 巻第三十	177
真盛被討	179
朱買臣錦袴	183
新豊県翁	183
平氏侍共亡	184
赤山堂布施論	187
大神宮行幸願	188
広嗣謀叛	189
玄昉僧正	190
賀茂斎院八幡臨時祭	191
平家延暦寺願書	191
貞能自西国上洛	195
維盛兼言	197
平家自宇治勢多下	198
木曾山門牒状	199
覚明語山門	204
山門僉議牒状	204
*文書類の訓読文	209
*校異	221
*補注	229
*源平盛衰記と諸本の記事対照表（榊原千鶴作成）	283

〔5〕**源平盛衰記（七）**（久保田淳、松尾葦江校注）
2015年10月25日刊

*〔口絵〕	巻頭
*凡例	7
源平盛衰記 巻第三十七	9
熊谷父子寄城戸口	11
平山来同所	12
平家開城戸口	16
源平侍合戦	20
平次景高入城	21
平三景時歌共	26
義経落鵯越	27
馬因縁	31
重衡䤈虜	36
守長捨主	38
同人郭公歌	39
白川関附子柴歌	40
平家公達亡	41
源平盛衰記 巻第三十八	47
知盛通戦場乗船	49
経俊敦盛経正師盛已下頸共懸一谷	50
熊谷送敦盛頸	57
小宰相局慎夫人	61
平家頸懸獄門	70
惟盛北方被見頸	73
重衡京入・定長問答	76
重国花方西国下向・上洛	78
源平盛衰記 巻第三十九	83
友時参重衡許	85
重衡迎内裏女房	86
同人請法然房	92
同人関東下向事	95
頼朝重衡対面	99
重衡酒盛	102
維盛出八島	110
同人於粉河寺謁法然坊	112
同人高野参詣横笛	116
源平盛衰記 巻第四十	123
法輪寺・高野山	125
観賢拝大師	129
弘法大師入唐	132
維盛出家	135
唐皮抜丸	139
三位入道熊野詣	143
熊野大峰	147
中将入道入水	151
源平盛衰記 巻第四十一	161
頼朝叙正四位下	163
崇徳院遷宮	163

忠頼被討	164
頼盛関東下向	164
義経関東下向	168
親能搦義広	168
平田入道謀叛 三日平氏	169
維盛旧室歎夫別	171
新帝御即位	174
義経蒙使宣	174
伊勢滝野軍	174
屋島八月十五夜	174
範頼西海道下向	175
義経叙従五位下	176
盛綱渡海・小島合戦	176
海佐介渡海	180
義経拝賀・御禊供奉	181
実平自西海飛脚	182
被行大嘗会	183
頼朝条々奏聞	184
義経院参平氏追討	186
義経西国発向	186
三社諸寺祈禱	187
梶原逆櫓	188
源平盛衰記 巻第四十二	193
義経解纜向西国	195
資盛清経被討	198
勝浦合戦 付勝麿	199
親家屋島尋承	201
金仙寺観音講	203
屋島合戦	206
玉虫立扇	211
与一射扇	212
源平侍共軍	221
継信孝養	222
＊文書類の訓読文(松尾葦江)	209
＊校異(松尾葦江)	221
＊補注(久保田淳)	229
＊源平盛衰記と諸本の記事対照表(伊藤悦子作成)	283

〔6〕校訂 **中院本平家物語(上)**(今井正之助, 千明守編)
2010年12月24日刊

＊〔口絵〕	巻頭
＊凡例	1
平家物語第一(今井正之助校注)	5
た、もりせうてんの事	6
わか身のゑいくわの事	15
きわうきによ事	17
二代のきさきの事	30
二条院ほうきよの事	33
かくうちろんの事	34
六条院御そくゐの事	38
後白川院御出家事	39
すけもりてんかのきよしゆつにさんくわいの事	40
しゆしやう御けんふくの事	44
新大納言なりちかの卿大将所望事	44
もろたかとうあくきやうの事	50
後二条関白殿日吉の社に御立願の事	55
後二条関白殿御せいきよの事	59
御こしふりの事	59
平家物語第二(村上學校注)	67
さするさいの事	68
ゆきつなかへりちうの事	78
さいくわう法師ちうせらる、事	81
小松殿にし八条にまいらる、事	86
たんはの少将とうむほんのともからるさい事	91
ち、けうくんの事	97
しん大なこんせいきよの事	108
平家物語第三(千明守校注)	121
ほうわう御くわんちやうの事	122
さんもんのかくしやうとたうしゆかつせんの事	123
たんはの少将とうしまにおいてくまの山そうきやうの事	127
はんくわんやすより入道歌の事	131
そふか事	134
中宮御くわいにんの事	137
たんはの少将平のやすより帰洛の事	139
少将のみやこかへりの事	156
ありわうきかいかしまへ尋くたる事	161
しゆんくわん僧都たかいの事	167
つしかせの事	171
小松殿くま野さんけいの事	171
たちをひかる、事	177
法皇御つかひを西八条へたてらる、事	180
けくわんならひにるさいの事	185
平家物語第四(松尾葦江校注)	199
とうくう御はかまきとうの事	200
高くらの院いつくしま御参けいの事	201
御そくゐの事	207
たかくらのみや御むほんの事	208
ほうわう鳥羽殿よりひふくもんゐんへ御かうの事	212
さきの右大将むねもり馬をこひとり大事いてきたる事	220
おんしやうしよりはうはうへてうちやうの事	226
おんしやう寺のしゆとたかくらの宮にかうりよくし奉る事	232
たかくらのみや御ふえの事	236

[059] 中世の文学

うちはしかせんの事 ……… 238	法住寺とのへきやうかうの事 ……… 6
けん三位入道とうしかいの事 ……… 243	木曾てきをたいしする事 ……… 6
たかくらの宮の御子出家の事 ……… 249	平家北国へはつかうの事 ……… 8
おんしやう寺えんしやうの事 ……… 252	つねまさの朝臣ちくふしま参詣の事 ……… 9
けん三位入道うたの事 ……… 255	ほつこくかせんの事 ……… 11
源三位入道ぬゑをいる事 ……… 255	木曾くわんしよの事 ……… 15
平家物語第五(原田敦史校注) ……… 259	平家北国にをいてしはうの事 ……… 18
みやこうつりの事 ……… 260	ひろつきほうれいの事 ……… 24
法皇をふく原にをしこめ奉らるゝ事 ……… 261	木曾てうしやうをさんもんにをくる同
都うつりせんしようの事 ……… 262	へんてうの事 ……… 26
しんとのことはしめの事 ……… 266	平家くわんしよを山門へをくるゝ事 ……… 31
徳大寺との上洛し給ふ事 ……… 267	平家みやこおちの事 ……… 34
平家くわいいの事 ……… 270	たしまのかみ御むろへさんにうの事 ……… 44
おほはちうしんの事 ……… 274	さつまのかみの歌の事 ……… 48
もんかく上人くわんしんちやうの事 ……… 283	平家しくわの事 ……… 50
もんかく上人さいの事 ……… 288	平家ふくはらにおちつかるゝ事 ……… 56
平家関東よりにけのほるゝ事 ……… 299	平家物語第八(今井正之助校注) ……… 59
大しやうゑの事 ……… 303	法皇鞍馬より山門へ御幸同還御の事 ……… 60
平家都かへりの事 ……… 304	源氏しゆらくの事 ……… 61
なんとめつはうの事 ……… 305	四のみや御くらゐの事 ……… 62
平家物語第六(櫻井陽子校注) ……… 313	平家の一そくけくわんの事 ……… 65
はつねのそうしやうの事 ……… 314	安楽寺にをいて平家の人々ゑいかの事 ……… 65
なんとのそうかうけくわんの事 ……… 315	せいわ天皇御くらゐの事 ……… 66
たかくらのゐんほうきよの事 ……… 315	おかたの三郎惟義平家に向そむく事 ……… 69
あふひのまへの事 ……… 319	平家やなきか浦にをいて歌の事 ……… 74
こかうのつほねの事 ……… 321	おほい殿うさの宮にて御ねさうの事 ……… 74
太しやう入たうのゝ御むすめ法皇へ	左中将きよつねうみにいらるゝ事 ……… 75
まいらせらる ……… 328	さぬきの八しまへおちらるゝ事 ……… 76
きそのよしなかむほんの事 ……… 329	ひやうゑのすけしやうくんのせんしを
太しやうの入道せいきよの事 ……… 333	かうふらるゝ事 ……… 77
きおん女御の事 ……… 339	ねこまの中納言木曾たいめんの事 ……… 81
五条大納言くにつなの卿たかいの事 ……… 342	木曾しゆつしの事 ……… 82
法皇法住寺とのへしゆきよの事 ……… 345	水しまむろ山かせんの事 ……… 83
とうこくいくさの事 ……… 346	つゝみのはんくわん御つかひの事 ……… 90
こうふく寺むねあけの事 ……… 349	法皇六条西のとうゐんへ入御の事 ……… 98
きやくしやうしゆつけんの事 ……… 350	平家物語第九(松尾葦江校注) ……… 101
よこたかはらかせんの事 ……… 351	木曾ついたうにうつて上洛の事 ……… 102
右大将いかの事 ……… 352	さゝ木四郎たかつねいけすきを給事 ……… 104
＊補記 ……… 355	さゝき宇治川わたりの事 ……… 106
＊解題 中院本・三条西本の諸問題─書誌	のと殿はうはうてきたいちの事 ……… 126
事項を中心に(今井正之助) ……… 363	かち井の宮神歌の事 ……… 129
＊中院本伝本一覧 ……… 396	平家西国においてちもくをこなはるゝ
＊執筆者一覧 ……… 400	事 ……… 130
	一のたにかせんの事 ……… 131
〔7〕校訂 **中院本平家物語(下)**(今井正之助、	かちはら平次歌の事 ……… 148
千明守編)	平家一たう一の谷をいてうちしに件
2011年3月28日刊	いけとりの事 ……… 150
	さつまのかみたゝのり歌の事 ……… 157
＊〔口絵〕……… 巻頭	こさいしやうとのうみにいる事 ……… 168
＊凡例 ……… 1	小宰相殿女院よりゆるし給はるゝ事 ……… 172
平家物語第七(千明守校注) ……… 5	平家物語第十(原田敦史校注) ……… 175

[059] 中世の文学

平家一族のくひ件おほちを渡さるゝ事 …… 176
これもり八しまよりしよしやうの事 …… 178
本三位中将女房にたいめんの事 …… 182
おなしき女房しゆつけの事 …… 185
ゐんせんの事 …… 186
本三位中将上人にたいめんくわんとう
　けかうの事 …… 190
小松三位中将かうやさんけいの事 …… 201
よこふえ事 …… 202
しうろんの事 …… 205
かうや御かうの事 …… 210
小松三位中将出家の事 …… 212
小松三位中将くまの参詣件海に入事 …… 214
しゆとくゐんを神とあかめ奉らるゝ事 …… 222
いけの大納言かまくらけかうの事 …… 222
小松三位中将の北のかた出家の事 …… 224
ふちとかせんの事 …… 226
御けいの事 …… 229
平家物語第十一（村上學校注） …… 231
　九郎大夫の判官ゐんさんの事 …… 232
　しよしやくくわんへいの事 …… 233
　両大将平家ついたうのためはつかうの
　　事 …… 233
　九郎大夫判官軍ひやうちやうの事 …… 234
　ちかいへ源氏かためしとらるゝ事 …… 236
　さくらはたいちの事 …… 238
　平家屋しまのたいりとうをやきはらは
　　るゝ事 …… 240
　八しまのいくさの事 …… 242
　なすの与一あふきをいる事 …… 246
　田内左衛門のりよしめしとらるゝ事 …… 252
　はうくわんとかちはらとこうろんの事 …… 255
　たんのうらかせんの事 …… 2556
　先帝をはしめ平家めつはうの事 …… 260
　平家の一そくいけとりの事 …… 263
　平家の一そくいけとりの事 …… 267
　ないし所御しゆらく件ほうけんの事 …… 268
　女院御出家の事 …… 278
　おほいとのゝわか君きられ給事 …… 281
　おほいとのふしちうせられ同おほちを
　　わたさるの事 …… 285
平家物語第十二（櫻井陽子校注） …… 295
　本三位中将日野にて北の方に対面の事 …… 296
　本三位中将きられ給事 …… 299
　大ちしんの事 …… 302
　源氏しゆりやうの事 …… 304
　平家のいけとりるさいの事 …… 305
　女院吉田よりしやつくわう院へ入御の
　　事 …… 307
　鎌倉の右大将舎弟をちうせらるゝ事 …… 310
　土左房正俊判官の宿所によるの事 …… 311

判官ほつらくの事 …… 315
ひせんのかみ行家ちうせらるゝ事 …… 318
六代御せんの事 …… 322
大原御かうの事 …… 337
六代御せんしゆつけの事 …… 346
右大将しやうらくの事 …… 348
ほうしやうしかせんの事 …… 348
もんかくるさいの事六代御せんちうせ
　らるゝ事 …… 351
六代御せんちうせらるゝ事 …… 352
＊補記 …… 354
＊解題 平家物語諸本における中院本の位
　置（千明守） …… 357
＊解説 中院本の句切り点について（鈴木
　孝庸） …… 387
＊テキスト・参考文献 …… 399
＊あとがき（松尾葦江） …… 403
＊執筆者一覧 …… 406

〔8〕**新古今増抄（四）**（大坪利絹校注）
2005年7月20日刊

＊凡例 …… 1
新古今増抄 哀傷〔七五七〕番歌〜〔八五
　六〕番歌（加藤磐斎著） …… 7
新古今増抄 離別〔七五七〕番歌〜〔八九
　五〕番歌（加藤磐斎著） …… 93
＊注継続 …… 129

〔9〕**新古今増抄（五）**（大坪利絹校注）
2010年8月26日刊

＊凡例 …… 1
新古今増抄 羇旅〔八九六〕番歌〜〔九八
　九〕番歌（加藤磐斎著） …… 7
＊注継続 …… 91

〔10〕**新古今増抄（六）**（大坪利絹校注）
2010年10月25日刊

＊凡例 …… 1
新古今増抄 恋一〔九九〇〕番歌〜〔一〇
　八〇〕番歌（加藤磐斎著） …… 7
＊注継続 …… 83

〔11〕**新古今増抄（七）**（大坪利絹校注）
2017年11月22日刊

＊凡例 …… 1
新古今増抄 恋二〔一〇八一〕番歌〜〔一
　一四八〕番歌（加藤磐斎著） …… 7
新古今増抄 恋三〔一一四九〕番歌〜〔一
　二三三〕番歌（加藤磐斎著） …… 68

[059] 中世の文学

* 注継続 ……………………………… 139

〔12〕平治物語（山下宏明校注）
2010年6月18日刊

* 凡例 ……………………………………… 9

第一部
語り本『平治物語』上 ………………… 11
　序 ………………………………………… 11
　信頼・信西不快の事 ………………… 12
　信頼信西を亡ぼさるる議の事 ……… 15
　三条殿へ発向付けたり信西の宿所焼き
　　払ふ事 ………………………………… 17
　信西の子尋来ねらるる事付けたり除目
　　の事并に悪源太上洛の事 ………… 19
　信西出家の由来并に南都落ちの事付
　　たり最後の事 ……………………… 21
　信西の首実検の事付けたり大路を渡し
　　獄門に梟けらるる事 ……………… 24
　唐僧来朝の事 ………………………… 25
　叡山物語の事 ………………………… 28
　六波羅より紀州へ早馬を立てらるる
　　事 ……………………………………… 31
　光頼卿御参内の事并に許可が事 …… 34
　信西の子息遠流に宥めらるる事 …… 38
　清盛六波羅上着の事并に上皇仁和寺
　　に御幸の事 ………………………… 39
　主上六波羅へ行幸の事 ……………… 41
　源氏勢汰の事 ………………………… 42
語り本『平治物語』中 ………………… 49
　待賢門の軍の事付けたり信頼落つる事 … 49
　義朝六波羅に寄せらるる事并に頼政
　　心替りの事 ………………………… 61
　六波羅合戦の事 ……………………… 63
　義朝敗北の事 ………………………… 67
　信頼降参の事付けたり最後の事 …… 73
　謀叛人流罪付けたり官軍除目の事并に
　　信西子息遠流の事 ………………… 76
　義朝奥波賀に落ち着く事 …………… 78
語り本『平治物語』下 ………………… 89
　頼青墓下着の事 ……………………… 89
　義朝内海下向の事付けたり忠致心替り
　　の事 …………………………………… 91
　金王丸尾張より馳せ上る事 ………… 97
　長田六波羅に馳せ参る事付けたり尾州
　　に逃げ下る事 ……………………… 98
　悪源太誅せらるる事 ………………… 100
　頼朝生捕らるる事付けたり夜叉御前の
　　事 …………………………………… 105
　頼朝遠流に宥めらるる事付けたり呉越
　　戦ひの事 …………………………… 108
　常盤落ちらるる事 …………………… 114

　常盤六波羅へ参る事 ………………… 119
　経宗・惟方遠流に処せらるる事同じく
　　召し返さるる事 …………………… 123
　悪源太雷となる事 …………………… 124
　頼朝遠流の事付けたり守康夢合せの事 … 126

第二部
古本『平治物語』上 …………………… 131
　序 ……………………………………… 131
　信頼・信西不快の事 ………………… 132
　信頼信西を亡ぼさるる議の事 ……… 136
　三条殿へ発向付けたり信西の宿所焼き
　　払ふ事 ……………………………… 138
　信西の子息闕官の事 ………………… 140
　信西出家の由来付けたり除目の事 … 142
　信西の首実検の事付けたり南都落ちの
　　事最後の事 ………………………… 143
　信西の首大路を渡し獄門に懸けらる
　　る事 ………………………………… 146
　六波羅より紀州へ早馬を立てらるる
　　事 …………………………………… 148
　光頼卿参内の事付けたり清盛六波羅上
　　着の事 ……………………………… 151
　信西の子息遠流に宥めらるる事 …… 156
　院の御所仁和寺に御幸の事 ………… 157
　主上六波羅へ行幸の事 ……………… 159
　信頼方勢ぞろへの事 ………………… 161
　侍賢門の軍の事 ……………………… 163
古本『平治物語』中 …………………… 176
　義朝六波羅に寄せらるる事 ………… 176
　信頼落つる事 ………………………… 176
　頼政平氏方につく事 ………………… 177
　六波羅合戦の事 ……………………… 179
　義朝敗北の事 ………………………… 182
　信頼降参の事并に最後の事 ………… 189
　官軍除目行はるる事 ………………… 194
　謀叛人賞職を止めらるる事 ………… 194
　常盤註進事 …………………………… 196
　信西子息各遠流に処せらるる事 …… 197
　金王丸尾張より馳せ上り義朝の最後
　　を語る事 …………………………… 199
　長田、義朝を討ち六波羅へ馳せ参る
　　事 …………………………………… 205
　大路渡して獄門にかけらるる事 …… 206
　悪源太誅せらるる事 ………………… 207
　忠宗非難を受くる事 ………………… 209
　頼朝生け捕らるる事 ………………… 210
　常盤落ちらるる事 …………………… 211
古本『平治物語』下 …………………… 219
　頼朝死罪を宥免せらるる事 ………… 219
　呉越戦ひの事 ………………………… 222
　常盤六波羅に参る事 ………………… 223

306　日本古典文学全集・内容綜覧　第II期

| 経宗・惟方遠流に処せらるる事_{同じく} 召し返さるる事 ………………… 229
    頼朝遠流の事 ……………………… 232
    盛康夢合せの事 …………………… 233
    清盛出家の事_{并びに滝詣で付けたり悪源} 太雷となる事 ……………… 240
    牛若奥州下りの事 ………………… 242
    頼朝義兵を挙げらるる事_{并びに平家退} 治の事 ……………………… 250
＊補注 ……………………………………… 259
＊底本比較対照表 ………………………… 367
＊解説─『平治物語』を読むために ……… 405

[060] 蝶夢全集
和泉書院
全1巻
2013年5月
（田中道雄、田坂英俊、中森康之編著）

〔1〕
2013年5月31日刊

＊口絵 ……………………………………… 巻頭
＊待望の全集─甦る文人僧蝶夢─（島津忠夫）…………………………………… i
＊蝶夢和尚文集 巻一・巻二・巻三 細目 …… x
＊凡例 ……………………………………… xiii
発句篇 …………………………………… 1
　草根発句集綿屋本 ……………………… 3
　草根発句集酒竹甲本 …………………… 33
　草根発句集酒竹乙本 …………………… 96
　草根発句集宮田本 ……………………… 117
　草根発句集紫水本 ……………………… 151
　蝶夢発句拾葉 …………………………… 187
文章篇 …………………………………… 235
　蝶夢和尚文集 巻一・巻二・巻三 ……… 237
　　五升庵文草 巻一 …………………… 237
　　　五升庵文草 序（閑田子蒿蹊述）… 237
　　　墨直し序 …………………………… 239
　　　頭陀の時雨序 ……………………… 239
　　　蜜柑の色序 ………………………… 240
　　　鳩の二声序 ………………………… 240
　　　鉢敲集序 …………………………… 242
　　　雪の味序 …………………………… 242
　　　手向の声序 ………………………… 243
　　　宜朝追悼集序 ……………………… 244
　　　落柿舎去来忌序 …………………… 244
　　　類題発句序 ………………………… 245
　　　去来丈草発句集序 ………………… 245
　　　筆柿集序 …………………………… 246
　　　道の枝折序 ………………………… 247
　　　百題絵色紙序 ……………………… 248
　　　芭蕉翁発句集序 …………………… 248
　　　蕉門俳諧語録序 …………………… 251
　　　非傘序 ……………………………… 251
　　　飛騨竹母道の記序 ………………… 251
　　　芭蕉翁俳諧集序 …………………… 252
　　　芭蕉翁八十回忌時雨会序 ………… 253
　　　芭蕉翁九十回忌序 ………………… 254
　　　芭蕉翁文集序 ……………………… 255
　　　名所小鏡序 ………………………… 255
　　　新類題発句集序 …………………… 256

[060] 蝶夢全集

- 無公子句集序 ……………………… 257
- 芭蕉翁百回忌序 …………………… 257
- 蕉翁百回忌集後序 ………………… 259
- 音長法師追悼和歌跋 ……………… 259
- 雁の羽風跋 ………………………… 260
- 青幣白幣跋 ………………………… 260
- 星明集跋 …………………………… 260
- 墨の匂ひ跋 ………………………… 261
- 菅菰抄跋 …………………………… 261
- 新雑談集跋 ………………………… 262
- 年波草跋 …………………………… 262
- 鶉立集跋 …………………………… 262
- 奥の細道奥書 ……………………… 262
- 手鑑の裏書 ………………………… 263
- 二見文台の裏書 …………………… 263
- 古池形文台の裏書 ………………… 264
- 五升庵文草 巻二 ………………… 265
  - 七老亭之賦 ……………………… 265
  - 湖水に遊ぶ賦 …………………… 267
  - 野菊の説 ………………………… 268
  - 蜂の巣の説 ……………………… 269
  - 湯島三興の説 …………………… 270
  - 白鼠の説 ………………………… 271
  - 古声と名つくる説 ……………… 271
  - 枝法と号説 ……………………… 271
  - 瓦全と名つくる説 ……………… 272
  - 犬をいたむ辞 …………………… 272
  - 瓦全に炉縁を贈る辞 …………… 273
  - 翁草称美の辞 …………………… 273
  - 泊庵を引移す辞 ………………… 274
  - 阿弥陀寺鐘の記事 ……………… 274
  - 六斎念仏の弁 …………………… 276
  - 蕉翁画像賛 ……………………… 277
  - 雨を祝う頌 ……………………… 278
  - 夢祝ひの頌 ……………………… 278
  - 歳首の頌 ………………………… 279
  - 馬瓢が山家の頌 ………………… 279
  - 年賀の頌 ………………………… 279
  - 豊後菊男送別 …………………… 280
  - 悼蕉雨遺文 ……………………… 280
  - 桐雨の誄 ………………………… 281
  - 去来丈岫伝 ……………………… 282
  - 松雀老隠之伝 …………………… 283
  - 浮流法師伝 ……………………… 284
- 五升庵文草 巻三 ………………… 285
  - 湖白庵記 ………………………… 285
  - 橘中亭の記 ……………………… 286
  - 水樹庵記 ………………………… 287
  - 五升庵記 ………………………… 287
  - 五升庵再興の記 ………………… 288
  - 休可亭記 ………………………… 290
- 橋立の秋の記 ……………………… 290
- 国分山幻住庵旧趾に石を建し記 … 291
- 蝸牛庵記 …………………………… 292
- 包丁式拝見の記 …………………… 292
- 芭蕉堂供養願文 …………………… 293
- 橋立一声供養塚祭文 ……………… 295
- 蛸壺塚供養願文 …………………… 296
- 鳥塚願文 …………………………… 297
- 白根塚序文 ………………………… 298
- 山里塚供養文 ……………………… 298
- 夕暮塚供養文 ……………………… 299
- 故郷塚百回法忌楽文 ……………… 299
- 笠塚百回忌法楽文 ………………… 300
- 石山寺奉燈願文 …………………… 301
- **蝶夢文集拾遺一** ………………… 304
  - 『白鳥集』書入れの識語 ……… 304
  - 「白砂人集・良薬集・未来記」奥書 … 304
  - 俳諧十論発蒙奥書 ……………… 304
  - 続瓜名月跋 ……………………… 305
  - 笈の細道跋 ……………………… 305
  - 蕉門むかし語序 ………………… 305
  - 丙戌墨直し序 …………………… 306
  - 丁亥墨直し序 …………………… 306
  - 続笈のちり跋 …………………… 306
  - 戊子墨直し序 …………………… 307
  - ちどり塚跋 ……………………… 307
  - 備忘集序 ………………………… 307
  - 影一人集序 ……………………… 308
  - 猿雛本『三冊子』奥書 ………… 309
  - 古机序 …………………………… 309
  - 米賀集序 ………………………… 309
  - 梅の草帋跋 ……………………… 310
  - 青岢筆『去来三部抄』奥書 …… 310
  - 百尾寄句帳序 …………………… 310
  - 都の秋集序 ……………………… 311
  - 長者房に贈る辞 ………………… 311
  - 伊勢紀行跋 ……………………… 312
  - 秋しぐれ跋 ……………………… 312
  - 此葉集序 ………………………… 312
  - 小本『芭蕉翁発句集』序 ……… 313
  - 忘梅序 …………………………… 314
  - 冬柱法師句帳序 ………………… 315
  - 風の蝉跋 ………………………… 315
  - 断腸の文 ………………………… 316
  - 口髭塚序 ………………………… 317
  - もとの清水序 …………………… 318
  - 雲橋社蔵芭蕉真跡添書 ………… 319
  - 雲橋社俳諧蔵書録序 …………… 319
  - 蓑虫庵句集序 …………………… 320
  - 桐雨居士伝 ……………………… 321
  - 古今集誹諧歌解序 ……………… 321

暦の裏序	322
東山の鐘の記	322
芭蕉真跡を再び得たるを喜ぶ文	323
芭蕉真跡箱書	323
泊庵記	324
芭蕉塚の適地をトするの文	325
三峯庵記	326
眠亭記	326
こてふづか序	327
儿童追悼文	327
鐘筑波跋	328
庭の木のは序	328
はなむしろ序	329
続ふかゞは集序	329
鵜の音跋	329
文台をゆづる辞	330
薯蕷飯の文	330
翁草跋	331
支百追悼文	331
正因供養文	332
筆海の序	332
もとゝせのふゆ序	333
後のたび序	333
月の雪序	334
鳥塚百回忌序	334
水薦刈序	335
浮流・桐雨十三回忌悼詞	336
橋立寄句帳序	336
弄花亭記	336
墻隠斎記	337
杉柿庵の記	337
「花の垣」画賛	337
（短章）	
『しぐれ会』浮巣庵序の添書	338
芭蕉称号の一行書	338
（他の文人との連作）	
嵐山に遊ぶの記	338
〔追加〕	
帰白道院檀那無縁塔石文	343
「わすれ水」奥書	344
『三冊子』奥書の付記	344
竹圃を悼む文	344
千代女を悼む辞	344
而后を悼む辞	345
宜朝一周忌俳諧前文	345
笠やどり序	345
懐旧之発句識語	346
奉団会の手向の文	346
魚崎集序	346
伏見の梅見の記	347
はし立や句文	348
魯白の首途を祝ふ辞	348
荒々ての巻草稿極書	348
芭蕉像三態の説	349
うやむや関翁伝等奥書	350
〔参考一〕「江州粟津義仲寺芭蕉堂再建募縁疏」前文（義仲寺現在 弁誠）	350
〔参考二〕『ねころび草』序（丹後日間浦 支百謹書）	350
紀行篇	353
蝶夢和尚文集 巻四・巻五	355
五升庵文草 巻四	355
熊野紀行	355
三夜の月の記	367
五升庵文草 巻五	373
秋好む紀行	373
四国にわたる記	378
宇良富士の紀行	387
松しま道の記	397
宰府記行	417
養老瀧の記	443
よしのゝ冬の記	448
とほたあふみのき（遠江の記）	456
蝶夢文集拾遺二	466
雲州紀行（仮題）	466
東遊紀行（外題）	482
（他の文人との連作）	502
湯あみの日記（蝶夢, 去何, 麦宇著）	502
道ゆきぶり（蝶夢, 蒿蹊著）	510
（参考・同行者の作）	519
くらま紀行（可風著）	519
富士美行脚（木姿著）	524
俳論篇	545
門のかをり（童子教）	547
双林寺物語	557
芭蕉翁三等之文	568
編纂的著作	581
蕉門俳諧語録	583
芭蕉翁絵詞伝	640
編纂した撰集	691
機嫌天	693
はちたゝき	695
＊解題	709
＊発句篇（田中道雄）	709
＊文章篇（田中道雄）	714
＊蝶夢和尚文集 巻一・二・三	715
＊蝶夢文集拾遺一	730
＊紀行篇（田坂英俊）	742
＊俳論篇（中森康之）	755
＊編纂的著作	767
＊蕉門俳諧語録（中森康之）	767

- ＊芭蕉翁絵詞伝（田中道雄）............ 769
- ＊編纂した撰集（田中道雄）............ 771
- ＊文人僧蝶夢—その事績の史的意義（田中道雄）................................ 777
- ＊年譜 851
- ＊同時代の主な蝶夢伝資料 882
- ＊蝶夢同座の連句目録 895
- ＊蝶夢書簡所在一覧 912
- ＊索引 915
  - ＊人名索引 916
  - ＊発句索引 926
- ＊あとがき（田中道雄）................ 969

[061] 定本 良寛全集
中央公論新社
全3巻
2006年10月～2007年3月
（内山知也, 谷川敏朗, 松本市壽編）

第1巻　詩集
2006年10月10日刊

- ＊解説（松本市壽）.......................... 5
- ＊凡例 25
- 草堂集貫華（一一八首）（内山知也訳注）..... 31
- 草堂詩集 天巻（一一四首）（内山知也訳注）.. 152
- 草堂詩集 地巻（六八首）（内山知也訳注）... 221
- 草堂詩集 人巻（五三首）（内山知也訳注）... 269
- 良寛尊者詩集（一七九首）（内山知也訳注）.. 290
- 補遺（二四三首）........................... 372
  - （1）鈴木隆造校・鈴木陳造補『草堂集』より（谷川敏朗訳注）............... 372
  - （2）「解良家横巻」及び解良栄重『良寛禅師詩集』より（谷川敏朗訳注）...... 380
  - （3）五合庵時代（谷川敏朗訳注）... 402
  - （4）乙子神社草庵時代（谷川敏朗訳注）.. 430
  - （5）島崎草庵時代（谷川敏朗訳注）...... 471
  - （6）年代未詳（谷川敏朗訳注）...... 492
  - （7）偈頌（谷川敏朗訳注）............ 560
- ＊詩題索引 577
- ＊首句索引 582

第2巻　歌集
2006年11月25日刊

- ＊解説（松本市壽）.......................... 5
- ＊凡例 21
- 布留散東（ふるさと）（六一首）（谷川敏朗訳注）.. 27
- 久賀美（くがみ）（二六首）（谷川敏朗訳注）... 51
- 解良家横巻（七首）（谷川敏朗訳注）............ 63
- 阿部家横巻（一八〇首）（谷川敏朗訳注）..... 66
- 木村家横巻（九八首）（谷川敏朗訳注）...... 128
- 良寛・由之兄弟和歌巻（一九首）（谷川敏朗訳注）.. 167
- はちすの露 本篇（九四首）（松本市壽訳注）.. 174
- はちすの露 唱和篇（三四首）（松本市壽訳注）.. 208
- 住居不定時代（三九首）（谷川敏朗訳注）... 229
- 五合庵時代（三八一首）（谷川敏朗訳注）... 245

乙子神社草庵時代（三一三首）（谷川敏朗訳注） ………… 362
島崎草庵時代（二二二首）（谷川敏朗訳注） ………… 468
短連歌（二首）（谷川敏朗訳注） ………… 539
＊初句索引 ………… 541

第3巻　書簡集・法華転・法華讃
2007年3月20日刊

＊解説（松本市壽, 内山知也） ………… 5
句集（谷川敏朗執筆） ………… 27
　＊凡例 ………… 29
　新年 ………… 31
　春 ………… 32
　夏 ………… 39
　秋 ………… 46
　冬 ………… 58
　無季 ………… 63
書簡集（谷川敏朗, 松本市壽執筆） ………… 71
　＊凡例 ………… 74
　阿部定珍宛（48通） ………… 76
　荒木忠右衛門宛（1通） ………… 123
　新木与五右衛門宛（1通） ………… 124
　維馨尼宛（5通） ………… 126
　入軽ゐ六右衛門宛（1通） ………… 132
　宇又宛（1通） ………… 133
　大関文仲宛（1通） ………… 134
　大谷地五右衛門宛（2通） ………… 136
　おむろ宛（1通） ………… 138
　およし宛（1通） ………… 139
　かか宛（1通） ………… 141
　菓子屋三十郎宛（2通） ………… 142
　観国宛（1通） ………… 144
　桑原祐雪宛（6通） ………… 145
　解良義平太宛（1通） ………… 150
　解良熊之助宛（3通） ………… 151
　解良叔問宛（21通） ………… 154
　解良新八郎宛（1通） ………… 178
　解良孫右衛門宛（3通） ………… 180
　五左衛門宛（1通） ………… 184
　小玉理兵衛宛（1通） ………… 185
　小林正左衛門宛（1通） ………… 186
　米屋宛（1通） ………… 187
　斎藤伊右衛門宛（8通） ………… 188
　斎藤武左衛門宛（1通） ………… 195
　定清宛（1通） ………… 195
　佐藤仁左衛門宛（1通） ………… 196
　七彦宛（5通） ………… 197
　七星宛（1通） ………… 202
　鵲斎宛（1通） ………… 203
　周蔵宛（1通） ………… 205
　守静宛（1通） ………… 208
　浄玄寺宛（2通） ………… 209
　祥二宛（1通） ………… 211
　証聴宛（2通） ………… 212
　正貞宛（9通） ………… 214
　正八宛（1通） ………… 226
　鈴木隆造宛（5通） ………… 227
　宗庵宛（1通） ………… 232
　大蓮寺宛（1通） ………… 233
　橘左門宛（10通） ………… 234
　ちきりや宛（2通） ………… 246
　陳造宛（3通） ………… 248
　貞心尼宛（2通） ………… 251
　外山宛（5通） ………… 254
　鳥井直右衛門宛（2通） ………… 259
　中原元譲宛（1通） ………… 262
　中村権右衛門宛（5通） ………… 263
　二君宛（1通） ………… 269
　能登屋元右衛門宛（4通） ………… 270
　半僧宛（1通） ………… 275
　兵蔵宛（1通） ………… 276
　方廬宛（1通） ………… 277
　本寿宛（1通） ………… 278
　本間宛（1通） ………… 280
　正誠宛（1通） ………… 281
　三浦屋宛（2通） ………… 282
　光枝宛（1通） ………… 284
　三輪九郎右衛門宛（2通） ………… 285
　三輪権平宛（8通） ………… 287
　三輪左市宛（3通） ………… 297
　むらまつ屋宛（1通） ………… 301
　森山宛（1通） ………… 302
　八十吉宛（1通） ………… 303
　山田杜皋宛（13通） ………… 304
　由之宛（16通） ………… 319
　祐順宛（1通） ………… 341
　雄平宛（1通） ………… 342
　庸右衛門宛（2通） ………… 343
　隆全宛（4通） ………… 345
　了阿宛（1通） ………… 349
　宛名不明（25通） ………… 350
戒語付・愛語（谷川敏朗執筆） ………… 369
　＊凡例 ………… 74
　一般人に対する戒語 ………… 372
　　A ………… 372
　　B ………… 375
　　C ………… 378
　　D ………… 383
　　E ………… 387
　　F ………… 391
　　G（貞心尼筆） ………… 396
　個人に宛てた戒語 ………… 401

|　　H ················· 401
|　　I ················· 402
|　愛語 ················ 404
|文集 ················· 405
|　＊凡例 ··············· 407
|　請受食文（しょうじゅじきもん）········ 409
|　勧受食文（かんじゅじきもん）（その一）··· 416
|　勧受食文（かんじゅじきもん）（その二）··· 423
|　（有人乞仏語）··········· 429
|　石像観音之記 ············ 430
|　（大蔵経碑文）············ 433
|　嵐窓記（らんそうき）··········· 434
|　水神相伝（すいじんそうでん）······· 435
|　（自警文）·············· 437
|　書与敦賀屋氏（しょしてつるがやうじにあたふ）
|　　（出雲崎町鳥井義質氏宗家）··· 438
|　「天のたかきもはかりつべし」······ 440
|　「はこの松は」············ 441
|　「すまでらの」············ 442
|　「里へくだれば」〈吉野花筐〉 ····· 443
|法華転（内山知也執筆）········· 445
|　＊凡例 ··············· 446
|法華讃（内山知也執筆）········· 509
|　＊凡例 ··············· 511
|　法華讃 ··············· 513
|　法華贊 ··············· 575
|　補遺 ················ 585
|良寛禅師奇話（解良栄重著）······· 593
|　＊凡例 ··············· 594
|　〔本文〕·············· 595
|＊良寛略年譜 ············· 607
|＊山本家（橘屋）系図·········· 612
|＊関係地図 ·············· 613
|＊句集索引 ·············· 614
|＊法華転・法華讃索引 ········· 617

［062］**伝承文学資料集成**
三弥井書店
全22巻
1988年2月〜

※刊行中

第1輯　聖徳太子伝記（牧野和夫編著）
1999年5月28日刊

＊略解題 ················ 1
＊凡例 ·················· 4
巻一（誕生前夜）············ 5
　二歳 ················· 14
　三歳 ················· 17
　四歳 ················· 19
　五歳 ················· 21
巻二 ·················· 25
　六歳 ················· 25
　七歳 ················· 28
　八歳 ················· 31
　九歳 ················· 34
　十歳 ················· 38
巻三 ·················· 49
　十一歳 ················ 49
　十二歳 ················ 54
　十三歳 ················ 58
　十四歳 ················ 63
　十五歳 ················ 83
巻四 ·················· 86
　十六歳 ················ 86
　十七歳 ················ 112
　十八歳 ················ 115
巻五 ·················· 119
　十九歳 ················ 119
　二十歳 ················ 126
　二十一歳 ··············· 129
　二十二歳 ··············· 136
巻六 ·················· 140
　二十三歳 ··············· 140
　二十四歳 ··············· 143
　二十五歳 ··············· 151
　二十六歳 ··············· 156
　二十七歳 ··············· 159
巻七 ·················· 172
　二十八歳 ··············· 172
　二十九歳 ··············· 175
　三十歳 ················ 179
　三十一歳 ··············· 182
　三十二歳 ··············· 188

三十三歳	……………………	*188*
巻八	……………………………	*198*
三十四歳	……………………	*198*
三十五歳	……………………	*201*
三十六歳	……………………	*208*
三十七歳	……………………	*217*
三十八歳	……………………	*221*
三十九歳	……………………	*224*
巻九	……………………………	*229*
四十歳	………………………	*229*
四十一歳	……………………	*232*
四十二歳	……………………	*234*
四十三歳	……………………	*243*
四十四歳	……………………	*249*
巻十	……………………………	*253*
四十五歳	……………………	*253*
四十六歳	……………………	*257*
四十七歳	……………………	*259*
四十八歳	……………………	*262*
四十九歳	……………………	*266*
五十歳	………………………	*270*
聖徳太子系図	…………………	*279*
聖徳太子建立四十六ヶ所寺院	…	*283*
＊校異一覧	…………………………	*287*
＊校異凡例	…………………………	*288*
＊校異	………………………………	*291*
＊刊行の辞（伝承文学資料集成刊行委員）		
	…………………………	巻末

第3輯　胡曽詩抄（黒田彰編著）
1988年2月10日刊

＊〔口絵〕	……………………………	巻頭
＊解題	…………………………………	7
＊凡例	…………………………………	39
胡曾詩抄〈神宮文庫本〉（［玄恵著］）	…	41
1　不周山	……………………………	43
2　涿鹿	………………………………	44
3　洞庭	………………………………	44
4　箕山	………………………………	45
5　蒼梧	………………………………	46
6　湘川	………………………………	47
7　幡冢	………………………………	48
8　塗山	………………………………	49
9　商郊	………………………………	50
10　傅岩	……………………………	51
11　鉅橋	……………………………	52
12　首陽山	…………………………	53
13　孟津	……………………………	54
14　渭浜	……………………………	55
15　漢江	……………………………	56

16　瑤池	………………………………	*57*
17　褒城	………………………………	*58*
18　流沙	………………………………	*59*
19　葉県	………………………………	*60*
20　緜山	………………………………	*61*
21　鄧城	………………………………	*61*
22　息城	………………………………	*62*
23　召陵	………………………………	*63*
24　綿山	………………………………	*64*
25　魯城	………………………………	*66*
26　騮騟陂	……………………………	*67*
27　夾谷	………………………………	*68*
28　姑蘇台	……………………………	*69*
29　章華台	……………………………	*70*
30　細腰宮	……………………………	*71*
31　陽台	………………………………	*71*
32　武関	………………………………	*72*
33　汨羅	………………………………	*73*
34　蘭台宮	……………………………	*74*
35　荊山	………………………………	*75*
36　呉宮	………………………………	*76*
37　会稽山	……………………………	*77*
38　呉江	………………………………	*78*
39　五湖	………………………………	*79*
40　磨笄山	……………………………	*80*
41　房陵	………………………………	*81*
42　黄金台	……………………………	*81*
43　濮水	………………………………	*82*
44　馬陵	………………………………	*83*
45　秦庭	………………………………	*85*
46　栢挙	………………………………	*86*
47　故宜城	……………………………	*87*
48　夷陵	………………………………	*88*
49　杜郵	………………………………	*88*
50　函谷関	……………………………	*89*
51　夷門	………………………………	*90*
52　邯鄲	………………………………	*91*
53　澠池	………………………………	*93*
54　長平	………………………………	*94*
55　即墨	………………………………	*95*
56　予譲橋	……………………………	*97*
57　成都	………………………………	*99*
58　虞坂	………………………………	*100*
59　朝歌	………………………………	*101*
60　望夫石	……………………………	*102*
61　金義嶺	……………………………	*103*
62　易水	………………………………	*104*
63　金牛駅	……………………………	*105*
64　鳳凰台	……………………………	*106*
65　云云亭	……………………………	*107*
66　長城	………………………………	*108*

67	阿房宮	109
68	東海	110
69	沙丘	110
70	咸陽	111
71	上蔡	112
72	殺子谷	113
73	軹道	114
74	大沢	115
75	滎陽	116
76	廃丘山	118
77	鴻溝	119
78	長安	120
79	平城	121
80	沛中	122
81	鴻門	123
82	彬県	124
83	烏江	125
84	垓下	126
85	博浪沙	127
86	圯橋	128
87	漢中	129
88	泜水	130
89	雲夢	131
90	高陽	132
91	田横墓	134
92	青門	135
93	四皓廟	136
94	長沙	137
95	覇陵	138
96	細柳営	139
97	番嶋	140
98	谷口	141
99	昆明池	142
100	廻中	143
101	河梁	144
102	居延	145
103	李陵台	146
104	黄河	147
105	望思台	148
106	東門	149
107	漢宮	151
108	青塚	152
109	射熊館	153
110	昆陽	154
111	隴西	155
112	白帝城	156
113	瀘沱河	157
114	銅柱	158
115	七里灘	159
116	玉門関	160
117	関西	161
118	柯亭	162
119	頴川	163
120	江夏	164
121	葛陂	165
122	銅雀台	166
123	西園	167
124	官渡	168
125	灞岸	169
126	濡須塢	169
127	赤壁	170
128	檀渓	171
129	南陽	172
130	瀘水	173
131	五丈原	174
132	金谷園	175
133	峴山	176
134	延平津	177
135	武昌	178
136	高陽池	179
137	華亭	180
138	予州	181
139	牛渚	181
140	東山	182
141	武陵渓	183
142	彭沢	184
143	洛陽	184
144	東晋	185
145	八公山	186
146	金陵	187
147	沙苑	188
148	石城	189
149	陳宮	190
150	汴水	191

＊付『胡曾詩鈔』〈書陵部本影印〉(宮脇弥一撰) ……193
＊刊行の辞(伝承文学資料集成刊行委員) ……巻末

第5輯　神道縁起物語（一）（榎本千賀編著）
2002年10月22日刊

＊〔口絵〕……巻頭
＊凡例……3
一　子持神社蔵『子持神社紀』……7
二　子持神社蔵『地主巻』……34
三　子持神社蔵『子持山大神紀』……50
四　子持神社蔵『児持山縁起』……69
五　子持神社蔵『縁起書』……76
六　子持神社蔵『上野国児持山縁起事』……100
七　子持神社蔵『子持山釈宮紀』……107
八　子持神社蔵『児持山宮紀』……109
九　子持神社蔵『子持大明神御神徳略紀』……112

一〇　木暮清一氏蔵『我妻郡七社縁起』…… 114
　一一　剣持千秋氏蔵『我妻七社大明神縁起』…… 121
　一二　高崎市立図書館中島藤一郎文庫蔵『吾妻七社大明神』…… 132
　一三　小渕勇二氏蔵『吾妻七社明神根元』…… 142
　一四　広山恒雄氏蔵『我妻郡七社明神縁起』…… 150
　一五　天理大学附属天理図書館吉田文庫蔵『上野国利根郡屋形原村正一位篠尾大明神之縁起』…… 157
　一六　唐沢姫雄氏蔵『和利宮縁起』…… 164
　一七　押江克夫氏蔵『新書子持山大明神縁起』…… 176
　一八　永井義憲氏蔵『子持山御縁起』…… 184
＊解題…… 191
　＊一　子持神社蔵『子持神社紀』…… 193
　＊二　子持神社蔵『地主巻』…… 193
　＊三　子持神社蔵『子持山大神紀』…… 194
　＊四　子持神社蔵『児持山縁起』…… 194
　＊五　子持神社蔵『縁起書』…… 194
　＊六　子持神社蔵『上野国児持山縁起事』…… 195
　＊七　子持神社蔵『子持山釈宮紀』…… 195
　＊八　子持神社蔵『児持山宮紀』…… 196
　＊九　子持神社蔵『子持大明神御神徳略紀』…… 196
　＊一〇　木暮清一氏蔵『我妻郡七社縁起』…… 196
　＊一一　剣持千秋氏蔵『我妻七社大明神縁起』…… 197
　＊一二　高崎市立図書館中島藤一郎文庫蔵『吾妻七社大明神』…… 197
　＊一三　小渕勇二氏蔵『吾妻七社明神根元』…… 197
　＊一四　広山恒雄氏蔵『我妻郡七社明神縁起』…… 198
　＊一五　天理大学附属天理図書館吉田文庫蔵『上野国利根郡屋形原村正一位篠尾大明神之縁起』…… 198
　＊一六　唐沢姫雄氏蔵『和利宮縁起』…… 198
　＊一七　押江克夫氏蔵『新書子持山大明神縁起』…… 199
　＊一八　永井義憲氏蔵『子持山御縁起』…… 199
＊解説―子持山の縁起と『神道集』巻六の三十四「上野国児持山之事」―（榎本千賀）…… 200
　＊表1　子持神社所蔵縁起の典拠…… 218
　＊表2　安永四年（一七七五）『子持神社紀』と『日本書紀』の対照…… 223
　＊表3　安永七年（一七七八）『子持山大神紀』と『鎌倉管領九代記』の対照…… 224

＊刊行の辞（伝承文学資料集成刊行委員）…… 巻末

第6輯　神道縁起物語（二）（大島由紀夫編著）
2002年3月20日刊

＊〔口絵〕…… 巻頭
＊緒言（大島由紀夫）…… 3
〈翻刻〉
1　上野国一宮御縁起…… 5
2　赤城記…… 9
3　赤城明神由来記…… 19
4　赤城山大明神御本地…… 33
5　水澤寺之縁起…… 49
6　上野国群馬郡船尾山物語…… 61
7　船尾山記…… 87
8　上毛花園星神縁記…… 107
9　上州群馬郡岩屋縁起…… 115
10　満勝寺略縁起…… 121
11　戸榛名山大権現御縁起…… 127
12　榛名山本地…… 131
13　惣社大明神草創縁起…… 145
14　長良大明神縁起之写…… 149
15　長良宮正伝記…… 151
16　天神縁起…… 155
17　三国三社権現縁起…… 161
18　信州加沢郷薬湯縁起…… 165
19　鹿島合戦…… 171
20　鹿島合戦…… 199
21　羊太夫栄枯記…… 215
〈影印〉
　1　上野鎮守赤城山大明神縁起…… 237
　2　上野国群馬郡船尾山御本地記…… 255
　3　群馬高井岩屋縁起…… 271
　4　青木山元榛名満行大権現由来伝記…… 279
＊神道縁起物語（二）解題…… 295
　＊凡例…… 296
　＊総論…… 297
　＊収載資料解題…… 299
　　＊〈翻刻〉1　上野国一宮御縁起…… 299
　　＊〈翻刻〉2　赤城記…… 300
　　＊〈翻刻〉3　赤城明神由来記…… 303
　　＊〈翻刻〉4　赤城山大明神御本地…… 304
　　＊〈翻刻〉5　水澤寺之縁起…… 305
　　＊〈翻刻〉6　上野国群馬郡船尾山物語…… 306
　　＊〈翻刻〉7　船尾山記…… 310
　　＊〈翻刻〉8　上毛花園星神縁記…… 311
　　＊〈翻刻〉9　上州群馬郡岩屋縁起…… 312
　　＊〈翻刻〉10　満勝寺略縁起…… 314
　　＊〈翻刻〉11　戸榛名山大権現御縁起…… 315
　　＊〈翻刻〉12　榛名山本地…… 316

* 〈翻刻〉13　惣社大明神草創縁起 …… 318
* 〈翻刻〉14　長良大明神起之写 …… 319
* 〈翻刻〉15　長良宮正伝記 …… 320
* 〈翻刻〉16　天神縁起 …… 321
* 〈翻刻〉17　三国三社権現縁起 …… 322
* 〈翻刻〉18　信州加沢郷薬湯縁起 …… 324
* 〈翻刻〉19　鹿島合戦 …… 326
* 〈翻刻〉20　鹿島合戦 …… 328
* 〈翻刻〉21　羊太夫栄枯記 …… 329
* 〈影印〉1　上野鎮守赤城山大明神縁起 …… 332
* 〈影印〉2　上野国群馬郡船尾山御本地記 …… 332
* 〈影印〉3　群馬高井岩屋縁起 …… 333
* 〈影印〉4　青木山元榛名満行大権現由来伝記 …… 334
* 刊行の辞（伝承文学資料集成刊行委員） …… 巻末

第7輯　義経双紙（今西実編著）
1988年9月30日刊

* 〔口絵〕 …… 巻頭
* 書誌 …… 1
* 解説 …… 3
* 凡例 …… 37
* 義経双紙 …… 39
   * 義経双紙　目録 …… 40
   * 巻第一 …… 45
   * 巻第二 …… 60
   * 巻第三 …… 91
   * 巻第四 …… 119
   * 巻第五 …… 157
   * 巻第六 …… 195
   * 巻第七 …… 239
   * 巻第八 …… 302
* 補注 …… 303
* 刊行の辞（伝承文学資料集成刊行委員） …… 巻末

第10輯　奥浄瑠璃集成（一）（福田晃, 神田洋, 真下美弥子編）
2000年7月15日刊

* 〔口絵〕 …… 巻頭
* 例言 …… 3
* 本文編 …… 5
   * 塩釜本地由来記（宮城県立図書館蔵）（神田洋, 福田晃翻刻） …… 7
   * 一宮御本地一生記（斎藤報恩会蔵）（神田洋, 福田晃翻刻） …… 47
   * 奥州一ノ宮御本地由来之事（斎藤報恩会蔵）（神田洋, 福田晃翻刻） …… 87
   * 奥州一ノ宮御本地（斎藤報恩会蔵）（神田洋, 福田晃翻刻） …… 107
   * 竹生嶋弁財天御本地（斎藤報恩会蔵）（真下美弥子翻刻） …… 123
   * 松浦誕生記（小野豪信氏蔵）（真下美弥子翻刻） …… 149
   * 竹生島弁才天由来記（斎藤報恩会蔵）（真下美弥子翻刻） …… 173
* 解題・解説 …… 203
   * 奥浄瑠璃テキストの性格 …… 205
   * 「塩釜御本地」解題・解説（神田洋, 福田晃） …… 224
      * 一　「塩釜御本地」の諸本 …… 224
      * 二　宮城県立図書館蔵「塩釜本地由来記」 …… 228
      * 三　斎藤報恩会蔵「一宮御本地一生記」 …… 238
      * 四　斎藤報恩会「奥州一ノ宮御本地由来之事」 …… 260
      * 五　斎藤報恩会蔵「奥州一ノ宮御本地」 …… 280
   * 「竹生島の本地」解題・解説（真下美弥子） …… 296
      * 一　「竹生島の本地」の諸本 …… 296
      * 二　斎藤報恩会蔵「竹生嶋弁財天御本地」（大場本）について …… 302
      * 三　小野豪信氏蔵「松浦誕生記」について …… 305
      * 四　斎藤報恩会蔵「竹生島弁才天由来記」（菊地本） …… 307
      * 五　伝承とテキスト …… 313
* 附録　奥浄瑠璃諸本目録（奥浄瑠璃研究会） …… 315
* あとがき─奥浄瑠璃研究会消息（真下美弥子） …… 345
* 刊行の辞（伝承文学資料集成刊行委員） …… 巻末

第14輯　近世咄本集（岡雅彦編著）
1988年5月30日刊

* 解説 …… 3
* 凡例 …… 25
* 大寄噺の尻馬（半紙本）（浪華梅翁ほか作, 長谷川貞信画） …… 27
   * 初篇 …… 27
   * 二篇 …… 79
   * 三篇 …… 139
* 大寄噺の尻馬（小本）（月亭生瀬ほか戯作, 友鳴松旭書画） …… 195

初篇	195
弐篇	223
三篇	247
四篇	275
五篇	301
六篇	325
＊刊行の辞（伝承文学資料集成刊行委員会） ……………………………………… 巻末

第15輯　宗祖高僧絵伝（絵解き）集
1996年5月18日刊

＊（解説総論）宗祖高僧絵伝の絵解き（渡邊昭五、堤邦彦） …………………… 3
＊（解説）尾道浄土寺の弘法大師絵伝と他大師絵伝の比較（渡邊昭五） ……… 33
尾道浄土寺弘法大師絵伝八幅 …… 57
＊（解説）三河西端の蓮如絵伝と絵解き（蒲池勢至） …………………………… 75
蓮如上人西端伝記 ………………… 92
＊（解説）法然上人伝絵勧説について（小山正文） ……………………………… 115
法然上人伝絵勧説 ………………… 123
＊（解説）「枕石山願法寺略縁起絵伝」の絵解き―その周辺を眺めつつ（林雅彦） 229
枕石山絵指縁起 …………………… 250
＊（解説）教信上人掛幅絵伝（難行図・易行図）の絵解き―加古川教信寺の絵解き―（渡邊昭五） ………………… 255
＊（解説）道元絵伝の成立（堤邦彦） … 281
＊（資料）文化十三年版『高祖道元禅師行状之図』 …………………………… 318
＊あとがき（林雅彦） ……………… 341
＊刊行の辞（伝承文学資料集成刊行委員会） ……………………………………… 巻末

第16輯　中国地方神楽祭文集（岩田勝編著）
1990年1月17日刊

＊〔口絵〕 …………………………… 巻頭
＊書誌解題 ………………………… 7
　＊一　原本の所蔵者 ……………… 7
　＊二　各説 ………………………… 8
　＊三　既収録資料類 ……………… 19
＊神楽祭文　総説 ………………… 23
　＊一　祭文研究の問題点と地方の祭文 23
　＊二　本書に収載した祭文の選定の要領 27
　＊三　祭文が誦まれる祭儀の場 … 28
　＊四　村方祭祀の祭儀の意図するもの 33
　＊五　司霊者による神霊に対する強制 38
　＊六　誦むと語ると …………… 48

＊七　祭文を舞う―伝承文学資料としての祭文 ………………………… 52
＊凡例 ……………………………… 55
第一部　弓神楽の祭文 …………… 57
　1　弓神楽の神事次第　出雲国意宇郡　備後国奴可郡・三上郡 ……………… 58
　2　「御弓ノ上ノ神事」　宝永五年　備後国奴可郡 ……………………………… 60
　3　「神事弓打立次第」「神勧請ノ次第」明和七年　備後国三上郡 ………… 65
　4　手草祭文　慶安四年　備後国奴可郡 70
　5　「打上恵美酒遊」　明和七年　備後国三上郡 ………………………………… 75
　6　「恵美須神遊祭文」　大正三年　備後国奴可郡 ……………………………… 78
＊弓神楽の祭文　解説 …………… 79
　＊一　弓神楽の形態による祭儀 … 79
　＊二　打立て・神迎え …………… 86
　＊三　手草祭文 …………………… 91
　＊四　遊びと託宣 ………………… 95
　＊五　神送り ……………………… 105
　＊六　恵美須遊び ………………… 106
　＊七　弓上げ ……………………… 107
第二部　土公祭文 ………………… 109
　7　五龍王祭文　文明九年　安芸国佐伯郡 110
　8　「土公祭文」　天文十四年　安芸国山県郡 …………………………………… 112
　9　「大土公神祭文」　延宝七年　安芸国山県郡 ………………………………… 115
　10　「神道祭文」　元禄八年　備後国奴可郡 119
　11　「五行霊土公神旧記」　明和・安永の頃　備後国奴可郡 …………………… 125
　12　「土公神延喜祭文秡」　寛政三年　備後国甲奴郡 …………………………… 151
＊土公祭文　解説 ………………… 176
　＊一　地霊のしずめ ……………… 176
　＊二　地霊をしずめるための行法 179
　＊三　『簠簋内伝』の所伝とその前後 182
　＊四　祝詞の舞 …………………… 189
　＊五　五龍王祭文から土公祭文へ 193
　＊六　大土公神祭文 ……………… 196
　＊七　弓神楽による土公祭文 …… 206
第三部　祝師による祭文 ………… 221
　13　天刑星祭文　中世後期　安芸国佐伯郡 222
　14　修祓祭文　明応四年　安芸国佐伯郡 224
　15　「竈神祭文」　天文十五年　安芸国佐伯郡 …………………………………… 227
　16　呪咀祭文　天文二年　安芸国山県郡 228
　17　金山の祭文　天文十年　安芸国山県郡 232
　18　「五形のさいもん」　天文十五年　安芸国山県郡 ………………………… 237

19 「五形之祭文」 天文十九年 安芸国山
　県郡 ……………………………………… *244*
＊祝師による祭文 解説 …………… *247*
　＊一 祝師と祝者 ………………… *247*
　＊二 天刑星法にかかわる祭文 … *249*
　＊三 竈神と三宝荒神（荒神）と土公
　　　神（土公） ……………………… *252*
　＊四 呪咀祭文 …………………… *257*
　＊五 金山の祭文と舞 …………… *264*
　＊六 五形の祭文 ………………… *266*
第四部 死霊のしずめの祭文と再生の祭文 … *273*
　20 「六道十三仏ノカン文」 貞享五年 備
　　　後国奴可郡 ……………………… *274*
　21 「後夜ノ遊ノ歌」 大正十四年 備後国
　　　三上郡 …………………………… *285*
　22 橋経次第下 天保四年 隠岐国知夫郡 … *287*
　23 「喪祭身売ノ次第」 天保年間 隠岐国
　　　知夫郡 …………………………… *290*
　24 「松ノ能ノ本」 寛文四年 備後国奴可
　　　郡 ………………………………… *294*
　25 松供養 永正十七年 安芸国山県郡 … *296*
　26 「松供養」「六道ノ有様」 中世後期
　　　備後国奴可郡 …………………… *299*
　27 「六道開ノ本」 明応七年 安芸国山県
　　　郡 ………………………………… *304*
　28 花揃への唱文・「妙見三神御神託」
　　　元治元年 安芸国豊田郡・備後国御調
　　　郡 ………………………………… *307*
　＊死霊のしずめの祭文と再生の祭文 解
　　　説 ………………………………… *312*
　　＊一 神楽と祭文による死霊のしずめ
　　　　 ………………………………… *313*
　　＊二 葬祭神楽と霊祭神楽 ……… *320*
　　＊三 松神楽と八注連神楽 ……… *324*
　　＊四 再生の祭儀としての松神楽と柱
　　　　松行事 ………………………… *329*
　　＊五 現世の生者による六道の通過 … *333*
　　＊六 松神楽における八関の通過 … *335*
　　＊七 現世の生者の再生の祭儀 … *340*
＊刊行の辞（伝承文学資料集成刊行委員）
　　　……………………………………… 巻末

第17輯　女訓抄（美濃部重克，榊原千鶴編著）
2003年10月24日刊

天理図書館蔵『女訓抄』翻刻（美濃部重克） … *3*
穂久邇文庫蔵『女訓抄』翻刻（榊原千鶴） … *71*
＊天理図書館蔵『女訓抄』解説（美濃部重
　克） ………………………………… *188*
＊穂久邇文庫蔵『女訓抄』解説（榊原千
　鶴） ………………………………… *228*

＊刊行の辞（伝承文学資料集成刊行委員）
　　　……………………………………… 巻末

第18輯　宮崎県日南地域盲僧資料集（高松敬
吉編著）
2004年5月21日刊

＊総説 ………………………………………… *1*
＊一、はじめに ……………………………… *2*
＊二、日南地域の盲僧の動向 ……………… *3*
＊三、盲僧寺院の分布 ……………………… *5*
＊四、廻檀収入 …………………………… *18*
＊五、盲僧成願 …………………………… *19*
＊六、盲僧の廻檀活動 …………………… *22*
＊七、まとめ ……………………………… *24*
＊資料解題 ………………………………… *27*
　＊（一）『萃頂要略附録 第卅六 盲僧支
　　　配』 ………………………………… *30*
　＊（二）地福寺 ………………………… *53*
　＊（三）長徳寺 ………………………… *76*
　＊（四）永照寺 ………………………… *88*
（一）青蓮院文書 ………………………… *101*
（二）地福寺文書 ………………………… *123*
（三）長徳寺文書 ………………………… *161*
（四）永照寺文書 ………………………… *239*
＊大正本釈文影印資料 …………………… *287*
＊刊行の辞（伝承文学資料集成刊行委員）
　　　……………………………………… 巻末

第19輯　地神盲僧資料集（荒木博之，西岡陽
子編著）
1997年12月5日刊

＊序説（荒木博之） ………………………… *1*
＊解題 ……………………………………… *27*
鶏足寺文書 ………………………………… *43*
　覚・記録等 ……………………………… *45*
　一 口宣案 永禄四年六月二十日 …… *45*
　二 三田井親武祈進状 天文十六年九
　　　月七日 ……………………………… *45*
　三 高岳寺末寺中ヘ触 延享三年二月 … *45*
　四 境内書上仰 延享四年九月晦日 … *46*
　五 神社書上帳写 宝暦十年四月 …… *47*
　六 奉加帳 明和七年八月 …………… *47*
　七 記録覚 安永三年五月 …………… *50*
　八 諸事覚帳 安永九年六月 ………… *52*
　九 天明二年飢饉之誌 天明三年二月
　　　十三日 ……………………………… *55*
　十 御本山御用書上帳 天明三年八月 … *56*
　十一 記録書抜 天明三年十月 ……… *57*
　十二 下野村庄屋願 天明四年正月 … *64*

十三 青蓮院盲僧改廻文帳 天明四年
　　九月 ………………………………… 65
十四 公儀御触書扣 寛政元年師走 … 76
十五 有謂扣書 寛政元年 ……………… 80
十六 鶏足寺書上 寛政二年八月 …… 83
十七 八幡山後偏伝 寛政三年三月 … 85
十八 差上申一礼之事 寛政三年八月
　　一日 …………………………………… 88
十九 真鏡請書 寛政四年三月 ………… 88
二十 鶏足寺記録帳 寛政五年 ………… 89
二一 鶏足寺所謂霊験扣帳 寛政五年
　　師走 …………………………………… 91
二二 本山へ書上扣帳 寛政八年四月
　　二十七日 ……………………………… 96
二三 諸事扣覚 享和元年五月十四日 … 97
二四 盲僧頭格福泉巨寛書上 文化九
　　年五月 ………………………………… 105
二五 悪魔祓祈禱願状 天保十一年八
　　月五日 ………………………………… 106
二六 差上申一礼之事 嘉永三年十二
　　月 ……………………………………… 107
二七 邪鬼祓願状 安政三年九月 …… 109
二八 御取調神社旧記書上帳扣 慶応
　　四年五月 ……………………………… 109
二九 頭格仰付状 ……………………… 112
三十 徳別当村中より願状 …………… 113
三一 御祈禱花米村継覚 ……………… 115
三二 村中困窮付覚 …………………… 115
三三 茶俵村継覚 ……………………… 116
三四 京都よりの書状抜書 …………… 117
三五 八幡宮記録帳 …………………… 117
三六 鶏足寺諸記録 …………………… 118
縁起・系図など …………………………… 121
三七 八幡宮御記録 …………………… 121
三八 鶏足寺系図 ……………………… 124
掟・規則 …………………………………… 126
三九 栗田御殿御直未御免之事、御掟
　　之事 天明八年八月 ………………… 126
許状・衣体免状 …………………………… 138
四十 布小五条袈裟免状 寛政三年正
　　月 ……………………………………… 138
四一 布小五条袈裟免状 寛政三年正
　　月 ……………………………………… 138
四二 赤地小五条袈裟免状 寛政三年
　　七月四日 ……………………………… 138
四三 木蘭色衣免状 寛政三年七月四
　　日 ……………………………………… 139
四四 杖免状 寛政三年七月四日 …… 139
四五 香染色衣免状 天保九年四月十
　　五日 …………………………………… 139
四六 赤地小五条袈裟免状 天保九年
　　四月十五日 …………………………… 140

諸作法・占書など ………………………… 140
四七 安倍晴明日取之巻 天文三年二
　　月 ……………………………………… 140
四八 勤行之次第 寛文十年二月 …… 150
四九 兵法一巻之書 …………………… 154
五十 十七夜立待大事他 延宝六年三
　　月 ……………………………………… 160
五一 兵法九字十字法他 享禄三年 … 161
五二 五字文殊所作他 享保十五年八
　　月 ……………………………………… 162
五三 愛染明王男女和合法 文政五年
　　十月二十一日 ………………………… 163
五四 火前法 文政八年二月二十一日 … 164
五五 日天子秘法他 文政八年八月六
　　日 ……………………………………… 164
五六 水神秘法 天保三年九月 ……… 165
五七 火鎮之法水天法 ………………… 166
五八 イツナクワンシヤ ……………… 168
五九 智羅天法 ………………………… 168
六十 疱瘡之祓 天保五年九月 ……… 170
六一 疱瘡除祈願文 明治十九年三月 … 171
六二 山渡祭文 ………………………… 171
六三 午王宝印 天明二年二月 ……… 172

長久寺文書 ………………………………… 173
覚・記録等 ………………………………… 175
一 申達之覚 天明六年十月 ………… 175
二 年頭御礼禄受領覚 嘉永五年七月 … 179
三 地神盲僧補任願副本 明治四十二
　　年三月 ………………………………… 180
四 神明供檀那帳 天保七年 ………… 209
印鑑・衣体免状 …………………………… 211
五 印鑑 頭家督 印鑑 平僧善教 嘉永
　　五年七月 ……………………………… 211
六 赤地小五条袈裟免状 寛政三年十
　　一月十日 ……………………………… 212
七 布小五条袈裟免状 天保七年四月
　　九日 …………………………………… 212
八 杖免状 嘉永五年七月十九日 …… 212
九 青蓮院盲僧定 寛政三年正月 …… 213
十 盲僧規則書 明治十二年 ………… 215
十一 天台宗地神盲僧 常楽院部規則
　　写 明治四十二年 …………………… 216
十二 天台宗地神盲僧 常楽院部細則
　　写 明治四十二年 …………………… 219
十三 回国修行心得 ………………… 226
縁起・系図 ………………………………… 227
十四 地神座頭之根源聞書 享保元年 … 227
十五 地神座頭縁起 天保五年 ……… 228
十六 長久寺系図 ……………………… 229
十七 家督年譜 ………………………… 231
（参考） ……………………………………… 237

十八　真慶山長久寺縁起写(付：真慶
　　　　山宝光寺根元之事) 文政九年五月 … 237
　　十九　仏説盲僧元祖縁起写　天保十一
　　　　年 … 241
　祭文など … 243
　　二十　地神経釈文 … 243
　　二一　願文 … 270
　　二二　中臣祓・熊野和讃　享保九年十一
　　　　月 … 271
　　二三　三瀬御祓 … 273
　占書・作法書など … 275
　　二四　屋敷図 … 275
　　二五　符　明和九年 … 279
　　二六　諸法口伝書 … 285
　　二七　新撰陰陽書八卦上目録　慶応元
　　　　年九月 … 293
　　二八　護身法 … 308
　成就寺文書 … 311
　　諸記録 … 313
　　　一　座頭告文状　享和元年十月八日 … 313
　　　二　盲僧取締補任状　明治十二年八月
　　　　三十一日 … 313
　　　三　天台宗大徳補任状　明治十五年七
　　　　月一日 … 313
　　　四　明都口上覚 … 314
　　祭文 … 314
　　　五　エンギ経Ⅰ … 314
　　　六　エンギ経Ⅱ … 319
　　　七　呪文チガイ・神送り・荒神ノシク
　　　　ノモン　大正六年 … 322
　　　八　屋敷ソウデン　明治二十八年 … 326
　佐世保盲僧祭文 … 329
　　神集 … 331
　　地門違 … 333
　　屋敷ソウレ、稲ソウレ … 335
　　神送り … 336
　　縁祇ノ経 … 336
＊刊行の辞(伝承文学資料集成刊行委員)
　　　　　　　　　　　　　　　 … 巻末

第20輯　肥後・琵琶語り集(野村眞智子編)
2006年12月29日刊

＊〔口絵〕 … 巻頭
＊はしがき(福田晃) … 5
＊凡例 … 9
本文資料 … 13
　一　わたまし神事(山鹿良之奏) … 14
　二　わたまし(中山米作奏) … 23
　三　一の谷嫩軍記(野添栄喜奏) … 26
　四　一の谷(山鹿良之奏) … 27
　五　一の谷(二)(西村定一奏) … 34

　六　小敦盛(山鹿良之奏) … 39
　七　浮草源氏(野添栄喜奏) … 66
　八　大江山(羅生門)(中山米作奏) … 72
　九　小栗判官(山鹿良之奏) … 75
　十　あぜかけ姫(山鹿良之奏) … 84
　十一　二代長者(俊徳丸)(山鹿良之奏) … 98
　十二　菊池くずれ(山鹿良之奏) … 112
　十三　都合戦筑紫下り(玉依姫一代記・
　　　牡丹長者・高安者)(山鹿良之奏) … 125
　十四　筑前原田説法(山鹿良之奏) … 174
　十五　天竜川(山鹿良之奏) … 215
　十六　五郎正宗(中山米作奏) … 288
　十七　餅酒合戦(一)(山鹿良之奏) … 290
　十八　餅酒合戦(二)(西村定一奏) … 294
　十九　餅酒合戦(三)(野添栄喜奏) … 296
　二十　魚づくし(鯛の押掛婿入話)(西村
　　　定一奏) … 297
　二十一　野菜づくし(野添栄喜奏) … 299
　二十二　豊後浄瑠璃(野添栄喜奏) … 300
　二十三　端唄(一)(中山米作奏) … 301
　二十四　端唄(二)(山鹿良之奏) … 302
手書き台本 … 306
　一　一の谷嫩軍記・須磨の浦 … 306
　二　常盤伏見の落ち … 309
　三　浮草源氏 … 310
　四　琵琶歌の魚づくし … 315
＊肥後琵琶採訪報告 … 317
＊あとがき(野村眞智子) … 357
＊刊行の辞(伝承文学資料集成刊行委員)
　　　　　　　　　　　　　　　 … 巻末

第21輯　医説(福田安典編著)
2002年8月23日刊

＊凡例 … 6
＊醫説序 … 7
＊醫説目録 … 11
醫説巻第一(張杲著) … 36
　歴代名醫 … 36
醫説巻第二 … 71
　醫書 … 71
　本草 … 73
　鍼灸 … 77
　神醫 … 89
醫説巻第三 … 102
　神方 … 102
　診法 … 110
　傷寒 … 118
　諸風 … 127
醫説巻第四 … 140
　勞瘵 … 140
　鼻衄吐血 … 150

頭風	152
眼疾	153
口歯喉舌耳	161
骨骾	167
喘嗽	170
翻胃	174
醫説巻第五	176
心疾健忘	176
膈噎諸気	184
消渇	192
心腹痛	195
諸瘧	200
癥瘕	203
諸蟲	207
醫説巻第六	215
臓腑泄痢	215
腸風痔疾	221
癰疽	223
脚気	229
漏	231
腫瘰	234
中毒	237
解毒	243
醫説巻第七	248
積	248
撕撲打傷	250
奇疾	255
蛇蟲獣咬犬傷	267
湯火金瘡	272
食忌	276
醫説巻第八	287
服餌并藥忌	287
疾證	300
論醫	309
醫説巻第九	313
養生脩養調攝	313
金石藥之戒	325
婦人	331
醫説巻第十	343
小兒	343
瘡	354
五絶病	362
疝瘤癖	364
醫功報應	368
跋	375
*『醫説』解題	379
*刊行の辞(伝承文学資料集成刊行委員)	巻末

第22輯　医談抄（美濃部重克編）
2006年2月14日刊

*医談抄 解説	1
*一 はじめに（美濃部重克）	1
*二 医事説話の世界―『医談抄』の窓から―（美濃部重克）	4
*三 ある日の宮廷医師（美濃部重克）	17
*四 諸本と本文について（辻本裕成）	27
*五 丹波氏と和気氏（中根千絵）	57
*六 惟宗家の系譜（中根千絵）	64
*七 歌壇における宮廷医師の活動―文芸と医家―（辻本裕成）	72
*八 典拠とその周辺（辻本裕成、中根千絵、小野裕子）	76
*九 『医談抄』典拠等概観（小野裕子）	118
*凡例	121
医談抄上脈法 鍼灸 薬療（惟宗具俊著）	125
1 診脈難察事	126
2 上古診脈証験事	127
3 針石起事	134
4 針殺生人事	135
5 上古針術験事	136
6 火針事	141
7 灸起事	142
8 諸療不如灸事	143
9 灸時剋事	143
10 追日可灸事	144
11 脚気灸事	144
12 灸有補瀉事	145
13 灸不爛事	146
14 阿是灸事	146
15 孔穴寸法事	146
16 芯炷事	147
17 灸鳴走事	148
18 壮数事	148
19 本草薬療事	149
20 寒熱対治事	150
21 合薬事	151
22 諸薬採貯事	152
23 諸薬試験事	153
24 毒薬依人事	156
25 根茎花実可異事	157
26 薬名可分別事	158
27 毒物為薬事	161
医談抄下雑言（惟宗具俊著）	167
1 慈悲救療事	168
2 名利貴事	169
3 医可正直事	171
4 傍医嫉妬事	173
5 可信医教事	173
6 医者意也事	175
7 非其人不伝事	178

| 8 可賞医道事 ……………………… 180
| 9 良医失事 ………………………… 182
| 10 貴人療治事 ……………………… 184
| 11 練習功事 ………………………… 185
| 12 不任本説事 ……………………… 187
| 13 当座才智事 ……………………… 188
| 14 医術色代事 ……………………… 189
| 15 伝屍癩病不可治事 ……………… 190
| 16 邪気事 …………………………… 192
| 17 姪欲病事 ………………………… 197
| 18 色欲過度事 ……………………… 199
| 19 末代病深重事 …………………… 199
| 20 前世余福事 ……………………… 201
| 21 大怒病差事 ……………………… 203
| 22 悸愈病事 ………………………… 204
| 23 疑病事 …………………………… 205
| 24 小食人寿老事 …………………… 206
| 25 大食病事 ………………………… 206
| 26 飲酒病事 ………………………… 208
| 27 上戸下戸事 ……………………… 209
| 28 鱠不可食事 ……………………… 210
| 29 異疾事 …………………………… 210
| 30 風呂事 …………………………… 217
| 31 温泉事 …………………………… 217
| 32 丹家有霊事 ……………………… 218
* 出典一覧 …………………………… 221
* 人名索引 …………………………… ⅰ
* 刊行の辞(伝承文学資料集成刊行委員会)
　　　　　　　　　　　　　　……… 巻末
* 執筆者略歴 ………………………… 巻末

[063] 銅脈先生全集
太平書屋
全2巻
2008年12月～2009年11月
(斎田作楽編)

上巻　狂詩狂文集(影印)
2008年12月刊

* 口絵 ………………………………… 巻頭
〈影印凡例〉 ………………………………… 4
太平楽府(明和六年序跋 長才房板) ……… 5
勢多唐巴詩(明和八年八月刊 佐々木惣四郎板) ……………………………………… 61
吹寄蒙求(安永二年四月刊 佐々木惣四郎板) ……………………………………… 107
銅脈先生太平遺響(安永七年秋刊 愛敬堂板) ……………………………………… 157
銅脈先生狂詩画譜(天明六年春刊 佐々木惣四郎板) ……………………………… 223
二大家風雅(寛政二年孟秋刊 竹苞楼板) … 281
太平遺響 二編(寛政十一年春序 銭屋惣四郎板) ……………………………………… 329
* 解説 ………………………………… 381
〈参考文献〉 ………………………………… 383
　* 太平楽府 …………………………… 385
　* 勢多唐巴詩 ………………………… 403
　* 吹寄蒙求 …………………………… 412
　* 銅脈先生太平遺響 ………………… 419
　* 銅脈先生狂詩画譜 ………………… 428
　* 二大家風雅 ………………………… 444
　* 太平遺響 二編 …………………… 452
* 竹苞楼大秘録(『若竹集』より) ……… 457
* 板木の拓本(奈良大学蔵) ……………… 469

下巻　和文戯作集
2009年11月刊

* 口絵 ………………………………… 巻頭
* 〈翻刻凡例〉 ……………………………… 4
針の供養(安永三年春刊 近江屋市兵衛他板) … 3
太平楽国字解(安永五年正月刊 河南儀兵衛他板) ……………………………………… 83
忠臣蔵人物評論(天明元年六月刊 銭屋惣四郎板) ……………………………………… 125
婦女教訓當世心筋立(寛政二年正月刊 佐々木惣四郎他板) ……………………… 147
唐土奇談(寛政二年正月刊 斉藤庄兵衛他板) ……………………………………… 181
風俗三石士(弘化元年冬刊 林芳兵衛他板) … 245

写本風俗三石士（京都大学附属図書館所蔵）………… 295
全狂詩狂文集訓読 …………………………………… 319
　＊〈訓読凡例〉……………………………………… 320
　　太平楽府 ………………………………………… 321
　　勢多唐巴詩 ……………………………………… 339
　　吹寄蒙求 ………………………………………… 351
　　銅脈先生太平遺響 ……………………………… 361
　　銅脈先生狂詩画譜 ……………………………… 381
　　二大家風雅 ……………………………………… 387
　　太平遺響二編 …………………………………… 403
序跋画賛集 …………………………………………… 423
　＊序跋画賛集・解説（斎田作楽）………………… 445
＊銅脈先生（畠中正春）年譜（斎田作楽）………… 457
　＊〈出典〉…………………………………………… 459
　＊〈畠中家系譜〉…………………………………… 460
　＊〈畠中家略史〉…………………………………… 463
　＊〈聖護院と聖護院村〉…………………………… 468
　＊銅脈先生（畠中正春）年譜 …………………… 473
　＊銅脈先生年譜 注 ……………………………… 493
　＊〈付録1・鈴鹿家記〉…………………………… 527
　＊〈付録2・畠中家史〉…………………………… 535
　＊〈畠中家居宅考〉………………………………… 541
＊解説 ………………………………………………… 545
　＊針の供養 ………………………………………… 547
　＊太平楽国字解 …………………………………… 551
　＊忠臣蔵人物評論 ………………………………… 555
　＊婦女教訓当世心筋立 …………………………… 560
　＊唐土奇談 ………………………………………… 564
　＊風俗三石士 ……………………………………… 573
　＊写本風俗三石士 ………………………………… 580
＊口絵解説（斎田作楽）……………………………… 583
＊印譜 ………………………………………………… 591
＊（参考）東山全図 ………………………………… 597
＊あとがき（斎田作楽）……………………………… 601

［064］西沢一風全集
汲古書院
全6巻
2002年8月～2005年10月
（西沢一風全集刊行会編，代表 長谷川強）

第1巻
2002年8月刊

＊刊行にあたって（長谷川強）……………………… 1
＊凡例 ………………………………………………… 9
新色五巻書（しんしきごくはんしょ）（倉員正江
　翻刻）……………………………………………… 1
　序 …………………………………………………… 3
　一之巻 ……………………………………………… 4
　二之巻 ……………………………………………… 20
　三之巻 ……………………………………………… 37
　四之巻 ……………………………………………… 54
　五之巻 ……………………………………………… 71
御前義経記（ごぜんぎけいき）（井上和人翻刻）… 89
　一之巻 ……………………………………………… 91
　二之巻 ……………………………………………… 108
　三之巻 ……………………………………………… 125
　四之巻 ……………………………………………… 143
　五之巻 ……………………………………………… 160
　六之巻 ……………………………………………… 177
　七之巻 ……………………………………………… 193
　八之巻 ……………………………………………… 209
寛濶曽我物語（くわんくわつそがものかたり）（神
　谷勝広翻刻）……………………………………… 229
　一之巻 ……………………………………………… 231
　二之巻 ……………………………………………… 248
　三之巻 ……………………………………………… 264
　四之巻 ……………………………………………… 281
　五之巻 ……………………………………………… 297
　六之巻 ……………………………………………… 314
　七之巻 ……………………………………………… 332
　八之巻 ……………………………………………… 351
　九之巻 ……………………………………………… 368
　十之巻 ……………………………………………… 382
　十一之巻 …………………………………………… 396
　十二之巻 …………………………………………… 410
＊御前義経記 参考図版 …………………………… 423
＊解題 ………………………………………………… 427
　＊新色五巻書（倉員正江）……………………… 427
　＊御前義経記（井上和人）……………………… 429
　＊寛濶曽我物語（神谷勝広）…………………… 437

第2巻
2003年3月刊

[064] 西沢一風全集

* 凡例 ... 9
女大名丹前能(おんなだいみやうたんせんのふ)(杉本和寛翻刻) ... 1
　初巻 ... 3
　二之巻 ... 18
　三之巻 ... 36
　四之巻 ... 52
　五之巻 ... 67
　六之巻 ... 83
　七之巻 ... 96
　八之巻 ... 110
　跋 ... 122
風流今平家(ふうりういまへいけ)(川元ひとみ翻刻) ... 123
　一二之巻 ... 125
　三四之巻 ... 138
　五六之巻 ... 152
　七八之巻 ... 166
　九十之巻 ... 181
　十一十二之巻 ... 195
傾城武道桜(けいせいぶだうざくら)(杉本和寛翻刻) ... 211
　初巻 ... 213
　二之巻 ... 229
　三之巻 ... 245
　四之巻 ... 265
　五之巻 ... 286
伊達髪五人男(たてかみこにんおとこ)(江本裕翻刻) ... 307
　初巻 ... 309
　二巻 ... 322
　三之巻 ... 335
　四之巻 ... 349
　五之巻 ... 362
風流三国志(ふうりうさんごくし)(佐伯孝弘翻刻) ... 375
　一之巻 ... 377
　二之巻 ... 394
　三之巻 ... 409
　四之巻 ... 425
　五之巻 ... 441
風流御前(ふうりうこぜん)二代曽我(たいそか)(江本裕翻刻) ... 459
　一之巻 ... 461
　二之巻 ... 478
　三之巻 ... 493
　四之巻 ... 509
　五之巻 ... 524
　六之巻 ... 537
　跋 ... 550
* 傾城武道桜 参考図版 ... 553
* 伊達髪五人男 参考図版 ... 554

* 解題 ... 557
　* 女大名丹前能(杉本和寛) ... 557
　* 風流今平家(川元ひとみ) ... 560
　　* 似勢平氏年々分際(『風流今平家』の改題本) ... 570
　* 傾城武道桜(杉本和寛) ... 571
　* 伊達髪五人男(江本裕) ... 573
　* 風流三国志(佐伯孝弘) ... 577
　　* けいせい禁談義(『風流三国志』改題修訂本) ... 579
　　* 帙題浮世草子(『けいせい禁談義』改題修訂本) ... 585
　* 風流御前二代曽我(江本裕) ... 586
　　* 敵討住吉軍記(『風流御前二代曽我』の改題修訂本) ... 589
　　* 傾城艶軍談(『敵討住吉軍記』の改題本) ... 590

第3巻
2003年11月刊

* 凡例 ... 9
けいせい伽羅三昧(きやらしやみせん)(井上和人翻刻) ... 1
　序 ... 3
　一之巻 ... 4
　二之巻 ... 20
　三之巻 ... 32
　四之巻 ... 73
　五之巻 ... 86
今源氏空船(いまげんじうつほぶね)(藤原英城翻刻) ... 103
　一之巻 ... 105
　二之巻 ... 120
　三之巻 ... 134
　四之巻 ... 148
　五之巻 ... 161
国性爺御前軍談(こくせんやごぜんぐんだん)(佐伯孝弘翻刻) ... 177
　序 ... 179
　一之巻 ... 183
　二之巻 ... 197
　三之巻 ... 211
　四之巻 ... 227
　五之巻 ... 240
色縮緬百人後家(いろちりめんひやくにんごけ)(神谷勝広翻刻) ... 251
　序 ... 253
　壱之巻 ... 254
　二之巻 ... 268
　三之巻 ... 282
　四之巻 ... 296
　五之巻 ... 308

乱脛三本鑓（みだれはぎさんぼんやり）（倉員正江
　翻刻）······ 323
　一之巻 ······ 325
　二之巻 ······ 341
　三之巻 ······ 359
　四之巻 ······ 374
　五之巻 ······ 388
　六之巻 ······ 403
熊坂今物語（くまさかいまものがたり）（佐伯孝弘
　翻刻）······ 419
　一之巻 ······ 421
　二之巻 ······ 434
　三之巻 ······ 446
　巻之四 ······ 459
　巻之五 ······ 472
色茶（いろちゃ）屋頻卑顔（しかみかほ）（藤原英
　城翻刻）······ 485
　色茶屋頻卑顔 ······ 487
　茶屋諸分調方記 ······ 502
＊解題 ······ 569
　＊けいせい伽羅三味（井上和人）······ 569
　＊今源氏空船（藤原英城）······ 574
　＊国性爺御前軍談（佐伯孝弘）······ 577
　＊色縮緬百人後家（神谷勝広）······ 583
　＊乱脛三本鑓（倉員正江）······ 586
　＊熊坂今物語（佐伯孝弘）······ 590
　＊色茶屋頻卑顔（藤原英城）······ 595

第4巻
2004年6月刊

＊凡例 ······ 3
阿漕（あこぎ）（神津武男翻刻）······ 1
　阿漕 二人ひくに道行 ······ 3
井筒屋源六恋寒晒（沓名定翻刻）······ 15
　井筒屋源六恋寒晒 ······ 17
　中之巻 ······ 25
　下之巻 ······ 36
日本五山建仁寺供養（長友千代治翻刻）······ 53
　日本五山建仁寺供養 ······ 55
　第二 ······ 68
　名所曾根の松 ······ 72
　第三 ······ 80
　第四 ······ 99
　道行かつら男 ······ 109
　第五 ······ 118
頼政追善芝（大橋正叔翻刻）······ 125
　頼政追善芝 ······ 127
　第二 ······ 140
　第三 ······ 155
　第四 ······ 172
　あやめのまへ道行 ······ 193

宇治八景 ······ 195
＊収録作品図版 ······ 205
　＊阿漕 ······ 207
　＊井筒屋源六恋寒晒 ······ 215
　＊日本五山建仁寺供養 ······ 239
　＊頼政追善芝 ······ 283
＊解題 ······ 329
　＊阿漕（神津武男）······ 329
　＊井筒屋源六恋寒晒（沓名定）······ 332
　＊日本五山建仁寺供養（長友千代治）······ 335
　＊頼政追善芝（大橋正叔）······ 344

第5巻
2005年2月刊

＊凡例 ······ 3
女蟬丸（神津武男翻刻）······ 1
　女蟬丸 ······ 3
　第二 ······ 12
　第三 ······ 27
　第四 てぐるまたつわか道行涙の重荷 ······ 47
　第五 ······ 63
昔米万石通（長友千代治翻刻）······ 69
　昔米万石通 上之巻 ······ 71
　中之巻 ······ 84
　下之巻 ······ 95
　居ながら道行 ······ 98
南北軍問答（沓名定翻刻）······ 111
　南北軍問答 ······ 113
　第二 ······ 124
　第三 ······ 138
　第四 ······ 158
　第五 ······ 173
　道行三枚兜 ······ 174
美丈御前幸寿丸身替弸張月（みかはりゆみはりづき）
　（石川了翻刻）······ 185
　美丈御前幸寿丸身替弸張月 ······ 187
　第二 ······ 202
　第三 ······ 210
　洛陽名所扇 ······ 211
　第四 法皇巡礼道行 ······ 229
　継子立かぞへ哥 ······ 238
　第五 ······ 243
＊収録作品図版 ······ 251
　＊女蟬丸 ······ 253
　＊昔米万石通 ······ 299
　＊南北軍問答 ······ 325
　＊美丈御前幸寿丸身替弸張月 ······ 371
＊解題 ······ 415
　＊女蟬丸（神津武男）······ 415
　＊昔米万石通（長友千代治）······ 417

[064] 西沢一風全集

＊南北軍問答（沓名定）……………… 423
＊美丈御前幸寿丸身替弭張月（石川了）…… 426

第6巻
2005年10月刊

＊凡例 ……………………………………… 3
大仏殿万代石楚（西沢一風，田中千柳作，
　大橋正叔翻刻・解題） ………………… 1
　大仏殿万代石楚 ………………………… 3
　　第二 …………………………………… 20
　　第三 …………………………………… 32
　　糸竹ひめみちゆき …………………… 41
　　第四 …………………………………… 52
　　第五 …………………………………… 64
北条時頼記（西沢一風，並木宗助作，長友
　千代治翻刻・解題，神津武男解題）…… 71
　北条時頼記 ……………………………… 73
　　第二 …………………………………… 87
　　第三 …………………………………… 100
　　道行くまがへ笠 ……………………… 110
　　第四 …………………………………… 125
　　第五 …………………………………… 140
　　女はちの木 …………………………… 144
今昔操年代記（いまむかしあやつりねんだいき）（西
　沢一風著，石川了翻刻・解題） ……… 153
　上之巻 …………………………………… 155
　　目録 …………………………………… 155
　　近来操年代記序 ……………………… 156
　　浄瑠璃来暦 …………………………… 158
　下之巻 …………………………………… 170
　　目録 …………………………………… 170
　　今昔操年代記下 ……………………… 171
　　竹本政太夫筑後芝居の立物 ………… 173
　　竹本大和太夫竹本芝居の立物 ……… 174
　　竹本文太夫 …………………………… 174
　　竹本式太夫 …………………………… 175
　　竹本喜太夫 …………………………… 175
　　豊竹上野座竹本喜世太夫……………… 176
　　豊竹和泉太夫 ………………………… 176
　　豊竹品太夫 …………………………… 177
　　豊竹伊織太夫 ………………………… 177
　　豊竹新太夫 …………………………… 178
　　江戸出羽芝居竹本国太夫 …………… 179
　　豊竹嶋太夫 …………………………… 180
　　豊竹三和太夫 ………………………… 180
　　豊竹染太夫 …………………………… 181
　　竹本森太夫 …………………………… 181
　　辰松八郎兵衛座豊竹倉太夫 ………… 182
　　竹本勘太夫 …………………………… 182
　　竹本佐内 ……………………………… 183

　　竹本今太夫 …………………………… 183
＊収録作品図版 …………………………… 185
　＊大仏殿万代石楚 ……………………… 187
　＊北条時頼記 …………………………… 231
＊解題 ……………………………………… 279
　＊大仏殿万代石楚 ……………………… 279
　＊北条時頼記 …………………………… 281
　＊今昔操年代記 ………………………… 297
　＊今昔操年代記（江戸版） ……………… 302
＊年表 ……………………………………… 309
＊索引 ……………………………………… 326
＊正誤表〔西沢一風全集第1～5巻〕…… 328
＊完結にあたって（長谷川強）…………… 333

[065] 西村本小説全集
勉誠社
全2巻
1985年3月～1985年7月
（西村本小説研究会編）

上巻
1985年3月20日刊

* はじめに（編者） ……………………… 1
* 凡例 …………………………………… 6
  新撰咄揃（城坤遊人茅屋子（西村市郎右衛門）作） ……………………………… 9
  小夜衣（さよごろも）（城坤遊人茅屋子（西村市郎右衛門）作） ……………… 23
  新御伽婢子（しんをとぎはうこ）（西村未達作） … 91
  花の名残（妙匂作） …………………… 201
  宗祇諸国物語 …………………………… 265
  好色三代男 ……………………………… 355
  諸国心中女（西村未達作） …………… 445
* 西村本小説諸本解題 上巻 ……………… 539
  * 新撰咄揃 …………………………… 541
  * 小夜衣 ……………………………… 542
  * 新御伽婢子 ………………………… 543
  * 花の名残 …………………………… 545
  * 宗祇諸国物語 ……………………… 546
  * 好色三代男 ………………………… 547
  * 諸国心中女 ………………………… 549

下巻
1985年7月25日刊

* はじめに（編者） ……………………… 1
* 凡例 …………………………………… 6
  浅草拾遺物語（洛下旅館（西村市郎右衛門）作） ………………………………… 7
  好色伊勢物語（酒楽軒作） ……………… 51
  御伽比丘尼（清雲尼作） ……………… 129
  新竹斎 ………………………………… 201
  山路の露（妙仙尼作） ………………… 273
  二休咄 ………………………………… 321
  風流邯鄲之枕（ふうりうかんたんのまくら） … 383
  色道宝舟 ……………………………… 393
  好色初時雨（はつしぐれ） …………… 415
* 西村本小説諸本解題 下巻 ……………… 439
  * 浅草拾遺物語 ……………………… 441
  * 好色伊勢物語 ……………………… 442
  * 御伽比丘尼 ………………………… 444
  * 新竹斎 ……………………………… 445
  * 山路の露 …………………………… 447
  * 二休咄 ……………………………… 449
  * 好色かんたむの枕 ………………… 450
  * 色道たから船 ……………………… 451
  * 好色初時雨 ………………………… 452
  * 未収本小説解題 …………………… 454
    * 浮世祝言揃 巻五 ……………… 454
    * 好色ひゐながた 巻四 ………… 456
    * 好色邯鄲の枕 巻五 …………… 457
* 西村本研究文献目録 …………………… 458

[066] 西山宗因全集
第1～4巻：八木書店, 第5～6巻：八木書店古書出版部
全6巻
2004年7月～2017年4月
(尾形仂, 島津忠夫監修, 西山宗因全集編集委員会編)

第1巻　連歌篇一
2004年9月30日刊

* 凡例 iii
発句集 1
　1　西山三籟集(昌林編, 奥野純一) 3
　2　宗因発句帳(宗因自撰, 尾崎千佳) 137
付句集 197
　宗因付句(尾崎千佳) 199
万句 205
　菅家神退七百五十年忌万句第三付(島津忠夫) .. 207
千句 223
　1　正方・宗因両吟千句(宮脇真彦) 225
　2　十花千句(宮脇真彦) 255
　3　桜御所千句(信尋ほか詠, 宮脇真彦) 284
　4　風庵懐旧千句(尾崎千佳) 316
　5　権現千句(長秀ほか詠, 尾崎千佳) 345
　6　伏見千句(尾崎千佳) 375
　7　小倉千句(尾崎千佳) 406
　8　浜宮千句(尾崎千佳) 436
　9　氏富家千句(氏富ほか詠, 尾崎千佳) 465

第2巻　連歌篇二(島津忠夫, 宮脇真彦, 尾崎千佳編)
2007年8月8日刊

* 凡例 vii
元和 1
　1　「消てふれ」百韻 3
　2　「朝な朝な」百韻 6
　3　「難波人」七十二候 10
　4　「えぞ過ぎぬ」百韻 12
　5　「葉をわかみ」五十韻 16
　6　「郭公」百韻 18
　7　「浪風も」歌仙(一順) 21
　8　「空にみつ」百韻 22
　9　「風よだゞ」百韻 26
　10　「思ひ出や」百韻 29
　11　「梅は春に」百韻 33
寛永 37
　12　「いざ爰に」百韻 39
　13　「春をうる」百韻 43
　14　「たちぬはぬ」百韻 46
　15　「枯はてぬ」百韻 50
　16　「川風の」百韻 53
　17　「さそひ行」百韻 57
　18　「谷の戸は」百韻 61
　19　「見し人の」百韻 64
　20　「西ぞみん」百韻 68
　21　「吹出す」百韻 72
　22　「木々は皆」百韻 75
　23　「散積る」百韻 79
　24　「耳ときや」百韻 83
　25　「驚くや」百韻 86
　26　「あらき瀬の」百韻 90
　27　「松の声」百韻 94
　28　「昨日つむ」百韻(一順) 98
　29　「漢和聯句」 99
　30　「すきものと」百韻 102
　31　「木がくれや」百韻(一順) 106
　32　「一方に」百韻 107
　33　「鴬よ」百韻 110
　34　「思はずよ」百韻 114
　35　「橋柱」百韻 117
　36　「人の世や」百韻 121
　37　「消かへれ」百韻 124
　38　「年を経ば」百韻 128
　39　「紅葉せぬ」百韻 131
　40　「時や今」百韻 134
　41　「川水に」百韻 138
　42　「花やあらぬ」百韻 141
　43　「草に木に」百韻 145
　44　「真砂しく」百韻(一順) 148
　45　「見ばや見し」百韻 149
　46　「みるめおふる」百韻 153
　47　「又やみん」百韻(表八句) 157
　48　「苗代の」百韻 158
　49　「中々に」百韻 161
　50　「朝露に」百韻 165
　51　「むら紅葉」百韻 169
　52　「梅が香を」百韻 173
　53　「惜しとて」百韻 176
　54　「見る月を」百韻(英方, 宗因両吟) 180
　55　「今ぞ知」百韻 183
　56　「梅に先」百韻 187
　57　「手を折て」百韻 190
　58　「白妙の」百韻 194
　59　「月夜よし」百韻 197
　60　「植分し」百韻 201
正保・慶安・承応 205
　61　「ゆふだすき」百韻(正方, 宗因著) 207

| 62 「わたづみの」百韻（正方,宗因著）… 211
| 63 「満塩や」百韻（正方,宗因著）… 214
| 64 「末の露」百韻（正方,宗因両吟）… 218
| 65 「しのぶ世も」百韻（正方,宗因両吟） … 221
| 66 「残る名に」百韻 … 225
| 67 「更におし」百韻 … 228
| 68 「日々にうとき」百韻（玄的,宗因両吟） … 232
| 69 「郭公」百韻 … 236
| 70 「風の前の」百韻 … 239
| 71 「日の光」百韻 … 243
| 72 「時しあれや」百韻 … 246
| 73 「世を照す」百韻 … 249
| 74 「煙つき」百韻 … 253

万治・寛文 … 257
| 75 「月清し」歌仙 … 259
| 76 「年月や」百韻 … 261
| 77 「消にきと」百韻 … 265
| 78 「日の御影」百韻 … 269
| 79 「たのむ陰」百韻 … 272
| 80 「庭やこれ」百韻 … 275
| 81 「春やあらぬ」百韻 … 279
| 82 「春霞」歌仙 … 282
| 83 「これのりや」百韻 … 284
| 84 「所々」百韻 … 287
| 85 「夕されば」百韻（一順） … 291
| 86 「紅の」百韻（一順） … 292
| 87 「みしや夢」百韻 … 292
| 88 「うたゝねの」百韻 … 296
| 89 「祇園」百韻 … 299
| 90 「手向には」百韻 … 303
| 91 「ありし世は」百韻 … 306
| 92 「ことそへて」百韻 … 309
| 93 「けふ来ずは」百韻 … 313
| 94 「冬枯ぬ」百韻 … 316
| 95 「薄くこく」百韻 … 320
| 96 「松の葉は」百韻 … 323
| 97 「若葉さす」百韻 … 327
| 98 「松梅は」百韻 … 330
| 99 「植わけて」百韻 … 334

延宝・天和 … 339
| 100 「さくや此」百韻 … 341
| 101 「朝霧や」百韻 … 344
| 102 「あふ坂の」百韻 … 348
| 103 「山は時雨」百韻 … 352
| 104 「長徳は」百韻 … 355
| 105 「おそくとき」百韻 … 359
| 106 「冬ぞ見る」百韻 … 362
| 107 「すむ千鳥」百韻 … 366
| 108 「人淳く」百韻 … 369
| 109 「浜荻や」百韻 … 373
| 110 「かくしつゝ」百韻 … 376
| 111 「太山辺に」百韻 … 380
| 112 「五月雨も」百韻 … 383
| 113 「千たびとへ」世吉 … 387
| 114 「人は見えぬ」百韻断簡 … 388
| 115 「山霞む」四十八句 … 390
| 116 「老かくる」百韻 … 393

年次未詳 … 397
| 117 「けぶりだに」四十八句 … 399
| 118 「春の日や」百韻 … 401
| 119 「ねやの月に」百韻 … 404
| 120 「時しあれや」百韻 … 407
| 121 「人は夢」百韻 … 411
| 122 「日比経しは」歌仙 … 414
| 123 「秋よたゞ」百韻 … 415
| 124 「紅葉ばの」百韻 … 419
| 125 「降つくせ」百韻断簡 … 422
| 126 「山路見えて」百韻 … 423
| 127 「風ほそく」五十韻 … 427
| 128 「見し宿や」百韻 … 429
| 129 「己がやも」百韻 … 432
| 130 「せめて夢に」百韻断簡 … 436

第3巻 俳諧篇
2004年7月30日刊

＊凡例 … vii
発句（米谷巌,塩崎俊彦担当） … 1
　承応二年（癸巳） … 3
　承応四年 明暦元年（乙未） … 5
　明暦二年（丙申） … 6
　明暦三年（丁酉） … 6
　明暦四年 万治元年（戊戌） … 7
　万治二年（己亥） … 7
　万治三年（庚子） … 12
　万治四年 寛文元年（辛丑） … 16
　寛文二年（壬寅） … 17
　寛文三年（癸卯） … 25
　寛文四年（甲辰） … 26
　寛文五年（乙巳） … 28
　寛文六年（丙午） … 31
　寛文七年（丁未） … 34
　寛文八年（戊申） … 36
　寛文九年（己酉） … 37
　寛文十年（庚戌） … 40
　寛文十一年（辛亥） … 45
　寛文十二年（壬子） … 53
　寛文十三年 延宝元年（癸丑） … 56
　延宝二年（申寅） … 60
　延宝三年（乙卯） … 67

[066] 西山宗因全集

延宝四年（丙辰）……………… 84	39「ともかくも」百韻……………… 263
延宝五年（丁巳）……………… 91	40「六尺や」百韻……………… 266
延宝六年（戊午）……………… 92	41「紅葉鮒」百韻……………… 269
延宝七年（己未）……………… 96	42「若竹の」百韻……………… 273
延宝八年（庚申）……………… 103	43「水辺を」百韻……………… 276
延宝九年 天和元年（辛酉）…… 109	44「いと涼しき」百韻……………… 280
天和二年（壬戌）……………… 112	45「よれくまん」百韻……………… 283
年次未詳（春）……………… 113	46「夕立も」唱和……………… 287
年次未詳（夏）……………… 122	47「相蚊屋の」唱和……………… 288
年次未詳（秋）……………… 125	48「あた、めよ」唱和……………… 288
年次未詳（冬）……………… 134	49「口まねや」百韻……………… 289
補遺……………… 140	50「それ花に」歌仙……………… 292
連句（加藤定彦担当）……………… 143	51 藤万句三物……………… 293
1「宿からは」百韻……………… 145	52「うしやまつる」百韻……………… 294
2「あさみこそ」百韻……………… 148	53「月の外は」歌仙……………… 297
3「ながむとて」百韻……………… 152	54「三盃や」百韻……………… 299
4「つふりをも」百韻……………… 157	55「除夜の風呂や」一折……………… 302
5「とへは匂ふ」百韻……………… 160	56「葉茶壺や」百韻……………… 303
6「しれさんしよ」百韻……………… 164	57「冬咲や」百韻……………… 307
7「撫物や」百韻……………… 168	58「御馳走を」百韻……………… 310
8「春霞」独吟三物……………… 172	59「冬こもれ」百韻……………… 313
9「来る春や」百韻……………… 172	60「めくりあふや」百韻……………… 316
10「花むしろ」百韻……………… 176	61 天満千句……………… 319
11「世ani」百韻……………… 179	62「京て花や」百韻……………… 349
12「立年の」百韻……………… 183	63「暑気を去」百韻……………… 352
13「すゞ風の」百韻……………… 186	64「人更に」百韻……………… 355
14「さ、竹を」歌仙……………… 190	65「されはこそ」百韻……………… 358
15「かさねさる」百韻……………… 191	66「かうはしや」唱和……………… 362
16「関は名のみ」百韻……………… 195	67「釈迦すてに」百韻……………… 362
17「やくわんやも」百韻……………… 199	68「ひつからげ」百韻……………… 366
18「御鎮座の」百韻……………… 203	69「奈良坂や」百韻……………… 369
19「花て候」百韻……………… 206	70「是や去年の」三物……………… 373
20「こまかなる」唱和……………… 210	71「立あとや」百韻……………… 373
21「やとれとの」百韻……………… 211	72「手ならふや」百韻……………… 377
22「羨敷」歌仙……………… 214	73「あそへ春」百韻……………… 380
23「世の中の」百韻……………… 215	74「花を踏て」百韻……………… 383
24「やら涼し」百韻……………… 218	75「御座らねと」百韻……………… 386
25「摺こ木も」百韻……………… 221	76「花鳥や」百韻……………… 389
26「おどろけや」百韻……………… 225	77「お詞の」百韻……………… 393
27「跡問ん」百韻……………… 229	78「江戸桜」歌仙……………… 396
28「天にあらは」百韻……………… 233	79「気はらしや」百韻……………… 398
29「京へなん」百韻……………… 236	80「あしからし」百韻……………… 401
30「咲花や」唱和……………… 239	81「月に詩を」百韻……………… 405
31「蚊柱は」百韻……………… 240	82「月見れば」百韻……………… 408
32「さ、うたふ」百韻……………… 244	83「よみかへり」百韻……………… 412
33「よむとつきし」百韻……………… 248	84「のらねこや」百韻……………… 415
34「月代や」百韻……………… 252	85「神かけて」百韻……………… 418
35「書初や」唱和……………… 255	86「すき鍬や」表八句……………… 422
36「蚊柱や」百韻……………… 255	87「むさし野や」歌仙……………… 422
37「高野那智の」百韻……………… 260	88「郭公」唱和……………… 424
38「御僧よなふ」唱和……………… 263	89「なんにもはや」百韻……………… 425

90　梅酒十歌仙 ……………………… 428
　91　「皆人は」百韻 ………………… 439
　92　「芝海老や」百韻 ……………… 443
　93　山の端千句 ……………………… 446
　94　「さなきたに」百韻 …………… 479
　95　今筑波や」百韻 ………………… 482
　96　「分からるゝ」歌仙 …………… 485
　97　「天下矢数」百韻（一順）…… 487
　98　「百余年や」百韻 ……………… 487
　99　「おもひ入」歌仙（一）……… 491
　100　「おもひ入」歌仙（二）……… 492
付句（加藤定彦担当）………………… 495
　1　ゆめみ草 ………………………… 497
　2　境海草 …………………………… 497
　3　懐子 ……………………………… 498
　4　佐夜中山集 ……………………… 511
　5　続境海草 ………………………… 513
　6　晴小袖 …………………………… 515
　7　後撰犬筑波集 …………………… 515
　8　千宜理記 ………………………… 516
　9　武蔵野 …………………………… 518
　10　誹諧当世男 ……………………… 519
　11　到来集 …………………………… 520
　12　俳諧三部抄 ……………………… 520
　13　誹諧昼網 ………………………… 521
　14　物種集 …………………………… 523
　15　つくしの海 ……………………… 526
　16　二葉集 …………………………… 526
　17　近来俳諧風体抄 ………………… 530
　18　阿蘭陀丸二番船 ………………… 531
　19　雲喰ひ（西国編）……………… 533
　20　それぞれ草 ……………………… 534
　21　誹諧草庵集 ……………………… 534

第4巻　紀行・評点・書簡篇
2006年8月25日刊

＊凡例 ………………………………… ix
紀行他（石川真弘, 尾崎千佳校訂）……… 1
　＊配列・作品認定／底本・対校本・校異
　　／本文表記 ……………………… 2
紀行 ……………………………………… 3
　1　肥後道記 ………………………… 3
　2　津山紀行（一）美作道日記草稿 …… 16
　3　津山紀行（二）美作道日記 ……… 19
　4　津山紀行（三）津山紀行 ………… 22
　5　奥州紀行（一）奥州紀行 ………… 26
　6　奥州紀行（二）奥州塩竈記 ……… 30
　7　奥州紀行（三）陸奥塩竈一見記 …… 32
　8　奥州紀行（四）松島一見記 ……… 35
　9　奥州紀行（五）陸奥行脚記 ……… 38

　10　筑紫太宰府記 …………………… 42
　11　明石山庄記（一）明石山庄記 …… 44
　12　明石山庄記（二）赤石山庄記 …… 46
　13　高野山詣記 ……………………… 49
句日記 …………………………………… 52
　1　西翁道之記 ……………………… 52
　2　奥州一見道中 …………………… 56
　3　伊勢道中句懐紙 ………………… 58
句文・歌文・雑 ………………………… 60
　1　正方送別歌文 …………………… 60
　2　和州竹内訪問歌文 ……………… 61
　3　有芳庵記（一）有芳庵記　東長寺本 … 61
　4　有芳庵記（二）有芳庵記　桜井本 … 62
　5　有芳庵記（三）告天満宮文 …… 64
　6　温故日録跋 ……………………… 65
　7　贈宗札庵主 ……………………… 65
　8　清水正俊宅賛句文 ……………… 66
和歌・狂歌・漢詩（尾崎千佳担当）…… 67
　＊配列・作品認定／底本／本文表記 … 68
和歌 ……………………………………… 69
狂歌 ……………………………………… 70
漢詩 ……………………………………… 71
　　袖湊夜雨 在筑前 ………………… 71
　　生松原暮雪 在筑前 ……………… 71
評点（井上敏幸, 尾崎千佳校訂）……… 73
　＊配列・作品認定／底本・対校本・校
　　異・注記／本文表記 ………… 74
連歌 ……………………………………… 76
　1　「夢かとよ」百韻 ……………… 76
　2　「見つる世の」百韻 …………… 79
　3　「冬ごもる」百韻 ……………… 83
　4　「春は世に」百韻 ……………… 87
　5　「草の屋の」百韻 ……………… 90
　6　「夏の夜は」百韻 ……………… 93
　7　「荻の声」百韻 ………………… 97
　8　「初秋も」百韻 ………………… 106
　9　「曙の」百韻 …………………… 110
　10　「朝夕に」百韻 ………………… 113
　11　「太山木も」百韻 ……………… 117
　12　「折ふしの」五十韻 …………… 122
　13　「竹に生て」百韻 ……………… 124
　14　「いとゞ露けき」百韻 ………… 127
　15　「花に行」百韻 ………………… 130
俳諧 ……………………………………… 134
　1　「つくねても」百韻 …………… 134
　2　「あまりまて」百韻 …………… 138
　3　「これにしく」百韻 …………… 141
　4　「松や君に」百韻 ……………… 145
　5　「四方山の」百韻 ……………… 148
　6　「二度こしの」百韻 …………… 152
　7　「水懸は」百韻 ………………… 156

[066] 西山宗因全集

8 「たつ鳥の」百韻 ………………… 159
9 「軽口に」百韻 …………………… 163
10 「花にいはい」百韻 ……………… 167
11 「文をこのむ」百韻 ……………… 170
12 「去年といはん」百韻 …………… 174
13 「鼻のあなや」百韻 ……………… 178
14 「ちいさくて」百韻 ……………… 182
15 「芋堀て」百韻 …………………… 186
16 「松にはかり」百韻 ……………… 190
17 「かしらは猿」百韻 ……………… 194
18 「十といひて」百韻 ……………… 198
19 「朝顔の」百韻 …………………… 202
20 「薬喰や」百韻 …………………… 206
21 岳西惟中吟西山梅翁判十吟韻 … 209
22 西山梅翁点胤及・定直両吟集 … 227
23 「よい声や」百韻 ………………… 245
24 「若たばこ」百韻 ………………… 248
25 「御評判」百韻 …………………… 252
26 計蟻独吟十百韻 …………………… 256
27 十百韻山水独吟梅翁批判 ……… 287
28 「月の扇」 ………………………… 323
29 「時鳥」歌仙 ……………………… 327
30 「しなものや」歌仙 ……………… 329
31 「道の者」百韻 …………………… 331
狂歌 ……………………………………… 334
　1 東海道各駅狂歌 ………………… 334
書簡（石川真弘, 尾崎千佳担当） …… 341
　＊配列・日付／所蔵・出典／本文表記 … 342
　1 柳辻宛（寛文元年以前六月二十日付） … 343
　2 荒木田氏富宛（寛文十三年七月四日付） …………………………… 343
　3 無名宛（寛文年間二月十二日付） … 344
　4 荒木田氏富宛（延宝元年十二月十九日付） …………………………… 344
　5 無名宛（延宝二年八月十七日付） … 345
　6 無名宛（延宝三年四月十八日付） … 347
　7 藤波氏延宛（延宝四年十一月三日付） … 348
　8 荒木田氏富宛（延宝五年閏十二月十三日付） …………………………… 348
　9 雲林院惣左衛門宛（延宝五年閏十二月十三日付） ……………………… 349
　10 無名宛（延宝七年正月三日付） … 350
　11 北見宛（延宝七年正月某日付） … 350
　12 荒木田氏富・渡海満彦宛（延宝七年五月十六日付） ……………… 351
　13 岡山為右衛門宛（延宝七年七月六日付） ……………………………… 352
　14 園田平十郎宛（延宝七年九月十四日付） ……………………………… 352
　15 藤波修理宛（延宝七年九月十九日付） ……………………………… 353

　16 荒木田氏富宛（延宝八年正月十四日付） ……………………………… 354
　17 吉村玄碩・藤波修理宛（延宝八年三月二十一日付） ……………… 355
　18 荒木田氏富宛（延宝八年十月二十八日付） …………………………… 356
　19 藤波修理宛（延宝九年正月十日付） … 357
　20 荒木田氏富宛（延宝九年正月二十一日付） …………………………… 358
　21 北島江庵宛（延宝九年四月十六日付） ……………………………… 359
　22 浅河宗則宛（延宝年間二月晦日付） … 360
　23 岡本个庵宛（延宝年間七月二十五日付） ……………………………… 361
　24 元春宛（延宝年間九月二十六日付） … 361
　25 日下玄隆・渡辺宗賢宛（天和元年十一月二十一日付） …………… 362

第5巻　伝記・研究篇
2013年4月25日刊

＊口絵 ……………………………………… 1
＊凡例 …………………………………… xi
西山家（島津忠夫, 奥野純一, 尾崎千佳担当） ……………………………… 1
肖像 ……………………………………… 3
　1 歌仙大坂俳諧師 ………………… 3
　2 俳諧百人一句難波色紙 ………… 4
　3 宗因座俳席図 …………………… 5
　4 俳諧百一集 ……………………… 6
　5 梅翁百年香 ……………………… 7
　6 俳仙群会図 ……………………… 8
　7 談林六世像賛 …………………… 9
　8 宗因追悼西鶴句画賛 …………… 10
　9 伝西山宗因画像 ………………… 10
　10 俳諧六歌仙絵巻 ………………… 11
文台 ……………………………………… 12
　1 長柄文台 ………………………… 12
作法 ……………………………………… 13
　1 連歌一座式（昌琢著） ………… 13
　2 会席二十五禁（宗祇著） ……… 14
家伝 ……………………………………… 16
　1 西山三籟集奥書（西山昌林著） … 16
　2 西山家系図 ……………………… 17
　3 西福寺過去帳 …………………… 17
　4 西山家歴代墓碑 ………………… 18
什物 ……………………………………… 19
　1 向栄庵西山昌林文庫造立の記（西山昌林著） …………………… 19
　2 向栄文庫什物目録（西山宗珍編） … 20
　3 滋岡家日記 文政四年五月六日条（滋岡長昌著） ……………… 38

4　西山家伝来蔵書目録（滋岡長昌編）⋯⋯ 38
記録（島津忠夫，奥野純一，井上敏幸，尾崎
　千佳担当）⋯⋯⋯⋯⋯⋯⋯⋯⋯⋯⋯⋯⋯ 41
　　1　小笠原忠真年譜 ⋯⋯⋯⋯⋯⋯⋯⋯⋯ 43
　　2　土橋宗静日記 ⋯⋯⋯⋯⋯⋯⋯⋯⋯⋯ 44
　　3　大坂城代青山宗俊右筆日記 ⋯⋯⋯⋯ 45
　　4　小笠原忠雄年譜 ⋯⋯⋯⋯⋯⋯⋯⋯⋯ 48
　　5　黒田新続家譜 ⋯⋯⋯⋯⋯⋯⋯⋯⋯⋯ 48
　　6　家乗 ⋯⋯⋯⋯⋯⋯⋯⋯⋯⋯⋯⋯⋯⋯ 49
　　7　氏富卿日記 ⋯⋯⋯⋯⋯⋯⋯⋯⋯⋯⋯ 50
　　8　満廖卿日次 ⋯⋯⋯⋯⋯⋯⋯⋯⋯⋯⋯ 65
　　9　神宮引付日用記 ⋯⋯⋯⋯⋯⋯⋯⋯⋯ 66
　　10　家塵 ⋯⋯⋯⋯⋯⋯⋯⋯⋯⋯⋯⋯⋯⋯ 67
伝記資料（島津忠夫，井上敏幸，尾崎千佳
　担当）⋯⋯⋯⋯⋯⋯⋯⋯⋯⋯⋯⋯⋯⋯⋯ 69
　　1　寛佐宛昌琢書簡 ⋯⋯⋯⋯⋯⋯⋯⋯⋯ 71
　　2　円寿教寺（乾叟著） ⋯⋯⋯⋯⋯⋯⋯ 71
　　3　竜尚舎随筆（竜尚舎著） ⋯⋯⋯⋯⋯ 72
　　4　東下り富士一見記（玖也著） ⋯⋯⋯ 72
　　5　西翁隠士為僧序（法雲著） ⋯⋯⋯⋯ 83
　　6　示宗因隠士授衣戒（法雲著） ⋯⋯⋯ 85
　　7　懐因翁（雪子元鶴著） ⋯⋯⋯⋯⋯⋯ 85
　　8　臈八雨雪思梅花翁併引（雪子元鶴著）⋯ 85
　　9　惟中短冊 ⋯⋯⋯⋯⋯⋯⋯⋯⋯⋯⋯⋯ 86
　　10　時勢粧（重頼著） ⋯⋯⋯⋯⋯⋯⋯⋯ 86
　　11　西鶴短冊 ⋯⋯⋯⋯⋯⋯⋯⋯⋯⋯⋯⋯ 87
　　12　難波すゞめ ⋯⋯⋯⋯⋯⋯⋯⋯⋯⋯⋯ 87
　　13　末吉宗久宛西山宗春書簡 ⋯⋯⋯⋯⋯ 88
　　14　無名宛宗因書簡写 ⋯⋯⋯⋯⋯⋯⋯⋯ 88
　　15　西鶴短冊 ⋯⋯⋯⋯⋯⋯⋯⋯⋯⋯⋯⋯ 89
追善（尾崎千佳担当）⋯⋯⋯⋯⋯⋯⋯⋯⋯⋯ 91
　　1　蓮生寺松夢宗因追悼文（松夢著） ⋯ 93
　　2　うちぐもり砥（秋風編） ⋯⋯⋯⋯⋯ 93
　　3　精進膾（西鶴編） ⋯⋯⋯⋯⋯⋯⋯⋯ 97
　　4　西山宗因追悼連歌 ⋯⋯⋯⋯⋯⋯⋯ 100
　　5　発句愚草（西山宗春著） ⋯⋯⋯⋯ 102
　　6　西山梅法師二十五回忌懐旧之俳諧（惟
　　　　中編）⋯⋯⋯⋯⋯⋯⋯⋯⋯⋯⋯⋯⋯ 103
　　7　梅翁百年香（津富編） ⋯⋯⋯⋯⋯ 105
句碑（島津忠夫，尾崎千佳担当）⋯⋯⋯⋯ 113
　　1　吉野本禅院葛葉碑 ⋯⋯⋯⋯⋯⋯⋯ 115
　　2　日暮里養福寺梅翁花尊碑・鎌倉鶴岡
　　　　碑・浪花天満碑・亀戸飛梅碑 ⋯⋯ 119
　　3　浅草三匠碑 ⋯⋯⋯⋯⋯⋯⋯⋯⋯⋯ 128
　　4　三囲神社白露碑 ⋯⋯⋯⋯⋯⋯⋯⋯ 129
　　5　増上寺宗因派碑 ⋯⋯⋯⋯⋯⋯⋯⋯ 130
　　6　近代の句碑 ⋯⋯⋯⋯⋯⋯⋯⋯⋯⋯ 131
俳諧系譜（尾崎千佳担当）⋯⋯⋯⋯⋯⋯⋯ 133
　　1　綾錦（沾涼編） ⋯⋯⋯⋯⋯⋯⋯⋯ 135
　　2　誹諧家譜（丈石編） ⋯⋯⋯⋯⋯⋯ 136
　　3　西山家連誹系譜（素外編） ⋯⋯⋯ 141

　　4　誹家大系図（春明編） ⋯⋯⋯⋯⋯ 143
編纂句集（塩崎俊彦担当）⋯⋯⋯⋯⋯⋯⋯ 159
　むかし口（上田秋成編，西山宗因句）⋯⋯ 161
俳論抄・雑抄（島津忠夫，石川真弘，井上
　敏幸，加藤定彦，塩崎俊彦，尾崎千佳担
　当）⋯⋯⋯⋯⋯⋯⋯⋯⋯⋯⋯⋯⋯⋯⋯⋯ 171
　『蚊柱百句』論難書⋯⋯⋯⋯⋯⋯⋯⋯⋯ 173
　　1　しぶうちわ（去法師著） ⋯⋯⋯⋯ 173
　　2　しぶ団返答（惟中著） ⋯⋯⋯⋯⋯ 191
　同時代俳書抜抄⋯⋯⋯⋯⋯⋯⋯⋯⋯⋯⋯ 216
　　1　蠅打（貞恕著） ⋯⋯⋯⋯⋯⋯⋯⋯ 216
　　2　俳諧蒙求（惟中著） ⋯⋯⋯⋯⋯⋯ 216
　　3　談林十百韻（松意編） ⋯⋯⋯⋯⋯ 219
　　4　誹諧昼網（西吟編） ⋯⋯⋯⋯⋯⋯ 219
　　5　俳諧三部抄（惟中著） ⋯⋯⋯⋯⋯ 220
　　6　一時軒独吟自註三百韻（惟中著） ⋯ 220
　　7　桜千句（友雪編） ⋯⋯⋯⋯⋯⋯⋯ 221
　　8　摩耶紀行（坂上頼長著） ⋯⋯⋯⋯ 221
　　9　見花数寄（西国編） ⋯⋯⋯⋯⋯⋯ 222
　　10　仙台大矢数（三千風編） ⋯⋯⋯⋯ 222
　　11　玉手箱（蝶々子撰） ⋯⋯⋯⋯⋯⋯ 223
　　12　近来俳諧風体抄（惟中著） ⋯⋯⋯ 223
　　13　誹諧破邪顕正（随流著） ⋯⋯⋯⋯ 225
　　14　歳旦発句（井筒屋庄兵衛編） ⋯⋯ 227
　　15　誹諧頼政（春澄編） ⋯⋯⋯⋯⋯⋯ 228
　　16　二つ盃（慶安著） ⋯⋯⋯⋯⋯⋯⋯ 228
　　17　破邪顕正返答（惟中著） ⋯⋯⋯⋯ 228
　　18　破邪顕正返答之評判（難波津散人
　　　　著）⋯⋯⋯⋯⋯⋯⋯⋯⋯⋯⋯⋯⋯⋯ 231
　　19　評判之返答（惟中著） ⋯⋯⋯⋯⋯ 231
　　20　誹諧猿黐（随流著） ⋯⋯⋯⋯⋯⋯ 232
　　21　綾巻（編者未詳） ⋯⋯⋯⋯⋯⋯⋯ 234
　　22　備前海月（難波津散人著） ⋯⋯⋯ 235
　　23　下里知足宛西鶴書簡（西鶴著） ⋯ 236
　　24　続無名抄（惟中著） ⋯⋯⋯⋯⋯⋯ 236
　　25　俳諧太平記（西漁子著） ⋯⋯⋯⋯ 237
　　26　阿蘭陀丸二番船（宗円編） ⋯⋯⋯ 238
　　27　雲喰ひ（西国編） ⋯⋯⋯⋯⋯⋯⋯ 239
　　28　一時随筆（惟中著） ⋯⋯⋯⋯⋯⋯ 240
　雑抄⋯⋯⋯⋯⋯⋯⋯⋯⋯⋯⋯⋯⋯⋯⋯⋯ 242
　　1　一夜庵再興賛（季吟著） ⋯⋯⋯⋯ 242
　　2　小川不関入道焼捨（小川俊方著） ⋯ 243
　　3　季吟伊勢紀行（季吟著） ⋯⋯⋯⋯ 244
　　4　大悟物狂（鬼貫著） ⋯⋯⋯⋯⋯⋯ 244
　　5　難波曲（自問編） ⋯⋯⋯⋯⋯⋯⋯ 244
　　6　増補番匠童（和及著） ⋯⋯⋯⋯⋯ 245
　　7　元和帝御詠草聞書（後水尾院著）（他
　　　　撰）⋯⋯⋯⋯⋯⋯⋯⋯⋯⋯⋯⋯⋯⋯ 245
　　8　雑談集（其角編） ⋯⋯⋯⋯⋯⋯⋯ 246
　　9　西鶴独吟百韻自註絵巻（西鶴著）⋯⋯ 246
　　10　白川集（長水編） ⋯⋯⋯⋯⋯⋯⋯ 247

11 男重宝記（苗村丈伯著）……………… 247
12 橋柱集（西吟編）……………………… 248
13 不玉宛去来書簡（去来著）…………… 248
14 初蟬（風国編）………………………… 249
15 はしもり（荷兮著）…………………… 249
16 けふの昔（朱拙編）…………………… 251
17 石橋直之宛契沖書簡（契沖著）……… 251
18 続五論（支考著）……………………… 252
19 花見車（轍士著）……………………… 252
20 誹諧寄相撲（書肆編）………………… 254
21 三冊子（土芳編）……………………… 254
22 誹諧染糸（炭翁著）…………………… 255
23 うつぶしぞめ（西吟著）……………… 255
24 去来抄（去来著）……………………… 256
25 国の花（支考等編）…………………… 256
26 一言俳談（進藤松丁編）……………… 257
27 歴代滑稽伝（許六著）………………… 258
28 契沖師門弟若沖聞書（今井以閑編）………………………………………… 259
29 誹諧解脱抄（在色著）………………… 259
30 独ごと（鬼貫著）……………………… 260
31 俳諧十論（鬼貫著）…………………… 261
32 佐良会佳喜（聴雨著）………………… 262
33 ばせをだらひ（有隣編）……………… 262
34 十論為弁抄（支考著）………………… 263
35 古紙子（虎角編）……………………… 264
36 仏兄七くるま（鬼貫著）……………… 264
37 誹諧たつか弓（布門編）……………… 265
38 俳諧六歌仙（祇空著, 全暇斎画）…… 265
39 誹諧句選（祇徳編）…………………… 266
40 鳥山彦（沾涼編）……………………… 266
41 稲石宛越人書簡（越人著）…………… 267
42 露沾俳諧集（露沾等著）……………… 267
43 続七車（鬼貫著）……………………… 267
44 俳六帖（魚貫編）……………………… 268
45 俳諧温故集（蓮谷撰）………………… 268
46 桑老父（布門編）……………………… 269
47 狂歌拾遺家土産（一本亭芙蓉花編）………………………………………… 269
48 靱随筆（米仲編）……………………… 269
49 誹諧糸切歯（石橋著）………………… 270
50 俳諧古選（嘯山編）…………………… 270
51 雑花錦語集（加々美紅星子編）……… 271
52 合浦誹談草稿（雁宕著）……………… 271
53 摩訶十五夜（黒露編）………………… 272
54 俳諧十三条（蓼太編）………………… 272
55 葛葉（秀億編）………………………… 273
56 弁慶図賛（蕪村著）…………………… 274
57 影響詩稿（不遠著）…………………… 275
58 奇説つれづれ草紙（富天編）………… 275
59 江戸近在所名集（一漁編）…………… 275

60 左比志遠里（一音編）………………… 275
61 十載鷹（莪陵編）……………………… 276
62 新撰猿莵玖波集（素外編）…………… 277
63 椿園雑話（伊丹椿園著）……………… 277
64 梅翁宗因発句集（素外編）…………… 278
65 春霜集（矩流編）……………………… 279
66 俳諧類句弁（素外著）………………… 279
67 七柏集（蓼太編）……………………… 280
68 花鳥篇（蕪村編）……………………… 281
69 誹諧江戸川（素外著）………………… 282
70 也哉抄（上田秋成著）………………… 282
71 連歌集書本西山三籟集（山田通孝編）………………………………………… 283
72 井華集（几董著）……………………… 283
73 翁草（神沢杜口編）…………………… 283
74 摂津名所図会（秋里籬島編）………… 284
75 宗因俳諧発句集（泊帆編）…………… 284
76 誹諧根源集（素外著）………………… 285
77 俳諧袋（大江丸著）…………………… 285
78 俳諧手引種（素外著）………………… 286
79 贍大小心録異文（上田秋成著）……… 291
80 俳調義論（上田秋成著）……………… 291
81 雨中の伽（堤主礼著）………………… 292
82 玉池雑藻（素外著）…………………… 292
83 誹諧類句弁後編（素外著）…………… 294
84 俳家奇人談（玄々一著）……………… 296
85 北野法楽千句（西山宗因著, 滋岡長昌写）…………………………………… 297
86 豊西俳諧古哲伝草稿（編著者不明）………………………………………… 297
87 読老庵日札（岡田老樗軒著）………… 298
88 随斎諧話（成美著）…………………… 298
89 理斎随筆（志賀理斎著）……………… 299
90 大内家古実類書 山口連歌師其外之事（高橋有文編）…………………… 299
91 南蘭草（池田冠山編）………………… 300
92 俳席両面鑑（伊吹山陰編）…………… 300
93 摂陽奇観（浜松歌国著）……………… 301
94 共古翁雅友帖（三村竹清編）………… 301

＊宗因俳書・宗因伝書 ………………… 303
 ＊宗因俳書―その書誌的特徴と俳書出版史上の意義―（牛見正和）…… 305
 ＊宗因伝書（島津忠夫, 尾崎千佳）… 316
＊西山宗因年譜（尾崎千佳）…………… 345

第6巻 解題・索引篇
2017年4月10日刊

＊口絵 ……………………………………… 1
＊凡例 ……………………………………… v
＊補訂凡例 ………………………………… vii
補訂（島津忠夫, 牛見正和, 尾崎千佳）… 1

[066] 西山宗因全集

連歌 ……………………………………… 3
  1 明石千句 …………………………… 3
  2「又やみん」百韻 ………………… 34
  3「ちりひぢの」百韻 ……………… 37
  4「若葉にも」百韻 ………………… 40
  5「言の葉も」百韻A ……………… 44
  6「言の葉も」百韻B ……………… 47
  7「錦てふ」百韻 …………………… 51
  8「こゝろよく」百韻 ……………… 55
  9「年月や」百韻 …………………… 58
  10「若ゆてふ」表八句 ……………… 63
  11『紅葉草』所引「豊一」付句 …… 63
和歌 ……………………………………… 65
  1 榊原政房邸韻字詩歌 ……………… 65
  2 真蹟 ………………………………… 67
    山月 ……………………………… 67
    播州赤石にて …………………… 67
    海上月 …………………………… 68
文章 ……………………………………… 69
  1 向栄庵記 …………………………… 69
  2 西国道日記 ………………………… 70
  3 神出別荘記 ………………………… 75
  4 一夜庵建立縁起(惟中撰) ……… 77
  5 宗因文集(一炊庵編) …………… 78
小発句集 ………………………………… 87
  1『宗因連歌集』巻末発句 ………… 87
  2『宗因連歌』巻末発句 …………… 88
  3『伊勢神楽』巻末発句 …………… 89
  4 岡山俊正集め句 …………………… 89
  5『誹諧歌仙』巻末発句 …………… 91
評点 ……………………………………… 92
  1「忍ぶ世の」連歌百韻(以春作, 宗因, 祖白評点) ……………………… 92
  2「匂はずは」連歌百韻(松田好則作, 西山宗因評点) …………………… 96
  3「誓文で」俳諧百韻(元順作, 梅翁(西山宗因)評点) ……………… 99
  4「きかぬきかぬ」俳諧百韻奥書(梅翁子(西山宗因)筆) ………………… 103
書簡 …………………………………… 104
  1 無名宛 …………………………… 104
  2 臨幽宛 …………………………… 105
  3 浅河宗則宛 ……………………… 105
  4 灰俵宛 …………………………… 106
  5 日下玄隆・渡辺宗賢宛 ………… 106
加藤正方関係資料 ……………………… 108
  1 正方送別歌文(宗因筆) ………… 108
  2 正方広島下向記(正方, 宗因法師著) ………………………………… 109
  3 風庵遺品覚 ……………………… 111
追善 …………………………………… 115
  1「花散りて」連歌百韻(信之, 宗春) ‥ 115
同時代俳書抜抄・雑抄 ……………… 119
  1 俳諧或問(脩竹堂著) …………… 119
  2 引導集(西国著) ………………… 124
  3 宗因発句素外賛(宗因著, 素外賛) … 126
俳諧 …………………………………… 127
  発句追補 …………………………… 127
  発句修訂 …………………………… 132
  付句 ………………………………… 144
    1 新続犬筑波集(季吟編) ……… 144
    2 引導集(西国編) ……………… 145
現存真蹟一覧 ………………………… 147
  短冊 ………………………………… 147
    連歌 ……………………………… 147
    俳諧 ……………………………… 152
  色紙 ………………………………… 158
  扇面 ………………………………… 160
  懐紙 ………………………………… 160
    歳旦 ……………………………… 160
    句懐紙 …………………………… 164
  画賛 ………………………………… 172
＊資料解題(島津忠夫, 井上敏幸, 加藤定彦, 牛見正和, 尾崎千佳) ……… 177
＊初句索引(尾崎千佳作成) ……………… 1

[067] 日本漢詩人選集
研文出版
全17巻, 別巻1
1998年11月〜

※刊行中

1　菅原道真（小島憲之, 山本登朗著, 富士川英郎, 入矢義高, 入谷仙介, 佐野正巳編）
1998年11月30日刊

- ＊凡例 ··· *i*
- ＊はじめに ··· *3*
  - ＊一　神となった詩人 ························· *3*
  - ＊二　菅原道真の生涯 ························· *5*
  - ＊三　道真の詩の世界―菊と灯火― ····· *7*
  - ＊四　道真と『白氏文集』 ···················· *9*
  - ＊五　『菅家文草』と『菅家後集』 ········ *11*
- 第一章　修業時代 ································ *13*
  - 1　月夜に梅華を見る ························· *13*
  - 2　賦して「折楊柳」を得たり ············· *15*
  - 3　弾琴を習うを停む ························· *19*
  - 4　秋華を翫ぶ ·································· *22*
- 第二章　文人貴族として ······················· *27*
  - 5　八月十五夜、月の前に旧を話る、各一字を分かつ ···························· *27*
  - 6　雪中早衙 ······································ *29*
  - 7　海上の月夜 ·································· *32*
  - 8　暮春、南亜相の山荘の尚歯会を見る ··· *34*
  - 9　博士難 ·· *38*
  - 10　春日、丞相が家門に過ぎる ··········· *44*
  - 11　夏の夜に、鴻臚館にして、北客の帰郷するに餞す ···························· *46*
  - 12　水中の月 ···································· *50*
  - 13　阿満を夢みる ······························ *52*
- 第三章　讃岐赴任 ································ *61*
  - 14　中途にして春を送る ····················· *61*
  - 15　早秋の夜詠 ································ *63*
  - 16　寒早し、十首・其の三 ················· *66*
  - 17　寒早し、十首・其の四 ················· *68*
  - 18　春尽く ······································· *70*
  - 19　河陽の駅に到り、感有りて泣く ···· *72*
  - 20　冬の夜に閑居して旧を話る、「霜」を以て韻と為す ························ *74*
  - 21　駅楼の壁に題す ·························· *76*
  - 22　春の日に独り遊ぶ、三首・其の二 ··· *78*
  - 23　四年三月二十六日の作 ················· *79*
  - 24　子を言う ···································· *82*
  - 25　立春 ·· *84*
  - 26　冬夜九詠・其の二・独吟 ············· *88*
  - 27　冬夜九詠・其の七・野村の火 ······· *90*
  - 28　冬夜九詠・其の九・残灯 ············· *91*
- 第四章　栄達と苦悩 ····························· *93*
  - 29　春夜の桜花を賦す、応製 ············· *93*
  - 30　七月七日、牛女に代わりて暁更を惜しむ、各一字を分かつ、応製 ····· *96*
  - 31　重陽の後朝に、同じく「秋雁櫓声来たる」ということを賦す、応製 ····· *99*
  - 32　龍興寺に遊ぶ ··························· *103*
  - 33　雨夜の紗灯を賦す、応製 ··········· *106*
  - 34　春を送る ································· *109*
  - 35　殿前の薔薇に感ず、一絶 ··········· *111*
  - 36　裴大使の酬いられし作に答う ····· *113*
  - 37　詩友会飲し、同じく「鶯声に誘引せられて花下に来たる」ということを賦す ······································· *117*
  - 38　第三皇子の花亭に陪り春酒を勧む、応教 ································· *122*
  - 39　早春内宴に、清涼殿に侍りて同じく、「草樹暗に春を迎う」ということを賦す、応製 ························ *125*
  - 40　残菊に対いて寒月を待つ ············ *128*
  - 41　九日宴に侍り、同じく「菊一叢の金を散らす」ということを賦す、応製 ··· *131*
  - 42　近院の山水の障子の詩、六首・其の六・海上の春意 ····················· *133*
  - 43　九日後朝、同じく「秋の思い」ということを賦す、応製 ···················· *135*
- 第五章　流謫の日々 ···························· *141*
  - 44　自ら詠ず ································· *141*
  - 45　門を出でず ······························ *143*
  - 46　雁を聞く ································· *147*
  - 47　九月十日 ································· *149*
  - 48　秋の夜 ····································· *152*
  - 49　家書を読む ······························ *155*
  - 50　菊を種う ································· *158*
  - 51　官舎の幽趣 ······························ *161*
  - 52　灯滅ゆ、二絶・其の一 ··············· *166*
  - 53　灯滅ゆ、二絶・其の二 ··············· *168*
  - 54　秋月に問う ······························ *171*
  - 55　月に代わりて答う ···················· *173*
  - 56　謫居の春雪 ······························ *175*
- ＊あとがき（山本登朗） ······················· *179*

3　義堂周信（藤木英雄著, 富士川英郎, 入矢義高, 入谷仙介, 佐野正巳編）
1999年9月25日刊

- ＊はじめに ··· *3*
- 第一章　在京修業時代 ························· *11*
  - 無得励維那に酬ゆ ···························· *11*

李杜の詩を読み、戯れに空谷応侍者に酬ゆ	14
遣悶（一）	17
遣悶（二）	19
上巳前の一日、武庫渓に宿り、亀山の諸友に寄す	22
後鳥羽帝の祠に題す	24
辛卯の上巳	26
韻に次し、古標幢知客に答う	28
吸江庵	31
文殊を礼し罷って、家に赴き親を省す	33
建仁の焼香、津絶海に寄賀す	34
愍上人に和答す	34
天竜の火後、四州に化縁す。山行作有り	38
第二章 関東の法戦・詩戦	43
常州の勝楽に方丈を剏建す	44
常州の旅館にて、浄智の不聞和尚の韻を用い、十首をば鹿苑の諸公の贈らるるに寄謝す	46
一、方外法兄に酬ゆ	46
七、樹中心に酬ゆ	50
大照に和答す	53
璣叟に和答す	55
韻に次し、臨川の大林書記に寄賀す 二首	58
即席に前韻を用いて、厳・海二書記、志・登二侍者に謝す	61
卒しく二十七首に和して、建長の諸友に寄答す	63
十二、適翁愜侍者に和答す	63
十四、東谷春蔵主に和答す	66
壬寅の冬、瑞泉蘭若の席上、通叟の詩に和して、武衛将軍源公に贈り奉り、兼せて幕下の諸侯に簡す 二首	68
壬寅の分歳	73
癸卯の分歳、自ら前韻に和す	76
人日、偶々杜詩を読み感有り。復た前韻を用いて陽谷に呈す	78
甲辰の上巳、韻に次し戯れに了義田に答う	81
乙巳の春、予天平に帰居す。歳歉なり。又上人里に回る	82
丙午の冬、暫く海雲を出で京師に游ぶ。作有り	85
菊隠歌	90
韻に次して業子建に答え、兼ねて中厳和尚に簡す 二首	92
丁未四月十日、寿福方丈無惑禅師の席上、古先・大喜・天岸の三師と同じく左武衛相公に会う。題を分ちて詩を賦す。各々三種なり	95
其の一に曰く、暮烟	95
其の二に曰く、沢の蛍	96

其の三に曰く、関の鶏	98
第三章 鎌倉の師家時代	101
仏成道焼香の偈	101
選書の赤松山に帰るを送る 并びに叙	103
戊申閏六月十五日の立秋、大喜の韻に和す	107
韻に次し、石室の建長に住するを賀す	110
己酉の二月十三日事に因り瑞泉を謝事す。偈有り道人に留別す	113
韻を珪大章に次し、陽谷光を悼む	115
建長伝芳の徒厚浚、信道元の回報を求む。乃ち偈を作り簡に代う	119
狂歌一首。詩に代えて竜石上人の豊城に帰るに贈り、兼ねて金華の雲石禅師に簡す。一笑せん	121
庚戌の除夜、春林園上人に和答す	126
韻に次し、建長の太гуら侍者の訪ねらるるを謝す	128
四更の禅罷り、点燈して偈を作る	130
模堂楷書記を悼む	133
歳晩懐を書き春林上人に寄す	134
真を写す道林道人に贈る	137
竜門寺に遊び瀑布を観、観音堂壁に題す	139
石橋山に古を弔う	141
甲寅十月七日府君錦屏山に入り紅葉を游覧す。──	143
甲寅の十月、泊船庵に游び古を懐う	145
浄智の大虚の招かるるに赴かざるを寄謝す	148
粟田口武衛相公の帰省するに餞けす	150
小師梵和の金剛の元章法兄に見ゆるを送る	153
皎然の詩に和し、中竺道者の叡山に赴きて受戒するを送る	155
病より起き錦屏に如きて泉を観る。──	157
姑らく禅堂を出、句を得たり。──	159
戊午の八月一日、京の諸老の書至り即ち黄梅の事を謝す。──	163
六臣註文選を送り、京の管領武州太守に与う	166
第四章 京洛の詩筵	169
二条相国の命を奉じ将軍の扇に題す 二首	170
准后大相公に奉呈す	173
菅翰林学士の和せらるるに答う	178
扇面に題す 二首	180
摂陽の途中、勝尾・箕面の二山を望む	184
洪武韻を試みて、二条藤相国に上る。──	186
堂中首座の宗鏡湖に挙似す	190

[067] 日本漢詩人選集

中山和尚の建長に住するを賀す ……… 192
道元信侍者 ………………………………… 195
簾を詠じて源左金吾雪渓居士に呈し、
　兼せて独芳禅師に簡す ……………… 197
扇面に題して、相陽の故人に寄す …… 200
通玄庵に題す ……………………………… 202
葆光寺の依縁に寄題する詩 叙有り …… 204
三月初吉、普明国師及び諸老に陪して
　持地院に会す。──……………………… 207
韻に次し、戯れに摂政殿下に呈す 二首 … 209
癸亥の歳、御禊の会を観て作る ……… 212
甲子の秋閏九月、大丞相泊び諸禅師に
　陪して西山に遊ぶ。── ………………… 214
倭漢聯句 (部分) …………………………… 220
炉を開く頌 ………………………………… 223
勝侍者を送る ……………………………… 225
亨大亨の讃岐の円席及び皮襪を恵まるる
　に謝す 二首 ……………………………… 229
扇画十二詠 (内三詠) 幷びに叙 ………… 231
水牯牛 ……………………………………… 236
退居し南禅を辞するの口占 二首 ……… 238
心巌の瑞泉に住するを賀す …………… 242
雪中に三友の訪るるを謝す …………… 244
拈香の頌 …………………………………… 248
柏庭蔵主の紙を恵まるるに謝す ……… 249
龕院の銘 …………………………………… 253
＊おわりに ………………………………… 259
＊義堂周信略年譜 ………………………… 263

4　伊藤仁斎 (浅山佳平, 厳明著, 富士川英郎,
入矢義高, 入谷仙介, 佐野正巳編)
2000年11月10日刊

＊はじめに …………………………………… 3
　＊一　本書の目的 ………………………… 3
　＊二　テキストと訓点 …………………… 6
　＊三　詩の作成年について …………… 11
　＊四　詩人としての仁斎 ……………… 13
　＊五　仁斎詩の特徴 …………………… 19
　＊六　本書で取り上げる漢詩に見る仁斎 … 25
第一章　正保から万治まで ……………… 31
　園城寺の絶頂 …………………………… 31
　湖水 ……………………………………… 36
　戴を訪う図 ……………………………… 38
　大井川の即事 …………………………… 43
　菊花を詠ず ……………………………… 56
　立春 ……………………………………… 60
　即興 ……………………………………… 67
　閑居の口号 ……………………………… 72
第二章　寛文から貞享まで ……………… 79
　学者に示す二首 ………………………… 79

　　その一 ………………………………… 79
　　その二 ………………………………… 83
　学問須らく今日従り始むべし ………… 88
　小弟の既に江城に到るを聞くを喜ぶ … 93
　即興 ……………………………………… 99
　太宰道室親の病を聞きて帰省するを送
　る ……………………………………… 104
　宇治舟中の即事 ……………………… 112
　即時二首 (その二) …………………… 118
　武田翁の招きに従うて仁和寺に花を瓢
　ぶ ……………………………………… 123
　桜 ……………………………………… 125
　堀川百首和歌題詠四一首のうち四首 … 127
　　柳 …………………………………… 129
　　菖蒲 ………………………………… 131
　　杜若 ………………………………… 132
　　薄 …………………………………… 134
　清公の筵に陪して苦寒を賦す ……… 137
第三章　元禄から宝永まで …………… 143
　嵯峨の途中 …………………………… 143
　即時 …………………………………… 149
　難波橋上の眺望 ……………………… 154
　淀河舟中の口号 ……………………… 159
　原芸庵諸友を招きて二条藤丞相別墅に
　遊ぶ …………………………………… 167
　嵐山観音堂の紅葉 …………………… 173
　鷹峰蕉窓主人の別業に遊ぶ ………… 175
　新年の作 ……………………………… 182
　仲春の偶書 …………………………… 188
　秋日旧を懐う ………………………… 192
　市原道中の作 ………………………… 197
　性通和尚の坊に題す ………………… 201
　三月三日感有り ……………………… 206
＊おわりに ……………………………… 209
＊索引 …………………………………… 左i
　＊主な事項索引 ……………………… 左i
　＊主な語彙形式索引 ………………… 左iii

5　新井白石 (一海知義, 池澤一郎著, 富士川英
郎, 入矢義高, 入谷仙介, 佐野正巳編)
2001年1月10日刊

第一章　若き日の白石──新井白石と宋詩 (池澤
一郎) ……………………………………… 3
　癸卯中秋感有り ………………………… 5
　辺城秋 …………………………………… 13
　己巳の秋, 信夫郡に到りて家兄に奉ず … 16
　梅影 ……………………………………… 25
第二章　白石青春詩訳注 (一海知義, 池澤一
郎訳注・訳文) ………………………… 49
　土峯 ……………………………………… 49
　新竹 ……………………………………… 51

夏雨晴る	53
尼寺の壁に題す	56
江行	58
暮に江上を過ぐ	60
小斎即時	62
山秀才の菅廟の即時に和すの韻に和す	65
小亭	69
又（小亭）	72
病中懐いを書す	75
九日 友人の詩を問うに答う	78
松節の雪の詩、其の能く韻を用うるを愛でて之に和す二首	80
第一首	80
第二首	84
秋雨	87
暮れに帰る	90
即時	92
杜鵑枝に和す	94
中秋の夜 江氏に陪して月を河範の亭上に賞す	98
所見	108
春歩	111
郊行	114
病より起つ	117
松秀才の病を弔うに和す	121
松氏の韻に和す。自述三章 以て呈す	124
第一首	124
第二首	128
第三首	131
長秀士に寄す	134
梅下口号	138
春日雑題	140
春晩	143
病中八首	147
第二首	147
第五首	150
第六首	152
第八首	155
人日	158
夏日即時	161
春日人を送る	166
聞情	168
秋興	170
癸亥の秋、戯れに松青牛の瑞雲師の烏麦麺を憶うの韻を用う	175
蕎麦麺	199
読書の詞	202
浅香山に登る	206
辛未中秋和韻	219
壬申元日	222
乙亥七夕	226

画に題す十首	231
第一首	231
第二首	233
第六首	235
第十首	237
＊跋（一海知義）	241

8 柏木如亭（入谷仙介著，富士川英郎，入矢義高，入谷仙介，佐野正巳編）
1999年5月31日刊

第一章 江戸	3
【木工集】	3
冬日、河豚を食う。──	3
雨に淡浦翁を訪う 途中即事二首	7
其の一	7
其の二	8
弘福寺の小池 分韻	10
除夜	11
元旦 枕上に口号す	12
漫に書す	13
寛斎先生に寄せ奉る	15
夏初	16
北山先生に呈し奉る	18
冬夜書懐	19
己酉の歳莫	21
夏雨 谷文晁の宅に集う	23
病来	25
菅伯美の所居に寄題す	27
是の歳辛亥、寛斎先生将に八月朔を以て、──	29
【詩本草】	32
吉原詞 二十首 選五首	32
其の二	33
其の七	34
其の十一	35
其の十三	36
其の十八	38
第二章 信越	41
【如亭山人藁】初集	41
塩浜の元旦	41
別後	43
余が家に旧と古泥研一を蔵して殊に宝愛を為す。──	44
中野の草堂	46
新潟	49
晏起	52
木百年の所居に題す	53
香桜村に雨に阻まる	56
懐いを書す 二首	57
其の一	57

[067] 日本漢詩人選集

其の二	58
王虚庵画く蕉鹿園老集図	59
遊春	68
菊を買う	69
赤羽に居を移す	70
其の二	70
壬戌の除夕に髪を下して戯れに題す	71
秋雨晏起	73
豊改庵に贈る二首	75
其の一	75
其の二	76
枕上に雨を聴く	77
乙丑の元旦枕上に口号す	78
木母寺	79
余再び越に遊び、石生と旧を嵐川の上に叙す。──	81
除夜	83
蕎麦の歌	84
九霞山樵の画山水歌	87
画に題す	95
其の三	96
其の四	97
其の七	98
其の九	99

第三章　西国 101

【如亭山人遺藁】 巻一	101
駿州道中松魚を食う	101
三日四日市の海楼に飲む	104
大刀魚	109
僑居の壁に題す	111
其の一	111
七友歌、小栗十洲に贈る	113
吉備雑題 十四首 選三首	118
其の七	118
其の八	119
其の十	120
春寒	121
其の二	121
嵐山の花期已に近し此を留めて足庵に別る	123
河橋歩月	124
雨夜	125
知校書に寄す	127
【如亭山人遺藁】 巻二	129
癸酉の初夏京を去りて琵琶湖上の最勝精舎に寓す	129
其の一	129
其の四	130
冬初別所温泉に遊ぶ	131
其の二	131
楼上雪霽	133

雑興	134
其の一	134
其の三	135
中秋豊水に舟を泛ぶ	136
其の二	136
寛斎先生の長崎の幕中より帰るを途中に奉迎す	138
雑興	140
其の三	140
其の五	141
絶句	142
其の一	142
余が量は蕉葉の勝えず、客途に雨に阻まれ酒を以て消遣する能わず。乃ち一絶を作す	143
画に題す	145
其の四	145
木百年に逢う	146
【如亭山人遺藁】 巻三	147
三月二十三日、風日初めて美なり。──	147
其の一	147
合歓の歌	149
海鷗の歌	152
戊寅三月、黒谷別院の壁に題す	155
画に題す	160
其の二	160
讃州福島	161
浪華の客舎の壁に題す	165
梁伯兎に逢う	167
仲春 兜盔山中 暁に発す	168
其の一	168
三日 杜生の醪を送るに謝す	170
首夏の山中病いより起つ	174
其の一	174
其の二	176

第四章　柏木如亭について 179

＊一　柏木如亭とボードレール	179
＊二　その詩	184
＊三　その生	191
＊四　その死と墓碑の運命	200
＊五　テキストと参考文献	203
＊柏木如亭年譜	211

9　市河寛斎（蔡毅、西岡淳著、富士川英郎、入矢義高、入谷仙介、佐野正巳、日野龍夫編）
2007年9月25日刊

第一章　少壮 3

初晴の落景、初唐の体に効う	3
恭卿の郷に帰るを送る	6

340　日本古典文学全集・内容綜覧　第II期

水亭 酒に対するの歌 …………… 10
何子真の秋夜月を望んで憶わるるに酬ゆ …………… 14
落梅の曲、女を哭す …………… 18
美人 楼に倚る …………… 19
陽子を夢む …………… 22
九月十五日夜、子野の客舎にて月を賞して、韻を分かつ …………… 23
王績の「杖を策きて隠士を尋ぬ」に擬す …… 26
炉辺の閑談 …………… 30
昌平の春興 …………… 32
第二章 北里 …………… 35
　北里歌（三十首 選四首） …………… 36
　　其の七 …………… 36
　　其の十四 …………… 38
　　其の十五 …………… 40
　　其の十八 …………… 42
第三章 江湖 …………… 45
　景連駿河自り、鈴石を携示す。── …………… 45
　戊申の元旦 二首（選一首） …………… 51
　楊柳詩詞 三首（選一首） …………… 53
　夜に桜花を看る …………… 54
　塔沢温泉に浴すること数日、小詩もて事をを紀す（六首 選二首） …………… 56
　　其の一 …………… 56
　　其の三 …………… 57
　苦熱 …………… 59
　碩茂 蕎麵を供す。云う、「家人の製する所なり」と …………… 62
　遊春、永日の韻に和す（九首 選一首） …… 64
　梅天 …………… 66
　晩涼 …………… 67
　秋日漫成 …………… 69
　諸葛武侯像 …………… 72
　移居 …………… 73
　月夜 伯美を憶う …………… 76
　両児を拉きて東郊に梅を尋ぬ …………… 79
第四章 越山 …………… 82
　村大夫邀えらるる（二首 選一首） …………… 82
　歳晩 懐いを書す …………… 84
　夏日 白雲楼に遊ぶ。即事、韻を分かつ 八首（選一首） …………… 86
　将に江戸に帰らんとして、客舎の壁に留題す …………… 88
　浴後 …………… 90
　盆梅 …………… 91
　秋懐、陳後山の韻に追和す …………… 93
　晩れに山居に帰る 五首（選二首） …………… 95
　　其の一 …………… 95
　　其の五 …………… 97
　即事 …………… 98
　晩秋 …………… 100

董斎に贈る …………… 103
梅圃 二首 …………… 105
天民が宅の新燕 …………… 106
小園即事 …………… 108
越後道中 …………… 109
重ねて江湖詩社を結ぶ 十二韻 …………… 111
書懐 …………… 117
小畦 …………… 119
春晴 …………… 121
石を買う …………… 123
亥児 伊香保温泉に浴す、此を寄す …………… 124
途中 花を看る …………… 127
客館苦熱 三首（選一首） …………… 128
菊枕 …………… 130
第五章 傲具 …………… 132
　傲具の詩 五十首（選六首） …………… 132
　　瑪瑙の研山 …………… 136
　　冬嶺先生手抄の放翁詩 …………… 138
　　愛染像 …………… 141
　　盆山 …………… 143
　　古馬鐙 …………… 146
　　菊枕 …………… 148
第六章 華甲 …………… 151
　亥児の書を得ざること百数日、秋初崎陽より発し、秋抄を歴て始めて達す。喜びを志す 四首（選二首） …………… 151
　　〔其の一〕 …………… 151
　　〔其の三〕 …………… 153
　梅窓 …………… 154
　晩秋 本邸に秋田侯を邀えて宴するに侍し奉り、恭んで賦す …………… 155
　八日市の酒楼より田疇を眺望す。── …………… 157
　魚を買う …………… 159
　戊辰六月嘉祥の日、余が六十の初度なり。── …………… 161
　　福 …………… 161
　　禄 …………… 162
　　寿 …………… 163
　晩寒 …………… 165
　漫ろに作る …………… 167
　岳を望む …………… 169
　文化己巳初春、駿州の桑公圭が宅に信宿し、池五山・柏如亭の壁に題するを読む。── …………… 170
　宇治川の舟中、十洲の韻に次す …………… 173
　重ねて金洞山に登る …………… 174
第七章 崎陽 …………… 180
　壬申元旦の作 …………… 180
　苦吟 …………… 182
　偶成 …………… 184
　初冬江村即事（三首 選一首） …………… 185
　海上 誠斎の体に倣う …………… 187

静巌の贈らるるに酬ゆ 189
癸酉冬至前の一日、崎陽の客舎にて感
　ずる有り 191
小倉舟中 194
大槻盤水が六旬を寿ぐ 三首(選一首) 195
丁丑元旦 197
七十吟 199
鏑木夫人六十の寿詞 203
村田水荘の望仙楼に題す 205
＊終章 市川寛斎について 208
＊市川寛斎略年譜 229

11 良寛(井上慶隆著, 富士川英郎, 入矢義高,
入谷仙介, 佐野正巳, 日野龍夫編)
2002年5月15日刊

第一部 良寛詩の背景 3
　第一章 出雲崎と橘屋と良寛 5
　　一 斜陽の家 6
　　二 良寛の生涯についての諸説 10
　第二章 修学と修行 22
　　一 三峰館の学系 22
　　　子陽先生の墓を訪う 22
　　二 円通寺での修行と諸国行脚 30
　　　良寛庵主に附す 31
　　　円通寺 32
　第三章 良寛詩と越後 39
　　一 東村の叟たち 42
　　　五合庵 42
　　二 打毬の歌 51
　　　打毬の歌二首 52
　　三 非人八助への思い 73
　　　非人八助 73
　第四章 庵居の良寛とその時代 82
　　一 郷村の社会生活 83
　　　富家は不急の費 90
　　二 良寛周辺の学風 92
　第五章 死とその後 102
第二部 良寛詩抄 111
　第一章 風土 113
　　青陽二月の初め 113
　　薪を担い翠岑を下る 115
　　子規 116
　　清夜二三更 117
　　孟夏芒種の節 119
　　八月涼気至り 120
　　秋夜夜正に長く 122
　　玄冬十一月 122
　　荏苒歳云に暮れ 123
　　冬夜長し 124
　　草庵雪夜の作 125

第二章 生活 127
　一 遍歴 127
　　高野道中衣を買わんとするに、直、
　　　銭のみ 127
　　再び善光寺に遊ぶ 128
　　伊勢道中苦雨の作 129
　　予、雲游すること二十年、——(良
　　　寛) 131
　　郷に還る 133
　　四十年前行脚の日 134
　　阿部氏宅即事 135
　二 草庵 137
　　乞食 137
　　柳娘二八の歳 138
　　三越佳麗多し 139
　　少小筆硯を擲ち 140
　　襤褸又襤褸 141
　　食を乞う 143
　　終日の乞食に罷れ 144
　　家は深林の裏に住ち 145
　　住庵の吟 146
　　静夜草庵の裏 149
第三章 人物 151
　一 交友 151
　　由之と酒を飲み楽しみ甚だし 151
　　懐い有り四首 152
　　　鵬斎は偶儻の士 152
　　　大忍は俊利の士 154
　　　左一は大丈夫 156
　　　苫ろに思う有願子 158
　　鈴木隆造に贈る 162
　　鈴木隆造に贈る 163
　　天放老人 164
　　天放老人 165
　　鈴木陳造に贈る 165
　　鈴木陳造に贈る 166
　　鈴木陳造に贈る 167
　　臘月二日、叔問子より芋及び李を
　　　恵まる、賦して臘以て答う 168
　　間庭百花発き 171
　　峨眉山下の橋杭に題す 172
　　夜雨主人に贈る 174
　　暮れて思々亭に投ず 175
　二 追慕 176
　　中元の歌 176
　　義士実録の末に題す 180
　　孔子 180
　　憶う円通に在りし時 182
　　仙桂和尚 184
　　芭蕉 185
第四章 思想 188

一　仏道 …………………………… 188
　　僧伽 ……………………………… 188
　　永平録を読む …………………… 193
　　弘智法印の像に題す …………… 199
　　我れ行脚の僧を見るに ………… 200
　　我れ講経の人を見るに ………… 202
　　文殊は獅子に騎り ……………… 203
　　仏は是れ自心の作 ……………… 204
　　我れ昔静慮を学び ……………… 204
　　我が生何処より来り …………… 205
　二　憂世 …………………………… 206
　　寛政甲子の夏 …………………… 206
　　地震後の詩 ……………………… 211
　　何ぞ俗之孤薄なる ……………… 215
　三　詩論 …………………………… 216
　　可憐なる好丈夫 ………………… 216
　　誰れか我が詩を詩と謂う ……… 217
＊あとがき（井上慶隆）…………………… 219

13　館柳湾（鈴木瑞枝著, 富士川英郎, 入矢義高, 入谷仙介, 佐野正巳編）
1999年1月12日刊

＊はじめに ……………………………………… 3
第一章　享和以前の詩 ………………………… 9
　偶成 ……………………………………… 10
　生日作 …………………………………… 13
　万年蕉中禅師 東勤し趨謁する喜びを記
　　し 兼ねて其の八十を寿し奉る ……… 15
　鵬斎先生の畳山邨畳句十二首に和し奉
　　る 次韻（うち六首）………………… 17
　　その一 ………………………………… 18
　　その二 ………………………………… 19
　　その三 ………………………………… 20
　　その四 ………………………………… 21
　　その五 ………………………………… 22
　　その六 ………………………………… 24
　高山官舎に題す ………………………… 24
　晩帰 ……………………………………… 27
　夏日即事 ………………………………… 28
　晩に大隆寺に上る ……………………… 29
　中山七里 ………………………………… 31
　籠渡 ……………………………………… 32
　高山郡斎独夜口号 ……………………… 33
　臥牛山人、田中磯堂 過ぎらる。── … 35
　検田 ……………………………………… 37
　冬日即事 ………………………………… 38
　久昌寺に夜集まる。江字を得たり …… 39
　医士野口士錫宅にて盆梅を咏ず ……… 41
　出門 ……………………………………… 42
　山行して雨に遭い戯れて長句を作る … 43

　大隆寺避暑 台字を得たり …………… 48
第二章　文化年間の詩 ………………………… 51
　老松篇 臥牛山人の六十を寿ぐ ……… 52
　夢に高山郡斎に到り絶句を作る。── … 57
　高田静冲の郷に帰るを送る（三首中二
　　首）…………………………………… 59
　　その一 ………………………………… 59
　　その二 ………………………………… 60
　夏日 服升庵水亭即事 ………………… 61
　原士簡 乃堂を奉じて 柏崎旧寓に赴くを
　　送る …………………………………… 62
　十二月朔日、上毛より東都に帰る途中
　　の作 …………………………………… 65
　癸酉元旦 ………………………………… 66
　春初雑題 ………………………………… 68
　鰕 ………………………………………… 69
　斎藤士訓の丹後に之くを送る ………… 71
　春日雑句 ………………………………… 72
　春日鵬斎先生を訪い奉る時 雷鳴り雪起
　　こる。戯れに一絶を呈す …………… 73
　聖林上座過ぎらる。席上茶を煎じ詩を
　　談ず（五首のうち一首）…………… 75
　香奩体 分けて源氏伝を賦し明石篇を得
　　たり …………………………………… 76
　聖林禅子の越後に帰るを送る（二首のう
　　ち一首）……………………………… 78
　金輪寺の後閣に上る（二首のうち一首）… 79
　春初雑題 ………………………………… 80
　鳴門主簿の小院に題す ………………… 82
　鶯 谷を出づ …………………………… 83
　某侯の後園に菊を観る ………………… 86
　秋夜独坐して即事を書し致遠に寄す … 87
　雪の夜 両国橋を渡る ………………… 89
　春初雑題 ………………………………… 91
　三月晦日、伍石、曲河二老及び諸子と、
　　白馬台に集まり、春を餞す。── … 92
第三章　文政年間の詩 ………………………… 95
　栗軒偶題（八首のうち三首）………… 97
　　その一 ………………………………… 99
　　その二 ………………………………… 100
　　その三 ………………………………… 101
　金山雑咏（十三首のうち七首）……… 102
　　その一 ………………………………… 103
　　その二 ………………………………… 104
　　その三 ………………………………… 105
　　その四 ………………………………… 106
　　その五 ………………………………… 108
　　その六 ………………………………… 109
　　その七 ………………………………… 110
　寒夜文宴 ………………………………… 111
　山駅梅花 ………………………………… 113
　検旱 ……………………………………… 114

閩中禅師久しく京師に在り。── …… 116	自題 …… 167
その一 …… 116	梅癖、鴻宮邸に帰りて久しく至らず。…… 169
その二 …… 117	甲辰元旦 佳孫の墨梅に題す …… 171
目白台に移居し、城中諸友に寄す …… 119	第五章 館柳湾について …… 173
邸居戯題 …… 120	＊はじめに …… 173
その一 …… 120	＊一 越後から江戸へ …… 174
その二 …… 121	＊二 お役人暮らし …… 183
近郊閑歩 …… 122	＊三 御隠居となって …… 208
小園の秋草 花盛んに開く(三首のうち一首) …… 123	＊四 柳湾とその家族 …… 223
秋蝶 …… 125	＊五 柳湾詩雑考 …… 232
秋尽(三首のうち一首) …… 126	＊あとがき …… 243
雑司谷雑題(六首のうち二首) …… 127	
その一 …… 127	**14 中島棕隠**(入谷仙介著、富士川英郎、入矢義高、入谷仙介、佐野正巳、日野龍夫編)
その二 …… 129	2002年3月30日刊
伊沢蘭軒及び諸子と雑谷十介園に遊ぶ。…… 130	第一章 江戸の棕隠 …… 3
翌日大雪 前韻を用い 戯れに蘭軒に呈す(一首) …… 131	東山に月に歩む、韻豪を得たり …… 5
第四章 天保年間の詩 …… 133	墨水の舟中に懐いを写す …… 6
松浦万蔵、巻致遠、高田静冲、沖文輔及び家士建と同に信川に舟を浮かぶ …… 134	冬日池五山に懐いを寄す …… 9
江邨 …… 137	池無絃に贈る …… 14
夜 漁歌を聞く …… 138	災後根津に僦居して偶たま一律を得たり …… 15
庚寅夏の初め新潟に省墓す。── …… 140	壬申八月琴廷調初めて江戸に遊び余を不忍池上に訪う。…… 18
その一 …… 140	将に江戸を去らんとして感有り …… 21
その二 …… 142	第二章 京都、快楽の都 …… 24
偶成 …… 143	鴨東四時雑詠 …… 25
元旦作 …… 144	其の一 …… 25
松崎慊堂先生の羽沢園居を過ぐ …… 146	其の二 …… 26
癸巳八月十九日男婦菊田氏一男を挙ぐ。口占二首(うち一首) …… 148	其の三 …… 29
飯山子教の米を餽れるを謝す …… 149	其の四 …… 31
乙未元旦 又三絶句を作りて自ら戯れる(うち一首) …… 151	丙子の除夕に蘇子貫、黄子斐と祇園の東店に飲み酔後四絶を得たり …… 33
伊沢朴甫宅尚歯会 …… 152	銅駝橋納涼 …… 36
戊戌新春 …… 155	苑道に月を看る …… 37
椿山、梅癖、玉川、草堂を訪れる。共に虹口に遊び、楓を観て茶を煮る。四絶句を得たり(うち一首) …… 156	二月廿九日、平橡孫・岡鈍夫・水文龍と偕に嵐峡に花を賞し、往還に随たま此の八首を得たり …… 40
春日晩歩 …… 157	其の一 …… 40
春日雑題 …… 159	其の二 …… 42
早春雑句 …… 160	四月廿六日、再び嵯峨に遊び、邨田季秉、児順を携う。途中口占 …… 43
池上竹亭独酌 …… 161	三本木橋居雑述十六首 …… 45
八月望後二日、田代吉庵、吉田温如、橋本魯橋及び貝倩竹濤と隅川に同遊し、百花荘に飲む。── …… 162	其の一 …… 45
その一 …… 162	其の二 …… 47
その二 …… 163	秋の季に真如堂に楓を観、晩間に雨に遇う二首 …… 50
食筍(二首のうち一首) …… 165	其の一 …… 50
飛州の大井使君 益田の梛子を恵せらるるを謝し奉る(二首のうち一首) …… 166	其の二 …… 52
	第三章 人々の生活 …… 53

田園雑興 ……………………………… 54
　其の一 …………………………… 54
　其の二 …………………………… 56
丁亥四月、西遊して備後福山城に抵り、
津川氏の客館に留寓す。── ……… 60
　其の一 …………………………… 60
　其の二 …………………………… 61
客歳夏秋の交、淫雨連旬、諸州大水し、
歳夏登らず。── ……………………… 64
　其の一 …………………………… 65
　其の二 …………………………… 68
第四章　趣味の生活 ……………………… 70
乙酉の春新たに端硯を獲て喜ぶこと甚
だしく為に六絶を賦す ………………… 70
　其の一 …………………………… 75
　其の二 …………………………… 76
同前、新たに程君房の龍門の墨を得て
癡情喜躍に勝えず、── ……………… 78
己亥三月十九日、例に沿いて牡丹十首
を賦す ……………………………………… 80
北山に松覃を採り帰途に星洲上人を訪
う ……………………………………………… 83
乙酉の臘月廿日、幣廬にて潑散会を作
す。 ………………………………………… 86
第五章　山陽路の旅 ……………………… 92
茶山菅先生に贈る ……………………… 95
六月望、亀山伯秀、余が為に遊舫を徴
い新地の南港に飲む即事 ……………… 99
谷文晁の山水横巻に題し橋本元吉が為
にす ……………………………………… 101
玉蘿女史に贈る ……………………… 104
閏六月十八日瑤浦より舳津に到る舟中
の作 ……………………………………… 107
福禅寺寓居雑題十首 ………………… 108
　其の一 …………………………… 108
　其の二 …………………………… 111
木綿橋客樓口占 ……………………… 115
伏水途中 ……………………………… 117
第六章　旅の棕隠 ……………………… 119
今茲五月十二日、将に飛驒に遊ばんと
し先ず路を鶴浦に取り、── ……… 119
飛越の界、渓流怒激して航すべからず。
── ……………………………………… 125
越後道上の作 ………………………… 128
　其の一 …………………………… 128
　其の二 …………………………… 129
　其の三 …………………………… 131
歳抄偶成 ……………………………… 133
長崎僑居雑題七首 …………………… 136
　其の一 …………………………… 136
　其の二 …………………………… 138
雲州雑題 ……………………………… 145
　其の一 …………………………… 145
　其の二 …………………………… 146
　其の三 …………………………… 148
　其の四 …………………………… 149
第七章　自らを語る …………………… 152
放言 …………………………………… 153
　其の一 …………………………… 153
　其の二 …………………………… 156
雨夜読書 ……………………………… 160
漫に題す ……………………………… 170
老態 …………………………………… 172
自述 …………………………………… 175
＊おわりに ……………………………… 180
＊中島棕隠年譜 ………………………… 180

15　広瀬淡窓（林田愼之助著, 富士川英郎, 入矢義高, 入谷仙介, 佐野正巳, 日野龍夫編）
2005年1月15日刊

＊はじめに ………………………………… 3
第一章　ふるさとの歌 …………………… 9
偶成 ……………………………………… 12
隈川雑詠 ………………………………… 15
隈川に夜漁を観る ……………………… 21
山車 ……………………………………… 24
東楼 ……………………………………… 28
第二章　懐旧の歌 ……………………… 33
懐旧四首 ………………………………… 36
第三章　遊学の歌 ……………………… 47
筑前道上 ………………………………… 51
太宰府にて菅公廟に謁す ……………… 52
筑前城下の作 …………………………… 54
亀井大年の肥後に遊ぶを送る ………… 55
第四章　諸生を励ます歌 ……………… 59
桂林荘雑詠諸生に示す ………………… 60
夏日桂林荘に独り題す ………………… 65
恵学の摂に帰るを送る ………………… 67
昇道の南肥に遊ぶを送る ……………… 68
須恵客舎 ………………………………… 70
彦山 ……………………………………… 73
南冥先生の墓に謁す …………………… 77
原士萌に贈る …………………………… 83
第五章　詩魂を磨く歌 ………………… 84
卜居 ……………………………………… 84
同社を記す ……………………………… 91
席上筆を走らせ頼子成に贈る ……… 102
酒瓢に題す …………………………… 106
田君葬来たり、亀陰に寓す。── … 110
早起 …………………………………… 112
淡窓五首 ……………………………… 114
第六章　旅の歌（一） ………………… 119

耶馬溪	121
南塢	125
心遠所	126
北塢	127
醒齋	128
夜雨寮	128
昭陽先生を挽む	131
保命酒を詠ず 備後中村氏の為に	135
赤馬関雑詠	138
赤関を辞す	139
昭陽先生の墓下の作	142
御風主人、予を那珂川の上りに觴す 賦して贈る	143
春好	144
中島	146
大隈氏の幽居に題す	148
平岡子玉の賁甞書屋	149
聖福寺に遊び巌公に贈る	151
再び聖福寺に遊び巌公に贈る	152
第七章 旅の歌（二）	154
将に西遊せんとして前夜に作る	155
佐嘉道の上	157
佐嘉に草佩川を訪れ、賦して贈る	158
牛津の駅に宿る。珮川追いて至れば賦して贈る	160
武雄	161
琴湖晩望	163
長崎	165
東遊道中	169
別府	171
府内侯の駕に陪して春別館に遊ぶ 二首 その二	173
太宰徳夫を賛す 前に同じ	174
津田秋香の百虫画巻に題す	176
肥前道上	177
長崎を発つ	180
唐津	181
府内を発つ	184
帰途の作	186
第八章 晩節の歌	188
懐いを別府の矢田子朴に寄す	188
秋暁	190
長崎の山無逸、春大通、王梅菴撰する所の折玄序を伝示す 賦して二子に貽る 四首	192
即事	197
小石園将に東に帰らんとして過訪す 賦して贈る 二首	199
七十自ら賀す	201
＊あとがき	207

16　広瀬旭荘（大野修作著, 富士川英郎, 入矢義高, 入谷仙介, 佐野正巳編）
1999年3月30日刊

＊はじめに	3
第一章 東遊行	13
亀山神祠に登る	13
穏渡の歌	15
松氏の晩香堂に宿り、懐いを松郎に寄す。	23
閏六月五日、廉塾を発す	25
野奇仲 神廟に漁するに導く	29
八月八日、広村にて田大介に遇う	34
第二章 日田在郷時代	43
島子玉の丑時の咀に和す	43
虎伏巌	46
宇佐にて神廟に宿る	49
旭荘	52
南彊繹史を読む	54
樺石梁先生に贈る	57
倪有台の晩帆楼に題寄す	59
水哉舎	61
奥人・添川寛夫来訪す。	62
銀杏樹歌	64
劔南集を読む 二種 其一	72
目を病む	74
春雪	82
筑山の道中	83
題を桜老泉に寄す	85
檸檬曲	92
新年 親姻を宴す 十首	95
一	95
二	96
三	97
四	98
五	98
六	99
昭陽先生、改めて春頌と号す。──	101
春雨 筆庵に到る	112
二月二日の作	113
夏日偶成	114
偶作	115
夏日 雨後 月色殊に佳し	117
夏日、広円寺に遊び、分韻して烟字を得たり	118
蒲君逸、水三筒を送れり、──	120
東坡赤壁図に題す	122
椎婦	124
第三章 佐賀長崎紀行	125
内山氏の梨雲館に宿る	125
松子登の蔵する所の蒙古兜を観る	127

堀川先生 丹邱の新嘗半山楼に導遊す。諸言と同に賦す。── ……………… *139*	4 月下 旧に感じて作る …………… *20*
松春谷に贈る三首 ……………………… *145*	5 雑詩 十五首（八首載録中の第一首）… *23*
其一 ………………………………… *144*	6 如亭山人の訃 勢南に至る。………… *27*
其三 ………………………………… *147*	7 孤鴬 ……………………………………… *31*
第四章 江戸大坂在住時代 ………………… *151*	8 剃るを止む …………………………… *35*
井岡玄策の夜帰るを送る ……………… *151*	二 彷徨う駱駝──星巌乙集の世界 ………… *40*
冬夜眠れず、起ちて庭上を歩く ……… *153*	9 玉浦、舟中見る所 ……………………… *43*
祭主林公荘園の諸勝二十四首 ………… *155*	10 舟 広陽に抵る ………………………… *45*
（一）六闓堂 …………………… *155*	11 車蛤は、一名西施舌 ………………… *48*
（二）孤高祠 …………………… *158*	西施舌 ………………………………… *48*
（三）紅於亭 …………………… *160*	12 二月晦日、都寧父諸子を拉して糸崎に遊ぶ… ……………………………… *54*
重陽、壁円寺に在り、病にて島の生薬を服す。………………………… *162*	13 沈綺泉が揚州を話すを聴く ………… *57*
于石の二瓢に題す ……………………… *164*	14 阿弥陀寺 ……………………………… *62*
築梁の広瀬丈 招飲し賦して贈る …… *167*	15 東坡集を読みて、偶たま其の後に題す ……………………………………… *65*
兵庫の藤田得三郎、来学すること数月、其の父撫山より家醸の名悦なる者を恵まる。賦して謝す。……………… *172*	16 一谷懐古（二首中第一首）………… *70*
三月念三日、雨中に朝君眉山に遇う。……………………………………… *177*	17 三月廿八日、病癒えて子成の招飲に赴く ……………………………………… *75*
長崎の長東洲の紫清夢境の巻首に題す… *178*	三 円熟の美──星巌丙集の世界 …………… *78*
冬日、谷士先を送る …………………… *184*	18 華厳寺の閣に登りて、長句四韻を賦す ……………………………………… *80*
自ら著せる頊事録の後に題す ………… *189*	19 九月廿七日、暁に起きて東山を望むに、黎色流れんと欲す。… …………… *84*
即事 …………………………………… *191*	20 彦藩の老小野田君舜卿に寄懐す。… *86*
秋夜の作 ……………………………… *192*	21 旅夕小酌、内に示す 二首（第一首）… *92*
三崎雑詠二首 其二 …………………… *194*	22 歳暮雑感 二十首。…………………… *95*
秋懐三首 其一 ………………………… *196*	23 （第十首）…………………………… *100*
暮春、雨中、松園・渓琴・磐渓と与に墨堤にて花を観る …………………… *198*	24 宋の高宗が秦檜に賜う壺尊の歌 引有り ……………………………………… *103*
大槻磐渓詩集に題す …………………… *201*	25 夷白盦春日雑興 九首（第五首）… *123*
林谷山人の石譜に題す ………………… *211*	26 自ら衣淄の小影に題す 十二首 引有り（第一首）…………………………… *126*
浪華雑詩十九首 ………………………… *216*	27 （第二首）…………………………… *129*
（一）正月十日、蛭子神祭を観る …… *216*	28 夜帰舟中 三首（第一首）………… *131*
（二）天満の菜市 ……………… *217*	29 春草 …………………………………… *133*
（三）心斎橋 …………………… *218*	四 鬱勃たる憂憤──星巌丁集の世界 ……… *136*
淡港の僑居の庭の広さは僅かに尋丈、三月既望、桜花盛んに開けり。── *219*	30 美人の風筝 六首（四首載録中の第四首）……………………………………… *138*
雨夜、懐いを河野鉄兜に寄す ………… *223*	31 嶺田士徳が夏日の閒詠に和す。三首。… （第一首）…………………… *141*
四月十二日夜、長星湾家に宿る。── *225*	32 池無絃の梅花鶤梟の図に題する絶句、風刺隠秀、… …………………… *144*
*あとがき（大野修作）……………………… *229*	五 「言わず、清世 吾れ用無し、と」──星巌戊集の世界 ………………………… *151*
17 梁川星巌（山本和義、福島理子著、富士川英郎、入矢義高、入谷仙介、佐野正巳、日野龍夫編）	33 古俠行 ……………………………… *154*
2008年10月7日刊	34 枕上 ………………………………… *157*
	35 春日偶興 五首（三首載録中の第二首）…………………………………… *159*
*序 詩人星巌の誕生とその謎 ……………… *3*	36 相馬の懐古 ………………………… *161*
一 若き日の情熱と焦燥──星巌甲集の世界 … *9*	37 十二橋の酒楼に題す ……………… *166*
1 旅懐を書して仲建弟に寄す ………… *12*	38 笏門 ………………………………… *169*
2 雨中 …………………………………… *16*	
3 偶成絶句 十首（五首載録中の第二首）… *18*	

[067] 日本漢詩人選集

39 鋸山に遊び、一覧亭・羅漢峰の諸勝を探りて、(りんはん)……… 171
40 晩秋、懐いを写す 二首(第二首)…… 174
41 冬日雑吟(六首載録中の第一首)…… 177
42 三弔詩(第一首)……… 178
43 (第二首)……… 181
44 (第三首)……… 183
45 臘月念三日の作……… 184
＊終わりに 星巌遺稿の世界……… 190
＊後記(山本和義)……… 201
＊星巌略年譜……… 204
＊星巌関係文献一覧……… 207

別巻　古代漢詩選(興膳宏著, 富士川英郎, 入矢義高, 入谷仙介, 佐野正巳, 日野龍夫編)
2005年10月12日刊

＊序章 古代日本人の漢詩新学び(興膳宏)… 3
第一章 万葉歌人たちの漢詩—日本漢詩のあけぼの……… 17
　山斎(河島皇子)……… 19
　遊猟(大津皇子)……… 20
　臨終(大津皇子)……… 23
　月を詠ず(文武天皇)……… 25
　初春 宴に侍す(大伴旅人)……… 27
　凶問に報う(大伴旅人)……… 30
　俗道の仮に合いて即ち離れ、去り易く留まり難きを悲嘆せし詩(山上憶良)… 32
　晩春三日の遊覧一首 幷びに序(大伴池主)……… 35
　〔大伴池主への答詩〕(大伴家持)…… 40
第二章 長屋王サロンの詩人たち—君臣唱和の詩(一)……… 44
　秋日 長王(ちょうおう)が宅に於て新羅(しらぎ)の客を宴す 幷びに序 賦して「前」字を得たり(下毛野蟲麻呂)……… 51
　秋日 長王が宅に於て新羅の客を宴す 賦して「稀」字を得たり(刀利宣令)…… 56
　宝宅に於て新羅の客を宴す 賦して「烟」字を得たり(長屋王)……… 58
　秋日 長王が宅に於て新羅の客を宴す 賦して「流」字を得たり(安倍広庭)…… 60
　秋日 長王が宅に於て新羅の客を宴す 賦して「時」字を得たり(百済和麻呂)…… 62
　秋日 長王が宅に於て新羅の客を宴す 賦して「離」字を得たり(藤原総前)…… 64
　秋日 左僕射(さぼくや)長王が宅に於て宴す(藤原宇合)……… 66
　七夕(山田三方)……… 72
　七夕(吉智首)……… 75
　七夕(百済和麻呂)……… 77
　七夕(藤原総前)……… 79

第三章 嵯峨天皇—平安詩壇のオルガナイザー……… 85
　夏日 大湖に臨泛す……… 87
　江頭の春暁(こうとうのしゅんぎょう)…… 89
　河陽十詠四首……… 91
　　河陽(かよう)の花……… 91
　　江上(こうじょう)の船……… 93
　　江辺(こうへん)の草……… 94
　　山寺(さんじ)の鐘……… 95
　「河陽十詠」に和し奉る二首 河陽の花(藤原冬嗣)……… 96
　「河陽十詠」に和し奉る四首 江上の船(仲雄王)……… 97
　冷然院(れいぜいいん)にて各(おの)おの一物を賦し、「澗底(かんてい)の松」を得たり……… 99
　冷然院にて各(おの)おの一物を賦し、「曝布(ばくふ)の水」を得たり。応製(桑原腹赤)……… 101
　冷然院にて各おのおの一物を賦し、「水中の影」を得たり。応製(桑原広田)…… 103
　内史貞主(さだぬし)が秋月歌に和す… 107
　海公(かいこう)と茶を飲みて山に帰るを送る……… 112
　除夜……… 114
第四章 有智子内親王—平安初期の女性詩人…… 117
　春日 山荘、塘・光・行・蒼を勒(ろく)す 118
　「巫山(ふざん)は高し」に和し奉る 太上天皇 秋に在り……… 121
　付 巫山は高し(王融)……… 125
　「関山月(かんざんげつ)」に和し奉(たてまつ)る 太上天皇 秋に在り……… 126
　新年 雪裡(せつり)の梅花を賦す…… 129
第五章 平安朝初期の詩人群—君臣唱和の詩(二)……… 131
　秋日 冷然院(れいぜいいん)の新林池(しんりんち)、探(さぐ)りて「池」字を得たり。応製(淳和天皇)……… 132
　「王昭君」に和し奉る(朝野鹿取)…… 134
　「王昭君」に和し奉る(良岑安世)…… 136
　暇日(かじつ)閑居(良岑安世)……… 138
　遠く辺城(へんじょう)に使いす(小野岑守)……… 140
　吏部侍郎野美(やび)が辺城に使いするを聞き、帽裘(ぼうきゅう)を賜う(嵯峨天皇)……… 143
　文友(ぶんゆう)に留別す(小野岑守)… 144
　冬日 汴州(べんしゅう)の上源駅にて雪に逢う(菅原清公)……… 145
　「侍中翁主(おうしゅ)挽歌詞」に和し奉る(菅原清公)……… 147
　御製「江上落花詞」に和し奉る(菅原清公)……… 149

嵯峨院の納涼、探りて「帰」字を得たり
　　応製(巨勢識人) ……………………… *152*
　伴姫(はんき)が「秋夜の閨情(けいじょう)に
　　和す」(巨勢識人) …………………… *155*
　滋(じ)内史が「使いを奉じて遠行し、野
　　焼きを観る」の作に和す(巨勢識人) … *157*
　「落葉を観る」に和し奉る(滋野貞主) … *161*
　春風に臨(のぞ)む、沈約(しんやく)が体に
　　効(なら)う。応製(滋野貞主) ………… *162*
第六章　空海—社交の詩から個人の詩へ ……… *167*
　金心寺に過(よぎ)る ……………………… *169*
　青龍寺の義操阿闍梨(ぎそうあじゃり)に留
　　別す ……………………………………… *170*
　唐に在りて、昶法(ちょうほう)和尚の小山
　　(しょうざん)を観る …………………… *172*
　新羅(しらぎ)の道者に与(あた)うる詩 …… *174*
　納涼房(どうりょうぼう)にて雲雷を望む … *176*
　後夜(ごや)に佛法僧(ぶっぽうそう)を聞く … *178*
　秋日　神泉苑(しんせんえん)を観(み)る … *179*
　良相公(りょうしょうこう)に贈る詩 ……… *183*
　山に入(い)る興(きょう) ………………… *187*
第七章　島田忠臣—叙情の深化 ……………… *198*
　天台(てんだい)の夜鐘(やしょう) ……… *199*
　七月一日(ついたち) ……………………… *200*
　蜘蛛(くも)の網を作るを見る …………… *201*
　自ら詠ず ………………………………… *203*
　東郭(とうかく)の居に題す ……………… *206*
　独坐懐古 ………………………………… *208*
　夏日(かじつ)　竹下(ちくか)に小飲(しょうい
　　ん)を命ず ……………………………… *210*
　花前(かぜん)感有り ……………………… *212*
　七言、三日　同じく「花時(かじ)　天酔(よ)
　　えるに似たり」を賦す。応製 ………… *213*
　八月十五夜の宴に各おの志を言い、一
　　字を探りて「亭」を得たり ………… *216*
　竹林(ちくりん)の七賢図(しちけんず)に題す … *217*
第八章　菅原道真—その長編古体詩 ………… *221*
　博士難(はかせなん)　古調 ……………… *223*
　楽天が「北窓三友」詩を詠ず …………… *230*
　奥州(おうしゅう)の藤使君(とうしくん)を哭
　　(こく)す　九月二十二日、四十韻 …… *240*
＊あとがき(興膳宏) ………………………… *255*

[068] 日本古典評釈・全注釈叢書
〔32〜33〕：KADOKAWA，〔34〜39〕：角川学芸出版
既刊39巻
1966年5月〜2016年11月

※2001年5月までに刊行の31冊は、『日本古典文学全集 内容綜覧』〔第Ⅰ期〕に収録

〔32〕伊勢集全注釈(秋山虔, 小町谷照彦, 倉田実著)
2016年11月30日刊

＊凡例 ……………………………………… *2*
伊勢集(秋山虔, 小町谷照彦, 倉田実注釈) …… *7*
＊解説　『伊勢集』を読むために ………… *807*
＊藤原氏略系図 …………………………… *842*
＊皇室略系図 ……………………………… *844*
＊伊勢年譜 ………………………………… *845*
＊主要研究文献一覧 ……………………… *851*
＊歌語・事項歌番号索引 ………………… *865*
＊初句索引 ………………………………… *871*
＊あとがき(倉田実) ……………………… *877*

〔33〕更級日記全注釈(福家俊幸著)
2015年2月15日刊

＊凡例 ……………………………………… *6*
更級日記 ………………………………… *9*
　一　旅立ち ……………………………… *9*
　二　ただ木ぞ三つ立てる ……………… *20*
　三　長者伝説と、くろとの浜 ………… *31*
　四　乳母との別れ ……………………… *34*
　五　たけしば伝説(上) ………………… *39*
　六　たけしば伝説(下) ………………… *45*
　七　あすだ川 …………………………… *50*
　八　足柄山 ……………………………… *55*
　九　山路の葵 …………………………… *58*
　十　富士山 ……………………………… *61*
　十一　富士川伝説 ……………………… *64*
　十二　病に倒れる ……………………… *68*
　十三　宮路の山 ………………………… *72*
　十四　尾張・美濃・近江 ……………… *77*
　十五　旅の終わり ……………………… *83*
　十六　京の家 …………………………… *100*
　十七　継母との別れ …………………… *105*
　十八　乳母の死・行成女の死 ………… *109*
　十九　『源氏物語』入手 ……………… *115*
　二十　天照大神の夢 …………………… *126*
　二十一　変化(へんげ)の猫 …………… *132*

二十二	長恨歌の物語	137
二十三	月夜の語らい	139
二十四	焼死した猫	142
二十五	姉の死	145
二十六	かばねたづぬる宮	146
二十七	姉を悼む	148
二十八	かなわなかった任官	154
二十九	東山転居	155
三十	山里のほととぎす	160
三十一	鹿の鳴き声	163
三十二	山里の月	165
三十三	帰京	166
三十四	再び東山へ	167
三十五	旅なる所	170
三十六	継母への歌	171
三十七	浮舟願望	172
三十八	父の任官	175
三十九	父との別れ	179
四十	太秦参籠	181
四十一	荻の枯葉	183
四十二	子しのびの森	184
四十三	清水の夢告	186
四十四	初瀬の夢告	188
四十五	再び天照大神の夢	190
四十六	修学院の尼	192
四十七	父の帰京	194
四十八	西山の景色	195
四十九	家を背負って	199
五十	初出仕	203
五十一	十二月の出仕	204
五十二	父母の嘆き	206
五十三	前世の夢	207
五十四	宮の御仏名	209
五十五	結婚	212
五十六	物語の夢から覚めて	214
五十七	内侍所訪問	216
五十八	梅壺の女御	229
五十九	冬の夜の贈答	231
六十	水鳥の贈答	232
六十一	朋輩との語らい	234
六十二	時雨の夜の春秋優劣	236
六十三	石山詣で	249
六十四	初瀬詣で	253
六十五	宇治の渡り	266
六十六	あやしき宿り	270
六十七	しるしの杉	273
六十八	物詣での日々	276
六十九	石山・初瀬再訪	278
七十	安定した日々	280
七十一	旧友との贈答	282
七十二	太秦に籠もる	283
七十三	同僚女房との贈答	284
七十四	西へ行く友	285
七十五	和泉往還	287
七十六	夫の任官	291
七十七	任国へ下向	293
七十八	夫の死	295
七十九	夢解き	300
八十	阿弥陀来迎の夢	302
八十一	姨捨	305
八十二	孤愁の日々	307
八十三	跋―尼なる人へ	308

* 解説（福家俊幸） ……… 315
* 更級日記 関係系図 ……… 335
* 更級日記 関係地図 ……… 336
* 更級日記 初瀬・和泉国紀行地図 ……… 336
* 更級日記 年譜 ……… 338
* 主要研究文献目録 ……… 343
* 和歌索引 ……… 370
* 語釈見出し語句索引 ……… 372
* あとがき（福家俊幸） ……… 397

〔34〕新古今和歌集全注釈 一（久保田淳著）
2011年10月25日刊

* 凡例 ……… 2
新古今和詞集序 ……… 7
　真名序（藤原親経執筆） ……… 8
　仮名序（藤原良経執筆） ……… 26
新古今和哥集巻第一　春哥上 ……… 43
新古今和哥集巻第二　春哥下 ……… 161
新古今和哥集巻第三　夏哥 ……… 255

〔35〕新古今和歌集全注釈 二（久保田淳著）
2011年11月25日刊

* 凡例 ……… 2
新古今和哥集巻第四　秋哥上 ……… 7
新古今和哥集巻第五　秋哥下 ……… 193
新古今和哥集巻第六　冬哥 ……… 325

〔36〕新古今和歌集全注釈 三（久保田淳著）
2011年12月25日刊

* 凡例 ……… 2
新古今和哥集巻第七　賀哥 ……… 7
新古今和哥集巻第八　哀傷哥 ……… 73
新古今和哥集巻第九　離別哥 ……… 205
新古今和哥集巻第十　羈旅哥 ……… 253

〔37〕新古今和歌集全注釈 四（久保田淳著）
2012年1月25日刊

＊凡例 ……………………………………… 2
新古今和哥集巻第十一 恋哥一 ……………… 7
新古今和哥集巻第十二 恋哥二 …………… 125
新古今和哥集巻第十三 恋哥三 …………… 209
新古今和哥集巻第十四 恋哥四 …………… 307

〔38〕**新古今和歌集全注釈 五**（久保田淳著）
2012年2月25日刊

＊凡例 ……………………………………… 2
新古今和哥集巻第十五 恋哥五 ……………… 7
新古今和哥集巻第十六 雑哥上 …………… 119
新古今和哥集巻第十七 雑哥中 …………… 297

〔39〕**新古今和歌集全注釈 六**（久保田淳著）
2012年3月25日刊

＊凡例 ……………………………………… 2
新古今和哥集巻第十八 雑哥下 ……………… 7
新古今和哥集巻第十九 神祇哥 …………… 187
新古今和哥集巻第廿 釈教哥 ……………… 275
＊解説 …………………………………… 356
＊引用書目解題 ………………………… 385
＊作者一覧・作者別索引 ……………… 404
＊各句索引 ……………………………… 486
＊あとがき（久保田淳）………………… 556

[069] 日本の古典をよむ
小学館
全20巻
2007年7月～2009年1月

1 古事記（山口佳紀，神野志隆光校訂・訳）
2007年7月10日刊

＊巻頭カラー ………………………………… 巻頭
　＊写本をよむ—真福寺本古事記
　＊書をよむ—古事記創成記（石川九楊）
　＊美をよむ—神々の姿（島尾新）
＊はじめに—日本最古の書物の魅力（金沢
　英之）……………………………………… 3
＊凡例 ……………………………………… 8
古事記 上巻 ………………………………… 9
　＊上巻 あらすじ（金沢英之）………… 10
　序 ………………………………………… 12
　初発の神々 ……………………………… 20
　伊耶那岐命と伊耶那美命 ……………… 23
　天照大御神と須佐之男命 ……………… 49
　大国主神 ………………………………… 71
　＊古事記の風景 1 出雲大社（佐々木和
　　歌子，金沢英之）……………………… 88
　忍穂耳命と邇々芸命 …………………… 89
　＊古事記の風景 2 高千穂（佐々木和歌
　　子，金沢英之）……………………… 118
　日子穂々手見命と鵜葺草葺不合命 …… 119
古事記 中巻 ……………………………… 135
　＊中巻 あらすじ（金沢英之）……… 136
　神武天皇 ………………………………… 138
　＊古事記の風景 3 熊野（佐々木和歌子，
　　金沢英之）…………………………… 159
　綏靖天皇(概略) ………………………… 160
　安寧天皇(概略) ………………………… 161
　懿徳天皇(概略) ………………………… 162
　孝昭天皇(概略) ………………………… 163
　孝安天皇(概略) ………………………… 164
　孝霊天皇(概略) ………………………… 165
　孝元天皇(概略) ………………………… 166
　開化天皇(概略) ………………………… 167
　崇神天皇 ………………………………… 168
　＊古事記の風景 4 三輪山（佐々木和歌
　　子，金沢英之）……………………… 176
　垂仁天皇 ………………………………… 177
　景行天皇 ………………………………… 195
　＊古事記の風景 5 能煩野（佐々木和歌
　　子，金沢英之）……………………… 224
　成務天皇(概略) ………………………… 225

[069] 日本の古典をよむ

　仲哀天皇 …………………… 226
　応神天皇 …………………… 233
古事記 下巻 ………………… 247
　＊下巻 あらすじ（金沢英之）… 248
　仁徳天皇 …………………… 250
　履中天皇(概略) …………… 260
　反正天皇(概略) …………… 261
　允恭天皇 …………………… 262
　安康天皇 …………………… 274
　雄略天皇 …………………… 284
　清寧天皇(概略) …………… 294
　顕宗天皇(概略) …………… 295
　仁賢天皇(概略) …………… 296
　武烈天皇(概略) …………… 297
　継体天皇(概略) …………… 298
　安閑天皇(概略) …………… 299
　宣化天皇(概略) …………… 300
　欽明天皇(概略) …………… 301
　敏達天皇(概略) …………… 302
　用明天皇(概略) …………… 303
　崇峻天皇(概略) …………… 304
　推古天皇(概略) …………… 305
＊解説（金沢英之）………… 306
＊神代・歴代天皇系図 ……… 315

2　日本書紀 上（小島憲之，直木孝次郎，西宮一民，蔵中進，毛利正守校訂・訳）
2007年9月30日刊

＊巻頭カラー ………………… 巻頭
　＊写本をよむ—佐佐木本 日本書紀
　＊書をよむ—「写経」（石川九楊）
　＊美をよむ—仏教としての仏像（島尾新）
＊はじめに—歴史をつくる使命感と喜びに溢れた書（中嶋真也）………… 3
＊凡例 ………………………… 10
日本書紀 巻第一～巻第二十二（舎人親王ほか撰）……………………… 11
　＊あらすじ（中嶋真也）…… 12
　巻第一　神代 上 …………… 14
　巻第二　神代 下 …………… 37
　巻第三 ………………………… 60
　　神武天皇 …………………… 60
　巻第四 ………………………… 94
　　綏靖天皇(概略) …………… 94
　　安寧天皇(概略) …………… 94
　　懿徳天皇(概略) …………… 95
　　孝昭天皇(概略) …………… 95
　　孝安天皇(概略) …………… 96
　　孝霊天皇(概略) …………… 96
　　孝元天皇(概略) …………… 97

　　開化天皇(概略) …………… 97
　巻第五 ………………………… 98
　　崇神天皇 …………………… 98
　　＊日本書紀の風景 1 山辺の道の古墳群（安田清人，佐々木和歌子）… 117
　巻第六 ………………………… 118
　　垂仁天皇 …………………… 118
　巻第七 ………………………… 138
　　景行天皇 …………………… 138
　　＊日本書紀の風景 2 熱田神宮（安田清人，佐々木和歌子）………… 175
　　成務天皇(概略) …………… 176
　巻第八 ………………………… 177
　　仲哀天皇(概略) …………… 177
　巻第九 ………………………… 178
　　神功皇后 …………………… 178
　巻第十 ………………………… 196
　　応神天皇 …………………… 196
　巻第十一 ……………………… 201
　　仁徳天皇 …………………… 201
　　＊日本書紀の風景 3 難波宮（安田清人，佐々木和歌子）…………… 224
　巻第十二 ……………………… 225
　　履中天皇(概略) …………… 225
　　反正天皇(概略) …………… 226
　巻第十三 ……………………… 227
　　允恭天皇(概略) …………… 227
　　安康天皇(概略) …………… 228
　巻第十四 ……………………… 229
　　雄略天皇 …………………… 229
　　＊日本書紀の風景 4 稲荷山古墳（安田清人，佐々木和歌子）……… 250
　巻第十五 ……………………… 251
　　清寧天皇(概略) …………… 251
　　顕宗天皇(概略) …………… 252
　　仁賢天皇(概略) …………… 253
　巻第十六 ……………………… 254
　　武烈天皇(概略) …………… 254
　巻第十七 ……………………… 255
　　継体天皇 …………………… 255
　　＊日本書紀の風景 5 今城塚古墳（安田清人，佐々木和歌子）……… 272
　巻第十八 ……………………… 273
　　安閑天皇(概略) …………… 273
　　宣化天皇(概略) …………… 274
　巻第十九 ……………………… 275
　　欽明天皇 …………………… 275
　巻第二十 ……………………… 287
　　敏達天皇(概略) …………… 287
　巻第二十一 …………………… 288
　　用明天皇(概略) …………… 288

崇峻天皇(概略) ……………… 289	播磨国風土記 ……………… 231
巻第二十二 …………………… 290	出雲国風土記 ……………… 249
推古天皇 ……………………… 290	＊風土記の風景 2 国引き神話(安田清人、中村和裕) ……… 252

3　日本書紀 下・風土記（小島憲之、直木孝次郎、西宮一民、蔵中進、毛利正守、植垣節也校訂・訳）
2007年9月30日刊

- ＊巻頭カラー ………………………………巻頭
  - ＊写本をよむ―岩崎本 日本書紀
  - ＊書をよむ―天皇・皇后の書(石川九楊)
  - ＊美をよむ―神話の積層(島尾新)
- ＊はじめに―古代史の一級資料として(中嶋真也) …………………………………… 3
- ＊凡例 ……………………………………… 10
- 日本書紀 巻第二十三～巻第三十(舎人親王ほか撰、小島憲之、直木孝次郎、西宮一民、蔵中進、毛利正守、植垣節也校訂・訳) …… 11
  - ＊あらすじ(中嶋真也) ………………… 14
  - 巻第二十三 ……………………………… 14
    - 舒明天皇(概略) ……………………… 14
  - 巻第二十四 ……………………………… 15
    - 皇極天皇 ……………………………… 15
    - ＊日本書紀の風景 6 板蓋宮伝承地(安田清人、中村和裕) ……… 42
  - 巻第二十五 ……………………………… 43
    - 孝徳天皇 ……………………………… 43
  - 巻第二十六 ……………………………… 70
    - 斉明天皇 ……………………………… 70
    - ＊日本書紀の風景 7 酒船石と亀形石造物(安田清人、中村和裕) ……… 90
  - 巻第二十七 ……………………………… 91
    - 天智天皇 ……………………………… 91
    - ＊日本書紀の風景 8 水城(安田清人、中村和裕) ……………… 120
  - 巻第二十八 …………………………… 121
    - 天武天皇 上 ………………………… 121
  - 巻第二十九 …………………………… 168
    - 天武天皇 下 ………………………… 168
    - ＊日本書紀の風景 9 天武・持統天皇陵(安田清人、中村和裕) …… 195
  - 巻第三十 ……………………………… 196
    - 持統天皇 …………………………… 196
    - ＊日本書紀の風景 10 藤原宮跡(安田清人、中村和裕) ………… 210
- 風土記(植垣節也校訂・訳) ……………… 211
  - ＊あらすじ(中嶋真也) ………………… 212
  - 常陸国風土記 …………………………… 214
  - ＊風土記の風景 1 筑波山(安田清人、中村和裕) …………… 230
- 豊後国風土記 ……………………………… 266
- 肥前国風土記 ……………………………… 272
- ＊風土記の風景 3 鏡山(安田清人、中村和裕) ……………… 281
- 逸文 ………………………………………… 282
- ＊解説(中嶋真也) ………………………… 303
- ＊歴代天皇系図 …………………………… 314

4　万葉集（小島憲之、木下正俊、東野治之校訂・訳）
2008年4月30日刊

- ＊巻頭カラー ………………………………巻頭
  - ＊写本をよむ―桂本万葉集
  - ＊書をよむ―万葉歌を楽しむ(石川九楊)
  - ＊美をよむ―白鳳のアールヌーボー(佐野みどり)
- ＊はじめに―和歌の起こり(鉄野昌弘) …… 3
- ＊凡例 ……………………………………… 8
- 万葉集 巻第一～巻第二十(小島憲之、木下正俊、東野治之校訂・訳、鉄野昌弘各巻解説・歌解説) ……………………………… 9
  - ＊万葉集 主要歌人紹介(鉄野昌弘) …… 10
  - 巻第一 ………………………………… 16
    - ＊万葉集の風景 1 大和三山(佐々木和歌子) ………………………… 45
  - 巻第二 ………………………………… 46
    - ＊万葉集の風景 2 岩代の結び松(佐々木和歌子) …………………… 87
  - 巻第三 ………………………………… 88
    - ＊万葉集の風景 3 雷丘(佐々木和歌子) ………………………… 127
  - 巻第四 ………………………………… 128
  - 巻第五 ………………………………… 146
    - ＊万葉集の風景 4 大宰府政庁跡(佐々木和歌子) …………………… 163
  - 巻第六 ………………………………… 164
  - 巻第七 ………………………………… 176
    - ＊万葉集の風景 5 吉野宮滝(佐々木和歌子) …………………… 185
  - 巻第八 ………………………………… 186
  - 巻第九 ………………………………… 200
  - 巻第十 ………………………………… 218
    - ＊万葉集の風景 6 飛鳥川(佐々木和歌子) …………………… 229
  - 巻第十一 ……………………………… 230
  - 巻第十二 ……………………………… 238

[069] 日本の古典をよむ

```
＊万葉集の風景 7 奈良県立万葉文化館
　（佐々木和歌子）……………………… 243
巻第十三 ……………………………… 244
巻第十四 ……………………………… 250
巻第十五 ……………………………… 258
巻第十六 ……………………………… 266
巻第十七 ……………………………… 272
巻第十八 ……………………………… 280
＊万葉集の風景 8 高岡市万葉歴史館
　（佐々木和歌子）……………………… 287
巻第十九 ……………………………… 288
巻第二十 ……………………………… 296
＊解説（鉄野昌弘）…………………… 304
＊大和国地図 ………………………… 314
＊近江国地図 ………………………… 315
＊初句索引 ………………………… 左318
```

5　古今和歌集・新古今和歌集（小沢正夫, 松田成穂, 峯村文人校訂・訳）
2008年9月30日刊

```
＊巻頭カラー ………………………… 巻頭
　＊写本をよむ—元永本 古今和歌集
　＊書をよむ—女手表現の三百年（石川九楊）
　＊美をよむ—真葛が原に風騒ぐなり（佐
　　野みどり）
＊はじめに—勅撰和歌集の歴史（鈴木宏子）‥3
＊関連地図 ……………………………… 9
＊凡例 …………………………………… 10
古今和歌集（紀友則, 紀貫之, 凡河内躬恒,
　壬生忠岑撰, 小沢正夫, 松田成穂校訂・
　訳, 鈴木宏子各歌解説）…………… 11
　＊古今和歌集 内容紹介（鈴木宏子）…… 12
　仮名序（[紀貫之執筆]）……………… 14
　巻第一　春歌上 ……………………… 22
　巻第二　春歌下 ……………………… 37
　巻第三　夏歌 ………………………… 46
　巻第四　秋歌上 ……………………… 51
　巻第五　秋歌下 ……………………… 63
　＊古今集の風景 1 竜田川（佐々木和歌
　　子）…………………………………… 70
　巻第六　冬歌 ………………………… 71
　巻第七　賀歌 ………………………… 77
　巻第八　離別歌 ……………………… 79
　巻第九　羈旅歌 ……………………… 83
　巻第十　物名 ………………………… 89
　＊古今集の風景 2 小倉山（佐々木和歌
　　子）…………………………………… 91
　巻第十一　恋歌一 …………………… 92
　巻第十二　恋歌二 …………………… 98
　巻第十三　恋歌三 …………………… 104
　巻第十四　恋歌四 …………………… 112
```

```
　巻第十五　恋歌五 …………………… 120
　巻第十六　哀傷歌 …………………… 127
　巻第十七　雑歌上 …………………… 130
　巻第十八　雑歌下 …………………… 136
　巻第十九　雑体歌 …………………… 143
　　旋頭歌 ……………………………… 143
　　誹諧歌 ……………………………… 144
　巻第二十 ……………………………… 145
　　大歌所御歌 ………………………… 145
　　神遊びの歌 ………………………… 146
　　東歌 ………………………………… 147
新古今和歌集（源通具, 藤原有家, 藤原定
　家, 藤原家隆, 藤原雅経, 寂蓮撰, 峯村文
　人校訂・訳, 吉野朋美各歌解説）…… 151
　＊新古今和歌集 内容紹介（吉野朋美）…152
　仮名序（藤原良経執筆）……………… 154
　巻第一　春歌上 ……………………… 162
　＊新古今集の風景 1 吉野山（佐々木和
　　歌子）………………………………… 174
　巻第二　春歌下 ……………………… 175
　巻第三　夏歌 ………………………… 182
　巻第四　秋歌上 ……………………… 192
　巻第五　秋歌下 ……………………… 203
　巻第六　冬歌 ………………………… 211
　巻第七　賀歌 ………………………… 223
　巻第八　哀傷歌 ……………………… 226
　巻第九　離別歌 ……………………… 231
　巻第十　羈旅歌 ……………………… 235
　巻第十一　恋歌一 …………………… 241
　＊新古今集の風景 2 水無瀬神宮（佐々
　　木和歌子）…………………………… 248
　巻第十二　恋歌二 …………………… 249
　巻第十三　恋歌三 …………………… 255
　巻第十四　恋歌四 …………………… 259
　巻第十五　恋歌五 …………………… 265
　巻第十六　雑歌上 …………………… 270
　巻第十七　雑歌中 …………………… 276
　＊新古今集の風景 3 住吉大社（佐々木
　　和歌子）……………………………… 282
　巻第十八　雑歌下 …………………… 283
　巻第十九　神祇歌 …………………… 287
　巻第二十　釈教歌 …………………… 290
＊解説 ………………………………… 294
　＊『古今和歌集』の成立（鈴木宏子）… 294
　＊『古今和歌集』の表現（鈴木宏子）… 295
　＊『古今和歌集』の配列（鈴木宏子）… 297
　＊『新古今和歌集』の成立と後鳥羽院
　　（吉野朋美）………………………… 299
　＊『新古今和歌集』入集歌の方法と特
　　質（吉野朋美）……………………… 301
＊八代集一覧 ………………………… 304
```

＊歌人一覧 ……………………… 315
＊初句索引 ……………………… 318

6 竹取物語 伊勢物語 堤中納言物語（片桐洋一, 福井貞助, 稲賀敬二校訂・訳）
2008年5月31日刊

＊巻頭カラー ……………………………… 巻頭
　＊写本をよむ―天福本 伊勢物語
　＊書をよむ―平仮名と物語の発生 連続の発見（石川九楊）
　＊美をよむ―物語の姫君たち。（佐野みどり）
＊はじめに―平安の物語とは（吉田幹生）…… 3
＊凡例 ……………………………………… 10
竹取物語（片桐洋一校訂・訳）……………… 11
　＊竹取物語 あらすじ（吉田幹生）………… 12
　かぐや姫の発見と成長 …………………… 14
　かぐや姫の難題と石作の皇子 …………… 20
　くらもちの皇子と蓬萊の玉の枝 ………… 35
　阿倍の右大臣と火鼠の皮衣 ……………… 54
　大伴の大納言と龍の頸の玉 ……………… 65
　石上の中納言と燕の子安貝 ……………… 79
　かぐや姫の昇天 ………………………… 91
伊勢物語（福井貞助校訂・訳）…………… 133
　＊伊勢物語 あらすじ（吉田幹生）……… 134
　一　初冠（第一段）……………………… 136
　二　西の京（第二段）…………………… 138
　三　西の対（第四段）…………………… 139
　＊伊勢物語の風景1 不退寺（佐々木和歌子）……………………………………… 142
　四　関守（第五段）……………………… 143
　五　芥河（第六段）……………………… 145
　＊伊勢物語の風景2 八橋（佐々木和歌子）……………………………………… 148
　六　東下り（第九段）…………………… 149
　七　盗人（第一二段）…………………… 154
　八　くたかけ（第一四段）……………… 156
　九　紀有常（第一六段）………………… 158
　一〇　おのが世々（第二一段）………… 162
　一一　筒井筒（第二三段）……………… 167
　＊伊勢物語の風景3 在原神社（佐々木和歌子）……………………………………… 173
　一二　梓弓（第二四段）………………… 174
　一三　逢わで寝る夜（第二五段）……… 177
　一四　源至（第三九段）………………… 179
　一五　すける物思い（第四〇段）……… 182
　一六　紫（第四一段）…………………… 184
　一七　行く蛍（第四五段）……………… 186
　一八　若草（第四九段）………………… 188
　＊伊勢物語の風景4 長岡京大極殿跡（佐々木和歌子）………………………… 190
　一九　荒れたる宿（第五八段）………… 191

　二〇　花橘（第六〇段）………………… 193
　二一　こけるから（第六二段）………… 195
　二二　つくも髪（第六三段）…………… 197
　二三　在原なりける男（第六五段）…… 201
　二四　狩の使（第六九段）……………… 208
　二五　神の斎垣（第七一段）…………… 213
　二六　塩竈（第八一段）………………… 215
　二七　渚の院（第八二段）……………… 217
　＊伊勢物語の風景5 惟喬親王の墓（佐々木和歌子）………………………… 223
　二八　小野（第八三段）………………… 224
　二九　さらぬ別れ（第八四段）………… 227
　三〇　天の逆手（第九六段）…………… 229
　三一　ひおりの日（第九九段）………… 232
　三二　身をしる雨（第一〇七段）……… 233
　三三　ついにゆく道（第一二五段）…… 237
　＊伊勢物語の風景6 十輪寺（佐々木和歌子）……………………………………… 238
堤中納言物語（稲賀敬二校訂・訳）……… 239
　＊堤中納言物語 あらすじ（吉田幹生）… 240
　花桜折る少将 …………………………… 242
　虫めづる姫君 …………………………… 258
　はいずみ ………………………………… 284
＊解説（吉田幹生）……………………… 308
　＊竹取物語 ……………………………… 308
　＊伊勢物語 ……………………………… 311
　＊堤中納言物語 ………………………… 314
＊伊勢物語人物系図 ……………………… 318

7 土佐日記・蜻蛉日記・とはずがたり（菊地靖彦, 木村正中, 伊牟田経久, 久保田淳校訂・訳）
2008年11月1日刊

＊巻頭カラー ……………………………… 巻頭
　＊写本をよむ―為家本 土佐日記
　＊書をよむ―誕生期の女手の姿を幻視する（石川九楊）
　＊美をよむ―恩愛の境界を別れて（佐野みどり）
＊はじめに―日記を書くこと、そして自己を語ること（吉野瑞恵）……………… 3
＊凡例 ……………………………………… 10
土佐日記（紀貫之作, 菊地靖彦校訂・訳）… 11
　＊土佐日記 あらすじ（吉野瑞恵）……… 12
　一　序 …………………………………… 14
　二　人々との別れ ……………………… 14
　三　出立 ………………………………… 19
　＊土佐日記の風景1 土佐国衙跡（佐々木和歌子）………………………… 28
　四　御崎を廻って和泉へ ……………… 29

五　和泉から難波へ ………………… 34
　　六　難波の川を遡り、京へ ………… 42
　　七　帰着 …………………………… 47
　＊土佐日記の風景2　紀貫之邸跡（佐々
　　木和歌子）………………………… 54
蜻蛉日記（藤原道綱母作、木村正中、伊牟
田経久校訂・訳）……………………… 55
　＊蜻蛉日記　あらすじ（吉野瑞恵）…… 56
　上巻 …………………………………… 58
　　一　序 ……………………………… 58
　　二　兼家の求婚 …………………… 59
　　三　兼家との結婚 ………………… 62
　　四　父との別れ …………………… 67
　　五　町の小路の女 ………………… 71
　　六　母の死 ………………………… 77
　　七　兼家の病気 …………………… 81
　　八　荒れゆく夫婦の仲 …………… 84
　　九　初瀬詣 ………………………… 88
　　一〇　かげろうの日記 …………… 96
　＊蜻蛉日記の風景1　海石榴市と長谷
　　寺（佐々木和歌子）………………… 97
　中巻 …………………………………… 98
　　一　安和の変 ……………………… 98
　　二　悲しき母子 …………………… 100
　　三　石山詣 ………………………… 107
　　四　年の終りに …………………… 119
　＊蜻蛉日記の風景2　石山寺（佐々木
　　和歌子）…………………………… 125
　下巻 …………………………………… 126
　　一　大納言兼家の偉容 …………… 126
　　二　兼家の娘を養女に迎える …… 132
　　三　賀茂の臨時の祭 ……………… 137
　　四　結び ……………………………… 140
とはずがたり（後深草院二条作、久保田淳
校訂・訳）……………………………… 143
　＊とはずがたり　あらすじ（吉野瑞恵）… 144
　巻一 …………………………………… 146
　　一　後深草院と父との密約 ……… 146
　　二　後深草院に連れられて御所へ … 156
　　三　懐妊と父の死 ………………… 163
　　四　雪の曙との新枕 ……………… 174
　　五　院の皇子を出産、雪の曙の子を懐
　　　妊 ………………………………… 180
　　六　後深草院と前斎宮 …………… 194
　＊とはずがたりの風景1　二条富小路
　　殿跡（佐々木和歌子）……………… 201
　巻二 …………………………………… 202
　　一　有明の月との夜 ……………… 202
　　二　ささがにの女 ………………… 210
　　三　女楽の顛末 …………………… 217
　　四　近衛の大殿のこと …………… 223
　巻三 …………………………………… 225

　　一　有明の月とのことを院に告白 …… 225
　　二　雪の曙との仲、冷えゆく …… 232
　　三　後深草院と有明の月の狭間で …… 237
　　四　新たな誕生と死 ……………… 244
　　五　御所退出 ……………………… 251
　巻四 …………………………………… 261
　　一　東国への旅 …………………… 261
　　二　鎌倉将軍の交替 ……………… 267
　　三　石清水八幡宮での再会 ……… 271
　　四　伏見御所での語らい ………… 278
　＊とはずがたりの風景2　石清水八幡
　　宮（佐々木和歌子）………………… 286
　巻五 …………………………………… 287
　　一　後深草院の崩御 ……………… 287
　　二　遊義門院との再会 …………… 297
　　三　跋 ……………………………… 300
　＊とはずがたりの風景3　深草北陵
　　（佐々木和歌子）…………………… 302
　＊解説（吉野瑞恵）………………………… 303
　＊歌人紀貫之の日記―『土佐日記』…… 303
　＊権力者の妻の日記―『蜻蛉日記』…… 305
　＊院の思い人の物語的な日記―『とは
　　ずがたり』………………………… 308
　＊人物関係図 …………………………… 314
　　＊蜻蛉日記　人物関係図 ………… 314
　　＊とはずがたり　人物関係図 …… 315
　＊服飾・調度・乗物図 ………………… 316

8　枕草子（松尾聰, 永井和子校訂・訳）
2007年12月1日刊

　＊巻頭カラー …………………………… 巻頭
　　＊写本をよむ―能因本　枕草子
　　＊書をよむ―枕草子と和漢朗詠集（石川
　　　九楊）
　　＊美をよむ―ならぬ名のたちにけるか
　　　な（佐野みどり）
　＊はじめに―不思議世界への扉（藤本宗利）… 3
　＊凡例 …………………………………… 10
　枕草子（清少納言作）…………………… 11
　＊枕草子　内容紹介（藤本宗利）……… 12
　　一　春はあけぼの（第一段）………… 14
　　二　正月一日は（第三段）…………… 16
　　三　大進生昌が家に（第六段）……… 26
　＊枕草子の風景1　清涼殿（佐々木和歌
　　子）………………………………… 34
　　四　上に候ふ御猫は（第七段）……… 36
　　五　清涼殿の丑寅の隅の（第二〇段）… 44
　＊枕草子の風景2　弘徽殿の上の御局
　　（佐々木和歌子）…………………… 57
　　六　生ひさきなく、まめやかに（第二二段）… 58
　　七　すさまじきもの（第二三段）…… 61

[069] 日本の古典をよむ

| 八 にくきもの(第二六段) …………… 69
| 九 心ときめきするもの(第二七段) … 76
| 一〇 過ぎにし方恋しきもの(第二八段) … 77
| 一一 木の花は(第三五段) …………… 78
| 一二 鳥は(第三九段) ………………… 82
| 一三 あてなるもの(第四〇段) ……… 87
| 一四 虫は(第四一段) ………………… 88
| 一五 草の花は(第六七段) …………… 91
| 一六 ありがたきもの(第七二段) …… 94
| 一七 頭中将のすずろなるそら言を聞きて(第七八段) ………………………… 96
| 一八 職の御曹司におはしますころ、西の廂に(第八三段) ………………… 102
| 一九 なまめかしきもの(第八五段) … 117
| 二〇 ねたきもの(第九一段) ………… 120
| 二一 かたはらいたきもの(第九二段) … 124
| 二二 あさましきもの(第九三段) …… 126
| ＊枕草子の風景3 賀茂祭(佐々木和歌子) ……………………………………… 128
| 二三 五月の御精進のほど(第九五段) … 129
| 二四 御方々、君達、上人など、御前に(第九七段) ………………………… 142
| 二五 中納言まゐりたまひて(第九八段) … 144
| 二六 殿上より(第一〇一段) ………… 146
| 二七 二月つごもりごろに、風いたう吹きて(第一〇二段) ………………… 147
| 二八 見苦しきもの(第一〇五段) …… 150
| 二九 はづかしきもの(第一二〇段) … 152
| 三〇 はしたなきもの(第一二一段) … 155
| 三一 関白殿、黒戸より出でさせたまふとて(第一二四段) …………………… 159
| ＊枕草子の風景4 鳥辺野陵(佐々木和歌子) ……………………………………… 163
| 三二 九月ばかり夜一夜降り明かしつる雨の(第一二五段) ………………… 164
| 三三 頭弁の、職にまゐりたまひて(第一三〇段) ……………………………… 165
| 三四 五月ばかり、月もなういと暗きに(第一三一段) ………………………… 171
| 三五 殿などのおはしまさで後(第一三七段) ……………………………………… 176
| 三六 胸つぶるるもの(第一四四段) … 183
| 三七 うつくしきもの(第一四五段) … 185
| 三八 人ばへするもの(第一四六段) … 188
| 三九 むつかしげなるもの(第一四九段) … 190
| 四〇 苦しげなるもの(第一五一段) … 191
| 四一 うらやましげなるもの(第一五二段) … 192
| 四二 とくゆかしきもの(第一五三段) … 197
| 四三 心もとなきもの(第一五四段) … 198
| 四四 近うて遠きもの(第一六〇段) … 203
| 四五 遠くて近きもの(第一六一段) … 203
| 四六 女一人住む所は(第一七一段) … 204

| 四七 雪のいと高うはあらで(第一七四段) … 205
| 四八 村上の先帝の御時に(第一七五段) … 208
| 四九 宮にはじめてまゐりたるころ(第一七七段) ………………………… 210
| 五〇 病は(第一八二段) ……………… 226
| 五一 ふと心おとりとかするものは(第一八六段) ………………………… 229
| 五二 宮仕へ人のもとに来などする男の(第一八七段) ………………………… 232
| 五三 風は(第一八八段) ……………… 234
| 五四 野分のまたの日こそ(第一八九段) … 236
| 五五 心にくきもの(第一九〇段) …… 239
| 五六 見物は(第二〇六段) …………… 242
| 五七 五月ばかりなどに山里にありく(第二〇七段) ………………………… 249
| 五八 いみじう暑きころ(第二〇八段) … 251
| 五九 賀茂へ詣る道に(第二一〇段) … 252
| 六〇 八月つごもり、太秦に詣づとて(第二一一段) ……………………………… 254
| 六一 九月二十日あまりのほど(第二一二段) ……………………………………… 255
| 六二 清水などにまゐりて(第二一三段) … 256
| 六三 五月の菖蒲の(第二一四段) …… 257
| 六四 よくたきしめたる薫物の(第二一五段) ……………………………………… 257
| 六五 月のいと明かきに(第二一六段) … 258
| 六六 細殿にびんなき人なむ(第二二二段) … 259
| 六七 三条の宮におはしますころ(第二二三段) ……………………………… 262
| 六八 御乳母の大輔の命婦、日向へくだるに(第二二四段) …………………… 264
| 六九 降るものは(第二三三段) ……… 265
| 七〇 日は(第二三四段) ……………… 267
| 七一 月は(第二三五段) ……………… 267
| 七二 星は(第二三六段) ……………… 268
| 七三 雲は(第二三七段) ……………… 268
| 七四 ただ過ぎに過ぐるもの(第二四二段) … 269
| 七五 文ことばなめき人こそ(第二四四段) … 270
| 七六 いみじうしたてて婿取りたるに(第二四八段) ………………………… 273
| 七七 世の中になほいと心憂きものは(第二四九段) ………………………… 276
| 七八 よろづの事よりも情あるこそ(第二五〇段) ……………………………… 278
| 七九 人の上言ふを腹立つ人こそ(第二五二段) ……………………………… 280
| 八〇 うれしきもの(第二五八段) …… 281
| 八一 御前にて人々とも(第二五九段) … 287
| 八二 雪のいと高う降りたるを(第二八〇段) ……………………………………… 291
| 八三 大納言殿まゐりたまひて(第二九三段) ……………………………………… 292

日本古典文学全集・内容綜覧 第Ⅱ期　357

[069] 日本の古典をよむ

＊枕草子の風景 5 泉涌寺（佐々木和歌子）………………………… 297
八四 この草子、目に見え心に思ふ事を（跋）………………… 298
＊解説（藤本宗利）………………… 302
＊内裏図 ………………………… 312
＊清涼殿・後涼殿図 ……………… 313
＊服飾・調度・乗物図 …………… 314
＊天皇・藤原氏系図 ……………… 318

9 源氏物語 上（阿部秋生, 秋山虔, 今井源衛, 鈴木日出男校訂・訳）
2008年1月30日刊

＊巻頭カラー ………………………… 巻頭
 ＊写本をよむ—明融本 源氏物語
 ＊書をよむ—筆蹟定め帖（石川九楊）
 ＊美をよむ—語り出す女房たち（佐野みどり）
＊はじめに—『源氏物語』を読み味わうために（高田祐彦）…………………… 3
＊内裏図 ……………………………… 9
＊凡例 ………………………………… 10
源氏物語 桐壺〜藤裏葉（紫式部作）…… 11
 第一部 ……………………………… 11
  ＊桐壺—末摘花 あらすじ（高田祐彦）… 12
  桐壺 ……………………………… 14
  ＊源氏物語の風景 1 飛香舎（佐々木和歌子）……………………… 34
  帚木 ……………………………… 35
  空蟬 ……………………………… 52
  夕顔 ……………………………… 57
  若紫 ……………………………… 76
  末摘花 …………………………… 94
 第二部 ……………………………… 99
  ＊紅葉賀—花散里 あらすじ（高田祐彦）…………………………… 100
  紅葉賀 …………………………… 102
  ＊源氏物語の風景 2 青海波の舞（佐々木和歌子）……………… 112
  花宴 ……………………………… 113
  葵 ………………………………… 120
  賢木 ……………………………… 139
  ＊源氏物語の風景 3 野宮神社（佐々木和歌子）………………… 153
  花散里 …………………………… 154
 第三部 ……………………………… 159
  ＊須磨—朝顔 あらすじ（高田祐彦）… 160
  須磨 ……………………………… 162
  ＊源氏物語の風景 4 須磨関（佐々木和歌子）……………………… 182
  明石 ……………………………… 183

澪標 ……………………………… 196
蓬生 ……………………………… 203
関屋 ……………………………… 208
＊源氏物語の風景 5 石山寺（佐々木和歌子）……………………… 211
絵合 ……………………………… 212
松風 ……………………………… 215
薄雲 ……………………………… 219
朝顔 ……………………………… 239
 第四部 ……………………………… 249
  ＊少女—藤裏葉 あらすじ（高田祐彦）…………………………… 250
  少女 ……………………………… 252
  玉鬘 ……………………………… 260
  初音 ……………………………… 264
  ＊源氏物語の風景 6 渉成園（佐々木和歌子）……………………… 268
  胡蝶 ……………………………… 269
  蛍 ………………………………… 275
  常夏 ……………………………… 283
  篝火 ……………………………… 286
  野分 ……………………………… 290
  行幸 ……………………………… 294
  藤袴 ……………………………… 297
  真木柱 …………………………… 301
  梅枝 ……………………………… 305
  藤裏葉 …………………………… 311

10 源氏物語 下（阿部秋生, 秋山虔, 今井源衛, 鈴木日出男校訂・訳）
2008年3月1日刊

＊巻頭カラー ………………………… 巻頭
 ＊写本をよむ—大島本 源氏物語
 ＊書をよむ—非対称と序破急の美学（石川九楊）
 ＊美をよむ—はるばると見わたさるる物語世界（佐野みどり）
＊はじめに—物語文学未踏の地へ（高田祐彦）…………………………… 3
＊京都歴史地図 ……………………… 9
＊凡例 ………………………………… 10
源氏物語 若菜 上〜夢浮橋（紫式部作）…… 11
 第五部 ……………………………… 11
  ＊若菜 上—柏木 あらすじ（高田祐彦）…………………………… 12
  若菜 上 ………………………… 14
  若菜 下 ………………………… 39
  柏木 ……………………………… 83
 第六部 ……………………………… 101
  ＊横笛—幻 あらすじ（高田祐彦）…… 102
  横笛 ……………………………… 104

鈴虫	109
夕霧	114
＊源氏物語の風景 7 小野（佐々木和歌子）	125
御法	126
幻	143
＊源氏物語の風景 8 追儺（佐々木和歌子）	162
第七部	163
＊匂兵部卿―早蕨 あらすじ（高田祐彦）	164
匂兵部卿	166
紅梅	174
竹河	178
橋姫	181
＊源氏物語の風景 9 宇治（佐々木和歌子）	197
椎本	198
総角	201
早蕨	228
第八部	231
＊宿木―夢浮橋 あらすじ（高田祐彦）	232
宿木	234
東屋	249
浮舟	258
蜻蛉	282
手習	285
＊源氏物語の風景 10 横川中堂（佐々木和歌子）	297
夢浮橋	298
＊解説（高田祐彦）	310

11　大鏡・栄花物語（橘健二, 加藤静子, 山中裕, 秋山虔, 池田尚隆, 福長進校訂・訳）
2008年11月30日刊

＊巻頭カラー　巻頭
　＊写本をよむ―近衛本 大鏡
　＊書をよむ―道長の書の力量（石川九楊）
　＊美をよむ―いとおそろしく雷鳴りひらめき（佐野みどり）
＊はじめに―道長の栄華を見つめる二つの歴史物語（植田恭代）　3
＊平安京図　9
＊凡例　10
大鏡（橘健二, 加藤静子校訂・訳）　11
　＊大鏡 あらすじ（植田恭代）　12
　天の巻　14
　　一 序　14
　　二 五十五代文徳天皇から六十四代円融院まで（概略）　25

三 六十五代花山院	28
四 六十六代一条院	35
五 六十七代三条院	36
六 六十八代後一条院	38
七 帝紀から列伝へ	42
八 左大臣冬嗣から太政大臣基経まで（概略）	49
九 左大臣時平―菅原道真の配流	51
一〇 左大臣仲平・太政大臣忠平・太政大臣実頼・太政大臣頼忠（概略）	65
一一 左大臣師尹―東宮敦明親王の退位	66
＊大鏡の風景 1 北野天満宮（佐々木和歌子）	75
地の巻	76
一 右大臣師輔	76
二 太政大臣伊尹―行成の逸話	85
三 太政大臣兼通	95
四 太政大臣為光・太政大臣公季（概略）	98
五 太政大臣兼家―道綱母の話	99
六 内大臣道隆	101
七 右大臣道兼	122
人の巻―太政大臣道長	130
一 道長、若くして執政者となる	130
二 顕信の出家	135
三 道長の出家	142
四 道長の栄華	144
五 詩歌の才	145
六 花山院の御代の肝だめし	153
七 道隆、道兼、伊周、道長の相比べ	159
八 伊周との競射	163
九 詮子の愛情と道長の幸運	166
＊大鏡の風景 2 東三条殿（佐々木和歌子）	171
一〇 道長の法成寺造営	172
一一 世継の夢見	177
＊大鏡の風景 3 九体阿弥陀仏と法成寺（佐々木和歌子）	182

栄花物語（山中裕, 秋山虔, 池田尚隆, 福長進校訂・訳）　183
＊栄花物語 あらすじ（植田恭代）　184
第一部 天皇家と藤原氏　186
　一 宇多・醍醐・朱雀天皇　186
　二 村上天皇の御代　189
　三 安和の変　195
　四 花山天皇の出家　199
　五 道長の結婚　204
　六 道隆の政治　210
第二部 中関白家の没落　216
　一 関白道隆薨去　216
　二 道兼、関白となる　218
　三 道長、内覧となる　225
　四 伊周・隆家、花山院に矢を射る　227

[069] 日本の古典をよむ

　五　伊周・隆家の配流 ………… 231
　六　定子、再び懐妊 …………… 247
　七　伊周・隆家の帰京 ………… 250
　八　彰子の入内 ………………… 252
　九　定子の死 …………………… 260
　＊栄花物語の風景1　宇治陵（佐々木和歌子） ……………………… 264
　第三部　道長、栄華の時代 …… 265
　一　敦成親王誕生 ……………… 265
　二　敦成親王の五十日の祝い … 270
　三　妍子、東宮に参入 ………… 275
　四　敦成親王の立太子 ………… 278
　五　後一条天皇即位 …………… 280
　六　頼通、摂政となる ………… 283
　七　敦良親王の立太子 ………… 285
　八　威子、後一条天皇に入内 … 290
　九　道長の出家 ………………… 292
　一〇　法成寺金堂供養 ………… 294
　一一　道長薨去 ………………… 297
　＊栄花物語の風景2　平等院（佐々木和歌子） ……………………… 304
＊解説 …………………………… 305
　＊『大鏡』──歴史語りの場を立体的に描く（植田恭代） ………… 305
　＊『栄花物語』──道長一族の物語を歳月を追って描く（植田恭代） … 309
＊系図 …………………………… 315
　＊天皇・源氏系図 ……………… 315
　＊藤原氏系図 …………………… 316

12　今昔物語集（馬淵和夫, 国東文麿, 稲垣泰一校訂・訳）
2008年8月30日刊

＊巻頭カラー ………………………… 巻頭
　＊写本をよむ──鈴鹿本　今昔物語集
　＊書をよむ──鈴鹿本　写本は語る（石川九楊）
　＊美をよむ──汝が神力を以て、我が成仏を観よ（佐野みどり）
＊はじめに──あらゆる生を描く説話集（蔦尾和宏） ………………………… 3
＊平安京図 ……………………………… 9
＊凡例 …………………………………… 10
今昔物語集 …………………………… 11
　本朝仏法部 ………………………… 11
　　＊本朝仏法部　内容紹介（蔦尾和宏）…… 12
　　一　聖徳太子、天王寺を建て給うこと（巻一一ノ一）………………… 14
　　＊今昔物語集の風景1　四天王寺（佐々木和歌子）………………… 19
　　二　久米仙人、初めて久米寺を造ること（巻一一ノ二四）………… 20

　　三　魚が化して法華経と成ること（巻一二ノ二七）………………… 26
　　四　死後蛇となった娘が法華経により解脱すること（巻一三ノ四三）… 32
　　五　道成寺の僧、法華経を写して蛇を救うこと（巻一四ノ三）…… 38
　　＊今昔物語集の風景2　道成寺（佐々木和歌子）…………………… 49
　　六　弘法大師、修円僧都に挑むこと（巻一四ノ四〇）……………… 50
　　七　播磨国賀古駅の信教が往生すること（巻一五ノ二六）………… 56
　　八　隠形の男、観音の助けによりて身を顕すこと（巻一六ノ三二）… 60
　　九　地蔵菩薩、小僧に変じて箭を受けること（巻一七ノ三）……… 70
　　一〇　六宮の姫君の夫が出家すること（巻一九ノ五）……………… 73
　　一一　讃岐国の源大夫、法を聞き、出家すること（巻一九ノ一四）… 89
　　一二　染殿の后、天狗に惑乱させられること（巻二〇ノ七）……… 104
　　一三　竜王、天狗に捕われること（巻二〇ノ一一）………………… 115
　　＊今昔物語集の風景3　満濃池（佐々木和歌子）…………………… 122
　本朝世俗部 ………………………… 123
　　＊本朝世俗部　内容紹介（蔦尾和宏）… 124
　　一　時平大臣、国経大納言の妻を奪うこと（巻二二ノ八）………… 126
　　二　陸奥前司橘則光、人を斬り殺すこと（巻二三ノ一五）………… 140
　　三　比叡山の実因僧都の強力のこと（巻二三ノ九）………………… 150
　　＊今昔物語集の風景4　宴の松原と豊楽院（佐々木和歌子）……… 157
　　四　相撲人成村、常世と勝負すること（巻二三ノ二五）…………… 158
　　五　百済川成と飛騨の工とが挑むこと（巻二四ノ五）……………… 165
　　＊今昔物語集の風景5　大覚寺の滝殿（佐々木和歌子）…………… 171
　　六　医師を訪れた女が瘡を治して逃げること（巻二四ノ八）……… 172
　　七　安倍晴明、賀茂忠行に道を習うこと（巻二四ノ一六）………… 181
　　八　藤原為時が詩を作りて越前守に任じられること（巻二四ノ三〇）… 190
　　九　源頼信の子頼義が、馬盗人を射殺すこと（巻二五ノ一二）…… 193
　　一〇　東の方に行く者、蕪を娶って子を儲けること（巻二六ノ二）… 201

一一 美作国の神、猟師の謀により生贄を止めること(巻二六ノ七) ……… 208
＊今昔物語集の風景 6 中山神社(佐々木和歌子) ……… 219
一二 利仁将軍、京より敦賀に五位を連れて行くこと(巻二六ノ一七) ……… 220
一三 ある料理人が伴大納言の霊を見ること(巻二七ノ一一) ……… 237
＊今昔物語集の風景 7 平安神宮の応天門(佐々木和歌子) ……… 240
一四 猟師の母が鬼となり、子を食おうとすること(巻二七ノ二三) ……… 241
一五 近衛の舎人の重方、稲荷詣で女に会うこと(巻二八ノ一) ……… 246
一六 阿蘇史が盗人に遭い、謀りて逃れること(巻二八ノ一六) ……… 254
一七 池尾の禅智内供の鼻のこと(巻二八ノ二〇) ……… 257
一八 尼達が山に入りて茸を食いて舞うこと(巻二八ノ二八) ……… 263
一九 信濃守藤原陳忠が御坂に落ち入ること(巻二八ノ三八) ……… 267
二〇 人に知られぬ女盗人のこと(巻二九ノ三) ……… 275
二一 羅城門の上層に登りて死人を見る盗人のこと(巻二九ノ一八) ……… 291
二二 妻と丹波国に行く男が大江山で縛られること(巻二九ノ二三) ……… 294
＊今昔物語集の風景 8 大枝山(佐々木和歌子) ……… 301
二三 信濃国にて姨母を山に棄てること(巻三〇ノ九) ……… 302
二四 帯刀の陣に魚を売る嫗のこと(巻三一ノ三一) ……… 306
＊解説(蔦尾和宏) ……… 309

13　平家物語(市古貞次校訂・訳)
2007年7月10日刊

＊巻頭カラー ……… 巻頭
　＊写本をよむ―覚一本系平家物語
　＊書をよむ―清盛の書(石川九楊)
　＊美をよむ―戦場の記憶(島尾新)
＊はじめに―歴史に取材した「物語」(櫻井陽子) ……… 3
＊凡例 ……… 10
平家物語 ……… 11
　巻第一 ……… 12
　　＊巻第一 あらすじ(櫻井陽子) ……… 12
　　一 祇園精舎 ……… 13
　　二 殿上闇討 ……… 16
　　三 鱸 ……… 21
　　四 吾身栄花 ……… 25
　　五 鹿谷 ……… 26
　　＊平家物語の風景 1 厳島神社(佐々木和歌子) ……… 33
　巻第二 ……… 34
　　＊巻第二 あらすじ(櫻井陽子) ……… 34
　　一 西光被斬 ……… 35
　　二 大納言死去 ……… 42
　巻第三 ……… 46
　　＊巻第三 あらすじ(櫻井陽子) ……… 46
　　一 足摺 ……… 47
　　二 御産 ……… 54
　　三 医師問答 ……… 56
　　四 法皇被流 ……… 59
　　＊平家物語の風景 2 硫黄島(佐々木和歌子) ……… 63
　巻第四 ……… 64
　　＊巻第四 あらすじ(櫻井陽子) ……… 64
　　一 源氏揃 ……… 65
　　二 橋合戦 ……… 70
　　＊平家物語の風景 3 三井寺(佐々木和歌子) ……… 79
　巻第五 ……… 80
　　＊巻第五 あらすじ(櫻井陽子) ……… 80
　　一 都遷 ……… 81
　　二 早馬 ……… 85
　　三 福原院宣 ……… 88
　　四 富士川 ……… 94
　　五 奈良炎上 ……… 99
　巻第六 ……… 104
　　＊巻第六 あらすじ(櫻井陽子) ……… 104
　　一 小督 ……… 105
　　二 入道死去 ……… 110
　巻第七 ……… 116
　　＊巻第七 あらすじ(櫻井陽子) ……… 116
　　一 倶梨迦羅落 ……… 117
　　二 実盛 ……… 122
　　三 主上都落 ……… 126
　　四 忠度都落 ……… 130
　　五 福原落 ……… 135
　　＊平家物語の風景 4 倶梨迦羅峠(佐々木和歌子) ……… 141
　巻第八 ……… 142
　　＊巻第八 あらすじ(櫻井陽子) ……… 142
　　一 太宰府落 ……… 143
　　二 征夷将軍院宣 ……… 146
　　三 猫間 ……… 148
　　＊平家物語の風景 5 義仲寺(佐々木和歌子) ……… 153
　巻第九 ……… 154
　　＊巻第九 あらすじ(櫻井陽子) ……… 154

[069] 日本の古典をよむ

　一　生ずきの沙汰 ………………… 155
　二　宇治川先陣 …………………… 162
　三　木曾最期 ……………………… 167
　四　坂落 …………………………… 181
　五　忠度最期 ……………………… 185
　六　敦盛最期 ……………………… 190
　＊平家物語の風景6 一谷（佐々木和
　　歌子）…………………………… 197
巻第十 ………………………………… 198
　＊巻第十 あらすじ（櫻井陽子）… 198
　一　千手前 ………………………… 199
　二　維盛入水 ……………………… 203
　三　藤戸 …………………………… 206
　＊平家物語の風景7 屋島（佐々木和
　　歌子）…………………………… 213
巻十一 ………………………………… 214
　＊巻十一 あらすじ（櫻井陽子）… 214
　一　逆櫓 …………………………… 216
　二　那須与一 ……………………… 222
　三　鶏合 壇浦合戦 ……………… 230
　四　遠矢 …………………………… 235
　五　先帝身投 ……………………… 239
　六　能登殿最期 …………………… 243
　七　内侍所都入 …………………… 252
　八　腰越 …………………………… 255
　九　重衡被斬 ……………………… 259
　＊平家物語の風景8 壇浦（佐々木和
　　歌子）…………………………… 267
巻第十二 ……………………………… 268
　＊巻第十二 あらすじ（櫻井陽子）… 268
　一　判官都落 ……………………… 269
　二　六代被斬 ……………………… 274
灌頂巻 ………………………………… 282
　＊灌頂巻 あらすじ（櫻井陽子）… 282
　一　大原御幸 ……………………… 283
　二　六道之沙汰 …………………… 289
　三　女院死去 ……………………… 298
＊解説（櫻井陽子）…………………… 301
＊平家物語章段一覧 ………………… 310
＊平氏系図・源氏系図・皇室系図 … 312
＊平家物語主要人物一覧 …………… 318

14　方丈記・徒然草・歎異抄（神田秀夫, 永
　積安明, 安良岡康作校訂・訳）
2007年10月30日刊

＊巻頭カラー ………………………… 巻頭
　＊写本をよむ―大福光寺本 方丈記
　＊書をよむ―親鸞の書（石川九楊）
　＊美をよむ―隠逸の造形（島尾新）
＊はじめに―中世人の希求（平野多恵）……… 3

＊凡例 ………………………………… 12
方丈記（鴨長明作, 神田秀夫校訂・訳）… 13
　＊方丈記 あらすじ（平野多恵）… 14
　一　ゆく河の流れは ……………… 16
　二　安元の大火 …………………… 18
　三　治承の辻風 …………………… 21
　四　福原遷都 ……………………… 24
　五　養和の飢饉 …………………… 29
　六　元暦の大地震 ………………… 35
　七　ありにくき世 ………………… 38
　＊方丈記の風景1 下鴨神社（佐々木和
　　歌子）…………………………… 41
　八　わが過去 ……………………… 42
　九　方丈の住まい ………………… 44
　＊方丈記の風景2 岩間寺（佐々木和歌
　　子）……………………………… 50
　一〇　山の生活 …………………… 51
　一一　閑居の味わい ……………… 54
　一二　みずから心に問う ………… 61
　＊方丈記の風景3 方丈石（佐々木和歌
　　子）……………………………… 64
徒然草（吉田兼好作, 永積安明校訂・訳）… 65
　＊徒然草 あらすじ（平野多恵）… 66
　一　つれづれなるままに（序段）…… 68
　二　いでや、この世に生れては（第一段）… 68
　三　よろづにいみじくとも（第三段）… 72
　四　あだし野の露（第七段）………… 73
　＊徒然草の風景1 化野（佐々木和歌子）… 76
　五　世の人の心まどはす事（第八段）… 77
　六　女は髪のめでたからんこそ（第九段）… 78
　七　家居のつきづきしく（第一〇段）… 80
　八　神無月の比（第一一段）………… 83
　九　おなじ心ならん人と（第一二段）… 84
　一〇　ひとり灯のもとに（第一三段）… 86
　一一　いづくにもあれ（第一五段）… 87
　一二　折節のうつりかはるこそ（第一九段）… 88
　一三　しづかに思へば（第二九段）… 94
　一四　人のなきあとばかり（第三〇段）… 95
　一五　雪のおもしろう降りたりし朝（第三
　　一段）…………………………… 98
　一六　九月廿日の比（第三二段）…… 99
　一七　手のわろき人の（第三五段）… 101
　一八　名利に使はれて（第三八段）… 101
　一九　或人、法然上人に（第三九段）… 105
　二〇　五月五日、賀茂の競馬を見侍りし
　　に（第四一段）…………………… 106
　＊徒然草の風景2 上賀茂神社の競馬
　　（佐々木和歌子）……………… 109
　二一　公世の二位のせうとに（第四五段）… 110
　二二　応長の比、伊勢国より（第五〇段）… 111
　二三　仁和寺にある法師（第五二段）… 113

二四　是も仁和寺の法師(第五三段) ……… 114	六〇　心なしと見ゆる者も(第一四二段)…… 188
二五　御室に、いみじき児のありけるを(第五四段) ……… 117	六一　人の終焉の有様の(第一四三段) …… 191
＊徒然草の風景3 仁和寺(佐々木和歌子) ……… 120	六二　御随身秦重躬(第一四五段) ……… 192
二六　家の作りやうは(第五五段) ……… 121	六三　能をつかんとする人(第一五〇段) …… 193
二七　久しく隔りて逢ひたる人の(第五六段) ……… 122	六四　世に従はん人は(第一五五段) ……… 195
二八　大事を思ひたたん人は(第五九段) … 124	六五　さしたる事なくて人のがり行くは(第一七〇段) ……… 198
二九　真観院に盛親僧都とて(第六〇段) … 126	六六　若き時は(第一七二段) ……… 200
三〇　筑紫に、なにがしの押領使(第六八段) ……… 129	六七　世には心得ぬ事の(第一七五段) …… 202
三一　名を聞くより(第七一段) ……… 131	六八　相模守時頼の母は(第一八四段) …… 209
三二　賤しげなるもの(第七二段) ……… 132	六九　或者、子を法師になして(第一八八段) ……… 211
三三　世に語り伝ふる事(第七三段) ……… 133	七〇　今日はその事を成さんと思へど(第一八九段) ……… 218
三四　蟻のごとくに集まりて(第七四段) … 136	七一　妻といふものこそ(第一九〇段) …… 219
三五　つれづれわぶる人は(第七五段) …… 138	七二　達人の人を見る眼は(第一九四段) … 221
三六　今様の事どものめづらしきを(第七八段) ……… 139	七三　或大福長者の言はく(第二一七段) … 224
三七　うすものの表紙は(第八二段) ……… 140	七四　園の別当入道は(第二三一段) ……… 228
三八　人の心すなほならねば(第八五段) … 142	七五　万の咎あらじと思はば(第二三三段) … 230
三九　或者、小野道風の書ける(第八八段) … 144	七六　主ある家には(第二三五段) ……… 232
四〇　奥山に、猫またといふものありて(第八九段) ……… 145	七七　丹波に出雲といふ所あり(第二三六段) ……… 233
四一　或人、弓射る事を習ふに(第九二段) … 147	七八　八つになりし年(第二四三段) ……… 235
四二　牛を売る者あり(第九三段) ……… 149	＊徒然草の風景5 双ヶ丘(佐々木和歌子) ……… 238
四三　女の物言ひかけたる返事(第一〇七段) ……… 152	歎異抄(親鸞作, 安良岡康作校訂・訳) …… 239
四四　寸陰惜しむ人なし(第一〇八段) …… 155	＊歎異抄 あらすじ(平野多恵) ……… 240
四五　高名の木登りといひしをのこ(第一〇九段) ……… 158	第一部　親鸞聖人の御口伝 ……… 241
四六　双六の上手といひし人に(第一一〇段) ……… 159	一　阿弥陀仏の本願 ……… 242
四七　明日は遠き国へ赴くべしと聞かん人に(第一一二段) ……… 160	二　念仏への信心 ……… 244
四八　四十にもあまりぬる人の(第一一三段) ……… 162	三　悪人往生 ……… 247
四九　宿河原といふところにて(第一一五段) ……… 164	四　仏道における慈悲 ……… 249
五〇　友とするにわろき者(第一一七段) … 167	五　一切の有情の救済 ……… 251
五一　鎌倉の海に鰹といふ魚は(第一一九段) ……… 168	六　親鸞は、弟子の一人も持たず … 253
＊徒然草の風景4 金沢文庫(佐々木和歌子) ……… 169	七　念仏は無碍の一道なり ……… 255
五二　養ひ飼ふものには(第一二一段) …… 170	八　念仏は非行・非善なり ……… 256
五三　人の才能は(第一二二段) ……… 172	九　煩悩の所為 ……… 257
五四　無益のことをなして(第一二三段) … 174	一〇　無義をもって義となす ……… 260
五五　ばくちの負きはまりて(第一二六段) … 175	＊親鸞の風景1 六角堂(佐々木和歌子) ……… 261
五六　あらためて益なき事は(第一二七段) … 176	第二部　聖人の仰せにあらざる異義ども ……… 262
五七　花はさかりに(第一三七段) ……… 177	一一　誓願と名号の不思議 ……… 263
五八　身死して財残る事は(第一四〇段) … 184	一二　学問と往生 ……… 266
五九　悲田院尭蓮上人は(第一四一段) …… 186	一三　本願ほこり ……… 272
	一四　滅罪の利益 ……… 280
	一五　煩悩具足の覚り ……… 284
	一六　廻心と自然 ……… 288
	一七　辺地往生 ……… 292
	一八　施入物の多・少 ……… 294
	＊親鸞の風景2 居多ヶ浜(佐々木和歌子) ……… 297

第三部　後記 298
　　＊親鸞の風景 3 西念寺（佐々木和歌子）......... 307
＊解説（平野多恵）......... 308
　＊鴨長明と『方丈記』......... 308
　＊兼好と『徒然草』......... 311
　＊親鸞と『歎異抄』......... 315

15　宇治拾遺物語・十訓抄（小林保治, 増古和子, 浅見和彦校訂・訳）
2007年12月26日刊

＊巻頭カラー .... 巻頭
　＊古活字体をよむ―古活字本 宇治拾遺物語
　＊美をよむ―走る、走る、ナンバで走る（佐野みどり）
　＊書をよむ―葦手の楽しみ（石川九楊）
＊はじめに―説話集の魅力（渡辺麻里子）...... 3
＊凡例 10
宇治拾遺物語（小林保治, 増古和子校訂・訳）......... 11
　＊宇治拾遺物語 内容紹介（渡辺麻里子）.. 12
　一　鬼に瘤を取られる事 14
　二　竜門の聖が鹿に代ろうとする事 23
　三　金峯山と箔打ちの事 26
　四　鼻の長い僧の事 30
　五　晴明が蔵人少将の憑き物を追い払う事 36
　＊宇治拾遺物語の風景 1 晴明神社（佐々木和歌子）......... 41
　六　唐の卒塔婆に血が付く事 42
　七　山伏が舟を祈り返す事 49
　八　鳥羽僧正が国俊と戯れる事 53
　九　伏見修理大夫俊綱の事 58
　一〇　長門前司の娘が葬送の時、本所に帰る事 62
　一一　雀の報恩の事 67
　一二　小野篁の妙答の事 80
　一三　平貞文、本院侍従の事 82
　一四　石橋の下の蛇の事 89
　＊宇治拾遺物語の風景 2 雲林院（佐々木和歌子）......... 99
　一五　進命婦が清水寺に参詣する事 100
　一六　四の宮河原の地蔵の事 103
　一七　以長の物忌の事 105
　一八　仮名暦をあつらえた事 108
　一九　五色の鹿の事 110
　二〇　播磨守為家の侍佐多の事 117
　二一　長谷寺参籠の男が利生にあずかる事 124
　＊宇治拾遺物語の風景 3 長谷寺（佐々木和歌子）......... 143
　二二　猟師が仏を射る事 144
　二三　宝志和尚の肖像画の事 148
　二四　大安寺の別当の娘に通う男が夢を見る事 151
　二五　博打うちの息子が婿入りする事 154
　二六　伴大納言、応天門を焼く事 158
　二七　空入水した僧の事 166
　二八　日蔵上人、吉野山にて鬼にあう事 171
　二九　丹後守保昌が下向の時、致経の父に会う事 175
　三〇　増賀上人、三条の宮に参上し、奇行をなす事 176
　三一　穀断ちの聖の秘密が露顕した事 181
　三二　宗行の郎等が虎を射る事 183
　三三　ある上達部が中将の時、召人に会う事 190
　三四　夢を買う人の事 196
　三五　大井光遠の妹の強力の事 200
　三六　ある唐人が羊に転生した娘を知らずに殺す事 205
　三七　門部府生が海賊を射返す事 210
十訓抄（浅見和彦校訂・訳）......... 217
　＊十訓抄 内容紹介（渡辺麻里子）......... 218
　第一　人に恵みを施すべき事 220
　　一　序 220
　　二　蜂の恩返し 222
　　三　色好み道清の失態 230
　第二　驕慢を避けるべき事 239
　　一　序 239
　　二　小野小町の落魄 244
　第三　人倫を侮らざる事 247
　　一　序 247
　　二　菅原文時邸の老尼 249
　第四　人について戒むべき事 252
　　一　序 252
　　二　機織虫の歌 254
　第五　朋友を選ぶべき事 257
　　一　序 257
　　二　妻選びの要件 260
　　三　良妻と悪妻 262
　第六　忠実・実直を心得る事 266
　　一　序 266
　　二　養老の滝の伝説 269
　　＊十訓抄の風景 1 養老の滝（佐々木和歌子）......... 272
　第七　ひたすら思慮深くあるべき事 273
　　一　序 273
　　二　松葉を食して仙人となる話 276
　第八　諸事を忍耐すべき事 283
　　一　序 283
　　二　朱買臣の妻 285
　　三　呂尚父の妻 286

第九　願望を抑えるべき事 …………… 288
　　一　序 ………………………………… 288
　　二　顕季と義光の所領争い ………… 290
　第十　才芸を願うべき事 ………………… 297
　　一　序 ………………………………… 297
　　二　博雅三位と朱雀門の鬼 ………… 300
　　三　頼政の鵺退治 …………………… 303
　　＊十訓抄の風景2　鵺大明神と鵺池
　　　（佐々木和歌子） …………………… 307
＊解説（渡辺麻里子） ……………………… 308
　＊『宇治拾遺物語』の成立 ……………… 308
　＊『宇治大納言物語』の幻影 …………… 310
　＊『宇治拾遺物語』の深淵 ……………… 312
　＊『十訓抄』の編者と武士への視座 …… 315
　＊『十訓抄』の魅力の根源 ……………… 317

16　太平記（長谷川端校訂・訳）
2008年3月30日刊

＊巻頭カラー ……………………………… 巻頭
　＊写本をよむ―吉川本 太平記
　＊書をよむ―天皇、武将に破れる（石川
　　九楊）
　＊美をよむ―バサラと唐物（島尾新）
＊はじめに―時代を映しえた文学遺産（小
　秋元段） …………………………………… 3
＊凡例 ……………………………………… 8
太平記　第一部 …………………………… 9
　＊第一部　鎌倉幕府の滅亡　あらすじ（小
　　秋元段） ……………………………… 10
　一　序 …………………………………… 12
　二　後醍醐天皇の登場 ………………… 13
　三　討幕の密議 ………………………… 21
　四　俊基の東下り ……………………… 26
　五　阿新の敵討ち ……………………… 31
　六　楠正成の登場 ……………………… 50
　七　天、勾践を空しくすること莫れ … 57
　八　田楽と妖霊星 ……………………… 62
　九　聖徳太子未来記の予言 …………… 67
　一〇　村上義光父子の奮戦 …………… 71
　一一　楠正成の奇策 …………………… 80
　＊太平記の風景1　千早城（安田清人）… 90
　一二　足利高氏の旗揚げ ……………… 91
　一三　番場での集団自刃 ……………… 99
　＊太平記の風景2　蓮華寺（安田清人）… 108
　一四　稲村が崎の奇跡 ………………… 109
　一五　鎌倉幕府の滅亡 ………………… 113
　＊太平記の風景3　鎌倉幕府跡（安田清
　　人） …………………………………… 120
太平記　第二部 …………………………… 121
　＊第二部　後醍醐と尊氏　あらすじ（小秋
　　元段） ………………………………… 122

　一　建武新政の失敗 …………………… 124
　二　護良親王の最期 …………………… 127
　＊太平記の風景4　鎌倉宮（安田清人）… 133
　三　足利尊氏の決断 …………………… 134
　四　大渡の戦い ………………………… 140
　五　桜井の別れ ………………………… 148
　六　湊川の激闘 ………………………… 154
　七　足利政権の樹立 …………………… 160
　＊太平記の風景5　大覚寺（安田清人）… 165
　八　新田義貞の討死 …………………… 166
　＊太平記の風景6　称念寺（安田清人）… 172
太平記　第三部 …………………………… 173
　＊第三部　幕府内の権力闘争　あらすじ
　　（小秋元段） …………………………… 174
　一　後醍醐天皇崩御 …………………… 176
　＊太平記の風景7　塔尾陵（安田清人）… 181
　二　観応の擾乱の起り ………………… 182
　三　高師直兄弟の驕り ………………… 188
　四　雲景の未来記 ……………………… 197
　五　高師直のクーデター ……………… 204
　六　扇絵の武者たち …………………… 213
　七　高師直の最期 ……………………… 219
　八　足利直義の死 ……………………… 226
太平記　第四部 …………………………… 231
　＊第四部　争乱終結　あらすじ（小秋元
　　段） …………………………………… 232
　一　婆娑羅大名の時代 ………………… 234
　二　足利尊氏の死 ……………………… 238
　三　矢口の渡の謀略 …………………… 241
　四　怨霊たちの画策 …………………… 252
　五　細川清氏の失脚 …………………… 259
　六　佐々木道誉の退散 ………………… 266
　七　細川清氏の討死 …………………… 270
　八　北野通夜物語 ……………………… 279
　九　光厳院崩御 ………………………… 298
　一〇　中夏無為の代 …………………… 305
＊解説（小秋元段） ………………………… 307
＊系図 ……………………………………… 316
　＊新田氏・足利氏系図 ………………… 316
　＊皇室系図 ……………………………… 318

17　風姿花伝・謡曲名作選（表章, 小山弘志, 佐藤健一郎校訂・訳）
2009年1月31日刊

＊巻頭カラー ……………………………… 巻頭
　＊自筆本をよむ―世阿弥筆　花伝第六花修
　＊書をよむ―世阿弥と声（石川九楊）
　＊美をよむ―幽玄と花（島尾新）
＊はじめに―ショービジネスとしての能
　（石井倫子） ……………………………… 3

日本古典文学全集・内容綜覧　第II期　365

[069] 日本の古典をよむ

＊凡例 ………………………………………… 8
風姿花伝（世阿弥著，表章校訂・訳）……… 9
　＊風姿花伝 内容紹介（石井倫子）……… 10
　　序 ……………………………………… 12
　　第一　年来稽古条々 ………………… 16
　　第二　物学条々 ……………………… 34
　　第三　問答条々 ……………………… 58
　　第四　神儀 …………………………… 95
　　奥義 …………………………………… 109
　　花伝第六花修 ………………………… 126
　　花伝第七別紙口伝 …………………… 151
謡曲名作選（小山弘志，佐藤健一郎校訂・
　訳）……………………………………… 185
　＊謡曲をよむ前に 知っておきたい能の用語
　　（石井倫子）………………………… 186
　修羅物　忠度（世阿弥作）…………… 188
　鬘物　井筒（世阿弥作）……………… 218
　四番目物　隅田川（観世元雅作）…… 244
　切能　船弁慶（観世信光作）………… 272
＊解説（石井倫子）……………………… 310

18　世間胸算用・万の文反古・東海道中膝栗毛（神保五彌，中村幸彦，棚橋正博校訂・訳）
2008年12月27日刊

＊巻頭カラー ………………………………… 巻頭
　＊板本の袋をよむ―東海道中膝栗毛八
　　編の袋
　＊書をよむ―女手から平仮名へ（石川九楊）
　＊美をよむ―物語としての風景（島尾新）
＊はじめに―江戸町人文学の魅力（佐伯孝
　弘）………………………………………… 3
＊凡例 ……………………………………… 10
世間胸算用（井原西鶴作，神保五彌校訂・
　訳）………………………………………… 11
　＊世間胸算用 あらすじ（佐伯孝弘）… 12
　一　序 …………………………………… 14
　二　長刀はむかしの鞘（巻一の二）…… 15
　三　鼠の文づかい（巻一の四）………… 26
　四　銀一匁の講中（巻二の一）………… 35
　五　門柱も皆かりの世（巻二の四）…… 47
　六　小判は寝姿の夢（巻三の三）……… 55
　七　神さえ御目違い（巻三の四）……… 64
　八　奈良の庭竈（巻四の二）…………… 74
　九　才覚の軸すだれ（巻五の二）……… 82
　一〇　平太郎殿（巻五の三）…………… 92
　＊コラム　江戸時代のお金（佐々木和歌子）
　　……………………………………… 104
万の文反古（井原西鶴作，神保五彌校訂・
　訳）……………………………………… 105
　＊万の文反古 あらすじ（佐伯孝弘）… 106
　一　序 ………………………………… 108

　二　百三十里の所を十匁の無心（巻一の三）… 110
　三　京にも思うようなる事なし（巻二の三）… 118
　四　代筆は浮世の闇（巻三の三）……… 131
　五　御恨みを伝えまいらせ候（巻五の三）… 143
東海道中膝栗毛（十返舎一九作，中村幸彦，
　棚橋正博校訂・訳）…………………… 155
　＊東海道中膝栗毛 あらすじ（佐伯孝弘）
　　……………………………………… 156
　一　発端〔概略〕（初編）……………… 158
　二　出発（初編）………………………… 159
　三　金川（初編）………………………… 162
　四　藤沢（初編）………………………… 165
　五　小田原（初編）……………………… 169
　六　箱根（二編 上）…………………… 186
　＊東海道中膝栗毛の風景 1 箱根旧街道
　　（佐々木和歌子）…………………… 190
　七　三島（二編 上）…………………… 191
　八　沼津・新田・元吉原（二編 上・下）… 204
　九　蒲原（二編 下）…………………… 214
　一〇　丸子（二編 下）………………… 230
　＊東海道中膝栗毛の風景 2 丸子宿
　　（佐々木和歌子）…………………… 236
　一一　大井川（三編 上）……………… 237
　＊東海道中膝栗毛の風景 3 大井川川越
　　遺跡（佐々木和歌子）……………… 245
　一二　浜松（三編 下）………………… 246
　一三　岡崎・池鯉鮒（四編 下）……… 256
　一四　宮の渡し（四編 下）…………… 264
　一五　富田（五編 上）………………… 269
　一六　雲津（五編 下）………………… 277
　一七　伊勢（五編 下追加）…………… 291
　一八　京（六編 下）…………………… 293
　一九　大坂（八編 下）………………… 300
　二〇　旅の終わり（八編 下）………… 306
＊解説（佐伯孝弘）……………………… 308
　＊西鶴の浮世草子の作風 …………… 308
　＊『世間胸算用』…………………………… 310
　＊『万の文反古』…………………………… 312
　＊一九の戯作の作風と『東海道中膝栗
　　毛』………………………………… 313
＊おわりに ……………………………… 317

19　雨月物語・冥途の飛脚・心中天の網島
2008年7月30日刊

＊巻頭カラー ………………………………… 巻頭
　＊浄瑠璃本をよむ―冥途の飛脚 七行本
　＊書をよむ―近松と秋成、秋成と宣長
　　（石川九楊）
　＊美をよむ―「鬼」と「狂」と（島尾新）
＊はじめに―「享保」という時期を手がか
　りに（池山晃）…………………………… 3

＊凡例 ……………………………………………… 8
雨月物語（上田秋成作、高田衛校訂・訳）…… 9
　＊雨月物語 あらすじ（池山晃）……………… 10
　菊花の約 ………………………………………… 12
　　＊雨月物語の風景 1 月山富田城（佐々
　　　木和歌子）…………………………………… 40
　浅茅が宿 ………………………………………… 41
　吉備津の釜 ……………………………………… 70
　　＊雨月物語の風景 2 吉備津神社（佐々
　　　木和歌子）…………………………………… 98
　青頭巾 …………………………………………… 99
冥途の飛脚（近松門左衛門作、阪口弘之校
　訂・訳）………………………………………… 123
　＊冥途の飛脚 あらすじ（池山晃）………… 124
　上之巻 飛脚屋亀屋の場 ……………………… 125
　中之巻 新町越後屋の場 ……………………… 152
　下之巻（一）道行忠兵衛梅川相合駕籠……… 182
　下之巻（二）新口村の場 ……………………… 190
　　＊浄瑠璃の風景 1 新町遊廓（佐々木和
　　　歌子）………………………………………… 212
心中天の網島（近松門左衛門作、山根為雄
　校訂・訳）……………………………………… 213
　＊心中天の網島 あらすじ（池山晃）……… 214
　上之巻 曾根崎河庄の場 ……………………… 215
　中之巻 天満紙屋内の場 ……………………… 250
　下之巻（一）蜆川大和屋の場 ………………… 280
　下之巻（二）道行 名残の橋尽し……………… 291
　下之巻（三）網島の場 ………………………… 297
　　＊浄瑠璃の風景 2 国立文楽劇場（佐々
　　　木和歌子）…………………………………… 308
＊解説（池山晃）………………………………… 309

20　おくのほそ道 芭蕉・蕪村・一茶名句集
　（井本農一、久富哲雄、堀信夫、山下一海、丸
　山一彦校訂・訳）
　2008年6月30日刊

＊巻頭カラー ………………………………… 巻頭
　＊短冊をよむ―ふる池や 芭蕉自筆短冊
　＊書をよむ―発句と俳諧（石川九楊）
　＊美をよむ―蕪村の「和」と「漢」（島尾新）
＊はじめに―江戸俳諧の豊かさ（鈴木健一）… 3
＊〔口絵〕 ………………………………………… 9
＊凡例 ……………………………………………… 10
おくのほそ道（松尾芭蕉作、井本農一、久
　富哲雄校訂・訳）……………………………… 11
　＊作者紹介・あらすじ（鈴木健一）………… 12
　＊おくのほそ道地図 …………………………… 14
　一　百代の過客 ………………………………… 16
　二　旅立ち ……………………………………… 18
　三　草加 ………………………………………… 20
　四　室の八島 …………………………………… 21

　　＊おくのほそ道の風景 1 室の八島
　　　（佐々木和歌子）…………………………… 23
　五　日光の仏五左衛門 ………………………… 24
　六　日光 ………………………………………… 25
　七　黒髪山 ……………………………………… 26
　八　那須野 ……………………………………… 28
　九　黒羽 ………………………………………… 31
　一〇　雲巌寺 …………………………………… 33
　一一　殺生石と遊行柳 ………………………… 35
　　＊おくのほそ道の風景 2 殺生石（佐々
　　　木和歌子）…………………………………… 38
　一二　白河の関 ………………………………… 39
　一三　須賀川 …………………………………… 41
　一四　浅香の花かつみ ………………………… 44
　一五　しのぶの里 ……………………………… 45
　　＊おくのほそ道の風景 3 もじずり石
　　　（佐々木和歌子）…………………………… 47
　一六　飯塚の佐藤庄司旧跡 …………………… 48
　一七　飯塚の温泉 ……………………………… 50
　一八　笠島 ……………………………………… 51
　一九　岩沼の武隈の松 ………………………… 53
　二〇　宮城野 …………………………………… 56
　二一　壺の碑 …………………………………… 59
　　＊おくのほそ道の風景 4 壺の碑（佐々
　　　木和歌子）…………………………………… 61
　二二　末の松山 ………………………………… 62
　二三　塩竃 ……………………………………… 64
　二四　松島 ……………………………………… 66
　二五　雄島の磯 ………………………………… 67
　二六　瑞巌寺 …………………………………… 70
　　＊おくのほそ道の風景 5 瑞巌寺（佐々
　　　木和歌子）…………………………………… 71
　二七　石巻 ……………………………………… 72
　二八　平泉 ……………………………………… 73
　二九　尿前の関 ………………………………… 77
　三〇　尾花沢 …………………………………… 80
　　＊おくのほそ道の風景 6 山寺（佐々木
　　　和歌子）……………………………………… 83
　三一　立石寺 …………………………………… 84
　三二　大石田 …………………………………… 85
　三三　最上川 …………………………………… 86
　三四　羽黒山 …………………………………… 88
　三五　月山・湯殿山 …………………………… 90
　三六　鶴岡・酒田 ……………………………… 94
　三七　象潟 ……………………………………… 96
　　＊おくのほそ道の風景 7 象潟（佐々木
　　　和歌子）……………………………………… 101
　三八　越後路 …………………………………… 102
　三九　市振 ……………………………………… 103
　　＊おくのほそ道の風景 8 親不知・子不
　　　知（佐々木和歌子）………………………… 107
　四〇　加賀路 …………………………………… 108

日本古典文学全集・内容綜覧 第II期　367

[069]　日本の古典をよむ

[070] 人情本選集

四一 金沢	109
四二 山中の温泉	113
四三 大聖寺	116
四四 汐越の松	120
四五 天龍寺・永平寺	121
四六 福井	123
四七 敦賀	125
四八 種の浜	128
四九 大垣―旅の終わり	130
＊おくのほそ道の風景 9 大垣（佐々木和歌子）	132
芭蕉・蕪村・一茶名句集	133
＊作者紹介（鈴木健一）	134
芭蕉名句集（松尾芭蕉作、井本農一、堀信夫注解）	136
春の部	136
夏の部	155
秋の部	161
冬の部	181
蕪村名句集（与謝蕪村作、山下一海注解）	198
春の部	198
夏の部	214
秋の部	228
冬の部	241
俳詩	250
一茶名句集（小林一茶作、丸山一彦注解）	254
春の部	254
夏の部	268
秋の部	283
冬の部	293
雑の部	302
＊解説（鈴木健一）	304
＊初句索引	左317
＊おくのほそ道	左317
＊芭蕉名句	左316
＊蕪村名句	左315
＊一茶名句	左314

[070] 人情本選集
太平書屋
全4巻
1990年9月～2005年4月

1 花名所懐中暦（武藤元昭解説校訂）
1990年9月刊

＊『花名所懐中暦』解説	3
＊一 書誌	3
＊二 書肆・作者・内容など	3
＊凡例	25
花名所懐中暦（為永春水作）	27
花名所懐中暦 初編	29
花名所懐中暦 二編	113
花名所懐中暦 三編	195
花名所懐中暦 四編	275

2 恐可志（武藤元昭解説校訂）
1993年6月刊

＊口絵	1
＊『恐可志』解説	39
＊凡例	61
恐可志（鼻山人作）	63
恐可志 前編	65
恐可志 後編	127

第3巻 花菖蒲澤の紫（中込重明校訂解説）
2004年9月刊

＊口絵	巻頭
＊凡例	5
花菖蒲澤の紫（三遊亭円朝作話、山々亭有人補綴、中込重明校訂）	7
花菖蒲澤の紫 初編	9
花菖蒲澤の紫 二編	93
〈併載〉今朝春三組盃（三遊亭円朝作話、山々亭有人補綴、太平書屋編集部翻字）	167
＊解説	243
＊中込重明君のこと（延広真治）	267

第4巻 春色雪の梅（太平主人校訂解説）
2005年4月刊

＊カラー口絵	巻頭
＊凡例	5
春色雪の梅（狂言亭春雅作）	7
春色雪の梅 初編	9
春色雪の梅 二編	99

春色雪の梅 三編 ……………………… 187
　　春色雪の梅 四編 ……………………… 281
＊解説（太平主人識）…………………… 369
＊再刻改修版と初版の主な異同 ………… 403
＊語彙索引 ………………………………… 405

　　　　［071］芭蕉全句集
　　　　　　おうふう
　　　　　　　全1巻
　　　　　1995年9月（重版）
　　　（乾裕幸, 櫻井武次郎, 永野仁編）

※初版は桜楓社1976年3月刊

〔1〕
1995年9月30日（重版）刊

＊芭蕉略年譜 ……………………… 見返し
＊〔口絵〕………………………………… 1
＊凡例 …………………………………… 3
　芭蕉全句集 …………………………… 11
　　寛文期 …………………………… 13
　　　二年 …………………………… 13
　　　三年 …………………………… 13
　　　四年 …………………………… 13
　　　六年 …………………………… 14
　　　七年 …………………………… 17
　　　八年 …………………………… 19
　　　九年 …………………………… 19
　　　十年 …………………………… 20
　　　十一年 ………………………… 20
　　　十二年 ………………………… 21
　　　寛文年間 ……………………… 22
　　延宝期 …………………………… 24
　　　三年 …………………………… 24
　　　四年 …………………………… 24
　　　五年 …………………………… 26
　　　六年 …………………………… 31
　　　七年 …………………………… 32
　　　八年 …………………………… 34
　　　延宝年間 ……………………… 38
　　天和期 …………………………… 40
　　　元年 …………………………… 40
　　　二年 …………………………… 42
　　　三年 …………………………… 45
　　　天和年間 ……………………… 46
　　貞享期 …………………………… 47
　　　元年 …………………………… 47
　　　二年 …………………………… 56
　　　三年 …………………………… 63
　　　四年 …………………………… 66
　　　貞享年間 ……………………… 77
　　元禄期 …………………………… 80
　　　元年 …………………………… 80
　　　二年 …………………………… 99
　　　三年 ………………………… 123

```
[072] 芭蕉全句集
現代語訳付き
角川学芸出版
全1巻
2010年11月
（角川ソフィア文庫）
（雲英末雄, 佐藤勝明訳注）
```

〔1〕
2010年11月25日刊

* 凡例 …………………………………… 3
春 ……………………………………… 17
　元日・初春（今朝の春・…の春・春立つ）‥ 18
　門松（松飾） ………………………… 25
　蓬莱・飾縄・歯朶・餅花 …………… 26
　若夷 …………………………………… 28
　庭竈 …………………………………… 29
　筆始 …………………………………… 29
　子の日・若菜（薺摘・薺打・芹摘） … 30
　梅 ……………………………………… 33
　柳 ……………………………………… 47
　鶯 ……………………………………… 51
　霞・朧 ………………………………… 52
　雪解（雪のひま） …………………… 54
　獺の祭 ………………………………… 55
　如月（衣更着） ……………………… 55
　朧月 …………………………………… 56
　春の夜 ………………………………… 56
　陽炎・糸遊 …………………………… 57
　春雨（春の雨） ……………………… 60
　畑打・種蒔（種・種芋） …………… 63
　初午 …………………………………… 65
　水取 …………………………………… 65
　涅槃会 ………………………………… 66
　猫の恋（猫の妻） …………………… 67
　帰雁 …………………………………… 68
　燕 ……………………………………… 69
　雲雀 …………………………………… 70
　雉子 …………………………………… 71
　雀子 …………………………………… 72
　鳥の巣 ………………………………… 73
　蝶 ……………………………………… 74
　蛙 ……………………………………… 77
　白魚 …………………………………… 77
　海苔 …………………………………… 79
　薊（莇） ……………………………… 81
　薺の花 ………………………………… 81
　土筆（つくづくし）・芽独活 ……… 81

　　四年 ……………………………… 133
　　五年 ……………………………… 147
　　六年 ……………………………… 154
　　七年 ……………………………… 162
　　元禄年間 ………………………… 178
　年次未詳 …………………………… 182
　存疑句 ……………………………… 188
＊補注 ………………………………… 209
＊初句索引 …………………………… 289

雛祭(雛・草餅) ……………… 82	竹植る日 ……………… 180
潮干 ……………… 84	竹の子 ……………… 181
野老掘 ……………… 86	麦 ……………… 182
菜の花 ……………… 86	田植(田植歌・早苗・代掻) ……… 184
菫 ……………… 87	五月雨(梅雨) ……………… 189
山吹 ……………… 88	蟇蛙・蝸牛 ……………… 198
椿 ……………… 90	蛍 ……………… 199
桃の花 ……………… 91	蚊・蠅 ……………… 202
初桜・初花・待花 ……………… 93	蚤 ……………… 202
山桜 ……………… 95	蝉 ……………… 204
糸桜 ……………… 97	水鶏 ……………… 206
桜(姥桜・児桜・犬桜) ……… 98	鮎・鵜鷹飼 ……………… 207
八重桜 ……………… 103	水無月(六月) ……………… 208
桜狩・花見 ……………… 103	暑 ……………… 210
花(花盛・花守・花衣・花の雲) … 107	汗 ……………… 211
散桜・散花(花の別・花の雪・花の塵) … 126	涼しさ(涼み・涼む) ………… 212
藤 ……………… 129	薫風(風薫る・南風) ………… 223
躑躅 ……………… 130	泉・清水 ……………… 226
若草(春の草) ……………… 131	氷室 ……………… 228
草の若葉(葎若葉・蘆若葉・二葉) … 132	夏の月 ……………… 228
茶摘 ……………… 134	夏の夜(短夜) ……………… 230
行春・春の暮 ……………… 134	簟 ……………… 232
夏 ……………… 139	扇・団扇 ……………… 232
四月の桜狩 ……………… 140	道明寺・青挿・心太 ………… 234
更衣 ……………… 140	瓜(真桑瓜・真桑・玉真桑・姫瓜)・瓜の
灌仏 ……………… 141	花 ……………… 235
夏籠 ……………… 142	茄子 ……………… 241
時鳥(郭公・杜鵑・杜宇) ……… 142	撫子 ……………… 242
閑古鳥 ……………… 154	昼顔 ……………… 243
老鶯 ……………… 155	夕顔 ……………… 245
行々子 ……………… 155	蓮 ……………… 248
卯花 ……………… 156	一つ葉 ……………… 249
芥子の花 ……………… 157	葎・夏草 ……………… 249
牡丹(深見草) ……………… 159	夏野 ……………… 252
若葉 ……………… 160	夏山・夏の海 ……………… 254
茂 ……………… 161	夏座敷 ……………… 255
夏木立・木下闇 ……………… 163	夏衣(蝉衣・夏羽織) ………… 255
鰹・めじか ……………… 165	土用干 ……………… 257
鹿の袋角 ……………… 167	雲の峰 ……………… 258
皐月(五月) ……………… 167	湯殿詣 ……………… 259
端午(幟・菖蒲・粽) ………… 168	御祓 ……………… 259
花菖蒲 ……………… 171	夏―その他 ……………… 260
杜若 ……………… 171	秋近し ……………… 261
花橘・柚の花 ……………… 173	秋 ……………… 263
紫陽花(紫陽草) ……………… 174	初秋・立秋(今朝の秋) ……… 264
合歓の花 ……………… 175	残暑 ……………… 265
紅粉の花 ……………… 176	捨扇 ……………… 266
梻の花 ……………… 177	秋風(秋の風) ……………… 267
栗の花・椎の花 ……………… 177	身にしむ(ひやひや) ………… 276
藜 ……………… 179	一葉・柳散る(秋の柳) ……… 279
桑の実(椹) ……………… 179	七夕(天河・星合・星) ……… 280

玉祭(墓参)	286
相撲	289
露	289
霧	291
稲妻	293
草の花・野菊	296
朝顔(蕣)	297
木槿	301
蘭	302
女郎花	304
秋海棠	305
萩	305
荻	310
芭蕉	311
相撲取草	313
早稲	313
唐辛子	314
蜻蛉	316
きりぎりす・いとど	316
三日月	319
月	322
月見(月の友)・名月(明月・今日の月・今宵の月)	337
十六夜	352
駒迎(馬迎)	354
砧(礦・衣打つ)	355
野分	357
稲刈・稲扱・籾摺	358
粟・稗	360
綿弓	361
瓢	362
冬瓜	362
唐黍	363
芋	363
小水葱	365
薄	366
蕎麦の花	366
芙蓉(木芙蓉)	367
鶏頭	368
鬼灯	368
蔦(蔦葛・蔦紅葉)	369
蓑虫	371
鰍	372
鹿	372
鶉	374
稲雀	375
四十雀	376
雁・渡鳥	376
重陽(菊の節句・菊の酒)	378
菊	384
紅葉(栬・下紅葉・薄紅葉・色葉・紅葉かつ散る)	389
忍草	391
木の実(樫の実・榎の実・藤の実)	392
柿・蜜柑	394
後の月(栗名月・豆名月・月の名残)	395
初茸・松茸	398
御遷宮	399
秋の夜(秋の朝)	399
肌寒・夜寒	401
秋の霜・秋時雨	402
行秋・暮秋(秋暮る・秋深し)・秋の暮	403
秋—その他	410
冬	419
神無月(神の留主・神の旅)・小春	420
御命講	421
夷講	422
初時雨	423
時雨(霙・一時雨・村時雨・しぐる)	425
霜	434
寒し(寒さ)	439
木枯(凩)・枯木	442
落葉(紅葉散る)・木葉	445
草枯る(花枯る・忍枯る・枯尾花)・枯野	448
残菊・寒菊	450
帰花	452
冬牡丹	452
冬菜	453
大根(大根引)	453
麦生ゆ	455
冬籠	456
炉開・口切	458
囲炉裏・火桶	459
火燵	460
炭(白炭・消炭)	461
埋火	463
頭巾(投頭巾・丸頭巾)	464
紙子	465
鋪団・夜着	466
河豚(鯸・河豚汁)	467
海鼠	468
千鳥(衢)	469
都鳥	470
鴨	471
鷹	472
水仙	473
初雪(雪待つ)	474
雪(雪見・雪丸げ・雪の花・帷子雪)	478
霰	491
氷(凍)	494

師走（臘月）	497
寒（寒の入・寒の内）	500
鉢叩（鉢扣・鉢敲）	501
節季候・厄払	503
煤掃（煤払）	504
餅搗（餅の音）	506
年忘	507
年の市（年取物）	509
早梅・探梅	510
年の暮（老の暮・小晦日）	512
冬―その他	517
雑（無季）	521
雑―月花	522
雑―名所	524
＊解説（佐藤勝明）	525
＊人名一覧	539
＊地名一覧	555
＊底本一覧	567
＊全句索引	578

[073] 八文字屋本全集
汲古書院
全23巻, 索引
1992年10月～2013年3月
（八文字屋本研究会編）

第1巻
1992年10月刊

＊刊行のことば（長谷川強）	1
＊凡例	9
けいせい色三味線（いろじゃみせん）（江島其磧（推定）作, 長谷川強翻刻）	1
序	3
京之巻	4
江戸之巻	52
大坂之巻	104
大尽三ツ盃（だいじんみつさかづき）（江島其磧（推定）作, 花田富二夫翻刻）	209
京之巻	211
江戸・大坂之巻	232
風流曲三味線（ふうりうきよくじゃみせん）（江島其磧（推定）作, 篠原進翻刻）	255
一之巻	257
二之巻	292
三之巻	329
四之巻	357
五之巻	390
六之巻	423
遊女懐中洗濯（ゆふぢよふところせんだく）付 野傾髪透油（やけいかみすきあぶら）・けいせい卵子酒（たまござけ）（江島其磧（推定）（江戸之巻）作, 林望, 長谷川強翻刻）	455
＊『遊女懐中洗濯』全巻構成表	457
序	460
京之巻	461
江戸之巻	481
大坂之巻	510
鄙之巻	536
風流之巻	562
＊解題	591
＊けいせい色三味線（長谷川強）	591
＊大尽三ツ盃（花田富二夫）	595
＊風流曲三味線（篠原進）	597
＊遊女懐中洗濯 付 野傾髪透油・けいせい卵子酒（長谷川強）	600

第2巻
1993年3月刊

[073] 八文字屋本全集

＊凡例 ························· 7
野白内証鑑(やはくないしやうかゞみ)(江島其磧
(推定)作, 石川了翻刻) ··········· 11
　序 ····························· 3
　一之巻 ························· 5
　二之巻 ························ 44
　三之巻 ························ 74
　四之巻 ······················· 106
　五之巻 ······················· 137
けいせい伝受紙子(でんじゅがみこ)(江島其磧
(推定)作, 長谷川強翻刻) ······· 167
　序 ··························· 169
　一之巻 ······················· 170
　二之巻 ······················· 190
　三之巻 ······················· 208
　四之巻 ······················· 227
　五之巻 ······················· 246
傾城禁短気(けいせいきんたんき)(江島其磧(推
定)作, 江本裕翻刻) ············ 267
　序 ··························· 269
　一之巻 ······················· 270
　二之巻 ······················· 294
　三之巻 ······················· 318
　四之巻 ······················· 342
　五之巻 ······················· 367
　六之巻 ······················· 391
寛濶役者片気(くわんくわつやくしやかたぎ)(江
島其磧(推定)作, 中嶋隆翻刻) ··· 415
　上之巻 ······················· 417
　下之巻 ······················· 435
野傾旅葛籠(江島其磧作, 花田富二夫翻
刻) ··························· 453
　序 ··························· 455
　巻之一 ······················· 456
　巻之二 ······················· 478
　巻之三 ······················· 495
　巻之四 ······················· 511
　巻之五 ······················· 526
＊解題 ························· 542
　＊野白内証鑑(石川了) ········· 542
　＊けいせい伝受紙子(長谷川強) · 550
　＊傾城禁短気(江本裕) ········· 557
　＊寛濶役者片気(中嶋隆) ······· 561
　＊野傾旅葛籠(花田富二夫, 長谷川強) ·· 562

第3巻
1993年7月刊

　＊凡例 ························· 9

魂胆色遊懐男(こんたんいろあそびふところおとこ)
(江島其磧(推定)作, 若木太一, 佐伯孝弘
翻刻) ·························· 1
　巻一 ··························· 3
　巻二 ·························· 22
　巻三 ·························· 39
　巻四 ·························· 57
　巻五 ·························· 74
頼朝(よりとも)三代鎌倉記(かまくらき)(作者
未詳, 倉員正江翻刻) ············ 91
　序 ···························· 93
　一之巻 ························ 94
　二之巻 ······················· 109
　三之巻 ······················· 125
　四之巻 ······················· 141
　五之巻 ······················· 154
忠臣略(ちうしんりやく)太平記(江島其磧(推
定)作, 倉員正江翻刻) ·········· 169
　巻一 ························· 171
　巻二 ························· 188
　巻三 ························· 202
　巻四 ························· 215
　巻五 ························· 227
　巻六 ························· 240
商人軍配団(あきんどぐんばいうちわ)(江島其磧
(推定)作, 江本裕翻刻) ········· 251
　巻之一 ······················· 253
　巻之二 ······················· 269
　巻之三 ······················· 284
　巻之四 ······················· 299
　巻之五 ······················· 311
渡世商軍談(とせいあきないぐんだん)(江島其磧
(推定)作, 若木太一翻刻) ······· 323
　巻之一 ······················· 325
　巻之二 ······················· 339
　巻之三 ······················· 354
　巻之四 ······················· 367
　巻之五 ······················· 379
鎌倉武家鑑(江島其磧(推定)作, 篠原進翻
刻) ··························· 391
　一之巻 ······················· 393
　二之巻 ······················· 410
　三之巻 ······················· 426
　四之巻 ······················· 441
　五之巻 ······················· 457
　六之巻 ······················· 474
＊解題 ························· 493
　＊魂胆色遊懐男(佐伯孝弘) ····· 493
　＊頼朝三代鎌倉記(倉員正江) ··· 499
　＊忠臣略太平記(倉員正江) ····· 509
　＊商人軍配団(江本裕) ········· 512

[073] 八文字屋本全集

* 渡世商軍談(石川了) ……………… 517
* 鎌倉武家鑑(篠原進) ……………… 521

第4巻
1993年11月刊

* 凡例 ……………………………………… 9
今川一睡記(いっすいき)(作者未詳, 倉員正江翻刻) ……………………………… 1
　一之巻 ………………………………… 3
　二之巻 ……………………………… 16
　三之巻 ……………………………… 30
　四之巻 ……………………………… 42
　五之巻 ……………………………… 54
当世御伽曽我(とうせいおとぎそが)(江島其磧作, 中嶋隆翻刻) ……………… 67
　惣目録 ……………………………… 70
　一之巻 ……………………………… 72
　二之巻 ……………………………… 92
　三之巻 …………………………… 110
　四之巻 …………………………… 128
　五之巻 …………………………… 148
当世御伽曽我後風流東鑑(江島其磧(推定)作, 中嶋隆翻刻) ………………… 169
　六之巻 …………………………… 173
　七之巻 …………………………… 195
　八之巻 …………………………… 215
　九之巻 …………………………… 235
　十之巻 …………………………… 254
百性盛衰記(せいすいき)(作者未詳, 倉員正江翻刻) ……………………………… 271
　一之巻 …………………………… 273
　二之巻 …………………………… 283
　三之巻 …………………………… 292
　四之巻 …………………………… 301
当世信玄記(とうせいしんげんき)(作者未詳, 中嶋隆翻刻) …………………… 311
　一之巻 …………………………… 313
　二之巻 …………………………… 323
　三之巻 …………………………… 333
　四之巻 …………………………… 342
　五之巻 …………………………… 352
西海太平記(さいかいたいへいき)(作者未詳, 岡雅彦翻刻) ……………………… 363
　一之巻 …………………………… 366
　二之巻 …………………………… 379
　三之巻 …………………………… 393
　四之巻 …………………………… 407
　五之巻 …………………………… 423
手代袖算盤(てだいそでそろばん)(作者未詳, 岡雅彦翻刻) …………………… 437
　一之巻 …………………………… 439

　二之巻 …………………………… 452
　三之巻 …………………………… 465
　四之巻 …………………………… 478
　五之巻 …………………………… 492
* 解題 ………………………………… 507
　* 今川一睡記(倉員正江) ………… 507
　* 当世御伽曽我(中嶋隆) ………… 511
　* 当世御伽曽我後風流東鑑(中嶋隆) …… 514
　* 百性盛衰記(倉員正江) ………… 516
　* 当世信玄記(中嶋隆) …………… 519
　* 西海太平記(岡雅彦) …………… 521
　* 手代袖算盤(岡雅彦, 倉員正江) …… 523

第5巻
1994年3月刊

* 凡例 ……………………………………… 9
通俗諸分床軍談(つうぞくしよわけとこぐんだん)(江島其磧(推定)作, 渡辺守邦翻刻) ……… 1
　巻之一 ………………………………… 3
　二之巻 ……………………………… 23
　三之巻 ……………………………… 36
　四之巻 ……………………………… 48
　五之巻 ……………………………… 59
女男伊勢風流(ゐんやういせふうりう)(未練(推定)作, 篠原進翻刻) ………… 71
　序 …………………………………… 73
　一之巻 ……………………………… 76
　二之巻 ……………………………… 93
　三之巻 …………………………… 111
愛敬昔色好(あいきやうむかしおとこ)(未練(推定)作, 篠原進翻刻) ……… 129
　上之巻 …………………………… 131
　中之巻 …………………………… 149
　下之巻 …………………………… 166
[京略ひながた十二段](作者未詳, 渡辺守邦翻刻) ………………………… 187
　序 ………………………………… 189
　上ノ巻 …………………………… 190
　中ノ巻 …………………………… 202
　下ノ巻 …………………………… 215
豆右衛門後日女男色遊(いんやういろあそび)(江島其磧(推定)作, 石川了翻刻) …… 227
　一之巻 …………………………… 229
　二之巻 …………………………… 246
　三之巻 …………………………… 267
　四之巻 …………………………… 287
　五之巻 …………………………… 307
丹波太郎物語(江島其磧(推定)作, 渡辺守邦翻刻) ………………………… 327
　序 ………………………………… 329

日本古典文学全集・内容綜覧 第II期　375

[073] 八文字屋本全集

　一之巻 …………………… 330
　二之巻 …………………… 340
　三之巻 …………………… 351
風流誂平家（ふうりうやさへいけ）（未練（推定）作, 花田富二夫翻刻） …………………… 361
　序 ………………………… 364
　惣目録 …………………… 365
　一之巻 …………………… 367
　二之巻 …………………… 380
　三之巻 …………………… 394
　四之巻 …………………… 409
　五之巻 …………………… 425
義経風流鑑（よしつねふうりうかゞみ）（未練（推定）作, 神谷勝広翻刻） …………………… 443
　惣目録 …………………… 445
　序 ………………………… 446
　一之巻 …………………… 447
　二之巻 …………………… 462
　三之巻 …………………… 481
　四之巻 …………………… 496
　五之巻 …………………… 514
　＊解題 …………………… 533
　　＊通俗諸分床軍談（渡辺守邦） … 533
　　＊女男伊勢風流（篠原進） …… 535
　　＊愛敬昔色好（篠原進） ……… 537
　　＊［京略ひながた十二段］（渡辺守邦） …………………… 544
　　＊豆右衛門後日女男色遊（石川了） … 545
　　＊丹波太郎物語（渡辺守邦） … 554
　　＊風流誂平家（花田富二夫） … 555
　　＊義経風流鑑（神谷勝広） …… 559

第6巻
1994年7月刊

＊凡例 ……………………………… 9
世間子息気質（せけんむすこかたぎ）（江島其磧作, 長友千代治翻刻） ……………… 1
　序 …………………………… 3
　巻之一 ……………………… 4
　巻之二 ……………………… 18
　巻之三 ……………………… 32
　巻之四 ……………………… 45
　巻之五 ……………………… 58
名物焼蛤（めいぶつやきはまぐり）（作者未詳, 長友千代治翻刻） ……………………… 71
　巻之一 ……………………… 73
　巻之二 ……………………… 86
　巻三 ………………………… 97
　巻四 ………………………… 109
　巻五 ………………………… 121

当流曽我高名松（とうりうそがかうみやうのまつ）（作者未詳, 石川了翻刻） ……………… 135
　一之巻 …………………… 137
　二之巻 …………………… 149
　三之巻 …………………… 161
　四之巻 …………………… 174
　五之巻 …………………… 185
分里艶行脚（わけざとやさあんぎや）（未練（推定）ほか作, 石川了翻刻） ……………… 197
　序 ………………………… 199
　一之巻 …………………… 200
　二之巻 …………………… 220
　三之巻 …………………… 241
　四之巻 …………………… 262
　五之巻 …………………… 282
風俗傾性野群談（ふうぞくけいせんやぐんだん）（未練（推定）作, 花田富二夫翻刻） …… 303
　一之巻 …………………… 305
　二之巻 …………………… 319
　三之巻 …………………… 332
　四之巻 …………………… 345
　五之巻 …………………… 360
国姓爺明朝太平記（こくせんやみんてうたいへいき）（江島其磧作, 岡雅彦翻刻） ……… 375
　序 ………………………… 377
　一之巻 …………………… 378
　二之巻 …………………… 393
　三之巻 …………………… 409
　四之巻 …………………… 424
　五之巻 …………………… 440
　六之巻 …………………… 457
　跋 ………………………… 472
世間娘気質（江島其磧作, 長谷川強翻刻） … 475
　序 ………………………… 479
　一之巻 …………………… 480
　二之巻 …………………… 495
　三之巻 …………………… 511
　四之巻 …………………… 526
　五之巻 …………………… 542
　六之巻 …………………… 553
　＊解題 …………………… 565
　　＊世間子息気質（長友千代治） … 565
　　＊名物焼蛤（長友千代治） …… 567
　　＊当流曽我高名松（石川了） … 571
　　＊分里艶行脚（石川了） ……… 573
　　＊風俗傾性野群談（花田富二夫） … 576
　　＊国姓爺明朝太平記（岡雅彦） … 579
　　＊世間娘気質（長谷川強） …… 581

第7巻
1994年11月刊

[073] 八文字屋本全集

* 凡例 ……………………………………… 11
和漢遊女容気(わかんゆうじよかたぎ)(江島其磧(推定)作, 江本裕翻刻)……………… 1
　一之巻 ……………………………………… 3
　二之巻 ……………………………………… 17
　三之巻 ……………………………………… 32
　四之巻 ……………………………………… 45
　五之巻 ……………………………………… 58
野傾咲分色孖(やけいさきわけいろふたご)(作者未詳(未練か)作, 篠原進翻刻)……… 73
　序 …………………………………………… 75
　一之巻 ……………………………………… 76
　二之巻 ……………………………………… 90
　三之巻 ……………………………………… 104
　四之巻 ……………………………………… 120
　五之巻 ……………………………………… 136
けいせい竈照君(かまどしやうぐん)(作者未詳, 林望翻刻)……………………………… 151
　序 …………………………………………… 153
　山枡太夫抱女郎名寄評判 ………………… 154
　一之巻 ……………………………………… 160
　二之巻 ……………………………………… 171
　三之巻 ……………………………………… 182
　四之巻 ……………………………………… 194
　五之巻 ……………………………………… 210
武道近江八景(ふだうあふみはつけい)(江島其磧作, 篠原進翻刻)……………………… 221
　序 …………………………………………… 223
　巻之一 ……………………………………… 224
　巻之二 ……………………………………… 238
　巻之三 ……………………………………… 251
　巻之四 ……………………………………… 264
　巻之五 ……………………………………… 277
義経倭軍談(ぎけいやまとぐんだん)(江島其磧作, 石川了翻刻)………………………… 287
　序 …………………………………………… 289
　一之巻 ……………………………………… 290
　二之巻 ……………………………………… 302
　三之巻 ……………………………………… 315
　四之巻 ……………………………………… 326
　五之巻 ……………………………………… 339
　六之巻 ……………………………………… 352
花実義経記(江島其磧作, 藤原英城翻刻)… 367
　一之巻 ……………………………………… 369
　二之巻 ……………………………………… 382
　三之巻 ……………………………………… 395
　四之巻 ……………………………………… 409
　五之巻 ……………………………………… 422
　六之巻 ……………………………………… 434
浮世親仁形気(うきよおやぢかたぎ)(江島其磧作, 江本裕翻刻)………………………… 447

　序 …………………………………………… 449
　一之巻 ……………………………………… 450
　二之巻 ……………………………………… 462
　三之巻 ……………………………………… 474
　四之巻 ……………………………………… 485
　五之巻 ……………………………………… 498
楠三代壮士(くすのきさんだいおとこ)(江島其磧(推定)作, 花田富二夫翻刻)………… 513
　序 …………………………………………… 515
　一之巻 ……………………………………… 516
　二之巻 ……………………………………… 528
　三之巻 ……………………………………… 541
　四之巻 ……………………………………… 554
　五之巻 ……………………………………… 566
＊解題 ………………………………………… 581
　＊和漢遊女容気(江本裕) ………………… 581
　＊野傾咲分色孖(篠原進) ………………… 585
　＊けいせい竈照君(佐伯孝弘) …………… 588
　＊武道近江八景(篠原進) ………………… 593
　＊義経倭軍談(石川了) …………………… 595
　＊花実義経記(藤原英城) ………………… 598
　＊浮世親仁形気(江本裕) ………………… 601
　＊楠三代壮士(花田富二夫) ……………… 605

第8巻
1995年3月刊

＊凡例 ………………………………………… 9
風流宇治頼政(ふうりううぢよりまさ)(江島其磧作, 中嶋隆翻刻)……………………… 1
　序 …………………………………………… 3
　一之巻 ……………………………………… 4
　二之巻 ……………………………………… 17
　三之巻 ……………………………………… 31
　四之巻 ……………………………………… 45
　五之巻 ……………………………………… 58
役者色仕組(やくしやいろしぐみ)(江島其磧作, 佐伯孝弘翻刻)………………………… 73
　序 …………………………………………… 75
　一之巻 ……………………………………… 76
　二之巻 ……………………………………… 91
　三之巻 ……………………………………… 105
　四之巻 ……………………………………… 121
　五之巻 ……………………………………… 138
女曽我兄弟鑑(をんなそがきやうだいかゞみ)(江島其磧作, 神谷勝広翻刻)…………… 157
　序 …………………………………………… 159
　一之巻 ……………………………………… 160
　二之巻 ……………………………………… 172
　三之巻 ……………………………………… 184
　四之巻 ……………………………………… 196

[073] 八文字屋本全集

　　五之巻 ················· 209
日本契情始（にっぽんけいせいのはじまり）（江島
　其磧作, 神谷勝広翻刻）················· 223
　　序 ··················· 225
　　一之巻 ················· 226
　　二之巻 ················· 240
　　三之巻 ················· 255
　　四之巻 ················· 272
　　五之巻 ················· 289
商人家職訓（あきうどかしょくきん）（江島其磧
　作, 倉員正江翻刻）················· 305
　　一之巻 ················· 307
　　二之巻 ················· 320
　　三之巻 ················· 332
　　四之巻 ················· 344
　　五之巻 ················· 357
舞台三津扇（ぶたいみつあふぎ）（江島其磧ほか
　作, 藤原英城翻刻）················· 369
　　一之巻 ················· 371
　　二之巻 ················· 388
　　三之巻 ················· 403
　　四之巻 ················· 419
　　五之巻 ················· 437
風流七小町（江島其磧作, 長友千代治翻
　刻）··················· 451
　　序 ··················· 453
　　一之巻 ················· 454
　　二之巻 ················· 470
　　三之巻 ················· 485
　　四之巻 ················· 501
　　五之巻 ················· 517
　＊解題 ·················· 529
　　＊風流宇治頼政（中嶋隆）············ 529
　　＊役者色仕組（佐伯孝弘）············ 531
　　＊女曽我兄弟鑑（神谷勝広）··········· 535
　　＊日本契情始（神谷勝広）············ 537
　　＊商人家職訓（倉員正江）············ 540
　　＊舞台三津扇（藤原英城）············ 543
　　＊風流七小町（長友千代治）··········· 547

第9巻
1995年7月刊

＊凡例 ··················· 9
桜曽我女時宗（江島其磧作, 篠原進翻刻）····· 1
　　序 ··················· 3
　　一之巻 ················· 4
　　二之巻 ················· 19
　　三之巻 ················· 33
　　四之巻 ················· 48
　　五之巻 ················· 63

芝居万人葛（しばゐまんにんかづら）（江島其磧
　作, 渡辺守邦翻刻）················· 79
　　序 ··················· 81
　　一之巻 ················· 82
　　二之巻 ················· 107
　　三之巻 ················· 134
　　四之巻 ················· 154
　　五之巻 ················· 175
安倍清明白狐玉（あべのせいめいびゃくこのたま）
　（江島其磧作, 神谷勝広翻刻）··········· 191
　　序 ··················· 193
　　一之巻 ················· 194
　　二之巻 ················· 207
　　三之巻 ················· 220
　　四之巻 ················· 234
　　五之巻 ················· 247
出世握虎昔物語（しゅつせやっこむかしものがたり）
　（江島其磧作, 岡雅彦翻刻）············ 259
　　序 ··················· 261
　　一之巻 ················· 262
　　二之巻 ················· 274
　　三之巻 ················· 287
　　四之巻 ················· 300
　　五之巻 ················· 314
女将門（をんなまさかど）七人化粧（げしゃう）（江
　島其磧作, 中嶋隆翻刻）·············· 327
　　序 ··················· 329
　　一之巻 ················· 330
　　二之巻 ················· 343
　　三之巻 ················· 358
　　四之巻 ················· 371
　　五之巻 ················· 385
頼朝鎌倉実記（よりともかまくらじっき）（江島其
　磧作, 佐伯孝弘翻刻）··············· 397
　　序 ··················· 399
　　一之巻 ················· 400
　　二之巻 ················· 412
　　三之巻 ················· 426
　　四之巻 ················· 438
　　五之巻 ················· 451
大内裏大友真鳥（だいだいりおほとものまとり）
　（江島其磧作, 江本裕翻刻）············ 463
　　序 ··················· 465
　　一之巻 ················· 466
　　二之巻 ················· 480
　　三之巻 ················· 494
　　四之巻 ················· 508
　　五之巻 ················· 522
　＊解題 ·················· 539
　　＊桜曽我女時宗（篠原進）············ 539
　　＊芝居万人葛（渡辺守邦）············ 541

[073] 八文字屋本全集

＊安倍清明白狐玉（神谷勝広）……… 547
＊出世握虎昔物語（岡雅彦）……… 549
＊女将門七人化粧（中嶋隆）……… 550
＊頼朝鎌倉実記（佐伯孝弘）……… 552
＊大内裏大友真鳥（江本裕）……… 555

第10巻
1995年12月刊

＊凡例 ……… 9
北条時頼開分二女桜（ほうでうときよりさきわけふためざくら）（江島其磧作，花田富二夫翻刻）……… 1
序 ……… 3
一之巻 ……… 4
二之巻 ……… 18
三之巻 ……… 32
四之巻 ……… 46
五之巻 ……… 61
記録曽我女黒船（きろくそがをんなくろふね）（江島其磧作，倉員正江翻刻）……… 77
惣目録 ……… 79
一之巻 ……… 81
二之巻 ……… 94
三之巻 ……… 107
四之巻 ……… 121
五之巻 ……… 134
記録曽我女黒船（きろくそがをんなくろふね）後本朝会稽山（ほんてうくわいけいざん）（江島其磧作，倉員正江翻刻）……… 147
第一六之巻 ……… 149
第二七之巻 ……… 162
第三八之巻 ……… 177
第四九之巻 ……… 190
第五十之巻 ……… 203
御伽平家（おとぎへいけ）（江島其磧作，長友千代治翻刻）……… 217
序 ……… 219
一之巻 ……… 220
二之巻 ……… 234
三之巻 ……… 249
四之巻 ……… 265
五之巻 ……… 279
御伽平家（おとぎへいけ）後風流扇子軍（ふうりうあふぎいくさ）（江島其磧作，長友千代治翻刻）……… 295
第一六之巻 ……… 297
第二七之巻 ……… 311
第三八之巻 ……… 324
第四九之巻 ……… 338
第五十之巻 ……… 352
富士浅間裾野桜（ふじあさますその、さくら）（江島其磧作，石川了翻刻）……… 367

序 ……… 369
一之巻 ……… 370
二之巻 ……… 385
三之巻 ……… 400
四之巻 ……… 415
五之巻 ……… 429
契情お国謌妓（けいせいおくにかぶき）（江島其磧，八文字自笑作，若木太一翻刻）……… 445
序 ……… 447
一之巻 ……… 448
二之巻 ……… 464
三之巻 ……… 478
四之巻 ……… 494
五之巻 ……… 509
＊解題 ……… 525
　＊北条時頼開分二女桜（花田富二夫）……… 525
　＊記録曽我女黒船（倉員正江）……… 528
　＊記録曽我女黒船後本朝会稽山（倉員正江）……… 530
　＊御伽平家（長友千代治）……… 533
　＊御伽平家後風流扇子軍（長友千代治）……… 535
　＊富士浅間裾野桜（石川了）……… 537
　＊契情お国謌妓（若木太一）……… 543

第11巻
1996年3月刊

＊凡例 ……… 11
往昔今世話善悪身持扇（むかしのたとへいまのせわぜんあくみもちあふぎ）（江島其磧作，江本裕翻刻）……… 1
序 ……… 3
上巻 ……… 4
中巻 ……… 19
下巻 ……… 33
世間手代気質（かたぎ）（江島其磧作，岡雅彦翻刻）……… 47
序 ……… 49
一之巻 ……… 50
二之巻 ……… 66
三之巻 ……… 82
四之巻 ……… 98
五之巻 ……… 114
風流東大全（ふうりうあづまだいぜん）（江島其磧作，篠原進翻刻）……… 133
序 ……… 135
一之巻 ……… 136
二之巻 ……… 151
三之巻 ……… 167
四之巻 ……… 182
五之巻 ……… 199

[073] 八文字屋本全集

風流東大全(ふうりうあづまだいぜん)後奥州軍記(おうしうぐんき)(江島其磧作, 篠原進翻刻) ……… 215
 第一六之巻 ……… 217
 第二七之巻 ……… 232
 第三八之巻 ……… 251
 第四九之巻 ……… 268
 第五十之巻 ……… 285
曦(あさひ)太平記(江島其磧作, 中嶋隆翻刻) ……… 301
 序 ……… 303
 一之巻 ……… 304
 二之巻 ……… 320
 三之巻 ……… 336
 四之巻 ……… 353
 五之巻 ……… 369
曦(あさひ)太平記後楠軍法鎧桜(くすのきぐんほうよろひざくら)(江島其磧作, 藤原英城翻刻) ……… 385
 第一六之巻 ……… 387
 第二七之巻 ……… 403
 第三八之巻 ……… 419
 第四九之巻 ……… 432
 第五十之巻 ……… 445
けいせい哥三味線(うたじやみせん)(江島其磧作, 神谷勝広翻刻) ……… 457
 序 ……… 459
 一之巻 ……… 460
 二之巻 ……… 475
 三之巻 ……… 490
 四之巻 ……… 505
 五之巻 ……… 522
風流友三味線(ふうりうともじやみせん)(江島其磧作, 渡辺守邦翻刻) ……… 537
 序 ……… 539
 一之巻 ……… 540
 二之巻 ……… 553
 三之巻 ……… 567
 四之巻 ……… 582
 五之巻 ……… 596
＊解題 ……… 611
 ＊往昔喩今世話善悪身持扇(江本裕) ……… 611
 ＊世間手代気質(岡雅彦, 長谷川強) ……… 615
 ＊風流東大全(篠原進) ……… 618
 ＊風流東大全後奥州軍記(篠原進) ……… 620
 ＊曦太平記(倉員正江) ……… 621
 ＊曦太平記後楠軍法鎧桜(藤原英城) ……… 624
 ＊けいせい哥三味線(神谷勝広) ……… 626
 ＊風流友三味線(渡辺守邦) ……… 629

第12巻

1996年7月刊

＊凡例 ……… 9
那智御山手管滝(なちのみやまてくだのたき)(江島其磧作, 若木太一翻刻) ……… 1
 序 ……… 3
 一之巻 ……… 4
 二之巻 ……… 17
 三之巻 ……… 31
 四之巻 ……… 46
 五之巻 ……… 60
高砂大嶋台(たかさごおほしまだい)(江島其磧作, 石川了翻刻) ……… 75
 序 ……… 77
 一之巻 ……… 78
 二之巻 ……… 91
 三之巻 ……… 105
 四之巻 ……… 119
 五之巻 ……… 134
鬼一法眼虎の巻(きいちほうげんとらのまき)(江島其磧作, 倉員正江翻刻) ……… 147
 序 ……… 150
 巻之一 ……… 151
 巻之二 ……… 169
 巻之三 ……… 186
 巻之四 ……… 204
 巻之五 ……… 223
 巻之六 ……… 236
 巻之七 ……… 250
三浦大助節分寿(みうらのおほすけせつぶんのことぶき)(江島其磧作, 藤原英城翻刻) ……… 267
 序 ……… 269
 一之巻 ……… 270
 二之巻 ……… 285
 三之巻 ……… 301
 四之巻 ……… 317
 五之巻 ……… 331
都鳥妻恋笛(みやこどりつまごひのふえ)(江島其磧作, 佐伯孝弘翻刻) ……… 347
 序 ……… 349
 一之巻 ……… 350
 二之巻 ……… 364
 三之巻 ……… 379
 四之巻 ……… 393
 五之巻 ……… 409
真盛曲輪錦(さねもりくるわのにしき)(江島其磧作, 岡雅彦翻刻) ……… 425
 序 ……… 427
 一之巻 ……… 428
 二之巻 ……… 442
 三之巻 ……… 457

| | [073] 八文字屋本全集 |

四之巻	471
五之巻	486
＊解題	503
＊那智御山手管滝（若木太一）	503
＊高砂大嶋台（石川了）	508
＊鬼一法眼虎の巻（倉員正江）	511
＊三浦大助節分寿（藤原英城）	513
＊都鳥妻恋笛（佐伯孝弘）	517
＊真盛曲輪錦（岡雅彦）	526

第13巻
1997年1月刊

＊凡例	9
愛護初冠女筆始（あいごうゐかうふりをんなふではじめ）（江島其磧作, 長友千代治翻刻）	1
序	3
一の巻	4
二の巻	17
三の巻	32
四の巻	48
五の巻	62
略平家都遷（やつしへいけみやこうつし）（江島其磧作, 渡辺守邦翻刻）	77
序	79
一之巻	80
二之巻	96
三之巻	110
四之巻	123
五之巻	136
六之巻	153
咲分（さきわけ）五人娘（むすめ）（江島其磧作, 江本裕翻刻）	171
序	173
一の巻	174
二の巻	188
三の巻	204
四の巻	218
五の巻	233
渡世身持談義（とせいみもちだんぎ）（江島其磧作, 若木太一翻刻）	249
序	251
一之巻	252
二之巻	266
三之巻	280
四之巻	294
五之巻	307
風流西海硯（ふうりうさいかいすゞり）（江島其磧作, 花田富二夫翻刻）	321
序	323
一之巻	324
二之巻	338
三之巻	353
四之巻	367
五之巻	382
風流連理棬（ふうりうれんりのたまつばき）（江島其磧作, 神谷勝広翻刻）	399
序	401
上之巻	402
中之巻	416
下之巻	429
風流軍配団（ふうりうぐんはいうちわ）（江島其磧作, 佐伯孝弘翻刻）	443
序	445
一之巻	446
二之巻	458
三之巻	471
四之巻	485
五之巻	499
＊解題	513
＊愛護初冠女筆始（長友千代治）	513
＊略平家都遷（渡辺守邦）	518
＊咲分五人娘（江本裕）	520
＊渡世身持談義（若木太一）	524
＊風流西海硯（花田富二夫）	526
＊風流連理棬（神谷勝広）	529
＊風流軍配団（佐伯孝弘）	531

第14巻
1997年5月刊

＊凡例	9
諸商人世帯形気（しよあきんどせたいかたぎ）（江島其磧作, 石川了翻刻）	1
序	3
一之巻	4
二之巻	20
三之巻	35
四之巻	50
五之巻	64
六之巻	78
風流東海硯（ふうりうとうかいすゞり）（江島其磧作, 花田富二夫翻刻）	93
序	95
一之巻	96
二之巻	110
三之巻	124
四之巻	138
五之巻	153
兼好一代記（けんかういちだいき）（江島其磧作, 倉員正江翻刻）	169
序	171

[073] 八文字屋本全集

一之巻	172
二之巻	186
三之巻	200
四之巻	213
五之巻	227

其磧置土産(きせきおきみやげ)(江島其磧作,神谷勝広翻刻) ……… 241
 序 ……… 243
 一之巻 ……… 244
 二之巻 ……… 257
 三之巻 ……… 270
 四之巻 ……… 280
 五之巻 ……… 292

御伽名題紙衣(おとぎなだいかみこ)(江島其磧作,岡雅彦翻刻) ……… 305
 序 ……… 307
 一之巻 ……… 308
 二之巻 ……… 327
 三之巻 ……… 346
 四之巻 ……… 365
 五之巻 ……… 383
 六之巻 ……… 401

善悪両面常盤染(ぜんあくりやうめんときはぞめ)(八文字自笑作,杉本和寛翻刻) ……… 421
 序 ……… 423
 一之巻 ……… 424
 二之巻 ……… 439
 三之巻 ……… 454
 四之巻 ……… 469
 五之巻 ……… 485

＊解題 ……… 503
 ＊諸商人世帯形気(石川了) ……… 503
 ＊風流東海硯(花田富二夫) ……… 505
 ＊兼好一代記(倉員正江) ……… 510
 ＊其磧置土産(神谷勝広) ……… 513
 ＊御伽名題紙衣(岡雅彦) ……… 515
 ＊善悪両面常盤染(杉本和寛) ……… 517

第15巻
1997年9月刊

＊凡例 ……… 9
忠孝寿門松(ちうかうねびきのかどまつ)(八文字自笑作,渡辺守邦翻刻) ……… 1
 序 ……… 3
 一之巻 ……… 4
 二之巻 ……… 18
 三之巻 ……… 33
 四之巻 ……… 48
 五之巻 ……… 64

武遊双級巴(ぶゆうふたつどもへ)(八文字自笑作(実作者 多田南嶺),中嶋隆翻刻) ……… 81
 序 ……… 83
 一之巻 ……… 84
 二之巻 ……… 98
 三之巻 ……… 112
 四之巻 ……… 125
 五之巻 ……… 138

丹波与作無間鐘(たんばよさくむけんのかね)(八文字自笑作(実作者 多田南嶺),江本裕翻刻) ……… 153
 序 ……… 155
 一之巻 ……… 156
 二之巻 ……… 170
 三之巻 ……… 185
 四之巻 ……… 199
 五之巻 ……… 214

花襷厳柳嶋(はなだすきがんりうじま)(八文字自笑作(実作者 多田南嶺),藤原英城翻刻) ……… 225
 序 ……… 227
 一之巻 ……… 228
 二之巻 ……… 241
 三之巻 ……… 254
 四之巻 ……… 267
 五之巻 ……… 280

忠盛祇園桜(たゞもりぎをんざくら)(八文字自笑,其笑作(実作者 多田南嶺),篠原進翻刻) ……… 295
 序 ……… 297
 一之巻 ……… 298
 二之巻 ……… 313
 三之巻 ……… 329
 四之巻 ……… 343
 五之巻 ……… 357

龍都俵系図(たつのみやこたわらのけいづ)(八文字自笑,八文字其笑作(実作者 多田南嶺),岡雅彦翻刻) ……… 371
 序 ……… 373
 一之巻 ……… 374
 二之巻 ……… 389
 三之巻 ……… 404
 四之巻 ……… 418
 五之巻 ……… 432

逆沢瀉鎧鑑(さかおもだかよろいかゞみ)(八文字自笑,其笑作(実作者 多田南嶺),佐伯孝弘翻刻) ……… 447
 序 ……… 449
 一之巻 ……… 450
 二之巻 ……… 464
 三之巻 ……… 479
 四之巻 ……… 492

［073］八文字屋本全集

　　五之巻 ………………………… 504
＊解題 …………………………… 515
　＊忠孝寿門松（渡辺守邦） ……… 515
　＊武遊双級巴（中嶋隆） ………… 516
　＊丹波与作無間鐘（江本裕） …… 519
　＊花襷厳柳嶋（藤原英城） ……… 521
　＊忠盛祇園桜（篠原進） ………… 524
　＊龍都俵系図（岡雅彦） ………… 526
　＊逆沢瀉鎧鑑（佐伯孝弘） ……… 527

第16巻
1998年1月刊

＊凡例 …………………………………… 9
宇治川藤戸海魁対盃（うぢがはふぢとのうみ さきがけついのさかづき）（八文字自笑，八文字其笑作，神谷勝広翻刻） ……………… 1
　序 …………………………………… 3
　一之巻 ……………………………… 4
　二之巻 ……………………………… 20
　三之巻 ……………………………… 35
　四之巻 ……………………………… 48
　五之巻 ……………………………… 62
善光倭丹前（よしみつやまとたんぜん）（八文字自笑，八文字其笑作（実作者 多田南嶺），長友千代治翻刻） ……………… 75
　序 …………………………………… 77
　壱之巻 ……………………………… 78
　二之巻 ……………………………… 93
　三之巻 …………………………… 105
　四之巻 …………………………… 118
　五之巻 …………………………… 130
敦盛源平桃（あつもりげんべいとう）（八文字自笑，八文字其笑作（実作者 多田南嶺），中嶋隆翻刻） ………………… 139
　序 ………………………………… 141
　一之巻 …………………………… 142
　二之巻 …………………………… 153
　三之巻 …………………………… 165
　四之巻 …………………………… 179
　五之巻 …………………………… 193
刈萱二面鏡（かるやにめんかゞみ）（八文字自笑，八文字其笑作（実作者 多田南嶺），杉本和寛翻刻） ………………… 205
　序 ………………………………… 207
　一之巻 …………………………… 208
　二之巻 …………………………… 222
　三之巻 …………………………… 235
　四之巻 …………………………… 251
　五之巻 …………………………… 267

名玉女舞鶴（めいぎょくをんなまいづる）（八文字自笑，八文字其笑作（実作者 多田南嶺），藤原英城翻刻） ……………… 285
　序 ………………………………… 287
　一之巻 …………………………… 288
　二之巻 …………………………… 303
　三之巻 …………………………… 318
　四之巻 …………………………… 334
　五之巻 …………………………… 349
女非人綴錦（をんなひにんつゞれのにしき）（八文字自笑，八文字其笑作（実作者 多田南嶺），花田富二夫翻刻） ………… 363
　序 ………………………………… 365
　一之巻 …………………………… 366
　二之巻 …………………………… 380
　三之巻 …………………………… 394
　四之巻 …………………………… 408
　五之巻 …………………………… 426
薄雪音羽滝（うすゆきおとはのたき）（八文字自笑，八文字其笑作，佐伯孝弘翻刻） ……… 441
　序 ………………………………… 443
　一之巻 …………………………… 444
　二之巻 …………………………… 458
　三之巻 …………………………… 472
　四之巻 …………………………… 490
　五之巻 …………………………… 507
＊解題 ………………………………… 523
　＊宇治川藤戸海魁対盃（神谷勝広） … 523
　＊善光倭丹前（長友千代治） …… 527
　＊敦盛源平桃（中嶋隆） ………… 530
　＊刈萱二面鏡（杉本和寛） ……… 533
　＊名玉女舞鶴（藤原英城） ……… 535
　＊女非人綴錦（花田富二夫） …… 540
　＊薄雪音羽滝（佐伯孝弘） ……… 544

第17巻
1998年5月刊

＊凡例 …………………………………… 9
鎌倉諸芸袖日記（かまくら しょげいそでにつき）（八文字自笑，八文字其笑作（実作者 多田南嶺），神谷勝広翻刻） ………………… 1
　序 …………………………………… 3
　一之巻 ……………………………… 4
　二之巻 ……………………………… 18
　三之巻 ……………………………… 31
　四之巻 ……………………………… 45
　五之巻 ……………………………… 59
雷神不動桜（なるかみふどうざくら）（八文字自笑，八文字其笑作（実作者 多田南嶺），江本裕翻刻） …………………… 71
　序 …………………………………… 73

[073] 八文字屋本全集

一之卷 ……………………… 74
二之卷 ……………………… 90
三之卷 ……………………… 105
四之卷 ……………………… 121
五之卷 ……………………… 138
弓張月曙桜（ゆみはりつきあけほのざくら）（八
　文字自笑, 八文字其笑作（実作者　多田南嶺
　か）, 長友千代治翻刻）……………… 155
　序 ………………………… 157
　壱之卷 …………………… 158
　二之卷 …………………… 172
　三之卷 …………………… 187
　四之卷 …………………… 203
　五之卷 …………………… 220
娘楠契情太平記（むすめくすのき　けいせいたいへい
　き）（八文字自笑, 八文字其笑作, 若木太
　一翻刻）……………………………… 233
　序 ………………………… 235
　壱之卷 …………………… 236
　弐之卷 …………………… 250
　三之卷 …………………… 263
　四之卷 …………………… 276
　五之卷 …………………… 289
大系図蝦夷噺（おほけいづゑぞのはなし）（八文字
　自笑, 八文字其笑作（実作者　多田南嶺）,
　石川了翻刻）………………………… 297
　序 ………………………… 299
　一之卷 …………………… 300
　二之卷 …………………… 313
　三之卷 …………………… 324
　四之卷 …………………… 336
　五之卷 …………………… 348
其磧諸国物語（きせきしよこくものがたり）（江島
　其磧作, 倉員正江翻刻）…………… 357
　序 ………………………… 359
　壱之卷 …………………… 360
　二之卷 …………………… 378
　三之卷 …………………… 392
　四之卷 …………………… 406
　五之卷 …………………… 419
阿漕浦三巴（あこぎがうらみつどもへ）（八文字自
　笑, 八文字其笑作, 渡辺守邦翻刻）…… 435
　序 ………………………… 437
　一之卷 …………………… 438
　二之卷 …………………… 452
　三之卷 …………………… 466
　四之卷 …………………… 482
　五之卷 …………………… 499
＊解題 ………………………… 515
　＊鎌倉諸芸袖日記（神谷勝広）…… 515
　＊雷神不動桜（江本裕）…………… 518

＊弓張月曙桜（長友千代治）………… 521
＊娘楠契情太平記（若木太一）……… 524
＊大系図蝦夷噺（石川了）…………… 526
＊其磧諸国物語（倉員正江）………… 530
＊阿漕浦三巴（渡辺守邦）…………… 534

第18卷
1998年9月刊

＊凡例 …………………………… 11
今昔出世扇（いまむかししゆつせあふぎ）（八文字
　自笑, 八文字其笑作, 中嶋隆翻刻）…… 1
　序 ………………………… 3
　一之卷 …………………… 4
　二之卷 …………………… 17
　三之卷 …………………… 30
　四之卷 …………………… 43
　五之卷 …………………… 59
賢女心化粧（其磧作, 篠原進翻刻）…… 73
　序 ………………………… 75
　一之卷 …………………… 76
　二之卷 …………………… 93
　三之卷 …………………… 110
　四之卷 …………………… 126
　五之卷 …………………… 139
勧進能舞台桜（くはんじんのうぶたいざくら）（八
　文字自笑, 八文字其笑作（実作者　多田南
　嶺）, 花田富二夫翻刻）……………… 155
　勧進能番組 ……………… 157
　序 ………………………… 158
　一之卷 …………………… 159
　二之卷 …………………… 173
　三之卷 …………………… 187
　四之卷 …………………… 199
　五之卷 …………………… 211
曽根崎情鵑（そねさきなさけのかさゝぎ）（八文字
　自笑, 八文字其笑作（実作者　多田南嶺
　か）, 岡雅彦翻刻）…………………… 223
　序 ………………………… 225
　一之卷 …………………… 226
　二之卷 …………………… 237
　三之卷 …………………… 249
　四之卷 …………………… 261
　五之卷 …………………… 271
自笑楽日記（じせうたのしみにつき）（八文字自
　笑, 八文字其笑作（実作者　多田南嶺）,
　石川了翻刻）………………………… 281
　序 ………………………… 283
　卷之一 …………………… 284
　卷之二 …………………… 297
　卷之三 …………………… 310
　卷之四 …………………… 323

[073] 八文字屋本全集

巻之五 ……	337
忠見兼盛彩色歌相撲(たゞみかねもりさいしきうたずまふ)(八文字自笑, 八文字瑞笑作(実作者 多田南嶺), 佐伯孝弘翻刻) ……	349
序 ……	351
彩色哥相撲勝負附 ……	352
壱之巻 ……	353
弐之巻 ……	366
三之巻 ……	380
四之巻 ……	395
五之巻 ……	408
物部守屋錦輦(もののべのもりやにしきのてぐるま)(八文字自笑, 八文字瑞笑作(実作者 多田南嶺か), 渡辺守邦翻刻) ……	419
序 ……	421
壱之巻 ……	422
弐之巻 ……	435
三之巻 ……	448
四之巻 ……	463
五之巻 ……	475
盛久側柏葉(もりひさこのてがしは)(八文字其笑, 八文字瑞笑作(実作者 多田南嶺か), 藤原英城翻刻) ……	487
序 ……	489
一之巻 ……	490
二之巻 ……	503
三之巻 ……	516
四之巻 ……	528
五之巻 ……	541
＊解題 ……	553
＊今昔出世扇(中嶋隆) ……	553
＊賢女心化粧(篠原進) ……	555
＊勧進能舞台桜(花田富二夫) ……	558
＊曽根崎情鵑(岡雅彦) ……	562
＊自笑楽日記(石川了) ……	563
＊忠見兼盛彩色歌相撲(佐伯孝弘) ……	567
＊物部守屋錦輦(渡辺守邦) ……	570
＊盛久側柏葉(藤原英城) ……	572

第19巻
1999年3月刊

＊凡例 ……	9
十二小町曦裳(じうにごまちあさひのもすそ)(八文字其笑, 八文字瑞笑作(実作者 多田南嶺), 長友千代治翻刻) ……	1
序 ……	3
十二小町惣目録 ……	4
一之巻 ……	5
二之巻 ……	20
三之巻 ……	35
四之巻 ……	51
五之巻 ……	66
昔女化粧桜(むかしおんなけしやうざくら)(八文字其笑, 八文字瑞笑作(実作者 多田南嶺か), 若木太一翻刻) ……	79
序 ……	81
一之巻 ……	82
弐之巻 ……	97
三之巻 ……	112
四之巻 ……	125
五之巻 ……	139
小野篁恋釣船(をの、たかむらこひのつりぶね)(八文字其笑, 八文字瑞笑作, 中嶋隆翻刻) ……	151
序 ……	153
壱之巻 ……	154
弐之巻 ……	166
参之巻 ……	180
四之巻 ……	193
五之巻 ……	206
花楓剣本地(はなもみちつるぎのほんぢ)(其笑, 瑞笑作(実作者 多田南嶺), 佐伯孝弘翻刻) ……	217
序 ……	219
壱之巻 ……	220
弐之巻 ……	232
参之巻 ……	243
四之巻 ……	255
五之巻 ……	268
義貞艶軍配(よしさだやさぐんばい)(八文字其笑, 八文字瑞笑作(実作者 多田南嶺), 神谷勝広翻刻) ……	279
序 ……	281
壱之巻 ……	282
弐之巻 ……	296
参之巻 ……	308
四之巻 ……	320
五之巻 ……	331
諸芸袖日記後篇教訓私儘育(しよげいそでにつきこうへんきやうくんわがま、そだち)(其笑, 瑞笑作(実作者 多田南嶺), 花田富二夫翻刻) ……	341
序 ……	343
一之巻 ……	344
弐之巻 ……	359
三之巻 ……	379
四之巻 ……	392
五之巻 ……	406
頼信璃軍記(よりのぶたんぐんき)(其笑, 瑞笑作, 倉員正江翻刻) ……	423
序 ……	425
一之巻 ……	426
二之巻 ……	440
三之巻 ……	453

[073] 八文字屋本全集

四之巻 ……… 467
五之巻 ……… 480
＊解題 ……… 491
　＊十二小町職裳（長友千代治）……… 491
　＊昔女化粧桜（若木太一）……… 494
　＊小野篁恋釣船（中嶋隆）……… 496
　＊花楓剣本地（佐伯孝弘）……… 499
　＊義貞艶軍配（神谷勝広）……… 503
　＊諸芸袖日記後篇教訓私儘育（花田富二夫）… 505
　＊頼信瑋軍記（倉員正江）……… 509

第20巻
1999年9月刊

＊凡例 ……… 9
優源平歌嚢（やさげんへいうたぶくろ）（八文字其笑，八文字瑞笑作（実作者 多田南嶺），長友千代治翻刻）……… 1
　序 ……… 3
　壱之巻 ……… 4
　二之巻 ……… 19
　三之巻 ……… 33
　四之巻 ……… 48
　五之巻 ……… 62
道成寺岐柳（だうじやうじふりわけやなぎ）（其笑，瑞笑作（実作者 多田南嶺），江本裕翻刻）……… 75
　序 ……… 77
　一之巻 ……… 78
　二之巻 ……… 95
　三之巻 ……… 111
　四之巻 ……… 127
　五之巻 ……… 142
百合稚錦嶋（ゆりわかにしきじま）（其笑，瑞笑作，杉本和寛翻刻）……… 155
　序 ……… 157
　一之巻 ……… 158
　二之巻 ……… 173
　三之巻 ……… 187
　四之巻 ……… 203
　五之巻 ……… 219
夕霧有馬松（ゆふぎりありまのまつ）（八文字自笑，八文字其笑作，岡雅彦翻刻）……… 233
　序 ……… 235
　一之巻 ……… 236
　二之巻 ……… 249
　三之巻 ……… 262
　四之巻 ……… 277
　五之巻 ……… 293
世間母親容気（せけんは・おやかたぎ）（南圭梅嶺翁（多田南嶺）作，藤原英城翻刻）……… 309
　序 ……… 312

巻之一 ……… 313
巻之二 ……… 327
巻之三 ……… 341
巻之四 ……… 353
巻之五 ……… 365
歳徳五葉松（としとくごようのまつ）（其笑，瑞笑（実作者 多田南嶺）作，渡辺守邦翻刻）……… 379
　序 ……… 381
　壱之巻 ……… 382
　弐之巻 ……… 396
　三之巻 ……… 411
　四之巻 ……… 424
　五之巻 ……… 438
檀浦女見台（だんのうらをんなけだい）（其笑，瑞笑作，石川了翻刻）……… 449
　序 ……… 451
　一之巻 ……… 452
　弐之巻 ……… 464
　三之巻 ……… 478
　四之巻 ……… 495
　五之巻 ……… 511
＊解題 ……… 525
　＊優源平歌嚢（長友千代治）……… 525
　＊道成寺岐柳（江本裕）……… 527
　＊百合稚錦嶋（杉本和寛）……… 530
　＊夕霧有馬松（岡雅彦）……… 533
　＊世間母親容気（藤原英城）……… 535
　＊歳徳五葉松（渡辺守邦）……… 538
　＊檀浦女見台（石川了）……… 541

第21巻
2000年1月刊

＊凡例 ……… 9
浮世親仁形気後編世間長者容気（うきよおやぢかたぎこうへん せけんちやうじやかたぎ）（自笑（巻之一、二）作（巻之一・二の実作者は多田南嶺か），篠原進翻刻）……… 1
　序 ……… 3
　巻之一 ……… 4
　巻之二 ……… 17
　巻之三 ……… 32
　巻之四 ……… 44
　巻之五 ……… 57
風流川中嶋（ふうりうかはなかじま）（八文字其笑，瑞笑作，神谷勝広翻刻）……… 67
　序 ……… 69
　一之巻 ……… 70
　二之巻 ……… 85
　三之巻 ……… 99
　四之巻 ……… 117

	五之巻 ………………………… 135
菜花金夢合（なのはなこがねのゆめあはせ）（八文字自笑, 八文字其笑作, 石川了翻刻）……………… 151
　序 …………………………………… 153
　一之巻 ……………………………… 154
　二之巻 ……………………………… 167
　三之巻 ……………………………… 181
　四之巻 ……………………………… 196
　五之巻 ……………………………… 210
頼政現在鵺（よりまさげんざいぬえ）（其笑, 瑞笑作, 藤原英城翻刻）……………………………… 225
　序 …………………………………… 227
　一之巻 ……………………………… 228
　二之巻 ……………………………… 242
　三之巻 ……………………………… 257
　四之巻 ……………………………… 273
　五之巻 ……………………………… 289
御伽太平記（おとぎたいへいき）（八文字其笑, 八文字瑞笑作, 倉員正江翻刻）………………… 307
　序 …………………………………… 309
　一之巻 ……………………………… 310
　二之巻 ……………………………… 324
　三之巻 ……………………………… 338
　四之巻 ……………………………… 354
　五之巻 ……………………………… 371
中将姫誓糸遊（ちうしやうひめちかひのいとあそび）（八文字其笑, 瑞笑作, 花田富二夫翻刻）
　……………………………………… 385
　叙 …………………………………… 387
　一之巻 ……………………………… 388
　二之巻 ……………………………… 402
　三之巻 ……………………………… 414
　四之巻 ……………………………… 426
　五之巻 ……………………………… 439
花色紙襲詞（はなしきしかさねことば）（八文字其笑, 瑞笑作, 佐伯孝弘翻刻）………………… 451
　序 …………………………………… 453
　一之巻 ……………………………… 454
　二之巻 ……………………………… 466
　三之巻 ……………………………… 478
　四之巻 ……………………………… 491
　五之巻 ……………………………… 504
＊解題 ………………………………… 515
　＊浮世仁形気後編世間長者容気（篠原進）‥ 515
　＊風流川中嶋（神谷勝広）………… 517
　＊菜花金夢合（石川了）…………… 520
　＊頼政現在鵺（藤原英城）………… 522
　＊御伽太平記（倉員正江）………… 526
　＊中将姫誓糸遊（花田富二夫）…… 528
　＊花色紙襲詞（佐伯孝弘）………… 530

第22巻
2000年6月刊

＊凡例 ………………………………… 9
南木芳日記（くすのきふたばにつき）（瑞笑, 其笑作, 江本裕翻刻）……………………………… 1
　序 …………………………………… 3
　一之巻 ……………………………… 4
　二之巻 ……………………………… 16
　三之巻 ……………………………… 27
　四之巻 ……………………………… 38
　五之巻 ……………………………… 50
陽炎日高川（かげろふひたかがは）（李秀, 素玉改自笑作, 杉本和寛翻刻）…………………… 61
　序 …………………………………… 63
　一之巻 ……………………………… 64
　二之巻 ……………………………… 76
　三之巻 ……………………………… 88
　四之巻 ……………………………… 100
　五之巻 ……………………………… 112
契情蓬萊山（けいせいほうらいさん）（八文字李秀, 八文字自笑作, 岡雅彦翻刻）…………… 123
　序 …………………………………… 125
　一之巻 ……………………………… 126
　二之巻 ……………………………… 136
　三之巻 ……………………………… 146
　四之巻 ……………………………… 157
　五之巻 ……………………………… 167
今昔九重桜（いまむかしこゝのへざくら）（八文字李秀, 自笑作, 佐伯孝弘翻刻）…………… 179
　序 …………………………………… 181
　一之巻 ……………………………… 182
　二之巻 ……………………………… 194
　三之巻 ……………………………… 206
　四之巻 ……………………………… 220
　五之巻 ……………………………… 233
哥行脚懐硯（うたあんぎやふところすゞり）（白露, 自笑作, 渡辺守邦翻刻）………………… 247
　序 …………………………………… 249
　一之巻 ……………………………… 250
　二之巻 ……………………………… 263
　三之巻 ……………………………… 276
　四之巻 ……………………………… 290
　五之巻 ……………………………… 303
柿本人麿誕生記（かきのもとのひとまるたんじやうき）（自笑, 白露作, 長友千代治翻刻）…… 319
　序 …………………………………… 321
　一之巻 ……………………………… 322
　二之巻 ……………………………… 335
　三之巻 ……………………………… 345
　四之巻 ……………………………… 355

[073] 八文字屋本全集

五之巻 ・・・・・・・・・・・・・・・・・・・・・・・・・・ 366	五之巻 ・・・・・・・・・・・・・・・・・・・・・・・・・・ 202

風流庭訓往来（ふうりうていきんわうらい）（自笑
　作, 白露校合, 中嶋隆翻刻）・・・・・・・・・・・ 377
　序 ・・・・・・・・・・・・・・・・・・・・・・・・・・・・・・・・ 379
　一之巻 ・・・・・・・・・・・・・・・・・・・・・・・・・・ 380
　二之巻 ・・・・・・・・・・・・・・・・・・・・・・・・・・ 391
　三之巻 ・・・・・・・・・・・・・・・・・・・・・・・・・・ 403
　四之巻 ・・・・・・・・・・・・・・・・・・・・・・・・・・ 415
　五之巻 ・・・・・・・・・・・・・・・・・・・・・・・・・・ 427
＊解題 ・・・・・・・・・・・・・・・・・・・・・・・・・・・・・ 437
　＊南木曾日記（江本裕）・・・・・・・・・・・・ 437
　＊陽炎日高川（杉本和寛）・・・・・・・・・・ 439
　＊契情蓬萊山（岡雅彦）・・・・・・・・・・・・ 442
　＊今昔九重桜（佐伯孝弘）・・・・・・・・・・ 448
　＊哥行脚懐硯（渡辺守邦）・・・・・・・・・・ 451
　＊柿本人麿誕生記（長友千代治）・・・ 453
　＊風流庭訓往来（中嶋隆）・・・・・・・・・・ 455

第23巻
2000年10月刊

＊凡例 ・・・・・・・・・・・・・・・・・・・・・・・・・・・・・・・・・・ 9
禁短気次編（きんだんぎじへん）（自笑作, 岡雅
　彦翻刻）・・・・・・・・・・・・・・・・・・・・・・・・・・・・・・・ 1
　序 ・・・・・・・・・・・・・・・・・・・・・・・・・・・・・・・・・・・・ 3
　一之巻 ・・・・・・・・・・・・・・・・・・・・・・・・・・・・・・ 4
　二之巻 ・・・・・・・・・・・・・・・・・・・・・・・・・・・・ 13
　三之巻 ・・・・・・・・・・・・・・・・・・・・・・・・・・・・ 23
　四之巻 ・・・・・・・・・・・・・・・・・・・・・・・・・・・・ 34
　五之巻 ・・・・・・・・・・・・・・・・・・・・・・・・・・・・ 44
禁短気三編（きんだんきさんへん）（［自笑］作,
　渡辺守邦翻刻）・・・・・・・・・・・・・・・・・・・・・・ 55
　一之巻 ・・・・・・・・・・・・・・・・・・・・・・・・・・・・ 57
　二之巻 ・・・・・・・・・・・・・・・・・・・・・・・・・・・・ 67
　三之巻 ・・・・・・・・・・・・・・・・・・・・・・・・・・・・ 78
　四之巻 ・・・・・・・・・・・・・・・・・・・・・・・・・・・・ 89
　五之巻 ・・・・・・・・・・・・・・・・・・・・・・・・・・ 104
当世行次第（とうせいゆきしだい）（凌雲堂自笑
　作, 江本裕翻刻）・・・・・・・・・・・・・・・・・・・ 117
　序 ・・・・・・・・・・・・・・・・・・・・・・・・・・・・・・・・ 119
　壱之巻 ・・・・・・・・・・・・・・・・・・・・・・・・・・ 120
　弐之巻 ・・・・・・・・・・・・・・・・・・・・・・・・・・ 130
　四之巻 ・・・・・・・・・・・・・・・・・・・・・・・・・・ 142
　五之巻 ・・・・・・・・・・・・・・・・・・・・・・・・・・ 153
略縁記出家形気（りやくゑんぎしゆつけかたぎ）
　（八文舎自笑作, 佐伯孝弘翻刻）・・・ 163
　序 ・・・・・・・・・・・・・・・・・・・・・・・・・・・・・・・・ 165
　一之巻 ・・・・・・・・・・・・・・・・・・・・・・・・・・ 166
　二之巻 ・・・・・・・・・・・・・・・・・・・・・・・・・・ 175
　三之巻 ・・・・・・・・・・・・・・・・・・・・・・・・・・ 184
　四之巻 ・・・・・・・・・・・・・・・・・・・・・・・・・・ 192

遣放三番続（やりばなしさんばんつゞき）（［自笑］
　ほか作, 長友千代治翻刻）・・・・・・・・・・ 213
　序 ・・・・・・・・・・・・・・・・・・・・・・・・・・・・・・・・ 215
　壱之巻 ・・・・・・・・・・・・・・・・・・・・・・・・・・ 216
　二之巻 ・・・・・・・・・・・・・・・・・・・・・・・・・・ 230
　三之巻 ・・・・・・・・・・・・・・・・・・・・・・・・・・ 248
　四之巻 ・・・・・・・・・・・・・・・・・・・・・・・・・・ 261
　五之巻 ・・・・・・・・・・・・・・・・・・・・・・・・・・ 275
浮世壱分五厘（うきよいつふんごりん）（自磧, 瑞
　笑, 李秀, 素玉, 白露, 自笑作, 神谷勝広
　翻刻）・・・・・・・・・・・・・・・・・・・・・・・・・・・・・・ 291
　序 ・・・・・・・・・・・・・・・・・・・・・・・・・・・・・・・・ 293
　壱之巻 ・・・・・・・・・・・・・・・・・・・・・・・・・・ 294
　弐之巻 ・・・・・・・・・・・・・・・・・・・・・・・・・・ 309
　三之巻 ・・・・・・・・・・・・・・・・・・・・・・・・・・ 321
　四之巻 ・・・・・・・・・・・・・・・・・・・・・・・・・・ 334
　五之巻 ・・・・・・・・・・・・・・・・・・・・・・・・・・ 347
陳扮漢（ちんぷんかん）（八文舎自笑作, 長谷川
　強翻刻）・・・・・・・・・・・・・・・・・・・・・・・・・・・・ 361
　上之巻 ・・・・・・・・・・・・・・・・・・・・・・・・・・ 363
　中之巻 ・・・・・・・・・・・・・・・・・・・・・・・・・・ 376
　下之巻 ・・・・・・・・・・・・・・・・・・・・・・・・・・ 391
＊解題 ・・・・・・・・・・・・・・・・・・・・・・・・・・・・・ 395
　＊禁短気次編（岡雅彦）・・・・・・・・・・・・ 395
　＊禁短気三編（渡辺守邦）・・・・・・・・・・ 397
　＊当世行次第（江本裕）・・・・・・・・・・・・ 398
　＊略縁記出家形気（佐伯孝弘）・・・・ 400
　＊遣放三番続（長友千代治）・・・・・・・ 404
　＊浮世壱分五厘（神谷勝広）・・・・・・・ 408
　＊陳扮漢（長谷川強）・・・・・・・・・・・・・・ 412
＊追補 ・・・・・・・・・・・・・・・・・・・・・・・・・・・・・ 419
　＊忠臣金短冊（長谷川強）・・・・・・・・・・ 419
　＊商人軍配記（石川了）・・・・・・・・・・・・ 420
　＊花襷厳柳嶋（藤原英城）・・・・・・・・・・ 421
　＊敦盛源平桃（神谷勝広）・・・・・・・・・・ 422
＊年表（長谷川強）・・・・・・・・・・・・・・・・・・ 424
＊索引（長谷川強）・・・・・・・・・・・・・・・・・・ 449
＊附録（長谷川強）・・・・・・・・・・・・・・・・・・ 453
＊正誤表 ・・・・・・・・・・・・・・・・・・・・・・・・・・・ 459
＊完結に当って（長谷川強）・・・・・・・・・ 469

索引（長谷川強監修, 井上和人, 倉員正江, 高橋
　明彦, , 藤原英城編）
2013年3月29日刊

＊序（長谷川強）・・・・・・・・・・・・・・・・・・・・・・・・ 1
＊凡例 ・・・・・・・・・・・・・・・・・・・・・・・・・・・・・・・・・・ 5
＊語句編 ・・・・・・・・・・・・・・・・・・・・・・・・・・・・・・・ 1
＊人名編 ・・・・・・・・・・・・・・・・・・・・・・・・・・・・ 899
＊地名編 ・・・・・・・・・・・・・・・・・・・・・・・・・・ 1101

```
［074］藤原為家全歌集
風間書房
全1巻
2002年3月
（佐藤恒雄編著）
```

〔1〕
2002年3月15日刊

* 〔口絵〕.. 巻頭
* 序（佐藤恒雄）... *1*
* 凡例.. *1*
藤原為家全歌集（編年）................................. 19
 建暦二年（一二一二）............................. *21*
 建保元年（一二一三）............................. *21*
 建保二年（一二一四）............................. *27*
 建保五年（一二一七）............................. *28*
 建保六年（一二一八）............................. *30*
 承久元年（一二一九）............................. *31*
 承久二年（一二二〇）............................. *42*
 承久三年（一二二一）............................. *44*
 貞応元年（一二二二）............................. *45*
 貞応二年（一二二三）............................. *48*
 元仁元年（一二二四）............................. *115*
 嘉禄元年（一二二五）............................. *144*
 嘉禄二年（一二二六）............................. *149*
 安貞元年（一二二七）............................. *153*
 安貞二年（一二二八）............................. *158*
 寛喜元年（一二二九）............................. *159*
 寛喜二年（一二三〇）............................. *166*
 貞永元年（一二三二）............................. *167*
 天福元年（一二三三）............................. *190*
 文暦元年（一二三四）............................. *190*
 嘉禎元年（一二三五）............................. *191*
 嘉禎二年（一二三六）............................. *193*
 嘉禎三年（一二三七）............................. *193*
 暦仁元年（一二三八）............................. *195*
 延応元年（一二三九）............................. *199*
 仁治元年（一二四〇）............................. *202*
 仁治二年（一二四一）............................. *202*
 仁治三年（一二四二）............................. *204*
 寛元元年（一二四三）............................. *204*
 寛元二年（一二四四）............................. *208*
 寛元三年（一二四五）............................. *306*
 寛元四年（一二四六）............................. *312*
 宝治元年（一二四七）............................. *314*
 宝治二年（一二四八）............................. *333*
 建長元年（一二四九）............................. *336*
 延長二年（一二五〇）............................. *339*
 建長三年（一二五一）............................. *345*
 建長四年（一二五二）............................. *354*
 建長五年（一二五三）............................. *359*
 建長六年（一二五四）............................. *402*
 建長七年（一二五五）............................. *403*
 康元元年（一二五六）............................. *404*
 正嘉元年（一二五七）............................. *408*
 正嘉二年（一二五八）............................. *415*
 正元元年（一二五九）............................. *421*
 文応元年（一二六〇）............................. *426*
 弘長元年（一二六一）............................. *480*
 弘長二年（一二六二）............................. *495*
 弘長三年（一二六三）............................. *496*
 文永元年（一二六四）............................. *512*
 文永二年（一二六五）............................. *535*
 文永三年（一二六六）............................. *562*
 文永四年（一二六七）............................. *568*
 文永五年（一二六八）............................. *591*
 文永六年（一二六九）............................. *609*
 文永七年（一二七〇）............................. *622*
 文永八年（一二七一）............................. *637*
 文永九年（一二七二）............................. *678*
 文永十年（一二七三）............................. *681*
 文永十一年（一二七四）.......................... *683*
 詠作年次未詳歌.................................... *685*
 連歌作品... *706*
* 解説 主要典拠資料について............................ *715*
* 論文Ⅰ 大納言為家集の諸本............................ *763*
* 論文Ⅱ 大納言為家集の編纂と成立..................... *782*
* 論文Ⅲ 洞院摂政家百首の成立......................... *815*
* 論文Ⅳ 新撰六帖題和歌の諸本と成立.................. *824*
* 藤原為家略年譜....................................... *857*
* 和歌初句索引.. *875*
* 詞書題詞人名索引..................................... *938*
* 後記... *941*

[075] 藤原定家全歌集

筑摩書房
全2巻
2017年8月
(ちくま学芸文庫)
(久保田淳校訂・訳)

※河出書房新社1985～86年刊の再刊

上
2017年8月10日刊

- *凡例 … 5
- 拾遺愚草 上 … 9
  - 初学百首 … 10
  - 二見浦百首 … 30
  - 皇后宮大輔百首 … 50
  - 閑居百首 … 70
  - 奉和無動寺法印早率露胆百首 … 90
  - 重奉和早率百首 … 110
  - 花月百首 … 130
  - 十題百首 … 148
  - 歌合百首 … 170
  - 秋日侍太上皇仙洞同詠百首応製和歌 … 194
  - 夏日侍太上皇仙洞同詠百首応製和歌 … 214
  - 内大臣家百首 … 234
  - 内裏百首 … 256
  - 春日同詠百首応製和歌 … 280
  - 関白左大臣家百首 … 300
- 拾遺愚草 中 … 323
  - 韻歌百廿八首和歌 … 324
  - 仁和寺宮五十首 … 348
  - 院五十首 … 360
  - 院句題五十首 … 370
  - 女御入内御屏風歌 … 382
  - 泥絵御屏風和歌 … 394
  - 入道皇太后宮大夫九十賀算屏風歌 … 396
  - 最勝四天王院名所御障子歌 … 398
  - 建暦二年十二月院より召(め)されし廿首 … 410
  - 詠花鳥和歌 … 416
  - 仁和寺宮五十首 … 424
  - 権大納言家卅首 … 438
  - 寛喜元年十一月女御入内屏風和歌 … 446
  - 泥絵御屏風 … 458
- 拾遺愚草 下 … 461
  - 春 … 462
  - 夏 … 480
  - 秋 … 490
  - 冬 … 530
  - 賀 … 550
  - 恋 … 564
  - 雑 … 596
    - 旅 … 596
    - 述懐 … 604
    - 無常 … 624
    - 神祇 … 650
    - 釈教 … 658
- *補注 … 676

下
2017年8月10日刊

- *凡例 … 5
- 拾遺愚草員外雑歌 … 9
  - 一字百首 … 10
  - 一句百首 … 28
  - 伊呂波四十七首 … 46
  - 伊呂波四十七首二度 … 56
  - 文字鏁歌廿首 … 66
  - 三十一字歌 … 72
  - 三十一字歌二度 … 78
  - 十五首歌 … 86
  - 十三首歌 … 90
  - 文集百首 … 94
  - 四季題百首 … 120
  - 韻字四季歌 … 140
  - 堀河題百首 … 156
  - 藤川百首和歌 … 178
  - 四季題百首、花 … 202
- 拾遺愚草員外之外 … 205
  - 一 自筆遺草 … 206
    - 名号七字十題和歌 … 206
    - 賀屏風十二首和歌 … 220
    - 詠年中行事和歌 … 224
    - 詠十五首和歌 … 226
    - 三首詠草 … 230
    - 秋夜詠三首応製和歌 … 232
    - 詠二首和歌 … 232
    - 中将教訓愚歌 … 232
    - 詠深山紅葉和歌 … 234
    - 消息 … 234
    - 記録切掛物、真筆、 … 234
    - 三首懐紙 … 234
    - 秋月秋風歓会席── … 236
    - 詠野花和歌 … 236
    - 遺草 … 236
    - 遊覧迎冬短暑微── … 238
    - 建久九年夏仁和寺宮五十首、── … 238
    - 謹和給侍中賀少男拾遺佳可 … 238
    - 最勝四天王院名所御障子之歌之中 … 240

[075] 藤原定家全歌集

二 明月記 …… 242
三 撰集 …… 264
  Ⅰ 勅撰集 …… 264
    千載和歌集 …… 264
    新古今和歌集 …… 264
    続後撰和歌集 …… 264
    続古今和歌集 …… 268
    続拾遺和歌集 …… 268
    新後撰和歌集 …… 270
    玉葉和歌集 …… 272
    続千載和歌集 …… 276
    続後拾遺和歌集 …… 276
    新拾遺和歌集 …… 278
    新続古今和歌集 …… 278
  Ⅱ 私撰集 …… 278
    月詣和歌集 …… 278
    拾遺風体和歌集 …… 280
    和漢兼作集 …… 280
    玄玉和歌集 …… 282
    新和歌集 …… 282
    万代和歌集 …… 284
    夫木和歌抄 …… 286
    楢葉和歌集 …… 290
    御裳濯和歌集 …… 292
四 諸家集 …… 294
  式部史生秋篠月清集 …… 294
  拾玉集 …… 296
  玉吟集 …… 316
  明日香井和歌集 …… 316
  藤原隆信朝臣集 …… 316
  寂蓮法師集 …… 330
  建礼門院右京大夫集 …… 332
  如願法師集 …… 334
  前権典厩集 雑 …… 336
  露色随詠集 …… 336
  土御門院御百首 裏書 …… 346
  俊成卿五社百首 奥書 …… 346
  源家長日記 …… 346
  最勝四天王院御幸和歌 承久元年 …… 348
五 歌合 …… 350
  治承二年三月十五日別雷社歌合 …… 350
  文治二年十月二十二日歌合 …… 350
  建久六年正月二十日民部卿家歌合 …… 352
  正治二年十月一日歌合 …… 354
  正治二年三百六十番歌合 …… 354
  建仁元年三月二十九日新宮撰歌合 …… 354
  建仁元年八月三日影供歌合 …… 356
  建仁二年五月二十六日鳥羽城南寺影供歌合 …… 356
  建仁二年六月水無瀬殿当座六首歌会 …… 358
  元久元年十一月十一日北野宮歌合 …… 356
  元久元年十一月十日春日社歌合 …… 356
  建永元年七月二十五日卿相侍臣歌合 …… 360
  建永二年三月七日鴨御祖社歌合 …… 360
  建永二年三月七日賀茂別雷社歌合 …… 362
  建保五年四月二十日歌合 …… 362
  建保五年六月定家卿百番自歌合 …… 364
  建保五年八月十五夜右大将家歌合 …… 364
  建保五年十一月四日内裏歌合 …… 366
  寛喜四年三月二十五日石清水若宮歌合 …… 366
  貞永元年八月十五日名所月歌合 …… 368
  正治二年九月歌合 廿四番 …… 368
  宮河歌合(続三十六番歌合) 文治五年奥書 …… 370
六 其他 …… 372
  建保五年書写古今和歌集奥書 …… 372
  秘抄奥書 …… 372
  正徹物語上 …… 372
  東野州聞書 …… 374
  古今著聞集 …… 374
七 伝定家卿詠歌 …… 376
  未来記 …… 376
  雨中吟 …… 386
  源氏物語巻名和歌 …… 388
八 存疑篇 …… 400
  定家卿自歌合 …… 400
  四十八首歌合 …… 402
  八景和歌 …… 416
  三十六貝歌合 …… 418
補遺 …… 421
  建仁元年四月三十日鳥羽殿影供歌合 …… 422
  建仁三年六月十六日和歌所影供歌合 …… 422
  名古屋大学本拾遺愚草 …… 424
  建保五年十一月四日内裏歌合 …… 424
  自筆和歌懐紙 …… 424
  閑月和歌集 巻第九 釈教歌 …… 424
  同名歌枕名寄抄 …… 426
  定家卿枕屏秘歌二十首 …… 426
  軸物之和歌 …… 426
  六華和歌集 …… 428
  和歌秘抄 …… 430
  正治二年石清水若宮社歌合 …… 432
  反古懐紙 …… 432
  建暦三年八月七日内裏歌合 …… 432
  摘題和歌集 春部 …… 434
  同 恋部 …… 434
  十首歌切 …… 434
  懐紙 …… 434
  題林愚抄 秋部三 …… 436
  反古懐紙 …… 436
  元久元年十一月十一日北野宮歌合 …… 438

[076] 藤原俊成全歌集

```
明月記 建保三年十月八日 ……………… 438
新千載和歌集 巻第十七 雑歌中 ……… 438
夫木和歌集 巻第廿二 雑部四 野 …… 440
同   同  同 原 ……………………… 440
同 巻第廿五 雑部七 浦 ………………… 440
公経集断簡 ………………………………… 440
一品経歌切 ………………………………… 442
```
* 補注 ……………………………………… 444
* 歌枕一覧 ………………………………… 466
* 定家略年譜 ……………………………… 507
* 解説 ……………………………………… 514
* 文庫版あとがき（久保田淳）………… 549
* 初句索引 ………………………………… 554

```
[076] 藤原俊成全歌集
    笠間書院
     全1巻
    2007年1月
 （松野陽一，吉田薫編）
```

〔1〕
2007年1月30日刊

```
* 序（松野陽一，吉田薫）……………………… 1
* 凡例 ……………………………………………… 18
* 翻刻凡例 ………………………………………… 20
本文編 ……………………………………………… 23
  Ⅰ 家集 …………………………………………… 25
    1 長秋詠藻（一類本）…………………………… 27
    2 俊成家集 ……………………………………… 111
    3 保延のころほひ ……………………………… 234
    4 五条殿筆詠草 ………………………………… 240
    5 自撰家集切（存疑）…………………………… 242
  Ⅱ 定数歌 ………………………………………… 245
    1 為忠家初度百首 ……………………………… 247
    2 為忠家後度百首 ……………………………… 264
    3 久安百首（非部類本）………………………… 281
    4 久安百首（部類本）…………………………… 294
    5 右大臣家百首 ………………………………… 310
    6 五社百首（社別）……………………………… 322
    7 五社百首（題別）……………………………… 404
      参考資料 五社百首切（住吉切）集成 …… 452
    8 御室五十首 …………………………………… 461
    9 正治初度百首 ………………………………… 466
   10 祇園社百首 …………………………………… 476
  Ⅲ 資料1 …………………………………………… 493
    a 私家集 ………………………………………… 495
      1 清輔集 ……………………………………… 495
      2 重家集 ……………………………………… 496
      3 林下集 ……………………………………… 497
      4 唯心房集 …………………………………… 499
      5 風情集 ……………………………………… 500
      6 経正集 ……………………………………… 501
      7 経盛集 ……………………………………… 502
      8 頼輔集 ……………………………………… 503
      9 粟田口別当入道集 ………………………… 504
     10 山家集 ……………………………………… 505
     11 聞書集 ……………………………………… 505
     12 秋篠月清集 ………………………………… 507
     13 拾玉集 ……………………………………… 508
     14 壬二集 ……………………………………… 513
     15 拾遺愚草 …………………………………… 514
     16 小侍従集 …………………………………… 516
```

17 隆信集 … 517	6 続古今和歌集 … 697
18 建礼門院右京大夫集 … 521	7 続拾遺和歌集 … 703
19 後鳥羽院御集 … 523	8 新後撰和歌集 … 710
b 書簡 … 524	9 玉葉和歌集 … 714
1 水鳥の歌入消息 … 524	10 続千載和歌集 … 727
2 あしたづの歌入書状 … 526	11 続後拾遺和歌集 … 732
c 日記 … 527	12 風雅和歌集 … 735
1 玉葉 … 527	13 新千載和歌集 … 742
2 源家長日記 … 528	14 新拾遺和歌集 … 745
3 賜釈阿九十賀記 … 531	15 新後拾遺和歌集 … 749
d 歌合 … 533	16 新続古今和歌集 … 751
1 住吉社歌合 … 533	b 私撰集 … 757
2 建春門院北面歌合 … 537	1 後葉和歌集 … 757
3 広田社歌合 … 540	2 続詞花和歌集 … 759
4 別雷社歌合 … 542	3 今撰和歌集 … 761
5 右大臣家歌合 … 545	4 言葉和歌集 … 763
6 民部卿家歌合 … 550	5 月詣和歌集 … 765
7 御室撰歌合 … 554	6 玄玉和歌集 … 771
8 院当座歌合 … 560	7 御裳濯和歌集 … 780
9 石清水若宮歌合 … 561	8 万代和歌集 … 783
10 通親亭影供歌合 … 565	9 秋風和歌集 … 791
11 新宮撰歌合 … 567	10 雲葉和歌集 … 796
12 鳥羽殿影供歌合 … 568	11 和漢兼作集 … 803
13 和歌所影供歌合 … 570	12 拾遺風体和歌集 … 805
14 撰歌合 … 572	13 夫木和歌抄 … 806
15 石清水社歌合 … 574	14 佚名私撰集切 … 894
16 仙洞影供歌合 … 576	c 歌合 … 895
17 千五百番歌合 … 577	1 治承三十六人歌合 … 895
18 影供歌合 … 630	2 慈鎮和尚自歌合 … 899
19 八幡若宮撰歌合 … 631	3 後京極殿御自歌合 … 905
20 春日社歌合 … 634	4 三百六十番歌合 … 906
e 著作・判に際しての感懐歌 … 635	5 時代不同歌合（後鳥羽撰）… 919
1 広田社歌合 … 635	6 俊成自家百番歌合 … 920
2 三井寺新羅社歌合 … 636	d 歌学書 … 959
3 右大臣家歌合 … 637	1 歌仙落書 … 959
4 玉葉 … 638	2 袖中抄 … 962
5 千載集奏覧本箱書歌 … 638	3 古来風躰抄 … 963
6 御裳濯河歌合 … 639	4 近代秀歌 … 963
7 六百番歌合 … 644	5 無名抄 … 965
8 民部卿家歌合 … 644	6 定家八代抄 … 966
9 古来風躰抄（初撰本）… 648	7 詠歌大概 … 976
10 慈鎮和尚自歌合 … 649	8 僻案抄 … 977
11 後京極殿御自歌合 … 654	9 八代集秀逸 … 977
12 正治奉状 … 654	10 別本八代集秀逸 … 978
Ⅳ 資料2 … 657	11 百人秀歌 … 980
a 勅撰集 … 659	12 百人一首 … 980
1 詞花和歌集 … 659	13 定家十体 … 981
2 千載和歌集 … 660	14 詠歌一体 … 983
3 新古今和歌集 … 668	15 （詠歌一体）追加 … 984
4 新勅撰和歌集 … 682	16 自讃歌 … 984
5 続後撰和歌集 … 691	17 色葉和難集 … 986

[077] 蕪村全句集

```
18 高良玉垂宮神秘書紙背和歌 …… 986
e その他 ………………………………… 987
    1 今鏡 ……………………………… 987
    2 宝物集 …………………………… 988
    3 十訓抄 …………………………… 989
    4 古今著聞集 ……………………… 989
    5 平家物語(延慶本) ………………… 992
    6 源平盛衰記 ……………………… 992
*解題編 ……………………………………… 995
  *解題 ……………………………………… 997
    *Ⅰ 家集 ……………………………… 999
    *Ⅱ 定数歌 ………………………… 1005
    *Ⅲ 資料1 ………………………… 1014
    *Ⅳ 資料2 ………………………… 1038
  *詠作略年譜 …………………………… 1065
*あとがき(松野陽一,吉田薫) ………… 1070
*新編国歌大観所収資料(除,注釈書)中の俊
  成歌番号一覧 ………………………… 左42
*初句索引 …………………………………… 左1
```

[077] 蕪村全句集
おうふう
全1巻
2000年6月
(藤田真一, 清登典子編)

〔1〕
2000年6月30日刊

```
*〔口絵〕……………………………………… 巻頭
*凡例
春之部 ………………………………………… 1
夏之部 ……………………………………… 137
秋之部 ……………………………………… 281
冬之部 ……………………………………… 433
雑 …………………………………………… 564
存疑・誤伝 ………………………………… 565
*補注 ……………………………………… 569
*初句索引 ………………………………… 578
*季語索引 ………………………………… 597
*あとがき(藤田真一,清登典子) ………… 602
```

[078] 蕪村全集
講談社
全9巻
1992年5月～2009年9月

第1巻　発句（尾形仂, 森田蘭校注）
1992年5月24日刊

* 〔口絵〕……………………………… 巻頭
* 刊行の辞（編集委員：尾形仂（代表）, 中野沙恵, 佐々木丞平, 丸山一彦, 櫻井武次郎, 山下一海）………………… 3
* 凡例 ………………………………………… 6
* 元文二年（一七三七）………………… 9
* 元文三年（一七三八）………………… 9
* 元文四年（一七三九）……………… 10
* 元文五年（一七四〇）……………… 10
* 寛保二年（一七四二）……………… 12
* 寛保三年（一七四三）……………… 12
* 延享元年（一七四四）……………… 15
* 元文～寛延年間（一七三七～一七五〇）… 16
* 宝暦元年（一七五一）……………… 19
* 宝暦二年（一七五二）……………… 20
* 宝暦初年 …………………………………… 21
* 宝暦四年～七年（一七五四～一七五七）… 21
* 宝暦五年（一七五五）……………… 22
* 宝暦六年（一七五六）……………… 23
* 宝暦七年（一七五七）……………… 23
* 宝暦八年（一七五八）……………… 23
* 宝暦十年（一七六〇）……………… 24
* 宝暦十二年（一七六二）…………… 25
* 宝暦～明和初年 ………………………… 27
* 明和三年（一七六六）……………… 28
* 明和四年（一七六七）……………… 33
* 明和五年（一七六八）……………… 34
* 明和六年（一七六九）……………… 99
* 明和七年（一七七〇）……………… 163
* 明和八年（一七七一）……………… 189
* 明和年間 ………………………………… 217
* 安永元年（一七七二）……………… 223
* 安永二年（一七七三）……………… 228
* 安永三年（一七七四）……………… 243
* 安永四年（一七七五）……………… 273
* 安永五年（一七七六）……………… 299
* 安永六年（一七七七）……………… 332
* 安永七年（一七七八）……………… 426
* 安永八年（一七七九）……………… 441
* 安永九年（一七八〇）……………… 455
* 天明元年（一七八一）……………… 474
* 天明二年（一七八二）……………… 481
* 天明三年（一七八三）……………… 509
* 安永七年～天明三年（一七七八～一七八三）… 525
* 年次未詳 ………………………………… 553
* 存疑 ……………………………………… 594
* 誤伝 ……………………………………… 602
* 追補 ……………………………………… 609
* ＊五十音索引 ………………………… 613
* ＊季語別索引 ………………………… 638
* ＊解説（尾形仂）……………………… 670

第2巻　連句（丸山一彦, 永井一彰, 長島弘明, 光田和伸, 満田達夫校注）
2001年9月20日刊

* 〔口絵〕……………………………… 巻頭
* 凡例 ………………………………………… 6

宝暦以前（～一七五一）
1 面白の（百韻）（満田達夫校注）………… 9
2 恋の義理ほど（百韻付合）（満田達夫校注）………… 22
3 虱とる（付合）（満田達夫校注）………… 25
4 雉子鳴や（百韻）（満田達夫校注）……… 26
5 染る間の（歌仙）（長島弘明校注）……… 39
6 枯てだに（歌仙）（満田達夫校注）……… 44
7 木くらげの（付合）（満田達夫校注）…… 49
8 鶏は羽に（三つ物三組）（満田達夫校注）… 50
9 紅葉の（歌仙）（長島弘明校注）………… 52
10 柳ちり（歌仙）（満田達夫校注）………… 57
11 夕やけや（歌仙）（長島弘明校注）……… 62
12 前うしろ（歌仙）（長島弘明校注）……… 67
13 おもふこと（歌仙）（長島弘明校注）…… 72

宝暦期（一七五一～一七六四）
14 秋もはや（歌仙）（長島弘明校注）……… 77
15 杖になる（四十四）（満田達夫校注）…… 82
16 此法や（百韻）（丸山一彦校注）………… 88
17 中垣の（百韻）（丸山一彦校注）………… 100
18 孫はしは（半歌仙）（満田達夫校注）…… 112
19 はしだてや（歌仙）（光田和伸校注）…… 115
20 うぐひすや（歌仙）（光田和伸校注）…… 120
21 追剰に（付句一）（満田達夫校注）……… 125
22 水仙の（百韻）（長島弘明校注）………… 126
23 我宿に（半歌仙）（満田達夫校注）……… 138
24 風薫れ（七十八句）（長島弘明校注）…… 141
25 啼捨の（十六句）（光田和伸校注）……… 150

明和期（一七六四～一七七二）
26 紅梅の（歌仙）（満田達夫校注）………… 152
27 物いふも（歌仙）（長島弘明校注）……… 157
28 木のはしの（歌仙）（満田達夫校注）…… 162
29 燈心の（歌仙）（長島弘明校注）………… 167

30　かづらきの(三つ物三組)(光田和伸校注)……………………………………… *172*
31　鳥遠く(歌仙)(光田和伸校注)…… *174*
32　鳳鳥や(歌仙)(光田和伸校注)…… *179*
33　歳ばいは(歌仙)(満田達夫校注)… *184*
34　神風や(三つ物三組)(光田和伸校注) *189*
35　陽炎の(歌仙)(光田和伸校注)…… *191*
36　朧月(歌仙)(光田和伸校注)……… *196*
37　欠々て(歌仙)(光田和伸校注)…… *201*

安永前期(一七七二～一七七六)
38　罷出た(歌仙)(光田和伸校注)…… *206*
39　行年の(歌仙)(長島弘明校注)…… *211*
40　頭へや(歌仙)(光田和伸校注)…… *216*
41　錦木の(三つ物五組)(光田和伸校注) *221*
42　紅梅や(歌仙)(光田和伸校注)…… *224*
43　松下の(歌仙)(光田和伸校注)…… *229*
44　萍を(歌仙)(満田達夫校注)……… *234*
45　蕣や(歌仙)(満田達夫校注)……… *239*
46　薄見つ(歌仙)(長島弘明、尾形仂校注)……………………………………… *244*
47　白菊に(歌仙)(満田達夫校注)…… *249*
48　恋々として(歌仙)(長島弘明、尾形仂校注)………………………………… *254*
49　花ながら(歌仙)(満田達夫校注)… *259*
50　烏帽子着て(歌仙)(長島弘明校注) *264*
51　花の春(三つ物)(光田和伸校注)… *269*
52　二もとの(付合)(長島弘明校注)… *270*
53　春の夜や(歌仙)(光田和伸校注)… *271*
54　菜の花や(歌仙)(光田和伸校注)… *276*
55　イば(歌仙)(満田達夫校注)……… *281*
56　ほとゝぎす(歌仙)(長島弘明校注) *286*
57　あらし山(歌仙)(満田達夫校注)… *291*
58　夕風や(歌仙)(長島弘明校注)…… *296*
59　花の雲(百韻)(満田達夫校注)…… *301*
60　啼ながら(歌仙)(光田和伸校注)… *313*
61　啼ながら(歌仙)(光田和伸校注)… *318*
62　いざかたれ(付合三句)(光田和伸校注)……………………………………… *323*
63　霜に伏て(十一句)(満田達夫校注) *324*
64　日の筋に(半歌仙)(満田達夫校注) *326*
65　竹の隙もる(五句)(永井一彰校注) *329*
66　ほうらいの(三つ物三組)(光田和伸校注)……………………………………… *330*
67　御忌の鐘(歌仙)(光田和伸校注)… *332*
68　海見へて(十六句)(永井一彰校注) *337*
69　短夜に(二十句)(永井一彰校注)… *339*
70　郭公(付合三句)(満田達夫校注)… *342*
71　粽解て(歌仙)(長島弘明校注)…… *343*
72　浮葉巻葉(二十四句)(光田和伸校注) *344*
73　夕がほの(歌仙)(満田達夫校注)… *347*
74　月うるみ(歌仙)(光田和伸校注)… *352*
75　霜に嘆ず(歌仙)(永井一彰校注)… *357*

76　みのむしの(歌仙)(光田和伸校注)… *362*
77　花にぬれて(半歌仙)(長島弘明校注) *367*
78　余処の夜に(歌仙)(永井一彰校注)… *370*
79　植かゝる(三十二句)(永井一彰校注) *375*
80　かんこどり(歌仙)(満田達夫校注)… *380*
81　あらし吹(六句)(満田達夫校注)…… *385*
82　雲散りて(十四句)(長島弘明校注)… *386*
83　乾鮭を(歌仙)(満田達夫校注)……… *388*
84　秋萩の(二十五句)(長島弘明校注)… *393*
85　此の秋や(歌仙)(永井一彰校注)…… *396*

安永後期(一七七七～一七八一)
86　歳旦に(歌仙)(永井一彰校注)……… *401*
87　春や(歌仙)(長島弘明校注)………… *406*
88　夕風に(歌仙)(満田達夫校注)……… *411*
89　行かぬる(歌仙)(永井一彰校注)…… *416*
90　いざ雪車に(歌仙)(永井一彰校注)… *421*
91　ひよろひよろと(付合)(長島弘明校注)……………………………………… *426*
92　春惜しむ(歌仙)(永井一彰校注)…… *427*
93　月の明き(歌仙)(永井一彰校注)…… *432*
94　声ふりて(歌仙)(永井一彰校注)…… *437*
95　月は二日(半歌仙)(長島弘明校注)… *442*
96　蚊屋を出て(十五句)(永井一彰校注) *445*
97　笈脱だ(九十八句)(丸山一彦校注)… *447*
98　泣に来て(半歌仙)(満田達夫校注)… *459*
99　花見たく(二十五句)(永井一彰校注) *462*
100　野の池や(二十三句)(永井一彰校注)… *466*
101　丸盆の(付合)(長島弘明校注)……… *469*
102　月に漕ぐ(四句)(満田達夫校注)…… *470*
103　月に漕(付合)(満田達夫校注)……… *471*
104　山にかゝる(歌仙)(永井一彰校注)… *472*
105　うぐひすや(九句)(永井一彰校注)… *477*
106　牡丹散て(歌仙)(満田達夫、尾形仂校注)……………………………………… *479*
107　冬木だち(歌仙)(満田達夫、尾形仂校注)……………………………………… *484*
108　具足師の(十句)(長島弘明校注)…… *489*
109　さゝら井に(十五句)(永井一彰校注)……………………………………… *491*

天明期(一七八一～一七八三)
110　耳目肺腸(歌仙)(永井一彰校注)…… *493*
111　涕かみて(十句)(永井一彰校注)…… *498*
112　いとによる(十二句)(永井一彰校注)……………………………………… *500*
113　ほとゝぎす(歌仙)(永井一彰校注)… *502*
114　夕附日(十四句)(永井一彰校注)…… *507*
115　花咲て(十八句)(長島弘明校注)…… *509*
116　花ざかり(三十句)(長島弘明校注)… *512*
117　国を去て(歌仙)(永井一彰校注)…… *516*
118　雨の日や(十四句)(永井一彰校注)… *521*
119　涼さや(半歌仙)(永井一彰校注)…… *523*
120　曲水や(歌仙)(永井一彰校注)……… *526*

    121 冬ごもり(半歌仙)（永井一彰校注）····· 531
    122 君と我(歌仙)（長島弘明校注）········· 534
    123 目の下の(四句)（永井一彰校注）····· 539
    124 小しぐれに(付合)（満田達夫校注）··· 540
  年次未詳
    125 付句四章（永井一彰校注）············· 541
参考資料 ································· 543
  ＊附合てびき蔓 解題（丸山一彦）········· 544
  附合てびき蔓(几董著)····················· 544
  ＊『俳諧もゝすもゝ』関係几董宛蕪村書
    簡 解題（丸山一彦）··················· 566
  『俳諧もゝすもゝ』関係几董宛蕪村書簡··· 566
  ＊蕪村・几董交筆『もゝすもゝ』草稿 解題
    （丸山一彦）··························· 577
  蕪村・几童交筆『もゝすもゝ』草稿····· 577
  ＊芭蕉百回忌取越追善俳諧「花咲て」句稿(1・
    2) 解題（丸山一彦）··················· 580
  芭蕉百回忌取越追善俳諧「花咲て」句稿(1・2)·· 580
＊蕪村発句・付句索引····················· 586
＊連衆名索引····························· 595
＊解説（丸山一彦）························· 603

第3巻　句集・句稿・句会稿（尾形仂，丸山一彦校注）
1992年12月10日刊

＊〔口絵〕······························ 巻頭
＊凡例···································· 6
〈句集〉·································· 9
  ＊蕪村自筆句帳 解題（尾形仂）··········· 10
  蕪村自筆句帳(蕪村編)····················· 11
  ＊蕪村句集 解題（丸山一彦）·············· 82
  蕪村句集(几董編)························· 83
  ＊蕪村遺稿 解題（丸山一彦）············· 146
  蕪村遺稿(塩屋忠兵衛集)················· 147
    同 露石本増補句(水落露石編)········· 182
  ＊落日菴句集 解題（丸山一彦）··········· 184
  落日菴句集(田福，百池筆録)············· 185
  ＊夜半叟句集 解題（丸山一彦）··········· 242
  夜半叟句集····························· 243
  ＊夜半亭発句集 解題（丸山一彦）········· 286
  夜半亭発句集··························· 286
〈句稿〉································ 291
  ＊召波旧蔵詠草 解題（尾形仂）··········· 293
  召波旧蔵詠草··························· 293
  ＊蕪村遺墨集 解題（尾形仂）············· 299
  蕪村遺墨集····························· 299
  ＊夜半翁蕪村叟消息 抄 解題（尾形仂）··· 303
  夜半翁蕪村叟消息抄····················· 303
  ＊詠草・断簡類 解題（尾形仂）··········· 305
  詠草・断簡類··························· 305

〈句会稿〉······························ 317
  ＊夏より 解題（丸山一彦）··············· 319
  夏より 三菓社中句集··················· 319
  ＊高徳院発句会 解題（丸山一彦）········· 359
  高徳院発句会 夜半亭社中··············· 359
  ＊月並発句帖 解題（丸山一彦）··········· 375
  月並発句帖 夜半亭····················· 375
  ＊耳たむし 解題（丸山一彦）············· 401
  耳たむし(百池手記)····················· 401
  ＊夜半亭句筵控え 解題（尾形仂）········· 418
  夜半亭句筵控え(蕪村筆)················· 418
  ＊写経社会清書懐紙 解題（尾形仂）······· 419
  写経社会清書懐紙······················· 419
〈付, 几董句稿〉(高井几董稿)············ 421
  ＊日発句集 解題（丸山一彦）············· 422
  日発句集(明和七年)····················· 422
  ＊発句集 巻之三 解題（丸山一彦）······· 447
  発句集 巻之三(安永二年)··············· 447
  ＊甲午之夏ほく帖 巻の四 解題（丸山一彦）·· 472
  甲午之夏ほく帖 巻の四(安永三年)······· 472
  ＊丙申之句帖 巻五 解題（丸山一彦）····· 499
  丙申之句帖 巻五(安永五年)············· 499
  ＊丁酉之句帖 巻六 解題（丸山一彦）····· 521
  丁酉之句帖 巻六(安永六年)············· 521
  ＊戊戌之句帖 解題（丸山一彦）··········· 546
  戊戌之句帖(安永七年)··················· 546
  ＊連句会草稿 解題（丸山一彦）··········· 566
  連句会草稿 幷定式目探題発句記(安永八年)·· 566
  ＊辛丑春月並会句記 解題（丸山一彦）····· 582
  辛丑春月並会句記 春季社中(天明元年)··· 582
  ＊晋明集二稿 解題（丸山一彦）··········· 601
  晋明集二稿(天明三年)··················· 601
    晋明集二稿〔春夏〕··················· 601
    晋明集二稿〔秋冬〕··················· 620
  ＊宿の日記 解題（丸山一彦）············· 633
  宿の日記(安永五年)····················· 633
＊蕪村発句五十音索引····················· 655
＊解説（丸山一彦）······················· 675

第4巻　俳詩・俳文（尾形仂，山下一海校注）
1994年8月25日刊

＊〔口絵〕······························ 巻頭
＊凡例···································· 7
〈俳詩〉·································· 9
  澱河歌·································· 11
  春風馬堤曲······························ 16
    (参考) 春風馬堤曲草稿················ 23
  北寿老仙をいたむ······················· 26
    参考 和訓，買島「三月晦日」(買島詩)·· 29
  漢詩類(一四篇)·························· 31

1 老翁坂図賛 ……………………… 31	安永元〜九年 ……………………… 127
2 山水図賛 ……………………… 32	30「罷出た」詞書 ……………………… 127
3 寄宅嘯山兼東平安諸子 …… 32	31「手ごたへの」詞書 ……………………… 128
4 倣王叔明山水図賛 …… 33	32「女倶して」句文 ……………………… 128
5 柳塘晩霽図賛 ……………………… 34	33「泣ふして」詞書 ……………………… 130
6「誰れ住みて」前書 …… 36	34「耳さむし」詞書 ……………………… 131
7「山鳥の」前書 ……………………… 36	35 乾鮭の句に脇をつぐ辞 …… 132
8 梅花七絶 ……………………… 37	36「春の夜や」詞書 ……………………… 133
9「水に散りて」前書 …… 38	37『此ほとり一夜四哥仙』序 …… 135
10 漁父図賛 ……………………… 39	38『也哉抄』序 ……………………… 137
11 石友図賛 ……………………… 39	39『むかしを今』序 …… 139
12 竹陰閑居訪友図賛 …… 40	40 宋阿三十三回忌追悼句文 …… 140
13 魂帰来賦 ……………………… 41	41『芭蕉翁付合集』序 …… 141
14「きりぎりす」前書 …… 43	42「炉に焼て」詞書 ……………………… 142
〈俳文〉 ……………………… 45	43 宋阿真蹟書簡添書 …… 144
妖怪絵巻 ……………………… 47	44「帆虱の」詞書 ……………………… 145
新花摘(文章篇) ……………………… 57	45 観音像背記 ……………………… 146
短篇・画賛類(一一九篇) …… 82	46『左比志遠理』序 …… 147
寛保二〜三年 ……………………… 82	47「梅咲ぬ」詞書 ……………………… 148
1「我泪」詞書 ……………………… 82	48「小冠者出て」詞書 …… 149
2 月夜の卯兵衛図賛 …… 83	49「花を踏し」句文 …… 150
3「柳ちり」詞書 ……………………… 85	50「狂居士の」詞書 …… 152
元文〜寛延年間 ……………………… 87	51 洛東芭蕉菴再興記 …… 155
4「火桶炭団を喰ふ事」詞書 …… 87	52「羅に」詞書 ……………………… 159
宝暦元〜七年 ……………………… 89	53「鹿の声」詞書 ……………………… 159
5「まるめろは」詞書 …… 89	54 浪華病臥の記 ……………………… 160
6『古今短冊集』跋 …… 90	55 大黒図賛 ……………………… 162
7 木の葉経句文 ……………………… 91	56「芭蕉去て」詞書 …… 163
8『夜半亭発句帖』跋 …… 92	57『夜半楽』序 ……………………… 164
9 三俳僧図賛 ……………………… 93	58 渡月橋図賛 ……………………… 165
10 天橋図賛 ……………………… 94	59「又平に」詞書 ……………………… 167
明和四〜九年 ……………………… 96	60「なつかしき」詞書 …… 167
11 宗屋追悼句文 ……………………… 96	61「自剃して」詞書 …… 168
12「顔見世や」詞書 …… 97	62「月見れば」詞書 …… 169
13 顔見世図賛 ……………………… 98	63『春泥句集』序草稿 …… 170
14『鬼貫句選』跋 ……………………… 99	64『春泥句集』序 …… 171
15『平安二十歌仙』序 …… 101	65「我影を」詞書 ……………………… 174
16「きくの露」詞書 …… 104	66「冷飯も」詞書 ……………………… 176
17 牛祭句文 ……………………… 106	67「我帰る」詞書 ……………………… 176
18 定盛法師像賛 ……………………… 107	68「封の儘」跋 ……………………… 178
19 富士図賛 ……………………… 108	69「牙寒き」詞書 ……………………… 179
20『貞徳終焉記』奥書 …… 109	70「もしほぐさ」詞書 …… 180
21 急須図賛 ……………………… 110	71「大和仮名」詞書 …… 181
22「らふそくの」詞書 …… 111	72「門口の」詞書 ……………………… 182
23 太祇馬提灯図賛 …… 112	73「橘の」詞書 ……………………… 183
24 取句法 ……………………… 113	74「銭亀や」詞書 ……………………… 184
25 弁慶図賛 ……………………… 117	75「三井寺や」句文 …… 185
26 蓑虫説 ……………………… 118	76『蘆陰句選』序 ……………………… 187
27『太祇句選』序 …… 121	77「加茂堤」詞書 ……………………… 189
28『其雪影』序 ……………………… 122	78 葛の翁図賛 ……………………… 190
29 点の損徳論 ……………………… 124	79『もゝすもゝ』序 …… 193

天明元〜三年 ……………… 195
　80 「隈々に」詞書 ……………… 195
　81 『風羅念仏』序 ……………… 196
　82 其角筆句帳賛 ……………… 197
　83 俳仙群会図賛 ……………… 199
　84 「雲を呑で」詞書 ……………… 200
　85 二見形文台記 ……………… 201
　86 「花ちりて」詞書 ……………… 205
　87 老当益壮 ……………… 206
　88 『花鳥篇』序 ……………… 208
　89 『俳題正名』序 ……………… 209
　90 焦尾琴説 ……………… 210
　91 「山吹や」詞書 ……………… 211
　92 歳旦説 ……………… 212
　93 哉留の弁 ……………… 216
　94 「卯の花は」詞書 ……………… 218
　95 「筏士の」付言 ……………… 218
　96 太祇十三回忌追慕句文 ……………… 220
　97 宇治行 ……………… 221
　98 『五車反古』序 ……………… 225
　99 狐の法師に化たる画賛 ……………… 226
年次未詳 ……………… 228
　100 『隠口塚』序 ……………… 228
　101 『宴楽』序 ……………… 229
　102 『うき巣帖』序 ……………… 230
　103 老々庵之記 ……………… 231
　104 雪亭贈号記 ……………… 232
　105 芭蕉「まづたのむ」短冊極め書 ……………… 233
　106 岩石図賛 ……………… 234
　107 「ありあけの」付合自画賛 ……………… 235
　108 「千金の」詞書 ……………… 235
　109 「春雨や」詞書 ……………… 236
　110 「畑に田に」詞書 ……………… 237
　111 「嚏にも」詞書 ……………… 238
　112 「眉計」詞書 ……………… 239
　113 「襟にふく」詞書 ……………… 239
　114 「脱すてて」詞書 ……………… 240
　115 「水かれがれ」詞書 ……………… 241
　116 「おもかげも」詞書 ……………… 241
　117 「行年の」詞書 ……………… 242
　118 「夢買ひに」詞書 ……………… 243
　119 夜半雑録 ……………… 244
存疑（一三篇）……………… 249
　1 『温故集』序 ……………… 249
　2 長者宅址之記 ……………… 250
　3 瓢簞図賛 ……………… 251
　4 芋頭図賛 ……………… 252
　5 鍬の図賛 ……………… 253
　6 安良居祭図賛 ……………… 254
　7 盆踊り図賛 ……………… 255
　8 頭巾図賛 ……………… 256
　9 淡路島図賛 ……………… 257
　10 高麗茶碗図賛 ……………… 258
　11 狸の図賛 ……………… 259
　12 三十六俳仙図識語 ……………… 260
　13 其角真蹟書簡添書 ……………… 260
〈評巻〉……………… 263
　1 蕪村点評、月渓独吟歌仙 ……………… 265
　2 蕪村評、几董発句 ……………… 271
　3 蕪村点評、兵庫点取帖（イ）……………… 272
　4 蕪村点評、兵庫点取帖（ロ）……………… 294
　5 蕪村判、几董・月居十番句合 ……………… 330
　6 蕪村判、句合草稿断簡 ……………… 338
　7 蕪村点評、夜半門冬題点取集 ……………… 339
　8 蕪村点評、秋題点取帖 ……………… 351
　9 蕪村点評、点取帖断簡 ……………… 358
　10 蕪村点評、兵庫評巻断簡 ……………… 362
　11 蕪村評、評巻景物 ……………… 363
　＊蕪村点譜 ……………… 365
〈参考俳書〉……………… 367
　古今短冊集 ……………… 369
　平安二十歌仙 ……………… 387
　太祇句選 ……………… 415
　蘆陰句選 ……………… 435
　いそのはな ……………… 445
　蕪村翁文集 ……………… 453
＊蕪村発句五十音索引 ……………… 467
＊解説（山下一海）……………… 470

第5巻　書簡（尾形仂、中野沙惠校注）
2008年11月25日刊

＊〔口絵〕……………… 巻頭
＊凡例 ……………… 10
延享・寛延年間（一七四四〜一七五一）……………… 13
　1 二月二十二日 無宛名 ……………… 13
宝暦元〜明和初年（一七五一〜）……………… 14
　2 宝暦元年十一月□二日 桃彦宛 ……………… 14
　3 宝暦六年四月六日 嘯山宛 ……………… 16
　4 宝暦四〜七年 日付なし □屋嘉右衛門宛 ……………… 18
　5 宝暦八〜明和初年三月十八日 松波（召波）宛 ……………… 19
　参考1・書簡 宝暦八〜明和初年 日付なし 無宛名 ……………… 21
明和三〜五年（一七六六〜一七六八）……………… 22
　6 明和三年六月二十一日 召波宛 ……………… 22
　7 明和三年九月 召波宛 ……………… 23
　8 明和四年一月二十一日 玄圃宛 ……………… 25
　9 明和五年四月二十二日 玄圃宛 ……………… 27
　10 明和五年八月三日 玄圃宛 ……………… 28
　11 明和五年八月三日 桃園・五渓宛 ……………… 29

12　明和三～五年七月二日 召波宛 …… 30
　13　明和初～五年八月二十五日 召波宛 … 31
　14　明和初～五年 十七日 召波宛 …… 32
明和六年(一七六九) …… 33
　15　一月 春泥舎(召波)宛 …… 33
　16　三月十七日 無為名 …… 34
　17　六月二日 召波宛 …… 35
　18　六月 無宛名 …… 36
　19　晩秋～初冬 無宛名 …… 37
明和七年(一七七〇) …… 38
　20　三月二十二日 春泥(召波)宛 …… 38
　21　五月十三日 楼川宛 …… 40
　22　七月十三日 賀瑞宛 …… 42
　23　九月十一日 春泥(召波)宛 …… 43
　24　十月二十一日 春泥(召波)宛 …… 44
　25　冬 召波宛 …… 45
　26　明和六、七年九月三日 尺布宛 … 46
　27　明和五～七年四月二十日 丁加・おみふる・ろすい宛 …… 48
　28　明和五～七年十二月十一日 春泥(召波)宛 …… 49
明和八年(一七七一) …… 50
　29　二月九日 子曳宛 …… 50
　30　二月九日 几董宛 …… 51
　31　五月十四日 春泥(召波)宛 …… 52
　32　十月二十一日 春泥(召波)宛 …… 53
　33　十二月二十九日 賀瑞宛 …… 54
　34　冬 柱山宛 …… 55
　35　明和七、八年五月二十八日 春泥(召波)宛 …… 56
　36　明和七、八年 日付なし 几董宛 … 57
　37　明和六～八年五月六日 召波宛 … 58
　38　明和五～八年八月十七日 召波宛 … 59
　39　明和八年以前 七月二十日 召波宛 … 60
　40　明和八年以前 日付なし 召波宛 … 61
明和九年(一七七二) …… 62
　41　一月四日 無宛名 …… 62
　42　七月十八日 几董宛 …… 63
　43　日 賀瑞宛 …… 64
　44　明和八、九年一月二十五日 几董宛 … 65
　45　明和八、九年四月十二日 沙月宛 … 66
安永二年(一七七三) …… 67
　46　閏三月一日 猪草宛 …… 67
　47　八月十七日 几董宛 …… 69
　48　十月二十一日 大魯宛 …… 70
　49　十一月十三日 暁台宛 …… 72
　50　安永元、二年四月二日 柳女宛 … 74
　51　安永元、二年 日付なし 几董宛 … 76
　52　明和八～安永二年五月二十五日 几董宛 …… 78

　53　明和末～安永初年十二月二十九日 林伊兵衛宛 …… 79
安永三年(一七七四) …… 80
　54　一月三日 無為庵(樗良)宛 …… 80
　参考2・資料 書簡54添書三句 …… 81
　55　四月五日 几董・蕪村往復書簡 …… 82
　56　五月二日 柳女・賀瑞宛 …… 84
　57　五月二日 霞夫(馬圃)宛 …… 85
　58　五月十日 几董宛 …… 87
　59　夏 几董宛 …… 89
　60　八月二日 一鼠宛 …… 92
　61　八月二日 大魯宛 …… 94
　62　八月二十日 几董宛 …… 96
　63　九月二日 了角・乙総宛 …… 97
　64　九月二日 大魯宛 …… 99
　65　九月十日 柳女・賀瑞宛 …… 100
　66　九月十六日 柳女・賀瑞宛 …… 102
　67　九月十六日 富葉宛 …… 104
　68　九月二十三日 大魯宛 …… 105
　69　九月 無宛名 …… 107
　70　秋 無宛名 …… 109
　71　十一月二日 大魯宛 …… 110
　72　十一月十六日 大魯宛 …… 111
　73　十一月二十三日 芦藤舎(大魯)宛 … 112
　74　十二月二日 一音宛 …… 114
　75　十二月十三日 馬圃(霞夫)宛 …… 115
　76　十二月十八日 東瓦宛 …… 116
　77　十二月二十日 富葉・山肆宛 …… 118
　78　十二月二十六日 東苺(正名)宛 … 119
　参考3・書簡 冬 二十四日 桂棠宛 … 121
　79　安永三年 日付なし 乙総宛 …… 122
　80　安永二、三年 日付なし 野菊(毛条)宛 …… 123
　81　明和七～安永三年十一月二十六日 無宛名 …… 124
安永四年(一七七五) …… 125
　82　一月十二日 東苺(正名)宛 …… 125
　83　一月十八日 馬圃(霞夫)宛 …… 127
　84　二月一日 荻由宛 …… 129
　85　二月十一日 原人・言葛・百圃・米進宛 …… 131
　86　三月二十八日 芦陰(大魯)宛 …… 133
　87　春 一鼠宛 …… 136
　88　七月二十日 几董宛 …… 137
　89　閏十二月九日 東瓦宛 …… 138
　90　閏十二月十一日 霞夫・乙総宛 … 139
　91　閏十二月十二日 維駒宛 …… 144
　92　閏十二月十四日 山肆宛 …… 145
　93　閏十二月十七日 几董宛 …… 146
　94　安永三、四年十月二十八日 山肆宛 … 147
　95　安永二～四年九月二十五日 維駒宛 … 148

安永五年(一七七六) ……………… 150
　96　一月五日　暮雨(暁台)宛 ……… 150
　97　一月五日　几董宛 ……………… 152
　98　二月九日　几董宛 ……………… 153
　99　二月十二日　春夜(几董)宛 …… 155
　100　二月十八日　東崖(正名)宛 …… 157
　101　二月二十一日　几董宛 ………… 159
　102　三月四日　延年宛 ……………… 161
　103　四月三日　一鼠宛 ……………… 162
　104　四月十一日　東瓦宛 …………… 164
　105　四月十二、三日　東崖(正名)宛 … 166
　106　四月十五日　霞夫宛 …………… 168
　107　四月二十六日　東瓦宛 ………… 172
　108　五月二日　士朗宛 ……………… 173
　109　五月十一日　正名宛 …………… 175
　110　五月二十一日　東瓦宛 ………… 177
　111　五月二十八日　半化(闌更)宛 … 178
　112　六月十三日　霞夫宛 …………… 179
　113　六月十九日　東瓦宛 …………… 181
　114　六月二十八日　霞夫宛 ………… 182
　115　八月一日　霞夫宛 ……………… 185
　116　八月二日　几董宛 ……………… 187
　参考4・書簡　八月十九日　羅川宛几董書簡 ……………………………………… 189
　117　八月十二、三日　几董宛 ……… 192
　参考5・書簡　八月十六日　几董宛 … 193
　118　八月二十四日　維駒宛 ………… 194
　119　八月二十七日　几董宛 ………… 196
　120　九月六日　正名宛 ……………… 199
　121　九月十五日　何来宛 …………… 201
　122　九月二十二日　正名宛 ………… 202
　123　九月二十八日　几董宛 ………… 205
　124　十月十二日　百池宛 …………… 206
　125　十月十三日　几董宛 …………… 207
　126　十月十八日　東崖(正名)宛 …… 208
　127　十二月十三日　東崖(正名)宛 … 209
　128　十二月二十四日　延年宛 ……… 211
　129　安永三〜五年　日付なし　几董宛 … 213
　130　安永三〜五年　日付なし　無宛名 … 214
安永六年(一七七七) ……………… 216
　131　一月晦日　霞夫宛 ……………… 216
　132　一月　玄冲・高典宛 …………… 219
　133　二月　何来宛 …………………… 220
　134　二月二十三日　柳女・賀瑞宛 … 221
　135　三月二日　几董宛 ……………… 223
　136　三月三日　賀瑞宛 ……………… 224
　137　三月二十五日　几董宛 ………… 225
　138　四月十三日　無宛名 …………… 226
　139　五月二日　無宛名 ……………… 227
　140　五月二日　中尾九郎左衛門宛 … 228
　141　五月十七日　芦陰(大魯)宛 …… 229

　142　五月十七日　無宛名 …………… 231
　143　五月二十三日　几董宛 ………… 232
　144　五月二十四日　正名・春作宛 … 234
　145　五月二十四日　也好宛 ………… 236
　146　六月九日　暮雨(暁台)宛 ……… 238
　147　六月二十一日　几董宛 ………… 239
　148　六月二十七日　霞夫宛 ………… 240
　149　夏　百池宛 ……………………… 242
　150　七月三日　大魯宛 ……………… 243
　151　七月九日　高宮屋五兵衛宛 …… 245
　152　七月十二日　几董宛 …………… 246
　153　九月四日　季遊宛 ……………… 248
　154　九月七日　柳女・賀瑞宛 ……… 250
　155　九月十三日　百池宛 …………… 253
　156　九月十七日　几董宛 …………… 254
　157　十月二十七日　正名・春作宛 … 256
　158　十月　几董宛 …………………… 258
　159　十一月五日　几董宛 …………… 259
　160　十一月十二日　几董宛 ………… 260
　161　十一月十六日　百池宛 ………… 262
　参考6・書簡　十一月八日　百池宛士朗書簡 ……………………………………… 264
　参考7・書簡　十一月七日　百池宛暁台書簡 ……………………………………… 265
　参考8・書簡　十一月二十六日　百池宛暁台書簡 ………………………………… 265
　参考9・資料　百池添書 …………… 267
　参考10・資料　定雅由来書 ………… 268
　162　十一月二十八日　東瓦宛 ……… 269
　163　十二月二日　大魯宛 …………… 270
　164　十二月二十五日　大魯宛 ……… 272
　165　冬　几董宛 ……………………… 273
　166　冬　暮雨(暁台)宛 ……………… 274
安永七年(一七七八) ……………… 275
　167　一月六日　赤羽宛 ……………… 275
　168　一月十日　維駒宛 ……………… 277
　169　一月十六日　布舟宛 …………… 279
　170　一月二十二日　几董宛 ………… 281
　171　一月二十八日　綛屋従三郎宛 … 282
　172　二月二十一日　仏心宛 ………… 284
　173　三月五日　道立宛 ……………… 285
　174　三月十二日　正名宛 …………… 286
　175　三月二十四日　正名宛 ………… 287
　176　四月九日　古好宛 ……………… 288
　177　四月二十八日　百池宛 ………… 290
　178　四月二十九日　黒柳清兵衛(維駒)宛 ……………………………………… 291
　179　五月十一日　佳則宛 …………… 293
　180　五月十六日　東崖(正名)宛 …… 294
　181　七月五日　北風来屯宛 ………… 295
　182　七月十三日　雨遠宛 …………… 297

183 九月二十一日 正名宛 …… 298
184 九月二十六日 百池宛 …… 299
185 十月三日 白桃宛 …… 300
186 十月十一日 暁台・士朗宛 …… 302
187 十月十八日 几董宛 …… 305
188 十月二十三日 白桃宛 …… 306
189 十月二十八日 柳女・賀瑞宛 …… 308
190 十月三十日 士川・来屯・里由・葛堵宛 …… 309
191 十一月二十六日 玄冲宛 …… 311
192 十一月二十六日 子謙宛 …… 312
193 十二月二日 何来宛 …… 314
194 十二月七日 近藤求馬・大野屋嘉兵衛宛 …… 315
参考11・書簡 十二月十六日 蕪村宛暁台書簡 …… 317
195 十二月二十一日 来屯宛 …… 319
196 十二月二十七日 雨遠・玄冲宛 …… 322
197 十二月 几董宛 …… 324
198 十二月 几董宛 …… 326
199 安永七年 二日 無宛名 …… 327
200 安永六、七年五月一日 其訓宛 …… 328
201 安永六、七年六月一日 雨遠宛 …… 329
202 安永六、七年八月一日 几董宛 …… 330
203 安永六、七年十月十五日 陸船宛 …… 331
204 安永六、七年 日付なし 士川・士巧・士喬宛 …… 333
205 安永六、七年 日付なし 了爾宛 …… 335
206 安永六、七年 日付なし 了爾宛 …… 336
207 安永七年以前 四月十日 駿河守宛 …… 337
安永八年(一七七九) …… 338
208 一月五日 来屯宛 …… 338
209 一月六日 午窻宛 …… 340
210 一月二十五日 几董宛 …… 341
211 二月二十日 梅亭・蕪村往復書簡 …… 343
212 二月二十三日 延年宛 …… 345
213 三月八日 百池宛 …… 347
214 四月十八日 清之助宛 …… 348
215 五月六日 賀瑞宛 …… 349
216 七月四日 東瓦宛 …… 351
217 七月七日 忠助宛 …… 352
218 九月十五日 田福宛 …… 354
219 九月十五、六日 正名宛 …… 356
220 九月十五、六日 大来堂(百池)宛 …… 358
221 九月十八日 几董宛 …… 359
222 十月四日 几董宛 …… 360
223 十一月二十二日 百池宛 …… 361
224 十二月四日 百池宛 …… 362
225 十二月十六日 几董宛 …… 363
226 安永七、八年二月十二日 井上先生宛 …… 365
227 安永七、八年 日付なし 百池宛 …… 367
228 安永六～八年三月四日 柳女・賀瑞宛 …… 368
229 安永六～八年十一月四日 白井半兵衛宛 …… 370
230 安永六～八年十一月四日 白井半四郎・おみほ宛 …… 371
231 安永八年以降 日付なし 無宛名 …… 372
安永九年(一七八〇) …… 373
232 一月十四日 暮雨(暁台)宛 …… 373
233 二月十五日以前 子池宛 …… 375
234 三月三十日 赤羽宛 …… 376
235 三月十二日 几董宛 …… 377
236 三月十五日 几董・蕪村往復書簡 …… 378
237 三月 百池宛 …… 379
参考12・書簡 四月二十五日 道立宛 …… 380
238 五月二十三日 無宛名 …… 381
239 五月二十六日 佳棠宛 …… 382
240 七月二十三日 几董宛 …… 384
241 七月二十五日 春夜(几董)宛 …… 385
242 八月三日 几董宛 …… 387
243 八月五日 几董宛 …… 388
244 八月二十四、五日 几董宛 …… 389
245 八月二十六日 几董宛 …… 390
246 九月五日 几董宛 …… 392
247 九月二十日 几董宛 …… 394
248 九月二十四日 几董宛 …… 395
249 九月二十六、七日 几董宛 …… 397
250 九月二十八日 几董宛 …… 399
251 九月末 几董宛 …… 400
252 九月末 几董宛 …… 402
253 八、九月 几董宛 …… 403
254 十月上旬 几董宛 …… 404
255 十月上旬 几董宛 …… 405
256 十月上旬 几董宛 …… 407
257 十月 几董宛 …… 408
258 八月末～十月 几董宛 …… 409
259 十一月一日 几董宛 …… 411
260 十一月四日 几董宛 …… 412
261 十一月五日 几董宛 …… 414
262 十一月二十二日 百池宛 …… 416
263 十一月二十二日 正名宛 …… 417
264 十二月二十二日 百池宛 …… 419
265 安永八、九年一月十一日 汲古(佳棠)宛 …… 420
266 安永八、九年二月二十五日 几董宛 …… 421
267 安永八、九年九月三日 几董宛 …… 422
268 安永八、九年十二月二十四日 近江屋五兵衛宛 …… 423
269 安永八、九年 日付なし 几董・士川宛 …… 424
270 安永七～九年十二月九日 几董宛 …… 425

271 安永六〜九年七月十一日 几董宛 ………… *426*
272 安永六〜九年十月二十七日 東瓦宛 … *427*
安永十年(一七八一)天明元年・四月二日
　改元 ……………………………………… *429*
273 一月三日 百池宛 ……………………… *429*
274 一月二十日 おうめ宛 ………………… *430*
275 一月二十八日 三上周蔵宛 …………… *431*
276 二月十六日 春夜(几董)宛 …………… *432*
277 二月十七日 琴桃宛 …………………… *434*
278 二月二十八日 雨遠宛 ………………… *435*
279 三月二十七日 水口屋庄兵衛宛 ……… *436*
280 春 東瓦宛 ……………………………… *437*
281 安永後期 二月二十八日 百池宛 ……… *438*
282 安永後期 十一月十三日 百池宛 ……… *439*
283 安永後期 日付なし 堺屋三右衛門
　(百池)宛 ………………………………… *440*
天明元年(一七八一)四月二日改元 ……… *441*
284 四月二日 春坡宛 ……………………… *441*
285 四月二日 水口屋庄兵衛宛 …………… *442*
286 四月三日 一葦宛 ……………………… *443*
287 閏五月二十二日 水口屋庄兵衛宛 …… *445*
288 閏五月二十三日 士川宛 ……………… *446*
289 閏五月二十八日 近江屋忠兵衛宛 …… *447*
290 六月十六日 几董宛 …………………… *448*
291 九月五日 士川宛 ……………………… *450*
292 九月十六日 阿樹老和尚(百池)宛 …… *452*
293 十月 無宛名 …………………………… *453*
294 十一月五日 百池宛 …………………… *454*
天明二年(一七八二) ……………………… *455*
295 一月二十日 柳女・賀瑞宛 …………… *455*
296 一月二十一日 百池宛 ………………… *456*
297 一月二十六日 正名・春作宛 ………… *457*
298 一月二十六日 守旧宛 ………………… *458*
299 一月二十八日 堺屋三右衛門(百池)
　宛 ………………………………………… *459*
300 二月七日 士朗宛 ……………………… *460*
301 二月十二日 百池宛 …………………… *461*
302 三月七日 几董宛 ……………………… *462*
303 三月七日 之兮宛 ……………………… *464*
参考13・書簡 三月十八日 梅亭宛 ……… *465*
304 三月二十三日 有田孫八宛 …………… *466*
305 三月二十五日 水口屋庄兵衛宛 ……… *467*
306 三月二十七日 佳棠宛 ………………… *468*
307 四月十二日 道立宛 …………………… *469*
308 四月十四日 水口屋庄兵衛宛 ………… *470*
309 五月三日 百池宛 ……………………… *471*
310 六月七日 東瓦宛 ……………………… *472*
311 六月八日 有田孫八宛 ………………… *474*
312 六月九日 騏道宛 ……………………… *476*
参考14・書簡 六月十七日 青荷宛 ……… *478*
313 六月二十一日 春坡宛 ………………… *479*
314 六月二十七日 佳棠宛 ………………… *481*
315 六月三十日 几董宛 …………………… *482*
316 七月十一日 百池宛 …………………… *483*
317 七月十五日 田福宛 …………………… *484*
318 七月十七日 布舟宛 …………………… *486*
319 八月十日 有田孫八宛 ………………… *487*
320 八月十八日 有田孫八宛 ……………… *488*
321 八月二十四日 几董宛 ………………… *489*
322 九月一日 有田孫八宛 ………………… *491*
323 九月五日前後 騏道宛 ………………… *492*
参考15・書簡 九月八日 几董宛 ………… *493*
324 九月十四日 春坡宛 …………………… *494*
325 九月十六日以降 騏道宛 ……………… *495*
326 九月二十四日 雪居宛 ………………… *496*
327 九月二十八日 米居宛 ………………… *497*
328 十月十七日 菱田平右衛門(暮寥)宛
　…………………………………………… *498*
329 十月二十四日 百池宛 ………………… *499*
330 十月二十七日 百池宛 ………………… *500*
331 十月二十八日 路景宛 ………………… *501*
332 十一月五日 几董宛 …………………… *502*
333 十一月五日 菱田平右衛門(暮寥)宛
　…………………………………………… *504*
334 十一月六日 田中庄兵衛(佳棠)宛 … *505*
335 十一月九日 百池宛 …………………… *507*
336 十一月十一日 季由(暮寥)宛 ………… *508*
337 十一月十七日 佳棠宛 ………………… *510*
338 十一月二十二日 佳棠宛 ……………… *511*
339 十二月十一日 百池宛 ………………… *512*
340 十二月十八日 季由(暮寥)宛 ………… *514*
341 十二月二十二日 百池宛 ……………… *515*
342 十二月二十七日 佳棠宛 ……………… *516*
343 十二月 無宛名 ………………………… *517*
344 冬 几董宛 ……………………………… *518*
345 冬 青荷宛 ……………………………… *519*
346 天明二年 十八日 几董宛 ……………… *520*
347 天明二年 日付なし 騏道宛 …………… *521*
348 天明元、二年四月十日 百池宛 ……… *522*
349 天明元、二年九月七日 百池宛 ……… *523*
350 天明元、二年九月十八日 几董宛 …… *524*
351 天明元、二年十月十三日 無宛名 …… *525*
352 天明元、二年十二月三日 汲古堂
　(佳棠)宛 ………………………………… *526*
353 天明元、二年十二月四日 佳棠宛 … *527*
354 天明元、二年十二月十一日 大来
　(百池)宛 ………………………………… *528*
355 天明元、二年十二月二十一日 大来
　堂(百池)宛 ……………………………… *529*
356 天明元、二年十二月二十二日 几董
　宛 ………………………………………… *530*
357 天明元、二年十二月 無宛名 ………… *531*
安永後期〜天明初年 ……………………… *532*

358 安永九〜天明初年八月十八日 百池宛 532
359 安永末〜天明初年五月十三日 佳棠宛 533
360 安永末〜天明初年九月八日 水口屋庄衛門宛 534
361 安永末〜天明初年十月十九日 大来(百池)宛 535
362 安永末〜天明初年十一月十四日 百池宛 536
363 安永八〜天明二年七月七日 近江屋五兵衛宛 537
364 安永八〜天明二年十月一日 近江屋五兵衛宛 538
365 安永八〜天明二年十月十七日 近江屋五兵衛宛 539
366 安永八〜天明二年十二月二十三日 近江屋五兵衛宛 540
367 安永八〜天明二年十二月二十四日 近江屋五兵衛宛 541
参考16・書簡 安永五〜天明二年十一月一日 東瓦宛 542
368 安永後期〜天明初年三月一日 百池宛 543

天明三年（一七八三） 544
369 一月十六日 佳棠宛 544
370 一月二十七日 金篁宛 546
371 二月四日 士川宛 547
372 二月六日 季由(暮寥)宛 549
参考17・書簡 二月六日 平野屋順介・万屋藤介・菱屋平右衛門宛 550
373 二月十五日 暮寥宛 551
374 二月二十八日 如瑟宛 552
375 三月二日 蕋堂・古貢・暮寥宛 554
376 三月三日 百池宛 556
377 三月四日 野菊(毛条)宛 557
378 三月五、六日 魚官宛 558
参考18・書簡 三月七日 是岩宛 559
379 三月十日 百池宛 560
380 三月二十一日 春坡宛 561
381 三月二十二日 百池宛 562
382 四月二十一日 徳野・管鳥・舞閣・五雲・心頭宛 563
383 四月二十一日 魚官宛 564
384 四月二十一日 然者宛 565
385 六月十五日 如瑟宛 566
386 六月二十四日 如瑟宛 567
387 七月五日 無宛名 568
388 七月二十一日 如瑟宛 569
389 七月二十二日 佳棠宛 571
390 八月十一日 如瑟宛 572
391 八月十四日 嘯風・一兄宛 573
392 八月十九日 佳棠宛 575
393 八月二十日 騏道宛 576
394 八月二十二日 如瑟宛 578
395 九月一日 月渓宛 579
396 九月三日 佳棠・如瑟・楚秋・百池・雪居・一真宛 581
397 九月六日 佳棠宛 582
398 九月八日 田福宛 583
399 九月十三日 几董宛 585
400 九月十四日 士川宛 586
401 九月十七日 毛条宛 587
402 九月尽日 騏道宛 589
403 十月三日 不二菴(二柳)宛 591
404 十月四日 士川・士喬・士考宛 592
405 十月五日 正名宛 594
406 十一月九日 有田孫八宛 596
407 十一月十日 几董宛 597
参考19・書簡 天明二、三年一月八日 几董宛 598
408 天明二、三年一月十七日 春坡宛 599
409 天明二、三年春 春坡宛 600
410 天明二、三年五月二十四日 几董宛 601
411 天明二、三年十月十七日 佳棠宛 602
412 天明二、三年十月十八日 百池宛 603

天明元年〜三年（一七八一〜一七八三） 604
413 二月二十九日 百池宛 604
414 三月一日 百池宛 605
415 五月二日 如瑟宛 606
416 六月七日 青荷宛 607
417 夏 百池宛 609
418 七月九日 春坡宛 610
419 七月二十四日 百池宛 611
420 八月十三日 百池宛 612
421 八月二十日 楚秋宛 613
422 十月二十日 佳棠宛 614
423 天明元〜三年 日付なし 百池宛 615
424 天明元〜三年 日付なし 青荷宛 616
425 天明元〜三年 日付なし 古好・青荷宛 617

安永五〜天明三年（一七七六〜一七八三） 618
426 安永末〜天明三年一月十四日 百池宛 618
427 安永末〜天明三年三月二日 汲古(佳棠)宛 619
428 安永末〜天明三年 春 百池宛 620
429 安永末〜天明三年四月二十六日 くされおやぢ(百池)宛 621
430 安永末〜天明三年六月十七日 百池宛 622
431 安永末〜天明三年九月七日 無宛名 623
432 安永末〜天明三年 秋 騏道宛 624

433　安永末～天明三年十月二十三日　無
　　　宛名 ………………………………… *625*
　434　安永末～天明三年　二十三日　おとも
　　　宛 …………………………………… *626*
　435　安永末～天明三年　二十七日　ふくゑ
　　　ん宛 ………………………………… *627*
　436　安永八～天明三年二月二十七日　藤
　　　屋正兵衛宛 ………………………… *628*
　437　安永七～天明三年五月八日　梅亭宛 *629*
　438　安永六～天明三年八月二十一日　谷
　　　河藤兵衛宛 ………………………… *630*
　439　安永後期～天明三年九月二十六日
　　　延年宛 ……………………………… *631*
　440　安永五～天明三年　日付なし　百池宛
　　　 ……………………………………… *633*
　年次未詳 …………………………………… *634*
　　参考20・書簡　三月十二日　無宛名 … *634*
　441　七月四日　黒柳清兵衛宛 ………… *635*
　442　十月三日　几董宛 ………………… *636*
　443　十月　後旦宛 ……………………… *637*
　444　十二月十七日　几董宛 …………… *638*
　445　十二月十八日　安陪竹右衛門宛 … *639*
　　参考21・書簡　二十八日　九湖・几董宛 *640*
　　参考22・書簡　日付なし　蝸国宛 …… *641*
　446　年次未詳　日付なし　無宛名 …… *642*
　天明四年（一七八四）蕪村没後 ………… *643*
　　参考23・書簡　天明四年　日付なし　暮寥
　　　宛与謝とも書簡 …………………… *643*
　＊宛名別索引 ……………………………… *647*
　＊蕪村発句索引 …………………………… *650*
　＊『増補全集』以前蕪村書簡紹介文献一覧 *657*
　＊解説（中野沙惠）……………………… *667*

第6巻　絵画・遺墨（尾形仂, 佐々木丞平, 岡田彰子編著）
1998年3月15日刊

　＊〔口絵〕……………………………… 巻頭
　＊凡例 ……………………………………… *5*
　絵画 ………………………………………… *7*
　〈絵画〉……………………………………… *9*
　　学習期（寛保～宝暦七年）…………… *9*
　　模索期（宝暦八～明和六年）………… *54*
　　完成期（明和七年～安永六年）……… *151*
　　大成期（安永七～天明三年）………… *265*
　〈俳画〉……………………………………… *380*
　　学習期（宝暦四～宝暦七年）………… *380*
　　模索期（宝暦八～明和六年）………… *384*
　　完成期（明和七～安永六年）………… *388*
　　大成期（安永七～天明三年）………… *414*
　　参考図A ……………………………… *448*
　　版本挿図 ……………………………… *450*

　俳諧摺物版画 ……………………………… *459*
　書簡等挿画・絵文字 ……………………… *461*
　文台・硯箱装画 …………………………… *464*
　参考図B …………………………………… *465*
遺墨 ………………………………………… *467*
　寛保～宝暦期 ……………………………… *469*
　明和期（元～九年）……………………… *479*
　安永前期（元～五年）…………………… *491*
　安永後期（六～九年）…………………… *510*
　天明期（元～三年）……………………… *532*
「奥の細道」画巻（二種・安永七年筆、安永八年筆）*551*
　参考「天保四年了川写　奥の細道画巻」… *565*
＊蕪村印譜 ………………………………… *568*
＊蕪村画 国宝・重要文化財・重要美術品
　　一覧 …………………………………… *570*
＊絵画題名索引 …………………………… *572*
＊俳画題名索引 …………………………… *583*
＊遺墨題名索引 …………………………… *587*
＊蕪村発句索引 …………………………… *590*
＊絵画　解説 —蕪村画業の展開—（佐々木丞平）… *594*
＊遺墨　解説（岡田彰子）……………… *603*

第7巻　編著・追善（丸山一彦, 山下一海校注）
1995年4月25日刊

＊〔口絵〕………………………………… 巻頭
＊凡例 ……………………………………… *7*
〈編著〉……………………………………… *9*
＊寛保四年宇都宮歳旦帖 解題（丸山一
　彦）……………………………………… *10*
　寛保四年宇都宮歳旦帖（寛保四年春）（蕪村
　編、丸山一彦校注）…………………… *11*
＊明和辛卯春 解題（丸山一彦）……… *22*
　明和辛卯春（明和八年春）（蕪村編、丸山一
　彦校注）………………………………… *23*
＊此ほとり 解題（山下一海）………… *38*
　此ほとり一夜四哥仙（安永二年九月）（蕪村
　編、山下一海校注）…………………… *39*
＊安永三年春帖 解題（雲英末雄）…… *50*
　安永三年春帖（安永三年春）（蕪村編、雲英
　末雄校注）……………………………… *51*
＊むかしを今 解題（丸山一彦）……… *74*
　むかしを今 全（安永三年夏）（蕪村編、丸山
　一彦校注）……………………………… *75*
＊たまも集 解題（丸山一彦）………… *84*
　たまも集（安永三年八月）（蕪村編、丸山一彦
　校注）…………………………………… *85*
＊芭蕉翁付合集 解題（丸山一彦）…… *122*
　芭蕉翁付合集 上下（安永三年自序・安永五年九
　月）（蕪村編、丸山一彦校注）………… *123*
＊安永四年春帖 解題（丸山一彦）……… *186*

安永四年春帖(安永四年春)(蕪村編, 丸山一彦校注)……187
＊夜半楽 解題(山下一海)……212
夜半楽(安永六年一月)(蕪村編, 山下一海校注)……213
＊新花摘 解題(山下一海)……226
新花摘(安永六年)(蕪村著, 山下一海校注)……227
＊俳諧もゝすもゝ 解題(山下一海)……254
俳諧もゝすもゝ 全(安永九年十一月)(蕪村編, 山下一海校注)……255
＊花鳥篇 解題(山下一海)……262
花鳥篇(天明二年五月自序)(蕪村編, 山下一海校注)……263
＊俳諧関のとびら 解題(丸山一彦)……276
俳諧関のとびら(安永十年一月)(一実編, 南畝, 蕪村撰, 丸山一彦校注)……277
＊花のちから 解題(丸山一彦)……296
花のちから 全(夜半亭月並句集・天明四年八月)(百池編, 蕪村判, 丸山一彦校注)……297
〈追善〉……313
＊から檜葉 解題(丸山一彦)……315
から檜葉 上下(天明四年一月跋)(几董編, 丸山一彦校注)……317
＊兵庫連中蕪村追慕摺物 解題(丸山一彦)……349
兵庫連中蕪村追慕摺物(仮題)(天明四年春)(丸山一彦校注)……349
＊夜半翁三年忌追福摺物 解題(丸山一彦)……353
夜半翁三年忌追福摺物(仮題)(天明五年十一月)(田福編, 丸山一彦校注)……353
＊師翁大祥忌追福俳諧独吟脇起 解題(丸山一彦)……357
師翁大祥忌追福俳諧独吟脇起(天明五年十一月)(月渓作, 丸山一彦校注)……357
＊雪の光 解題(丸山一彦)……361
雪の光(几董七回忌・蕪村十三回忌・寛政七年)(紫暁編, 丸山一彦校注)……362
＊常盤の香 解題(丸山一彦)……405
常盤の香(蕪村十七回忌・寛政十一年)(紫暁編, 丸山一彦校注)……406
＊『大来堂発句集』蕪村追悼句抜書 解題(丸山一彦)……429
『大来堂発句集』蕪村追悼句抜書(百池句稿, 丸山一彦校注)……429
＊金福寺蔵俳諧資料蕪村追悼句抜書 解題(丸山一彦)……435
金福寺蔵俳諧資料蕪村追悼句抜書(天明四年～弘化四年か)(丸山一彦校注)……435
〈蕪村関係俳諧摺物〉……447
＊夜半亭月並小摺物 解題(丸山一彦)……449
夜半亭月並小摺物(仮題)明和八年(蕪村編, 丸山一彦校注)……449
＊丹波篠山連中摺物 解題(丸山一彦)……450
丹波篠山連中摺物(仮題)安永二年か(丸山一彦校注)……450
＊蕪村画諫皷鳥図一枚摺 解題(丸山一彦)……451
蕪村画諫皷鳥図一枚摺(仮題)安永二年夏(丸山一彦校注)……451
＊但州出石連中摺物 解題(丸山一彦)……452
但州出石連中摺物(仮題)安永三年春(丸山一彦校注)……452
＊木梁義仲寺詣摺物 解題(丸山一彦)……454
木梁義仲寺詣摺物(仮題)安永三年か(丸山一彦校注)……454
＊江涯冬籠之俳諧摺物 解題(丸山一彦)……455
江涯冬籠之俳諧摺物(仮題)安永三年冬(丸山一彦校注)……455
＊贈梅女画賛小摺物 解題(丸山一彦)……456
贈梅女画賛小摺物(仮題)安永五年か(丸山一彦校注)……456
＊山伏摺物 解題(丸山一彦)……458
山伏摺物(仮題)安永六年春(蕪村, 几董編, 丸山一彦校注)……458
＊月渓若菜売図一枚摺 解題(丸山一彦)……460
月渓若菜売図一枚摺(仮題)安永八年春(丸山一彦校注)……460
＊買山・自珍・橘仙年賀摺物 解題(丸山一彦)……461
買山・自珍・橘仙年賀摺物(仮題)天明三年一月(丸山一彦校注)……461
＊蕪村画雨中人物図一枚摺 解題(丸山一彦)……462
蕪村画雨中人物図一枚摺(仮題)天明三年二月(丸山一彦校注)……462
＊其紅改号披露摺物 解題(丸山一彦)……464
其紅改号披露摺物(仮題)年次未詳(丸山一彦校注)……464
＊妙見宮奉納画賛句募集一枚摺 解題(丸山一彦)……465
妙見宮奉納画賛句募集一枚摺(仮題)天明三年か(丸山一彦校注)……465
〈参考俳書〉……467
＊其雪影 解題(山下一海)……469
其雪影(明和九年八月跋)(几董編, 蕪村序, 山下一海校注)……469
＊あけ烏 解題(山下一海)……486
あけ烏 全(安永二年秋序)(几董編, 山下一海校注)……486
＊写経社集 解題(丸山一彦)……497

写経社集 全(安永五年夏)(道立編、蕪村序、
　丸山一彦校注)················497
＊続明烏 解題(山下一海)··········503
続明烏(安永五年九月)(几董編、山下一海校
　注)························503
＊五車反古 解題(山下一海)········531
五車反古(天明三年十一月)(維駒編、蕪村序、
　山下一海校注)················531
＊新雑談集 解題(丸山一彦)········550
新雑談集(天明五年秋)(几董著、丸山一彦
　校注)························550
＊几董初懐紙 解題(丸山一彦)······586
几董初懐紙(安永五年・同九年・同十年・天明二
　年・同三年)····················586
＊蕪村発句五十音索引··········623
＊解説(丸山一彦)················629

第8巻　関係俳書(櫻井武次郎, 藤田真一, 清登
　典子校注)
1993年3月20日刊

＊〔口絵〕························巻頭
＊凡例································7
＊俳諧卯月庭訓 解題(清登典子)········9
俳諧卯月庭訓(元文三年)(露月ほか編)······9
＊歳旦帳(元文四年) 解題(清登典子)······21
歳旦帳(元文四年)(楼川編)··············21
＊反古ぶすま 解題(清登典子)········29
反古ぶすま(宝暦二年)(雁宕、阿誰編)······29
＊誹諧菅のかぜ 解題(櫻井武次郎、清登典
　子)··························36
誹諧菅のかぜ(宝暦三年)(夕静編)········36
＊はなしあいて 解題(櫻井武次郎)······79
はなしあいて(宝暦八年)(宋是編)········79
＊俳諧古選 解題(櫻井武次郎)········111
俳諧古選〔附録〕(宝暦十三年)(嘯山編)····111
＊はし立のあき 解題(清登典子)······118
はし立のあき(明和三年)(鶯十編)········118
＊春慶引(明和五年) 解題(藤田真一)····126
春慶引(明和五年)(武然編)············126
＊五畳敷 解題(藤田真一)············143
五畳敷(明和六年)(泰里編)············143
＊不夜庵春帖(明和七年) 解題(藤田真一)····150
不夜庵春帖(明和七年)(太祇編)········150
＊孝婦集 解題(藤田真一)············156
孝婦集(明和八年)(宗春編)············156
＊歳旦 解題(藤田真一)··············164
歳旦 不夜庵(明和八年)(太祇編)········164
＊春慶引(明和八年) 解題(櫻井武次郎)····170
春慶引(明和八年)(武然編)············170
＊春慶引(明和九年) 解題(清登典子)····185
春慶引(明和九年)(武然編)············185

＊春慶引(安永二年) 解題(清登典子)····199
春慶引(安永二年)(武然編)············199
＊沢村長四郎追善集 解題(清登典子)····214
沢村長四郎追善集(安永二年)(其答編)····214
＊その人 解題(清登典子)············218
その人(安永二年)(浙江編)············218
＊春慶引(安永三年) 解題(清登典子)····227
春慶引(安永三年)(武然編)············227
＊甲午仲春むめの吟 解題(櫻井武次郎)····241
甲午仲春むめの吟(安永三年)(樗良編)····241
＊俳諧瓜の実 解題(藤田真一)········243
俳諧瓜の実(安永三年)(一鼠編)········243
＊幣ぶくろ 解題(清登典子)··········267
幣ぶくろ(安永三年)(士朗、都貢著)····267
＊俳諧氷餅集 解題(藤田真一)········273
俳諧氷餅集(安永三年)(二柳編)········273
＊片折 解題(藤田真一)··············282
片折(安永三年)(白居編)··············282
＊ゑぼし桶 解題(清登典子)··········285
ゑぼし桶(安永三年)(美角編)··········285
＊春興俳諧発句 解題(藤田真一)······289
春興俳諧発句 無為庵(安永四年)(樗良編)····289
＊果報冠者 解題(清登典子)··········291
果報冠者(安永四年)(閑鴬編)··········291
＊俳諧附合小鏡 解題(櫻井武次郎)······300
俳諧附合小鏡(安永四年)(蓼太編, 牛家著)····300
＊猿利口 解題(藤田真一)············314
猿利口(安永四年)(嵐山編)············314
＊いしなとり 解題(清登典子)········323
いしなとり(安永四年)(青雨編)········323
＊不夜庵歳旦(安永五年) 解題(藤田真一)····335
不夜庵歳旦(安永五年)(五雲編)········335
＊春興 解題(藤田真一)··············341
春興(安永五年)(斗酔編)··············341
＊曙草紙 解題(清登典子)············344
曙草紙(安永五年)(鷺喬編)············344
＊張瓢 解題(藤田真一)··············352
張瓢(安永五年)(江涯編)··············352
＊はいかい棚さがし 解題(藤田真一)····360
はいかい棚さがし(安永五年)(蓼太述, 鼠腹記)
　··························360
＊とら雄遺稿 解題(藤田真一)········374
とら雄遺稿(安永五年)(大魯編)········374
＊丁酉帖 解題(藤田真一, 清登典子)····380
丁酉帖(安永六年)(鷺喬編)············380
＊仮日記 解題(櫻井武次郎)··········386
仮日記(安永六年)(江涯編)············386
＊花七日 解題(清登典子)············390
花七日(安永六年)(樗良編)············390
＊新みなし栗 解題(藤田真一)········396
新みなし栗(安永六年)(麦水編)········396

| ＊桐の影 解題(清登典子) ……………… 416
| 桐の影(安永六年) (巨洲編) ………… 416
| ＊蕭条篇 解題(藤田真一) ……………… 421
| 蕭条篇(安永六年) (徐英編) ………… 421
| ＊歳旦(安永七年) 解題(藤田真一) …… 427
| 歳旦(安永七年) (五雲編) …………… 427
| ＊封の儘 解題(櫻井武次郎) …………… 432
| 封の儘(安永七年) (秋来編) ………… 432
| ＊歳旦(安永八年) 解題(藤田真一) …… 440
| 歳旦(安永八年) (五雲編) …………… 440
| ＊除元吟 解題(清登典子) ……………… 445
| 除元吟(安永八年) (茶裡編) ………… 445
| ＊せりのね 解題(藤田真一) …………… 462
| せりのね(安永八年) (似鳩編) ……… 462
| ＊そのしをり 解題(清登典子) ………… 471
| そのしをり(安永八年) (泰里編) …… 471
| ＊はるのあけぼの 解題(清登典子) …… 478
| はるのあけぼの(安永九年) (駛道編) … 478
| ＊春慶引(安永九年) 解題(藤田真一) … 483
| 春慶引(安永九年) (文誰編) ………… 483
| ＊雪の声 解題(藤田真一) ……………… 493
| 雪の声(安永九年) (凡夫編) ………… 493
| ＊浪速住 解題(藤田真一) ……………… 506
| 浪速住(天明元年) (江涯編) ………… 506
| ＊初懐紙(天明二年) 解題(藤田真一) … 515
| 初懐紙 落柿舎(天明二年) (重厚編) … 515
| ＊春興(天明二年) 解題(藤田真一) …… 517
| 春興(天明二年) (杜口編) …………… 517
| ＊まだら雁 解題(清登典子) …………… 525
| まだら雁(天明三年) (陸史編) ……… 525
| ＊もゝの親 解題(藤田真一) …………… 535
| もゝの親(天明三年) (葛人編) ……… 535
| ＊雁風呂 解題(藤田真一) ……………… 553
| 雁風呂(寛政六年) (呂蛤編) ………… 553
| ＊蕪村発句索引 ………………………… 561
| ＊五十音索引 ………………………… 563
| ＊俳書別一覧 ………………………… 567
| ＊蕪村関係俳書一覧 …………………… 567
| ＊解説(藤田真一) ……………………… 571

＊四 関連書序跋類 ……………………… 395
＊五 覚書・箱書類 ……………………… 409
＊六 蕪村周縁の書簡 …………………… 417
＊七 系譜類 ……………………………… 425
＊八 雑類 ………………………………… 427
補遺 ………………………………………… 441
　第一巻「発句」補遺 …………………… 443
　　＊発句 作年次変更 ………………… 447
　第三巻「句集・句稿・句会稿」詠草・断
　　簡類補遺 …………………………… 451
　第五巻「書簡」補遺 …………………… 453
　　補(1)安永五年七月十四日 霞夫・乙
　　　総宛 ……………………………… 455
　　補(2)安永七年二月十五日 春夜・几
　　　董宛 ……………………………… 456
　　補(3)天明元年十二月二十四日 青
　　　荷・古好宛 ……………………… 457
　　補(4)天明二年三月二十六日 東瓦宛 … 459
　第七巻「編著・追善」補遺 …………… 461
　　安永六年几董 初懐紙(几董編) …… 463
＊「年譜・資料」編纂摘記(蕪村全集編集
　部) ……………………………………… 469

第9巻　年譜・資料(尾形仂編集代表)
2009年9月15日刊

＊〔口絵〕 ……………………………… 巻頭
＊凡例 …………………………………… 8
＊年譜 …………………………………… 9
＊資料 …………………………………… 337
　＊資料細目 ………………………… 338
　＊一 小伝類 ………………………… 340
　＊二 画俳批評類 …………………… 349
　＊三 俳交・逸事類 ………………… 376

[079] 覆刻 日本古典全集〔文学編〕
現代思潮社
全57巻
1982年9月～1983年4月

※日本古典全集刊行会1926～1933年刊行の複製。現代思潮新社2007～2008年刊行のオンデマンド版もあり

〔1〕**和泉式部全集**（與謝野寛, 正宗敦夫, 與謝野晶子編纂校訂）
1983年1月10日刊

＊和泉式部全集解題 ……………………… 1
和泉式部日記 …………………………… 1
和泉式部歌集 …………………………… 1
　和泉式部集 …………………………… 3
　和泉式部續集 ……………………… 101
　和泉式部集補遺〔後醍醐天皇宸翰本抄録〕 …………………………………… 187

〔2〕伝一条兼良自筆**伊勢物語**（正宗敦夫編纂校訂）
1982年11月10日刊

＊傳兼良筆、伊勢物語を刊行するに就て …… 1
＊〔口絵 一条兼良短冊〕 ………………… 7
伊勢物語〔影印〕 ………………………… 1
＊伊勢物語解説 …………………………… 1

〔3〕**宇治拾遺物語**（正宗敦夫編纂校訂）
1983年2月10日刊

＊宇治拾遺物語解説 ……………………… 1
＊宇治拾遺物語目録 ……………………… 8
宇治拾遺物語 …………………………… 1
　序 ………………………………………… 2
　巻第一 …………………………………… 3
　巻第二 ………………………………… 30
　巻第三 ………………………………… 58
　巻第四 ………………………………… 86
　巻第五 ……………………………… 102
　巻第六 ……………………………… 118
　巻第七 ……………………………… 135
　巻第八 ……………………………… 151
　巻第九 ……………………………… 167
　巻第十 ……………………………… 187
　巻第十一 …………………………… 205
　巻第十二 …………………………… 225
　巻第十三 …………………………… 246
　巻第十四 …………………………… 267
　巻第十五 …………………………… 287

〔4〕**うつほ物語 一**（正宗敦夫編纂校訂）
1982年11月10日刊

＊凡例（藤田徳太郎） …………………… 1
うつほ物語 第一（藤田徳太郎校訂）
　俊蔭 ……………………………………… 1
　藤原の君 ……………………………… 83
　嵯峨院 ……………………………… 139
　忠こそ ……………………………… 195

〔5〕**うつほ物語 二**（正宗敦夫編纂校訂）
1982年11月10日刊

うつほ物語 第二（藤田徳太郎校訂）
　梅の花笠 一名 春日詣 …………… 227
　吹上（上） …………………………… 257
　祭の使 ……………………………… 303
　吹上（下） …………………………… 351
　菊の宴 ……………………………… 377
　あて宮 ……………………………… 443

〔6〕**うつほ物語 三**（正宗敦夫編纂校訂）
1982年11月10日刊

＊凡例、訂正追加 ………………………… 1
うつほ物語 第三（藤田徳太郎校訂）
　初秋 ………………………………… 473
　田鶴の村鳥 ………………………… 561
　藏開 上 ……………………………… 589
　藏開 中 ……………………………… 673
　藏開 下 ……………………………… 723

〔7〕**うつほ物語 四**（正宗敦夫編纂校訂）
1982年11月10日刊

うつほ物語 第四（藤田徳太郎校訂）
　國讓 上 ……………………………… 785
　國讓 中 ……………………………… 867
　國讓 下 ……………………………… 947

〔8〕**うつほ物語 五**（正宗敦夫編纂校訂）
1982年11月10日刊

うつほ物語 第五（藤田徳太郎校訂）
　樓の上 上 ………………………… 1055
　樓の上 下 ………………………… 1125
＊附録
　＊例言（藤田徳太郎） ………………… 1
　＊うつほ物語考（桑原やよ子著, 藤田徳太郎校訂） …………………………… 7

[079] 覆刻 日本古典全集〔文学編〕

＊宇都保物語年立（殿村常久，藤田徳太郎校訂）………………… 67
＊後記（藤田徳太郎）……………… 1

〔9〕榮華物語 上（與謝野寬, 正宗敦夫, 與謝野晶子編纂校訂）
1983年1月10日刊

＊榮華物語上卷解題 ……………… 1
栄花物語
　榮華物語 上卷 ………………… 1
　　月宴 ……………………………… 1
　　花山 ……………………………… 32
　　さまざまの悦 …………………… 54
　　見はてぬ夢 ……………………… 71
　　浦浦の別 ………………………… 95
　　耀く藤壺 ………………………… 123
　　鳥邊野 …………………………… 132
　　初花 ……………………………… 150
　　岩蔭 ……………………………… 195

〔10〕榮華物語 中（與謝野寬, 正宗敦夫, 與謝野晶子編纂校訂）
1983年1月10日刊

栄花物語
　榮華物語 中卷 ………………… 1
　　日蔭のかづら …………………… 1
　　つぼみ花 ………………………… 18
　　玉のむら菊 ……………………… 29
　　木綿四手 ………………………… 51
　　淺綠 ……………………………… 73
　　疑 ………………………………… 88
　　本の雫 …………………………… 105
　　音樂 ……………………………… 132
　　玉の臺 …………………………… 152
　　御裳著 …………………………… 164
　　御賀 ……………………………… 181
　　後悔大將 ………………………… 186
　　鳥の舞 …………………………… 196
　　駒競べ …………………………… 202
　　若枝 ……………………………… 211
　　嶺の月 …………………………… 224
　　楚王の夢 ………………………… 239

〔11〕榮華物語 下 赤染衛門歌集（與謝野寬, 正宗敦夫, 與謝野晶子編纂校訂）
1983年1月10日刊

＊榮華物語下卷解題 ……………… 1
栄花物語
　榮華物語 下卷 ………………… 1
　　衣珠 ……………………………… 1
　　若水 ……………………………… 29
　　玉のかざり ……………………… 41
　　鶴林 ……………………………… 60
　　殿上花見 ………………………… 76
　　歌合 ……………………………… 97
　　著るはわびしと歎く女房 ……… 113
　　晩待星 …………………………… 125
　　蜘蛛の振まひ …………………… 140
　　根合 ……………………………… 144
　　煙の後 …………………………… 176
　　松の下枝 ………………………… 185
　　布引の瀧 ………………………… 203
　　紫野 ……………………………… 222
赤染衛門集（赤染衛門）……………… 233

〔12〕懷風藻 凌雲集 文華秀麗集 經國集 本朝麗藻（與謝野寬, 正宗敦夫, 與謝野晶子編纂校訂）
1982年10月10日刊

＊「懷風藻」等五詩集解題（與謝野寬, 正宗敦夫, 與謝野晶子）……………… 1
懷風藻 ………………………………… 1
凌雲集（小野岑守ほか撰）………… 45
文華秀麗集（藤原冬嗣ほか撰）…… 73
經國集（良岑安世ほか撰）………… 107
本朝麗藻（［高階積善］撰）………… 199

〔13〕賀茂眞淵集（與謝野寬, 正宗敦夫, 與謝野晶子編纂校訂）
1983年3月10日刊

＊賀茂眞淵集解題 ………………… 1
＊賀茂ノ眞淵年譜 ………………… 1
＊賀茂ノ眞淵肖像
＊賀茂ノ眞淵筆蹟
賀茂翁家集の序（加藤千蔭）……… 1
賀茂翁家集のおほよそ（村田春海）… 3
賀茂翁家集 卷之一 ……………… 5
　春歌 ……………………………… 5
　夏歌 ……………………………… 14
　秋歌 ……………………………… 19
　冬歌 ……………………………… 25
　戀歌 ……………………………… 31
　哀傷歌 …………………………… 32
賀茂翁家集 卷之二 ……………… 38
　雜歌 ……………………………… 38
　羈旅歌 …………………………… 43
　物名 ……………………………… 45
　賀歌 ……………………………… 45

擬神樂催馬樂歌	52
長歌	54
美酒(うまざけ)の歌	65
旋頭歌	66
賀茂翁家集 巻之三	67
雜文一	67
冠辭考序	67
萬葉解序	69
萬葉新採百首解序	72
萬葉考の初めに記るせる詞	73
又歌を解く事を理れる詞	80
又巻三の始に記るせる詞	81
又巻六の始に記るせる詞	82
延喜式祝詞解序	83
祝詞考ノ序	85
淨土三部抄釋序	83
古今六帖の始に記るせる詞	89
鎌倉右大臣家集の始に記るせる詞	92
穗積集ノ序	95
伊勢物語七考ノ序	96
大和物語の端に記るせる詞	97
百人一首古説ノ序	100
宇比麻奈備序	102
同ジキ跋	103
歌體約言ノ跋	104
語意ノ跋	105
古言梯跋	105
荷田ノ在滿ノ家ノ歌合ノ跋	106
賀茂翁家集 巻之四	104
雜文二	107
隅田川に舟を泛べて月を翫(もてあそ)ぶ序	107
九月十三夜宴スル橘ノ枝直ガ宅ニ歌ノ序〔橘枝直が宅に九月十三夜する歌の序〕	108
集フル千足ノ眞言(まこと)家ニ歌ノ序〔千足眞言家に集ふる歌の序〕	109
九月廿日餘りに津ノ國難波へ行く人を送る序	110
青木ノ美行(としゆき)が越(こし)の道の口に行くを送る歌の序	111
み田の尼君、肥の道の口に行き給ふを送る歌の序	112
法振律師が奈良へ行くを送る序	113
伴ノ峯行(みねゆき)を送る歌の序	115
新田侍從の母君の六十(むそぢ)を祝ふ詞	116
源ノ敏樹(としき)が母の七十(ななそぢ)を祝ふ詞	116
高橋ノ秀倉(ほぐら)を悲む詞	117
橘ノ常樹を悲む詞	119
梅の詞	119
櫻の詞	121
長ノ茂樹が家の太皷を愛づる詞	122
富士の嶺を觀て記せる詞	122
淺間の嶽を見て記せる詞	123
三河の國の八橋の形(かた)書ける繪に記るせる詞	124
柿ノ本ノ大人の御像(みかた)の繪に記るせる詞	125
手習に物に書き附けたる詞	126
又	127
小瓶(をがめ)の稱辭(たたへごと)	127
新室(にひむろ)の稱辭(たたへごと)	129
三種(みくさ)の篳篥の記	130
槙田ノ永昌が家の磐の水の器(うつは)の記	131
偶人(ひとがた)に書かしめたる雪花の文字の記	131
佛足石ノ記	132
山里ノ記	133
遠江の國濱松の郷ノ五社遷宮祝詞(いつつのやしろみやうつしののりと)	140
遷宮後(みやうつしのち)の日の祝詞	142
奉ル遷(うつし)鎭(しづめ)稻荷ノ大神ノ御璽(しるし)ヲ祝詞(のりと)	144
奉祭天照大御神ト相殿ノ稻荷ノ大神ヲ祝詞	145
光海靈神碑文(いしぶみ)	146
倭文子(しづこ)が墓の石に書き附けたる詞	148
村田春郷ノ墓ノ碑	148
賀茂翁家集 巻之五	150
紀行	150
旅のなぐさ	150
岡部日記	162
後の岡部の日記(にき)	180
にひまなび	187
新學(にひまなび)序(荒木田神主久老)	187
にひまなび	188
うたのこころのうち〔歌意考〕	202
歌意考序(荒木田ノ神主久老)	202
うたのこころのうち	203
文のこころのうち〔文意考〕	211
文意考序(荒木田ノ神主久於喩)	211
文(ふみ)のこころのうち	212
語意考	218
語意考序(加茂ノ眞淵)	218
語意考	219
書意考	246

〔14〕義經記(正宗敦夫編纂校訂)
1983年4月10日刊

[079] 覆刻 日本古典全集〔文学編〕

＊義經記解題（正宗敦夫）………………… 1
義經記
 巻第一 ……………………………… 1
 巻第二 ……………………………… 17
 巻第三 ……………………………… 48
 巻第四 ……………………………… 75
 巻第五 ……………………………… 114
 巻第六 ……………………………… 154
 巻第七 ……………………………… 197
 巻第八 ……………………………… 244

〔15〕金葉和歌集 詞花和歌集（正宗敦夫編纂校訂）
1982年10月10日刊

＊金葉和歌集解題 ………………………… 1
金葉和歌集（源俊頼撰）………………… 1
 巻第一 春歌 ……………………… 1
 巻第二 夏歌 ……………………… 15
 巻第三 秋歌 ……………………… 25
 巻第四 冬歌 ……………………… 40
 巻第五 賀歌 ……………………… 48
 巻第六 別離 ……………………… 53
 巻第七 戀歌 上 ………………… 56
 巻第八 戀歌 下 ………………… 68
 巻第九 雜部 上 ………………… 82
 巻第十 雜部 下 ………………… 100
 連歌 ………………………………… 106
＊詞花和歌集解題 ………………………… 1
詞花和歌集（藤原顯輔撰）……………… 1
 巻第一 春 ………………………… 1
 巻第二 夏 ………………………… 9
 巻第三 秋 ………………………… 14
 巻第四 冬 ………………………… 23
 巻第五 賀 ………………………… 27
 巻第六 別 ………………………… 30
 巻第七 戀 上 …………………… 34
 巻第八 戀 下 …………………… 41
 巻第九 雜 上 …………………… 48
 巻第十 雜 下 …………………… 62

〔16〕源氏物語 一（與謝野寬, 正宗敦夫, 與謝野晶子編纂校訂）
1982年12月10日刊

＊源氏物語解題 …………………………… 1
源氏物語 第一（紫式部著）……………… 1
 桐壺 ………………………………… 1
 帚木 ………………………………… 17
 空蟬 ………………………………… 49
 夕顏 ………………………………… 57

 若紫 ………………………………… 89
 末摘花 ……………………………… 122
 紅葉賀 ……………………………… 144
 花宴 ………………………………… 163
 葵 …………………………………… 171
 榊 …………………………………… 203
 花散里 ……………………………… 236
 須磨 ………………………………… 239

〔17〕源氏物語 二（與謝野寬, 正宗敦夫, 與謝野晶子編纂校訂）
1982年12月10日刊

源氏物語 第二（紫式部著）……………… 1
 明石 ………………………………… 1
 澪標 ………………………………… 31
 蓬生 ………………………………… 55
 關屋 ………………………………… 72
 繪合 ………………………………… 76
 松風 ………………………………… 89
 薄雲 ………………………………… 106
 槿 …………………………………… 128
 乙女 ………………………………… 143
 玉鬘 ………………………………… 177
 初音 ………………………………… 208
 胡蝶 ………………………………… 219
 螢 …………………………………… 235
 常夏 ………………………………… 248
 篝火 ………………………………… 264

〔18〕源氏物語 三（與謝野寬, 正宗敦夫, 與謝野晶子編纂校訂）
1982年12月10日刊

源氏物語 第三（紫式部著）……………… 1
 野分 ………………………………… 1
 行幸 ………………………………… 15
 藤袴 ………………………………… 38
 眞木柱 ……………………………… 50
 梅枝 ………………………………… 79
 藤裏葉 ……………………………… 94
 若菜 上 …………………………… 113
 若菜 下 …………………………… 189
 柏木 ………………………………… 264
 横笛 ………………………………… 295
 鈴蟲 ………………………………… 310

〔19〕源氏物語 四（與謝野寬, 正宗敦夫, 與謝野晶子編纂校訂）
1982年12月10日刊

源氏物語 第四（紫式部著）……………… 1

夕霧	1
御法	56
幻	71
雲隠	88
匂宮	88
紅梅	99
竹河	110
橋姫	140
椎本	169
總角	199
早蕨	267

〔20〕**源氏物語 五**(與謝野寛, 正宗敦夫, 與謝野晶子編纂校訂)
1982年12月10日刊

源氏物語 第五(紫式部著)	1
宿木	1
東屋	76
浮舟	124
蜻蛉	177
手習	219
夢浮橋	269

〔21〕**江漢西遊日記**(與謝野寛, 正宗敦夫, 與謝野晶子編纂校訂)
1983年3月10日刊

＊江漢西遊日記解題	1
江漢西遊日記	1

〔22〕**古今和歌集 附 古今集註**(與謝野寛, 正宗敦夫, 與謝野晶子編纂校訂)
1982年10月10日刊

＊「古今和歌集」及び「古今集注」解題	1
＊藤原教長著「古今集註」(吉澤義則)	1
古今和歌集(紀友則, 紀貫之, 凡河内躬恒, 壬生忠岑撰)	
〔古今和歌集序〕(紀貫之執筆)	1
＊古今集の鎌倉初期寫本 井上通泰先生蔵〔巻第四 秋歌上〕	1
巻第一 春歌上	3
巻第二 春歌下	12
巻第三 夏歌	20
巻第四 秋歌上	25
巻第五 秋歌下	34
巻第六 冬歌	43
巻第七 賀歌	47
巻第八 離別歌	51
巻第九 羇旅歌	57
巻第十 物名	61
巻第十一 戀歌一	67
巻第十二 戀歌二	75
巻第十三 戀歌三	82
巻第十四 戀歌四	90
巻第十五 戀歌五	99
巻第十六 哀傷歌	109
巻第十七 雜歌上	115
巻第十八 雜歌下	125
巻第十九 雜體(長歌, 旋頭歌, 俳諧歌)	134
巻第二十 大歌所ノ御歌、神遊の歌、東歌	145
〔墨滅歌〕	150
古今倭歌序(紀淑望)	153
古今和歌集註(藤原教長著)	
古今和歌集註	1
巻第一	19
巻第二	27
巻第三	31
巻第四	33
巻第五	37
巻第六	39
巻第七	41
巻第八	43
巻第九	48
巻第十	51
巻第十一	59
巻第十二	65
巻第十三	70
巻第十四	76
巻第十五	83
巻第十六	92
巻第十七	96
巻第十八	103
巻第十九	106
巻第二十	108

〔23〕**古今著聞集 上**(正宗敦夫編纂校訂)
1983年2月10日刊

古今著聞集序
古今著聞集惣目録
古今著聞集〔巻一～巻十〕(橘成季著) ……… 1

〔24〕**古今著聞集 下**(正宗敦夫編纂校訂)
1983年2月10日刊

古今著聞集〔巻十一～巻二十〕(橘成季著) ……… 267
＊古今著聞集考(大森志朗) ……… 1
＊「古今著聞集考」補訂 ……… 1
＊凡例 ……… 1
＊古今著聞集の終に(正宗敦夫) ……… 1
＊「古今著聞集」上巻正誤

〔25〕**後拾遺和歌集**（正宗敦夫編纂校訂）
1982年10月10日刊

* 後拾遺和歌集解題 1
後拾遺和歌集（藤原通俊撰）....................... 1
　序 1
　第一 春上 1
　第二 春下 21
　第三 夏 27
　第四 秋上 37
　第五 秋下 52
　第六 冬 59
　第七 賀 67
　第八 別 74
　第九 羈旅 81
　第十 哀傷 87
　第十一 戀一 100
　第十二 戀二 109
　第十三 戀三 118
　第十四 戀四 127
　第十五 雜一 135
　第十六 雜二 148
　第十七 雜三 161
　第十八 雜四 173
　第十九 雜五 183
　第二十 雜六（神祇、釋教、誹諧歌）...... 196

〔26〕**後撰和歌集**（與謝野寛, 正宗敦夫, 與謝野晶子編纂校訂）
1982年10月10日刊

* 後撰和歌集解題 1
後撰和歌集（源順, 大中臣能宣, 紀時文, 清原元輔, 坂上望城撰, 藤原伊尹別当）............ 1
　卷第一 春歌 上 3
　卷第二 春歌 中 9
　卷第三 春歌 下 14
　卷第四 夏歌 25
　卷第五 秋歌 上 33
　卷第六 秋歌 中 40
　卷第七 秋歌 下 50
　卷第八 冬歌 61
　卷第九 戀歌 一 68
　卷第十 戀歌 二 80
　卷第十一 戀歌 三 95
　卷第十二 戀歌 四 110
　卷第十三 戀歌 五 124
　卷第十四 戀歌 六 139
　卷第十五 雜歌 一 151
　卷第十六 雜歌 二 160
　卷第十七 雜歌 三 171

　卷第十八 雜歌 四 180
　卷第十九 離別 羈旅 189
　卷第二十 賀歌 哀傷 199
後撰和謌集 關戸氏片假名本（源順, 大中臣能宣, 紀時文, 清原元輔, 坂上望城撰, 藤原伊尹別当）
* 〔底本写真版一葉 卷第三 春哥下〕
　卷第一 春〔哥〕上 1
　卷第二 春〔哥〕中 8
　卷第三 春〔哥〕下 13
　卷第四 夏〔哥〕.................................... 23
　卷第五 秋〔哥〕上 32
　卷第六 秋〔哥〕中 39
　卷第七 秋〔哥〕下 49
　卷第八 冬〔哥〕.................................... 60
　卷第九 戀〔哥〕一 67
　卷第十 戀〔哥〕二 79
　卷第十一 戀〔哥〕三 94
　卷第十二 戀〔哥〕四 109
　卷第十三 戀〔哥〕五 123
　卷第十四 戀〔哥〕六 139
　卷第十五 雜〔哥〕一 151
　卷第十六 雜〔哥〕二 160
　卷第十七 雜〔哥〕三 171
　卷第十八 雜〔哥〕四 181
　卷第十九 離別〔哥〕羈旅〔本無〕...... 189
　卷第二十 慶賀〔哥〕〔伊波比〕哀傷〔兼〕... 199
　奥書 211

〔27〕**今昔物語集 上**（正宗敦夫編纂校訂）
1983年2月10日刊

〔今昔物語集 上〕..................................... 1
　卷第一 天竺 1
　卷第二 天竺 55
　卷第三 天竺 114
　卷第四 天竺付佛後 160
　卷第五 天竺付佛前 211
　卷第六 震旦付佛法 261
　卷第七 震旦付佛法 309
　卷第九 震旦付孝養 352
　卷第十 震旦付國史 406

〔28〕**今昔物語集 中**（正宗敦夫編纂校訂）
1983年2月10日刊

〔今昔物語集 中〕................................. 459
　卷第十一 本朝付佛法 459
　卷第十二 本朝付佛法 520
　卷第十三 本朝付佛法 582
　卷第十四 本朝付佛法 634

```
　　巻第十五　本朝付佛法 ……………… 692
　　巻第十六　本朝付佛法 ……………… 749
　　巻第十七　本朝付佛法 ……………… 814
　　巻第十九　本朝付佛法 ……………… 872
　　巻第二十　本朝付佛法 ……………… 950
```

〔29〕**今昔物語集 下**（正宗敦夫編纂校訂）
1983年2月10日刊

```
〔今昔物語集 下〕………………………… 1017
　　巻第二十二　本朝 …………………… 1017
　　巻第二十三　本朝付大織冠 ………… 1032
　　巻第二十四　本朝付世俗 …………… 1056
　　巻第二十五　本朝付世俗 …………… 1122
　　巻第二十六　本朝付宿報 …………… 1155
　　巻第二十七　本朝付靈鬼 …………… 1211
　　巻第二十八　本朝付世俗 …………… 1266
　　巻第二十九　本朝付悪行 …………… 1330
　　巻第三十　本朝付雑事 ……………… 1392
　　巻第三十一　本朝付雑事 …………… 1419
＊東北帝國大學狩野文庫の今昔物語（星加
　　宗一）……………………………………… 1
＊今昔物語集の奥に …………………………… 1
```

〔30〕**参考讀史餘論**（與謝野寛, 正宗敦夫, 與
謝野晶子編纂校訂）
1983年3月10日刊

```
＊参考讀史餘論 解題 ………………………… 1
＊参考讀史餘論 附録
　　＊白石先生年譜（三田葆光）……………… 1
参考讀史餘論（新井君美著, 湯淺元禎参考）… 1
　　巻一 …………………………………………… 3
　　巻二 ………………………………………… 125
　　巻三 ………………………………………… 211
```

〔31〕**拾遺和歌集　藤原公任歌集**（與謝野寛,
正宗敦夫, 與謝野晶子編纂校訂）
1982年10月10日刊

```
＊「拾遺和歌集」及び「藤原公任歌集」解
　　題（與謝野寛, 正宗敦夫, 與謝野晶子）…… 1
拾遺和歌集 ……………………………………… 1
　　巻第一 ………………………………………… 3
　　巻第二 ………………………………………… 13
　　巻第三 ………………………………………… 21
　　巻第四 ………………………………………… 31
　　巻第五 ………………………………………… 38
　　巻第六 ………………………………………… 43
　　巻第七 ………………………………………… 51
　　巻第八 ………………………………………… 61
　　巻第九 ………………………………………… 72
```

```
　　巻第十 ………………………………………… 85
　　巻第十一 ……………………………………… 91
　　巻第十二 ……………………………………… 100
　　巻第十三 ……………………………………… 109
　　巻第十四 ……………………………………… 118
　　巻第十五 ……………………………………… 126
　　巻第十六 ……………………………………… 134
　　巻第十七 ……………………………………… 146
　　巻第十八 ……………………………………… 157
　　巻第十九 ……………………………………… 166
　　巻第二十 ……………………………………… 175
藤原公任歌集（藤原公任）…………………… 187
藤原公任歌集〔原本、前大納言公任卿
　　集〕………………………………………… 189
```

〔32〕**新古今和歌集**（正宗敦夫編纂校訂）
1982年10月10日刊

```
＊新古今和歌集解題（正宗敦夫）……………… 1
新古今和歌集（源通具, 藤原有家, 藤原定
　　家, 藤原家隆, 藤原雅経撰）………………… 1
　　序 ……………………………………………… 1
　　〔真名序〕（藤原親経執筆）………………… 1
　　〔仮名序〕（藤原良経執筆）………………… 4
　　巻第一　春歌上 ……………………………… 1
　　巻第二　春歌下 ……………………………… 15
　　巻第三　夏歌 ………………………………… 26
　　巻第四　秋歌上 ……………………………… 41
　　巻第五　秋歌下 ……………………………… 62
　　巻第六　冬歌 ………………………………… 78
　　巻第七　賀歌 ………………………………… 100
　　巻第八　哀傷歌 ……………………………… 108
　　巻第九　離別歌 ……………………………… 125
　　巻第十　羈旅歌 ……………………………… 131
　　巻第十一　戀歌一 …………………………… 145
　　巻第十二　戀歌二 …………………………… 158
　　巻第十三　戀歌三 …………………………… 168
　　巻第十四　戀歌四 …………………………… 181
　　巻第十五　戀歌五 …………………………… 195
　　巻第十六　雑歌上 …………………………… 208
　　巻第十七　雑歌中 …………………………… 231
　　巻第十八　雑歌下 …………………………… 245
　　巻第十九　神祇歌 …………………………… 268
　　巻第二十　釋教歌 …………………………… 278
```

〔33〕**神皇正統記　元々集**（正宗敦夫編纂校訂）
1983年3月10日刊

```
＊北畠親房卿系譜略 …………………………… 1
＊北畠親房卿年譜略（山田孝雄）……………… 3
＊神皇正統記諸本解説略（山田孝雄）……… 13
＊神皇正統記論（山田孝雄）………………… 42
```

* 神皇正統記のはしに（正宗敦夫）……… 98
神皇正統記（北畠親房著, 正宗敦夫, 山田孝雄校訂）…………………………… 1
* 元々集解題と凡例（正宗敦夫）…………… 1
元々集（北畠親房著, 正宗敦夫校訂）…… 1
　* 附録（眞本）元々集巻第八異本神宮下〔写真版〕……………………………… 271

〔34〕千載和歌集（正宗敦夫編纂校訂）
1982年10月10日刊

* 千載和歌集解題 ………………………… 1
〔千載和歌集〕（藤原俊成撰）……………… 1
　序 ………………………………………… 1
　卷第一　春歌上 ………………………… 1
　卷第二　春歌下 ………………………… 13
　卷第三　夏歌 …………………………… 22
　卷第四　秋歌上 ………………………… 35
　卷第五　秋歌下 ………………………… 46
　卷第六　冬歌 …………………………… 58
　卷第七　離別歌 ………………………… 71
　卷第八　羈旅歌 ………………………… 75
　卷第九　哀傷歌 ………………………… 83
　卷第十　賀歌 …………………………… 95
　卷第十一　戀歌一 ……………………… 102
　卷第十二　戀歌二 ……………………… 111
　卷第十三　戀歌三 ……………………… 122
　卷第十四　戀歌四 ……………………… 131
　卷第十五　戀歌五 ……………………… 140
　卷第十六　雜歌上 ……………………… 148
　卷第十七　雜歌中 ……………………… 163
　卷第十八　雜歌下（短歌。旋頭歌。折句歌。物名。誹諧歌）………………… 181
　卷第十九　釋教歌 ……………………… 193
　卷第二十　神祇歌 ……………………… 202

〔35〕曾我物語（與謝野寬, 正宗敦夫, 與謝野晶子編纂校訂）
1983年4月10日刊

* 曾我物語解題 …………………………… 1
*「曾我物語」につきて（御橋悳言）……… 1
*「曾我物語」と史實（正宗敦夫）………… 1
曾我物語
　卷第一 …………………………………… 1
　卷第二 …………………………………… 41
　卷第三 …………………………………… 67
　卷第四 …………………………………… 89
　卷第五 …………………………………… 117
　卷第六 …………………………………… 153
　卷第七 …………………………………… 178
　卷第八 …………………………………… 205

　卷第九 …………………………………… 233
　卷第十 …………………………………… 259
　卷第十一 ………………………………… 277
　卷第十二 ………………………………… 293

〔36〕竹取物語　大和物語　住吉物語　唐物語
（正宗敦夫編纂校訂）
1982年11月10日刊

* 竹取物語解題 …………………………… 1
* 大和物語解題 …………………………… 8
* 住吉物語解題 …………………………… 14
* 唐物語解題 ……………………………… 16
竹取物語 …………………………………… 1
大和物語 …………………………………… 37
* 住吉物語の話（井上通泰）……………… 137
住吉物語 …………………………………… 149
唐物語提要（清水浜臣著）………………… 201
唐物語 ……………………………………… 213

〔37〕長秋詠藻　西行和歌全集（與謝野寬, 正宗敦夫, 與謝野晶子編纂校訂）
1982年10月10日刊

*「長秋詠藻」及び「山家集」解題 ………… 1
*〔口絵〕…………………………………… 3
長秋詠藻（藤原俊成著）…………………… 1
　上 ………………………………………… 3
　中 ………………………………………… 18
　下 ………………………………………… 38
山家和歌集（西行法師著）………………… 85
*〔口絵〕
　山家集 …………………………………… 87
　　卷上 …………………………………… 87
　　　春 …………………………………… 87
　　　夏 …………………………………… 102
　　　秋 …………………………………… 109
　　　冬 …………………………………… 130
　　　戀 …………………………………… 138
　　卷下（上）…………………………… 148
　　　雜 …………………………………… 148
　　卷下（下）…………………………… 188
　　　雜 …………………………………… 188
　山家集拾遺〔異本山家集より抄録〕…… 231
　　　春 …………………………………… 231
　　　夏 …………………………………… 234
　　　秋 …………………………………… 235
　　　冬 …………………………………… 237
　　　戀 …………………………………… 238
　　　雜 …………………………………… 239

追而加書西行上人和歌〔異本山家集より抄録〕………… 245

〔38〕**徒然草**（與謝野寬, 正宗敦夫, 與謝野晶子編纂校訂）
1983年4月10日刊

＊徒然草解題 ………………………… 1
＊徒然草（帝室御物 烏丸光廣自筆つれつれ草複製）（兼好著） ………… 17
徒然草（活字翻刻）（兼好著）………… 3

〔39〕**土佐日記 蜻蛉日記 更級日記**（正宗敦夫編纂校訂）
1983年1月10日刊

＊土佐日記解題 ……………………… 1
＊蜻蛉日記解題 ……………………… 4
＊更級日記解題 ……………………… 10
土佐日記（紀貫之著）………………… 3
蜻蛉日記（藤原道綱母著）…………… 29
更級日記（菅原孝標女著）…………… 185

〔40〕**芭蕉全集 前編**（與謝野寬, 正宗敦夫, 與謝野晶子編纂校訂）
1983年3月10日刊

＊芭蕉全集前編 解題 ………………… 1
發句集 ………………………………… 1
　春の部 ……………………………… 1
　夏の部 ……………………………… 17
　秋の部 ……………………………… 33
　冬の部 ……………………………… 53
　雜の部 ……………………………… 68
歌集 …………………………………… 71
紀行集 ………………………………… 75
　甲子吟行（別名、甲子紀行、野曝紀行、草枕、芭蕉翁通の記）……… 75
　鹿島紀行 …………………………… 83
　卯辰紀行（別名、芳野紀行、笈の小文）… 86
　更科紀行 …………………………… 97
　奥の細道 …………………………… 100
　嵯峨日記 …………………………… 122
小品集 ………………………………… 131
　移芭蕉辭 …………………………… 131
　柴門辭 ……………………………… 132
　送許六辭 …………………………… 133
　送僧專吟辭 ………………………… 133
　既望辭 ……………………………… 134
　烏賦 ………………………………… 135
　笠張説 ……………………………… 136
　閉關説 ……………………………… 136

阿羅野集序 …………………………… 137
銀河序 ………………………………… 138
伊勢紀行跋 …………………………… 138
簑蟲跋 ………………………………… 139
蘆栗集跋 ……………………………… 140
閑居箴 ………………………………… 140
机銘 …………………………………… 141
座右銘 ………………………………… 141
瓢之銘 ………………………………… 141
栖去辨 ………………………………… 142
與或人文 ……………………………… 142
弔初秋七日雨星文 …………………… 143
雲竹讚 ………………………………… 143
杵折讚 ………………………………… 144
卒塔婆小町讚 ………………………… 144
歌仙讚 ………………………………… 145
東順傳 ………………………………… 145
嵐蘭誄 ………………………………… 146
十八樓記 ……………………………… 147
鵜飼 …………………………………… 147
紙衾記 ………………………………… 148
幻住庵記 ……………………………… 148
幻住庵賦 ……………………………… 150
洒落堂記 ……………………………… 152
成秀が庭上の松を讃める詞 ………… 153
忍摺の石 ……………………………… 154
素堂亭十日菊の句會序 ……………… 154
自得箴 ………………………………… 154
生涯五十に近く ……………………… 155
伊賀大佛記 …………………………… 155
贈風弦号 ……………………………… 156
白髮吟 ………………………………… 156
歲暮 …………………………………… 156
須磨の月 ……………………………… 157
更科姨捨月之辨 ……………………… 157
煤掃説 ………………………………… 158
月見賦 ………………………………… 158
無題 …………………………………… 160
加賀國山中の湯 ……………………… 160
評語集 ………………………………… 161
　貝おほひ（別名、三十番俳諧合）… 161
　田舍の句合（其角句, 芭蕉判）…… 173
　常盤屋之句合（杉風句, 芭蕉判）… 181
　初懷紙 ……………………………… 189
　續の原（四季之句合）……………… 197
＊附錄
　去來抄（向井去來著）……………… 203
　芭蕉翁終焉記（寶井其角著）……… 248

〔41〕**芭蕉全集 後編**（與謝野寬, 正宗敦夫, 與謝野晶子編纂校訂）

1983年3月10日刊

* 芭蕉全集後編 解題 ………………………… 1
俳諧集 ………………………………………… 1
遺語集 ……………………………………… 243
消息集 ……………………………………… 273

〔42〕平家物語 上（與謝野寛, 正宗敦夫, 與謝野晶子編纂校訂）
1983年4月10日刊

* 平家物語解題 ………………………………… 1
* 平家物語序説（山田孝雄）………………… 1
平家物語 上巻
　巻第一 ……………………………………… 3
　巻第二 ……………………………………… 51
　巻第三 ……………………………………… 107
　巻第四 ……………………………………… 157
　巻第五 ……………………………………… 205
　巻第六 ……………………………………… 249

〔43〕平家物語 下（與謝野寛, 正宗敦夫, 與謝野晶子編纂校訂）
1983年4月10日刊

平家物語 下巻
　巻第七 ……………………………………… 3
　巻第八 ……………………………………… 49
　巻第九 ……………………………………… 87
　巻第十 …………………………………… 145
　巻第十一 ………………………………… 193
　巻第十二 ………………………………… 243
　灌頂巻 …………………………………… 277

〔44〕法然上人集（與謝野寛, 正宗敦夫, 與謝野晶子編纂校訂）
1983年1月10日刊

* 口絵 ……………………………………… 巻頭
* 法然上人集解題 …………………………… 1
選擇本願念佛集 ……………………………… 1
和字選擇集 ………………………………… 75
黒谷上人起請文（一名、一枚起請文）…… 156
黒谷上人御法語（一名、二枚起請文）…… 157
七個條起請文 ……………………………… 158
一念義停止起請文 ………………………… 162
浄土宗略抄 ………………………………… 165
念佛往生義 ………………………………… 178
念佛大意 …………………………………… 182
三心義 ……………………………………… 190
元久法語（一名、登山状）………………… 193
靈感二章 …………………………………… 206

讃語三章 …………………………………… 209
歌集 ………………………………………… 212

〔45〕萬葉私考 萬葉集誤字愚考（正宗敦夫編纂校訂）
1982年9月10日刊

* 萬葉私考解題（正宗敦夫）………………… 1
萬葉私考 一（宮地春樹著）………………… 1
萬葉私考 二 ………………………………… 39
萬葉私考 三 ………………………………… 61
萬葉私考 四 ………………………………… 81
萬葉私考 五 ……………………………… 101
萬葉私考 六 ……………………………… 121
萬葉私考 七 ……………………………… 165
萬葉私考 八 ……………………………… 217
萬葉私考 九 ……………………………… 257
萬葉私考 十終 …………………………… 287
書萬葉私考後（嗣仲枝）………………… 321
* 百二十年にして世に出でたる萬葉集誤字愚考（山田孝雄）
* 萬葉集誤字愚考 解題（正宗敦夫）……… 6
萬葉集誤字愚考 從一至十（大村光枝）…… 1
萬葉集誤字愚考 從十一至二十 …………… 59

〔46〕萬葉集品物圖繪（與謝野寛, 正宗敦夫, 與謝野晶子編纂校訂）
1982年9月10日刊

* 萬葉集品物圖繪解題 ………………………… 1
* 飛鳥井雅澄〔土佐偉人傳〕………………… 1
萬葉集品物圖繪
* 萬葉集品物圖繪解題追記 ………………… 1

〔47〕萬葉集略解 一（與謝野寛, 正宗敦夫, 與謝野晶子編纂校訂）
1982年9月10日刊

* 萬葉集略解解題 …………………………… 1
萬葉集略解序
* 凡例
萬葉集略解
　萬葉集 巻第一 …………………………… 1
　萬葉集 巻第二 …………………………… 79
　萬葉集 巻第三 ………………………… 183

〔48〕萬葉集略解 二（與謝野寛, 正宗敦夫, 與謝野晶子編纂校訂）
1982年9月10日刊

萬葉集略解
　萬葉集 巻第三下 ………………………… 1

萬葉集 巻第四 ……………………… 83
　　萬葉集 巻第五 ……………………… 209

〔49〕**萬葉集略解 三**(與謝野寬, 正宗敦夫, 與
　　謝野晶子編纂校訂)
1982年9月10日刊

萬葉集略解
　　萬葉集 巻第六 ……………………… 1
　　萬葉集 巻第七 ……………………… 91

〔50〕**萬葉集略解 四**(與謝野寬, 正宗敦夫, 與
　　謝野晶子編纂校訂)
1982年9月10日刊

萬葉集略解
　　萬葉集 巻第八 ……………………… 1
　　萬葉集 巻第九 ……………………… 101
　　萬葉集 巻第十 ……………………… 189

〔51〕**萬葉集略解 五**(與謝野寬, 正宗敦夫, 與
　　謝野晶子編纂校訂)
1982年9月10日刊

萬葉集略解
　　萬葉集 巻第十下 …………………… 1
　　萬葉集 巻第十一 …………………… 89

〔52〕**萬葉集略解 六**(與謝野寬, 正宗敦夫, 與
　　謝野晶子編纂校訂)
1982年9月10日刊

萬葉集略解
　　萬葉集 巻第十二 …………………… 1
　　萬葉集 巻第十三 …………………… 133

〔53〕**萬葉集略解 七**(與謝野寬, 正宗敦夫, 與
　　謝野晶子編纂校訂)
1982年9月10日刊

萬葉集略解
　　萬葉集 巻第十四 …………………… 1
　　萬葉集 巻第十五 …………………… 107
　　萬葉集 巻第十六 …………………… 171
　　萬葉集 巻第十七 …………………… 251

〔54〕**萬葉集略解 八**(與謝野寬, 正宗敦夫, 與
　　謝野晶子編纂校訂)
1982年9月10日刊

萬葉集略解
　　萬葉集 巻第十八 …………………… 1

　　萬葉集 巻第十九 …………………… 63
　　萬葉集 巻第二十 …………………… 149

〔55〕**御堂關白記 上**(與謝野寬, 正宗敦夫, 與
　　謝野晶子編纂校訂)
1982年12月10日刊

＊口絵 ……………………………………… 巻頭
＊御堂關白記解題 ………………………… 1
御堂關白記 上巻(藤原道長著) ………… 1
　　長徳四年 ……………………………… 3
　　長保元年 ……………………………… 4
　　長保二年 ……………………………… 15
　　長保六年 ……………………………… 24
　　寬弘二年 ……………………………… 71
　　寬弘三年 ……………………………… 101
　　寬弘四年 ……………………………… 131
　　寬弘五年 ……………………………… 160
　　寬弘六年 ……………………………… 179
　　寬弘七年 ……………………………… 200
　　寬弘八年 ……………………………… 231

〔56〕**御堂關白記 下**(與謝野寬, 正宗敦夫, 與
　　謝野晶子編纂校訂)
1982年12月10日刊

＊口絵 ……………………………………… 巻頭
御堂關白記 下巻(藤原道長著) ………… 1
　　寬弘九年 ……………………………… 3
　　長和二年 ……………………………… 47
　　長和四年 ……………………………… 98
　　長和五年 ……………………………… 133
　　長和六年 ……………………………… 177
　　寬仁二年 ……………………………… 220
　　寬仁三年 ……………………………… 261
　　寬仁四年 ……………………………… 271
　　寬仁五年 ……………………………… 272
　　長徳元年 ……………………………… 273
御堂關白歌集 …………………………… 277
＊御堂關白歌集の後に(與謝野晶子)…… 1

〔57〕**紫式部日記 紫式部家集 枕草子 清少
　　納言家集**(正宗敦夫編纂校訂)
1982年1月10日刊

＊口絵 ……………………………………… 巻頭
＊紫式部日記及び紫式部家集解題 ……… 1
＊清少納言(枕草子)解題 ………………… 2
＊清少納言家集〔解題〕 ………………… 15
＊紫式部日記考(星加宗一) ……………… 1
紫式部日記 ……………………………… 39
紫式部家集 ……………………………… 95

清少納言(枕草子) ……………………… 113
清少納言家集 …………………………… 329

---

[080] 三弥井古典文庫
三弥井書店
全9巻
1993年3月～2018年6月

※2000年4月までに刊行の2冊は、『日本古典文学全集 内容綜覧』〔第Ⅰ期〕に収録

〔3〕雨月物語(田中康二, 木越俊介, 天野聡一編)
2009年12月22日刊

*解説 ………………………………………… i
　*一 上田秋成と『雨月物語』(天野聡一) … i
　*二 文学史上の『雨月物語』(木越俊介) …………………………………………… vii
　*三 研究史・受容史のなかの『雨月物語』(田中康二) ……………………… xi
*凡例 …………………………………… xvi
雨月物語序 ………………………………… 1
　書き下し文(田中康二注釈ほか) ………… 1
雨月物語 巻之一 …………………………… 4
　白峯(しらみね)(天野聡一注釈ほか) …… 4
　菊花の約(きくかはのちぎり)(田中康二注釈ほか) …………………………………… 32
雨月物語 巻之二 ………………………… 62
　浅茅が宿(あさぢがやど)(木越俊介注釈ほか) …………………………………… 62
　夢応の鯉魚(むをうのりぎよ)(田中康二注釈ほか) ……………………………… 90
雨月物語 巻之三 ………………………… 109
　仏法僧(ぶつぽうそう)(田中康二注釈ほか) …………………………………… 109
　吉備津の釜(きびつのかま)(木越俊介注釈ほか) …………………………………… 130
雨月物語 巻之四 ………………………… 158
　蛇性の婬(じやせいのいん)(天野聡一注釈ほか) …………………………………… 158
雨月物語 巻之五 ………………………… 210
　青頭巾(あをづきん)(木越俊介注釈ほか) … 210
　貧福論(ひんぷくろん)(天野聡一注釈ほか) …………………………………… 233
雨月物語刊記(天野聡一注釈) …………… 260
*参考文献一覧(天野聡一編) …………… 261
　*一 本文・索引・影印 ………………… 261
　*二 注釈 ………………………………… 262
　*三 研究書 ……………………………… 262
　*四 雑誌特集号 ………………………… 265

〔4〕おくのほそ道（鈴木健一, 櫻片真王, 倉島利仁編）
2007年6月15日刊

* 解説（鈴木健一）……………………………… i
  * 一　芭蕉の生涯とその作品 ………………… i
  * 二　『おくのほそ道』 ……………………… vi
* 凡例 ……………………………………………… x
本文 ……………………………………………… 1
　〔一〕　発端 …………………………………… 1
　〔二〕　旅立ち ………………………………… 5
　〔三〕　草加 …………………………………… 8
　〔四〕　室の八島 ……………………………… 10
　〔五〕　仏五左衛門 …………………………… 13
　〔六〕　日光 …………………………………… 15
　〔七〕　那須野 ………………………………… 20
　〔八〕　黒羽 …………………………………… 23
　〔九〕　雲巌寺 ………………………………… 26
　〔十〕　殺生石 ………………………………… 29
　〔十一〕遊行柳 ………………………………… 31
　〔十二〕白河の関 ……………………………… 34
　〔十三〕須賀川 ………………………………… 36
　〔十四〕あさか山 ……………………………… 40
　〔十五〕信夫の里 ……………………………… 42
　〔十六〕佐藤庄司の旧跡 ……………………… 44
　〔十七〕飯塚 …………………………………… 48
　〔十八〕笠島 …………………………………… 51
　〔十九〕武隈 …………………………………… 53
　〔二〇〕宮城野 ………………………………… 56
　〔二一〕壺の碑 ………………………………… 61
　〔二二〕末の松山 ……………………………… 65
　〔二三〕塩竃 …………………………………… 68
　〔二四〕松島 …………………………………… 71
　〔二五〕瑞巌寺 ………………………………… 77
　〔二六〕石巻 …………………………………… 79
　〔二七〕平泉 …………………………………… 83
　〔二八〕尿前の関 ……………………………… 88
　〔二九〕山刀伐峠 ……………………………… 92
　〔三〇〕尾花沢 ………………………………… 95
　〔三一〕立石寺 ………………………………… 98
　〔三二〕大石田 ………………………………… 101
　〔三三〕最上川 ………………………………… 104
　〔三四〕羽黒山 ………………………………… 107
　〔三五〕月山・湯殿山 ………………………… 112
　〔三六〕酒田 …………………………………… 118
　〔三七〕象潟 …………………………………… 121
　〔三八〕越後路 ………………………………… 129
　〔三九〕市振 …………………………………… 133
　〔四〇〕加賀入り ……………………………… 139
　〔四一〕金沢 …………………………………… 142
　〔四二〕多太神社 ……………………………… 146
　〔四三〕那谷 …………………………………… 149
　〔四四〕山中 …………………………………… 152
　〔四五〕全昌寺 ………………………………… 157
　〔四六〕汐越の松・天龍寺・永平寺 ………… 160
　〔四七〕福井 …………………………………… 163
　〔四八〕敦賀 …………………………………… 167
　〔四九〕種の浜 ………………………………… 171
　〔五〇〕大垣 …………………………………… 173
* 参考文献一覧（田中仁作成）………………… 176
  * A 『おくのほそ道』主要注釈 ……………… 176
  * B 芭蕉発句関連 ……………………………… 176
  * C その他 …………………………………… 177
* 景物一覧（田代一葉作成）…………………… 179
* 発句索引（季語一覧）………………………… 182
* 人名・地名・寺社名索引 ……………………… 185

〔5〕御伽百物語（藤川雅恵編著）
2017年5月30日刊

* 元禄バブルの走馬灯─『御伽百物語』という作品の魅力 ……………………………… iv
* 凡例 ……………………………………………… viii
御伽百物語 序 …………………………………… 1
巻一の一　剪刀師（はさみし）竜宮に入る ……… 5
　* 見どころ・読みどころ─竜宮と道真の縁─ ……………………………………… 10
巻一の二　貉（むじな）の祟り ……………… 12
　* 見どころ・読みどころ─人を化かすのはだれ？─ ………………………………… 18
巻一の三　石塚の盗人（いしづかのぬすびと）…… 21
　* 見どころ・読みどころ─古墳盗掘の呪い─ …………………………………………… 27
巻一の四　灯火（ともしび）の女 …………… 30
　* 見どころ・読みどころ─離れない女の怨霊─ ………………………………………… 36
巻一の五　宮津の妖（ばけもの） …………… 39
　* 見どころ・読みどころ─人間の欲が呼び寄せる妖怪─ …………………………… 46
巻二の一　岡崎村の相撲 ………………………… 48
　* 見どころ・読みどころ─相撲禁令と生類憐れみの令─ …………………………… 55
巻二の二　宿世の縁（すくせのえん） ………… 58
　* 見どころ・読みどころ─小泉八雲が好んだ恋物語─ ……………………………… 64
巻二の三　淀屋（よどや）の屏風 ……………… 67
　* 見どころ・読みどころ─元禄の豪商と日本画壇─ ………………………………… 72
巻二の四　亀嶋（かめしま）七郎が奇病 ……… 75
　* 見どころ・読みどころ─堺のミステリー─ …………………………………………… 81
巻二の五　桶町（おけてう）の譲（ゆづり）の井 …… 83

* 見どころ・読みどころ―二人の息子の謎― ……… 90
巻三の一 六条の妖怪(ようくわい) ……… 93
* 見どころ・読みどころ―江戸のポルターガイスト― ……… 100
巻三の二 猿畠山(さるはたやま)の仙 ……… 103
* 見どころ・読みどころ―仙人たちの楽園― ……… 109
巻三の三 七尾の妖女(ななをのようぢよ) ……… 112
* 見どころ・読みどころ―人間以外との恋― ……… 119
巻三の四 奈良饅頭(まんぢう) ……… 121
* 見どころ・読みどころ―冥界を往来する高僧― ……… 125
巻三の五 五道(だう)の冥官(めうくわん) ……… 127
* 見どころ・読みどころ―死後の世界の有無― ……… 133
巻四の一 有馬富士 ……… 136
* 見どころ・読みどころ―芋粥の誤読― ……… 146
巻四の二 雲浜(くものはま)の妖怪 ……… 149
* 見どころ・読みどころ―吐き出す妖術― ……… 154
巻四の三 恨み晴れて縁を結ぶ ……… 157
* 見どころ・読みどころ―重なり合う因果― ……… 166
巻四の四 絵の婦人(ゑのをんなひと)に契る ……… 169
* 見どころ・読みどころ―怪談に利用された浮世絵師― ……… 174
巻五の一 花形の鏡 ……… 176
* 見どころ・読みどころ―鬼神否定の儒者― ……… 185
巻五の二 百鬼夜行(やぎやう) ……… 188
* 見どころ・読みどころ―化け物は誰?― ……… 200
巻五の三 人(ひと)の肉を食らふ ……… 204
* 見どころ・読みどころ―不治の病の妙薬― ……… 211
巻六の一 木偶人と語る(もくぐうひととかたる) ……… 214
* 見どころ・読みどころ―箱庭の忠臣蔵― ……… 222
巻六の二 桃の翁(ももゐのおきな) ……… 225
* 見どころ・読みどころ―高僧の条件― ……… 232
巻六の三 勝尾の怪女(かちおのくわいぢよ) ……… 234
* 見どころ・読みどころ―本陣妖怪事件― ……… 238
巻六の四 福引きの糸 ……… 240
* 見どころ・読みどころ―恋愛というファンタジー― ……… 248
巻六の五 黄金の精(わうごんのせい) ……… 250

* 見どころ・読みどころ―百物語から化け物が出る?― ……… 254
* あとがき(藤川雅恵) ……… 256

〔6〕西鶴諸国はなし(西鶴研究会編)
2009年3月12日刊

* 永遠のバロック―『西鶴諸国はなし』は終わらない(篠原進) ……… v
* 凡例 ……… x
序文 ……… 1
　* 鑑賞の手引き 西鶴の「はなし」を聞く―序文の提示するもの(有働裕) ……… 2
巻一の一 公事(くじ)は破らずに勝つ(有働裕注釈) ……… 4
　* 鑑賞の手引き 学頭の「知恵」と伝承―序文との連続性(有働裕) ……… 7
巻一の二 見せぬ所は女大工(をんなだいく)(岡島由佳注釈) ……… 9
　* 鑑賞の手引き 屋守の怪異と女の世界(岡島由佳) ……… 12
巻一の三 大晦日(おほつごもり)はあはぬ算用(さんよう)(南陽子注釈) ……… 14
　* 鑑賞の手引き 「奇」の所在―かれこれ武士のつきあひ、格別ぞかし(南陽子) ……… 19
巻一の四 傘の御託宣(からかさのごたくせん)(加藤裕一注釈) ……… 21
　* 鑑賞の手引き 西鶴の利用した話のパターンと創作の方法(加藤裕一) ……… 24
巻一の五 不思議(ふしぎ)のあし音(おと)(染谷智幸注釈) ……… 26
　* 鑑賞の手引き 男装の女主人は大阪で何を買うのか(染谷智幸) ……… 30
巻一の六 雲中の腕(うんちゆうのうで)押し(濱口順一注釈) ……… 32
　* 鑑賞の手引き サイカク・コード(濱口順一) ……… 36
巻一の七 狐四天王(きつねしてんわう)(森田雅也注釈) ……… 38
　* 鑑賞の手引き 狐の復讐(森田雅也) ……… 42
巻二の一 姿(すがた)の飛び乗物(のりもの)(畑中千晶注釈) ……… 44
　* 鑑賞の手引き 「キレイなお姉さんは好きですか」(畑中千晶) ……… 47
巻二の二 十二人の俄坊主(にはかばうず)(水谷隆之注釈) ……… 49
　* 鑑賞の手引き 淡島の女神と男たち(水谷隆之) ……… 52
巻二の三 水筋(みづすぢ)の抜け道(神山瑞生注釈) ……… 54
　* 鑑賞の手引き ゆがむ因果(神山瑞生) ……… 58
巻二の四 残る物とて金の鍋(なべ)(早川由美注釈) ……… 60

＊鑑賞の手引き 仙人ってどういう人？（早川由美）……64
巻二の五 夢路の風車（ゆめぢのかざぐるま）（宮本祐規子注釈）……67
＊鑑賞の手引き 異世界の記号（宮本祐規子）……71
巻二の六 男地蔵（をとこぢざう）（森耕一注釈）……73
＊鑑賞の手引き 都市型犯罪の不思議（森耕一）……76
巻二の七 神鳴の病中（かみなりのびやうちゆう）（早川由美注釈）……78
＊鑑賞の手引き 一番欲深いのは誰？（早川由美）……82
巻三の一 蚤の籠抜け（のみのかごぬけ）（糸川武志注釈）……85
＊鑑賞の手引き 軽妙さの向こう側に（糸川武志）……90
巻三の二 面影の焼残り（やけのこり）（井上和人注釈）……92
＊鑑賞の手引き よみがえりは幸か不幸か（井上和人）……96
巻三の三 お霜月（しもつき）の作り髭（つくりひげ）（佐伯友紀子注釈）……98
＊鑑賞の手引き 酒の失敗が招いた「馬鹿」話（佐伯友紀子）……101
巻三の四 紫女（むらさきをんな）（大久保順子注釈）……103
＊鑑賞の手引き 妖女の「雅」と「俗」（大久保順子）……107
巻三の五 行末の宝舟（ゆくすゑのたからぶね）（藤川雅恵注釈）……109
＊鑑賞の手引き 異郷訪問譚のダークサイド（藤川雅恵）……113
巻三の六 八畳敷の蓮の葉（はちでふじきのはすのは）（宮澤照恵注釈）……115
＊鑑賞の手引き 「竜の天上」から「策彦の涙」へ―謎掛と咄の原点（宮澤照恵）……118
巻三の七 因果（いんぐわ）の抜け穴（広嶋進注釈）……120
＊鑑賞の手引き さかさまの惨劇（広嶋進）……124
巻四の一 形は昼のまね（速水香織注釈）……126
＊鑑賞の手引き 人形芝居に「執心」したのは誰？（速水香織）……129
巻四の二 忍び扇の長歌（ながうた）（水谷隆之注釈）……131
＊鑑賞の手引き 身分違いの恋（水谷隆之）……135
巻四の三 命に替（か）はる鼻の先（松村美奈注釈）……137
＊鑑賞の手引き 宝亀院は高野山を救えたのか!?（松村美奈）……140

巻四の四 驚くは三十七度（と）（市毛舞子注釈）……142
＊鑑賞の手引き 三十七羽の呪い（市毛舞子）……145
巻四の五 夢に京より戻る（平林香織注釈）……147
＊鑑賞の手引き 藤の精の苦しみ（平林香織）……150
巻四の六 力なしの大仏（おほほとけ）（河合眞澄注釈）……152
＊鑑賞の手引き 日常風景に見る「錬磨」のわざ（河合眞澄）……155
巻四の七 鯉（こひ）の散らし紋（空井伸一注釈）……157
＊鑑賞の手引き 境界上の独身者（空井伸一）……160
巻五の一 挑灯に朝顔（てうちんにあさがほ）（石塚修注釈）……162
＊鑑賞の手引き 茶の湯は江戸の「社長のゴルフ」だった（石塚修）……165
巻五の二 恋の出見世（でみせ）（杉本好伸注釈）……167
＊鑑賞の手引き 〈謎〉と〈ぬけ〉手法―読者に求められる話の背後への透視（杉本好伸）……170
巻五の三 楽しみの鱚鮖の手（まこので）（浜田泰彦注釈）……174
＊鑑賞の手引き 死の伝達者・鱚鮖（浜田泰彦）……177
巻五の四 闇（くら）がりの手形（鈴木千恵子注釈）……179
＊鑑賞の手引き 死への手形（鈴木千恵子）……183
巻五の五 熱心の息筋（いきすぢ）（藤川雅恵注釈）……185
＊鑑賞の手引き 西鶴と荘子（藤川雅恵）……188
巻五の六 身を捨てて油壺（あぶらつぼ）（有働裕注釈）……191
＊鑑賞の手引き 「油さし」の謎―西鶴の問いかけ（有働裕）……194
巻五の七 銀（かね）が落としてある（篠原進注釈）……196
＊鑑賞の手引き 反転する陽画（篠原進）……199
＊参考資料―典拠となったと思われる文章……201
＊定点観測の時代―動く芭蕉、動かない西鶴（染谷智幸）……211
＊あとがき（有働裕）……216
＊執筆者一覧……219

〔7〕南総里見八犬伝名場面集（湯浅佳子編）
2007年9月20日刊

＊解説……ⅰ

＊一　作品の背景 …………………… i
＊二　作品の理念 …………………… iii
＊三　『八犬伝』諸本、書誌についての
　　　参考文献 …………………… xvii
＊凡例 ………………………………… xvii
南総里見八犬伝名場面集 本文 ………… 1
　肇輯 ………………………………… 1
　　巻之一第一回 …………………… 1
　　　義実龍を見る ………………… 1
　　巻之二第四回「金椀との出会い」…… 8
　　巻之三第六回「玉梓の処刑」…… 14
　　巻之五第九回「八房、伏姫を請う」… 24
　　巻之五第十回「伏姫の富山入り」… 34
　第二輯 …………………………… 37
　　巻之一第十二回「伏姫の受胎」… 37
　　巻之二第十三回「伏姫の切腹」… 51
　　巻之三第十六回「手束、玉を得る」… 60
　　巻之四第十七回「信乃の成長」… 64
　　巻之五第十九回「番作の自害」… 69
　　巻之五第十九回「信乃、犬士となる」… 80
　第三輯 …………………………… 87
　　巻之五第二十九回「額蔵、犬山道節
　　　に挑む」 ……………………… 87
　第四輯 …………………………… 92
　　巻之一第三十一回「芳流閣の戦」… 92
　第五輯 …………………………… 102
　　巻之一第四十回「親兵衛の神隠し」… 102
　第六輯 …………………………… 107
　　巻之一第五十二回「船虫と小文吾」… 107
　　巻之三第五十六回「遊女旦毛野と小
　　　文吾」 ……………………… 111
　　巻之五下第六十回「現八、怪物の目
　　　を射る」 ……………………… 122
　第七輯 …………………………… 128
　　巻之二第六十五回「雛衣、一角を倒
　　　す」 ………………………… 128
　　巻之四第六十八回「浜路、信乃に恋
　　　慕する」 ……………………… 134
　　巻之七第七十三回「小文吾、暴れ牛
　　　を制す」 ……………………… 142
　第八輯 …………………………… 144
　　上帙巻之一第七十四回 ……… 144
　　巻之一第七十五回「小文吾、船虫を
　　　捕らえる」 …………………… 148
　　巻之四上套第八十回「相模小猴子」… 156
　第九輯上套 ……………………… 164
　　巻之五第回「幻の浜路姫」 …… 165
　　巻之六第三回「親兵衛現れる」… 174
　第九輯中帙 ……………………… 182
　　巻之十第百十一回「親兵衛流罪」… 182
　　巻之十一第百十三「伏姫、妙椿を蹴
　　　る」 ………………………… 187

巻之十二下第百十五「親兵衛、孝嗣
　と戦う」 ……………………… 191
第九輯下帙之上 ………………… 196
　巻之十六第百二十一回「親兵衛、素
　藤と妙椿を討つ」 ……………… 196
第九輯下帙中 …………………… 205
　巻之二十一第百三十一回「八犬士揃
　う」 ………………………… 205
第九輯下帙之下乙号上 ………… 211
　巻之二十九第百四十六回「親兵衛の
　妖虎退治」 …………………… 211
第九輯下帙下編之上 …………… 223
　巻之四十第百六十六回「信乃、火牛
　の法で敵を破る」 ……………… 223
第九輯下帙下編之中下 ………… 230
　巻之四十二上、第百六十九回「親兵
　衛の仁」 ……………………… 230
第九輯結局編 …………………… 240
　巻之四十七下第百七十八回「大施餓
　鬼会」 ……………………… 240
　巻之四十九第百七十九回下「村雨丸
　献上」 ……………………… 245

〔8〕芭蕉・蕪村 春夏秋冬を詠む 春夏編（深
沢眞二, 深沢了子編）
2015年9月11日刊

＊はじめに―概説 …………………… 2
＊凡例 ………………………………… 21
春 …………………………………… 23
　一　新年 ………………………… 24
　　芭蕉 …………………………… 32
　　蕪村 …………………………… 37
　　＊コラム「暦」（深沢了子） …… 43
　　＊レポートのために …………… 46
　二　花 …………………………… 48
　　芭蕉 …………………………… 56
　　蕪村 …………………………… 59
　　＊コラム「花札の桜、財布の中の桜」
　　　（深沢眞二） ………………… 64
　　＊レポートのために …………… 68
　三　蛙 …………………………… 70
　　芭蕉 …………………………… 76
　　＊コラム「スリランカの古池句」（深
　　　沢眞二） …………………… 80
　　蕪村 …………………………… 83
　　＊レポートのために …………… 89
　四　三月三日 …………………… 90
　　芭蕉 …………………………… 98
　　蕪村 …………………………… 100
　　＊コラム「節分豆撒き恵方巻き」（深
　　　沢了子） …………………… 105

＊レポートのために ………………… 109
　五　行く春・暮春 …………………… 110
　　＊コラム「青春について」(深沢眞二)
　　　…………………………………… 115
　　芭蕉 ……………………………… 118
　　蕪村 ……………………………… 123
　　＊レポートのために ………………… 129
夏 …………………………………… 131
　六　衣更え …………………………… 110
　　芭蕉 ……………………………… 138
　　蕪村 ……………………………… 144
　　＊コラム「衣配り」(深沢了子) …… 148
　　＊レポートのために ………………… 151
　七　五月雨 …………………………… 152
　　芭蕉 ……………………………… 155
　　＊コラム「芭蕉の笠」(深沢眞二) … 162
　　蕪村 ……………………………… 165
　　＊レポートのために ………………… 168
　八　ほととぎす ……………………… 170
　　芭蕉 ……………………………… 175
　　＊コラム「聞きなしについて」(深沢
　　　眞二) ………………………… 180
　　蕪村 ……………………………… 183
　　＊レポートのために ………………… 187
　九　若葉 ……………………………… 188
　　芭蕉 ……………………………… 192
　　蕪村 ……………………………… 198
　　＊コラム「俳画」(深沢了子) ……… 202
　　＊レポートのために ………………… 206
　十　短夜 ……………………………… 208
　　芭蕉 ……………………………… 213
　　蕪村 ……………………………… 217
　　＊コラム「化け物」(深沢了子) …… 220
　　＊レポートのために ………………… 224

〔9〕芭蕉・蕪村 春夏秋冬を詠む 秋冬編(深沢眞二、深沢了子編)
2016年2月15日刊

＊はじめに ……………………………… 2
＊凡例 …………………………………… 5
秋 ……………………………………… 7
　十一　紅葉付鹿 ……………………… 8
　　＊コラム「謡曲の『狩り』」(深沢了
　　　子) …………………………… 17
　　芭蕉 ……………………………… 21
　　蕪村 ……………………………… 26
　　＊レポートのために ………………… 31
　十二　月 ……………………………… 32
　　芭蕉 ……………………………… 49
　　蕪村 ……………………………… 52
　　＊レポートのために ………………… 57
　　＊コラム「かぐや姫の言葉遊び」(深
　　　沢了子) ……………………… 58
　十三　砧 ……………………………… 62
　　＊コラム「蘇武が日本にやってきた」
　　　(深沢眞二) …………………… 72
　　芭蕉 ……………………………… 75
　　蕪村 ……………………………… 80
　　＊レポートのために ………………… 84
　十四　虫 ……………………………… 86
　　芭蕉 ……………………………… 94
　　蕪村 ……………………………… 99
　　＊コラム「鳴く虫、鳴かぬ虫」(深沢
　　　了子) ………………………… 105
　　＊レポートのために ………………… 108
　十五　秋の暮 ………………………… 110
　　＊コラム「真如堂の秋の暮」(深沢眞
　　　二) …………………………… 115
　　芭蕉 ……………………………… 118
　　蕪村 ……………………………… 123
　　＊レポートのために ………………… 128
冬 …………………………………… 129
　十六　時雨 …………………………… 130
　　芭蕉 ……………………………… 135
　　＊コラム「挑戦する『猿蓑』」(深沢眞
　　　二) …………………………… 139
　　蕪村 ……………………………… 142
　　＊レポートのために ………………… 147
　十七　雪 ……………………………… 148
　　芭蕉 ……………………………… 158
　　蕪村 ……………………………… 162
　　＊コラム「蛍と雪」(深沢了子) …… 166
　　＊レポートのために ………………… 170
　十八　枯野 …………………………… 172
　　芭蕉 ……………………………… 180
　　＊コラム「芥川の見た「枯野」」(深沢
　　　眞二) ………………………… 186
　　蕪村 ……………………………… 189
　　＊レポートのために ………………… 194
　十九　冬籠り ………………………… 196
　　芭蕉 ……………………………… 201
　　蕪村 ……………………………… 205
　　＊コラム「こたつにみかん」(深沢了
　　　子) …………………………… 208
　　＊レポートのために ………………… 212
　二十　年の暮 ………………………… 214
　　芭蕉 ……………………………… 222
　　蕪村 ……………………………… 225
　　＊レポートのために ………………… 229
　　＊コラム「忘年会」(深沢眞二) …… 230
＊歌句索引 …………………………… 233

〔10〕春雨物語（井上泰至，一戸渉，三浦一朗，山本綏子編）
2012年4月5日刊

- ＊解説 i
  - ＊上田秋成と『春雨物語』（山本綏子） i
  - ＊研究史・受容史の中の『春雨物語』（三浦一朗） v
  - ＊文化五年本『春雨物語』の可能性（井上泰至） xii
- ＊凡例 xv
- 本文 1
  - 春雨物語 上 1
    - 序（山本綏子注釈ほか） 1
    - 血かたびら（一戸渉注釈ほか） 4
    - 天津をとめ（山本綏子注釈ほか） ... 30
    - 海賊（一戸渉注釈ほか） 60
    - 二世の縁（にせのえにし）（井上泰至注釈ほか） 85
    - 目ひとつの神（山本綏子注釈ほか） 97
    - 死首の咲顔（しにくびのゑがほ）（三浦一朗注釈ほか） 116
  - 春雨物語 下 145
    - 捨石丸（山本綏子注釈ほか） 145
    - 宮木が塚（井上泰至注釈ほか） 171
    - 歌のほまれ（一戸渉注釈ほか） 192
    - 樊噲（三浦一朗注釈ほか） 199
- ＊参考文献一覧（一戸渉） 270
  - ＊一 影印・翻刻 270
  - ＊二 注釈 271
  - ＊三 研究書 271
  - ＊四 雑誌特集号 273
  - ＊五 その他 273

〔11〕武家義理物語（井上泰至，木越俊介，浜田泰彦編著）
2018年6月5日刊

- ＊井原西鶴について（浜田泰彦） 1
- ＊作品の魅力（木越俊介） 6
- ＊小説の焦点―『武家義理物語』における「義理」の位置（井上泰至） 10
- ＊凡例 14
- ＊目録（章題と副題および語釈） 17
- 本文 24
  - 序 24
    - ＊読みの手引き（井上泰至） 25
  - 巻一 28
    - 一、我が物ゆゑに裸川（はだかがは） 28
      - ＊読みの手引き（井上泰至） 32
    - 二、黒子（ほくろ）はむかしの面影（おもかげ） 37
      - ＊読みの手引き（木越俊介） 42
    - 三、衆道（しゅだう）の友呼ぶ千鳥香炉（ちどりかうろ） 46
      - ＊読みの手引き（浜田泰彦） 51
    - 四、神の咎（とが）めの榎木屋敷（えのきやしき） 56
      - ＊読みの手引き（木越俊介） 59
    - 五、死なば同じ浪枕（なみまくら）とや 62
      - ＊読みの手引き（浜田泰彦） 66
  - 巻二 70
    - 一、身代（しんだい）破る風の傘（からかさ） 70
    - 二、御堂（みだう）の太鼓（たいこ）打つたり敵（かたき） 75
      - ＊読みの手引き 巻二の一・巻二の二（浜田泰彦） 81
    - 三、松風ばかりや残るらん脇差（わきざし） 88
      - ＊読みの手引き（木越俊介） 93
    - 四、我が子を打ち替へ手（で） 96
      - ＊読みの手引き（井上泰至） 98
  - 巻三 102
    - 一、発明は瓢箪より出る 102
      - ＊読みの手引き（木越俊介） ... 107
    - 二、約束は雪の朝飯 110
      - ＊読みの手引き（井上泰至） ... 113
    - 三、具足（ぐそく）着てこれ見たか 116
      - ＊読みの手引き（井上泰至） ... 118
    - 四、思ひも寄らぬ首途（かど）の嫁入り 122
      - ＊読みの手引き（井上泰至） ... 128
    - 五、家中（かちう）に隠れなき蛇嫌ひ 132
      - ＊読みの手引き（浜田泰彦） ... 136
  - 巻四 140
    - 一、なるほど軽い縁組（ゑんぐみ） 140
      - ＊読みの手引き（浜田泰彦） ... 146
    - 二、せめては振袖着てなりとも 151
      - ＊読みの手引き（木越俊介） ... 157
    - 三、恨みの数読む永楽通宝（えいらくつほう） 160
      - ＊読みの手引き（井上泰至） ... 164
    - 四、丸綿（まるわた）かづきて偽りの世渡り 168
      - ＊読みの手引き（浜田泰彦） ... 171
  - 巻五 176
    - 一、大工が拾ふ曙のかね 176
      - ＊読みの手引き（木越俊介） ... 181
    - 二、同じ子ながら捨てたり抱いたり 184
      - ＊読みの手引き（井上泰至） ... 187
    - 三、人の言葉の末みたがよい 190
      - ＊読みの手引き（木越俊介） ... 194
    - 四、申し合はせし事も空（むな）しき刀 197
      - ＊読みの手引き（木越俊介） ... 199

五、身がな二つ二人の男に ……… 203
　＊読みの手引き(浜田泰彦) ……… 207
巻六 ……… 212
一、筋目(すぢめ)を作り髭(ひげ)の男 … 212
　＊読みの手引き(井上泰至) ……… 217
二、表向きは夫婦の中垣(なかがき) … 224
　＊読みの手引き(木越俊介) ……… 228
三、後(のち)にぞ知るる恋の闇打(やみうち) ……… 232
　＊読みの手引き(井上泰至) ……… 238
四、形(すがた)の花とは前髪(まへがみ)の時 ……… 241
　＊読みの手引き(浜田泰彦) ……… 246
＊参考文献 ……… 251
＊『武家義理物語』を読むために … 251
＊古典武道書を読むために ……… 251
＊近世の武家・武家の義理を知るために ……… 252

[081] 連歌大観
古典ライブラリー
全3巻
2016年7月〜2017年12月
(廣木一人, 松本麻子編)

第1巻
2016年7月25日刊

＊刊行のことば(廣木一人, 松本麻子) … 巻頭
＊『連歌大観』第一巻 凡例
菟玖波集〈広島大学蔵本〉(二条良基, 救済編纂) … 9
新撰菟玖波集〈筑波大学蔵本〉(一条冬良, 宗祇撰) ……… 91
金葉和歌集(二度本)〈ノートルダム清心女子大学正宗文庫蔵本〉(源俊頼撰) ……… 163
金葉和歌集(三奏本)〈国立歴史民俗博物館高松宮旧蔵本〉(源俊頼撰) ……… 164
散木奇歌集〈冷泉家本〉〈冷泉家時雨亭文庫蔵本〉(源俊頼自撰) ……… 165
散木奇歌集〈書陵部本〉〈書陵部蔵五〇一・七二三〉(源俊頼自撰) ……… 169
名所句集〈静嘉堂文庫蔵本〉 ……… 173
月次発句〈長谷寺豊山文庫蔵本〉 ……… 207
宗砌等日発句〈大東急記念文庫蔵本〉(宗砌撰) … 208
専順等日発句〈金子本〉〈広島大学金子文庫蔵本〉(専順, 宗砌, 行助, 心敬, 親当(智蘊), 忍誓, 能阿, 祖阿ほか発句) ……… 213
専順等日発句〈伊地知本〉〈早稲田大学伊地知文庫蔵本〉(専順, 宗砌, 行助, 心敬, 親当(智蘊), 忍誓, 能阿, 祖阿ほか発句) ……… 217
聖廟法楽日発句〈大東急記念文庫蔵本〉 ……… 222
梵灯庵日発句〈吉川本〉〈吉川史料館蔵本〉 ……… 227
梵灯庵日発句〈天満宮本〉〈大阪天満宮蔵本〉 ……… 232
宗砌日発句〈九州大学蔵本〉 ……… 236
宗祇日発句〈大阪天満宮蔵本〉 ……… 241
兼載日発句〈大阪天満宮蔵本〉 ……… 250
宗長日発句〈天理図書館綿屋文庫蔵本〉 ……… 254
如是庵日発句〈天理図書館綿屋文庫蔵本〉(西順著) ……… 259
救済付句〈神宮文庫蔵本〉(救済著) ……… 263
小槻量実句集〈早稲田大学横山重旧蔵本〉(小槻量実著) ……… 264
永運句集〈書陵部蔵九・一六八七〉(永運著) …… 265
親当句集〈旧横山重〈赤木文庫〉蔵本〉(蜷川親当著) ……… 266
宗砌発句幷付句抜書〈小松天満宮蔵本〉(高山宗砌著) ……… 277
前句付並発句〈早稲田大学伊地知文庫蔵本〉(専順著, 行助著) ……… 289

[081] 連歌大観

行助句集〈書陵部蔵五〇九・二三〉(行助著) ……… 298
連歌五百句〈書陵部蔵五〇九・一八〉(専順著) …… 306
専順宗祇百句附〈大阪天満宮蔵本〉(専順著, 宗祇著) ……………………………………… 318
法眼専順連歌〈旧横山重(赤木文庫)蔵本〉(専順著) ……………………………………… 330
能阿句集〈大阪天満宮蔵本〉(能阿著) ……… 334
諸家月次聯歌抄〈尊経閣文庫蔵本〉(杉原賢盛(宗かひ)著) ……………………………… 336
心玉集〈静嘉堂文庫蔵本〉(心敬著) ……… 349
芝草句内岩橋〈本能寺蔵本〉(心敬著) …… 363
芝草句内発句〈本能寺蔵本〉(心敬著) …… 378
室町殿御発句〈柿衛文庫蔵本〉(足利義政) … 386
愚句〈肥前島原松平文庫蔵本〉(飛鳥井雅親著) … 389
下葉〈大阪天満宮蔵本〉(行本法師著) ……… 404
相良為続連歌草子〈慶應義塾図書館相良家旧蔵本〉(相良為続著) ………………………… 411
宗祇百句〈祐徳稲荷神社中川文庫蔵本〉(宗祇著) … 419
萱〈早稲田大学伊地知文庫蔵本〉(宗祇著) … 422
老葉〈再編本〉〈明治大学旧毛利家蔵本〉(宗祇自撰) ……………………………………… 445
下草〈書陵部蔵三三三・一一〇〉(宗祇自撰) … 468
自然斎発句〈大阪天満宮文庫蔵本〉(宗祇著, 肖柏編纂) ……………………………………… 487
広幡句集〈天理図書館綿屋文庫蔵本〉(広幡自撰) … 509
基佐句集〈書陵部斑山文庫蔵本〉(桜井基佐著) … 514
＊解題 ……………………………………… 531
　＊1　菟玖波集(広島大学蔵本)(石川一) …… 533
　＊2　新撰菟玖波集(筑波大学蔵本)(廣木一人) ……………………………………… 534
　＊3、4　金葉和歌集(岡﨑真紀子) ………… 535
　＊5、6　散木奇歌集(岡﨑真紀子) ………… 538
　＊7　名所句集(静嘉堂文庫蔵本)(嘉村雅江) ……………………………………… 539
　＊8　月次発句(長谷寺豊山文庫蔵本)(廣木一人) ……………………………………… 540
　＊9　宗砌等日発句(大東急記念文庫蔵本)(生田慶穂) ………………………………… 541
　＊10　専順等日発句〈金子本〉(生田慶穂) … 542
　＊11　専順等日発句〈伊地知本〉(生田慶穂) … 543
　＊12　聖廟法楽日発句(大東急記念文庫蔵本)(生田慶穂) ………………………………… 545
　＊13　梵灯庵日発句〈吉川本〉(生田慶穂) … 547
　＊14　梵灯庵日発句〈天満宮本〉(生田慶穂) … 548
　＊15　宗砌日発句(九州大学蔵本)(生田慶穂) ……………………………………… 550
　＊16　宗祇日発句(大阪天満宮蔵本)(生田慶穂) ……………………………………… 551
　＊17　兼載日発句(大阪天満宮蔵本)(生田慶穂) ……………………………………… 552
　＊18　宗長日発句(天理図書館綿屋文庫蔵本)(生田慶穂) ………………………………… 553
　＊19　如是庵日発句(天理図書館綿屋文庫蔵本)(生田慶穂) ……………………………… 555
　＊20　救済付句(神宮文庫蔵本)(廣木一人) … 556
　＊21　小槻量実句集(早稲田大学横山重旧蔵本)(渡瀬淳子) …………………………… 556
　＊22　永運句集(書陵部蔵九・一六八七)(ボニー・マックルーア) …………………… 557
　＊23　親当句集(旧横山重(赤木文庫)蔵本)(廣木一人) ………………………………… 557
　＊24　宗砌発句幷付句抜書(小松天満宮蔵本)(梅田径) ………………………………… 558
　＊25　前句付並発句(早稲田大学伊地知文庫蔵本)(岸田依子) ………………………… 559
　＊26　行助句集(書陵部蔵五〇九・二三)(稲有祐) ……………………………………… 560
　＊27　連歌五百句(書陵部蔵五〇九・一八)(福井咲久良) ……………………………… 561
　＊28　専順宗祇百句附(大阪天満宮蔵本)(木村尚志) …………………………………… 562
　＊29　法眼専順連歌(旧横山重(赤木文庫)蔵本)(木村尚志) …………………………… 563
　＊30　能阿句集(大阪天満宮蔵本)(浅井美峰) …………………………………………… 564
　＊31　諸家月次聯歌抄(尊経閣文庫蔵本)(廣木一人) …………………………………… 565
　＊32　心玉集(静嘉堂文庫蔵本)(大村敦子) … 566
　＊33　芝草句内岩橋(本能寺蔵本)(大村敦子) … 568
　＊34　芝草句内発句(本能寺蔵本)(大村敦子) … 569
　＊35　室町殿御発句(柿衛文庫蔵本)(渡瀬淳子) ………………………………………… 570
　＊36　愚句(肥前島原松平文庫蔵本)(佐々木孝浩) ……………………………………… 571
　＊37　下葉(大阪天満宮蔵本)(廣木一人) …… 572
　＊38　相良為続連歌草子(慶應義塾図書館相良家旧蔵本)(佐々木孝浩) ……………… 572
　＊39　宗祇百句(祐徳稲荷神社中川文庫蔵本)(廣木一人) ……………………………… 574
　＊40　萱草(早稲田大学伊地知文庫蔵本)(廣木一人, 宮腰寿子) ……………………… 574
　＊41　老葉〈再編本〉(伊藤伸江) …………… 575
　＊42　下草(書陵部蔵三三三・一一〇)(杉山和也) ……………………………………… 577

[081] 連歌大観

*43 自然斎発句〈大阪天満宮文庫蔵本〉(山本啓介)……579
*44 広幢句集〈天理図書館綿屋文庫蔵本〉(深沢眞二)……580
*45 基佐句集〈書陵部斑山文庫蔵本〉(竹島一希)……581

第2巻
2017年2月25日刊

* 『連歌大観』第二巻 凡例
- 六家連歌抄〈(上)京都大学文学研究科図書館蔵本 (下)高野山大学図書館蔵本〉……7
- 発句聞書〈菅原神社(滋賀県野洲市)蔵本〉(仙澄著)……36
- 上手達発句〈国会図書館蔵本〉……43
- 園塵〈(一・二・四)早稲田大学図書館蔵本 (第三)宮内庁書陵部続群書類従本〉(兼載自撰)……44
- 神路山〈宮内庁書陵部一五四・四七三〉(荒木田守則著)……128
- 春夢草〈京都大学附属図書館蔵本〉(牡丹花肖柏著)……141
- 壁草〈大阪天満宮蔵本〉(宗長自撰)……150
- 那智籠〈古典文庫第三七六冊『那智籠』〉(宗長自撰)……179
- 老耳〈天理大学附属天理図書館蔵本〉(宗長著)……223
- 宗碩回章〈京都大学附属図書館蔵本〉(宗碩著)……258
- 月村抜句〈宮内庁書陵部三五三・六六〉(宗碩著)……260
- 宗碩発句集〈宮内庁書陵部蔵本〉(宗碩著)……277
- 卜純句集〈大阪天満宮蔵本〉(卜純著)……284
- 孤竹〈国立国会図書館蔵本〉(宗牧著)……298
- 周桂発句帖〈肥前島原松平文庫蔵本〉(周桂著)……341
- 法楽発句集〈神宮徴古館蔵本〉(荒木田守武著)……346
- 合点之句〈神宮徴古館蔵本〉(荒木田守武編纂)……351
- 堺宗訊付句発句〈大阪天満宮蔵本〉(宗訊著)……369
- 宗訊句集〈大阪天満宮蔵本〉(宗訊著)……386
- 潮信句集〈大阪天満宮蔵本〉(宗訊著)……400
- 指雪斎発句集〈京都大学附属図書館蔵本〉(昌休自撰)……412
- 揚波集〈大阪天満宮蔵本〉(寿慶著)……419
- 石苔〈東照山称名寺(愛知県碧南市)蔵本〉(体光上人著)……434
- 冬康連歌集〈宮内庁書陵部五〇九・一九〉(安宅冬康自撰)……445
- 半松付句〈宮内庁書陵部三五三・六六〉(宗養著)……459
- 宗養発句帳〈宮内庁書陵部三五三・六六〉(宗養著)……468
- 蜷川親俊発句付句集〈宮内庁書陵部二〇七・五六六〉(蜷川親俊著)……474
- *解題……479
  - *1 六家連歌抄(小山順子)……481
  - *2 発句聞書(福井咲久良)……482
  - *3 上手達発句(廣木一人)……482
  - *4 園塵(松本麻子)……483
  - *5 神路山(廣木一人)……486
  - *6 春夢草(久保木秀夫)……487
  - *7 壁草(石澤一志)……489
  - *8 那智籠(岸田依子)……491
  - *9 老耳(鶴崎裕雄)……492
  - *10 宗碩回章(岩下紀之)……493
  - *11 月村抜句(岩下紀之)……494
  - *12 宗碩発句集(浅井美峰)……495
  - *13 卜純句集(廣木一人)……496
  - *14 孤竹(長谷川千尋)……497
  - *15 周桂発句帖(福井咲久良)……498
  - *16 法楽発句集(川崎佐知子)……501
  - *17 合点之句(川崎佐知子)……502
  - *18 堺宗訊付句発句(長谷川千尋)……503
  - *19 宗訊句集(長谷川千尋)……504
  - *20 潮信句集(長谷川千尋)……505
  - *21 指雪斎発句集(岸田依子)……506
  - *22 揚波集(川崎佐知子)……508
  - *23 石苔(鶴崎裕雄)……509
  - *24 冬康連歌集(小林善帆)……511
  - *25 半松付句(廣木一人)……512
  - *26 宗養発句帳(小林善帆)……513
  - *27 蜷川親俊発句付句集(深沢眞二)……514

第3巻
2017年12月25日刊

* 『連歌大観』第三巻 凡例
- 諸君子発句集〈広島大学図書館蔵本〉……7
- 玉屑集〈祐徳稲荷神社中川文庫蔵本〉(昌叱、紹巴、宗養、心前、昌琢、玄仍、玄旨(細川幽斎)付句、省庵道人編)……18
- 発句部類〈祐徳稲荷神社中川文庫蔵本〉……99
- 豊国連歌発句集〈早稲田大学図書館蔵本〉(亀石園昌張編)……165
- 大江元就詠草〈春霞集〉〈宮内庁書陵部五〇一・三〇〇〉(大江元就句)……180
- 紹巴発句集〈明治大学図書館蔵本〉(紹巴句)……189
- 兼如発句帳〈柿衛文庫蔵本〉(猪苗代兼如句)……213
- 昌琢等発句集〈早稲田大学図書館蔵本〉(昌琢、兼如、兼与句)……227
- 玄旨公御連歌〈九州大学附属図書館蔵本〉(細川幽斎句)……228
- 素丹発句〈大阪天満宮蔵本〉(桜井素丹自撰)……270
- 昌琢発句帳〈大阪天満宮蔵本〉(里村昌琢句)……281
- 玄仲発句〈大阪天満宮蔵本〉(里村玄仲句)……294
- 水海月〈桜井武次郎『俳諧攷』(一九七六年)〉(岩手宗也句)……318
- 風庵発句〈野間光辰著『談林叢談』(一九八七年、岩波書店)〉(加藤正方(風庵)自撰)……330

[081] 連歌大観

汚塵集〈天理大学附属天理図書館蔵本〉(三浦為春(定環)自撰) ……… 336
玄的連歌発句集〈金城学院大学図書館蔵本〉(里村玄の句) ……… 362
昌穏集〈静嘉堂文庫蔵本〉(昌穏句) ……… 368
一掬集〈旧高田藩和親会蔵本〉(榊原忠次句) ……… 378
祖白発句帳〈大阪天満宮蔵本〉(里村祖白(昌通)句) ……… 386
宗因発句帳〈大阪天満宮蔵本〉(西山宗因句) ……… 391
西山三籟集〈大阪大学文学部・文学研究科蔵本〉(昌林編、西山宗因、西山宗春、西山昌察句) ……… 416
昌程発句集〈富山県立図書館蔵本〉(里村昌程句) ……… 470
昌程抜句〈北島建孝氏蔵本〉(里村昌程句) ……… 483
昨木集〈静嘉堂文庫蔵本〉(石出吉深句) ……… 498
隣松軒発句牒〈仙台市民図書館蔵本〉(猪苗代兼寿句) ……… 515
聯玉集〈小松天満宮蔵本〉(能順句) ……… 522
橘園集〈静嘉堂文庫蔵本〉(坂資周句) ……… 539
摘葉集〈大阪天満宮蔵本〉(昌周句) ……… 546
通故集〈宮内庁書陵部蔵一五四・五〇一〉(山田通故句) ……… 562
通故発句集〈宮内庁書陵部蔵一五四・五一〇〉(山田通故句) ……… 583
渚藻屑〈「北野文叢」巻九十六(一九一〇年、國學院大學出版部)〉(能桂著) ……… 587
雪光集〈宮内庁書陵部蔵一五四・五一二〉(藤野章甫句) ……… 603
里村玄川句集〈北九州市立図書館蔵本〉(里村玄川句) ……… 617
＊解題 ……… 673
　＊1　諸君子発句集(嘉村雅江) ……… 675
　＊2　玉屑集(松本麻子) ……… 675
　＊3　発句部類(岡﨑真紀子) ……… 677
　＊4　豊国連歌発句集(梅田径) ……… 678
　＊5　大江元就詠草(深沢眞二) ……… 679
　＊6　紹巴発句帳(両角倉一) ……… 680
　＊7　兼如発句帳(辻村尚子) ……… 681
　＊8　昌琢等発句集(山本啓介) ……… 681
　＊9　玄旨公御連歌(鈴木元) ……… 682
　＊10　素丹発句(鳥津亮二) ……… 684
　＊11　昌琢発句帳(石澤一志) ……… 685
　＊12　玄仲発句(久保木秀夫) ……… 686
　＊13　水海月(黒岩淳) ……… 687
　＊14　風庵発句(雲岡梓) ……… 688
　＊15　汚塵集(永田英理) ……… 689
　＊16　玄的連歌発句集(廣木一人) ……… 690
　＊17　昌穏集(寺尾麻里) ……… 691
　＊18　一掬集(廣木一人) ……… 691
　＊19　祖白発句帳(渡瀬淳子) ……… 692
　＊20　宗因発句帳(尾崎千佳) ……… 693
　＊21　西山三籟集(尾崎千佳) ……… 693
　＊22　昌程発句集(綿抜豊昭) ……… 694
　＊23　昌程抜句(廣木一人) ……… 694
　＊24　昨木集(廣木一人) ……… 695
　＊25　隣松軒発句牒(綿抜豊昭) ……… 695
　＊26　聯玉集(綿抜豊昭) ……… 696
　＊27　橘園集(雲岡梓) ……… 696
　＊28　摘葉集(稲葉有祐) ……… 697
　＊29　通故集(尾崎千佳) ……… 697
　＊30　通故発句集(尾崎千佳) ……… 698
　＊31　渚藻屑(深沢眞二) ……… 698
　＊32　雪光集(永田英理) ……… 699
　＊33　里村玄川句集(廣木一人) ……… 700

> [082] 和歌文学大系
> 明治書院
> 全80巻, 別巻1
> 1997年6月～
> （久保田淳監修）

※刊行中（収録は近現代の巻を除く）

1 萬葉集（一）（稲岡耕二著）
1997年6月25日刊

　＊凡例 ……………………………… Ⅲ
　本文
　　萬葉集卷第一 ……………………… 1
　　萬葉集卷第二 ……………………… 61
　　萬葉集卷第三 ……………………… 153
　　萬葉集卷第四 ……………………… 279
　　＊校訂一覧 ………………………… 397
　＊解説 …………………………… 405
　　＊萬葉集への案内（稲岡耕二）…… 407
　　＊補注 ……………………………… 459
　　＊作者名索引 ……………………… 471
　　＊初句索引 ………………………… 486

2 萬葉集（二）（稲岡耕二著）
2002年3月15日刊

　＊凡例 ……………………………… Ⅲ
　本文
　　萬葉集卷第五 ……………………… 1
　　萬葉集卷第六 ……………………… 89
　　萬葉集卷第七 ……………………… 183
　　萬葉集卷第八 ……………………… 273
　　萬葉集卷第九 ……………………… 393
　　＊校訂一覧 ………………………… 475
　＊解説 …………………………… 481
　　＊萬葉集への案内（二）（稲岡耕二）… 483
　　＊補注（稲岡耕二）………………… 537
　　＊作者名索引 ……………………… 553
　　＊初句索引 ………………………… 569

3 萬葉集（三）（稲岡耕二著）
2006年11月10日刊

　＊凡例 ……………………………… Ⅲ
　本文
　　萬葉集卷第十 ……………………… 1
　　萬葉集卷第十一 …………………… 147
　　萬葉集卷第十二 …………………… 263
　　萬葉集卷第十三 …………………… 355
　　萬葉集卷第十四 …………………… 447
　　＊校訂一覧 ………………………… 513
　＊解説 …………………………… 519
　　＊萬葉集への案内（三）…………… 521
　　＊補注 ……………………………… 559
　　＊作者名索引 ……………………… 567
　　＊初句索引 ………………………… 569

4 萬葉集（四）（稲岡耕二著）
2015年5月25日刊

　＊凡例 ……………………………… Ⅲ
　本文
　　萬葉集卷第十五 …………………… 1
　　萬葉集卷第十六 …………………… 79
　　萬葉集卷第十七 …………………… 149
　　萬葉集卷第十八 …………………… 257
　　萬葉集卷第十九 …………………… 339
　　萬葉集卷第二十 …………………… 441
　　＊校訂一覧 ………………………… 585
　＊解説 …………………………… 595
　　＊萬葉集への案内（四）…………… 597
　　＊補注 ……………………………… 642
　　＊作者名索引 ……………………… 647
　　＊初句索引 ………………………… 661

6 新勅撰和歌集（中川博夫著）
2005年6月25日刊

　＊凡例 ……………………………… Ⅲ
　本文
　　新勅撰和歌集（藤原定家撰）……… 1
　　＊補注 ……………………………… 267
　＊解説 …………………………… 367
　＊主要参考文献一覧 ……………… 406
　＊作者・詞書人名一覧 …………… 413
　＊地名・建造物名一覧 …………… 471
　＊初句索引 ………………………… 495

7 続拾遺和歌集（小林一彦著）
2002年7月25日刊

　＊凡例 ……………………………… Ⅲ
　本文
　　続拾遺和歌集（藤原為氏撰）……… 1
　＊解説 …………………………… 263
　＊作者名一覧 ……………………… 289
　＊詞書等人名一覧 ………………… 350
　＊地名・建造物名一覧 …………… 356
　＊初句索引 ………………………… 372

9 続後拾遺和歌集（深津睦夫著）

[082] 和歌文学大系

1997年9月10日刊

＊凡例 ‥‥‥‥‥‥‥‥‥‥‥‥‥‥‥‥ Ⅲ
本文
　続後拾遺和歌集（二条為藤、二条為定撰）… 1
＊解説 ‥‥‥‥‥‥‥‥‥‥‥‥‥‥‥ 249
＊作者名索引 ‥‥‥‥‥‥‥‥‥‥‥‥ 279
＊詞書等人名索引 ‥‥‥‥‥‥‥‥‥‥ 336
＊地名索引 ‥‥‥‥‥‥‥‥‥‥‥‥‥ 345
＊初句索引 ‥‥‥‥‥‥‥‥‥‥‥‥‥ 364

11　新後拾遺和歌集（松原一義、鹿野しのぶ、丸山陽子著）

2017年5月20日刊

＊凡例 ‥‥‥‥‥‥‥‥‥‥‥‥‥‥‥‥ Ⅱ
本文
　新後拾遺和歌集（二条為遠、二条為重撰）… 1
　　＊補注 ‥‥‥‥‥‥‥‥‥‥‥‥‥ 275
＊解説 ‥‥‥‥‥‥‥‥‥‥‥‥‥‥‥ 287
　　＊新後拾遺和歌集（松原一義） ‥‥ 288
＊作者・詞書人名一覧 ‥‥‥‥‥‥‥‥ 361
＊地名・建造物名一覧 ‥‥‥‥‥‥‥‥ 418
＊初句索引 ‥‥‥‥‥‥‥‥‥‥‥‥‥ 440

12　新続古今和歌集（村尾誠一著）

2001年12月12日刊

＊凡例 ‥‥‥‥‥‥‥‥‥‥‥‥‥‥‥ iii
本文
　新続古今和歌集（飛鳥井雅世撰） ‥‥ 1
＊解説 ‥‥‥‥‥‥‥‥‥‥‥‥‥‥‥ 397
＊作者名索引 ‥‥‥‥‥‥‥‥‥‥‥‥ 417
＊詞書等人名索引 ‥‥‥‥‥‥‥‥‥‥ 467
＊地名索引 ‥‥‥‥‥‥‥‥‥‥‥‥‥ 474
＊初句索引 ‥‥‥‥‥‥‥‥‥‥‥‥‥ 490

13　万代和歌集（上）（安田徳子著）

1998年6月10日刊

＊凡例 ‥‥‥‥‥‥‥‥‥‥‥‥‥‥‥ iii
本文
　万代和歌集　上 ‥‥‥‥‥‥‥‥‥‥ 1
＊解説 ‥‥‥‥‥‥‥‥‥‥‥‥‥‥‥ 357
　　＊『万代和歌集』とその時代 ‥‥‥ 359

14　万代和歌集（下）（安田徳子著）

2000年10月20日刊

＊凡例 ‥‥‥‥‥‥‥‥‥‥‥‥‥‥‥ iii
本文
　万代和歌集　下 ‥‥‥‥‥‥‥‥‥‥ 1

＊解説 ‥‥‥‥‥‥‥‥‥‥‥‥‥‥‥ 289
＊作者名索引 ‥‥‥‥‥‥‥‥‥‥‥‥ 311
＊詞書等人名索引 ‥‥‥‥‥‥‥‥‥‥ 386
＊地名索引 ‥‥‥‥‥‥‥‥‥‥‥‥‥ 398
＊初句索引 ‥‥‥‥‥‥‥‥‥‥‥‥‥ 437

15　堀河院百首和歌（青木賢豪、家永香織、久保田淳、辻勝美、吉野朋美著）

2002年10月20日刊

＊凡例 ‥‥‥‥‥‥‥‥‥‥‥‥‥‥‥ iii
本文
　堀河院百首和歌 ‥‥‥‥‥‥‥‥‥‥ 1
　　＊補注 ‥‥‥‥‥‥‥‥‥‥‥‥‥ 295
＊解説 ‥‥‥‥‥‥‥‥‥‥‥‥‥‥‥ 307
　　＊一　はじめに（久保田淳） ‥‥‥ 309
　　＊二　成立（青木賢豪） ‥‥‥‥‥ 310
　　＊三　歌壇と作者（家永香織） ‥‥ 319
　　＊四　和歌史上の意味（久保田淳）… 324
　　＊五　伝本と底本（辻勝美） ‥‥‥ 326
　　＊六　後代への影響（吉野朋美） ‥ 331
＊地名索引（桜田芳子） ‥‥‥‥‥‥‥ 339
＊初句索引 ‥‥‥‥‥‥‥‥‥‥‥‥‥ 353

17　人麻呂集・赤人集・家持集（阿蘇瑞枝著）

2004年2月10日刊

＊凡例 ‥‥‥‥‥‥‥‥‥‥‥‥‥‥‥ Ⅲ
本文
　人麻呂集 ‥‥‥‥‥‥‥‥‥‥‥‥‥ 1
　赤人集 ‥‥‥‥‥‥‥‥‥‥‥‥‥‥ 139
　家持集 ‥‥‥‥‥‥‥‥‥‥‥‥‥‥ 201
　　＊補注 ‥‥‥‥‥‥‥‥‥‥‥‥‥ 255
　　　＊人麻呂集 ‥‥‥‥‥‥‥‥‥‥ 256
　　　＊赤人集 ‥‥‥‥‥‥‥‥‥‥‥ 272
　　　＊家持集 ‥‥‥‥‥‥‥‥‥‥‥ 282
＊解説 ‥‥‥‥‥‥‥‥‥‥‥‥‥‥‥ 295
　　＊一　はじめに ‥‥‥‥‥‥‥‥‥ 297
　　＊二　人麻呂集 ‥‥‥‥‥‥‥‥‥ 303
　　＊三　他出歌と関わって ‥‥‥‥‥ 309
　　＊四　赤人集 ‥‥‥‥‥‥‥‥‥‥ 313
　　＊五　家持集 ‥‥‥‥‥‥‥‥‥‥ 316
＊和歌他出一覧 ‥‥‥‥‥‥‥‥‥‥‥ 321
　　＊人麻呂集 ‥‥‥‥‥‥‥‥‥‥‥ 321
　　＊赤人集 ‥‥‥‥‥‥‥‥‥‥‥‥ 337
　　＊家持集 ‥‥‥‥‥‥‥‥‥‥‥‥ 345
＊地名一覧 ‥‥‥‥‥‥‥‥‥‥‥‥‥ 352
＊初句索引 ‥‥‥‥‥‥‥‥‥‥‥‥‥ 362

18　小町集・遍昭集・業平集・素性集・伊勢集・猿丸集（室城秀之, 高野晴代, 鈴木宏子）
1998年10月10日刊

＊凡例 ……………………………………… iii
本文
　小町集（室城秀之校注） ………………… 1
　遍昭集（室城秀之校注） ………………… 27
　業平集（室城秀之校注） ………………… 41
　素性集（室城秀之校注） ………………… 63
　伊勢集（高野晴代校注） ………………… 79
　猿丸集（鈴木宏子校注） ………………… 175
＊解説 …………………………………… 187
　＊小町集（室城秀之） …………………… 189
　＊遍昭集（室城秀之） …………………… 214
　＊業平集（室城秀之） …………………… 232
　＊素性集（室城秀之） …………………… 260
　＊伊勢集（高野晴代） …………………… 288
　＊猿丸集（鈴木宏子） …………………… 303
＊人名索引 ……………………………… 321
＊地名索引 ……………………………… 331
＊初句索引 ……………………………… 344

19　貫之集・躬恒集・友則集・忠岑集（田中喜美春, 平沢竜介, 菊地靖彦著）
1997年12月10日刊

＊凡例 ……………………………………… iii
本文
　貫之集（田中喜美春校注） ………………… 1
　躬恒集（平沢竜介校注） ………………… 177
　友則集（菊地靖彦校注） ………………… 263
　忠岑集（菊地靖彦校注） ………………… 277
＊解説 …………………………………… 317
　＊貫之集（田中喜美春） ………………… 319
　＊躬恒集（平沢竜介） …………………… 357
　＊友則集（菊地靖彦） …………………… 388
　＊忠岑集（菊地靖彦） …………………… 397
＊人名索引 ……………………………… 407
＊地名索引 ……………………………… 411
＊初句索引 ……………………………… 417

20　賀茂保憲女集・赤染衛門集・清少納言集・紫式部集・藤三位集（武田早苗, 佐藤雅代, 中周子著）
2000年3月15日刊

＊凡例 ……………………………………… iii
本文
　賀茂保憲女集（武田早苗校注） …………… 1

　赤染衛門集（武田早苗校注） ……………… 65
　清少納言集（佐藤雅代校注） …………… 191
　紫式部集（中周子校注） ………………… 203
　藤三位集（中周子校注） ………………… 233
＊補注 …………………………………… 247
　＊賀茂保憲女集 ………………………… 248
　＊赤染衛門集 …………………………… 251
　＊清少納言集 …………………………… 253
＊解説 …………………………………… 257
　＊賀茂保憲女集（武田早苗） …………… 259
　＊赤染衛門集（武田早苗） ……………… 274
　＊清少納言集（佐藤雅代） ……………… 288
　＊紫式部集（中周子） …………………… 301
　＊藤三位集（中周子） …………………… 319
＊人名索引 ……………………………… 341
＊地名索引 ……………………………… 363
＊初句索引 ……………………………… 380

21　山家集・聞書集・残集（西澤美仁, 宇津木言行, 久保田淳著）
2003年7月5日刊

＊凡例 ……………………………………… III
本文
　山家集（西行著, 西澤美仁校注） …………… 1
　聞書集（西行著, 宇津木言行校注） ……… 297
　残集（西行著, 久保田淳校注） …………… 355
　補遺（久保田淳校注） …………………… 369
　　松屋本山家集（西行著） ……………… 371
　　西行法師家集（西行著） ……………… 387
＊補注 …………………………………… 415
　＊山家集 ………………………………… 416
　＊聞書集 ………………………………… 451
　＊残集 …………………………………… 457
　＊西行法師家集 ………………………… 457
＊解説 …………………………………… 461
　＊山家集（西澤美仁） …………………… 463
　＊聞書集（宇津木言行） ………………… 478
　＊残集（久保田淳） ……………………… 489
　＊松屋本山家集（久保田淳） …………… 491
　＊西行法師家集（久保田淳） …………… 493
＊参考文献 ……………………………… 496
＊和歌他出一覧 ………………………… 501
　＊山家集 ………………………………… 502
　＊聞書集 ………………………………… 513
　＊残集 …………………………………… 514
　＊松屋本山家集 ………………………… 515
　＊西行法師家集 ………………………… 515
＊人名一覧 ……………………………… 518
＊地名一覧 ……………………………… 529
＊初句索引 ……………………………… 549

22　長秋詠藻・俊忠集（川村晃生，久保田淳著）
1998年12月25日刊

* 凡例 ……………………………………… iii
本文
　長秋詠藻（藤原俊成著，川村晃生校注）…… 1
　長秋草（抄出）千五百番歌合百首（藤原
　　俊成著，川村晃生校注）……………… 153
　　　長秋草（抄出）…………………… 155
　　　千五百番歌合百首 ……………… 175
　帥中納言俊忠集（久保田淳校注）…… 193
* 解説 …………………………………… 215
　* 長秋詠藻（川村晃生）………………… 217
　* 帥中納言俊忠集（久保田淳）………… 234
* 御子左六代略年表（久保田淳）……… 247
* 長秋詠藻その他 人名一覧 ………… 259
* 帥中納言俊忠集 人名一覧 ………… 266
* 長秋詠藻その他 地名一覧 ………… 268
* 帥中納言俊忠集 地名一覧 ………… 281
* 長秋詠藻その他 初句索引 ………… 284
* 帥中納言俊忠集 初句索引 ………… 294

23　式子内親王集・建礼門院右京大夫集・俊成卿女集・艶詞（石川泰水，谷知子著）
2001年6月15日刊

* 凡例 ……………………………………… iii
本文
　式子内親王集（石川泰水校注）………… 1
　建礼門院右京大夫集（谷知子校注）…… 63
　俊成卿女集（石川泰水校注）…………… 169
　艶詞（藤原隆房著，谷知子校注）……… 201
* 解説 …………………………………… 229
　* 式子内親王集（石川泰水）…………… 231
　* 建礼門院右京大夫集（谷知子）……… 249
　* 俊成卿女集（石川泰水）……………… 275
　* 艶詞（谷知子）………………………… 285
* 人名索引（髙橋由紀）………………… 307
* 地名索引（髙橋由紀）………………… 321
* 初句索引（髙橋由紀）………………… 333

24　後鳥羽院御集（寺島恒世著）
1997年6月25日刊

* 凡例 ……………………………………… Ⅲ
本文
　後鳥羽院御集 …………………………… 1
* 解説 …………………………………… 321
* 地名索引 ……………………………… 345
* 初句索引 ……………………………… 363

32　拾遺和歌集（増田繁夫著）
2003年1月20日刊

* 凡例 ……………………………………… iii
本文
　拾遺和歌集 ……………………………… 1
* 解説 …………………………………… 263
* 作者・詞書中人名一覧 ……………… 279
* 地名・寺社名一覧 …………………… 300
* 初句索引 ……………………………… 310

34　金葉和歌集・詞花和歌集（錦仁，柏木由夫著）
2006年9月15日刊

* 凡例 ……………………………………… Ⅲ
本文
　金葉和歌集（源俊頼撰，錦仁校注）…… 1
　詞花和歌集（藤原顕輔撰，柏木由夫校
　　注）……………………………………… 141
　　* 校異一覧 ……………………………… 237
　　　* 金葉和歌集 校異一覧 …………… 237
　　　* 詞花和歌集 校異一覧 …………… 238
* 解説 …………………………………… 245
　* 金葉和歌集（錦仁）…………………… 247
　* 詞花和歌集（柏木由夫）……………… 265
* 人名一覧（錦仁，柏木由夫）………… 281
* 地名一覧（錦仁，柏木由夫）………… 331
* 初句索引 ……………………………… 351

37　続後撰和歌集（佐藤恒雄著）
2017年1月20日刊

* 凡例 ……………………………………… Ⅱ
本文
　続後撰和歌集（藤原為家撰）…………… 1
　* 補注 …………………………………… 243
* 解説 …………………………………… 255
　* 続後撰和歌集 ………………………… 256
* 人名一覧
　* 作者名一覧 …………………………… 312
　* 詞書等人名一覧 ……………………… 382
* 地名一覧 ……………………………… 390
* 初句索引 ……………………………… 408

38　続古今和歌集（藤川功和，山本啓介，木村尚志，久保田淳著）
2019年7月10日刊

* 凡例 ……………………………………… Ⅱ
本文

続古今和歌集(藤原基家、藤原家良、藤原行家、藤原光俊撰)･･････ 1
 *補注 ････････････････････････ 383
 *解説 ････････････････････････ 443
  *続古今和歌集(藤川功和、久保田淳)･･ 444
 *人名一覧 ･･････････････････････ 484
 *地名一覧 ･･････････････････････ 544
 *初句索引 ･･････････････････････ 581

39 玉葉和歌集(上)(中川博夫著)
2016年1月20日刊

*凡例 ････････････････････････ Ⅱ
本文
 玉葉和歌集(上)(京極為兼撰)･･････ 1
 *補注 ････････････････････････ 323

44 新葉和歌集(深津睦夫、君嶋亜紀著)
2014年12月10日刊

*凡例 ････････････････････････ Ⅱ
本文
 新葉和歌集(宗良親王撰)･･･････････ 1
 *補注 ････････････････････････ 273
 *校訂一覧 ･･････････････････････ 307
 *解説 ････････････････････････ 309
  *新葉和歌集(深津睦夫、君嶋亜紀)･･ 310
*人名一覧 ･･････････････････････ 342
*作者名一覧 ････････････････････ 359
*詞書等人名一覧 ････････････････ 359
*地名一覧(君嶋亜紀) ････････････ 363
*初句索引 ･･････････････････････ 376

45 古今和歌六帖(上)(室城秀之著)
2018年5月10日刊

*凡例 ････････････････････････ Ⅱ
本文
 古今和歌六帖(上)･････････････････ 1
  第一帖 ･･････････････････････ 3
  第二帖 ･･････････････････････ 135
  第三帖 ･･････････････････････ 235
  第四帖 ･･････････････････････ 317

47 和漢朗詠集・新撰朗詠集(佐藤道生、柳澤良一著)
2011年7月20日刊

*凡例 ････････････････････････ Ⅱ
和漢朗詠集(藤原公任編纂、佐藤道生校注)･･ 1
新撰朗詠集(藤原基俊編纂、柳澤良一校注) ･･････････････････ 265

*補注 ････････････････････････ 495
*解説 ････････････････････････ 521
 *『和漢朗詠集』(佐藤道生) ････････ 522
 *『新撰朗詠集』(柳澤良一) ････････ 543
*作者一覧 ･･････････････････････ 579
*故事索引(中国人名・地名索引)･･････ 618
*文題・詩題索引 ････････････････ 627
*漢詩初句索引 ･･････････････････ 638
*和歌初句索引 ･･････････････････ 651

48 王朝歌合集(藏中さやか、鈴木徳男、安井重雄、田島智子、岸本理恵著)
2018年10月10日刊

*凡例 ････････････････････････ Ⅴ
本文
 民部卿家歌合(岸本理恵校注)･･･････ 1
 論春秋歌合(岸本理恵校注)･･････････ 7
 陽成院一親王姫君達歌合(岸本理恵校注)･･････････････････････ 15
 宣耀殿女御瞿麦合(岸本理恵校注) ･･ 25
 河原院歌合(藏中さやか校注) ････ 29
 内裏歌合 寛和元年(藏中さやか校注) ･･ 35
 左大臣家歌合(藏中さやか、岸本理恵校注)･･････････････････････ 39
 前十五番歌合(藤原公任撰、藏中さやか校注)･･････････････････････ 47
 後十五番歌合(藏中さやか校注) ････ 53
 東宮学士藤原義忠朝臣歌合(藏中さやか校注)･･････････････････････ 59
 賀陽院水閣歌合(大中臣輔親撰、田島智子校注)･･････････････････････ 71
 弘徽殿女御歌合(田島智子校注)･･････ 91
 内裏歌合 永承四年(田島智子校注)･･ 99
 皇后宮春秋歌合(田島智子校注)･･････ 109
 気多宮歌合(安井重雄校注) ････････ 119
 高陽院七番歌合(鈴木徳男、安井重雄校注)･･････････････････････ 123
 散位源広綱朝臣歌合 長治元年五月二十日以前(藏中さやか校注) ････････ 155
 雲居寺結縁経後宴歌合(安井重雄校注) ･･ 163
 忠通家歌合 元永元年十月二日(鈴木徳男校注)･･････････････････････ 175
 永縁奈良房歌合(鈴木徳男校注)･･････ 219
 神祇伯顕仲西宮歌合(安井重雄校注)･･ 249
 神祇伯顕仲住吉歌合(安井重雄校注)･･ 265
 *補注 ････････････････････････ 273
  *民部卿家歌合 ････････････････ 274
  *論春秋歌合 ･･････････････････ 275
  *陽成院一親王姫君達歌合 ･･････ 276
  *宣耀殿女御瞿麦合 ･･･････････ 279
  *河原院歌合 ･･････････････････ 280

＊内裏歌合 寛和元年 …… 281
＊左大臣家歌合 …… 283
＊前十五番歌合 …… 284
＊後十五番歌合 …… 285
＊東宮学士藤原義忠朝臣歌合 …… 287
＊賀陽院水閣歌合 …… 288
＊弘徽殿女御歌合 …… 292
＊内裏歌合 永承四年 …… 293
＊皇后宮春秋歌合 …… 295
＊高陽院七番歌合 …… 296
＊散位源広綱朝臣歌合 長治元年五月二十日以前 …… 300
＊雲居寺結縁経後宴歌合 …… 302
＊忠通家歌合 元永元年十月二日 …… 303
＊永縁奈良房歌合 …… 306
＊神祇伯顕仲西宮歌合 …… 308
＊神祇伯顕仲住吉歌合 …… 309
＊解説 …… 311
＊民部卿家歌合（岸本理恵）…… 312
＊論春秋歌合（岸本理恵）…… 314
＊陽成院一親王姫君達歌合（岸本理恵）…… 316
＊宣耀殿女御瞿麦合（岸本理恵）…… 319
＊河原院歌合（藏中さやか）…… 321
＊内裏歌合 寛和元年（藏中さやか）…… 324
＊左大臣家歌合（藏中さやか）…… 326
＊前十五番歌合（藏中さやか）…… 329
＊後十五番歌合（藏中さやか）…… 331
＊東宮学士藤原義忠朝臣歌合（藏中さやか）…… 334
＊賀陽院水閣歌合（田島智子）…… 336
＊弘徽殿女御歌合（田島智子）…… 341
＊内裏歌合 永承四年（田島智子）…… 343
＊皇后宮春秋歌合（田島智子）…… 347
＊気多宮歌合（安井重雄）…… 350
＊高陽院七番歌合（鈴木徳男）…… 352
＊散位源広綱朝臣歌合 長治元年五月二十日以前（藏中さやか）…… 354
＊雲居寺結縁経後宴歌合（安井重雄）…… 357
＊忠通家歌合 元永元年十月二日（鈴木徳男）…… 359
＊永縁奈良房歌合（鈴木徳男）…… 362
＊神祇伯顕仲西宮歌合（安井重雄）…… 365
＊神祇伯顕仲住吉歌合（安井重雄）…… 367
＊校訂一覧 …… 370
＊民部卿家歌合 …… 370
＊宣耀殿女御瞿麦合 …… 370
＊河原院歌合 …… 370
＊内裏歌合 寛和元年 …… 371
＊左大臣家歌合 …… 371
＊前十五番歌合 …… 371
＊後十五番歌合 …… 371
＊東宮学士藤原義忠朝臣歌合 …… 371

＊賀陽院水閣歌合 …… 372
＊弘徽殿女御歌合 …… 372
＊内裏歌合 永承四年 …… 372
＊皇后宮春秋歌合 …… 372
＊高陽院七番歌合 …… 373
＊散位源広綱朝臣歌合 長治元年五月二十日以前 …… 373
＊雲居寺結縁経後宴歌合 …… 373
＊忠通家歌合 元永元年十月二日 …… 374
＊永縁奈良房歌合 …… 375
＊神祇伯顕仲西宮歌合 …… 375
＊神祇伯顕仲住吉歌合 …… 375
＊他出一覧 …… 376
＊民部卿家歌合 …… 376
＊陽成院一親王姫君達歌合 …… 377
＊宣耀殿女御瞿麦合 …… 377
＊河原院歌合 …… 377
＊内裏歌合 寛和元年 …… 378
＊左大臣家歌合 …… 379
＊前十五番歌合 …… 380
＊後十五番歌合 …… 385
＊東宮学士藤原義忠朝臣歌合 …… 389
＊賀陽院水閣歌合 …… 389
＊弘徽殿女御歌合 …… 391
＊内裏歌合 永承四年 …… 391
＊皇后宮春秋歌合 …… 392
＊気多宮歌合 …… 393
＊高陽院七番歌合 …… 394
＊散位源広綱朝臣歌合 長治元年五月二十日以前 …… 397
＊雲居寺結縁経後宴歌合 …… 397
＊忠通家歌合 元永元年十月二日 …… 398
＊永縁奈良房歌合 …… 399
＊神祇伯顕仲西宮歌合 …… 400
＊神祇伯顕仲住吉歌合 …… 401
＊作者一覧 …… 402
＊地名一覧 …… 422
＊初句索引 …… 430

49　正治二年院初度百首（久保田淳、中村文、渡邉裕美子、家永香織、木下華子、高柳佑子 著）
2016年9月10日刊

＊凡例 …… Ⅱ
本文
　正治二年院初度百首 …… 1
　＊補注 …… 397
＊解説 …… 461
　＊正治二年院初度百首（久保田淳）…… 462
＊本文の異同・改訂一覧 …… 487

```
  *他出一覧 ……………………… 493
  *人名一覧 ……………………… 513
  *地名一覧 ……………………… 526
  *初句索引 ……………………… 542

50 物語二百番歌合・風葉和歌集(三角洋一,
   高木和子著)
2019年1月10日刊

*凡例 …………………………………… Ⅱ
本文
  物語二百番歌合(藤原定家編, 三角洋一
    校注) ……………………………… 1
  風葉和歌集(三角洋一, 高木和子校注)… 111
*解説 ………………………………… 415
  *物語二百番歌合(三角洋一, 久保田
    淳) ……………………………… 416
  *風葉和歌集(三角洋一, 高木和子)… 426
*作者名一覧 ………………………… 451
*地名一覧 …………………………… 469
*初句索引 …………………………… 474

52 三十六歌仙集(二)(新藤協三, 西山秀人,
   吉野瑞恵, 徳原茂実著)
2012年3月10日刊

*凡例 …………………………………… Ⅲ
本文
  朝忠集(新藤協三校注) ………………… 1
  順集(西山秀人校注) ………………… 19
  斎宮女御集(吉野瑞恵校注) ………… 85
  元輔集(徳原茂実校注) …………… 137
  兼盛集(徳原茂実校注) …………… 187
  重之集(徳原茂実校注) …………… 227
  小大君集(徳原茂実校注) ………… 287
  *補注 ……………………………… 329
    *朝忠集 ………………………… 330
    *順集 …………………………… 334
    *斎宮女御集 …………………… 356
*解説 ………………………………… 365
  *朝忠集(新藤協三) …………… 367
  *順集(西山秀人) ……………… 384
  *斎宮女御集(吉野瑞恵) ……… 402
  *元輔集(徳原茂実) …………… 419
  *兼盛集(徳原茂実) …………… 433
  *重之集(徳原茂実) …………… 448
  *小大君集(徳原茂実) ………… 461
*人名索引 …………………………… 475
*地名索引 …………………………… 483
*初句索引 …………………………… 489

54 中古歌仙集(一)(松本真奈美, 高橋由記,
   竹鼻績著)
2004年10月25日刊

*凡例 …………………………………… Ⅲ
本文
  曾禰好忠集(松本真奈美校注) ………… 1
  傅大納言母上集(高橋由記校注) …… 105
  馬内侍集(高橋由記校注) ………… 117
  大納言公任集(竹鼻績校注) ……… 161
  *補注 ……………………………… 267
    *曾禰好忠集 …………………… 269
    *傅大納言母上集 ……………… 280
    *馬内侍集 ……………………… 283
    *大納言公任集 ………………… 291
*解説 ………………………………… 305
  *曾禰好忠集(松本真奈美) …… 307
  *傅大納言母上集(高橋由記) … 322
  *馬内侍集(高橋由記) ………… 328
  *大納言公任集(竹鼻績) ……… 335
*人名索引(高橋由記) …………… 353
*地名索引(高橋由記) …………… 372
*初句索引(高橋由記) …………… 389

58 拾玉集(上)(石川一, 山本一著)
2008年12月1日刊

*凡例 …………………………………… Ⅱ
本文
  拾玉集(上)(慈円著) ………………… 1
    (第一) ……………………………… 3
    (第二) …………………………… 163
    (第三) …………………………… 358
  *補注 ……………………………… 511
*解説 ………………………………… 533
  *慈円について(石川一) ……… 534

59 拾玉集(下)(石川一, 山本一著)
2011年5月20日刊

*凡例 …………………………………… Ⅱ
本文
  拾玉集(下)(慈円著) ………………… 1
    *下巻所収の冊の特徴と, 注におけ
      る扱いについて(山本一) ……… 2
    (第四)(山本一校注) ……………… 5
    (第五)(山本一校注) …………… 163
    補遺(石川一校注) ……………… 269
    *補注 …………………………… 281
*解説(石川一) …………………… 291
*参考文献 …………………………… 301
*人名一覧(石川一) ……………… 305
```

60 秋篠月清集・明恵上人歌集（谷知子，平野多恵著）
2013年12月10日刊

* 凡例 …………………………… Ⅱ
本文
 秋篠月清集（藤原良経著，谷知子校注）…… 1
 明恵上人歌集（平野多恵校注）…………… 267
 ＊補注 …………………………… 311
  ＊秋篠月清集 …………………… 313
  ＊明恵上人歌集 ………………… 333
* 解説 …………………………… 341
 ＊秋篠月清集（谷知子）………… 343
 ＊明恵上人歌集（平野多恵）…… 361
* 人名一覧 ……………………… 396
 ＊秋篠月清集 …………………… 396
 ＊明恵上人歌集 ………………… 400
* 地名一覧 ……………………… 406
 ＊秋篠月清集 …………………… 406
 ＊明恵上人歌集 ………………… 416
* 初句索引 ……………………… 420

62 玉吟集（久保田淳著）
2018年1月20日刊

* 凡例 …………………………… Ⅱ
本文
 玉吟集（藤原家隆著）…………… 1
  補遺 …………………………… 413
 ＊補注 …………………………… 465
* 解説 …………………………… 485
* 人名一覧 ……………………… 513
* 地名一覧 ……………………… 522
* 初句索引 ……………………… 551

64 為家卿集・瓊玉和歌集・伏見院御集（山本啓介，佐藤智広，石澤一志著）
2014年5月20日刊

* 凡例 …………………………… Ⅲ
本文
 為家卿集（山本啓介校注）……… 1
 瓊玉和歌集（宗尊親王著，佐藤智広校注）…………………………… 127
 伏見院御集（石澤一志校注）…… 213
 ＊補注 …………………………… 291
  ＊為家卿集 ……………………… 292
  ＊瓊玉和歌集 …………………… 330
  ＊伏見院御集 …………………… 344

* 解説 …………………………… 359
 ＊『為家卿集』と藤原為家（山本啓介）…… 360
 ＊宗尊親王と『瓊玉和歌集』（佐藤智広）…… 400
 ＊伏見院と『伏見院御集』（石澤一志）…… 414
* 人名一覧（久保田淳）………… 428
* 地名一覧（久保田淳）………… 434
* 初句索引 ……………………… 444

65 草庵集・兼好法師集・浄弁集・慶運集（酒井茂幸，齋藤彰，小林大輔著）
2004年7月25日刊

* 凡例 …………………………… Ⅲ
本文
 草庵集（頓阿著，酒井茂幸校注）… 1
 兼好法師集（齋藤彰校注）……… 247
 浄弁集（小林大輔校注）………… 301
 慶運集（小林大輔校注）………… 311
 ＊補注 …………………………… 363
  ＊草庵集 ………………………… 364
  ＊兼好法師集 …………………… 369
  ＊慶運集 ………………………… 374
* 解説 …………………………… 377
 ＊草庵集（酒井茂幸）…………… 379
 ＊兼好法師集（齋藤彰）………… 394
 ＊浄弁集（小林大輔）…………… 405
 ＊慶運集（小林大輔）…………… 419
* 人名索引（酒井茂幸）………… 439
* 地名索引（酒井茂幸）………… 453
* 初句索引 ……………………… 470

66 草根集・権大僧都心敬集・再昌（伊藤伸江，伊藤敬著）
2005年4月25日刊

* 凡例 …………………………… Ⅲ
本文
 草根集（正徹著，伊藤伸江校注）…… 1
 権大僧都心敬集（伊藤伸江校注）…… 57
 再昌（三条西実隆著，伊藤敬校注）…… 129
 ＊補注 …………………………… 307
  ＊草根集 ………………………… 308
  ＊権大僧都心敬集 ……………… 316
* 解説 …………………………… 339
 ＊草根集（伊藤伸江）…………… 341
 ＊権大僧都心敬集（伊藤伸江）… 351
 ＊再昌（伊藤敬）………………… 361
* 人名索引 ……………………… 381
* 地名索引 ……………………… 387
* 初句索引 ……………………… 392

68 後水尾院御集（鈴木健一著）
2003年10月20日刊

- ＊凡例 ………………………………… Ⅲ
- 本文
  - 後水尾院御集 ……………………… 1
- ＊解説 ………………………………… 255
- ＊地名一覧 …………………………… 273
- ＊初句索引 …………………………… 284

70 六帖詠草・六帖詠草拾遺（鈴木淳, 加藤弓枝著）
2013年7月30日刊

- ＊凡例 ………………………………… Ⅱ
- 本文
  - 六帖詠草（小沢蘆庵著, 鈴木淳校注） ……… 1
  - 六帖詠草拾遺（小沢蘆庵著, 加藤弓枝校注） ……… 391
    - ＊補注 …………………………… 455
- ＊解説 ………………………………… 459
  - ＊六帖詠草（鈴木淳） ……………… 460
  - ＊六帖詠草拾遺（加藤弓枝） ……… 479
- ＊人名索引 …………………………… 490
- ＊地名索引 …………………………… 495
- ＊初句索引 …………………………… 503

72 琴後集（田中康二著）
2009年12月20日刊

- ＊凡例 ………………………………… Ⅱ
- 本文
  - 琴後集（村田春海著） ……………… 1
- ＊解説 ………………………………… 321
- ＊人名一覧 …………………………… 337
- ＊地名一覧 …………………………… 341
- ＊初句索引 …………………………… 356

74 布留散東・はちすの露・草径集・志濃夫廼舎歌集（鈴木健一, 進藤康子, 久保田啓一著）
2007年4月25日刊

- ＊凡例 ………………………………… Ⅲ
- 本文
  - 布留散東（ふるさと）（良寛著, 鈴木健一校注） ……… 1
  - はちすの露（良寛詠, 貞心尼編, 鈴木健一校注） ……… 17
  - 草径集（大隈言道著, 進藤康子校注） ……… 65
  - 志濃夫廼舎歌集（橘曙覧著, 久保田啓一校注） ……… 223
- ＊補注 ………………………………… 415
  - ＊草径集 …………………………… 416
  - ＊志濃夫廼舎歌集 ………………… 421
- ＊解説 ………………………………… 423
  - ＊布留散東・はちすの露（鈴木健一） ……… 425
  - ＊草径集（進藤康子） ……………… 430
  - ＊志濃夫廼舎歌集（久保田啓一） … 459
- ＊人名一覧 …………………………… 469
- ＊地名一覧 …………………………… 477
- ＊初句索引 …………………………… 482

[083] 和歌文学注釈叢書
新典社
全3巻
2006年5月～2006年10月
(浅田徹, 久保木哲夫, 竹下豊, 谷知子編集委員)

1　元良親王集全注釈(片桐洋一編著, 関西私家集研究会著)
2006年5月11日刊

- ＊凡例 ………………………………………… 5
- 注釈 …………………………………………… 7
- ＊解説(久保木哲夫) ……………………… 245
  - ＊一、元良親王について ……………… 247
  - ＊二、『元良親王集』の伝本と底本 … 249
  - ＊三、物語的叙法と歌の配列 ………… 253
  - ＊四、家集生成における女の歌とその役割 ……………………………………… 259
  - ＊五、女と女歌をまとめる―編者の影― ………………………………………… 261
  - ＊付『大和物語』との関係 …………… 266
- ＊参考文献一覧(小倉嘉夫, 金石哲) …… 275
- ＊人名索引(磯山直子) …………………… 277
- ＊和歌各句索引(岸本理恵) ……………… 281
- ＊あとがき(片桐洋一) …………………… 299
- ＊編者・著者の紹介と分担 ……………… 301

2　大斎院御集全注釈(石井文夫, 杉谷寿郎編著)
2006年5月23日刊

- ＊凡例 ………………………………………… 5
- 注釈(選子内親王ほか詠) ………………… 7
- ＊解説 ……………………………………… 212
  - ＊一　選子内親王(前期) ……………… 214
  - ＊二　斎院 ………………………………… 217
  - ＊三　選子内親王(中期) ……………… 222
    - ＊(一)定子後宮・彰子後宮・選子内親王斎院 …………………………… 222
    - ＊(二)発心和歌集・釈教歌 ………… 236
    - ＊(三)賀茂行幸 ………………………… 240
  - ＊四　大斎院御集 ………………………… 244
    - ＊(一)書誌と性格 ……………………… 244
    - ＊(二)構成 ……………………………… 249
    - ＊(三)歌群と登場人物 ………………… 258
    - ＊(四)歌のあり方 ……………………… 266
    - ＊(五)集外の斎院関係歌 ……………… 273
  - ＊五　選子内親王(後期) ……………… 281
    - ＊(一)斎院晩期 ………………………… 281
    - ＊(二)斎院退出・出家 ………………… 288
    - ＊(三)薨去 ……………………………… 291
- ＊系図 ……………………………………… 294
- ＊参考文献 ………………………………… 296
- ＊人名・件名索引 ………………………… 303
- ＊和歌・連歌全句索引 …………………… 308
- ＊あとがき(石井文夫, 杉谷寿郎) ……… 316

3　肥後集全注釈(久保木哲夫編著, 平安私家集研究会著)
2006年10月13日刊

- ＊凡例 ………………………………………… 5
- 注釈 …………………………………………… 7
- ＊解説 ……………………………………… 307
  - ＊Ⅰ　家集(久保木哲夫) ……………… 309
    - ＊一、伝本 ……………………………… 309
    - ＊二、内容と配列、詠作年次 ……… 310
    - ＊三、登場人物 ………………………… 312
  - ＊Ⅱ　作者(高野瀬恵子) ……………… 320
    - ＊一、肥後の出自とその身辺 ……… 320
    - ＊二、筑紫下向関係歌の検討 ……… 323
    - ＊三、肥後集編纂以後の肥後 ……… 330
- ＊参考文献一覧 …………………………… 337
- ＊肥後集関係略年譜(高野瀬恵子) …… 339
- ＊登場人物索引 …………………………… 341
- ＊和歌初句索引 …………………………… 343
- ＊あとがき(久保木哲夫) ………………… 349

[084] わたしの古典
集英社
全22巻
1985年10月～1987年9月
（円地文子、清水好子監修、杉本苑子、竹西寛子、田中澄江、田辺聖子、永井路子編集委員）

※1996年刊行の集英社文庫版もあり

1 田辺聖子の**古事記**（田辺聖子著）
1986年1月22日刊

- ＊〔口絵〕…………………………………巻頭
- ＊わたしと『古事記』……………………… 1
- 田辺聖子の古事記………………………… 7
  - ＊序章 ………………………………… 9
  - 上巻 神々の饗宴 …………………… 19
    - 天地はじめてひらく―国生み ……… 20
    - 黄泉比良坂 ………………………… 27
    - 天の岩戸 …………………………… 33
    - 八俣の大蛇 ………………………… 43
    - 因幡の白兎と大国主神の冒険 ……… 48
    - 八千矛神の妻問いの歌 ……………… 57
    - 国ゆずり …………………………… 71
    - 神々は地上へ下った ………………… 82
    - 海幸・山幸 ………………………… 89
  - 中巻 倭し うるはし ………………… 103
    - 英雄・神武の東征 ………………… 104
    - 久米歌 ……………………………… 112
    - 山百合の少女 ……………………… 118
    - 三輪山の神 ………………………… 128
    - 幣羅坂の少女 ……………………… 131
    - 沙本毘古と沙本毘売の物語 ………… 136
    - たたられた王子 …………………… 142
    - 漂泊の皇子 ………………………… 153
    - 海を渡って戦う皇后 ………………… 181
    - 酒好きな天皇と乙女たち …………… 195
    - 大山守命の反乱 …………………… 211
    - 天之日矛と伊豆志おとめ …………… 215
  - 下巻 恋と叛逆の季節 ………………… 221
    - 嫉妬する皇后 ……………………… 222
    - 軽の乙女 …………………………… 244
    - 争い合う皇子たち ………………… 264
    - 赤猪子の歌 ………………………… 271
    - 三重の采女 ………………………… 278
    - 置目の婆さん ……………………… 293
- ＊解説（鈴鹿千代乃）…………………… 307
- ＊参考図（穂積和夫）…………………… 315

2 清川妙の**萬葉集**（清川妙著）
1986年2月25日刊

- ＊〔口絵〕…………………………………巻頭
- ＊わたしと『萬葉集』……………………… 1
- 清川妙の萬葉集…………………………… 7
  - 第一章 恋の歌 ……………………… 9
    - 恋のはじまり ……………………… 10
    - 片恋の苦しさ ……………………… 20
    - 恋のさなかに惑う ………………… 32
    - 妬みに燃えて待つ ………………… 39
    - 恋の誓い …………………………… 44
    - 人の中言 …………………………… 50
    - 恋の贈りもの ……………………… 55
    - 恋の歓び …………………………… 66
    - 相聞の典型 ………………………… 72
    - 恋のあきらめ ……………………… 82
    - 恋の別れ …………………………… 91
    - ひき裂かれた恋 …………………… 98
  - 第二章 挽歌 ………………………… 107
    - 皇子たちへの挽歌 ………………… 108
    - 妻への挽歌 ………………………… 129
    - 愛児への挽歌 ……………………… 139
    - 弟への挽歌 ………………………… 146
  - 第三章 自然を歌う ………………… 151
    - 梅ひらく …………………………… 152
    - 春の喜び …………………………… 156
    - 春愁のきわまり …………………… 164
    - 夏、山と川 ………………………… 168
    - たなばた、そして雁のくる日 ……… 175
    - 萩と落葉と ………………………… 180
    - 霰、雪に寄せて …………………… 185
  - 第四集 羈旅の歌 …………………… 189
    - 国内の旅 …………………………… 190
    - 伝説の美女たち …………………… 200
    - 異国への遠い旅 …………………… 206
  - 第五集 東歌 ………………………… 215
    - 牧歌調のなつかしさ ……………… 216
    - おおらかに性を歌う ……………… 223
    - 働き者の夫婦たち ………………… 230
    - 思い出の中の愛 …………………… 237
  - 第六集 防人の歌 …………………… 241
    - 発ちの急ぎの哀しみ ……………… 242
    - 辺境への旅のみち ………………… 253
- ＊人物紹介（阿蘇瑞枝）………………… 265
- ＊解説（阿蘇瑞枝）……………………… 267
- ＊参考図（穂積和夫）…………………… 277
- ＊初句索引 ……………………………… 282

3 大庭みな子の**竹取物語・伊勢物語**（大庭みな子著）

[084] わたしの古典

1986年5月25日刊

* 〔口絵〕 .... 巻頭
* わたしと『竹取物語』『伊勢物語』 1
大庭みな子の竹取物語 9
 なよ竹のかぐや姫 11
 求婚者たちへの難題 12
 鉢拾う石つくりの皇子 16
 玉つくるくらもちの皇子 19
 あべの右大臣と火鼠の皮衣 27
 竜の首の玉と大伴の大納言 31
 燕の子安貝をとるいそのかみの中納言 ... 36
 帝とかぐや姫 41
 月に昇るかぐや姫 47
 ふじの山 55
大庭みな子の伊勢物語 57
 * 伊勢物語登場人物関係系図(皇室・在原氏・藤原氏・紀氏) 58
 一　かすが野の若紫の 59
 二　起きもせず寝もせで夜を 60
 三　思ひあらば葎の宿に 61
 四　月やあらぬ春や昔の 62
 五　人知れぬわが通ひ路の 64
 六　白玉かなにぞと人の 66
 七　いとどしく過ぎゆく方の 68
 八　信濃なる浅間の獄に 69
 九　名にし負はばいざ事とはむ 70
 十　みよし野のたのむの雁も 75
 十一　忘るなよほどは雲ゐに 77
 十二　武蔵野はけふはな焼きそ 78
 十三　武蔵鐙さすがにかけて 80
 十四　なかなかに恋に死なずは 82
 十五　しのぶ山忍びて通ふ 84
 十六　手を折りてあひ見し事を 86
 十七　けふ来ずはあすは雪とぞ 89
 十八　紅ににほふはいづら 90
 十九　天雲のよそにのみして 92
 二十　君がためたをれる枝を 94
 二十一　出でて去なば心軽しと 96
 二十二　秋の夜の千夜を一夜に 101
 二十三　くらべこし振分髪も 103
 二十四　梓弓ま弓槻弓 107
 二十五　見るめなきわが身をうらと 109
 二十六　思ほえず袖にみなとの 111
 二十七　水口に我や見ゆらむ 112
 二十八　などてかくあふごかたみに 114
 二十九　花にあかぬ歎きはいつも 115
 三十　逢ふことはたまの緒ばかり 116
 三十一　罪もなき人をうけへば 117
 三十二　いにしへのしづのをだまき 118
 三十三　こもり江に思ふ心を 119
 三十四　いへばえにいはねば胸に 120
 三十五　玉の緒をあわをによりて 121
 三十六　谷せばみ峯まで延へる 122
 三十七　二人してむすびし紐を 122
 三十八　君により思ひならひぬ 123
 三十九　いとあはれ泣くぞ聞ゆる 125
 四十　出でていなば誰か別れの 127
 四十一　紫の色こき時は 129
 四十二　出でてこしあとだにいまだ 130
 四十三　名のみたつしての田長に 131
 四十四　出でてゆく君がためにと 133
 四十五　ゆく蛍雲のうへまで 134
 四十六　目離るとも思ほえなくに 136
 四十七　大幣と名にこそたてれ 137
 四十八　今ぞ知るくるしき物と 139
 四十九　うら若み寝よげに見ゆる 140
 五十　行く水と過ぐるよはひと 141
 五十一　植ゑし植ゑば秋なき時や 144
 五十二　あやめ刈り君は沼にぞ 145
 五十三　いかでかは鳥のなくらむ 146
 五十四　行きやらぬ夢路をたのむ 147
 五十五　思はずはありもすらめど 148
 五十六　わが袖は草の庵に 149
 五十七　恋ひわびぬ海人の刈る藻に 150
 五十八　荒れにけりあはれ幾世の 151
 五十九　住みわびぬ今はかぎりと 153
 六十　五月まつ花たちばなの 154
 六十一　染河をわたらむ人の 155
 六十二　いにしへのにほひはいづら 157
 六十三　百年に一年たらぬ 159
 六十四　吹く風にわが身をなさば 161
 六十五　恋せじと御手洗河に 162
 六十六　難波津をけさこそみつの 167
 六十七　きのふけふ雲のたちまひ 168
 六十八　雁なきて菊の花さく 169
 六十九　君やこし我や行きけむ 170
 七十　見るめかる方やいづこぞ 174
 七十一　ちはやぶる神の斎垣も 175
 七十二　大淀の松はつらくも 176
 七十三　目には見て手にはとられぬ 177
 七十四　岩ねふみ重なる山に 178
 七十五　袖ぬれて海人の刈りほす 179
 七十六　大原や小塩の山も 181
 七十七　山のみなうつりてけふに 183
 七十八　あかねども岩にぞかふる 184
 七十九　わが門に千尋ある影を 186
 八十　濡れつつぞしひて折りつる 187
 八十一　塩竈にいつか来にけむ 188
 八十二　世の中にたえて桜の 189
 八十三　忘れては夢かとぞ思ふ 194
 八十四　老いぬればさらぬ別れの 196

八十五	思へども身をしわけねば	198
八十六	今までに忘れぬ人は	199
八十七	ぬき乱る人こそあるらし	200
八十八	おほかたは月をもめでじ	204
八十九	人知れず我こひ死なば	205
九十	桜花けふこそかくも	206
九十一	惜しめども春のかぎりの	207
九十二	蘆辺こぐ棚無し小舟	208
九十三	あふなあふな思ひはすべし	209
九十四	秋の夜は春日すするる	210
九十五	彦星に恋はまさりぬ	212
九十六	秋かけていひしながらも	213
九十七	桜花ちりかひくもれ	214
九十八	わがたのむ君がためにと	215
九十九	見ずもあらず見もせぬ人の	216
百	忘れ草生ふる野べとは	217
百一	咲く花の下にかくるる	218
百二	そむくとて雲にはのらぬ	220
百三	寝ぬる夜の夢をはかなみ	221
百四	世をうみのあまとし人を	222
百五	白露は消なば消ななむ	223
百六	ちはやぶる神代もきかず	224
百七	かずかずに思ひ思はず	225
百八	風吹けばとはに浪越す	226
百九	花よりも人こそあだに	228
百十	思ひあまり出でにし魂の	229
百十一	下紐のしるしとするも	230
百十二	須磨のあまの塩焼く煙	231
百十三	ながからぬ命のほどに	232
百十四	翁さび人なとがめそ	233
百十五	をきのゐて身を焼くよりも	235
百十六	浪間より見ゆる小島の	236
百十七	我見ても久しくなりぬ	237
百十八	玉かづら這ふ木あまたに	238
百十九	形見こそ今はあだなれ	239
百二十	近江なる筑摩の祭	240
百二十一	うぐひすの花を縫ふてふ	241
百二十二	山城の井手の玉水	242
百二十三	野とならば鶉となりて	243
百二十四	思ふこと言はでぞただに	245
百二十五	つひにゆく道とはかねて	246

* 語注（目加田さくを） ……………… 251
  * 竹取物語 ……………………………… 251
  * 伊勢物語 ……………………………… 252
* 解説（目加田さくを） ……………… 253
* 参考図（穂積和夫） ……………… 266

4 尾崎左永子の**古今和歌集・新古今和歌集**（尾崎左永子著）
1987年4月22日刊

* 〔口絵〕……………………………………… 巻頭
* わたしと『古今和歌集』『新古今和歌集』‥1

尾崎左永子の古今和歌集 ……………………… 9
　第一章 四季折々の歌 ………………………… 11
　　はじめに ………………………………… 12
　　春の初花 ………………………………… 18
　　夢のうちにも花ぞ散りける ………… 26
　　花橘の香をかげば ……………………… 32
　　心づくしの秋 …………………………… 39
　　萩と鹿 …………………………………… 48
　　竜田の紅葉 ……………………………… 55
　　流れてはやき月日 ……………………… 61
　第二章 恋の歌 ………………………………… 65
　　恋の種々相 ……………………………… 66
　　夢の通い路―小野小町 ………………… 71
　　春やむかしの―業平の恋(一) ………… 78
　　夢かうつつか―業平の恋(二) ………… 86
　　待つ恋 …………………………………… 93
　第三章 花の歌・月の歌 …………………… 101
　　女郎花・桔梗・杜若 …………………… 102
　　朧月夜の歌―漢詩と『源氏物語』と … 111
　　終わりに ………………………………… 114
尾崎左永子の新古今和歌集 ………………… 117
　第一章 新古今の世界 ……………………… 119
　　雪の玉水 ………………………………… 120
　　桜かざしてけふもくらしつ ………… 127
　　霞たなびく―後鳥羽院 ………………… 134
　第二章 春の歌・夏の歌 …………………… 141
　　春のおぼろ夜 …………………………… 142
　　花の雪散る ……………………………… 149
　　葵の草枕 ………………………………… 157
　　うたたねの夢 …………………………… 163
　第三章 秋の歌・冬の歌 …………………… 173
　　三夕の歌 ………………………………… 174
　　薄明かりの美 …………………………… 183
　　深山の落葉―王朝びとの冬 …………… 189
　第四章 恋と物語 …………………………… 199
　　忍ぶる恋 ………………………………… 200
　　露の美学 ………………………………… 210
　　待宵の小侍従 …………………………… 220
　　雪ふる里は ……………………………… 224
　　み吉野は ………………………………… 232
　第五章 百人一首と王朝和歌 ……………… 237
　　百人一首の謎 …………………………… 238
　　夢の忘れがたみ―結びにかえて ……… 248
* 小倉百人一首 ……………………………… 251
* 主要歌人紹介 ……………………………… 255
  * 古今和歌集 …………………………… 255
  * 新古今和歌集 ………………………… 256
* 解説（後藤祥子） ………………………… 258
* 初句索引 …………………………………… 267

5 生方たつゑの**蜻蛉日記・和泉式部日記**（生方たつゑ著）
1986年7月23日刊

* 〔口絵〕 …………………………………… 巻頭
* わたしと『蜻蛉日記』『和泉式部日記』
  ―二つの愛の告白をめぐって ………… 1

生方たつゑの蜻蛉日記（藤原道綱母原著）…… 9

第一章　愛と不信のはざま ……………… 11
　序 ……………………………………… 12
　兼家の求婚 …………………………… 12
　結婚 …………………………………… 15
　父との別れ …………………………… 20
　道綱誕生 ……………………………… 25
　新しい愛人 …………………………… 27
　ひとり寝る夜の ……………………… 33
　姉の転居 ……………………………… 38
　愛人の出産、そして凋落 …………… 42
　つもる思いを ………………………… 48
　少安のとき …………………………… 54

第二章　心ふれあう日々 ………………… 59
　母の死 ………………………………… 60
　兼家の病気 …………………………… 63
　廃れゆく家 …………………………… 73
　明暗 …………………………………… 75
　初瀬詣で ……………………………… 77
　あるかなきかの ……………………… 83

第三章　鳴滝籠り ………………………… 85
　三十日三十夜はわがもとに ………… 86
　遺書を書く …………………………… 88
　内裏の賭弓 …………………………… 91
　長き夜離れ …………………………… 93
　鷹を放つ ……………………………… 96
　石山詣で ……………………………… 97
　行き悩み …………………………… 100
　門前素通り ………………………… 102
　鳴滝籠り …………………………… 107
　見舞い客 …………………………… 113
　強引な兼家 ………………………… 119

第四章　女盛りを過ぎて ……………… 127
　魚のように ………………………… 128
　つぶやき …………………………… 129
　初春のおもい ……………………… 133
　養女 ………………………………… 136
　道綱の懸想 ………………………… 143
　老いの嘆き ………………………… 145
　広幡中川へ移る …………………… 147
　ながらえて ………………………… 152
　書く ………………………………… 156

生方たつゑの和泉式部日記（和泉式部原著）… 159

一　俤の章 …………………………… 161
　愛の発端 …………………………… 162
　一夜の契り ………………………… 167
　お忍び ……………………………… 176
　車中の秘めごと …………………… 183

二　波瀾の章 ………………………… 189
　嫉妬 ………………………………… 190
　尼にもなれず ……………………… 198
　雁の声 ……………………………… 202
　手枕の袖 …………………………… 206
　恋のうらおもて …………………… 216

三　薄暮の章 ………………………… 223
　決意 ………………………………… 224
　煩悶 ………………………………… 235
　宮邸の生活 ………………………… 243
　終幕 ………………………………… 249

* 語注（上村悦子）…………………… 256
  * 和泉式部日記 …………………… 256
  * 蜻蛉日記 ………………………… 257
* 解説（上村悦子）…………………… 258
  * 蜻蛉日記 ………………………… 258
  * 和泉式部日記 …………………… 263
* 参考図（穂積和夫）………………… 269

6 円地文子の**源氏物語 巻一**（円地文子著）
1985年10月23日刊

* 〔口絵〕 ………………………………… 巻頭
* わたしと『源氏物語』…………………… 1

円地文子の源氏物語 巻一（紫式部原著）…… 7

桐壺 ……………………………………… 9
帚木 ……………………………………… 23
空蟬 ……………………………………… 43
夕顔 ……………………………………… 51
若紫 ……………………………………… 75
末摘花 …………………………………… 95
紅葉賀 ………………………………… 109
花宴 …………………………………… 125
葵 ……………………………………… 135
賢木・花散里 ………………………… 159
須磨 …………………………………… 191
明石 …………………………………… 213
澪標 …………………………………… 233
蓬生・関屋 …………………………… 247

* 語注（清水好子）…………………… 259
* 解説（清水好子）…………………… 262
* 参考図（穂積和夫）………………… 274

7 円地文子の**源氏物語 巻二**（円地文子著）
1985年12月15日刊

* 〔口絵〕 ………………………………… 巻頭

円地文子の源氏物語 巻二（紫式部原著）…… 5

絵合	7
松風	17
薄雲	25
槿	43
乙女	57
玉鬘	75
初音・胡蝶	89
螢・常夏・篝火	103
野分	119
行幸・藤袴	127
真木柱	139
梅枝・藤裏葉	149
若菜上	161
若菜下	187
柏木	215
横笛・鈴虫	229
御法	243
幻	255
雲隠	267
＊語注（清水好子）	271
＊解説（清水好子）	272
＊参考図（穂積和夫）	280

8　円地文子の源氏物語 巻三（円地文子著）
1986年12月24日刊

＊〔口絵〕	巻頭
円地文子の源氏物語 巻三（紫式部原著）	5
橋姫	7
椎本	25
総角	45
早蕨	79
宿木	87
東屋	119
浮舟	143
蜻蛉	185
手習	205
夢浮橋	231
＊語注（清水好子）	240
＊解説（清水好子）	241
＊参考図（穂積和夫）	251

9　杉本苑子の枕草子（杉本苑子著）
1986年4月24日刊

＊〔口絵〕	巻頭
＊わたしと『枕草子』―ただ、過ぎに過ぐるもの	1
杉本苑子の枕草子（清少納言原著）	11
第一段　四季それぞれのよさ ―春はあけぼの―	13
第二段　月でいえば ―ころは―	14
第三段　正月も、とりわけ元旦は ―正月一日―	14
第四段　意味は同じで ―ことことなるもの―	18
第六段　中宮職の三等官に ―大進生昌が家に―	18
第七段　定子中宮は ―うへに候ふ御猫は―	24
第一二段　峰で、趣ふかいのは ―峰は―	29
第一三段　原では ―原は―	29
第一四段　人の集まる市も ―市は―	29
第一五段　淵では ―淵は―	29
第一六段　海は ―海は―	30
第一八段　渡しは ―わたりは―	30
第二〇段　宮中の清涼殿 ―清涼殿の丑寅の隅の―	30
第二一段　将来の望みも目的もなく ―生ひさきなく、まめやかに―	38
第二二段　不調和で、興ざめなもの ―すさまじきもの―	39
第二三段　ついつい油断してしまうものは ―たゆまるるもの―	46
第二四段　人にばかにされるもの ―人にあなづらるるもの―	46
第二五段　世の中には憎らしいものが ―にくきもの―	46
第二八段　明け方に ―暁に帰る人の―	51
第二九段　心ときめくもの ―心ときめきするもの―	53
第三〇段　過ぎ去った昔を思い出させるものは ―過ぎにし方恋しきもの―	53
第三二段　車についていえば ―檳榔毛は―	54
第三五段　牛飼いは ―牛飼は―	54
第三六段　車副いの雑色や警固の随身などは ―雑色随身は―	54
第三七段　走り使いなどする小舎人童は ―小舎人は―	55
第四一段　鳥で魅力的なのは ―鳥は―	55
第四二段　小白河には ―小白川といふ所は―	58
第四三段　けだかく、あでやかなものは ―あてなるもの―	67
第四四段　花の咲く木では ―木の花は―	68
第四六段　中宮のお住まいあそばす ―細殿に人あまたゐて―	70
第五〇段　虫で心惹かれるのは ―虫は―	70
第五一段　初秋、七月 ―七月ばかりに、風の―	72
第五二段　似つかわしくないもの ―にげなきもの―	72
第五八段　清涼殿の殿上の間で ―殿上の名対面こそ―	74
第六〇段　若い女性や幼子などは ―若き人とちごとは―	76
第七一段　物ごとがはっきりしないため ―おぼつかなきもの―	77
第七二段　比較のしようもなく違うものは ―たとしへなきもの―	78

第七三段 常緑樹の多い木立に —常磐木おほかる所に … 78	第一四六段 関白藤原道隆公がお亡くなりあそばしたあと —故殿などおはしまさで … 140
第七七段 めったにお目にかかれないもの —ありがたきもの … 78	第一五〇段 恐ろしげなものは —おそろしげなるもの … 147
第八〇段 中宮関係の事務をつかさどる役所 —職の御曹司におはしますころ、木立など … 79	第一五二段 汚らしいものは —きたなげなるもの … 148
第八一段 師走十九日から三日間 —御仏名のまたの日 … 81	第一五四段 実物は、どうということもないのに —見るにことなることなきものの … 148
第八六段 頭中将藤原斉信卿は —頭中将のそぞろなるそら言にて … 82	第一五五段 かわいらしいものは —うつくしきもの … 148
第八八段 宿さがりして —里にまかでたるに … 89	第一五六段 図に乗ってのさばるものは —人ばへするもの … 150
第九一段 中宮が —職の御曹司におはしますころ、西の廂に … 93	第一五九段 むさくるしいものは —むつかしげなるもの … 150
第九三段 優婉なものは —なまめかしきもの … 107	第一六一段 苦悶の体に見受けられるものは —苦しげなるもの … 151
第九六段 片腹いたいもの —かたはらいたきもの … 108	第一六三段 昔めでたく、いま役にたたなくなったものは —むかしおぼえて不用なるもの … 151
第九七段 「無名」という名の —無名といふ琵琶 … 109	第一六四段 たよりない感じを抱かされるもの —たのもしげなきもの … 152
第九七段 あまりのあっけなさに、あきれてしまうもの —あさましきもの … 111	第一七〇段 近いようでいて遠いものは —近くて遠きもの … 152
第九八段 弘徽殿の上の御局の前で —うへの御局の御簾の前にて … 112	第一七一段 遠いようで近いものは —遠くて近きもの … 153
第九九段 乳母として中宮にお仕えしていた大輔の命婦が —御乳母の大輔の … 114	第一七六段 「家」について —六位の蔵人、思ひかくべき事にもあらず … 153
第一〇四段 正月、五月、九月は —五月の御精進のほど … 114	第一七七段 女の住まいについて —女の一人住む家などは … 154
第一〇五段 主上のおいでになる清涼殿から —殿上より … 124	第一八二段 はじめて中宮のおんもとへ宮仕えに上がったころは —宮にはじめてまゐりたるころ … 155
第一〇六段 中宮の弟ぎみ —中納言殿まゐらせたまひて … 125	第一八五段 風は —風は … 164
第一〇九段 みっともないものは —見ぐるしきもの … 126	第一九二段 暑さの激しい昼中 —いみじう暑き昼中に … 164
第一一一段 はるかに遠い思いのするもの —はるかなるもの … 127	第一九四段 尊い仏は —仏は … 165
第一一七段 絵のほうが実物よりすぐれているものは —かきまさりするもの … 128	第一九五段 ふと、幻滅を感じさせられる瞬間 —ふと心おとりとかするものは … 165
第一一八段 冬は —冬は … 128	第一九七段 「誦すれば災厄を除く」と信じられている陀羅尼の呪文は —陀羅尼は … 166
第一一九段 絵に描いて劣るものは —絵にかきておとるもの … 128	第二〇二段 五月雨が降りくらすころ —五月の長雨のころ … 166
第一二五段 どうにも格好のつかないものは —むとくなるもの … 128	第二〇四段 五月晴れの季節に —五月ばかり山里にありく … 167
第一三二段 中宮の父ぎみであられる関白藤原道隆公が —関白殿の、黒戸より … 130	第二〇六段 五月五日の節供の日 —五日の菖蒲 … 168
第一三三段 秋も終わりに近い九月ごろ —九月ばかり夜一夜降り明かしたる雨の … 132	第二〇八段 月光が明るく降りそそぐ夜 —月のいと明かきに … 168
第一三六段 能筆家として世に名高い藤原行成卿が —頭弁の御もとよりとて … 132	第二〇八段 お寺で名高いのは —寺は … 168
第一三八段 長徳元年四月十日に —故殿の御ために、月ごとの十日 … 135	第二〇九段 経典でありがたいのは —経は … 168
第一四〇段 五月闇の晩に —五月ばかりに、月もなくいと暗き夜 … 137	
第一四二段 所在ないものは —つれづれなるもの … 139	

第二一〇段 短くあってほしいもの —短くてありぬべきもの …… 169	第二六七段 世の中でなによりも憂鬱なのは —世の中になほいと心憂きものは …… 213
第二一八段 大蔵卿藤原正光どのほど —大蔵卿ばかり耳とき人はなし …… 169	第二六八段 簡素な建物では —屋は …… 214
第二二六段 降るもので私が好きなのは —降るものは …… 170	第二六八段 理解に苦しむのは、男というものの心理 —男こそ …… 214
第二二七段 お日さまは —日は …… 170	第二六九段 宮中で、夜警の武士が —時奏するみじうをかし …… 215
第二二八段 月は —月は …… 170	第二六九段 男でも女でも —よろづのことよりも情あるこそ …… 215
第二二九段 星は —星は …… 171	第二七〇段 日ざしあたたかな昼ごろ —日のうらうらとある昼つかた …… 216
第二三一段 騒がしいもの —さわがしきもの …… 171	第二七〇段 うわさされるのを憤慨するのは —人のうへいふを …… 217
第二三三段 言葉づかいのぞんざいなもの —ことばなめげなるもの …… 172	第二七二段 一夜をともにしたあくる朝 —常に文おこする人 …… 217
第二三三段 大きいほうがよいもの —おほきにてよきもの …… 172	第二七五段 雷がおびただしく鳴り渡るたびに —神のいたく鳴るをりに …… 218
第二三四段 こざかしいものは —さかしきもの …… 172	第二七六段 うれしいと思うのは —うれしきもの …… 219
第二四二段 たいしたことのない人間が —一身をかへたらむ人は …… 173	第二七七段 立春前夜の節分の日 —方違へなどして、夜深く帰る …… 222
第二四四段 弘徽殿の細殿の引き戸を —細殿の遣戸を押しあけたれば …… 174	第二七八段 雪がたいへんふかく降りつもった日 —雪のいと高く降りたるを …… 223
第二四五段 ただ、過ぎに過ぎゆくものは —ただ過ぎに過ぐるもの …… 174	第二七九段 卜筮・吉凶の占いなどを司る陰陽師 —陰陽師のもとなる童べ …… 223
第二四五段 一条大宮の御所を —一条の院をば今内裏とぞいふ …… 175	第二八〇段 三月ごろ —三月ばかり物忌しにて …… 224
第二四六段 他人がだれ一人気にかけてくれないものは —ことに人に知られぬもの …… 176	第二八五段 見ているうちに伝染するものは —見ならひするもの …… 226
第二四八段 賀茂の社へ参詣する途上 —賀茂へ詣づる道に …… 176	第二八六段 心を許してはならないものは —うちとくまじきもの …… 226
第二五〇段 ひどく不潔なもの —いみじくきたなきもの …… 177	第二八七段 右衛門府の尉官に任ぜられていたある男 —右衛門尉なる者の …… 229
第二五一段 たまらないくらい怖いのは —せめておそろしきもの …… 178	第二九〇段 他人の作中、ことに心惹かれる歌の場合 —をかしと思ひし歌など …… 230
第二五五段 私は中宮の御前で —御前に人々あまた …… 178	第二九一段 すばらしい貴公子を —よろしき男を …… 231
第二五五段 雲は —雲は …… 181	第二九二段 あれはたしか、正暦五年のこと —大納言殿まゐりて …… 231
第二五六段 中宮のお父ぎみ関白藤原道隆公が —関白殿、二月十日のほどに …… 182	第二九三段 中宮の弟ぎみに —僧都の君の御乳母 …… 234
第二五七段 尊いものは —たふとき事 …… 208	第二九四段 朝のうちはさほどとも思えなかった空が —今朝はさしも見えざりつる空の …… 235
第二五八段 謡物でおもしろいのは —歌は …… 208	第二九七段 私の友人の一人が —ある女房の …… 237
第二六二段 手紙の文章がぞんざいなのは —文ことばなめき人こそ …… 208	第二九九段 唐衣は —唐衣は …… 237
第二六四段 紙を貼った、ふつう蝙蝠扇と呼ばれる夏扇の骨は —扇の骨は …… 210	第三〇〇段 裳は —裳は …… 238
第二六五段 檜扇は —檜扇は …… 210	第三〇一段 織物は —織物は …… 238
第二六五段 たのもしいものは —たのもしきもの …… 210	第三〇二段 綾の紋様は —紋は …… 238
第二六六段 神社は —神は …… 211	第三〇三段 宮仕えしている女たちが —宮仕へする人々の出で集まりて …… 238
第二六六段 たいそう派手な婚礼仕度をして —いみじうしたてて婿とりたるに …… 211	第三〇五段 病気は —病は …… 240
第二六七段 崎は —崎は …… 213	

[084] わたしの古典

第三〇六段　厭わしいものは ―心づきなきもの……241
第三〇八段　初瀬寺に詣でて ―初瀬に詣でて……242
第三一二段　生き身の人間ほど ―人の顔にとりつきて……243
第三一三段　大工たちの食事の仕方は ―たくみの物食ふこそ……244
第三一六段　宮仕えの女房たちが ―女房のまかり出でまゐりする人の……245
第三一九段　この草子は ―この草子……246
補足……248
　一　昼間より、夜見たほうがよく思えるものは ―夜まさりするもの……248
　二　灯火の下で見劣りするのは ―火かげにおとるもの……248
　三　聞きにくいものは ―聞きにくきもの……248
　四　女性用の表着は ―女の表着は……249
　五　硯箱は ―硯の箱は……249
　六　筆は ―筆は……249
　七　墨は ―墨は……249
　八　貝は ―貝は……249
　九　髪道具を納める櫛箱は ―櫛の箱は……250
　一〇　鏡は ―鏡は……250
　一一　蒔絵は ―蒔絵は……250
　一二　火桶は ―火桶は……250
＊語注（永井和子）……251
＊解説（永井和子）……253
＊参考図（穂積和夫）……261

10　阿部光子の更級日記・堤中納言物語（阿部光子著）
1986年11月25日刊

＊〔口絵〕……巻頭
＊わたしと『更級日記』『堤中納言物語』……1
阿部光子の更級日記（菅原孝標女原著）……9
　第一章　京への旅……11
　　物語にあこがれつつ……12
　　門出……13
　　乳母との別れ……15
　　竹芝の伝説……16
　　箱根越え……19
　　駿河なる富士の峰……22
　　旅路の終わり……24
　第二章　親しい人々との別れ……29
　　都住まい第一の願い……30
　　育ての母との別れ……31
　　『源氏物語』との出会い……32
　　愛らしい迷い猫……36
　　月の夜語り……41
　　姉との死別……43
　第三章　花紅葉の思い……49
　　任官の喜び消えた朝……50
　　東山へ移り住む……51
　　朝倉や木のまろ殿……56
　　常陸介に父任官……59
　　夢のお告げ……62
　第四章　春の夜の形見……69
　　父、上京して西山に住む……70
　　宮仕え……73
　　夫を迎えて……75
　　育てた姪にひかされて……78
　　時雨の夜の出会い……81
　第五章　夢幻の世を……91
　　石山詣で……92
　　初瀬詣でへ出立……94
　　参籠の風景……101
　　寝覚の床……103
　　和泉への旅……108
　　華やかな門出……110
　　夫と死別……112
　　ひとり住みの家に……114
阿部光子の堤中納言物語……121
　このついで……123
　　春雨の中を……123
　　火取り香炉の連想……125
　　清水寺の参籠……128
　　出家された姫君の妹君……130
　花桜折る少将……133
　　夜明けの月にはえる桜……133
　　桜吹雪の中で……138
　　琵琶の音にひかれて……141
　　尼君を連れだす……144
　よしなしごと……147
　　事の始まり……147
　　僧の書簡……148
　　あとがき……155
　冬ごもる空のけしき……156
　虫愛づる姫君……158
　　姫君の趣味……158
　　親たちの困惑……161
　　毛虫くさき世渡り……164
　　蛇騒動……166
　　覗き見する公達……171
　　和歌のやりとり……177
　程ほどの懸想……181
　　小舎人と女童の恋……181
　　青柳の糸の乱れ……184
　　古宮の女房たち……190
　はいずみ……194
　　ふたりの妻……194
　　古い妻の家出……196

448　日本古典文学全集・内容綜覧 第II期

月明き夜に	201
なみだ川	205
復縁	208
男の退散	211
はなだの女御	216
花くらべ	216
歌くらべ	222
鵙が鳴くか水鶏がたたくか	226
それぞれの宮仕え	229
かひあはせ	234
明け方のしのび歩き	234
姉と弟の嘆き	239
観音さまの贈り物	242
逢坂こえぬ権中納言	248
五月の夕暮れ	248
根合せの日	253
宴のあと	257
逢坂越えぬまま	260
思わぬ方にとまりする少将	266
姉君の契り	266
妹君の契り	270
人違い	274
重ね重ねの人違い	277
後朝の文	280
*語注（森本元子）	282
*更級日記	282
*堤中納言物語	283
*解説（森本元子）	284
*更級日記	284
*堤中納言物語	288
*参考図（穂積和夫）	293

11　もろさわようこの今昔物語集（もろさわようこ著）
1986年8月25日刊

*〔口絵〕	巻頭
*わたしと『今昔物語集』	1
もろさわようこの今昔物語集	7
天竺の巻	9
雌獅子の子守歌	10
月の中の兎	19
人間だけが裏切る	27
棄老国から養老国へ	38
光を放つ女	44
震旦の巻	49
母と子	50
育児と養老	55
生さぬ仲	66
嫁と姑	77
貞女	84
妻と夫	93
本朝の巻	101
芋がゆ	102
やぶの中	128
好色者 その一	140
好色者 その二	163
重方の妻	178
染殿の妃	189
中務大輔の娘	212
力持ちの女	231
販女	247
*解説（山口仲美）	261
*参考図（穂積和夫）	269

12　大原富枝の平家物語（大原富枝著）
1987年3月25日刊

*〔口絵〕	巻頭
*わたしと『平家物語』	1
大原富枝の平家物語	7
第一章　清盛の栄華	9
忠盛昇殿	10
祇王と仏	17
鹿谷の陰謀	25
清盛と重盛	32
配流の人々	41
中宮ご懐妊	46
俊寛	48
皇子誕生	55
法皇と大臣の流罪	62
新帝即位	69
第二章　源平合戦	73
源氏ついに立ち上がる	74
競	82
高倉宮以仁王	88
宮のご最期	94
都遷り	110
源頼朝登場	117
富士川の戦い	124
都帰り	130
高倉院崩御	135
木曾冠者義仲立つ	146
義仲北越の戦い	154
主上の都落ち	165
維盛・忠度・経正の都落ち	171
平家都を落ちてぬ	179
第三章　平家の滅亡	187
四の宮即位	188
鎮西も安からず	193
頼朝征夷大将軍となる	199
水島・室山の合戦に平家勝つ	200

[084] わたしの古典

法住寺合戦	202
義仲の最期	206
一谷の合戦	211
重衡引きまわし	222
維盛の入水	226
壇浦合戦	233
義経都を落ちる	243
大原御幸	249

*語注（麻原美子）……255
*解説（麻原美子）……257
*参考図（穗積和夫）……265
*皇室・平氏・源氏略系図……270

13　永井路子の方丈記・徒然草（永井路子著）
1987年9月9日刊

*〔口絵〕……巻頭
*わたしと『方丈記』『徒然草』……1

永井路子の方丈記（鴨長明原著）　15
- ゆく河　17
- 安元の大火　18
- つむじ風　20
- 都遷り　21
- 飢餓　25
- 大地震　28
- 世にしたがえば身くるし　30
- わが過去　31
- 方丈　33
- 境涯　34
- 勝地は主なければ　37
- 閑居　39
- みずからの心に問う　42

永井路子の徒然草（卜部兼好原著）　47
- 序段　筆の赴くままに　49
- 第三段　男は恋の心を……　49
- 第五段　出離を思う　50
- 第六段　子はなきにしかず　51
- 第七段　命は短く……　53
- 第十段　住居の美学　54
- 第十一段　草庵の柑子　56
- 第十五段　旅の愉しみ　57
- 第十八段　わが身をつましく　58
- 第十九段　四季に想う　59
- 第二十五段　無常こそ世の定め　63
- 第二十六段　別れし人　66
- 第二十九段　過ぎし日への思い　67
- 第三十段　死後もまた無常　68
- 第三十一段　雪の日に　70
- 第三十二段　余情の美学　70
- 第三十五段　文字は下手でも　72
- 第三十六段　女性学 その（一）ひとこと　72
- 第三十七段　女性学 その（二）身だしなみ　74
- 第三十八段　物欲、名誉欲について　75
- 第三十九段　法然上人の言葉　78
- 第四十段　栗好む娘　79
- 第四十一段　賀茂の競馬にて　80
- 第四十五段　腹立ち僧正　82
- 第四十六段　おそろしげな名　83
- 第四十七段　くさめ、くさめ　83
- 第四十八段　お膳の食べ残し　84
- 第四十九段　無常の訪れは早く　86
- 第五十段　鬼が出た　87
- 第五十一段　大井川の水車　89
- 第五十二段　石清水詣で　90
- 第五十三段　鼎かぶり　91
- 第五十四段　宝さがし　93
- 第五十五段　家の作りは　95
- 第五十六段　「話す」ということ　96
- 第五十八段　仏道への志　97
- 第五十九段　出家はいますぐ　99
- 第六十段　奇人・達人　100
- 第六十二段　なぞなぞ　103
- 第六十八段　大根の恩返し　104
- 第六十九段　豆と豆がら　105
- 第七十一段　心、このふしぎなもの　106
- 第七十三段　虚構と真実　107
- 第七十四段　来るは老いと死　109
- 第七十五段　ひとりあるこそたのしけれ　110
- 第七十七段　噂する人　111
- 第七十八段　会話について　112
- 第七十九段　教養人の態度　113
- 第八十段　武勇は無用　113
- 第八十一段　調度について　114
- 第八十二段　破れもまた美し　115
- 第八十七段　酔っぱらい騒動　117
- 第八十八段　珍品？　119
- 第八十九段　猫また出現　120
- 第九十段　やすら殿の頭は？　122
- 第九十一段　赤舌日　123
- 第九十二段　弓の師の言葉　125
- 第九十三段　牛が死ぬと　126
- 第九十七段　体にしらみ　128
- 第九十八段　『一言芳談』より　128
- 第百六段　証空上人御立腹　129
- 第百七段　女性学ふたたび　131
- 第百八段　一瞬を惜しめ　133
- 第百九段　木登りの名人曰く　135
- 第百十段　双六必勝法　136
- 第百十一段　賭けごとは大悪事　137
- 第百十二段　義理はしがらみ　138

第百十三段　似げなきもの ……………… 139
第百十五段　ほろほろ ……………… 140
第百十六段　嫌味な名前 ……………… 142
第百十七段　善友、悪友 ……………… 142
第百十九段　鎌倉の鰹 ……………… 143
第百二十段　舶来品は無用 ……………… 144
第百二十一段　生きものを飼うべきか ……… 145
第百二十二段　教養について ……………… 146
第百二十三段　人間の条件 ……………… 148
第百二十五段　奇妙なたとえ ……………… 149
第百二十六段　ばくちの秘訣 ……………… 150
第百二十八段　生きものへのまなざし ……… 151
第百二十九段　いましめ その（一）心を
　　　　　　　大切に ……………… 153
第百三十段　いましめ その（二）人と争
　　　　　　わず ……………… 154
第百三十一段　いましめ その（三）身の
　　　　　　　程を知る ……………… 155
題百三十四段　いましめ その（四）自分
　　　　　　　を知る ……………… 156
第百三十五段　むまのきつりやう ……… 157
第百三十六段　しおは何偏？ ……………… 160
第百三十七段　四季の移ろい ……………… 162
第百三十八段　後の葵 ……………… 167
第百三十九段　木や草は ……………… 169
第百四十段　死後に宝を残すな ……………… 171
第百四十一段　堯蓮上人の話 ……………… 171
第百四十二段　恩愛の闇 ……………… 173
第百四十三段　臨終について ……………… 174
第百四十四段　あし、あし ……………… 175
第百四十五段　落馬の相 ……………… 177
第百四十六段　剣難の相 ……………… 178
第百五十段　芸能修業 ……………… 179
第百五十一段　芸の見切りどき ……………… 180
第百五十二段　老僧と老犬 ……………… 181
第百五十三段　資朝の一言 ……………… 182
第百五十五段　死は突然に ……………… 184
第百五十七段　形から心へ ……………… 185
第百六十二段　鳥を殺す法師 ……………… 186
第百六十四段　おしゃべり ……………… 187
第百六十五段　本拠を離れて ……………… 188
第百六十七段　思いあがり ……………… 189
第百六十八段　老人の節度 ……………… 190
第百七十段　訪れの心得 ……………… 191
第百七十二段　若さと老いと ……………… 193
第百七十五段　酒の功罪 ……………… 194
第百八十段　さぎちょう ……………… 198
第百八十一段　たんばのこゆき ……………… 199
第百八十四段　松下禅尼の話 ……………… 200
第百八十五段　名人泰盛 ……………… 202
第百八十六段　乗馬の秘訣 ……………… 202
第百八十八段　法師は修行を誤った ……… 203
第百九十段　妻無用論 ……………… 207
第百九十一段　夜は美し ……………… 210
第二百二段　神無月 ……………… 211
第二百六段　牛に分別なし ……………… 212
第二百九段　非道のついでに ……………… 213
第二百十一段　頼むべからず ……………… 214
第二百十五段　時頼の酒 ……………… 215
第二百十七段　大金持ちの教訓 ……………… 217
第二百十八段　狐が食いつく ……………… 220
第二百二十四段　有宗の忠告 ……………… 220
第二百二十五段　白拍子の舞は ……………… 221
第二百二十六段　『平家物語』は ……………… 223
第二百二十九段　細工と刀 ……………… 224
第二百三十段　内裏のばけもの ……………… 225
第二百三十一段　名料理人の言葉 ……………… 226
第二百三十二段　知ったかぶり ……………… 227
第二百三十四段　問いに答える ……………… 229
第二百三十五段　主なき家 ……………… 230
第二百三十八段　私の自讃 ……………… 231
第二百四十一段　死をみつめよう ……………… 238
第二百四十三段　八歳の日のこと ……………… 239
＊解説（小泉和）……………… 241
　＊方丈記 ……………… 241
　＊徒然草 ……………… 249
＊参考図（穂積和夫）……………… 253

14　山本藤枝の**太平記**（山本藤枝著）
1986年6月25日刊

＊〔口絵〕……………… 巻頭
＊わたしと『太平記』……………… 1
山本藤枝の太平記 ……………… 7
　第一章　鎌倉幕府滅亡まで ……………… 9
　　西の明君、東の暗主 ……………… 10
　　無礼講 ……………… 16
　　俊基卿東下り ……………… 23
　　あめが下には隠家もなし ……………… 28
　　落ちて行く大塔宮 ……………… 37
　　正成善戦 ……………… 43
　　先帝、隠岐から船上山へ ……………… 53
　　足利高氏の胸のうち ……………… 63
　　六波羅、潰滅す ……………… 69
　　鎌倉の最後 ……………… 77
　第二章　新政の挫折 ……………… 89
　　新政いつまで ……………… 90
　　中先代の乱 ……………… 100
　　尊氏、朝敵となる ……………… 106
　　正成の死 ……………… 114
　　義貞、北国へ ……………… 122
　　魂はつねに北を ……………… 128

[084] わたしの古典

塩冶判官高貞の悲劇 …………… 142
亡霊跳梁 ……………………… 149
天龍寺建立 …………………… 159
返らじと兼 te 思へば ………… 165
第三章 果てしなき争乱 ……… 177
高師直、師泰の悪行 ………… 178
雲景が見たもの ……………… 184
今は伴ふ人もなき世 ………… 195
権力者の最期 ………………… 202
直義の死 ……………………… 214
東国の戦い …………………… 220
山名の反乱と尊氏の死 ……… 226
北野の通夜物語 ……………… 235
天変地異、そしてつづく戦乱 … 242
諸国行脚の光厳法皇 ………… 251
＊語注（池田敬子） ……………… 257
＊解説（池田敬子） ……………… 258
＊参考図（穂積和夫） …………… 267

15 馬場あき子の**謡曲集** 三枝和子の**狂言集**（馬場あき子、三枝和子著）
1987年5月25日刊

＊〔口絵〕 ………………………… 巻頭
馬場あき子の謡曲集 ………………… 5
＊わたしと謡曲 ……………………… 7
井筒（世阿弥） ……………………… 9
忠度 ………………………………… 20
熊野 ………………………………… 35
善知鳥 ……………………………… 49
紅葉狩 ……………………………… 61
高砂 ………………………………… 73
隅田川 ……………………………… 84
鉢木 ………………………………… 98
江口 ………………………………… 119
安達原 ……………………………… 132
三枝和子の狂言集 ………………… 147
＊わたしと狂言 ……………………… 149
大黒連歌 …………………………… 151
末広がり …………………………… 157
佐渡狐 ……………………………… 170
靭猿 ………………………………… 186
木六駄 ……………………………… 203
雞聟 ………………………………… 216
髭櫓 ………………………………… 225
布施無経 …………………………… 230
月見座頭 …………………………… 241
朝比奈 ……………………………… 249
柿山伏 ……………………………… 256
菓争 ………………………………… 264
＊語注（寿岳章子） ………………… 276

＊謡曲集 …………………………… 276
＊狂言集 …………………………… 278
＊解説（寿岳章子） ………………… 279
＊謡曲と狂言の分類一覧 ………… 290
＊参考図（穂積和夫） …………… 291

16 富岡多恵子の**好色五人女**（富岡多恵子著）
1986年10月22日刊

＊〔口絵〕 ………………………… 巻頭
＊わたしと西鶴 ……………………… 1
富岡多恵子の好色五人女 …………… 9
好色五人女（井原西鶴作） ………… 11
お夏の恋 …………………………… 12
室津に美男子あり ……………… 12
帯のなかから恋文が …………… 16
獅子舞に仕掛けあり …………… 20
飛脚の忘れた状箱 ……………… 23
うらめしや七百両 ……………… 27
おせんの恋 ………………………… 30
井戸の中から出てきたイモリ … 30
八つめの化け物 ………………… 34
京都の宿へ抜け参り …………… 38
仕掛けどおりの新所帯 ………… 45
棚から入子鉢 …………………… 48
おさんの恋 ………………………… 52
都の女の品定め ………………… 52
足をとられる恋文の代筆 ……… 57
ひとをはめた湖 ………………… 62
岩飛の是太郎 …………………… 66
都恋しや ………………………… 71
お七の恋 …………………………… 76
暮れの大火事 …………………… 76
初雷の夜 ………………………… 80
土筆売りの匂い袋 ……………… 85
見おさめの桜 …………………… 90
美僧の衣 ………………………… 93
おまんの恋 ………………………… 97
なごりの笛の音 ………………… 97
鳥さしの美少年 ………………… 100
男にわりこむ女 ………………… 104
恋の色ちがい …………………… 109
ありすぎて困る金銀 …………… 111
好色一代女（井原西鶴作） ……… 117
巻一 ………………………………… 118
老女の隠れ家 …………………… 118
あこがれの舞子 ………………… 123
大名の艶妾 ……………………… 127
美形で稼ぐ太夫 ………………… 134
巻二 ………………………………… 144
位が落ちて天神 ………………… 144

下級女郎さまざま ……………… 150
　　浮世寺の大黒様 ………………… 157
　　女筆指南 ………………………… 162
　巻三 ………………………………… 166
　　町人の腰元 ……………………… 166
　　お武家様の奥女中 ……………… 172
　　歌比丘尼の波枕 ………………… 178
　　髪結の災難 ……………………… 182
　巻四 ………………………………… 187
　　介添えで身代わり ……………… 187
　　裁縫女の浮気袖 ………………… 191
　　茶の間女の藪入り ……………… 196
　　男役の女隠居 …………………… 201
　巻五 ………………………………… 206
　　石垣がくずれて茶屋女 ………… 206
　　猿といわれる風呂屋女 ………… 211
　　扇屋女房の隠し絵 ……………… 215
　　蓮葉女は異名で ………………… 219
　巻六 ………………………………… 224
　　昼はお化けの暗物女 …………… 224
　　振袖姿の出女 …………………… 229
　　惣嫁にもなれぬゆきどまり …… 233
　　昔なじみの五百羅漢 …………… 241
＊語注（安田富貴子）……………… 246
　＊好色五人女 ……………………… 246
　＊好色一代女 ……………………… 247
＊解説（安田富貴子）……………… 248
　＊難波俳林井原西鶴 ……………… 249
　＊浮世草子作家、井原西鶴 ……… 251
　＊『好色五人女』………………… 255
　＊『好色一代女』………………… 257
＊参考図 ……………………………… 259
＊西鶴作品年譜 ……………………… 262

17　田中澄江の心中天の網島（田中澄江著）
1986年3月17日刊

＊〔口絵〕………………………… 巻頭
＊わたくしと近松 ……………………… 1
田中澄江の心中天の網島 ……………… 7
　曾根崎心中（近松門左衛門作）……… 9
　　お初、徳兵衛 …………………… 10
　　いのちの敵、銀の仇 …………… 20
　　この世も名残 …………………… 29
　堀川波鼓（近松門左衛門作）……… 37
　　因果の始まり …………………… 38
　　お種の自害 ……………………… 50
　　女敵討ち ………………………… 62
　冥途の飛脚（近松門左衛門作）…… 69
　　地獄への旅立ち ………………… 70
　　梅川の身請け …………………… 79

　　断てぬ親子の情愛 ……………… 91
　大経師昔暦（近松門左衛門作）…… 101
　　仇のはじめ ……………………… 102
　　親子の別れ ……………………… 116
　　茂兵衛、おさんの召し捕り …… 127
　　悲しき最期 ……………………… 134
　国性爺合戦（近松門左衛門作）…… 141
　　大明国と韃靼国の戦い ………… 142
　　国性爺合戦のいわれ …………… 154
　　悲しき親子対面 ………………… 162
　　梅檀皇女、故郷へ ……………… 168
　　大明国の勝利 …………………… 176
　心中天の網島（近松門左衛門作）… 181
　　涙の裏切り ……………………… 182
　　賢夫人おさん …………………… 197
　　治兵衛、小春の道行 …………… 214
　　この世の別れ …………………… 218
　女殺油地獄（近松門左衛門作）…… 223
　　野崎詣り ………………………… 224
　　放蕩者与兵衛 …………………… 235
　　お吉殺し ………………………… 245
＊語注（田中澄江）………………… 259
＊解説（内山美樹子）……………… 261
＊参考図（穂積和夫）……………… 269

18　竹西寛子の松尾芭蕉集・与謝蕪村集（竹西寛子著）
1987年7月18日刊

＊〔口絵〕………………………… 巻頭
＊わたしと松尾芭蕉、与謝蕪村 ……… 1
竹西寛子の松尾芭蕉集 ………………… 13
　発句 …………………………………… 15
　　春 …………………………………… 16
　　　春立つや新年ふるき ………… 16
　　　庭訓の往来誰が文庫より …… 17
　　　於春々大哉 …………………… 18
　　　蒟蒻に今日は売り勝つ ……… 19
　　　子の日しに都へ行かん ……… 20
　　　梅が香にのつと日の出る …… 22
　　　山里は万歳遅し ……………… 25
　　　鶯や餅に糞する ……………… 25
　　　春なれや名もなき山の ……… 27
　　　水取りや氷の僧の …………… 28
　　　山路来て何やらゆかし ……… 29
　　　春の夜や籠り人ゆかし ……… 30
　　　奈良七重七堂伽藍 …………… 31
　　　さまざまの事思ひ出す ……… 33
　　　阿蘭陀も花に来にけり ……… 33
　　　古池や蛙飛びこむ …………… 35
　　　草臥れて宿借るころや ……… 36

[084] わたしの古典

 ほろほろと山吹散るか ……… 37
 衰ひや歯に喰ひ当てし ……… 38
 行く春や鳥啼き魚の ……… 39
夏 ……… 41
 曙はまだ紫に ……… 41
 ほととぎす声横たふや ……… 42
 若葉して御目の雫 ……… 43
 蛸壺やはかなき夢を ……… 44
 まづ頼む椎の木もあり ……… 47
 柴付けし馬のもどりや ……… 49
 夏草や兵どもが ……… 50
 五月雨の降り残してや ……… 53
 粽結ふ片手にはさむ ……… 56
 麦の穂を便りにつかむ ……… 60
 朝露によごれて涼し ……… 61
 秋近き心の寄るや ……… 62
秋 ……… 64
 初秋や畳みながらの ……… 64
 ひやひやと壁をふまへて ……… 64
 荒海や佐渡に横たふ ……… 65
 数ならぬ身とな思ひそ ……… 66
 朝顔や昼は鎖おろす ……… 68
 塚も動け我が泣く声は ……… 69
 石山の石より白し ……… 71
 物いへば唇寒し ……… 73
 野ざらしを心に風の ……… 73
 鎖明けて月さし入れよ ……… 75
 行く秋や手をひろげたる ……… 76
 草の戸や日暮れてくれし ……… 76
 菊の香や奈良には古き ……… 77
 この道や行く人なしに ……… 78
 この秋は何で年寄る ……… 81
 秋深き隣は何を ……… 82
冬 ……… 84
 旅人と我が名呼ばれん ……… 84
 葱白く洗ひたてたる ……… 88
 夜すがらや竹氷らする ……… 89
 櫓の声波ヲ打つて腸氷ル ……… 90
 海暮れて鴨の声 ……… 91
 旅に病んで夢は枯野を ……… 92
 おくのほそ道 ……… 93
竹西寛子の与謝蕪村集 ……… 143
発句 ……… 145
 春 ……… 146
 白梅や墨芳しき ……… 146
 梅咲いて帯買ふ室の ……… 149
 しら梅の枯木にもどる ……… 151
 梅遠近南すべく ……… 151
 やぶ入りの夢や小豆の ……… 153
 古寺やはうろく捨てる ……… 154
 折釘に烏帽子かけたり ……… 156

 遅き日のつもりて遠き ……… 157
 春の海終日のたり ……… 158
 畠打つや身さへ啼かぬ ……… 162
 うつつなきつまみごころの ……… 163
 しののめに小雨降り出す ……… 165
 骨拾ふ人にしたしき ……… 166
 嵯峨へ帰る人はいづこの ……… 167
 花の香や嵯峨のともし火 ……… 168
 等閑に香たく春の ……… 169
 山もとに米踏む音や ……… 171
 菜の花や月は東に ……… 172
 菜の花や筍見ゆる ……… 176
 菜の花や鯨も寄らず ……… 177
 行く春や重たき琵琶の ……… 178
夏 ……… 180
 御手討の夫婦なりしを ……… 180
 ほととぎす平安城を ……… 181
 わするなよほどは雲助 ……… 182
 山蟻のあからさまなり ……… 183
 方百里雨雲よせぬ ……… 184
 牡丹散りて打ちかさなりぬ ……… 185
 牡丹切って気のおとろひし ……… 187
 鮎くれてよらで過ぎ行く ……… 188
 短夜や毛虫の上に ……… 189
 短夜や二尺落ちゆく ……… 189
 三井寺や日は午にせまる ……… 191
 絶頂の城たのもしき ……… 191
 若竹や橋本の遊女 ……… 192
 若竹や夕日の嵯峨と ……… 193
 さみだれや美豆の小家の ……… 194
 夏河を越すうれしさよ ……… 195
 鮒ずしや彦根の城に ……… 195
 愁ひつつ岡にのぼれば ……… 196
 夏山や通ひなれたる ……… 199
 水桶にうなづきあふや ……… 200
 草いきれ人死居ると ……… 201
 夕立や草葉をつかむ ……… 202
 薫風やともしたてかねつ ……… 204
秋 ……… 206
 秋来ぬと合点させたる ……… 206
 秋立つや素湯かぐはしき ……… 207
 山は暮れて野は黄昏の ……… 208
 月天心貧しき町を ……… 209
 小鳥来る音うれしさよ ……… 210
 秋の灯やゆかしき奈良の ……… 212
 甲賀衆のしのびの賭や ……… 213
 鳥羽殿へ五六騎いそぐ ……… 214
 菊作り汝は菊の ……… 215
 門を出れば我も行く人 ……… 216
冬 ……… 217
 咲くべくも思はであるを ……… 217

水鳥や舟に菜を洗ふ ……………… 218
　　蕭条として石に日の入る ………… 219
　　西吹けば東にたまる ……………… 220
　　こがらしや何に世わたる ………… 221
　　水仙や寒き都の …………………… 222
　　葱買うて枯木の中を ……………… 223
　　斧入れて香におどろくや ………… 223
　　こがらしやひたとつまづく ……… 225
　　易水に葱流るる …………………… 226
　　御経に似てゆかしさよ …………… 229
　俳詩 …………………………………… 231
　　北寿老仙をいたむ ………………… 232
　　春風馬堤曲 ………………………… 237
＊解説（柳瀬万里） ……………………… 246
　＊松尾芭蕉の生涯と文学 …………… 246
　＊芭蕉の発句 ………………………… 253
　＊芭蕉の連句 ………………………… 255
　＊与謝蕪村とその作風 ……………… 258
　＊蕪村の俳詩 ………………………… 259
＊芭蕉略年譜 ……………………………… 262
＊蕪村略年譜 ……………………………… 267
＊参考図　おくのほそ道の旅（略行程図）
　（穂積和夫） ………………………… 272
＊芭蕉発句初句索引 ……………………… 274
＊蕪村発句初句索引 ……………………… 277

19　大庭みな子の**雨月物語**（大庭みな子著）
1987年6月24日刊

＊〔口絵〕 ………………………………… 巻頭
＊わたしと『雨月物語』『春雨物語』 …… 1
大庭みな子の雨月物語 ……………………… 11
　雨月物語（上田秋成作） ………………… 13
　　雨月物語　序 …………………………… 14
　　白峯（しらみね） ……………………… 17
　　菊花の約（キクカノチギリ） ………… 31
　　浅茅が宿（あさじがやど） …………… 45
　　夢応の鯉魚（むおうのりぎょ） ……… 61
　　仏法僧（ぶっぽうそう） ……………… 69
　　吉備津の釜（きびつのかま） ………… 81
　　蛇性の婬（じゃせいのいん） ………… 95
　　青頭巾（あおずきん） ………………… 125
　　貧福論（ひんぷくろん） ……………… 137
　春雨物語（上田秋成作） ………………… 147
　　春雨物語　序 …………………………… 148
　　血かたびら ……………………………… 149
　　天津処女（あまつおとめ） …………… 165
　　海賊（かいぞく） ……………………… 177
　　樊噲（はんかい）上 …………………… 189
　　樊噲（はんかい）下 …………………… 217
＊解説（板坂則子） ……………………… 240

＊上田秋成 ………………………………… 240
＊読本 ……………………………………… 242
＊『雨月物語』 …………………………… 244
＊『雨月物語』の世界 …………………… 248
＊『春雨物語』 …………………………… 250

20　池田みち子の**東海道中膝栗毛**（池田みち子著）
1987年2月25日刊

＊〔口絵〕 ………………………………… 巻頭
＊わたしと『東海道中膝栗毛』 …………… 1
池田みち子の東海道中膝栗毛（十返舎一九原
　著） ………………………………………… 7
　第一章　発端 ……………………………… 9
　　弥次郎兵衛の生い立ち ………………… 10
　　東海道中のはじまり …………………… 21
　第二章　江戸から小田原まで …………… 35
　　子供同士の抜け参り …………………… 36
　　程ヶ谷から戸塚へ ……………………… 44
　　道中は油断禁物 ………………………… 56
　　小田原城下の失敗 ……………………… 65
　第三章　箱根から安倍川まで …………… 75
　　ふんどしで恥をさらす ………………… 76
　　木曾から来た女 ………………………… 87
　　文無し旅行 ……………………………… 98
　　蒲原の木賃宿 …………………………… 111
　　ふるさとに帰る ………………………… 123
　　安倍川の人足 …………………………… 138
　第四章　大井川から新居まで …………… 151
　　弥次郎兵衛の偽侍 ……………………… 152
　　日坂の旅籠の巫女 ……………………… 163
　　茶代に六十四文 ………………………… 172
　　浜松の幽霊騒ぎ ………………………… 181
　　北八の脇差 ……………………………… 190
　　狐を捕まえる …………………………… 198
　　隣室の花嫁 ……………………………… 213
　第五章　岡崎から伊勢まで ……………… 225
　　旅先の贅女 ……………………………… 226
　　石地蔵を抱いて寝る …………………… 238
　　十返舎一九の偽者現る ………………… 251
　　古市の遊女屋 …………………………… 263
　　伊勢参宮 ………………………………… 277
＊解説（板坂耀子） ……………………… 282
＊参考図（穂積和夫） …………………… 290

21　安西篤子の**南総里見八犬伝**（安西篤子著）
1986年9月24日刊

＊〔口絵〕 ………………………………… 巻頭
＊わたしと『南総里見八犬伝』 …………… 1
安西篤子の南総里見八犬伝（曲亭馬琴原著） …… 9

[084] わたしの古典

一 玉梓の巻 …………………… 11
　山下定包、主君を殺す …………… 12
　里見義実の挙兵 ………………… 19
　玉梓の最期 …………………… 25
二 伏姫の巻 上 ………………… 35
　悪霊、金碗孝吉に祟る …………… 36
　狸の育てた犬 …………………… 41
　安西景連の悪だくみ ……………… 48
三 伏姫の巻 下 ………………… 57
　八房、伏姫をねだる ……………… 58
　伏姫、身籠る …………………… 66
　八字の珠、空中に散る …………… 75
四 浜路の巻 …………………… 81
　神女、珠とともに一子を授ける …… 82
　信乃、双親を失い、孝の珠を得る … 89
　薄幸の乙女、信乃を想う ………… 98
　村雨丸、すり替えられる ………… 107
五 沼藺・妙真・音音の巻 ……… 117
　信乃と現八、芳流閣に闘う ……… 118
　沼藺、兄と夫の争いを悲しむ …… 126
　荒芽山、炎上す ………………… 133
六 船虫の巻 上 ………………… 141
　小文吾、船虫の怨恨を買う ……… 142
　小文吾、馬加常武の悪事を知る … 150
　対牛楼に毛野、仇を討つ ………… 156
七 船虫の巻 下 ………………… 165
　庚申山の妖怪 …………………… 166
　雛衣の死 ……………………… 173
　船虫、庚申堂に吊られる ………… 182
　賊夫婦、牛に裂かれる ………… 189
八 妙椿の巻 …………………… 195
　盗賊の子、城主となる ………… 196
　犬江親兵衛、義通を救う ……… 204
　妙椿の幻術、義成を惑わす …… 209
　危うし、浜路姫 ………………… 216
　老狸、玉と皮を残す …………… 224
九 姫君たちの巻 ……………… 231
　ついに集う八犬士 ……………… 232
　大軍、安房を襲う ……………… 236
　壮絶、海上の戦い …………… 244
　めでたい婚礼 ………………… 250
＊登場人物紹介(板坂則子) ……… 257
＊解説(板坂則子) ………………… 262
＊参考図 南総里見八犬伝ゆかりの地(穂積和夫) ……………………… 270

22 岩橋邦枝の**誹風柳多留**(岩橋邦枝著)
1987年1月25日刊

＊〔口絵〕 …………………………… 巻頭
＊わたしと『誹風柳多留』 ………… 1

岩橋邦枝の誹風柳多留(呉陵軒可有ほか編) … 7
　序章 …………………………… 9
　第一章 家族 ………………… 15
　　子供 ………………………… 16
　　娘ごころ …………………… 27
　　恋と縁結び ………………… 34
　　道楽息子 …………………… 40
　　夫婦百景(一)―おふくろよりもじやまなもの‥ 50
　　夫婦百景(二)―花嫁・入聟・古女房… 59
　　姑・新世帯・一人者 ………… 74
　第二章 川柳のうがち ………… 83
　　写生句の魅力 ……………… 84
　　歴史とパロディ ……………… 94
　　江戸生まれの誇りと自負 …… 108
　　男と女の世界 ……………… 116
　　人情の裏表 ………………… 126
　第三章 職業 ………………… 135
　　奉公人の四季(一)―下女の恋… 136
　　奉公人の四季(二)―盆と正月の「藪入り」… 149
　　商売さまざま ……………… 158
　　羽織と法衣 ………………… 173
　　武士と役人 ………………… 184
　　遊里の泣き笑い …………… 196
　　吉原と岡場所 ……………… 208
　第四章 日常生活 …………… 217
　　縁起をかつぐ ……………… 218
　　庶民の歳時記 ……………… 232
　　人情往来江戸暮らし ……… 248
＊解説(坂内泰子) ……………… 261
＊初句索引 ……………………… 269

作家名索引

原作者

【あ】

愛香軒 眠鼻子
　古今狂歌仙 ……………………… [021]2-224

青木 鷺水
　御伽百物語 ……………………… [080]〔5〕-1
　誹諧寄垣諸抄大成 ……………… [046]5-1065
　誹林良材集〔抄〕 ………………… [047]〔1〕-794

青山 延光
　中秋 那珂川に游ぶ ……………… [016]〔1〕-599

赤染衛門
　赤染衛門集 ……… [039]1-1, [045]3-312,
　　　　　　　　　[079]〔11〕-233, [082]20-65

赤松 滄洲
　阪越の寓居 ……………………… [016]〔1〕-400

赤松 蘭室
　画馬の引 ………………………… [016]〔1〕-425

秋里 籬島
　摂津名所図会〔抄〕 ……………… [066]5-284

秋山 玉山
　詠史 ……………………………… [016]〔1〕-362
　夜 落葉を聞く …………………… [016]〔1〕-363

芥河 貞佐
　狂歌千代のかけはし …………… [022]3-19

明智 光秀
　時は今天が下しる ……………… [032]014-86
　われならで誰かは植ゑむ ……… [032]014-66

朱楽 菅江（漢江）
　鸚鵡盃 …………………………… [009]3-163
　狂歌大体 ………………………… [009]15-31
　狂言鶯蛙集 ……………………… [009]2-111
　万載狂歌集 ……………………… [009]1-219
　八重垣縁結 ……………………… [009]3-185
　狂歌評判俳優風 ………………… [009]3-3

浅井 忠能
　難波捨草 ………………………… [045]6-689

浅井 了意
　天草四郎 ………………………… [001]4-523
　狗張子 ………… [001]5-303, [015]4-27
　因果物語 ………………………… [001]4-19
　浮世ばなし ……………………… [001]1-405
　うき世物語 ……………………… [015]6-85
　浮世物語 ………………………… [001]1-319
　江戸名所記 ……………………… [015]7-3
　おとぎぼうこ …………………… [015]7-143
　伽婢子 …………………………… [001]5-61
　戒殺物語・放生物語 …………… [001]4-427
　可笑記評判 ……………………… [001]3-17
　可笑記評判 巻一〜巻七 ……… [015]15-3
　可笑記評判 巻八〜巻九 ……… [015]16-1
　葛城物語 ………………………… [015]19-1
　堪忍記 ………… [001]1-15, [015]20-93
　狂歌咄（寛文） …………………… [015]23-69
　鬼利至端破却論伝 ……………… [001]4-485
　鬼理志端破却論傳 ……………… [015]25-35
　孝行物語 ………………………… [001]1-189
　三綱行実図 ……………………… [001]2-13
　新語園 …………………………… [015]40-125
　新語園（承前） …………………… [015]41-1
　法花経利益物語 ………………… [001]4-99
　大倭二十四孝 …………………… [001]2-205
　やうきひ物語 …………………… [001]5-15

安積 艮斎
　偶興 ……………………………… [016]〔1〕-546
　富士山 …………………………… [016]〔1〕-548
　墨水秋夕 ………………………… [016]〔1〕-547

安積 東海
　舞剣の歌 ………………………… [016]〔1〕-696

朝川 善庵
　范蠡 西施を載するの図 ……… [016]〔1〕-515

浅草庵
　狂歌吉原形四季細見 …………… [009]12-3

浅草庵 市人
　狂歌萩古枝 ……………………… [009]6-81
　柳の糸 …………………………… [009]5-3

朝倉 孝景
　山川や浪越す石の ……………… [032]014-52

朝倉 義景
　唐人の聖をまつる ……………… [032]014-64

浅田 一鳥
　一谷嫩軍記 ……………………… [018]32-11
　鎌倉大系図 ……………………… [018]49-11
　田村麿鈴鹿合戦 ………………… [018]38-11
　物ぐさ太郎 ……………………… [018]52-11
　百合稚高麗軍記 ………………… [018]40-11

朝野 鹿取
　「王昭君」に和し奉る …………… [067]別-134
　「春閨怨」に奉和す ……………… [016]〔1〕-86

浅野 長矩
　風さそふ花よりもなほ ………… [032]020-20

浅野 譲
　売々遺稿 ………………………… [045]9-578

朝山 意林
　続清水物語 ……………………… [015]45-1

足利 尊氏
　等持院百首 ……………………… [045]10-178

足利 義昭
　乱を避け 舟を江州の湖上に泛ぶ
　　　　　　　　　　　……… [016]〔1〕-258

足利 義詮
　宝筐院百首 ……………………… [045]10-194

足利 義尚
　人心まがりの里ぞ ……………… [032]014-6

足利 義政
　室町殿御発句 …………………… [081]1-386
　やがてはや国おさまりて ……… [032]014-4

阿誰
　なるべし ………………………… [017]14-45
　反古ぶすま ……………………… [078]8-29

あすか

飛鳥井 雅顕
　雅顕集 ……………………… [045]**7**-474
飛鳥井 雅章
　衆妙集 ………………………… [045]**9**-7
飛鳥井 雅有
　飛鳥井雅有卿記事 …………… [058]**3**-155
　飛鳥井雅有卿日記 …………… [058]**3**-153
　明日香井和歌集 ……………… [045]**4**-83
　嵯峨の通ひ路 ………………… [045]**5**-1288
　春のみやまぢ ………………… [058]**3**-229
　春の深山路 …………………… [045]**5**-1290
　雅有集 ………………………… [045]**7**-551
　都路の別れ …………………… [045]**5**-1289
　無名の記 ……………………… [045]**5**-1287
　最上の河路 …………………… [045]**5**-1289
　隣女集 ………………………… [045]**7**-513
飛鳥井 雅親
　亜槐集 ………………………… [045]**8**-273
　愚句 …………………………… [081]**1**-389
　続亜槐集 ……………………… [045]**8**-295
　筆のまよひ …………………… [045]**10**-1003
飛鳥井 雅経（藤原 雅経）
　〔飛鳥井雅経 28首〕 ………… [032]**026**-2
　明日香井和歌集 ……………… [045]**4**-83
　最勝四天王院障子和歌 ……… [006]**10**-7
　新古今和歌集 ………… [045]**1**-216,
　　[069]**5**-151, [079]〔**32**〕-1, [084]**4**-117
　新古今和哥集 巻第一～第三 … [068]〔**34**〕-43
　新古今和哥集 巻第四～巻第六 … [068]〔**35**〕-7
　新古今和哥集 巻第七～巻第十 … [068]〔**36**〕-7
　新古今和哥集 巻第十一～巻第十四
　　　　　　　　　　　　　　 [068]〔**37**〕-7
　新古今和哥集 巻第十五～巻第十七
　　　　　　　　　　　　　　 [068]〔**38**〕-7
　新古今和哥集 巻第十八～巻第廿
　　　　　　　　　　　　　　 [068]〔**39**〕-7
飛鳥井 雅康
　雅康集 ………………………… [045]**8**-440
飛鳥井 雅世
　新続古今和歌集 …… [045]**1**-722, [082]**12**-1
　雅世集 ………………………… [045]**8**-7
阿蘇 惟敦
　天山日記 ……………………… [010]**3**-97
安宅 冬康
　逢ひ見てはなほ物思ふ ……… [032]**014**-54
　冬康連歌集 …………………… [081]**2**-445
姉小路 基綱
　卑懐集 ………………………… [045]**8**-424
　基綱集 ………………………… [045]**8**-435
阿仏尼
　十六夜日記 …… [045]**5**-1292, [058]**2**-163
　うたたね ……… [045]**5**-1281, [058]**2**-111
　夜の鶴 ………………………… [045]**5**-1075
阿倍 清行
　包めども袖にたまらぬ ……… [032]**003**-52
阿倍 仲麻呂
　郷を望むの詩 ………………… [016]〔**1**〕-62

命を衘んで本国に使す ……… [016]〔**1**〕-60
安倍 広庭
　秋日 長王が宅に於て新羅の客を宴す 賦して「流」
　字を得たり ………………… [067]別-60
阿部 正信
　駿国雑志（抄） ……………… [007]**5**-297
新井 滄洲
　早春の感懐 …………………… [016]〔**1**〕-386
新井 白石
　浅香山に登る ………………… [067]**5**-206
　尼寺の壁に題す ……………… [067]**5**-56
　乙亥七夕 ……………………… [067]**5**-226
　夏雨晴る ……………………… [067]**5**-53
　夏日即時 ……………………… [067]**5**-161
　画に題す十首 ………………… [067]**5**-231
　癸亥の秋、戯れに松青牛の瑞雲師の烏麦麵を
　　憶うの韻を用う ………… [067]**5**-175
　己巳の秋、信夫郡に到りて家兄に奉ず
　　　　　　　　　　　　　　 [067]**5**-16
　癸卯中秋感有り ……………… [067]**5**-5
　九日 故人に示す …………… [016]〔**1**〕-305
　暮れに帰る …………………… [067]**5**-90
　暮に江上を過ぐ ……………… [067]**5**-60
　閨情 …………………………… [067]**5**-168
　江行 …………………………… [067]**5**-58
　郊行 …………………………… [067]**5**-114
　九日 友人の詩を問うに答う … [067]**5**-78
　参考讀史餘論 ………………… [079]〔**30**〕-1
　山秀才の菅廟の即時に和すの韻に和す
　　　　　　　　　　　　　　 [067]**5**-65
　秋雨 …………………………… [067]**5**-87
　秋興 …………………………… [067]**5**-170
　春日雑題 ……………………… [067]**5**-140
　春日の作 ……………………… [016]〔**1**〕-306
　春日人を送る ………………… [067]**5**-166
　春晚 …………………………… [067]**5**-143
　春歩 …………………………… [067]**5**-111
　小斎即時 ……………………… [067]**5**-62
　松氏の韻に和す。自述三章 以て呈す
　　　　　　　　　　　　　　 [067]**5**-124
　松秀才の病を弔うに和す …… [067]**5**-121
　松節の雪の詩、其の能く韻を用うるを愛でて
　　之に和す二首 …………… [067]**5**-80
　小亭 …………………………… [067]**5**-69
　所見 …………………………… [067]**5**-108
　人日 …………………………… [067]**5**-158
　壬申元日 ……………………… [067]**5**-222
　新竹 …………………………… [067]**5**-51
　辛未中秋和韻 ………………… [067]**5**-219
　即時 …………………………… [067]**5**-92
　蕎麦麵 ………………………… [067]**5**-199
　中秋の夜 江氏に陪して月を河範の亭上に賞
　　す ………………………… [067]**5**-98
　長秀士に寄す ………………… [067]**5**-134
　読書の詞 ……………………… [067]**5**-202
　杜鵑枝に和す ………………… [067]**5**-94
　土峯 …………………………… [067]**5**-49
　梅影 …………………………… [067]**5**-25
　梅下口号 ……………………… [067]**5**-138

病中懐いを書す	[067] 5-75	郁芳門院安芸	
病中八首	[067] 5-147	郁芳門院安芸集	[045] 7-138
辺城秋	[067] 5-13	池田 冠山	
自ら肖像に題す	[016] (1)-304	南蘭草〔抄〕	[066] 5-300
病より起つ	[067] 5-117	池田 正式	
又（小亭）	[067] 5-72	堀河百首題狂歌合	[021] 1-227

荒木田 久老
　歌意考序 ……………… [079]〔13〕-202
　新學序 ………………… [079]〔13〕-187
　文意考序 ……………… [079]〔13〕-211

荒木田 守武
　合点之句 ……………… [081] 2-351
　法楽発句集 …………… [081] 2-346
　世中百首 ……………… [045] 10-204

荒木田 守則
　神路山 ………………… [081] 2-128

有栖川宮織仁親王
　ありし昔── ………… [032] 077-78

有栖川宮幟仁親王
　あさからぬ …………… [032] 077-64

有間皇子
　家にあれば 笥に盛る飯を … [032] 021-78
　磐白の 浜松が枝を 引き結び … [032] 021-76

在原 業平
　〔在原業平 35首〕 …… [032] 004-2
　業平集 ………………… [082] 18-41
　業平集（書陵部蔵五一〇・一二） … [045] 7-11
　業平集（尊経閣文庫蔵本） … [045] 3-23

安嘉門院四条
　安嘉門院四条五百首 … [045] 10-108

安袋
　順礼集 ………………… [017] 25-271
　歩十居士追悼集（百ヶ日） … [017] 編外1-155

安東 省庵
　朱先生を夢む ………… [016] (1)-283

安藤 東野
　子夜呉歌 ……………… [016] (1)-345
　農事忙し ……………… [016] (1)-346

安法法師
　安法法師集 …………… [045] 3-158

安楽庵 策伝
　醒睡笑（寛永正保頃板、八巻三冊）
　　……………………… [015] 57-237
　醒睡笑（広本系写本、八巻八冊） … [015] 43-57
　醒睡笑（承前）（広本系写本、八巻八冊）
　　……………………… [015] 58-229

【い】

飯尾 宗祇 → 宗祇（そうぎ）を見よ
伊形 霊雨
　赤馬が関を過ぐ ……… [016] (1)-430
井観
　西鶴評点政昌等三吟百韻巻 … [046] 5-806

石川 五右衛門
　石川や浜の真砂は …… [032] 020-12
石川 丈山
　渓行 …………………… [016] (1)-275
　新居 …………………… [016] (1)-272
　富士山 ………………… [016] (1)-274
石川 雅望（宿屋 飯盛、六樹園 飯盛）
　評判飲食狂歌合 ……… [009] 9-21
　狂歌すまひ草 ………… [009] 2-3
　新撰狂歌百人一首 …… [009] 7-263
　狂歌吉原形四季細見 … [009] 12-3
　職人尽狂歌合 ………… [009] 7-99
　狂歌波津加蛭子 ……… [009] 8-19
　飛騨匠物語 …………… [025] 3-5
　万代狂歌集 …………… [009] 8-81
　吉原十二時 …………… [009] 10-139
石川 幸元
　俳諧鏡之花 …………… [017] 31-257
石川郎女
　梓弓 引かばまにまに 寄らめども
　　……………………… [032] 021-66
石島 筑波
　隣花 …………………… [016] (1)-373
石塚 龍麿
　鈴屋大人都日記 ……… [010] 1-293
石田 東陵
　猛虎行 ………………… [016] (1)-791
石田 三成
　散り残る紅葉は殊に … [032] 014-46
石田 未得
　吾吟我集 ……………… [021] 1-148
石出 吉深
　昨木集 ………………… [081] 3-498
石野 広通
　霞関集 ………………… [045] 6-813
維舟
　維舟点賦何柚誹諧百韻 … [030] 3-136
以春
　「忍ぶ世の」連歌百韻 … [066] 6-92
井筒屋 庄兵衛
　歳旦発句〔抜抄〕 …… [066] 5-227
和泉式部
　〔和泉式部 50首〕 …… [032] 006-2
　和泉式部集
　　[043] (1)-89, [045] 3-248, [079] (1)-3
　和泉式部集補遺〔後醍醐天皇宸翰本抄録〕
　　……………………… [079] (1)-187

いせ　　　　　　　　　　　　　　　作家名索引（原作者）

和泉式部続集 ‥[045]3-264, [079]〔1〕-101
和泉式部日記
　　　[043]〔1〕-9, [079]〔1〕-1, [084]5-159
和泉式部百首 ………………… [006]4-7
これぞこの人の引きける ……… [032]007-96
伝行成筆和泉式部続集切 ……… [042]24-3
伊勢
〔伊勢 50首〕 ………………… [032]023-2
伊勢集 ………………………… [039]16-61,
　　　[045]3-45, [068]〔32〕-7, [082]18-79
伊勢大輔
伊勢大輔集 …………………… [040]2-7
伊勢大輔集(彰考館蔵本) …… [045]7-98
伊勢大輔集(東海大学蔵本) …… [045]3-340
惟然
某木がらし〔抄〕 ……………… [047]〔1〕-797
初蝉〔抄〕 ……………………… [047]〔1〕-793
石上 乙麻呂
秋夜の閨情 …………………… [016]〔1〕-58
南荒に瓢寓し 京に在す故友に贈る
　　　　　　　　　　　　　　 [016]〔1〕-57
伊丹
伊丹古蔵〔抄〕 ………………… [047]〔1〕-793
伊丹 椿園
絵本弓張月 …………………… [007]2-711
翁草 …………………………… [007]2-477
唐錦 …………………………… [007]2-551
椿園雑話 ……………………… [007]2-671
椿園雑話〔抄〕 ………………… [066]5-277
深山草 ………………………… [007]2-615
一利
草津集 ………………………… [017]28-227
一音
はいかいうしろひも ………… [046]5-1078
左比志遠里〔抄〕 ……………… [066]5-275
市河 寛斎
愛染像 ………………………… [067]9-141
移居 …………………………… [067]9-73
石を買う ……………………… [067]9-123
魚を買う ……………………… [067]9-159
宇治川の舟中、十洲の韻に次す … [067]9-173
越後道中 ……………………… [067]9-109
江戸を発す …………………… [016]〔1〕-454
王績の「杖を策きて隠士を尋ぬ」に擬す
　　　　　　　　　　　　　　 [067]9-26
大槻盤水が六旬を寿ぐ 三首(選一首)
　　　　　　　　　　　　　　 [067]9-195
亥児 伊香保温泉に浴す、此を寄す
　　　　　　　　　　　　　　 [067]9-124
亥児の書を得ざること百数日、秋初崎陽より
　発し、秋杪を歴て始めて達す。喜びを志す
　　四首(選二首) …………… [067]9-151
海上 誠斎の体に倣う ……… [067]9-187
岳を望む ……………………… [067]9-169
客館苦熱 三首(選一首) …… [067]9-128
重ねて江湖詩社を結ぶ 十二韻 … [067]9-111
重ねて金洞山に登る ………… [067]9-174

何子真の秋夜月を望んで憶わるるに酬ゆ
　　　　　　　　　　　　　　 [067]9-14
夏日 白雲楼に遊ぶ。即事、韻を分かつ 八首
　(選一首) …………………… [067]9-86
鏑木夫人六十の寿詞 ………… [067]9-203
菊枕 …………………………… [067]9-130, [067]9-148
癸酉冬至前の一日、崎陽の客舎にて感ずる有
　り …………………………… [067]9-191
暁寒 …………………………… [067]9-165
恭卿の郷に帰るを送る ……… [067]9-6
菫斎に贈る …………………… [067]9-103
偶成 …………………………… [067]9-184
九月十五日夜、子野の客舎にて月を賞して、韻
　を分かつ …………………… [067]9-23
苦吟 …………………………… [067]9-182
苦熱 …………………………… [067]9-59
晩れに山居に帰る 五首(選二首) ‥ [067]9-95
景連駿河自り、鈴石を携示す。――
　　　　　　　　　　　　　　 [067]9-45
月夜 伯美を憶う …………… [067]9-76
傲具の詩 五十首(選六首) …… [067]9-132
小倉舟中 ……………………… [067]9-194
古馬鐙 ………………………… [067]9-146
歳晩 懐いを書す …………… [067]9-84
七十吟 ………………………… [067]9-199
秋懐、陳後山の韻に追和す …… [067]9-93
秋日漫成 ……………………… [067]9-69
春晴 …………………………… [067]9-121
小園即事 ……………………… [067]9-108
小畦 …………………………… [067]9-119
昌平の春興 …………………… [067]9-32
書懐 …………………………… [067]9-117
諸葛武侯像 …………………… [067]9-72
初冬江村即事(三首 選一首) … [067]9-175
初晴の落景、初唐の体に効う … [067]9-3
壬申元旦の作 ………………… [067]9-180
水亭 酒に対するの歌 ……… [067]9-10
静厳の贈らるるに酬ゆ ……… [067]9-189
碩茂 蕎麺を供す。云う、「家人の製する所な
　り」と ……………………… [067]9-62
雪中雑詩 ……………………… [016]〔1〕-454
即事 …………………………… [067]9-98
漫ろに作る …………………… [067]9-167
村大夫邀えらるる(二首 選一首) ‥ [067]9-82
丁丑元旦 ……………………… [067]9-197
天民が宅の新燕 ……………… [067]9-106
塔沢温泉に浴すること数日、小詩もて事をを
　紀す(六首 選二首) ………… [067]9-56
東披赤壁の図 ………………… [016]〔1〕-451
冬嶺先生手抄の放翁詩 ……… [067]9-138
途中 花を看る ……………… [067]9-127
梅窓 …………………………… [067]9-154
梅天 …………………………… [067]9-66
梅圃 二首 …………………… [067]9-105
晩秋 …………………………… [067]9-100
晩秋 本邸に秋田侯を邀えて宴するに侍し奉り、
　恭んで賦す ………………… [067]9-57
晩涼 …………………………… [067]9-67
美人 楼に倚る ……………… [067]9-19

作家名索引（原作者）　　　　　　　　　　いつつ

　　文化己巳初春、駿州の桑公圭が宅に信宿し、池
　　五山・柏如亭の壁に題するを読む。――
　　　……………………………………[067]**9**-170
　　北里歌（三十首 選四首）…………[067]**9**-36
　　戊申の元旦 二首（選一首）………[067]**9**-51
　　戊辰六月嘉祥の日、余が六十の初度なり。――
　　　……………………………………[067]**9**-161
　　盆山 ………………………………[067]**9**-143
　　盆梅 ………………………………[067]**9**-91
　　将に江戸に帰らんとして、客舎の壁に留題す
　　　……………………………………[067]**9**-88
　　村田水莊の望仙楼に題す …………[067]**9**-205
　　瑪瑙の研山 ………………………[067]**9**-136
　　遊春、永日の韻に和す（九首 選一首）
　　　……………………………………[067]**9**-64
　　八日市の酒楼より田疇を眺望す。――
　　　……………………………………[067]**9**-157
　　陽子を夢む ………………………[067]**9**-22
　　楊柳詩詞 三首（選一首）…………[067]**9**-53
　　浴後 ………………………………[067]**9**-90
　　夜に桜花を看る……………………[067]**9**-54
　　落梅の曲、女を哭す………………[067]**9**-18
　　両児を拉きて東郊に梅を尋ぬ ……[067]**9**-79
　　炉辺の閑談 ………………………[067]**9**-30
　　渡るを待つ ………………………[016]〔1〕-453
市川 団十郎（二世）→ 柏莚（はくえん）を見よ
市川 団十郎白猿（五世）
　　友なし猿 …………………………[030]**2**-553
一漁
　　江戸近在所名集〔抄〕……………[066]**5**-275
一実
　　俳諧関のとびら …………………[078]**7**-277
一条 兼良
　　歌林良材 …………………………[045]**10**-989
　　世諺問答（古活字本、一冊）……[015]**44**-23
　　世諺問答（写本、一冊）…………[015]**44**-1
　　世諺問答（万治三年板、三巻三冊、絵入）
　　　……………………………………[015]**44**-49
　　南都百首 …………………………[045]**10**-202
　　ふぢ河の記 ………………………[045]**10**-1067
　　藤河の記 …………………………[058]**6**-235
　　乱の後 京を出で 江州水口に到る
　　　……………………………………[016]〔1〕-244
一条 実経
　　円明寺関白集 ……………………[045]**7**-476
一条 冬良
　　新撰菟玖波集 ……………………[081]**1**-91
一条天皇
　　書中に往事有り …………………[016]〔1〕-176
　　露の身の風の宿りに………………[032]**007**-94
　　野辺までに心ひとつは……………[032]**007**-92
一曇聖瑞
　　孟東野を賛す ……………………[016]〔1〕-239
一囊軒 貞室
　　俳諧之連歌 ………………………[030]**3**-217
一文舎 銭丸
　　狂歌浦の見わたし ………………[022]**29**-1

一麿（二世）
　　誰ため …………………………[017]**6**-209
一無軒 道冶
　　芦分船 …………………………[015]**11**-3
　　住吉相生物語 …………………[015]**43**-1
市村 器堂
　　山中即事 ………………………[016]〔1〕-789
惟中
　　一時軒独吟自註三百韻〔抜抄〕…[066]**5**-220
　　一時随筆〔抜抄〕………………[066]**5**-240
　　一夜庵建立縁起 ………………[066]**6**-77
　　近来俳諧風体抄〔抜抄〕
　　　……………[046]**5**-437, [066]**5**-223
　　しぶ団返答 ……………………[066]**5**-191
　　続無名抄〔抜抄〕………………[066]**5**-236
　　一時軒会合太郎五百韻 ………[046]**5**-292
　　西山梅法師二十五回忌懐旧之俳諧
　　　…………………………………[066]**5**-103
　　俳諧三部抄〔抜抄〕
　　　……………[046]**5**-157, [066]**5**-220
　　俳諧蒙求〔抜抄〕…[046]**5**-11, [066]**5**-216
　　破邪顕正返答〔抜抄〕…………[066]**5**-228
　　評判之返答〔抜抄〕……………[066]**5**-231
一休宗純
　　開祖下火録 ………[004]**3**-287, [005]下-203
　　開祖下火録 原文 ………………[004]**3**-369
　　狂雲集 ……………[005]上-245, [005]下-5
　　狂雲集 上 ………………………[004]**1**-1
　　狂雲集 下 ………………………[004]**2**-1
　　狂雲集補遺 ……………………[004]**3**-447
　　自戒集 ……………[004]**3**-107, [005]下-161
　　釈迦といふ悪戯者が……………[032]**059**-76
　　尺八 ………………………………[016]〔1〕-242
　　真珠庵本のみにある録頌 ………[004]**3**-259
　　端午 ………………………………[016]〔1〕-241
　　墨跡〔一休宗純〕………………[004]別-9
逸志
　　春のまこと ……………………[017]**2**-119
一色 直朝
　　桂林集 …………………………[045]**8**-775
一水
　　句箱 ……………………………[046]**5**-341
一炊庵
　　宗因文集 ………………………[066]**6**-78
一静舎 草丸
　　狂歌拾葉集 ……………………[022]**26**-80
一鼠
　　俳諧瓜の実 ……………………[078]**8**-243
　　はいかい黒うるり ……………[053]**1**-357
　　俳諧新京夜話 …………………[053]**1**-373
　　涼袋点一鼠・宜中両吟五十韻 …[053]**9**-240
一叟
　　一叟歳旦 ………………………[017]**27**-247
一通
　　寺の笛（天）……………………[030]**5**-12

いつつ

五辻 親氏
　五辻親氏・釈空性於法皇御方和歌懐紙写
　　　　　　　　　　　　　　　　[042]**16**-238
一遍
　唱ふれば仏も我も ………………[032]**059**-64
　跳はねば跳ねよ踊れば踊れ ……[032]**059**-62
一本亭芙蓉花
　狂歌拾遺家土産〔抄〕……………[066]**5**-269
出羽弁
　出羽弁集 ………[042]**6**-1, [045]**3**-360
井土 霊山
　呉昌碩に寄す ……………………[016]〔1〕-774
伊藤 春畝(博文)
　日出 ………………………………[016]〔1〕-738
伊藤 仁斎
　嵐山観音堂の紅葉 ………………[067]**4**-173
　市原道中の作 ……………………[067]**4**-197
　宇治舟中の即事 …………………[067]**4**-112
　大井川の即事 ……………………[067]**4**-43
　園城寺の絶頂 ……………………[067]**4**-31
　学者に示す二首 …………………[067]**4**-79
　学問須らく今日従り始むべし ……[067]**4**-88
　閑居の口号 ………………………[067]**4**-72
　菊花を詠ず ………………………[067]**4**-56
　湖水 ………………………………[067]**4**-36
　嵯峨の途中　[016]〔1〕-292, [067]**4**-143
　桜 …………………………………[067]**4**-125
　三月三日感有り …………………[067]**4**-206
　秋日旧を懐う ……………………[067]**4**-192
　小弟の既に江城に到るを聞くを喜ぶ
　　　　　　　　　　　　　　　　[067]**4**-93
　新年の作 …………………………[067]**4**-182
　清公の筵に陪して苦寒を賦す ……[067]**4**-137
　性通和尚の坊に題す ……………[067]**4**-201
　即興 …………[067]**4**-67, [067]**4**-99
　即事 ………………………………[016]〔1〕-290
　即時 ………………………………[067]**4**-149
　即時二首(その二) ………………[067]**4**-118
　戯を訪う図 ………………………[067]**4**-38
　鷹峰蕉窓主人の別業に遊ぶ ……[067]**4**-175
　武田翁の招きに従うて仁和寺に花を翫ぶ
　　　　　　　　　　　　　　　　[067]**4**-123
　太宰道室親の病を聞きて帰省するを送る
　　　　　　　　　　　　　　　　[067]**4**-104
　仲春の偶書 ………………………[067]**4**-188
　難波橋上の眺望 …………………[067]**4**-154
　原芸庵諸友を招きて二条藤丞相別墅に遊ぶ
　　　　　　　　　　　　　　　　[067]**4**-167
　堀川百首和歌題詠四一首のうち四首
　　　　　　　　　　　　　　　　[067]**4**-127
　淀河舟中の口号 …………………[067]**4**-159
　立春 ………………………………[067]**4**-60
伊藤 信徳
　雛形 ………………………………[030]**4**-225
伊藤 東涯
　里村昌億法眼 蔵する所の東坡先生の真筆を観
　る …………………………………[016]〔1〕-322
　山家の風 …………………………[016]〔1〕-319

秋郊の閑望 ………………………[016]〔1〕-320
春日の雨中 ………………………[016]〔1〕-325
伊藤 蘭斎
　秋夜雁を聞く ……………………[016]〔1〕-730
伊東 藍田
　秋日 ………………………………[016]〔1〕-411
稲津 祇空
　祇空遺芳(一) ……………………[030]**6**-155
　祇空遺芳(二) ……………………[030]**6**-158
　祇空遺芳(三) ……………………[030]**6**-160
　祇空遺芳(四) ……………………[030]**6**-162
　祇空遺芳(五) ……………………[030]**6**-165
　祇空遺芳(六) ……………………[030]**6**-168
　祇空遺芳(七) ……………………[030]**6**-170
　祇空遺芳(八) ……………………[030]**6**-173
　祇空遺芳(完結) …………………[030]**6**-175
　俳諧六歌仙〔抄〕…………………[066]**5**-265
　俳諧六歌仙絵巻 …………………[017]**5**-287
猪苗代 兼載
　閑塵集 ……………………………[045]**8**-447
　兼載雑談 …………………………[045]**5**-1126
　園塵 ………………………………[081]**2**-44
猪苗代 兼寿
　隣松軒発句牒 ……………………[081]**3**-515
猪苗代 兼如
　兼如発句帳 ………………………[081]**3**-213
　昌琢等発句集 ……………………[081]**3**-227
井上 文雄
　調鶴集(慶応三年板本) …………[045]**9**-737
井戸王
　綜麻形の 林の先の ………………[032]**021**-30
井原 西鶴
　熱田宮雀 …………………………[046]**5**-758
　嵐は無常物語 ……[023]**4**-237, [046]**3**-419
　生玉万句 …………………………[046]**5**-3
　逸題(『元禄難波前句附集』) …………[046]**5**-981
　逸題書 ……………………………[046]**5**-158
　色里三所世帯 ……[023]**17**-1, [046]**3**-233
　俳諧引導集 ………………………[046]**5**-781
　浮世栄花一代男 …[023]**17**-103, [046]**4**-111
　はいかいうしろひも ……………[046]**5**-1078
　江戸点者寄合俳諧 ………………[046]**5**-815
　誹諧大坂歳旦(発句三物) …………[046]**5**-82
　大坂独吟集 ………………………[046]**5**-12
　大硯 ………………………………[046]**5**-231
　乙夜随筆 …………………………[046]**5**-1077
　阿蘭陀丸二番船 …………………[046]**5**-462
　凱陣八嶋 …………………………[046]**5**-1216
　かすがの・いろ香 ………………[046]**5**-1482
　哥仙(大坂俳諧師) …………………[046]**5**-9
　かたはし …………………………[046]**5**-1076
　俳諧河内羽二重 …………………[046]**5**-978
　扶桑近代艶隠者 序 ……………[046]**5**-1263
　近来俳諧風躰抄 …………………[046]**5**-437
　草枕 ………………………………[046]**5**-86
　句箱 ………………………………[046]**5**-341
　くまのからす ……………………[046]**5**-1059

作家名索引（原作者）　　　　　　　　いまか

熊野からす ……………………… ［046］5 - 1061
雲喰ひ …………………………… ［046］5 - 464
俳諧十歌仙見花数寄 …………… ［046］5 - 338
好色一代男 ……… ［023］1 - 1, ［046］1 - 1
好色一代女 ………………………………
　　［023］3 - 149, ［046］1 - 497, ［084］16 - 117
好色五人女 ………………………………
　　［023］3 - 1, ［046］1 - 393, ［084］16 - 11
好色盛衰記 ……… ［023］4 - 67, ［046］2 - 589
俳諧虎溪の橋 …………………… ［046］5 - 235
古今俳諧師手鑑 ………………… ［046］5 - 92
小竹集 序 ……………………… ［046］5 - 1261
俳諧五徳 ………………………… ［046］5 - 279
暦 ………………………………… ［046］5 - 1178
西鶴大矢数 ……………………… ［046］5 - 485
西鶴置土産 ……… ［023］15 - 1, ［046］4 - 215
西鶴織留 ………… ［023］14 - 1, ［046］4 - 311
西鶴五百韻 ……………………… ［046］5 - 314
西鶴諸国はなし …………………………
　　［046］2 - 1, ［023］5 - 1, ［080］〔6〕- 1
西鶴全句集 ……………………… ［033］〔1〕- 19
西鶴俗つれづれ … ［023］16 - 1, ［046］4 - 431
西鶴独吟百韻自註絵巻 …………………
　　　　　　　　　　［046］5 - 998, ［066］5 - 246
西鶴名残の友 ……………… ［034］〔25〕- 67,
　　　　　　　　　　［046］4 - 613, ［023］16 - 125
西鶴評点歌水滸山両吟歌仙巻 … ［046］5 - 983
西鶴評点湖水等三吟百韻巻断簡 … ［046］5 - 479
西鶴評点如雲等五吟百韻巻 …… ［046］5 - 1067
西鶴評点政昌等三吟百韻巻 …… ［046］5 - 806
西鶴評点山太郎独吟歌仙巻山太郎再判
　　　　　　　　　　　　　　　　 ［046］5 - 988
大坂檀林桜千句 ………………… ［046］5 - 198
俳諧四国猿 ……………………… ［046］5 - 880
精進膾 …………… ［046］5 - 774, ［066］5 - 97
好色二代男諸艶大鑑 … ［023］2 - 1, ［046］1 - 177
新可笑記 ………… ［023］9 - 1, ［046］3 - 461
新編西鶴発句集 ………………… ［046］5 - 1081
新吉原つねづね草 ……………… ［046］5 - 1422
世間胸算用 ……………………… ［023］13 - 1,
　　　　［043］〔32〕- 11, ［046］4 - 1, ［069］18 - 11
仙台大矢數 ……………………… ［046］5 - 308
それぞれ草 ……………………… ［046］5 - 757
俳諧大悟物狂 …………………… ［046］5 - 865
太夫桜 …………………………… ［046］5 - 461
一時軒会合太郎五百韻 ………… ［046］5 - 292
俳諧団袋 ………………………… ［046］5 - 876
珍重集 …………………………… ［046］5 - 256
胴骨 ……………………………… ［046］5 - 177
江戸大坂通し馬 ………………… ［046］5 - 467
俳諧独吟一日千句 ……………… ［046］5 - 21
飛梅千句 ………………………… ［046］5 - 407
俳諧難波風 ……………………… ［046］5 - 225
難波の兄は伊勢の白粉 ……… ［046］5 - 1139
前句諸点難波土産 ……………… ［046］5 - 1047
奈良土産 ……………………… ［046］5 - 1058
男色大鑑 ………… ［023］6 - 1, ［046］2 - 199
日本永代蔵 ……………… ［043］〔44〕- 11,
　　　　　　　　　　［046］3 - 109, ［023］12 - 1

日本行脚文集 …………………… ［046］5 - 780
笠付前句ぬりかさ ……………… ［046］5 - 1066
誹諧生駒堂 ……………………… ［046］5 - 867
絵入物見車返俳諧石車 ………… ［046］5 - 885
西鶴俳諧大句数 ………………… ［046］5 - 94
古今俳諧女哥仙（すかた絵入）… ［046］5 - 784
俳諧三部抄 ……………………… ［046］5 - 157
俳諧四吟六日飛脚 ……………… ［046］5 - 454
俳諧関相撲 ……………………… ［046］5 - 768
俳諧習作 ………………………… ［046］5 - 845
俳諧之口伝 ……………………… ［046］5 - 159
俳諧のならひ事 ………………… ［046］5 - 828
俳諧昼網 ………………………… ［046］5 - 84
俳諧蒙求 ………………………… ［046］5 - 11
誹諧寄垣諸抄大成 ……………… ［046］5 - 1065
俳諧蓮の花笠 …………………… ［046］5 - 1063
蓮実 ……………………………… ［046］5 - 972
道頓堀花みち …………………… ［046］5 - 445
一目玉鉾 ……………………… ［046］5 - 1266
三原誹諧備後砂 ………………… ［046］5 - 1064
武家義理物語 ……………………………
　　［023］8 - 1, ［046］3 - 301, ［080］〔11〕- 24
俳諧新附合物種集追加二葉集 … ［046］5 - 438
武道伝来記 ……… ［023］7 - 1, ［046］2 - 409
懐硯 ……………… ［023］5 - 141, ［046］3 - 1
本朝桜陰比事 …… ［023］11 - 1, ［046］3 - 597
本朝二十不孝 …… ［023］10 - 1, ［046］2 - 103
大坂みつかしら ………………… ［046］5 - 761
三鉄輪 …………………………… ［046］5 - 272
夢想之俳諧 ……………………… ［046］5 - 772
俳諧物種集 ……………………… ［046］5 - 263
誹諧物見車 ……………………… ［046］5 - 868
八重一重 ………………………… ［046］5 - 996
尾陽鳴海俳諧喚続集 ………… ［023］15 - 139,
　　　　　　　　　　［046］4 - 517, ［069］18 - 105
両吟一日千句 …………………… ［046］5 - 346
我か庵 …………………………… ［046］5 - 883
誹諧渡し船 ……………………… ［046］5 - 873
わたし船 ………………………… ［046］5 - 448
俳諧わたまし抄 ………………… ［046］5 - 994
椀久一世の物語 … ［023］4 - 1, ［046］1 - 359

伊吹 山陰
　俳席両面鑑〔抄〕……………… ［066］5 - 300
今井 以閑
　契沖師門弟子若沖聞書〔抄〕… ［066］5 - 259
今川 氏真
　月日へて見し跡もなき ……… ［032］014 - 24
今川 氏親
　たなびくや千里もここの …… ［032］014 - 88
　ともに見む月の今宵を ……… ［032］014 - 62
今川 義元
　また明日の光よいかに ……… ［032］014 - 40
今川 了俊
　二言抄 ……………………… ［045］5 - 1112
　道ゆきぶり ………………… ［058］6 - 285
　道行触 ……………………… ［045］10 - 1063
　落書露顕 …………………… ［045］5 - 1114

了俊一子伝 ･････････････････ [045]**5**-*1113*
了俊歌学書 ･････････････････ [045]**10**-*985*
了俊日記 ･･･････････････････ [045]**10**-*987*
鹿苑院殿厳島詣記 ･･･････････････････････
　　　　　　　　　[045]**10**-*1064*, [058]**6**-*51*
岩田　涼菟（涼菟）
　住吉奉納〔柏崎住吉神社奉納百韻〕
　　　　　　　　　･･････････････ [030]**5**-*423*
　一幅半〔抄〕 ････････････････ [047]〔**1**〕-*797*
岩渓　裳川
　松島 ･･････････････････････ [016]〔**1**〕-*768*
岩手　宗也
　水海月 ････････････････････ [081]**3**-*318*
磐姫皇后
　秋の田の 穂の上に霧らふ 朝霞 ･･ [032]**021**-*56*
　ありつつも 君をば待たむ ････ [032]**021**-*54*
　かくばかり 恋ひつつあらずは ･･ [032]**021**-*52*
　君が行き 日長くなりぬ ･･････ [032]**021**-*50*
殷富門院大輔
　殷富門院大輔集 ････････････ [039]**13**-*21*
　殷富門院大輔集（書陵部蔵五〇一・一三七）
　　　　　　　　　････････････ [045]**3**-*571*
　殷富門院大輔集（書陵部蔵続群書類従本）
　　　　　　　　　････････････ [045]**7**-*212*
　殷富門院大輔集（乙類本） ･･････ [039]**13**-*263*

【う】

上杉　謙信
　九月十三夜 ･････････････････ [016]〔**1**〕-*255*
　霜満陣営秋気清 ････････････ [032]**014**-*96*
　もののふの鎧の袖を ･･･････････ [032]**014**-*50*
上田　秋成
　青頭巾〔雨月物語〕 ････････････････････
　　　[043]〔**3**〕-*133*, [069]**19**-*99*,
　　　[080]〔**3**〕-*210*, [084]**19**-*125*
　浅茅が宿〔雨月物語〕 ･･････････････････
　　　[043]〔**3**〕-*45*, [069]**19**-*41*,
　　　[080]〔**3**〕-*62*, [084]**19**-*45*
　天津をとめ〔春雨物語〕 ････････････････
　　　[043]〔**48**〕-*26*, [080]〔**10**〕-*30*
　天津処女〔春雨物語〕 ･･････････ [084]**19**-*165*
　雨月物語 ･･････････････ [043]〔**3**〕-*9*,
　　　[069]**19**-*9*, [080]〔**3**〕-*1*, [084]**19**-*13*
　歌のほまれ〔春雨物語〕 ････････････････
　　　[043]〔**48**〕-*109*, [080]〔**10**〕-*192*
　海賊〔春雨物語〕 ･････････ [043]〔**48**〕-*37*,
　　　[080]〔**10**〕-*60*, [084]**19**-*177*
　書初機嫌海 ･････････････ [043]〔**48**〕-*155*
　歌集篇〔本篇〕 ･･･････････ [049]〔**1**〕-*1*
　歌集篇〔拾遺篇〕 ･･･････････ [049]〔**1**〕-*591*
　菊花の約〔雨月物語〕 ･･････ [043]〔**3**〕-*28*, [069]**19**-*12*,
　　　[080]〔**3**〕-*32*, [084]**19**-*31*
　吉備津の釜〔雨月物語〕 ････････････････
　　　[043]〔**3**〕-*84*, [069]**19**-*70*,
　　　[080]〔**3**〕-*130*, [084]**19**-*81*

癇癖談 ･････････････････ [043]〔**3**〕-*161*
死首のゑがほ〔春雨物語〕 ･･ [043]〔**48**〕-*67*
死首の咲顔〔春雨物語〕 ････ [080]〔**10**〕-*116*
蛇性の婬〔雨月物語〕 ･･･････ [043]〔**3**〕-*99*,
　　　[080]〔**3**〕-*158*, [084]**19**-*95*
白峯〔雨月物語〕 ･････････ [043]〔**3**〕-*13*,
　　　[080]〔**3**〕-*4*, [084]**19**-*17*
捨石丸〔春雨物語〕 ･･････････････････････
　　　　[043]〔**48**〕-*82*, [080]〔**10**〕-*145*
膽大小心録異文〔抄〕 ･･････ [066]**5**-*291*
血かたびら〔春雨物語〕 ･･････ [043]〔**48**〕-*12*,
　　　[080]〔**10**〕-*4*, [084]**19**-*149*
藤簍冊子（文化三年板本） ･･･ [045]**9**-*527*
二世の縁〔春雨物語〕 ･･････････････････
　　　[043]〔**48**〕-*51*, [080]〔**10**〕-*85*
俳調義論〔抄〕 ･･･････････ [066]**5**-*291*
春雨物がたり ･････････････ [043]〔**48**〕-*9*
春雨物語 ･･････ [080]〔**10**〕-*1*, [084]**19**-*147*
樊噲〔春雨物語〕 ･･････････ [043]〔**48**〕-*112*,
　　　[080]〔**10**〕-*199*, [084]**19**-*189*
貧福論〔雨月物語〕 ･･････････ [043]〔**3**〕-*146*,
　　　[080]〔**3**〕-*233*, [084]**19**-*137*
仏法僧〔雨月物語〕 ･･････････ [043]〔**3**〕-*71*,
　　　[080]〔**3**〕-*109*, [084]**19**-*69*
宮木が塚〔春雨物語〕 ･･････････････････
　　　[043]〔**48**〕-*94*, [080]〔**10**〕-*171*
夢応の鯉魚〔雨月物語〕 ･･････ [043]〔**3**〕-*61*,
　　　[080]〔**3**〕-*90*, [084]**19**-*61*
むかし口 ･･････････････････ [066]**5**-*161*
目ひとつの神〔春雨物語〕 ････････････････
　　　[043]〔**48**〕-*58*, [080]〔**10**〕-*97*
也哉抄〔抄〕 ･････････････ [066]**5**-*282*
上田　ちか子
　ちか女跋〔蓮月尼全集〕 ･････ [051]〔**1**〕-*3*
上野　忠親
　雪窓夜話 ････････････････ [007]**5**-*519*
宇喜多　秀家
　藻塩焼きうきめかる ･････････ [032]**014**-*72*
氏富
　氏富家千句 ･･････････････ [066]**1**-*465*
歌川　広重
　我死なば焼くな埋めるな ･････ [032]**020**-*50*
宇多天皇
　寛平御集 ･･･････････････ [045]**7**-*14*
有智子内親王
　「関山月」に和し奉る 太上天皇 祚に在り
　　　　　　　　　･････････ [067]別-*126*
　春日 山荘、塘・光・行・蒼を勒す ･･ [067]別-*118*
　新年 雪裡の梅花を賦す ･････････ [067]別-*129*
　「巫山高」に奉和す ･･････････ [016]〔**1**〕-*123*
　「巫山は高し」に和し奉る 太上天皇 祚に在
　　　り） ････････････････ [067]別-*121*
内田　橋水
　つくしの海 ････････････････ [030]**1**-*203*
内山　椿軒
　明和狂歌合 ････････････････ [009]**1**-*55*

作家名索引（原作者）　　えしま

宇中
　夜話ぐるひ〔抄〕 ……………… [047]〔1〕- 798
宇津木 静斎
　海楼 …………………………… [016]〔1〕- 603
宇都宮 景綱
　沙弥蓮愉集（国立歴史民俗博物館蔵本）
　　　　　　　　　　………… [045] 7 - 505
　沙弥蓮瑜集 ……………………… [039] 23 - 81
宇都宮 頼綱
　宇津の山現にてまた ………… [032] 047 - 98
鵜殿 余野子
　佐保川（国立国会図書館蔵本）……… [045] 9 - 394
宇野 南村
　老将 ……………………………… [016]〔1〕- 618
宇野 醴泉
　山家村を経 …………………… [016]〔1〕- 403
　冬郊 ……………………………… [016]〔1〕- 404
烏朴 → 谷 素外（たに・そがい）を見よ
馬内侍
　馬内侍集 ……………………………………
　　　　　[040] 10 - 7, [045] 3 - 206, [082] 54 - 117
烏明
　俳諧白井古城記 ………………… [017] 28 - 39
　露薬 ……………………………… [017] 22 - 147
　山と水 …………………………… [017] 26 - 119
　露柱庵記 ………………………… [017] 14 - 175
梅田 雲浜
　訣別 ……………………………… [016]〔1〕- 627
梅友
　寛文五 乙巳記 ………………… [030] 3 - 118
梅丸
　旦暮発句（梅丸稿本）………… [017] 編外 1 - 153
梅本 高節
　狂歌師伝 ………………………… [009] 15 - 399
卜部 兼好（吉田 兼好）
　〔兼好法師 50首〕 …………… [032] 013 - 2
　兼好法師集 …… [045] 4 - 160, [082] 65 - 247
　徒然草 ………………………… [031] 4 - 29,
　　　　　　[043]〔41〕- 19, [069] 14 - 65,
　　　　　　[079]〔38〕- 3, [084] 13 - 47
　徒然草〔収録歌〕 …………… [045] 5 - 1301
　徒然草（帝室御物 烏丸光廣自筆つれづれ草複
　　製） ……………………… [079]〔38〕- 17
宇鹿
　岬之道 …………………………… [030] 4 - 308
雲柱
　続下埜風俗 ……………………… [017] 16 - 253
雲歩
　因果物語 ………………………… [015] 4 - 289
雲来亭 林栗
　狂歌栗葉集 ……………………… [022] 5 - 1
雲鈴
　本朝文選〔抄〕 …………… [047]〔1〕- 799

【え】

永運
　永運句集 ………………………… [081] 1 - 265
栄海
　釈教三十六人歌合（早大図書館蔵本）
　　　　　　　　　　………… [045] 10 - 378
栄西
　唐土の梢もさびし ……………… [032] 059 - 46
永日庵 其律
　狂歌秋の花 ……………………… [022] 3 - 1
永福門院
　〔永福門院 50首〕 …………… [032] 030 - 2
　永福門院百番自歌合 …………………………
　　　　　　　　[006] 1 - 5, [045] 5 - 709
恵慶
　恵慶集 …………………………… [040] 16 - 7
　恵慶百首 ………………………… [006] 11 - 5
　恵慶法師集 ……………………… [045] 3 - 180
恵空
　年斎拾唾 ………………………… [015] 58 - 1
江崎 幸和
　底抜磨 …………………………… [030] 1 - 19
江島 其磧
　愛護初冠女筆始 ………………… [073] 13 - 1
　商人家職訓 ……………………… [073] 8 - 305
　商人軍配団 ……………………… [073] 3 - 251
　曦太平記 ………………………… [073] 11 - 301
　曦太平記後楠軍法鎧桜 ………… [073] 11 - 385
　安倍清明白狐玉 ………………… [073] 9 - 191
　豆右衛門後日女男色遊 ………… [073] 5 - 227
　浮世親仁形気 …………………… [073] 7 - 447
　御伽名題紙衣 …………………… [073] 14 - 305
　御伽平家 ………………………… [073] 10 - 217
　御伽平家後風流扇子軍 ………… [073] 10 - 295
　女曽我兄弟鑑 …………………… [073] 8 - 157
　女将門七人化粧 ………………… [073] 9 - 327
　鎌倉武家鑑 ……………………… [073] 3 - 391
　寛濶役者片気 …………………… [073] 2 - 415
　鬼一法眼虎の巻 ………………… [073] 12 - 147
　義経倭軍談 ……………………… [073] 7 - 287
　其磧置土産 ……………………… [073] 14 - 241
　其磧諸国物語 …………………… [073] 17 - 357
　記録曽我女黒船 ………………… [073] 10 - 77
　記録曽我女黒船後本朝会稽山 … [073] 10 - 147
　楠三代壮士 ……………………… [073] 7 - 513
　けいせい色三味線 ……………… [073] 1 - 1
　けいせい哥三味線 ……………… [073] 11 - 445
　契情お国𫝶妓 …………………… [073] 10 - 445
　傾城禁短気 ……………………… [073] 2 - 267
　けいせい伝受紙子 ……………… [073] 2 - 167
　兼好一代記 ……………………… [073] 14 - 169
　賢女心化粧 ……………………… [073] 14 - 75
　国姓爺明朝太平記 ……………… [073] 6 - 375
　魂胆色遊懐男 …………………… [073] 3 - 1

咲分五人娘 ……………………… [073]13-171
北条時頼開分二女桜 ……………… [073]10-1
桜曽我女時宗 …………………… [073]9-1
真盛曲輪錦 ……………………… [073]12-425
芝居万人葛 ……………………… [073]9-79
出世捉虎昔物語 ………………… [073]9-259
諸商人世帯形気 ………………… [073]14-1
世間手代気質 …………………… [073]11-47
世間子息気質 …………………… [073]6-1
世間娘女気質 …………………… [073]6-475
往昔喩今世話善悪身持扇 ………… [073]11-1
大尽三ツ盃 ……………………… [073]1-209
大内裏大友真鳥 ………………… [073]9-463
高砂大嶋台 ……………………… [073]12-75
丹波太郎物語 …………………… [073]5-327
忠臣略太平記 …………………… [073]3-169
通俗諸分床軍談 ………………… [073]5-1
当世御伽曽我 …………………… [073]4-67
当世御伽曽我後風流東鑑 ………… [073]4-169
渡世商軍談 ……………………… [073]3-323
渡世身持談義 …………………… [073]13-249
那智御山手管滝 ………………… [073]12-1
日本契情始 ……………………… [073]8-223
花実義経記 ……………………… [073]7-367
風流東大全 ……………………… [073]11-133
風流東大全後奥州軍記 …………… [073]11-215
風流宇治頼政 …………………… [073]8-1
風流曲三味線 …………………… [073]1-255
風流軍配団 ……………………… [073]13-443
風流西海硯 ……………………… [073]13-321
風流東海硯 ……………………… [073]14-93
風流友三味線 …………………… [073]11-537
風流七小町 ……………………… [073]8-451
風流連理樒 ……………………… [073]13-399
富士浅間裾野桜 ………………… [073]10-367
舞台三津扇 ……………………… [073]8-369
武его近江八景 …………………… [073]7-221
三浦大助助分寿 ………………… [073]12-267
都鳥妻恋笛 …… [008]1-317,[073]12-347
役者色仕組 ……………………… [073]8-73
野傾旅駕籠 ……………………… [073]2-453
略平家都遷 ……………………… [073]13-77
野白内証鑑 ……………………… [073]2-11
遊女懐中洗濯付 野傾髪透油・けいせい卵子酒
 ………………………………… [073]1-455
頼朝鎌倉実記 …………………… [073]9-397
和漢遊女容気 …………………… [073]7-1
榎並 左衛門
 柏崎 …………………………… [043]〔63〕-281
榎本 星布
 榎本星布全句集 ………………… [011]〔1〕-1
絵馬屋 額輔（四世）
 狂歌人物誌 ……………………… [009]15-329
江村 北海
 感有り …………………………… [016]〔1〕-384
 江南の意 ………………………… [016]〔1〕-385
 大雅道人の歌 …………………… [016]〔1〕-382

園果亭 義栗
 狂歌芦分船 ……………………… [022]4-58
 狂歌友かゝみ …………………… [022]2-26
 狂歌軒の松 ……………………… [022]7-10
臙求
 孝子善之丞感得伝 ……………… [007]5-989
渕光
 やたら草 ………………………… [017]26-83
艶山
 西鶴評点歌水艶山両吟歌仙巻 …… [046]5-983
燕志
 歳旦帖 …………………………… [017]30-305
遠舟
 遠舟千句附 幷百韵 ……………… [030]1-284
 しらぬ翁 ………………………… [030]4-207
 太夫桜 …………………………… [046]5-461
 八重一重 ………………………… [046]5-996
猿声堂 山峡
 狂歌まことの道 ………………… [022]24-69
円珍
 法の舟差してゆく身ぞ …………… [032]059-18
遠藤 日人
 七部蝶噺 ………………………… [030]7-380
 蕉門諸生全伝〔抄〕 ……………… [052]〔2〕-707
 芭蕉翁系譜 ……………………… [047]〔1〕-817
円仁
 雲しきて降る春雨は ……………… [032]059-14
円融天皇
 円融院御集 ……………………… [045]7-54

【お】

横川 景三
 遣唐使を送る …………………… [016]〔1〕-249
 暮秋 旧を話す ………………… [016]〔1〕-248
淡海 福良満
 譴せ被れて 豊後藤太守に別る … [016]〔1〕-127
大海人皇子 → 天武天皇（てんむてんのう）を見よ
大石 良雄
 あらたのし思ひは晴るる ………… [032]020-22
大内 政弘
 拾塵集（祐徳中川文庫蔵本） …… [045]8-382
 分きかぬつ心にもあらで ………… [032]014-20
大内 義興
 かくばかり遠き東の ……………… [032]014-14
大内 義隆
 苔のむす松の下枝に ……………… [032]014-8
大江 千里
 千里集 ………… [039]36-37,[045]3-146
大江 尚賢
 尚賢五十首 ……………………… [045]10-210
大江 匡衡
 菊叢 花 未だ開かず ……………… [016]〔1〕-170

月下即事 ……………………… [016]〔1〕- 169
匡衡集 …………… [039]**26** - 39, [045]**7** - 67
大江 匡房
　傀儡子の孫君 ……………… [016]〔1〕- 178
　江帥集 …………………… [045]**3** - 402
　江談抄 …………………… [045]**5** - 1196
　堀河院百首〔春部～秋部〕 ……… [006]**5** - 7
　堀河院百首〔冬部～雑部〕 ……… [006]**6** - 7
　匡房集(有吉保氏蔵本) ………… [045]**7** - 108
大江 茂重
　茂重集 …………………… [045]**7** - 581
大江 元就 → 毛利 元就(もうり・もとなり)を見よ
大江 嘉言
　東路はいづかたとかは〔東路〕… [032]**045** - 70
　嘉言集(京都女子大学蔵本) ……… [045]**3** - 233
大江丸
　俳諧袋〔抄〕 ……………… [066]**5** - 285
正親町天皇
　埋もれし ………………… [032]**077** - 27
大窪 詩仏
　漁家 ……………………… [016]〔1〕- 479
　早桜 ……………………… [016]〔1〕- 480
大隈 言道
　草径集 …………… [045]**9** - 700, [082]**74** - 65
大蔵 善行
　日本三代実録 ……………… [045]**5** - 1140
凡河内 躬恒
　〔凡河内躬恒 30首〕 ………… [032]**024** - 42
　古今和歌集 ……………… [013]〔2〕- 12,
　　[069]**5** - 11, [079]〔**22**〕- 1, [084]**4** - 9
　躬恒集 …………… [040]**14** - 7, [082]**19** - 177
　躬恒集(書陵部蔵五一〇・一二) … [045]**7** - 16
　躬恒集(西本願寺蔵三十六人集) … [045]**3** - 31
大須賀 筠軒
　牛蒡行 …………………… [016]〔1〕- 742
　野狐 婚娶の図 ……………… [016]〔1〕- 739
大田 錦城
　山居 ……………………… [016]〔1〕- 476
　秋江 ……………………… [016]〔1〕- 477
太田 道灌
　海原や水巻く龍の …………… [032]**014** - 38
　かかる時さこそ命の ………… [032]**020** - 2
大田 南畝 → 四方赤良(よもの・あから)を見よ
太田 巴静
　刷毛序 …………………… [030]**2** - 265
大田垣 蓮月
　海人の刈藻 ……… [045]**9** - 755, [051]〔1〕- 1
　花くらべ ………………… [051]〔1〕- 52
　蓮月哥集 ………………… [051]〔1〕- 6
大谷 吉継
　契あらば六つの衢に ………… [032]**020** - 16
大槻 磐渓
　梅を看て 夜帰る …………… [016]〔1〕- 568
　春日山懐古 ……………… [016]〔1〕- 569

大津皇子
　終りに臨む ………………… [016]〔1〕- 35
　遊猟 ……………………… [067]別 - 20
　臨終 ……………………… [067]別 - 23
大伴 池主
　晩春三日の遊覧一首 并びに序 … [067]別 - 35
大伴 氏上
　渤海に入朝す ……………… [016]〔1〕- 121
大伴 宿禰
　玉葛 実成らぬ木には ………… [032]**021** - 68
大友 宗麟
　思ひきや筑紫の海の ………… [032]**014** - 16
大伴 旅人
　あな醜── ……………… [032]**080** - 22
　〔大伴旅人 39首〕 ………… [032]**041** - 2
　凶問に報う ………………… [067]別 - 30
　初春 宴に侍す ……………… [067]別 - 27
　験なき ──……………… [032]**080** - 14
　なかなかに── ………… [032]**080** - 18
大伴 家持
　〔大伴池主への答詩〕 ………… [067]別 - 40
　大伴宿祢家持の和ふる歌二首 … [032]**062** - 101
　〔大伴家持 44首〕 ………… [032]**042** - 2
　居り明かしも── ………… [032]**080** - 28
　家持集
　　[039]**33** - 53, [045]**3** - 17, [082]**17** - 201
大友皇子
　宴に侍す ………………… [016]〔1〕- 31
大中臣 輔親
　賀陽院水閣歌合 ……………… [082]**48** - 71
　輔親集 …………………… [045]**3** - 294
大中臣 能宣
　有明の── ……………… [032]**080** - 34
　後撰和歌集
　　[002]**3** - 1, [045]**1** - 33, [079]〔**26**〕- 1
　後撰和謌集 關戸氏片假名本 … [079]〔**26**〕- 1
　能宣集 …………………… [040]**7** - 7
　能宣集(書陵部蔵五一〇・一二) … [045]**7** - 44
　能宣集(西本願寺蔵三十六人集) … [045]**3** - 120
大中臣 頼基
　頼基集(西本願寺蔵三十六人集) … [045]**3** - 77
大沼 枕山
　歳晩 懐ひを書す …………… [016]〔1〕- 634
大野 祐之
　宇治のたびにき ……………… [010]**1** - 445
太 安万侶(安麻呂)
　古事記 ……… [043]〔**22**〕- 15, [045]**5** - 1129
　古事記(現代語訳) ………… [024]〔**10**〕- 1
大場 蓼和
　江の島紀行 ………………… [030]**6** - 195
大堀 守雄
　蜻蛉百首道の記 …………… [010]**2** - 279
大村 光枝
　萬葉集誤字愚考 …………… [079]〔**45**〕- 1
岡田 玉山
　絵本玉藻譚 ……………… [025]**3** - 219

おかた　　　　　　　　作家名索引（原作者）

尾形 乾山
　憂きことも嬉しき折も ……… [032]**020**-34
岡田 老樗軒
　読老庵日札〔抄〕 ………… [066]**5**-298
岡村 不卜
　俳諧向之岡 上巻 …………… [030]**3**-387
小川 俊方
　小川不関入焼焼捨〔抄〕 …… [066]**5**-243
小川 野水
　雪之下草歌仙 俳諧 ………… [030]**3**-346
荻生 徂徠
　甲陽の客中 ………………… [016]〔1〕-314
　少年行 ……………………… [016]〔1〕-313
　暮秋の山行 ………………… [016]〔1〕-311
小倉 実教
　藤葉和歌集（群書類従本） … [045]**6**-310
小栗 十洲
　鴨林の秋夕 ………………… [016]〔1〕-471
　花を売る人に贈る ………… [016]〔1〕-470
雄崎 貞丸
　狂歌選集楽 ………………… [022]**27**-19
雄崎 貞右 → 玉雲斎 貞右（ぎょくうんさい・ていゆう）を見よ
小沢 蘆庵
　世の憂さを── …………… [032]**080**-54
　六帖詠草 ……… [045]**9**-406, [082]**70**-1
　六帖詠草拾遺 … [045]**9**-448, [082]**70**-391
忍連中
　其手紙 ……………………… [017]**26**-177
小津 久足
　煙霞日記 …………………… [010]**2**-55
小槻 量実
　小槻量実句集 ……………… [081]**1**-264
小瀬 甫庵
　童蒙先習 …………………… [015]**56**-1
織田 信長
　大坂や揉まほうもみぢ …… [032]**014**-84
　勝頼と名乗る武田の ……… [032]**014**-74
尾田 初丸
　嬾葉夷曲集 ………………… [022]**26**-1
乙州
　それぞれ草〔抄〕 ………… [047]〔1〕-800
　芭蕉翁行状記〔抄〕 ……… [047]〔1〕-791
鬼貫
　仏兄七くるま〔抄〕 ……… [066]**5**-264
　仏兄七久留万 ……………… [030]**6**-135
　続七車〔抄〕 ……………… [066]**5**-267
　大悟物狂〔抄〕 …… [046]**5**-865, [066]**5**-244
　俳諧十論〔抄〕 …………… [066]**5**-261
　独ごと〔抄〕 ……………… [066]**5**-260
鬼丸
　吾妻海道 …………………… [017]**2**-85
小野 久四郎
　ねこと草 …………………… [015]**55**-287

小野 湖山
　朱舜水先生の墓 …………… [016]〔1〕-625
小野 小町
　〔小野小町 31首〕 ………… [032]**003**-6
　小町集 …………… [045]**3**-21, [082]**18**-1
小野 貞樹
　人を思ふ心の木の葉に …… [032]**003**-62
小野 篁
　奉試 隴頭秋月明を賦し得たり（題中に韻を取ることと六十字に限る） …… [016]〔1〕-118
小野 春雄
　秋風抄（群書類従本） …… [045]**6**-81
小野 岑守
　遠く辺城に使いす ………… [067]別-140
　遠く辺城に使す …………… [016]〔1〕-90
　文友に留別す … [016]〔1〕-91, [067]別-144
　凌雲集 ……………………… [079]〔12〕-45
麻続王
　空蟬の 命を惜しみ ……… [032]**021**-42
小山田 与清
　橋立日記磯清水 …………… [010]**1**-181
　はまの松葉 ………………… [010]**2**-165

【 か 】

快川紹喜
　心頭を滅却すれば ………… [032]**059**-84
貝原 益軒
　こし方は一夜ばかりの …… [032]**020**-28
会木
　藁人形〔抄〕 ……………… [047]〔1〕-798
甲斐屋 林右衛門
　源氏（ライデン大学蔵本） … [010]**3**-241
可因
　かれ野 ……………………… [017]**21**-345
加賀少納言
　亡き人を偲ぶることも …… [032]**044**-106
加々美 紅星子
　雑花錦語集〔抄〕 ………… [066]**5**-271
各務 支考
　笈日記〔抄〕 ……… [047]〔1〕-791,
　　　　　　　　[047]〔1〕-810, [052]〔2〕-199
　草刈笛〔抄〕 ……………… [047]〔1〕-798
　葛の松原〔抄〕 …………… [047]〔1〕-786
　国の花〔抄〕 ……………… [066]**5**-256
　十論為弁抄〔抄〕 …………
　　　　　　　　[047]〔1〕-802, [066]**5**-263
　続五論 元禄十二年刊 …… [047]〔1〕-770
　続五論 ……………………… [066]**5**-252
　続猿蓑〔抄〕 ……………… [047]〔1〕-796
　東華集 ……………………… [047]〔1〕-797
　東西夜話〔抄〕 …………… [047]〔1〕-798
　誹諧十論〔抄〕 …………… [047]〔1〕-801
　芭蕉翁追善之日記〔抄〕 … [047]〔1〕-790

作家名索引（原作者）　　　かしわ

梟日記〔抄〕............... [047]〔1〕-795
本朝文選〔抄〕............... [047]〔1〕-799
三日歌仙............... [030]5-104
鏡王女
　秋山の 木の下隠り............... [032]021-58
　風をだに 恋ふるはともし............... [032]021-96
　玉匣 覆ふをやすみ............... [032]021-60
香川 景樹
　〔香川景樹 49首〕............... [032]016-2
　桂園一枝（文政十三年板本）............... [045]9-624
　桂園一枝拾遺（嘉永三年板本）............... [045]9-640
　中空の日記............... [010]1-229
香川 景周
　須磨日記............... [010]2-387
蚧浪荒虫
　いはほぐさ............... [053]3-347
柿本 人麻呂
　〔柿本人麻呂 41首〕............... [032]001-2
　人丸集............... [045]3-9
　人麻呂集............... [082]17-1
　人麿集............... [039]34-69
嘉喜門院
　嘉喜門院集（尊経閣文庫蔵本）............... [045]7-751
可休
　誹諧物見車............... [046]5-868
鷲喬
　曙草紙............... [078]8-344
鄂隠慧奯
　牧笛............... [016]〔1〕-237
覚綱
　覚綱集............... [045]7-168
覚性法親王
　出観集............... [045]7-142
覚鑁
　夢のうちは夢も現も............... [032]059-38
蜉蝣子
　奇伝新話............... [007]1-13
可浩
　秋ънь吟行............... [017]13-27
河西 周徳
　ゆきまるげ（周徳自筆本）............... [030]2-535
笠女郎
　〔笠女郎 29首（全作品）〕............... [032]062-1
笠間 時朝
　前長門守時朝入京田舎打聞集............... [039]18-61, [045]7-344
花山院 長親 → 耕雲（こううん）を見よ
花山院 師兼 → 師兼（もろかね）を見よ
賀子
　蓮実............... [046]5-972
　大坂みつかしら............... [046]5-761
梶女
　梶の葉（宝永四年板本）............... [045]9-331
花墻漣々
　誹諧去嫌大概............... [050]上-709

柏木 如亭
　赤羽に居を移す〔如亭山人藁 初集〕............... [067]8-70
　秋 立つ............... [016]〔1〕-473
　雨に淡浦翁を訪ふ 途中即事二首〔木工集〕
　　............... [067]8-7
　嵐山の花期已に近し此を留めて足庵に別る〔如
　　亭山人遺藁 巻一〕............... [067]8-123
　晏起〔如亭山人藁 初集〕............... [067]8-52
　乙丑の元旦枕上に口号す〔如亭山人藁 初集〕
　　............... [067]8-78
　雨夜〔如亭山人遺藁 巻一〕............... [067]8-125
　画に題す〔如亭山人藁 初集〕............... [067]8-95
　王虚舟画く蕉鹿園老集図〔如亭山人藁 初集〕
　　............... [067]8-59
　懐いを書す 二首〔如亭山人藁 初集〕
　　............... [067]8-57
　海鷗の歌〔如亭山人遺藁 巻三〕............... [067]8-152
　夏雨 谷文晁の宅に集う〔木工集〕............... [067]8-23
　河橋歩月〔如亭山人遺藁 巻一〕............... [067]8-124
　香桜村に雨に阻まる〔如亭山人藁 初集〕
　　............... [067]8-56
　夏初〔木工集〕............... [067]8-16
　画に題す〔如亭山人遺藁 巻二〕............... [067]8-145
　画に題す〔如亭山人遺藁 巻三〕............... [067]8-160
　寛斎先生に寄せ奉る〔木工集〕............... [067]8-15
　寛斎先生の長崎の幕中より帰るを途中に奉迎
　　す〔如亭山人遺藁 巻二〕............... [067]8-138
　元旦 枕上に口号す〔木工集〕............... [067]8-12
　菅伯美の所居に寄題す〔木工集〕............... [067]8-27
　菊を買う〔如亭山人藁 初集〕............... [067]8-69
　吉備雑題 十四首 選三首〔如亭山人遺藁 巻
　　一〕............... [067]8-118
　九霞山樵の画山水歌〔如亭山人藁 初集〕
　　............... [067]8-87
　己酉の歳莫〔木工集〕............... [067]8-21
　癸酉の初夏京を去りて琵琶湖上の最勝精舎に
　　寓す〔如亭山人遺藁 巻二〕............... [067]8-129
　僑居の壁に題す〔如亭山人遺藁 巻一〕
　　............... [067]8-111
　合歓の歌〔如亭山人遺藁 巻三〕............... [067]8-149
　弘福寺の小池 分韻〔木工集〕............... [067]8-10
　是の歳辛亥、寛斎河先生将に八月朔を以て、——
　　〔木工集〕............... [067]8-29
　雑興〔如亭山人遺藁 巻二〕
　　............... [067]8-134, [067]8-140
　三月二十三日、風бы初めて美なり。——〔如亭
　　山人遺藁 巻三〕............... [067]8-147
　三日 杜生の醪を送るに謝す〔如亭山人遺藁 巻
　　三〕............... [067]8-170
　三日四日市の海楼に飲む〔如亭山人遺藁 巻
　　一〕............... [067]8-104
　讃州福島〔如亭山人遺藁 巻三〕............... [067]8-161
　塩浜の元旦〔如亭山人藁 初集〕............... [067]8-41
　七友歌、小栗十洲に贈る〔如亭山人遺藁 巻
　　一〕............... [067]8-113
　詩本草............... [067]8-32
　秋雨晏起〔如亭山人藁 初集〕............... [067]8-73
　首夏の山中病いより起つ〔如亭山人遺藁 巻
　　三〕............... [067]8-174
　春寒〔如亭山人遺藁 巻一〕............... [067]8-121

日本古典文学全集・内容綜覧 第II期　471

かしわ　　　　　　　　作家名索引（原作者）

如亭山人遺藁 巻一 ……………[067] 8 - 101
如亭山人遺藁 巻二 ……………[067] 8 - 129
如亭山人遺藁 巻三 ……………[067] 8 - 147
如亭山人藁 初集 ………………[067] 8 - 41
除夜〔如亭山人藁 初集〕………[067] 8 - 83
除夜〔木工集〕…………………[067] 8 - 11
壬戌の除夕に髪を下して戯れに題す〔如亭山
　人藁 初集〕…………………[067] 8 - 71
駿州道中松魚を食う〔如亭山人遺藁 巻一〕
　………………………………[067] 8 - 101
絶句〔如亭山人遺藁 巻二〕……[067] 8 - 142
漫に書す〔木工集〕……………[067] 8 - 13
蕎麦の歌〔如亭山人藁 初集〕…[067] 8 - 84
大刀魚〔如亭山人遺藁 巻一〕…[067] 8 - 109
中秋豊水に舟を泛ぶ〔如亭山人遺藁 巻二〕
　………………………………[067] 8 - 136
仲春 兜盔山中 暁に発す〔如亭山人遺藁 巻
　三〕…………………………[067] 8 - 168
知理校書に寄す〔如亭山人遺藁 巻一〕
　………………………………[067] 8 - 127
枕上に雨を聴く〔如亭山人藁 初集〕‥[067] 8 - 77
冬日、河豚を食う。──〔木工集〕‥[067] 8 - 3
冬初別所温泉に遊ぶ〔如亭山人遺藁 巻二〕
　………………………………[067] 8 - 131
冬夜書懐〔木工集〕……………[067] 8 - 19
中野の草堂〔如亭山人藁 初集〕…[067] 8 - 46
浪華の客舎の壁に題す〔如亭山人遺藁 巻三〕
　………………………………[067] 8 - 165
新潟〔如亭山人藁 初集〕………[067] 8 - 49
病来〔木工集〕…………………[067] 8 - 25
別後〔如亭山人藁 初集〕………[067] 8 - 43
戊寅三月、黒谷別院の壁に題す〔如亭山人遺
　藁 巻三〕……………………[067] 8 - 155
豊改庵に贈る二首〔如亭山人藁 初集〕
　………………………………[067] 8 - 75
北山先生に呈し奉る〔木工集〕…[067] 8 - 18
木百年に逢う〔如亭山人遺藁 巻二〕
　………………………………[067] 8 - 146
木百年の所居に題す〔如亭山人藁 初集〕
　………………………………[067] 8 - 53
木母寺 ……………………[016] (1) - 474
木母寺〔如亭山人藁 初集〕……[067] 8 - 79
木工集 …………………………[067] 8 - 3
遊春〔如亭山人藁 初集〕………[067] 8 - 68
余が家に旧と古泥研一を蔵して殊に宝愛を為
　〔如亭山人藁 初集〕…………[067] 8 - 44
余が量は蕉葉の勝えず、客途に雨に阻まれ酒を
　以て消遣する能わず。乃ち一絶を作す〔如
　亭山人遺藁 巻二〕…………[067] 8 - 143
吉原詞 二十首 選五首〔詩本草〕…[067] 8 - 32
梁伯兎に逢う〔如亭山人遺藁 巻三〕
　………………………………[067] 8 - 167
楼上雪霽〔如亭山人遺藁 巻二〕…[067] 8 - 133

柏木 遊泉
　狂歌柳下草 …………………[022] 7 - 1

梶原 景季
　昨日こそ浅間は降らめ ………[032] 047 - 94

歌水
　西鶴評点歌水艶山両吟歌仙巻 ……[046] 5 - 983

春日 昌預
　安永二年癸巳秋詠草 …………[014] (1) - 36
　安永八年亥七月より詠草 ……[014] (1) - 48
　丑年詠歌 ………………………[014] (1) - 4
　家集（天明五年―寛政六年）…[014] (1) - 87
　梨園集（寛政4年）……………[014] (1) - 113
　梨園集（寛政十一年）…………[014] (1) - 187
　梨園集（文政五年）……………[014] (1) - 318
　梨園集（文政六年）……………[014] (1) - 384
　梨乃耶集（文化六年）…………[014] (1) - 243

片岡 旨恕
　草枕 ……………………………[046] 5 - 86
　俳諧難波風 ……………………[046] 5 - 225
　わたし船 ………………………[046] 5 - 448
　わたし舩 ………………………[030] 3 - 367

片岡 春乃
　中道日記 ………………………[010] 1 - 151

片野 長次郎
　しらつゆ姫物語 ………………[015] 34 - 175

勝 海舟
　遠州灘を過ぐ …………………[016] (1) - 659

葛人
　もの、親 ………………………[078] 8 - 535

月坡
　うしかひ草 ……………………[015] 6 - 185

勝田 長清
　夫木和歌抄 ……………………[045] 2 - 477

柏 正甫
　稲亭物怪録 ……………………[007] 5 - 643

桂山 彩厳
　八島懐古 其の一 ……………[016] (1) - 337

可登
　俳諧琵琶の雨 …………………[053] 1 - 83

加藤 千蔭
　うけらが花初編（享和二年板本）……[045] 9 - 494
　賀茂翁家集の序 ………………[014] (13) - 1
　萬葉集略解（萬葉集 巻第一〜巻第三）
　………………………………[079] (47) - 1
　萬葉集略解（萬葉集 巻第三下〜巻第五））
　………………………………[079] (48) - 1
　萬葉集略解（萬葉集 巻第六〜巻第七））
　………………………………[079] (49) - 1
　萬葉集略解（萬葉集 巻第八〜巻第十））
　………………………………[079] (50) - 1
　萬葉集略解（萬葉集 巻第十下〜巻第十一））
　………………………………[079] (51) - 1
　萬葉集略解（萬葉集 巻第十二〜巻第十三））
　………………………………[079] (52) - 1
　萬葉集略解（萬葉集 巻第十四〜巻第十七））
　………………………………[079] (53) - 1
　萬葉集略解（萬葉集 巻第十八〜巻第二十））
　………………………………[079] (54) - 1
　萬葉集略解序 …………………[079] (47) - 1

加藤 磐斎
　新古今増抄 哀傷〜離別 ……[059] (8) - 7
　新古今増抄 羇旅 ……………[059] (9) - 7
　新古今増抄 恋一 ……………[059] (10) - 7

作家名索引（原作者）　　　　　　　　　　　　　　　　かも

　新古今増抄 恋二～恋三 ……… [059]〔11〕- 7
加藤 正方
　「しのぶ世も」百韻 ………… [066]❷-221
　「末の露」百韻 ……………… [066]❷-218
　風庵発句 …………………… [081]❸-330
　正方・宗因両吟千句 ………… [066]❶-225
　正方広島下向記 ……………… [066]❻-109
　「満塩や」百韻 ……………… [066]❷-214
　「ゆふだすき」百韻 ………… [066]❷-207
　「わたづみの」百韻 ………… [066]❷-211
加藤 行虎
　乙卯紀行 ……………………… [010]❸-207
華桃園
　常盤屋の句合 ………………… [047]〔1〕-558
楫取 魚彦
　楫取魚彦家集（文政四年板本）……… [045]❾-389
仮名垣 魯文
　快く寝たらそのまま ………… [032]❷-64
金本 摩斎
　丁巳の元旦 …………………… [016]〔1〕-686
加納 諸平
　柿園詠草（嘉永七年板本）………… [045]❾-652
　文月の記 ……………………… [010]❶-453
可風
　くらま紀行 …………………… [060]〔1〕-519
嘉宝麿
　続門葉和歌集（東大寺図書館蔵本）
　　　　　　　　　　　　…… [045]❻-236
上冷泉 為広
　為広集Ⅰ（東京大学史料編纂所蔵本）… [045]❽-522
　為広集Ⅱ（書陵部蔵五〇一・八二七）… [045]❽-526
　為広集Ⅲ（書陵部蔵五〇一・七九二）… [045]❽-529
亀井 南冥
　鹿児島客中の作 ……………… [016]〔1〕-428
亀田 鵬斎
　江月 …………………………… [016]〔1〕-457
亀谷 省軒
　史を詠ず ……………………… [016]〔1〕-724
亀山天皇
　亀山院御集 …………………… [045]❼-572
賀茂 重保
　月詣和歌集 …………………… [045]❷-332
鴨 長明
　〔鴨長明 28首〕 ……………… [032]❷-2
　長明集 ………………………… [045]❹-70
　方丈記 … [013]〔6〕-27, [043]〔52〕-13,
　　　　　　　 [069]〔14〕-13, [084]〔13〕-15
　発心集 … [043]〔52〕-41, [045]❺-1218
　無名抄 ………………………… [045]❺-1061
賀茂 真淵
　青木ノ美行が越の道の口に行くを送る歌の序
　　　　　　　　　　　　…… [079]〔13〕-111
　淺間の嶽を見て記せる詞 …… [079]〔13〕-123
　奉祭天照大御神并相殿ノ稲荷ノ大神ヲ祝詞
　　　　　　　　　　　　…… [079]〔13〕-145
　伊勢物語七考ノ序 …………… [079]〔13〕-96

　宇比麻奈備序 ………………… [079]〔13〕-102
　宇比麻奈備跋 ………………… [079]〔13〕-103
　うたのこころのうち〔歌意考〕
　　　　　　　　　　　　…… [079]〔13〕-202
　光海霊神碑文 ………………… [079]〔13〕-146
　美飲らに喫らふる哉や──… [032]❷-52
　梅の詞 ………………………… [079]〔13〕-119
　延喜式祝詞解序 ……………… [079]〔13〕-83
　岡部日記 ……………………… [079]〔13〕-162
　小瓶の稱辭 …………………… [079]〔13〕-127
　柿ノ本ノ大人の御像の繪に記こせる詞
　　　　　　　　　　　　…… [079]〔13〕-125
　歌體約言ノ跋 ………………… [079]〔13〕-104
　荷田ノ在滿ノ家ノ歌合ノ跋 … [079]〔13〕-106
　鎌倉右大臣家集の始に記せる詞
　　　　　　　　　　　　…… [079]〔13〕-92
　賀茂翁家集 … [079]〔13〕-5, [045]❾-335
　冠辭考序 ……………………… [079]〔13〕-67
　九月廿日餘りに津の國難波へ行く人を送る序
　　　　　　　　　　　　…… [079]〔13〕-110
　語意考 ………………………… [079]〔13〕-218
　語意ノ跋 ……………………… [079]〔13〕-105
　古今六帖の始に記せる詞 …… [079]〔13〕-89
　古言梯跋 ……………………… [079]〔13〕-105
　櫻の詞 ………………………… [079]〔13〕-121
　倭文子が墓の石に書き附けたる
　　　　　　　　　　　　…… [079]〔13〕-148
　書意考 ………………………… [079]〔13〕-246
　淨土三部抄釋ノ序 …………… [079]〔13〕-83
　新田侍従の母君の六十を祝ふ詞
　　　　　　　　　　　　…… [079]〔13〕-116
　隅田川に舟を泛べて月を翫ぶ序
　　　　　　　　　　　　…… [079]〔13〕-107
　高橋ノ秀倉を悲しむ詞 ……… [079]〔13〕-117
　橘枝直が宅に九月十三夜宴する歌の序
　　　　　　　　　　　　…… [079]〔13〕-108
　橘ノ常樹を悲しむ詞 ………… [079]〔13〕-119
　奉ル遷鎮稻荷ノ大神ノ御璽ヲ祝詞
　　　　　　　　　　　　…… [079]〔13〕-144
　旅のなぐさ …………………… [079]〔13〕-150
　千足眞言家に集ふる歌の序 … [079]〔13〕-109
　長ノ茂樹が家の太鼓を愛づる詞
　　　　　　　　　　　　…… [079]〔13〕-122
　手習に物に書き附けたる詞 … [079]〔13〕-126
　遠江の國濱松の郷ノ五社遷宮祝詞
　　　　　　　　　　　　…… [079]〔13〕-140
　伴ノ峯行を送る歌の序 ……… [079]〔13〕-115
　にひまなび …………………… [079]〔13〕-187
　新室の稱辭 …………………… [079]〔13〕-129
　後の岡部の日記 ……………… [079]〔13〕-180
　祝詞考ノ序 …………………… [079]〔13〕-85
　偶人に書かしめたる雪花の文字の記
　　　　　　　　　　　　…… [079]〔13〕-131
　百人一首古説ノ序 …………… [079]〔13〕-100
　富士の嶺を觀て記せる詞 …… [079]〔13〕-122
　佛足石ノ記 …………………… [079]〔13〕-132
　文のこころのうち〔文意考〕… [079]〔13〕-211
　法振津師が奈良へ行くを送る序
　　　　　　　　　　　　…… [079]〔13〕-113
　穂積集ノ序 …………………… [079]〔13〕-95

横田ノ永昌が家の磐の水の器の記	[079]〔13〕-131	呉扇を悼む文	[050]上-393
又	[079]〔13〕-127	柴雨・鳥奴二風子に対す	[050]上-370
又歌を解く事を理れる詞	[079]〔13〕-80	昨烏伝書乙	[050]上-459
又巻三の始に記せる詞	[079]〔13〕-81	笹湯の宴の文	[050]上-390
又巻六の始に記せる詞	[079]〔13〕-82	三思亭に遊ぶ文	[050]上-368
萬葉解序	[079]〔13〕-69	指山居士を奨る文	[050]上-384
萬葉考の初めに記せる詞	[079]〔13〕-73	秋海棠	[050]上-368
萬葉新採百首解序	[079]〔13〕-72	重厚の母を悼む文	[050]上-393
三河の國の八橋の形書ける繪に記せる詞	[079]〔13〕-124	十砂改号の文	[050]上-362
三種の篳篥の記	[079]〔13〕-130	春鳩号を与うる文	[050]上-391
み田の尼君、肥の道の口に行き給ふを送る歌の序	[079]〔13〕-112	春秋菴白雄居士記行	[050]上-399
源ノ敏樹が母の七十を祝ふ詞	[079]〔13〕-116	春秋庵類焼の文	[050]上-383
遷宮後の日の祝詞	[079]〔13〕-142	春秋稿 初編	[050]下-115
村田春郷ノ墓ノ碑	[079]〔13〕-148	春秋稿 二編	[050]下-151
山里ノ記	[079]〔13〕-133	春秋稿 三編	[050]下-179
大和物語の端に記せる詞	[079]〔13〕-97	春秋稿 四編	[050]下-225
賀茂保憲女		春秋稿 五編	[050]下-261
賀茂保憲女集	[042]**15**-1, [045]**3**-198, [082]**20**-1	『春秋稿』五編序	[050]上-385
		春夜話	[050]上-587
蒲生 氏郷		春夜玉笛を聞く辞	[050]上-365
今もまた流れは同じ	[032]**014**-70	鉦蓮寺芭蕉忌の文	[050]上-379
蒲生 智閑		抄録	[050]上-449
伊勢の海千尋の浜の	[032]**014**-10	諸鳥之字	[050]上-661
鹿持 雅澄		信一州詞友留別の文	[050]上-373
九月十三夜の詞	[010]**2**-307	信州戸倉留別文	[050]上-362
堀練誠に贈る歌	[010]**2**-310	信中四時	[050]上-424
萬葉集品物圖繪	[079]〔46〕-1	神保梅石を悼む文	[050]上-357
加舎 白雄		煤掃きの文	[050]上-394
安左め母岐	[050]下-207	須磨紀行	[050]上-406
一葉庵呉扇を訪う文	[050]上-378	『星布尼句集』跋	[050]上-386
移柳の文	[050]上-361	赤人社頭の辞	[050]上-358
梅之翁八十賀の文	[050]上-369	石漱亭の号を与える文	[050]上-383
雲帯婚賀の文	[050]上-360	碩布忌の文	[050]上-393
奥羽記行	[050]上-418	前春秋菴白雄居士紀行	[050]上-438
翁忌の文	[050]上-393	沽緑居士清浄本然忌の文	[050]上-367
小河原雨塘訪問の文	[050]上-382	桑衣の号を与える文	[050]上-385
姨捨元旦の文	[050]上-371	窓湖亭を訪う文	[050]上-369
姨捨山十六夜観月の文	[050]上-361	窓湖亭訪問の文	[050]上-363
おもかげ集	[050]下-15	双林寺烏酔翁塚建立の文	[050]上-381
面影塚こと葉	[050]上-363	素雲を訪う文	[050]上-389
加佐里那止	[050]上-491	袖書心得	[050]上-703
鎌都	[050]上-428	そばやま樗木士を悼む文	[050]上-381
冠嶽亭の辞	[050]上-366	大輪禅利に登る	[050]上-372
甘流斎の記	[050]上-372	大輪禅利に詣ず	[050]上-383
几秋亭訪問の文	[050]上-394	武水別神社参詣の文	[050]上-371
几秋に与う文	[050]上-393	田ごとのはる	[050]下-41
僑居三章の文	[050]上-375	『田ごとのはる』序	[050]上-371
僑居の辞	[050]上-375	七夕の文	[050]上-376
葛の葉表	[050]下-297	魂祭の文	[050]上-377
『葛の葉表』跋	[050]上-385	魂迎えの文	[050]上-393
甲峡記行	[050]上-423	千曲亭に泊まる文	[050]上-384
五烟命号の文	[050]上-364	茶烟婚賀の文	[050]上-367
故郷の扇の文	[050]上-374	茶席の文	[050]上-394
虎杖庵記	[050]上-384	烏酔翁遺語	[050]上-509
故人五百題	[050]下-463	烏酔魂祭りの文	[050]上-377
		烏酔追悼の文	[050]上-363
		附合自佗之句法・発句病之事	[050]上-529
		手がひの虎をしめす言葉	[050]上-391
		桐淵氏の古筆を見る文	[050]上-393

東道記行 …………………… ［050］上 − 413
戸燕を訪う文 ……………… ［050］上 − 359
斗墨坊如思雉髪の文 ……… ［050］上 − 378
内外記行 …………………… ［050］上 − 402
なり瓢の文 ………………… ［050］上 − 393
南紀紀行 …………………… ［050］上 − 408
南紀吟行 …………………… ［050］上 − 432
不寝三章 …………………… ［050］上 − 376
俳諧寂栞 …………………… ［050］上 − 539
俳諧作法（一） …………… ［050］上 − 605
俳諧作法（二） …………… ［050］上 − 625
誹諧去嫌大概 ……………… ［050］上 − 709
『俳諧ふくろ表紙』跋 …… ［050］上 − 379
誹諧名家録 ………………… ［050］上 − 641
麦二の母を悼む文 ………… ［050］上 − 365
麦二母歯固めを祝う文 …… ［050］上 − 360
はし書ぶり …… ［017］22 − 312, ［050］上 − 685
芭蕉翁正当日 ……………… ［050］上 − 382
芭蕉塚建立の文 …………… ［050］上 − 380
八幡独楽庵越年の文 ……… ［050］上 − 371
春原氏を訪う文 …………… ［050］上 − 390
平野氏を訪う文 …………… ［050］上 − 388
芙岳楼訪問記 ……………… ［050］上 − 393
俳諧倚表紙 ………………… ［050］下 − 77
文車 ………………………… ［050］下 − 55
鳳尾の文 …………………… ［050］上 − 388
北越記行 …………………… ［050］上 − 415
発句篇 ……………………… ［050］上 − 17
真似鶴舟遊の文 …………… ［050］上 − 382
美濃口氏長子生立を祝う文 … ［050］上 − 387
美濃路 ……………………… ［050］上 − 427
水内橋を見るの辞 ………… ［050］上 − 381
蓑虫の文 …………………… ［050］上 − 391
明和期類題発句集 ………… ［050］下 − 335
詣 諏訪廟・諏方社前 …… ［050］上 − 424
大和紀行 …………………… ［050］上 − 403
山焼の辞 …………………… ［050］上 − 371
也寧禅師を悼む文 ………… ［050］上 − 385
よしの山紀・芳野山・記行 … ［050］上 − 404
連句篇 ……………………… ［050］上 − 197
路虹に与う文 ……………… ［050］上 − 379
露柱庵春鴻叟正像贊 ……… ［050］上 − 386
若菜の文 …………………… ［050］上 − 371
賀陽 豊年
　諸友の入唐するに別ら …… ［016］(1) − 71
加友
　誹諧絵そらごと ………… ［017］17 − 3
可陽亭 紅圓
　狂歌廿日月 ……………… ［022］15 − 1
何来
　はなのころ ……………… ［017］28 − 251
唐衣 橘洲
　狂歌初心抄 ……………… ［009］15 − 53
　狂歌酔竹集 ……………… ［009］6 − 43
　狂歌若葉集 ……………… ［009］1 − 157
　狂歌評判俳優風 ………… ［009］3 − 3
烏丸 資慶
　黄葉集（元禄十二年板本） …… ［045］9 − 22

烏丸 光広
　〔烏丸光広 30首〕 ……… ［032］032 − 42
　黄葉集（元禄十二年板本） …… ［045］9 − 22
莪陵
　十載薦〔抄〕 …………… ［066］5 − 276
川路 高子
　青葉の道の記 …………… ［010］2 − 269
　たけ狩 …………………… ［010］2 − 405
　寺めぐり（草稿） ……… ［010］2 − 415
　ふるの道くさ（草稿） … ［010］3 − 15
　よしの記行 ……………… ［010］2 − 429
川島皇子（河島皇子）
　山斎 ………… ［016］(1) − 33, ［067］別 − 19
河瀬 菅雄
　麓のちり（天和二年板本） …… ［045］6 − 676
川田 甕江
　偶作 ……………………… ［016］(1) − 692
菅 恥庵
　蒲子承翁 将に長崎に遊ばんとして 路に草廬
　に過りて留宿す 喜び賦して以て贈る 時に翁
　阿州自り至る …………… ［016］(1) − 482
菅 茶山
　影戯行 …………………… ［016］(1) − 448
　夏日 ……………………… ［016］(1) − 443
　江州 ……………………… ［016］(1) − 445
　蝶 ………………………… ［016］(1) − 442
　冬日雑詩 ………………… ［016］(1) − 447
　冬夜読書 ………………… ［016］(1) − 444
　龍盤 ……………………… ［016］(1) − 446
観阿弥
　自然居士 ………………… ［043］(64) − 129
閑鷺
　果報冠者 ………………… ［078］8 − 291
韓果亭 栗橙
　狂歌胘枕 ………………… ［022］6 − 1
神吉 東郭
　山寺 ……………………… ［016］(1) − 465
神沢 杜口
　翁草〔抄〕 ……………… ［066］5 − 283
　春興 ……………………… ［078］8 − 517
雁山
　やすらい ………………… ［017］15 − 71
含笑舎 抱臍 → 桑田 抱臍（くわた・ほうさい）を見よ
観世 信光
　皇帝 ……………………… ［043］(64) − 71
　切能 船弁慶 …………… ［069］17 − 272
　遊行柳 …………………… ［036］(1) − 1110
観世 元雅
　四番目物 隅田川 ……… ［069］17 − 244
雁宕
　合浦誹談草稿〔抄〕 …… ［066］5 − 271
　反古ぶすま ……………… ［078］8 − 29
桓武天皇
　今朝の朝── …………… ［032］077 − 2

かんわ　作家名索引（原作者）

感和亭 鬼武
　報仇奇談自来也説話 ……………… [025]5-5
　自来也説話後編 ………………… [025]5-151

【き】

徽安門院一条
　徽安門院一条集（尊経閣文庫蔵本）‥ [045]10-177
紀逸
　はいかい飛鳥山 ………………… [017]9-209
　桜五歌仙 ………………………… [017]21-45
　俳諧歳花文集 …………………… [017]21-97
　平河文庫 ………………………… [017]2-3
　夜さむの石ぶみ ………………… [017]10-3
　六物集 …………………………… [017]11-191
希因
　希因凉袋百題集 ………………… [053]1-113
祇尹
　二夜歌仙 ………………………… [017]8-185
義雲
　因果物語 ………………………… [015]4-289
祇王
　燃え出づるも枯るるも同じ …… [032]047-38
祇園 南海
　徐福を詠ず ……………………… [016]〔1〕-333
　琵琶湖 …………………………… [016]〔1〕-335
　葉声 ……………………………… [016]〔1〕-334
菊池 渓琴
　霍田山人を訪ふも遇はず ……… [016]〔1〕-566
　河内の途上 ……………………… [016]〔1〕-565
菊池 三渓
　残月 杜鵑 ……………………… [016]〔1〕-644
　新涼 書を読む ………………… [016]〔1〕-645
祇交
　あみ陀笠 ………………………… [017]12-103
　俳諧古学浦やどり ……………… [017]12-113
祇十
　開庵賀集（仮称） ………………… [017]23-93
祇丞
　はせを …………………………… [030]6-264
祇肖
　花ごころ ………………………… [017]23-41
亀石園 昌張
　豊国連歌発句集 ………………… [081]3-165
欺雪
　はなのころ ……………………… [017]28-251
祇仙
　日光紀行 ………………………… [017]12-211
北尾 雪坑斎
　古今弁惑実物語 ………………… [007]5-919
北畠 親房
　元々集 …………………………… [079]〔33〕-1
　神皇正統記 ……………………… [079]〔33〕-1

北村 季吟
　一夜庵再興賛〔抄〕 ……………… [066]5-242
　季吟伊勢紀行〔抄〕 ……………… [066]5-244
　季吟『如渡得船』 ……………… [030]3-左開9
　新続犬筑波集 …………………… [066]6-144
吉 智首
　七夕 ……………………………… [067]別-75
宜中
　涼袋点一鼠・宜中両吟五十韻 … [053]9-240
祇中
　俳諧古学浦やどり ……………… [017]12-113
宜長
　追善すて碇 ……………………… [017]28-287
吉川 広家
　日本のひかりや四方の ………… [032]014-82
橘軒散人 → 辻原 元甫（つじはら・げんぽ）を見よ
　智恵鑑（承前） ………………… [015]49-1
祇貞
　祇空師廿三回 …………………… [017]23-129
　追善もときし道 ………………… [017]23-101
紀迪
　無分別 …………………………… [017]24-93
木戸 松菊
　逸題 ……………………………… [016]〔1〕-700
　偶成 ……………………………… [016]〔1〕-699
木戸 孝範
　孝範集（九州大学附属図書館細川文庫蔵本）
　　　　　　　　　　　　　　　　 [045]8-421
其答
　沢村長四郎追善集 ……………… [078]8-214
騏道
　はるのあけぼの ………………… [078]8-478
義堂周信
　粟田口武衛相公の帰省するに餞けす
　　　　　　　　　　　　　　 [067]3-150
　卒しく二十七首に和して、建長の諸友に寄答
　　す …………………………… [067]3-63
　石橋山に古を弔う ……………… [067]3-141
　韻を珪大章に次し、陽谷光を悼む ‥ [067]3-115
　韻に次し、建長の太和侍者の訪ねらるるを謝
　　す …………………………… [067]3-128
　韻に次し、古標幢知客に答う … [067]3-28
　韻に次し、石室の建長に住するを賀す
　　　　　　　　　　　　　　 [067]3-110
　韻に次し、戯れに摂政殿下に呈す 二首
　　　　　　　　　　　　　　 [067]3-209
　韻に次して業子建に答え、兼ねて中厳和尚に
　　簡す 二首 …………………… [067]3-92
　韻に次し、臨川の大林書記に寄寓す 二首
　　　　　　　　　　　　　　 [067]3-58
　庚戌の除夜、春林園上人に和答す ‥ [067]3-126
　辛卯の上巳 ……………………… [067]3-26
　龕院の銘 ………………………… [067]3-253
　菅翰林学士の和せらるるに答う … [067]3-178
　菊隠歌 …………………………… [067]3-90
　璣叟に和答す …………………… [067]3-55
　甲辰の上巳、韻に次し戯れに了義田に答う

きとく

甲寅十月七日府君錦屛山に入り紅葉を游覧す。
　── .... [067]3-143
甲寅の十月、泊船庵に游び古を懐ふ
　.................................. [067]3-145
甲子の秋閏九月、大丞相泊じ諸禅師に陪して
　西山に游ぶ。── .... [067]3-214
乙巳の春、予天平に帰休す。歳歉なり。又上
　人里に回る .... [067]3-82
吸江庵 .... [067]3-31
狂歌一首。詩に代えて竜石上人の豊歳に帰る
　に贈り、兼ねて金華の雲石禅師に簡す。一
　笑せん .... [067]3-121
建長伝芳の徒厚浚、信道元の回報を求む。乃
　ち偈を作り簡に代う .... [067]3-119
建仁の焼香、津絶海に寄賀す ...... [067]3-34
遣悶（一） .... [067]3-17
遣悶（二） .... [067]3-19
亨大亨の讃岐の円席と皮褥を恵まるるに謝す
　二首 .... [067]3-229
晈然の詩に和し、中竺道者の叡山に赴きて受
　戒するを送る .... [067]3-155
洪武韻を試みて、二条藤相国に上る。──
　.................................. [067]3-186
後鳥羽帝の祠に題す .... [067]3-24
歳晩懐を書き春林上人に寄す ..... [067]3-134
三月初吉、普明国師及び諸老に陪して持地院
　に会す。── .... [067]3-207
四更の禅罷り、点燈して偈を作る .. [067]3-130
姑らく禅堂を出、句を得たり。──
　.................................. [067]3-159
准后大相公に奉呈す .... [067]3-173
小景 .... [016]〔1〕-218
勝侍者を送る .... [067]3-225
小師梵和の金剛の元章法兄に見ゆるを送る
　.................................. [067]3-153
上巳前の一日、武庫渓に宿り、亀山の諸友に
　寄す .... [067]3-22
常州の勝楽に方丈を瓣す .... [067]3-44
常州の旅館にて、浄智の不聞和尚の韻を用い、
　十首をば鹿苑の諸公の贈らるるに寄謝す
　.................................. [067]3-46
浄智の大虚の招かるるに赴かざるを寄謝す
　.................................. [067]3-148
子陵の釣台 .... [016]〔1〕-219
真を写す道林道人に贈る .... [067]3-137
心厳の瑞泉に住するを賀す .... [067]3-242
人日、偶々杜詩を読み感有り。復た前韻を用
　いて陽谷に呈す .... [067]3-78
水牯牛 .... [067]3-236
簾を詠じて源左金吾雪渓居士に呈し、兼せて
　独芳禅師に簡す .... [067]3-197
雪中に三友の訪るるを謝す .... [067]3-244
摂陽の途中、勝尾・箕面の二山を望む
　.................................. [067]3-184
扇画十二詠（内三詠）并びに叙 .. [067]3-231
選書の赤松山に帰るを送る并びに叙
　.................................. [067]3-103
扇面に題して、相陽の故人に寄す .. [067]3-200
扇面に題す二首 .... [067]3-180

即席に前韻を用いて、厳・海二書記、志・登二
　侍者に謝す .... [067]3-61
退居し南禅を辞するの口占 二首 .. [067]3-238
大照に和答す .... [067]3-53
中山和尚の建長に住するを賀す ... [067]3-192
通玄庵に題す .... [067]3-202
戊午の八月一日、京の諸老の書至り即ち黄梅
　の事を謝す。── .... [067]3-163
戊申閏六月十五日の立秋、大喜の韻に和す
　.................................. [067]3-107
己西の二月十三日事に因り瑞泉を謝事す。偈
　有り道人に留別す .... [067]3-113
天竜の火後、四州に化縁す。山行作有り
　.................................. [067]3-38
道元信侍者 .... [067]3-195
堂中首座の宗鏡湖に挙似す .... [067]3-190
二条相国の命を奉じ将軍の扇に題す 二首
　.................................. [067]3-170
拈香の頌 .... [067]3-248
柏庭蔵主の紙を恵まるるに謝す ... [067]3-249
丙午の冬、甎く海雲を出て京師に游ぶ。作有
　り .... [067]3-85
丁未四月十日、寿福方丈無惑禅師の席上、古
　先・大喜・天岸の三師と同じく左武衛相公
　に会う。題を分ちて詩を賦す。各々三種な
　り .... [067]3-95
怾上人に和答す .... [067]3-34
仏成道焼香の偈 .... [067]3-101
葆光寺の依縁に寄題する詩 叙有り .. [067]3-204
壬寅の冬、瑞泉蘭若の席上、通叟の詩に和し
　て、武衛将軍源公に贈り奉り、兼せて幕下の
　諸侯に簡す 二首 .... [067]3-68
壬寅の分歳 .... [067]3-73
癸亥の歳、御禊の会を観て作る ... [067]3-212
癸卯の分歳、自ら前韻に和す ...... [067]3-76
無得励維那に酬ゆ .... [067]3-11
模堂楷書記を悼む .... [067]3-133
文殊を礼し罷って、家に赴き親を省す
　.................................. [067]3-33
病より起き錦屛に如きて泉を観る。──
　.................................. [067]3-157
六臣註文選を送り、京の管領武州太守に与う
　.................................. [067]3-166
李杜の詩を読み、戯れに空谷応侍者に酬ゆ
　.................................. [067]3-14
竜門寺に遊び瀑布を観、観音堂壁に題す
　.................................. [067]3-139
炉を開く頌 .... [067]3-223
廬山の図に題す .... [016]〔1〕-220
倭漢聯句（部分） .... [067]3-220

祇徳
菅廟八百五十年 .... [017]6-27
去来今 .... [017]5-3
除元吟囊 .... [017]23-3
ちくは集 .... [017]5-79
誹諧句選〔抄〕 .... [066]5-266
三芳野句稿(仮称) .... [017]23-53

祇徳（二世）
歳旦牒 .... [017]23-283

衣笠 家良（藤原 家良）
　後鳥羽院定家知家入道撰歌 ……… [045] 7 - 335
　続古今和歌集 ………………………… [082] 38 - 1
衣川 長秋
　やつれ蓑の日記―附録 雨瀧紀行・美徳山紀行
　　― ……………………………… [010] 1 - 373
紀 海音
　愛護若堺箱 ………………………… [020] 2 - 125
　誹諧梓 ……………………………… [020] 8 - 3
　雨の集 ……………………………… [020] 8 - 31
　一句笠 ……………………………… [020] 8 - 88
　今宮心中丸腰連理松 ……………… [020] 1 - 153
　金屋金五郎浮名額 ………………… [020] 7 - 303
　お高弥市梅田心中 ………………… [020] 7 - 255
　狂歌戎の鯛 ………………………… [020] 8 - 154
　誹諧扇の的 ………………………… [020] 8 - 89
　大友皇子玉座靴 …………………… [020] 6 - 265
　置土産 ……………………………… [020] 8 - 153
　をくらの塵 ………………………… [020] 8 - 36
　鬼鹿毛無佐志鐙 …………………… [020] 1 - 107
　小野小町都年玉 …………………… [020] 2 - 1
　海音等前句付集 …………………… [020] 8 - 73
　海陸前集 …………………………… [020] 8 - 19
　花山院都巽 ………………………… [020] 3 - 221
　活玉集 ……………………………… [020] 8 - 155
　花洞等前句付集 …………………… [020] 8 - 71
　金屋金五郎後日雛形 ……………… [020] 7 - 327
　鹿子の渡 …………………………… [020] 8 - 32
　鎌倉尼將軍 ………………………… [020] 1 - 183
　鎌倉三代記 ………………………… [020] 4 - 179
　ききさかつき ……………………… [020] 8 - 61
　狂歌活玉集 ………………………… [021] 1 - 790
　狂歌時雨の橋 ……………………… [020] 8 - 215
　狂歌餅月夜 ………………………… [020] 8 - 214
　狂歌落葉嚢 ………………………… [020] 8 - 214
　享保前句集 ………………………… [020] 8 - 87
　はいかい銀かわらけ ……………… [020] 8 - 88
　熊坂 ………………………………… [020] 1 - 65
　傾城思砕屋 ………………………… [020] 7 - 353
　傾城國性爺 ………………………… [020] 3 - 287
　傾城三度笠 ………………………… [020] 1 - 351
　けいせい手管三味線 ……………… [020] 8 - 256
　傾城無間鐘 ………………………… [020] 7 - 129
　玄宗皇帝蓬萊靏 …………………… [020] 7 - 63
　甲陽軍鑑今様姿 …………………… [020] 3 - 1
　呉越軍談 …………………………… [020] 6 - 71
　西鶴十三年忌歌仙こゝろ葉 ……… [020] 8 - 14
　坂上田村麿 ………………………… [020] 6 - 199
　さくら道 …………………………… [020] 8 - 59
　宝永四年三惟歳旦 ………………… [020] 8 - 19
　三勝半七 二十五年忌 …………… [020] 5 - 65
　三拾六俳仙 ………………………… [020] 8 - 216
　三十六歌仙集 ……………………… [020] 8 - 22
　山楂太夫葭原雀 …………………… [020] 4 - 233
　山楂太夫恋慕湊 …………………… [020] 2 - 237
　三番続 ……………………………… [020] 8 - 67
　似錦集 ……………………………… [020] 8 - 40
　時雨の碑 …………………………… [020] 8 - 62
　此君集 ……………………………… [020] 8 - 41
　信田森女占 ………………………… [020] 1 - 295
　四民乗合船 ………………………… [020] 8 - 219
　神功皇后三韓責 …………………… [020] 5 - 1
　心中涙の玉井 ……………………… [020] 7 - 281
　心中二ッ腹帯 ……………………… [020] 6 - 325
　新板兵庫の築嶋 …………………… [020] 4 - 63
　新百人一首 ………………………… [020] 3 - 63
　末廣十二段 ………………………… [020] 3 - 127
　すがむしろ ………………………… [020] 8 - 32
　捨火桶 ……………………………… [020] 8 - 43
　石城祀 ……………………………… [020] 8 - 60
　石霜庵追善集 ……………………… [020] 8 - 38
　殺生石 ……………………………… [020] 4 - 123
　千句つか …………………………… [020] 8 - 8
　千葉集 ……………………………… [020] 8 - 26
　曾我姿富士 ………………………… [020] 2 - 57
　続いま宮草 ………………………… [020] 8 - 62
　続千葉集 …………………………… [020] 8 - 34
　曾祢崎心中 ………………………… [020] 7 - 387
　たつか弓 …………………………… [020] 8 - 33
　多美農草 …………………………… [020] 8 - 8
　おそめ久松袂の白しぼり ………… [020] 1 - 29
　短冊 ………………………………… [020] 8 - 216
　短冊・色紙 ………………………… [020] 8 - 63
　忠臣青砥刃 ………………………… [020] 7 - 191
　知里能粉 …………………………… [020] 8 - 33
　鎮西八郎唐土舩 …………………… [020] 5 - 157
　月の月 ……………………………… [020] 8 - 58
　狂歌机の塵 ………………………… [020] 8 - 154
　冨仁親王嵯峨錦 …………………… [020] 6 - 137
　鳥かふと …………………………… [020] 8 - 67
　名のうさ …………………………… [020] 8 - 57
　波の入日 …………………………… [020] 8 - 59
　なんば橋心中 ……………………… [020] 1 - 81
　日本傾城始 ………………………… [020] 5 - 215
　俳諧梅の牛 ………………………… [020] 8 - 60
　誹諧家譜 …………………………… [020] 8 - 61
　俳諧唐くれない …………………… [020] 8 - 144
　誹諧三国志 ………………………… [020] 8 - 70
　誹諧鑰鏡 …………………………… [020] 8 - 26
　誹諧檸農能 ………………………… [020] 8 - 41
　俳諧何枕 …………………………… [020] 8 - 11
　来山十七回忌誹諧葉久母里 ……… [020] 8 - 36
　誹諧万人講 ………………………… [020] 8 - 68
　叙位賀集橋波志羅 ………………… [020] 8 - 44
　八幡太郎東初梅 …………………… [020] 6 - 1
　はつか草 …………………………… [020] 8 - 40
　花の市 ……………………………… [020] 8 - 25
　東山殿室町合戦 …………………… [020] 7 - 1
　仏法舎利都 ………………………… [020] 2 - 307
　平安城細石 ………………………… [020] 2 - 179
　本朝五翠殿 ………………………… [020] 4 - 1
　松三尺 ……………………………… [020] 8 - 27
　松の香 ……………………………… [020] 8 - 9
　三井寺開帳 ………………………… [020] 1 - 235
　誹諧神子の騰 ……………………… [020] 8 - 71
　元禄十七年俳諧三物揃 …………… [020] 8 - 3
　宝永二年俳諧三物揃 ……………… [020] 8 - 9
　三輪丹前能 ………………………… [020] 5 - 279

作家名索引（原作者）　　きよう

　もしほ草 ……………………… [020]**8**-94
　八百やお七 …………………… [020]**3**-183
　夢の名残 ……………………… [020]**8**-13
　義經新高館 …………………… [020]**4**-285
　頼光新跡目論 ………………… [020]**5**-95
　鷲の尾 ………………………… [020]**8**-21
　椀久末松山 …………………… [020]**1**-1
紀 貫之
　〔紀貫之 50首〕 ……………… [032]**005**-2
　古今和歌集 …………………… [013]**(2)**-12,
　　　[069]**5**-11, [079]**(22)**-1, [084]**4**-9
　古今和歌集 仮名序 …………………………
　　　[013]**(2)**-12, [043]**(19)**-11,
　　　[069]**5**-14, [079]**(22)**-1
　新撰和歌 ……………………… [045]**2**-189
　貫之集 ………………………… [039]**20**-71,
　　　[043]**(42)**-51, [082]**19**-1
　貫之集（天理図書館蔵本） …… [045]**7**-25
　貫之集（陽明文庫蔵本） ……… [045]**3**-58
　〔貫之集〕異本所載歌 ………… [039]**20**-654
　土佐日記 ……………………… [043]**(42)**-9,
　　　[069]**7**-11, [079]**(39)**-3
　土左日記 ……………………… [045]**5**-1255
紀 時文
　後撰和歌集 ……………………………………
　　　[002]**3**-1, [045]**1**-33, [079]**(26)**-1
　後撰和謌集 關戸氏片假名本 … [079]**(26)**-1
紀 友則
　古今和歌集 …………………… [013]**(2)**-12,
　　　[069]**5**-11, [079]**(22)**-1, [084]**4**-9
　友則集 ………………………… [045]**3**-29, [082]**19**-263
紀 真顔 →鹿都部 真顔（しかつべの・まがお）を見よ
紀 淑望
　古今和歌集 真名序 …………… [013]**(2)**-440,
　　　[043]**(19)**-379, [079]**(22)**-153
器之子
　花の縁物語 …………………… [015]**58**-81
木下 犀潭
　山房の夜雨 …………………… [016]**(1)**-576
　壇浦夜泊 ……………………… [016]**(1)**-575
木下 幸文
　亮々遺稿（弘化四年板本） …… [045]**9**-578
　朝日記 ………………………… [010]**1**-17
木下 長嘯子
　〔木下長嘯子 50首〕 ………… [032]**057**-2
　露ながら草葉の上は …………… [032]**014**-42
　九州のみちの記 ……………… [058]**7**-125
　挙白集（慶安二年板本） ……… [045]**9**-53
祇風
　春興ちさとの花 ………………… [017]**23**-265
木室 卯雲
　今日歌集 ……………………… [009]**1**-89
救済（きゅうさい）→ 救済（ぐさい）を見よ
牛渚
　二見行 ………………………… [017]**24**-3

九如館 鈍永
　興歌河内羽二重 ……………… [022]**13**-44
　興歌老の胡馬 ………………… [022]**23**-34
　興太郎 ………………………… [022]**13**-23
　朋ちから ……………………… [022]**13**-1
　狂歌野夫鶯 …………………… [022]**13**-56
牛家
　俳諧附合小鏡 ………………… [078]**8**-300
旧路館 魚丸 →蝙蝠軒 魚丸（へんぷくけん・うおまる）を見よ
許一
　金沢紀行 ……………………… [017]**26**-203
尭恵
　下葉集 ………………………… [045]**8**-402
杏花
　落葉籠 ………………………… [017]**7**-47
狂歌堂 真顔 →鹿都部 真顔（しかつべの・まがお）を見よ
行基
　霊山の釈迦の御前に ………… [032]**059**-2
暁月坊
　浦浪の―― …………………… [032]**080**-48
　狂歌酒百首 …………………… [021]**1**-46
尭憲
　和歌深秘抄 …………………… [045]**10**-1002
狂言亭 春雅
　春色雪の梅 …………………… [070]**4**-7
尭孝
　尭孝法印集（群書類従本） …… [045]**8**-53
　なほ守れ和歌の浦波 ………… [032]**059**-74
　慕風愚吟集 …………………… [045]**8**-42
京極 為兼
　〔京極為兼 50首〕 …………… [032]**053**-2
　京極為兼歳暮百首 …………… [042]**16**-158
　京極為兼花三十首 …………… [042]**16**-189
　京極為兼立春百首 …………… [042]**16**-126
　京極為兼和歌詠草 1 ………… [042]**16**-229
　京極為兼和歌詠草 2 ………… [042]**16**-232
　玉葉和歌集（宮内庁書陵部蔵 兼606筆「二十一代集」） ……………………… [045]**1**-421
　玉葉和歌集 巻第一～十三 …… [082]**39**-1
　金玉歌合 ……………………… [045]**10**-278
　為兼卿和歌抄 ………………… [045]**5**-1075
　為兼鹿百首 …………………… [045]**10**-160
行助
　行助句集 ……………………… [081]**1**-298
　専順等日発句（伊地知本） …… [081]**1**-217
　専順等日発句（金子本） ……… [081]**1**-213
　前句付並発句 ………………… [081]**1**-289
行尊
　行尊大僧正集 ………………… [045]**3**-463
暁台
　風羅念仏房総の巻 …………… [017]**27**-211
行本法師
　下葉 …………………………… [081]**1**-404

きよう

狂羅
　秋浦吟行 ……………………… [017]**13**-27
去何
　湯あみの日記 ………………… [060]〔1〕-502
魚貫
　辛酉歳旦 ……………………… [017]**5**-111
　俳六帖 ………………………… [017]**5**-129
　俳六帖〔抄〕 ………………… [066]**5**-268
魚貫（二世）
　菅廟八百五十年 ……………… [017]**6**-27
玉雲斎 貞右（雄崎 貞右）
　絵賛常の山 …………………… [022]**28**-45
　狂歌玉雲集 …………………… [022]**26**-56
　狂歌選集楽 …………………… [022]**27**-19
　狂歌泰平楽 …………………… [022]**27**-1
　除元狂歌集（天明五年） …… [022]**27**-88
　除元狂歌小集（天明三年） … [022]**27**-39
　除元狂歌小集（天明四年） … [022]**27**-64
玉芝
　上毛野山めぐり（宝暦元年奥）… [017]**16**-207
玉全
　芋の子 ………………………… [017]**11**-137
曲亭 馬琴 → 滝沢 馬琴（たきざわ・ばきん）を見よ
玉斧
　初霞 …………………………… [017]**27**-97
巨洲
　桐の影 ………………………… [078]**8**-416
清原 深養父
　深養父集 ……… [039]**24**-35, [045]**3**-145
清原 元輔
　後撰和歌集 ……………………………
　　　　　 [002]**3**-1, [045]**1**-33, [079]〔**26**〕-1
　後撰和詞集 闕戸氏片仮名本 … [079]〔**26**〕-1
　元輔集 ………… [040]**6**-7, [082]**52**-137
　元輔集（正保版歌仙家集本） [045]**3**-110
　元輔集（尊経閣文庫蔵本） … [045]**7**-41
　元輔集（正保版歌仙家集本） [039]**8**-33
　元輔集 特有歌（書陵部蔵桂宮丙本）
　　　　　…………………………… [039]**8**-451
　元輔集（前田尊経閣蔵） …… [039]**8**-319
魚文
　俳神楽 ………………………… [017]**11**-245
去来
　去来抄 …………………… [031]**3**-279,
　　　　　 [047]〔1〕-587, [052]〔2〕-363
　去来抄〔抄〕 ………………… [066]**5**-256
　旅寝論 ………………………… [047]〔1〕-640
　俳諧問答 ……………………… [047]〔1〕-656
　本朝文選〔抄〕 ……………… [047]〔1〕-799
　浪化日記〔抄〕 ……………… [047]〔1〕-790
虚来
　ますみ集 ……………………… [030]**7**-10
許六
　あさふ〔抄〕 ………………… [047]〔1〕-798
　韻塞〔抄〕 …………………… [047]〔1〕-793
　宇陀法師 ……………………… [047]〔1〕-714

　許野消息〔抄〕 ……………… [047]〔1〕-803
　大秘伝白砂人集 ……………… [030]**5**-400
　俳諧新式極秘伝集 …………… [030]**5**-418
　俳諧新々式 …………………… [030]**5**-408
　俳諧問答 ……………………… [047]〔1〕-656
　篇突 …………………………… [047]〔1〕-700
　本朝文選〔抄〕 ……………… [047]〔1〕-799
　歴代滑稽伝〔抄〕 ………………
　　　　　 [047]〔1〕-800, [066]**5**-258
其流
　茂々代草 ……………………… [017]**28**-309
吟雨
　雁のつて ……………………… [017]**7**-175
　三夜の吟 ……………………… [017]**7**-189
靳果亭 有栗（始石）
　狂歌三栗集 …………………… [022]**7**-36
錦水
　名れむ花（梅丸七回忌追善集）… [017]編外**1**-7
琴吹
　翌のたのむ …………………… [017]**4**-131
金翠（二世）
　続河鼠 ………………………… [017]**23**-343
琴風
　奥ノ紀行 ……………………… [017]**1**-143
金毛斎 方設
　言水追福海音集 ……………… [030]**6**-67

【く】

空海
　金心寺に過る ………………… [067]別-169
　後夜に佛法僧を聞く ………… [067]別-178
　後夜 仏法僧鳥を聞く ……… [016]〔1〕-81
　秋日 神泉苑を観る ………… [067]別-179
　新羅の道者に与ふる詩 ……… [067]別-174
　青龍寺の義操闍梨に留別す … [067]別-170
　青龍寺の義操闍梨に別るゝの詩 [016]〔1〕-84
　唐に在つて昶法和尚の小山を観る
　　　　　…………………………… [016]〔1〕-83
　唐に在りて、昶法和尚の小山を観る
　　　　　…………………………… [067]別-172
　納涼房にて雲雷を望む ……… [067]別-176
　南山中にて新羅の道者に過らふ … [016]〔1〕-82
　山に入る興 …………………… [067]別-187
　良相公に贈る詩 ……………… [067]別-183
　忘れても汲みやしつらん …… [032]**059**-12
空也
　一度も南無阿弥陀仏と ……… [032]**059**-22
愚溪
　維舟点賦何柚誹諸百韻 ……… [030]**3**-136
救済
　救済付句 ……………………… [081]**1**-263
　菟玖波集 ……………………… [081]**1**-9
日下 生駒
　龍伏水先生に寄す …………… [016]〔1〕-377

久坂 玄瑞
　失題 ……………………… ［016］〔1〕- 732
日柳 燕石
　盗に問ふ ……………………… ［016］〔1〕- 632
草場 船山
　桜花 ……………………… ［016］〔1〕- 646
草場 佩川
　山行 同志に示す ……………… ［016］〔1〕- 526
葛菴舎来
　奥州道洗心抄 ………………… ［030］7 - 318
楠 長譜
　楠長譜九州下向記 …………… ［058］7 - 251
百済 和麻呂
　七夕 ………………………… ［067］別 - 77
　秋日 長王が宅に於て新羅の客を宴す 賦して「時」
　字を得たり ………………… ［067］別 - 62
愚中周及
　三月二日 雨を聴く ………… ［016］〔1〕- 215
宮内卿
　〔宮内卿 24首〕 ……………… ［032］050 - 54
邦高親王
　邦高親王御集（続群書類従本） … ［045］8 - 570
窪 俊満 → 尚左堂 俊満（しょうさどう・しゅんまん）
　を見よ
熊谷 直実
　浄土にも剛のものとや ……… ［032］047 - 52
熊谷 直好
　浦のしほ貝（弘化二年板本） … ［045］9 - 673
久米禅師
　み薦刈る 信濃の真弓 我が引かば
　　……………………………… ［032］021 - 64
雲井 龍雄
　雨中 海棠を観て感有り …… ［016］〔1〕- 752
矩流
　春霜集〔抄〕 ………………… ［066］5 - 279
黒岩 涙香
　磯の鰒に望みを問へば ……… ［032］020 - 74
黒沢 忠三郎
　絶命の詞 ……………………… ［016］〔1〕- 728
黒田 月洞軒
　大団 ………………………… ［021］1 - 475
桑田 抱腑（含笑舎）
　狂歌阿伏兎土産 ……………… ［022］24 - 40
　狂歌角力草 …………………… ［022］19 - 30
　狂歌西都紀行 ………………… ［022］25 - 1
桑原 腹赤
　冷然院にて各おの一物を賦し、「曝布の水」を
　得たり。応製 ………………… ［067］別 - 101
桑原 広田
　冷然院にて各おの一物を賦し、「水中の影」を
　得たり。応製 ………………… ［067］別 - 103
桑原 宮作
　伏杙吟 ……………………… ［016］〔1〕- 129
桑原 やよ子
　うつほ物語考 ………………… ［079］〔8〕- 7

【け】

慶安
　二つ盃〔抜抄〕 ……………… ［066］5 - 228
慶運
　慶運集（神宮文庫蔵本） ……… ［082］65 - 311
　慶運百首（神宮文庫蔵本） …… ［045］10 - 196
　慶運法印集（天理図書館蔵本） … ［045］4 - 207
景戒
　日本霊異記 …………………… ［045］5 - 1195
桂果亭 諦栗（幽山）
　狂歌三栗集 …………………… ［022］7 - 36
渓月庵 宵眠
　狂歌渓の月 …………………… ［022］2 - 59
鶏口
　鄙の綾 ………………………… ［017］26 - 19
瑩山紹瑾
　瑩山和尚伝光録訳（抜粋） …… ［026］〔2〕- 11
軽子
　談笑随筆 ……………………… ［017］3 - 89
慶政
　唐土もなほ住み憂くば ……… ［032］059 - 58
軽素
　俳諧川柳 ……………………… ［053］1 - 227
　俳諧角あはせ ………………… ［053］1 - 241
契沖
　漫吟集（天明七年板本） ……… ［045］9 - 214
慶融
　追加 …………………………… ［045］5 - 1074
月庵（一色直朝）
　月庵酔醒記 上巻 …………… ［059］〔1〕- 27
　月庵酔醒記 中巻 …………… ［059］〔2〕- 11
　月庵酔醒記 下巻 …………… ［059］〔3〕- 7
月化
　秋風菴月化發句集 上 ……… ［030］7 - 148
　秋風菴月化發句集 下 ……… ［030］7 - 177
月渓
　師翁大祥忌追福俳諧独吟脇起（天明五年十一月）
　　……………………………… ［078］7 - 357
月性
　下田の開港を聞く …………… ［016］〔1〕- 630
　将て東遊せんとして 壁に題す … ［016］〔1〕- 629
解良 栄重
　良寛禅師奇話 ………………… ［061］3 - 593
玄恵
　胡曾詩抄 ……………………… ［062］3 - 41
元開
　初めて大和上に謁す二首 序を并す
　　……………………………… ［016］〔1〕- 66
源賢
　源賢法眼集 …………………… ［045］3 - 179
玄玄一
　俳ース奇人談〔抄〕 …………… ［066］5 - 296

けんこ　　　　　　　　作家名索引（原作者）

兼好　→　卜部 兼好(うらべ・けんこう)を見よ
玄虎蔵主
　　我もなく人も渚の ……………… [032]**059**-82
玄札
　　江戸町俳諧 ……………………… [017]**9**-3
元順
　　「誓文で」俳諧百韻 ……………… [066]**6**-99
建春門院中納言
　　建春門院中納言日記 …………… [045]**5**-1273
　　たまきはる ……………………… [058]**2**-1
元恕
　　古今百物語評判 ………………… [015]**29**-1
顕昭
　　柿本人麻呂勘文 ………………… [045]**5**-1021
　　後拾遺抄註 ……………………… [002]**5**-330
　　今撰十歌集 ……………………… [045]**2**-327
　　詞花集注 ………………………… [002]**7**-123
　　袖中抄 …………………………… [045]**5**-1022
　　万葉集時代雑事 ………………… [045]**5**-1019
　　六百番陳状 ……………………… [045]**5**-1040
源承
　　和歌口伝 ………………………… [045]**5**-1076
玄仍
　　玉屑集 …………………………… [081]**3**-18
源信
　　夜もすがら仏の道を …………… [032]**059**-32
元政
　　思へ人ただ主もなき …………… [032]**059**-92
　　飢年 感有り …………………… [016]〔1〕-287
　　草山の偶興 ……………………… [016]〔1〕-286
　　草山和歌集(寛文十二年板本) …… [045]**9**-162
元盛
　　勅撰作者部類付載作者異議 …… [045]**10**-982
玄賓
　　三輪川の清き流れに …………… [032]**059**-6
玄武坊
　　玄武庵発句集 …………………… [017]**24**-261
　　東武墨直し ……………………… [017]**24**-31
　　茶摘笠 …………………………… [017]**24**-17
　　俳人名録 ………………………… [017]**24**-183
　　白山和詩集 ……………………… [017]**24**-213
兼与
　　昌琢等発句集 …………………… [081]**3**-227
兼頼
　　熱田宮雀 ………………………… [046]**5**-758
建礼門院右京大夫
　　建礼門院右京大夫集 ………… [043]〔18〕-7,
　　　　[045]**4**-109, [058]**1**-1, [082]**23**-63
建礼門院徳子
　　思ひきや深山の奥に …………… [032]**047**-74

【こ】

小出 粲
　　あさぎぬ ………………………… [010]**3**-187
江 由誓
　　五元集脱漏 ……………………… [052]〔2〕-720
篁雨
　　鹿島紀行月の直路 ……………… [017]**27**-167
耕雲(花山院 長親)
　　雲窓臆語(穂久邇文庫蔵本) …… [045]**10**-200
　　耕雲口伝 ………………………… [045]**5**-1111
　　耕雲千首 ………………………… [045]**10**-24
　　耕雲百首(彰考館蔵本) ………… [045]**10**-198
興雅
　　安撰和歌集(静嘉堂文庫蔵群書類従本)
　　　　…………………………………… [045]**6**-323
江涯
　　仮日記 …………………………… [078]**8**-386
　　浪速住 …………………………… [078]**8**-506
　　張瓢 ……………………………… [078]**8**-352
光格天皇
　　ゆたかなる── ………………… [032]**077**-82
蒿蹊
　　道ゆきぶり ……………………… [060]〔1〕-510
江鶃
　　位山集 …………………………… [030]**5**-190
幸賢
　　俳諧河内羽二重 ………………… [046]**5**-978
光孝天皇
　　仁和御集 ………………………… [045]**3**-145
光厳院
　　光厳院御集 ……………………… [039]**27**-71
　　花園院御集 ……………………… [045]**7**-730
　　風雅和歌集(九大附属図書館蔵本)
　　　　…………………………………… [045]**1**-553
公順
　　拾藻鈔 …………………………… [045]**7**-683
高信
　　明恵上人集(東洋文庫蔵本) …… [045]**4**-120
皇太后宮大進
　　皇太后宮大進集(彰考館蔵本) … [045]**7**-174
広幡
　　広幡句集 ………………………… [081]**1**-509
河野 鉄兜
　　古に擬す ………………………… [016]〔1〕-664
考槃斎
　　江戸巡り ………………………… [017]**9**-199
高峰顕日
　　仏国禅師集(元禄十二年板本) … [045]**7**-588
孝明天皇
　　陸奥の── ……………………… [032]**077**-90
五雲
　　歳旦(安永七年) ………………… [078]**8**-427

歳旦〈安永八年〉 ………………… [078]**8**-440
不夜庵歳旦〈安永五年〉 …………… [078]**8**-335
孤雲懐奘
　光明蔵三昧 ………………… [026]〔1〕-21
　新彫光明蔵三昧序 ………… [026]〔1〕-17
呉楚館 山岐
　狂歌まことの道 ……………… [022]**24**-69
小大君
　小大君集 ……………………………
　　　　[040]**1**-7,　[045]**3**-138,　[082]**52**-287
桑折 宗臣
　桑折宗臣日記（抄）〔延宝八年閏八月・十月〕
　　　　………………………… [030]**3**-470
　桑折宗臣日記（抄）〔延宝八年九月〕
　　　　………………………… [030]**3**-412
　桑折宗臣日記（抄）〔延宝八年十月・十一月〕
　　　　………………………… [030]**3**-477
　桑折宗臣日記（抄）〔延宝八年十一月・極月〕
　　　　………………………… [030]**3**-484
　桑折宗臣日記（抄）〔延宝八年極月〕
　　　　………………………… [030]**3**-491
　桑折宗臣日記（抄）〔延宝九年正月・二月〕
　　　　………………………… [030]**3**-496
　桑折宗臣日記（抄）〔延宝九年二月〕
　　　　………………………… [030]**3**-420
　桑折宗臣日記（抄）〔延宝九年三月・四月〕
　　　　………………………… [030]**3**-503
　桑折宗臣日記（抄）〔寛文四年正月〜六月〕
　　　　………………………… [030]**3**-423
　桑折宗臣日記（抄）〔寛文四年七月〜十二月・寛
　　文八年正月〜三月〕 ……… [030]**3**-432
　桑折宗臣日記（抄）〔寛文八年四月〜九月〕
　　　　………………………… [030]**3**-446
　桑折宗臣日記（抄）〔寛文八年十月〜九年正月〕
　　　　………………………… [030]**3**-456
　桑折宗臣日記（抄）〔寛文九年正月〜五月〕
　　　　………………………… [030]**3**-462
瓠界
　俳諧難波順礼 ……………… [030]**4**-236
虎角
　古紙子〔抄〕 ………………… [066]**5**-264
後柏原院
　柏玉集〈寛文九年板本〉 ……… [045]**8**-480
小亀 益英
　女五経 ………………………… [015]**10**-79
虎関師錬
　江村 …………………………… [016]〔1〕-199
　秋日 野に遊ぶ ……………… [016]〔1〕-200
　春望 …………………………… [016]〔1〕-198
　月に乗じて舟を泛ぶ六首 其の三
　　　　………………………… [016]〔1〕-200
虎巌道説
　燈前新話 ……………………… [007]**5**-15
古郷
　東土産 ………………………… [017]**19**-287
湖鏡楼 見竜
　俳諧雪月花 …………………… [030]**6**-190

国分 青厓
　厳島に遊ぶ …………………… [016]〔1〕-772
　芳野懐古 其の一 …………… [016]〔1〕-770
　芳野懐古 其の二 …………… [016]〔1〕-771
黒露
　摩訶十五夜〔抄〕 …………… [066]**5**-272
湖月 柳条
　奥の枝折 ……………………… [030]**7**-217
湖月堂 可吟
　酔中雅興集 …………………… [022]**23**-23
許虹
　此秋集 ………………………… [017]**7**-197
虎岡
　凉袋点虎岡独吟 ……………… [053]**9**-242
後光明天皇
　霜の後の── ……………… [032]**077**-39
後西天皇
　いつまでも── …………… [032]**077**-43
後嵯峨院大納言典侍
　秋夢集 ……… [042]**3**-115,　[045]**7**-480
後桜町天皇
　おほけなく── …………… [032]**077**-75
吾山
　歳旦 …………………………… [017]**26**-155
沾耳
　梅日記天巻 …………………… [017]**7**-231
小侍従
　小侍従集 ……………………… [045]**7**-213
　太皇太后宮小侍従集 ………… [045]**4**-14
児島 強介
　獄中の作 ……………………… [016]〔1〕-708
湖十
　誹花笑 ………………………… [017]**21**-125
吾州
　俳諧たのもの梅 ……………… [017]**26**-3
後白河天皇
　幾千代と── ……………… [032]**077**-11
梧尋
　薙髪集 ………………………… [017]**5**-253
湖水
　西鶴評点湖水等三吟百韻巻断簡 … [046]**5**-479
後崇光院
　沙玉集Ⅰ〈書陵部蔵伏・八〉 ……… [045]**8**-58
　沙玉集Ⅱ〈書陵部蔵五〇一・六四四〉 … [045]**8**-64
巨勢 識人
　嵯峨院に納涼して「帰」の字を探り得たり 応
　　製 ………………………… [016]〔1〕-113
　嵯峨院の納涼、探りて「帰」字を得たり 応
　　製 ………………………… [067]別-152
　滋内史が「使いを奉じて遠行し、野焼きを観
　　る」の作に和す …………… [067]別-157
　秋日 友に別る ……………… [016]〔1〕-112
　伴姫が「秋夜の閨情に和す」 … [067]別-155
巨勢郎女
　玉葛 花のみ咲きて ………… [032]**021**-70

後醍醐天皇
　ここにても―― ・・・・・・・・・・・・・・・・・・・・ [032] 077 - 22
児玉 信栄
　何物語 ・・・・・・・・・・・・・・・・・・・・・・・・・・ [015] 54 - 201
吾仲
　柿表紙〔抄〕 ・・・・・・・・・・・・・・・・・・・・ [047]〔1〕- 797
壺中
　こがらし〔抄〕 ・・・・・・・・・・・・・・・・・・ [047]〔1〕- 790
古潮
　吉見行二本杖 ・・・・・・・・・・・・・・・・・・・・ [017] 26 - 353
湖堂
　三夜の吟 ・・・・・・・・・・・・・・・・・・・・・・・・ [017] 7 - 189
後藤 基政
　東撰和歌六帖（島原松平文庫蔵本）
　　 ・・・・・・・・・・・・・・・・・・・・・・・・・・・・・・・・ [045] 6 - 170
　東撰和歌六帖抜粋本（祐徳中川文庫蔵本）
　　 ・・・・・・・・・・・・・・・・・・・・・・・・・・・・・・・・ [045] 6 - 177
後徳大寺 実定
　林下集（慶応大学蔵本） ・・・・・・・・・・・ [045] 3 - 561
後鳥羽院
　遠島御歌合（永青文庫蔵本） ・・・・・・・ [045] 5 - 592
　奥山の―― ・・・・・・・・・・・・・・・・・・・・・・・・ [032] 077 - 15
　〔後鳥羽院 37首〕 ・・・・・・・・・・・・・・・・ [032] 028 - 2
　後鳥羽院遠島百首（国立国会図書館蔵本）
　　 ・・・・・・・・・・・・・・・・・・・・・・・・・・・・・・・・ [045] 10 - 144
　後鳥羽院御集 ・・・・・・・・・・・・・・・・・・・・ [082] 24 - 1
　後鳥羽院自歌合（内閣文庫蔵本） ・・ [045] 5 - 572
　後鳥羽天皇御口伝 ・・・・・・・・・・・・・・・・ [045] 5 - 1063
　最勝四天王院障子和歌 ・・・・・・・・・・・・ [006] 10 - 7
　時代不同歌合 ・・・・・・・・・・・・・・・・・・・・ [045] 5 - 586
　定家隆両卿撰歌合（天理図書館蔵本）
　　 ・・・・・・・・・・・・・・・・・・・・・・・・・・・・・・・・ [045] 5 - 598
小中 南水（寿柳軒）
　くまのからす ・・・・・・・・・・・・・・・・・・・・ [046] 5 - 1059
　熊からし ・・・・・・・・・・・・・・・・・・・・・・・・ [046] 5 - 1061
後二条院
　後二条院御集 ・・・・・・・・・・・・・・・・・・・・ [045] 7 - 584
　後二条院百首 ・・・・・・・・・・・・・・・・・・・・ [045] 10 - 162
近衛 基平
　深心院関白集 ・・・・・・・・・・・・・・・・・・・・ [045] 7 - 353
小林 一茶
　〔一茶集〕発句篇 ・・・・・・・・・・・・・・・・ [031] 1 - 221
　一茶『湖に松』 ・・・・・・・・・・・・・・・・・・ [030] 3 - 左開9
　一茶句集 ・・・・・・・・・・・・・・・・・・・・・・・・ [069] 20 - 254
　おらが春（抄） ・・・・・・・・・・・・・・・・・・ [031] 1 - 301
　寛政三年紀行（抄） ・・・・・・・・・・・・・・ [031] 1 - 281
　父の終焉日記（抄） ・・・・・・・・・・・・・・ [031] 1 - 281
　俳諧寺記（抄） ・・・・・・・・・・・・・・・・・・ [031] 1 - 312
後深草院
　五辻親氏・釈空性於法皇御方和歌懐紙写
　　 ・・・・・・・・・・・・・・・・・・・・・・・・・・・・・・・・ [042] 16 - 238
後深草院二条
　とはずがたり ・・・・・・・・・・ [043]〔43〕- 7,
　　[045] 5 - 1298, [058] 4 - 1, [069] 7 - 143
後深草院弁内侍
　弁内侍日記 ・・・・・・・・・・・・・・・・・・・・・・ [045] 5 - 1281

小堀 遠州
　昨日といひ今日と暮らして ・・・・・ [032] 020 - 18
後堀河院民部卿典侍（民部卿典侍因子，藤原 因子）
　後堀河院民部卿典侍集（三手文庫蔵本）
　　 ・・・・・・・・・・・・・・・・・・・・・・・・・・・・・・・・ [045] 7 - 287
　民部卿典侍集 ・・・・・・・・・・・・・・・・・・・・ [039] 40 - 93
小馬命婦
　小馬命婦集 ・・・・・・ [039] 24 - 217, [045] 3 - 176
　ちり積める言の葉知れる ・・・・・・・・ [032] 007 - 98
後水尾院
　元和帝御詠草聞書〔抄〕 ・・・・・・・・・・ [066] 5 - 245
　後水尾院御集 ・・・・・ [045] 9 - 165, [082] 68 - 1
　世に絶えし―― ・・・・・・・・・・・・・・・・・・ [032] 077 - 35
後桃園天皇
　いと早も―― ・・・・・・・・・・・・・・・・・・・・ [032] 077 - 69
五葉
　二夜歌仙 ・・・・・・・・・・・・・・・・・・・・・・・・ [017] 8 - 185
後陽成天皇
　わきて今日―― ・・・・・・・・・・・・・・・・・・ [032] 077 - 31
呉陵軒可有
　誹風柳多留 ・・・・・・・・・・・・・・・・・・・・・・ [084] 22 - 7
維駒
　五車反古（天明三年十一月） ・・・・・・ [078] 7 - 531
惟宗 具俊
　医談抄上脈法 鍼灸 薬療 ・・・・・・・・・・ [062] 22 - 125
　医談抄下雑言 ・・・・・・・・・・・・・・・・・・・・ [062] 22 - 167
惟宗 広言
　言葉集 ・・・・・・・・・・・・・・・・・・・・・・・・・・ [045] 10 - 521
　広言集 ・・・・・・・・・・・・・・・・・・・・・・・・・・ [045] 4 - 32
惟宗 光吉
　光吉集 ・・・・・・・・・・・・・・・・・・・・・・・・・・ [045] 7 - 706
言水堂 方設
　其木からし ・・・・・・・・・・・・・・・・・・・・・・ [030] 6 - 106
坤井堂 宵瑞
　狂歌渓の月 ・・・・・・・・・・・・・・・・・・・・・・ [022] 2 - 59
近藤 勇
　靡他今日復何言 ・・・・・・・・・・・・・・・・・・ [032] 020 - 58
近藤 清春
　江戸名所百人一首 ・・・・・・・・・・・・・・・・ [021] 2 - 235
金春 禅竹
　小塩 ・・・・・・・・・・・・・・・・・・・・・・・ [043]〔63〕- 223

【さ】

西園寺 実兼
　五辻親氏・釈空性於法皇御方和歌懐紙写
　　 ・・・・・・・・・・・・・・・・・・・・・・・・・・・・・・・・ [042] 16 - 238
　西園寺実兼五十首断簡 ・・・・・・・・・ [042] 16 - 226
　実兼百首（尊経閣文庫蔵本） ・・・・・・ [045] 10 - 158
西海
　大硯 ・・・・・・・・・・・・・・・・・・・・・・・・・・・・ [046] 5 - 231

西行
　追而加書西行上人和歌〔異本山家集より抄録〕
　　　　　　　　　　　　　　　　　　　　[079]**(37)**-245
　懐紙・私家集〔西行和歌集成〕‥ [036]**(1)**-1198
　聞書集 ‥‥‥‥‥　[035]**(1)**-251, [036]**(1)**-317,
　　　　　　　　　　[045]**3**-613, [082]**21**-297
　〔西行 38首〕‥‥‥‥‥‥‥‥‥　[032]**048**-2
　西行集(伝甘露寺伊長筆本) ‥‥‥ [036]**(1)**-423
　西行上人集(李花亭文庫本) ‥‥‥ [036]**(1)**-355
　西行日記(神宮文庫本) ‥‥‥‥‥ [036]**(1)**-613
　西行法師家集 ‥‥‥‥‥ [035]**(1)**-389,
　　　　　　　　　　[045]**3**-601, [082]**21**-387
　〔西行和歌集成〕私撰和歌集 ‥ [036]**(1)**-1144
　〔西行和歌集成〕勅撰和歌集 ‥ [036]**(1)**-1123
　山家集 ‥‥‥‥　[035]**(1)**-9, [043]**(28)**-7,
　　　　　　　　　　[079]**(37)**-87, [082]**21**-1
　山家集(松屋本) ‥‥‥‥‥‥‥‥‥
　　　　　　　　　[035]**(1)**-378, [082]**21**-371
　山家集(松屋本書入六家集本) ‥ [036]**(1)**-157
　山家集(陽明文庫本) ‥‥‥‥‥‥‥
　　　　　　　　　　[036]**(1)**-15, [045]**3**-577
　山家集拾遺〔異本山家集より抄録〕
　　　　　　　　　‥‥‥‥‥‥‥ [079]**(37)**-231
　山家心中集(伝西行自筆本) ‥‥‥ [036]**(1)**-477
　山家心中集(伝冷泉為相筆本) ‥‥ [036]**(1)**-501
　山家心中集(内閣文庫本) ‥‥‥‥ [036]**(1)**-535
　山家和歌集(六家集板本) ‥‥‥‥ [036]**(1)**-372
　残集 ‥‥‥‥　[035]**(1)**-300, [036]**(1)**-345,
　　　　　　　　　　[045]**3**-618, [082]**21**-355
　続三十六番歌合〔宮河歌合〕‥‥‥ [036]**(1)**-583
　定家卿にをくる文 ‥‥‥‥‥‥‥ [036]**(1)**-599
　別本山家集 ‥‥‥‥‥‥‥‥‥‥ [036]**(1)**-389
　御裳濯河歌合 ‥‥‥‥‥‥‥ [035]**(1)**-312,
　　　　[036]**(1)**-567, [042]**11**-83, [045]**5**-259
　宮河歌合 ‥‥‥ [035]**(1)**-343, [036]**(1)**-581,
　　　　　　　　　　[042]**11**-93, [045]**5**-262
　蓮阿記 ‥‥‥‥‥‥‥‥‥‥‥‥ [036]**(1)**-603
西漁子
　俳諧太平記〔抜抄〕‥‥‥‥‥‥‥ [066]**5**-237
西吟
　うつぶしぞめ〔抄〕‥‥‥‥‥‥‥ [066]**5**-255
　誹諧昼網〔抜抄〕‥‥‥‥‥‥‥‥ [066]**5**-219
　橘柱集〔抄〕‥‥‥‥‥‥‥‥‥‥ [066]**5**-248
斎宮女御
　斎宮女御集 ‥‥‥‥ [082]**52**-85, [045]**3**-104
西郷 隆盛(南洲)
　曉發山驛 ‥‥‥‥‥‥‥‥‥‥‥ [037]**(1)**-137
　池邊吉十郎宛礼状中の漢詩 ‥‥‥ [037]**(1)**-278
　逸題 ‥‥‥ [037]**(1)**-106, [037]**(1)**-257
　海邊春月 ‥‥‥‥‥‥‥‥‥‥‥ [037]**(1)**-181
　詠史 ‥‥‥‥ [037]**(1)**-161, [037]**(1)**-168
　送大山瑞嚴 ‥‥‥‥‥‥‥‥‥‥ [037]**(1)**-70
　奉呈奥宮先生 ‥‥‥‥‥‥‥‥‥ [037]**(1)**-276
　憶弟信吾在佛国 ‥‥‥‥‥‥‥‥ [037]**(1)**-77
　寄弟隆武留學京都 ‥‥‥‥‥‥‥ [037]**(1)**-82
　詠恩地近況 ‥‥‥‥‥‥‥‥‥‥ [037]**(1)**-166
　温泉途中 ‥‥‥‥‥‥‥‥‥‥‥ [037]**(1)**-141
　温泉閑居 ‥‥‥‥‥‥‥‥‥‥‥ [037]**(1)**-136

　温泉偶作 ‥‥‥ [037]**(1)**-128, [037]**(1)**-129
　温泉卽景(一) ‥‥‥‥‥‥‥‥‥ [037]**(1)**-131
　温泉卽景(二) ‥‥‥‥‥‥‥‥‥ [037]**(1)**-133
　温泉寓居作 ‥‥‥‥‥‥‥‥‥‥ [037]**(1)**-125
　温泉寓居雜吟(一) ‥‥‥‥‥‥‥ [037]**(1)**-203
　温泉寓居雜吟(二) ‥‥‥‥‥‥‥ [037]**(1)**-268
　温泉寓居雜吟(三) ‥‥‥‥‥‥‥ [037]**(1)**-130
　温泉寓居待友人來 ‥‥‥‥‥‥‥ [037]**(1)**-140
　温泉寓居近于浴堂放歌亂舞譁雜沓亦甚故閉戸
　　而避其煩焉 ‥‥‥‥‥‥‥‥ [037]**(1)**-124
　示外甥政直 ‥‥‥‥‥‥‥‥‥‥ [037]**(1)**-109
　夏雨 ‥‥‥‥‥‥‥‥‥‥‥‥‥ [037]**(1)**-92
　夏雨驟冷(一) ‥‥‥‥‥‥‥‥‥ [037]**(1)**-212
　夏雨驟冷(二) ‥‥‥‥‥‥‥‥‥ [037]**(1)**-213
　夏雨驟冷(三) ‥‥‥‥‥‥‥‥‥ [037]**(1)**-214
　客次偶成 ‥‥‥‥‥‥‥‥‥‥‥ [037]**(1)**-231
　客舎聞雨 ‥‥‥‥‥‥‥‥‥‥‥ [037]**(1)**-211
　夏日閑居 ‥‥‥‥‥‥‥‥‥‥‥ [037]**(1)**-266
　夏日村行 ‥‥‥‥‥‥‥‥‥‥‥ [037]**(1)**-200
　賀正 ‥‥‥‥‥‥‥‥‥‥‥‥‥ [037]**(1)**-122
　志感寄清生兄 ‥‥‥‥‥‥‥‥‥ [037]**(1)**-98
　感懐 ‥‥‥‥‥‥‥‥‥‥‥‥‥ [037]**(1)**-94
　閑居 ‥‥‥‥‥ [037]**(1)**-38, [037]**(1)**-121
　閑居偶成 ‥‥‥‥‥‥‥‥‥‥‥ [037]**(1)**-39,
　　　　　　　　　[037]**(1)**-218, [037]**(1)**-220
　閑居重陽 ‥‥‥‥‥‥‥‥‥‥‥ [037]**(1)**-243
　題韓信出胯下圖 ‥‥‥‥‥‥‥‥ [037]**(1)**-171
　閑庭菊花 ‥‥‥‥‥‥‥‥‥‥‥ [037]**(1)**-241
　寒夜獨酌 ‥‥‥‥‥‥‥‥‥‥‥ [037]**(1)**-32
　苦雨 ‥‥‥‥‥‥‥‥‥‥‥‥‥ [037]**(1)**-207
　偶成 ‥‥‥‥‥　[016]**(1)**-675, [037]**(1)**-3,
　　　　　　　[037]**(1)**-10, [037]**(1)**-21,
　　　　　　　[037]**(1)**-23, [037]**(1)**-35,
　　　　　　　[037]**(1)**-42, [037]**(1)**-47,
　　　　　　　[037]**(1)**-49, [037]**(1)**-76,
　　　　　　　[037]**(1)**-86, [037]**(1)**-91,
　　　　　　　[037]**(1)**-97, [037]**(1)**-100,
　　　　　　　[037]**(1)**-105, [037]**(1)**-112,
　　　　　　　[037]**(1)**-126, [037]**(1)**-157,
　　　　　　　[037]**(1)**-188, [037]**(1)**-198,
　　　　　　　[037]**(1)**-205, [037]**(1)**-247
　孔雀 ‥‥‥‥‥‥‥‥‥‥‥‥‥ [037]**(1)**-255
　慶應丙寅十月上京船中作 ‥‥‥‥ [037]**(1)**-11
　辞闕 ‥‥‥‥‥‥‥‥‥‥‥‥‥ [037]**(1)**-19
　月下看梅 ‥‥‥‥‥‥‥‥‥‥‥ [037]**(1)**-180
　月照和尚の忌に賦す ‥‥‥‥‥‥ [016]**(1)**-676
　月照和尚忌日賦 ‥‥‥‥‥‥‥‥ [037]**(1)**-87
　月前遠情 ‥‥‥‥‥‥‥‥‥‥‥ [037]**(1)**-230
　庚午元旦 ‥‥‥‥‥‥‥‥‥‥‥ [037]**(1)**-14
　甲子元旦 ‥‥‥‥‥‥‥‥‥‥‥ [037]**(1)**-29
　江樓賞月 ‥‥‥‥‥‥‥‥‥‥‥ [037]**(1)**-236
　酷暑有感 ‥‥‥‥‥‥‥‥‥‥‥ [037]**(1)**-12
　獄中有感 ‥‥‥‥‥‥‥‥‥‥‥ [037]**(1)**-1
　今年廢太陰暦 ‥‥‥‥‥‥‥‥‥ [037]**(1)**-174
　西郷隆盛絶筆漢詩 ‥‥‥‥‥‥‥ [037]**(1)**-270
　櫻井驛圖贊 ‥‥‥‥‥‥‥‥‥‥ [037]**(1)**-163
　山屋雜興 ‥‥‥‥‥‥‥‥‥‥‥ [037]**(1)**-210
　題殘菊 ‥‥‥‥‥‥‥‥‥‥‥‥ [037]**(1)**-242
　山居雪後 ‥‥‥‥‥‥‥‥‥‥‥ [037]**(1)**-251

山行	[037](1) - 143, [037](1) - 145	中秋無月 (一)	[037](1) - 234
山寺秋雨	[037](1) - 229	中秋無月 (二)	[037](1) - 264
山中秋夜	[037](1) - 221	中秋無月 (三)	[037](1) - 265
山中獨樂	[037](1) - 120	蟲聲非一	[037](1) - 223
失題	[037](1) - 15, [037](1) - 24,	蒙使於朝鮮国之命	[037](1) - 17
	[037](1) - 31, [037](1) - 33,	奉呈月形先生	[037](1) - 64
	[037](1) - 40, [037](1) - 90,	謝貞卿先醒之恩遇	[037](1) - 54
	[037](1) - 101, [037](1) - 103,	謝貞卿先醒惠茄	[037](1) - 58
	[037](1) - 187, [037](1) - 202	送寺田望南拜伊勢神宮	[037](1) - 68
示子弟	[037](1) - 107	田園雜興 (一)	[037](1) - 206
示子弟 (一)	[037](1) - 111	田園雜興 (二)	[037](1) - 209
示子弟 (二)	[037](1) - 113	田園秋興	[037](1) - 237
示子弟 (三)	[037](1) - 116	田家遇雨	[037](1) - 248
題子房房圖	[037](1) - 173	讀田單傳	[037](1) - 170
秋雨訪友	[037](1) - 225	田獵	[037](1) - 142, [037](1) - 155
秋雨排悶	[037](1) - 228	冬日早行	[037](1) - 249
秋曉	[037](1) - 224	冬夜讀書	[037](1) - 26
秋曉煎茶	[037](1) - 226	待友不到	[037](1) - 189
秋江釣魚	[037](1) - 244	夏夜如秋	[037](1) - 217
秋夜客舍聞砧	[037](1) - 232	題楠公圖	[037](1) - 162
秋夜宿山寺	[037](1) - 267	梅花	[037](1) - 179
春雨新晴	[037](1) - 197	八幡公	[037](1) - 158
春寒	[037](1) - 177	送藩兵爲天子親兵赴闕下	[037](1) - 78
春興	[037](1) - 184	奉贈比丘尼	[037](1) - 62
春曉	[037](1) - 182	避暑	[037](1) - 215
春曉枕上	[037](1) - 183	題富嶽圖	[037](1) - 253
春日偶成	[037](1) - 46, [037](1) - 74	茅屋	[037](1) - 262
春夜	[037](1) - 185	祝某氏之長壽	[037](1) - 260
初夏月夜	[037](1) - 201	弔亡友	[037](1) - 72
除夜	[037](1) - 27,	暮秋田家	[037](1) - 246
	[037](1) - 43, [037](1) - 252	暮春送別	[037](1) - 195
白鳥山溫泉寓居雜詠 (一)	[037](1) - 134	暮春閑步	[037](1) - 196
白鳥山溫泉寓居雜詠 (二)	[037](1) - 135	贈政照子	[037](1) - 8
新晴	[037](1) - 191	留示政照子	[037](1) - 59
辭親	[037](1) - 52	政照子賣僕以造船而備變感其志賦以贈	
辛未元旦	[037](1) - 176		[037](1) - 6
送昔先生	[037](1) - 89	湊川所感	[037](1) - 275
奉送昔先生歸鄉	[037](1) - 81	送村田新八之歐洲	[037](1) - 80
寸心違	[037](1) - 148	有約阻雨	[037](1) - 190
讀關原軍記	[037](1) - 254	與友人共來賦送之	[037](1) - 139
弔關原戰死	[037](1) - 75	寄友人某	[037](1) - 83
惜春	[037](1) - 192	和友人所寄韻以答	[037](1) - 51
遊赤壁	[037](1) - 258	游獵	[037](1) - 153, [037](1) - 154
投村家喜而賦	[037](1) - 36	奉寄 (吉井) 友實雅兄	[037](1) - 84
村居卽目	[037](1) - 222	示吉野開墾社同人	[037](1) - 115
寄村舍寓居諸君子	[037](1) - 118	移蘭志感	[037](1) - 240
平重盛	[037](1) - 159	留別	[037](1) - 147,
高雄山	[037](1) - 238	獵中逢雨	[037](1) - 149, [037](1) - 150
高崎五郎右衛門十七回忌日賦焉 (一)		連雨遮獵	[037](1) - 152
	[037](1) - 66	**西郷 千重子**	
高崎五郎右衛門十七回忌日賦焉 (二)		なよ竹の風にまかする	[032]**020**-60
	[037](1) - 67	**西国**	
贈高田平次郎	[037](1) - 56	引導集	
送高田平次郎將去沖永良部島	[037](1) - 57	[046]5 - 781, [066]6 - 124, [066]6 - 145	
高德行宮題詩圖	[037](1) - 164	雲喰ひ	
題山先生圖	[037](1) - 167	[046]5 - 464, [066]6 - 239, [066]3 - 533	
武村卜居作	[037](1) - 95	見花数寄 [抜抄] [046]5 - 338, [066]5 - 222	
謫居偶成	[037](1) - 4	胴骨	[046]5 - 177
中秋賞月	[037](1) - 235		

西治
　俳諧新附合物種集追加二葉集 ……… [046]5-438
在色
　誹諧解脱抄〔抄〕 …………………… [066]5-259
西順
　如是庵日発句 ………………………… [081]1-259
最澄
　阿耨多羅三藐三菩提の ……… [032]059-10
斎藤 監物
　児島高徳 桜樹に書するの図に題す
　　 ……………………………………… [016]⟨1⟩-648
斎藤 拙堂
　禁門を過ぐ …………………………… [016]⟨1⟩-563
斎藤 徳元
　関東下向道記 ………………………… [021]1-127
　徳元等百韻五巻 ……………………… [030]3-38
西念
　極楽願往生和歌 ……………………………
　　 …………………… [042]22-109, [045]10-900
坂 資周
　橘園集 ………………………………… [081]3-539
坂 十仏
　太神宮参詣記 ………………………… [045]10-1062
阪井 虎山
　泉岳寺 ………………………………… [016]⟨1⟩-552
境部王
　長王の宅に宴す ……………………… [016]⟨1⟩-53
坂上 羨鳥
　俳諧はなたち花 巻之下 ……………… [030]5-326
坂上 頼長
　摩耶紀行〔抜抄〕 …………………… [066]5-221
榊原 忠次
　一掬集 ………………………………… [081]3-378
酒月 米人（吾友軒，四方滝水楼米人）
　狂歌東来集 …………………………… [009]5-93
　狂歌水薦集 …………………………… [009]9-3
嵯峨天皇
　王昭君 ………………………………… [016]⟨1⟩-102
　海公と茶を飲みて山に帰るを送る
　　 ……………………………………… [067]別-112
　夏日 大湖に臨泛す …………………… [067]別-87
　河陽十詠─河陽花 …………………… [016]⟨1⟩-103
　〔河陽十詠〕河陽の花 ………………… [067]別-91
　〔河陽十詠〕江上の船 ………………… [067]別-93
　〔河陽十詠〕江辺の草 ………………… [067]別-94
　〔河陽十詠〕山寺の鐘 ………………… [067]別-95
　河陽十詠四首 ………………………… [067]別-91
　漁歌 歌毎に「帯」の字を用ふ …… [016]⟨1⟩-108
　江頭の春暁 …… [016]⟨1⟩-101, [067]別-89
　秋日 深山に入る ……………………… [016]⟨1⟩-100
　鞦韆篇 ………………………………… [016]⟨1⟩-106
　除夜 …………………………………… [067]別-114
　神泉苑に花宴し 落花の篇を賦す
　　 ……………………………………… [016]⟨1⟩-97
　早春に打毬を観る …………………… [016]⟨1⟩-104
　内史貞主が秋月歌に和す …………… [067]別-107
　吏部侍郎野美が辺城に使いするを聞き、帽裘
　　を賜う ……………………………… [067]別-143
　冷然院にて各おの一物を賦し、「澗底の松」を
　　得たり ……………………………… [067]別-99
坂上 是則
　是則集 ………………………………… [045]3-53
坂上 望城
　後撰和歌集 …………………………………
　　 ………… [002]3-1, [045]1-33, [079]⟨26⟩-1
　後撰和謌集 關戸氏片假名本 …… [079]⟨26⟩-1
相模
　〔相模 50首〕 ………………………… [032]009-2
　相模集（書陵部蔵五〇一・四五） … [045]7-102
　相模集（浅野家本） ………………… [045]3-350
　相模集（異本） ……………………… [039]12-563
　相模集（流布本） …………………… [039]12-67
　思女集 ………………………………… [039]12-593
　伝行成筆針切相模集 ………………… [042]24-118
坂本 雲郎
　華盗人 ………………………………… [053]1-291
　太山樒 ………………………………… [053]1-191
相良 為続
　相良為続連歌草子 …………………… [081]1-411
相楽 等躬
　一の木戸 下巻 ……………………… [030]2-95
　俳諧荵摺 ……………………………… [030]4-19
朔宇
　ゆき塚 ………………………………… [017]28-75
佐久間 象山
　窮巷 …………………………………… [016]⟨1⟩-612
桜井 素丹
　素丹発句 ……………………………… [081]3-270
桜井 基佐
　基佐句集 ……………………………… [081]1-514
　基佐集（島原松平文庫蔵本） ……… [045]8-307
桜田 虎門
　芙蓉峰に登る ………………………… [016]⟨1⟩-493
さくら戸 玉緒
　櫻戸玉緒跋〔蓮月尼全集〕 ………… [051]⟨1⟩-1
桜町天皇
　身の上は── ………………………… [032]077-57
左佼
　俳諧野あそび ………………………… [017]29-61
燕栗園
　新玉帖 ………………………………… [009]12-43
佐心子賀近
　犬百人一首 …………………………… [021]2-217
　類字名所狂歌集 ……………………… [021]1-397
佐田 仙馨
　半仙遺稿 ……………………………… [026]⟨3⟩-195
佐々 成政
　何事もかはりはてたる ……………… [032]014-28
砂迪
　布施詣夜話 …………………………… [017]27-67

さとう

佐藤 一斎
  河合漢年の 姫路に帰るを送る ‥ [016]⟨1⟩-489
  太公望 垂釣の図 ……………… [016]⟨1⟩-491

佐藤 蕉廬
  初夏の晩景 …………………… [016]⟨1⟩-601

里木 予一
  杉楊枝 ………………………… [015]**42**-173

里村 玄川
  里村玄川句集 ………………… [081]**3**-617

里村 玄仲
  玄仲発句 ……………………… [081]**3**-294

里村 玄的
  玄的連歌発句集 ……………… [081]**3**-362
  「日々にうとき」百韻 ………… [066]**2**-232

里村 昌琢
  玉屑集 ………………………… [081]**3**-18
  昌琢発句帳 …………………… [081]**3**-281
  昌琢等発句集 ………………… [081]**3**-227
  連歌一座式 …………………… [066]**5**-13

里村 昌程
  昌程抜句 ……………………… [081]**3**-483
  昌程発句集 …………………… [081]**3**-470

里村 紹巴
  玉屑集 ………………………… [081]**3**-18
  紹巴冨士見道記 ……………… [058]**7**-179
  紹巴冨士見道記 ……………… [003]**11**-39
  紹巴発句帳 …………………… [081]**3**-189

里村 祖白(昌通)
  祖白発句帳 …………………… [081]**3**-386

讃岐典侍
  讃岐典侍日記 ‥ [013]⟨3⟩-1, [045]**5**-1268

佐原 豊山
  白虎隊 ………………………… [016]⟨1⟩-668

沙文
  いゑのさき …………………… [017]**14**-59

沙弥満誓 → 満誓(まんせい)を見よ

左明
  歌仙貝 ………………………… [017]**13**-243

茶裡
  除元吟 ………………………… [078]**8**-445

紗柳
  岬之道 ………………………… [030]**4**-308

去法師
  しぶうちわ …………………… [066]**5**-173

猿丸大夫
  猿丸集 ………… [045]**3**-20, [082]**18**-175

沢 露川
  国曲集 ………………………… [030]**5**-342
  二人行脚 ……………………… [030]**5**-218
  軒伝ひ ………………………… [030]**5**-136

山果亭 紫笛 → 如雲 紫笛(じょうん・してき)を見よ

三休斎 白掬
  狂歌気のくすり ……………… [022]**24**-1

山居
  興歌河内羽二重 ……………… [022]**13**-44

山幸
  俳諧鏡之花 …………………… [017]**31**-257

山々亭 有人
  今朝春三組盃 ………………… [070]**3**-167
  花菖蒲澤の紫 ………………… [070]**3**-7

三城
  富士井の水 …………………… [017]**28**-3

三条西 公条
  玉吟抄 ………………………… [021]**1**-46
  称名院集(祐徳中川文庫蔵本) … [045]**8**-741

三条西 実隆
  玉吟抄 ………………………… [021]**1**-46
  再昌 …………………………… [082]**66**-129
  〔三条西実隆 40首〕 ………… [032]**055**-2
  雪玉集(寛文十年板本) ……… [045]**8**-597
  わが家の—— ………………… [032]**080**-44

三世一漁
  江戸近在所名集後編 ………… [017]**25**-123

三田 浄久
  河内鑑名所記 ………………… [015]**19**-55

山東 京山
  熱海温泉図彙 ………………… [007]**4**-789
  家桜継穂鉢植 ………………… [007]**4**-651
  絵半切かしくの文月 ………… [007]**4**-513
  復讐妹背山物語 ……………… [007]**4**-13
  敵討貞女鑑 …………………… [007]**4**-903
  劇春大江山入 ………………… [007]**4**-359
  琴声女房形気 ………………… [007]**4**-847
  契情身持扇 …………………… [007]**4**-721
  小桜姫風月奇観 ……………… [007]**4**-67
  煙草二抄 ……………………… [007]**4**-325
  百姓玉手箱 …………………… [007]**4**-823
  昔語成田之開帳 ……………… [007]**4**-583
  戻駕籠故郷錦絵 ……………… [007]**4**-447
  奴勝山愛玉丹前 ……………… [007]**4**-415
  鸚談伝奇桃花流水 …………… [007]**4**-177
  閏七福茶番 …………………… [007]**4**-571

山東 京伝
  淀屋宝物東都名物鳴呼奇々羅金鶏 … [038]**2**-93
  暁傘時雨古手屋 ……………… [038]**9**-105
  明矣七変目景清 ……………… [038]**1**-267
  侠中侠悪言鮫骨 ……………… [038]**1**-213
  桜姫全伝曙草紙 ……………… [038]**16**-9
  復讐奇談安積沼 ……………… [038]**15**-267
  こはだ小平次安積沼後日仇討 …… [038]**6**-103
  金烏帽子於寒鐘樋判九郎朝妻船柳三日月
      ………………………… [038]**11**-55
  団七黒茶椀釣船之花入朝茶湯一寸口切
      ………………………… [038]**10**-453
  おそろしきもの師走の月安達原水之姿見
      ………………………… [038]**11**-105
  口中乃不叠鏡甘鏡名利研 …… [038]**4**-333
  助六総角家桜継穂鉢植 ……… [038]**14**-177
  鳴神左衛門希代行法勇雲外気節 … [038]**10**-259
  姥池由来一家昔語石枕春宵抄 … [038]**13**-93
  式刻価万両回春 ……………… [038]**4**-191

一生入福兵衛幸	[038]2-159	売茶翁祇園梶復讐煎茶濫觴	[038]5-287
一百三升芋地獄	[038]2-145	敵討衛玉川	[038]6-59
安達ヶ原那須野原糸車九尾狐	[038]6-235	敵討天竺徳兵衛	[038]7-249
糸桜本朝文粋	[038]8-327	河内名誉火近江手孕村敵討両輌車	[038]5-411
留袖の於駒振袖の於駒今昔八丈揃	[038]10-167	敵討孫太郎虫	[038]5-453
久og之助ひな鳥妹背山長柄文合	[038]10-213	嗟意馬筆曲馬仮多手綱忠臣鞍	[038]4-397
岩井櫛粂野仇討	[038]6-305	仮名手本胸之鏡	[038]4-271
岩戸神楽剣威徳	[038]8-269	鐘は上野哉	[038]1-281
浮牡丹全伝	[038]17-9	戯場花牡丹燈籠	[038]9-55
焦尾琴調子伝薄雲猫旧話	[038]10-357	枯樹花大悲利益	[038]4-535
虚生実草紙	[038]4-145	堪忍袋緒〆善玉	[038]3-169
親敵うとふ之碑	[038]9-9	気替而戯作問答	[038]13-389
善知安方忠義伝	[038]16-173	真字手本義士之筆力	[038]1-457
優曇華物語	[038]15-393	飛脚屋忠兵衛宿住居梅川奇事中洲話	[038]2-43
禿池昔語梅之於由女丹前	[038]9-427	客衆肝照子	[038]18-45
梅由兵衛菜頭巾	[038]9-343	客人女郎	[038]1-121
人相手執裡家簺見通坐敷	[038]5-131	張かへし行儀有良礼	[038]2-341
摂州有馬於藤之伝妬湯仇討話	[038]6-357	扇蟹目傘轆轤狂言末広栄	[038]1-415
緑青翁組朱塗蔦嶌絵看版子持山姥	[038]12-291	京伝憂世之酔醒	[038]2-263, [038]5-523
江戸生艶気樺焼	[038]1-183	京伝主十六義鑑	[038]4-251
茝土自慢名産杖	[038]5-313	京伝予誌	[038]18-373
黄金長者白金長者江戸砂子娘敵討	[038]5-187	栄花夢後日話金々先生造化夢	[038]3-547
江戸春一夜千両	[038]1-247	近世奇跡考[抄]	[052](2)-686
絵本東大全	[038]14-335	文琁玉女車之翁琴声美人伝	[038]13-213
仙伝延寿反魂談	[038]2-61	狂言和尚廓中法語九界十年色地獄	[038]2-475
早雲小金軽業希術艶哉女儡人	[038]2-127	関中狂言厭大帳	[038]18-343
小金帽子彦惣頭巾大磯俄練物	[038]14-9	傾城買四十八手	[038]18-411
笑話於臍茶	[038]1-69	傾城艦	[038]18-197
小倉山時雨珍説	[038]1-445	賢愚湊銭湯新話	[038]4-511
於杉於玉二身之仇討	[038]6-189	孔子縞于時藍染	[038]2-177
岩藤左衛門尾上之助男草履打	[038]9-289	染分手綱鬼花馬市黄金花奥州細道	[038]12-185
濡髪放駒侠恢双蛺蝶	[038]7-9	濡髪禁入放駒拾黄金花万宝善書	[038]13-157
踊発会金糸腰蓑(礒馴松金糸腰蓑)	[038]14-433	古契三娼	[038]18-77
酒神餅神鬼殺心角樽	[038]4-35	手前勝手御存商売物	[038]1-103
於花半七物語(十種香萩硒白露)	[038]14-451	五体和合讃	[038]4-289
於六櫛木曾仇討	[038]6-9	人間一代悟衢迷所独案内	[038]5-35
延命長尺御誂染長寿小紋	[038]4-563	諺下司話説	[038]4-59
女俊寛雪花道	[038]10-55	薩摩下芋兵衛砂糖団子兵衛五人切西瓜斬売	[038]5-239
女達三日月於儻	[038]7-87	小人国破桜	[038]3-241
女達磨之由来文法語	[038]12-367	昔用生得這奇の見勢物語	[038]4-375
神田利生王子神徳女将門七人化粧	[038]3-155	折琴姫玄婚礼累箏笛	[038]11-257
さらやしきくろむすめかさね会談三組盃	[038]12-63	瀧口左衛門横笛姫咲替花之二番目	[038]10-9
怪談摸摸夢字彙	[038]5-67	作者胎内十月図	[038]5-163
お化半七開帳利益札遊合	[038]1-157	作者胎内十月図(草稿)	[038]14-393
会通己恍惚照子	[038]1-401	桜姫全伝曙草紙	[025]1-163
地獄一面照子浄頗梨	[038]2-229	桜ひめ筆の行衛	[038]9-323
廓中丁子	[038]1-169	皇下旬虫干曾我	[038]3-213
籠釣瓶丹前八橋	[038]10-311	粟団女郎平双之小繭獲猴著開水月談	[038]12-429
重井筒娘千代能	[038]11-157	三歳図会稚講釈	[038]4-121
於房徳広累井筒花葉打敷	[038]8-9	残燈奇譚案机塵	[038]5-345
笠森娘錦之笈摺	[038]8-79	仕懸文庫	[038]18-475
霞之偶春朝日名	[038]3-101	児訓影絵噺	[038]4-209
復讐後祭祀	[038]1-365	繁千話	[038]18-447
敵討狼河原	[038]5-369	将門秀郷時代世話二挺鼓	[038]1-433
敵討岡崎女郎衆	[038]6-145	実語教幼稚講釈	[038]3-9
濡髪放駒全伝復讐曲輪達引	[038]14-235	志道軒往古講釈	[038]8-219
		絞染五郎強勢談	[038]6-407
		十六利勘略縁起	[038]13-65

さんと　　作家名索引（原作者）

正月故叓談 …………………… [038] 4 - 83	先時怪談花芳野犬斑点 ………… [038] 2 - 249
娼妓絹籭 …………………………… [038] 18 - 515	早道節用守 ………………………… [038] 2 - 107
志羅川夜船 ………………………… [038] 18 - 253	市川団蔵の中狂言早業七人前 …… [038] 4 - 421
白拍子富民静皷音 ………………… [038] 1 - 87	春霞御鬢付（万屋景物） ………… [038] 5 - 509
白藤源太談 ………………………… [038] 7 - 197	濡髪蝶五郎放鴎之蝶吉春相撲花之錦絵
心学早染草（稿本） ……………… [038] 14 - 347	……………………………………… [038] 11 - 357
大極上請合売心学早染艸 ………… [038] 2 - 323	播州皿屋敷物語 …………………… [038] 9 - 399
甚句義経真実情文桜 ……………… [038] 2 - 9	人心鏡写絵 ………………………… [038] 4 - 9
青楼和談新造図彙 ………………… [038] 18 - 283	二代目鮑二郎碑文谷利生四竹節 … [038] 2 - 29
冨士之白酒阿部川紙子新板替道中助六	百人一首戯講釈 …………………… [038] 3 - 525
……………………………………… [038] 3 - 377	冷哉汲立清水記 …………………… [038] 2 - 281
双蝶記 ……………………………… [038] 17 - 447	平仮名銭神問答 …………………… [038] 4 - 353
総籭 ………………………………… [038] 18 - 157	貧福両道中之記 …………………… [038] 3 - 193
ふところにかへ服紗あり燕子花草履打所縁色揚	不案配即席料理 …………………… [038] 1 - 149
……………………………………… [038] 12 - 239	お夏清十郎風流伽三味線 ………… [038] 8 - 131
一体分身扮接銀煙管 ……………… [038] 1 - 383	復讐奇談安積沼 …………………… [025] 1 - 5
小歌蜂兵衛濡髪の小静袖之梅月土手節	腹中名所図絵 ……………………… [038] 14 - 125
……………………………………… [038] 13 - 327	福徳果報兵衛伝 …………………… [038] 3 - 301
松風村雨磯馴松金糸腰蓑 ………… [038] 12 - 9	福禄寿（金の成木阿止見与蕪和歌）
東海道五十三駅人間一生五十年凸凹話 … [038] 4 - 167	……………………………………… [038] 14 - 441
唯心鬼打豆 ………………………… [038] 3 - 129	仁田四郎富士之人穴見物 ………… [038] 1 - 475
浦嶋太郎龍宮瓊蘇木 ……………… [038] 3 - 259	梅川忠兵衛二人虚無僧 …………… [038] 10 - 91
太平記吾妻鑑玉磨青砥銭 ………… [038] 2 - 209	分解道胸中双六 …………………… [038] 5 - 99
玉屋景物 …………………………… [038] 5 - 271	天竺徳兵衛初兵衛ヘマムシ入道昔話
新板落話太郎花 …………………… [038] 14 - 340	……………………………………… [038] 11 - 207
江嶋古跡児ケ淵桜之振袖 ………… [038] 11 - 301	稲妻表紙後編本朝酔菩提全伝 …… [038] 17 - 139
忠臣蔵前世暴無 …………………… [038] 3 - 421	鹿子貫平五尺染五郎升繋男子鏡 … [038] 10 - 405
忠臣蔵即席料理 …………………… [038] 3 - 449	のしの書初若井の水引先開梅赤本 … [038] 3 - 351
忠臣水滸伝 前編 ………………… [038] 15 - 81	松梅竹取談 ………………………… [038] 7 - 327
忠臣水滸伝 後編 ………………… [038] 15 - 181	万福長者栄華談 …………………… [038] 7 - 299
大磯之丹前化粧坂編蝶衛門曾我俤 … [038] 13 - 271	三日月形柳横櫛（朝妻船柳三日月）
通気粋語伝 ………………………… [038] 18 - 311	……………………………………… [038] 14 - 425
画図通俗大聖戸 …………………… [038] 15 - 9	三河島御不動影 …………………… [038] 2 - 79
通気智之銭光記 …………………… [038] 4 - 447	箕輪尺参人酩酊 …………………… [038] 3 - 475
女忠信男子静釣狐昔塗笠 ………… [038] 11 - 9	三筋緯客気植田 …………………… [038] 1 - 313
天慶和句文 ………………………… [038] 1 - 135	三千歳成云蚰蛇 …………………… [038] 1 - 353
天剛毛楊柳 ………………………… [038] 3 - 79	耳をそこね足もくぢけて ………… [032] 020 - 40
天地人三階図絵 …………………… [038] 1 - 239	昔織博多小女郎 …………………… [038] 9 - 161
虎屋景物 …………………………… [038] 5 - 495	昔話稲妻表紙 ……………………… [038] 16 - 379
笄甚五郎差櫛於六長髱姿蛇柳 …… [038] 14 - 63	宿昔語笔操 ………………………… [038] 3 - 403
栄花男二代目七色合点豆 ………… [038] 5 - 213	無間之鐘娘縁記 …………………… [038] 11 - 413
三国伝来無句線香 ………………… [038] 1 - 221	無間之鐘娘縁記（草稿） ………… [038] 14 - 403
せいろうひるのせかい錦之裏 …… [038] 18 - 549	息子部屋 …………………………… [038] 18 - 9
悪魂後編人間一生胸算用 ………… [038] 2 - 383	娘景清籠樓振袖 …………………… [038] 9 - 453
人間万事吹矢的 …………………… [038] 5 - 9	娘敵討古郷錦 ……………………… [038] 1 - 37
人間万事吹矢的（草稿） ………… [038] 14 - 381	娘清玄振袖日記 …………………… [038] 13 - 9
不破お七濡燕子宿傘 ……………… [038] 12 - 117	百文二末寓骨牌 …………………… [038] 1 - 335
夫は水虎是は野猿根無草笔苟 …… [038] 3 - 497	京鹿子無間鐘筵梅枝伝賦 ………… [038] 1 - 295
諸色買帳呑込多霊宝縁起 ………… [038] 4 - 479	昔々桃太郎発端話説 ……………… [038] 3 - 35
諸色買帳呑込多霊縁記（草稿） … [038] 14 - 369	八重霞かしくの仇討 ……………… [038] 7 - 137
梅と与四兵衛物語梅花氷裂 ……… [038] 16 - 573	団子兵衛ばなし〵焼餅噺 ………… [038] 1 - 55
怪物徒然草 ………………………… [038] 3 - 115	山鶉鵃蹴転破瓜 …………………… [038] 3 - 9
化物本草 …………………………… [038] 4 - 231	吉野屋酒楽 ……… [038] 1 - 493, [038] 14 - 330
箱入娘面屋人魚 …………………… [038] 2 - 431	吉原やうし ………………………… [038] 18 - 227
八被般若角文字 …………………… [038] 1 - 203	凡悩即席菩提料理四人詰南片俛儡 … [038] 3 - 327
初衣抄 ……………………………… [038] 18 - 109	扇屋かなめ屋米饅頭始 …………… [038] 1 - 23
京伝勧請新神名帳八百万両金神花 … [038] 2 - 453	世上洒落見絵図 …………………… [038] 2 - 363
花之笑七福参詣 …………………… [038] 3 - 281	梁山一歩談 ………………………… [038] 3 - 59
花束頼朝公御入 …………………… [038] 2 - 195	両頭笔善悪日記 …………………… [038] 4 - 311

490　日本古典文学全集・内容綜覧 第II期

廬生夢魂其前日 ………………… [038] 2-409
和荘兵衛後日話 ………………… [038] 4-103
杉風
　「時節嚊」歌仙 ………………… [047](1)-157
　常盤屋の句合 ………………… [047](1)-558
　常盤屋之句合 ………………… [079](40)-181
三遊亭 円朝
　今朝春三組盃 ………………… [070] 3-167
　花菖蒲澤の紫 ………………… [070] 3-7

【し】

慈円
　最勝四天王院障子和歌 ………… [006] 10-7
　慈円難波百首 ………………… [006] 12-11
　慈鎮和尚自筆合〔永青文庫蔵本〕 [045] 5-333
　拾玉集〔青蓮院蔵本〕 ………… [045] 5-656
　拾玉集 第一〜三 ……………… [082] 58-1
　拾玉集 第四〜五 ……………… [082] 59-1
　皆人に一つの癖は ……………… [032] 059-48
　無名和歌集 …………………… [045] 7-242
　文集百首 ……………………… [006] 8-11
地黄坊 樽次
　水鳥記（寛文七年五月中村五兵衛板）
　　　　　　　　　　　　　　…… [015] 42-83
　水鳥記（松会板） ……………… [015] 42-133
塩屋 忠兵衛
　蕪村遺稿 ……………………… [078] 3-147
志賀 理斎
　理斎随筆〔抄〕 ………………… [066] 5-299
鹿都部 真顔（紀真顔、狂歌堂真顔、四方歌垣、四方真顔）
　狂歌数寄屋風呂 ……………… [009] 3-175
　狂歌茅花集 …………………… [009] 6-291
　狂歌武射志風流 ……………… [009] 6-231
　狂歌棟上集 …………………… [009] 11-5
　続棟上集 ……………………… [009] 11-60
　たはれうたよむおほむね ……… [009] 15-44
　俳諧歌兄弟百首 ……………… [009] 9-81
　よものはる〔東京国立博物館蔵本〕
　　　　　　　　　　　　　　…… [009] 4-207
　四方の巴流〔京都大学文学部頴原文庫本〕
　　　　　　　　　　　　　　…… [009] 4-190
　四方の巴流〔西尾市岩瀬文庫蔵〕[009] 4-156
　芦荻集 ………………………… [009] 10-3
直往
　孝子善之丞感得伝 …………… [007] 5-989
式子内親王
　歌合〔式子内親王歌〕 ………… [039] 28-681
　三百六十番歌合〔式子内親王歌〕 [039] 28-699
　〔式子内親王 45首〕 …………… [032] 010-2
　式子内親王集
　　　　[039] 28-29, [045] 4-7, [082] 23-1
　私撰集〔式子内親王歌〕 ……… [039] 28-661
　諸家集〔式子内親王歌〕 ……… [039] 28-666
　勅撰集〔式子内親王歌〕 ……… [039] 28-652
　定家小本〔式子内親王歌〕 …… [039] 28-701
　夫木和歌抄〔式子内親王歌〕 … [039] 28-700
識丁三柳
　飛鳥川 ………………………… [015] 1-169
式亭 三馬
　狂歌艦初編 …………………… [009] 15-118
　狂歌艦後編 …………………… [009] 15-151
　善もせず悪もつくらず ………… [032] 020-42
　俳諧歌艦 ……………………… [009] 15-261
似鳩
　せりのね ……………………… [078] 8-462
紫暁
　常盤の香 ……………………… [078] 7-406
　雪の光 ………………………… [078] 7-362
時雨庵 萱根
　狂歌若緑岩代松 ……………… [009] 8-3
紫桂
　田植集 ………………………… [017] 15-213
識月 → 露月（ろげつ）を見よ
滋野 貞主
　春風に臨む、沈約が体に效う。応製
　　　　　　　　　　　　　　…… [067] 別-162
　春夜 鴻臚館に宿し 渤海より入朝せる王大使に簡す
　　　　　　　　　　　　　　…… [016] (1)-95
　「落葉を観る」に和し奉る ……… [067] 別-161
重野 成斎
　清国公使参賛官の陳哲甫明遠 任満ちて将に帰らんとす 小蘋女史をして紅葉館にて別れを話るの図を制せ俾め 題詠を索む為に一律を賦す
　　　　　　　　　　　　　　…… [016] (1)-681
重之子僧 → 源重之子僧（みなもとしげゆきのこのそう）を見よ
支考 → 各務 支考（かがみ・しこう）を見よ
翅紅
　記行 …………………………… [017] 12-31
　前書発句集 …………………… [017] 12-15
子珊
　別座鋪〔抄〕 …………………… [047] (1)-789
紫山
　狂歌ことはの道 ……………… [022] 23-53
枝舟
　卯のやよひ …………………… [017] 12-175
四条宮下野
　四条宮下野集 ……[039] 25-41, [045] 3-363
四条宮主殿
　四条宮主殿集 …… [042] 9-1, [045] 7-92
静御前
　しづやしづ倭文の苧環 ………… [032] 047-96
自碩
　浮世壱分五厘 ………………… [073] 23-291
咫尺
　柿むしろ ……………………… [017] 3-5
紫髯
　狂歌ことはの道 ……………… [022] 23-53

した

志太 野坡（浅生庵）
　伊都岐嶋八景 下 ………………… [030]**6**-*209*
　許野消息［抄］ ………………… [047]〔1〕-*803*

市中庵 時丸
　狂歌泰平楽 ……………………… [022]**27**-*1*

市中亭 吾峒
　きやうか圓 ……………………… [022]**3**-*44*

十返舎 一九
　この世をばどりゃお暇と ……… [032]**020**-*46*
　東海道中膝栗毛 ‥ [069]**18**-*155*, [084]**20**-*7*

慈道親王
　慈道親王集 ……………………… [045]**7**-*693*

自然軒 鈍全
　五色集 …………………………… [022]**22**-*1*

篠崎 小竹
　浪華城の春望 …………………… [016]〔1〕-*518*
　義貞 投剣の図 ………………… [016]〔1〕-*517*

篠目 保雅楽
　狂歌言玉集 ……………………… [022]**25**-*75*

司馬 江漢
　江漢西遊日記 …………………… [079]〔21〕-*1*

柴田 勝家
　夏の夜の夢路はかなき ………… [032]**014**-*30*

柴野 栗山
　月夜 禁垣の外に歩して笛を聞く
　　…………………………………… [016]〔1〕-*415*
　富士山 …………………………… [016]〔1〕-*416*

使帆
　寺の笛（天） …………………… [030]**5**-*12*

至芳
　翌のたのむ ……………………… [017]**4**-*131*
　汐干潟 …………………………… [017]**3**-*271*

四穂園 麦里
　狂歌除元集 ……………………… [022]**13**-*76*

島津重豪女
　千代の浜松 ……………………… [010]**1**-*481*

島津 義久
　二世とは契らぬものを ………… [032]**014**-*58*

島田 忠臣
　雨中に桜花を賦す ……………… [016]〔1〕-*143*
　桜花を惜む ……………………… [016]〔1〕-*136*
　自ら詠ず ………………………… [067]別-*203*
　夏日 竹下に小飲を命ず ……… [067]別-*210*
　花前 感有り …………………… [067]別-*212*
　蜘蛛の網を作るを見る ………… [067]別-*201*
　『後漢書』の竟宴にて 各々史を詠じて蔡邕を得
　　たり …………………………… [016]〔1〕-*140*
　七月一日 ………………………… [067]別-*200*
　七言、三日 同じく「花時 天酔えるに似たり」
　　を賦す。応製 ………………… [067]別-*213*
　早秋 ……………………………… [016]〔1〕-*135*
　竹林の七賢図に題す …………… [067]別-*217*
　欽んで斐大使の「重ねて題す」に和す「行」の
　　韻 ……………………………… [016]〔1〕-*144*
　天台の夜鐘 ……………………… [067]別-*199*
　東郭の居に題す ………………… [067]別-*206*

　独坐懐古 ………………………… [067]別-*208*
　八月十五夜の宴に各おの志を言い、一字を探
　　りて「亭」を得たり ………… [067]別-*216*
　独り坐して古を懐ふ …………… [016]〔1〕-*138*
　暮春 ……………………………… [016]〔1〕-*138*

清水 春流
　嵯峨問答 ………………………… [015]**31**-*47*

清水 浜臣
　美酒に―― ……………………… [032]**080**-*62*
　唐物語提要 ……………………… [079]〔36〕-*201*

清水 宗治
　浮世をば今こそ渡れ …………… [032]**020**-*6*

下河辺 長流
　晩花集（文化十年板本） ……… [045]**9**-*208*
　林葉累塵集（寛文十年板本） … [045]**6**-*648*

下里 知足
　延宝七己未名古屋歳旦板行之写シ
　　…………………………………… [030]**3**-*318*
　尾陽鳴海俳諧喚続集 …………… [046]**5**-*471*

下郷 蝶羅
　合歓のひいき …………………… [030]**2**-*507*
　松のわらひ ……………………… [030]**2**-*494*

下毛野 蟲麻呂
　秋日 長王が宅に於て新羅の客を宴す 并びに序
　　賦して「前」字を得たり …… [067]別-*51*

下冷泉 政為
　碧玉集（寛文十二年板本） …… [045]**8**-*454*

下冷泉 持為
　為富集（国立歴史民俗博物館蔵本） … [045]**8**-*34*
　持為集Ⅰ（国立歴史民俗博物館蔵本） … [045]**8**-*23*
　持為集Ⅱ（書陵部蔵一五〇・六三六） … [045]**8**-*28*
　持為集Ⅲ（書陵部蔵一五〇・六三〇） … [045]**8**-*32*

自問
　難波曲［抄］ …………………… [066]**5**-*244*

斜橋道人
　怪婦録 …………………………… [007]**1**-*573*

釈 義貫
　おなつ蘇甦物語 ………………… [007]**5**-*971*

釈 宗徳
　勧孝記 …………………………… [015]**20**-*3*

釈 大我
　夢庵戯哥集 ……………………… [009]**1**-*3*

釈 大俊
　蚕婦 ……………………………… [016]〔1〕-*758*

釈 大典
　千日行 …………………………… [016]〔1〕-*393*

釈 道慈
　唐に在つて 本国の皇太子に奉ず
　　…………………………………… [016]〔1〕-*47*

釈 洞水
　和訳好生録 ……………………… [015]**26**-*167*

釈 萬庵
　孟浩然の詩を読む ……………… [016]〔1〕-*315*

釈 弁正
　主に朝する人に与ふ …………… [016]〔1〕-*50*

しゅん

唐に在つて本郷を憶ふ .... [016]〔1〕- 49
釈 六如
　大堰川上の即事 .... [016]〔1〕- 418
　夏日 寓舎の作 .... [016]〔1〕- 420
　江春の閑歩 即瞩 .... [016]〔1〕- 419
釈阿
　古来風体抄 .... [045]5 - 1043
　俊成五社百首 .... [045]10 - 87
寂延
　御裳濯和歌集(天理図書館蔵本) ‥ [045]6 - 26
尺艾
　芭蕉翁古式之俳諧〔抄〕 .... [052]〔2〕- 35
寂室元光
　壁に題す .... [016]〔1〕- 207
寂身
　寂身法師集 .... [045]7 - 324
　文集百首 .... [006]8 - 11
寂然
　寂然法師集 .... [045]7 - 195
　法門百首 .... [006]14 - 9, [045]10 - 124
　唯心房集(高松宮蔵本) .... [045]3 - 568
　唯心房集(書陵部蔵五〇一・一四七) ‥ [045]7 - 193
若楓
　錦水追善集(一周忌) .... [017]編外1 - 18
芍薬亭
　狂歌吉原形四季細見 .... [009]12 - 3
寂蓮
　〔寂蓮 22首〕 .... [032]049 - 58
　寂蓮結題百首(書陵部蔵五〇一・一五二)
　　　　　　　　　　　　 .... [045]10 - 138
　寂蓮法師集(書陵部蔵五〇一・七五) ‥ [045]4 - 38
　寂蓮無題百首(広島大国文学研究室蔵本)
　　　　　　　　　　　　 .... [045]10 - 137
　新古今和歌集 .... [069]5 - 151
　百敷や── .... [032]080 - 40
莎鶏(祇園)
　祇明発句帖 .... [017]5 - 53
車庸
　をのが光〔抄〕 .... [047]〔1〕- 789
岫雲亭 華産
　狂歌栗下草 .... [022]3 - 58
　狂歌藻塩草 .... [022]4 - 24
秋英
　下毛みやげ .... [017]28 - 347
秀億
　葛葉〔抄〕 .... [066]5 - 273
秋瓜
　鹿島詣 .... [017]14 - 15
　烏の都 .... [017]9 - 243
　俳諧帰る日 .... [017]13 - 163
　俳諧角あはせ .... [053]1 - 241
　星なくさ .... [017]13 - 203
秋花
　茂々代草 .... [017]28 - 309
周桂
　周桂発句帖 .... [081]2 - 341

雌雄軒 蟹丸
　狂歌蘆の角 .... [022]28 - 23
　狂歌かたをなみ .... [022]29 - 52
重厚
　初懐紙 落柿舎(天明二年) .... [078]8 - 515
湫光
　影をちこち .... [017]22 - 47
秀国
　海幸 .... [017]30 - 3
　江戸の幸 .... [017]30 - 133
秀谷
　俳諧拾遺清水記 .... [017]10 - 75
秋色
　類柑子 .... [052]〔1〕- 357
脩竹堂
　俳諧或問〔抜抄〕 .... [066]6 - 119
秋長堂 物築
　四方歌垣翁追善集 .... [009]12 - 71
秋天
　下毛みやげ .... [017]28 - 347
重徳
　胡蝶判官 .... [030]2 - 56
秋風
　うちぐもり砥 .... [066]5 - 93
秋風庵 → 月化(げっか)を見よ
秋来
　封の儘 .... [078]8 - 432
守覚法親王
　守覚法親王集(神宮文庫蔵本) .... [045]4 - 11
寿慶
　揚波集 .... [081]2 - 419
朱拙
　けふの昔〔抄〕 ‥ [047]〔1〕- 796, [066]5 - 251
　土大根〔抄〕 .... [047]〔1〕- 798
樹徳
　探題集 .... [017]23 - 73
　日光紀行 .... [017]12 - 211
種文
　猿舞師〔抄〕 .... [047]〔1〕- 796
守遍
　守遍詩歌合 .... [045]10 - 320
酒楽軒
　好色伊勢物語 .... [065]下 - 51
寿柳軒 南水 → 小中 南水(こなか・なんすい)を見よ
純一休
　一休水鏡 .... [015]5 - 213
俊恵
　林葉和歌集(神宮文庫蔵本) .... [045]3 - 498
春鴻
　葉留農音津麗 .... [050]下 - 325
春路
　俳諧はるの遊び .... [017]28 - 127
春色
　俳諧わたまし抄 ‥‥ [030]4 - 65, [046]5 - 994

しゅん

順水
　誹諧渡し船 .... [046] **5** - 873
俊成卿女 → 藤原俊成女(ふじわらとしなりのむすめ)
　を見よ
春澄
　誹諧頼政〔抜抄〕 .... [066] **5** - 228
春堂
　江戸にしき .... [017] **10** - 173
順徳院
　紫禁和歌集 .... [045] **7** - 303
　順徳院百首 .... [045] **10** - 149
　ももしきや── .... [032] **077** - 19
　八雲御抄 .... [045] **5** - 1068
淳和天皇
　秋日 冷然院の新林池、探りて「池」字を得た
　り。応製 .... [067] 別 - 132
春坡
　秋風菴月化發句集 上 .... [030] **7** - 148
　秋風菴月化發句集 下 .... [030] **7** - 177
潤甫周玉
　玉吟抄 .... [021] **1** - 46
城 長景
　長景集 .... [045] **7** - 578
松庵
　秋寝覚 .... [015] **1** - 3
成安
　貝殻集 .... [030] **1** - 78
松意
　談林十百韻〔抜抄〕 .... [066] **5** - 219
定円
　法隆寺宝物和歌(早大図書館蔵本) .. [045] **10** - 962
松翁
　飛鳥山道之記 .... [017] **9** - 263
昌穏
　昌穏集 .... [081] **3** - 368
上覚
　和歌色葉 .... [045] **5** - 1054
條果亭 栗標
　狂歌三栗集 .... [022] **7** - 36
樵果亭 栗圃
　狂歌拾遺わすれ貝 .... [022] **9** - 1
松花堂 欠壷
　倭哥誹諧大意秘抄 .... [030] **6** - 117
昌休
　指雪斎発句集 .... [081] **2** - 412
松吟
　摘菜集 .... [017] **27** - 3
性空
　夢の中に別れて後は .... [032] **059** - 28
貞慶
　いにしへは踏み見しかども ..... [032] **059** - 44
正広
　松下集(国会図書館蔵本) .... [045] **8** - 315

丈国
　雨のをくり .... [017] **1** - 191
尚左堂 俊満
　狂歌上段集 .... [009] **4** - 3
　狂歌左鞆絵 .... [009] **6** - 135
嘯山
　俳諧古選〔抄〕 .... [066] **5** - 270, [078] **8** - 111
昌叱
　玉屑集 .... [081] **3** - 18
昌周
　摘葉集 .... [081] **3** - 546
成尋阿闍梨母
　成尋阿闍梨母集 ... [039] **17** - 143, [045] **3** - 370
松成
　武総境地名集 .... [017] **25** - 169
丈岬
　鳥のみち〔抄〕 .... [047] 〔1〕 - 794
　流川集〔抄〕 .... [047] 〔1〕 - 789
正徹
　思ほえず── .... [032] **080** - 42
　〔正徹 23首〕 .... [032] **054** - 2
　正徹千首(広島大学蔵本) .... [045] **4** - 651
　正徹物語 .... [045] **5** - 1115
　草根集 .... [045] **8** - 82, [082] **66** - 1
　なぐさめ草 .... [045] **10** - 1065, [058] **6** - 185
聖徳太子
　家にあらば 妹が手巻かむ ..... [032] **021** - 92
肖柏(牡丹花)
　自然斎発句 .... [081] **1** - 487
　春夢草 .... [045] **8** - 532, [081] **2** - 141
松珉
　水の友〔抄〕 .... [047] 〔1〕 - 801
梢風尼
　智周発句集〔抄〕 .... [047] 〔1〕 - 803
浄弁
　浄弁集 .... [045] **7** - 703, [082] **65** - 301
聖宝
　人ごとに今日今日とのみ .... [032] **059** - 20
松夢
　蓮生寺松夢宗因追悼文 .... [066] **5** - 93
如雲
　西鶴評点如雲等五吟百韻巻 ..... [046] **5** - 1067
如雲 紫笛(山果亭 紫笛)
　狂歌まことの道 .... [022] **24** - 69
　狂歌水の鏡 .... [022] **24** - 46
　狂歌無心抄 .... [022] **23** - 72
徐英
　蕭条篇 .... [078] **8** - 421
助貫
　薤髪集 .... [017] **5** - 253
如館
　狂歌ことはの道 .... [022] **23** - 53

式子内親王(しょくしないしんのう) → 式子内親王
　(しきしないしんのう)を見よ
如々庵 大真
　狂歌まことの道 ……………… [022]24-69
如錘
　狂歌ことはの道 ……………… [022]23-53
如棗亭 栗洞
　狂歌つのくみ草 ……………… [022]10-72
　狂歌友かゝみ ………………… [022]2-26
　狂歌夜光玉 …………………… [022]5-76
除風
　千句塚 ………………………… [030]5-68
如風
　おぼろぶね …………………… [017]10-219
舒明天皇
　暮去れば 小倉の山に 鳴く鹿は ‥ [032]021-98
　大和には 群山あれど ………… [032]021-6
二柳
　俳諧氷餅集 …………………… [078]8-273
士朗
　幣ぶくろ ……………………… [078]8-267
真観
　瓊玉和歌集 …………………… [045]7-376
　現存卅六人詩歌 ……………… [045]10-442
　秋風和歌集 …………………… [045]6-89
心祇門人
　俳諧名目集 …………………… [017]23-143
甚久(楮袋)
　甚久法師狂歌集 ……………… [021]1-576
心敬
　権大僧都心敬集 ……………… [082]66-57
　芝草句内岩橋 ………………… [081]1-363
　芝草句内発句 ………………… [081]1-378
　心玉集 ………………………… [081]1-349
　〔心敬11首〕 ………………… [032]054-48
　心敬私語 ……………………… [045]5-1121
　心敬集(島原松平文庫蔵本) … [045]8-256
　心敬連歌 ……………………… [032]054-70
　専順等日発句(伊地知本) …… [081]1-217
　専順等日発句(金子本) ……… [081]1-213
薪江
　布施詣夜話 …………………… [017]27-67
尽語楼 内匠(天明老人)
　狂歌江都名所図会 …………… [009]13-3
　狂歌四季人物 ………………… [009]12-219
人左
　俳諧明月談笑 ………………… [017]29-311
信生法師
　信生法師集 …… [045]7-338, [058]2-237
心水
　玄冬集 ………………………… [017]23-205
　花さきの伝 …………………… [017]6-97
岑水
　島山記行 ……………………… [017]11-217

心前
　玉屑集 ………………………… [081]3-18
進藤 松丁子
　一言俳談 ……………………… [030]5-259
　一言俳談〔抄〕 ‥ [052](2)-420, [066]5-257
信徳
　胡蝶判官 ……………………… [030]2-56
塵尾庵 乙介
　狂歌君か側 …………………… [022]15-13
津富
　梅翁百年香 …………………… [066]5-105
新見 正路
　春のみかり …………………… [010]2-205
新門 辰五郎
　思ひおく鮪の刺身 …………… [032]020-62
尋幽亭 載名
　とこよもの …………………… [009]7-139
森羅 万象
　狂歌武射志風流 ……………… [009]6-231
　四方歌垣翁追善集 …………… [009]12-71
親鸞
　人間にすみし程こそ ………… [032]059-56
　歎異抄 ………………………… [069]14-239
振鷺亭
　一二草 ………………………… [007]1-389

【 す 】

翠芽亭 野柳
　萩の折はし …………………… [022]6-37
翠兄
　桃一見 ………………………… [017]27-233
瑞五
　夏の落葉 ……………………… [017]4-175
翠紅
　若竹笠 ………………………… [017]3-251
瑞石
　竹の友 ………………………… [017]27-277
推巴
　合点游 ………………………… [017]9-177
瑞菡
　翌のたのむ …………………… [017]4-131
随流
　誹諧猿蓑〔抜抄〕 …………… [066]5-232
　誹諧破邪顕正〔抜抄〕 ……… [066]5-225
翠柳軒 栗飯
　萩の折はし …………………… [022]6-37
周防内侍
　周防内侍集(東海大学蔵本) … [045]3-412
菅 専助
　稲荷街道墨染桜 ……………… [048]6-99
　今盛戀緋桜 …………………… [048]5-319
　近江國源五郎鮒 ……………… [048]5-225

すかぬ　　作家名索引（原作者）

置土産今織上布 ……………… [048]4-321
小田館豐生日記 ……………… [048]1-311
桂川連理柵 …………………… [048]4-191
紙子仕立両面鑑 ……………… [048]1-153
北浜名物黒船噺 ……………… [048]1-215
蓋壽永軍記 …………………… [048]4-115
軍術出口柳 …………………… [048]3-197
けいせい恋飛脚 ……………… [048]3-63
源平鴨鳥越 …………………… [048]2-1
後太平記瓢実録 ……………… [048]2-173
魁鐘岬 ………………………… [048]2-87
摂州合邦辻 …………………… [048]2-241
染模様妹背門松 ……………… [048]1-1
鯛屋貞柳歳旦閣 ……………… [048]4-1
伊達娘恋緋鹿子 ……………… [048]2-293
忠孝大磯通 …………………… [048]1-49
雕刻左小刀 …………………… [048]6-343
融大臣鹽竈櫻花 ……………… [048]5-1
夏浴衣清十郎染 ……………… [048]5-181
博多織戀錦 …………………… [048]6-205
端手姿鎌倉文談 ……………… [048]4-229
花襷会稽揚布染 ……………… [048]3-111
花楓都模様 …………………… [048]6-417
東山殿幼稚物語 ……………… [048]6-1
雙紋筐巣籠 …………………… [048]1-278
御堂前菖蒲帷子 ……………… [048]5-91
倭仰月見松 …………………… [048]3-301
有職鎌倉山 …………………… [048]6-261
呼子鳥小栗実記 ……………… [048]3-1

菅沼 斐雄
　香川平景樹大人東遊記 ……… [010]1-191

菅野 真道
　続日本紀 …………………… [045]5-1138

菅原 在良
　在良集 ……………………… [045]3-416

菅原 清公
　御製「江上落花詞」に和し奉る ・・ [067]別-149
　「侍中翁主挽詞」に和し奉る [067]別-147
　司馬遷を賦し得たり ……… [016]〔1〕-76
　冬日 汴州の上源駅にて雪に逢う [067]別-145
　冬日　汴州の上源駅にて雪に逢ふ
　　　　　　　　　　　　 [016]〔1〕-75

菅原孝標女
　更級日記 …… [013]〔4〕-11,[043]〔27〕-11,
　　　　　　　[045]5-1266,[068]〔33〕-9,
　　　　　　　[079]〔39〕-185,[084]10-9

菅原 長根
　新狂歌欄 初編 ……………… [009]15-187
　新狂歌欄 二篇 ……………… [009]15-225

菅原 道真
　秋の夜 ……………………… [067]1-152
　晨に起きて山を望む ……… [016]〔1〕-160
　阿満を夢みる ……………… [067]1-52
　雨夜の紗灯を賦す、応製 … [067]1-106
　駅楼の壁に題す …………… [067]1-76
　奥州の藤使君を哭す　九月二十二日、四十韻
　　　　　　　　　　　　　 [067]別-240
　海上の月夜 ………………… [067]1-32

家書を読む …………………… [067]1-155
河陽の駅に到り、感有りて泣く … [067]1-72
雁を聞く ……………………… [067]1-147
官舎の幽趣 …………………… [067]1-161
寒早十首 ……………………… [016]〔1〕-157
寒早し、十首・其の三 ……… [067]1-66
寒早し、十首・其の四 ……… [067]1-68
菊を種う ……………………… [067]1-158
九日宴に侍り、同じく「菊一叢の金を散らす」
　ということを賦す、応製 … [067]1-131
九日後朝、同じく「秋の思い」ということを賦
　す、応製 …………………… [067]1-135
琴を弾ずるを習ふを停む …… [016]〔1〕-156
九月十日 ……………………… [067]1-149
月夜に梅華を見る …………… [067]1-13
子を言う ……………………… [067]1-82
近院の山水の障子の詩、六首・其の六・海上の
　春 …………………………… [067]1-133
残菊に対いて寒月を待つ …… [067]1-128
山寺 …………………………… [016]〔1〕-153
七月七日、牛女に代わりて暁更を惜しむ、各
　一字を分かつ、応製 ……… [067]1-96
詩友会飲し、同じく「鶯声に誘引せられて花下
　に来たる」ということを賦す ・・ [067]1-117
秋華を甄ぶ …………………… [067]1-22
秋月に問う …………………… [067]1-171
春日、丞相が家門に過ぐ …… [067]1-44
春夜の桜花を賦す、応製 …… [067]1-93
水中の月 ……………………… [067]1-50
〔菅原道真　漢詩8首〕 ……… [032]043-76
〔菅原道真　和歌26首〕 …… [032]043-2
雪中早衙 ……………………… [067]1-29
早秋の夜詠 …………………… [067]1-63
早春内宴に、清涼殿に侍りて同じく、「草樹暗
　に春を迎う」ということを賦す、応製
　　　　　　　　　　　　　 [067]1-125
第三皇子の花亭に陪り春酒を勧む、応教
　　　　　　　　　　　　　 [067]1-122
謫居の春雪 …… [016]〔1〕-163,[067]1-175
弾琴を習うを停む …………… [067]1-19
中途にして春を送る ………… [067]1-61
重陽の後朝に、同じく「秋雁櫨声来たる」とい
　うことを賦す、応製 ……… [067]1-99
月に代わりて答う …………… [067]1-173
殿前の薔薇に感ず、一絶 …… [067]1-111
冬夜九詠・其の二、独吟 …… [067]1-88
冬夜九詠・其の七、野村の火 … [067]1-90
冬夜九詠・其の九、残灯 …… [067]1-91
灯滅ゆ、二絶・其の一 ……… [067]1-166
灯滅ゆ、二絶・其の二 ……… [067]1-168
夏の夜に、鴻臚館にして、北客の帰郷するに
　餞す ………………………… [067]1-46
裴大使の酬いられし作に答う …… [067]1-113
博士雞 ………………………… [067]1-38
博士雞 古調 ………………… [067]別-223
八月十五夜、月の前に旧を話る、各一字を分
　かつ ………………………… [067]1-27
渤海の斐大使の真図を見て感有り
　　　　　　　　　　　　 [016]〔1〕-162
春を送る ……………………… [067]1-109

496　日本古典文学全集・内容綜覧 第II期

春尽く ……………………………………… [067]1-70
春の日に独り遊ぶ、三首・其の二 … [067]1-78
賦して「折楊柳」を得たり ……… [067]1-15
冬の夜に閑居して旧を話る、「霜」を以て韻と
　為す ……………………………………… [067]1-74
暮春、南亜相の山荘の尚歯会を見る
　………………………………………………… [067]1-34
自ら詠ず …… [016]⟨1⟩-160, [067]1-141
路に白頭の翁に遇ふ ……………… [016]⟨1⟩-148
門を出でず …… [016]⟨1⟩-154, [067]1-143
四年三月二十六日の作 ……………… [067]1-79
楽天が「北窓三友」詩を詠ず … [067]別-230
立春 ……………………………………… [067]1-84
流放の詩 ………………………………… [016]⟨1⟩-146
龍門寺に遊ぶ ………………………… [067]1-103
旅雁を聞く ……………………………… [016]⟨1⟩-161

杉浦 梅潭
竹を移す ……………………………… [016]⟨1⟩-672

杉原 賢盛（宗伊）
諸家月次聯歌抄 ………………………… [081]1-336

朱雀天皇
朱雀院御集 ……………………………… [045]7-27

鈴木 秋月
谷の鶯 …………………………………… [030]5-180

鈴木 正三
因果物語 ………………………………… [015]4-199
二人比丘尼 ……………………………… [015]56-153
念仏草紙 ………………………………… [015]56-175
破吉利支丹 ……………………………… [015]25-81

鈴木 松塘
芳山懐古 ………………………………… [016]⟨1⟩-656
落花 ……………………………………… [016]⟨1⟩-657

【せ】

世阿弥
蟻通 ……………………………………… [043]⟨63⟩-93
井筒 ……………………………… [043]⟨63⟩-101,
　　　　　　　[069]17-218, [084]15-9
鵜飼 ……………………………………… [043]⟨63⟩-113
鵜羽 ……………………………………… [043]⟨63⟩-169
老松 ……………………………………… [043]⟨63⟩-203
花鏡 ……………………………………… [043]⟨31⟩-115
九位 ……………………………………… [043]⟨31⟩-163
清経 ……………………………………… [043]⟨64⟩-15
西行桜 …………………………………… [036]⟨1⟩-1090
実盛 ……………………………………… [043]⟨64⟩-105
至花道 …………………………………… [043]⟨31⟩-99
世子六十以後申楽談儀 …………… [043]⟨31⟩-171
修羅物 忠度 …………………………… [069]17-188
風姿花伝 ………………………… [026]⟨3⟩-17,
　　　　　　　[043]⟨31⟩-11, [069]17-9

省庵道人
玉屑集 …………………………………… [081]3-18

青雨
いしなとり ……………………………… [078]8-323

清雲尼
御伽比丘尼 ……………………………… [065]下-129

清果亭 桂影
狂歌新後三栗集 ………………………… [022]9-25

青祇
六日記 …………………………………… [017]6-3

政昌
西鶴評点政昌等三吟百韻巻 ……… [046]5-806

清少納言
〔清少納言 24首〕 ……………………… [032]007-2
清少納言家集 ……………………… [079]⟨57⟩-329
清少納言集 …………… [045]3-227, [082]20-191
枕草子 ……………………………………………
　[002]1-1, [013]⟨7⟩-21, [045]5-1262,
　[069]8-11, [079]⟨57⟩-113, [084]9-11
枕草子（第一段―第一三六段） …… [043]⟨53⟩-17
枕草子（第一三七段―第二九八段・一本一一二七・跋
　文） …………………………………… [043]⟨54⟩-13

清田 龍川
池館の晩景 ……………………………… [016]⟨1⟩-433
林苑 花を待つ ………………………… [016]⟨1⟩-432

静竹窓菊子
前句諸点難波土産 ……………………… [046]5-1047

生白堂 行風
有馬山名所記 ………………………… [015]10-215
銀葉夷歌集 ……………………………… [021]1-405
古今夷曲集 ……………………………… [021]1-181
後撰夷曲集 ……………………………… [021]1-252

成美
随斎諧話〔抄〕 … [052]⟨2⟩-701, [066]5-298

清涼井 蘇来
後篇古実今物語 ………………………… [008]3-221
古実今物語 ……………………………… [008]3-5
今昔雑冥談 ……………………………… [008]3-127
当世操車 ………………………………… [008]3-295

石斎
珍重集 …………………………………… [046]5-256

関水
笠付前句ぬりかさ ……………………… [046]5-1066

石中子
画図百花鳥 ……………………………… [017]19-3

是斎 重鑑
九州下向記 ……………………………… [058]7-103

世尊寺 定成
世尊寺定成応令和歌 …………………… [042]16-203
世尊寺定成冬五十首 …………………… [042]16-199

雪縁斎 一好
狂歌帆かけ船 …………………………… [022]20-1

絶海中津
雨後 楼に登る ………………………… [016]⟨1⟩-225
応制 三山を賦す ……………………… [016]⟨1⟩-232
河上の霧 ………………………………… [016]⟨1⟩-227
古寺 ……………………………………… [016]⟨1⟩-228
山家 ……………………………………… [016]⟨1⟩-226

せつき

銭塘懐古 次韻 ………………… [016](1) - 229
多景楼 …………………………… [016](1) - 233
杜牧の集を読む ………………… [016](1) - 231
石橋
　誹諧糸切歯〔抄〕 ……………… [066] 5 - 270
浙江
　その人 …………………………… [078] 8 - 218
雪斎
　もとのみづ ……………………… [017] 21 - 181
雪炊庵 二狂
　葛の別 …………………………… [017] 8 - 81
雪村友梅
　王州判に寄す(雲陽) …………… [016](1) - 202
　九日 翠微に遊ぶ ……………… [016](1) - 205
　偶作 ……………………………… [016](1) - 204
摂津
　前斎院摂津集 …………………… [045] 7 - 115
雪淀
　うぶ着がた ……………………… [017] 21 - 259
千 利休
　ヒッ提グルワガ得具足ノ ……… [032] 020 - 8
仙厓義凡
　くどくなる気短になる ………… [032] 059 - 100
仙果亭 嘉栗
　狂歌辰の市 ……………………… [022] 5 - 40
　狂歌栗葉集 ……………………… [022] 5 - 1
　狂歌ならひの岡 ………………… [022] 4 - 1
宜果亭 朝省
　狂歌栗葉集 ……………………… [022] 5 - 1
仙桂
　鶴の屋どり ……………………… [017] 26 - 107
前斎宮河内
　堀河院百首〔春部～秋部〕 …… [006] 5 - 7
　堀河院百首〔冬部～雑部〕 …… [006] 6 - 7
選子内親王
　大斎院御集 ……… [045] 3 - 288, [083] 2 - 7
　大斎院前の御集 …………………
　　　　[039] 37 - 59, [040] 12 - 7, [045] 3 - 279
　発心和歌集 ……… [042] 22 - 3, [045] 3 - 292
千秋庵 三陀羅
　五十鈴川狂歌車 ………………… [009] 6 - 23
　狂歌三十六歌仙 ………………… [009] 4 - 69
　狂歌東西集 ……………………… [009] 5 - 27
　狂歌当載集 ……………………… [009] 7 - 153
専順
　専順宗祇百句附 ………………… [081] 1 - 318
　専順等日発句(伊地知本) ……… [081] 1 - 217
　専順等日発句(金子本) ………… [081] 1 - 213
　法眼専順集 ……………………… [081] 1 - 330
　前句付並発句 …………………… [081] 1 - 289
　連歌五百句 ……………………… [081] 1 - 306
扇女
　伊賀産湯〔抄〕 ………………… [047](1) - 802
仙澄
　発句聞書 ………………………… [081] 2 - 36

作家名索引(原作者)

沾徳
　余花千句 ………………………… [017] 1 - 3
千梅
　鎌倉海道〔抄〕 ………………… [047](1) - 802
千梅林亜請
　鹿島紀行 ………………………… [017] 13 - 3
沾涼
　鳥山彦〔抄〕 …………………… [066] 5 - 266
　百福寿 …………………………… [017] 17 - 113

【そ】

祖阿
　専順等日発句(伊地知本) ……… [081] 1 - 217
　専順等日発句(金子本) ………… [081] 1 - 213
宗阿
　醬甕覆 …………………………… [017] 12 - 189
宋阿
　辛酉歳旦 ………………………… [017] 16 - 91
宗円
　阿蘭陀丸二番船〔抜抄〕 ………
　　　　　　　　[046] 5 - 462, [066] 5 - 238
増賀
　いかにせむ身を浮舟の ………… [032] 059 - 26
草官散人
　垣根草 …………………………… [008] 2 - 5
宗祇
　会席二十五禁 …………………… [066] 5 - 14
　下草 ……………………………… [081] 1 - 468
　自然斎発句 ……………………… [081] 1 - 487
　白河紀行 ………………………… [058] 6 - 87
　新撰菟玖波集 …………………… [081] 1 - 91
　専順宗祇百句附 ………………… [081] 1 - 318
　宗祇集(天理図書館蔵本) ……… [045] 8 - 415
　宗祇百句 ………………………… [081] 1 - 419
　筑紫道の記 ……………………… [058] 6 - 125
　筑紫道記 ………………………… [045] 10 - 1066
　老葉(再編本) …………………… [081] 1 - 445
　萱草 ……………………………… [081] 1 - 422
増基
　増基法師集(群書類従本) ……… [045] 3 - 161
宗久
　都のつと ………………………… [045] 10 - 1065
雙松 行義 → 松岡 行義(まつおか・ゆきよし)を見よ
宗訊
　堺宗訊付句発句 ………………… [081] 2 - 369
　宗訊句集 ………………………… [081] 2 - 386
　潮信句集 ………………………… [081] 2 - 400
宗瑞
　柿むしろ ………………………… [017] 3 - 5
　木々の夕日 ……………………… [017] 12 - 3
　旅の日数 ………………………… [017] 13 - 41
宗瑞(二世)
　江戸名跡志 ……………………… [017] 25 - 101

甲戌歳旦 ･････････････････････ [017]**22**-65
　白兎余稿 下 ････････････････ [017]**22**-255
宋是
　はなしあいて ･･･････････････ [078]**8**-79
宗碩
　月村抜句 ･････････････････････ [081]**2**-260
　佐野のわたり ･･･････････････ [058]**7**-149
　宗碩回章 ･････････････････････ [081]**2**-258
　宗碩発句集 ･･････････････････ [081]**2**-277
宗長
　東路のつと ･･････････････････ [058]**7**-279
　老耳 ･･････････････････････････ [081]**2**-223
　壁草 ･･････････････････････････ [081]**2**-150
　宗長日記 ･････････････････････ [058]**7**-339
　那智籠 ････････････････････････ [081]**2**-179
宗牧
　孤竹 ･･････････････････････････ [081]**2**-298
草也
　三原誹諧備後砂 ･･･････････ [046]**5**-1064
棗由亭 負米
　狂歌越天楽 ･･････････････････ [022]**7**-54
　狂歌似世物語 ･･･････････････ [022]**6**-83
　狂歌夜光玉 ･･･････････････････ [022]**5**-76
宗養
　玉屑集 ････････････････････････ [081]**3**-18
　宗養発句帳 ･･････････････････ [081]**2**-468
　半松付句 ････････････････････ [081]**2**-459
桑楊庵 光（後巴人亭、頭の光、つむりの光）
　菟角園 ･･････････････････････ [007]**1**-265
　狂歌桑之弓 ･････････････････ [009]**3**-283
　狂歌すみひ草 ･･･････････････ [009]**2**-3
　狂歌晴天闘歌集 ････････････ [009]**4**-253
　狂歌太郎殿犬百首 ･･････････ [009]**3**-293
　ほととぎす── ･････････････ [032]**080**-58
楚雲堂 山丘
　狂歌ことはの道 ･･･････････ [022]**23**-53
　狂歌まことの道 ･･･････････ [022]**24**-69
副島 蒼海
　解嘲 ･････････････････････････ [016]〔1〕-684
曽我 休自
　為愚痴物語 ･･････････････････ [015]**2**-105
楚舟
　茂々代草 ････････････････････ [017]**28**-309
素俊
　楢葉和歌集（上巻 尊経閣文庫蔵本・下巻 天理
　　図書館蔵本）････････････････ [045]**6**-36
楚青
　野山のとぎ ･･････････････････ [017]**24**-327
素性
　素性集 ･･･････････ [045]**3**-27, [082]**18**-63
素泉
　興歌牧の笛 ･････････････････ [022]**23**-1
即今舎 放過
　狂歌まことの道 ･･･････････ [022]**24**-69
　狂歌無心抄 ････････････････ [022]**23**-72

素桐
　白山文集（寛政二年以前成か）･･ [017]**24**-135
素堂
　千鳥掛〔抄〕 ････････････････ [047]〔1〕-800
曾禰 好忠
　曾禰好忠集 ･･････････････････ [082]**54**-1
　好忠集（天理図書館蔵本） ･････ [045]**3**-190
　好忠百首 ････････････････････ [006]**20**-7
祖白
　「忍ぶ世の」連歌百韻 ････････ [066]**6**-92
鼠腹
　はいかい棚さがし ･････････ [078]**8**-360
素丸
　青嵐 ････････････････････････ [017]**22**-179
　野鶴頌 ･････････････････････ [017]**22**-241
曽良
　近畿巡遊日記（元禄二年三月二十日～九月六
　　日、七日以降省略）･･･････････ [047]〔1〕-355
　曽良日記、随行日記残部 ･･･ [030]**2**-33
　ゆきまるげ（周徳自筆本） ･･･ [030]**2**-535
素龍
　炭俵〔抄〕 ･･･････････････････ [047]〔1〕-789
素輪
　俳諧みどりの友 ･･･････････ [017]**28**-193
孫 道守
　蓬萊園記 ････････････････････ [010]**2**-19
尊円親王
　尊円親王詠法華経百首（内閣文庫蔵本）
　　 ･････････････････････････････ [045]**10**-173
　尊円親王五十首（書陵部蔵五〇三・二五四）
　　 ･････････････････････････････ [045]**10**-209
　尊円親王百首（書陵部蔵特・五六） [045]**10**-175
　朗詠題詩歌 ････････････････ [045]**10**-853
巽我
　吾妻海道 ････････････････････ [017]**2**-85
　合点車 ･･････････････････････ [017]**13**-69
存義
　巻藁 ････････････････････････ [017]**21**-3

【 た 】

他阿
　他阿上人集（彰考館蔵本） ････ [045]**7**-644
　長閑なる水には色も ･･････ [032]**059**-68
太祇
　歳旦 不夜庵（明和八年） ･････ [078]**8**-164
　不夜庵春帖（明和七年） ･････ [078]**8**-150
待賢門院堀河
　待賢門院堀河集（島原松平文庫蔵本）･･ [045]**3**-481
体光上人
　石苔 ････････････････････････ [081]**2**-434
醍醐天皇
　延喜御集 ････････････････････ [045]**7**-15

たいち　　　作家名索引（原作者）

　　　かくてこそ── ……………… [032]**077**-5
大智
　　　大智偈頌 ……………… [026]〔1〕-87
大弐三位
　　　大弐三位集 ……………… [045]**3**-381
　　　藤三位集 ……………… [082]**20**-233
鯛屋 貞柳（永田 貞柳，由（油）縁斎 貞柳）
　　　家つと ……………… [021]**1**-585
　　　絵本御伽品鏡 ……………… [021]**2**-243
　　　置みやげ ……………… [021]**1**-694
　　　続家つと ……………… [021]**1**-684
　　　百ゐても同じ浮世に ……………… [032]**020**-32
平 兼盛
　　　兼盛集 ………………
　　　　　[040]**4**-7, [045]**3**-116, [082]**52**-187
平 清盛
　　　卵ぞよ帰りはてなば ……………… [032]**047**-30
平 維盛
　　　いづくとも知らぬ逢瀬の ……………… [032]**047**-82
　　　生まれては終に死ぬてふ ……………… [032]**047**-84
平 重衡
　　　澄みかはる月を見つつぞ ……………… [032]**047**-76
　　　住み馴れし古き都の ……………… [032]**047**-78
平 重盛
　　　墨染めの衣の色と ……………… [032]**047**-50
平 資盛
　　　ある程があるにもあらぬ ……………… [032]**047**-90
平 忠度
　　　行き暮れて木の下蔭を ……………… [032]**047**-56
　　　さざ波や志賀の都は ……………… [032]**047**-54
　　　忠度集 ……………… [045]**3**-559
平 忠盛
　　　有明の月も明石の ……………… [032]**047**-14
　　　うれしとも中々なれば ……………… [032]**047**-16
　　　思ひきや雲居の月を ……………… [032]**047**-18
　　　またも来ん秋を待つべき ……………… [032]**047**-20
　　　忠盛集（日本大学蔵本） ……………… [045]**3**-474
平 為春 → 三浦 為春（みうら・ためはる）を見よ
平親清五女
　　　親清五女集 ……………… [045]**7**-498
平親清四女
　　　親清四女集 ……………… [045]**7**-495
平 親宗
　　　いづくにか月は光を ……………… [032]**047**-58
　　　親宗集（尊経閣文庫蔵本） ……………… [045]**7**-207
平 経正
　　　千早振る神に祈りの ……………… [032]**047**-70
　　　散るを憂き思へば風も ……………… [032]**047**-68
　　　経正集 ……………… [045]**7**-175
平 経盛
　　　家の風吹くともみえぬ ……………… [032]**047**-32
　　　いかにせむ御垣が原に ……………… [032]**047**-34
　　　経盛集（神作光一氏蔵本） ……………… [045]**7**-177
平 時子
　　　今ぞ知る御裳濯河の ……………… [032]**047**-36

平 時忠
　　　返り来む事は堅田に ……………… [032]**047**-48
平 知盛
　　　住み馴れし都の方は ……………… [032]**047**-72
平 教盛
　　　今日までもあればあるかの ……………… [032]**047**-46
平 宗盛
　　　都をば今日を限りの ……………… [032]**047**-60
平 康頼
　　　宝物集 ……………… [045]**5**-1207
平 行盛
　　　流れての名だにも止まれ ……………… [032]**047**-92
泰里
　　　五畳敷 ……………… [078]**8**-143
　　　そのしをり ……………… [078]**8**-471
大立
　　　みちのかたち ……………… [030]**5**-319
大魯
　　　とら雄遺稿 ……………… [078]**8**-374
杂雲
　　　芭蕉林 ……………… [017]**4**-45
高井 几董
　　　あけ烏 全（安永二年秋序） ……………… [078]**7**-486
　　　から檜葉 上下（天明四年一月跋） ……………… [078]**7**-317
　　　安永六年几董 初懐紙 ……………… [078]**9**-463
　　　几董初懐紙（安永五年・同九年・同十年・天明二年・同三年） ……………… [078]**7**-586
　　　几董発句全集 ……………… [019]〔1〕-1
　　　新雑談集（天明五年秋） ……………… [078]**7**-550
　　　晋明集二稿〔春夏〕 ……………… [078]**3**-601
　　　晋明集二稿〔秋冬〕 ……………… [078]**3**-620
　　　井華集〔抄〕 ……………… [066]**5**-283
　　　続明烏（安永五年九月） ……………… [078]**7**-503
　　　其雪影（明和九年八月跋） ……………… [078]**7**-469
　　　辛丑春月並会句記 春夜社中 ……………… [078]**3**-582
　　　附合てびき蔓 ……………… [078]**2**-544
　　　丁酉之句帖巻六（安永六年） ……………… [078]**3**-521
　　　日発句集（明和七年） ……………… [078]**3**-422
　　　蕪村句集 ……………… [078]**3**-83
　　　丙申之句帖巻五（安永五年） ……………… [078]**3**-499
　　　甲午之夏ほく帖巻の四 ……………… [078]**3**-472
　　　戊戌之句帖（安永七年） ……………… [078]**3**-546
　　　発句集巻之三（安永二年） ……………… [078]**3**-447
　　　宿の日記（安永五年） ……………… [078]**3**-633
　　　山伏摺物（仮題）安永六年春 ……………… [078]**7**-458
　　　夜半翁終焉記 ……………… [031]**1**-181
　　　連句会草稿并定式且探題発句記（安永八年）
　　　　　……………… [078]**3**-566
高階 宗成
　　　遺塵和歌集（宮内庁書陵部蔵本） ……………… [045]**6**-229
高階 積善
　　　本朝麗藻 ……………… [079]〔12〕-199
　　　林花 落ちて舟に濺ぐ ……………… [016]〔1〕-167
高杉 晋作
　　　おもしろき事もなき世を ……………… [032]**020**-56

作家名索引（原作者）

高杉 東行
　獄中の作 ……………………… [016]〔1〕-726
高瀬 梅盛
　鼻笛集 ………………………… [021]1-176
　便船集 ………………………… [030]1-126
高田 幸佐
　囃物語 ………………………… [015]58-31
高滝 以仙（益翁）
　難波千句 ……………………… [030]3-249
　箱柳七百韻 …………………… [030]3-332
赤高野 保光
　狂歌三十六歌仙 ……………… [021]1-681
高野 蘭亭
　詠懐 …………………………… [016]〔1〕-366
　月夜 三叉江に舟を泛ぶ ……… [016]〔1〕-365
　人の南に帰るを送る ………… [016]〔1〕-370
　放歌行 ………………………… [016]〔1〕-368
　自ら遣る ……………………… [016]〔1〕-371
高橋 虫麻呂
　〔高橋虫麻呂 長歌・短歌・旋頭歌ほか〕
　　………………………………… [032]061-2
高橋 有文
　大内家古実類書 山口連歌師其外之事〔抄〕
　　………………………………… [066]5-299
高橋邑の人活日
　この御酒はわが御酒ならず── [032]080-6
高林 方朗
　二条日記 ……………………… [010]1-501
高山 宗砌
　専順等日発句（伊地知本） …… [081]1-217
　専順等日発句（金子本） ……… [081]1-213
　宗砌等日発句 ………………… [081]1-208
　宗砌発句并付句抜書 ………… [081]1-277
尊良親王
　一宮百首（尊経閣文庫蔵本） … [045]10-171
宝井 其角
　青ひさこ ……………………… [052]〔2〕-698
　青莚 …………………………… [052]〔2〕-316
　あさふ ………………………… [052]〔2〕-354
　網代笠 ………………………… [052]〔2〕-288
　東日記 ………………………… [052]〔2〕-11
　安達太郎根 …………………… [052]〔2〕-386
　蛙啼集 ………………………… [052]〔2〕-611
　綾錦 …………………………… [052]〔2〕-489
　荒小田 ………………………… [052]〔2〕-319
　阿羅野 ………………………… [052]〔2〕-89
　曠野後集 ……………………… [052]〔2〕-150
　ありそ海となみ山（浪化集上・下） [052]〔2〕-196
　或時集 ………………………… [052]〔2〕-177
　庵の記 ………………………… [052]〔2〕-400
　伊賀餞別 ……………………… [052]〔2〕-56
　幾人水主 ……………………… [052]〔2〕-346
　はいかい既望 ………………… [052]〔2〕-419
　誹諧石なとり ………………… [052]〔2〕-437
　伊丹古蔵 ……………………… [052]〔2〕-209
　一の木戸 ……………………… [052]〔2〕-378
　弐楼賦〔抄〕 …………………… [052]〔2〕-31

いつを昔 ………………………… [052]〔1〕-79
いと屑 …………………………… [052]〔2〕-186
田舎の句合 ……………………… [047]〔1〕-554,
　　　　　　　　　[052]〔2〕-4, [079]〔40〕-173
印南野 …………………………… [052]〔2〕-208
稲莚 ……………………………… [052]〔2〕-31
猪の早太 ………………………… [052]〔2〕-483
射水川 …………………………… [052]〔2〕-322
入日記 …………………………… [052]〔2〕-353
色杉原 …………………………… [052]〔2〕-105
岩壺集 …………………………… [052]〔2〕-407
韻塞 ……………………………… [052]〔2〕-210
うき世の北 ……………………… [052]〔2〕-205
うしろひも ……………………… [052]〔2〕-497
卯辰集 …………………………… [052]〔2〕-106
宇陀法師 ………………………… [052]〔2〕-342
卯花山 …………………………… [052]〔2〕-163
梅さくら ………………………… [052]〔2〕-214
梅の牛 …………………………… [052]〔2〕-513
梅の嵯峨 ………………………… [052]〔2〕-310
梅の草紙 ………………………… [052]〔2〕-614
末若葉 …………………………… [052]〔1〕-255
瓜作 ……………………………… [052]〔2〕-103
漆川集 …………………………… [052]〔2〕-385
漆島 ……………………………… [052]〔2〕-395
絵大名 …………………………… [052]〔2〕-405
江戸土産 ………………………… [052]〔2〕-227
えの木 …………………………… [052]〔2〕-318
艶賀の松 ………………………… [052]〔2〕-417
遠帆集 …………………………… [052]〔2〕-159
延命冠者・千々之丞 …………… [052]〔2〕-215
追鳥狩 …………………………… [052]〔2〕-322
笈日記〔抄〕 …………………… [052]〔2〕-199
老のたのしみ抄 ………………… [052]〔2〕-685
横平楽 …………………………… [052]〔2〕-449
「『奥の細道』小見（五）」 ……… [052]〔2〕-80
おくれ双六 ……………………… [052]〔2〕-20
後れ馳 …………………………… [052]〔2〕-286
男風流 …………………………… [052]〔2〕-315
乙矢集 …………………………… [052]〔2〕-328
己か光 …………………………… [052]〔2〕-122
親うくひす ……………………… [052]〔2〕-494
温故集 …………………………… [052]〔2〕-513
海音集 …………………………… [052]〔2〕-472
海陸後集 ………………………… [052]〔2〕-431
海陸前集 ………………………… [052]〔2〕-405
柿表紙 …………………………… [052]〔2〕-329
誹諧かくれ里 …………………… [052]〔2〕-417
籠前栽 …………………………… [052]〔2〕-446
笠付さをとめ …………………… [052]〔2〕-353
笠の影 …………………………… [052]〔2〕-497
かしまたち ……………………… [052]〔2〕-386
柏崎 ……………………………… [052]〔2〕-352
柏崎八景 ………………………… [052]〔2〕-378
柏原集 …………………………… [052]〔2〕-113
風の前 …………………………… [052]〔2〕-510
記念題 …………………………… [052]〔2〕-286
門鳴子 …………………………… [052]〔2〕-483
鹿子の渡 ………………………… [052]〔2〕-460

たから

彼古礼集	[052][2] – 141
鎌倉海道	[052][2] – 478
枯尾華	[052][1] – 187
枯のつか	[052][2] – 363
夏炉一路	[052][2] – 609
皮篭摺	[052][2] – 299
蛙合	[052][2] – 54
河内羽二重	[052][2] – 117
玩世菴陰	[052][2] – 631
祇園拾遺物語	[052][2] – 102
其角一周忌	[052][2] – 410
其角加点懐紙	[052][2] – 291
其角十七回	[052][2] – 460
其角十七条	[052][2] – 620
其角批点懐紙	[052][2] – 219
其角批点「雪の梅」百韻	[052][2] – 124
其角発句集〔抄〕	[052][2] – 698
ききぬ	[052][2] – 354
菊の香	[052][2] – 229
菊の塵	[052][2] – 428
菊の道	[052][2] – 315
紀行誹談二十歌仙	[052][2] – 491
きさらき	[052][2] – 118
きその谿	[052][2] – 368
北の山	[052][2] – 119
衣更着田	[052][2] – 489
けふの昔	[052][2] – 296
去来抄	[052][2] – 363
きれぎれ	[052][2] – 319
偶興廿日	[052][2] – 85
空林風葉	[052][2] – 31
句兄弟	[052][1] – 213
句兄弟〔抄〕	[047][1] – 789
岬の道	[052][2] – 316
葛の松原	[052][2] – 120
国の華	[052][2] – 368
熊野からす	[052][2] – 165
くやみ草	[052][2] – 129
車路	[052][2] – 310
呉服絹	[052][2] – 203
黒髪菴所蔵『晋其角採点筆跡』	[052][2] – 178
桑岡集	[052][2] – 609
けし合	[052][2] – 123
削かけの返事	[052][2] – 482
玄湖集	[052][2] – 510
滑稽弁惑原俳論	[052][2] – 403
元禄七甲戌歳旦帳	[052][2] – 158
元禄十六年歳旦	[052][2] – 343
元禄八年宝井晋子消息連句	[052][2] – 201
元禄宝永珍話	[052][2] – 448
元禄四年歳旦帳	[052][2] – 101, [052][2] – 102
五一色	[052][2] – 443
甲相弐百韻	[052][2] – 613
毫の帰雁	[052][2] – 400
高野図会〔其角句〕	[052][2] – 686
五元集	[052][1] – 439
五元集脱漏	[052][2] – 720
心ひとつ	[052][2] – 392
古今句集	[052][2] – 632
古今役者発句合	[052][2] – 609
五色墨	[052][2] – 488
乞食袋	[052][2] – 636
五十四郡	[052][2] – 369
小太郎	[052][2] – 447
この花	[052][2] – 141
小春笠	[052][2] – 509
小松原	[052][2] – 113
鳶獅子集	[052][2] – 151
小弓誹諧集	[052][2] – 311
これまて草	[052][2] – 459
五老文集	[052][2] – 151
金毘羅会	[052][2] – 316
宰陀稿本	[052][2] – 457
つちのえ辰のとし歳旦	[052][2] – 80
歳旦帳『俳諧三ツ物揃』	[052][2] – 374
砂燕集	[052][2] – 330
嵯峨日記	[052][2] – 103
先日	[052][2] – 235
猿丸宮集	[052][2] – 141
猿蓑	[052][2] – 104
三家雋	[052][2] – 640
三十三回	[052][2] – 498
三上吟	[052][1] – 293
三冊子	[052][2] – 342
次韻	[052][2] – 13
汐越	[052][2] – 449
志津屋敷	[052][2] – 334
柴橋	[052][2] – 331
蟲集	[052][1] – 33
鵲尾冠	[052][2] – 450
十二月箱	[052][2] – 431
十六景	[052][2] – 432
十論為弁抄	[052][2] – 477
春野日記	[052][2] – 310
貞享五年歳旦	[052][2] – 79
貞享三年歳旦引付〔抄〕	[052][2] – 38
小柑子	[052][2] – 346
焦尾琴	[052][1] – 307
正風廿五条	[030]7 – 256, [052][2] – 130
蕉門三十六哲	[052][2] – 613
蕉門録	[052][2] – 519
蜀川夜話	[052][2] – 609
女郎蜘	[052][2] – 353
白馬	[052][2] – 331
晋家秘伝抄	[052][2] – 236
新玉海集	[052][2] – 38
新山家	[052][1] – 43
晋子其角誹諧歌撰集	[052][2] – 227
新三百韻	[052][2] – 92
新華摘	[052][2] – 629
新花鳥	[052][2] – 106
新みなし栗	[052][2] – 625
水精宮	[052][2] – 479
水㮹伝	[052][2] – 483
随門記	[052][2] – 202
すかた哉	[052][2] – 118
珠洲之海	[052][2] – 315

作家名索引（原作者）　　　　　　　たから

頭陀袋 ………………… [052]〔2〕-368	当座はらひ ……………… [052]〔2〕-352
炭俵 …………………… [052]〔2〕-164	当世誹諧楊梅 …………… [052]〔2〕-334
住吉物語 ……………… [052]〔2〕-202	洞房語園 …… [052]〔2〕-459,[052]〔2〕-497
摂河二百韻 …………… [052]〔2〕-459	斎非時 …………………… [052]〔2〕-407
俳諧節文集 …………… [052]〔2〕-491	吐綬鶏 …………………… [052]〔2〕-101
沾徳随筆 ……………… [052]〔2〕-455	鳥羽蓮華 ………………… [052]〔2〕-201
餞別五百韻 …………… [052]〔2〕-115	俳諧友すゞめ …………… [052]〔2〕-511
銭竜賦 ………………… [052]〔2〕-380	鳥の道 …………………… [052]〔2〕-213
宗祇戻 ………………… [052]〔2〕-607	鳥山彦 …………………… [052]〔2〕-494
雑談集〔抄〕 ………… [047]〔1〕-784,	流川集 …………………… [052]〔2〕-149
[052]〔1〕-141,[066]5-246	梨園 ……………………… [052]〔2〕-484
続有磯海 ……………… [052]〔2〕-295	夏をばな ………………… [052]〔2〕-442
続古今誹手鑑 ………… [052]〔2〕-317	俳諧七異跡集 …………… [052]〔2〕-391
続五元集 ……………… [052]〔2〕-526	七車集 …………………… [052]〔2〕-166
続猿蓑 ………………… [052]〔2〕-287	七瀬川 …………………… [052]〔2〕-129
続新百韻 ……………… [052]〔2〕-512	浪花置火燵 ……………… [052]〔2〕-141
続年矢誹諧集 ………… [052]〔2〕-482	浪の手 …………………… [052]〔2〕-375
続虚栗 ………………… [052]〔1〕-51	並松 ……………………… [052]〔2〕-392
続山彦 ………………… [052]〔2〕-385	西の雲 …………………… [052]〔2〕-115
そこの花 ……………… [052]〔2〕-319	西の詞 …………………… [052]〔2〕-329
其砧 …………………… [052]〔2〕-509	二世立志終焉記 ………… [052]〔2〕-385
其木からし …………… [052]〔2〕-319	二弟準縄 ………………… [052]〔2〕-616
其便 …………………… [052]〔2〕-180	二番船 …………………… [052]〔2〕-353
そのはしら …………… [052]〔2〕-469	庭竈集 …………………… [052]〔2〕-482
そのはちす …………… [052]〔2〕-402	庭の巻下 ………………… [052]〔2〕-417
其袋 …………………… [052]〔2〕-95	布ゆかた ………………… [052]〔2〕-436
其法師 ………………… [052]〔2〕-233	ぬれ若葉 ………………… [052]〔2〕-518
岻のふる畑 …………… [052]〔2〕-346	猫筑波集 ………………… [052]〔2〕-392
染糸 …………………… [052]〔2〕-354	猫の耳 …………………… [052]〔2〕-483
たかね ………………… [052]〔2〕-316	寐さめ廿日 ……………… [052]〔2〕-79
多胡碑集 ……………… [052]〔2〕-625	根無草 …………………… [052]〔2〕-419
太胡盧可佐 …………… [052]〔2〕-362	年々草 …………………… [052]〔2〕-460
たつのうら …………… [052]〔2〕-491	後の旅燭 ………………… [052]〔2〕-188
伊達衣 ………………… [052]〔2〕-313	能登釜 …………………… [052]〔2〕-309
たね茄子 ……………… [052]〔2〕-636	のほりつる ……………… [052]〔2〕-369
旅寝論 ………………… [052]〔2〕-305	はいかい飛鳥山 ………… [052]〔2〕-508
旅袋集 ………………… [052]〔2〕-310	俳諧生駒堂 ……………… [052]〔2〕-98
たままつり …………… [052]〔2〕-342	俳諧石見銀 ……………… [052]〔2〕-333
多美農草 ……………… [052]〔2〕-362	誹諧翁草 ………………… [052]〔2〕-203
たれか家 ……………… [052]〔1〕-129	誹諧御蔵林 ……………… [052]〔2〕-377
淡々発句集 …………… [052]〔2〕-512	誹諧かさり藁 …………… [052]〔2〕-344
力すまふ ……………… [052]〔2〕-634	俳諧勧進牒 ……………… [052]〔2〕-107
父の恩 ………………… [052]〔2〕-483	誹諧句選 ………………… [052]〔2〕-494
千鳥掛 ………………… [052]〔2〕-92	誹諧呉竹 ………………… [052]〔2〕-145
茶のさうし …………… [052]〔2〕-298	誹諧解脱抄 ……………… [052]〔2〕-452
中国集 ………………… [052]〔2〕-395	誹諧此日 ………………… [052]〔2〕-159
蝶すかた ……………… [052]〔2〕-318	誹諧鏑鏡 ………………… [052]〔2〕-442
釿始 …………………… [052]〔2〕-129	俳諧職人尽 ……………… [052]〔2〕-511
継尾集 ………………… [052]〔2〕-128	誹諧世説 ………………… [052]〔2〕-632
月の鶴 ………………… [052]〔2〕-470	誹諧曾我 ………………… [052]〔2〕-311
続の原 ………………… [052]〔2〕-82	誹諧大成しんしき ……… [052]〔2〕-279
土大根 ………………… [052]〔2〕-368	俳諧童子教 ……………… [052]〔2〕-163
津の玉川 ……………… [052]〔2〕-399	俳諧夏の月 ……………… [052]〔2〕-380
つのもし ……………… [052]〔2〕-506	『俳諧塗笠』其角点 …… [052]〔2〕-212
つはさ ………………… [052]〔2〕-399	誹諧箱伝授 ……………… [052]〔2〕-391
鶴来酒 ………………… [052]〔2〕-124	誹諧古渡集 ……………… [052]〔2〕-491
鶴のあゆみ … [052]〔2〕-39,[052]〔2〕-492	俳諧未来記 ……………… [052]〔2〕-612
東華集 ………………… [052]〔2〕-316	誹諧桃桜 ………………… [052]〔2〕-502
東西集 ………………… [052]〔2〕-355	俳諧問答 ………………… [052]〔2〕-279

俳諧六歌仙	[052]〔2〕- 103	丙寅初懐紙	[052]〔2〕- 610
俳風弓	[052]〔2〕- 149	別座舗	[052]〔2〕- 163
誹林一字幽蘭集	[052]〔2〕- 123	篇突	[052]〔2〕- 294
俳林良材集	[052]〔2〕- 233	放生日	[052]〔2〕- 481
萩の露	[052]〔1〕- 175	宝晋斎引付	[052]〔2〕- 278
破暁集	[052]〔2〕- 100	豊西俳諧古哲伝艸稿	[052]〔2〕- 118
白字録	[052]〔2〕- 481	星会集	[052]〔2〕- 419
泊船集	[052]〔2〕- 296	俳諧星月夜	[052]〔2〕- 503
白陀羅尼	[052]〔2〕- 355	星月夜	[052]〔2〕- 342
刷毛序	[052]〔2〕- 399	本朝文鑑	[052]〔2〕- 452
橋南	[052]〔2〕- 388	本朝文選	[052]〔2〕- 395
橋守	[052]〔2〕- 212	まくら屏風	[052]〔2〕- 209
芭蕉翁古式之俳諧〔抄〕	[052]〔2〕- 35	亦深川	[052]〔2〕- 404
芭蕉翁終焉記		誹諧松かさ	[052]〔2〕- 159
	[047]〔1〕- 805, [079]〔40〕- 248	誹諧松かさり	[052]〔2〕- 614
芭蕉翁追善之日記〔抄〕	[052]〔2〕- 179	万歳烏帽子	[052]〔2〕- 345
柱暦	[052]〔2〕- 219	三日月日記	[052]〔2〕- 484
はすの実	[052]〔2〕- 114	三河小町	[052]〔2〕- 336
誹諧はせをたらひ	[052]〔2〕- 473	誹諧水くるま	[052]〔2〕- 497
はたか麦	[052]〔2〕- 318	水の友	[052]〔2〕- 474
初懐紙評注	[052]〔2〕- 43	水ひらめ	[052]〔2〕- 288
初蟬	[052]〔2〕- 209	みちのくふり	[052]〔2〕- 632
はつたより	[052]〔2〕- 330	みつのかほ	[052]〔2〕- 479
馬蹄二百句	[052]〔2〕- 28	みとせ草	[052]〔2〕- 234
華担籠	[052]〔2〕- 483	虚栗	[052]〔1〕- 5
花かつみ	[052]〔2〕- 195	蓑笠	[052]〔2〕- 309
花皿	[052]〔2〕- 351	美濃矢橋家資料	[052]〔2〕- 25
放鳥集	[052]〔2〕- 318	都の花めくり	[052]〔2〕- 697
花橘	[052]〔2〕- 443	むさしふり〔抄〕	[052]〔2〕- 20
花摘	[052]〔1〕- 97	陸奥衛	[052]〔2〕- 221
花の市	[052]〔2〕- 432	六の花	[052]〔2〕- 481
花の雲	[052]〔2〕- 335	明月集	[052]〔2〕- 188
花の故事	[052]〔2〕- 611	黙止	[052]〔2〕- 512
花圃	[052]〔2〕- 150	もとの水	[052]〔2〕- 394
花見車	[052]〔2〕- 331	ものいへは	[052]〔2〕- 346
柞原集	[052]〔2〕- 123	喪の名残	[052]〔2〕- 233
浜荻	[052]〔2〕- 362	物見車	[052]〔2〕- 98
蛤与市	[052]〔2〕- 354	桃舐集	[052]〔2〕- 212
早野家蔵『其角点巻』	[052]〔2〕- 346	桃の実	[052]〔2〕- 142
はる秋	[052]〔2〕- 512	もゝよ草	[052]〔2〕- 636
春の物	[052]〔2〕- 117	やへむくら	[052]〔2〕- 202
坂東太郎	[052]〔2〕- 3	野鳥	[052]〔2〕- 333
一橋	[052]〔2〕- 54	やとりの松	[052]〔2〕- 386
孤松	[052]〔2〕- 56	山里塚	[052]〔2〕- 631
一幅半	[052]〔2〕- 316	山中集	[052]〔2〕- 355
百人一句	[052]〔2〕- 103	山ひこ	[052]〔2〕- 367
百花斎随筆	[052]〔2〕- 475	やはき堤	[052]〔2〕- 199
ひるねの種	[052]〔2〕- 186	幽蘭集	[052]〔2〕- 638
風光集	[052]〔2〕- 355	雪の薄	[052]〔2〕- 631
藤の実	[052]〔2〕- 162	雪の流集	[052]〔2〕- 511
富士詣	[052]〔2〕- 122	夢三年	[052]〔2〕- 637
二ツの竹	[052]〔2〕- 333	夢の名残	[052]〔2〕- 375
二のきれ	[052]〔2〕- 440	吉原源氏五十四君	[052]〔2〕- 58
不猫蛇	[052]〔2〕- 478	誹諧世中百韻	[052]〔2〕- 496
文蓬莱	[052]〔2〕- 320	よるはにし	[052]〔2〕- 115
冬紅葉	[052]〔2〕- 508	六花追悼集	[052]〔2〕- 518
俳諧古紙子	[052]〔2〕- 478	涼石	[052]〔2〕- 322
古河わたり集	[052]〔2〕- 616	旅館日記	[052]〔2〕- 186
分外	[052]〔2〕- 360	類柑子	[052]〔1〕- 357

類柑子(再版) …………… [052]〔2〕- 457
留主こと ………………… [052]〔2〕- 378
留守見舞 ………………… [052]〔2〕- 204
歴代滑稽伝 ……………… [052]〔2〕- 448
我か庵 …………………… [052]〔2〕- 106
誹諧若えびす …………… [052]〔2〕- 330
若菜集 …………………… [052]〔2〕- 200
若葉合 …………………… [052]〔2〕- 205
若水 ………………………… [052]〔2〕- 86
忘梅 ……………………… [052]〔2〕- 117
俳諧わせのみち ………… [052]〔2〕- 611
渡し舟 …………………… [052]〔2〕- 102
わたまし抄 ……………… [052]〔2〕- 117
渡鳥 ……………………… [052]〔2〕- 202
藁人形 …………………… [052]〔2〕- 360

滝沢 馬琴(曲亭 馬琴)
　南総里見八犬伝 ………… [084]21 - 9
　南総里見八犬伝(抄訳)〔第一輯～第六輯〕
　　…………………………… [024]〔16〕- 1
　南総里見八犬伝(抄訳)〔第七輯～第九輯〕
　　…………………………… [024]〔17〕- 1
　南総里見八犬伝(名場面集) …… [080]〔7〕- 1

沢庵
　思はじと思ふも物を …… [032]059 - 90
　仏法と世法は人の ……… [032]059 - 88

諾自
　ふること ………………… [017]15 - 229

竹添 井井(進一郎)
　新郷県にて雨に阻まる 西風 寒きこと甚し
　　…………………………… [016]〔1〕- 750
　人の 長崎に帰るを送る … [016]〔1〕- 749

竹田 出雲(一世)
　尼御台由比浜出 ………… [018]23 - 11
　伊勢平氏年々鑑 ………… [018]4 - 11
　右大将鎌倉実記 ………… [018]11 - 11
　工藤左衛門富士日記 …… [018]3 - 11
　出世握虎稚物語 ………… [018]1 - 11
　眉間尺象貢 ……………… [018]43 - 11

竹田 出雲(二世)(竹田 小出雲)
　粟島譜嫁入雛形 ………… [018]51 - 11
　傾城枕軍談 ……………… [018]31 - 11
　太政入道兵庫岬 ………… [018]47 - 11
　丹州爺打栗 ……………… [018]30 - 11
　花衣いろは縁起 ………… [018]39 - 11

竹田 小出雲 → 竹田 出雲(二世)(たけだ・いずも)
　を見よ

武田 耕雲斎
　厓山楼に題す …………… [016]〔1〕- 571

竹田 正蔵
　太政入道兵庫岬 ………… [018]47 - 11

武田 信玄
　簧外風光分外新 ………… [032]014 - 98
　偶作 ……………………… [016]〔1〕- 252
　新正の口号 ……………… [016]〔1〕- 253
　人は城人は石垣 ………… [032]014 - 80

高市皇子
　山吹の 立ちよそひたる 山清水 ‥ [032]021 - 90

建部 綾足
　東の道行ぶり …………… [053]5 - 277
　綾足家集 ………………… [053]5 - 335
　綾足講真字伊勢物語 …… [053]7 - 99
　伊香保山日記 …………… [053]1 - 27
　俳諧いせのはなし ……… [053]1 - 89
　卯の花日記 ……………… [053]5 - 219
　梅日記 …………………… [053]5 - 197
　俳諧絵の山陰 …………… [053]2 - 11
　おぎのかぜ ……………… [053]2 - 35
　をぐなあそび …………… [053]3 - 103
　折々草 …………………… [053]6 - 133
　春興かすみをとこ ……… [053]3 - 117
　片歌あさふすま ………… [053]3 - 71
　片歌東風俗 ……………… [053]3 - 161
　片歌磯の玉藻 …………… [053]3 - 225
　『片歌かしの下葉』序 … [053]9 - 326
　片歌旧集 ………………… [053]3 - 277
　片歌草のはり道 ………… [053]3 - 51
　片歌二夜問答 …………… [053]3 - 33
　片歌弁 …………………… [053]3 - 385
　片歌道のはじめ ………… [053]3 - 13
　葛鼠・巻石連句 ………… [053]9 - 216
　歌文要語 ………………… [053]7 - 9
　俳諧枯野問答 …………… [053]1 - 99
　漢画指南 ………………… [053]8 - 379
　寒葉斎画譜 ……………… [053]8 - 9
　希因・都因連句 ………… [053]9 - 216
　希因凉袋百題集 ………… [053]1 - 113
　紀行 ……………………… [053]5 - 9
　紀行芦のやどり … [053]5 - 21, [053]5 - 151
　紀行梅の便 ……………… [053]5 - 53
　紀行浦づたひ …………… [053]5 - 80
　紀行笈の若葉 …… [053]5 - 13, [053]5 - 137
　紀行かたらひ山 ………… [053]5 - 58
　紀行草のいほり ………… [053]5 - 69
　紀行越の雪間 …………… [053]5 - 42
　紀行三千里 ……… [053]5 - 100, [053]5 - 165
　紀行霜のたもと … [053]5 - 25, [053]5 - 155
　紀行小岬録 ……………… [053]5 - 106
　紀行ちゝふ山 …………… [053]5 - 37
　紀行花がたみ …………… [053]5 - 92
　紀行東山 ………………… [053]5 - 75
　紀行北南 ………………… [053]5 - 47
　紀行痩法師 ……… [053]5 - 29, [053]5 - 159
　旧本伊勢物語 伊勢物語考異 …… [053]7 - 235
　草枕 ……………………… [053]3 - 265
　はいかい黒うるり ……… [053]1 - 357
　建氏画苑 海錯図 ………… [053]8 - 301
　古意追考 ………………… [053]7 - 275
　凉侏独吟恋の百韻 ……… [053]1 - 183
　後篇はしがきぶり ……… [053]7 - 345
　俳諧香爐峯 ……………… [053]2 - 153
　古今俳諧明題集 ………… [053]2 - 187
　古今物わすれ …………… [053]6 - 251
　古人六印以上句 ………… [053]3 - 147
　五竹・凉袋歌仙 ………… [053]9 - 218
　桜日記 …………………… [053]5 - 206
　佐原日記 ………………… [053]2 - 41

たけむ　　作家名索引（原作者）

作品	巻・頁
俳諧山居の春	[053]1-215
しぐれの記	[053]5-255
枝舟・百川・都因半歌仙	[053]9-218
枕詞増補詞草小苑	[053]7-371
十夜点位丸以上	[053]3-369
春興幾桜木	[053]2-123
『春興梅ひとへ』序	[053]9-325
俳諧新涼夜話	[053]1-373
すずみぐさ	[053]6-267
勢語講義	[053]7-55
俳諧続三疋猿	[053]1-165
伊勢続新百韻	[053]1-73
続百恋集	[053]1-345
俳諧その日がへり	[053]2-109
建部綾足全句集	[053]9-341
たづのあし	[053]3-61
三拾四処観音順礼秩父縁起霊験円通伝	[053]6-9
秩父順礼独案内記	[053]6-85
追悼冬こだち	[053]3-313
俳諧杖のさき	[053]1-51
つぎほの梅	[053]1-203
田家百首	[053]3-377
都因・射石・麦瓜歌仙	[053]9-216
とはしぐさ	[053]3-319
南北新話後篇	[053]1-313
西山物語	[053]4-23
俳諧 海のきれ	[053]9-205
俳諧川柳	[053]1-227
俳諧角あはせ	[053]1-241
俳諧田家の春	[053]1-273
俳諧南北新話	[053]1-129
俳諧麦ばたけ	[053]1-121
俳諧明題冬部	[053]2-377
俳諧連理香 初帖	[053]2-75
紀行俳仙窟	[053]1-253
はし書ぶり	[053]7-37
俳諧はしのな	[053]2-49
芭蕉翁頭陀物語	[053]6-111
華盗人	[053]1-291
ひさうなきの辞の論	[053]7-309
女誡ひとへ衣	[053]7-319
瓢辞	[053]9-325
俳諧琵琶の雨	[053]1-83
風雅艶談 浮身部	[053]4-9
俳諧ふたやどり	[053]1-177
望雲集	[053]5-409
奉納伊勢国能褒野日本武尊神陵 請華篇	[053]5-421
宝暦九年春興帖	[053]1-327
本朝水滸伝	[053]4-61
本朝水滸伝 後篇	[053]4-173
まごの手	[053]1-13
漫遊記	[053]6-303
万葉綾足草	[053]7-483
万葉以佐詞考	[053]7-499
三野日記	[053]5-179
みのむし句文	[053]9-326
太山樒	[053]1-191
明和三年春興帖	[053]3-235
孟喬和漢雑画	[053]8-163
物詣	[053]5-235
桃乃鳥	[053]1-35
俳諧桃八仙	[053]1-301
百夜問答	[053]3-189
百夜問答二篇	[053]3-293
やはたの道行ぶり	[053]5-243
雪石ずり	[053]1-61
李用雲竹譜	[053]8-131
凉袋・烏朴・三麦三百韻	[053]9-221
凉袋・雲郎・麦州五十韻	[053]9-220
凉倚家稿	[053]5-109
凉袋・鶏山・君山連句	[053]9-231
凉袋点一鼠・宜中両吟五十韻	[053]9-240
凉袋点虎岡独吟	[053]9-242
凉袋評	[053]9-253
凉袋評書抜	[053]9-251
凉袋評点句合	[053]9-245
六々行	[053]9-249

竹向

竹むきが記	[045]5-1302

竹本 三郎兵衛

東山殿幼稚物語	[048]6-1

竹郎

俳諧茶話稿	[017]3-49

太宰 春台

稲叢懐古	[016](1)-340
神巫行	[016](1)-341
白雲山に登る	[016](1)-339

多田 南嶺

敦盛源平桃	[073]16-139
大系図蝦夷噺	[073]17-297
女非人綴錦	[073]16-363
刈萱二面鏡	[073]16-205
勧進能舞台桜	[073]18-155
諸芸袖日記後編教訓私儘育	[073]19-341
忠兄兼ература彩色歌相撲	[073]18-349
逆沢瀉鎧鑑	[073]15-447
自笑楽日記	[073]18-281
十二小町蟻裳	[073]19-1
鎌倉芸袖日記	[073]17-1
浮世親仁形気後編世間長者容気	[073]21-1
世間母親容気	[073]20-309
曽根崎情鵑	[073]18-223
忠盛祇園桜	[073]15-295
龍都俵系図	[073]15-371
道成寺岐柳	[073]20-75
歳徳五葉松	[073]20-379
雷神不動桜	[073]17-71
花楓剣本地	[073]19-217
昔女化粧桜	[073]19-79
名玉女舞鶴	[073]16-285
物部守屋錦葦	[073]18-419
盛久側柏葉	[073]18-487
優曇平歌嚢	[073]20-1
弓張月曙桜	[073]17-155
義貞艶軍配	[073]19-279
善光倭丹前	[073]16-75

館　柳湾

秋 尽く ･････････････････････････ ［016］(1)－468
飯山子教の米を餽れるを謝す ‥ ［067］13－149
池上竹亭独酌 ･････････････････ ［067］13－161
伊沢朴甫宅尚歯会 ･････････････ ［067］13－152
伊沢蘭軒及び諸子と雑谷十介園に遊ぶ。──
　････････････････････････････････ ［067］13－130
医士野口士錫宅にて盆梅を咏ず ‥ ［067］13－41
乙未元旦 又三絶句を作りて自ら戯れる（うち
　一首） ･･････････････････････････ ［067］13－151
鴬 谷を出づ ････････････････････ ［067］13－83
鰕 ････････････････････････････ ［067］13－69
江郷 ･･････････････････････････ ［067］13－137
臥牛山人、田中璣堂 過ぎらる。──
　････････････････････････････････ ［067］13－35
籠渡 ･･････････････････････････ ［067］13－32
夏日即事 ･･････････････････････ ［067］13－28
夏日 服升庵水亭即事 ･･････････ ［067］13－61
元旦作 ････････････････････････ ［067］13－144
寒夜文宴 ･･････････････････････ ［067］13－111
癸巳八月十九日男婦菊田氏一男を挙ぐ。口占
　二首（うち一首） ･･････････････ ［067］13－148
癸酉元旦 ･･････････････････････ ［067］13－66
久昌寺に夜集まる。江字を得たり
　････････････････････････････････ ［067］13－39
近郊閑歩 ･･････････････････････ ［067］13－122
金山雑咏（十三首のうち七首） ‥ ［067］13－102
金輪寺の後閣に上る（二首のうち一首）
　････････････････････････････････ ［067］13－79
偶成 ･･････････････････････････ ［067］13－143
偶題 ･･････････････････････････ ［067］13－10
検早 ･･････････････････････････ ［067］13－114
原士簡 乃堂を奉じて 柏崎旧寓に赴くを送る
　････････････････････････････････ ［067］13－62
検田 ･･････････････････････････ ［067］13－37
庚寅夏の初め新潟に省墓す。──
　････････････････････････････････ ［067］13－140
甲辰元旦 佳孫の墨梅に題す ････ ［067］13－171
香奩体 分けて源氏伝を賦し明石篇を得たり
　････････････････････････････････ ［067］13－76
斎藤士訓の丹後に之くを送る ･･･ ［067］13－71
山駅梅花 ･･････････････････････ ［067］13－113
三月晦日、伍石、曲河二老及び諸子と、白馬台
　に集まり、春を餞す。── ････ ［067］13－92
山行して雨に遭い戯れて長句を作る
　････････････････････････････････ ［067］13－43
自題 ･･････････････････････････ ［067］13－167
秋尽（三首のうち一首） ････････ ［067］13－126
秋蝶 ･･････････････････････････ ［067］13－125
十二月朔日、上毛より東都に帰る途中の作
　････････････････････････････････ ［067］13－65
秋夜独坐して即事を書し致遠に寄す
　････････････････････････････････ ［067］13－87
出門 ･･････････････････････････ ［067］13－42
春日雑句 ･･････････････････････ ［067］13－72
春日雑題 ･･････････････････････ ［067］13－159
春日晩歩 ･･････････････････････ ［067］13－157
春日鵬斎先生を訪い奉る時 雷鳴り雪起こる。
　戯れに一絶を呈す ･･････････････ ［067］13－73
春初雑題 ･････････････････････････････････
　［067］13－68,［067］13－80,［067］13－91
小園の秋草 花盛んに開く（三首のうち一首）
　････････････････････････････････ ［067］13－123
聖林上座過ぎらる。席上茶を煎じ詩を談ず（五
　首のうち一首） ････････････････ ［067］13－75
聖林禅子の越後に帰るを送る（二首のうち一
　首） ･･････････････････････････ ［067］13－78
食筍（二首のうち一首） ････････ ［067］13－165
生日作 ････････････････････････ ［067］13－13
雑司谷雑録（六首のうち二首） ‥ ［067］13－127
早春雑句 ･･････････････････････ ［067］13－160
邨居戯題 ･･････････････････････ ［067］13－120
大隆寺避暑 台字を得たり ･･････ ［067］13－48
高田静冲の郷に帰るを送る（三首中二首）
　････････････････････････････････ ［067］13－59
高山官舎に題す ････････････････ ［067］13－24
高山郡斎独夜口号 ･･････････････ ［067］13－33
椿山、梅癖、玉川、草堂を訪れる。共に墟口に
　遊び、楓を観て茶を煮る。四絶句を得たり
　（うち一首） ････････････････････ ［067］13－156
冬日即事 ･･････････････････････ ［067］13－38
中山七里 ･･････････････････････ ［067］13－31
鳴門主簿の小院に題す ･･････････ ［067］13－82
梅癖、鴻宮邨に帰りて久しく至らず。──
　････････････････････････････････ ［067］13－169
八月望後二日、田代吉庵、吉田温知、橋本魯橋
　及び貝倩竹濤と隅田川に同遊し、百花荘に
　飲む。････････････････････････ ［067］13－162
晩帰 ･･････････････････････････ ［067］13－27
晩に大隆寺に上る ･･････････････ ［067］13－29
飛州の大井使君 益田の櫑子を寄恵せらるるを
　謝し奉る（二首のうち一首） ‥ ［067］13－166
閩中禅師久しく京師に在り。──
　････････････････････････････････ ［067］13－116
某侯の後園に菊を観る ･･････････ ［067］13－86
鵬斎先生の畳山邨畳句十二首に和し奉る 次韻
　（うち六首） ････････････････････ ［067］13－17
戊戌新春 ･･････････････････････ ［067］13－155
松浦万蔵、巻致遠、高田静冲、沖文輔及び家士
　建と同に信川に舟を浮かぶ ････ ［067］13－134
松崎慊堂先生の羽沢園居を過ぐ‥ ［067］13－146
万年蕉中禅師 東勤し趣謁する喜びを記し 兼ね
　て其の八十を寿し奉る ････････ ［067］13－15
目白台に移居し、城中諸友に寄す
　････････････････････････････････ ［067］13－119
雪の夜 両国橋を渡る ･･････････ ［067］13－89
夢に高山郡斎に到り絶句を作る。──
　････････････････････････････････ ［067］13－57
翌日大雪 前韻を用い 戯れに蘭軒に呈す（一
　首） ･･････････････････････････ ［067］13－131
夜 漁歌を聞く ･････････････････ ［067］13－138
栗里偶題（八首のうち三首） ････ ［067］13－97
老松篇 臥牛山人の六十を寿ぐ ･･･ ［067］13－52

橘　曙覧

囲炉裡譚 ････････････････････ ［041］(1)－239
君来岬 第四集〔志濃夫廼舎歌集〕 ･･ ［054］(1)－191
君来草 第四集〔志濃夫廼舎歌集〕
　････････････････････････････ ［041］(1)－118
沽哉集 ･･････････････････････ ［041］(1)－179

榊の薫 ……………………… [041]〔1〕- 189
福寿艸志濃夫廼舎歌集補遺 ……… [054]〔1〕- 250
福寿草 補遺〔志濃夫廼舎歌集〕…… [041]〔1〕- 139
志濃夫廼舎歌集 …………………
　　　　　[041]〔1〕- 45, [045]**9**- 718,
　　　　　[054]〔1〕- 15, [082]**74**- 223
白蛇岬第五集〔志濃夫廼舎歌集〕…… [054]〔1〕- 223
白蛇草 第五集〔志濃夫廼舎歌集〕
　　　　　…………………… [041]〔1〕- 130
橘曙覧拾遺歌 ……………………… [054]〔1〕- 271
橘曙覧短歌拾遺 …………………… [041]〔1〕- 411
とくとくと── ………………… [032]**080**- 66
花廼沙久等 ………………………… [041]〔1〕- 281
春明艸第三集〔志濃夫廼舎歌集〕…… [054]〔1〕- 153
春明草　第三集〔志濃夫廼舎歌集〕
　　　　　……………………… [041]〔1〕- 79
松籟岬第一集〔志濃夫廼舎歌集〕… [054]〔1〕- 27
松籟草　第一集〔志濃夫廼舎歌集〕
　　　　　……………………… [041]〔1〕- 52
襁褓岬第二集〔志濃夫廼舎歌集〕… [054]〔1〕- 92
襁褓草　第二集〔志濃夫廼舎歌集〕
　　　　　……………………… [041]〔1〕- 52
累代忌日目安付略伝 ……………… [041]〔1〕- 436
累代追遠年表 ……………………… [041]〔1〕- 439
藁屋詠艸 …………………………… [041]〔1〕- 149
藁屋文集 …………………………… [041]〔1〕- 156
橘 薫
　狂歌煙草百首 …………………… [009]**12**- 189
橘 為仲
　橘為仲朝臣集（甲本） …………… [039]**21**- 117
　橘為仲朝臣集（乙本） …………… [039]**21**- 235
　為仲集（群書類従本） ……………… [045]**3**- 382
橘 千蔭 → 加藤 千蔭（かとう・ちかげ）を見よ
橘 直幹
　秋 駅館に宿る ………………… [016]〔1〕- 165
橘 成季
　古今著聞集 ……………… [043]〔20〕- 25,
　　　　　[043]〔21〕- 23, [045]**5**- 1231
　古今著聞集〔巻一～巻十〕…… [079]〔23〕- 1
　古今著聞集〔巻十一～巻二十〕
　　　　　……………………… [079]〔24〕- 267
橘 守部
　蓬莱園記 ………………………… [010]**2**- 19
達斎 範路
　三幅対 …………………………… [017]**8**- 15
辰寿
　道頓堀花みち …………………… [046]**5**- 445
伊達 政宗
　夏衣きつつなれにし ………… [032]**014**- 60
　馬上少年過 …………………… [032]**014**- 102
　帰舟 …………………………… [016]〔1〕- 267
　偶成 …………………………… [016]〔1〕- 265
田中 其翁
　狂歌大和拾遺 ………………… [022]**20**- 73
田中 千梅（方竟）
　篗纑輪
　　　　　[030]**2**- 334, [030]**2**- 353, [030]**2**- 375,
　　　　　[030]**2**- 401, [030]**2**- 419, [030]**2**- 457

田中 千柳
　大仏殿万代石楚 ………………… [064]**6**- 1
田辺 碧堂
　萬里の長城 …………………… [016]〔1〕- 787
谷 采茶
　修学院御幸 …………………… [010]**1**- 495
谷 素外（烏朴）
　紀行三千里 …………………… [053]**5**- 165
　玉池雑藻〔抄〕 ………………… [066]**5**- 292
　はいかい黒うるり ……………… [053]**1**- 357
　新撰菟玖波集〔抄〕 …………… [066]**5**- 277
　宗因発句素外賛 ……………… [066]**6**- 126
　続百恋集 ……………………… [053]**1**- 345
　龍の宮津子 …………………… [017]**31**- 311
　梅翁宗因発句集〔抄〕 ………… [066]**5**- 278
　誹諧江戸川〔抄〕 ……………… [066]**5**- 282
　誹諧根源集〔抄〕 ……………… [066]**5**- 285
　俳諧手引種〔抄〕 ……………… [066]**5**- 286
　俳諧類句弁〔抄〕 ……………… [066]**5**- 279
　誹諧類句弁後編〔抄〕 ………… [066]**5**- 294
　俳諧連理香 初帖 ……………… [053]**2**- 75
谷 文晁
　長き夜を化けおほせたる …… [032]**020**- 48
谷 木因
　木因翁紀行 …………………… [030]**5**- 237
谷川 琴生糸
　怪談記野狐名玉 ……………… [008]**4**- 175
　怪談名香富貴玉 ……………… [008]**4**- 243
谷口 蕪村 → 与謝 蕪村（よさ・ぶそん）を見よ
田能村 竹田
　山に游ぶ ……………………… [016]〔1〕- 497
田間 鶵立
　水仙畑 ………………………… [030]**4**- 274
玉置 安之
　熊野からす …………………… [046]**5**- 1061
田宮 言簡
　奈良土産 ……………………… [046]**5**- 1058
為永 春水
　花名所懐中暦 ………………… [070]**1**- 27
為永 千蝶（太郎兵衛）
　石橋山鎧襲 …………………… [018]**41**- 11
　鎌倉大系図 …………………… [018]**49**- 11
　本田善光日本鑑 ……………… [018]**48**- 11
　百合稚高麗軍記 ……………… [018]**40**- 11
為信
　為信集 ………………………… [045]**7**- 37
田安 宗武
　悠然院様御詠草（田藩文化蔵本） …… [045]**9**- 348
炭翁
　誹諧染糸〔抄〕 ………………… [066]**5**- 255
淡斎
　某木がらし〔抄〕 ……………… [047]〔1〕- 797
丹志
　千駄ケ谷・大窪吟行 …………… [017]**9**- 41

談洲楼 焉馬
  狂歌棟上集 ……………… [009] 11 - 5
  続棟上集 ………………… [009] 11 - 60
団水
  俳諧団袋 ………………… [046] 5 - 876
丹青洞 恭円
  興歌めさし岬 …………… [009] 1 - 107
潭北
  他むら …………………… [017] 15 - 101
  俳諧ふところ子 ………… [017] 15 - 139

【 ち 】

千枝子
  さきくさ日記 …………… [010] 2 - 139
智蘊 → 蜷川 親当（にながわ・ちかまさ）を見よ
近松 門左衛門
  いろは日蓮記 …………… [018] 42 - 11
  女殺油地獄 ……………… [084] 17 - 223
  関八州繋馬 ……………… [056] 2 - 93
  けいせい反魂香 ………… [056] 2 - 263
  国性爺合戦 …… [043] (40) - 151, [084] 17 - 141
  嫗山姥 …………………… [056] (1) - 73
  下関猫魔達 ……………… [056] 3 - 223
  聖徳太子絵伝記 ………… [056] 3 - 131
  心中重井筒 ……………… [043] (40) - 105
  心中天の網島 …………… [043] (40) - 265,
                      [069] 19 - 213, [084] 17 - 181
  せみ丸 …………………… [056] 2 - 207
  善光寺御堂供養 ………… [056] 3 - 347
  曽我昔見台 ……………… [018] 27 - 11
  曾根崎心中 …… [043] (40) - 71, [084] 17 - 9
  それぞ辞世さるほどに …… [032] 020 - 30
  大経師昔暦 ……………… [084] 17 - 101
  大職冠 …………………… [056] (1) - 11
  後太平記四十八巻目津国女夫池 … [056] 2 - 343
  天鼓 ……………………… [056] 3 - 273
  天神記 …………………… [056] (1) - 269
  当流小栗判官 …………… [056] 3 - 11
  日本振袖始 ……………… [056] 3 - 61
  双生隅田川 ……………… [056] 2 - 425
  平家女護嶋 ……………… [056] 2 - 11
  堀川波鼓 ………………… [084] 17 - 37
  冥途の飛脚 …… [069] 19 - 123, [084] 17 - 69
  百合若大臣野守鑑 ……… [056] (1) - 207
  用明天皇職人鑑 ………… [056] (1) - 133
  世継曾我 ………………… [043] (40) - 9
竹因
  俳諧雪塚集 ……………… [017] 16 - 237
竹宇
  並松 ……………………… [017] 1 - 87
竹外
  十三講俳諧集 …………… [017] 22 - 199
近松 半二
  蓋壽永軍記 ……………… [048] 4 - 115

鯛屋貞柳歳旦闓 ……………… [048] 4 - 1
中巌円月
  郷を思ふ ………………… [016] (1) - 214
  金陵懐古 ………………… [016] (1) - 212
中宮定子
  みな人の花や蝶やと ……… [032] 007 - 88
  夜もすがら契りしことを … [032] 007 - 90
中宮上総
  中宮上総集（彰考館蔵本） …… [045] 7 - 117
張 杲
  醫説 ……………………… [062] 21 - 36
長 梅外
  長崎雑詠 ………………… [016] (1) - 609
調唯
  癸丑歳旦 ………………… [017] 16 - 3
聴雨
  佐良会佳喜〔抄〕 ……… [066] 5 - 262
澄覚法親王
  澄覚法親王集 …………… [045] 7 - 480
長慶天皇
  長慶天皇千首 …………… [045] 10 - 82
澄月
  歌枕名寄（万治二年板本） …… [045] 10 - 605
釣壼
  西の詞集 ………………… [030] 4 - 331
長水
  白川集〔抄〕 …………… [066] 5 - 247
鳥酔
  はいかる玩世松陰 ……… [017] 10 - 241
  けふの時雨 ……………… [017] 12 - 135
  五七記 …………………… [017] 4 - 229
  五七記付録 ……………… [017] 22 - 359
  贅語（明和五年奥） ……… [017] 22 - 287
  月次発句 ………………… [017] 13 - 113
  天慶古城記 ……………… [017] 14 - 83
  芭蕉翁墓碑 ……………… [017] 22 - 89
  俳諧冬野あそび ………… [017] 12 - 49
  丙寅歳旦 ………………… [017] 13 - 127
蝶々子
  玉手箱〔抜抄〕 ………… [066] 5 - 223
  天神法楽之発句 ………… [017] 25 - 77
喬然
  旅衣たち行く波路 ……… [032] 059 - 30
蝶夢
  秋好む紀行 ……………… [060] (1) - 373
  秋しぐれ跋 ……………… [060] (1) - 312
  阿弥陀寺鐘の記事 ……… [060] (1) - 274
  雨を祝う頌 ……………… [060] (1) - 278
  嵐山に遊ぶの記 ………… [060] (1) - 338
  荒々ての巻草稿極書 …… [060] (1) - 348
  石山寺奉燈願文 ………… [060] (1) - 301
  伊勢紀行跋 ……………… [060] (1) - 312
  犬をいたむ辞 …………… [060] (1) - 272
  魚崎集序 ………………… [060] (1) - 346
  鵜の音跋 ………………… [060] (1) - 329
  梅の草帋跋 ……………… [060] (1) - 310

ちょう

作品名	所在
うやむや関翁伝等奥書	[060]〔1〕- 350
宇良富士の紀行	[060]〔1〕- 387
雲橋社蔵芭蕉真跡添書	[060]〔1〕- 319
雲橋社俳諧蔵書録序	[060]〔1〕- 319
雲州紀行（仮題）	[060]〔1〕- 466
影一人集序	[060]〔1〕- 308
猿雖本『三冊子』奥書	[060]〔1〕- 309
笈の細道跋	[060]〔1〕- 305
翁草稱美の辞	[060]〔1〕- 273
翁草跋	[060]〔1〕- 331
奥の細道奥書	[060]〔1〕- 262
音長法師追悼和歌跋	[060]〔1〕- 259
懐旧之発句識語	[060]〔1〕- 346
蝸牛庵記	[060]〔1〕- 292
笠塚百回忌法楽文	[060]〔1〕- 300
笠やどり序	[060]〔1〕- 345
風の蟬跋	[060]〔1〕- 315
瓦全と名つくる説	[060]〔1〕- 272
瓦全に炉縁を贈る辞	[060]〔1〕- 273
鐘筑波跋	[060]〔1〕- 328
烏塚百回忌序	[060]〔1〕- 334
雁の羽風跋	[060]〔1〕- 260
機嫌天	[060]〔1〕- 693
宜朝一周忌俳諧前文	[060]〔1〕- 345
宜朝追悼集序	[060]〔1〕- 244
橘中亭の記	[060]〔1〕- 286
儿童追悼文	[060]〔1〕- 327
帰白道院檀那無縁塔石文	[060]〔1〕- 343
休可亭記	[060]〔1〕- 290
『去来三部抄』奥書	[060]〔1〕- 310
去来丈岬伝	[060]〔1〕- 282
去来丈草発句集序	[060]〔1〕- 245
口髭塚序	[060]〔1〕- 317
熊野紀行	[060]〔1〕- 355
故郷塚百回法忌楽文	[060]〔1〕- 299
古今集誹諧歌序解序	[060]〔1〕- 321
国分山幻住庵旧趾に石を建し記	[060]〔1〕- 291
五升庵記	[060]〔1〕- 287
五升庵再興の記	[060]〔1〕- 288
五升庵文草 巻一	[060]〔1〕- 237
五升庵文草 巻二	[060]〔1〕- 265
五升庵文草 巻三	[060]〔1〕- 285
五升庵文草 巻四	[060]〔1〕- 355
五升庵文草 巻五	[060]〔1〕- 373
湖水に遊ぶ賦	[060]〔1〕- 267
古声と名つくる説	[060]〔1〕- 271
こてふづか序	[060]〔1〕- 327
湖白庵記	[060]〔1〕- 285
小本『芭蕉翁発句集』序	[060]〔1〕- 313
暦の裏序	[060]〔1〕- 322
歳首の頌	[060]〔1〕- 279
宰府記行	[060]〔1〕- 417
杉柿庵の記	[060]〔1〕- 337
『三冊子』奥書の付記	[060]〔1〕- 344
三夜の月の記	[060]〔1〕- 367
『しぐれ会』浮巣庵序の添書	[060]〔1〕- 338
而后を悼む辞	[060]〔1〕- 345
四国にわたる記	[060]〔1〕- 378
七老亭之賦	[060]〔1〕- 265
支百追悼文	[060]〔1〕- 331
枝法と号説	[060]〔1〕- 271
鶉立集跋	[060]〔1〕- 262
正因供養文	[060]〔1〕- 332
墻隠斎記	[060]〔1〕- 337
蕉翁画像賛	[060]〔1〕- 277
蕉翁百回忌集後序	[060]〔1〕- 259
松雀老隠之伝	[060]〔1〕- 283
此葉集序	[060]〔1〕- 312
蕉門俳諧語録	[060]〔1〕- 583
蕉門俳諧語録序	[060]〔1〕- 251
蕉翁むかし語serial	[060]〔1〕- 305
白根塚序	[060]〔1〕- 298
『白鳥集』書入れの識語	[060]〔1〕- 304
白鼠の説	[060]〔1〕- 271
新雑談集跋	[060]〔1〕- 262
新類題発句集序	[060]〔1〕- 256
水樹庵記	[060]〔1〕- 287
菅菰抄跋	[060]〔1〕- 261
頭陀の時雨序	[060]〔1〕- 239
墨直し序	[060]〔1〕- 239
墨の匂ひ跋	[060]〔1〕- 261
青幣白幣跋	[060]〔1〕- 260
星明集跋	[060]〔1〕- 260
草根発句集紫水本	[060]〔1〕- 151
草根発句集洒竹甲本	[060]〔1〕- 33
草根発句集洒竹乙本	[060]〔1〕- 96
草根発句集宮田本	[060]〔1〕- 117
草根発句集綿屋本	[060]〔1〕- 3
双林寺物語	[060]〔1〕- 557
続笈のちり跋	[060]〔1〕- 306
続瓜名月跋	[060]〔1〕- 305
続ふかづは集序	[060]〔1〕- 329
蛸壺供養願文	[060]〔1〕- 296
手向の声序	[060]〔1〕- 243
断腸の文	[060]〔1〕- 316
竹圃を悼む辞	[060]〔1〕- 344
ちどり塚跋	[060]〔1〕- 307
長者房に贈る辞	[060]〔1〕- 311
蝶夢和尚文集 巻一・巻二・巻三	[060]〔1〕- 237
蝶夢和尚文集 巻四・巻五	[060]〔1〕- 355
千代女を悼む辞	[060]〔1〕- 344
月の雪序	[060]〔1〕- 334
戊子墨直し序	[060]〔1〕- 307
手鑑の裏書	[060]〔1〕- 263
桐雨居士伝	[060]〔1〕- 321
桐雨の誄	[060]〔1〕- 281
悼蕉雨遺文	[060]〔1〕- 280
冬柱法師句帳序	[060]〔1〕- 315
東遊紀行（外題）	[060]〔1〕- 482
とほたあふみのき（遠江の記）	[060]〔1〕- 456
年波草跋	[060]〔1〕- 262
鳥塚願文	[060]〔1〕- 297
薯蕷飯の文	[060]〔1〕- 330
鳰の二声序	[060]〔1〕- 240
庭の木のは序	[060]〔1〕- 328
年賀の頌	[060]〔1〕- 279
野菊の説	[060]〔1〕- 268

後のたび序	［060］〔1〕-333
俳諧十論発蒙奥書	［060］〔1〕-304
泊庵を引移す辞	［060］〔1〕-274
泊庵記	［060］〔1〕-324
「白砂人集・良薬集・未来記」奥書	［060］〔1〕-304
はし立や句文	［060］〔1〕-348
橋立一声供養塚祭文	［060］〔1〕-295
橋立の秋の記	［060］〔1〕-290
橋立寄句帳序	［060］〔1〕-336
芭蕉翁絵詞伝	［060］〔1〕-640
芭蕉翁九十回忌序	［060］〔1〕-254
芭蕉翁三等之文	［060］〔1〕-568
芭蕉翁俳諧集序	［060］〔1〕-252
芭蕉翁八十回忌時雨会序	［060］〔1〕-253
芭蕉翁百回忌序	［060］〔1〕-257
芭蕉翁文集序	［060］〔1〕-255
芭蕉翁発句集序	［060］〔1〕-248
芭蕉称号の一行書	［060］〔1〕-338
芭蕉真跡を再び得たるを喜ぶ文	［060］〔1〕-323
芭蕉真跡箱書	［060］〔1〕-323
芭蕉塚の適地を卜するの文	［060］〔1〕-325
芭蕉像三態の説	［060］〔1〕-349
芭蕉堂供養願文	［060］〔1〕-293
はちたゝき	［060］〔1〕-695
鉢敲集序	［060］〔1〕-242
蜂の巣の説	［060］〔1〕-269
「花の垣」画賛	［060］〔1〕-337
はなみしろ序	［060］〔1〕-329
馬瓢が山家の頌	［060］〔1〕-279
東山の鐘の記	［060］〔1〕-322
非傘序	［060］〔1〕-251
飛驒竹母道の記序	［060］〔1〕-251
筆海の序	［060］〔1〕-332
丙戌墨直し序	［060］〔1〕-306
丁亥墨直し序	［060］〔1〕-306
備忘集序	［060］〔1〕-307
百題絵色紙序	［060］〔1〕-248
百尾寄句帳序	［060］〔1〕-310
伏見の梅見の記	［060］〔1〕-347
二見文台の裏書	［060］〔1〕-263
筆柿集序	［060］〔1〕-246
浮流・桐庵十三回忌悼詞	［060］〔1〕-336
浮流法師伝	［060］〔1〕-284
古池形文台の裏書	［060］〔1〕-264
古机序	［060］〔1〕-309
豊後菊男送別	［060］〔1〕-280
文台をゆづる辞	［060］〔1〕-330
米賀集序	［060］〔1〕-309
奉団会の手向の文	［060］〔1〕-346
包丁式拝見の記	［060］〔1〕-292
松しま道の記	［060］〔1〕-397
蜜柑の色序	［060］〔1〕-240
水鷹刈序	［060］〔1〕-335
道の枝折序	［060］〔1〕-247
道ゆきぶり	［060］〔1〕-510
三峯庵記	［060］〔1〕-326
養虫庵句集序	［060］〔1〕-320
都の秋集序	［060］〔1〕-311
眠亭記	［060］〔1〕-326
無公子句集序	［060］〔1〕-257
名所小鏡序	［060］〔1〕-255
もと、せのふゆ序	［060］〔1〕-333
もとの清水序	［060］〔1〕-318
門のかをり（童子教）	［060］〔1〕-547
山里塚供養文	［060］〔1〕-298
湯あみの日記	［060］〔1〕-502
夕暮塚供養文	［060］〔1〕-299
雪の味序	［060］〔1〕-242
湯島三興の説	［060］〔1〕-270
夢祝ひの頌	［060］〔1〕-278
養老瀧の記	［060］〔1〕-443
よしの、冬の記	［060］〔1〕-448
落柿舎去来忌序	［060］〔1〕-244
類題発句集序	［060］〔1〕-245
弄花亭記	［060］〔1〕-336
六斎念仏の弁	［060］〔1〕-276
魯白の首途を祝ふ辞	［060］〔1〕-348
忘梅序	［060］〔1〕-314
「わすれ水」奥書	［060］〔1〕-344

丁柳園
東海道中俳諧双六	［017］1-275

樗良
春興俳諧発句 無為庵（安永四年）	［078］8-289
花七日	［078］8-390
無為菴樗良翁発句書	［030］7-107
甲午仲春むめの吟	［078］8-241

樗路
鉢袋〔抄〕	［047］〔1〕-803

珍菓亭
狂歌五十人一首	［021］2-240

珍舎
遼々篇	［030］5-271

珍誉
法印珍誉集（島原松平文庫蔵本）	［045］7-355

【つ】

都賀 庭鐘
過目抄	［007］2-441
呉服文織時代三国志	［007］2-331
四鳴蟬	［007］2-273
莠句冊	［007］2-15
義経磐石伝	［007］2-121

月亭 生瀬
大寄噺の尻馬（小本）	［062］14-195

津阪 孝綽
をむなかゞみ	［015］10-3

辻原 元甫（橘軒散人）
女論語巻之上	［015］40-44
女論語巻之下	［015］40-59
女孝経巻之上	［015］40-6
女孝経巻之下	［015］40-21

つたお　　　　　　　　　　　作家名索引（原作者）

女四書 …………………… [015]**40**-*1*
智恵鑑 …………………… [015]**48**-*203*
内訓巻之上 ……………… [015]**40**-*91*
内訓巻之下 ……………… [015]**40**-*115*
蔦翁
　白兎園家系 …………… [017]**4**-*269*
土御門院
　土御門院御百首 ……… [042]**12**-*3*
　土御門院御集 ………… [045]**7**-*262*
　土御門院句題和歌　詠五十首和歌 … [006]**16**-*9*
　土御門院百首 ………… [045]**10**-*145*
土御門院女房
　土御門院女房 ………… [039]**40**-*337*
土屋 自休
　狂歌今はむかし ……… [022]**12**-*80*
土屋 鳳洲
　山居　雨後 …………… [016]〔1〕-*745*
堤 主礼
　雨中の伽〔抄〕 ……… [066]**5**-*292*
堤 静斎
　国姓爺 ………………… [016]〔1〕-*678*
頭の光 → 桑楊庵 光（そうようあん・ひかる）を見よ
津守 国冬
　国冬祈雨百首（穂久邇文庫蔵本） … [045]**10**-*166*
　国冬五十首（書陵部蔵特・七七） … [045]**10**-*208*
　国冬百首（京都大附属図書館蔵本） … [045]**10**-*164*
津守 国道
　国道百首（成城大図書館蔵本） …… [045]**10**-*168*
津守 国基
　国基集（志香須賀文庫蔵本） ……… [045]**3**-*393*
露丸
　安永元年 露丸評万句合二十四枚 … [055]**1**-*59*

【て】

貞因
　俳諧昼網 ……………… [046]**5**-*84*
貞屋
　貞山一周忌追善集 …… [017]**16**-*141*
貞幸
　さきくさ日記 ………… [010]**2**-*139*
貞佐
　他むら ………………… [017]**15**-*101*
　春夏之賦 ……………… [017]**15**-*39*
蹄斎 北馬
　自来也説話後編 ……… [025]**5**-*151*
貞山
　誹諧江戸名所 ………… [017]**9**-*51*
　ひらづみ ……………… [017]**15**-*183*
貞恕
　蠅打〔抜抄〕 ………… [066]**5**-*216*
貞心尼
　はちすの露 …… [045]**9**-*619*, [082]**74**-*17*

手柄 岡持
　我おもしろ …………… [009]**10**-*237*
鉄庵道生
　山居 …………………… [016]〔1〕-*194*
　秋湖の晩行 …………… [016]〔1〕-*195*
鉄眼
　釈迦阿弥陀地蔵薬師と … [032]**059**-*94*
轍士
　墨流し　わだち第五 … [030]**4**-*251*
　花見車〔抄〕 ………… [066]**5**-*252*
　我か庵 ………………… [046]**5**-*883*
天隠龍沢
　江天暮雪 ……………… [016]〔1〕-*246*
天海
　気は長く勤めは固く … [032]**059**-*86*
天智天皇
　香具山は 畝火を愛しと … [032]**021**-*18*
天府（松平 正信）
　後難波日記 …………… [030]**7**-*29*
　難波日記 ……………… [030]**7**-*25*
　三津濱 ………………… [030]**7**-*31*
田福
　夜半翁三年忌追福摺物（仮題）（天明五年十一月）
　　……………………… [078]**7**-*353*
　落日菴句集 …………… [078]**3**-*185*
天武天皇（大海人皇子）
　み吉野の 耳我の嶺に … [032]**021**-*44*
　紫草の にほへる妹を 憎くあらば
　　……………………… [032]**021**-*34*
　淑き人の 良しと吉く見て … [032]**021**-*48*
　吾が里に 大雪降れり … [032]**021**-*72*
天明老人 → 尽語楼 内匠（じんごろう・たくみ）を見よ

【と】

藤 貞陸
　雉䳇会談 ……………… [008]**4**-*5*
東 常縁
　常縁集 ………………… [045]**8**-*266*
　東野州聞書 …………… [045]**5**-*1117*
道因 → 藤原 敦頼（ふじわら・あつより）を見よ
道我
　権僧正道我集 ………… [045]**7**-*701*
東海
　雪の葉〔抄〕 ………… [047]〔1〕-*797*
燈外
　誹諧生駒堂 …………… [046]**5**-*867*
橙果亭 天地根
　狂歌一橙集 …………… [022]**7**-*59*
　狂歌後三栗集上 ……… [022]**8**-*1*
　狂歌後三栗集下 ……… [022]**8**-*26*
　狂歌拾遺三栗集 ……… [022]**9**-*59*
　狂歌新後三栗集 ……… [022]**9**-*25*

狂歌新三栗集上 ……………… [022] 8 - 45
狂歌新三栗集下 ……………… [022] 8 - 83
狂歌三栗集 …………………… [022] 7 - 36
道元
　十六夜 頌処処行人共明月（十六夜 処処の行人
　　明月を共にするを頌す）…… [026]〔4〕- 190
　十六夜 頌即心見月（十六夜「即心 月を見る」
　　を頌す）……………………… [026]〔4〕- 187
　一年有両立春（一年に両立春あり）
　　…………………………………… [026]〔4〕- 198
　続越調韻（越調の韻に続ぐ）… [026]〔4〕- 196
　酬王観察韻（王観察の韻に酬う）二首
　　…………………………………… [026]〔4〕- 142
　和王官人韻（王官人の韻に和す）二首
　　…………………………………… [026]〔4〕- 137
　和王好溥官人韻（王好溥官人の韻に和す）
　　…………………………………… [026]〔4〕- 154
　与王侍郎（王侍郎に与う）五首 [026]〔4〕- 150
　与学人求頌（学人の頌を求むるに与う）
　　…………………………………… [026]〔4〕- 163
　閑居之時（閑居の時）六首 …… [026]〔4〕- 172
　和王官人韻（王官人の韻に和す）
　　…………………………………… [026]〔4〕- 159
　与郷間禅上座（郷間の禅上座に与う）
　　…………………………………… [026]〔4〕- 155
　山居 ……………………………… [016]〔1〕- 189
　山居（山居）十五首 …………… [026]〔4〕- 199
　師嘗於大宋宝慶二年丙戌、——（師嘗て大宋の
　　宝慶二年丙戌に、——）……… [026]〔4〕- 125
　十五夜 頌家門前照明月（十五夜「家家の門
　　前に明月照る」を頌す）…… [026]〔4〕- 189
　十五夜 頌雲散秋空（十五夜 雲の秋空に散ゆる
　　を頌す）……………………… [026]〔4〕- 186
　酬思首座来韻（思首座の来韻に酬う）
　　…………………………………… [026]〔4〕- 157
　十七夜 頌騎鯨捉月（十七夜 鯨に騎りて月を捉
　　うに頌す）…………………… [026]〔4〕- 191
　十七夜 頌挙払子云看（十七夜「払子を挙て云
　　く看よ」を頌す）…………… [026]〔4〕- 188
　春雪夜（春雪の夜）…………… [026]〔4〕- 176
　詣昌国見補陀路迦山因題（昌国見補陀路迦山に
　　詣で因りて題す）…………… [026]〔4〕- 158
　与茹秀才（茹秀才に与う）…… [026]〔4〕- 138
　与茹千一娘（茹千一の娘に与う）
　　…………………………………… [026]〔4〕- 135
　与茹千二秀才（茹千二秀才に与う）
　　…………………………………… [026]〔4〕- 160
　与成忠（成忠に与う）二首 …… [026]〔4〕- 146
　次禅者来韻（禅者の来韻に次す）
　　…………………………………… [026]〔4〕- 169
　与禅人（禅人に与う）八首 …… [026]〔4〕- 164
　与禅人求頌（禅人の頌を求むるに与う）
　　………… [026]〔4〕- 171, [026]〔4〕- 172
　訪全禅人亡子（全禅人の子を亡えるを訪う）
　　…………………………………… [026]〔4〕- 147
　因在相州鎌倉聞鶯蟄作（相州鎌倉に在りて鶯
　　を聞くに因んで作る）……… [026]〔4〕- 181
　与宋土僧妙真禅人（宋土の僧妙真禅人に与う）
　　…………………………………… [026]〔4〕- 145

　大師釈尊、——（大師釈尊、——）
　答大宋李枢密（大宋李枢密に答う）二首
　　…………………………………… [026]〔4〕- 161
　重陽与兄弟言志（重陽に兄弟と志を言る）
　　…………………………………… [026]〔4〕- 180
　答陳亭観察（陳亭観察に答う）… [026]〔4〕- 157
　酬陳参政韻（陳参政の韻に酬う）
　　…………………………………… [026]〔4〕- 162
　定本 山水経（『正法眼蔵』第二十九）
　　…………………………………… [026]〔4〕- 9
　天満天神諱辰、次月夜見梅華本韻（天満天神
　　の諱辰に、月夜に梅華を見るの本韻に次す
　　る）…………………………… [026]〔4〕- 183
　冬至（冬至）二首 ……………… [026]〔4〕- 195
　冬夜諸兄弟言志（冬夜 諸兄弟と志を言る）
　　…………………………………… [026]〔4〕- 181
　与南綱使（南綱使に与う）…… [026]〔4〕- 136
　看然子終焉語（然子が終焉の語を看む）二首
　　…………………………………… [026]〔4〕- 143
　与野助光帰大宰府（野助光の大宰府に帰るに与
　　う）…………………………… [026]〔4〕- 170
　与野山忍禅人（野山の忍禅人に与う）
　　…………………………………… [026]〔4〕- 164
　八月十五夜（八月十五夜）…… [026]〔4〕- 185
　八月十五夜、——（八月十五夜、——）
　　…………………………………… [026]〔4〕- 179
　春は花夏ほととぎす …………… [032] 059 - 54
　続溥侍郎韻（溥侍郎の韻を続ぐ）
　　…………………………………… [026]〔4〕- 131
　和溥来韻（溥の来韻に和す）二首
　　…………………………………… [026]〔4〕- 133
　和文本官人韻（文本官人の韻に和す）
　　…………………………………… [026]〔4〕- 132
　和文本秀才韻（文本秀才の韻に和す）
　　…………………………………… [026]〔4〕- 126
　宝慶記 …………………………… [026]〔4〕- 41
　与報慈庵（報慈庵に与う）…… [026]〔4〕- 149
　題報慈庵悟道（報慈庵の悟道に題す）
　　…………………………………… [026]〔4〕- 148
　続宝陀旧韻（宝陀の旧韻に続ぐ）
　　…………………………………… [026]〔4〕- 145
　仏成道（仏 成道す）…………… [026]〔4〕- 197
　和妙溥韻（妙溥の韻に和す）五首
　　…………………………………… [026]〔4〕- 139
　無題 …… [026]〔4〕- 127, [026]〔4〕- 128,
　　　　　　　 [026]〔4〕- 129, [026]〔4〕- 130
　山の端のほのめく宵の ………… [032] 059 - 52
　雪頌（雪の頌）六首 …………… [026]〔4〕- 191
　雪夜感準記室廿八字病中右筆（雪夜に準記室 二
　　十八字の病中右筆に感ず）… [026]〔4〕- 198
　和李奇成忠韻（李奇成忠の韻に和す）二首
　　…………………………………… [026]〔4〕- 134
　和李通判韻（李通判の韻に和す）
　　…………………………………… [026]〔4〕- 153
　六月半示衆（六月半 衆に示す）
　　…………………………………… [026]〔4〕- 184
道興
　廻国雑記 ………………………… [058] 7 - 1

とうさ　　　　　　作家名索引（原作者）

洞山良价
　筠州洞山悟本禅師語録 ……… [026]**(5)**－21
　玄中銘并序 ………………… [026]**(5)**－231
　新豊吟 ……………………… [026]**(5)**－225
　宝鏡三昧 …………………… [026]**(5)**－215
桃二
　俳諧くらみ坂 ……………… [017]**24**－43
東推
　舩庫集 ……………………… [030]**5**－282
東随舎
　聞書雨夜友 ………………… [007]**1**－611
桃先
　誹諧曾我〔抄〕……………… [047]**(1)**－796
道増
　道増誹諧百首 ……………… [021]**1**－71
藤堂 高虎
　身の上を思へば悔し ……… [032]**014**－26
塘潘山堂 百子
　狂歌餠月夜 ………………… [021]**1**－764
銅脈先生
　勢多唐巴詩 ………………… [063]下－339
　太平遺響二編 ……………… [063]下－403
　太平楽国字解 ……………… [063]下－83
　太平楽府 …………………… [063]下－321
　忠臣蔵人物評論 …………… [063]下－125
　婦女教訓當世心筋立 ……… [063]下－147
　銅脈先生狂詩画譜 ………… [063]下－381
　銅脈先生太平遺響 ………… [063]下－361
　二大家風雅 ………………… [063]下－387
　針の供養 …………………… [063]下－3
　写本風俗三石士 …………… [063]下－295
　風俗三石士 ………………… [063]下－245
　吹寄蒙求 …………………… [063]下－351
　唐土奇談 …………………… [063]下－181
道命
　道命阿闍梨集 ……………… [045]**7**－70
桐里
　菊畑 ………………………… [017]**16**－61
桃李園 栗間戸
　古稀賀吟帖 ………………… [022]**11**－76
道立
　写経社集 全（安永五年夏）… [078]**7**－497
登蓮
　登蓮恋百首（静嘉堂文庫蔵続群書類従本）
　　　　　　　　……………… [045]**10**－132
　登蓮法師集（徳川黎明会蔵本）… [045]**3**－558
戸川 不鱗
　記録曽我玉笄聟 …………… [018]**14**－11
土岐 筑波子
　筑波子家集（文化十年板本）… [045]**9**－403
徳雨
　魚のあふら ………………… [017]**1**－225
　千鳥墳 ……………………… [017]**14**－145
　松島游記 …………………… [017]**14**－235
徳川 家康
　待ちかぬる花も色香を …… [032]**014**－36

得閑斎 砂長次
　狂歌俳百人一首 …………… [022]**18**－1
得閑斎 茂喬 → 文屋茂喬（ぶんやのしげたか）を見よ
得閑斎 繁雅（山田 繁雅）
　狂歌芦の若葉 ……………… [022]**14**－72
　狂歌俳百人一首 …………… [022]**18**－1
　興歌かひこの鳥 …………… [022]**14**－1
　狂歌千種園 春 …………… [022]**17**－1
　狂歌千種園 夏 …………… [022]**17**－28
　狂歌千種園 秋 …………… [022]**18**－63
　狂歌千種園 冬 …………… [022]**18**－86
　狂歌千草園 恋 …………… [022]**19**－50
　狂歌千草園 雑 …………… [022]**19**－76
　興歌野中の水 ……………… [022]**15**－38
　狂歌春の光 ………………… [022]**23**－12
得牛
　桃の帘 ……………………… [017]**6**－117
徳富 蘇峰
　京都東山 …………………… [016]**(1)**－785
徳永 種久
　しきをんろん ……………… [015]**34**－1
　徳永種久紀行 ……………… [015]**54**－185
独歩庵超波
　一碗光 ……………………… [017]**2**－45
篤老
　嚴嶋奉納集初編 …………… [030]**7**－278
都貢
　幣ぶくろ …………………… [078]**8**－267
吐虹校
　狂歌野夫鶯 ………………… [022]**13**－56
常世田 都久毛
　葉留農音津麗 ……………… [050]下－325
俊成卿女 → 藤原俊成女（ふじわらとしなりのむすめ）
　を見よ
斗酔
　春興（安永五年）…………… [078]**8**－341
兎走亭 倚柳
　狂歌廿日月 ………………… [022]**15**－1
戸田 茂睡
　鳥の迹（元禄十五年板本）… [045]**6**－708
訥子
　置土産 ……………………… [017]**2**－147
舎人吉年
　やすみしし 吾ご大王の …… [032]**021**－84
舎人親王
　日本書紀 …………………… [045]**5**－1133
　日本書紀 巻第一〜巻第二十二 … [069]**2**－11
　日本書紀 巻第二十三〜巻第三十 … [069]**3**－11
殿村 常久
　宇都保物語年立 …………… [079]**(8)**－67
富尾 似船
　安楽音 ……………………… [030]**1**－313
　石山寺入相鐘 ……………… [015]**2**－325
　誹諧隠蓑 巻上 …………… [030]**1**－177

富永 燕石
　夜のにしき ……………………… [030]3-82
富永 辰壽
　道頓堀花みち …… [030]1-263, [030]1-273
富山 道冶
　新板下り竹斎咄し ……………… [015]52-1
　竹斎(寛永整版本、二巻二冊、絵入)
　　　　　　　　　　　　　……… [015]49-107
　竹斎(古活字十一行本、二巻二冊)
　　　　　　　　　　　　　……… [015]48-115
　竹斎(奈良絵本、一冊、絵入) … [015]49-179
　竹斎東下 ……………………… [015]47-185
土明
　漆川集 …………………………… [030]2-141
友鳴 松旭
　大寄噺の尻馬(小本) …………… [062]14-195
伴林 光平(蒿斎)
　辛酉二月 寺を出でて蓄髪せし時の作
　　　　　　　　　　　　　……… [016](1)-616
　野山の歎き 完 ………………… [010]3-115
具平親王
　秋山に過ぐ ……………………… [016](1)-172
豊岡 珍平
　鎌倉大系図 ……………………… [018]49-11
豊田 正蔵
　田村麿鈴鹿合戦 ………………… [018]38-11
豊竹 応律
　稲荷街道墨染桜 ………………… [048]6-99
　源平鵯越 ………………………… [048]2-1
　東山殿幼稚物語 ………………… [048]6-1
　御ец前菖蒲帷子 ………………… [048]5-91
豊竹 甚六
　一谷嫩軍記 ……………………… [018]32-11
豊竹 万三
　源平鵯越 ………………………… [048]2-1
豊軒 可候
　風流狐夜咄 ……………………… [008]4-107
豊臣 秀次
　いつかはと思ひ入りにし ……… [032]014-32
豊臣 秀吉
　奥山に紅葉を分けて …………… [032]014-90
　露と落ち露と消えにし ………… [032]020-14
　自ら詠ず ………………………… [016](1)-256
　両川のひとつになりて ………… [032]014-76
刀利 宣令
　秋日 長王が宅に於て新羅の客を宴す 賦して「稀」
　　字を得たり …………………… [067]別-56
　秋日 長王の宅に於て新羅の客を宴し「稀」の
　　字を賦し得たり ……………… [016](1)-64
鳥山 芝軒
　秦の始皇 ………………………… [016](1)-302
　白髪の嘆 ………………………… [016](1)-301
頓阿
　愚問賢注 ………………………… [045]5-1108
　三十番歌合(応安五年以前) …… [045]10-334
　井蛙抄 …………………………… [045]5-1098
　草庵集 ………………… [045]4-166, [082]65-1
　続草庵集(承応二年板本) ……… [045]4-193
　頓阿句題百首(彰考館蔵本) …… [045]10-184
　〔頓阿 50首〕 …………………… [032]031-2
　頓阿五十首(齋藤彰氏蔵本) …… [045]10-213
　頓阿百首A(有吉保氏蔵本) …… [045]10-181
　頓阿百首B(書陵部蔵二六五・一一○五)
　　　　　　　　　　　　　……… [045]10-183
鈍々亭
　狂歌吉原形四季細見 …………… [009]12-3
鈍々亭 和樽
　狂歌関東百題集 ………………… [009]8-227

【 な 】

内藤 湖南
　江北の古戦場を過ぐ …………… [016](1)-795
直江 兼続
　二星何恨隔年逢 ………………… [032]014-100
中井 桜洲
　西都雑詩 ………………………… [016](1)-715
永井 禾原
　雪暁 驢に騎つて秦涯を過ぐ … [016](1)-766
永井 走帆
　狂歌種ふくべ …………………… [021]1-750
　狂歌乗合船 ……………………… [021]1-608
中内 朴堂
　渓山の春暁 ……………………… [016](1)-650
　風雪 藍関の図 ………………… [016](1)-651
中江 藤樹(与右衛門)
　為人鈔 …………………………… [015]5-3
　鑑草 ……………………………… [015]14-3
　熊沢子の備前に還るを送る …… [016](1)-278
長尾 秋水
　松前城下の作 …………………… [016](1)-499
長尾 為景
　青海のありとは知らで ………… [032]014-18
仲雄王
　「河陽十詠」に和し奉る四首 江上の船
　　　　　　　　　　　　　……… [067]別-97
中川 喜雲
　案内者 …………………………… [015]2-3
　京童 ……………………………… [015]22-89
　京童あとをひ …………………… [015]22-193
　しかた咄 ………………………… [015]33-1
中川 度量
　興歌百人一首嵯峨辺 …………… [022]19-1
長崎 一見
　長崎一見狂歌集 ………………… [021]1-464
中島 棕隠
　秋の季に真如堂に楓を観、晩間に雨に遇う二
　　首 ……………………………… [067]14-50
　乙酉の春新たに端硯を獲て喜ぶこと甚だしく
　　為に六絶を賦す ……………… [067]14-70

乙酉の臘月廿日、幣廬にて潑散会を作す。――
　　　　　　　　　　　　　　　　　　[067]**14**-86
菟道に月を看る ················ [067]**14**-37
雨夜読書 ···················· [067]**14**-160
閏六月十八日瑤浦より觸津に到る舟中の作
　　　　　　　　　　　　　　　　　　[067]**14**-107
雲州雜題 ···················· [067]**14**-145
越後道上の作 ················ [067]**14**-128
鴨東四時雜詠 ················ [067]**14**-25
己亥三月十九日、例に沿ひて牡丹十首を賦す
　　　　　　　　　　　　　　　　　　[067]**14**-80
客歲秋冬の交、淫雨連旬、諸州大水し、歲夏登
　らず。 ···················· [067]**14**-64
玉蘊女史に贈る ·············· [067]**14**-104
今玆五月十二日、将に飛驒に遊ばんとし先ず
　路を鶴浦に取り、―― ········ [067]**14**-119
災後根津に僦居して偶たま一律を得たり
　　　　　　　　　　　　　　　　　　[067]**14**-15
歲抄偶成 ···················· [067]**14**-133
三本木僑居雜述十六首 ········ [067]**14**-45
四月廿六日、再び嵯峨に遊び、郎田季乗、兒順
　を携う。途中口占 ············ [067]**14**-43
自述 ························ [067]**14**-175
壬申八月琴廷調初めて江戸に遊び余を不忍池
　上に訪う。―― ·············· [067]**14**-18
漫に題す ···················· [067]**14**-170
谷文晁の山水横卷に題し橋本元吉が為にす
　　　　　　　　　　　　　　　　　　[067]**14**-101
池無紋に贈る ················ [067]**14**-14
茶山菅先生に贈る ············ [067]**14**-95
丁亥四月、西遊して備後福山城に抵り、津川
　氏の客館に留寓す。 ·········· [067]**14**-60
田園雜興 ···················· [067]**14**-54
冬日池五山に懷いを寄す ······ [067]**14**-9
同前、新たに程君房の龍門の墨を得て癡情喜
　躍に勝えず、―― ············ [067]**14**-78
銅駝橋納凉 ·················· [067]**14**-36
長崎僑居雜題七首 ············ [067]**14**-136
二月九日、平椿孫・岡鈍夫・水文龍と偕に嵐
　峡に花を賞し、往還に随たま此の八首を得
　たり ························ [067]**14**-40
飛越の界、渓流怒激して航すべからず。
　　　　　　　　　　　　　　　　　　[067]**14**-125
東山に月に歩む、韻豪を得たり ··· [067]**14**-5
伏水途中 ···················· [067]**14**-117
福神寺寓居雜題十首 ·········· [067]**14**-108
丙子の除夕に鮭子貫、黄子斐と祇園の東店に
　飲み酔後四絶を得たり ······ [067]**14**-33
放言 ························ [067]**14**-153
北山に松覃を採り帰途に星洲上人を訪う
　　　　　　　　　　　　　　　　　　[067]**14**-83
墨水の舟中に懷いを写す ······ [067]**14**-6
将に江戸を去らんとして感有り ·· [067]**14**-21
木綿橋客樓口占 ·············· [067]**14**-115
老態 ························ [067]**14**-172
六月望、亀山伯秀、余が為に遊舫を雇い新地
　の南港に飲む即事 ·········· [067]**14**-99
中島 広足
　相良日記 ·················· [010]**1**-157

中島 米華
　彦山 ························ [016]〔1〕-554
中島 宜門
　西行日記 ·················· [010]**3**-135
中園 公賢
　公賢集(島原松平文庫蔵本) ····· [045]**7**-715
永田 貞行 → 永田 柳因(ながた・りゅういん)を見よ
永田 貞也 → 麦里坊 貞也(ばくりぼう・ていや)を
　見よ
永田 貞柳 → 鯛屋 貞柳(たいや・ていりゅう)を見よ
永田 柳因(貞竹)
　置みやげ ·················· [021]**1**-694
　狂歌机の塵 ················ [021]**1**-716
　狂歌戎の鯛 ················ [021]**1**-739
中務
　中務集(書陵部蔵五一〇・一二) ·· [045]**7**-28
　中務集(西本願寺蔵三十六人集) ·· [045]**3**-81
中臣 祐臣
　自葉和歌集 ················ [045]**7**-696
中臣 祐茂
　祐茂百首(国立歴史民俗博物館蔵本) ·· [045]**10**-154
中西 敬房
　怪談見聞実記 ·············· [008]**4**-303
中院 具顕
　中院具顕百首附十首 ········ [042]**16**-82
中院 通勝
　通勝集(東洋文庫蔵本) ······· [045]**8**-779
　雄長老狂歌百首 ············ [021]**1**-81
中院 通村
　後十輪院内府集 ············ [045]**9**-86
長秀
　権現千句 ·················· [066]**1**-345
中御門 為方
　中御門為方詠五十首和歌懐紙 ·· [042]**16**-237
中御門天皇
　折りとれば―― ·············· [032]**077**-54
中邑 阿契(安田 阿契(蛙桂))
　軍術出口柳 ················ [048]**3**-197
　源平鴨鳥越 ················ [048]**2**-1
　鯛屋貞柳歳旦閣 ············ [048]**4**-1
　雙紋筐巢籠 ················ [048]**1**-278
　物ぐさ太郎 ················ [018]**52**-11
　倭歌月見松 ················ [048]**3**-301
中村 魚眼
　博多織戀錦 ················ [048]**6**-205
　有職鎌倉山 ················ [048]**6**-261
中村 惕斎
　比売鑑 紀行 ··············· [015]**59**-235
　比売鑑 紀行(承前) ·········· [015]**60**-1
　比売鑑 述言 ··············· [015]**59**-23
中村 伯先
　葛の葉表 ·················· [050]下-297
長屋王
　袈裟の衣縁に繡る ·········· [016]〔1〕-40
　宝宅に於て新羅の客を宴す ··············

作家名索引（原作者）　　　　　にしし

中山 三柳
　醍醐随筆 ……………………… [015] **47**-*1*
中山 忠親
　水鏡 …………………………… [045] **5**-*1161*
半井 云也
　落髪千句 ……………………… [030] **1**-*48*
半井 卜養
　卜養狂歌集 …………………… [021] **1**-*325*
　卜養狂歌拾遺 ………………… [021] **1**-*339*
夏目 漱石
　山路に楓を観る ……………… [016]〔1〕-*798*
　春興 …………………………… [016]〔1〕-*800*
　無題 …………………………… [016]〔1〕-*799*
難波 三蔵
　一谷嫩軍記 …………………… [018] **32**-*11*
　物ぐさ太郎 …………………… [018] **52**-*11*
浪華 梅翁
　大寄噺の尻馬（半紙本）……… [062] **14**-*27*
難波津 散人
　破本顕正返答之評判〔抜抄〕… [066] **5**-*231*
　備前海月〔抜抄〕……………… [066] **5**-*235*
鍋島 閑叟
　雨を聴く ……………………… [016]〔1〕-*623*
なますの 盛方
　狂歌すまひ草 ………………… [009] **2**-*3*
浪岡 鯨児
　一谷嫩軍記 …………………… [018] **32**-*11*
並木 丈輔（並木 丈助、豊 丈助）
　苅萱桑門筑紫轢 ……………… [018] **34**-*11*
　曽我昔見台 …………………… [018] **27**-*11*
　芳伶人吾妻雛形 ……………… [018] **44**-*11*
　物ぐさ太郎 …………………… [018] **52**-*11*
　万屋助六二代噺 ……………… [018] **29**-*11*
並木 正三
　一谷嫩軍記 …………………… [018] **32**-*11*
並木 千柳
　粟島譜嫁入雛形 ……………… [018] **51**-*11*
　傾城枕軍談 …………………… [018] **31**-*11*
並木 宗輔（宗助）
　赤沢山伊東伝記 ……………… [018] **12**-*11*
　安倍宗任松浦篁 ……………… [018] **46**-*11*
　石橋山鎧襲 …………………… [018] **41**-*11*
　和泉国浮名溜池 ……………… [018] **21**-*11*
　一谷嫩軍記 …………………… [018] **32**-*11*
　いろは日蓮記 ………………… [018] **42**-*11*
　蒲冠者藤戸合戦 ……………… [018] **24**-*11*
　釜渕双級巴 …………………… [018] **36**-*11*
　苅萱桑門筑紫轢 ……………… [018] **34**-*11*
　楠正成軍法実録 ……………… [018] **19**-*11*
　源家七代集 …………………… [018] **20**-*11*
　清和源氏十五段 ……………… [018] **6**-*11*
　曽我昔見台 …………………… [018] **27**-*11*
　待賢門夜軍 …………………… [018] **33**-*11*
　尊氏将軍二代鑑 ……………… [018] **5**-*11*
　南都十三鐘 …………………… [018] **17**-*11*

丹生山田青海剣 ………………… [018] **37**-*11*
藤原秀郷俵系図 ………………… [018] **2**-*11*
芳伶人吾妻雛形 ………………… [018] **44**-*11*
北条時頼記 ……………………… [064] **6**-*71*
本朝檀特山 ……………………… [018] **25**-*11*
百合稚高麗軍記 ………………… [018] **40**-*11*
万屋助六二代噺 ………………… [018] **29**-*11*
苗村 丈伯
　男重宝記〔抄〕………………… [066] **5**-*247*
成島 司直
　日光山麗従私記（露の道芝）… [010] **2**-*313*
　春のみかり …………………… [010] **2**-*205*
成島 柳北
　丙子の歳晩 感懐 ……………… [016]〔1〕-*711*
　香港 …………………………… [016]〔1〕-*710*
南嶺庵 梅至
　奥羽の日記 …………………… [030] **6**-*280*

【 に 】

新居 正方
　淡路廼道草 …………………… [010] **2**-*359*
新納 忠元
　さぞな春つれなき老いと …… [032] **014**-*56*
西沢 一風
　阿漕 …………………………… [064] **4**-*1*
　井筒屋源六恋寒晒 …………… [064] **4**-*15*
　今源氏空船 …………………… [064] **3**-*103*
　今昔操年代記 ………………… [064] **6**-*153*
　色茶屋頰卑顔 ………………… [064] **3**-*485*
　色縮緬百人後家 ……………… [064] **3**-*251*
　女蝉丸 ………………………… [064] **5**-*1*
　女大名丹前能 ………………… [064] **2**-*1*
　寛濶曽我物語 ………………… [064] **1**-*229*
　熊坂今物語 …………………… [064] **3**-*419*
　けいせい伽羅三昧 …………… [064] **3**-*1*
　傾城武道桜 …………………… [064] **2**-*211*
　日本五山建仁寺供養 ………… [064] **4**-*53*
　国性爺御前軍談 ……………… [064] **3**-*177*
　御前義経記 …………………… [064] **1**-*89*
　新色五巻書 …………………… [064] **1**-*1*
　大仏殿万代石楚 ……………… [064] **6**-*1*
　伊達髪五人男 ………………… [064] **2**-*307*
　南北軍問答 …………………… [064] **5**-*111*
　風流今平家 …………………… [064] **2**-*123*
　風流御前二代曽我 …………… [064] **2**-*459*
　風流三国志 …………………… [064] **2**-*375*
　北条時頼記 …………………… [064] **6**-*71*
　美文御前幸寿丸身替亞張月 … [064] **5**-*185*
　乱胚三味線 …………………… [064] **3**-*323*
　昔米万石通 …………………… [064] **5**-*69*
　頼政追善芝 …………………… [064] **4**-*125*
西島 蘭渓
　暮に故城に上る ……………… [016]〔1〕-*511*
　楽山亭の秋朓 ………………… [016]〔1〕-*512*

にしな

落葉 ……………………………… [016]〔1〕- 513
仁科 白谷
　雲州雑詩 ………………………… [016]〔1〕- 544
西村 市郎右衛門
　浅草拾遺物語 …………………… [065]下 - 7
　小夜衣 …………………………… [065]上 - 23
　新撰咄揃 ………………………… [065]上 - 9
西村 未達
　諸国心中女 ……………………… [065]上 - 445
　新御伽婢子 ……………………… [065]上 - 91
　俳諧相撲 ………………………… [046]5 - 768
西山 昌察
　西山三籟集 ……………………… [081]3 - 416
西山 昌林
　西山三籟集奥書 ………………… [066]5 - 16
　西山三籟集 ……… [066]1 - 3, [081]3 - 416
西山 拙斎
　人の錦衣を贈るを辞す ………… [016]〔1〕- 413
西山 宗因
　「相蚊屋の」唱和 ……………… [066]3 - 288
　明石山庄記 (一) 明石山庄記 …… [066]4 - 44
　明石山庄記 (二) 赤石山庄記 …… [066]4 - 46
　明石千句 ………………………… [066]6 - 3
　「秋よだゞ」百韻 ……………… [066]2 - 415
　「曙の」百韻 …………………… [066]4 - 110
　「朝顔の」百韻 ………………… [066]4 - 202
　「朝霧や」百韻 ………………… [066]2 - 344
　「朝露に」百韻 ………………… [066]2 - 165
　「朝な朝な」百韻 ……………… [066]2 - 6
　「あさみこそ」百韻 …………… [066]3 - 148
　「朝夕に」百韻 ………………… [066]4 - 113
　「あしからし」百韻 …………… [066]3 - 401
　「あそへ春」百韻 ……………… [066]3 - 380
　「あたゝめよ」唱和 …………… [066]3 - 288
　「跡問ん」百韻 ………………… [066]3 - 229
　「あまりまて」百韻 …………… [066]4 - 138
　「あらき瀬の」百韻 …………… [066]2 - 90
　「ありし世は」百韻 …………… [066]2 - 306
　生松原暮雪 在筑前 ……………… [066]4 - 71
　「いざ爰に」百韻 ……………… [066]2 - 39
　『伊勢神楽』巻末発句 ………… [066]6 - 89
　伊勢道中句懐紙 ………………… [066]4 - 58
　一夜庵建立縁起 ………………… [066]6 - 77
　「一方に」百韻 ………………… [066]2 - 107
　「いと涼しき」百韻 …………… [066]3 - 280
　「いとゞ露けき」百韻 ………… [066]4 - 127
　「今ぞ知」百韻 ………………… [066]2 - 183
　「今筑波や」百韻 ……………… [066]3 - 482
　「芋堀て」百韻 ………………… [066]4 - 186
　引導集 …………………………… [066]6 - 145
　「植分し」百韻 ………………… [066]2 - 201
　「植わけて」百韻 ……………… [066]2 - 334
　「鴬よ」百韻 …………………… [066]2 - 110
　氏富家千句 ……………………… [066]1 - 465
　「うしやまつる」百韻 ………… [066]3 - 294
　「薄くこく」百韻 ……………… [066]2 - 320
　「うた のねの」百韻 ………… [066]2 - 296
　「梅が香を」百韻 ……………… [066]2 - 173
　「梅に先」百韻 ………………… [066]2 - 187
　「梅は春に」百韻 ……………… [066]2 - 33
　「えぞ過ぎぬ」百韻 …………… [066]2 - 12
　「江戸桜」歌仙 ………………… [066]3 - 396
　「老かくる」百韻 ……………… [066]2 - 393
　「あふ坂の」百韻 ……………… [066]2 - 348
　奥州一見道中 …………………… [066]4 - 56
　奥州紀行 (一) 奥州紀行 ……… [066]4 - 26
　奥州紀行 (二) 奥州塩竈記 …… [066]4 - 30
　奥州紀行 (三) 陸奥塩竈一見記 … [066]4 - 32
　奥州紀行 (四) 松島一見記 …… [066]4 - 35
　奥州紀行 (五) 陸奥行脚記 …… [066]4 - 38
　岡山俊正集め句 ………………… [066]6 - 89
　「荻の声」百韻 ………………… [066]4 - 97
　「お詞の」百韻 ………………… [066]3 - 393
　「惜むとて」百韻 ……………… [066]2 - 176
　「おそくとき」百韻 …………… [066]2 - 359
　「驚くや」百韻 ………………… [066]2 - 86
　「おどろけや」百韻 …………… [066]2 - 225
　「己がやも」百韻 ……………… [066]2 - 432
　「おもひ入」歌仙 (一) ………… [066]3 - 491
　「おもひ入」歌仙 (二) ………… [066]3 - 492
　「思ひ出や」百韻 ……………… [066]2 - 29
　「思はずよ」百韻 ……………… [066]2 - 114
　阿蘭陀丸二番船 ………………… [066]3 - 531
　「折ふしの」五十韻 …………… [066]4 - 122
　温故日録跋 ……………………… [066]4 - 65
　海上月 …………………………… [066]6 - 68
　「書初や」唱和 ………………… [066]3 - 255
　「かくしつゝ」百韻 …………… [066]2 - 376
　岳西惟中吟西山梅翁判十百韻 … [066]4 - 209
　「かさねさる」百韻 …………… [066]3 - 191
　画賛 ……………………………… [066]6 - 172
　「かしらは猿」百韻 …………… [066]4 - 194
　「風の前の」百韻 ……………… [066]2 - 239
　「風ほそく」五十韻 …………… [066]2 - 427
　「風よだぢ」百韻 ……………… [066]2 - 26
　「花鳥や」百韻 ………………… [066]3 - 389
　「郭公」唱和 …………………… [066]3 - 424
　「郭公」百韻 ……… [066]2 - 18, [066]2 - 236
　「蚊柱や」百韻 ………………… [066]3 - 255
　「蚊柱は」百韻 ………………… [066]3 - 240
　「神かけて」百韻 ……………… [066]3 - 418
　「軽口に」百韻 ………………… [066]4 - 163
　「枯はてぬ」百韻 ……………… [066]2 - 50
　「川風の」百韻 ………………… [066]2 - 53
　「川水に」百韻 ………………… [066]2 - 138
　「漢和聯句」百韻 ……………… [066]2 - 99
　「祇園」百韻 …………………… [066]2 - 299
　「木がくれや」百韻 (一順) …… [066]2 - 106
　「きぬぬきかぬ」俳諧百韻奥書 … [066]6 - 103
　「木々は皆」百韻 ……………… [066]2 - 75
　北野法楽千句〔抄〕 …………… [066]5 - 297
　「昨日つむ」百韻 (一順) ……… [066]2 - 98
　「気はらしや」百韻 …………… [066]3 - 398
　「京へなん」百韻 ……………… [066]3 - 236
　狂歌〔西山宗因全集〕 ………… [066]4 - 70
　「けふ来ずは」百韻 …………… [066]2 - 313
　「京て花や」百韻 ……………… [066]3 - 349

近来俳諧風体抄	[066]3-530	「芝海老や」百韻	[066]3-443
句懐紙	[066]6-164	清水正俊宅賛句文	[066]4-66
「草に木に」百韻	[066]2-145	「釈迦すてに」百韻	[066]3-362
「草の屋の」百韻	[066]4-90	二葉集	[066]3-526
「薬喰や」百韻	[066]4-206	「暑気を去」百韻	[066]3-352
「口まねや」百韻	[066]3-289	「所々」百韻	[066]2-287
雲喰ひ	[066]3-533	「除夜の風呂や」一折	[066]3-302
「来る春や」百韻	[066]3-172	「しれさんしよ」百韻	[066]3-164
「紅の」百韻(一順)	[066]2-292	「白妙の」百韻	[066]2-194
計儀独吟十百韻	[066]4-256	神出別荘記	[066]6-75
「消かへれ」百韻	[066]2-124	新続犬筑波集	[066]6-144
「消てふれ」百韻	[066]2-3	「末の露」百韻	[066]2-218
「消にきと」百韻	[066]2-265	菅家神退七百五十年忌万句第三付	
「けぶりだに」四十八句	[066]2-399		[066]1-207
「煙つき」百韻	[066]2-253	「すき鍬や」表八句	[066]3-422
向栄庵記	[066]6-69	「すきものと」百韻	[066]2-102
「かうはしや」唱和	[066]3-362	「すゞ風の」百韻	[066]3-186
高野山詣記	[066]4-49	「すむ千鳥」百韻	[066]2-366
「高野那智の」百韻	[066]3-260	「摺こ木も」百韻	[066]3-221
「紅葉せぬ」百韻	[066]2-131	西翁道之記	[066]4-52
小倉千句	[066]1-406	「誓文で」俳諧百韻	[066]6-99
「こゝろよく」百韻	[066]6-55	「関は名のみ」百韻	[066]3-195
「御座らねと」百韻	[066]3-386	「世間に」百韻	[066]3-179
後撰犬筑波集	[066]3-515	「せめて夢に」百韻断簡	[066]2-436
「御僧よなふ」唱和	[066]3-263	「羨敷」歌仙	[066]2-214
「去年といはん」百韻	[066]4-174	「千たびとへ」世吉	[066]2-387
「御馳走を」百韻	[066]3-310	扇面	[066]6-160
「御鎮座の」百韻	[066]2-203	宗因付句	[066]1-199
「ことそへて」百韻	[066]2-309	宗因文集	[066]6-78
「言の葉も」百韻A	[066]6-44	宗因発句素外賛	[066]6-126
「言の葉も」百韻B	[066]6-47	宗因発句帳	[066]1-137, [081]3-391
「御評判」百韻	[066]4-252	『宗因連歌』巻末発句	[066]6-88
「こまかなる」唱和	[066]3-210	『宗因連歌集』巻末発句	[066]6-87
「これにしく」百韻	[066]4-141	贈宗札庵主	[066]4-65
「これのりや」百韻	[066]2-284	続境海草	[066]3-513
「是や去年の」三物	[066]3-373	袖湊夜雨 在筑前	[066]4-71
権柄千句	[066]1-345	「空にみつ」百韻	[066]2-22
西国道日記	[066]6-70	それぞれ草	[066]3-534
歳旦	[066]6-160	「それ花に」歌仙	[066]3-292
境海草	[066]3-497	「太山辺に」百韻	[066]2-380
榊原政房邸韻字詩歌	[066]6-65	「太山木も」百韻	[066]4-117
「咲花や」唱和	[066]3-239	「竹に生て」百韻	[066]4-124
「さくや此」百韻	[066]2-341	「たちぬはぬ」百韻	[066]2-46
桜御所千句	[066]1-284	「立あとや」百韻	[066]3-373
「さゝうたふ」百韻	[066]3-244	「立年の」百韻	[066]3-183
「さゝ竹を」歌仙	[066]3-190	「たつ鳥の」百韻	[066]4-159
「さそひ行」	[066]2-57	「谷の戸と」百韻	[066]2-61
「さなきたに」百韻	[066]3-479	「たのむ陰」百韻	[066]2-272
「五月雨も」百韻	[066]2-383	「手向には」百韻	[066]2-303
佐夜中山集	[066]3-511	「ちいさくて」百韻	[066]3-182
「更におし」百韻	[066]2-228	千宜理記	[066]3-516
「されはこそ」百韻	[066]3-358	筑紫太宰府記	[066]4-42
山月	[066]6-67	「長徳は」百韻	[066]2-355
「三盃や」百韻	[066]3-299	「散積る」百韻	[066]2-79
色紙	[066]6-158	「ちりひぢの」百韻	[066]6-37
十花千句	[066]1-255	「月清し」歌仙	[066]2-259
「しなものや」歌仙	[066]4-329	「月代や」百韻	[066]3-252
「忍ぶ世の」連歌百韻	[066]6-92	「月に詩を」百韻	[066]3-405
「しのぶ世も」百韻	[066]2-221	「月の扇」百韻	[066]4-323

「月の外は」歌仙	[066]3-297		「鼻のあなや」百韻	[066]4-178
「月見れば」百韻	[066]3-408		「花むしろ」百韻	[066]3-176
「月夜よし」百韻	[066]2-197		「花やあらぬ」百韻	[066]2-141
つくしの海	[066]3-526		「浜荻や」百韻	[066]2-373
「つくねても」百韻	[066]4-134		浜宮千句	[066]1-436
「つふりをも」百韻	[066]3-157		「春をうる」百韻	[066]2-43
津山紀行(一) 美作道日記草稿	[066]4-16		「春霞」歌仙	[066]2-282
津山紀行(二) 美作道日記	[066]4-19		「春霞」独吟三物	[066]3-172
津山紀行(三) 津山紀行	[066]4-22		「春の日や」百韻	[066]2-401
「手を折て」百韻	[066]2-190		「春やあらん」百韻	[066]2-279
「手ならふや」百韻	[066]3-377		「春は世に」百韻	[066]4-87
「天下矢数」百韻(一順)	[066]3-487		晴小袖	[066]3-515
「天にあらは」百韻	[066]3-233		播州赤石にて	[066]6-67
天満千句	[066]3-319		肥後道記	[066]4-3
東海道各駅狂歌	[021]1-172, [066]4-334		「ひつからげ」百韻	[066]3-366
到来集	[066]3-520		「人淳く」百韻	[066]2-369
「とへは匂ふ」百韻	[066]3-160		「人更に」百韻	[066]3-355
「十といひて」百韻	[066]4-198		「人の世や」百韻	[066]2-121
「時しあれや」百韻	[066]2-246, 2-407		「人は見えぬ」百韻断簡	[066]2-388
「時や今」百韻	[066]2-134		「人は夢」百韻	[066]2-411
「年を経ば」百韻	[066]2-128		「日の光」百韻	[066]2-243
「年月や」百韻	[066]2-261, [066]6-58		「日の御影」百韻	[066]2-269
十百韻山水独吟梅翁批判	[066]4-287		「日々にうとき」百韻	[066]2-232
「ともかくも」百韻	[066]2-263		「日比経しは」歌仙	[066]2-414
「中々に」百韻	[066]3-161		「百余年や」百韻	[066]3-487
「ながむとて」百韻	[066]3-152		風庵懐旧千句	[066]1-316
「夏の夜は」百韻	[066]4-93		「吹出す」百韻	[066]2-72
「撫物や」百韻	[066]3-168		藤万句三物	[066]3-293
「難波人」七十二候	[066]2-10		伏見千句	[066]1-375
「浪風も」歌仙(一順)	[066]2-21		懐子	[066]3-498
「奈良坂や」百韻	[066]3-369		「冬枯ぬ」百韻	[066]2-316
「苗代の」百韻	[066]2-158		「冬ごもる」百韻	[066]4-83
「なんにもはや」百韻	[066]3-425		「冬こもれ」百韻	[066]3-313
「匂はずは」連歌百韻	[066]6-96		「冬咲や」百韻	[066]3-307
「錦てふ」百韻	[066]6-51		「冬ぞ見る」百韻	[066]2-362
「西ぞみん」百韻	[066]2-68		「降つくせ」百韻断簡	[066]2-422
西山三籟集	[066]1-3, [081]3-416		「文をこのむ」百韻	[066]4-170
西山梅翁点胤及・定直両吟集	[066]4-227		発句〔西山宗因全集〕	[066]3-1
「二度こしの」百韻	[066]4-152		発句修訂〔西山宗因全集〕	[066]6-132
「庭やこれ」百韻	[066]2-275		発句追補〔西山宗因全集〕	[066]6-127
「ねやの月に」百韻	[066]2-404		「時鳥」歌仙	[066]4-327
「残る名に」百韻	[066]2-225		正方・宗因両吟千句	[066]1-225
「のらねこや」百韻	[066]3-415		正方送別歌文	[066]4-60, [066]6-108
俳諧	[066]6-152		正方広島下向記	[066]6-109
誹諧当世男	[066]3-519		「真砂しく」百韻(一順)	[066]2-148
『誹諧歌仙』巻末発句	[066]6-91		「又やみん」百韻	[066]6-34
俳諧三部抄	[066]3-520		「又やみん」百韻(表八句)	[066]2-157
誹諧草庵集	[066]3-534		「松梅は」百韻	[066]2-330
誹諧昼網	[066]3-521		「松にはかり」百韻	[066]4-190
梅酒十歌仙	[066]3-428		「松の声」百韻	[066]2-94
「葉をわかむ」五十韻	[066]2-16		「松の葉は」百韻	[066]2-323
「橋柱」百韻	[066]2-117		「松や君に」百韻	[066]4-145
「葉茶壺や」百韻	[066]3-303		「見し人の」百韻	[066]2-64
「初秋も」百韻	[066]4-106		「見し宿や」百韻	[066]2-429
「花を踏て」百韻	[066]3-383		「みしや夢」百韻	[066]2-292
「花て候」百韻	[066]4-206		「水懸る」百韻	[066]2-156
「花にいはゝ」百韻	[066]4-167		「水辺を」百韻	[066]3-276
「花に行」百韻	[066]4-130		「満塩や」百韻	[066]2-214
			「道の者」百韻	[066]4-331

「見つる世の」百韻	[066] 4 - 79
「皆人は」百韻	[066] 3 - 439
「見ばや見し」百韻	[066] 2 - 149
「耳ときや」百韻	[066] 2 - 83
「見る月を」百韻	[066] 2 - 180
「みるめおふる」百韻	[066] 2 - 153
むかし口	[066] 5 - 161
武蔵野	[066] 3 - 518
「むさし野や」歌仙	[066] 3 - 422
「むら紅葉」百韻	[066] 2 - 169
「めくりあふや」百韻	[066] 3 - 316
物種集	[066] 3 - 523
『紅葉草』所引「豊一」付句	[066] 6 - 63
「紅葉ばの」百韻	[066] 2 - 419
「紅葉鮒」百韻	[066] 3 - 269
「やくわんやも」百韻	[066] 3 - 199
「宿からは」百韻	[066] 3 - 145
「やれとの」百韻	[066] 2 - 211
「山路見えて」百韻	[066] 2 - 423
「山霞む」四十八句	[066] 2 - 390
山の端千句	[066] 3 - 446
「山は時雨」百韻	[066] 2 - 352
「やら涼し」百韻	[066] 3 - 218
「夕されば」百韻（一順）	[066] 2 - 291
「ゆふだすき」百韻	[066] 2 - 207
「夕立も」唱和	[066] 3 - 287
有芳庵記（一） 有芳庵記 東長寺本	[066] 4 - 61
有芳庵記（二） 有芳庵記 桜井本	[066] 4 - 62
有芳庵記（三）告天満宮文	[066] 4 - 64
「夢かとよ」百韻	[066] 4 - 76
ゆめみ草	[066] 3 - 497
「よい声や」百韻	[066] 2 - 245
「世を照す」百韻	[066] 2 - 249
「世の中の」百韻	[066] 3 - 215
「よみかへり」百韻	[066] 3 - 412
「よむとつきし」百韻	[066] 3 - 248
「四方山の」百韻	[066] 4 - 148
「よれくまん」百韻	[066] 3 - 283
連歌	[066] 6 - 147
「六尺や」百韻	[066] 3 - 266
和歌〔西山宗因全集〕	[066] 4 - 69
「若竹の」百韻	[066] 3 - 273
「若たはこ」百韻	[066] 4 - 248
「若葉さす」百韻	[066] 2 - 327
「若葉にも」百韻	[066] 6 - 40
「若ゆたん」表八句	[066] 6 - 63
「分からる、」歌仙	[066] 3 - 485
和州竹内訪問歌文	[066] 4 - 61
「わたづみの」百韻	[066] 2 - 211
西山 宗春	
孝婦集	[078] 8 - 156
西山三籟集	[081] 3 - 416
「花散りて」連歌百韻	[066] 6 - 115
発句愚草	[066] 5 - 102
二条 為氏	
続拾遺和歌集	[045] 1 - 357, [082] 7 - 1
新和歌集	[045] 6 - 152
〔二条為氏 22首〕	[032] 029 - 2
二条 為定	
続後拾遺和歌集	[045] 1 - 525, [082] 9 - 1
新千載和歌集	[045] 1 - 599
為定集	[045] 7 - 712
二条 為重	
新後拾遺和歌集	[045] 1 - 690, [082] 11 - 1
為重集	[045] 7 - 766
二条 為遠	
新後拾遺和歌集	[045] 1 - 690, [082] 11 - 1
二条 為藤	
続後拾遺和歌集	[045] 1 - 525, [082] 9 - 1
二条 為世	
延慶両卿訴陳状	[045] 5 - 1083
続現葉和歌集	[045] 6 - 272
続千載和歌集	[045] 1 - 481
新後撰和歌集	[045] 1 - 388
為世集	[045] 7 - 370
〔二条為世 20首〕	[032] 029 - 56
和歌庭訓	[045] 5 - 1085
二条 良基	
小島の口ずさみ	[045] 10 - 1062
小島のすさみ	[058] 6 - 1
近来風体抄	[045] 5 - 1111
愚問賢注	[045] 5 - 1108
後普光園院百首	[045] 10 - 179
菟玖波集	[081] 1 - 9
二松庵 清楽	
狂歌月の影	[022] 10 - 1
二松庵 万英	
狂歌月の影	[022] 10 - 1
二条院讃岐	
二条院讃岐集	[045] 4 - 68
二条太皇太后宮大弐	
二条太皇太后宮大弐集	[045] 7 - 119
日心	
糺物語	[015] 47 - 119
日蓮	
おのづから横しまに降る	[032] 059 - 60
蜷川 親俊	
蜷川親俊発句付句集	[081] 2 - 474
蜷川 親当（智蘊）	
専順等日発句（伊地知本）	[081] 1 - 217
専順等日発句（金子本）	[081] 1 - 213
親当句集	[081] 1 - 266
入安	
入安狂歌百首	[021] 1 - 92
如願	
如願法師集	[045] 7 - 288
如自	
維舟点賦何柚誹諧百韻	[030] 3 - 136
如儡子	
可笑記	[015] 14 - 131
百八町記	[015] 61 - 135
丹羽 花南	
偶詠	[016]〔1〕- 760

にんこ 作家名索引（原作者）

仁孝天皇
　たぐひなき── .... [032] **077** - 86
忍誓
　専順等日発句（伊地知本）........ [081] **1** - 217
　専順等日発句（金子本）.......... [081] **1** - 213
仁明天皇
　閑庭にて雪に対す .... [016]〔1〕- 125

【ぬ】

額田王
　茜草指す 紫野行き 標野行き ... [032] **021** - 32
　秋の野の み草刈り葺き .... [032] **021** - 14
　味酒 三輪の山 .... [032] **021** - 26
　かからむの 懐ひ知りせば ...... [032] **021** - 82
　君待つと 吾が恋ひ居れば ...... [032] **021** - 94
　熟田津に 船乗りせむと .... [032] **021** - 16
　冬こもり 春去り来れば .... [032] **021** - 22
　やすみしし 吾ご大王の 恐きや .. [032] **021** - 86

【の】

能阿
　専順等日発句（伊地知本）........ [081] **1** - 217
　専順等日発句（金子本）.......... [081] **1** - 213
　能阿句集 .... [081] **1** - 334
能因
　玄玄集 .... [045] **2** - 271
　〔能因 31首〕 .... [032] **045** - 2
　能因歌枕（広本） .... [045] **5** - 947
　能因集 .... [040] **3** - 7
　能因法師集（榊原家蔵本）....... [045] **3** - 335
能桂
　渚藻屑 .... [081] **3** - 587
能順
　聯玉集 .... [081] **3** - 522
衲叟馴窓
　雲玉集（神宮文庫蔵本）......... [045] **8** - 573
乃木 希典（石樵）
　現し世を神さりましし .... [032] **020** - 70
　凱旋 感有り .... [016]〔1〕- 764
　金州城下の作 .... [016]〔1〕- 763
　富岳を詠ず .... [016]〔1〕- 763
野田 笛浦
　画竹 .... [016]〔1〕- 556
　昌平橋納涼 .... [016]〔1〕- 557
野々口 立圃
　十八番諸職之句合 .... [030] **3** - 112
　みちのき .... [030] **3** - 59
　明暦二年立圃発句集 .... [030] **3** - 96
　立圃句日記 .... [030] **3** - 55
　立圃自筆巻子本（屏山文庫蔵）... [030] **3** - 64
　立圃の承応癸巳紀行 .... [030] **3** - 67

野宮 定祥 → **藤原 定祥**（ふじわら・さだなか）を見よ
信章
　「此梅に」百韻 .... [047]〔1〕- 159
信武
　狂歌旅枕 .... [021] **1** - 450
信尋
　桜御所千句 .... [066] **1** - 284
信之
　「花散りて」連歌百韻 .... [066] **6** - 115

【は】

梅志
　吉見行二本杖 .... [017] **26** - 353
梅人
　さらしな紀行 旧庵后の月見 .... [017] **27** - 311
　杉風句集〔抄〕 .... [047]〔1〕- 804
　桃青伝 .... [030] **7** - 269
梅多楼
　十符の菅薦 .... [009] **12** - 165
梅朝
　江戸大坂通し馬 .... [046] **5** - 467
梅富
　俳諧稲筵 .... [017] **12** - 67
買風
　茶の花見 .... [017] **27** - 133
買明
　はせを .... [030] **6** - 264
灰屋 紹益
　にぎはひ草 .... [015] **55** - 137
梅路
　伊勢続新百韻 .... [053] **1** - 73
　水のさま .... [030] **6** - 228
梅朧館主人
　新斎夜語 .... [008] **2** - 121
　続新斎夜語 .... [008] **2** - 193
吠若磨
　続門葉和歌集（東大寺図書館蔵本）
　 .... [045] **6** - 236
芳賀 一晶
　千句後集 .... [030] **5** - 80
萩の屋 裏住
　狂歌あきの野ら .... [009] **8** - 297
萩原 宗固
　明和狂歌合 .... [009] **1** - 55
白囲
　夏の落葉 .... [017] **4** - 175
白隠慧鶴
　聞かせばや信田の森の .... [032] **059** - 96
　若い衆や死ぬがいやなら .... [032] **059** - 98
麦宇
　湯あみの日記 .... [060]〔1〕- 502

栢莚
　老の楽しみ抄〔抄〕………… [047]⑴-802
白縁斎 梅好
　絵本名物浪花のながめ ……… [022]21-23
　狂詞いそちとり ……………… [022]21-8
　狂歌雪月花 …………………… [022]20-56
　狂歌浪花のむめ ……………… [022]21-56
　狂歌浪花丸 …………………… [022]20-15
　狂歌帆かけ船 ………………… [022]20-1
　狂歌三津浦 …………………… [022]20-38
　古新狂歌酒 …………………… [022]21-1
白牛
　歳旦 …………………………… [017]29-281
白居
　片折 …………………………… [078]8-282
栢舟
　俳諧六指〔抄〕………………… [017]22-323
麦洲
　俳諧桃八仙 …………………… [053]1-301
白雪
　三河小町〔抄〕………………… [047]⑴-798
泊帆
　宗因俳諧発句集〔抄〕………… [066]5-284
白麻
　探荷集二編 …………………… [017]29-339
麦誉
　俳諧ふたやどり ……………… [053]1-177
麦里坊 貞也（永田 貞也）
　狂歌柿の核 …………………… [022]12-35
　狂歌三年物 …………………… [022]12-1
　狂歌ふくるま ………………… [022]12-49
　狂歌水の面 …………………… [022]12-20
　和哥夷 ………………………… [022]14-21
白露
　浮世壱分五厘 ………………… [073]23-291
　哥行脚懐硯 …………………… [073]22-247
　柿本人麿誕生記 ……………… [073]23-319
　風流庭訓往来 ………………… [073]22-377
馬光
　庚午歳旦 ……………………… [017]22-3
　俳諧薮うぐひす ……………… [017]3-159
　湯山紀行 ……………………… [017]11-265
間人老
　やすみしし 我が大王の……… [032]021-10
橋本 景岳
　獄中の作三首 其の二 ……… [016]⑴-702
　雑感二首 ……………………… [016]⑴-704
橋本 実麗
　近江田上紀行 全 …………… [010]2-399
橋本 蓉塘
　事に感ず ……………………… [016]⑴-756
芭蕉 → 松尾芭蕉（まつお・ばしょう）を見よ
長谷川 千四
　尼御台由比浜出 ……………… [018]23-11
　敵討御未刻太鼓 ……………… [018]16-11

　鬼一法眼三略巻 ……………… [018]9-11
　京土産名所井筒 ……………… [018]7-11
　信州姨拾山 …………………… [018]8-11
　須磨都源平躑躅 ……………… [018]10-11
　眉間尺象貢 …………………… [018]43-11
八文字 其笑
　阿濃浦三巴 …………………… [073]17-435
　敦盛源平桃 …………………… [073]16-139
　今昔出世扇 …………………… [073]18-1
　薄雪音羽滝 …………………… [073]16-441
　大系図蝦夷噺 ………………… [073]17-297
　御伽太平記 …………………… [073]21-307
　小野篁恋釣船 ………………… [073]19-151
　女非人綴錦 …………………… [073]16-363
　刈萱二面鏡 …………………… [073]16-205
　勧進能舞台桜 ………………… [073]18-155
　諸芸袖日記後篇教訓私儘育 … [073]19-341
　娘楠契情太平記 ……………… [073]17-233
　逆沢瀉鎧鑑 …………………… [073]15-447
　宇治川藤戸海魁対盃 ………… [073]16-1
　自笑楽日記 …………………… [073]18-281
　十二小町曦裳 ………………… [073]19-1
　鎌倉諸芸袖日記 ……………… [073]17-1
　南木芳日記 …………………… [073]22-1
　曽根崎情鵑 …………………… [073]18-223
　忠盛祇園桜 …………………… [073]15-295
　龍都俵系図 …………………… [073]15-371
　檀浦女見台 …………………… [073]20-449
　中将姫誓糸遊 ………………… [073]21-385
　道成寺岐柳 …………………… [073]20-75
　歳徳五葉松 …………………… [073]20-379
　菜花金夢合 …………………… [073]21-151
　雷神不動松 …………………… [073]17-71
　花色紙襲詞 …………………… [073]21-451
　花楓剣本地 …………………… [073]19-217
　風流川中嶋 …………………… [073]21-67
　昔女化粧桜 …………………… [073]19-79
　名玉女舞鶴 …………………… [073]16-285
　物部守屋錦葦 ………………… [073]18-419
　盛久側柏葉 …………………… [073]18-487
　優源平歌嚢 …………………… [073]20-1
　夕霧有馬桜 …………………… [073]20-233
　弓張月曙桜 …………………… [073]17-155
　百合稚錦嶋 …………………… [073]20-155
　義貞艶軍配 …………………… [073]19-279
　善光倭丹前 …………………… [073]16-75
　頼信璋軍記 …………………… [073]19-423
　頼政現在鵺 …………………… [073]21-225
八文字 自笑
　阿濃浦三巴 …………………… [073]17-435
　敦盛源平桃 …………………… [073]16-139
　今昔九重桜 …………………… [073]22-19
　今昔出世扇 …………………… [073]18-1
　浮世壱分五厘 ………………… [073]23-291
　薄雪音羽滝 …………………… [073]16-441
　哥行脚懐硯 …………………… [073]22-247
　大系図蝦夷噺 ………………… [073]17-297
　女非人綴錦 …………………… [073]16-363
　柿本人麿誕生記 ……………… [073]22-319

刈萱二面鏡	[073]16-205
勧進能舞台桜	[073]18-155
禁短気次編	[073]23-1
禁短気三編	[073]23-55
契情お国歌妓	[073]10-445
娚楠契情太平記	[073]17-233
契情蓬莱山	[073]22-123
忠見兼盛彩色歌相撲	[073]18-349
逆沢瀉鎧鑑	[073]15-447
宇治川藤戸海魁対盃	[073]16-1
自笑楽日記	[073]18-281
鎌倉諸芸袖日記	[073]17-1
浮世親仁形気後編世間長者気	[073]21-1
善悪両面常盤染	[073]14-421
曽根崎情鵐	[073]18-223
忠盛祇園桜	[073]15-295
龍都俵系図	[073]15-371
丹波与作手無間鐘	[073]15-153
忠孝寿門松	[073]15-1
陳扮漢	[073]23-361
菜花金夢合	[073]21-151
雷神不動桜	[073]17-71
花襷厳柳嶋	[073]15-225
風流庭訓往来	[073]22-377
武遊双級巴	[073]15-81
名玉女舞鶴	[073]16-285
遣放三番続	[073]23-213
夕霧有馬松	[073]20-233
弓張月曙桜	[073]17-155
善光倭丹前	[073]16-75
略縁記出家形気	[073]23-163

八文字 瑞笑
浮世壱分五厘	[073]23-291
御伽太平記	[073]21-307
小野篁恋釣船	[073]19-151
諸芸袖日記後篇教訓私盛育	[073]19-341
南木秀日記	[073]22-1
忠見兼盛彩色歌相撲	[073]18-349
十二小町曦裳	[073]19-1
檀浦女見台	[073]20-449
中将姫誓糸遊	[073]21-385
道徳寺岐柳	[073]20-75
歳徳五葉松	[073]20-379
花色紙襲詞	[073]21-451
花楓剣本地	[073]19-217
風流川中嶋	[073]21-67
昔女化粧桜	[073]19-79
物守屋錦葦	[073]18-419
盛久側柏葉	[073]18-487
優源平歌嚢	[073]20-1
百合艶錦嶋	[073]20-155
義貞鷲軍配	[073]19-279
頼信葎軍記	[073]19-423
頼政現在鵺	[073]21-225

八文字 素玉
浮世壱分五厘	[073]23-291
陽炎日高川	[073]22-61

八文字 李秀
今昔九重桜	[073]22-179

浮世壱分五厘	[073]23-291
陽炎日高川	[073]22-61
契情蓬莱山	[073]22-123

蜂屋 光世
大江戸倭歌集(安政七年板本)	[045]6-890

八田 其明
俳諧俤表紙	[050]下-77

服部 担風
郁達夫 近作を寄示せらる即ち其の韻に次し却寄す	[016]〔1〕-803

服部 土芳
三冊子	[047]〔1〕-728
三冊子〔抄〕	[066]5-254
蓑虫庵集〔抄〕	[047]〔1〕-797
簑虫庵集草稿	[030]4-368

服部 南郭
早涼	[016]〔1〕-350
暮春に山に登る	[016]〔1〕-351
明月篇 初唐の体に効ふ	[016]〔1〕-351
夜 墨水を下る	[016]〔1〕-349

服部 白賁
春夜 江上に客を送る	[016]〔1〕-380
冬夜 客思	[016]〔1〕-379

鼻山人
恐可志	[070]2-63

英 一蟬
名挙集	[017]19-221

祝部 成仲
成仲集(穂久邇文庫蔵本)	[045]7-183

浜辺 黒人
狂歌栗の下風	[009]1-129
狂歌猿のこしかけ	[009]1-277

浜松 歌国
摂陽奇観〔抄〕	[066]5-301

葉室 光俊 → 真観(しんかん)を見よ

林 義端
玉櫛笥	[008]1-5
玉箒子	[008]1-189

林 子平
家もなく妻なく子なく	[032]020-36

林 春信
春日の漫興	[016]〔1〕-294
落葉	[016]〔1〕-299

林 羅山
岳飛	[016]〔1〕-270
月前に花を見る	[016]〔1〕-270
夜 桑名を渡る	[016]〔1〕-269

早水 藤左衛門
地水火風空の中より	[032]020-26

婆羅門僧正遷那
迦毘羅衛にともに契りし	[032]059-4

春澄 善縄
続日本後紀	[045]5-1139

春名 忠成
西播怪談実記	[007]5-397

晩牛
　蓮社灯 ……………………………… [017]4-89
万笈斎 桑魚（桑名屋 甚兵衛）
　華紅葉 ……………………………… [021]1-595
反古斎
　怪異前席夜話 ……………………… [007]1-211
斑鷺
　ことのはし ………………………… [017]13-149
斑象
　桜勧進 ……………………………… [017]10-157
半場 里丸
　錦水追善集（一周忌） …………… [017]編外1-18
　里丸句稿 …………………………… [017]編外1-43
　四季混雑発句合 …………………… [017]編外1-97
　四ケ国俳諧大角力四季混雑発句合
　　　　　　　　　　　　　　 [017]編外1-85
　四季混雑発句扣 …………………… [017]編外1-150
　杉間集 ……………………………… [017]編外1-103
　名れむ花（梅丸七回忌追善集） … [017]編外1-7
　身延詣諸家染筆帖（翻刻および複製）
　　　　　　　　　　　　　　 [017]編外1-24
　雪のかつら ………………………… [017]編外1-54
伴林 光平（ばんばやし・みつひら）→ 伴林 光平（ともばやし・みつひら）を見よ
鑁也
　閑居百首 …………………………… [006]17-95
　月百首 ……………………………… [006]17-9
　露色随詠集 ………………………… [045]7-254

【 ひ 】

檜垣
　檜垣嫗集 ……………… [039]9-3,[045]3-157
美角
　ゑぼし桶 …………………………… [078]8-285
東山天皇
　末とほく── ……………………… [032]077-47
肥後
　肥後集 ………………… [045]7-111,[083]3-7
　堀河院百首〔春部〜秋部〕 ……… [006]5-7
　堀河院百首〔冬部〜雑部〕 ……… [006]6-7
英方
　「見る月を」百韻 ………………… [066]2-180
秀政
　貝殻集 ……………………………… [030]1-78
尾藤 二洲
　塾生に示す ………………………… [016]〔1〕-437
　『白氏長慶集』を読む …………… [016]〔1〕-439
日野 俊光
　俊光集 ……………………………… [045]7-664
日野 名子
　竹むきが記 ………………………… [058]5-127

氷室 長翁（豊長）
　みかげのにき ……………………… [010]1-643
　御藤日記 …………………………… [010]1-653
百子堂 潘山
　狂歌糸の錦 ………………………… [021]1-706
百尺楼 桂雄（英果亭）
　狂歌後三栗集上 …………………… [022]8-1
　狂歌後三栗集下 …………………… [022]8-26
　狂歌三栗集 ………………………… [022]7-36
百池
　『大来堂発句集』蕪村追悼句抜書 ‥ [078]7-429
　花のちから 全（夜半亭並句集・天明四年八月）
　　　　　　　　　　　　　　　 [078]7-297
　耳たむし …………………………… [078]3-401
　落日菴句集 ………………………… [078]3-185
百蝶園 夜白
　俳諧初尾花 ………………………… [017]8-3
百梅
　希因涼袋百題集 …………………… [053]1-113
　桃乃鳥 ……………………………… [053]1-35
百万
　俳諧八題集 ………………………… [017]21-283
百明
　そのきさらぎ ……………………… [017]26-213
　二季の杖 …………………………… [017]27-45
百里
　風の上 ……………………………… [017]29-3
　とをのく …………………………… [017]29-33
百喜堂 貞史
　狂歌粟のおち穂 …………………… [022]10-12
平賀 元義
　杯に── …………………………… [032]080-64
平子 政長
　有馬山名所記 ……………………… [015]10-215
平沢 太寄
　我おもしろ ………………………… [009]10-237
平野 金華
　早に深川を発す …………………… [016]〔1〕-360
平野 五岳
　蘭の図 ……………………………… [016]〔1〕-614
広瀬 旭荘
　阿部野 ……………………………… [016]〔1〕-590
　井岡玄策の夜帰るを送る ………… [067]16-151
　宇佐にて神廟に宿る ……………… [067]16-49
　于石の二瓢に題す ………………… [067]16-164
　内山氏の梨雲館に宿る …………… [067]16-125
　雨夜、懐いを河野鉄兜に寄す …… [067]16-223
　閏六月五日、廉塾を発す ………… [067]16-14
　桜花 ………………………………… [016]〔1〕-592
　奥人・添川寛夫来訪す。── …… [067]16-62
　大槻磐渓詩集に題す ……………… [067]16-201
　穏渡の歌 …………………………… [067]16-15
　夏日 雨後 月色殊に佳し ………… [067]16-117
　夏日偶成 …………………………… [067]16-114
　夏日、広円寺に遊び、分韻して烟字を得たり
　　　　　　　　　　　　　　　 [067]16-118

ひろせ　　　　　　　　　　　　作家名索引（原作者）

夏初 桜祠に游ぶ ………… [016]⟨1⟩-589
樺石梁先生に贈る ………… [067]16-57
亀山神祠に登る ………… [067]16-13
筇山の道中 ………… [067]16-83
旭荘 ………… [067]16-52
銀杏樹歌 ………… [067]16-64
偶作 ………… [067]16-115
倪有台の晩帆楼に寄題す ………… [067]16-59
劔南集を読む 二種 其一 ………… [067]16-72
紅於亭 ………… [067]16-160
孤高祠 ………… [067]16-158
虎伏巌 ………… [067]16-46
祭主林公荘園の諸勝二十四首 ………… [067]16-155
三月念三日、雨中に朝君眉山に遇う。──
 ………… [067]16-177
四月十二日夜、長星湾家に宿る。──
 ………… [067]16-225
島子玉の丑時の咀に和す ………… [067]16-43
秋懐三首 其一 ………… [067]16-196
秋夜の作 ………… [067]16-192
春雨に 筆庵に到る ………… [016]⟨1⟩-591
春雨 筆庵に到る ………… [067]16-112
春寒 ………… [016]⟨1⟩-593
春雪 ………… [067]16-82
正月十日、蛭子神祭を観る ………… [067]16-216
松子登の蔵する所の蒙古兜を観る
 ………… [067]16-127
松春谷に贈る三首 ………… [067]16-145
樵婦 ………… [067]16-124
昭陽先生、改めて春頌と号す。──
 ………… [067]16-101
心斎橋 ………… [067]16-218
新年 親姻を宴す 十首 ………… [067]16-95
水哉舎 ………… [067]16-61
即事 ………… [067]16-191
題を桜老泉に寄す ………… [067]16-85
淡港の僑居の庭の広さは僅かに尋丈、三月既
　望、桜花盛んに開けり。── ‥ [067]16-219
築梁の広瀬生 招飲し賦して贈る
 ………… [067]16-167
重陽、壁円寺に在り、病にて島の生薬を服す。
 ………… [067]16-162
天満の菜市 ………… [067]16-217
冬日、谷士先を送る ………… [067]16-184
東坡赤壁図に題す ………… [067]16-122
冬夜眠れず、起ちて庭上を歩く ………… [067]16-153
長崎の長東洲の紫清夢境の巻首に題す
 ………… [067]16-178
浪華雑詩十九首 ………… [067]16-216
南廓繹史を読む ………… [067]16-54
二月二日の作 ………… [067]16-113
珮川先生 丹邱の新蕢半山楼に導遊す。諸君と
　同に賦す。── ………… [067]16-139
八月八日、広村にて田大介に遇う ‥ [067]16-34
兵庫の藤田得三郎、来学すること数月、其の
　父撫山より家醸の名悦なる者を恵まる。賦
　して謝す。 ………… [067]16-172
蒲君逸、水三筒を送れり ………… [067]16-120
暮春、雨中、松園・渓琴・磐渓と与に墨堤にて
　花を観る ………… [067]16-198

松氏の晩香堂に宿り、懐いを松郎に寄す。──
 ………… [067]16-23
三崎雑詠二首 其二 ………… [067]16-194
自ら著せる瑣事録の後に題す ‥ [067]16-189
目を病む ………… [067]16-74
檮杌曲 ………… [067]16-92
野奇仲 神海に漁するに導く ………… [067]16-29
六閒堂 ………… [067]16-155
林谷山人の石譜に題す ………… [067]16-211

広瀬 淡窓
赤馬関雑詠 ………… [067]15-138
牛津の駅に宿る。珮川追いて至れば賦して贈
　る ………… [067]15-160
大隈氏の幽居に題す ………… [067]15-148
懐いを別府の矢田子朴に寄す ………… [067]15-188
懐旧四首 ………… [067]15-36
夏日桂林荘に独り題す ………… [067]15-65
亀井大年の肥後に遊ぶを送る ‥ [067]15-55
唐津 ………… [067]15-181
帰途の作 ………… [067]15-186
御風主人、予を那珂川の上りに觴して賦して贈
　る ………… [067]15-143
琴湖晩望 ………… [067]15-163
偶成 ………… [067]15-12
隈川雑詠 ………… [067]15-15
隈川に夜漁を観る ………… [067]15-21
恵学の摂に帰るを送る ………… [067]15-67
桂林荘雑詠諸生に示す ………… [067]15-60
桂林荘雑詠 諸生に示す四首 其の二
 ………… [016]⟨1⟩-520
原士萌に贈る ………… [067]15-83
小石聖聞将に東に帰らんとして過訪す 賦して
　贈る 二首 ………… [067]15-199
江村 ………… [016]⟨1⟩-522
佐嘉道の上 ………… [067]15-157
佐嘉に草佩川を訪れ、賦して贈る
 ………… [067]15-158
散歩の口号 ………… [016]⟨1⟩-525
秋暁 ………… [067]15-190
酒瓢に題す ………… [067]15-106
春好 ………… [067]15-144
昇道の南肥に遊ぶを送る ………… [067]15-68
聖福寺に遊び巌公に贈る ………… [067]15-151
昭陽先生を挽む ………… [067]15-131
昭陽先生の墓下の作 ………… [067]15-142
心遠所 ………… [067]15-126
須恵客舎 ………… [067]15-70
醒斎 ………… [067]15-128
赤関を辞す ………… [067]15-139
席上筆を走らせ頼子成に贈る ‥ [067]15-102
早起 ………… [067]15-112
即事 ………… [067]15-197
武雄 ………… [067]15-161
太宰徳夫を賛す 前に同じ ………… [067]15-174
太宰府にて菅公廟に謁す ………… [067]15-52
山車 ………… [067]15-24
淡窓五首 ………… [067]15-114
筑前城下の作 ‥ [016]⟨1⟩-523, [067]15-54
筑前道上 ………… [067]15-51

津田秋香の百虫画巻に題す ..... [067]**15**-176
田君彝来たり、亀陰に寓す。──
　　　　　　　　　　　　　　　　[067]**15**-110
　同社を記す .... [067]**15**-91
　東遊道中 .... [067]**15**-169
　東楼 .... [067]**15**-28
　長崎 .... [067]**15**-165
　長崎を発つ .... [067]**15**-180
　長崎の山無逸、春大通、王梅菴撰する所の折
　　玄序を伝示す 賦して二子に貽る 四首
　　　　　　　　　　　　　　　　[067]**15**-192
　中島 .... [067]**15**-146
　七十自ら賀す .... [067]**15**-201
　南坞 .... [067]**15**-125
　南冥先生の墓に謁す .... [067]**15**-77
　彦山 .... [016]〔1〕-521, [067]**15**-73
　肥前道上 .... [067]**15**-177
　平岡子玉の賁箸書屋 .... [067]**15**-149
　再び聖福寺に遊び巌公に贈る .. [067]**15**-152
　府内を発つ .... [067]**15**-184
　府内侯の駕に陪して春別館に遊ぶ 二首 その
　　二 .... [067]**15**-173
　別府 .... [067]**15**-171
　保命酒を詠ず 備後中村氏の為に
　　　　　　　　　　　　　　　　[067]**15**-135
　北塢 .... [067]**15**-127
　卜居 .... [067]**15**-84
　将に西遊せんとして前夜に作る .. [067]**15**-155
　夜雨寮 .... [067]**15**-128
　耶馬渓 .... [067]**15**-121
岷水
　卯月の雪 .... [017]**27**-299

【ふ】

風国
　菊の香〔抄〕 .... [047]〔1〕-794
　こがらし〔抄〕 .... [047]〔1〕-790
　泊船集〔抄〕 .... [047]〔1〕-794
　初蝉〔抄〕 .... [066]**5**-249
風水軒 白玉翁（正親町 公通）
　雅筵酔狂集・腹藁 .... [021]**1**-623
風律
　癖物語〔抄〕 .... [047]〔1〕-803
不遠
　影響詩稿〔抄〕 .... [066]**5**-275
不角
　入間川やらずの雨 .... [017]**11**-83
　紀行笠の蝿 .... [017]**11**-3
伏陽一 道人
　拾遺藻塩草 .... [022]**4**-49
普栗 釣方
　狂歌知足振 .... [009]**15**-101
　狂歌すまひ草 .... [009]**2**-3
不斎
　西鶴評点政昌等三吟百韻巻 .... [046]**5**-806

無事庵慮呂
　無為菴栲良翁発句書 .... [030]**7**-107
　山里集草稿 .... [030]**7**-118
藤井 高尚
　出雲路日記 .... [010]**1**-625
藤井 竹外
　花朝 淀江を下る .... [016]〔1〕-596
　東人 嵐山を写す者罕なり 独り谷文二のみ 喜
　　んで 此の図を作す ...... [016]〔1〕-597
　芳野 .... [016]〔1〕-595
藤田 輔尹
　輔尹先生東紀行 .... [010]**1**-279
藤田 東湖
　菊池容斎の龍の図に題す .... [016]〔1〕-577
　文天祥の正気の歌に和す 序を幷す
　　　　　　　　　　　　　　[016]〔1〕-578
藤野 章甫
　雪光集 .... [081]**3**-603
伏見院
　金玉歌合 .... [045]**10**-278
　伏見院春宮御集 .... [042]**16**-3
　〔伏見院 37首〕 .... [032]**012**-2
　伏見院御集 ...... [045]**7**-606, [082]**64**-213
　伏見院御集 冬部（有吉保氏蔵本） [045]**10**-967
伏見院中務内侍 → 藤原 経子（ふじわら・けいし）を
　見よ
藤本 由己
　甲州紀行狂歌 .... [021]**1**-569
　続春駒狂歌集 .... [021]**1**-572
　春駒狂歌集 .... [021]**1**-560
藤森 弘庵
　静姫歌舞の図 .... [016]〔1〕-561
　竹二首 .... [016]〔1〕-559
富秋園海若子
　伊豆日記 .... [010]**1**-395
藤原 顕氏
　顕氏集 .... [045]**7**-373
藤原 顕季
　堀河院百首〔春部～秋部〕 .... [006]**5**-7
　堀河院百首〔冬部～雑部〕 .... [006]**6**-7
　六条修理大夫集（大東急記念文庫蔵本）
　　　　　　　　　　　　　　[045]**3**-419
藤原 顕輔
　顕輔集 .... [045]**3**-478
　詞花和歌集 .... [002]**7**-1, [045]**1**-174,
　　　　　　　　[079]〔15〕-1, [082]**34**-141
藤原 顕網
　顕網集 .... [045]**3**-396
藤原 顕仲
　堀河院百首〔春部～秋部〕 .... [006]**5**-7
　堀河院百首〔冬部～雑部〕 .... [006]**6**-7
藤原 顕広 → 藤原 俊成（ふじわら・としなり）を見よ
藤原 朝忠
　朝忠集 .... [045]**3**-89, [082]**52**-1

ふしわ　　　　作家名索引（原作者）

藤原　朝光
　朝光集 ……………………………… ［045］**3**－211
藤原　敦忠
　敦忠集 ……………………………… ［045］**3**－55
藤原　敦頼（道因）
　住吉社歌合 ………………………… ［006］**7**－5
　広田社歌合 ………………………… ［006］**13**－5
藤原　有家
　最勝四天王院障子和歌 …………… ［006］**10**－7
　新古今和歌集 ……………………… ［045］**1**－216,
　　　［069］**5**－151,［079］〔**32**〕－1,［084］**4**－117
　新古今和哥集 巻第一〜第三 …… ［068］〔**34**〕－43
　新古今和哥集 巻第四〜巻第六 … ［068］〔**35**〕－7
　新古今和哥集 巻第七〜巻第十 … ［068］〔**36**〕－7
　新古今和哥集 巻第十一〜巻第十四
　　　　　　　　　　　　　　　　 ［068］〔**37**〕－7
　新古今和哥集 巻第十五〜巻第十七
　　　　　　　　　　　　　　　　 ［068］〔**38**〕－7
　新古今和哥集 巻第十八〜巻第廿
　　　　　　　　　　　　　　　　 ［068］〔**39**〕－7
藤原　家隆
　玉吟集 ……………………………… ［082］**62**－1
　最勝四天王院障子和歌 …………… ［006］**10**－7
　新古今和歌集 ……………………… ［045］**1**－216,
　　　［069］**5**－151,［079］〔**32**〕－1,［084］**4**－117
　新古今和哥集 巻第一〜第三 …… ［068］〔**34**〕－43
　新古今和哥集 巻第四〜巻第六 … ［068］〔**35**〕－7
　新古今和哥集 巻第七〜巻第十 … ［068］〔**36**〕－7
　新古今和哥集 巻第十一〜巻第十四
　　　　　　　　　　　　　　　　 ［068］〔**37**〕－7
　新古今和哥集 巻第十五〜巻第十七
　　　　　　　　　　　　　　　　 ［068］〔**38**〕－7
　新古今和哥集 巻第十八〜巻第廿
　　　　　　　　　　　　　　　　 ［068］〔**39**〕－7
　壬二集 ……………………………… ［045］**3**－742
藤原　家経
　家経集 ……………………………… ［045］**7**－96
藤原　家良 → 衣笠　家良（きぬがさ・いえよし）を見よ
藤原　因子 → 後堀河院民部卿典侍（ごほりかわいん
　のみんぶきょうのすけ）を見よ
藤原　宇合
　秋日 左僕射長王が宅に於て宴す ‥ ［067］別－66
　西海道節度使を奉ずるの作 ……… ［016］〔**1**〕－45
　吉野川に遊ぶ ……………………… ［016］〔**1**〕－43
藤原　興風
　興風集 ……………………………… ［045］**3**－28
藤原　緒嗣
　日本後紀 …………………………… ［045］**5**－1139
藤原　兼輔
　兼輔集 ……………………………… ［045］**3**－42
藤原　鎌足
　吾はもや 安見児得たり ………… ［032］**021**－62
藤原　清輔
　奥儀抄 ……………………………… ［045］**5**－992
　清輔集 ……………… ［042］**1**－1,［045］**3**－490
　続詞花和歌集 ……………………… ［045］**2**－303
　続詞花和歌集 巻第一〜巻第十二 ［042］**7**－1

　続詞花和歌集 巻第十三〜巻第二十 ［042］**8**－1
　袋草紙 ……………………………… ［045］**5**－1001
　和歌一字抄 ………………………… ［045］**5**－785
　和歌初学抄 ………………………… ［045］**5**－1016
藤原　清正
　清正集（西本願寺蔵三十六人集）… ［045］**3**－75
藤原　公実
　堀河院百首〔春部〜秋部〕………… ［006］**5**－7
　堀河院百首〔冬部〜雑部〕………… ［006］**6**－7
藤原　公重
　風情集 ……………………………… ［045］**7**－157
藤原　公任
　金玉和歌集 ………………………… ［045］**2**－256
　公任集
　　　　　［039］**7**－53,［040］**15**－7,［045］**3**－300
　九品和歌 …………………………… ［045］**5**－915
　前十五番歌合 ……… ［045］**5**－70,［082］**48**－47
　三十六人撰 ………………………… ［045］**5**－911
　新撰髄脳 …………………………… ［045］**5**－947
　深窓秘抄 …………………………… ［045］**5**－913
　大納言公任集 ……………………… ［082］**54**－161
　藤原公任歌集 ……………………… ［079］〔**31**〕－187
　和漢朗詠集 ………… ［045］**2**－258,［082］**47**－1
藤原　公衡
　公衡集 ……………………………… ［045］**7**－204
　公衡百首 …………………………… ［045］**10**－135
藤原　国用
　国用集 ……………………………… ［039］**22**－78
藤原　経子（伏見院中務内侍）
　中務内侍日記 ……… ［045］**5**－1295,［058］**5**－1
藤原　惟方
　粟田口別当入道集 ………………… ［045］**7**－186
藤原　惟成
　惟成詠補遺 ………………………… ［039］**32**－145
　惟成弁集 …………… ［039］**32**－67,［045］**7**－53
　詩文 ………………………………… ［039］**32**－164
藤原　伊尹
　一条摂政御集 ……………………… ［045］**3**－168
　後撰和歌集 ………………………………………
　　　　［002］**3**－1,［045］**1**－33,［079］〔**26**〕－1
　後撰和詞集 關戸氏片假名本 …… ［079］〔**26**〕－1
藤原　定家
　一字百首 …………………………… ［075］下－10
　一句百首 …………………………… ［075］下－28
　一品経歌切 ………………………… ［075］下－442
　伊呂波四十七首 …………………… ［075］下－46
　伊呂波四十七首二度 ……………… ［075］下－56
　韻歌百廿八首和歌 ………………… ［075］上－324
　院句題五十首 ……………………… ［075］上－370
　院五十首 …………………………… ［075］上－360
　韻字四季歌 ………………………… ［075］下－140
　歌合百首 …………………………… ［075］上－170
　雨中吟 ……………… ［045］**5**－944,［075］下－386
　詠歌大概 …………………………… ［045］**5**－1066
　詠花鳥和歌 ………………………… ［075］上－416
　詠十五首和歌 ……………………… ［075］下－226
　詠二首和歌 ………………………… ［075］下－232

詠年中行事和歌	……………	[075]下-224
詠野花和歌	……………………	[075]下-236
詠深山紅葉和歌	…………	[075]下-234
懐紙	………………………………	[075]下-434
花月百首	…………………………	[075]上-130
夏日侍太上皇仙洞同詠百首応製和歌		
	………………………	[075]上-214
春日同詠百首応製和歌	……	[075]上-280
賀屏風十二首和歌	…………	[075]下-220
寛喜元年十一月女御入内御屏風和歌		
	………………………	[075]上-446
寛喜四年三月二十五日石清水若宮歌合		
	………………………	[075]下-366
閑居百首	…………………………	[075]上-70
閑月和歌集 巻第九 釈教歌	[075]下-424
関白左大臣家百首	…………	[075]上-300
近代秀歌 (遺送本・自筆本)	[045]5-1064
公経集断簡	………………………	[075]下-440
建永元年七月二十五日卿相侍臣歌合		
	………………………	[075]下-360
建永二年三月七日鴨御祖社歌合	[075]下-360
建永二年三月七日賀茂別雷社歌合		
	………………………	[075]下-362
建久六年正月二十日民部卿家歌合		
	………………………	[075]下-352
建久九年夏仁和寺宮五十首、──		
	………………………	[075]下-238
元久元年十一月十日春日社歌合	[075]下-356
元久元年十一月十一日北野宮歌合		
	…… [075]下-356, [075]下-438
源氏物語巻名和歌	…………	[075]下-388
建仁元年三月二十九日新宮撰歌合		
	………………………	[075]下-354
建仁元年四月三十日鳥羽殿影供歌合		
	………………………	[075]下-422
建仁元年八月三日影供歌合	[075]下-356
建仁二年五月二十六日鳥羽城南寺影供歌合		
	………………………	[075]下-356
建仁二年六月水無瀬釣殿当座六首歌会		
	………………………	[075]下-358
建仁三年六月十六日和歌所影供歌合		
	………………………	[075]下-422
建保五年四月二十日歌合	…	[075]下-362
建保五年六月定家卿百番自歌合	[075]下-364
建保五年八月十五夜右大将家歌合		
	………………………	[075]下-364
建保五年十一月四日内裏歌合	……	
	…… [075]下-366, [075]下-424
建暦二年十二月院より召されし廿首		
	………………………	[075]上-410
建暦三年八月七日内裏歌合	[075]下-432
皇后宮大輔百首	……………	[075]上-50
権大納言家卅首	……………	[075]上-438
最勝四天王院障子和歌	……	[006]10-7
最勝四天王院名所御障子之歌之中		
	………………………	[075]下-240
最勝四天王院名所御障子歌	[075]下-398
三十六貝歌合	……………………	[075]下-418
三首詠草	…………………………	[075]下-230
三首懐紙	…………………………	[075]下-234

四季題百首	………………………	[075]下-120
四季題百首、花	……………	[075]下-202
軸物之和歌	………………………	[075]下-426
四十八首歌合	……………………	[075]下-402
治承二年三月十五日別雷社歌合	[075]下-350
十首歌切	…………………………	[075]下-434
自筆和歌懐紙	……………………	[075]下-424
拾遺愚草	…………… [045]3-787, [075]上-9
拾遺愚草 (名古屋大学本)	[075]下-424
拾遺愚草員外	……………………	[045]3-831
拾遺愚草員外雑歌	…………	[075]下-9
拾遺愚草員外之外	…………	[075]下-205
秀歌大体	…………………………	[045]5-929
秋月秋風歓会席──	………	[075]下-236
十五首	……………………………	[075]下-86
十三首歌	…………………………	[075]下-90
秋日侍太上皇仙洞同詠百首応製和歌		
	………………………	[075]上-194
十題百首	…………………………	[075]上-148
重奉和早率百首	……………	[075]上-110
秋夜詠三首応製和歌	………	[075]下-232
貞永元年八月十五日名所月歌合	[075]下-368
正治二年石清水若宮社歌合	[075]下-432
正治二年九月歌合廿四番	…	[075]下-368
正治二年三百六十番歌合	…	[075]下-354
正治二年十月一日歌合	……	[075]下-354
初学百首	…………………………	[075]上-10
新古今和歌集	……… [045]1-216,	
	[069]5-151, [079][32]-1, [084]4-117
新古今和哥集 巻第一〜第三	[068][34]-43
新古今和哥集 巻第四〜巻第六	[068][35]-7
新古今和哥集 巻第七〜巻第十	[068][36]-7
新古今和哥集 巻第十一〜巻第十四		
	………………………	[068][37]-7
新古今和哥集 巻第十五〜巻第十七		
	………………………	[068][38]-7
新古今和哥集 巻第十八〜巻第廿		
	………………………	[068][39]-7
新千載和歌集 巻第十七 雑歌中	[075]下-438
新勅撰和歌集	…… [045]1-259, [082]6-1
内裏百首	…………………………	[075]上-256
題林愚抄 秋部三	…………	[075]下-436
中将教訓愚草	……………………	[075]下-232
定家卿自歌合	……………………	[075]下-400
定家卿百番自歌合	…………	[045]5-558
定家卿枕屏風秘歌二十首	…	[075]下-426
定家八代抄	………………………	[045]10-529
定家名号七十首	……………	[045]10-206
摘題和歌集 春部・恋部	……	[075]下-434
同名歌枕名寄抄	……………	[075]下-426
泥絵御屏風	………………………	[075]下-458
泥絵御屏風和歌	……………	[075]下-394
内大臣家百首	……………………	[075]下-234
入道皇太后宮大夫九十賀算屏風歌		
	………………………	[075]下-396
女御入内御屏風歌	…………	[075]下-382
仁和寺宮五十首	…… [075]上-348, [075]上-424
八代集秀逸	………………………	[045]10-563
八景和歌	…………………………	[075]下-416

ふしわ　　　　　　　　　　作家名索引（原作者）

　百人一首 ……………………… [045]**5**-933
　百人秀歌 ……………………… [045]**5**-931
　藤川百首和歌 ………………… [075]下-178
　〔藤原定家 50首〕…………… [032]**011**-2
　二見浦百首 …………………… [075]上-30
　夫木和歌集 巻第廿二 ………… [075]下-440
　夫木和歌集 巻第廿五 ………… [075]下-440
　文治二年十月二十二日歌合 …… [045]**10**-1003
　奉和無動寺法印早率露胆百首 … [075]上-90
　反古懐紙 ……… [075]下-432, [075]下-436
　堀河題百首 …………………… [075]下-156
　三十一字歌 …………………… [075]下-72
　三十一字歌二度 ……………… [075]下-78
　宮河歌合（続三十六番歌合）文治五年奥書
　　　　　　　　　　　　……… [075]下-370
　名号七字十題和歌 …………… [075]下-206
　未来記 ……… [045]**5**-943, [075]下-376
　明月記 ………………………… [075]下-242
　明月記〔拾遺愚草員外之外〕
　明月記 建保三年十月八日 …… [075]下-438
　文字鎖歌廿首 ………………… [075]下-66
　物語二百番歌合 ……………… [082]**50**-1
　文集百首 ……… [006]**8**-11, [075]下-94
　遊覧迎冬短曷微── …………… [075]下-238
　六華和歌集 …………………… [075]下-428
　和歌会次第 …………………… [045]**10**-981
　和歌秘抄 ……………………… [075]下-430
藤原 定方
　三条右大臣集 ………………… [045]**3**-149
藤原 定祥
　日光道の記 全 ………………… [010]**2**-225
藤原 定頼
　定頼集（出光美術館蔵本）……… [045]**3**-330
　定頼集（尊経閣文庫蔵本）……… [045]**7**-83
　四条中納言定頼集 …………… [039]**6**-33
　四条中納言集 ………………… [039]**6**-313
藤原 実家
　実家集 ………………………… [045]**7**-196
藤原 実方
　実方集 ………………………… [040]**5**-7
　実方集（書陵部蔵一五〇・五六〇）… [045]**3**-219
　実方集（書陵部蔵五〇一・一八三）… [045]**7**-58
藤原 実兼
　江談抄 ………………………… [045]**5**-1196
　実兼集 ………………………… [045]**7**-663
藤原実材母
　実材母集 ……………………… [045]**7**-355
藤原 実国
　実国集（神宮文庫蔵本）………… [045]**4**-27
藤原 実頼
　小野宮殿実頼集 ……………… [039]**31**-53
　清慎公集 ……………………… [045]**3**-164
藤原 重家
　重家朝臣家歌合 ……………… [006]**2**-5
　重家集（尊経閣文庫蔵本、慶応大学蔵本）
　　　　　　　　　　　　……… [045]**3**-529

藤原 俊成（しゅんぜい）→ 藤原 俊成（としなり）を見よ
藤原 季経
　季経集 ………………………… [045]**7**-240
藤原 資隆
　禅林瘀葉集 …………………… [045]**7**-172
藤原 輔尹
　輔尹集（彰考館蔵本）…………… [045]**7**-56
藤原 資宣
　現存卅六人詩歌（慶応大斯道文庫蔵本）
　　　　　　　　　　　　……… [045]**10**-442
藤原 資広
　資広百首 ……………………… [045]**10**-170
藤原 輔相
　藤六集 ………………………… [045]**3**-153
藤原 相如
　相如集（内閣文庫蔵本）………… [045]**3**-216
藤原 惺窩
　山居 …………………………… [016]〔1〕-263
　惺窩集（惺窩文集所収本）……… [045]**8**-805
藤原 隆祐
　隆祐集 ………………………… [045]**4**-151
藤原 高遠
　大弐高遠集 …… [040]**17**-7, [045]**3**-237
藤原 隆信
　隆信集（書陵部蔵五〇一・一八四）… [045]**7**-221
　隆信集（竜谷大学蔵本）………… [045]**4**-46
　隆信集（元久本）……………… [039]**29**-29
　隆信集（寿永本）……………… [039]**29**-498
藤原 隆房
　隆房集 ………………………… [045]**7**-231
　艶詞 ………… [045]**7**-235, [082]**23**-201
　朗詠百首（群書類従本）………… [045]**10**-140
藤原 高光
　高光集（西本願寺蔵三十六人集）… [045]**3**-131
藤原 忠成
　為忠家初度百首 …… [006]**9**-7, [045]**4**-263
藤原 忠信
　忠信百首（彰考館蔵本）………… [045]**10**-142
藤原 忠通
　花下に志を言ふ ……………… [016]〔1〕-181
　秋日 偶々吟ず ………………… [016]〔1〕-182
　田多民治集 …………………… [045]**3**-486
　覆盆子を賦す ………………… [016]〔1〕-185
　暮春に清水寺に遊ぶ ………… [016]〔1〕-184
藤原 為明
　新拾遺和歌集（宮内庁書陵部蔵 兼右筆「二十一代集」）
　　　　　　　　　　　　……… [045]**1**-650
藤原 為家
　詠歌一体 …… [042]**5**-305, [045]**5**-1074
　玉葉集 ………………………… [042]**5**-128
　秋思歌 ………………………… [045]**3**-3
　続古今集 ……………………… [042]**5**-21
　続後拾遺集 …………………… [042]**5**-197
　続後撰集 ……………………… [042]**5**-9

ふしわ

続拾遺集 ………………………	[042] **5** - 62
続千載集 ………………………	[042] **5** - 172
続後撰和歌集 ……………	[045] **1** - 288, [082] **37** - 1
新後拾遺集 ……………………	[042] **5** - 282
新後撰集 ……………………………	[042] **5** - 104
新拾遺集 ……………………………	[042] **5** - 262
新続古今集 ……………………	[042] **5** - 294
新千載集 ……………………………	[042] **5** - 241
新勅撰集 ………………………………	[042] **5** - 3
為家一夜百首(永青文庫蔵本)……	[045] **10** - 156
為家卿集 ……………………………	[082] **64** - 1
為家五社百首 ……………………	[045] **10** - 97
為家集 …………………………………	[045] **7** - 417
為家千首 ……………………………	[045] **10** - 15
中院集 …………………………………	[045] **7** - 455
風雅集 …………………………………	[042] **5** - 218
〔藤原為家 45首〕…………………	[032] **052** - 2
藤原為家全歌集(編年)………	[074] 〔1〕- 19

藤原 為氏 → 二条 為氏(にじょう・ためうじ)を見よ

藤原 為子
典侍為子集(龍谷大学蔵本)……	[045] **7** - 680

藤原 為理
七夕七十首(群書類従本)………	[045] **10** - 207
為理集 …………………………………	[045] **7** - 589

藤原 為忠
為忠家後度百首 ……	[006] **15** - 7, [045] **4** - 272
為忠家初度百首 ……	[006] **9** - 7, [045] **4** - 263

藤原 為経
後葉和歌集 ……………………	[045] **2** - 288
為忠家後度百首 ……	[006] **15** - 7, [045] **4** - 272
為忠家初度百首 ……	[006] **9** - 7, [045] **4** - 263

藤原 為業
為忠家後度百首 ……	[006] **15** - 7, [045] **4** - 272
為忠家初度百首 ……	[006] **9** - 7, [045] **4** - 263

藤原 為信
法性寺為信集 ………………	[045] **7** - 565

藤原 為盛
為忠家後度百首 ……	[006] **15** - 7, [045] **4** - 272
為忠家初度百首 ……	[006] **9** - 7, [045] **4** - 263

藤原 為頼
為頼集 …………………	[039] **14** - 111, [045] **3** - 217
為頼拾遺歌 …………………………	[039] **14** - 245

藤原 親隆
為忠家後度百首 ……	[006] **15** - 7, [045] **4** - 272

藤原 親経
新古今和歌集 真名序 ………………	[068] 〔34〕- 8, [079] 〔32〕- 1

藤原 親盛
親盛集(彰考館蔵本)………………	[045] **7** - 209

藤原 継縄
続日本紀 ……………………………	[045] **5** - 1138

藤原 経家
経家集 …………………………………	[045] **7** - 238

藤原 常嗣
秋日 叡山に登つて澄上人に謁す

………………………………………	[016] 〔1〕- 115

藤原 経衡
経衡集 …………	[039] **30** - 75, [045] **7** - 103

藤原 定家(てぃか) → 藤原 定家(さだいえ)を見よ

藤原 時平
日本三代実録 ………………	[045] **5** - 1140

藤原 俊忠
帥中納言俊忠集 ……………	[082] **22** - 193
俊忠集 …………………………………	[045] **3** - 417

藤原 俊成(顕広)
秋篠月清集 ………………………	[076] 〔1〕- 507
あしたづの歌入書状 ……………	[076] 〔1〕- 526
粟田口別当入道集 ………………	[076] 〔1〕- 504
佚名私撰集切 ……………………	[076] 〔1〕- 894
色葉和難集 ………………………	[076] 〔1〕- 986
石清水社歌合 ……………………	[076] 〔1〕- 574
石清水若宮歌合 …………………	[076] 〔1〕- 561
院当座歌合 ………………………	[076] 〔1〕- 560
右大臣家歌合 ……………………	[076] 〔1〕- 545
右大臣家歌合〔藤原俊成感懐歌〕	
………………………………………	[076] 〔1〕- 637
右大臣家百首 ……………………	[076] 〔1〕- 310
雲葉和歌集 ………………………	[076] 〔1〕- 796
詠歌一体 …………………………	[076] 〔1〕- 983
(詠歌一体) 追加 ………………	[076] 〔1〕- 984
詠歌大概 …………………………	[076] 〔1〕- 976
影供歌合 …………………………	[076] 〔1〕- 630
御室五十首 ………………………	[076] 〔1〕- 461
御室撰歌合 ………………………	[076] 〔1〕- 554
春日社歌合 ………………………	[076] 〔1〕- 634
歌仙落書 …………………………	[076] 〔1〕- 959
祇園社百首 ………………………	[076] 〔1〕- 476
聞書集 ……………………………	[076] 〔1〕- 505
久安百首(非部類本)……………	[076] 〔1〕- 281
久安百首(部類本)………………	[076] 〔1〕- 294
玉葉 ………………………………	[076] 〔1〕- 527
玉葉〔藤原俊成感懐歌〕………	[076] 〔1〕- 638
玉葉和歌集 ………………………	[076] 〔1〕- 714
清輔集 ……………………………	[076] 〔1〕- 495
近代秀歌 …………………………	[076] 〔1〕- 963
玄玉和歌集 ………………………	[076] 〔1〕- 771
建春門院北面歌合 ………………	[076] 〔1〕- 537
言葉和歌集 ………………………	[076] 〔1〕- 763
建礼門院右京大夫集 ……………	[076] 〔1〕- 521
高良玉垂宮神秘書紙背和歌 ……	[076] 〔1〕- 986
後京極殿御自歌合 ………………	[076] 〔1〕- 905
後京極殿御自歌合〔藤原俊成感懐歌〕	
………………………………………	[076] 〔1〕- 654
小侍従集 …………………………	[076] 〔1〕- 516
五社百首切(住吉切)集成 ……	[076] 〔1〕- 452
五社百首(住吉)…………………	[076] 〔1〕- 322
五社百首(題別)…………………	[076] 〔1〕- 404
五条殿筆詠草 ……………………	[076] 〔1〕- 240
後鳥羽院御集 ……………………	[076] 〔1〕- 523
後葉和歌集 ………………………	[076] 〔1〕- 757
古来風躰抄 ………………………	[076] 〔1〕- 963
古来風躰抄(初撰本)……………	[076] 〔1〕- 648
今撰和歌集 ………………………	[076] 〔1〕- 761

ふしわ　　　　　　　　　作家名索引（原作者）

山家集 ……………………… [076]〔1〕- 505
三百六十番歌合 …………… [076]〔1〕- 906
詞花和歌集 ………………… [076]〔1〕- 659
重家朝臣家歌合 …………… [006]**2**- 5
重家集 ……………………… [076]〔1〕- 496
自讃歌 ……………………… [076]〔1〕- 984
賜釈阿八十賀記 …………… [076]〔1〕- 531
治承三十六人歌合 ………… [076]〔1〕- 895
自撰家集切（存疑）………… [076]〔1〕- 242
時代不同歌合 ……………… [076]〔1〕- 919
慈鎮和尚自歌合 …………… [076]〔1〕- 899
慈鎮和尚自歌合〔藤原俊成感懐歌〕
　　　　　　　　　　　　…… [076]〔1〕- 649
拾遺愚草 …………………… [076]〔1〕- 514
拾遺風体和歌集 …………… [076]〔1〕- 805
拾玉集 ……………………… [076]〔1〕- 508
袖中抄 ……………………… [076]〔1〕- 962
秋風和歌集 ………………… [076]〔1〕- 791
俊成家集 …………………… [076]〔1〕- 111
俊成祇園百首（谷山茂氏蔵本）… [045]**10**- 133
俊成三十六人歌合 ………… [045]**5**- 234
俊成自歌百番歌合 ………… [076]〔1〕- 920
正治初度百首 ……………… [076]〔1〕- 466
正治奉状〔藤原俊成感懐歌〕… [076]〔1〕- 654
続古今和歌集 ……………… [076]〔1〕- 697
続後拾遺和歌集 …………… [076]〔1〕- 732
続後撰和歌集 ……………… [076]〔1〕- 691
続詞花和歌集 ……………… [076]〔1〕- 759
続拾遺和歌集 ……………… [076]〔1〕- 703
続千載和歌集 ……………… [076]〔1〕- 727
新宮撰合 …… [006]**19**- 7, [076]〔1〕- 567
新古今和歌集 ……………… [076]〔1〕- 668
新後拾遺和歌集 …………… [076]〔1〕- 749
新後撰和歌集 ……………… [076]〔1〕- 710
新拾遺和歌集 ……………… [076]〔1〕- 745
新続古今和歌集 …………… [076]〔1〕- 751
新千載和歌集 ……………… [076]〔1〕- 742
新勅撰和歌集 ……………… [076]〔1〕- 682
住吉社歌合 …… [006]**7**- 5, [076]〔1〕- 533
撰歌合 ……………………… [076]〔1〕- 572
千五百番歌合 ……………… [076]〔1〕- 577
千五百番歌合百首 ………… [082]**22**- 175
千載集奏覧本箱書歌〔藤原俊成感懐歌〕
　　　　　　　　　　　　…… [076]〔1〕- 638
千載和歌集 ……… [002]**8**- 1, [045]**1**- 184,
　　　　　　[076]〔1〕- 660, [079]〔34〕- 1
仙洞影供歌合 ……………… [076]〔1〕- 576
隆信集 ……………………… [076]〔1〕- 517
為忠家後度百首 ………………………
　　[006]**15**- 7, [045]**4**- 272, [076]〔1〕- 264
為忠家初度百首 ………………………
　　[006]**9**- 7, [045]**4**- 263, [076]〔1〕- 247
長秋詠藻 ……… [045]**3**- 619, [076]〔1〕- 27,
　　　　　　[079]〔37〕- 1, [082]**22**- 1
長秋草 ……………………… [045]**7**- 216
長秋草（抄出）……………… [082]**22**- 155
月詣和歌集 ………………… [076]〔1〕- 765
経正集 ……………………… [076]〔1〕- 501
経盛集 ……………………… [076]〔1〕- 502

定家十体 …………………… [076]〔1〕- 981
定家八代抄 ………………… [076]〔1〕- 966
鳥羽殿影供歌合 …………… [076]〔1〕- 568
八代集秀逸 ………………… [076]〔1〕- 977
八幡若宮撰歌合 …………… [076]〔1〕- 631
百人一首 …………………… [076]〔1〕- 980
百人秀歌 …………………… [076]〔1〕- 980
広田社歌合 …… [006]**13**- 5, [076]〔1〕- 540
広田社歌合〔藤原俊成感懐歌〕… [076]〔1〕- 635
風雅和歌集 ………………… [076]〔1〕- 735
〔藤原俊成 50首〕…………… [032]**063**- 1
風情集 ……………………… [076]〔1〕- 500
夫木和歌抄 ………………… [076]〔1〕- 806
僻案抄 ……………………… [076]〔1〕- 977
別本八代集秀逸 …………… [076]〔1〕- 978
保延のころほひ …………… [076]〔1〕- 234
万代和歌集 ………………… [076]〔1〕- 783
三井寺新羅社歌合〔藤原俊成感懐歌〕
　　　　　　　　　　　　…… [076]〔1〕- 636
水鳥の歌入消息 …………… [076]〔1〕- 524
通親亭影供歌合 …………… [076]〔1〕- 565
源家長日記 ………………… [076]〔1〕- 528
壬二集 ……………………… [076]〔1〕- 513
御裳濯河歌合（内閣文庫本）… [036]〔1〕- 567
御裳濯河歌合〔藤原俊成感懐歌〕
　　　　　　　　　　　　…… [076]〔1〕- 639
御裳濯和歌集 ……………… [076]〔1〕- 780
民部卿家歌合 ……………… [076]〔1〕- 550
民部卿家歌合〔藤原俊成感懐歌〕
　　　　　　　　　　　　…… [076]〔1〕- 644
無名抄 ……………………… [076]〔1〕- 965
唯心房集 …………………… [076]〔1〕- 499
頼輔集 ……………………… [076]〔1〕- 503
林下集 ……………………… [076]〔1〕- 497
六百番歌合〔藤原俊成感懐歌〕… [076]〔1〕- 644
和歌所影供歌合 …………… [076]〔1〕- 570
和漢兼作集 ………………… [076]〔1〕- 803
別雷社歌合 ………………… [076]〔1〕- 542
藤原 俊成女
越部禅尼消息 ……………… [045]**5**- 1073
最勝四天王院障子和歌 …… [006]**10**- 7
俊成卿女集 …… [045]**4**- 147, [082]**23**- 169
〔俊成卿女 26首〕…………… [032]**050**- 2
藤原 敏行
玉垂れの── ……………… [032]**080**- 30
敏行集（西本願寺蔵三十六人集）… [045]**3**- 27
藤原 知家（蓮性）
日吉社知家自歌合　嘉禎元年（神宮文庫蔵本）
　　　　　　　　　　　　…… [045]**10**- 243
蓮性陳状 …………………… [045]**10**- 982
藤原 長方
長方集（神宮文庫蔵本）……… [045]**4**- 35
藤原 長子 → 讃岐典侍（さぬきのすけ）を見よ
藤原 仲実
綺語抄 ……………………… [045]**5**- 960
堀河院百首〔春部～秋部〕…… [006]**5**- 7
堀河院百首〔冬部～雑部〕…… [006]**6**- 7

作家名索引（原作者） ふしわ

藤原 長綱
　前権典㦤集 ………………………… [045]7-459
　先達物語 ……………………… [045]5-1067
　長綱集(書陵部蔵五〇一・一五五) ……… [045]7-462
　長綱百首(島原松平文庫蔵本) …… [045]10-151
藤原 長能
　長能集(神宮文庫蔵本) ……………… [045]3-228
藤原 仲文
　仲文集 ………………………………………
　　　[039]22-27, [039]22-109, [045]3-90
藤原 成通
　成通集(神宮文庫蔵本) ……………… [045]3-484
藤原 信実
　今物語 ………………………… [045]5-1225
　閑窓撰歌合 建長三年(群書類従本)
　　 ………………………………… [045]10-245
　信実集(静嘉堂文庫蔵本) …………… [045]7-349
藤原 宣孝
　東風に解くるばかりを ……… [032]044-42
藤原 惟規
　惟規集 …………………………… [045]7-67
藤原 範兼
　五代集歌枕(日本歌学大系) …… [045]10-567
　後六々撰(群書類従本) ……………… [045]5-915
　和歌童蒙抄 ……………………… [045]5-970
藤原 教長
　古今和歌集註 ……………… [079]〔22〕-1
　教長集 …………………………… [045]3-541
藤原 範永
　範永集 ……………… [042]19-1, [045]3-346
藤原 範宗
　範宗集 …………………………… [045]7-272
藤原 浜成
　歌経標式(真本) ………………… [045]5-945
藤原 秀能
　最勝四天王院障子和歌 ………… [006]10-7
　〔藤原秀能 22首〕 ……………… [032]026-58
藤原 総前
　七夕 …………………………… [067]別-79
　秋日 長王が宅に於て新羅の客を宴す 賦して「難」
　　字を得たり ………………… [067]別-64
藤原 冬嗣
　「河陽十詠」に和し奉る二首 河陽の花
　　 ………………………………… [067]別-96
　聖制の「旧宮に宿す」に和し奉る 応制
　　 ………………………………… [016]〔1〕-73
　　文華秀麗集 ……………… [079]〔12〕-73
藤原 雅経 → 飛鳥井 雅経(あすかい・まさつね)を見よ
藤原 政範
　政範集 …………………………… [045]7-485
藤原 道家
　道家百首 ………………………… [045]10-143
藤原道綱母
　蜻蛉日記 ……… [043]〔7〕-7, [045]5-1256,
　　[069]7-55, [079]〔39〕-29, [084]5-9

　傅大納言母上 ………………… [082]54-105
　道綱母集 ……………………… [045]3-214
藤原 通俊
　後拾遺和歌集 ………………………………
　　 [002]5-1, [045]1-108, [079]〔25〕-1
藤原 道長
　暮秋 宇治の別業に於ける 即事 ‥ [016]〔1〕-174
　御堂關白歌集 ………………… [079]〔56〕-277
　御堂關白記(寛弘九年～寛仁五年)
　　 ………………………………… [079]〔56〕-1
　御堂關白記(長徳四年～寛弘八年)
　　 ………………………………… [079]〔55〕-1
　御堂関白集 …… [039]38-21, [045]3-277
藤原 道信
　道信集 …………… [040]11-7, [045]3-204
藤原 光家
　浄照房集 ……………………… [045]7-286
藤原 光経
　光経集(彰考館蔵本) …………… [045]7-244
藤原 光俊
　閑窓撰歌合 建長三年(群書類従本)
　　 ………………………………… [045]10-245
　閑放集(神宮文庫蔵本) ………… [045]7-471
　現存和歌六帖(国書遺芳所収本) ‥ [045]6-58
　現存和歌六帖抜粋本(永青文庫蔵本)
　　 ………………………………… [045]6-74
　続古今和歌集 ………………… [082]38-1
　簸河上 ………………………… [045]5-1073
藤原 光頼
　桂大納言入道殿御集 ………… [045]7-156
藤原 基家
　雲葉和歌集(内閣文庫蔵本・彰考館蔵本)
　　 ………………………………… [045]6-119
　続古今和歌集 ………………… [082]38-1
　新時代不同歌合 ………………… [045]5-693
　和漢名所詩歌合 ……………… [045]10-261
藤原 元真
　元真集(西本願寺蔵三十六人集) …… [045]3-93
藤原 基俊
　新撰朗詠集 …… [045]2-274, [082]47-265
　相撲立詩歌合 ………………… [045]5-177
　堀河院御時百首和歌 ………… [039]5-203
　堀河院百首〔春部～秋部〕 …… [006]5-7
　堀河院百首〔冬部～雑部〕 …… [006]6-7
　基俊集(書陵部蔵 一五〇・五七八)
　　 ……………… [039]5-179, [045]7-130
　基俊集(書陵部蔵 五〇一・七四三)
　　 ……………… [039]5-35, [045]3-468
藤原 盛忠 → 藤原 為経(ふじわら・ためつね)を見よ
藤原 師氏
　海人手子良集 ………………… [042]4-3
　海人手古良集 ………………… [045]3-167
藤原 師輔
　九条右大臣集 ………………… [045]3-154
　九条殿師輔集 ………………… [039]31-183
藤原 行家
　続古今和歌集 ………………… [082]38-1

日本古典文学全集・内容綜覧 第II期　533

ふしわ　　　　　作家名索引（原作者）

人家和歌集 ……………………… [045]6-186
藤原 義孝
　義孝集 ………… [045]3-174, [042]4-183
藤原 令緒
　早春の途中 …………………… [016]〔1〕-133
藤原 良経
　秋篠月清集 ……… [045]3-633, [082]60-1
　後京極殿御自歌合 建久九年（永青文庫蔵本）
　　……………………………… [045]5-341
　三十六番相撲立詩歌（島原松平文庫蔵本）
　　……………………………… [045]10-217
　新古今和歌集 仮名序 ……… [068]〔34〕-26,
　　[069]5-154, [079]〔32〕-4
　〔藤原良経 44首〕 ……………… [032]027-2
藤原 良房
　続日本後紀 …………………… [045]5-1139
藤原 頼輔
　頼輔集 ………………………… [045]7-180
藤原 頼宗
　入道右大臣集 ………………… [045]3-344
藤原夫人
　吾が岡の 靄に言ひて ………… [032]021-74
文月庵 周東
　老の籠 ………………………… [017]8-229
　譬喩蓮華 ……………………… [017]8-131
蕪村 → 与謝 蕪村（よさ・ぶそん）を見よ
仏因
　草庵式 ………………………… [017]6-149
富天
　奇説つれづれ草紙〔抄〕 ……… [066]5-275
吹茨刀自
　河の上の ゆつ磐群に 草生さず … [032]021-38
布門
　桑老父〔抄〕 …………………… [066]5-269
　誹諧たつか弓〔抄〕 …………… [066]5-265
汶光
　ひなつくば …………………… [017]5-35
文耕堂
　赤松心緑陣幕 ………………… [018]45-11
　元日金年越 …………………… [018]28-11
　鬼一法眼三略巻 ……………… [018]9-11
　車還合戦桜 …………………… [018]26-11
　信州姨拾山 …………………… [018]8-11
　須磨都源平躑躅 ……………… [018]10-11
文子
　祇徳判五十番発句合 ………… [017]5-215
文誰
　春慶引 ………………………… [078]8-483
汶村
　正風彦根躰〔抄〕 ……………… [047]〔1〕-800
文々舎 蟹子丸
　江戸名物百題狂歌集 ………… [009]12-93
文屋茂喬
　狂歌俤百人一首 ……………… [022]18-1
　狂歌紅葉集 …………………… [022]15-53

狂歌手毎の花 初編 ……………… [022]16-1
狂歌手毎の花 二編 ……………… [022]16-40
狂歌手毎の花 三編 ……………… [022]16-74
狂歌手毎の花 四編 ……………… [022]17-44

【 へ 】

平舎
　うつ木垣 ……………………… [017]29-133
　卯の花衣 ……………………… [017]29-149
平城天皇
　梅花落 ………………………… [016]〔1〕-79
米仲
　穀随筆〔抄〕 …………………… [066]5-269
別源円旨
　可休亭に題す ………………… [016]〔1〕-209
　天岸首座の採石渡に和す …… [016]〔1〕-210
遍昭
　蓮葉の濁りに染まぬ ………… [032]059-16
　遍昭集
　　[039]15-147, [045]3-25, [082]18-27
　遍昭集に入っていない遍照歌 … [039]15-395
片石
　袖みやけ ……………………… [017]7-3
　片石上東記 …………………… [017]7-35
弁乳母
　弁乳母集 ……………………… [045]3-378
蝙蝠軒 魚丸（旧路館 魚丸）
　狂歌泰平楽 …………………… [022]27-1
　狂歌二翁集 …………………… [022]26-33
　狂歌よつの友 ………………… [022]28-1
便々館 湖鯉鮒
　狂歌杓子集 …………………… [009]5-151
　狂歌浜荻集 …………………… [009]7-3
　狂歌類題後杓子栗 …………… [009]11-71

【 ほ 】

法雨
　ふるとね川 …………………… [017]26-261
望郊亭 馬朝
　狂歌拾遺わすれ貝 …………… [022]9-1
朋之
　維舟点賦何柚誹諧百韻 ……… [030]3-136
北条 氏康
　夏はきつねになく蝉の ……… [032]014-68
　武蔵野紀行 …………………… [058]7-325
北条 早雲
　梓弓おして誓ひを …………… [032]014-12
北条 時広
　時広集 ………………………… [045]7-468

北条 政子
  積もるとも五重の雲は ……… [032]**047**-80
芳水
  佐郎山 …………………… [030]**4**-96
宝船舎
  狂歌吉原形四季細見 ……… [009]**12**-3
蜂巣
  宗匠点式并宿所1〔天理図書館綿屋文庫蔵〕(寛延二年序) …………… [017]**2**-183
  宗匠点式并宿所2〔東京大学図書館酒竹文庫蔵〕(寛延二年序) …………… [017]**2**-223
豊蔵坊 信海
  孝雄狂歌集 ……………… [021]**1**-380
  信海狂歌拾遺 …………… [021]**1**-392
  豊蔵坊信海狂歌集 ……… [021]**1**-352
法竹
  舟便 ……………………… [017]**1**-107
法然
  一念義停止起請文 ……… [079]〔44〕-162
  歌集 …………………… [079]〔44〕-212
  黒谷上人起請文(一名、一枚起請文) …………………… [079]〔44〕-156
  黒谷上人御法語(一名、二枚起請文) …………………… [079]〔44〕-157
  元久法語(一名、登山状)… [079]〔44〕-193
  讃語三章 ………………… [079]〔44〕-209
  三心義 …………………… [079]〔44〕-190
  浄土宗略抄 ……………… [079]〔44〕-165
  選擇本願念佛集 ………… [079]〔44〕-1
  月影の至らぬ里は ……… [032]**059**-42
  七個條起請文 …………… [079]〔44〕-158
  念佛往生義 ……………… [079]〔44〕-178
  念佛大意 ………………… [079]〔44〕-182
  靈感二章 ………………… [079]〔44〕-206
  和字選擇集 ……………… [079]〔44〕-75
歩牛
  歳旦 ……………………… [017]**24**-163
木因
  かたはし ………………… [046]**5**-1076
朴翁
  俳諧蓮の花笠 …………… [046]**5**-1063
卜純
  卜純句集 ………………… [081]**2**-284
北窓 竹阿
  ふるぶすま ……………… [017]**22**-103
  松の答 …………………… [017]**4**-191
哺川
  枯野塚集 ………………… [030]**5**-41
細井 平洲
  親を夢む ………………… [016]〔1〕-405
細川 勝元
  大海の限りも知らぬ …… [032]**014**-22
細川 忠興
  三斎様御筆狂歌 ………… [021]**1**-90
細川 幽斎
  薄墨につくれる眉の …… [032]**014**-78
  玉屑集 …………………… [081]**3**-18
  玄旨公御連歌 …………… [081]**3**-228
  衆妙集(東京大学国文学研究室蔵本) …… [045]**9**-7
  〔細川幽斎50首〕 ………… [032]**033**-2
  藻塩草かく ……………… [032]**014**-92
  六根の── ……………… [032]**080**-50
細川 頼之
  海南行 …………………… [016]〔1〕-223
堀 麦水
  逸題春帖 ………………… [030]**6**-393
  三州奇談 ………………… [007]**5**-105
  新みなし栗 ……………… [078]**8**-396
  大盞曲 …………………… [030]**6**-388
  春濃夜 …………………… [030]**6**-379
  三津祢 …………………… [030]**6**-383
堀川 通具 → 源 通具(みなもと・みちとも)を見よ
堀部 安兵衛
  梓弓ためしにも引け …… [032]**020**-24
本院侍従
  本院侍従集(群書類従本) … [045]**3**-173
  本院侍従集(底本 松平文庫本) … [039]**11**-23
  本院侍従集(幻の本院侍従集(A案推定年代順)) ……………… [039]**11**-87
  本院侍従集(「幻の本院侍従集」想定本文) ……………………… [039]**11**-69
梵薩
  草庵式 …………………… [017]**6**-149
本城 守棟
  狂歌手毎の花 五編 ……… [022]**17**-78
本田 種竹
  川中嶋 …………………… [016]〔1〕-777
  饒州絶句二首 其の二 …… [016]〔1〕-776
凡兆
  本朝文選〔抄〕 …………… [047]〔1〕-799
梵灯
  梵灯庵袖下集 …………… [045]**5**-1109
凡鳥舎 虫丸
  狂歌得手かつて ………… [022]**29**-74
凡夫
  雪の声 …………………… [078]**8**-493

【ま】

前川 淵龍
  狂歌花の友 ……………… [022]**5**-24
前川 朝宗
  狂歌花の友 ……………… [022]**5**-24
前川 来太
  唐土の吉野 ……………… [008]**2**-281
前田 慶次
  ねやの処はあとも枕も … [032]**014**-48
前田 利家
  花咲けと心をつくす …… [032]**014**-34

まえは

前原 梅窓
　逸題 ………………………… [016]〔1〕- 706

牧野 鉅野
　初夏の閑居 ……………… [016]〔1〕- 485

雅成親王
　雅成親王集 ……………… [045]**7** - 334

摩島 松南
　蠹魚を詠ず ……………… [016]〔1〕- 542

益親
　さきくさ日記 …………… [010]**2** - 139

松尾 芭蕉
　「青くても」歌仙 ………… [047]〔1〕- 270
　「青葉より」歌仙 ………… [047]〔1〕- 170
　「あかあかと」の詞書 …… [047]〔1〕- 411
　「あかあかと」発句・脇 … [047]〔1〕- 316
　「暁や」五十韻 …………… [047]〔1〕- 248
　「赤人も」発句・脇 ……… [047]〔1〕- 316
　「秋風に」三つ物 ………… [047]〔1〕- 307
　「秋たつ日」独吟歌仙点巻 [047]〔1〕- 578
　「秋立て」歌仙 …………… [047]〔1〕- 255
　「秋近き」歌仙 …………… [047]〔1〕- 300
　「秋とはばよ」三つ物 …… [047]〔1〕- 176
　「秋に添うや」三つ物 …… [047]〔1〕- 271
　秋の朝寝 ………………… [043]〔47〕- 271
　「秋の暮」余興四句 ……… [047]〔1〕- 245
　「秋の夜を」半歌仙 ……… [047]〔1〕- 308
　秋の夜評語 ……………… [047]〔1〕- 584
　「秋もはや」歌仙 ………… [047]〔1〕- 307
　「灰汁桶の」歌仙 ………… [047]〔1〕- 257
　「飽や今年」歌仙 ………… [047]〔1〕- 184
　明智が妻の話 …………… [043]〔47〕- 162
　「明けゆくや」の詞書 …… [047]〔1〕- 383
　「朝顔や」歌仙 …………… [047]〔1〕- 280
　「あさむつや」句文 ……… [047]〔1〕- 413
　「紫陽草や」歌仙 ………… [047]〔1〕- 293
　「あつみ山や」歌仙 ……… [047]〔1〕- 237
　「あなむざんやな」歌仙 … [047]〔1〕- 243
　「鮮雑魚を」狂歌 ………… [047]〔1〕- 320
　「編み出しの」狂歌 ……… [047]〔1〕- 321
　「雨晴れて」四句 ………… [047]〔1〕- 232
　「あら何ともなや」百韻 … [047]〔1〕- 164
　阿羅野集序 ……………… [079]〔40〕- 137
　『あら野』の序 …………… [079]〔41〕- 399
　「霞かと」表六句 ………… [047]〔1〕- 213
　「有難や」歌仙 …………… [047]〔1〕- 235
　與或人文 ………………… [079]〔40〕- 142
　「荒れあれて」歌仙 ……… [047]〔1〕- 302
　「粟稗に」歌仙 …………… [047]〔1〕- 221
　伊賀新大仏の記 ………… [047]〔1〕- 389
　伊賀大佛記 ……………… [079]〔40〕- 155
　「いかに見よと」表六句 … [047]〔1〕- 191
　「生ながら」余興十二句 … [047]〔1〕- 288
　「幾落葉」四句 …………… [047]〔1〕- 210
　「いく春を」狂歌 ………… [047]〔1〕- 321
　遺語集 …………………… [079]〔41〕- 243
　「いざ出む」の詞書 ……… [047]〔1〕- 387
　「いざ語れ」歌仙 ………… [047]〔1〕- 313
　「いざ子ども」歌仙 ……… [047]〔1〕- 246
　「いざさらば」表六句 …… [047]〔1〕- 315
　「勇み立つ」歌仙 …………………………
　　　　[047]〔1〕- 285, [047]〔1〕- 286
　既望 ……………………… [047]〔1〕- 428
　「いざよひは」歌仙 ……… [047]〔1〕- 281
　「衣装して」歌仙 ………… [047]〔1〕- 227
　伊勢紀行跋 ………………………………
　　　　[047]〔1〕- 382, [079]〔40〕- 138
　伊丹古蔵〔抄〕 …………… [047]〔1〕- 793
　「市人に」三つ物 ………… [047]〔1〕- 191
　「一里は」の詞書 ………… [047]〔1〕- 416
　「一家に」句文 …………… [047]〔1〕- 444
　「いと涼しき」百韻 ……… [047]〔1〕- 157
　田舎の句合 ……………… [047]〔1〕- 554,
　　　　[052]〔2〕- 4, [079]〔40〕- 173
　「稲妻に」表六句 ………… [047]〔1〕- 303
　「稲扱の」詞書 …………… [047]〔1〕- 431
　「猪の」狂歌 ……………… [047]〔1〕- 320
　「付贅一ツ」余興四句 …… [047]〔1〕- 180
　「伊良古崎」句文 ………… [047]〔1〕- 386
　「いろいろの」歌仙 ……… [047]〔1〕- 253
　「色々の」歌仙 …………… [047]〔1〕- 312
　「色付や」百韻 …………… [047]〔1〕- 162
　鵜飼 ……………………… [079]〔40〕- 147
　「鶯に」歌仙 ……………… [047]〔1〕- 297
　「鶯の」歌仙 ……………… [047]〔1〕- 250
　「鶯や」歌仙 ……………… [047]〔1〕- 268
　「牛流す」歌仙 …………… [047]〔1〕- 296
　「牛部屋に」歌仙 ………… [047]〔1〕- 262
　卯辰紀行 ………………… [079]〔40〕- 86
　宇陀法師 ………………… [047]〔1〕- 714
　「歌もいでず」狂歌 ……… [047]〔1〕- 219
　「打寄りて」歌仙 ………… [047]〔1〕- 275
　「団扇もて」の詞書 ……… [047]〔1〕- 381
　「卯花も」三つ物 ………… [047]〔1〕- 204
　「卯の花や」発句・脇 …… [047]〔1〕- 293
　鵜舟 ……………………… [043]〔47〕- 93
　「馬をさへ」一巡四句 …… [047]〔1〕- 188
　「馬借りて」歌仙 ………… [047]〔1〕- 242
　「馬に寝て」句文 ………… [047]〔1〕- 378
　「馬ぼくぼく」画賛 ……… [047]〔1〕- 376
　「海暮れて」歌仙 ………… [047]〔1〕- 192
　「梅が香に」歌仙 ………… [047]〔1〕- 289
　「梅が香に」三つ物 ……… [047]〔1〕- 277
　「梅白し」発句・脇 ……… [047]〔1〕- 193
　「梅絶つ」三つ物 ………… [047]〔1〕- 193
　「梅の風」百韻 …………… [047]〔1〕- 161
　「梅の木の」発句・脇 …… [047]〔1〕- 216
　「梅稀に」の詞書 ………… [047]〔1〕- 390
　「梅若菜」歌仙 …………… [047]〔1〕- 260
　「漆せぬ」三つ物 ………… [047]〔1〕- 283
　「うるはしき」歌仙 ……… [047]〔1〕- 264
　雲竹讃 …………………… [079]〔40〕- 143
　雲竹自画像の讃 ………… [043]〔47〕- 179
　雲竹自画像賛 …………… [047]〔1〕- 426
　「江戸桜」半歌仙 ………… [047]〔1〕- 206
　笈日記〔抄〕 ……………… [047]〔1〕- 791
　笈の小文 …… [043]〔47〕- 62, [047]〔1〕- 330
　「笈の小文」旅行論草稿 … [047]〔1〕- 425

作家名索引（原作者）　　　まつお

「置炭や」表六句 ……………… [047]〔1〕- 209
「起臥しの」歌仙 ……………… [047]〔1〕- 233
「奥庭も」発句・脇 …………… [047]〔1〕- 266
おくのほそ道 ………………… [031]**3**- 41,
　　　[043]〔47〕- 106, [047]〔1〕- 336,
　　[069]**20**- 11, [080]〔4〕- 1, [084]**18**- 93
奥の細道 ……………………… [079]〔40〕- 100
「御尋に」歌仙 ………………… [047]〔1〕- 234
「落来るや」句文 ……………… [047]〔1〕- 401
「落来るや」発句・脇 ………… [047]〔1〕- 229
「思ひ立」十二句 ……………… [047]〔1〕- 196
「思ふこと」狂歌 ……………… [047]〔1〕- 320
「重々と」歌仙 ………………… [047]〔1〕- 316
「おもかげや」句文 …………… [047]〔1〕- 395
「おもしろうて」句文 ………… [047]〔1〕- 394
「おもしろき」句文 …………… [047]〔1〕- 440
「面白し」三つ物 ……………… [047]〔1〕- 210
「折おりや」発句・脇 ………… [047]〔1〕- 302
貝おほひ … [047]〔1〕- 543, [079]〔40〕- 161
骸骨画賛 ……………………… [047]〔1〕- 440
骸骨の絵讃 …………………… [043]〔47〕- 259
「香に匂へ」句文 ……………… [047]〔1〕- 390
加賀國山中の湯 ……………… [079]〔40〕- 160
「杜若」歌仙未満二十四句 …… [047]〔1〕- 195
「杜若」発句・脇 ……………… [047]〔1〕- 315
「杜若」三つ物 ………………… [047]〔1〕- 217
垣穂の梅 ……………………… [043]〔47〕- 48
「隠れ家や」歌仙 ……………… [047]〔1〕- 231
「隠れ家や」句文 ……………… [047]〔1〕- 402
「陽炎の」歌仙 ………………… [047]〔1〕- 228
「蜻蛉の」半歌仙 ……………… [047]〔1〕- 202
「笠さして」狂歌 ……………… [047]〔1〕- 319
「笠島や」句文 ………………… [047]〔1〕- 405
「笠寺や」歌仙 ………………… [047]〔1〕- 209
「笠寺や」三つ物 ……………… [047]〔1〕- 316
「傘に」歌仙 …………………… [047]〔1〕- 289
重ねを賀す …………………… [047]〔1〕- 443
笠の記 ………………………… [043]〔47〕- 51
笠はり ………………………… [047]〔1〕- 398
笠張説 ………………………… [079]〔40〕- 136
笠やどり ……………………… [047]〔1〕- 376
「樫の木の」発句・脇 ………… [047]〔1〕- 193
鹿島紀行 ……………………… [079]〔40〕- 83
かしまの記 …………………… [047]〔1〕- 328
鹿島詣 ………………………… [043]〔47〕- 55
歌集 …………………………… [079]〔40〕- 71
「霞やら」画賛 ………………… [047]〔1〕- 443
「風の香を」三つ物 …………… [047]〔1〕- 235
歌仙讃 ………………………… [079]〔40〕- 145
歌仙点巻 …… [047]〔1〕- 585, [047]〔1〕- 586
歌仙の贊 ……………………… [047]〔1〕- 377
堅田十六夜の弁 ……………… [043]〔47〕- 201
「帷子は」歌仙 ………………… [047]〔1〕- 281
「歩行ならば」句文 …………… [047]〔1〕- 387
「歩行ならば」発句・脇 ……… [047]〔1〕- 215
甲子吟行 ……………………… [079]〔40〕- 75
「夏馬の遅行」歌仙 …………… [047]〔1〕- 185
鎌倉海道〔抄〕 ………………… [047]〔1〕- 802
「紙衣の」歌仙抄 ……………… [047]〔1〕- 216

紙衾の記 … [043]〔47〕- 158, [047]〔1〕- 414
紙衾記 ………………………… [079]〔40〕- 148
「辛崎の」発句・脇 …………… [047]〔1〕- 193
烏の賦 ………………………… [047]〔1〕- 426
烏賦 …………………………… [079]〔40〕- 135
「雁が音も」歌仙 ……………… [047]〔1〕- 222
「苅株や」歌仙 ………………… [047]〔1〕- 271
「枯枝に」発句・脇 …………… [047]〔1〕- 205
「川風や」句文 ………………… [047]〔1〕- 426
「寒菊の」三つ物 ……………… [047]〔1〕- 274
「寒菊や」歌仙未満 …………… [047]〔1〕- 284
「閑居の箴」 …………………… [047]〔1〕- 384
閑居箴 ………………………… [079]〔40〕- 140
寒夜の辞 … [043]〔47〕- 18, [047]〔1〕- 376
「菊に出て」三つ物 …………… [047]〔1〕- 307
「稗柿や」三つ物 ……………… [047]〔1〕- 256
「亀子が良才」草稿 …………… [047]〔1〕- 441
「木啄も」の詞書 ……………… [047]〔1〕- 400
「砧打ちて」の詞書 …………… [047]〔1〕- 380
杵の折れ ……………………… [047]〔1〕- 441
杵折讃 ………………………… [079]〔40〕- 144
「木のもとに」歌仙 ……………
　　　　　　 [047]〔1〕- 251, [047]〔1〕- 253
「木の本に」付延歌仙 ………… [047]〔1〕- 251
既望賦 ………………………… [079]〔40〕- 134
「君も臣も」三つ物 二 ………… [047]〔1〕- 156
机銘 …………………………… [079]〔40〕- 141
「旧跡の」狂歌 ………………… [047]〔1〕- 319
「狂句木枯の」歌仙 …………… [047]〔1〕- 188
「狂句木枯の」の詞書 ………… [047]〔1〕- 380
「京にあきて」八句断簡 ……… [047]〔1〕- 268
「けふばかり」歌仙 …………… [047]〔1〕- 271
「京までは」歌仙 ……………… [047]〔1〕- 207
去来抄 ………………………… [047]〔1〕- 587
許六を送る詞 ………………… [047]〔1〕- 436
送許六辞 ……………………… [079]〔40〕- 133
許六離別の詞 …………………
　　　　　 [043]〔47〕- 231, [047]〔1〕- 435
銀河の序 ……………………… [047]〔1〕- 408
銀河序 ………………………… [079]〔40〕- 138
「銀に」一巡十句 ……………… [047]〔1〕- 206
「水鶏啼と」半歌仙 …………… [047]〔1〕- 295
句兄弟〔抄〕 …………………… [047]〔1〕- 789
「草の戸も」の詞書 …………… [047]〔1〕- 399
「草の戸や」発句・脇 ………… [047]〔1〕- 265
「草箒」発句・脇 ……………… [047]〔1〕- 249
葛の松原 ……………………… [047]〔1〕- 786
「薬飲む」発句・脇 …………… [047]〔1〕- 210
「口切に」歌仙 ………………… [047]〔1〕- 272
「雲霧の」句文 ………………… [047]〔1〕- 377
「蔵の陰」三つ物 ……………… [047]〔1〕- 219
「栗野老」三つ物 ……………… [047]〔1〕- 186
「黒髪山」ほか句文 …………… [047]〔1〕- 444
「君火を焚く」句文 …………… [047]〔1〕- 384
「実や月」歌仙 ………………… [047]〔1〕- 168
幻住庵の記 ……………………
　　　　　 [043]〔47〕- 166, [047]〔1〕- 417
幻住庵記 ……………………… [079]〔40〕- 148
幻住庵賦 ……………………… [079]〔40〕- 150

日本古典文学全集・内容綜覧 第II期　537

「木枯しに」半歌仙	[047]⟨1⟩-275	「時節嘸」歌仙	[047]⟨1⟩-157
「木枯に」発句・脇	[047]⟨1⟩-265	「市中は」歌仙	[047]⟨1⟩-254
「凩の」歌仙未満	[047]⟨1⟩-211	自得の箴	[043]〔47〕-47
「小傾城」表八句	[047]⟨1⟩-314	自得箴	[079]〔40〕-154
「九重の」狂歌	[047]⟨1⟩-319	「師の桜」歌仙	[047]⟨1⟩-187
「乞食の翁」句文	[047]⟨1⟩-375	「篠の露」歌仙	[047]⟨1⟩-278
「湖水より」三つ物	[047]⟨1⟩-316	「しのぶさへ」発句・脇	[047]⟨1⟩-188
「小鯛刺す」表六句	[047]⟨1⟩-240	忍摺の石	[079]〔40〕-154
「胡蝶にも」発句・脇	[047]⟨1⟩-243	柴の戸	[043]〔47〕-15
「五人扶持」歌仙	[047]⟨1⟩-290	「柴の戸に」句文	[047]⟨1⟩-375
「此海に」表六句	[047]⟨1⟩-188	「柴の戸や」句文	[047]⟨1⟩-430
「此梅に」百韻	[047]⟨1⟩-159	島田の時雨	[043]〔47〕-203
「此里は」歌仙	[047]⟨1⟩-267	「霜寒き」発句・脇	[047]⟨1⟩-188
「木の葉散」の詞書	[047]⟨1⟩-380	「霜月や」歌仙	[047]⟨1⟩-191
「此道や」半歌仙	[047]⟨1⟩-309	「霜に今」歌仙	[047]⟨1⟩-248
「此宿は」句文	[047]⟨1⟩-440	洒堂に贈る	[047]⟨1⟩-439
「後風」歌仙未満二十四句	[047]⟨1⟩-287	洒落堂記	[079]〔40〕-152
小町画賛	[047]⟨1⟩-427	洒落堂の記	
「御明の」歌仙	[047]⟨1⟩-264		[043]〔47〕-164, [047]⟨1⟩-416
「米くる、」発句・脇等付句四	[047]⟨1⟩-315	秋鴉主人の佳景に対す	[047]⟨1⟩-400
「籠り居て」表六句	[047]⟨1⟩-244	「十三夜」歌仙	[047]⟨1⟩-282
権七に示す	[047]⟨1⟩-387	十八番発句合	[047]⟨1⟩-550
「蒟蒻に」歌仙未満	[047]⟨1⟩-276	十八樓記	[079]〔40〕-147
西行像賛	[047]⟨1⟩-442	十八楼の記 [043]〔47〕-91, [047]⟨1⟩-393
柴門辞	[079]〔40〕-132	十論為弁抄〔抄〕	[047]⟨1⟩-802
嵯峨日記	[043]〔47〕-183,	春興	[047]⟨1⟩-444
	[047]⟨1⟩-366, [079]〔40〕-122	「春風や」発句・脇	[047]⟨1⟩-279
「鶯の足」五十韻	[047]⟨1⟩-176	生涯五十に近く	[079]〔40〕-155
「捧げたり」表八句	[047]⟨1⟩-312	「少将の」句文	[047]⟨1⟩-415
「さぞな都」百韻	[047]⟨1⟩-167	「少将の」発句・脇	[047]⟨1⟩-249
「里人は」句文	[047]⟨1⟩-392	消息集	[079]〔41〕-273
「さびしげに」の詞書	[047]⟨1⟩-412	初秋七日の雨星を弔う	[047]⟨1⟩-436
「寂しさの」歌仙	[047]⟨1⟩-313	白髪吟	[079]〔40〕-156
「さびしさや」句文	[047]⟨1⟩-391	「白髪抜く」半歌仙	[047]⟨1⟩-256
「さまざまの」発句・脇	[047]⟨1⟩-217	「白菊に」半歌仙	[047]⟨1⟩-222
「五月雨を」歌仙	[047]⟨1⟩-233	「白菊の」歌仙	[047]⟨1⟩-309
「五月雨の」詞書	[047]⟨1⟩-402	「導して」発句・脇	[047]⟨1⟩-218
座右銘	[079]〔40〕-141	「新麦に」歌仙	[047]⟨1⟩-294
更科姨捨月の弁	[047]⟨1⟩-395	「水仙や」一巡九句	[047]⟨1⟩-266
更科姨捨月之辨	[079]〔40〕-157	「水仙は」歌仙	[047]⟨1⟩-226
更科紀行	[043]〔47〕-94,	「菅笠や」発句・脇	[047]⟨1⟩-274
	[047]⟨1⟩-335, [079]〔40〕-97	「薄原」三つ物	[047]⟨1⟩-317
「猿蓑に」歌仙	[047]⟨1⟩-306	「涼しさを」歌仙	[047]⟨1⟩-232
「山陰や」の詞書	[047]⟨1⟩-394	「涼しさの」百韻	[047]⟨1⟩-197
「山陰や」発句・脇	[047]⟨1⟩-218	「涼しさや」一巡七句	[047]⟨1⟩-237
「散失せぬ」の詞書	[047]⟨1⟩-404	「硯石」句文	[047]⟨1⟩-445
「残暑暫」半歌仙	[047]⟨1⟩-240	「捨ぬ間に」狂歌	[047]⟨1⟩-321
三冊子	[047]⟨1⟩-728	「須磨ぞ秋」百韻	[047]⟨1⟩-172
「三人七郎兵衛」句文	[047]⟨1⟩-381	須磨の月	[079]〔40〕-157
「詩斎人」歌仙	[047]⟨1⟩-183	「炭売の」歌仙	[047]⟨1⟩-190
「汐路の鐘」句文	[047]⟨1⟩-444	栖去の弁 [043]〔47〕-205, [047]⟨1⟩-432
「塩にしても」歌仙	[047]⟨1⟩-171	栖去辨	[079]〔40〕-142
「しをらしき」四十四	[047]⟨1⟩-240	歳暮	[079]〔40〕-156
「時雨時雨に」十句	[047]⟨1⟩-207	「芹焼や」歌仙	[047]⟨1⟩-284
「時雨てや」歌仙	[047]⟨1⟩-217	「洗足に」歌仙	[047]⟨1⟩-309
志候等六吟百韻点巻	[047]⟨1⟩-565	「宗鑑・守武・貞徳像」賛	[047]⟨1⟩-381
四山の瓢	[043]〔47〕-49	「宗祇・宗鑑・守武像」賛	[047]⟨1⟩-434
「四山の瓢」句文	[047]⟨1⟩-382	送僧専吟辭	[079]〔40〕-133
四条の河原涼み	[043]〔47〕-174	僧専吟餞別の詞	[047]⟨1⟩-434

雑談集〔抄〕	[047]⟨1⟩-784	付句 六（貞享元・二年）	[047]⟨1⟩-197
続猿蓑〔抄〕	[047]⟨1⟩-796	付句 七	[047]⟨1⟩-310
素堂菊園の遊び	[047]⟨1⟩-439	付句 二〇	[047]⟨1⟩-169
「素堂寿母七十七の賀」前文	[047]⟨1⟩-432	続の原（冬の部）	[047]⟨1⟩-563
素堂亭十日菊	[047]⟨1⟩-396	續の原（四季之句合）	[079]⟨40⟩-197
素堂亭十日菊の句會序	[079]⟨40⟩-154	「蔦植ゑて」句文	[047]⟨1⟩-379
卒塔婆小町讃	[079]⟨40⟩-144	土大根〔抄〕	[047]⟨1⟩-798
「其かたち」歌仙	[047]⟨1⟩-223	「包みかねて」歌仙	[047]⟨1⟩-190
「其かたち」の詞書	[047]⟨1⟩-396	「つぶつぶと」歌仙	[047]⟨1⟩-304
「其匂ひ」歌仙	[047]⟨1⟩-266	「露凍て」歌仙未満二十四句	[047]⟨1⟩-215
「其富士や」歌仙	[047]⟨1⟩-279	貞徳十三回忌追善「野は雪に」百韻	
「其まゝよ」句文	[047]⟨1⟩-414		[047]⟨1⟩-155
「空豆の」歌仙	[047]⟨1⟩-292	点巻断簡	[047]⟨1⟩-566
「それぞれに」三つ物	[047]⟨1⟩-244	天宥法印追悼句文	[047]⟨1⟩-407
当麻寺まいり	[047]⟨1⟩-379	「冬景や」歌仙	[047]⟨1⟩-202
〔竹西寛子の松尾芭蕉集〕発句	[084]⟨18⟩-15	東西夜話〔抄〕	[047]⟨1⟩-798
「蛸壺や」の詞書	[047]⟨1⟩-393	嗒山送別	[047]⟨1⟩-442
「田螺とられて」世吉	[047]⟨1⟩-181	「当山は」の詞書	[047]⟨1⟩-445
「種芋や」句文	[047]⟨1⟩-252	東順の伝	[047]⟨1⟩-438
「楽しさや」句文	[047]⟨1⟩-443	東順傳	[079]⟨40⟩-145
「旅衣」三つ物	[047]⟨1⟩-230	東藤桐葉 両吟歌仙点巻（一）	[047]⟨1⟩-569
「旅寐よし」半歌仙	[047]⟨1⟩-214	東藤桐葉 両吟歌仙点巻（二）	[047]⟨1⟩-570
旅寝論	[047]⟨1⟩-640	東藤桐葉 両吟表六句・付合一五点巻	
「旅人と」半歌仙	[047]⟨1⟩-213		[047]⟨1⟩-571
「旅人と」世吉	[047]⟨1⟩-205	「たふとかる」発句・脇	[047]⟨1⟩-265
「ためつけて」歌仙	[047]⟨1⟩-212	「磨直す」歌仙	[047]⟨1⟩-211
「田や麦や」句文	[047]⟨1⟩-400	「時は秋」歌仙	[047]⟨1⟩-205
「誰か又」狂歌	[047]⟨1⟩-321	常盤屋之句合	[079]⟨40⟩-181
「誰も見よ」画賛狂歌	[047]⟨1⟩-320	「どこまでも」表六句	[047]⟨1⟩-219
探丸等三吟歌仙点巻	[047]⟨1⟩-580	「年立つや」表八句	[047]⟨1⟩-288
探丸等八吟歌仙点巻	[047]⟨1⟩-581	「年忘れ」三つ物	[047]⟨1⟩-276
「苫はまだ」の詞書	[047]⟨1⟩-440	「鳶の羽も」歌仙	[047]⟨1⟩-257
千どりの恩〔抄〕	[047]⟨1⟩-803	弔初秋七日雨星文	[079]⟨40⟩-143
「蝶も来て」の詞書	[047]⟨1⟩-427	「ともかくも」の詞書	[047]⟨1⟩-431
「月出ば」半歌仙	[047]⟨1⟩-223	「とりどりの」五十韻	[047]⟨1⟩-247
「月清し」ほか句文	[047]⟨1⟩-413	「猶見たし」の詞書	[047]⟨1⟩-391
「月さびよ」句文	[047]⟨1⟩-415	「長刀」漢和俳諧十二句	[047]⟨1⟩-317
「月代を」半歌仙未満	[047]⟨1⟩-272	「菜種干す」発句・脇	[047]⟨1⟩-299
「月代や」発句・脇	[047]⟨1⟩-256	「夏草や」句文	[047]⟨1⟩-407
「月と泣夜」歌仙	[047]⟨1⟩-182	「夏草よ」発句・脇	[047]⟨1⟩-197
「月花を」発句・脇	[047]⟨1⟩-228	夏野の画讃	[043]⟨47⟩-23
「月見する」歌仙	[047]⟨1⟩-256	「夏の夜や」歌仙	[047]⟨1⟩-299
月見賦	[079]⟨40⟩-158	「夏はあれど」の詞書	[047]⟨1⟩-393
「月やその」三つ物	[047]⟨1⟩-283	「何となう」発句・脇	[047]⟨1⟩-186
月侘斎	[043]⟨47⟩-16	成秀が庭上の松を讃める詞	[079]⟨40⟩-153
机の銘	[043]⟨47⟩-224, [047]⟨1⟩-441	成秀の庭上松を誉むる言葉	[047]⟨1⟩-429
「つくづくと」歌仙	[047]⟨1⟩-194	鳴海連衆歌仙点巻	[047]⟨1⟩-579
付句 一	[047]⟨1⟩-180, [047]⟨1⟩-184,	「何とはなしに」歌仙	[047]⟨1⟩-193
	[047]⟨1⟩-277, [047]⟨1⟩-310,	「何の木の」歌仙	[047]⟨1⟩-215
	[047]⟨1⟩-311, [047]⟨1⟩-312,	「何の木の」歌仙	[047]⟨1⟩-389
	[047]⟨1⟩-317, [047]⟨1⟩-318	「錦どる」百韻	[047]⟨1⟩-180
付句 二	[047]⟨1⟩-176, [047]⟨1⟩-311	「ぬけがらや」狂歌	[047]⟨1⟩-321
付句 二（貞享年中）	[047]⟨1⟩-221	「ぬれて行や」五十韻	[047]⟨1⟩-241
付句 三	[047]⟨1⟩-156,	「塒せよ」三つ物	[047]⟨1⟩-204
	[047]⟨1⟩-159, [047]⟨1⟩-310	「寐る迄の」歌仙一巡四句	[047]⟨1⟩-239
付句 四	[047]⟨1⟩-159,	「野あらしに」半歌仙	[047]⟨1⟩-244
	[047]⟨1⟩-310, [047]⟨1⟩-311	「野を横に」の詞書	[047]⟨1⟩-401
付句 五	[047]⟨1⟩-169	「のがれ住む」狂歌	[047]⟨1⟩-319
付句 六	[047]⟨1⟩-311	「残る蚊に」歌仙未満三十句	[047]⟨1⟩-301

まつお　　　　　作家名索引（原作者）

野ざらし紀行 ……………………… [043]〔47〕-24, [047]〔1〕-323	
『野ざらし紀行絵巻』跋 …… [047]〔1〕-384	
「長閑さや」三つ物 …………… [047]〔1〕-288	
「のまれけり」歌仙 …………… [047]〔1〕-170	
「暖簾の」発句・脇 …………… [047]〔1〕-217	
「野は雪に」歌仙 ……………… [047]〔1〕-276	
俳諧集 ………………………………… [079]〔41〕-1	
俳諧問答 ……………………………… [047]〔1〕-656	
梅雀・桐蹊両吟歌仙点巻 …… [047]〔1〕-578	
煤掃説 ………………………………… [079]〔40〕-158	
誹林良材集〔抄〕 ………………… [047]〔1〕-794	
「蠅並ぶ」歌仙 ………………… [047]〔1〕-261	
「葉隠れを」歌仙 ……………… [047]〔1〕-297	
「箱根越す」歌仙 ……………… [047]〔1〕-213	
〔芭蕉 50 句〕 ………………………… [032]034-2	
芭蕉庵十三夜 ………………………… [043]〔47〕-103, [047]〔1〕-396	
芭蕉庵三ケ月日記 ……………… [047]〔1〕-369	
芭蕉翁追善之日記〔抄〕 ……… [047]〔1〕-790	
芭蕉を移す詞 ………………………… [043]〔47〕-221, [047]〔1〕-432	
移芭蕉辞 ……………………………… [079]〔40〕-131	
芭蕉句集 ……………………………… [043]〔46〕-11	
〔芭蕉集〕発句篇 ……………… [031]3-137	
〔芭蕉集〕連句篇 ……………… [031]3-221	
芭蕉全句集 ……… [071]〔1〕-11, [072]〔1〕-17	
「芭蕉野分」発句・脇 ……… [047]〔1〕-186	
「芭蕉野分して」句文 ……… [047]〔1〕-375	
芭蕉名句集 ……………………… [069]20-136	
「蓮池の」五十韻 ……………… [047]〔1〕-219	
「八九間」歌仙 ………………… [047]〔1〕-290	
「初秋は」歌仙 ………………… [047]〔1〕-220	
初懐紙 ………………………………… [079]〔40〕-189	
初懐紙評注 …………………………… [047]〔1〕-572	
「初しぐれ」の詞書 ………… [047]〔1〕-415	
「初茸や」歌仙 ………………… [047]〔1〕-280	
「初春先」句文 ………………… [047]〔1〕-380	
「初真桑」ほかの詞書 ……… [047]〔1〕-408	
「初雪の」歌仙 ………………… [047]〔1〕-189	
「初雪や」の詞書 ……………… [047]〔1〕-383	
「花咲て」歌仙 ………………… [047]〔1〕-201	
「花に遊ぶ」歌仙 ……………… [047]〔1〕-204	
「花に憂世」歌仙 ……………… [047]〔1〕-184	
「花に寝ぬ」句文 ……………… [047]〔1〕-432	
「花の陰」歌仙 ………………… [047]〔1〕-391	
「花の咲」発句・脇 …………… [047]〔1〕-187	
「破風口に」和漢歌仙 ……… [047]〔1〕-269	
「はやう咲」歌仙 ……………… [047]〔1〕-244	
「春嬉し」三つ物 ……………… [047]〔1〕-277	
「春澄に問へ」百韻 …………… [047]〔1〕-177	
「半日は」歌仙 ………………… [047]〔1〕-259	
「日を負て」半歌仙 …………… [047]〔1〕-250	
「引き起す」歌仙 ……………… [047]〔1〕-258	
「低ふ来る」の詞書 ………… [047]〔1〕-445	
「久かたや」歌仙 ……………… [047]〔1〕-203	
瓢の銘 ………………………………… [047]〔1〕-443	
批点歌仙懐紙 ………………………… [047]〔1〕-569	
「一泊り」歌仙 ………………… [047]〔1〕-245	
「雛ならで」夢想三つ物 …… [047]〔1〕-277	
「檜笠」発句・脇 ……………… [047]〔1〕-192	
「日の春を」百韻 ……………… [047]〔1〕-199	
「百景や」三つ物 ……………… [047]〔1〕-317	
瓢之銘 ………………………………… [079]〔40〕-141	
「ひよろひよろと」発句・脇 … [047]〔1〕-315	
「ひらひらと」歌仙未満十三句 … [047]〔1〕-300	
「昼顔の」歌仙 ………………… [047]〔1〕-218	
贈画弦子號 …………………………… [079]〔40〕-156	
風絃子の号を贈る ……………… [047]〔1〕-442	
「風流の」歌仙 ………………… [047]〔1〕-230, [047]〔1〕-278	
「風流の」句文 ………………… [047]〔1〕-401	
深川の雪の夜 ………………………… [043]〔47〕-54	
「深川は」一巡五句 …………… [047]〔1〕-202	
深川八貧 ……………………………… [043]〔47〕-105	
「深川八貧」句文 ……………… [047]〔1〕-397	
「茨やうを」三つ物 …………… [047]〔1〕-231	
梟日記〔抄〕 ………………………… [047]〔1〕-795	
「藤の実は」の詞書 …………… [047]〔1〕-414	
「二人見し」句文 ……………… [047]〔1〕-397	
「二日にも」の詞書 …………… [047]〔1〕-388	
「父母の」歌仙 ………………… [047]〔1〕-392	
「文月や」歌仙未満二十句 … [047]〔1〕-238	
「文月や」の詞書 ……………… [047]〔1〕-410	
「麓より」狂歌 ………………… [047]〔1〕-320	
「冬知らぬ」句文 ……………… [047]〔1〕-379	
「振売の」歌仙 ………………… [047]〔1〕-283	
「古池や」発句・脇 …………… [047]〔1〕-202	
「古郷や」句文 ………………… [047]〔1〕-388	
閉関の説 …… [043]〔47〕-233, [047]〔1〕-437	
閉關説 ………………………………… [079]〔40〕-136	
「胡蝶」歌仙 …………………… [047]〔1〕-185	
篇突 …………………………………… [047]〔1〕-700	
茅舎の感 ……………………………… [043]〔47〕-17	
「星今宵」歌仙断簡 …………… [047]〔1〕-238	
「星崎の」歌仙 ………………… [047]〔1〕-208	
「星崎の」の詞書 ……………… [047]〔1〕-386	
「牡丹蘂深く」歌仙 …………… [047]〔1〕-196	
「牡丹蕊分けて」の詞書 …… [047]〔1〕-381	
發句集 ………………………………… [079]〔40〕-1	
発句編〔新編 芭蕉大成〕 …… [047]〔1〕-1	
発句・脇、三つ物他 三 …… [047]〔1〕-175	
「ほとゝぎす」歌仙 …………… [047]〔1〕-195	
「ほろほろと」画賛 …………… [047]〔1〕-391	
前句 二 ……………………………… [047]〔1〕-310	
「秋負ふ」歌仙 ………………… [047]〔1〕-228	
「秋負ふ」の詞書 ……………… [047]〔1〕-400	
「升買て」歌仙 ………………… [047]〔1〕-307	
「先頼む」の詞書 ……………… [047]〔1〕-417	
「またも訪へ」歌仙 …………… [047]〔1〕-385	
「又やたぐひ」の詞書 ……… [047]〔1〕-394	
「松風に」五十韻 ……………… [047]〔1〕-305	
松倉嵐蘭を悼む ………………… [047]〔1〕-437	
松島の賦 ……………………………… [047]〔1〕-406	
「松杉に」本式表十句 ……… [047]〔1〕-316	
「松茸に」表六句 ……………… [047]〔1〕-303	
「松茸や」歌仙 ………………… [047]〔1〕-304	
「松茸や」歌仙未満十六句 … [047]〔1〕-303	

「見送りの」発句・脇 ………	〔047〕〔1〕-222
「水音や」半歌仙 ………	〔047〕〔1〕-292
「水鳥よ」歌仙 ………	〔047〕〔1〕-273
「水の奥」三つ物 ………	〔047〕〔1〕-234
「見せばやな」発句・脇 ……	〔047〕〔1〕-219
「三十日月なし」の詞書 ……	〔047〕〔1〕-378
「皆拝め」歌仙未満 ………	〔047〕〔1〕-225
『みなしぐり』跋 ………	〔047〕〔1〕-376
「蓑虫説」跋 ………	〔047〕〔1〕-385
簑蟲說 ………	〔079〕〔40〕-139
明照寺李由子に宿す ………	〔047〕〔1〕-431
「見渡せば」百韻 ………	〔047〕〔1〕-174
「麦生えて」三つ物 ………	〔047〕〔1〕-209
「麦蒔て」三つ物句文 ………	〔047〕〔1〕-386
「むざんやな」の詞書 ………	〔047〕〔1〕-412
夢想脇 ………	〔047〕〔1〕-314
無題〔小品集〕 ………	〔079〕〔40〕-160
「名月や」半歌仙 ………	〔047〕〔1〕-269
「めづらしや」歌仙 ………	
〔047〕〔1〕-207, 〔047〕〔1〕-236	
「芽出しより」一巡五句 …	〔047〕〔1〕-261
「めでたき人の」の詞書 …	〔047〕〔1〕-381
「目出度人の」三つ物 ………	〔047〕〔1〕-199
文字摺石 ………	〔047〕〔1〕-402
「ものいへば」の詞書 ………	〔047〕〔1〕-397
「もの書て」発句・脇 ………	〔047〕〔1〕-243
「物の名も」百韻 ………	〔047〕〔1〕-165
「武士の」表六句 ………	〔047〕〔1〕-286
桃舐集〔抄〕 ………	〔047〕〔1〕-793
「漏らぬほど」半歌仙 ……	〔047〕〔1〕-265
「焼飯や」表六句 ………	〔047〕〔1〕-209
「薬欄に」歌仙一巡四句 …	〔047〕〔1〕-239
「薬蘭に」の詞書 ………	〔047〕〔1〕-411
「やすやすと」歌仙 ………	〔047〕〔1〕-263
「宿借りて」の詞書 ………	〔047〕〔1〕-431
「宿かりて」三つ物 ………	〔047〕〔1〕-268
「宿まゐらせむ」発句・脇	〔047〕〔1〕-187
「やどりせむ」ほかの詞書	〔047〕〔1〕-393
「柳行李」歌仙 ………	〔047〕〔1〕-295
山中三吟評語 ………	〔047〕〔1〕-582
「山中や」句文 ………	〔047〕〔1〕-412
「やはらかに」発句・脇 …	〔047〕〔1〕-294
「夕貝」歌仙 ………	〔047〕〔1〕-298
「夕晴や」の詞書 ………	〔047〕〔1〕-408
「雪ごとに」歌仙 ………	〔047〕〔1〕-224
雪の枯尾花 ………	〔043〕〔47〕-204
「雪の」歌仙 ………	〔047〕〔1〕-287
「雪の夜に」歌仙 ………	〔047〕〔1〕-225
雪丸げ ………	〔043〕〔47〕-53
「雪や散る」半歌仙 ………	〔047〕〔1〕-288
「百合過て」歌仙断簡六句	〔047〕〔1〕-303
「宵々に」狂歌 ………	〔047〕〔1〕-319
「よき家や」表六句 ………	〔047〕〔1〕-220
「よき家や」三つ物 ………	〔047〕〔1〕-315
「好程に」発句・脇 ………	〔047〕〔1〕-188
吉親(知足)等十八吟百韻点巻 …	〔047〕〔1〕-567
「四つ五器の」の詞書 ………	〔047〕〔1〕-439
「世に有て」百韻 ………	〔047〕〔1〕-178
「世に匂ひ」句文 ………	〔047〕〔1〕-380
「世にふるも」句文 ………	〔047〕〔1〕-376
「世は旅に」歌仙 ………	〔047〕〔1〕-294
「落柿舎の記」 ………	〔047〕〔1〕-428
「蘭の香や」の詞書 ………	〔047〕〔1〕-379
嵐蘭誄 ………	〔079〕〔40〕-146
「両の手に」歌仙 ………	〔047〕〔1〕-314
「留守に来て」の詞書 ……	〔047〕〔1〕-384
浪化日記〔抄〕 ………	〔047〕〔1〕-790
露沾等六吟歌仙点巻 ………	〔047〕〔1〕-582
路通伝 ………	〔047〕〔1〕-779
蘆栗集跋 ………	〔079〕〔40〕-140
「我桜」三つ物 ………	〔047〕〔1〕-193
「我ためか」の詞書 ………	〔047〕〔1〕-377
「忘るなよ」余興四句 ……	〔047〕〔1〕-238
「忘梅」の序 ………	〔047〕〔1〕-430
「わすれ草」歌仙 ………	〔047〕〔1〕-172
「綿弓や」句文 ………	〔047〕〔1〕-379
「侘てすめ」の詞書 ………	〔047〕〔1〕-375
「われもさびよ」発句・脇 …	〔047〕〔1〕-193

松田 好則
「匂はずは」連歌百韻 ……… 〔066〕6-96

松岡 行義(雙松 行義)
かりの冥途 ……… 〔010〕2-347
堂飛乃ḡ難美 ……… 〔010〕2-375
野総紀行 ……… 〔010〕2-195

松崎 慊堂
秋日 病に臥して感有り ……… 〔016〕〔1〕-487

松田 貞秀
貞秀集(続群書類従本) ……… 〔045〕7-753

松田 和吉
梅屋渋浮名色揚 ……… 〔018〕18-11
河内国姥火 ……… 〔018〕13-11
伊達娘恋緋鹿子 ……… 〔048〕2-293

松平 定信
三草集(文政十一年頃板本) ……… 〔045〕9-605

松平 春嶽 → 松平 慶永(まつだいら・よしなが)を見よ

松平 天行(康國)
古意 ……… 〔016〕〔1〕-783

松平 広忠
神々の ……… 〔032〕014-94

松平 正信 → 天府(てんぷ)を見よ

松平 慶永(春嶽)
橘曙覧の家にいたる詞 ………
〔041〕〔1〕-48, 〔054〕〔1〕-16

松永 貞徳
狂歌之詠草 ……… 〔021〕1-137
逍遊集(延宝五年板本) ……… 〔045〕9-117
貞徳狂歌抄 ……… 〔021〕1-142
貞徳獨吟 ……… 〔030〕3-17
貞徳『誹諧新式十首之詠筆』 … 〔030〕3-左開10
貞徳百首狂歌 ……… 〔021〕1-132
〔松永貞徳20首〕 ……… 〔032〕032-2

松本 愚山
初夏偶成 ……… 〔016〕〔1〕-459

まつも　　　　　作家名索引（原作者）

松本 奎堂
　葦岸の秋晴 …………………… [016]〔1〕- 690
松山 玖也
　奥州名所百番誹諧発句合 ……… [030]3 - 192
　百番俳諧発句合 ………………… [030]1 - 157
　奉納于飯野八幡宮 ……………… [030]3 - 163
　松山坊秀句 ……………………… [030]3 - 151
万歳 逢義
　あさくさくさ …………………… [009]11 - 251
満誓
　世の中を何にたとへん ………… [032]059 - 8
万千 百太
　誹諧絵風流 ……………………… [017]18 - 265

【 み 】

御形宣旨
　御形宣旨集 ……………………… [045]7 - 53
三浦 浄心
　慶長見聞集 ……………………… [015]56 - 203
　慶長見聞集（承前） …………… [015]57 - 29
　見聞軍抄（巻一～三） ………… [015]25 - 153
　見聞軍抄（巻四～八） ………… [015]26 - 1
　順礼物語 ………………………… [015]36 - 115
　そぞろ物語 ……………………… [015]45 - 41
三浦 為春（定環, 平 為春）
　あた物かたり …………………… [015]1 - 243
　汚塵集 …………………………… [081]3 - 336
三河口 輝昌→富秋園海若子（ふしゅうえんかいじゃくし）を見よ
三木 克明
　熊埜紀行 踏雲吟稿 …………… [010]3 - 65
御射山社 紅圓
　夷曲哥ねふつ …………………… [022]15 - 27
三島 中洲
　磯浜にて望洋楼に登る ………… [016]〔1〕- 694
水落 露石
　蕪村遺稿 露石本増補句 ……… [078]3 - 182
水谷 李郷
　狂歌種ふくべ …………………… [021]1 - 750
水野 豊春
　乙卯記行 ………………………… [010]3 - 207
三千風
　仙台大矢数〔抜抄〕……………
　　　　　　　　　　[046]5 - 308, [066]5 - 222
　日本行脚文集 …………………… [046]5 - 780
皆川 淇園
　鴨河西岸の客楼にて雨を望む … [016]〔1〕- 409
南 方由
　寛伍集巻第四 …………………… [030]3 - 170
源 顕兼
　古事談 ………… [044]41 - 1, [045]5 - 1219

源 顕仲
　堀河院百首〔春部～秋部〕…… [006]5 - 7
　堀河院百首〔冬部～雑部〕…… [006]6 - 7
源 温故
　壺菫 ……………………………… [007]1 - 335
源 有房
　有房集（国立歴史民俗博物館蔵本）[045]7 - 170
　有房集（書陵部蔵一五〇・五六七, 五〇一・三〇九）
　　　　　　　　　　　　　…… [045]4 - 18
源 家長
　源家長日記 …… [045]5 - 1273, [058]3 - 1
源 兼澄
　兼澄集（島原松平文庫蔵本）… [045]3 - 186
　源兼澄集（松平文庫本）……… [039]10 - 59
源 公忠
　公忠集 ………… [039]35 - 59, [045]3 - 74
源 国信
　堀河院百首〔春部～秋部〕…… [006]5 - 7
　堀河院百首〔冬部～雑部〕…… [006]6 - 7
源 さだき
　越の道の記 ……………………… [010]1 - 141
源 信明
　信明集 ………… [040]13 - 7, [045]3 - 86
源 実朝
　金槐和歌集 …… [043]〔9〕- 9, [045]4 - 72
　実朝歌拾遺 ……………………… [043]〔9〕- 191
　〔源実朝 47首〕………………… [032]051 - 2
源 重之
　重之集 ……………………………………
　　　[039]4 - 43, [045]3 - 133, [082]52 - 227
源重之子僧
　重之の子の僧の集 ……………… [039]4 - 293
　重之子僧集（古筆断簡）……… [045]7 - 63
源重之女
　重之女集 ……… [039]4 - 339, [045]7 - 65
源 順
　後撰和歌集 ……………………………
　　　[002]3 - 1, [045]1 - 33, [079]〔26〕- 1
　後撰和謌集 關戸氏片假名本 … [079]〔26〕- 1
　順集 …………… [045]3 - 98, [082]52 - 19
　順百首 …………………………… [006]18 - 7
源 親子
　権大納言典侍集 ………………… [045]7 - 682
源 資賢
　資賢集 …………………………… [045]4 - 34
源 資平
　資平集 …………………………… [045]7 - 478
源 高明
　西宮左大臣集 …………………… [045]3 - 177
源 為憲
　三宝絵 …………………………… [045]5 - 1196
源 経氏
　経氏集 …………………………… [045]7 - 760
源 経信
　経信集 …………………………… [045]3 - 387

542　日本古典文学全集・内容綜覧 第II期

作家名索引（原作者）　　みふ

難後拾遺 ……………………… [002]**5**-314
難後拾遺抄 …………………… [045]**5**-949

源 経信母
経信母集 ……………………… [045]**3**-329

源 時明
時明集 ………………………… [045]**7**-58

源 常
日本後紀 ……………………… [045]**5**-1139

源 俊頼
朝出でに―― ………………… [032]**080**-36
金葉和歌集 …… [079]**(15)**-1, [082]**34**-1
金葉和歌集 初度本 …………… [045]**6**-9
金葉和歌集 二度本 …… [045]**1**-141, [081]**1**-163
金葉和歌集 三奏本 …… [045]**1**-158, [081]**1**-164
散木奇歌集（書陵部本）
　　　　　　　　 [045]**3**-426, [081]**1**-169
散木奇歌集（冷泉家本） …… [081]**1**-165
田上集（島原松平文庫蔵本） … [045]**7**-117
俊頼述懐百首 ………………… [006]**3**-11
俊頼髄脳 ……………………… [045]**5**-952
堀河院百首〔春部～秋部〕 …… [006]**5**-7
堀河院百首〔冬部～雑部〕 …… [006]**6**-7
〔源俊頼 46首〕 ……………… [032]**046**-2

源 具親
最勝四天王院障子和歌 ……… [006]**10**-7

源 仲綱
伊勢武者はみな緋縅の ……… [032]**047**-44
恋しくは来てもみよかし …… [032]**047**-42
眺むれば濡るる袂に ………… [032]**047**-40

源 仲正
思ふとはつみ知らせてき …… [032]**047**-10
為忠家後度百首 …… [006]**15**-7, [045]**4**-272
為忠家初度百首 …… [006]**9**-7, [045]**4**-263
もろともに見し人もなき …… [032]**047**-12

源 雅兼
雅兼集 ………………………… [045]**3**-473

源 通親
高倉院厳島御幸記 …………… [045]**5**-1269
高倉院昇霞記 ………………… [045]**5**-1269

源 通光
最勝四天王院障子和歌 ……… [006]**10**-7

源 通具（堀川 通具）
新古今和歌集 ………… [045]**1**-216,
　[069]**5**-151, [079]**(32)**-1, [084]**4**-117
新古今和哥集 巻第一～第三 … [068]**(34)**-43
新古今和哥集 巻第四～第六 … [068]**(35)**-7
新古今和哥集 巻第七～第十 … [068]**(36)**-7
新古今和哥集 巻第十一～巻第十四
　　　　　　　　　　　　 [068]**(37)**-7
新古今和哥集 巻第十五～巻第十七
　　　　　　　　　　　　 [068]**(38)**-7
新古今和哥集 巻第十八～巻第廿
　　　　　……………………… [068]**(39)**-7

源 道済
道済集 ………………………… [045]**7**-76
源道済集 ……………………… [039]**2**-67

源 道成
道成集（龍谷大学蔵本） ……… [045]**7**-82

源 光行
百詠和歌（内閣文庫蔵本） …… [045]**10**-948
蒙求和歌 片仮名本 …………… [045]**10**-901
蒙求和歌 平仮名本 …………… [045]**10**-928

源 宗于
宗于集（西本願寺蔵三十六人集） …… [045]**3**-54

源 師時
堀河院百首〔春部～秋部〕 …… [006]**5**-7
堀河院百首〔冬部～雑部〕 …… [006]**6**-7

源 師光
師光集（三手文庫蔵本） ……… [045]**4**-29

源 師頼
堀河院百首〔春部～秋部〕 …… [006]**5**-7
堀河院百首〔冬部～雑部〕 …… [006]**6**-7

源 行宗
行宗集 ………………………… [045]**7**-131

源 義家
吹くよ風をなこその関と …… [032]**047**-8

源 義高
我が来つる道の草葉や ……… [032]**047**-100

源 義経
思ふより友を失ふ …………… [032]**047**-88

源 頼実
故侍中左金吾家集（島原松平文庫蔵本）
　　　　　　　　　　　　 [045]**3**-327
木の葉散る宿は聞き分く …… [032]**047**-4

源 頼綱
夏山の楢の葉そよぐ ………… [032]**047**-6

源 頼朝
和泉なる信太の森の ………… [032]**047**-66
陸奥の言はで忍ぶは ………… [032]**047**-64
源は同じ流れぞ ……………… [032]**047**-62

源 頼政
埋もれ木の花咲くことも …… [032]**047**-28
源三位頼政集〔春～哀傷〕 …… [042]**10**-3
源三位頼政集〔恋〕 …………… [042]**13**-3
源三位頼政集〔雑〕 …………… [042]**21**-3
為忠家後度百首 …… [006]**15**-7, [045]**4**-272
為忠家初度百首 …… [006]**9**-7, [045]**4**-263
庭の面はまだかわかぬに …… [032]**047**-26
人知れぬ大内山の …………… [032]**047**-24
深山木のその梢とも ………… [032]**047**-22
頼政集 ………………………… [045]**3**-515

源 頼光
中々に言ひも放たで ………… [032]**047**-2

壬生 忠見
忠見集（西本願寺蔵三十六人集） …… [045]**3**-78

壬生 忠岑
古今和歌集 ………… [013]**(2)**-12,
　[069]**5**-11, [079]**(22)**-1, [084]**4**-9
忠岑集 …… [040]**9**-7, [082]**19**-277
忠岑集（書陵部蔵五〇一・一二三） …… [045]**3**-38
忠岑集（西本願寺蔵三十六人集） …… [045]**7**-22
〔壬生忠岑 20首〕 …………… [032]**024**-2

三村 竹清
　共古翁雅友帖〔抄〕 ……………… [066]**5**-301
宮川 道達
　訓蒙故事要言 ………………… [007]**3**-11
宮崎 如鉄
　江府諸社俳諧たま尽し ………… [017]**10**-25
宮地 春樹
　萬葉私考 ………………… [079]〔**45**〕-1
宮島 栗香
　暁に白河城を発す ……………… [016]〔**1**〕-718
　乙未二月十七日 ………………… [016]〔**1**〕-717
　黄参贊公度君 将に京を辞せんとし 留別の作 七律五篇有り 余 公度と交はること最も厚し 別れに臨んで黯然銷魂無き能はず 強ひて其の韻に和し平生を叙べて以て贈言に充つ ……………… [016]〔**1**〕-719
宮の弁
　憂きことを思ひ乱れて ………… [032]**044**-70
妙勻
　花の名残 ………………… [065]上-201
明恵
　明恵上人歌集 …………… [082]**60**-267
　明恵上人集(東洋文庫蔵本) …… [045]**4**-120
　遺跡を洗へる水も ……………… [032]**059**-50
妙仙尼
　山路の露 ……………… [065]下-273
妙超
　三十あまり我も狐の ………… [032]**059**-70
妙法院宮真仁法親王
　これも又── ……………… [032]**077**-72
三好 松洛
　赤松円心緑陣幕 ……………… [018]**45**-11
　粟島譜嫁入雛形 ……………… [018]**51**-11
　傾城枕軍談 ……………… [018]**31**-11
　丹州爺打栗 ……………… [018]**30**-11
　花衣いろは縁起 ……………… [018]**39**-11
三好 長慶
　歌連歌ぬるき者ぞと …………… [032]**014**-2
未練
　愛敬昔色好 ……………… [073]**5**-129
　女男伊勢風流 ……………… [073]**5**-71
　風俗傾性野群談 ……………… [073]**6**-303
　風流諷平家 ……………… [073]**5**-361
　義経風流鑑 ……………… [073]**5**-443
　分里艶行脚 ……………… [073]**6**-197
岷雪
　百富士 ……………… [017]**31**-3
民部卿典侍因子 → 後堀河院民部卿典侍(ごほりかわいんのみんぶきょうのすけ)を見よ

【 む 】

無為楽
　狂歌落穂集 ……………… [022]**24**-23

向井 去来
　去来抄 ……………… [079]〔**40**〕-203
無学祖元
　偈 ……………… [016]〔**1**〕-192
無岸
　つぎほの梅 ……………… [053]**1**-203
椋梨 一雪
　古今犬著聞集(内一至 巻四) … [015]**27**-215
　古今犬著聞集(巻五〜十二) … [015]**28**-1
　新著聞集 ……………… [015]**46**-121
　日本武士鑑 ……………… [015]**29**-83
武蔵坊弁慶
　六道の道の衢に ……………… [032]**047**-86
武者小路 実岳
　芳雲集(天明七年板本) ………… [045]**9**-257
武者小路 実陰
　芳雲集(天明七年板本) ………… [045]**9**-257
無住
　聞くやいかに妻恋ふ鹿の ……… [032]**059**-66
　沙石集 ……………… [045]**5**-1249
武然
　春慶引(安永二年) ……………… [078]**8**-199
　春慶引(安永三年) ……………… [078]**8**-227
　春慶引(明和五年) ……………… [078]**8**-126
　春慶引(明和八年) ……………… [078]**8**-170
　春慶引(明和九年) ……………… [078]**8**-185
夢窓疎石(夢窓国師)
　極楽に行かんと思ふ …………… [032]**059**-72
　正覚国師集(元禄十二年板本) …… [045]**7**-704
武藤 致和
　神威怪異奇談(南路志巻三十六・三十七)
　　……………… [007]**5**-735
宗尊親王
　瓊玉和歌集 ………………
　　　[042]**14**-1, [045]**7**-376, [082]**64**-127
　竹風和歌抄 ……………… [045]**7**-402
　中書王御詠 ……………… [045]**7**-396
　宗尊親王三百首 ……………… [045]**10**-118
　柳葉和歌集 ……………… [045]**7**-385
宗良親王
　新葉和歌集 …………… [045]**1**-767, [082]**44**-1
　宗良親王千首(群書類従本) …… [045]**10**-44
　李花和歌集(尊経閣文庫蔵本) …… [045]**7**-733
村上 仏山
　秋月 客中の作 ……………… [016]〔**1**〕-607
　壇の浦を過ぐ ……………… [016]〔**1**〕-605
　晩望 ……………… [016]〔**1**〕-606
村上天皇
　あふさかも── ……………… [032]**077**-8
　村上天皇御集 ……………… [045]**7**-34
紫式部
　葵〔源氏物語〕 ‥ [043]〔**11**〕-63, [069]**9**-120,
　　　　　　　　　　　　[079]〔**16**〕-171, [084]**6**-135
　明石〔源氏物語〕 ……… [043]〔**11**〕-257,
　　　　　　　　　[069]**9**-183, [079]〔**17**〕-1, [084]**6**-213
　総角〔源氏物語〕

むらさ

朝顔〔源氏物語〕.................
　　　　　〔043〕〔12〕-187,〔069〕9-239
東屋〔源氏物語〕.................
　〔043〕〔16〕-267,〔069〕10-249,
　　　　　〔079〕〔20〕-76,〔084〕8-119
浮舟〔源氏物語〕.................
　　〔043〕〔17〕-9,〔069〕10-258,
　　　　　〔079〕〔20〕-124,〔084〕8-143
薄雲〔源氏物語〕.................
　　〔043〕〔12〕-147,〔069〕9-219,
　　　　　〔079〕〔17〕-106,〔084〕7-25
空蟬〔源氏物語〕.......〔043〕〔10〕-103,
　〔069〕9-52,〔079〕〔16〕-49,〔084〕6-43
梅枝〔源氏物語〕.......〔043〕〔13〕-251,
　　〔069〕9-305,〔079〕〔18〕-79
梅枝・藤裏葉〔源氏物語〕........〔084〕7-149
絵合〔源氏物語〕........〔043〕〔12〕-91,
　〔069〕9-212,〔079〕〔17〕-76,〔084〕7-7
乙女〔源氏物語〕.................
　　　　　〔079〕〔17〕-143,〔084〕7-57
少女〔源氏物語〕.................
　　　　〔043〕〔12〕-215,〔069〕9-252
篝火〔源氏物語〕........〔043〕〔13〕-113,
　　〔069〕9-286,〔079〕〔17〕-264
蜻蛉〔源氏物語〕.................
　　　〔043〕〔17〕-99,〔069〕10-282,
　　　　　〔079〕〔20〕-177,〔084〕8-185
柏木〔源氏物語〕.................
　　〔043〕〔14〕-265,〔069〕10-83,
　　　　　〔079〕〔18〕-264,〔084〕7-215
桐壺〔源氏物語〕.........〔043〕〔10〕-9,
　〔069〕9-14,〔079〕〔16〕-1,〔084〕6-9
雲隠〔源氏物語〕........〔043〕〔15〕-155,
　　〔079〕〔19〕-88,〔084〕7-267
源氏物語〔収録歌〕........〔045〕5-1344
源氏物語　明石〜篝火.......〔079〕〔17〕-1
源氏物語　総角〜東屋.......〔043〕〔16〕-7
源氏物語　浮舟〜夢浮橋.....〔079〕〔17〕-7
源氏物語　絵合〜雲隠.......〔084〕7-5
源氏物語　桐壺〜末摘花.....〔043〕〔10〕-7
源氏物語　桐壺〜須磨.......〔079〕〔16〕-1
源氏物語　桐壺〜藤裏葉.....〔069〕9-11
源氏物語　桐壺〜蓬生・関屋...〔084〕6-7
源氏物語　野分〜鈴蟲.......〔079〕〔18〕-1
源氏物語　橋姫〜夢浮橋.....〔084〕8-5
源氏物語　初音〜藤裏葉.....〔043〕〔13〕-7
源氏物語　澪標〜玉鬘.......〔043〕〔12〕-7
源氏物語　紅葉賀〜明石.....〔043〕〔11〕-7
源氏物語　宿木〜夢浮橋.....〔079〕〔20〕-1
源氏物語　夕霧〜早蕨.......〔079〕〔19〕-1
源氏物語　夕霧〜椎本.......〔043〕〔15〕-7
源氏物語　若菜　上〜鈴虫....〔043〕〔14〕-7
源氏物語　若菜　上〜夢浮橋..〔069〕10-11
紅梅〔源氏物語〕........〔043〕〔15〕-179,
　　〔069〕10-174,〔079〕〔19〕-99
胡蝶〔源氏物語〕........〔043〕〔13〕-29,
　　〔069〕9-269,〔079〕〔17〕-219

榊〔源氏物語〕...........〔079〕〔16〕-203
賢木〔源氏物語〕.................
　　　　〔043〕〔11〕-125,〔069〕9-139
賢木・花散里〔源氏物語〕.......〔084〕6-159
早蕨〔源氏物語〕.................
　　〔043〕〔16〕-123,〔069〕10-228,
　　　　　〔079〕〔19〕-267,〔084〕8-79
椎本〔源氏物語〕.................
　　〔043〕〔15〕-303,〔069〕10-198,
　　　　　〔079〕〔19〕-169,〔084〕8-25
末摘花〔源氏物語〕......〔043〕〔10〕-243,
　〔069〕9-94,〔079〕〔16〕-122,〔084〕6-95
鈴虫〔源氏物語〕.......〔043〕〔14〕-343,
　　〔069〕10-109,〔079〕〔18〕-310
須磨〔源氏物語〕.................
　　〔043〕〔11〕-199,〔069〕9-162,
　　　　　〔079〕〔16〕-239,〔084〕6-191
関屋〔源氏物語〕........〔043〕〔12〕-83,
　　〔069〕9-208,〔079〕〔17〕-72
竹河〔源氏物語〕.......〔043〕〔15〕-197,
　　〔069〕10-178,〔079〕〔19〕-110
玉鬘〔源氏物語〕.................
　　〔043〕〔12〕-279,〔069〕9-260,
　　　　　〔079〕〔17〕-177,〔084〕7-75
手習〔源氏物語〕.................
　　〔043〕〔17〕-171,〔069〕10-285,
　　　　　〔079〕〔20〕-219,〔084〕8-205
常夏〔源氏物語〕........〔043〕〔13〕-83,
　　〔069〕9-283,〔079〕〔17〕-248
匂宮〔源氏物語〕................〔079〕〔19〕-88
匂兵部卿〔源氏物語〕.................
　　　　〔043〕〔15〕-159,〔069〕10-166
野分〔源氏物語〕.......〔043〕〔13〕-121,
　〔069〕9-290,〔079〕〔18〕-1,〔084〕7-119
橋姫〔源氏物語〕.................
　　〔043〕〔15〕-253,〔069〕10-181,
　　　　　〔079〕〔19〕-140,〔084〕8-7
初音〔源氏物語〕.........〔043〕〔13〕-9,
　　〔069〕9-264,〔079〕〔17〕-208
初音・胡蝶〔源氏物語〕........〔084〕7-89
花散里〔源氏物語〕.......〔043〕〔11〕-191,
　　〔069〕9-154,〔079〕〔16〕-236
花宴〔源氏物語〕.................
　　〔043〕〔11〕-47,〔069〕9-113,
　　　　　〔079〕〔16〕-163,〔084〕6-125
帚木〔源氏物語〕........〔043〕〔10〕-43,
　〔069〕9-35,〔079〕〔16〕-17,〔084〕6-23
藤裏葉〔源氏物語〕......〔043〕〔13〕-277,
　　〔069〕9-311,〔079〕〔18〕-94
藤袴〔源氏物語〕.......〔043〕〔13〕-181,
　　〔069〕9-297,〔079〕〔18〕-38
螢〔源氏物語〕..........〔043〕〔13〕-57,
　　〔069〕9-275,〔079〕〔17〕-235
螢・常夏・篝火〔源氏物語〕......〔084〕7-103
真木柱〔源氏物語〕.................
　　〔043〕〔13〕-201,〔069〕9-301,
　　　　　〔079〕〔18〕-50,〔084〕7-139
松風〔源氏物語〕.......〔043〕〔12〕-117,
　〔069〕9-215,〔079〕〔17〕-89,〔084〕7-17

日本古典文学全集・内容綜覧　第II期　545

むらた

幻〔源氏物語〕 ....
　　　　　　　　[043]**(15)**-125, [069]**10**-143,
　　　　　　　　[079]**(19)**-71, [084]**7**-255
澪標〔源氏物語〕 ....
　　　　　　　　[043]**(12)**-9, [069]**9**-196,
　　　　　　　　[079]**(17)**-31, [084]**6**-233
御法〔源氏物語〕 ....
　　　　　　　　[043]**(15)**-99, [069]**10**-126,
　　　　　　　　[079]**(19)**-56, [084]**7**-243
行幸〔源氏物語〕 .... [043]**(13)**-145,
　　　　　　　　[069]**9**-294, [079]**(18)**-15
行幸・藤袴〔源氏物語〕 .... [084]**7**-127
槿〔源氏物語〕 ‥ [079]**(17)**-128, [084]**7**-43
〔紫式部 40首〕 .... [032]**044**-2
紫式部家集 .... [032]**(57)**-95
むらさき式部集　　　　[043]**(61)**-199
紫式部集 .... [039]**39**-81,
　　　　　　　　[042]**2**-1, [043]**(61)**-113,
　　　　　　　　[045]**3**-245, [082]**20**-203
紫式部日記 ...... [013]**(8)**-1, [043]**(61)**-9,
　　　　　　　　[045]**5**-1263, [079]**(57)**-39
紅葉賀〔源氏物語〕 ....
　　　　　　　　[043]**(11)**-9, [069]**9**-102,
　　　　　　　　[079]**(16)**-144, [084]**6**-109
宿木〔源氏物語〕 ....
　　　　　　　　[043]**(16)**-149, [069]**10**-234,
　　　　　　　　[079]**(20)**-1, [084]**8**-87
夕顔〔源氏物語〕 .... [043]**(10)**-119,
　　[069]**9**-57, [079]**(16)**-57, [084]**6**-51
夕霧〔源氏物語〕 .... [043]**(15)**-9,
　　　　　　　　[069]**10**-114, [079]**(19)**-1
夢浮橋〔源氏物語〕 ....
　　　　　　　　[043]**(17)**-257, [069]**10**-298,
　　　　　　　　[079]**(20)**-269, [084]**8**-231
横笛〔源氏物語〕 .... [043]**(14)**-317,
　　　　　　　　[069]**10**-104, [079]**(18)**-295
横笛・鈴虫〔源氏物語〕 .... [084]**7**-229
蓬生〔源氏物語〕 .... [043]**(12)**-53,
　　　　　　　　[069]**9**-203, [079]**(17)**-55
蓬生・関屋〔源氏物語〕 .... [084]**6**-247
若菜 上〔源氏物語〕 ....
　　　　　　　　[043]**(14)**-9, [069]**10**-14,
　　　　　　　　[079]**(18)**-113, [084]**7**-161
若菜 下〔源氏物語〕 ....
　　　　　　　　[043]**(14)**-137, [069]**10**-39,
　　　　　　　　[079]**(18)**-189, [084]**7**-187
若紫〔源氏物語〕 .... [043]**(10)**-181,
　　[069]**9**-76, [079]**(16)**-89, [084]**6**-75

村田 たせ子
　琴後集（文化十年板本） .... [045]**9**-544
村田 春海
　賀茂翁家集（文化三年板本） ..... [045]**9**-335
　賀茂翁家集のおほよそ .... [079]**(13)**-3
　琴後集 .... [045]**9**-544, [082]**72**-1
村田 了阿
　花鳥日記 .... [010]**1**-171
室 鳩巣
　青地伯契丈の東都に適くを送る
　　................. [016]**(1)**-308

【 も 】

孟遠
　石舎利〔抄〕 .... [047]**(1)**-802
　はすの葉の記行〔抄〕 .... [047]**(1)**-800
　桃の杖〔抄〕 .... [047]**(1)**-800
毛利 元就（大江 元就）
　大江元就詠草（春霞集） .... [081]**3**-180
　春霞集（内閣文庫蔵本） .... [045]**8**-772
　竜田川浮かぶ紅葉の .... [032]**014**-44
木陰庵 車蓋
　冬の日句解 .... [030]**7**-128
木姿
　富士美行脚 .... [060]**(1)**-524
木導
　水の音〔抄〕 .... [047]**(1)**-801
望月 長孝
　広沢輯藻（享保十一年板本） ..... [045]**9**-188
本居 大平
　八十浦之玉（天保四年・文政十二年・天保七年
　　板本） .... [045]**6**-843
本居 宣長
　石上私淑言 .... [043]**(62)**-249
　今よりははかなき身とは ...... [032]**020**-38
　紫文要領 .... [043]**(62)**-11
　鈴屋集（寛政十年板本） .... [045]**9**-455
　〔本居宣長 45首〕 .... [032]**058**-2
元田 東野
　宴に侍して恭しく賦す .... [016]**(1)**-636
　芳山楠帯刀の歌 .... [016]**(1)**-637
元木 網（元杢網）
　狂歌はまのきさご .... [009]**15**-5
　落栗庵月並摺 .... [009]**1**-293
最登波留
　女式目并儒仏物語 .... [015]**11**-141
元良親王
　元良親王集 ..... [045]**3**-150, [083]**1**-7
百木
　俳諧つなぎ花 .... [017]**3**-139
桃園天皇
　咲きつづく── .... [032]**077**-61
森 槐南
　鵑声 .... [016]**(1)**-781
　湖上にて韻に次す .... [016]**(1)**-780
　夜 鎮江を過ぐ三首 其の三 .... [016]**(1)**-779
森 春濤
　蟹江城址 .... [016]**(1)**-642
　岐阜竹枝 .... [016]**(1)**-640
　秋晩の出游 .... [016]**(1)**-641
森 庸軒
　述懐 .... [016]**(1)**-620
森田 梅礀
　新たに小池を鑿つ .... [016]**(1)**-713

守屋 東陽
 独酌 故人の書を得たり ……… [016]〔1〕-407
師兼
 師兼千首 …………………… [045]10-64
文覚
 世の中に地頭盗人 ………… [032]059-40
門雪
 のちの日 …………………… [017]26-65
文武天皇
 述懐 ………………………… [016]〔1〕-38
 月を詠ず …… [016]〔1〕-37, [067]別-25
門葉
 萩の折はし ………………… [022]6-37

【 や 】

薬師寺 公義
 公義集(島原松平文庫蔵本) … [045]7-755
野桂
 広茗荷集 前編 …………… [017]25-311
康資王母
 康資王母集 ……… [040]8-7, [045]3-399
安田 阿契(蛙桂) → 中邑 阿契(なかむら・あけい)
 を見よ
安田 蛙文
 赤沢山伊東伝記 …………… [018]12-11
 和泉国浮名溜池 …………… [018]21-11
 蒲冠者藤戸合戦 …………… [018]24-11
 鎌倉比事青砥銭 …………… [018]22-11
 楠正成軍法実録 …………… [018]19-11
 源家七代集 ………………… [018]20-11
 清和源氏十五段 …………… [018]6-11
 曽我錦几帳 ………………… [018]15-11
 待賢門夜軍 ………………… [018]33-11
 尊氏将軍二代鑑 …………… [018]5-11
 南原十三鐘 ………………… [018]17-11
 藤原秀郷俵系図 …………… [018]2-11
 本朝檀特山 ………………… [018]25-11
八民 平七
 源平鵯越 …………………… [048]2-1
野長
 寺の笛(天) ………………… [030]5-12
宿屋 飯盛 → 石川 雅望(いしかわ・まさもち)を見よ
梁川 紅蘭
 郷を思ふ …………………… [016]〔1〕-574
 霜暁 ………………………… [016]〔1〕-573
梁川 星巌
 阿弥陀寺 …………………… [067]17-62
 一谷懐古(二首中第一首) … [067]17-70
 夷白歳春日雑興 九首(第五首)… [067]17-123
 雨中 ………………………… [067]17-16
 淵明 高臥の図 …………… [016]〔1〕-534
 御塔版 ……………………… [016]〔1〕-538
 紀事 ………………………… [016]〔1〕-532
 偶成絶句 十首(五首載録中の第二首)
 …………………………… [067]17-18
 九月廿七日、暁に起きて東山を望むに、黎色
  流れんと欲す。… ……… [067]17-84
 華厳寺の閣に登りて、長句四韻を賦す
 …………………………… [067]17-80
 月下 旧に感じて作る …… [067]17-20
 彦藩の老小野田君舜卿に寄懐す。…
 …………………………… [067]17-86
 孤鶯 ………………………… [067]17-31
 古侠行 ……………………… [067]17-154
 笏門 ………………………… [067]17-169
 歳暮雑感 二十首。… …… [067]17-95
 雑詩 十五首(八首載録中の第一首)
 …………………………… [067]17-23
 三月廿八日、病愈えて子成の招飲に赴く
 …………………………… [067]17-75
 三弔詩(第一首) …………… [067]17-178
 車蛤は、一名西施舌… …… [067]17-48
 十二橋の酒楼に題す ……… [067]17-166
 舟夜 夢に帰る …………… [016]〔1〕-537
 春日偶興 五首(三首載録中の第二首)
 …………………………… [067]17-159
 春草 ………………………… [067]17-133
 如亭山人の計 勢南に至る。… [067]17-27
 沈綺泉が揚州を話すを聴く … [067]17-57
 西施舌 ……………………… [067]17-48
 早春の雑興 ………………… [016]〔1〕-533
 宋の高宗が秦檜に賜る壷尊の歌 引有り
 …………………………… [067]17-103
 相馬の懐古 ………………… [067]17-161
 剃るを止む ………………… [067]17-35
 (第二首) …………………… [067]17-129
 玉浦、舟中見る所 ………… [067]17-43
 池無絃の梅花鴟梟の図に題する絶句、風刺隠
  秀、… …………………… [067]17-144
 枕上 ………………………… [067]17-157
 田氏の女 玉葆の画ける常盤 孤を抱くの図
 …………………………… [016]〔1〕-531
 冬日雑吟(六首載録中の第一首)
 …………………………… [067]17-177
 東坡集を読みて、偶たま其の後に題す
 …………………………… [067]17-65
 二月晦日、都寧父諸子を拉して糸崎に遊ぶ… [067]17-54
 鋸山に遊び、一覧亭・羅漢峰の諸勝を探りて、
 …………………………… [067]17-171
 晩秋、懐いを写す 二首(第二首)
 …………………………… [067]17-174
 美人の風筝 六首(四首載録中の第四首)
 …………………………… [067]17-138
 舟 広陽に抵る …………… [067]17-45
 三笠山の下に阿倍仲麻呂を懐す有り
 …………………………… [016]〔1〕-536
 自ら衣澶の小影に題す 十二首 引有り(第一
  首) ……………………… [067]17-126
 嶺田士徳が夏日の閑詠に和す。三首。…(第一
  首) ……………………… [067]17-141
 夜帰舟中 三首(第一首) … [067]17-131
 耶馬渓 ……………………… [016]〔1〕-535

やなき　　　　　　　　　　　作家名索引（原作者）

旅懐を書して仲建弟に寄す ……　[067]**17**-12
旅夕小酌、内に示す 二首（第一首）
　　　…………………………　[067]**17**-92
臘月念三日の作 ………………　[067]**17**-184
柳本 正興
　岩壺集 …………………………　[030]**5**-167
梁田 蛻巌
　九日 ……………………………　[016]〔1〕-329
　秋夕 琵琶湖に泛ぶ二首 其の一 …　[016]〔1〕-327
　荘子の像に題す ………………　[016]〔1〕-330
　鉄拐峰に登る …………………　[016]〔1〕-328
　暮春 竹館に小集す ……………　[016]〔1〕-331
山岡 元隣
　古今百物語評判 ………………　[015]**29**-1
　小さかづき ……………………　[015]**28**-187
　他我身のうへ …………………　[015]**48**-1
山崎 闇斎
　『論語』を読む ………………　[016]〔1〕-280
山崎 鯢山
　不孝嶺を過ぐ …………………　[016]〔1〕-654
山崎 宗鑑
　犬筑波集（西ベルリン本） ……　[030]**1**-10
　宗鑑はどちへと ………………　[032]**020**-4
山田 繁雅 → 得閑斎 繁雅（とくかんさい・しげまさ）
　を見よ
山田 通故
　通故集 …………………………　[081]**3**-562
　通故発句集 ……………………　[081]**3**-583
山田 通孝
　連歌集書本西山三籟集〔抄〕 …　[066]**5**-283
山田 三方
　七夕 …………　[016]〔1〕-55, [067]別-72
山田法師
　山田法師集 ……………………　[045]**7**-27
山太郎
　西鶴評点山太郎独吟歌仙巻山太郎再判
　　…………………………………　[046]**5**-988
倭大后
　天の原 ふり放け見れば ………　[032]**021**-80
山中 千丈
　狂歌鵜の真似 …………………　[022]**11**-84
山上 憶良
　風雑り雨降る夜の── ………　[032]**080**-10
　俗道の仮に合いて即ち離れ、去り易く留まり
　難きを悲嘆せし詩 …………　[067]別-32
　〔山上憶良 39首〕 ……………　[032]**002**-2
山部 赤人
　赤人集 ………　[045]**3**-13, [082]**17**-139
　〔山部赤人 長歌・短歌・旋頭歌ほか〕
　　…………………………………　[032]**061**-54
山村 蘇門
　西野村に過る …………………　[016]〔1〕-423
山本 荷兮
　青葛葉 …………………………　[030]**2**-74
　阿羅野 …………………………　[052]〔2〕-89
　はしもり〔抄〕 ………………　[066]**5**-249

山本 序周
　絵本故事談 ……………………　[007]**3**-565
楊梅 兼行
　兼行集（神宮文庫蔵本） ………　[045]**7**-571
矢盛 教愛
　兎紀紀行（宇治紀行） …………　[010]**3**-81
弥生庵 杏花
　梅勧進 …………………………　[017]**8**-47
弥生庵 雛丸
　四方歌垣翁追善集 ……………　[009]**12**-71
耶律楚材
　湛然居士文集 …………………　[026]〔6〕-31

【 ゆ 】

湯浅 常山（元禎）
　讃海の帰舟 風悪しく 浪猛きに遭ひ 慨然とし
　て之を賦す ……………………　[016]〔1〕-375
　参考讀史餘論 …………………　[079]〔30〕-1
唯我堂 川面
　古寿恵のゆき …………………　[009]**6**-3
由林
　甲斐餞別 ………………………　[017]**16**-185
由阿
　六華和歌集（島原松平文庫蔵本） …　[045]**6**-334
友悦
　それそれ草 ……………………　[046]**5**-757
柚花翁林鱲山
　茶初穂 …………………………　[030]**6**-9
祐子内親王家紀伊
　堀河院百首〔春部～秋部〕 ……　[006]**5**-7
　堀河院百首〔冬部～雑部〕 ……　[006]**6**-7
　祐子内親王家紀伊集（穂久邇文庫蔵本）
　　…………………………………　[045]**3**-415
夕静
　誹諧菅のかぜ …………………　[078]**8**-36
友雪
　大坂檀林桜千句 ………………　[046]**5**-198
　桜千句〔抜抄〕 ………………　[066]**5**-221
　両吟一日千句 …………………　[046]**5**-346
幽竹庵
　青郊襲号記念集 ………………　[017]**27**-343
雄長老
　雄長老狂歌百首 ………………　[021]**1**-81
雄略天皇
　籠もよ み籠持ち ………………　[032]**021**-2
有隣
　ばせをだらひ〔抄〕 …………
　　……………　[047]〔1〕-801, [066]**5**-262
遊林舎 文鳥
　雪折集 …………………………　[017]**8**-105
由和
　秋のほころび …………………　[017]**28**-95

由(油)煙斎・貞柳 → 鯛屋 貞柳(たいや・ていりゅう)を見よ
豊 慶三
　御堂前菖蒲帷子 ……………………… [048] 5-91
豊 春暁
　置土産今織上布 ……………………… [048] 4-321
豊 春助
　稲荷街道墨染桜 ……………………… [048] 6-99
　今盛戀緋桜 …………………………… [048] 5-319
　近江國源五郎鮒 ……………………… [048] 5-225
　夏浴衣清十郎染 ……………………… [048] 5-181
　東山殿幼稚物語 ……………………… [048] 6-1
豊 正助
　物ぐさ太郎 …………………………… [018] 52-11
豊 丈助 → 並木 丈輔(なみき・じょうすけ)を見よ
豊 芦州
　魁鐘岬 ………………………………… [048] 2-87
夢丸
　狂遊集 ………………………………… [021] 2-222
油谷 倭文子
　散りのこり(寛政二年板本) ………… [045] 9-328

【よ】

永縁
　嬉しきにまづ昔こそ ………………… [032] 059-36
　堀河院百首〔春部～秋部〕 ………… [006] 5-7
　堀河院百首〔冬部～雑部〕 ………… [006] 6-7
揚果亭 栗毬
　狂歌藻塩草 …………………………… [022] 4-24
　拾遺藻塩草 …………………………… [022] 4-49
　狂歌ふもとの塵 ……………………… [022] 2-20
永観
　喜ぶも嘆くも徒に …………………… [032] 059-34
陽羨亭 儘成
　古寿恵のゆき ………………………… [009] 6-3
羊素
　誹諧田家集 …………………………… [017] 2-257
揚梟廬 楫友
　狂歌板橋集 …………………………… [022] 6-57
葉流軒 河丸
　狂歌浦の見わたし …………………… [022] 29-1
養老館 路産
　狂歌我身の土産 ……………………… [022] 11-60
養老館 路芳
　狂歌我身の土産 ……………………… [022] 11-60
横越 元久
　浮舟 …………………………………… [043] (63)-125
横谷 藍水
　蘭亭先生の鎌山草堂に題するの歌
　　……………………………………… [016] (1)-397
横山 致堂
　枕上の作 ……………………………… [016] (1)-495

与謝 蕪村
　秋萩の(二十五句) …………………… [078] 2-393
　秋もはや(歌仙) ……………………… [078] 2-77
　あけ烏 全(安永二年秋序) ………… [078] 7-486
　曙草紙 ………………………………… [078] 8-344
　蕚や(歌仙) …………………………… [078] 2-239
　雨の日や(十四句) …………………… [078] 2-521
　安良居祭図賛 ………………………… [078] 4-254
　あらし吹(六句) ……………………… [078] 2-385
　あらし山(歌仙) ……………………… [078] 2-291
　「ありあけの」付合自画賛 ………… [078] 4-235
　淡路島図賛 …………………………… [078] 4-257
　安永三年春帖(安永三年春) ………… [078] 7-51
　安永四年春帖(安永四年春) ………… [078] 7-187
　「筏士の」付言 ……………………… [078] 4-218
　行かぬる(歌仙) ……………………… [078] 2-416
　いざかたれ(付合三句) ……………… [078] 2-323
　いざ雪車に(歌仙) …………………… [078] 2-421
　いしなとり(詞書) …………………… [078] 4-323
　いそのはな …………………………… [078] 4-445
　いとによる(十二句) ………………… [078] 2-500
　遺墨〔与謝蕪村〕 …………………… [078] 6-467
　芋頭図賛 ……………………………… [078] 4-252
　植かゝる(三十二句) ………………… [078] 2-375
　萍や(歌仙) …………………………… [078] 2-234
　『うき巣帖』序 ……………………… [078] 4-230
　浮葉巻葉(二十四句) ………………… [078] 2-344
　うぐひすや(歌仙) …………………… [078] 2-120
　うぐひすや(九句) …………………… [078] 2-477
　宇治行 ………………………………… [078] 4-221
　牛祭句文 ……………………………… [078] 4-106
　俳諧卯月庭訓 ………………………… [078] 8-9
　春や(歌仙) …………………………… [078] 2-406
　「羅に」詞書 ………………………… [078] 4-159
　「卯の花は」詞書 …………………… [078] 4-218
　海見へて(十六句) …………………… [078] 2-337
　「梅咲ぬ」詞書 ……………………… [078] 4-148
　贈梅女画賛小摺物(仮題)安永五年か … [078] 7-456
　俳諧瓜の実 …………………………… [078] 8-243
　詠草・断簡類 ………………………… [078] 3-305
　ゑぼし桶 ……………………………… [078] 8-285
　烏帽子着て(歌仙) …………………… [078] 2-264
　「襟にふく」詞書 …………………… [078] 4-239
　『宴楽』序 …………………………… [078] 4-229
　笈脱だ(九十八句) …………………… [078] 2-447
　追剝に(付句一) ……………………… [078] 2-125
　「奥の細道」画巻(二種・安永七年筆、安永八年筆)
　　……………………………………… [078] 6-551
　『鬼貫句選』跋 ……………………… [078] 4-99
　朧月(歌仙) …………………………… [078] 2-196
　おもふこと(歌仙) …………………… [078] 2-72
　「おもかげも」詞書 ………………… [078] 4-241
　面白の(百韻) ………………………… [078] 2-9
　『温故集』序 ………………………… [078] 4-249
　「女倶して」句文 …………………… [078] 4-128
　絵画 …………………………………… [078] 6-9
　顔見世 ………………………………… [031] 1-151
　顔見世図賛 …………………………… [078] 4-98
　「顔見世や」詞書 …………………… [078] 4-97

よさ　作家名索引（原作者）

項目	巻-頁
欠々て(歌仙)	[078]2-201
陽炎の(歌仙)	[078]2-191
風鳥の(歌仙)	[078]2-179
頭へや(歌仙)	[078]2-216
かづらきの(三つ物三組)	[078]2-172
風薫れ(七十八句)	[078]2-141
片折	[078]8-282
花鳥篇(天明二年五月自序)	[078]7-263
花鳥篇［抄］	[066]5-281
『花鳥篇』序	[078]4-208
郭公(付合三句)	[078]2-342
「門口の」詞書	[078]4-182
果報冠者	[078]8-291
神風や(三つ物三組)	[078]2-189
「加茂堤」詞書	[078]4-189
蚊屋を出て(十五句)	[078]2-445
乾鮭を(歌仙)	[078]2-388
乾鮭の句に脇をつぐ辞	[078]4-132
仮日記	[078]8-386
枯てだに(歌仙)	[078]2-44
かんこどり(歌仙)	[078]2-380
岩石図賛	[078]4-234
観音像背記	[078]4-146
雁風呂	[078]8-553
寛保四年宇都宮歳旦帖(寛保四年春)	[078]7-11
其角真蹟書簡添書	[078]4-260
其角筆句帳賛	[078]4-197
「きくの露」詞書	[078]4-104
木くらげの(付合)	[078]2-49
其紅改号披露摺物(仮題)年次未詳	[078]7-464
雉子鳴や(百韻)	[078]2-26
寄宅嘲山兼東平安諸子	[078]4-32
狐の法師に化たる画賛	[078]2-226
几董・月居十番句合	[078]4-330
安永六年几董 初懐紙	[078]9-463
几董初懐紙(安永五年・同九年・同十年・天明二年・同三年)	[078]7-586
几董発句	[078]4-271
木のはしの(歌仙)	[078]2-162
「牙寒き」詞書	[078]4-179
君と我(歌仙)	[078]2-534
急須図賛	[078]4-110
「狂居士の」詞書	[078]4-152
行年の(歌仙)	[078]2-211
「行年の」詞書	[078]4-242
御忌の鐘(歌仙)	[078]2-332
曲水や(歌仙)	[078]2-526
漁父図賛	[078]4-39
「きりぎりす」前書	[078]4-43
桐の影	[078]8-416
句合草稿断簡	[078]4-338
「嘘にも」詞書	[078]4-238
葛の翁図賛	[078]4-190
具足師の(十句)	[078]2-489
国を去て(歌仙)	[078]2-516
「限々に」詞書	[078]4-195
「雲を呑で」詞書	[078]4-200
雲散りて(十四句)	[078]2-386
鍬の図賛	[078]4-253
月渓独吟歌仙	[078]4-265
月渓若菜売図一枚摺(仮題)安永八年春	[078]7-460
恋の義理ほど(百韻付合)	[078]2-22
江涯冬籠之俳諧摺物(仮題)安永三年冬	[078]7-455
高徳院発句会 夜半亭社中	[078]3-359
紅梅の(歌仙)	[078]2-152
紅梅や(歌仙)	[078]2-224
孝婦集	[078]8-156
紅葉の(歌仙)	[078]2-52
高麗茶碗図賛	[078]4-258
声ふりて(歌仙)	[078]2-437
「小冠者出て」詞書	[078]4-149
古今短冊集	[078]4-369
『古今短冊集』跋	[078]4-90
小しぐれに(付合)	[078]2-540
五車反古(天明三年十一月)	[078]7-531
『五車反古』序	[078]4-225
五畳敷	[078]8-143
俳諧古選［附録］	[078]8-111
木の葉経句文	[078]4-91
此法みな(百韻)	[078]2-88
此ほとり一夜四哥仙 全(安永二年九月)	[078]7-39
『此ほとり一夜四哥仙』序	[078]4-135
『隠口塚』序	[078]4-228
魂帰来賦	[078]4-41
歳旦(安永七年)	[078]8-427
歳旦(安永八年)	[078]8-440
歳旦 不夜庵(明和八年)	[078]8-164
歳旦を(歌仙)	[078]2-401
歳旦説	[078]4-212
歳旦帳(元文四年)	[078]8-21
哉留の弁	[078]4-216
さゝら井に(十五句)	[078]2-491
定盛法師像賛	[078]4-107
『左比志遠理』序	[078]4-147
猿村口	[078]8-314
沢村長四郎追善集	[078]8-214
三十六俳仙図識語	[078]4-260
山水図賛	[078]4-32
三俳僧図賛	[078]4-93
「鹿の声」詞書	[078]4-159
「自剃して」詞書	[078]4-168
耳目肺腸(歌仙)	[078]2-493
霜に嘆ず(歌仙)	[078]2-357
霜に伏て(十一句)	[078]2-324
写経社会清書懐紙	[078]3-419
写経社集 全(安永五年夏)	[078]7-497
秋題点取帖	[078]4-351
取句法	[078]4-115
春興(安永五年)	[078]8-341
春興(天明二年)	[078]8-517
春興俳諧発句 無為庵(安永四年)	[078]8-289
春慶引(安永二年)	[078]8-199
春慶引(安永三年)	[078]8-227
春慶引(安永九年)	[078]8-483
春慶引(明和五年)	[078]8-126
春慶引(明和八年)	[078]8-170

よさ

項目	巻
春慶引(明和九年)	[078]8-185
春泥句集序	[031]1-157, [078]4-171
『春泥句集』序草稿	[078]4-170
春風馬堤曲	[031]1-110, [032]065-6, [078]4-16, [084]18-237
春風馬堤曲草稿	[078]4-23
蕭条篇	[078]8-421
召波旧蔵詠草	[078]3-293
焦尾琴説	[078]4-210
書簡等挿画・絵文字	[078]6-461
除元吟	[078]8-445
白菊」(歌仙)	[078]2-249
虱とる(付合)	[078]2-25
新雑談集(天明五年秋)	[078]7-550
新花摘	[078]7-227
新花摘(抄)	[031]1-131
新花摘(文章篇)	[078]4-57
新みなし栗	[078]8-396
水仙の(百韻)	[078]2-126
誹諧菅のかぜ	[078]8-36
頭巾図賛	[078]4-256
薄見つ(歌仙)	[078]2-244
涼さや(半歌仙)	[078]4-523
石友図賛	[078]4-39
雪亭贈号記	[078]4-232
「銭亀や」詞書	[078]4-184
せりのね	[078]8-462
「千金の」詞書	[078]4-235
宋阿三十三回忌追悼句文	[078]4-140
宋阿真蹟書簡添書	[078]4-144
宗屋追悼句文	[078]4-96
続明烏(安永五年九月)	[078]7-503
そのしをり	[078]8-471
その人	[078]8-218
其雪影(明和九年八月跋)	[078]7-469
『其雪影』序	[078]4-122
染る間の(歌仙)	[078]2-39
太祇句選	[078]4-415
『太祇句選』序	[078]4-121
太祇十三回忌追慕句文	[078]4-220
太祇馬提灯図賛	[078]4-112
大黒図賛	[078]4-162
〔竹西寛子の与謝蕪村集〕発句	[084]18-145
竹の隙もる(五句)	[078]2-329
そば(歌仙)	[078]2-281
「橘の」詞書	[078]4-183
はいかい棚さがし	[078]4-360
狸の図賛	[078]4-259
たまも集(安永三年八月)	[078]7-85
「誰れ住みて」前書	[078]4-36
但州出石連中摺物(仮題)安永三年春	[078]7-452
丹波篠山連中摺物(仮題)安永二年か	[078]7-450
竹陰閑居訪友図賛	[078]4-40
粽解て(付合)	[078]2-343
長者宅址之記	[078]4-250
杖になる(四十四)	[078]2-82
月うるみ(歌仙)	[078]2-352
月並発句帖 夜半亭	[078]3-375
月に漕(付合)	[078]2-471
月に漕ぐ(四句)	[078]2-470
月の明き(歌仙)	[078]2-432
「月見れば」詞書	[078]4-169
月夜の卯兵衛図賛	[078]4-83
月は二日(半歌仙)	[078]2-442
俳諧附合小鏡	[078]8-300
附合てびき蔓	[078]2-544
付句四章	[078]2-541
『貞徳終焉記』奥書	[078]4-109
丁酉帖(安永六年)	[078]8-380
丁酉之句帖巻六(安永六年)	[078]3-521
「手ごたへの」詞書	[078]4-128
澱河歌	[031]1-126, [078]4-11
天橋図賛	[078]4-94
点取帖断簡	[078]4-358
点の損徳論	[078]4-124
燈心の(歌仙)	[078]2-167
渡月橋図賛	[078]4-165
歳ばいは(歌仙)	[078]2-184
とら雄遺稿	[078]8-374
鳥遠く(歌仙)	[078]2-174
鶏は羽に(三つ物三組)	[078]2-50
中垣の(百韻)	[078]2-100
啼捨の(十六句)	[078]2-150
啼ながら(歌仙)	[078]2-313, [078]2-318
泣に来て(半歌仙)	[078]2-459
「泣ふして」詞書	[078]4-130
「なつかしき」詞書	[078]4-167
夏より 三菓社中句集	[078]3-319
浪速住	[078]8-506
浪華病臥の記	[078]4-160
菜の花や(歌仙)	[078]2-276
涕かみて(十句)	[078]2-498
錦木の(三つ物五組)	[078]2-221
「脱すてて」詞書	[078]4-240
幣ぶくろ	[078]8-267
野の池や(二十三句)	[078]2-466
俳画	[078]6-380
俳諧氷餅集	[078]8-273
俳諧摺物版画	[078]6-459
俳諧関のとびら	[078]7-277
梅花七絶	[078]4-37
買山・自珍・橘仙年賀摺物(仮題)天明三年一月	[078]7-461
俳仙群会図賛	[078]4-199
『俳題正名』序	[078]4-209
はし立のあき	[078]8-118
はしだてや(歌仙)	[078]2-115
芭蕉翁付合集 上下(安永三年自序・安永五年九月)	[078]7-123
『芭蕉翁付合集』序	[078]4-141
「芭蕉去て」詞書	[078]4-163
芭蕉「まづたのむ」短冊極め書	[078]4-233
「畑に田に」詞書	[078]4-237
初懐紙 落柿舎(天明二年)	[078]8-515
「花を踏し」句文	[078]4-150
花ざかり(三十句)	[078]2-512
花咲て(十八句)	[078]2-509
芭蕉百回忌取越追善俳諧「花咲て」句稿	[078]2-580

よさ　　　　　　　　　　　作家名索引（原作者）

はなしあいて ・・・・・・・・・・・・・・・・・ [078]**8** − 79
「花ちりて」詞書 ・・・・・・・・・・・・ [078]**4** − 205
花ながら（歌仙） ・・・・・・・・・・・・ [078]**2** − 259
花七日 ・・・・・・・・・・・・・・・・・・・・・ [078]**8** − 390
花にぬれて（半歌仙） ・・・・・・・・ [078]**2** − 367
花の雲（百韻） ・・・・・・・・・・・・・・ [078]**2** − 301
花のちから　全（夜半亭月並句集・天明四年八月）
　　　　　　　　　　　　　　　　　　[078]**7** − 297
花の春（三つ物） ・・・・・・・・・・・・ [078]**2** − 269
花見たく（二十五句） ・・・・・・・・ [078]**2** − 462
張瓢 ・・・・・・・・・・・・・・・・・・・・・・・ [078]**8** − 352
春惜しむ（歌仙） ・・・・・・・・・・・・ [078]**2** − 427
「春雨や」詞書 ・・・・・・・・・・・・・・ [078]**4** − 236
はるのあけぼの ・・・・・・・・・・・・・ [078]**8** − 478
春の夜や（歌仙） ・・・・・・・・・・・・ [078]**2** − 271
「春の夜や」詞書 ・・・・・・・・・・・・ [078]**4** − 133
「帆虱の」詞書 ・・・・・・・・・・・・・・ [078]**4** − 145
「火桶炭団を喰ふ事」詞書 ・・・ [078]**4** − 87
日の筋ゐ（半歌仙） ・・・・・・・・・・ [078]**2** − 326
日発句集（明和七年） ・・・・・・・・ [078]**3** − 422
「冷飯も」詞書 ・・・・・・・・・・・・・・ [078]**4** − 176
評巻景物 ・・・・・・・・・・・・・・・・・・・ [078]**4** − 363
兵庫点取帖（イ） ・・・・・・・・・・・・ [078]**4** − 272
兵庫点取帖（ロ） ・・・・・・・・・・・・ [078]**4** − 294
兵庫評巻断簡 ・・・・・・・・・・・・・・・ [078]**4** − 362
瓢箪図賛 ・・・・・・・・・・・・・・・・・・・ [078]**4** − 251
ひよろひよろと（付合） ・・・・・・ [078]**2** − 426
封の儘 ・・・・・・・・・・・・・・・・・・・・・ [078]**8** − 432
『封の儘』跋 ・・・・・・・・・・・・・・・・ [078]**4** − 178
『風羅念仏』序 ・・・・・・・・・・・・・・ [078]**4** − 196
富士図賛 ・・・・・・・・・・・・・・・・・・・ [078]**4** − 108
〔蕪村 49首〕 ・・・・・・・・・・・・・・・ [032]**065** − 4
蕪村遺稿 ・・・・・・・・・・・・・・・・・・・ [078]**3** − 147
蕪村遺稿　露石本増補句 ・・・・・ [078]**3** − 182
蕪村遺墨集 ・・・・・・・・・・・・・・・・・ [078]**3** − 299
蕪村翁文集 ・・・・・・・・・・・・・・・・・ [078]**4** − 453
蕪村画雨中人物図一枚摺（仮題）天明三年二月
　　　　　　　　　　　　　　　　　　[078]**7** − 462
蕪村画諫鮫鳥図一枚摺（仮題）安永二年夏
　　　　　　　　　　　　　　　　　　[078]**7** − 451
蕪村句集 ・・・・・・・・・・・・・・・・・・・ [078]**3** − 83
蕪村自筆句帳 ・・・・・・・・・・・・・・・ [078]**3** − 11
〔蕪村集〕発句篇 ・・・・・・・・・・・・ [031]**1** − 23
蕪村名句集 ・・・・・・・・・・・・・・・・・ [069]**20** − 198
二見形文台記 ・・・・・・・・・・・・・・・ [078]**4** − 201
二もとの（付合） ・・・・・・・・・・・・ [078]**2** − 270
不夜庵歳旦（安永五年） ・・・・・・ [078]**8** − 335
不夜庵春帖（明和七年） ・・・・・・ [078]**8** − 150
冬木だち（歌仙） ・・・・・・・・・・・・ [078]**2** − 484
冬ごもり（半歌仙） ・・・・・・・・・・ [078]**2** − 531
文台・硯箱装画 ・・・・・・・・・・・・・ [078]**6** − 464
平安二十歌仙 ・・・・・・・・・・・・・・・ [078]**4** − 387
『平安二十歌仙』序 ・・・・・・・・・・ [078]**4** − 101
丙申之句帖巻五（安永五年） ・・ [078]**3** − 499
弁慶図賛 ・・・・・・・・・・・・・・・・・・・ [078]**4** − 117
弁慶図賛〔抄〕 ・・・・・・・・・・・・・・ [066]**5** − 274
倣王叔明山水図賛 ・・・・・・・・・・・ [078]**4** − 33
ほうらいの（三つ物三組） ・・・・ [078]**2** − 330
北寿老仙をいたむ
　　　[031]**1** − 103、[078]**4** − 26、[084]**18** − 232

反古ぶすま ・・・・・・・・・・・・・・・・・ [078]**8** − 29
戊戌之句帖（安永七年） ・・・・・・ [078]**3** − 546
牡丹散て（歌仙） ・・・・・・・・・・・・ [078]**2** − 479
発句〔蕪村全集 第1巻〕 ・・・・・・ [078]**1** − 9
発句集巻之三（安永二年） ・・・・ [078]**3** − 447
ほとゝぎす（歌仙） ・・ [078]**2** − 286、[078]**2** − 502
盆踊り図賛 ・・・・・・・・・・・・・・・・・ [078]**4** − 255
前うしろ（歌仙） ・・・・・・・・・・・・ [078]**2** − 67
翩出た（歌仙） ・・・・・・・・・・・・・・ [078]**2** − 206
「翩出た」詞書 ・・・・・・・・・・・・・・ [078]**4** − 127
孫はねは（半歌仙） ・・・・・・・・・・ [078]**2** − 112
「又平に」詞書 ・・・・・・・・・・・・・・ [078]**4** − 167
まだら雁 ・・・・・・・・・・・・・・・・・・・ [078]**8** − 525
松下の（歌仙） ・・・・・・・・・・・・・・ [078]**2** − 229
「眉計」詞書 ・・・・・・・・・・・・・・・・ [078]**4** − 239
丸盆の（付合） ・・・・・・・・・・・・・・ [078]**2** − 469
「まるめろは」詞書 ・・・・・・・・・・ [078]**4** − 89
「三井寺や」句文 ・・・・・・・・・・・・ [078]**4** − 185
短夜や（二十句） ・・・・・・・・・・・・ [078]**2** − 339
「水かれгれ」詞書 ・・・・・・・・・・・ [078]**4** − 241
「水に散りて」前書 ・・・・・・・・・・ [078]**4** − 38
身の秋や（歌仙） ・・・・・・・・・・・・ [078]**2** − 396
糞虫説 ・・・・・・・・・・・・・・・・・・・・・ [078]**4** − 118
みのむしの（歌仙） ・・・・・・・・・・ [078]**2** − 362
「耳さむし」詞書 ・・・・・・・・・・・・ [078]**4** − 131
耳たむし ・・・・・・・・・・・・・・・・・・・ [078]**3** − 401
妙見宮奉納画賛句募集一枚摺（仮題）天明三年か
　　　　　　　　　　　　　　　　　　[078]**7** − 465
むかしを今　全（安永三年夏） ・・・・・ [078]**7** − 75
『むかしを今』序 ・・・・・・・・・・・・ [078]**4** − 139
甲午仲春むめの吟 ・・・・・・・・・・・ [078]**8** − 241
明和辛卯春 ・・・・・・・・・・・・・・・・・ [078]**7** − 23
目の下の（四句） ・・・・・・・・・・・・ [078]**2** − 539
木杂義仲寺詣摺物（仮題）安永三年か [078]**7** − 454
「もしほぐさ」詞書 ・・・・・・・・・・ [078]**4** − 180
物いふも ・・・・・・・・・・・・・・・・・・・ [078]**2** − 157
もの、親 ・・・・・・・・・・・・・・・・・・・ [078]**8** − 535
俳諧もゝすもゝ　全 ・・・・・・・・・ [078]**7** − 255
『もゝすもゝ』序 ・・・・・・・・・・・・ [078]**4** − 193
蕪村・几董交筆「もゝすもゝ」草稿 ・・・ [078]**2** − 577
『也哉抄』序 ・・・・・・・・・・・・・・・・ [078]**4** − 137
宿の日記 ・・・・・・・・・・・・・・・・・・・ [078]**3** − 633
柳ちり（歌仙） ・・・・・・・・・・・・・・ [078]**2** − 57
「柳ちり」詞書 ・・・・・・・・・・・・・・ [078]**4** − 85
夜半翁蕪村叟消息抄 ・・・・・・・・・ [078]**3** − 303
夜半雑録 ・・・・・・・・・・・・・・・・・・・ [078]**4** − 244
夜半叟句集 ・・・・・・・・・・・・・・・・・ [078]**3** − 243
夜半亭句筵控え ・・・・・・・・・・・・・ [078]**3** − 418
夜半亭月並小摺物（仮題）明和八年 ・・・ [078]**7** − 449
夜半亭発句集 ・・・・・・・・・・・・・・・ [078]**3** − 286
『夜半亭発句帖』跋 ・・・・・・・・・・ [078]**4** − 92
夜半門冬題点取集 ・・・・・・・・・・・ [078]**4** − 339
夜半楽（安永六年一月） ・・・・・・ [078]**7** − 213
『夜半楽』序 ・・・・・・・・・・・・・・・・ [078]**4** − 164
「大和仮名」詞書 ・・・・・・・・・・・・ [078]**4** − 181
「山鳥の」前書 ・・・・・・・・・・・・・・ [078]**4** − 36
山にかゝる（歌仙） ・・・・・・・・・・ [078]**2** − 472
「山吹や」詞書 ・・・・・・・・・・・・・・ [078]**4** − 211
山伏摺物（仮題）安永六年春 ・・・・・・・ [078]**7** − 458

作家名索引（原作者）　　　らんや

夕がほも（歌仙） ……………… [078]2-347
夕風に（歌仙） ………………… [078]2-411
夕風や（歌仙） ………………… [078]2-296
夕附日（十四句） ……………… [078]2-507
夕やけや（歌仙） ……………… [078]2-62
雪の声 …………………………… [078]8-493
「夢買ひに」詞書 ……………… [078]4-243
妖怪絵巻 ………………………… [078]4-47
余処の夜に（歌仙） …………… [078]2-370
落日菴句集 ……………………… [078]3-185
洛東芭蕉庵再興記 ……………… [031]1-170
洛東芭蕉菴再興記 ……………… [078]4-155
柳塘晩霽図賛 …………………… [078]4-34
連句会草稿并定式且探題発句集 … [078]3-566
恋々として（歌仙） …………… [078]2-254
蘆陰句選 ………………………… [078]4-435
『蘆陰句選』序 ………………… [078]4-187
老翁坂図賛 ……………………… [078]4-31
「らふそくの」詞書 …………… [078]4-111
老当益壮 ………………………… [078]4-206
老々庵之記 ……………………… [078]4-231
「炉に焼て」詞書 ……………… [078]4-142
「我影を」詞書 ………………… [078]4-174
「我泪」詞書 …………………… [078]4-82
我宿と（半歌仙） ……………… [078]2-138
「我帰る」詞書 ………………… [078]4-176
吉沢 鶏山
　俳諧風の恵 …………………… [030]6-357
吉田 兼好 → 卜部 兼好（うらべ・けんこう）を見よ
吉田 松陰
　磯原の客舎 …………………… [016]〔1〕-688
　身はたとひ武蔵の野辺に …… [032]020-52
吉田 南畝
　俳諧関のとびら（安永十年一月） … [078]7-277
良岑 安世
　「王昭君」に和し奉る ……… [067]別-136
　暇日閑居 ……………………… [067]別-138
　暇日の閑居 …………………… [016]〔1〕-93
　經國集 ………………………… [079]〔12〕-107
四方 赤良（四方 山人, 大田 南畝）
　狂歌才蔵集 …………………… [009]3-95
　三十六人狂歌撰 ……………… [009]3-59
　下里巴人巻 …………………… [009]2-305
　新玉狂歌集 …………………… [009]3-74
　照る月の── ………………… [032]080-60
　徳和哥後万載集 ……………… [009]2-191
　巴人集 ………………………… [009]2-55
　ほととぎす鳴きつるかた身 … [032]020-44
　万載狂歌集 …………………… [009]1-219
　栗花集 ………………………… [009]2-255
　狂歌評判俳優風 ……………… [009]3-3

四方 歌垣 → 鹿都部 真顔（しかつべの・まがお）を見よ
四方 山人 → 四方赤良（よもの・あから）を見よ
四方 真顔 → 鹿都部 真顔（しかつべの・まがお）を見よ
四方滝水楼米人 → 酒月米人（さかづきのこめんど）を見よ

【ら】

頼 鴨崖
　函嶺を過ぐ …………………… [016]〔1〕-662
　春簾 雨窓 ……………………… [016]〔1〕-661
頼 杏坪
　虞美人草行 …………………… [016]〔1〕-462
　芳野に游ぶ …………………… [016]〔1〕-461
頼 山陽
　阿嵎嶺 ………………………… [016]〔1〕-504
　天草洋に泊す ………………… [016]〔1〕-505
　歳暮 …………………………… [016]〔1〕-506
　山鼻に游ぶ …………………… [016]〔1〕-507
　述懐 …………………………… [016]〔1〕-501
　不識庵 機山を撃つの図に題す … [016]〔1〕-502
　舟 大坦を発し 桑名に赴く … [016]〔1〕-503
　放翁の賛 ……………………… [016]〔1〕-508
頼 春水
　松島 …………………………… [016]〔1〕-435
頼 元鼎
　少年行 ………………………… [016]〔1〕-540
来徳
　五湖庵句集 …………………… [017]6-245
籃果亭 拾栗
　狂歌古万沙良辺 ……………… [022]21-88
　狂歌名越岡 …………………… [022]21-92
　狂歌二見の礒 ………………… [022]6-25
　狂歌百千鳥 …………………… [022]6-31
　狂歌百羽搔 …………………… [022]6-19
闌更
　有の儘〔抄〕 ………………… [047]〔1〕-803
　冬の日句解 …………………… [030]7-128
嵐山
　猿利口 ………………………… [078]8-314
蘭台
　夜桜 …………………………… [017]1-179
藍明
　今日歌集 ……………………… [009]1-89
嵐也
　柳居遊杖集 付、松籟行脚草稿・柳居羽黒詣・
　俳諧歌比丘尼（抄） ………… [017]3-205

【 り 】

陸史
　まだら雁 ･････････････････････････　［078］8－525

吏鳥
　秋興八歌仙 ･････････････････････　［017］28－167

李趙
　俳諧麦ばたけ ･･･････････････････　［053］1－121

栗柯亭 木端
　狂歌かゞみやま ･････････････････　［022］1－1
　狂歌続ますかがみ ･･･････････････　［021］1－776
　狂歌友かゝみ ･･･････････････････　［022］2－26
　狂歌ますかがみ ･････････････････　［021］1－727
　狂歌しきのはねかき ･････････････　［022］2－38
　狂歌手なれの鏡 ･････････････････　［022］2－1
　狂歌ふもとの塵 ･････････････････　［022］2－20

栗枝亭 蕪薗
　狂歌ふくろ ･････････････････････　［022］25－25

葎宿
　四人法師 ･･･････････････････････　［030］1－241

栗本軒 貞国
　狂歌家の風 ･････････････････････　［022］9－15

律友
　俳諧四国猿 ･････････････････････　［046］5－880

吏登
　若水 ･･･････････････････････････　［017］29－95
　或問珍続 ･･･････････････････････　［017］29－79

裏梅子
　落葉籠 ･････････････････････････　［017］7－47

李由
　宇陀法師 ･･･････････････････････　［047］（1）－714
　篇突 ･･･････････････････････････　［047］（1）－700

龍 草廬
　郷を思ふ ･･･････････････････････　［016］（1）－388
　嵯峨の道中 ･････････････････････　［016］（1）－389
　竹枝詞 ･････････････････････････　［016］（1）－390
　幽居 集句 ･･･････････････････････　［016］（1）－391

柳園の井蛙
　狂歌家の風 ･････････････････････　［022］9－15

立鴨
　御柱 ･･･････････････････････････　［017］15－3

柳下泉 末竜
　柳の雫 ･････････････････････････　［009］1－67

流霞窓 広住
　秋雨物語 ･･･････････････････････　［007］1－465
　蛩捨草 ･････････････････････････　［007］1－521

柳几
　鹿島紀行月の直路 ･･･････････････　［017］27－167
　二笈集 ･････････････････････････　［017］12－223

柳居
　あみ陀笠 ･･･････････････････････　［017］12－103

隆源
　堀河院百首〔春部～秋部〕 ･･･････　［006］5－7
　堀河院百首〔冬部～雑部〕 ･･･････　［006］6－7
　隆源口伝 ･･･････････････････････　［045］5－951

柳条
　俳諧一筆烏 ･････････････････････　［017］3－29

柳條亭 小道
　狂歌あさみとり ･････････････････　［022］11－1
　狂歌わかみとり ･････････････････　［022］10－58

柳亭 種彦
　近世怪談霜夜星 ･････････････････　［025］5－287

凌雲堂 自笑
　当世行次第 ･････････････････････　［073］23－117

良寛
　愛語 ･･･････････････････････････　［061］3－404
　阿部家横巻（一八〇首） ･････････　［061］2－66
　阿部氏宅即事 ･･･････････････････　［067］11－135
　家は深林の裏に住ち ･････････････　［067］11－145
　伊勢道中苦雨の作 ･･･････････････　［067］11－129
　永平録を読む ･･･････････････････　［067］11－193
　円通寺 ･････････････････････････　［067］11－32
　乙子神社草庵時代（三一三首） ･･･　［061］2－362
　乙子神社草庵時代〔詩 補遺〕 ･････　［061］1－430
　懐い有り四首 ･･･････････････････　［067］11－152
　憶う円通に在りし時 ･････････････　［067］11－182
　戒語付・愛語 ･･･････････････････　［061］3－369
　峨眉山下の橋杭に題す ･･･････････　［067］11－172
　可憐なる好丈夫 ･････････････････　［067］11－216
　勧受食文（その一） ･････････････　［061］3－416
　勧受食文（その二） ･････････････　［061］3－423
　寛政甲子の夏 ･･･････････････････　［067］11－206
　間庭百花発き ･･･････････････････　［067］11－171
　義士実録の末に題す ･････････････　［067］11－180
　木村家横巻（九八首） ･･･････････　［061］2－128
　郷に還る ･･･････････････････････　［067］11－133
　偶作 ･･･････････････････････････　［016］（1）－466
　久賀美（二六首） ･･･････････････　［061］2－51
　句集〔定本 良寛全集〕 ･･･････････　［061］3－27
　暮れて思々亭に投ず ･････････････　［067］11－175
　偈頌〔詩 補遺〕 ･････････････････　［061］1－560
　解良家横巻（七首） ･････････････　［061］2－63
　「解良家横巻」及び解良栄重『良寛禅師詩集』
　　より〔詩 補遺〕 ･･･････････････　［061］1－380
　玄冬十一月 ･････････････････････　［067］11－122
　孔子 ･･･････････････････････････　［067］11－180
　弘智法印の像に題す ･････････････　［067］11－199
　校注 良寛全歌集 ･････････････････　［027］（1）－9
　校注 良寛全句集 ･････････････････　［028］（1）－9
　校注 良寛全詩集 ･････････････････　［029］（1）－11
　高野道中衣を買わんとするに、直、銭のみ
　　　　　　　　　　　　　　　　　　　［067］11－127
　五合庵時代（三八一首） ･････････　［061］2－245
　五合庵時代〔詩〕 ･･･　［061］1－402,［067］11－42
　乞食 ･･･････････････････････････　［067］11－137
　左一は大丈夫 ･･･････････････････　［067］11－156
　「里へくだれば」〈吉野花筐〉 ･････　［061］3－443
　寒くなりぬ── ･････････････････　［032］080－159
　三越佳麗多し ･･･････････････････　［067］11－139
　子規 ･･･････････････････････････　［067］11－116
　食を乞う ･･･････････････････････　［067］11－143

（自警文） …………………… [061]3-437
四十年前行脚の日 …………… [067]11-134
地震後の詩 …………………… [067]11-211
島崎草庵時代（二二二首） …… [061]2-468
島崎草庵時代〔詩 補遺〕 …… [061]11-471
住庵の吟 ……………………… [067]11-146
住居不定時代（三九首） ……… [061]2-229
終日の乞食に罷れ …………… [067]11-144
秋夜貞正に長く ……………… [067]11-122
請受食文 ……………………… [061]3-409
少小筆硯を擲ち ……………… [067]11-140
子陽先生の墓を訪ふ ………… [067]11-22
書与敦賀屋氏（出雲崎町鳥井義質氏宗家）
　　　　　　　　　　………… [061]3-438
荏苒歳云に暮れ ……………… [067]11-123
水神相伝 ……………………… [061]3-435
鈴木陳庵に贈る ……………… [067]11-165,
　　　　　　　 [067]11-166, [067]11-167
鈴木隆造校・鈴木陳造補『草堂集』より〔詩 補
　遺〕 ………………………… [061]1-372
鈴木隆造に贈る ………………
　　　　　　　 [067]11-162, [067]11-163
「すまでらの」 ………………… [061]3-442
静夜草庵の裏 ………………… [067]11-149
清夜二三更 …………………… [067]11-117
青陽二月の初め ……………… [067]11-113
石像観音之記 ………………… [061]3-430
仙桂和尚 ……………………… [067]11-184
草庵雪夜の作 ………………… [067]11-125
僧伽 …………………………… [067]11-188
草堂詩集 天巻（一一四首） … [061]1-152
草堂詩集 地巻（六八首） …… [061]1-221
草堂詩集 人巻（五三首） …… [061]1-269
草堂集貫華（一一八首） ……… [061]1-31
（大蔵経碑文） ………………… [061]3-433
大忍は俊利の士 ……………… [067]11-154
薪を担い翠岑を下る ………… [067]11-115
打毬の歌二首 ………………… [067]11-52
誰れか我が詩を詩と謂う …… [067]11-217
短連歌（二首） ………………… [061]2-539
中元の歌 ……………………… [067]11-176
「天のたかきもはかりつべし」 [061]3-440
天放老人 …… [067]11-164, [067]11-165
冬夜長し ……………………… [067]11-124
何ぞ俗之孤薄なる …………… [067]11-215
苦ろに思う有願子 …………… [067]11-158
年代未詳〔詩 補遺〕 ………… [061]1-492
「はこの松は」 ………………… [061]3-441
芭蕉 …………………………… [067]11-185
八月涼気至り ………………… [067]11-120
はちすの露 …… [045]9-619, [082]74-17
はちすの露 本篇（九四首） … [061]2-1
はちすの露 唱和篇（三四首） [061]2-208
非人八助 ……………………… [067]11-73
富家は不急の費 ……………… [067]11-90
再び善光寺に遊ぶ …………… [067]11-128
布留散東 ……… [061]2-27, [082]74-1
鵬斎は偶儻の士 ……………… [067]11-152
法華讃 …………………………

[026]〔7〕-7, [061]3-509, [061]3-513
法華賛 ………………………… [061]3-575
法華転 ………………………… [061]3-445
仏は是れ自心の作 …………… [067]11-204
孟夏芒種の節 ………………… [067]11-119
文殊は獅子に騎り …………… [067]11-203
夜雨主人に贈る ……………… [067]11-174
由之と酒を飲み楽しみ甚だし [067]11-151
（有人乞仏語） ………………… [061]3-429
雲游すること二十年、── … [067]11-131
嵐窓記 ………………………… [061]3-434
檻褸又檻褸 …………………… [067]11-141
柳娘二八の歳 ………………… [067]11-138
〔良寛 50首〕 …………………… [032]015-2
良寛庵主に附す ……………… [067]11-31
良寛尊者詩集（一七九首） …… [061]1-290
良寛・由之兄弟和歌巻（一九首） [061]2-167
臘月二日、叔問子より芋及び李を恵まる、賦
　して臘に答う ……………… [067]11-168
我が生何処より来り ………… [067]11-205
我れ昔静慮を学び …………… [067]11-204
我れ行脚の僧を見るに ……… [067]11-200
我れ講経の人を見るに ……… [067]11-202
良源
　その上の斎ひの庭に ……… [032]059-24
梁塵軒
　今盛戀緋桜 ………………… [048]5-319
　近江國源五郎鮒 …………… [048]5-225
　酒呑童子出生記 …………… [018]50-11
了川
　参考「天保四年了川写 奥の細道画巻」
　　　　　　　　　　………… [078]6-565
蓼太
　俳諧鏡之花 ………………… [017]31-257
　墨絵合 ……………………… [017]22-153
　はいかい棚さがし ………… [078]8-360
　俳諧附合小鏡 ……………… [078]8-300
　鹿島記行笘のやど ………… [017]14-117
　七柏集〔抄〕 ………………… [066]5-280
　はいかい朝起 ……………… [017]29-179
　俳諧十三条〔抄〕 …………… [066]5-272
　芭蕉翁俤塚 付、芭蕉翁俤塚造立勧進帳
　　　　　　　　　　………… [017]29-235
　芭蕉句解 …………………… [030]6-316
涼袋 → 建部 綾足（たけべ・あやたり）を見よ
涼菟 → 岩田 涼菟（いわた・りょうと）を見よ
蓼和
　風の末 ……………………… [017]4-3
　元文四己未歳旦 …………… [017]4-273
臨江亭 三津屋
　狂歌拾遺わすれ貝 ………… [022]9-1
倫和
　紫竹杖 上巻（宝永六年序） … [017]9-15

【れ】

霊元院
　霊元法皇御集(高松宮旧蔵本) ……… [045] 9-239
　乙夜随筆〔西鶴句抜粋〕 ……… [046] 5-1077
　散りぬとも ……………………… [032] 077-50

冷泉 為相
　藤谷和歌集(島原松平文庫蔵本) …… [045] 7-674

冷泉 為広 → 上冷泉 為広(かみれいぜい・ためひろ)
　を見よ

冷泉 為尹
　為尹千首(志香須賀文庫蔵本) ……… [045] 4-632

冷泉 為村
　為村集(龍谷大学蔵本) ……………… [045] 9-356

冷泉 政為 → 下冷泉 政為(しもれいぜい・まさため)
　を見よ

冷泉 持為 → 下冷泉 持為(しもれいぜい・もちため)
　を見よ

冷泉天皇
　冷泉院御集 ………………………… [045] 7-66

蓮阿
　西行上人談抄 ……………………… [045] 5-1063
　西行日記(神宮文庫本) ……………… [036] (1)-613
　蓮阿記(内閣文庫本) ………………… [036] (1)-603

蓮月尼 → 大田垣 蓮月(おおたがき・れんげつ)を見よ

蓮谷
　俳諧温故集〔抄〕 …………………… [066] 5-268

蓮性 → 藤原 知家(ふじわら・ともいえ)を見よ

蓮如
　一たびも仏を頼む ………………… [032] 059-80
　蓮如上人集(大谷大学粟津文庫蔵本) … [045] 8-401

【ろ】

弄花
　俳諧捲簾 …………………………… [017] 3-99

浪化
　続有磯海〔抄〕 ……………………… [047] (1)-796
　浪化日記〔抄〕 ……………………… [047] (1)-790

老魚
　薙髪集 ……………………………… [017] 5-253

楼川
　金沢紀行 …………………………… [017] 26-203
　歳旦帳(元文四年) …………………… [078] 8-21
　武蔵野紀行 ………………………… [017] 12-159

芦角
　こがらし〔抄〕 ……………………… [047] (1)-790
　手漉紙 ……………………………… [017] 16-107

呂丸
　呂丸批点連句奥書〔抄〕 …………… [047] (1)-786

魯九
　『春鹿集』天の巻 …………………… [030] 2-176
　『春鹿集』地の巻 …………………… [030] 2-231

鷺喬
　丁酉帖(安永六年) …………………… [078] 8-380

鷺橋
　翻刻『あきのそら』 ………………… [030] 7-303

六樹園 飯盛 → 石川 雅望(いしかわ・まさもち)を見よ

六条院宣旨
　六条院宣旨集 ……………………… [045] 7-140

六波羅二﨟左衛門入道
　十訓抄 ……………………………… [045] 5-1226

露月(識月)
　俳諧卯月庭訓 ……………………… [078] 8-9
　閨の梅 ……………………………… [017] 17-251
　七多羅樹 …………………………… [017] 1-257
　俳度曲 ……………………………… [017] 18-3

呂蛤
　雁風呂 ……………………………… [078] 8-553

鷺十
　はし立のあき ……………………… [078] 8-118

露沾
　露沾俳諧集〔抄〕 …………………… [066] 5-267

鷺大
　なづな集 …………………………… [030] 7-98

路通
　俳諧勧進帳〔抄〕 …………………… [047] (1)-786
　芭蕉翁行状記 ……………………… [047] (1)-808
　桃舐集〔抄〕 ………………………… [047] (1)-793
　路通伝書 …………………………… [047] (1)-779

露白
　露白歳旦帖仮称 …………………… [017] 14-3

露白堂 生水
　誹諧津の玉川 ……………………… [030] 5-120

露葉
　江戸点者寄合俳諧 ………………… [046] 5-815

【わ】

淮南堂 行澄
　古寿恵のゆき ……………………… [009] 6-3

若竹 十九
　軍術出口柳 ………………………… [048] 3-197

若竹 笛躬
　置土産今織上布 …………………… [048] 4-321
　軍術出口柳 ………………………… [048] 3-197
　けいせい恋飛脚 …………………… [048] 3-63
　後太平記瓢実録 …………………… [048] 2-173
　魁鐘岬 ……………………………… [048] 2-87
　摂州合邦辻 ………………………… [048] 2-241
　鯛屋貞柳歳旦閣 …………………… [048] 4-1
　伊達娘恋緋鹿子 …………………… [048] 2-293

花襷会稽掲布染 ……………… ［048］**3**-*111*
　御堂前菖蒲帷子 ……………… ［048］**5**-*91*
　倭歌月見松 …………………… ［048］**3**-*301*
　呼子鳥小栗実記 ……………… ［048］**3**-*1*
和及
　雀の森 ………………………… ［030］**2**-*11*
　増補番匠童〔抄〕 …………… ［066］**5**-*245*
和橘
　次の月 ………………………… ［017］**16**-*25*
別田 千穎
　千穎集 ………… ［039］**19**-*51*, ［045］**3**-*197*
鷲津 毅堂
　居を卜す ……………………… ［016］**(1)**-*666*
和田 以悦
　逍遊集（延宝五年板本） …… ［045］**9**-*117*
渡辺 崋山
　自ら画ける墨竹に題す ……… ［016］**(1)**-*550*
度会 延明
　延明神主和歌 ………………… ［045］**10**-*212*

作家名索引

注・訳者

【あ】

阿尾 あすか
　解説「王朝文化の黄昏を生きた天皇 伏見院」
　　　　　　　　　　　　　　　　［032］**012**-*104*
　〔伏見院 37首〕 ………………　［032］**012**-*2*

青木 晃
　大坂物語（上下二冊、写本）…　［015］**11**-*117*
　写本『大坂物語』解説 ………　［015］**11**-*257*

青木 和夫
　【付録エッセイ】大伴家持 ―その悲壮なるもの
　　　　　　　　　　　　　　　　［032］**042**-*120*

青木 賢豪
　〔解説〕堀河院百首和歌成立 …　［082］**15**-*310*
　〔解題〕顕綱集 ………………　［045］**3**-*901*
　〔解題〕柿園詠草（諸平）……　［045］**9**-*792*
　〔解題〕閑谷集 ………………　［045］**7**-*806*
　〔解題〕成尋阿闍梨母集 ……　［045］**3**-*898*
　〔解題〕千五百番歌合 ………　［045］**5**-*1454*
　〔解題〕大嘗会悠紀主基和歌　［045］**10**-*1189*
　〔解題〕雅有集 ………………　［045］**7**-*827*
　〔解題〕光経集 ………………　［045］**7**-*807*
　〔解題〕隣女集（雅有）………　［045］**7**-*825*
　堀河院百首和歌 ………………　［082］**15**-*1*

青木 賜鶴子
　〔解題〕伊勢物語古注釈書引用和歌
　　　　　　　　　　　　　　　　［045］**10**-*1199*
　〔解題〕古今和歌集古注釈書引用和歌
　　　　　　　　　　　　　　　　［045］**10**-*1198*
　〔解題〕業平集 ………………　［045］**7**-*777*

青木 生子
　萬葉集 巻第三 ………………　［043］〔55〕-*159*
　萬葉集 巻第八 ………………　［043］〔56〕-*281*
　萬葉集 巻第十一 ……………　［043］〔57〕-*167*
　萬葉集 巻第十二 ……………　［043］〔57〕-*301*
　萬葉集 巻第十五 ……………　［043］〔58〕-*153*
　萬葉集 巻第十九 ……………　[043]〔59〕-*169*
　萬葉集の世界（二）萬葉歌の流れⅠ
　　　　　　　　　　　　　　　　［043］〔56〕-*437*
　萬葉集の世界（三）萬葉歌の流れⅡ
　　　　　　　　　　　　　　　　［043］〔57〕-*407*

青木 太朗
　〔凡河内躬恒 30首〕 …………　［032］**024**-*42*
　解説「忠岑・躬恒の評価へ向けて」
　　　　　　　　　　　　　　　　［032］**024**-*106*
　〔壬生忠岑 20首〕 ……………　［032］**024**-*2*

青木 経雄
　飛鳥井雅有卿記事 ……………　［058］**3**-*155*
　飛鳥井雅有卿日記 ……………　［058］**3**-*153*
　解説〔中務内侍日記〕 ………　［058］**5**-*110*
　解説〔春のみやまぢ〕 ………　［058］**3**-*337*
　中務内侍日記 …………………　［058］**5**-*1*
　春のみやまぢ …………………　［058］**3**-*229*

赤瀬 信吾
　〔解題〕雨中吟 ………………　［045］**5**-*1487*
　〔解題〕言葉集 ………………　［045］**10**-*1174*

　〔解題〕三体和歌 ……………　［045］**5**-*1480*
　〔解題〕自讃歌 ………………　［045］**5**-*1486*
　〔解題〕宗祇集 ………………　［045］**8**-*837*
　〔解題〕蔵玉集 ………………　［045］**5**-*1478*
　〔解題〕常縁集 ………………　［045］**8**-*826*
　〔解題〕定家名号七十首 ……　［045］**10**-*1122*
　〔解題〕秘蔵抄 ………………　［045］**5**-*1477*
　〔解題〕未来記 ………………　［045］**5**-*1486*

赤瀬 知子
　〔解題〕雲玉集（聯窓）………　［045］**8**-*848*
　〔解題〕桂林集（直好）………　［045］**8**-*854*
　〔解題〕題林愚抄 ……………　［045］**6**-*964*

赤塚 睦男
　〔解題〕高良玉垂宮神秘書紙背和歌
　　　　　　　　　　　　　　　　［045］**10**-*1187*
　〔解題〕三百六十首和歌 ……　［045］**10**-*1188*
　〔解題〕内裏歌合 文亀三年六月十四日
　　　　　　　　　　　　　　　　［045］**10**-*1147*

赤羽 淑
　〔解題〕郁芳門院安芸集 ……　［045］**7**-*796*
　〔解題〕金葉和歌集（二度本・三奏本）…　［045］**1**-*807*
　〔解題〕草根集（正徹）………　［045］**8**-*821*
　〔解題〕六条院宣旨集 ………　［045］**7**-*796*

秋本 守英
　〔解題〕桂園一枝（景樹）……　［045］**9**-*791*
　〔解題〕桂園一枝拾遺（景樹）…　［045］**9**-*792*

秋谷 治
　新板小町のさうし（国会図書館本）
　　　　　　　　　　　　　　　　［036］〔1〕-*1063*
　さいぎやうの物がたり（歓喜寺本）
　　　　　　　　　　　　　　　　［036］〔1〕-*1049*
　西行物語絵巻・詞書（久保家本）…　［036］〔1〕-*1019*
　西行物語（伝阿仏尼筆本）…　［036］〔1〕-*1007*

秋山 虔
　伊勢集 …………………………　［068］〔32〕-*7*
　栄花物語 ………………………　［069］**11**-*183*
　解説 更級日記の世界―その内と外
　　　　　　　　　　　　　　　　［043］〔27〕-*113*
　源氏物語 桐壺～藤裏葉 ……　［069］**9**-*11*
　源氏物語 若菜 上～夢浮橋 …　[069]**10**-*11*
　更級日記 ………………………　［043］〔27〕-*11*
　【付録エッセイ】源氏物語の四季（抄）
　　　　　　　　　　　　　　　　［032］**008**-*123*

圷 美奈子
　解説「時代を越えた新しい表現者 清少納言」
　　　　　　　　　　　　　　　　［032］**007**-*108*
　〔清少納言 24首〕 ……………　［032］**007**-*2*

浅井 美峰
　〔解題〕宗碩発句集 …………　［081］**2**-*495*
　〔解題〕能阿句集（大阪天満宮蔵本）…　［081］**1**-*564*

朝倉 治彦
　お伽草子・仮名草子、書肆別目録稿
　　　　　　　　　　　　　　　　［015］**24**-*273*
　〔解題〕秋寝覚 ………………　［015］**1**-*501*
　〔解題〕あくた物語 …………　［015］**1**-*503*
　〔解題〕浅井物語 ……………　［015］**1**-*504*
　〔解題〕浅草物語 ……………　［015］**1**-*507*
　〔解題〕飛鳥川 ………………　[015]**1**-*508*

あさた

〔解題〕愛宕山物語 ……………… [015] 1 - 509
〔解題〕あた物語 ………………… [015] 1 - 510
〔解題〕あつま物語 ……………… [015] 1 - 517
〔解題〕阿弥陀裸物語 …………… [015] 1 - 527
〔解題〕案内者 …………………… [015] 2 - 455
〔解題〕為愚痴物語 ……………… [015] 2 - 459
〔解題〕石山寺入相鐘 …………… [015] 2 - 465
〔解題〕為人鈔 …………………… [015] 5 - 373
〔解題〕医世物語 ………………… [015] 2 - 467
〔解題〕伊曾保物語 ……………… [015] 2 - 468
〔解題〕伊曾保物語（寛永十六年、古活字版、十二行）
 ………………………………… [015] 3 - 487
〔解題〕伊曾保物語（十二行、寛永古活字版）
 ………………………………… [015] 3 - 483
〔解題〕伊曾保物語（万治二年板、ゑ入）
 ………………………………… [015] 3 - 492
〔解題〕一休関東咄 ……………… [015] 3 - 500
〔解題〕一休諸国物語 …………… [015] 3 - 502
〔解題〕一休はなし ……………… [015] 3 - 505
〔解題〕一休水鏡 ………………… [015] 5 - 375
〔解題〕いなもの ………………… [015] 5 - 377
〔解題〕犬著聞集 抜書 …………… [015] 29 - 290
〔解題〕犬つれつれ ……………… [015] 4 - 425
〔解題〕狗張子 …………………… [015] 4 - 436
〔解題〕犬方丈記 ………………… [015] 4 - 443
〔解題〕犬枕 ……………………… [015] 5 - 379
〔解題〕今長者物語 ……………… [015] 5 - 383
〔解題〕色物語 …………………… [015] 4 - 445
〔解題〕いわつゝし ……………… [015] 5 - 384
〔解題〕因果物語（ゑ入、平仮名本）… [015] 4 - 447
〔解題〕因果物語（片仮名本）…… [015] 4 - 456
〔解題〕うす雲物語 ……………… [015] 6 - 1
〔解題〕浮雲物語 ………………… [015] 6 - 375
〔解題〕うき世物語 ……………… [015] 6 - 377
〔解題〕うしかひ草 ……………… [015] 6 - 383
〔解題〕うすゆき物語 …………… [015] 6 - 387
〔解題〕うらみのすけ …………… [015] 6 - 393
〔解題〕〈影印〉異国物語（三巻、万治元年刊、ゑ入）
 ………………………………… [015] 4 - 459
〔解題〕江戸名所記 ……………… [015] 7 - 435
〔解題〕ゑもん桜物語 …………… [015] 7 - 443
〔解題〕大坂物語 ………………… [015] 9 - 279
〔解題〕大坂物語（古活字版）…… [015] 8 - 327
〔解題〕小倉物語 ………………… [015] 8 - 313
〔解題〕遠近草 …………………… [015] 23 - 263
〔解題〕御伽碑子 ………………… [015] 7 - 444
〔解題〕女郎花物語（刊本）……… [015] 8 - 317
〔解題〕女郎花物語（写本）……… [015] 8 - 325
〔解題〕尾張大根 ………………… [015] 8 - 322
〔解題〕陰山茗話 ………………… [015] 29 - 294
〔解題〕菊の前 …………………… [015] 23 - 245
〔解題〕きくわく物語 …………… [015] 23 - 242
〔解題〕舊説拾遺物語 …………… [015] 30 - 287
〔解題〕狂歌咄 …………………… [015] 23 - 252
〔解題〕清瀧物語 ………………… [015] 23 - 248
〔解題〕清水物語 ………………… [015] 22 - 373
〔解題〕古老物語 ………………… [015] 30 - 275
〔解題〕古今百物語評判 ………… [015] 29 - 263
〔解題〕催情記 …………………… [015] 31 - 243
〔解題〕嵯峨名所盡 ……………… [015] 31 - 251
〔解題〕嵯峨問答 ………………… [015] 31 - 258
〔解題〕三綱行実圖 ……………… [015] 32 - 255
〔解題〕三國物語 ………………… [015] 31 - 262
〔解題〕しかた咄 ………………… [015] 33 - 235
〔解題〕似我蜂物語 ……………… [015] 33 - 250
〔解題〕しきをんろん …………… [015] 34 - 221
〔解題〕地獄破 …………………… [015] 34 - 233
〔解題〕七人ひくに ……………… [015] 34 - 238
〔解題〕七人ひくにん …………… [015] 36 - 231
〔解題〕嶋原記 …………………… [015] 36 - 235
〔解題〕釈迦八相物語 …………… [015] 35 - 209
〔解題〕順礼物語 ………………… [015] 36 - 237
〔解題〕しらつゆ姫物語 ………… [015] 34 - 267
〔解題〕安倍晴明物語 …………… [015] 1 - 524
〔解題〕日本武士鑑 ……………… [015] 29 - 269
〔解題〕武士鑑 …………………… [015] 30 - 285
〔解題〕大和怪異記 ……………… [015] 29 - 277
仮名草子の目次小言 …………… [015] 19 - 277
『清水物語』解題（承前）……… [015] 23 - 265
元隣年譜（稿）…………………… [015] 31 - 269
『三國物語』解題（続）………… [015] 32 - 277
『嶋原記』解題 ………………… [015] 38 - 194
『女訓抄』解題 ………………… [015] 38 - 159
書林の目録に見る了意の作品（一）
 ………………………………… [015] 32 - 287
書林の目録に見る了意の作品（二）
 ………………………………… [015] 33 - 282
書林の目録に見る了意の作品（三）
 ………………………………… [015] 34 - 271
書林の目録に見る了意の作品（四）
 ………………………………… [015] 38 - 270
書林の目録に見る了意の作品（五）
 ………………………………… [015] 39 - 309
例言〔假名草子集成〕…………… [015] 1 - 1, [015] 2 - 1, [015] 3 - 1, [015] 4 - 1, [015] 5 - 1, [015] 6 - 1, [015] 7 - 1, [015] 8 - 1, [015] 9 - 1, [015] 10 - 1, [015] 11 - 1, [015] 12 - 1, [015] 13 - 1, [015] 14 - 1, [015] 15 - 1, [015] 16 - 1, [015] 17 - 1, [015] 18 - 1, [015] 19 - 1, [015] 20 - 1, [015] 21 - 1, [015] 22 - 1, [015] 23 - 1, [015] 24 - 1, [015] 25 - 1, [015] 26 - 1, [015] 27 - 1, [015] 28 - 1, [015] 29 - 1, [015] 30 - 1, [015] 31 - 1, [015] 32 - 1, [015] 33 - 1, [015] 34 - 1, [015] 35 - 1, [015] 36 - 1, [015] 37 - 1, [015] 38 - 1, [015] 39 - 1, [015] 40 - 1, [015] 41 - 1, [015] 42 - 1, [015] 43 - 1, [015] 44 - 1, [015] 45 - 1, [015] 46 - 1, [015] 47 - 1, [015] 48 - 1, [015] 49 - 1, [015] 50 - 1, [015] 51 - 1, [015] 52 - 1, [015] 53 - 1, [015] 54 - 1, [015] 55 - 1, [015] 56 - 1, [015] 57 - 1, [015] 58 - 1, [015] 59 - 1, [015] 60 - 1, [015] 61 - 1

浅田 徹
〔解題〕将軍家歌合 文明十四年六月
 ………………………………… [045] 10 - 1146
〔解題〕僻案抄 …………………… [045] 10 - 1198

浅野 晃
- あとがき〔新編西鶴全集〕‥‥‥‥‥
  　　　　　　　　　［046］**1**-巻末,［046］**2**-巻末,
  　　　　　　　　　［046］**3**-巻末,［046］**4**-巻末
- 浮世栄花一代男 ‥‥‥‥‥‥‥　［046］**4**-111
- 好色一代女 ‥‥‥‥‥‥‥‥‥　［046］**1**-497
- 諸艶大鑑 ‥‥‥‥‥‥‥‥‥‥　［046］**1**-177
- 武家義理物語 ‥‥‥‥‥‥‥‥　［046］**3**-301
- まえがき〔新編西鶴全集〕‥‥‥‥‥
  　　　　　　　　　［046］**1**-(1),［046］**2**-(1),
  　　　　　　　　　［046］**3**-(1),［046］**4**-(1)
- 椀久一世の物語 ‥‥‥‥‥‥‥　［046］**1**-359

浅野 三平
- 秋成作品解題 ‥‥‥‥‥‥‥‥　［049］**(1)**-383
- 秋成の桜花七十章 ‥‥‥‥‥‥　［049］**(1)**-448
- 秋成の歌論 ‥‥‥‥‥‥‥‥‥　［049］**(1)**-532
- 秋成の『五十番歌合』について ‥　［049］**(1)**-723
- 秋成晩年の歌集『毎月集』について
  　‥‥‥‥‥‥‥‥‥‥‥‥‥　［049］**(1)**-477
- 秋成略年譜 ‥‥‥‥‥‥‥‥‥　［049］**(1)**-547
- 秋成和歌研究史 ‥‥‥‥‥‥‥　［049］**(1)**-432
- あとがき〔増訂 秋成全歌集とその研究〕
  　‥‥‥　［049］**(1)**-581,［049］**(1)**-773
- 上田秋成歌巻と追擬十春 —享和三年の歌業について—
  　‥‥‥‥‥‥‥‥‥‥‥‥‥　［049］**(1)**-464
- 雨月物語 ‥‥‥‥‥‥‥‥‥‥　［043］**(3)**-9
- 解説 執着—上田秋成の生涯と文学
  　‥‥‥‥‥‥‥‥‥‥‥‥‥　［043］**(3)**-229
- 『海道狂歌合図巻』をめぐって‥　［049］**(1)**-744
- 歌集篇〔増訂 秋成全歌集とその研究 本篇〕
  　‥‥‥‥‥‥‥‥‥‥‥‥‥　［049］**(1)**-1
- 歌集篇〔増訂 秋成全歌集とその研究 拾遺篇〕
  　‥‥‥‥‥‥‥‥‥‥‥‥‥　［049］**(1)**-591
- 歌人秋成の位置 ‥‥‥‥‥‥‥　［049］**(1)**-510
- 癇癖談 ‥‥‥‥‥‥‥‥‥‥‥　［043］**(3)**-161
- 拾遺篇作品解題〔増訂 秋成全歌集とその研究〕
  　‥‥‥‥‥‥‥‥‥‥‥‥‥　［049］**(1)**-699
- 「正月三十首」「水無月三十首」から『毎月集』へ
  　‥‥‥‥‥‥‥‥‥‥‥‥‥　［049］**(1)**-756

麻原 美子
- 解説〔平家物語〕 ‥‥‥‥‥‥　［084］**12**-257
- 語注〔平家物語〕 ‥‥‥‥‥‥　［084］**12**-255

浅見 和彦
- 〔解題〕宇治拾遺物語 ‥‥‥‥　［045］**5**-1490
- 〔解題〕古事談 ‥‥‥‥‥‥‥　［045］**5**-1490
- 〔解題〕続古事談 ‥‥‥‥‥‥　［045］**5**-1490
- 〔解題〕宝物集 ‥‥‥‥‥‥‥　［045］**5**-1490
- 〔解題〕発心集 ‥‥‥‥‥‥‥　［045］**5**-1490
- 十訓抄 ‥‥‥‥‥‥‥‥‥‥‥　［069］**15**-217
- 撰集抄（宮内庁書陵部本）‥‥‥　［036］**(1)**-775
- 総説〔方丈記〕 ‥‥‥‥‥‥‥　［013］**(6)**-5
- 方丈記 ‥‥‥‥‥‥‥‥‥‥‥　［013］**(6)**-27

浅見 美智子
- 几董発句全集 ‥‥‥‥‥‥‥‥　［019］**(1)**-1
- 後記〔几董発句全集〕 ‥‥‥‥　［019］**(1)**-193

浅山 佳郎
- おわりに〔日本漢詩人選集4 伊藤仁斎〕
  　‥‥‥‥‥‥‥‥‥‥‥‥‥　［067］**4**-209
- はじめに〔日本漢詩人選集4 伊藤仁斎〕
  　‥‥‥‥‥‥‥‥‥‥‥‥‥　［067］**4**-3

芦田 耕一
- 解説〔清輔集新注〕 ‥‥‥‥‥　［042］**1**-357
- 〔解題〕高光集 ‥‥‥‥‥‥‥　［045］**3**-865
- 清輔集 ‥‥‥‥‥‥‥‥‥‥‥　［042］**1**-1

東 聖子
- いわゆる去来系芭蕉伝書『元禄式』—許六『俳諧新々式』との相関について— ‥　［030］**4**-35

阿蘇 瑞枝
- 赤人集 ‥‥‥‥‥‥‥‥‥‥‥　［082］**17**-139
- 〔解説〕赤人集 ‥‥‥‥‥‥‥　［082］**17**-313
- 〔解説〕はじめに〔人麻呂集・赤人集・家持集〕 ‥‥‥‥‥‥‥‥‥‥　［082］**17**-297
- 〔解説〕人麻呂集 ‥‥‥‥‥‥　［082］**17**-303
- 解説〔萬葉集〕 ‥‥‥‥‥‥‥　［084］**2**-267
- 〔解説〕家持集 ‥‥‥‥‥‥‥　［082］**17**-316
- 人物紹介〔萬葉集〕 ‥‥‥‥‥　［084］**2**-265
- 人麻呂集 ‥‥‥‥‥‥‥‥‥‥　［082］**17**-1
- 家持集 ‥‥‥‥‥‥‥‥‥‥‥　［082］**17**-201

麻生 磯次
- 嵐は無常物語 ‥‥‥‥‥‥‥‥　［023］**4**-237
- 〔解説〕嵐は無常物語 ‥‥‥‥　［023］**4**-307
- 〔解説〕好色一代男 ‥‥‥‥‥　［023］**1**-306
- 〔解説〕好色一代女 ‥‥‥‥‥　［023］**3**-354
- 〔解説〕好色五人女 ‥‥‥‥‥　［023］**3**-347
- 〔解説〕好色盛衰記 ‥‥‥‥‥　［023］**4**-303
- 〔解説〕西鶴置土産 ‥‥‥‥‥　［023］**15**-274
- 〔解説〕西鶴織留 ‥‥‥‥‥‥　［023］**14**-209
- 〔解説〕西鶴諸国ばなし ‥‥‥　［023］**5**-304
- 〔解説〕西鶴俗つれづれ ‥‥‥　［023］**16**-240
- 〔解説〕西鶴名残の友 ‥‥‥‥　［023］**16**-246
- 〔解説〕諸艶大鑑 ‥‥‥‥‥‥　［023］**2**-334
- 〔解説〕新可笑記 ‥‥‥‥‥‥　［023］**9**-177
- 〔解説〕世間胸算用 ‥‥‥‥‥　［023］**13**-155
- 〔解説〕男色大鑑 ‥‥‥‥‥‥　［023］**6**-348
- 〔解説〕日本永代蔵 ‥‥‥‥‥　［023］**12**-209
- 〔解説〕武家義理物語 ‥‥‥‥　［023］**8**-160
- 〔解説〕武道伝来記 ‥‥‥‥‥　［023］**7**-309
- 〔解説〕懐硯 ‥‥‥‥‥‥‥‥　［023］**5**-313
- 〔解説〕本朝桜陰比事 ‥‥‥‥　［023］**11**-190
- 〔解説〕本朝二十不孝 ‥‥‥‥　［023］**10**-145
- 〔解説〕万の文反古 ‥‥‥‥‥　［023］**15**-279
- 〔解説〕椀久一世の物語 ‥‥‥　［023］**4**-300
- 好色一代男 ‥‥‥‥‥‥‥‥‥　［023］**1**-1
- 好色一代女 ‥‥‥‥‥‥‥‥‥　［023］**3**-149
- 好色五人女 ‥‥‥‥‥‥‥‥‥　［023］**3**-1
- 好色盛衰記 ‥‥‥‥‥‥‥‥‥　［023］**4**-67
- 西鶴置土産 ‥‥‥‥‥‥‥‥‥　［023］**15**-1
- 西鶴織留 ‥‥‥‥‥‥‥‥‥‥　［023］**14**-1
- 西鶴小伝 ‥‥‥‥‥‥‥‥‥‥　［023］**1**-291
- 西鶴諸国ばなし ‥‥‥‥‥‥‥　［023］**5**-1
- 西鶴俗つれづれ ‥‥‥‥‥‥‥　［023］**16**-1
- 西鶴名残の友 ‥‥‥‥‥‥‥‥　［023］**16**-125
- 好色二代男諸艶大鑑 ‥‥‥‥‥　［023］**2**-1
- 新可笑記 ‥‥‥‥‥‥‥‥‥‥　［023］**9**-1
- 世間胸算用 大晦日は一日千金 ‥　［023］**13**-1
- 本朝若風俗男色大鑑 ‥‥‥‥‥　［023］**6**-1
- 日本永代蔵 ‥‥‥‥‥‥‥‥‥　［023］**12**-1

あなや

武家義理物語 ……………………… [023]8-1
諸國敵討武道傳來記 …………… [023]7-1
懐硯 ……………………………… [023]5-141
本朝櫻陰比事 …………………… [023]11-1
本朝二十不孝 …………………… [023]10-1
萬の文反古 ……………………… [023]15-139
椀久二世の物語 ………………… [023]4-1

穴山 健
〔解題〕草徑集（言道） ………… [045]9-793

阿部 秋生
あとがき〔私家集全釈叢書15〕… [039]15-433
源氏物語 桐壺〜藤裏葉 ……… [069]9-11
源氏物語 若菜上〜夢浮橋 …… [069]10-11

阿部 倬也
資料翻刻 青葛葉 ……………… [030]2-71

阿部 俊子
赤染衛門集 ……………………… [039]1-1
解説〔遍昭集〕 ………………… [039]15-1
序――『私家集全釈叢書』刊行に寄せて― … [039]1-1
遍昭集 …………………………… [039]15-147

阿部 光子
更級日記 ………………………… [084]10-9
堤中納言物語 …………………… [084]10-121
わたしと『更級日記』『堤中納言物語』
 ………………………………… [084]10-1

阿部 好臣
松蔭中納言 ……………………… [057]16-5
〔松蔭中納言〕解題 …………… [057]16-277
〔松蔭中納言〕梗概 …………… [057]16-232

天野 紀代子
あとがき〔私家集全釈叢書37〕… [039]37-509
大斎院前の御集 ………………… [039]37-59

天野 聡一
雨月物語刊記 …………………… [080](3)-260
〔解説〕上田秋成と『雨月物語』… [080](3)-i
参考文献一覧〔雨月物語〕…… [080](3)-261
蛇性の婬〔雨月物語〕 ………… [080](3)-158
白峯〔雨月物語〕 ……………… [080](3)-4
貧福論〔雨月物語〕 …………… [080](3)-233

網野 可苗
風流狐夜咄 ……………………… [008]4-107
『風流狐夜咄』解説 …………… [008]4-393

荒木 尚
解説〔道ゆきぶり〕 …………… [058]6-331
解説〔鹿苑院殿厳島詣記〕…… [058]6-82
〔解題〕遠島御歌合 …………… [045]5-1464
〔解題〕高良玉垂宮神秘書紙背和歌
 ………………………………… [045]10-1187
〔解題〕後二条院御集 ………… [045]7-829
〔解題〕三百六十首和歌 ……… [045]10-1188
〔解題〕拾塵集（政弘） ……… [045]8-835
〔解題〕内裏歌合 文亀三年六月十四日
 ………………………………… [045]10-1147
〔解題〕藤谷和歌集（為相） … [045]7-833
〔解題〕東撰和歌六帖 ………… [045]6-947
〔解題〕年中行事歌合 ………… [045]5-1471
〔解題〕風雅和歌集 …………… [045]1-828

東撰和歌六帖抜粋本 …………… [045]6-947
道ゆきぶり ……………………… [058]6-285
鹿苑院殿厳島詣記 ……………… [058]6-51

荒木 浩
古事談 …………………………… [044]41-1
『古事談』『続古事談』の本文について
 ………………………………… [044]41-895
続古事談 ………………………… [044]41-601
『続古事談』解説 ……………… [044]41-873

荒木 博之
解題〔地神盲僧資料集〕 ……… [062]19-27
鶏足寺文書 ……………………… [062]19-43
佐世保盲僧祭文 ………………… [062]19-329
成就寺文書 ……………………… [062]19-311
序説〔地神盲僧資料集〕 ……… [062]19-1
長久寺文書 ……………………… [062]19-173

有座 俊史
ますみ集 解題と翻刻 付 立教大学日本文学研
 究室蔵俳書目録 …………… [030]7-7
立教大学日本文学研究室蔵俳書目録
 ………………………………… [030]7-14

有澤 知世
垣根草 …………………………… [008]2-5
『垣根草』解説 ………………… [008]2-354

有馬 義貴
あとがき〔江戸後期紀行文学全集2〕
 ………………………………… [010]2-459

有吉 保
〔解題〕院当座歌合 正治二年九月 … [045]5-1450
〔解題〕院当座歌合 正治二年十月 … [045]5-1450
〔解題〕院六首歌合 康永二年 … [045]5-1470
〔解題〕詠歌大概 ……………… [045]5-1488
〔解題〕瑩玉集 ………………… [045]5-1488
〔解題〕御室五十首 …………… [045]4-719
〔解題〕歌仙落書 ……………… [045]5-1483
〔解題〕亀山殿七百首 ………… [045]10-1161
〔解題〕北野宮歌合 元久元年十一月 … [045]5-1456
〔解題〕近代秀歌（遣送本・自撰本）… [045]5-1488
〔解題〕建仁元年十首和歌 …… [045]10-1155
〔解題〕建保六年八月中殿御会 … [045]10-1155
〔解題〕江帥集（匡房） ……… [045]3-902
〔解題〕弘長三年二月十四日亀山殿御会
 ………………………………… [045]10-1157
〔解題〕五代集歌枕 …………… [045]10-1180
〔解題〕後二条院百首 ………… [045]10-1111
〔解題〕拾遺風体和歌集 ……… [045]6-953
〔解題〕秀歌大体 ……………… [045]5-1485
〔解題〕松下集（正広） ……… [045]8-832
〔解題〕新拾遺和歌集 ………… [045]1-830
〔解題〕新三井和歌集 ………… [045]6-963
〔解題〕千五百番歌合 ………… [045]5-1454
〔解題〕仙洞句題五十首 ……… [045]4-719
〔解題〕大弐高遠集 …………… [045]3-885
〔解題〕忠盛集 ………………… [045]3-907
〔解題〕為氏五社百首 ………… [045]10-1095
〔解題〕為家集 ………………… [045]7-819
〔解題〕津守和歌集 …………… [045]6-962
〔解題〕洞院摂政家百首 ……… [045]4-708

〔解題〕頓阿句題百首 ……… [045]10-1118
〔解題〕頓阿百首A ………… [045]10-1117
〔解題〕頓阿百首B ………… [045]10-1118
〔解題〕中院集(為家) ………… [045]7-819
〔解題〕如願法師集 …………… [045]7-811
〔解題〕八幡若宮撰歌合 建仁三年七月
　　　　　　……………………… [045]5-1456
〔解題〕百人一首 ……………… [045]5-1485
〔解題〕百人秀歌 ……………… [045]5-1485
〔解題〕袋草紙 ………………… [045]5-1485
〔解題〕伏見院御集 冬部 ……… [045]10-1198
〔解題〕匡房集 ………………… [045]7-792
〔解題〕水無瀬恋十五首歌合 … [045]5-1454
〔解題〕水無瀬桜宮十五番歌合 建仁二年九月
　　　　　　……………………… [045]5-1454
〔解題〕壬二集(家隆) …………… [045]3-921
〔解題〕無名抄 ………………… [045]5-1488
〔解題〕柳風和歌抄 …………… [045]6-954
〔解題〕六百番歌合 …………… [045]5-1447
〔解題〕若宮撰歌合 建仁二年九月 [045]5-1454

安西 篤子
　南総里見八犬伝 ……………… [084]21-9
　わたしと『南総里見八犬伝』 … [084]21-1

【い】

伊井 春樹
　あとがき〔私家集全釈叢書7〕 … [039]7-453
　あとがき〔私家集全釈叢書17〕 … [039]17-415
　解題〔成尋阿闍梨母集〕 ……… [039]17-1
　公任集 ………………………… [039]7-53
　〔公任集解説〕構成と成立 …… [039]7-15
　公任集初句索引 ……………… [039]7-427
　成尋阿闍梨母集 ……………… [039]17-143
　藤原公任文献目録 …………… [039]7-447

飯倉 洋一
　唐土の吉野 …………………… [008]2-281
　『唐土の吉野』解説 …………… [008]2-380

飯島 満
　解題〔粟島譜嫁入雛形〕 ……… [018]51-123
　解題〔記録曽我玉箒〕 ………… [018]14-93
　解題〔車還合戦桜〕 …………… [018]26-125
　解題〔尊氏将軍二代鑑〕 ……… [018]5-135
　解題〔丹生山田青海剣〕 ……… [018]37-119
　義太夫節人形浄瑠璃上演年表(一七一六─一七
　　五一) [018]13-111, [018]14-102,
　　　　 [018]15-118, [018]16-94,
　　　　 [018]17-139, [018]18-74,
　　　　 [018]19-142, [018]20-128,
　　　　 [018]21-102, [018]22-127,
　　　　 [018]23-136, [018]24-142,
　　　　 [018]25-135, [018]26-135,
　　　　 [018]27-108, [018]28-92,
　　　　 [018]29-92, [018]30-142,
　　　　 [018]31-128, [018]32-144,
　　　　 [018]33-126, [018]34-127,
　　　　 [018]35-104, [018]36-86,
　　　　 [018]37-128, [018]38-136,
　　　　 [018]39-147, [018]40-144,
　　　　 [018]41-147, [018]42-121,
　　　　 [018]43-139, [018]44-120,
　　　　 [018]45-135, [018]46-129,
　　　　 [018]47-136, [018]48-137,
　　　　 [018]49-151, [018]50-150,
　　　　 [018]51-136, [018]52-170

飯塚 大展
　阿弥陀裸物語 ………………… [004]4-115
　『阿弥陀裸物語』について …… [004]4-339
　一休和尚法語 ………………… [004]4-63
　『一休和尚法語』について …… [004]4-334
　一休骸骨 ……………………… [004]4-1
　『一休骸骨』について ………… [004]4-330
　一休関東咄 …………………… [004]5-379
　一休諸国物語 ………………… [004]5-177
　一休咄 ………………………… [004]5-1
　一休水鏡 ……………………… [004]4-25
　『一休水鏡』について ………… [004]4-328
　解題〔一休ばなし〕 …………… [004]5-615
　『幻中草打画』について ……… [004]4-321
　続一休咄 ……………………… [004]5-465
　はじめに〔一休仮名法語集 解題〕 … [004]4-319
　般若心経抄図会 ……………… [004]4-185
　『般若心経抄図会』について … [004]4-344
　仏鬼軍 ………………………… [004]4-147
　『仏鬼軍』について …………… [004]4-342

飯田 利行
　あとがき〔現代語訳 洞門禅文学集 世阿弥・仙
　　馨〕 …………………………… [026]〔3〕-349
　筠州洞山悟本禅師語録 ……… [026]〔5〕-21
　登山和尚伝光録訳(抜粋) ……… [026]〔2〕-11
　玄中銘 并序 …………………… [026]〔5〕-231
　光明蔵三昧 …………………… [026]〔1〕-21
　久我龍胆の賦 ………………… [026]〔4〕-209
　新彫光明蔵三昧序 …………… [026]〔1〕-17
　新豊吟 ………………………… [026]〔5〕-225
　総持寺開山 第五十四祖(日本四祖・太祖)瑩山紹
　　瑾略伝 ……………………… [026]〔2〕-233
　大智偈頌 ……………………… [026]〔1〕-87
　湛然居士文集 ………………… [026]〔6〕-31
　はしがき〔瑩山和尚伝光録〕 … [026]〔2〕-1
　はしがき〔現代語訳 洞門禅文学集 洞山〕
　　　　 ………………………… [026]〔5〕-1
　はしがき〔現代語訳 洞門禅文学集 耶律楚材〕
　　　　 ………………………… [026]〔6〕-1
　はしがき〔現代語訳 洞門禅文学集 良寛〕
　　　　 ………………………… [026]〔7〕-1
　はしがき〔現代語訳 洞門禅文学集 道元〕
　　　　 ………………………… [026]〔4〕-1
　〔はしがき〕世阿弥研究と洞門禅 … [026]〔3〕-9
　はしがき〔大智偈頌〕 ………… [026]〔1〕-83
　〔はしがき〕洞門禅の面授と世阿弥の花伝(授
　　伝) ………………………… [026]〔3〕-15
　はしがき〔半仙遺稿〕 ………… [026]〔3〕-191
　はしがき〔光明蔵三昧〕 ……… [026]〔1〕-13
　半仙遺稿 ……………………… [026]〔3〕-195
　風姿花伝 ……………………… [026]〔3〕-17

宝鏡三昧 ……………………[026]〔5〕- 215
法華讃 ………………………[026]〔7〕- 7

飯野 朋美
〔解題〕百八町記 …………[015]**61**- 269

家永 香織
あとがき〔歌合・定数歌全釈叢書9〕
　………………………………[006]**9**- 559
あとがき〔歌合・定数歌全釈叢書15〕
　………………………………[006]**15**- 631
解説〔為忠家後度百首〕……[006]**15**- 563
解説〔為忠家初度百首〕……[006]**9**- 501
〔解説 堀河院百首和歌〕歌壇と作者
　………………………………[082]**15**- 319
〔解題〕一品経和歌懐紙 ……[045]**10**- 1153
〔解題〕歌合 嘉元三年三月 …[045]**10**- 1137
〔解題〕歌合 建暦三年八月十二日 …[045]**10**- 1126
〔解題〕月卿雲客妬歌合 建保三年六月
　………………………………[045]**10**- 1127
正治二年院初度百首 ………[082]**49**- 1
為忠家後度百首 ……………[006]**15**- 7
為忠家初度百首 ……………[006]**9**- 7
堀河院百首和歌 ……………[082]**15**- 1

五十嵐 一
【付録エッセイ】存在のイマージュについて(抄)
〔良寛〕 ………………………[032]**015**- 113

幾浦 裕之
〔解説『民部卿典侍集』とその周辺〕未定稿的
　な女房の家集について ……[039]**40**- 64
〔解説『民部卿典侍集』について〕伝本
　………………………………[039]**40**- 17
『民部卿典侍集』諸本校異一覧 …[039]**40**- 303

生田 慶穂
〔解題〕兼載日発句（大阪天満宮蔵本）…[081]**1**- 552
〔解題〕聖廟法楽日発句（大東急記念文庫蔵本）
　………………………………[081]**1**- 545
〔解題〕専順等日発句〈伊地知本〉…[081]**1**- 543
〔解題〕専順等日発句〈金子本〉…[081]**1**- 542
〔解題〕宗祇日発句（大阪天満宮蔵本）…[081]**1**- 551
〔解題〕宗砌等日発句（大東急記念文庫蔵本）
　………………………………[081]**1**- 541
〔解題〕宗砌日発句（九州大学蔵本）…[081]**1**- 550
〔解題〕宗長日発句（天理図書館綿屋文庫蔵本）
　………………………………[081]**1**- 553
〔解題〕如是庵日発句（天理図書館綿屋文庫蔵本）
　………………………………[081]**1**- 555
〔解題〕梵灯庵日発句〈天満宮本〉…[081]**1**- 548
〔解題〕梵灯庵日発句〈吉川本〉…[081]**1**- 547

池尾 和也
〔解題〕佚名歌集（穂久邇文庫）…[045]**10**- 1197
〔解題〕雲窓贈詠（耕雲）……[045]**10**- 1121
〔解題〕暦応二年春日奉納和歌 …[045]**10**- 1164

池澤 一郎
白石青春詩訳注 ……………[067]**5**- 49
若き日の白石—新井白石と宋詩 …[067]**5**- 3

池田 敬子
解説〔太平記〕………………[084]**14**- 258
語注〔太平記〕………………[084]**14**- 257

池田 利夫
ある堤中納言物語論—藤田徳太郎の遺稿『新
　釈』より— はしがき ……[013]〔5〕- 235
逢坂越えぬ権中納言 …………[013]〔5〕- 73
思はぬ方にとまりする少将 …[013]〔5〕- 113
貝合 …………………………[013]〔5〕- 95
解説〔更級日記〕……………[013]〔4〕- 163
解説〔堤中納言物語〕………[013]〔5〕- 209
〔解題〕百詠和歌 ……………[045]**10**- 1192
〔解題〕蒙求和歌 片仮名本 平仮名本
　………………………………[045]**10**- 1190
このついで …………………[013]〔5〕- 23
更級日記 ……………………[013]〔4〕- 11
更級日記における和泉下りの位相—孝標女と
　兄定義との永承年間— …[013]〔4〕- 195
堤中納言物語 ………………[013]〔5〕- 7
〔付録〕天喜三年五月三日六条斎院禖子内親王
　家歌合 ……………………[013]〔5〕- 198
はいずみ ……………………[013]〔5〕- 161
花桜折る中将 ………………[013]〔5〕- 7
はなだの女御 ………………[013]〔5〕- 137
ほどほどの懸想 ……………[013]〔5〕- 61
虫めづる姫君 ………………[013]〔5〕- 37
よしなしごと …………………[013]〔5〕- 183

池田 尚隆
栄花物語 ……………………[069]**11**- 183

池田 みち子
東海道中膝栗毛 ……………[084]**20**- 7
わたしと『東海道中膝栗毛』…[084]**20**- 1

池宮 正治
【付録エッセイ】おもろの「鼓」〔おもろさうし〕
　………………………………[032]**056**- 138

池山 晃
雨月物語 あらすじ …………[069]**19**- 10
解説〔上田秋成・近松門左衛門〕…[069]**19**- 309
解説〔右大将鎌倉実記〕……[018]**11**- 111
心中天の網島 あらすじ ……[069]**19**- 214
はじめに—「享保」という時期を手がかりに
　………………………………[069]**19**- 3
冥途の飛脚 あらすじ ………[069]**19**- 124

石井 恭二
あとがき〔一休和尚大全〕…[005]下- 411
一休和尚の生涯 ……………[005]上- 17
解題〔一休和尚大全〕………[005]上- 5
狂雲集 ………………………[005]上- 245、[005]下- 5
自戒集 ………………………[005]下- 161
東海一休和尚年譜訓読文 ……[005]上- 224

石井 倫子
解説〔風姿花伝・謡曲名作選〕…[069]**17**- 310
はじめに—ショービジネスとしての能
　………………………………[069]**17**- 3
風姿花伝 内容紹介 …………[069]**17**- 10
謡曲をよむ前に 知っておきたい能の用語
　………………………………[069]**17**- 186

石井 文夫
あとがき〔和歌文学注釈叢書2〕…[083]**2**- 316
大斎院御集 …………………[083]**2**- 7
解説〔大斎院御集〕…………[083]**2**- 212

作家名索引(注・訳者)　　いしか

大斎院前の御集 …………………… [040]12-7
石川 九楊
　書をよむ―葦手の楽しみ …… [069]15-巻頭
　書をよむ―女手から平仮名へ … [069]18-巻頭
　書をよむ―女手表現の三百年 … [069]5-巻頭
　書をよむ―清盛の書 …………… [069]13-巻頭
　書をよむ―古事記創成記 ……… [069]1-巻頭
　書をよむ―「写経」 …………… [069]2-巻頭
　書をよむ―親鸞の書 …………… [069]14-巻頭
　書をよむ―鈴鹿本 写本を語る … [069]12-巻頭
　書をよむ―世阿弥と声 ………… [069]17-巻頭
　書をよむ―誕生期の女手の姿を幻視する
　　……………………………… [069]7-巻頭
　書をよむ―近松と秋成、秋成と宣長
　　……………………………… [069]19-巻頭
　書をよむ―筆蹟定め帖 ………… [069]9-巻頭
　書をよむ―天皇・皇后の書 …… [069]3-巻頭
　書をよむ―天皇、武将に破れる … [069]16-巻頭
　書をよむ―非対称と序破急の美学
　　……………………………… [069]10-巻頭
　書をよむ―平仮名と物語の発生 連続の発見
　　……………………………… [069]6-巻頭
　書をよむ―発句と俳諧 ………… [069]20-巻頭
　書をよむ―枕草子と和漢朗詠集 … [069]8-巻頭
　書をよむ―万葉歌を楽しむ …… [069]4-巻頭
　書をよむ―道長の書の力量 …… [069]11-巻頭
石川 俊一郎
　あさくさくさ …………………… [009]11-251
　五十鈴川狂歌車 ………………… [009]6-23
　解題 あさくさくさ ……………… [009]11-250
　解題 五十鈴川狂歌車 …………… [009]6-22
　解題 狂歌才蔵集 ………………… [009]3-94
　解題 狂歌東西集 ………………… [009]5-26
　解題 狂歌水薦集 ………………… [009]9-2
　解題 職人尽狂歌合 ……………… [009]7-98
　解題 俳諧歌兄弟百首 …………… [009]9-80
　解題 明和狂歌合 ………………… [009]1-54
　解題 我おもしろ ………………… [009]10-236
　狂歌才蔵集 ……………………… [009]3-95
　狂歌東西集 ……………………… [009]5-27
　狂歌水薦集 ……………………… [009]9-3
　職人尽狂歌合 …………………… [009]7-99
　俳諧歌兄弟百首 ………………… [009]9-81
　明和狂歌合 ……………………… [009]1-55
　我おもしろ ……………………… [009]10-237
石川 真弘
　明石山庄記(一)明石山庄記 …… [066]4-44
　明石山庄記(二)赤石山庄記 …… [066]4-46
　伊勢道中旬懐紙 ………………… [066]4-58
　奥州一見道中 …………………… [066]4-56
　奥州紀行(一)奥州紀行 ………… [066]4-26
　奥州紀行(二)奥州塩竈記 ……… [066]4-30
　奥州紀行(三)陸奥塩竈一見記 … [066]4-32
　奥州紀行(四)松島一見記 ……… [066]4-35
　奥州紀行(五)陸奥行脚記 ……… [066]4-38
　温故目録跋 ……………………… [066]4-65
　『許六自筆 芭蕉翁伝書』 ……… [030]5-397
　高野山詣記 ……………………… [066]4-49
　清水正俊宅賛句文 ……………… [066]4-66

西翁道之記 ………………………… [066]4-52
贈宗札庵主 ………………………… [066]4-65
筑紫太宰府記 ……………………… [066]4-42
津山紀行(一)美作道日記草稿 …… [066]4-16
津山紀行(二)美作道日記 ………… [066]4-19
津山紀行(三)津山紀行 …………… [066]4-22
〔西山宗因〕書簡 ………………… [066]4-341
俳論抄・雑抄〔西山宗因全集〕 … [066]5-171
肥後道記 …………………………… [066]4-3
正方送別歌文 ……………………… [066]4-60
有芳庵記(一)有芳庵記 東長寺本 … [066]4-61
有芳庵記(二)有芳庵記 桜井本 …… [066]4-62
有芳庵記(三)告天満宮文 ………… [066]4-64
和州竹内訪問歌文 ………………… [066]4-61
石川 孝
　序〔春日昌預全家集〕 ………… [014]〔1〕-i
石川 常彦
　〔解題〕拾遺愚草・拾遺愚草員外(定家)
　　……………………………… [045]3-922
石川 徹
　大鏡 ……………………………… [043]〔5〕-9
　解説〔大鏡〕 …………………… [043]〔5〕-349
石川 一
　解説〔九州下向記〕 …………… [058]7-119
　解説〔九州のみちの記〕 ……… [058]7-145
　解説〔楠長譜九州下向記〕 …… [058]7-274
　〔解説〕慈円について ………… [082]58-534
　解説〔拾玉集〕 ………………… [082]59-291
　解説〔住吉詣〕 ………………… [058]6-119
　解説〔武蔵野紀行〕 …………… [058]7-332
　〔解題〕権僧正慈我集 ………… [045]7-836
　〔解題〕慈鎮和尚自歌合 ……… [045]5-1448
　〔解題〕慈道親王集 …………… [045]7-835
　〔解題〕草根集(正徹) ………… [045]8-821
　〔解題〕澄覚法親王集 ………… [045]7-823
　〔解題〕莵玖波集(広島大学蔵本) … [081]1-533
　〔解題〕法印珍譽集 …………… [045]7-817
　〔解題〕無名和歌集(慈円) …… [045]7-807
　九州下向記 ……………………… [058]7-103
　九州のみちの記 ………………… [058]7-125
　楠長譜九州下向記 ……………… [058]7-251
　拾玉集 第一～三 ……………… [082]58-1
　拾玉集 第四～五 ……………… [082]59-1
　人名一覧〔拾玉集〕 …………… [082]59-305
　住吉詣 …………………………… [058]6-109
　地名一覧〔拾玉集〕 …………… [082]59-316
　武蔵野紀行 ……………………… [058]7-325
石川 泰水
　〔解説〕式子内親王集 ………… [082]23-231
　〔解説〕俊成卿女集 …………… [082]23-275
　〔解題〕有房集 … [045]4-683, [045]7-798
　〔解題〕実家集 ………………… [045]7-802
　式子内親王集 …………………… [082]23-1
　俊成卿女集 ……………………… [082]23-169
石川 了
　商人軍配記〔書誌等〕 ………… [073]23-420
　今昔操年代記 …………………… [064]6-153
　豆右衛門後日女男色遊 ………… [073]5-227

いしく

江戸名物百題狂歌集	[009]12-93
大系図蝦夷噺	[073]17-297
〔解題〕豆右衛門後日女男色遊	[073]5-545
解題 江戸名物百題狂歌集	[009]12-92
〔解題〕大系図蝦夷噺	[073]17-526
〔解題〕義経倭軍談	[073]7-595
解題 狂歌江都名所図会	[009]13-2
解題 狂歌栗の下風	[009]1-128
解題 狂歌知足振	[009]15-100
解題 狂歌上段集	[009]4-2
解題 狂歌茅花集	[009]6-290
解題 狂歌類題後杙子栗	[009]11-70
解題 古寿恵のゆき	[009]6-2
解題 三十六人狂歌撰	[009]3-58
〔解題〕自笑楽日記	[073]18-563
〔解題〕諸商人世帯形気	[073]14-503
〔解題〕高砂大嶋台	[073]12-508
〔解題〕檀浦女見台	[073]20-541
〔解題〕当流曽我高名松	[073]6-571
〔解題〕渡世面軍談	[073]3-517
〔解題〕菜花金夢合	[073]21-520
〔解題〕富士浅間裾野桜	[073]10-537
〔解題〕美丈御前幸寿丸身替弸張月	[064]5-426
〔解題〕野白内証鑑	[073]2-542
〔解題〕四方歌垣翁追善集	[009]12-70
解題 栗花集	[009]2-254
〔解題〕分里艶行脚	[073]6-573
義経倭軍談	[073]7-287
狂歌栗の下風	[009]1-129
狂歌知足振	[009]15-101
狂歌上段集	[009]4-3
狂歌茅花集	[009]6-291
古寿恵のゆき	[009]6-3
三十六人狂歌撰	[009]3-59
自笑楽日記	[073]18-281
諸商人世帯形気	[073]14-1
高砂大嶋台	[073]12-75
檀浦女見台	[073]20-449
当流曽我高名松	[073]6-135
菜花金夢合	[073]21-151
富士浅間裾野桜	[073]10-367
美丈御前幸寿丸身替弸張月	[064]5-185
野白内証鑑	[073]2-11
四方歌垣翁追善集	[009]12-71
栗花集	[009]2-255
分里艶行脚	[073]6-197

石黒 吉次郎
　源平盛衰記(完訳)〔巻四十三～巻四十八〕
　　　　　　　　　　　　　　　[024]〔9〕-1

石澤 一志
　解説「「京極派」と歌人・京極為兼」
　　　　　　　　　　　　　　　[032]053-106
　〔解題〕壁草 …… [081]2-489
　〔解題〕昌塚発句帳 …… [081]3-685
　〔京極為兼 50首〕 …… [032]053-2
　伏見院御集 …… [082]64-213
　伏見院と『伏見院御集』 …… [082]64-414

石塚 修
　鑑賞の手引き 茶の湯は江戸の「社長のゴルフ」
だった〔西鶴諸国はなし 巻五の一〕
　　　　　　　　　　　　　　　[080]〔6〕-165
　〔西鶴諸国はなし〕巻五の一 挑灯に朝顔
　　　　　　　　　　　　　　　[080]〔6〕-162

石塚 一雄
　〔解題〕文保百首 …… [045]4-716

石田 穣二
　解説〔源氏物語〕 …… [043]〔10〕-285
　源氏物語(桐壺～末摘花) …… [043]〔10〕-7
　源氏物語(紅葉賀～明石) …… [043]〔11〕-7
　源氏物語(澪標～玉鬘) …… [043]〔12〕-7
　源氏物語(初音～藤裏葉) …… [043]〔13〕-7
　源氏物語(若菜 上～鈴虫) …… [043]〔14〕-7
　源氏物語(夕霧～椎本) …… [043]〔15〕-7
　源氏物語(総角～東屋) …… [043]〔16〕-7
　源氏物語(浮舟～夢浮橋) …… [043]〔17〕-7

伊地知 鐵男
　〔解題〕新玉津島社歌合 貞治六年三月
　　　　　　　　　　　　　　　[045]5-1471
　〔解題〕南朝五百番歌合 …… [045]5-1471

石埜 敬子
　浅茅が露 …… [057]1-169
　〔浅茅が露〕解題 …… [057]1-314
　〔浅茅が露〕梗概 …… [057]1-310
　夜寝覚物語 …… [057]19-5
　〔夜寝覚物語〕解題 …… [057]19-410
　〔夜寝覚物語〕梗概 …… [057]19-406

石原 清志
　〔解題〕極楽願往生和歌 …… [045]10-1190
　〔解題〕拾玉集(慈円) …… [045]3-920
　〔解題〕他阿上人集 …… [045]7-832
　〔解題〕隆信集 …… [045]4-688

泉 紀子
　小野宮殿実頼集 …… [039]31-53
　九条殿師輔集 …… [039]31-183
　参考文献一覧〔小野宮殿実頼集・九条殿師輔集〕 …… [039]31-346

磯山 直子
　九条殿師輔集 …… [039]31-183
　人名索引〔小野宮殿実頼集・九条殿師輔集〕 …… [039]31-351
　人名索引〔元良親王集〕 …… [083]1-277

板坂 元
　翻刻「難波千句」 …… [030]3-247

板坂 則子
　解説〔雨月物語・春雨物語〕 …… [084]19-240
　解説〔南総里見八犬伝〕 …… [084]21-262
　登場人物紹介〔南総里見八犬伝〕 …… [084]21-257

板坂 耀子
　解説〔東海道中膝栗毛〕 …… [084]20-282
　箱柳七百韻 …… [030]3-332
　翻刻『箱柳七百韻』 …… [030]3-329

市毛 舞子
　鑑賞の手引き 三十七羽の呪い〔西鶴諸国はなし 巻四の四〕 …… [080]〔6〕-145
　〔西鶴諸国はなし〕巻四の四 驚くは三十七度 …… [080]〔6〕-142

いとう

市古 貞次
- 平家物語 ……………… [069]13－11

市古 夏生
- 〔解題〕三草集(定信) ……… [045]9－789

一戸 渉
- 歌のほまれ〔春雨物語〕…… [080]〔10〕－192
- 海賊〔春雨物語〕 ………… [080]〔10〕－60
- 参考文献一覧〔春雨物語〕 … [080]〔10〕－270
- 血かたびら〔春雨物語〕 …… [080]〔10〕－4

一海 知義
- 白石青春詩訳注 …………… [067]5－49
- 跋〔日本漢詩人選集5 新井白石〕… [067]5－241

井手 至
- 萬葉集 ……………………… [002]11－3
- 萬葉集 巻第三 …………… [043]〔55〕－159
- 萬葉集 巻第七 …………… [043]〔56〕－183
- 萬葉集 巻第十 …………… [043]〔57〕－17
- 萬葉集 巻第十四 ………… [043]〔58〕－85
- 萬葉集 巻第二十 ………… [043]〔59〕－241
- 萬葉集の世界(五)萬葉びとの「ことば」とこころ
  ……………………………… [043]〔59〕－335

井手 今滋
- 志濃夫廼舎歌集 …………… [041]〔1〕－45,
  [045]9－718, [054]〔1〕－15
- 序〔花廼沙久等〕…………… [041]〔1〕－282
- 橘氏派源 …………………… [041]〔1〕－411

糸井 通浩
- 〔解題〕斎宮貝合 ………… [045]5－1418
- 〔解題〕左近権中将藤原宗通朝臣歌合
  ……………………………… [045]5－1431
- 〔解題〕源大納言家歌合 長暦二年 ‥ [045]5－1418
- 〔解題〕源大納言家歌合 長暦二年九月
  ……………………………… [045]5－1418

伊藤 悦子
- 源平盛衰記と諸本の記事対照表〔巻第三十七
  ～巻第四十二〕 …………… [059]〔5〕－283

伊藤 一男
- 〔解題〕尚賢五十首 ……… [045]10－1123

伊藤 敬
- 小島のすさみ ……………… [058]6－1
- 解説〔小島のすさみ〕……… [058]6－34
- 〔解説〕再昌 ……………… [082]66－361
- 〔解題〕菊葉和歌集 ……… [045]6－963
- 〔解題〕経旨和歌 ………… [045]10－1166
- 〔解題〕前摂政家歌合 嘉吉三年 ‥ [045]5－1472
- 〔解題〕称名院集(公条) …… [045]8－852
- 〔解題〕新千載和歌集 …… [045]1－829
- 再昌 ………………………… [082]66－129
- 【付録エッセイ】「実隆評伝」老晩年期(抄)
  ……………………………… [032]055－117

伊藤 慎吾
- お伽草子・仮名草子、書肆別目録稿
  ……………………………… [015]24－273
- 〔解題〕醍醐随筆 ………… [015]47－221
- 〔解題〕長斎記 …………… [015]49－321
- 〔解題〕長者教 …………… [015]49－326
- 〔解題〕長生のみかど物語 … [015]49－332
- 〔解題〕道成寺物語 ……… [015]54－260

- 〔解題〕白身房 …………… [015]57－301
- 〔解題〕初時雨 …………… [015]57－304
- 〔解題〕『四しやうのうた合』… [015]42－273

伊藤 伸江
- 東路のつと ………………… [058]7－279
- 解説〔東路のつと〕………… [058]7－313
- 解説 権大僧都心敬集 …… [082]66－351
- 解説「正徹から心敬へ―定家の風を継いで―」
  ……………………………… [032]054－104
- 〔解題〕草根集 …………… [082]66－341
- 〔解題〕老葉〈再編本〉…… [081]1－575
- 権大僧都心敬集 …………… [082]66－57
- 〔正徹 23首〕 ……………… [032]054－2
- 〔心敬 11首〕 ……………… [032]054－48
- 心敬連歌 …………………… [032]054－70
- 草根集 ……………………… [082]66－1

伊藤 博 (はく)
- 萬葉集 巻第二 …………… [043]〔55〕－87
- 萬葉集 巻第五 …………… [043]〔56〕－43
- 萬葉集 巻第十二 ………… [043]〔57〕－167
- 萬葉集 巻第十三 ………… [043]〔58〕－21
- 萬葉集 巻第十四 ………… [043]〔58〕－85
- 萬葉集 巻第二十 ………… [043]〔59〕－241
- 萬葉集の生いたち(一)巻一～巻四の生いたち
  ……………………………… [043]〔55〕－373
- 萬葉集の生いたち(二)巻五～巻十の生いたち
  ……………………………… [043]〔56〕－467
- 萬葉集の生いたち(三)巻十一～巻十二の生いたち
  ……………………………… [043]〔57〕－441
- 萬葉集の生いたち(四)巻十三～巻十六の生いたち
  ……………………………… [043]〔58〕－317
- 萬葉集の生いたち(五)巻十七～巻二十の生いたち
  ……………………………… [043]〔59〕－367

伊藤 博 (ひろし)
- 浅茅が露 …………………… [057]1－169
- 〔浅茅が露〕解題 ………… [057]1－314
- 〔浅茅が露〕梗概 ………… [057]1－310
- 夜寝覚物語 ………………… [057]19－5
- 〔夜寝覚物語〕解題 ……… [057]19－410
- 〔夜寝覚物語〕梗概 ……… [057]19－406
- 〔夜寝覚物語〕登場人物一覧 … [057]19－401

伊藤 正義
- 葵上 ………………………… [043]〔63〕－15
- 阿漕 ………………………… [043]〔63〕－25
- 朝顔 ………………………… [043]〔63〕－35
- 安宅 ………………………… [043]〔63〕－45
- 安達原 ……………………… [043]〔63〕－65
- 海士 ………………………… [043]〔63〕－79
- 蟻通 ………………………… [043]〔63〕－93
- 井筒 ………………………… [043]〔63〕－101
- 鵜飼 ………………………… [043]〔63〕－113
- 浮舟 ………………………… [043]〔63〕－125
- 右近 ………………………… [043]〔63〕－135
- 善知鳥 ……………………… [043]〔63〕－145
- 采女 ………………………… [043]〔63〕－157
- 鵜羽 ………………………… [043]〔63〕－169
- 梅枝 ………………………… [043]〔63〕－181
- 江口 ………………………… [043]〔63〕－191
- 老松 ………………………… [043]〔63〕－203

いとう

鸚鵡小町	[043][63] - 213
小塩	[043][63] - 223
姨捨	[043][63] - 235
女郎花	[043][63] - 245
解説 謡曲の展望のために	[043][63] - 361
杜若	[043][63] - 257
景清	[043][63] - 267
柏崎	[043][63] - 281
春日龍神	[043][63] - 295
葛城	[043][63] - 307
鉄輪	[043][63] - 319
兼平	[043][63] - 329
通小町	[043][63] - 341
邯鄲	[043][63] - 351
清経	[043][64] - 15
鞍馬天狗	[043][64] - 27
呉服	[043][64] - 39
源氏供養	[043][64] - 51
項羽	[043][64] - 61
皇帝	[043][64] - 71
西行桜	[043][64] - 79
桜川	[043][64] - 91
実盛	[043][64] - 105
志賀	[043][64] - 119
自然居士	[043][64] - 129
春栄	[043][64] - 143
俊寛	[043][64] - 159
猩々	[043][64] - 169
角田川	[043][64] - 175
誓願寺	[043][64] - 189
善界	[043][64] - 201
関寺小町	[043][64] - 213
殺生石	[043][64] - 225
千手重衡	[043][64] - 239
卒都婆小町	[043][64] - 251
大会	[043][64] - 261
当麻	[043][64] - 269
高砂	[043][64] - 281
忠度	[043][64] - 293
龍田	[043][64] - 307
玉鬘	[043][64] - 319
田村	[043][64] - 329
定家	[043][64] - 341
天鼓	[043][64] - 353
東岸居士	[043][64] - 365
道成寺	[043][64] - 373
道明寺	[043][64] - 385
融	[043][64] - 397
朝長	[043][64] - 411
難波	[043][65] - 15
錦木	[043][65] - 27
鵺	[043][65] - 41
軒端梅	[043][65] - 53
野宮	[043][65] - 65
白楽天	[043][65] - 77
芭蕉	[043][65] - 89
花筐	[043][65] - 101
班女	[043][65] - 115
檜垣	[043][65] - 127
氷室	[043][65] - 137
百万	[043][65] - 149
富士太鼓	[043][65] - 159
藤戸	[043][65] - 169
二人静	[043][65] - 179
舟橋	[043][65] - 189
舟弁慶	[043][65] - 201
放生川	[043][65] - 217
仏原	[043][65] - 227
松風	[043][65] - 237
松虫	[043][65] - 251
三井寺	[043][65] - 263
通盛	[043][65] - 279
三輪	[043][65] - 291
紅葉狩	[043][65] - 301
盛久	[043][65] - 313
八島	[043][65] - 327
矢卓鴨	[043][65] - 343
山姥	[043][65] - 355
夕顔	[043][65] - 367
遊行柳	[043][65] - 377
湯谷	[043][65] - 389
楊貴妃	[043][65] - 403
頼政	[043][65] - 415
籠太鼓	[043][65] - 429

伊東 祐子

下燃物語絵巻	[057]22 - 267
〔下燃物語絵巻〕絵の説明	[057]22 - 292
〔下燃物語絵巻〕解題	[057]22 - 295
〔下燃物語絵巻〕梗概	[057]22 - 289
豊明絵巻	[057]22 - 319
〔豊明絵巻〕絵の説明	[057]22 - 346
〔豊明絵巻〕解題	[057]22 - 349
〔豊明絵巻〕梗概	[057]22 - 344
なよ竹物語絵巻	[057]22 - 369
〔なよ竹物語絵巻〕絵の説明	[057]22 - 402
〔なよ竹物語絵巻〕解題	[057]22 - 406
〔なよ竹物語絵巻〕梗概	[057]22 - 398
掃墨物語絵巻	[057]22 - 447
〔掃墨物語絵巻〕絵の説明	[057]22 - 464
〔掃墨物語絵巻〕解題	[057]22 - 466
〔掃墨物語絵巻〕梗概	[057]22 - 463
葉月物語絵巻	[057]22 - 481
〔葉月物語絵巻〕解題	[057]22 - 504
〔葉月物語絵巻〕梗概・絵の説明	[057]22 - 495
藤の衣物語絵巻	[057]22 - 11
〔藤の衣物語絵巻〕解題	[057]22 - 239
〔藤の衣物語絵巻〕梗概・絵の説明	[057]22 - 213
〔藤の衣物語絵巻〕登場人物一覧	[057]22 - 237

伊藤 善隆

解説「俳諧史における芭蕉の位置」
……… [032]034 - 106

伊藤 りさ

解題〔一谷嫩軍記〕	[018]32 - 137
解題〔太政入道兵庫岬〕	[018]47 - 129

義太夫節人形浄瑠璃上演年表(一七一六―一七五一) ……… [018]13 - 111, [018]14 - 102, [018]15 - 118, [018]16 - 94,

［018］**17**-139, ［018］**18**-74,
［018］**19**-142, ［018］**20**-128,
［018］**21**-102, ［018］**22**-127,
［018］**23**-136, ［018］**24**-142,
［018］**25**-135, ［018］**26**-135,
［018］**27**-108, ［018］**28**-92,
［018］**29**-92, ［018］**30**-142,
［018］**31**-128, ［018］**32**-144,
［018］**33**-126, ［018］**34**-127,
［018］**35**-104, ［018］**36**-86,
［018］**37**-128, ［018］**38**-136,
［018］**39**-147, ［018］**40**-144,
［018］**41**-147, ［018］**42**-121,
［018］**43**-139, ［018］**44**-120,
［018］**45**-135, ［018］**46**-129,
［018］**47**-136, ［018］**48**-137,
［018］**49**-151, ［018］**50**-150,
［018］**51**-136, ［018］**52**-170

伊藤 龍平
因幡怪談集 ……………………… ［007］**5**-461
〔解題〕因幡怪談集 ……………… ［007］**5**-1074

糸賀 きみ江
解説 恋と追憶のモノローグ〔建礼門院右京大夫集〕 ……………… ［043］〔**18**〕-171
〔解題〕聞書集（西行） ………… ［045］**3**-918
〔解題〕残集（西行） …………… ［045］**3**-918
〔解題〕俊成卿女集 ……………… ［045］**4**-694
〔解題〕経正集 …………………… ［045］**7**-799
〔解題〕経盛集 …………………… ［045］**7**-799
建礼門院右京大夫集 ……………… ［043］〔**18**〕-7

糸川 武志
鑑賞の手引き 軽妙さの向こう側に〔西鶴諸国はなし 巻三の一〕 ………… ［080］〔**6**〕-90
〔西鶴諸国はなし〕巻三の一 蚤の籠抜け ………………………… ［080］〔**6**〕-85

稲岡 耕二
校訂一覧〔萬葉集 巻第一〜四〕 … ［082］**1**-397
校訂一覧〔萬葉集 巻第五〜九〕 … ［082］**2**-475
校訂一覧〔萬葉集 巻第十一〜十四〕 … ［082］**3**-513
校訂一覧〔萬葉集 巻第十五〜二十〕 ……………………………… ［082］**4**-585
萬葉集 巻第一〜四 ……………… ［082］**1**-1
萬葉集 巻第五〜九 ……………… ［082］**2**-1
萬葉集 巻第十一〜十四 ………… ［082］**3**-1
萬葉集 巻第十五〜二十 ………… ［082］**4**-1
萬葉集への案内 …………………… ［082］**1**-407
萬葉集への案内（二） …………… ［082］**2**-483
萬葉集への案内（三） …………… ［082］**3**-521
萬葉集への案内（四） …………… ［082］**4**-597

稲賀 敬二
落窪物語 …………………………… ［043］〔**6**〕-5
解説 表現のかなたに作者を探る〔落窪物語〕 ……………………… ［043］〔**6**〕-297
〔解題〕賀茂保憲女集 …………… ［045］**3**-878
〔解題〕正応五年厳島社頭和歌 … ［045］**10**-1159
〔解題〕周防内侍集 ……………… ［045］**3**-903
堤中納言物語 ……………………… ［069］**6**-239
山路の露 …………………………… ［057］**8**-259
〔山路の露〕解題 ………………… ［057］**8**-327

〔山路の露〕付載論文「山路の露」の二系統と共通祖形の性格—本文成立と場面の「分割」「統合」機能— ……………… ［057］**8**-340

稲垣 泰一
今昔物語集 ………………………… ［069］**12**-11

稲田 篤信
〔解題〕綾足講真字伊勢物語 …… ［053］**7**-518
〔解題〕歌文要語 ………………… ［053］**7**-507
〔解題〕紀行 ……………………… ［053］**5**-427
〔解題〕旧本伊勢物語 伊勢物語考異 ［053］**7**-522
〔解題〕古意追考 ………………… ［053］**7**-526
〔解題〕四鳴蟬 …………………… ［007］**2**-760
〔解題〕西山物語 ………………… ［053］**4**-386
〔解題〕漫遊記 …………………… ［053］**6**-393
〔解題〕義経磐石伝 ……………… ［007］**2**-758
〔解題〕涼俗院稿 ………………… ［053］**5**-433
希因涼袋百題集 書誌・解題 …… ［053］**1**-112
はいかい黒うるり 書誌・解題 … ［053］**1**-356
涼俗独吟恋の百韻 書誌・解題 … ［053］**1**-182
四鳴蟬 ……………………………… ［007］**2**-273
続百恋集 書誌・解題 …………… ［053］**1**-344
とはしぐさ 書誌・解題 ………… ［053］**3**-318
義経磐石伝 ………………………… ［007］**2**-121

稲田 利徳
〔解題〕永享百首 ………………… ［045］**4**-718
〔解題〕慶運法印集 ……………… ［045］**4**-698
〔解題〕新続古今和歌集 ………… ［045］**1**-832
〔解題〕東野州聞書 ……………… ［045］**5**-1489
〔解題〕藤葉和歌集 ……………… ［045］**6**-959
〔解題〕畠山匠作亭詩歌 ………… ［045］**10**-1173
〔解題〕武家歌合 康正三年 …… ［045］**10**-1146
総説〔徒然草〕 …………………… ［031］**4**-11
徒然草 ……………………………… ［031］**4**-29

稲葉 美樹
〔飛鳥井雅経 28首〕 ……………… ［032］**026**-2
解説「後鳥羽院に見出された二人の歌人」〔飛鳥井雅経と藤原秀能〕 …… ［032］**026**-106
〔藤原秀能 22首〕 ………………… ［032］**026**-58

稲葉 有祐
〔解題〕行助句集（書陵部蔵五〇九・一三） …………………… ［081］**1**-560
〔解題〕摘葉集 …………………… ［081］**3**-697

乾 裕幸
芭蕉全句集 ………………………… ［071］〔**1**〕-11

乾 安代
〔解題〕小島の口ずさみ ………… ［045］**10**-1199
〔解題〕心敬集 …………………… ［045］**8**-825
〔解題〕太神宮参詣記 …………… ［045］**10**-1199
〔解題〕筑紫道記 ………………… ［045］**10**-1199
〔解題〕なぐさめ草 ……………… ［045］**10**-1199
〔解題〕ふぢ河の記 ……………… ［045］**10**-1199
〔解題〕道行触 …………………… ［045］**10**-1199
〔解題〕都のつと ………………… ［045］**10**-1199
〔解題〕鹿苑院殿厳島詣記 ……… ［045］**10**-1199

犬養 廉
解説〔蜻蛉日記〕 ………………… ［043］〔**7**〕-289
〔解題〕安法法師集 ……………… ［045］**3**-871
〔解題〕西国受領歌合 …………… ［045］**5**-1427

〔解題〕内裏歌合 承暦二年 ……… [045]5-1429
〔解題〕内裏後番歌合 承暦二年 ‥ [045]5-1429
〔解題〕範永集 ………………… [045]3-895
蜻蛉日記 …………………………… [043]〔7〕-7

井上 和人
〔解題〕けいせい伽羅三味 ……… [064]3-569
〔解題〕御前義経記 ……………… [064]1-429
鑑賞の手引き よみがえりは幸か不幸か〔西鶴諸
 国はなし 巻三の二〕 ………… [080]〔6〕-96
けいせい伽羅三味 ………………… [064]3-1
好色盛衰記 ………………………… [046]2-589
御前義経記 ………………………… [064]1-89
西鶴置土産 ………………………… [046]4-215
〔西鶴諸国はなし〕巻三の二 面影の焼残り
 ……………………………………… [080]〔6〕-92

井上 慶隆
あとがき〔日本漢詩人選集11 良寛〕
 ……………………………………… [067]11-219
良寛詩の背景 ……………………… [067]11-3

井上 敏幸
「曙の」百韻 ……………………… [066]4-110
「朝顔の」百韻 …………………… [066]4-202
「朝夕に」百韻 …………………… [066]4-113
「あまりまて」百韻 ……………… [066]4-138
「いとゞ露けき」百韻 …………… [066]4-127
「芋堀て」百韻 …………………… [066]4-186
「荻の声」百韻 …………………… [066]4-97
「折ふしの」五十韻 ……………… [066]4-122
岳西惟中吟西山梅翁判十百韻 …… [066]4-209
「かしらは嶺」百韻 ……………… [066]4-194
「軽口に」百韻 …………………… [066]4-163
九大図書館蔵『寛文五 乙巳記』─翻刻と解題
 ……………………………………… [030]3-117
記録〔西山宗因全集5 伝記・研究篇〕
 ……………………………………… [066]5-41
「草の屋の」百韻 ………………… [066]4-90
「薬喰や」百韻 …………………… [066]4-206
計蠅独吟十百韻 …………………… [066]4-256
「去年といはん」百韻 …………… [066]4-174
「御評判」百韻 …………………… [066]4-252
「これにしく」百韻 ……………… [066]4-141
「しなものや」歌仙 ……………… [066]4-329
資料解題〔西山宗因全集〕 ……… [066]6-177
「太山木も」百韻 ………………… [066]4-117
「竹に生て」百韻 ………………… [066]4-124
「たつ鳥の」百韻 ………………… [066]4-159
「ちいさくて」百韻 ……………… [066]4-182
「月の扇」百韻 …………………… [066]4-323
「つくねても」百韻 ……………… [066]4-134
伝記資料〔西山宗因全集〕 ……… [066]5-69
東海道各駅狂歌 …………………… [066]4-334
「十といひて」百韻 ……………… [066]4-198
十百韻山水独吟梅翁批判 ………… [066]4-287
「夏の夜は」百韻 ………………… [066]4-93
鍋島家蔵『一言俳談』─翻刻と解説─
 ……………………………………… [030]5-251
西山梅翁点胤及・定直両吟集 …… [066]4-227
「二度こしの」百韻 ……………… [066]4-152
俳論抄・雑抄〔西山宗因全集〕 … [066]5-171

「初秋も」百韻 …………………… [066]4-106
「花にいはゝ」百韻 ……………… [066]4-167
「花に行」百韻 …………………… [066]4-130
「鼻のあなや」百韻 ……………… [066]4-178
「春は世に」百韻 ………………… [066]4-87
懐硯 ………………………………… [046]3-1
「冬ごもる」百韻 ………………… [066]4-83
「文をこのむ」百韻 ……………… [066]4-170
「時鳥」歌仙 ……………………… [066]4-327
翻刻 西国追善集 ………………… [030]4-293
「松にはかり」百韻 ……………… [066]4-190
「松や君に」百韻 ………………… [066]4-145
「水懸は」百韻 …………………… [066]4-156
「道の者」百韻 …………………… [066]4-331
「見つる世の」百韻 ……………… [066]4-79
「夢かとよ」百韻 ………………… [066]4-76
「よい声や」百韻 ………………… [066]4-245
「四方山の」百韻 ………………… [066]4-148
「若たはこ」百韻 ………………… [066]4-248

井上 通泰
住吉物語の話 ……………………… [079]〔36〕-137

井上 宗雄
〔解題〕一宮百首(尊良親王) …… [045]10-1114
〔解題〕今鏡 ……………………… [045]5-1489
〔解題〕石清水若宮歌合 正治二年 … [045]5-1450
〔解題〕殷富門院大輔集 ………… [045]7-803
〔解題〕歌合 伝後伏見院筆(延慶二年～三年)
 ……………………………………… [045]10-1137
〔解題〕歌合 文永二年七月 …… [045]5-1468
〔解題〕歌合 文永二年八月十五夜 [045]5-1468
〔解題〕歌合 文明十六年十二月 ‥ [045]10-1147
〔解題〕右兵衛督家歌合 ………… [045]5-1435
〔解題〕栄花物語 ………………… [045]5-1489
〔解題〕延文百首 ………………… [045]4-717
〔解題〕大鏡 ……………………… [045]5-1489
〔解題〕嘉元百首 ………………… [045]4-715
〔解題〕亀山殿五首歌合 文永二年九月
 ……………………………………… [045]5-1468
〔解題〕北野社百首和歌(建武三年)
 ……………………………………… [045]10-1164
〔解題〕久安百首 ………………… [045]4-704
〔解題〕国道百首 ………………… [045]10-1113
〔解題〕九品和歌 ………………… [045]5-1483
〔解題〕建武三年住吉社法楽和歌
 ……………………………………… [045]10-1163
〔解題〕後々撰 …………………… [045]5-1483
〔解題〕実兼百首 ………………… [045]10-1109
〔解題〕詞花和歌集 ……………… [045]1-811
〔解題〕釈教三十六人歌合 ……… [045]10-1149
〔解題〕十五番歌合 (弘安) …… [045]10-1131
〔解題〕正応二年三月和歌御会 … [045]10-1158
〔解題〕正中三年禁庭御会和歌 … [045]10-1162
〔解題〕正平二十年三百六十首 ‥ [045]10-1167
〔解題〕続歌仙落書 ……………… [045]5-1485
〔解題〕続現葉和歌集 …………… [045]6-954
〔解題〕白河殿七百首 …………… [045]10-1157
〔解題〕新中将家歌合 …………… [045]5-1435
〔解題〕新葉和歌集 ……………… [045]1-833
〔解題〕祐茂百首 ………………… [045]10-1109

［解題］資広百首 ……………… ［045］10-1113
［解題］雪玉集（実隆）………… ［045］8-850
［解題］仙洞歌合 崇光院（応安三年〜四年）
　　　　 ……………………… ［045］10-1143
［解題］題林愚抄 ……………… ［045］6-964
［解題］孝範集 ………………… ［045］8-840
［解題］為忠家初度百首・為忠家後度百首
　　　　 ……………………… ［045］4-702
［解題］為世集 ………………… ［045］7-817
［解題］親宗集 ………………… ［045］7-803
［解題］中古六歌仙 …………… ［045］5-1483
［解題］楢葉和歌集 …………… ［045］6-937
［解題］柏玉集（後柏原院）…… ［045］8-844
［解題］花十首寄書 …………… ［045］10-1160
［解題］法門百首（寂然）……… ［045］10-1101
［解題］慕景集 ………………… ［045］4-699
［解題］増鏡 …………………… ［045］5-1490
［解題］水鏡 …………………… ［045］5-1490
［解題］宗尊親王三百首 ……… ［045］10-1096
［解題］霊元法皇御集 ………… ［045］9-776
［解題］六華和歌集 …………… ［045］6-961
［解題］和歌一字抄 …………… ［045］5-1472
［解題］和歌十体 ……………… ［045］5-1482
［解題］和歌体十種 …………… ［045］5-1482
［解題］和歌童蒙抄 …………… ［045］5-1488
【付録エッセイ】京極派和歌の盛衰
　　　　 ……………………… ［032］053-114

井上 泰至
　解説〔清涼井蘇来集〕………… ［008］3-373
　〔解説〕文化五年本『春雨物語』の可能性
　　　　 ……………………… ［080］(10)-xii
　小説の焦点―『武家義理物語』における「義
　　理」の位置 ………………… ［080］(11)-10
　二世の縁〔春雨物語〕………… ［080］(10)-85
　武家義理物語 ………………… ［080］(11)-24
　宮木が塚〔春雨物語〕………… ［080］(10)-171
　読みの手引き〔武家義理物語〕………
　　　　 …［080］(11)-25, ［080］(11)-32,
　　　　 　［080］(11)-98, ［080］(11)-113,
　　　　 　［080］(11)-118, ［080］(11)-128,
　　　　 　［080］(11)-164, ［080］(11)-187,
　　　　 　［080］(11)-217, ［080］(11)-238

井 真弓
　〔石清水物語〕梗概 …………… ［057］5-262
　〔石清水物語〕登場人物一覧 … ［057］5-280
　〔石清水物語〕登場人物系図 … ［057］5-276
　〔石清水物語〕年立 …………… ［057］5-265

揖斐 高
　〔一茶集〕発句篇 ……………… ［031］1-221
　おらが春（抄）………………… ［031］1-301
　〔解題〕大江戸倭歌集 ………… ［045］6-970
　〔解題〕琴後集（春海）………… ［045］9-788
　顔見世 ………………………… ［031］1-151
　寛政三年紀行（抄）…………… ［031］1-271
　春泥句集序 …………………… ［031］1-157
　春風馬堤曲 …… ［031］1-110, ［032］065-6
　新花摘（抄）…………………… ［031］1-131
　総説〔一茶集〕………………… ［031］1-205
　総説〔蕪村集〕………………… ［031］1-5

父の終焉日記（抄）…………… ［031］1-281
澱河歌 ………………………… ［031］1-126
俳諧寺記（抄）………………… ［031］1-312
〔蕪村 49句〕発句篇 …………… ［032］065-4
〔蕪村集〕発句篇 ……………… ［031］1-23
北寿老仙をいたむ …………… ［031］1-103
夜半翁終焉記 ………………… ［031］1-181
洛東芭蕉庵再興記 …………… ［031］1-170

今井 明
　〔解題〕鴨御祖社歌合 建永二年 ‥ ［045］5-1457
　〔解題〕賀茂別雷社歌合 建永二年二月
　　　　 ……………………… ［045］5-1458
　〔解題〕詩歌合 文安三年 ……… ［045］10-1145
　〔解題〕仙洞歌合 後崇光院 宝徳二年
　　　　 ……………………… ［045］10-1145
　〔解題〕内裏百番歌合 建保四年 ‥ ［045］5-1459
　〔解題〕通勝集 ………………… ［045］8-855

今井 源衛
　〔解題〕源氏物語 ……………… ［045］5-1492
　〔解題〕狭衣物語 ……………… ［045］5-1492
　〔解題〕堤中納言物語 ………… ［045］5-1492
　〔解題〕とりかへばや物語 …… ［045］5-1492
　〔解題〕浜松中納言物語 ……… ［045］5-1492
　〔解題〕義孝集 ………………… ［045］3-874
　〔解題〕夜の寝覚 ……………… ［045］5-1492
　源氏物語 桐壺〜藤裏葉 ……… ［069］9-11
　源氏物語 若菜 上〜夢浮橋 …… ［069］10-11
　苔の衣 ………………………… ［057］7-5
　〔苔の衣〕解題 ………………… ［057］7-319
　〔苔の衣〕梗概 ………………… ［057］7-312
　〔苔の衣〕主要人物呼称一覧 … ［057］7-294
　序〔私家集全釈叢書10〕……… ［039］10-1

今井 正之助
　解題 中院本・三条西本の諸問題―書誌事項を
　　中心に〔平家物語〕……… ［059］(6)-363
　太平記年表
　　　　 …［043］(35)-464, ［043］(37)-498

今西 実
　解説〔義経双紙〕……………… ［062］7-3
　義経双紙 ……………………… ［062］7-39
　書誌〔義経双紙〕……………… ［062］7-1

今西 祐一郎
　〔解題〕四条宮主殿集 ………… ［045］7-790
　〔解題〕松花和歌集 …………… ［045］6-955

伊牟田 経久
　蜻蛉日記 ……………………… ［069］7-55

井本 農一
　おくのほそ道 ………………… ［069］20-11
　芭蕉名句集 …………………… ［069］20-136

入口 敦志
　〔解題〕『四十二のみめあらそひ』‥ ［015］42-291
　〔解題〕『衆道物語』…………… ［015］41-224
　〔解題〕『諸国百物語』………… ［015］46-353
　〔解題〕新板下り竹斎咄し …… ［015］52-279
　〔解題〕竹斎 …………………… ［015］48-321
　〔解題〕竹斎（寛永整版本）…… ［015］49-310
　〔解題〕竹斎東下 ……………… ［015］47-252
　〔解題〕帝鑑図説（承前）……… ［015］53-291

〔解題〕年斎拾唾 ……………… [015]**58**-259
入谷 仙介
　おわりに〔日本漢詩人選集14 中島棕隠〕
　　……………………………… [067]**14**-180
　柏木如亭について ……………… [067]**8**-179
　詩本草 …………………………… [067]**8**-32
　如亭山人遺藁 巻一 …………… [067]**8**-101
　如亭山人遺藁 巻二 …………… [067]**8**-129
　如亭山人遺藁 巻三 …………… [067]**8**-147
　如亭山人藁 初集 ……………… [067]**8**-41
　木工集 …………………………… [067]**8**-3
岩井 宏子
　あとがき〔歌合・定数歌全釈叢書16〕
　　……………………………… [006]**16**-299
　解説〔土御門院句題和歌〕…… [006]**16**-265
　新古今時代の『白氏文集』の受容と「文集百
　　首」……………………… [006]**8**-541
　土御門院句題和歌 詠五十首和歌 … [006]**16**-9
岩佐 美代子
　あとがき〔歌合・定数歌全釈叢書1〕
　　……………………………… [006]**1**-217
　あとがき〔私家集全釈叢書27〕… [039]**27**-207
　あとがき〔新注和歌文学叢書3〕… [042]**3**-191
　あとがき〔新注和歌文学叢書5〕… [042]**5**-467
　あとがき〔新注和歌文学叢書16〕
　　……………………………… [042]**16**-273
　五辻親氏・釈空性於法皇御方和歌懐紙写
　　……………………………… [042]**16**-238
　詠歌一躰 ………………………… [042]**5**-305
　永福門院百番自歌合 …………… [006]**1**-5
　解説〔永福門院百番自歌合〕…… [045]**1**-137
　解説〔京極派揺籃期和歌〕…… [042]**16**-243
　解説〔光厳院御集〕 …………… [039]**27**-1
　解説〔藤原為家勅撰集詠 詠歌一躰〕
　　……………………………… [042]**5**-355
　〔解題〕永福門院歌合 嘉元三年正月
　　……………………………… [045]**10**-1137
　〔解題〕永福門院百番自歌合 …… [045]**5**-1470
　〔解題〕兼行集 ………………… [045]**7**-828
　〔解題〕権大納言典侍集（親子）… [045]**7**-834
　〔解題〕秋夢集（後嵯峨院大納言典侍〈為子〉）
　　……………………………… [045]**7**-823
　〔解題〕正嘉三年北山行幸和歌 … [045]**10**-1157
　〔解題〕正和四年法法華経和歌 … [045]**10**-1161
　〔解題〕続後拾遺和歌集 ……… [045]**1**-827
　〔解題〕人家和歌集 …………… [045]**6**-948
　〔解題〕仙洞五十番歌合 乾元二年 … [045]**5**-1469
　〔解題〕典侍為子集 …………… [045]**7**-834
　〔解題〕伝伏見院宸筆判詞歌合 … [045]**10**-1133
　看聞日記紙背詠草 ……………… [042]**16**-79
　京極為兼歳暮百首 ……………… [042]**16**-158
　京極為兼花三十首 ……………… [042]**16**-189
　京極為兼立春百首 ……………… [042]**16**-126
　京極為兼和歌詠草 1 …………… [042]**16**-229
　京極為兼和歌詠草 2 …………… [042]**16**-232
　玉葉集〔藤原為家 入集首〕…… [042]**5**-128
　弘安八年四月歌合 ……………… [042]**16**-53
　光厳院御集 ……………………… [039]**27**-71
　西園寺実兼五十首断簡 ………… [042]**16**-226

秋思歌 ……………………………… [042]**3**-3
秋思歌 解説 ……………………… [042]**3**-143
秋夢集 ……………………………… [042]**3**-115
秋夢集 解説 ……………………… [042]**3**-161
新後拾遺集〔藤原為家 入集首〕… [042]**5**-282
新後撰集〔藤原為家 入集首〕…… [042]**5**-104
新拾遺集〔藤原為家 入集首〕…… [042]**5**-262
新続古今集〔藤原為家 入集首〕… [042]**5**-294
新千載集〔藤原為家 入集首〕…… [042]**5**-241
新勅撰集〔藤原為家 入集首〕…… [042]**5**-3
世尊寺定成応令和歌 …………… [042]**16**-203
世尊寺定成冬五十首 …………… [042]**16**-199
続古今集〔藤原為家 入集首〕…… [042]**5**-21
続後拾遺集〔藤原為家 入集首〕… [042]**5**-197
続後撰集〔藤原為家 入集首〕…… [042]**5**-9
続拾遺集〔藤原為家 入集首〕…… [042]**5**-62
続千載集〔藤原為家 入集首〕…… [042]**5**-172
伏見院春宮御集 ………………… [042]**16**-3
中御門為力詠五十首和歌懐紙 … [042]**16**-237
風雅集〔藤原為家 入集首〕…… [042]**5**-218
【付録エッセイ】今日の春雨（抄）〔伏見院〕
　　……………………………… [032]**012**-110
【付録エッセイ】為家風考（抄）… [032]**052**-109
岩崎 佳子
　〔解題〕三十二番職人歌合 …… [045]**10**-1152
　〔解題〕鶴岡放生会職人歌合 … [045]**10**-1152
　〔解題〕東北院職人歌合 五番本 … [045]**10**-1151
　〔解題〕東北院職人歌合 十二番本 … [045]**10**-1151
岩下 紀之
　〔解題〕月村抜句 ……………… [081]**2**-494
　〔解題〕宗碩回章 ……………… [081]**2**-493
岩田 勝
　神楽祭文 総説 ………………… [062]**16**-23
　書誌解題〔中国地方神楽祭文集〕… [062]**16**-7
　死霊のしずめの祭文と再生の祭文
　　……………………………… [062]**16**-312
　土公祭文 解説 ………………… [062]**16**-176
　祝師による祭文 解説 ………… [062]**16**-247
　弓神楽の祭文 解説 …………… [062]**16**-79
岩坪 健
　〔解題〕言葉集 ………………… [045]**10**-1174
　〔解題〕定家名号七十首 ……… [045]**10**-1122
　〈順百首〉に見られる〈好忠百首〉の享受と展
　　開 ………………………… [006]**20**-329
　〈好忠百首〉と〈順百首〉の配列と対応関係
　　……………………………… [006]**18**-249
岩橋 邦枝
　誹風柳多留 ……………………… [084]**22**-7
　わたしと『誹風柳多留』……… [084]**22**-1
岩松 研吉郎
　〔解題〕玉葉和歌集 …………… [045]**1**-825
　〔解題〕現存卅六人詩歌 ……… [045]**10**-1158
　〔解題〕重家集 ………………… [045]**3**-912
　〔解題〕二十八品並九品詩歌 … [045]**10**-1157
　〔解題〕林下集（実定）………… [045]**3**-914

作家名索引（注・訳者）　　　　　　うちや

【う】

植垣 節也
　日本書紀 巻第二十三～巻第三十 ‥ ［069］**3**－*11*
　風土記 ……………………………… ［069］**3**－*211*
植木 朝子
　解説「平安時代末期の流行歌謡・今様」
　　………………………………… ［032］**025**－*106*
上田 三四二
　【付録エッセイ】西行 —その漂泊なるもの
　　………………………………… ［032］**048**－*114*
植田 恭代
　栄花物語 あらすじ …………… ［069］**11**－*184*
　大鏡 あらすじ …………………… ［069］**11**－*12*
　〔解説〕『栄花物語』—道長一族の物語を歳月
　　を追って描く ………………… ［069］**11**－*309*
　〔解説〕『大鏡』—歴史語りの場を立体的に描
　　く ……………………………… ［069］**11**－*305*
　解説「紫式部をとりまく人々」‥ ［032］**044**－*112*
　はじめに—道長の栄華を見つめる二つの歴史
　　物語 …………………………… ［069］**11**－*3*
　〔紫式部 40首〕……………………… ［032］**044**－*2*
上野 理
　〔解題〕或所紅葉歌合 …………… ［045］**5**－*1428*
　〔解題〕伊勢大輔集 ……………… ［045］**3**－*894*
　〔解題〕国基集 …………………… ［045］**3**－*901*
　〔解題〕気多宮歌合 ……………… ［045］**5**－*1428*
　〔解題〕山家三番歌合 …………… ［045］**10**－*1124*
　〔解題〕摂政左大臣家歌合 大治元年
　　………………………………… ［045］**5**－*1437*
　〔解題〕摂津守有綱家歌合 ……… ［045］**5**－*1428*
　〔解題〕七夕七十首（為理）……… ［045］**10**－*1123*
　〔解題〕勅撰作者部類付載作者異議
　　………………………………… ［045］**10**－*1198*
　〔解題〕経衡集 …………………… ［045］**7**－*792*
　〔解題〕殿上歌合 承保二年 …… ［045］**5**－*1428*
　〔解題〕登蓮恋百首 ……………… ［045］**10**－*1102*
　〔解題〕内大臣家歌合 元永元年十月二日
　　………………………………… ［045］**5**－*1435*
　〔解題〕内大臣家歌合 元永元年十月十三日
　　………………………………… ［045］**5**－*1436*
　〔解題〕内大臣家歌合 元永二年‥ ［045］**5**－*1436*
　〔解題〕雅兼集 …………………… ［045］**3**－*907*
上野 左絵
　解題〔元日金年越〕……………… ［018］**28**－*85*
　解題〔本田善光日本鑑〕………… ［018］**48**－*127*
　『鬼一法眼三略巻』自立語索引 … ［018］索引*9*－*1*
　『出世握虎稚物語』自立語索引 … ［018］索引*1*－*1*
　注記〔『出世握虎稚物語』自立語索引〕
　　………………………………… ［018］索引*1*－*255*
上野 洋三
　〔解題〕新明題和歌集 …………… ［045］**6**－*967*
　〔解題〕広沢輻藻（長孝）………… ［045］**9**－*774*
　〔解題〕芳賀集（実誠）…………… ［045］**9**－*778*
上原 作和
　太平記（現代語訳）〔巻十六～巻二十〕

　　………………………………… ［024］〔13〕－*253*
　太平記（現代語訳）〔巻二一～巻三〇〕
　　………………………………… ［024］〔14〕－*1*
　太平記（現代語訳）〔巻三一～巻四〇〕
　　………………………………… ［024］〔15〕－*1*
上村 悦子
　〔解説〕和泉式部日記 …………… ［084］**5**－*263*
　〔解説〕蜻蛉日記 ………………… ［084］**5**－*258*
　〔語注〕和泉式部日記 …………… ［084］**5**－*256*
　〔語注〕蜻蛉日記 ………………… ［084］**5**－*257*
鵜飼 伴子
　〔解題〕百姓玉手箱 ……………… ［007］**4**－*1038*
　〔解題〕昔語成田之開帳 ………… ［007］**4**－*1027*
　百姓玉手箱 ……………………… ［007］**4**－*823*
　昔語成田之開帳 ………………… ［007］**4**－*583*
牛見 正則
　『許六自筆 芭蕉翁伝書』……… ［030］**5**－*397*
　資料解題〔西山宗因全集〕……… ［066］**6**－*177*
　宗因俳書—その書誌的特徴と俳書出版史上の
　　意義— ………………………… ［066］**5**－*305*
　『俳諧苢摺』……………………… ［030］**4**－*7*
宇城 由文
　新出『其木からし』〈仮題〉（言水七回忌追悼）—
　　解題と翻刻— ………………… ［030］**6**－*103*
渦巻 恵
　あとがき〔新注和歌文学叢書15〕
　　………………………………… ［042］**15**－*369*
　あとがき〔新注和歌文学叢書17〕
　　………………………………… ［042］**17**－*255*
　解説〔賀茂保憲女集〕…………… ［042］**15**－*333*
　賀茂保憲女集 …………………… ［042］**15**－*1*
　『重之子僧集』歌番号対照表 …… ［042］**17**－*247*
　重之子僧集 ……………………… ［042］**17**－*115*
　重之女集 ………………………… ［042］**17**－*3*
　『重之女集』校異一覧表 ………… ［042］**17**－*242*
　源重之女・源重之子僧 詠草とその人生
　　………………………………… ［042］**17**－*201*
宇田 敏彦
　解説 今日歌集 …………………… ［009］**1**－*88*
　解説 狂歌若葉集 ………………… ［009］**1**－*156*
　解説 狂言鶯蛙集 ………………… ［009］**2**－*110*
　解説 徳和哥後万載集 …………… ［009］**2**－*190*
　解説 万載狂歌集 ………………… ［009］**1**－*218*
　今日歌集 ………………………… ［009］**1**－*89*
　狂言鶯蛙集 ……………………… ［009］**2**－*111*
　徳和哥後万載集 ………………… ［009］**2**－*191*
　万載狂歌集 ……………………… ［009］**1**－*219*
　狂歌若葉集 ……………………… ［009］**1**－*157*
内田 徹
　〔解題〕七夕七十首（為理）……… ［045］**10**－*1123*
　〔解題〕登蓮恋百首 ……………… ［045］**10**－*1102*
内山 知也
　解説〔定本 良寛全集3 書簡集・法華転・法華
　　讃〕……………………………… ［061］**3**－*5*
　勧受食文（その一）……………… ［061］**3**－*416*
　勧受食文（その二）……………… ［061］**3**－*423*
　「里へくだれば」〈吉野花筐〉…… ［061］**3**－*443*
　（自警文）………………………… ［061］**3**－*437*

日本古典文学全集・内容綜覧 第II期　575

うちや　　　　　　　　　　作家名索引（注・訳者）

　　請受食文 ………………………… ［061］**3**-*409*
　　書与敦賀屋氏（出雲崎町鳥井義質氏宗家）
　　　…………………………………… ［061］**3**-*438*
　　水神相伝 ………………………… ［061］**3**-*435*
　　「すまでらの」 …………………… ［061］**3**-*442*
　　石像観音之記 …………………… ［061］**3**-*430*
　　草堂詩集　天巻（一一四首）…… ［061］**1**-*152*
　　草堂詩集　地巻（六八首）……… ［061］**1**-*221*
　　草堂詩集　人巻（五三首）……… ［061］**1**-*269*
　　草堂集貫華（一一八首）………… ［061］**1**-*31*
　　（大蔵経碑文） ………………… ［061］**3**-*433*
　　「天のたかきもはかりつべし」…… ［061］**3**-*440*
　　「はこの松は」 …………………… ［061］**3**-*441*
　　法華讃 ………… ［061］**3**-*509*、［061］**3**-*513*
　　法華賛 …………………………… ［061］**3**-*575*
　　法華転 …………………………… ［061］**3**-*445*
　　（有人乞仏語） ………………… ［061］**3**-*429*
　　嵐窓記 …………………………… ［061］**3**-*434*
　　良寛尊者詩集（一七九首）……… ［061］**1**-*290*
内山 美樹子
　　解説〔近松門左衛門〕………… ［084］**17**-*261*
　　解説〔清和源氏十五段〕……… ［018］**6**-*131*
空井 伸一
　　鑑賞の手引き　境界上の独身者〔西鶴諸国はなし
　　　巻四の七〕………………… ［080］〔**6**〕-*160*
　　〔西鶴諸国はなし〕巻四の七　鯉の散らし紋
　　　……………………………… ［080］〔**6**〕-*157*
宇津木 言行
　　〔解説〕聞書集 ………… ［082］**21**-*478*
　　聞書集 …………………… ［082］**21**-*297*
有働 裕
　　あとがき〔三弥井古典文庫　西鶴諸国はなし〕
　　　……………………………… ［080］〔**6**〕-*216*
　　鑑賞の手引き「油さし」の謎―西鶴の問いかけ〔西
　　　鶴諸国はなし　巻五の六〕…… ［080］〔**6**〕-*194*
　　鑑賞の手引き　学頭の「知恵」と伝承―序文との連続
　　　性〔西鶴諸国はなし　巻一の一〕‥ ［080］〔**6**〕-*7*
　　鑑賞の手引き　西鶴の「はなし」を聞く―序文の提
　　　示するもの〔西鶴諸国はなし〕‥ ［080］〔**6**〕-*2*
　　〔西鶴諸国はなし〕巻一の一　公事は破らずに勝
　　　つ ………………………… ［080］〔**6**〕-*4*
　　〔西鶴諸国はなし〕巻五の六　身を捨てて油
　　　壺 ………………………… ［080］〔**6**〕-*191*
　　西鶴事残の友 …………………… ［046］**4**-*613*
宇野 直人
　　原書まえがき〔漢詩名作集成〕‥ ［016］〔**1**〕-*1*
　　後記〔漢詩名作集成〕………… ［016］〔**1**〕-*849*
　　日本語版　例言〔漢詩名作集成〕… ［016］〔**1**〕-*11*
生方 たつゑ
　　和泉式部日記 …………………… ［084］**5**-*159*
　　蜻蛉日記 ………………………… ［084］**5**-*9*
　　わたしと『蜻蛉日記』『和泉式部日記』―二つ
　　　の愛の告白をめぐって ……… ［084］**5**-*1*
梅田 径
　　〔解題〕宗砌発句幷付句抜書（小松天満宮蔵本）
　　　……………………………… ［081］**1**-*558*
　　〔解題〕豊国連歌発句集 ……… ［081］**3**-*678*

【 え 】

江戸狂歌本選集刊行会
　　刊行にあたって〔江戸狂歌本選集〕‥ ［009］**1**-*1*
榎 克朗
　　解説〔梁塵秘抄〕………… ［043］〔**66**〕-*271*
　　はじめに〔新潮日本古典集成　梁塵秘抄〕
　　　…………………………… ［043］〔**66**〕-*3*
　　梁塵秘抄 ………………… ［043］〔**66**〕-*9*
榎本 千賀
　　安永四年（一七七五）『子持神社紀』と『日本書
　　　紀』の対照〔子持神社紀〕…… ［062］**5**-*223*
　　安永七年（一七七八）『子持山大神紀』と『鎌倉
　　　管領九代記』の対照 ………… ［062］**5**-*224*
　　解説―子持山の縁起と『神道集』巻六の三十
　　　四「上野国児持山之事」―〔神道集〕
　　　……………………………… ［062］**5**-*200*
　　〔解題〕押江克夫氏蔵『新書子持山大明神縁
　　　起』 ………………………… ［062］**5**-*199*
　　〔解題〕小渕勇二氏蔵『吾妻七社明神根元』
　　　……………………………… ［062］**5**-*197*
　　〔解題〕唐沢姫雄氏蔵『和光宮縁起』
　　　……………………………… ［062］**5**-*198*
　　〔解題〕剣持千秋氏蔵『我妻七社大明神縁起』
　　　……………………………… ［062］**5**-*197*
　　〔解題〕木暮清一氏蔵『我妻郡七社縁起』
　　　……………………………… ［062］**5**-*196*
　　〔解題〕子持神社蔵『縁起書』 … ［062］**5**-*194*
　　〔解題〕子持神社蔵『上野国児持山縁起事』
　　　……………………………… ［062］**5**-*195*
　　〔解題〕子持神社蔵『子持神社紀』‥ ［062］**5**-*193*
　　〔解題〕子持神社蔵『子持大明神御神徳略紀』
　　　……………………………… ［062］**5**-*196*
　　〔解題〕子持神社蔵『児持山縁起』‥ ［062］**5**-*194*
　　〔解題〕子持神社蔵『児持山宮紀』‥ ［062］**5**-*196*
　　〔解題〕子持神社蔵『子持山釈宮紀』
　　　……………………………… ［062］**5**-*195*
　　〔解題〕子持神社蔵『子持山大神紀』
　　　……………………………… ［062］**5**-*194*
　　〔解題〕子持神社蔵『地主巻』 … ［062］**5**-*193*
　　〔解題〕高崎市立図書館中島簾一郎文庫蔵『吾
　　　妻七社大明神』 …………… ［062］**5**-*197*
　　〔解題〕天理大学附属天理図書館吉田文庫蔵『上
　　　野国利根郡屋形原村正一位篠尾大明神之縁
　　　起』 ………………………… ［062］**5**-*198*
　　〔解題〕永井義憲氏蔵『子持山御縁起』
　　　……………………………… ［062］**5**-*199*
　　〔解題〕広山恒雄氏蔵『我妻郡七社明神縁起』
　　　……………………………… ［062］**5**-*198*
　　子持神社所蔵縁起の典拠 …… ［062］**5**-*218*
江本 裕
　　商人軍配団 ……………………… ［073］**3**-*251*
　　狗張子 …………………………… ［001］**5**-*303*
　　因果物語 ………………………… ［001］**4**-*19*
　　浮世親仁形気 …………………… ［073］**7**-*447*
　　〔解題〕商人軍配団 …………… ［073］**3**-*512*
　　〔解題〕狗張子 _{大本七巻七冊} ……… ［001］**5**-*432*

〔解題〕因果物語 大本六巻六冊 ‥‥‥ [001] 4-549
〔解題〕浮世親仁形気 ‥‥‥‥‥ [073] 7-601
〔解題〕敵討住吉軍記（『風流御前二代曽我』の改題修
　　　訂本）‥‥‥‥‥‥‥‥‥‥ [064] 2-589
〔解題〕傾城禁短気 ‥‥‥‥‥‥‥ [073] 2-557
〔解題〕傾城艶軍談（『敵討住吉軍記』の改題本）
　　　‥‥‥‥‥‥‥‥‥‥‥‥ [064] 2-590
〔解題〕咲分五人娘 ‥‥‥‥‥‥ [073] 13-520
〔解題〕南木莠日記 ‥‥‥‥‥‥ [073] 22-437
〔解題〕往昔喩今世話善悪身持扇 ‥ [073] 11-611
〔解題〕大内裏大友真鳥 ‥‥‥‥‥ [073] 9-555
〔解題〕伊達髪五人男 ‥‥‥‥‥ [064] 2-573
〔解題〕丹波与作無間鐘 ‥‥‥‥ [073] 15-519
〔解題〕道成寺岐柳 ‥‥‥‥‥‥ [073] 20-527
〔解題〕当世行次第 ‥‥‥‥‥‥ [073] 23-398
〔解題〕雷神不動桜 ‥‥‥‥‥‥ [073] 17-518
〔解題〕風流御前二代曽我 ‥‥‥ [064] 2-586
〔解題〕和漢遊女容気 ‥‥‥‥‥ [073] 7-581
南木莠日記 ‥‥‥‥‥‥‥‥‥‥ [073] 22-1
傾城禁短気 ‥‥‥‥‥‥‥‥‥ [073] 2-267
咲分五人娘 ‥‥‥‥‥‥‥‥‥ [073] 13-171
往昔喩今世話善悪身持扇 ‥‥‥‥ [073] 11-1
大内裏大友真鳥 ‥‥‥‥‥‥‥‥ [073] 9-463
伊達髪五人男 ‥‥‥‥‥‥‥‥ [064] 2-307
丹波与作無間鐘 ‥‥‥‥‥‥‥ [073] 15-153
道成寺岐柳 ‥‥‥‥‥‥‥‥‥ [073] 20-75
当世行次第 ‥‥‥‥‥‥‥‥‥ [073] 23-117
雷神不動桜 ‥‥‥‥‥‥‥‥‥ [073] 17-71
男色大鑑 ‥‥‥‥‥‥‥‥‥‥ [046] 2-199
風流御前二代曽我 ‥‥‥‥‥‥ [064] 2-459
和漢遊女容気 ‥‥‥‥‥‥‥‥ [073] 7-1

円地 文子
　源氏物語 桐壺～蓬生・関屋 ‥‥‥ [084] 6-7
　源氏物語 絵合～雲隠 ‥‥‥‥‥ [084] 7-5
　源氏物語 橋姫～夢浮橋 ‥‥‥‥ [084] 8-5
　わたしと『源氏物語』‥‥‥‥‥ [084] 6-1

遠藤 宏
　解説〔笠女郎〕‥‥‥‥‥‥ [032] 062-112
　笠女郎を読み終って ‥‥‥‥ [032] 062-109
　〔笠女郎 29首（全作品）〕‥ [032] 062-1
　始めに〔笠女郎〕‥‥‥‥‥ [032] 062-iii

【 お 】

大内 初夫
　『水仙畑』―九州俳書 解題と翻刻（三）
　　‥‥‥‥‥‥‥‥‥‥‥‥‥ [030] 4-267
　『西の詞集』―九州俳書 解題と翻刻（五）―
　　‥‥‥‥‥‥‥‥‥‥‥‥‥ [030] 4-323
　『俳諧天上守』―九州俳書 解題と翻刻（四）
　―‥‥‥‥‥‥‥‥‥‥‥‥‥ [030] 6-17
　翻刻 西国追善集 ‥‥‥‥‥‥ [030] 4-293
　翻刻『秋風庵月化発句集』（上）‥ [030] 7-147
　翻刻『秋風庵月化発句集』（下）‥ [030] 7-177
　翻刻 寺の笛（天）‥‥‥‥‥‥ [030] 5-7
　翻刻『俳諧八重桜集 下』‥‥‥ [030] 4-177

大内 瑞恵
　解説「木下長嘯子の人生と歌の魅力」
　　‥‥‥‥‥‥‥‥‥‥‥‥ [032] 057-106
　〔木下長嘯子 50首〕‥‥‥‥ [032] 057-2

大岡 信
　【付録エッセイ】古今集の新しさ―言語の自覚的組織
　　化について（抄）‥‥‥‥ [032] 005-115
　【付録エッセイ】古代モダニズムの内と外（抄）〔菅
　　原道真〕‥‥‥‥‥‥‥‥ [032] 043-120
　【付録エッセイ】梅花の宴の論（抄）〔大伴旅人〕
　　‥‥‥‥‥‥‥‥‥‥‥‥ [032] 041-108

大岡 賢典
　〔解題〕歌合 文永二年八月十五夜 ‥ [045] 5-1468
　〔解題〕右大臣家歌合 安元元年 ‥ [045] 5-1443
　〔解題〕永仁元年内裏御会 ‥‥ [045] 10-1160
　〔解題〕久安百首 ‥‥‥‥‥‥ [045] 4-704
　〔解題〕釈教三十六人歌合 ‥‥ [045] 10-1149
　〔解題〕雪玉集（実隆）‥‥‥‥ [045] 8-850
　〔解題〕為忠集 ‥‥‥‥‥‥‥ [045] 7-794
　〔解題〕花十首寄書 ‥‥‥‥ [045] 10-1160

大木 京子
　解説〔西鶴名残の友〕‥‥‥‥ [034]〔25〕-7
　解題〔西鶴名残の友〕‥‥‥‥ [034]〔26〕-131
　西鶴名残の友 ‥‥‥‥‥‥‥ [034]〔25〕-67

大久保 順子
　〔解題〕『新著聞集』‥‥‥‥‥ [015] 46-355
　〔解題〕霧殿物語 ‥‥‥‥‥‥ [015] 52-282
　〔解題〕匂ひ袋 ‥‥‥‥‥‥‥ [015] 55-317
　〔解題〕にぎはひ草 ‥‥‥‥‥ [015] 55-319
　〔解題〕夫婦宗論物語 ‥‥‥‥ [015] 60-325
　〔解題〕不可得物語 ‥‥‥‥‥ [015] 60-326
　鑑賞の手引き 妖女の「雅」と「俗」〔西鶴諸国は
　　なし 巻三の四〕‥‥‥‥‥ [080]〔6〕-107
　『古今犬著聞集』関連資料所収説話対照
　　‥‥‥‥‥‥‥‥‥‥‥‥ [015] 30-297
　〔西鶴諸国はなし〕巻三の四 紫女
　　‥‥‥‥‥‥‥‥‥‥‥‥ [080]〔6〕-103
　『三國物語』の二本に関して―小城鍋島文庫本
　　と広島大学蔵本―‥‥‥‥ [015] 32-277
　三綱行実圖（朝鮮版初刻本）‥ [015] 32-270
　三綱行実圖（和訳本）‥‥‥‥ [015] 32-263
　『続著聞集』解題 ‥‥‥‥‥ [015] 46-368
　懐硯 ‥‥‥‥‥‥‥‥‥‥‥‥ [046] 3-1

大倉 比呂志
　解説〔たまきはる〕‥‥‥‥‥ [058] 2-92
　たまきはる ‥‥‥‥‥‥‥‥ [058] 2-1

大島 貴子
　〔解題〕春夢草（肖柏）‥‥‥‥ [045] 8-846
　〔解題〕摂政家月十首歌合 ‥‥ [045] 5-1469
　〔解題〕籠のちり ‥‥‥‥‥‥ [045] 6-966
　〔解題〕餅酒歌合 ‥‥‥‥‥‥ [045] 5-1472

大島 建彦
　宇治拾遺物語 ‥‥‥‥‥‥‥ [043]〔4〕-17
　解説〔宇治拾遺物語〕‥‥‥‥ [043]〔4〕-543

大島 由紀夫
　〔解題〕赤城記 ‥‥‥‥‥‥‥ [062] 6-300
　〔解題〕赤城山大明神御本地 ‥ [062] 6-304
　〔解題〕赤城明神由来記 ‥‥‥ [062] 6-303

〔解題〕鹿島合戦〔富田健二氏蔵〕‥〔062〕6-326
〔解題〕鹿島合戦〔萩原三津夫氏蔵〕
　　　‥‥‥‥‥‥‥‥‥‥‥‥〔062〕6-328
〔解題〕上野国一宮御縁起‥‥‥‥〔062〕6-299
〔解題〕上野国群馬郡船尾山物語‥〔062〕6-306
〔解題〕上毛花園星神縁記‥‥‥‥〔062〕6-311
〔解題〕上州群馬郡岩屋縁起‥‥‥〔062〕6-312
〔解題〕信州加沢郷薬湯縁起‥‥‥〔062〕6-324
〔解題〕惣社大明神草創縁起‥‥‥〔062〕6-318
〔解題〕天神縁起‥‥‥‥‥‥‥‥〔062〕6-321
〔解題〕戸榛名山大権現御縁起‥‥〔062〕6-315
〔解題〕長良大明神縁起之写‥‥‥〔062〕6-319
〔解題〕長良宮正伝記‥‥‥‥‥‥〔062〕6-320
〔解題〕榛名山本地‥‥‥‥‥‥‥〔062〕6-316
〔解題〕羊太夫栄枯記‥‥‥‥‥‥〔062〕6-329
〔解題〕船尾山記‥‥‥‥‥‥‥‥〔062〕6-310
〔解題〕満勝寺略縁起‥‥‥‥‥‥〔062〕6-314
〔解題〕三国三社権現縁起‥‥‥‥〔062〕6-322
〔解題〕水澤寺之縁起‥‥‥‥‥‥〔062〕6-305
緒言〔伝承文学資料集成6〕‥‥‥〔062〕6-3
〔神道縁起物語（二）解題〕総論‥〔062〕6-297
大曽根　章介
　影響文献一覧‥‥‥‥‥‥‥‥〔043〕〔67〕-378
　解説〔和漢詠集〕‥‥‥‥‥‥〔043〕〔67〕-301
〔解題〕和漢兼作集‥‥‥‥‥‥‥〔045〕6-949
〔解題〕和漢朗詠集‥‥‥‥‥‥‥〔045〕2-869
　作者一覧‥‥‥‥‥‥‥‥‥‥〔043〕〔67〕-424
　典拠一覧‥‥‥‥‥‥‥‥‥‥〔043〕〔67〕-347
　和漢朗詠集‥‥‥‥‥‥‥‥‥〔043〕〔67〕-7
大高　洋司
　菟道園‥‥‥‥‥‥‥‥‥‥‥〔007〕1-265
〔解題〕菟道園‥‥‥‥‥‥‥‥‥〔007〕1-689
〔解題〕壺菫‥‥‥‥‥‥‥‥‥‥〔007〕1-690
　奇伝新話‥‥‥‥‥‥‥‥‥‥〔007〕1-13
　総説〔初期江戸読本怪談集〕‥‥〔007〕1-675
　壺菫‥‥‥‥‥‥‥‥‥‥‥‥〔007〕1-335
大谷　俊太
〔解題〕黄葉集（光広）‥‥‥‥‥〔045〕9-767
〔解題〕新明題和歌集‥‥‥‥‥‥〔045〕6-967
大谷　篤蔵
　翻刻　奥羽の日記‥‥‥‥‥‥〔030〕6-277
　鸞刻『友なし猿』‥‥‥‥‥‥〔030〕2-551
大塚　英子
〔小野小町 31首〕‥‥‥‥‥‥‥〔032〕003-6
　解説「最初の女流文学者小野小町」
　　　‥‥‥‥‥‥‥‥‥‥‥‥〔032〕003-106
大槻　修
　木幡の時雨‥‥‥‥‥‥‥‥‥〔057〕6-7
〔木幡の時雨〕解題‥‥‥‥‥‥‥〔057〕6-96
〔木幡の時雨〕梗概‥‥‥‥‥‥‥〔057〕6-94
　しのびね‥‥‥‥‥‥‥‥‥‥〔057〕10-7
〔しのびね〕解題‥‥‥‥‥‥‥‥〔057〕10-142
〔しのびね〕梗概‥‥‥‥‥‥‥‥〔057〕10-140
　我が身にたどる姫君 巻一～巻四‥〔057〕20-5
〔我が身にたどる姫君 巻一〕梗概‥〔057〕20-8
〔我が身にたどる姫君 巻二〕梗概‥〔057〕20-64
〔我が身にたどる姫君 巻三〕梗概
　　　‥‥‥‥‥‥‥‥‥‥‥‥〔057〕20-106

〔我が身にたどる姫君 巻四〕梗概
　　　‥‥‥‥‥‥‥‥‥‥‥‥〔057〕20-172
大槻　福子
　我が身にたどる姫君 巻一～巻四‥〔057〕20-5
〔我が身にたどる姫君 巻一〕梗概‥〔057〕20-8
〔我が身にたどる姫君 巻二〕梗概‥〔057〕20-64
〔我が身にたどる姫君 巻三〕梗概
　　　‥‥‥‥‥‥‥‥‥‥‥‥〔057〕20-106
〔我が身にたどる姫君 巻四〕梗概
　　　‥‥‥‥‥‥‥‥‥‥‥‥〔057〕20-172
〔我が身にたどる姫君〕参考文献‥〔057〕20-269
大坪　利絹
〔解題〕唯心房集（寂然）‥‥‥‥〔045〕3-915
〔解題〕山家集（西行）‥‥‥‥‥〔045〕3-916
〔解題〕正治後度百首‥‥‥‥‥‥〔045〕4-706
〔解題〕正治初度百首‥‥‥‥‥‥〔045〕4-705
　新古今増抄 哀傷～離別‥‥‥‥〔059〕〔8〕-7
　新古今増抄 羇旅‥‥‥‥‥‥‥〔059〕〔9〕-7
　新古今増抄 恋一‥‥‥‥‥‥‥〔059〕〔10〕-7
　新古今増抄 恋二～恋三‥‥‥‥〔059〕〔11〕-7
大取　一馬
〔解題〕外宮北御門歌合 元亨元年‥〔045〕10-1138
〔解題〕紫禁和歌集（順徳院）‥‥〔045〕7-811
〔解題〕住吉社三十五番歌合（建治二年）
　　　‥‥‥‥‥‥‥‥‥‥‥‥〔045〕10-1131
〔解題〕他阿上人集‥‥‥‥‥‥‥〔045〕7-832
〔解題〕太皇太后宮大進清輔朝臣家歌合
　　　‥‥‥‥‥‥‥‥‥‥‥‥〔045〕5-1440
〔解題〕隆信集‥‥‥‥‥‥‥‥‥〔045〕4-688
〔解題〕中宮亮顕輔家歌合‥‥‥‥〔045〕5-1439
〔解題〕宗尊親王百五十番歌合 弘長元年
　　　‥‥‥‥‥‥‥‥‥‥‥‥〔045〕10-1130
〔解題〕頼政集‥‥‥‥‥‥‥‥‥〔045〕3-912
〔解題〕蓮如上人集‥‥‥‥‥‥‥〔045〕8-836
大野　修作
　あとがき〔日本漢詩人選集16 広瀬旭荘〕
　　　‥‥‥‥‥‥‥‥‥‥‥‥〔067〕16-229
　はじめに〔日本漢詩人選集16 広瀬旭荘〕
　　　‥‥‥‥‥‥‥‥‥‥‥‥〔067〕16-3
大野　順子
〔解題〕『民部卿典侍集』とその周辺 哀傷家集・
　日記から見る『民部卿典侍集』‥〔039〕40-54
　民部卿典侍因子詠歌集成‥‥‥‥〔039〕40-288
大庭　みな子
　伊勢物語‥‥‥‥‥‥‥‥‥‥〔084〕3-57
　雨月物語‥‥‥‥‥‥‥‥‥‥〔084〕19-13
　竹取物語‥‥‥‥‥‥‥‥‥‥〔084〕3-9
　春雨物語‥‥‥‥‥‥‥‥‥‥〔084〕19-147
　わたしと『雨月物語』『春雨物語』‥〔084〕19-1
　わたしと『竹取物語』『伊勢物語』‥〔084〕3-1
大橋　正叔
〔解題〕頼政追善芝‥‥‥‥‥‥‥〔064〕4-344
　大仏殿万代石楚‥‥‥‥‥‥‥〔064〕6-1
　頼政追善芝‥‥‥‥‥‥‥‥‥〔064〕4-125
大原　富枝
　平家物語‥‥‥‥‥‥‥‥‥‥〔084〕12-7
　わたしと『平家物語』‥‥‥‥‥〔084〕12-1

大伏 春美
- 〔解題〕亜槐集・続亜槐集(雅親) … [045]8-828
- 〔解題〕亮々遺稿(幸文) ……… [045]9-789
- 〔解題〕三十六人歌合(元暦) … [045]10-1148
- 〔解題〕三十六番相撲立詩歌 … [045]10-1125
- 〔解題〕女房三十六人歌合 …… [045]10-1149

大村 敦子
- 〔解題〕芝草句内発句(本能寺蔵本) ‥ [081]1-569
- 〔解題〕芝草句内岩橋(本能寺蔵本) … [081]1-568
- 〔解題〕心玉集(静嘉堂文庫蔵本) …… [081]1-566
- 紹巴富士見道記 …………… [003]11-39
- 〔紹巴富士見道記〕本文校合箚記… [003]11-69
- 濱千代清先生を偲ぶ ………… [003]11-118

大森 志朗
- 古今著聞集考 ……………… [079]〔24〕-1

岡 利幸
- 〔解題〕十五番歌合(弘安) …… [045]10-1131

岡 雅彦
- 御伽名題紙衣 ……………… [073]14-305
- 解説〔大寄噺の尻馬〕………… [062]14-3
- 〔解題〕御伽名題紙衣 ……… [073]14-515
- 解題 狂歌太郎殿犬百首 …… [009]3-292
- 〔解題〕禁短気次編 ………… [073]23-395
- 〔解題〕契情蓬萊山 ………… [073]22-442
- 〔解題〕国姓爺明朝太平記 … [073]6-579
- 〔解題〕西海太平記 ………… [073]4-521
- 〔解題〕真盛曲輪錦 ………… [073]12-526
- 〔解題〕出世握虎昔物語 …… [073]9-549
- 〔解題〕世間手代気質 ……… [073]11-615
- 〔解題〕曽根崎情鵙 ………… [073]18-562
- 〔解題〕龍都俵系図 ………… [073]15-526
- 〔解題〕手代袖算盤 ………… [073]4-523
- 解題 二妙集 ………………… [009]4-242
- 解題 柳の雫 ………………… [009]1-66
- 〔解題〕夕霧有馬松 ………… [073]20-533
- 解題 落栗庵月並摺 ………… [009]1-292
- 禁短気次編 ………………… [073]23-1
- 契情蓬萊山 ………………… [073]22-123
- 国姓爺明朝太平記 ………… [073]6-375
- 西海太平記 ………………… [073]4-363
- 真盛曲輪錦 ………………… [073]12-425
- 出世握虎昔物語 …………… [073]9-259
- 世間手代気質 ……………… [073]11-47
- 曽根崎情鵙 ………………… [073]18-223
- 龍都俵系図 ………………… [073]15-371
- 手代袖算盤 ………………… [073]4-437
- 二妙集 ……………………… [009]4-243
- 柳の雫 ……………………… [009]1-67
- 夕霧有馬松 ………………… [073]20-233
- 落栗庵月並摺 ……………… [009]1-293

岡 陽子
- 〔山路の露〕梗概 …………… [057]8-324
- 〔山路の露〕参考文献 ……… [057]8-336

岡﨑 真紀子
- あとがき〔新注和歌文学叢書22〕
  ……………………………… [042]22-249
- 〔解説〕極楽願往生和歌 …… [042]22-215
- 〔解説〕発心和歌集 ………… [042]22-195
- 〔解説〕金葉和歌集 ………… [081]1-535
- 〔解説〕散木奇歌集 ………… [081]1-538
- 〔解題〕発句部類 …………… [081]3-677
- 極楽願往生和歌 …………… [042]22-109
- 発心和歌集 ………………… [042]22-3

小笠原 広安
- 怪談見聞実記 ……………… [008]4-303

岡島 由佳
- 鑑賞の手引き 屋守の怪異と女の世界〔西鶴諸国はなし 巻一の二〕………… [080]〔6〕-12
- 〔西鶴諸国はなし〕巻一の二 見せぬ所は女大工 ……………………………… [080]〔6〕-9

岡田 彰子
- 〔蕪村〕遺墨 解説 …………… [078]6-603
- 不卜編『俳諧向之岡』上巻—翻刻—
  ……………………………… [030]3-385
- 翻刻『しらぬ翁』……………… [030]4-203

緒方 惟章
- 古事記(現代語訳) ………… [024]〔10〕-1
- 【メモ】1「削偽定実」—古事記撰録の意図 ……………………………… [024]〔10〕-9
- 【メモ】2 ウマシアシカビヒコジの神—〈葦の文化圏〉の残影 ……………… [024]〔10〕-14
- 【メモ】3〈天の浮橋〉と〈オノゴロ島〉—イザナキ・イザナミ二神の系統1 ‥ [024]〔10〕-19
- 【メモ】4〈天のみ柱〉巡り—イザナキ・イザナミ二神の系統2 …………… [024]〔10〕-24
- 【メモ】5〈大八島国生み神話〉に見る後代的特質 ………………………… [024]〔10〕-28
- 【メモ】6〈ヨモツヘグイ〉……… [024]〔10〕-40
- 【メモ】7〈三貴子構想〉の解体と〈二貴子構想〉の構築 …………………… [024]〔10〕-46
- 【メモ】8〈妣の国〉・〈根の堅州国〉
  ……………………………… [024]〔10〕-50
- 【メモ】9〈天の安の河の誓約〉の謎
  ……………………………… [024]〔10〕-56
- 【メモ】10〈天の石屋戸籠り神話〉の本義と「神代記」の構想 ……………… [024]〔10〕-63
- 【メモ】11〈ヤマタノオロチ退治神話〉の本義と「神代記」に占める位置 … [024]〔10〕-72
- 【メモ】12 鰐は鰐鮫か?—〈稲羽の素兎神話〉の原形 …………………… [024]〔10〕-78
- 【メモ】13〈根の国訪問神話〉の本義—〈大国主の神〉の誕生 ………… [024]〔10〕-86
- 【メモ】14 歌謡と人称 ……… [024]〔10〕-97
- 【メモ】15〈十七世の神〉…… [024]〔10〕-103
- 【メモ】16 オオナムチの神及びスクナビコナの神の実像 ………………… [024]〔10〕-106
- 【メモ】17 オオトシの神の神裔
  ……………………………… [024]〔10〕-109
- 【メモ】18〈コトシロヌシの神〉と〈タケミナカタの神〉………………… [024]〔10〕-119
- 【メモ】19 降臨する神の変更の理由
  ……………………………… [024]〔10〕-126
- 【メモ】20〈出雲〉と〈日向〉—〈天孫降臨〉の地をめぐる謎 ……………… [024]〔10〕-133
- 【メモ】21 天皇の〈寿命〉… [024]〔10〕-141
- 【メモ】22〈海幸・山幸神話〉の本義
  ……………………………… [024]〔10〕-152

【メモ】23 〈妣の国〉と〈常世の国〉
 ………………………… [024]〔10〕-159
【メモ】24 〈神武東征伝説〉の本義
 ………………………… [024]〔10〕-177
【メモ】25 〈歌垣〉—〈片歌問答〉と〈物名歌〉
 ………………………… [024]〔10〕-185
【メモ】26 〈八代欠史〉の時代 ‥ [024]〔10〕-199
【メモ】27 〈三輪の神〉の本義 ‥ [024]〔10〕-205
【メモ】28 〈ハツクニシラス天皇〉の本義
 ………………………… [024]〔10〕-214
【メモ】29 〈妹の力〉 ……… [024]〔10〕-224
【メモ】30 〈ヤマトタケルの命〉の本義
 ………………………… [024]〔10〕-252
【メモ】31 〈神功皇后新羅征討伝承〉の本義
 ………………………… [024]〔10〕-267
【メモ】32 ホムダワケ王(応神天皇)のみ子の
 総数 ………………… [024]〔10〕-275
【メモ】33 〈仁徳天皇国見伝説〉と〈国見〉の本
 義 …………………… [024]〔10〕-297
【メモ】34 〈近親相婚〉はなぜ罪であるのか?
 ………………………… [024]〔10〕-331
【メモ】35 〈引田部のアカイコ〉の実体
 ………………………… [024]〔10〕-349
【メモ】36 〈報復の道義〉—〈儒教的天子像〉の
 形成 ………………… [024]〔10〕-370

尾形 仂
 いそのはな ……………… [078]4-445
 笈の小文 ………………… [047]〔1〕-330
 おくのほそ道 …………… [047]〔1〕-336
 解説〔蕪村全集1 発句〕… [078]1-670
 かしまの記 ……………… [047]〔1〕-328
 寄宅嘯山兼東平安諸子 … [078]4-32
 几董・月居十番句合 …… [078]4-330
 几董発句 ………………… [078]4-271
 漁父図賛 ………………… [078]4-39
 「きりぎりす」前書 …… [078]4-43
 句合草稿断簡 …………… [078]4-338
 月渓独吟歌仙 …………… [078]4-265
 古今短冊集 ……………… [078]4-369
 魂招来賦 ………………… [078]4-41
 嵯峨日記 ………………… [047]〔1〕-366
 更科紀行 ………………… [047]〔1〕-335
 山水図賛 ………………… [078]4-32
 写経社会清書懐紙 ……… [078]3-419
 写経社会清書懐紙 解題 … [078]3-419
 秋題点取帖 ……………… [078]4-351
 春風馬堤曲 ……………… [078]4-16
 春風馬堤曲草稿 ………… [078]4-23
 召波旧蔵詠草 …………… [078]3-293
 召波旧蔵詠草 解題 …… [078]3-293
 新花摘(文章篇) ……… [078]4-57
 新編序〔新編 芭蕉大成〕… [047]〔1〕-3
 薄見つ(歌仙) ………… [078]2-244
 石友図賛 ………………… [078]4-39
 太祇句選 ………………… [078]4-415
 「誰れ住みて」前書 …… [078]4-36
 竹陰閑居訪友図賛 ……… [078]4-40
 澱河歌 …………………… [078]4-11
 点校帖断簡 ……………… [078]4-358
 野ざらし紀行 …………… [047]〔1〕-323
 梅花七絶 ………………… [078]4-37
 芭蕉庵三ケ月日記 ……… [047]〔1〕-369
 芭蕉略年譜 ……………… [047]〔1〕-825
 評巻景物 ………………… [078]4-363
 兵庫点取帖(イ) ……… [078]4-272
 兵庫点取帖(ロ) ……… [078]4-294
 兵庫評巻断簡 …………… [078]4-362
 蕪村遺墨集 ……………… [078]3-299
 蕪村遺墨集 解題 ……… [078]3-299
 〔蕪村〕詠草・断簡類 … [078]3-305
 〔蕪村〕詠草・断簡類 解題 … [078]3-305
 蕪村翁文集 ……………… [078]4-453
 〔蕪村〕絵画 …………… [078]6-9
 蕪村自筆句帳 …………… [078]3-11
 蕪村自筆句帳 解題 …… [078]3-10
 〔蕪村〕俳画 …………… [078]6-380
 〔蕪村〕(俳文)存疑(一三篇) … [078]4-249
 〔蕪村〕(俳文)短篇・画賛類 (一一九篇)
  ………………………… [078]4-82
 冬木だち(歌仙) ……… [078]2-484
 平安二十歌仙 …………… [078]4-387
 倣王叔明山水図賛 ……… [078]4-33
 北寿老仙をいたむ ……… [078]4-26
 牡丹散て(歌仙) ……… [078]2-479
 発句〔蕪村全集1〕 …… [078]1-9
 翻刻 奥州名所百番誹諧発句合 … [030]3-189
 「水に散りて」前書 …… [078]4-38
 夜半翁蕪村叟消息 抄 … [078]3-303
 夜半翁蕪村叟消息 抄 解題 … [078]3-303
 夜半亭句筵控え ………… [078]3-418
 夜半亭句筵控え 解題 … [078]3-418
 夜半亭発句集 …………… [078]3-286
 夜半亭発句集 解題 …… [078]3-286
 夜半門冬題点取集 ……… [078]4-339
 「山鳥の」前書 ………… [078]4-36
 妖怪絵巻 ………………… [078]4-47
 柳塘晩霽図賛 …………… [078]4-34
 恋々として(歌仙) …… [078]2-254
 蘆陰句選 ………………… [078]4-435
 老翁坂図賛 ……………… [078]4-31

纓片 真王
 おくのほそ道 …………… [080]〔4〕-1

岡田 利兵衛
 上御霊俳諧と『八重桜集』… [030]4-121

岡中 正行
 〔解題〕賀茂翁家集(真淵) … [045]9-779

岡野 弘彦
 〔解題〕教長集 ………… [045]3-913

岡本 聡
 解説「桂園派成立の背景 香川景樹」
  ………………………… [032]016-106
 〔香川景樹 49首〕 …… [032]016-2

岡本 史子
 翻刻 正宗文庫本「岩壺集」… [030]5-163

岡本 勝
 西鶴諸国はなし ………… [046]2-1
 『刷毛序』(翻刻と解題) … [030]2-263
 『水のさま』(翻刻と解題) … [030]6-225

小川 武彦
浅井了意『戒殺物語・放生物語』と袾宏『戒殺放生文』 .... [015]14-421
〔解題〕堪忍記 特大本八巻八冊 ...... [001]1-485
〔解題〕三綱行実図 大本三巻九冊 ...... [001]2-451
〔解題〕『住吉相生物語』 .... [015]43-335
堪忍記 .... [001]1-15
好色一代男 .... [046]1-1
好色五人女 .... [046]1-393
三綱行実図 .... [001]2-13

奥浄瑠璃研究会
奥浄瑠璃諸本目録 .... [062]10-315

奥野 純一
記録〔西山宗因全集5 伝記・研究篇〕
.... [066]5-41
西山家〔西山宗因全集5 伝記・研究篇〕
.... [066]5-1
西山三籟集 .... [066]1-3

奥野 陽子
あとがき〔歌合・定数歌全釈叢書20〕
.... [006]19-213
あとがき〔私家集全釈叢書28〕 .. [039]28-759
解説〔式子内親王集〕 .... [039]28-1
解説〔新宮撰歌合〕 .... [006]19-155
〔解題〕桂園一枝（景樹） ...... [045]9-791
〔解題〕桂園一枝拾遺（景樹） .. [045]9-792
式子内親王集 .... [039]28-29
新宮撰歌合 .... [006]19-7

奥村 恆哉
解説 古今集のめざしたもの ... [043]〔19〕-389
古今和歌集 .... [043]〔19〕-9

小倉 嘉夫
小野宮殿実頼集 .... [039]31-53
国用集 .... [039]22-78
参考文献一覧〔元良親王集〕 .... [083]1-275
仲文集 .... [039]22-27, [039]22-109
和歌各句索引〔小野宮殿実頼集・九条殿師輔集〕
.... [039]31-354
和歌各句索引〔藤原仲文集〕 .... [039]22-171

尾崎 左永子
古今和歌集 .... [084]4-9
新古今和歌集 .... [084]4-117
百人一首と王朝和歌 .... [084]4-237
わたしと『古今和歌集』『新古今和歌集』
.... [084]4-1

尾崎 千佳
明石山庄記 .... [066]4-44
「曙の」百韻 .... [066]4-110
「朝顔の」百韻 .... [066]4-202
「朝夕に」百韻 .... [066]4-113
「あまりまて」百韻 .... [066]4-138
綾錦 .... [066]5-135
生松原暮雪 在筑前 .... [066]4-71
伊勢道中句懐紙 .... [066]4-58
「いとど露けき」百韻 .... [066]4-127
「芋堀て」百韻 .... [066]4-186
氏富家千句 .... [066]1-465
うちぐもり砥 .... [066]5-93
奥州一見道中 .... [066]4-56
奥州紀行 .... [066]4-26
「荻の声」百韻 .... [066]4-97
「折ふしの」五十韻 .... [066]4-122
温故日録跋 .... [066]4-65
〔解題〕宗因発句帳 .... [081]3-693
〔解題〕通故集 .... [081]3-697
〔解題〕通故発句集 .... [081]3-698
〔解題〕西山三籟集 .... [081]3-693
岳西惟中吟西山梅翁判十百韻 .... [066]4-209
「かしらは猿」百韻 .... [066]4-194
「軽口に」百韻 .... [066]4-163
狂歌〔西山宗因全集〕 .... [066]4-70
記録〔西山宗因全集5 伝記・研究篇〕
.... [066]5-41
「草の屋の」百韻 .... [066]4-90
「薬喰や」百韻 .... [066]4-206
句碑〔西山宗因全集〕 .... [066]5-113
計儀独吟十百韻 .... [066]4-256
高野山詣記 .... [066]4-49
小倉千句 .... [066]1-406
「去年といはん」百韻 .... [066]4-174
「御評判」百韻 .... [066]4-252
「これにしく」百韻 .... [066]4-141
権現千句 .... [066]1-345
「しなものや」歌仙 .... [066]4-329
清水正俊宅賛句文 .... [066]4-66
精進贐 .... [066]5-91
初句索引〔西山宗因全集〕 ...... [066]6-1
資料解題〔西山宗因全集〕 ...... [066]6-177
西翁道之記 .... [066]4-52
宗因付句 .... [066]1-199
宗因伝書 .... [066]5-316
宗因発句帳 .... [066]1-137
贈宗札庵主 .... [066]4-65
袖湊夜雨 在箕前 .... [066]4-71
「太郎木も」百韻 .... [066]4-117
「竹に生て」百韻 .... [066]4-124
「たつ鳥の」百韻 .... [066]4-159
「ちいさくて」百韻 .... [066]4-182
筑紫太宰府記 .... [066]4-42
「月の扇」百韻 .... [066]4-323
「つくねても」百韻 .... [066]4-134
津山紀行 .... [066]4-16
伝記資料〔西山宗因全集〕 ...... [066]5-69
東海道各駅狂歌 .... [066]4-334
「十といひて」百韻 .... [066]4-198
十百韻山水独吟梅翁批判 .... [066]4-287
「夏の夜は」百韻 .... [066]4-93
西山家〔西山宗因全集5 伝記・研究篇〕
.... [066]5-1
西山家連誹系譜 .... [066]5-141
〔西山宗因〕書簡 .... [066]4-341
西山宗因追悼連歌 .... [066]5-100
西山宗因年譜 .... [066]5-345
西山梅翁点胤及・定直両吟集 .... [066]4-227
西山梅法師二十五回忌懐旧之俳諧
.... [066]5-103
「二度こしの」百韻 .... [066]4-152

梅翁百年香 .... [066] 5 - 105
誹諧家譜 .... [066] 5 - 136
誹家大系図 .... [066] 5 - 143
俳論抄・雑抄〔西山宗因全集〕 .... [066] 5 - 171
「初秋も」百韻 .... [066] 4 - 106
「花にいはゝ」百韻 .... [066] 4 - 167
「花に行」百韻 .... [066] 4 - 130
「鼻のあなや」百韻 .... [066] 4 - 178
浜宮千句 .... [066] 1 - 436
「春は世に」百韻 .... [066] 4 - 87
肥後道記 .... [066] 4 - 3
風庵懐旧千句 .... [066] 1 - 316
伏見千句 .... [066] 1 - 375
「冬ごもる」百韻 .... [066] 4 - 83
「文をこのむ」百韻 .... [066] 4 - 170
発句愚草 .... [066] 5 - 102
「時鳥」歌仙 .... [066] 4 - 327
正方送別歌文 .... [066] 4 - 60
「松にはかり」百韻 .... [066] 4 - 190
「松や君に」百韻 .... [066] 4 - 145
「水懸は」百韻 .... [066] 4 - 156
「道の者」百韻 .... [066] 4 - 331
「見つる世の」百韻 .... [066] 4 - 79
有芳庵記(一) 有芳庵記 東長寺本 ..... [066] 4 - 61
有芳庵記(二) 有芳庵記 桜井本 ...... [066] 4 - 62
有芳庵記(三) 告天満宮文 .... [066] 4 - 64
「夢かとよ」百韻 .... [066] 4 - 76
「よい声や」百韻 .... [066] 4 - 245
「四方山の」百韻 .... [066] 4 - 148
蓮生寺松夢宗因追悼文 .... [066] 5 - 93
和歌〔西山宗因全集〕 .... [066] 4 - 69
「若たはこ」百韻 .... [066] 4 - 248
和州竹内訪問歌文 .... [066] 4 - 61

小沢 正夫
　古今和歌集 .... [069] 5 - 11
小高 道子
　〔解題〕逍遊集(貞徳) .... [045] 9 - 772
鬼塚 厚子
　〔解題〕円融院御集 .... [045] 7 - 784
小野 寛
　〔大伴家持 44首〕 .... [032] 042 - 2
　解説「大伴家持の絶唱と残映」 ..... [032] 042 - 110
小野 恭靖
　解説「隆達節—戦国人の青春のメロディー—」
　　　　　　　　　　　　　　　　　 [032] 064 - 114
　〔解題〕草根集(正徹) .... [045] 8 - 821
　室町小歌 .... [032] 064 - 2
小野 裕子
　〔医談抄 解説〕典拠とその周辺 ... [062] 22 - 76
　〔医談抄〕典拠等概観 .... [062] 22 - 118
表 章
　風姿花伝 .... [069] 17 - 9
小山 正文
　(解説)法然上人伝絵勧説について
　　　　　　　　　　　　　　　　　 [062] 15 - 115
小和田 哲男
　【付録エッセイ】文の道・武の道(抄)〔戦国武将の
　　歌〕 .... [032] 014 - 119

【 か 】

蔭木 英雄
　あとがき〔一休和尚全集2〕 .... [004] 2 - 374
　おわりに〔日本漢詩人選集3 義堂周信〕
　　　　　　　　　　　　　　　　　 [067] 3 - 259
　解題〔狂雲集〕 .... [004] 2 - 371
　狂雲集 下 .... [004] 2 - 1
　はじめに〔日本漢詩人選集3 義堂周信〕
　　　　　　　　　　　　　　　　　 [067] 3 - 3
家郷 隆文
　〔解題〕顕氏集 .... [045] 7 - 818
　〔解題〕院御歌合 宝治元年 .... [045] 5 - 1466
　〔解題〕円明寺関白集(実経) .... [045] 7 - 822
　〔解題〕閑放集(光俊) .... [045] 7 - 822
　〔解題〕資平集 .... [045] 7 - 822
風間 誠史
　〔解題〕梅日記 桜日記 卯の花日記 .. [053] 5 - 443
　〔解題〕折々草 .... [053] 6 - 374
　〔解題〕後篇はしがきぶり .... [053] 7 - 540
　〔解題〕しぐれの記 .... [053] 5 - 454
　〔解題〕枕詞増補詞草小苑 .... [053] 7 - 544
　〔解題〕三拾四処観音順礼秩父縁起霊験円通伝
　　　　　　　　　　　　　　　　　 [053] 6 - 359
　〔解題〕秩父順礼独案内記 .... [053] 6 - 366
　〔解題〕はし書ぶり .... [053] 7 - 510
　〔解題〕ひさうなきの辞の論 .... [053] 7 - 532
　〔解題〕女誡ひとへ衣 .... [053] 7 - 536
　〔解題〕本朝水滸伝 .... [053] 4 - 391
　〔解題〕三野日記 .... [053] 5 - 440
　〔解題〕物詣 .... [053] 5 - 449
　〔解題〕由良物語 .... [053] 4 - 403
　片歌東風俗 書誌・解題 .... [053] 3 - 160
　春興幾桜木 書誌・解題 .... [053] 2 - 122
　俳諧連理香 初帖 書誌・解題 ...... [053] 2 - 74
　俳諧ふたやどり 書誌・解題 .... [053] 1 - 176
風巻 景次郎
　【付録エッセイ】『玉葉』『風雅』の叙景歌の功績、
　　頓阿の歌 .... [032] 031 - 114
梶川 信行
　解説「古代の声を聞くために」〔額田王と初期
　　万葉歌人〕 .... [032] 021 - 106
柏木 由夫
　〔解説〕詞花和歌集 .... [082] 34 - 265
　〔解題〕定頓集 .... [045] 7 - 790
　〔解題〕散木奇歌集(俊頼) .... [045] 3 - 905
　詞花和歌集 .... [082] 34 - 141
　詞花和歌集 校異一覧 .... [082] 34 - 238
　人名一覧〔金葉和歌集・詞花和歌集〕
　　　　　　　　　　　　　　　　　 [082] 34 - 281
　地名一覧〔金葉和歌集・詞花和歌集〕
　　　　　　　　　　　　　　　　　 [082] 34 - 331
粕谷 宏紀
　夷歌百鬼夜狂 .... [009] 3 - 43
　評判飲食狂歌合 .... [009] 9 - 21
　解題 夷歌百鬼夜狂 .... [009] 3 - 42

〔解題〕狂歌人物誌 ……………… [009]**15**-328
〔解題〕狂歌千里同風 …………… [009]**3**-142
〔解題〕狂歌煙草百首 …………… [009]**12**-188
〔解題〕狂歌波津加蛭子 ………… [009]**8**-18
〔解題〕新古今狂歌集 …………… [009]**4**-84
〔解題〕新撰狂歌百人一首 ……… [009]**7**-262
〔解題〕評判飲食狂歌合 ………… [009]**9**-20
〔解題〕万代狂歌集 ……………… [009]**8**-80
狂歌江都名所図会 ………………… [009]**13**-3
狂歌部領使 ………………………… [009]**3**-195
狂歌人物誌 ………………………… [009]**15**-329
狂歌千里同風 ……………………… [009]**3**-143
狂歌煙草百首 ……………………… [009]**12**-189
新撰狂歌百人一首 ………………… [009]**7**-263
終刊にあたって〔江戸狂歌本選集〕
 …………………………………… [009]**15**-473
新古今狂歌集 ……………………… [009]**4**-85
俳諧歌兄弟百首 …………………… [009]**9**-81
狂歌波津加蛭子 …………………… [009]**8**-19
万代狂歌集 ………………………… [009]**8**-81
片岡 利博
 〔解題〕遍昭集 ………………… [045]**3**-850
 〔しら露〕 ………………………… [057]**10**-165
 〔しら露〕解題 ………………… [057]**10**-272
 我が身にたどる姫君 巻五～巻八 … [057]**21**-5
 〔我が身にたどる姫君 巻五〕梗概 … [057]**21**-8
 〔我が身にたどる姫君 巻六〕梗概 … [057]**21**-66
 〔我が身にたどる姫君 巻七〕梗概
 …………………………………… [057]**21**-128
 〔我が身にたどる姫君 巻八〕梗概
 …………………………………… [057]**21**-182
 〔我が身にたどる姫君〕解題 …… [057]**21**-228
片岡 伸江
 〔解題〕為広集Ⅰ・Ⅱ・Ⅲ ……… [045]**8**-845
片桐 洋一
 あとがき〔私家集全釈叢書22〕 …… [039]**22**-179
 あとがき〔私家集全釈叢書31〕 …… [039]**31**-371
 あとがき〔和歌文学注釈叢書1〕 … [083]**1**-299
 小野宮実頼と九条殿師輔 ……… [039]**31**-3
 解説〔古今和歌集〕 …………… [013]〔2〕-452
 解説〔藤原仲文集〕 …………… [039]**22**-1
 〔解題〕赤人集 ………………… [045]**3**-845
 〔解題〕伊勢集 ………………… [045]**3**-854
 〔解題〕伊勢物語 ……………… [045]**5**-1491
 〔解題〕伊勢物語古注釈書引用和歌
 …………………………………… [045]**10**-1199
 〔解題〕一条摂政御集(伊尹) …… [045]**3**-873
 〔解題〕一条大納言家石名取歌合 … [045]**5**-1412
 〔解題〕一条大納言家歌合 ……… [045]**5**-1411
 〔解題〕宇多院歌合 ……………… [045]**5**-1404
 〔解題〕宇津保物語 ……………… [045]**5**-1492
 〔解題〕延喜御集(醍醐天皇) …… [045]**7**-778
 〔解題〕円融院扇合 ……………… [045]**5**-1411
 〔解題〕落窪物語 ………………… [045]**5**-1492
 〔解題〕小野宮右衛門督君達歌合 … [045]**5**-1412
 〔解題〕女四宮歌合 ……………… [045]**5**-1410
 〔解題〕寛平御集(宇多天皇) …… [045]**7**-778
 〔解題〕寛平御時中宮歌合 ……… [045]**5**-1403
 〔解題〕邦高親王御集 …………… [045]**8**-847
 〔解題〕源氏物語古注釈書引用和歌
 …………………………………… [045]**10**-1199
 〔解題〕古今和歌集古注釈書引用和歌
 …………………………………… [045]**10**-1198
 〔解題〕小町集 ………………… [045]**3**-849
 〔解題〕斎宮女御集 ……………… [045]**3**-862
 〔解題〕左兵衛佐定文歌合 ……… [045]**5**-1404
 〔解題〕三条左大臣殿前栽歌合 … [045]**5**-1412
 〔解題〕拾遺抄 ………………… [045]**1**-804
 〔解題〕拾遺和歌集 ……………… [045]**1**-803
 〔解題〕清慎公集(実頼) ………… [045]**3**-872
 〔解題〕竹取物語 ………………… [045]**5**-1491
 〔解題〕亭子院女郎花合 ………… [045]**5**-1404
 〔解題〕多武峰少将物語 ………… [045]**5**-1492
 〔解題〕敏行集 ………………… [045]**3**-851
 〔解題〕友則集 ………………… [045]**3**-852
 〔解題〕謎歌合 ………………… [045]**5**-1412
 〔解題〕奈良帝御集 ……………… [045]**7**-777
 〔解題〕業平集 ………………… [045]**3**-850
 〔解題〕人丸集 ………………… [045]**3**-845
 〔解題〕平中物語 ………………… [045]**5**-1492
 〔解題〕遍昭集 ………………… [045]**3**-850
 〔解題〕堀河中納言家歌合 ……… [045]**5**-1411
 〔解題〕本院左大臣家歌合 ……… [045]**5**-1405
 〔解題〕光昭少将家歌合 ………… [045]**5**-1413
 〔解題〕家持集 ………………… [045]**3**-847
 〔解題〕大和物語 ………………… [045]**5**-1491
 『九条右丞相集』の伝本と『九条殿集』
 …………………………………… [039]**31**-26
 国用集 …………………………… [039]**22**-78
 古今和歌集 ……………………… [013]〔2〕-12
 緒言〔新注和歌文学叢書4〕 …… [042]**4**-ⅲ
 『清慎公集』と『小野宮殿集』 … [039]**31**-5
 竹取物語 ………………………… [069]**6**-11
 仲文集 ……… [039]**22**-27, [039]**22**-109
 はじめに〔古今和歌集〕 ……… [013]〔2〕-3
 元良親王集 ……………………… [083]**1**-7
片野 達郎
 〔解題〕建保名所百首 …………… [045]**4**-707
 〔解題〕忠岑集 ………………… [045]**3**-853
 〔解題〕躬恒集 ………………… [045]**3**-853
片山 剛
 忠岑集 …………………………… [040]**9**-7
 『忠岑集』の伝本 ……………… [040]**9**-359
 〔忠岑集〕四系統の関係 ………… [040]**9**-393
片山 享
 あとがき〔歌合・定数歌全釈叢書8〕
 …………………………………… [006]**8**-589
 〔解題〕秋篠月清集(良経) ……… [045]**3**-919
 〔解題〕後京極殿御自歌合 建久九年
 …………………………………… [045]**5**-1449
 〔解題〕正治後度百首 …………… [045]**4**-706
 〔解題〕正治初度百首 …………… [045]**4**-705
 寂身と「文集百首」 …………… [006]**8**-518
 「文集百首」における慈円の撰句について
 …………………………………… [006]**8**-479
嘉藤 久美子
 〔解題〕前斎院摂津集 …………… [045]**7**-793
 〔解題〕経信集 ………………… [045]**3**-900

かとう

〔解題〕経信母集 ……………… [045]3-893
〔解題〕禖子内親王家桜柳歌合 … [045]5-1425
〔解題〕禖子内親王家歌合 延久二年
　　　　　　　　　　………… [045]5-1428
〔解題〕禖子内親王家歌合 庚申
　　　　　　　　　　………… [045]5-1426
〔解題〕禖子内親王家歌合 五月五日
　　　　　　　　　　………… [045]5-1426
〔解題〕禖子内親王家歌合 承保二年
　　　　　　　　　　………… [045]5-1429
〔解題〕禖子内親王家歌合 治暦二年
　　　　　　　　　　………… [045]5-1427
〔解題〕禖子内親王家歌合 治暦四年
　　　　　　　　　　………… [045]5-1427
〔解題〕禖子内親王家歌合 夏 … [045]5-1427

加藤 定彦
　あとがき〔関東俳諧叢書1〕…… [017]1-282
　あとがき〔関東俳諧叢書4〕…… [017]3-279
　あとがき〔関東俳諧叢書20〕… [017]20-179
　あとがき〔半場里丸俳諧資料集〕
　　　　　　　　　……………… [017]編外1-359
　解題〔半場里丸俳諧資料集 一枚刷りほか〕
　　　　　　　　　……………… [017]編外1-236
　解題〔半場里丸俳諧資料集 選集ほか〕
　　　　　　　　　……………… [017]編外1-6
　解題〔半場里丸俳諧資料集 連句抄ほか〕
　　　　　　　　　……………… [017]編外1-158
　刊行の辞〔関東俳諧叢書3〕…… [017]3-1
　関東俳書年表（宝暦以前）……… [017]20-55
　関東俳書年表2—明和二年～文化十五年
　　　　　　　　　……………… [017]32-3
　口絵解題〔半場里丸俳諧資料集〕
　　　　　　　　　……………… [017]編外1-4
　作者索引〔関東俳諧叢書〕………
　　　　　　　　　[017]20-左1, [017]32-左7
　里丸伝記 ……………… [017]編外1-323
　参考文献〔関東俳諧叢書〕…… [017]20-159
　参考文献2〔関東俳諧叢書〕… [017]32-151
　出版・書肆から見た関東俳諧史―解説
　　　　　　　　　……………… [017]20-3
　緒言―完結に当たって―〔関東俳諧叢書〕
　　　　　　　　　……………… [017]32-2
　緒言〔古典文学翻刻集成 続・俳文学篇〕
　　　　　　　　　……… [030]3-1, [030]4-1,
　　　　　　　　　[030]5-1, [030]6-1, [030]7-1
　緒言〔古典文学翻刻集成 俳文学篇〕
　　　　　　　　　……… [030]1-1, [030]2-1
　書名索引〔関東俳諧叢書〕………
　　　　　　　　　[017]20-左169, [017]32-左183
　資料解題〔西山宗因全集〕…… [066]6-177
　総目次〔関東俳諧叢書〕……… [017]32-左1
　地名索引〔関東俳諧叢書〕………
　　　　　　　　　[017]20-左131, [017]32-左147
　俳論抄・雑抄〔西山宗因全集〕 [066]5-171
　補１〔関東俳諧叢書〕………… [017]20-167
　補訂2〔関東俳諧叢書〕……… [017]32-193

加藤 静彦
　大鏡 ……………………… [069]11-11
　参考文献〔範永集〕…………… [042]19-331
　人物索引〔範永集〕…………… [042]19-372

受領家司歌人藤原範永 ……… [042]19-292
他文献に見える範永関係資料〔範永集〕
　　　　　　　　　……………… [042]19-354
範永関係年表 ………………… [042]19-336
範永集 …………………………… [042]19-1
範永集関係系図 ……………… [042]19-333
和歌初句索引〔範永集〕……… [042]19-374

加藤 十握
　『玉櫛笥』『玉箒子』解説 ……… [008]1-438
　都鳥妻恋笛 …………………… [008]1-317
　『都鳥妻恋笛』解説 …………… [008]1-451

加藤 睦
　〔解題〕道助法親王家五十首 … [045]10-1155
　〔解題〕四十番歌合 建保五年十月 … [045]10-1128

加藤 裕一
　鑑賞の手引き 西鶴の利用した話のパターンと創
　　作の方法〔西鶴諸国はなし 巻一の四〕
　　　　　　　　　……………… [080](6)-24
　〔西鶴諸国はなし〕巻一の四 傘の御託宣
　　　　　　　　　……………… [080](6)-21

加藤 弓枝
　〔解説〕六帖詠草拾遺 ………… [082]70-479
　解説「和歌を武器とした文人 細川幽斎」
　　　　　　　　　……………… [032]033-106
　〔細川幽斎 50首〕……………… [032]033-2
　六帖詠草拾遺 ………………… [082]70-391

金井 寅之助
　世間胸算用 …………………… [043]〔32〕-11

金沢 英之
　解説〔古事記〕……………… [069]1-306
　古事記 上巻 あらすじ ……… [069]1-10
　古事記 中巻 あらすじ ……… [069]1-136
　古事記 下巻 あらすじ ……… [069]1-248
　古事記の風景 1 出雲大社 …… [069]1-88
　古事記の風景 2 高千穂 ……… [069]1-118
　古事記の風景 3 熊野 ………… [069]1-159
　古事記の風景 4 三輪山 ……… [069]1-176
　古事記の風景 5 熊煩野 ……… [069]1-224
　はじめに—日本最古の書物の魅力 … [069]1-3

兼清 正徳
　〔解題〕亮々遺稿（幸文）……… [045]9-789

金子 英世
　あとがき〔私家集全釈叢書19〕… [039]19-197
　千穎集 ………………………… [039]19-51
　〔千穎集〕内容と特色 ………… [039]19-20
　『千穎集』の位置—初期定数歌との関係性を中
　　心に— ………………………… [039]19-29

兼築 信行
　〔解題〕公衡百首 ……………… [045]10-1103
　〔解題〕俊成五社百首 ………… [045]10-1095
　〔解題〕将軍家歌合 文明十四年六月
　　　　　　　　　……………… [045]10-1146
　〔解題〕草根集（正徹）………… [045]8-821
　〔解題〕内裏歌合 建保元年七月 … [045]5-1458
　〔解題〕内裏歌合 建保元年閏九月 … [045]5-1458
　〔解題〕内裏詩歌合 建保元年二月 … [045]5-1458
　〔解題〕内裏百番歌合 建保四年 … [045]5-1459
　〔解題〕範宗集 ………………… [045]7-809

〔解題〕袋草紙 ・・・・・・・・・・・・・・・ [045]**5**-1488
〔解題〕雅康集 ・・・・・・・・・・・・・・・ [045]**8**-842
〔解題〕通勝集 ・・・・・・・・・・・・・・・ [045]**8**-855
〔解題〕宗尊親王三百首 ・・・・・・・ [045]**10**-1096

鹿目 俊彦
〔解題〕院六首歌合 康永二年 ・・・・ [045]**5**-1470
〔解題〕歌合 後光厳院文和之比 ・・・ [045]**10**-1141
〔解題〕金玉歌合 ・・・・・・・・・・・・・ [045]**10**-1134
〔解題〕五十四番詩歌合 康永二年 ・・ [045]**10**-1140
〔解題〕三十番歌合 伝後伏見院筆(貞和末)
・・・・・・・・・・・・・・・・・・・・・・・・ [045]**10**-1141
〔解題〕持明院殿御歌合 康永元年十一月四日, 持明院
殿御歌合 康永元年十一月廿一日 ・・ [045]**10**-1139
〔解題〕仙洞句題五十首 ・・・・・・・・ [045]**4**-719
〔解題〕俊光集 ・・・・・・・・・・・・・・ [045]**7**-833
〔解題〕花園院御集(光厳院) ・・・・・・ [045]**7**-838

蒲池 勢至
(解説)三河西端の蓮如絵伝と絵解き
・・・・・・・・・・・・・・・・・・・・・・・・ [062]**15**-75

紙 宏行
〔解題〕応安二年内裏和歌 ・・・・・・ [045]**10**-1170
〔解題〕元徳二年八月一日御会 ・・・ [045]**10**-1163
〔解題〕建武三年住吉社法楽和歌
・・・・・・・・・・・・・・・・・・・・・・・・ [045]**10**-1163
〔解題〕下葉集(堯恵) ・・・・・・・・・・ [045]**8**-837
〔解題〕十五番歌合(延慶二年~応長元年)
・・・・・・・・・・・・・・・・・・・・・・・・ [045]**10**-1137
〔解題〕貞治六年三月廿九日歌会
・・・・・・・・・・・・・・・・・・・・・・・・ [045]**10**-1170
〔解題〕貞治六年二月廿一日和歌御会
・・・・・・・・・・・・・・・・・・・・・・・・ [045]**10**-1170
〔解題〕尊円親王詠法華経百首 ・・ [045]**10**-1114
〔解題〕為定集 ・・・・・・・・・・・・・・ [045]**7**-837
〔解題〕二十番歌合(嘉元~徳治) ・・・ [045]**10**-1135
〔解題〕卑懐集(基綱) ・・・・・・・・・・ [045]**8**-841
〔解題〕基綱集 ・・・・・・・・・・・・・・ [045]**8**-841

上宇都 ゆりほ
解説「超越する和歌─「武者ノ世」に継承さ
れた共同体意識」〔源平の武将歌人〕
・・・・・・・・・・・・・・・・・・・・・・・・ [032]**047**-106

神尾 暢子
〔解題〕六条斎院歌合 永承三年 ・・ [045]**5**-1419
〔解題〕六条斎院歌合 永承五年 ・・ [045]**5**-1419
〔解題〕六条斎院歌合 永承五年二月 ・・ [045]**5**-1420
〔解題〕六条斎院歌合(永承五年五月)
・・・・・・・・・・・・・・・・・・・・・・・・ [045]**5**-1420
〔解題〕六条斎院歌合 永承六年一月 ・・ [045]**5**-1420
〔解題〕六条斎院歌合(天喜四年閏三月)
・・・・・・・・・・・・・・・・・・・・・・・・ [045]**5**-1422

上條 彰次
〔解題〕守覚法親王集 ・・・・・・・・・ [045]**4**-679
〔解題〕新宮撰歌合 建仁元年三月 ・・ [045]**5**-1452
〔解題〕撰歌合 建仁元年八月十五日 ・・ [045]**5**-1452
解題〔千載和歌集〕 ・・・・・・・・・・・ [002]**8**-(5)
〔解題〕忠度集 ・・・・・・・・・・・・・・ [045]**3**-914
〔解題〕風情集(公重) ・・・・・・・・・・ [045]**7**-797
〔解題〕行宗集 ・・・・・・・・・・・・・・ [045]**7**-795
〔解題〕林葉和歌集(俊恵) ・・・・・・・ [045]**3**-910
千載和歌集 ・・・・・・・・・・・・・・・・ [002]**8**-1

神谷 勝広
敦盛源平桃〔書誌等〕・・・・・・・・・・ [073]**23**-422
安倍清明白狐玉 ・・・・・・・・・・・・ [073]**9**-191
色縮緬百人後家 ・・・・・・・・・・・・ [064]**3**-251
浮世壱分五厘 ・・・・・・・・・・・・・・ [073]**23**-291
絵本故事談 ・・・・・・・・・・・・・・・・ [007]**3**-565
女曽我兄弟鑑 ・・・・・・・・・・・・・・ [073]**8**-157
〔解題〕安倍清明白狐玉 ・・・・・・・ [073]**9**-547
〔解題〕色縮緬百人後家 ・・・・・・・ [064]**3**-583
〔解題〕浮世壱分五厘 ・・・・・・・・・ [073]**23**-0
〔解題〕『絵本故事談』 ・・・・・・・・・・ [007]**3**-754
〔解題〕女曽我兄弟鑑 ・・・・・・・・・ [073]**8**-535
〔解題〕寛濶曽我物語 ・・・・・・・・・ [064]**1**-437
〔解題〕其磧置土産 ・・・・・・・・・・・ [073]**14**-513
〔解題〕『訓蒙故事要言』 ・・・・・・・・ [007]**3**-750
〔解題〕けいせい哥三味線 ・・・・・・ [073]**11**-626
〔解題〕宇治川藤戸海魁対盃 ・・・・ [073]**16**-523
〔解題〕鎌倉諸芸袖日記 ・・・・・・・ [073]**17**-515
〔解題〕日本契情始 ・・・・・・・・・・・ [073]**8**-537
〔解題〕風流川中嶋 ・・・・・・・・・・・ [073]**21**-517
〔解題〕風流連理桂 ・・・・・・・・・・・ [073]**13**-529
〔解題〕義貞艶軍配 ・・・・・・・・・・・ [073]**19**-503
〔解題〕義経風流鑑 ・・・・・・・・・・・ [073]**5**-559
寛濶曽我物語 ・・・・・・・・・・・・・・ [064]**1**-229
其磧置土産 ・・・・・・・・・・・・・・・・ [073]**14**-241
訓蒙故事要言 ・・・・・・・・・・・・・・ [007]**3**-11
けいせい哥三味線 ・・・・・・・・・・・ [073]**11**-457
宇治川藤戸海魁対盃 ・・・・・・・・・ [073]**16**-1
鎌倉諸芸袖日記 ・・・・・・・・・・・・ [073]**17**-1
日本契情始 ・・・・・・・・・・・・・・・・ [073]**8**-223
風流川中嶋 ・・・・・・・・・・・・・・・・ [073]**21**-67
風流連理桂 ・・・・・・・・・・・・・・・・ [073]**13**-399
義貞艶軍配 ・・・・・・・・・・・・・・・・ [073]**19**-279
義経風流鑑 ・・・・・・・・・・・・・・・・ [073]**5**-443
和製類書と怪談・奇談 ・・・・・・・・ [007]**3**-748
和製類書とは―中国故事を伝達するパイプ役
・・・・・・・・・・・・・・・・・・・・・・・・ [007]**3**-747

神山 重彦
〔解題〕嘉言集 ・・・・・・・・・・・・・・ [045]**3**-884

神山 瑞生
鑑賞の手引き ゆがむ因果〔西鶴諸国はなし 巻二
の三〕・・・・・・・・・・・・・・・・・・・・ [080]**〈6〉**-58
〔西鶴諸国はなし〕巻二の三 水筋の抜け道
・・・・・・・・・・・・・・・・・・・・・・・・ [080]**〈6〉**-54

嘉村 雅江
〔解題〕諸君子発句集 ・・・・・・・・・ [081]**3**-675
〔解題〕名所句集(静嘉堂文庫蔵本)・・・ [081]**1**-539

鴨下 恭明
安永元年 露丸評万句合二十四枚 ・・ [055]**1**-59
撰者露丸について ・・・・・・・・・・・ [055]**1**-157
『柳多留拾遺』異色の点者(解説にかえて)
・・・・・・・・・・・・・・・・・・・・・・・・ [055]**2**-273

蒲原 義明
〔解題〕等持院百首(尊氏) ・・・・・・・ [045]**10**-1116

唐木 順三
【付録エッセイ】古京はすでにあれて新都はいま
だならず〔藤原定家〕・・・・・・・・ [032]**011**-114

唐沢 正実
- 〔解題〕順徳院百首 ………… [045]**10** - *1107*
- 〔解題〕松下集(正広) …………… [045]**8** - *832*
- 〔解題〕袋草紙 ………………… [045]**5** - *1488*

辛島 正雄
- 歌題索引〔源兼澄集〕 ………… [039]**10** - *296*
- 小夜衣 …………………………… [057]**9** - *5*
- 〔小夜衣〕解題 ………………… [057]**9** - *234*
- 〔小夜衣〕梗概 ………………… [057]**9** - *230*
- 自立語索引〔源兼澄集〕 ……… [039]**10** - *272*
- 人名索引〔源兼澄集〕 ………… [039]**10** - *297*

河井 謙治
- 公忠集 …………………………… [039]**35** - *59*
- 公忠集の諸本 …………………… [039]**35** - *10*
- 主要参考文献〔公忠集〕 ……… [039]**35** - *227*
- 源公忠略年譜 …………………… [039]**35** - *217*

河合 眞澄
- 鑑賞の手引き 日常風景に見る「錬磨」のわざ〔西鶴諸国はなし 巻四の六〕 …… [080]**(6)** - *155*
- 〔西鶴諸国はなし〕巻四の六 力なしの大仏 ………………………… [080]**(6)** - *152*

川上 新一郎
- 〔解題〕顕輔集 ………………… [045]**3** - *908*
- 〔解題〕関白内大臣歌合 保安二年 ‥ [045]**5** - *1437*
- 〔解題〕内蔵頭長実家歌合 保安二年閏五月廿六日 ……………………………… [045]**5** - *1437*
- 〔解題〕内蔵頭長実白河家歌合 保安二年閏五月十三日 ……………………………… [045]**5** - *1437*
- 〔解題〕讃岐守顕季家歌合 …… [045]**5** - *1429*
- 〔解題〕山家五番歌合 ………… [045]**5** - *1434*
- 〔解題〕従二位親子歌合 ……… [045]**5** - *1432*
- 〔解題〕続詞花和歌集 ………… [045]**2** - *873*
- 〔解題〕俊頼朝臣女子達歌合 … [045]**5** - *1434*
- 〔解題〕鳥羽殿北面歌合 ……… [045]**5** - *1434*
- 〔解題〕内大臣家歌合 永久三年十月 … [045]**5** - *1434*
- 〔解題〕内大臣家後度歌合 永久三年十月 ………………………… [045]**5** - *1434*
- 〔解題〕袋草紙 ………………… [045]**5** - *1488*
- 〔解題〕六条修理大夫集(顕季) … [045]**3** - *904*

川口 節子
- 解題〔苅萱桑門筑紫𨏍〕 ……… [018]**34** - *117*
- 解題〔南都十三鐘〕 …………… [018]**17** - *129*
- 解題〔藤原秀郷俵系図〕 ……… [018]**2** - *137*
- 解題〔眉間尺象貢〕 …………… [018]**43** - *131*

川崎 佐知子
- 〔解題〕揚波集 ………………… [081]**2** - *508*
- 〔解題〕合点之句 ……………… [081]**2** - *502*
- 〔解題〕法楽発句集 …………… [081]**2** - *501*

川田 順
- 【付録エッセイ】北面の歌人秀能 ‥ [032]**026** - *114*

川端 善明
- 古事談 …………………………… [044]**41** - *1*
- 『古事談』解説 ………………… [044]**41** - *853*
- 今昔物語集 巻第二十二～巻第二十四 ……………………………… [043]**(23)** - *15*
- 今昔物語集 巻第二十五～巻第二十六 ……………………………… [043]**(24)** - *13*
- 今昔物語集 巻第二十七～巻第二十八 ……………………………… [043]**(25)** - *17*
- 今昔物語集 巻第二十九～巻第三十一 ……………………………… [043]**(26)** - *17*
- 続古事談 ………………………… [044]**41** - *601*

川平 ひとし
- 〔解題〕右大臣家歌合 建保五年九月 ‥ [045]**5** - *1460*
- 〔解題〕右大臣家歌合 治承三年 ‥ [045]**5** - *1445*
- 〔解題〕金槐和歌集 (実朝) …… [045]**4** - *690*
- 〔解題〕卿相侍臣歌合 建永元年七月 ‥ [045]**5** - *1457*
- 〔解題〕前権典厩集 (長綱) …… [045]**7** - *820*
- 〔解題〕忠信百首 ……………… [045]**10** - *1105*
- 〔解題〕長綱集 ………………… [045]**7** - *821*
- 〔解題〕長綱百首 ……………… [045]**10** - *1108*
- 〔解題〕僻案抄 ………………… [045]**10** - *1198*

川村 晃生
- 恵慶集 …………………………… [040]**16** - *7*
- 解説〔恵慶集注釈〕 …………… [040]**16** - *417*
- 〔解説〕長秋詠藻 ……………… [082]**22** - *217*
- 解説〔能因集注釈〕 …………… [040]**3** - *345*
- 〔解説〕閑月和歌集 …………… [045]**6** - *950*
- 解説〔後拾遺和歌集〕 ………… [002]**5** - *(3)*
- 〔解題〕重家集 ………………… [045]**3** - *912*
- 〔解題〕続詞花和歌集 ………… [045]**2** - *873*
- 〔解題〕太宰大弐資通卿家歌合 … [045]**5** - *1422*
- 〔解題〕播磨守兼房朝臣歌合 … [045]**5** - *1421*
- 〔解題〕肥後集 ………………… [045]**7** - *793*
- 〔解題〕林下集 (実定) ………… [045]**3** - *914*
- 〔解題〕或所歌合 天喜四年四月 [045]**5** - *1423*
- 後拾遺和歌集 …………………… [002]**5** - *1*
- 後拾遺和歌集目録序 …………… [002]**5** - *310*
- 詞書人名索引〔後拾遺和歌集〕 … [002]**5** - *443*
- 作者略伝〔後拾遺和歌集〕 …… [002]**5** - *404*
- 千五百番歌合百首 ……………… [082]**22** - *175*
- 長秋詠藻 ………………………… [082]**22** - *1*
- 長秋草 (抄出) …………………… [082]**22** - *155*
- 能因集 …………………………… [040]**3** - *7*

川村 裕子
- 〔解題〕栄花物語 ……………… [045]**5** - *1489*
- 〔解題〕九品和歌 ……………… [045]**5** - *1483*
- 〔解題〕田上集 (俊頼) ………… [045]**7** - *794*
- 〔解題〕和歌十体 ……………… [045]**5** - *1482*
- 為頼集 …………………………… [039]**14** - *111*
- 藤原為頼小伝 …………………… [039]**14** - *54*

川元 ひとみ
- 〔解題〕似勢平氏年々年際 (『風流今平家』の改題本) ……………… [064]**2** - *570*
- 〔解題〕風流今平家 …………… [064]**2** - *560*
- 風流今平家 ……………………… [064]**2** - *123*

関西私家集研究会
- 元良親王集 ……………………… [083]**1** - *7*

神作 光一
- 〔解題〕源賢法眼集 …………… [045]**3** - *875*
- 〔解題〕順集 …………………… [045]**3** - *861*
- 〔解題〕経盛集 ………………… [045]**7** - *799*
- 〔解題〕成通集 ………………… [045]**3** - *908*
- 〔解題〕元真集 ………………… [045]**3** - *861*

神田 秀夫
- 方丈記 …………………………… [069]**14** - *13*

神田 洋
　一宮御本地一生記（斎藤報恩会蔵）
　　　　　　　　　　　　　　　［062］**10**－47
　奥州一ノ宮御本地（斎藤報恩会蔵）
　　　　　　　　　　　　　　　［062］**10**－107
　奥州一ノ宮御本地由来之事（斎藤報恩会蔵）
　　　　　　　　　　　　　　　［062］**10**－87
　〔塩釜御本地〕解題・解説 斎藤報恩会「奥州
　　一ノ宮御本地由来之事」‥‥‥［062］**10**－260
　〔塩釜御本地〕解題・解説 斎藤報恩会蔵「一
　　宮御本地一生記」‥‥‥‥‥‥［062］**10**－238
　〔塩釜御本地〕解題・解説 斎藤報恩会蔵「奥
　　州一ノ宮御本地」‥‥‥‥‥‥［062］**10**－280
　〔塩釜御本地〕解題・解説「塩釜御本地」の
　　諸本 ‥‥‥‥‥‥‥‥‥‥‥［062］**10**－224
　〔塩釜御本地〕解題・解説 宮城県立図書館蔵
　　「塩釜本地由来記」‥‥‥‥‥［062］**10**－228
　塩釜本地由来記（宮城県立図書館蔵）
　　　　　　　　　　　　　　　［062］**10**－7

神田 正行
　解題 狂歌浜荻集 ‥‥‥‥‥‥‥［009］**7**－2
　狂歌浜荻集 ‥‥‥‥‥‥‥‥‥［009］**7**－3

神野藤 昭夫
　別本八重葎 ‥‥‥‥‥‥‥‥‥［057］**13**－409
　〔別本八重葎〕解題 ‥‥‥‥‥［057］**13**－462
　〔別本八重葎〕梗概 ‥‥‥‥‥［057］**13**－459
　別本八重葎 現態本文翻刻 ‥‥‥［057］**13**－493
　〔別本八重葎〕登場人物一覧 ‥‥［057］**13**－458
　八重葎 ‥‥‥‥‥‥‥‥‥‥‥［057］**13**－3
　〔八重葎〕解題 ‥‥‥‥‥‥‥［057］**13**－143
　〔八重葎〕梗概（錯簡を訂正したもの）
　　　　　　　　　　　　　　　［057］**13**－138
　八重葎 諸本現態本文翻刻一覧 ‥［057］**13**－227

【 き 】

菊池 真一
　大坂物語（古活字版第二種、一冊）
　　‥‥‥‥‥‥‥‥‥‥‥‥‥［015］**11**－91
　〔解題〕『大坂物語』古活字第二種本（お茶の水図
　　書館蔵）‥‥‥‥‥‥‥‥‥［015］**11**－256
　〔解題〕『十二関』‥‥‥‥‥‥［015］**41**－221
　〔解題〕『聚楽物語』‥‥‥‥‥［015］**39**－299
　〔解題〕『是楽物語』‥‥‥‥‥［015］**44**－325
　〔解題〕『世話支那草』‥‥‥‥［015］**44**－328
　〔解題〕『続つれづれ草』‥‥‥［015］**44**－331
　〔解題〕『そぞろ物語』（古活字本）［015］**45**－272
　そぞろ物語（写本、一冊）‥‥‥［015］**45**－41

菊地 仁
　〔解題〕親清五女集 ‥‥‥‥‥［045］**7**－824
　〔解題〕親清四女集 ‥‥‥‥‥［045］**7**－824

菊地 靖彦
　〔解題〕忠岑集 ‥‥‥‥‥‥‥［082］**19**－397
　〔解説〕友則集 ‥‥‥‥‥‥‥［082］**19**－388
　忠岑集 ‥‥‥‥‥‥‥‥‥‥‥［082］**19**－277
　土佐日記 ‥‥‥‥‥‥‥‥‥‥［069］**7**－11
　友則集 ‥‥‥‥‥‥‥‥‥‥‥［082］**19**－263

菊地 玲子
　〔解題〕建氏画苑 海錯図 ‥‥‥‥［053］**8**－470

木越 治
　〔解題〕過目抄 ‥‥‥‥‥‥‥［007］**2**－765
　〔解題〕呉服文織時代三国志 ‥‥［007］**2**－761
　〔解題〕莠句冊 ‥‥‥‥‥‥‥［007］**2**－755
　過目抄 ‥‥‥‥‥‥‥‥‥‥‥［007］**2**－441
　呉服文織時代三国志 ‥‥‥‥‥［007］**2**－331
　玉櫛笥 ‥‥‥‥‥‥‥‥‥‥‥［008］**1**－5
　『玉櫛笥』『玉箒子』解説 ‥‥‥［008］**1**－438
　玉箒子 ‥‥‥‥‥‥‥‥‥‥‥［008］**1**－189
　莠句冊 ‥‥‥‥‥‥‥‥‥‥‥［007］**2**－15
　都鳥妻恋笛 ‥‥‥‥‥‥‥‥‥［008］**1**－317
　『都鳥妻恋笛』解説 ‥‥‥‥‥［008］**1**－451

木越 俊介
　青頭巾〔雨月物語〕‥‥‥‥‥［080］**(3)**－210
　秋雨物語 ‥‥‥‥‥‥‥‥‥‥［007］**1**－465
　浅茅が宿〔雨月物語〕‥‥‥‥［080］**(3)**－62
　苑道圀 ‥‥‥‥‥‥‥‥‥‥‥［007］**1**－265
　〔解説〕文学史上の『雨月物語』‥［080］**(3)**－vii
　〔解題〕怪婦録 ‥‥‥‥‥‥‥［007］**1**－695
　怪婦録 ‥‥‥‥‥‥‥‥‥‥‥［007］**1**－573
　奇伝新話 ‥‥‥‥‥‥‥‥‥‥［007］**1**－13
　吉備津の釜〔雨月物語〕‥‥‥［080］**(3)**－130
　作品の魅力〔武家義理物語〕‥‥［080］**(11)**－6
　壺菫 ‥‥‥‥‥‥‥‥‥‥‥‥［007］**1**－335
　武家義理物語 ‥‥‥‥‥‥‥‥［080］**(11)**－24
　読みの手引き〔武家義理物語〕‥［080］**(11)**－42,
　　［080］**(11)**－59,［080］**(11)**－93,
　　［080］**(11)**－107,［080］**(11)**－157,
　　［080］**(11)**－181,［080］**(11)**－194,
　　［080］**(11)**－199,［080］**(11)**－228

木越 隆
　〔解題〕新撰万葉集 ‥‥‥‥‥［045］**2**－866
　〔解題〕千里集 ‥‥‥‥‥‥‥［045］**3**－868

木越 秀子
　解説〔清涼井蘇来集〕‥‥‥‥［008］**3**－373
　古実今物語 ‥‥‥‥‥‥‥‥‥［008］**3**－5

岸 睦子
　源平盛衰記（完訳）〔巻一～巻五〕
　　‥‥‥‥‥‥‥‥‥‥‥‥‥［024］**(2)**－21

岸上 慎二
　枕草子年表 ‥‥‥‥‥‥‥‥‥［013］**(7)**－656

岸田 依子
　解説〔紹巴富士見道記〕‥‥‥‥［058］**7**－234
　解説〔宗長日記〕‥‥‥‥‥‥‥［058］**7**－407
　〔解題〕閑塵集（兼載）‥‥‥‥‥［045］**8**－843
　〔解題〕指雪斎発句集 ‥‥‥‥［081］**2**－506
　〔解題〕那智籠 ‥‥‥‥‥‥‥［081］**2**－491
　〔解題〕前句付並発句（早稲田大学伊地知文庫蔵本）
　　‥‥‥‥‥‥‥‥‥‥‥‥‥［081］**1**－559
　〔解題〕了俊歌学書 ‥‥‥‥‥［045］**10**－1198
　〔解題〕了俊日記 ‥‥‥‥‥‥［045］**10**－1198
　〔解題〕冷泉家和歌秘々口伝 ‥‥［045］**10**－1198
　紹巴富士見道記 ‥‥‥‥‥‥‥［058］**7**－179
　『紹巴富士見道記』研究文献目録 ‥［058］**7**－245
　宗長日記 ‥‥‥‥‥‥‥‥‥‥［058］**7**－339

岸本 理恵

- 海人手子良集 ……………………… [042]4-3
- 小野宮殿実頼集 ………………… [039]31-53
- 〔解説〕宣耀殿女御麗麦合 …… [082]48-319
- 〔解説〕民部卿家歌合 …………… [082]48-312
- 〔解説〕陽成院一親王姫君達歌合 ‥ [082]48-316
- 〔解説〕論春秋歌合 ……………… [082]48-314
- 九条殿師輔集 …………………… [039]31-183
- 〔校訂一覧〕左大臣家歌合 ……… [082]48-371
- 〔校訂一覧〕宣耀殿女御麗麦合 … [082]48-370
- 〔校訂一覧〕民部卿家歌合 ……… [082]48-370
- 左大臣家歌合 ……………………… [082]48-39
- 宣耀殿女御麗麦合 ………………… [082]48-25
- 本院侍従集 ………………………… [042]4-125
- 民部卿家歌合 ……………………… [082]48-1
- 陽成院一親王姫君達歌合 ………… [082]48-15
- 義孝集 ……………………………… [042]4-183
- 『義孝集』解説 …………………… [042]4-363
- 論春秋歌合 ………………………… [082]48-7
- 和歌各句索引〔小野宮殿実頼集・九条殿師輔集〕 ……………………………… [039]31-354
- 和歌各句索引〔元良親王集〕 …… [083]1-281

北川 忠彦

- 解説 室町小歌の世界—俗と雅の交錯〔閑吟集・宗安小歌集〕 ……………… [043]〔8〕-227
- 閑吟集 ……………………………… [043]〔8〕-9
- 宗安小歌集 ………………………… [043]〔8〕-159

北城 伸子

- 〔解題〕孝子善之丞感得伝 ……… [007]5-1087
- 〔解題〕西播怪談実記 …………… [007]5-1073
- 孝子善之丞感得伝 ………………… [007]5-989
- 西播怪談実記 ……………………… [007]5-397

北村 章

- 〔解題〕和泉式部日記 …………… [045]5-1491
- 〔解題〕讃岐典侍日記 …………… [045]5-1491
- 〔解題〕更級日記 ………………… [045]5-1491
- 〔解題〕紫式部日記 ……………… [045]5-1491

北村 杏子

- 赤染衛門集 ………………………… [039]1-1
- 参考文献の紹介〔赤染衛門集〕 … [039]1-32
- 和歌索引〔赤染衛門集〕 ………… [039]1-575

義太夫節正本刊行会

- 刊行にあたって〔義太夫節浄瑠璃未翻刻作品集成〕 ……………………………… [018]1-3, [018]2-3, [018]3-3, [018]4-3, [018]5-3, [018]6-3, [018]7-3, [018]8-3, [018]9-3, [018]10-3, [018]11-3, [018]12-3, [018]13-3, [018]14-3, [018]15-3, [018]16-3, [018]17-3, [018]18-3, [018]19-3, [018]20-3, [018]21-3, [018]22-3, [018]23-3, [018]24-3, [018]25-3, [018]26-3, [018]27-3, [018]28-3, [018]29-3, [018]30-3, [018]31-3, [018]32-3, [018]33-3, [018]34-3, [018]35-3, [018]36-3, [018]37-3, [018]38-3, [018]39-3, [018]40-3, [018]41-3, [018]42-3, [018]43-3, [018]44-3, [018]45-3, [018]46-3, [018]47-3, [018]48-3, [018]49-3, [018]50-3, [018]51-3, [018]52-3
- 義太夫節人形浄瑠璃上演年表(一七一六–一七五一) …… [018]13-111, [018]14-102, [018]15-118, [018]16-94, [018]17-139, [018]18-74, [018]19-142, [018]20-128, [018]21-102, [018]22-127, [018]23-136, [018]24-142, [018]25-135, [018]26-135, [018]27-108, [018]28-92, [018]29-92, [018]30-142, [018]31-128, [018]32-144, [018]33-126, [018]34-127, [018]35-104, [018]36-86, [018]37-128, [018]38-136, [018]39-147, [018]40-144, [018]41-147, [018]42-121, [018]43-139, [018]44-120, [018]45-135, [018]46-129, [018]47-136, [018]48-137, [018]49-151, [018]50-150, [018]51-136, [018]52-170

木藤 才蔵

- 解説〔徒然草〕 ………………… [043]〔41〕-259
- 徒然草 …………………………… [043]〔41〕-19

木下 華子

- 〔解説「俊頼述懐百首」〕後世への影響—俊恵・歌林苑をめぐって ……… [006]3-229
- 〔解説「俊頼述懐百首」〕総説 … [006]3-147
- 正治二年院初度百首 ……………… [082]49-1
- 俊頼述懐百首 ……………………… [006]3-11

木下 正俊

- 万葉集 ……………………………… [069]4-9

木下 資一

- 西行物語絵巻・詞書(徳川家本) ‥ [036]〔1〕-999
- 西行物語絵巻・詞書(萬野家本) ‥ [036]〔1〕-1001
- 撰集鈔(嵯峨本) ………………… [036]〔1〕-899

木原 秋好

- つくしの海 ……………………… [030]1-203

君嶋 亜紀

- 新葉和歌集 ……………………… [082]44-310
- 〔解説「俊頼述懐百首」〕述懐歌詠出の方法—摂取・類句をめぐって ……… [006]3-212
- 〔解説「俊頼述懐百首」〕総説 … [006]3-147
- 校訂一覧〔新葉和歌集〕 ………… [082]44-307
- 新葉和歌集 ……………………… [082]44-1
- 地名一覧〔新葉和歌集〕 ………… [082]44-363
- 俊頼述懐百首 …………………… [006]3-11

金 任淑

- 国用集 …………………………… [039]22-78
- 参考文献一覧〔藤原仲文集〕 …… [039]22-176
- 仲文集 ……………… [039]22-27, [039]22-109

金 石哲

- 『小野宮殿集』『九条殿集』関係年表 …………………………………… [039]31-338
- 九条殿師輔集 …………………… [039]31-183
- 参考文献一覧〔元良親王集〕 …… [083]1-275

金 永昊
- 玉櫛笥 ………………………… [008]1-5
- 『玉櫛笥』『玉箒子』解説 … [008]1-438
- 玉箒子 ………………………… [008]1-189
- 『都鳥妻恋笛』解説 ………… [008]1-451

木村 尚志
- 〔解題〕専順宗祇百句附(大阪天満宮蔵本) ……………………………… [081]1-562
- 〔解題〕法眼専順連歌(旧横山重(赤木文庫)蔵本) ……………………… [081]1-563
- 続古今和歌集 ……………… [082]38-1

木村 初恵
- 解説〔深養父集〕 ………… [039]24-3
- 小馬命婦集 ………………… [039]24-217
- 深養父集 …………………… [039]24-35

木村 正中
- 解説〔土佐日記・貫之集〕… [043]〔42〕-307
- 〔解題〕道綱母集 ………… [045]3-881
- 蜻蛉日記 …………………… [069]7-55
- 貫之集 ……………………… [043]〔42〕-51
- 土佐日記 …………………… [043]〔42〕-9

木村 三四吾
- 序〔几董発句全集〕 ……… [019]〔1〕-1

久曾神 昇
- 〔解題〕郁芳門院根合 …… [045]5-1432
- 〔解題〕色葉和難集 ……… [045]10-1198
- 〔解題〕比叡社歌合 ……… [045]10-1139
- 〔解題〕物語二百番歌合 … [045]5-1476
- 〔解題〕六条宰相家歌合 … [045]5-1435

久徳 高文
- 〔解題〕建礼門院右京大夫集 … [045]4-692

清川 妙
- 萬葉集 ……………………… [084]2-7
- わたしと『萬葉集』 ……… [084]2-1

清登 典子
- 曙草紙(安永五年) ………… [078]8-344
- 曙草紙 解題 ……………… [078]8-344
- あとがき〔蕪村全句集〕 … [077]〔1〕-602
- いしなとり(安永四年) …… [078]8-323
- いしなとり 解題 ………… [078]8-323
- 俳諧卯月庭訓(元文三年) … [078]8-9
- 俳諧卯月庭訓 解題 ……… [078]8-9
- ゑぼし桶(安永三年) ……… [078]8-285
- ゑぼし桶 解題 …………… [078]8-285
- 果報冠者(安永四年) ……… [078]8-291
- 果報冠者 解題 …………… [078]8-291
- 桐の影(安永六年) ………… [078]8-416
- 桐の影 解題 ……………… [078]8-416
- 歳旦帳(元文四年) ………… [078]8-21
- 歳旦帳(元文四年)解題 …… [078]8-21
- 沢村長四郎追善集(安永二年) … [078]8-214
- 沢村長四郎追善集 解題 … [078]8-214
- 春慶引(安永三年) ………… [078]8-227
- 春慶引(安永二年) ………… [078]8-199
- 春慶引(明和九年) ………… [078]8-185
- 春慶引(安永三年)解題 …… [078]8-227
- 春慶引(安永二年)解題 …… [078]8-199
- 春慶引(明和九年)解題 …… [078]8-185
- 除元吟(安永八年) ………… [078]8-445
- 除元吟 解題 ……………… [078]8-445
- 誹諧昔のかぜ(宝暦三年) … [078]8-36
- 誹諧昔のかぜ 解題 ……… [078]8-36
- そのしをり(安永八年) …… [078]8-471
- そのしをり 解題 ………… [078]8-471
- その人(安永二年) ………… [078]8-218
- その人 解題 ……………… [078]8-218
- 丁酉帖(安永六年) ………… [078]8-380
- 丁酉帖 解題 ……………… [078]8-380
- 幣ぶくろ(安永三年) ……… [078]8-267
- 幣ぶくろ 解題 …………… [078]8-267
- はし立のあき(明和三年) … [078]8-118
- はし立のあき 解題 ……… [078]8-118
- 花七日(安永六年) ………… [078]8-390
- 花七日 解題 ……………… [078]8-390
- はるのあけぼの(安永九年)… [078]8-478
- はるのあけぼの 解題 …… [078]8-478
- 反古ぶすま(宝暦二年) …… [078]8-29
- 反古ぶすま 解題 ………… [078]8-29
- まだら雁(天明三年) ……… [078]8-525
- まだら雁 解題 …………… [078]8-525

雲英 末雄
- 安永三年春帖(安永三年春)… [078]7-51
- 安永三年春帖 解題 ……… [078]7-50
- 奥細道洗心抄 ……………… [030]7-318
- 解題〔奥細道洗心抄〕 …… [030]7-371
- 総説〔芭蕉集〕 …………… [031]3-3
- 誹諧隠蓑 巻上 …………… [030]1-177
- 〔誹諧隠蓑 巻上〕解説 … [030]1-175
- 俳諧三ッ物揃 … [030]3-280, [030]3-293
- 芭蕉全句集 ……………… [072]〔1〕-17
- 翻刻・延宝六年『俳諧三ッ物揃』(一) …………………… [030]3-276
- 翻刻・延宝六年『俳諧三ッ物揃』(二) …………………… [030]3-293
- 翻刻『奥細道洗心抄』(一)… [030]7-318
- 翻刻『奥細道洗心抄』(二)… [030]7-330
- 翻刻『奥細道洗心抄』(三)… [030]7-342
- 翻刻『奥細道洗心抄』(四)… [030]7-350
- 翻刻『奥細道洗心抄』(五)… [030]7-358
- 翻刻『奥細道洗心抄』(六)… [030]7-366
- 翻刻・『言水追福海音集』… [030]6-63
- 翻刻・超波十七回忌追善集『はせを』… [030]6-261
- 翻刻・轍士編『墨流し わだち第五』……………………… [030]4-245
- 翻刻・冬の日句解 ……… [030]7-125

キーン、ドナルド
- 〔付録エッセイ〕木下長嘯子 … [032]057-114

【く】

日下 幸男
- 〔解題〕後十輪院内府集(通村) … [045]9-770

草野 隆
- 〔解題〕日吉社撰歌合 寛喜四年 … [045]10-1129

〔解題〕日吉社大宮歌合 承久元年, 日吉社十禅師
　歌合 承久元年 …………… [045]**10**-1128
〔解題〕日吉社知家自歌合 嘉禎元年
　…………………………… [045]**10**-1129
楠橋 開
　〔解題〕殷富門院大輔集 ……… [045]**3**-915
　〔解題〕前麗景殿女御歌合 …… [045]**5**-1420
　〔解題〕続千載和歌集 ………… [045]**1**-826
　〔解題〕祐子内親王家歌合 永承五年
　　…………………………… [045]**5**-1420
　〔解題〕内裏歌合 永承四年 …… [045]**5**-1419
　〔解題〕題林愚抄 ……………… [045]**6**-964
楠元 六男
　解説〔西鶴名残の友〕………… [034]〔**25**〕-7
　解説〔西鶴名残の友〕………… [034]〔**26**〕-131
　後記〔西鶴選集 西鶴名残の友〕
　　………………………… [034]〔**25**〕-173
　西鶴名残の友 ……………… [034]〔**25**〕-67
　ますみ集 解題と翻刻 付 立教大学日本文学研
　　究室蔵俳書目録 …………… [030]**7**-7
　立教大学日本文学研究室蔵俳書目録
　　……………………………… [030]**7**-14
沓名 定
　井筒屋源六恋寒晒 …………… [064]**4**-15
　〔解題〕井筒屋源六恋寒晒 …… [064]**4**-332
　〔解題〕南北軍問答 …………… [064]**5**-423
　南北軍問答 …………………… [064]**5**-111
工藤 慶三郎
　解説〔関八州繋馬〕…………… [056]**2**-93
　解説〔けいせい反魂香〕……… [056]**2**-263
　解説〔後太平記四十八巻目 津国女夫池〕
　　……………………………… [056]**2**-343
　解説〔嫗山姥〕………………… [056]〔**1**〕-73
　解説〔下関猫魔達〕…………… [056]**3**-223
　解説〔聖徳太子絵伝記〕……… [056]**3**-131
　解説〔せみ丸〕………………… [056]**2**-207
　解説〔善光寺御堂供養〕……… [056]**3**-347
　解説〔大職冠〕………………… [056]〔**1**〕-11
　解説〔天鼓〕…………………… [056]**3**-273
　解説〔天神記〕………………… [056]〔**1**〕-269
　解説〔当流小栗判官〕………… [056]**3**-11
　解説〔日本振袖始〕…………… [056]**3**-61
　解説〔双生隅田川〕…………… [056]**2**-425
　解説〔平家女護嶋〕…………… [056]**2**-11
　解説〔用明天皇職人鑑〕……… [056]〔**1**〕-133
　関八州繋馬 …………………… [056]**2**-93
　けいせい反魂香 ……………… [056]**2**-263
　嫗山姥 ………………………… [056]〔**1**〕-73
　下関猫魔達 …………………… [056]**3**-223
　聖徳太子絵伝記 ……………… [056]**3**-131
　せみ丸 ………………………… [056]**2**-207
　善光寺御堂供養 ……………… [056]**3**-347
　大職冠 ………………………… [056]〔**1**〕-11
　後太平記四十八巻目 津国女夫池 [056]**2**-343
　天鼓 …………………………… [056]**3**-273
　天神記 ………………………… [056]〔**1**〕-269
　当流小栗判官 ………………… [056]**3**-11
　日本振袖始 …………………… [056]**3**-61
　はしがき〔近松時代物現代語訳〕………

[056]〔**1**〕-1, [056]**2**-1, [056]**3**-1
　双生隅田川 …………………… [056]**2**-425
　平家女護嶋 …………………… [056]**2**-11
　百合若大臣野守鑑 …………… [056]〔**1**〕-207
　用明天皇職人鑑 ……………… [056]〔**1**〕-133
工藤 重矩
　あとがき〔私家集全釈叢書10〕…[039]**10**-301
　〔解題〕兼輔集 ………………… [045]**3**-854
　解題〔後撰和歌集〕…………… [002]**3**-(3)
　〔解題〕三条右大臣集(定方) … [045]**3**-869
　〔解題〕朱雀院御集 …………… [045]**7**-780
　〔解題〕山田法師集 …………… [045]**7**-780
　後撰和歌集 …………………… [002]**3**-1
　作者詞書人名索引〔後撰和歌集〕…[002]**3**-369
　他出文献一覧〔後撰和歌集〕… [002]**3**-353
国枝 利久
　〔解題〕今撰和歌集 …………… [045]**2**-874
国東 文麿
　今昔物語集 …………………… [069]**12**-11
久保 貴子
　とはずがたり ………………… [058]**4**-1
久保木 哲夫
　あとがき〔新注和歌文学叢書6〕…[042]**6**-193
　あとがき〔新注和歌文学叢書19〕
　　……………………………… [042]**19**-377
　あとがき〔新注和歌文学叢書24〕
　　……………………………… [042]**24**-237
　あとがき〔和歌文学注釈叢書3〕…[083]**3**-349
　伊勢大輔集 …………………… [040]**2**-7
　出羽弁集 ……………………… [042]**6**-1
　解説〔伊勢大輔集注釈〕……… [040]**2**-203
　解説〔出羽弁集〕……………… [042]**6**-109
　解説〔伝行成筆 和泉式部続集切 針切相模集〕
　　……………………………… [042]**24**-153
　〔解説 肥後集〕家集 …………… [083]**3**-309
　解説〔元良親王集〕…………… [083]**1**-245
　解説〔康資王母集注釈〕……… [040]**8**-213
　〔解題〕河原院歌合 …………… [045]**5**-1409
　〔解題〕玄玄集 ………………… [045]**2**-870
　〔解題〕小大君集 ……………… [045]**3**-866
　〔解題〕宰相中将君達春秋歌合 [045]**5**-1409
　〔解題〕重之子僧集 …………… [045]**7**-786
　〔解題〕重之女集 ……………… [045]**7**-786
　〔解題〕内裏歌合 応和二年 …… [045]**5**-1409
　〔解題〕内裏前栽合 康保三年 … [045]**5**-1410
　〔解題〕為仲集 ………………… [045]**3**-899
　〔解題〕継色紙集 ……………… [045]**6**-935
　〔解題〕如意宝集(古筆断簡) … [045]**6**-935
　〔解題〕道信集 ………………… [045]**3**-880
　〔解題〕源順馬名歌合 ………… [045]**5**-1410
　〔解題〕麗花集(古筆断簡) …… [045]**6**-935
　伝行成筆和泉式部続集切 …… [042]**24**-3
　伝行成筆針切相模集 ………… [042]**24**-118
　範永集 ………………………… [042]**19**-1
　範永集の伝本 ………………… [042]**19**-279
　肥後集 ………………………… [083]**3**-7
　康資王母集 …………………… [040]**8**-7

久保木 寿子
あとがき〔歌合・定数歌全釈叢書4〕
　　　　………………………………[006]4－253
あとがき〔新注和歌文学叢書9〕…[042]9－271
和泉式部百首 ………………………[006]4－7
解説〔和泉式部百首〕………………[006]4－207
解説〔四条宮主殿集〕………………[042]9－215
〔解題〕春日社歌合 元久元年 ……[045]5－1456
〔解題〕広田社歌合 承安二年 ……[045]5－1443
四条宮主殿集 ………………………[042]9－1

久保木 秀夫
〔解説〕玄仲発句 ……………………[081]3－686
〔解題〕春夢草 ………………………[081]2－487

久保田 啓一
〔解説〕志濃夫廼舎歌集 ……………[082]74－459
解題 狂歌あきの野ら ………………[009]8－296
解題 狂歌関東百題集 ………………[009]8－226
解題 狂歌萩古枝 ……………………[009]6－80
解題 興歌めさし岬 …………………[009]1－106
解題 猿のこしかけ …………………[009]1－276
〔解題〕新明題和歌集 ………………[045]6－967
〔解説〕為村集 ………………………[045]9－781
狂歌あきの野ら ……………………[009]8－297
狂歌関東百題集 ……………………[009]8－227
猿のこしかけ ………………………[009]1－277
志濃夫廼舎歌集 ……………………[082]74－223
狂歌萩古枝 …………………………[009]6－81
興歌めさし岬 ………………………[009]1－107

久保田 淳
あとがき〔新古今和歌集全注釈〕…[068]〔39〕－556
引用書目解題〔新古今和歌集〕
　　　　………………………………[068]〔39〕－385
懐紙・私家集〔西行和歌集成〕‥[036]〔1〕－1198
解説〔玉吟集〕………………………[082]62－485
解説〔西行全歌集〕…………………[035]〔1〕－475
〔解説〕西行法師家集 ………………[082]21－493
〔解説〕残集 …………………………[082]21－489
〔解説〕正治二年院初度百首 ………[082]49－462
続古今和歌集 ………………………[082]38－444
解説〔新古今和歌集〕………………
　　　[043]〔29〕－339,[068]〔39〕－356
〔解説〕帥中納言俊忠集 ……………[082]22－234
解説〔藤原定家全歌集〕……………[075]下－514
〔解説〕堀河院百首和歌 はじめに
　　　　………………………………[082]15－309
〔解説〕堀河院百首和歌 和歌史上の意味
　　　　………………………………[082]15－324
〔解説〕松屋本山家集 ………………[082]21－491
〔解説〕物語二百番歌合 ……………[082]50－416
〔解題〕荒木田永元集 ………………[045]10－1197
〔解題〕家隆卿百番自歌合 …………[045]5－1461
〔解題〕一品経和歌懐紙 ……………[045]10－1153
〔解題〕今物語 ………………………[045]5－1490
〔解題〕石清水社歌合 元亨四年 ……[045]10－1138
〔解題〕歌合 永仁五年八月十五夜 …[045]10－1133
〔解題〕歌合 嘉元三年三月 …………[045]10－1137
〔解題〕歌合 建保四年八月廿二日 …[045]10－1127
〔解題〕歌合 建保四年八月廿四日 …[045]10－1127

〔解題〕歌合 建保五年四月廿日 ……[045]10－1127
〔解題〕歌合 建保七年二月十一日 …[045]10－1128
〔解題〕歌合 建保七年二月十二日 …[045]10－1128
〔解題〕歌合 建暦三年八月十二日 …[045]10－1126
〔解題〕歌合 建暦三年八月十三夜 …[045]10－1126
〔解題〕歌合 正安四年六月十一日 …[045]10－1135
〔解題〕歌合 文治二年 ………………[045]5－1446
〔解題〕右大将家歌合 建保五年八月
　　　　………………………………[045]10－1127
〔解題〕影供歌合 建仁三年六月 ……[045]5－1456
〔解題〕詠五十首和歌（金沢文庫）‥[045]10－1160
〔解題〕詠十首和歌 …………………[045]10－1156
〔解題〕亀山院御集 …………………[045]7－828
〔解題〕公衡集 ………………………[045]7－802
〔解題〕禁裏歌合 建保二年七月 ……[045]10－1126
〔解題〕月卿雲客妓歌合 建保二年九月
　　　　………………………………[045]5－1459
〔解題〕月卿雲客妓歌合 建保三年六月
　　　　………………………………[045]10－1127
〔解題〕玄恵追善詩歌 ………………[045]10－1165
〔解題〕元応二年八月十五夜月十首
　　　　………………………………[045]10－1161
〔解題〕後鳥羽院御集 ………………[045]4－693
〔解題〕西行物語（伝阿仏尼筆本）‥[045]5－1490
〔解題〕西行物語（文明本）…………[045]5－1490
〔解題〕前長門守時朝入京田舎打聞集
　　　　………………………………[045]7－815
〔解題〕実兼集 ………………………[045]7－833
〔解題〕三十番歌合（正安二年～嘉元元年）
　　　　………………………………[045]10－1134
〔解題〕十訓抄 ………………………[045]5－1490
〔解題〕正治後度百首 ………………[045]4－706
〔解題〕正治初度百首 ………………[045]4－705
〔解題〕浄照房集（光家）……………[045]7－810
〔解題〕続古今和歌集 ………………[045]1－820
〔解題〕続詞花和歌集 ………………[045]2－873
〔解題〕深心院関白集（基平）………[045]7－816
〔解題〕惺窩集 ………………………[045]8－856
〔解題〕仙洞影供歌合 建仁二年五月 ‥[045]5－1453
〔解題〕仙洞十人歌合 ………………[045]5－1450
〔解題〕内裏歌合 建仁二年 …………[045]5－1459
〔解題〕内裏歌合 建暦三年八月七日
　　　　………………………………[045]10－1126
〔解題〕高倉院厳島御幸記 …………[045]5－1491
〔解題〕高倉院昇霞記 ………………[045]5－1491
〔解題〕隆祐集 ………………………[045]4－695
〔解題〕為広集Ⅰ・Ⅱ・Ⅲ ……………[045]8－845
〔解題〕為世十三回忌和歌 …………[045]10－1166
〔解題〕中宮上総集 …………………[045]7－793
〔解題〕定家十体 ……………………[045]5－1485
〔解題〕道助法親王家五十首 ………[045]10－1155
〔解題〕冬題歌合 建保五年 …………[045]5－1460
〔解題〕鳥羽殿影供歌合 建仁元年四月
　　　　………………………………[045]5－1452
〔解題〕成仲集 ………………………[045]7－800
〔解題〕二条太皇太后宮大弐集 ……[045]7－794
〔解題〕信実集 ………………………[045]7－816
〔解題〕碧玉集（政為）………………[045]8－844
〔解題〕法性寺為信集 ………………[045]7－827

くまた　　作家名索引（注・訳者）

〔解題〕通親亭影供歌合　建仁元年三月
　　　　　　　　　　　　　　　　［045］**5**-1452
〔解題〕通具俊成卿女歌合 ……［045］**10**-1124
〔解題〕御裳濯河歌合 …………［045］**5**-1446
〔解題〕御裳濯和歌集 …………［045］**6**-936
〔解題〕宮河歌合 ………………［045］**5**-1446
〔解題〕明恵上人集 ……………［045］**4**-693
〔解題〕民部卿家歌合　建久六年 ‥［045］**5**-1448
〔解題〕世継物語 ………………［045］**5**-1490
〔解題〕四十番歌合　建保五年十月 ‥［045］**10**-1128
〔解題〕和歌詠草（金沢文庫）………［045］**10**-1160
〔解題〕和歌所影供歌合　建仁元年八月
　　　　　　　　　　　　　　　　［045］**5**-1452
〔解題〕和歌所影供歌合　建仁元年九月
　　　　　　　　　　　　　　　　［045］**5**-1453
刊行のことば〔西行全集〕………［036］〔1〕-3
聞書集 ……………………………［035］〔1〕-251
玉吟集 ……………………………［082］**62**-1
建仁元年四月三十日鳥羽殿影供歌合
　　　　　　　　　　　　　　　［075］下-422
建仁三年六月十六日和歌所影供歌合
　　　　　　　　　　　　　　　［075］下-422
源平盛衰記　巻第三十七～巻第四十二
　　　　　　　　　　　　　　　［059］〔5〕-9
校訂一覧〔西行全集〕………［036］〔1〕-463
西行法師集 ‥［035］〔1〕-389, ［082］**21**-387
〔西行歌集成〕勅撰和歌集 ‥［036］〔1〕-1123
〔西行和歌集成〕私撰和歌集 ‥［036］〔1〕-1144
山家集 ………………………［035］〔1〕-9
山家集（松屋本書入六家集本）………［036］〔1〕-157
山家集（松屋本）
　　　　　［035］〔1〕-378, ［082］**21**-371
山家心中集（伝西行自筆本）………［036］〔1〕-477
山家心中集（伝冷泉為相筆本）………［036］〔1〕-501
山家和歌集（六家集板本）………［035］〔1〕-372
残集　　　［035］〔1〕-300, ［082］**21**-355
拾遺愚草 ……………………………［075］上-9
拾遺愚草員外雑歌 …………………［075］下-9
拾遺愚草員外之外 …………………［075］下-205
正治二年院初度百首 ………………［082］**49**-1
続古今和歌集 ……………………［082］**38**-1
新古今和歌集（巻第一～巻第十）
　　　　　　　　　　　　　　　［043］〔29〕-7
新古今和歌集（巻第十一～巻第二十）
　　　　　　　　　　　　　　　［043］〔30〕-7
新古今和哥集　巻第一～第三　［068］〔34〕-43
新古今和哥集　巻第四～第六 ‥［068］〔35〕-7
新古今和哥集　巻第七～巻第十 ‥［068］〔36〕-7
新古今和哥集　巻第十一～巻第十四
　　　　　　　　　　　　　　　［068］〔37〕-7
新古今和哥集　巻第十五～巻第十七
　　　　　　　　　　　　　　　［068］〔38〕-7
新古今和哥集　巻第十八～巻第廿
　　　　　　　　　　　　　　　［068］〔39〕-7
人名一覧〔為家卿集・瓊玉和歌集・伏見院御
集〕…………………………［082］**64**-428
帥中納言俊忠集 ……………［082］**22**-193
地名一覧〔為家卿集・瓊玉和歌集・伏見院御
集〕…………………………［082］**64**-434
定家卿にをくる文 ……………［036］〔1〕-599

とはずがたり ……………………［069］**7**-143
文庫版あとがき〔藤原定家全歌集〕
　　　　　　　　　　　　　　　［075］下-549
別本山家集 ………………………［035］〔1〕-389
堀河院百首和歌 …………………［082］**15**-1
御子左六代略年表 ………………［082］**22**-247
御裳濯河歌合 ……………………［035］〔1〕-312
宮河歌合 …………………………［035］〔1〕-343
熊田 洋子
　参考文献〔範永集〕………………［042］**19**-331
　人物索引〔範永集〕………………［042］**19**-372
　他文献に見える範永関係資料〔範永集〕
　　　　　　　　　　　　　　　［042］**19**-354
　範永関係年表 ……………………［042］**19**-336
　範永関係系図 ……………………［042］**19**-333
　和歌初句索引〔範永集〕…………［042］**19**-374
熊本 守雄
　〔解題〕恵慶法師集 ……………［045］**3**-876
雲岡 梓
　〔解題〕橘園集 ……………………［081］**3**-696
　〔解題〕風庵発句 …………………［081］**3**-688
倉員 正江
　商人家職訓 ………………………［073］**8**-305
　今川一睡記 ………………………［073］**4**-1
　御伽太平記 ………………………［073］**21**-307
　〔解題〕商人家職訓 ………………［073］**8**-540
　〔解題〕曦太平記 …………………［073］**11**-621
　〔解題〕今川一睡記 ………………［073］**4**-507
　〔解題〕御伽太平記 ………………［073］**21**-526
　〔解題〕鬼一法眼虎の巻 …………［073］**12**-511
　〔解題〕其磧諸国物語 ……………［073］**17**-530
　〔解題〕記録曽我女黒船 …………［073］**10**-528
　〔解題〕記録曽我女黒船後本朝会稽山
　　　　　　　　　　　　　　　［073］**10**-530
　〔解題〕兼好一代記 ………………［073］**14**-510
　〔解題〕新色五巻書 ………………［064］**1**-427
　〔解題〕忠臣略太平記 ……………［073］**3**-509
　〔解題〕手代袖算盤 ………………［073］**4**-523
　〔解題〕当世信玄記 ………………［073］**4**-519
　〔解題〕百性盛衰記 ………………［073］**4**-516
　〔解題〕乱脛三本鑓 ………………［064］**3**-586
　〔解題〕頼朝三代鎌倉記 …………［073］**3**-499
　〔解題〕頼信瑾軍記 ………………［073］**19**-509
　鬼一法眼虎の巻 …………………［073］**12**-147
　其磧諸国物語 ……………………［073］**17**-357
　記録曽我女黒船 …………………［073］**10**-77
　記録曽我女黒船後本朝会稽山 …［073］**10**-147
　兼好一代記 ………………………［073］**14**-169
　新色五巻書 ………………………［064］**1**-1
　忠臣略太平記 ……………………［073］**3**-169
　百性盛衰記 ………………………［073］**4**-271
　乱脛三本鑓 ………………………［064］**3**-323
　頼朝三代鎌倉記 …………………［073］**3**-91
　頼信瑾軍記 ………………………［073］**19**-423
倉島 利仁
　おくのほそ道 ……………………［080］〔4〕-1
倉田 実
　あとがき〔伊勢集全注釈〕…［068］〔32〕-877

作家名索引(注・訳者)　けん

伊勢集 ……………………………［068］〔32〕- 7
伊勢年譜 ……………………………［068］〔32〕- 845
解説『伊勢集』を読むために …［068］〔32〕- 807
歌語・事項歌番号索引〔伊勢集〕
　………………………………………［068］〔32〕- 865
皇室略系図〔伊勢集〕 ……………［068］〔32〕- 844
主要研究文献一覧〔伊勢集〕 ……［068］〔32〕- 851
初句索引〔伊勢集〕 ………………［068］〔32〕- 871
藤原氏略系図〔伊勢集〕 …………［068］〔32〕- 842

蔵中 さやか
　〔解説〕河原院歌合 ………………［082］48 - 321
　〔解説〕前十五番歌合 ……………［082］48 - 329
　〔解説〕左大臣家歌合 ……………［082］48 - 326
　〔解説〕散位源広綱朝臣歌合 長治元年五月二十日
　　以前 ………………………………［082］48 - 354
　〔解説〕内裏歌合 寛和元年 ………［082］48 - 324
　〔解説〕東宮学士藤原義忠朝臣歌合
　　………………………………………［082］48 - 334
　〔解説〕後十五番歌合 ……………［082］48 - 331
　河原院歌合 …………………………［082］48 - 29
　〔校訂一覧〕河原院歌合 …………［082］48 - 370
　〔校訂一覧〕前十五番歌合 ………［082］48 - 371
　〔校訂一覧〕左大臣家歌合 ………［082］48 - 371
　〔校訂一覧〕散位源広綱朝臣歌合 長治元年五月二
　　十日以前 …………………………［082］48 - 373
　〔校訂一覧〕内裏歌合 寛和元年 …［082］48 - 371
　〔校訂一覧〕東宮学士藤原義忠朝臣歌合
　　………………………………………［082］48 - 371
　〔校訂一覧〕後十五番歌合 ………［082］48 - 371
　前十五番歌合 ……………………［082］48 - 47
　左大臣家歌合 ……………………［082］48 - 39
　散位源広綱朝臣歌合 長治元年五月二十日以前
　　………………………………………［082］48 - 155
　内裏歌合 寛和元年 ………………［082］48 - 35
　東宮学士藤原義忠朝臣歌合 ……［082］48 - 59
　後十五番歌合 ……………………［082］48 - 53
　祐徳稲荷神社中川文庫蔵『文集句題』につい
　　て …………………………………［006］8 - 553

蔵中 進
　日本書紀 巻第一〜巻第二十二 …［069］2 - 11
　日本書紀 巻第二十三〜巻第三十 …［069］3 - 11

蔵中 スミ
　〔解題〕興風集 ……………………［045］3 - 852
　〔解題〕素性集 ……………………［045］3 - 851

紅林 健social
　解説〔清涼井蘇来集〕 ……………［008］3 - 373
　後篇古実今物語 ……………………［008］3 - 221

黒石 陽子
　解題〔赤沢山伊東伝記〕 …………［018］12 - 117
　解題〔石橋山鎧襲〕 ………………［018］41 - 137
　解題〔蒲冠者藤戸合戦〕 …………［018］24 - 135
　解題〔工藤左衛門富士日記〕 ……［018］3 - 149
　解題〔源家七代集〕 ………………［018］20 - 121

黒岩 淳
　〔解題〕水海月 ……………………［081］3 - 687

黒川 昌享
　〔解題〕出観集〔覚性法親王〕 ……［045］7 - 796
　〔解題〕長秋詠藻〔俊成〕 …………［045］3 - 918

黒木 香
　恵慶と源順の和歌―恵慶百首と順百首の類似
　　歌句を中心に― …………………［006］11 - 289
　解説〔恵慶百首〕 …………………［006］11 - 229
　〈順百首〉の四季配列について …［006］11 - 259
　為頼集 ………………………………［039］14 - 111
　『為頼集』並びに拾遺歌 詠歌年次索引
　　………………………………………［039］14 - 264
　不遇と老いの歌―〈好忠百首〉とその周辺―
　　………………………………………［006］20 - 355

黒田 彰子
　〔解題〕春日若宮社歌合 寛元四年十二月
　　………………………………………［045］5 - 1465
　〔解題〕河合社歌合 寛元元年十一月 …［045］5 - 1465
　〔解題〕瓊玉和歌集〔宗尊親王〕 …［045］7 - 818
　〔解題〕秋風抄 ……………………［045］6 - 942
　〔解題〕新時代不同歌合 …………［045］5 - 1468
　〔解題〕中書王御詠〔宗尊親王〕 …［045］7 - 819
　〔解題〕柳葉和歌集〔宗尊親王〕 …［045］7 - 819

黒田 彰
　〔解題〕義経記 ……………………［045］5 - 1490
　〔解題〕源平盛衰記 ………………［045］5 - 1490
　解題〔胡曽詩抄〕 …………………［062］3 - 7
　〔解題〕承久記〔古活字本〕 ………［045］5 - 1490
　〔解題〕承久記〔慈光寺本〕 ………［045］5 - 1490
　〔解題〕曾我物語〔仮名〕 …………［045］5 - 1490
　〔解題〕曾我物語〔真名〕 …………［045］5 - 1490
　〔解題〕太平記 ……………………［045］5 - 1490
　〔解題〕平家物語〔延慶本〕 ………［045］5 - 1490
　〔解題〕平家物語〔覚一本〕 ………［045］5 - 1490
　〔解題〕平治物語 …………………［045］5 - 1490
　〔解題〕保元物語 …………………［045］5 - 1490
　〔解題〕六代勝事記 ………………［045］5 - 1490

黒柳 孝夫
　〔解説〕竹風和歌抄〔宗尊親王〕 …［045］7 - 819

桑原 博史
　解説 源家済集について …………［039］2 - 1
　解説〔無名草子〕 …………………［043］〔60〕- 131
　〔解題〕信明集 ……………………［045］3 - 859
　〔解題〕中務集 ……………………［045］3 - 859
　小学館蔵住吉物語絵巻 翻刻 ……［057］11 - 151
　小学館蔵住吉物語絵巻 翻刻解題
　　………………………………………［057］11 - 152
　住吉物語 ……………………………［057］11 - 51
　〔住吉物語〕解題―住吉物語を読むために
　　………………………………………［057］11 - 134
　〔住吉物語〕梗概 …………………［057］11 - 132
　源道済集 ……………………………［039］2 - 67
　無名草子 ……………………………［043］〔60〕- 5

【け】

厳 明
　おわりに〔日本漢詩人選集4 伊藤仁斎〕
　　………………………………………［067］4 - 209
　はじめに〔日本漢詩人選集4 伊藤仁斎〕
　　………………………………………［067］4 - 3

【こ】

小秋元 段
　解説〔太平記〕……………… [069]16-307
　太平記 第一部 鎌倉幕府の滅亡 あらすじ
　　……………………………… [069]16-10
　太平記 第二部 後醍醐と尊氏 あらすじ
　　……………………………… [069]16-122
　太平記 第三部 幕府内の権力闘争 あらすじ
　　……………………………… [069]16-174
　太平記 第四部 争乱終結 あらすじ
　　……………………………… [069]16-232
　はじめに―時代を映しえた文学遺産
　　……………………………… [069]16-3
小池 一行
　解説「僧侶の和歌の種類とその特徴」
　　……………………………… [032]059-107
　〔解題〕遺塵和歌集 ……… [045]6-951
　〔解題〕高陽院七番歌合 … [045]5-1432
　〔解題〕堯孝法印集 ……… [045]8-817
　〔解題〕源宰相中将家和歌合 康和二年
　　……………………………… [045]5-1433
　〔解題〕耕雲千首 ………… [045]10-1090
　〔解題〕古今和歌六帖 …… [045]2-867
　〔解題〕権大納言家歌合 永長元年 … [045]5-1432
　〔解題〕左近権中将俊忠朝臣家歌合
　　……………………………… [045]5-1434
　〔解題〕左兵衛佐師時家歌合 [045]5-1432
　〔解題〕秋風和歌集 ……… [045]6-942
　〔解題〕尊円親王五十首 … [045]10-1123
　〔解題〕尊円親王百首 …… [045]10-1114
　〔解題〕中宮権大夫家歌合 永長元年
　　……………………………… [045]5-1432
　〔解題〕東塔東谷歌合 …… [045]5-1433
　〔解題〕備中守仲実朝臣女子根合 … [045]5-1433
　〔解題〕伏見院御集 ……… [045]7-830
　〔解題〕文保百首 ………… [045]4-716
　〔解題〕慕風愚吟集〈堯孝〉 … [045]8-817
　〔解題〕堀河院艶書合 …… [045]5-1433
　〔解題〕宗良親王千首 …… [045]10-1092
小池 博明
　あとがき〔私家集全釈叢書19〕 … [039]19-197
　千頴集 ……………………… [039]19-51
　〔千頴集〕引用歌初句索引 … [039]19-187
　千頴集初句索引 …………… [039]19-185
小泉 道
　解説〔日本霊異記〕……… [043]〔45〕-315
　日本霊異記 ……………… [043]〔45〕-17
小泉 和
　〔解説〕徒然草 …………… [084]13-249
　〔解説〕方丈記 …………… [084]13-241
小磯 純子
　あとがき〔榎本星布全句集〕… [011]〔1〕-188
　榎本星布全句集 …………… [011]〔1〕-1
　榎本星布年譜 ……………… [011]〔1〕-172

神津 武男
　阿漕 ………………………… [064]4-1
　女蟬丸 ……………………… [064]5-1
　〔解題〕阿漕 ……………… [064]4-329
　〔解題〕女蟬丸 …………… [064]5-415
　〔解題〕京土産名所井筒〕… [018]7-95
　享保期興行年表〔義太夫節浄瑠璃〕
　　……… [018]1-124, [018]2-144,
　　[018]3-156, [018]4-120, [018]5-142,
　　[018]6-138, [018]7-162, [018]8-130,
　　[018]9-138, [018]10-136,
　　[018]11-118, [018]12-126
　北条時頼記 ………………… [064]6-71
郷津 正
　解説〔清涼井蘇来集〕…… [008]3-373
　今昔雑冥談 ………………… [008]3-127
興膳 宏
　あとがき〔日本漢詩人選集 別巻 古代漢詩選〕
　　……………………………… [067]別-255
　古代日本人の漢詩新学び … [067]別-3
神野志 隆光
　古事記 ……………………… [069]1-9
小島 孝之
　〔解題〕宇治拾遺物語 …… [045]5-1490
　〔解題〕古今著聞集 ……… [045]5-1490
　〔解題〕古事談 …………… [045]5-1490
　〔解題〕沙石集 …………… [045]5-1490
　〔解題〕撰集抄 …………… [045]5-1490
　〔解題〕続古事談 ………… [045]5-1490
　〔解題〕宝物集 …………… [045]5-1490
　〔解題〕発心集 …………… [045]5-1490
　撰集抄〈松平文庫本〉…… [036]〔1〕-653
小島 憲之
　日本書紀 巻第一～巻第二十二 … [069]2-11
　日本書紀 巻第二十三～巻第三十 … [069]3-11
　はじめに〔日本漢詩人選集1 菅原道真〕
　　……………………………… [067]1-3
　万葉集 ……………………… [069]4-9
小谷 成子
　翻刻『位山集』…………… [030]5-187
小番 達
　太平記（現代語訳）〔巻第十六～巻第二十〕
　　……………………………… [024]〔13〕-253
　太平記（現代語訳）〔巻二十一～巻三十〕
　　……………………………… [024]〔14〕-1
　太平記（現代語訳）〔巻三十一～巻四十〕
　　……………………………… [024]〔15〕-1
後藤 昭雄
　〔解題〕別本和漢兼作集 … [045]6-945
後藤 重郎
　解説〔山家集〕…………… [043]〔28〕-435
　〔解題〕佚名歌集〈穂久邇文庫〉… [045]5-1197
　〔解題〕院四十五番歌合 建保三年 … [045]5-1459
　〔解題〕雲窓贐語〈耕雲〉… [045]10-1121
　〔解題〕雲葉和歌集 ……… [045]6-943
　〔解題〕嘉応元年宇治別業和歌 … [045]5-1480
　〔解題〕寛喜女御入内和歌 … [045]5-1481
　〔解題〕元久詩歌合 ……… [045]5-1457

こはや

〔解題〕古事記 ………………… ［045］5－1489
〔解題〕最勝四天王院和歌 ……… ［045］5－1481
〔解題〕秋風抄 ………………… ［045］6－942
〔解題〕続日本紀 ………………… ［045］5－1489
〔解題〕続日本後紀 ……………… ［045］5－1489
〔解題〕新古今竟宴和歌 ………… ［045］5－1481
〔解題〕新古今和歌集 …………… ［045］1－813
〔解題〕続古今竟宴和歌 ………… ［045］5－1481
〔解題〕為富集(持令) …………… ［045］8－816
〔解題〕散りのこり(俊子文) …… ［045］9－779
〔解題〕筑波子家集 ……………… ［045］9－784
〔解題〕定家八代抄 ……………… ［045］10－1176
〔解題〕日本後紀 ………………… ［045］5－1489
〔解題〕日本三代実録 …………… ［045］5－1489
〔解題〕日本書紀 ………………… ［045］5－1489
〔解題〕風土記 …………………… ［045］5－1489
〔解題〕文治六年女御入内和歌 … ［045］5－1480
〔解題〕暮春白河尚歯会和歌 …… ［045］5－1480
〔解題〕万代和歌集 ……………… ［045］2－878
〔解題〕持為集Ⅰ・Ⅱ・Ⅲ ……… ［045］8－816
〔解題〕暦応二年春日奉納和歌 … ［045］10－1164
〔解題〕老若五十首歌合 ………… ［045］5－1451
山家集 ………………………… ［043]〔28〕－7

後藤 祥子
解説〔古今和歌集・新古今和歌集〕 …… ［084］4－258
解説〔元輔集注釈〕 …………… ［040］6－497
〔解題〕伊勢大輔集 ……………… ［045］7－791
〔解題〕皇后宮歌合 治暦二年 … ［045］5－1426
〔解題〕後拾遺歌集 ……………… ［045］1－805
〔解題〕四条宮扇歌合 …………… ［045］5－1431
〔解題〕滝口本所歌合 …………… ［045］5－1426
〔解題〕備中守定綱朝臣家歌合 … ［045］5－1427
〔解題〕元輔集 …………………… ［045］3－863
〔解題〕祐子内親王家紀伊集 …… ［045］3－903
元輔集 ………………………… ［040］6－7

近衛 典子
『怪談見聞実記』解説 ………… ［008］4－422
『怪談名香富貴玉』解説 ……… ［008］4－414
雉鼬戯談 ………………………… ［008］4－5
『雉鼬会談』解説 ……………… ［008］4－386

小林 勇
鸚鵡盃 …………………………… ［009］3－163
解題 鸚鵡盃 …………………… ［009］3－162
解題 狂歌桑之弓 ……………… ［009］3－282
解題 夢庵戯哥集 ……………… ［009］1－2
解題 八重垣縁結 ……………… ［009］3－184
解題 四方の巴流〔京都大学文学部穎原文庫本〕
 ………………………… ［009］4－189
解題 芦荻集 …………………… ［009］10－2
狂歌桑之弓 ……………………… ［009］3－283
夢庵戯哥集 ……………………… ［009］1－3
八重垣縁結 ……………………… ［009］3－185
四方の巴流〔京都大学文学部穎原文庫本〕
 ………………………… ［009］4－190
芦荻集 …………………………… ［009］10－3

小林 一彦
解説「激動・争乱の時代の芸術至上主義」
 ………………………… ［032］049－106
解説〔続拾遺和歌集〕 ………… ［082］7－263

〔解題〕歌合(正安元年～嘉元二年) … ［045］10－1134
〔解題〕五種歌合 正安元年 …… ［045］10－1134
〔解題〕詩歌合(和三年) ……… ［045］10－1137
〔解題〕新三十六人撰 正元二年 … ［045］10－1148
〔鴨長明 28首〕 ………………… ［032］049－2
前長門守時朝入京田舎打聞集 … ［039］18－61
〔寂蓮 22首〕 …………………… ［032］049－58
沙弥蓮瑜集 ……………………… ［039］23－81
続拾遺和歌集 …………………… ［082］7－1
和歌集〔沙弥蓮瑜集〕 ………… ［039］23－557

小林 茂美
〔解題〕猿丸集 …………………… ［045］3－848

小林 祥次郎
句合評・評語編〔新編 芭蕉大成〕
 ………………………… ［047］〔1〕－543
新編序〔新編 芭蕉大成〕 …… ［047］〔1〕－3
白砂人集—本文翻刻と解題— … ［030］7－43
芭蕉足跡図 ……………………… ［047］〔1〕－付図
発句・紀行文・日記・俳文地名索引〔新編 芭蕉大成〕
 ………………………… ［047］〔1〕－870
発句季語別索引〔新編 芭蕉大成〕
 ………………………… ［047］〔1〕－845

小林 大輔
解説「「歌ことば」のプロフェッショナル」〔頓阿〕
 ………………………… ［032］031－106
〔解説〕慶運集 …………………… ［082］65－419
〔解説〕浄弁集 …………………… ［082］65－405
慶運集 …………………………… ［082］65－311
浄弁集 …………………………… ［082］65－301
〔頓阿 50首〕 …………………… ［032］031－2

小林 強
〔解題〕白河殿七百首 …………… ［045］10－1157
〔解題〕住吉社三十五番歌合(建治二年)
 ………………………… ［045］10－1131
〔解題〕宗尊親王三百首 ………… ［045］10－1096

小林 秀雄
【付録エッセイ】平家物語(抄) … ［032］047－114
【付録エッセイ】本居宣長(抄) … ［032］058－107

小林 ふみ子
解題 狂歌はまのきさご ……… ［009］15－4
解題 よものはる〔東京国立博物館蔵本〕
 ………………………… ［009］4－205
狂歌江都名所図会 ……………… ［009］13－3
狂歌はまのきさご ……………… ［009］15－5
よものはる〔東京国立博物館蔵本〕
 ………………………… ［009］4－207

小林 守
〔永福門院 50首〕 ……………… ［032］030－2
解説「清新な中世女流歌人」〔永福門院〕
 ………………………… ［032］030－106

小林 保治
宇治拾遺物語 …………………… ［069］15－11
解説〔古今著聞集〕 …………… ［043］〔21〕－421
古今著聞集 … ［043］〔20〕－25, ［043］〔21〕－23

小林 善帆
〔解題〕宗養発句帳 ……………… ［081］2－513
〔解題〕冬康連歌集 ……………… ［081］2－511

小原 幹雄
　〔解題〕隠岐高田明神百首 ‥‥‥ ［045］**10**－*1173*
　〔解題〕兼好法師集 ‥‥‥‥‥‥ ［045］**4**－*696*

駒 敏郎
　【付録エッセイ】烏丸光浩 ‥‥‥ ［032］**032**－*118*

小町谷 照彦
　伊勢集 ‥‥‥‥‥‥‥‥‥‥ ［068］〔**32**〕－*7*
　〔解題〕兼澄集 ‥‥‥‥‥‥‥ ［045］**3**－*877*
　〔解題〕兼盛集 ‥‥‥‥‥‥‥ ［045］**3**－*864*
　〔解題〕金玉和歌集 ‥‥‥‥‥ ［045］**2**－*869*
　〔解題〕左大臣家歌合 長保五年 ‥ ［045］**5**－*1415*
　〔解題〕内裏歌合 寛和元年 ‥‥‥ ［045］**5**－*1413*
　〔解題〕内裏歌合 寛和二年 ‥‥‥ ［045］**5**－*1413*
　〔解題〕能因法師集 ‥‥‥‥‥ ［045］**3**－*894*
　〔解題〕匡衡集 ‥‥‥‥‥‥‥ ［045］**7**－*787*

小峯 和明
　〔解題〕江談抄 ‥‥‥‥‥‥‥ ［045］**5**－*1490*
　〔解題〕古本説話集 ‥‥‥‥‥ ［045］**5**－*1490*
　〔解題〕今昔物語集 ‥‥‥‥‥ ［045］**5**－*1490*
　〔解題〕三宝絵 ‥‥‥‥‥‥‥ ［045］**5**－*1490*
　〔解題〕日本霊異記 ‥‥‥‥‥ ［045］**5**－*1490*

米田 有里
　民部卿典侍因子年譜 ‥‥‥‥‥ ［039］**40**－*269*

小谷野 純一
　解説〔讃岐典侍日記〕 ‥‥‥‥ ［013］〔**3**〕－*175*
　解説〔紫式部日記〕 ‥‥‥‥‥ ［013］〔**8**〕－*197*
　改訂本文一覧〔讃岐典侍日記〕 ‥ ［013］〔**3**〕－*210*
　改定本文一覧〔紫式部日記〕 ‥‥ ［013］〔**8**〕－*228*
　〔讃岐典侍日記〕 ‥‥‥‥‥‥ ［013］〔**3**〕－*1*
　主要研究文献〔讃岐典侍日記〕 ‥ ［013］〔**3**〕－*207*
　紫式部日記 ‥‥‥‥‥‥‥‥ ［013］〔**8**〕－*1*

小山 順子
　解説「新古今和歌集を飾る美玉 藤原良経」
　‥‥‥‥‥‥‥‥‥‥‥‥ ［032］**027**－*106*
　〔解題〕六家連歌抄 ‥‥‥‥‥ ［081］**2**－*481*
　〔藤原良経 44首〕 ‥‥‥‥‥‥ ［032］**027**－*2*
　〔文集百首〕八条院高倉の詠について
　‥‥‥‥‥‥‥‥‥‥‥‥ ［006］**8**－*527*

小山 弘志
　髪物 井筒 ‥‥‥‥‥‥‥‥ ［069］**17**－*218*
　四番目物 隅田川 ‥‥‥‥‥‥ ［069］**17**－*244*
　修羅物 忠度 ‥‥‥‥‥‥‥ ［069］**17**－*188*
　切能 船弁慶 ‥‥‥‥‥‥‥ ［069］**17**－*272*
　謡曲名作選 ‥‥‥‥‥‥‥‥ ［069］**17**－*185*

今 栄蔵
　解説 芭蕉の発句―その芸境の展開
　‥‥‥‥‥‥‥‥‥‥‥‥ ［043］〔**46**〕－*337*
　芭蕉句集 ‥‥‥‥‥‥‥‥‥ ［043］〔**46**〕－*11*
　翻刻 貝殻集 ‥‥‥‥‥‥‥‥ ［030］**1**－*75*
　翻刻・難波順礼 ‥‥‥‥‥‥ ［030］**4**－*231*

近藤 香
　解説「新古今集の二人の才媛」〔俊成卿女と宮
　　内卿」 ‥‥‥‥‥‥‥‥ ［032］**050**－*106*
　〔宮内卿 24首〕 ‥‥‥‥‥‥ ［032］**050**－*54*
　〔俊成卿女 26首〕 ‥‥‥‥‥‥ ［032］**050**－*2*

近藤 潤一
　〔解題〕行尊大僧正集 ‥‥‥‥ ［045］**3**－*906*

　〔解題〕式子内親王集 ‥‥‥‥ ［045］**4**－*679*

近藤 信義
　東歌 ‥‥‥‥‥‥‥‥‥‥ ［032］**022**－*2*
　〔解説〕「東歌」 ‥‥‥‥‥‥‥ ［032］**022**－*106*
　〔解説〕「防人歌」 ‥‥‥‥‥‥ ［032］**022**－*110*
　防人歌 ‥‥‥‥‥‥‥‥‥‥ ［032］**022**－*74*
　【付録エッセイ】万葉集と〈音〉喩―和歌における転
　　換機能 ‥‥‥‥‥‥‥‥ ［032］**021**－*114*

近藤 瑞木
　蜑捨草 ‥‥‥‥‥‥‥‥‥‥ ［007］**1**－*521*
　怪異前席夜話 ‥‥‥‥‥‥‥ ［007］**1**－*521*
　〔解題〕秋雨物語 ‥‥‥‥‥‥ ［007］**1**－*692*
　〔解題〕蜑捨草 ‥‥‥‥‥‥‥ ［007］**1**－*694*
　〔解題〕怪異前席夜話 ‥‥‥‥ ［007］**1**－*688*
　〔解題〕聞書雨夜友 ‥‥‥‥‥ ［007］**1**－*696*
　〔解題〕奇伝新話・奇伝余話 ‥‥ ［007］**1**－*685*
　聞書雨夜友 ‥‥‥‥‥‥‥‥ ［007］**1**－*611*
　奇伝余話 ‥‥‥‥‥‥‥‥‥ ［007］**1**－*129*

近藤 美奈子
　寂身と「文集百首」 ‥‥‥‥‥ ［006］**8**－*518*
　「文集百首」句題本文の性格について
　‥‥‥‥‥‥‥‥‥‥‥‥ ［006］**8**－*501*

近藤 みゆき
　〔解題〕中宮上総集 ‥‥‥‥‥ ［045］**7**－*793*
　〔解題〕二条太皇太后宮大弐集 ‥ ［045］**7**－*794*

近藤 芳樹
　志濃夫廼舎歌集 序 ‥‥‥‥‥ ［054］〔**1**〕－*20*
　序〔志濃夫廼舎歌集〕 ‥‥‥‥ ［041］〔**1**〕－*50*

【さ】

蔡 毅
　市川寛斎について ‥‥‥‥‥‥ ［067］**9**－*208*

西鶴研究会
　西鶴諸国はなし ‥‥‥‥‥‥ ［080］〔**6**〕－*1*

三枝 和子
　朝比奈 ‥‥‥‥‥‥‥‥‥‥ ［084］**15**－*249*
　靱猿 ‥‥‥‥‥‥‥‥‥‥ ［084］**15**－*186*
　柿山伏 ‥‥‥‥‥‥‥‥‥‥ ［084］**15**－*256*
　木六駄 ‥‥‥‥‥‥‥‥‥‥ ［084］**15**－*203*
　菓争 ‥‥‥‥‥‥‥‥‥‥‥ ［084］**15**－*264*
　佐渡狐 ‥‥‥‥‥‥‥‥‥‥ ［084］**15**－*170*
　末広がり ‥‥‥‥‥‥‥‥‥ ［084］**15**－*157*
　大黒連歌 ‥‥‥‥‥‥‥‥‥ ［084］**15**－*151*
　月見座頭 ‥‥‥‥‥‥‥‥‥ ［084］**15**－*241*
　雞聟 ‥‥‥‥‥‥‥‥‥‥‥ ［084］**15**－*216*
　髭櫓 ‥‥‥‥‥‥‥‥‥‥‥ ［084］**15**－*225*
　布施無経 ‥‥‥‥‥‥‥‥‥ ［084］**15**－*230*
　わたしと狂言 ‥‥‥‥‥‥‥ ［084］**15**－*149*

斎田 作楽
　あとがき〔銅脈先生全集〕 ‥‥‥ ［063］下－*601*
　〔解説〕勢多唐巴詩 ‥‥‥‥‥ ［063］上－*403*
　〔解説〕太平遺響 二編 ‥‥‥‥ ［063］上－*452*
　〔解説〕太平楽国字解 ‥‥‥‥ ［063］下－*551*
　〔解説〕太平府 ‥‥‥‥‥‥‥ ［063］上－*385*

작家名索引（注・訳者）　　　　　さかき

〔解説〕忠臣蔵人物評論 ……… [063]下-555
〔解説〕銅脈先生狂詩画譜 …… [063]上-428
〔解説〕銅脈先生太平遺響 …… [063]上-419
〔解説〕二大家風雅 …………… [063]下-444
〔解説〕針の供養 ……………… [063]下-547
〔解説〕写本風俗三石士 ……… [063]下-580
〔解説〕風俗三石士 …………… [063]下-573
〔解説〕吹寄蒙求 ……………… [063]上-412
〔解説〕婦女教訓当世心筋立 … [063]下-560
〔解説〕唐土奇談 ……………… [063]下-564
口絵解説〔銅脈先生全集〕 …… [063]下-583
〈参考文献〉〔銅脈先生全集〕 … [063]上-383
序跋画賛集・解説〔銅脈先生全集〕
　　　　　　　　　　　　……… [063]下-445
銅脈先生年譜 注 ……………… [063]下-493
銅脈先生（畠中正春）年譜 …… [063]下-473
銅脈先生（畠中正春）年譜〈出典〉
　　　　　　　　　　　　……… [063]下-459
銅脈先生（畠中正春）年譜〈聖護院と聖護院
　村〉 …………………………… [063]下-468
銅脈先生（畠中正春）年譜〈畠中家系譜〉
　　　　　　　　　　　　……… [063]下-460
銅脈先生（畠中正春）年譜〈畠中家略史〉
　　　　　　　　　　　　……… [063]下-463
畠中家居宅考〔銅脈先生〕 …… [063]下-541
斎藤 彰
〔解説〕兼好法師集 …………… [082]65-394
〔解題〕公賢集 ………………… [045]7-837
〔解題〕公義集 ………………… [045]7-841
〔解題〕三十番歌合（応安五年以前）
　　　　　　　　　　　　……… [045]10-1145
〔解題〕守遍詩歌合 …………… [045]10-1142
〔解題〕浄弁集 ………………… [045]7-836
〔解題〕頓阿句題百首 ………… [045]10-1118
〔解題〕頓阿五十首 …………… [045]10-1124
〔解題〕頓阿勝負付歌合 ……… [045]10-1144
〔解題〕頓阿百首A …………… [045]10-1117
〔解題〕頓阿百首B …………… [045]10-1118
〔解題〕壬二集（家隆） ………… [045]3-921
兼好法師集 ……………………… [082]65-247
斎藤 熙子
〔解題〕赤染衛門集 …………… [045]3-891
〔解題〕出羽弁集 ……………… [045]3-897
〔解題〕弘徽殿女御歌合 長久二年 [045]5-1418
〔解題〕相模集 ………………… [045]3-896
〔解題〕内裏根合 永承六年 …… [045]5-1421
〔解題〕弁乳母集 ……………… [045]3-898
〔解題〕源大納言家歌合 ……… [045]5-1419
〔解題〕源大納言家歌合 長久二年 [045]5-1419
〔解題〕若狭守通宗朝臣女子達歌合
　　　　　　　　　　　　……… [045]5-1431
佐伯 孝弘
今昔九重桜 ……………………… [073]22-179
薄雪音羽滝 ……………………… [073]16-441
〔解説〕一九の戯作の作風と『東海道中膝栗
　毛』 …………………………… [069]18-313
〔解説〕西鶴の浮世草子の作風 … [069]18-308
〔解説〕『世間胸算用』 ………… [069]18-310
〔解説〕『万の文反古』 ………… [069]18-312

〔解題〕今昔九重桜 …………… [073]22-448
〔解題〕薄雪音羽滝 …………… [073]16-544
〔解題〕熊坂今物語 …………… [064]3-590
〔解題〕けいせい竃照君 ……… [073]7-588
〔解題〕けいせい禁談義（『風流三国志』改題修訂
　本） …………………………… [064]2-579
〔解題〕国性爺御前軍談 ……… [064]3-577
〔解題〕魂胆色遊懐男 ………… [073]3-493
〔解題〕忠見兼盛彩色歌相撲 … [073]18-567
〔解題〕逆沢瀉鎧鑑 …………… [073]15-527
〔解題〕軼題浮世草子〔『けいせい禁談義』改題修訂
　本〕 …………………………… [064]2-585
〔解題〕花色紙襲詞 …………… [073]21-530
〔解題〕花楓剣本地 …………… [073]19-499
〔解題〕風流軍配団 …………… [073]13-531
〔解題〕風流三国志 …………… [064]2-577
〔解題〕都鳥妻恋笛 …………… [073]12-517
〔解題〕役者色仕組 …………… [073]8-531
〔解題〕頼朝鎌倉実記 ………… [073]9-552
〔解題〕略縁記出家形気 ……… [073]23-400
熊坂今物語 ……………………… [064]3-419
国性爺御前軍談 ………………… [064]3-177
魂胆色遊懐男 …………………… [073]3-1
忠見兼盛彩色歌相撲 …………… [073]18-349
逆沢瀉鎧鑑 ……………………… [073]15-447
世間胸算用 あらすじ ………… [069]18-12
東海道中膝栗毛 あらすじ …… [069]18-156
はじめに——江戸町人文学の魅力 … [069]18-3
花色紙襲詞 ……………………… [073]21-451
花楓剣本地 ……………………… [073]19-217
風流軍配団 ……………………… [073]13-443
風流三国志 ……………………… [064]2-375
都鳥妻恋笛 ……………………… [073]12-347
役者色仕組 ……………………… [073]8-73
頼朝鎌倉実記 …………………… [073]9-397
万の文反古 あらすじ ………… [069]18-106
略縁記出家形気 ………………… [073]23-163
佐伯 友紀子
鑑賞の手引き 酒の失敗が招いた「馬鹿」話〔西
　鶴諸国はなし 巻三の三〕 …… [080]〔6〕-101
〔西鶴諸国はなし〕巻三の三 お霜月の作り
　髭 ……………………………… [080]〔6〕-98
坂井 華渓
みちのかたち（複刻） ………… [030]5-317
酒井 一字
源平盛衰記（完訳）〔巻二十五～巻三十〕
　　　　　　　　　　　　……… [024]〔6〕-1
酒井 茂幸
〔解説〕草庵集 ………………… [082]65-379
人名索引〔草庵集・兼好法師集・浄弁集・慶運
　集〕 …………………………… [082]65-439
草庵集 …………………………… [082]65-1
地名索引〔草庵集・兼好法師集・浄弁集・慶運
　集〕 …………………………… [082]65-453
榊原 千鶴
源平盛衰記と諸本の記事対照表〔巻第二十五
　～巻第三十〕 ………………… [059]〔4〕-283
穂久邇文庫蔵『女訓抄』翻刻 … [062]17-71
穂久邇文庫蔵『女訓抄』解説 … [062]17-228

日本古典文学全集・内容綜覧 第Ⅱ期　597

さかく   作家名索引(注・訳者)

阪口 和子
　〔解題〕公任集 .... ［045］3 - 891
　〔解題〕藤六集(輔相) .... ［045］3 - 869
阪口 弘之
　冥途の飛脚 .... ［069］19 - 123
阪倉 篤義
　今昔物語集 巻第二十二〜巻第二十四
　　................................... ［043］〔23〕- 15
　今昔物語集 巻第二十五〜巻第二十六
　　................................... ［043］〔24〕- 13
　今昔物語集 巻第二十七〜巻第二十八
　　................................... ［043］〔25〕- 17
　今昔物語集 巻第二十九〜巻第三十一
　　................................... ［043］〔26〕- 17
坂本 清恵
　あとがき〔『鬼一法眼三略巻』自立語索引〕
　　................................... ［018］索引9 - 巻末
　あとがき〔『出世握虎稚物語』自立語索引〕
　　................................... ［018］索引1 - 巻末
　解題〔尼御台自由比浜出〕 .... ［018］23 - 127
　解題〔いろは日蓮記〕 .... ［018］42 - 111
　解題〔出世握虎稚物語〕 .... ［018］1 - 117
　解題〔須磨都源平躑躅〕 .... ［018］10 - 129
　『鬼一法眼三略巻』自立語索引 .... ［018］索引9 - 1
　『出世握虎稚物語』自立語索引 .... ［018］索引1 - 1
　注記〔『出世握虎稚物語』自立語索引〕
　　................................... ［018］索引1 - 255
坂本 信男
　〔解題〕久安百首 .... ［045］4 - 704
坂本 真理子
　〔解題〕待賢門院堀河集 .... ［045］3 - 908
　〔解題〕登蓮法師集 .... ［045］3 - 913
櫻井 武次郎
　仮日記(安永六年) .... ［078］8 - 386
　仮日記 解題 .... ［078］8 - 386
　甲午仲春むめの吟(安永三年) .... ［078］8 - 241
　俳諧古選〔附録〕(宝暦十三年) .... ［078］8 - 111
　俳諧古選 解題 .... ［078］8 - 111
　春慶引(明和八年) .... ［078］8 - 170
　春慶引(明和八年) 解題 .... ［078］8 - 170
　誹諧菅のかぜ(宝暦三年) .... ［078］8 - 36
　誹諧菅のかぜ 解題 .... ［078］8 - 36
　第三の『仏兄七久留万』 .... ［030］6 - 129
　俳譜附合小鏡(安永四年) .... ［078］8 - 300
　俳譜附合小鏡 解題 .... ［078］8 - 300
　芭蕉全句集 .... ［071］〔1〕- 11
　はなしあいて(宝暦八年) .... ［078］8 - 79
　はなしあいて 解題 .... ［078］8 - 79
　封の籤(安永七年) .... ［078］8 - 432
　封の籤 解題 .... ［078］8 - 432
　翻刻・嚴嶋奉納集初編 .... ［030］7 - 277
　翻刻・難波順礼 .... ［030］4 - 231
　甲午仲春むめの吟 解題 .... ［078］8 - 241
桜井 弘
　解題〔安倍宗任松浦簦〕 .... ［018］46 - 119
　解題〔釜渕双級巴〕 .... ［018］36 - 9
　解題—河内国姥火 .... ［018］13 - 105
　解題〔鬼一法眼三略巻〕 .... ［018］9 - 131

櫻井 陽子
　解説〔平家物語〕 .... ［069］13 - 301
　はじめに—歴史に取材した「物語」 .. ［069］13 - 3
　平家物語 灌頂巻 あらすじ .... ［069］13 - 282
　平家物語 巻第一 あらすじ .... ［069］13 - 12
　平家物語 巻第二 あらすじ .... ［069］13 - 34
　平家物語 巻第三 あらすじ .... ［069］13 - 46
　平家物語 巻第四 あらすじ .... ［069］13 - 64
　平家物語 巻第五 あらすじ .... ［069］13 - 80
　平家物語 巻第六 あらすじ .... ［069］13 - 104
　平家物語 巻第七 あらすじ .... ［069］13 - 116
　平家物語 巻第八 あらすじ .... ［069］13 - 142
　平家物語 巻第九 あらすじ .... ［069］13 - 154
　平家物語 巻第十 あらすじ .... ［069］13 - 198
　平家物語 巻第十一 あらすじ .... ［069］13 - 214
　平家物語 巻第十二 あらすじ .... ［069］13 - 268
桜田 芳子
　地名索引〔堀河院百首和歌〕 .... ［082］15 - 339
笹川 博司
　あとがき〔私家集全釈叢書32〕 .... ［039］32 - 227
　あとがき〔私家集全釈叢書39〕 .... ［039］39 - 341
　解説〔惟成弁集〕 .... ［039］32 - 1
　解説〔紫式部集〕 .... ［039］39 - 1
　惟成弁集 .... ［039］32 - 67
　紫式部集 .... ［039］39 - 81
佐々木 丞平
　絵画 解説—蕪村画業の展開— .... ［078］6 - 594
　〔蕪村〕俳画 .... ［078］6 - 380
佐々木 隆
　解説「新しい良寛像」 .... ［032］015 - 106
　〔良寛 50首〕 .... ［032］015 - 2
佐々木 孝浩
　〔解題〕愚句(肥前島原松平文庫蔵本) ... ［081］1 - 571
　〔解題〕相良為続連歌草子(慶應義塾図書館相良家旧蔵本)
　　................................... ［081］1 - 572
　〔解題〕連性陳状 .... ［045］10 - 1198
　〔解題〕和漢名所詩歌合 .... ［045］10 - 1132
佐佐木 幸綱
　【付録エッセイ】詩と自然—人麻呂ノート1(抄)
　　................................... ［032］001 - 119
佐々木 和歌子
　伊勢物語の風景 1 不退寺 .... ［069］6 - 142
　伊勢物語の風景 2 八橋 .... ［069］6 - 148
　伊勢物語の風景 3 在原神社 .... ［069］6 - 173
　伊勢物語の風景 4 長岡京大極殿跡
　　................................... ［069］6 - 190
　伊勢物語の風景 5 惟喬親王の墓 ..... ［069］6 - 223
　伊勢物語の風景 6 十輪寺 .... ［069］6 - 238
　雨月物語の風景 1 月山富田城 .... ［069］19 - 40
　雨月物語の風景 2 吉備津神社 .... ［069］19 - 98
　宇治拾遺物語の風景 1 晴明神社 ..... ［069］15 - 41
　宇治拾遺物語の風景 2 雲林院 .... ［069］15 - 99
　宇治拾遺物語の風景 3 長谷寺 .... ［069］15 - 143
　栄花物語の風景 1 宇治陵 .... ［069］11 - 264
　栄花物語の風景 2 平等院 .... ［069］11 - 304
　大鏡の風景 1 北野天満宮 .... ［069］11 - 75
　大鏡の風景 2 東三条殿 .... ［069］11 - 171
　大鏡の風景 3 九体阿弥陀仏と法成寺

.... [069]11-182
おくのほそ道の風景1 室の八島 ... [069]20-23
おくのほそ道の風景2 殺生石 ... [069]20-38
おくのほそ道の風景3 もじずり石
.... [069]20-47
おくのほそ道の風景4 壺の碑 ... [069]20-61
おくのほそ道の風景5 瑞巌寺 ... [069]20-71
おくのほそ道の風景6 山寺 ...... [069]20-83
おくのほそ道の風景7 象潟 ...... [069]20-101
おくのほそ道の風景8 親不知・子不知
.... [069]20-107
おくのほそ道の風景9 大垣 ... [069]20-132
蜻蛉日記の風景1 海石榴市と長谷寺
.... [069]7-97
蜻蛉日記の風景2 石山寺 ...... [069]7-125
源氏物語の風景1 飛香舎 ...... [069]9-34
源氏物語の風景2 青海波の舞 ... [069]9-112
源氏物語の風景3 野宮神社 ... [069]9-153
源氏物語の風景4 須磨関 ...... [069]9-182
源氏物語の風景5 石山寺 ...... [069]9-211
源氏物語の風景6 渉成園 ...... [069]9-268
源氏物語の風景7 小野 .... [069]10-125
源氏物語の風景8 追儺 .... [069]10-162
源氏物語の風景9 宇治 .... [069]10-197
源氏物語の風景10 横川中堂 ... [069]10-297
古今集の風景1 竜田川 .... [069]5-70
古今集の風景2 小倉山 .... [069]5-91
古事記の風景1 出雲大社 ...... [069]1-88
古事記の風景2 高千穂 .... [069]1-118
古事記の風景3 熊野 .... [069]1-159
古事記の風景4 三輪山 .... [069]1-176
古事記の風景5 能煩野 .... [069]1-224
コラム 江戸時代のお金 ...... [069]18-104
今昔物語集の風景1 四天王寺 ... [069]12-19
今昔物語集の風景2 道成寺 ...... [069]12-49
今昔物語集の風景3 満濃池 ...... [069]12-122
今昔物語集の風景4 宴の松原と豊楽院
.... [069]12-157
今昔物語集の風景5 大覚寺の滝殿
.... [069]12-171
今昔物語集の風景6 中山神社 ... [069]12-219
今昔物語集の風景7 平安神宮の応天門
.... [069]12-240
今昔物語集の風景8 大枝山 ...... [069]12-301
十訓抄の風景1 養老の滝 ...... [069]15-272
十訓抄の風景2 鵄大明神と鵄池 ... [069]15-307
浄瑠璃の風景1 新町遊廓 ...... [069]19-212
浄瑠璃の風景2 国立文楽劇場 ... [069]19-308
新古今集の風景1 吉野山 ...... [069]5-174
新古今集の風景2 水無瀬神宮 ... [069]5-248
新古今集の風景3 住吉大社 ...... [069]5-282
親鸞の風景1 六角堂 .... [069]14-261
親鸞の風景2 居多ヶ浜 .... [069]14-297
親鸞の風景3 西念寺 .... [069]14-307
徒然草の風景1 化野 .... [069]14-76
徒然草の風景2 上賀茂神社の競馬
.... [069]14-109
徒然草の風景3 仁和寺 .... [069]14-120
徒然草の風景4 金沢文庫 ...... [069]14-169
徒然草の風景5 双ヶ丘 .... [069]14-238

東海道中膝栗毛の風景1 箱根旧街道
.... [069]18-190
東海道中膝栗毛の風景2 丸子宿 ... [069]18-236
東海道中膝栗毛の風景3 大井川川越遺跡
.... [069]18-245
土佐日記の風景1 土佐国衙跡 ... [069]7-28
土佐日記の風景2 紀貫之邸跡 ... [069]7-54
とはずがたりの風景1 二条富小路殿跡
.... [069]7-201
とはずがたりの風景2 石清水八幡宮
.... [069]7-286
とはずがたりの風景3 深草北陵 ... [069]7-302
日本書紀の風景1 山辺の道の古墳群
.... [069]2-117
日本書紀の風景2 熱田神宮 ...... [069]2-175
日本書紀の風景3 難波宮 ...... [069]2-224
日本書紀の風景4 稲荷山古墳 ... [069]2-250
日本書紀の風景5 今城塚古墳 ... [069]2-272
平家物語の風景1 厳島神社 ...... [069]13-33
平家物語の風景2 硫黄島 ...... [069]13-63
平家物語の風景3 三井寺 ...... [069]13-79
平家物語の風景4 倶梨迦羅峠 ... [069]13-141
平家物語の風景5 義仲寺 ...... [069]13-153
平家物語の風景6 一谷 .... [069]13-197
平家物語の風景7 屋島 .... [069]13-213
平家物語の風景8 壇浦 .... [069]13-267
方丈記の風景1 下鴨神社 ...... [069]14-41
方丈記の風景2 岩間寺 .... [069]14-50
方丈記の風景3 方丈石 .... [069]14-64
枕草子の風景1 清涼殿 .... [069]8-34
枕草子の風景2 弘徽殿の上の御局 ... [069]8-57
枕草子の風景3 賀茂祭 .... [069]8-128
枕草子の風景4 鳥辺野陵 ...... [069]8-163
枕草子の風景5 泉涌寺 .... [069]8-297
万葉集の風景1 大和三山 ...... [069]4-45
万葉集の風景2 岩代の結び松 ... [069]4-87
万葉集の風景3 雷丘 .... [069]4-127
万葉集の風景4 大宰府政庁跡 ... [069]4-163
万葉集の風景5 吉野宮滝 ...... [069]4-185
万葉集の風景6 飛鳥川 .... [069]4-229
万葉集の風景7 奈良県立万葉文化館
.... [069]4-243
万葉集の風景8 高岡市万葉歴史館
.... [069]4-287

佐藤 勝明
生玉万句 .... [046]5-3
大坂独吟集 .... [046]5-12
奥細道洗心抄 .... [030]7-318
解説〔芭蕉全句集〕 .... [072](1)-525
解題〔奥細道洗心抄〕 ...... [030]7-371
俳諧十歌仙見花数寄 .... [046]5-338
俳諧虎溪の橋 .... [046]5-235
西鶴大矢数 .... [046]5-485
大坂檀林桜千句 .... [046]5-198
胴骨 .... [046]5-177
誹諧独吟一日千句 .... [046]5-21
西鶴俳諧大句数 .... [046]5-94
俳諧四六日飛脚 .... [046]5-454
俳諧蒙求 .... [046]5-11
芭蕉全句集 .... [072](1)-17

翻刻『奥細道洗心抄』(一) ……… [030]**7**-318
翻刻『奥細道洗心抄』(二) ……… [030]**7**-330
翻刻『奥細道洗心抄』(三) ……… [030]**7**-342
翻刻『奥細道洗心抄』(四) ……… [030]**7**-350
翻刻『奥細道洗心抄』(五) ……… [030]**7**-358
翻刻『奥細道洗心抄』(六) ……… [030]**7**-366
三鉄輪 …………………………… [046]**5**-272
俳諧物種集 ……………………… [046]**5**-263
両吟一日千句 …………………… [046]**5**-346
佐藤 健一郎
  鬘物 井筒 ……………………… [069]**17**-218
  四番目物 隅田川 ……………… [069]**17**-244
  修羅物 忠度 …………………… [069]**17**-188
  切能 船弁慶 …………………… [069]**17**-272
  謡曲名作選 …………………… [069]**17**-185
佐藤 悟
  解説 狂歌部領使 ……………… [009]**3**-194
  解題 狂歌四本柱 ……………… [009]**3**-246
  解題 狂歌東来集 ……………… [009]**5**-92
  狂歌部領使 …………………… [009]**3**-195
  狂歌四本柱 …………………… [009]**3**-247
  狂歌東来集 …………………… [009]**5**-93
佐藤 信一
  解説「歌人であり政治家もあった詩人 菅原道真」
    ………………………………… [032]**043**-110
  〔菅原道真 漢詩8首〕………… [032]**043**-76
  〔菅原道真 和歌26首〕………… [032]**043**-2
佐藤 恒雄
  解説「三代の勅撰撰者 藤原為家」
    ………………………………… [032]**052**-100
  解説 主要典拠資料について〔藤原定家全歌集〕 ……………… [074]〔**1**〕-715
  〔解説〕続後撰和歌集 ………… [082]**37**-256
  〔解題〕亜槐集・続亜槐集(雅親) … [045]**8**-828
  〔解題〕現存和歌六帖 ………… [045]**6**-938
  〔解題〕弘長百首 ……………… [045]**4**-714
  〔解題〕光明峰寺摂政家歌合 … [045]**5**-1463
  〔解題〕後鳥羽院定家知家入道撰歌(家良)
    ………………………………… [045]**7**-814
  〔解題〕三十六人大歌合 弘長二年 … [045]**5**-1467
  〔解題〕続拾遺和歌集 ………… [045]**1**-821
  〔解題〕為家千首 ……………… [045]**10**-1089
  〔解題〕名所月歌合 貞永元年 … [045]**5**-1463
  現存和歌六帖抜粋本 ………… [045]**6**-938
  後記〔藤原為家全歌集〕……… [074]〔**1**〕-941
  続後撰和歌集 ………………… [082]**37**-1
  序〔藤原為家全歌集〕………… [074]〔**1**〕-1
  新撰六帖題和歌の諸本と成立 … [074]〔**1**〕-824
  大納言為家本の諸本 ………… [074]〔**1**〕-763
  大納言為家集の編纂と成立 … [074]〔**1**〕-782
  洞院摂政家百首の成立 ……… [074]〔**1**〕-815
  〔藤原為家 45首〕……………… [032]**052**-2
  藤原為家全歌集(編年) ………… [074]〔**1**〕-19
佐藤 智広
  瓊玉和歌集 …………………… [082]**64**-127
  宗尊親王と『瓊玉和歌集』…… [082]**64**-400
佐藤 麻衣子
  解題〔万屋助六二代襧〕……… [018]**29**-83

『鬼一法眼三略巻』自立語索引 … [018]**索引9**-1
『出世握虎稚物語』自立語索引 … [018]**索引1**-1
注記〔『出世握虎稚物語』自立語索引〕
  ………………………………… [018]**索引1**-255
佐藤 雅代
  〔解説〕清少納言集 …………… [082]**20**-288
  清少納言集 …………………… [082]**20**-191
佐藤 道生
  〔解説〕『和漢朗詠集』………… [082]**47**-522
  〔解題〕百詠和歌 ……………… [045]**10**-1192
  〔解題〕蒙求和歌 片仮名本 平仮名本
    ………………………………… [045]**10**-1190
  〔解説〕朗詠題詩歌 …………… [045]**10**-1188
  和漢朗詠集 …………………… [082]**47**-1
佐藤 至子
  解題 狂歌当載集 ……………… [009]**7**-152
  狂歌当載集 …………………… [009]**7**-153
佐野 みどり
  美をよむ―いとおそろしく雷鳴りひらめき
    ………………………………… [069]**11**-巻頭
  美をよむ―恩愛の境界を別れて …[069]**7**-巻頭
  美をよむ―語り出す女房たち … [069]**9**-巻頭
  美をよむ―ならぬ名のたちにけるかな
    ………………………………… [069]**8**-巻頭
  美をよむ―汝が神力を以て、我が成仏を観よ
    ………………………………… [069]**12**-巻頭
  美をよむ―白鳳のアールヌーボー
    ………………………………… [069]**4**-巻頭
  美をよむ―走る、走る、ナンバで走る
    ………………………………… [069]**15**-巻頭
  美をよむ―はるばると見わたさるる物語世界
    ………………………………… [069]**10**-巻頭
  美をよむ―真葛が原に風騒ぐなり
    ………………………………… [069]**5**-巻頭
  美をよむ―物語の姫君たち。 … [069]**6**-巻頭
沢井 耐三
  総説〔お伽草子〕……………… [031]**2**-3
  西ベルリンの大筑波集 ……… [030]**1**-7
  穂久邇文庫「明暦二年立圃発句集」紹介
    ………………………………… [030]**3**-93
三田 葆光
  白石先生年譜 ………………… [079]〔**30**〕-1
三野 恵
  源平盛衰記(完訳)〔巻十二～巻十七〕
    ………………………………… [024]〔**4**〕-1

【し】

慈円和歌研究会
  慈円難波百首 ………………… [006]**12**-11
塩崎 俊彦
  俳論抄・雑抄〔西山宗因全集〕… [066]**5**-171
  むかし口 ……………………… [066]**5**-161
塩村 耕
  解題 下町稲荷社三十三番御詠歌 … [009]**1**-82

作家名索引（注・訳者）　　　　　　　　　　　　　　　　　　　　　　　　　　しますき

　解題　四方の巴流〔西尾市岩瀬文庫蔵〕
　　　　……………………………………［009］4-154
　下町稲荷社三十三番御詠歌 ………［009］1-83
　四方の巴流〔西尾市岩瀬文庫蔵〕‥［009］4-156
鹿野 しのぶ
　新後拾遺和歌集 …………………………［082］11-1
宍戸 道子
　解説〔清涼井蘇来集〕………………［008］3-373
　当世操車 ……………………………………［008］3-295
信多 純一
　あとがき〔狂歌大観〕………………［021］3-735
　解説〔近松門左衛門集〕……………［043］〔40〕-317
　国性爺合戦 ………………………………［043］〔40〕-151
　心中重井筒 ………………………………［043］〔40〕-105
　心中天の網島 ……………………………［043］〔40〕-265
　曾根崎心中 ………………………………［043］〔40〕-71
　世継曾我 …………………………………［043］〔40〕-9
篠原 進
　愛敬昔色好 ………………………………［073］5-129
　女男伊勢風流 ……………………………［073］5-71
　永遠のバロック—『西鶴諸国はなし』は終わ
　　らない ………………………………［080］〔6〕-v
　〔解題〕愛敬昔色好 ………………［073］5-537
　〔解題〕女男伊勢風流 ……………［073］5-535
　〔解題〕鎌倉武家鑑 ………………［073］3-521
　〔解題〕賢女心化粧 ………………［073］18-555
　〔解題〕桜曽我女時宗 ……………［073］9-539
　〔解題〕浮世親仁形気後編世間長者容気
　　　　…………………………………［073］21-515
　〔解題〕忠盛祇園桜 ………………［073］15-524
　〔解題〕風流東大全 ………………［073］11-618
　〔解題〕風流東大全後奥州軍記 ‥［073］11-620
　〔解題〕風流曲三味線 ……………［073］1-597
　〔解題〕武道近江八景 ……………［073］7-593
　〔解題〕野傾咲分色扮 ……………［073］7-585
　鎌倉武家鑑 ………………………………［073］3-391
　鑑賞の手引き　反転する陽画〔西鶴諸国はなし　巻
　　五の七〕 ……………………………［080］〔6〕-199
　賢女心化粧 ………………………………［073］18-73
　〔西鶴諸国はなし〕巻五の七　銀が落としてあ
　　る ……………………………………［080］〔6〕-196
　桜曽我女時宗 ……………………………［073］9-1
　諸艶大鑑 …………………………………［046］1-177
　浮世親仁形気後編世間長者容気 ……［073］21-1
　忠盛祇園桜 ………………………………［073］15-295
　風流東大全 ………………………………［073］11-133
　風流東大全後奥州軍記 ………………［073］11-215
　風流曲三味線 ……………………………［073］1-255
　武道近江八景 ……………………………［073］7-221
　野傾咲分色扮 ……………………………［073］7-73
篠原 昌彦
　解説〔アイヌ神謡　ユーカラ〕‥‥［032］060-88
　ユーカラ …………………………………［032］060-2
芝波田 好弘
　飛鳥井雅有卿記事 ……………………［058］3-155
　飛鳥井雅有卿日記 ……………………［058］3-153
島内 裕子
　〔解題〕為世十三回忌和歌 ………［045］10-1166

島尾 新
　美をよむ—隠逸の造形 ………………［069］14-巻頭
　美をよむ—「鬼」と「狂」と ‥［069］19-巻頭
　美をよむ—神々の姿 …………………［069］1-巻頭
　美をよむ—神話の積層 ………………［069］3-巻頭
　美をよむ—戦場の記憶 ………………［069］13-巻頭
　美をよむ—バサラと唐物 ……………［069］16-巻頭
　美をよむ—蕪村の「和」と「漢」‥［069］20-巻頭
　美をよむ—仏教としての仏像 ‥‥［069］2-巻頭
　美をよむ—物語としての風景 ……［069］18-巻頭
　美をよむ—幽玄と花 …………………［069］17-巻頭
島津 忠夫
　〔解題〕梶の葉（梶女）……………［045］9-779
　〔解題〕義経記 ……………………［045］5-1490
　〔解題〕源平盛衰記 ………………［045］5-1490
　〔解題〕集外三十六歌仙 …………［045］10-1150
　〔解題〕春夢草（肖柏）……………［045］8-846
　〔解題〕承久記（古活字本）………［045］5-1490
　〔解題〕承久記（慈光寺本）………［045］5-1490
　〔解題〕心敬私語 …………………［045］5-1489
　〔解題〕新後拾遺和歌集 …………［045］1-831
　〔解題〕曾我物語（仮名）…………［045］5-1490
　〔解題〕曾我物語（真名）…………［045］5-1490
　〔解題〕太平記 ……………………［045］5-1490
　〔解題〕為尹千首 …………………［045］4-720
　〔解題〕鳥の迹 ……………………［045］6-967
　〔解題〕難波捨草 …………………［045］6-967
　〔解題〕晩花集（長流）……………［045］9-775
　〔解題〕鳥のちり …………………［045］6-966
　〔解題〕平家物語（延慶本）………［045］5-1490
　〔解題〕平家物語（覚一本）………［045］5-1490
　〔解題〕平治物語 …………………［045］5-1490
　〔解題〕保元物語 …………………［045］5-1490
　〔解題〕梵灯庵袖下集 ……………［045］5-1489
　〔解題〕林葉累塵集 ………………［045］6-966
　〔解題〕六代勝事記 ………………［045］5-1490
　菅家神退七百五十年忌万句第三付
　　　　…………………………………［066］1-207
　記録〔西山宗因全集5 伝記・研究篇〕
　　　　…………………………………［066］5-41
　句碑〔西山宗因全集〕………………［066］5-113
　後記—甲子庵文庫との出会い、解説を兼ね
　　て—〔和泉古典文庫11 甲子庵文庫蔵 紹巴
　　冨士見道記 影印・翻刻・研究〕‥［003］11-127
　紹巴冨士見道記 ………………………［003］11-39
　〔紹巴冨士見道記〕諸本略解題—校合本を中心
　　に— …………………………………［003］11-65
　〔紹巴冨士見道記〕本文校合箚記 ……［003］11-69
　〔紹巴冨士見道記〕本文の崩れゆく過程
　　　　…………………………………［003］11-109
　書誌　甲子庵文庫蔵『紹巴冨士見道記』一巻
　　　　…………………………………［003］11-63
　資料解題〔西山宗因全集〕…………［066］6-177
　宗因伝書 …………………………………［066］5-316
　待望の全集—甦る文人僧蝶夢— ‥［060］〔1〕-i
　伝記資料〔西山宗因全集〕…………［066］5-69
　西山家〔西山宗因全集5 伝記・研究篇〕
　　　　…………………………………［066］5-1
　俳論抄・雑抄〔西山宗因全集〕‥‥［066］5-171

日本古典文学全集・内容綜覧　第II期　601

します

はじめに〔和泉古典文庫11 甲子庵文庫蔵 紹巴
　冨士見道記 影印・翻刻・研究〕‥〔003〕11-1
島居 清
　『芭蕉句解』—飜刻と解題—‥‥‥〔030〕6-313
　飜刻『三日歌仙』‥‥‥‥‥‥‥〔030〕5-103
　安原貞室の書簡二通 ‥‥‥‥‥〔030〕3-41
　わくかせわ索引‥‥‥‥‥‥‥〔030〕2-468
　篋纏輪—翻刻と解題—（一）～（六）
　‥‥‥‥‥‥‥‥‥‥‥‥〔030〕2-331
島田 筑波
　江の島紀行 ‥‥‥‥‥‥‥‥〔030〕6-195
　立圃の承応癸巳紀行 ‥‥‥‥‥〔030〕3-67
島田 良二
　解説〔人麿集〕‥‥‥‥‥‥‥〔039〕34-1
　解説〔家持集〕‥‥‥‥‥‥‥〔039〕33-1
　〔解題〕敦忠集 ‥‥‥‥‥‥‥〔045〕3-856
　〔解題〕是則集 ‥‥‥‥‥‥‥〔045〕3-855
　〔解題〕宗于集 ‥‥‥‥‥‥‥〔045〕3-855
　〔解題〕好忠集 ‥‥‥‥‥‥‥〔045〕3-877
　人麿集 ‥‥‥‥‥‥‥‥‥‥〔039〕34-69
　家持集 ‥‥‥‥‥‥‥‥‥‥〔039〕33-53
嶋中 道則
　笈日記（抄）‥‥‥‥‥‥‥‥〔047〕(1)-810
　〔解題〕挙白集（長嘯子）‥‥‥‥〔045〕9-769
　雑抄〔新編 芭蕉大成〕‥‥‥‥〔047〕(1)-784
　新編序〔新編 芭蕉大成〕‥‥‥‥〔047〕(1)-3
　続五論 元禄十二年刊 ‥‥‥‥〔047〕(1)-770
　俳文編〔新編 芭蕉大成〕‥‥‥‥〔047〕(1)-375
　俳論要語索引〔新編 芭蕉大成〕‥〔047〕(1)-876
　芭蕉翁行状記 ‥‥‥‥‥‥‥〔047〕(1)-808
　芭蕉翁系譜 ‥‥‥‥‥‥‥‥〔047〕(1)-817
　芭蕉翁終焉記 ‥‥‥‥‥‥‥〔047〕(1)-805
　発句編〔新編 芭蕉大成〕‥‥‥‥〔047〕(1)-1
　路通伝書 ‥‥‥‥‥‥‥‥‥〔047〕(1)-779
島原 泰雄
　〔解題〕草山和歌集（元政）‥‥‥〔045〕9-773
島村 幸一
　おもろさうし‥‥‥‥‥‥‥‥〔032〕056-2
　解説『おもろさうし』—特に、編纂と構成を
　　中心に—‥‥‥‥‥‥‥〔032〕056-129
島本 昌一
　〔校勘篇〕一、『舊徳語類』後半部と跋
　‥‥‥‥‥‥‥‥‥‥‥‥〔030〕2-315
　〔校勘篇〕二、『俳諧秘説抄』跋‥〔030〕2-318
　〔校勘篇〕三、『俳諧秘説抄』に組込まれている
　　後人の注記‥‥‥‥‥‥‥〔030〕2-318
　校勘篇 四『椎本先生語類』（国会本）と『俳諧
　　秘説抄』との異同‥‥‥‥‥〔030〕2-321
　椎本先生語類 ‥‥‥‥‥‥‥〔030〕2-289
　俳諧伝書 椎本先生語類 誹諧秘説集の研究
　　（一）‥‥‥‥‥‥‥‥‥〔030〕2-287
　俳諧伝書 椎本先生語類 誹諧秘説集の研究
　　（二）‥‥‥‥‥‥‥‥‥〔030〕2-302
　俳諧伝書 椎本先生語類 誹諧秘説集の研究
　　（三）‥‥‥‥‥‥‥‥‥〔030〕2-321
　誹諧秘説集 ‥‥‥‥‥‥‥‥〔030〕2-299
　誹諧秘説集〔承前〕‥‥‥‥‥〔030〕2-302

清水 彰
　〔解題〕出雲守経仲歌合 ‥‥‥‥〔045〕5-1430
　〔解題〕庚申夜歌合 承暦三年 ‥‥‥〔045〕5-1429
　〔解題〕後三条院四宮侍所歌合‥〔045〕5-1430
　〔解題〕前右衛門佐経仲歌合 ‥‥〔045〕5-1428
　〔解題〕四条宮下野集 ‥‥‥‥〔045〕3-897
　〔解題〕媞子内親王家歌合 ‥‥‥〔045〕5-1431
　〔解題〕多武峰往生院千世君歌合‥〔045〕5-1430
清水 克彦
　萬葉集 巻第一 ‥‥‥‥‥‥〔043〕(55)-41
　萬葉集 巻第六 ‥‥‥‥‥‥〔043〕(56)-111
　萬葉集 巻第十 ‥‥‥‥‥‥〔043〕(57)-17
　萬葉集 巻第十三 ‥‥‥‥‥〔043〕(58)-21
　萬葉集 巻第十八 ‥‥‥‥‥〔043〕(59)-115
　萬葉の世界（一）萬葉の魅力‥‥〔043〕(55)-361
清水 琢道
　讃吉田英也先生 跋に代えて ‥〔014〕(1)-448
清水 婦久子
　〔解題〕伊勢物語 ‥‥‥‥‥‥〔045〕5-1491
　〔解題〕宇津保物語 ‥‥‥‥‥〔045〕5-1492
　〔解題〕落窪物語 ‥‥‥‥‥‥〔045〕5-1492
　〔解題〕竹取物語 ‥‥‥‥‥‥〔045〕5-1491
　〔解題〕多武峰少将物語 ‥‥‥〔045〕5-1492
　〔解題〕平中物語 ‥‥‥‥‥‥〔045〕5-1492
　〔解題〕大和物語 ‥‥‥‥‥‥〔045〕5-1491
清水 正男
　暁傘時雨雨古手屋 ‥‥‥‥‥〔038〕9-105
　こばた小平次安積沼後日仇討 ‥〔038〕6-103
　金烏帽子於寒鐘道判九郎朝妻船柳三日月
　‥‥‥‥‥‥‥‥‥‥‥‥〔038〕11-55
　団七黒紫嶋約船之花入朝茶湯一寸口切
　‥‥‥‥‥‥‥‥‥‥‥‥〔038〕10-453
　おそろしきもの師走の月安達原氷之姿見
　‥‥‥‥‥‥‥‥‥‥‥‥〔038〕11-105
　鳴神左衛門希代行法勇雲外気節 ‥〔038〕10-259
　安達ヶ原那須野原糸車九尾狐 ‥〔038〕6-235
　糸桜本朝文粋 ‥‥‥‥‥‥‥〔038〕8-327
　留袖の於駒振袖の於駒今昔八丈揃‥〔038〕10-167
　久我之助ひな妹背山長柄文台 ‥〔038〕10-213
　岩井櫛粂野仇討 ‥‥‥‥‥‥〔038〕6-305
　岩戸神楽剣威徳 ‥‥‥‥‥‥〔038〕8-269
　焦尾琴調子伝薄雲猫旧話 ‥‥‥〔038〕10-357
　親敵うとふ之俤 ‥‥‥‥‥‥〔038〕9-9
　禿池昔語梅之於由女丹前 ‥‥‥〔038〕8-427
　梅由兵衛紫頭巾 ‥‥‥‥‥‥〔038〕9-343
　摂州有馬孫藤之伝妲嫁仇討話 ‥〔038〕6-357
　於杉於玉二身之仇討 ‥‥‥‥〔038〕6-189
　岩藤左衛門尾上之助男草履打 ‥〔038〕9-289
　濡髪放駒侠双蜈蚣 ‥‥‥‥‥〔038〕7-9
　於六櫛木曾北之 ‥‥‥‥‥‥〔038〕6-9
　女俊寛雪花道 ‥‥‥‥‥‥‥〔038〕10-55
　女達三月於儼 ‥‥‥‥‥‥‥〔038〕7-87
　〔解題〕暁傘時雨雨古手屋 ‥‥‥〔038〕9-520
　〔解題〕岩戸神楽剣威徳 ‥‥‥‥〔038〕8-487
　〔解題〕禿池昔語梅之於由女丹前‥〔038〕8-492
　〔解題〕梅由兵衛紫頭巾 ‥‥‥‥〔038〕9-529
　〔解題〕笠森娘錦之笈摺 ‥‥‥‥〔038〕8-479
　〔解題〕桜ひめ筆の再咲 ‥‥‥‥〔038〕9-524
　〔解題〕お夏清十郎風流伽三味線‥〔038〕8-481

〔解題〕八百屋於七伝松梅竹取談 …… [038]7-478
〔解題〕娘景清艦褸振袖 ………… [038]9-535
籠釣瓶前八橋 ………………… [038]10-311
重井筒娘千代能 ……………… [038]11-157
於房徳兵衛累井筒紅葉打敷 …… [038]8-9
笠森娘錦之笈摺 ……………… [038]8-79
敵討岡崎女郎衆 ……………… [038]6-145
敵討衛玉川 …………………… [038]6-59
敵討天竺徳兵衛 ……………… [038]7-249
戯場花牡丹燈籠 ……………… [038]9-55
折琴姫宗女婚礼累算笥 ……… [038]11-257
瀧口左衛門横笛姫咲替花之二番目 … [038]10-9
桜ひめ筆の再咲 ……………… [038]9-225
志道軒往古講釈 ……………… [038]8-219
絞染五郎強勢談 ……………… [038]6-407
白藤源太談 …………………… [038]7-197
江嶋古跡児ケ淵桜之振袖 …… [038]11-301
女忠信男子静釣狐昔塗笠 …… [038]11-9
濡髪蝶五郎放駒之蝶吉春相撲花之錦絵
 ……………………………… [038]11-357
播州皿屋敷物語 ……………… [038]9-399
お夏清十郎風流伽三味線 …… [038]8-131
梅川忠兵衛二人虚無僧 ……… [038]10-91
天竺徳兵衛お初徳兵衛ヘマムシ入道昔話
 ……………………………… [038]11-207
鹿子貫平五尺泉五郎升繋男子鏡 … [038]10-405
松梅竹取談 …………………… [038]7-327
万福長者栄華談 ……………… [038]7-299
昔織博多小女郎 ……………… [038]9-161
無間之鐘娘縁記 ……………… [038]11-413
娘景清艦褸振袖 ……………… [038]9-453
八重霞かしくの仇討 ………… [038]7-137

清水 好子
 解説〔源氏物語〕 ………… [043]〔10〕-285
 解説〔源氏物語 桐壺～蓬生・関屋〕
  ……………………………… [084]6-262
 解説〔源氏物語 絵合～雲隠〕 …… [084]7-272
 解説〔源氏物語 橋姫～夢浮橋〕 …… [084]8-241
 源氏物語（桐壺～末摘花） …… [043]〔10〕-7
 源氏物語（紅葉賀～明石） …… [043]〔11〕-7
 源氏物語（澪標～玉鬘） …… [043]〔12〕-7
 源氏物語（初音～藤裏葉） …… [043]〔13〕-7
 源氏物語（若菜 上～鈴虫） …… [043]〔14〕-7
 源氏物語（夕霧～椎本） …… [043]〔15〕-7
 源氏物語（総角～東屋） …… [043]〔16〕-7
 源氏物語（浮舟～夢浮橋） …… [043]〔17〕-7
 語注〔源氏物語 桐壺～蓬生・関屋〕
  ……………………………… [084]6-259
 語注〔源氏物語 絵合～雲隠〕 …… [084]7-271
 語注〔源氏物語 橋姫～夢浮橋〕 …… [084]8-240
 【付録エッセイ】紫式部（抄） … [032]044-120
標 珠美
 研究文献総目録〔とはずがたり〕 … [058]4-471
標 宮子
 解説〔とはずがたり〕 ………… [058]4-419
 系図〔とはずがたり（後深草院二条）〕
  ……………………………… [058]4-468
 研究文献総目録〔とはずがたり〕 … [058]4-471
 とはずがたり ………………… [058]4-1

年譜〔とはずがたり（後深草院二条）〕
 ……………………………………… [058]4-465
下垣内 和人
 『十八番諸職之句合』解題と翻刻―立圃俳諧資
  料考一一 ………………… [030]3-103
 翻刻『千句塚』 …………… [030]5-63
下房 俊一
 〔解題〕七十一番職人歌合 …… [045]10-1152
寿岳 章子
 解説〔謡曲集・狂言集〕 …… [084]15-279
 〔語注〕狂言集 …………… [084]15-278
 〔語注〕謡曲集 …………… [084]15-276
春秋会
 源兼澄集（松平文庫本） …… [039]10-59
白石 悌三
 〔解題〕海人の刈藻（蓮月） … [045]9-795
 享保末期江戸俳人名録―『祇明交遊録』と『御
  撰乗』から― …………… [030]6-179
 追悼集『谷の鶯』翻刻と解題 … [030]5-179
 長崎俳書『岬之道』翻刻と解題―『去来先生全
  集』補訂をかねて― …… [030]4-305
 みちのく ………………… [030]3-59
 立教大学日本文学研究室蔵俳書目録
  ……………………………… [030]7-14
 〔立教大学日本文学研究室蔵俳書目録〕後記
  ……………………………… [030]7-21
 立圃句日記 ……………… [030]3-55
 立圃三点 ………………… [030]3-53
 〔立圃自筆巻子本（屏山文庫蔵）〕 … [030]3-64
白石 良夫
 〔解題〕うけらが花初編（千蔭） … [045]9-786
 〔解題〕大江戸倭歌集 …… [045]6-970
新藤 協三
 朝忠集 …………………… [082]52-1
 あとがき〔私家集全釈叢書35〕 … [039]35-253
 〔解題〕朝忠集 ………… [082]52-367
 〔解題〕重之集 ………… [045]3-865
 〔解題〕元輔集 ………… [045]7-782
 〔解題〕能宣集 ………… [045]7-783
 公忠集 …………………… [039]35-59
 公任集 …………………… [039]7-53
 公任集の伝本 …………… [039]7-1
 公任の歌風・表現 ……… [039]7-33
 源公忠伝 ………………… [039]35-5
進藤 康子
 〔解題〕草径集 ………… [082]74-430
 草径集 …………………… [082]74-65
「新編国歌大観」編集委員会
 序〔新編国歌大観〕 …… [045]1-1
神保 五彌
 世間胸算用 ……………… [069]18-11
 万の文反古 ……………… [069]18-105

【す】

杉浦 清志
　〔解題〕慶運百首 ……………… ［045］10 - 1120
　〔解題〕後普光園院百首（良基）… ［045］10 - 1116
杉浦 正一郎
　九州蕉門の研究—（一）枯野塚と『枯野塚集』
　　— ……………………………… ［030］5 - 21
　天府自筆の日記三部書（一） …… ［030］7 - 25
　天府自筆の日記三部書（二） …… ［030］7 - 35
　誹諧津の玉川 …………………… ［030］5 - 119
杉田 まゆ子
　あとがき〔私家集全釈叢書19〕… ［039］19 - 197
　千穎集 …………………………… ［039］19 - 51
　〔千穎集〕引用歌初句索引 ……… ［039］19 - 187
　千穎集初句索引 ………………… ［039］19 - 185
杉谷 寿郎
　あとがき〔和歌文学注釈叢書2〕… ［083］2 - 316
　大斎院御集 ……………………… ［083］2 - 7
　解説〔大斎院御集〕 ……………… ［083］2 - 212
　〔大斎院前の御集注釈〕 ………… ［040］12 - 465
　〔解題〕近江御息所歌合 ………… ［045］5 - 1407
　〔解題〕清正集 …………………… ［045］3 - 857
　〔解題〕九条右大臣集（師輔） …… ［045］3 - 870
　〔解題〕蔵人所歌合 天暦十一年 …… ［045］5 - 1409
　〔解題〕後撰和歌集 ……………… ［045］1 - 802
　〔解題〕実方集 …………………… ［045］3 - 882
　〔解題〕清少納言集 ……………… ［045］3 - 883
　〔解題〕宜耀殿女御罷麦合 ……… ［045］5 - 1408
　〔解題〕醍醐御時菊合 …………… ［045］5 - 1407
　〔解題〕内裏歌合 天徳四年 ……… ［045］5 - 1409
　〔解題〕内裏歌合 天暦九年 ……… ［045］5 - 1408
　〔解題〕忠見集 …………………… ［045］3 - 858
　〔解題〕東院前栽合 ……………… ［045］5 - 1407
　〔解題〕中務集 …………………… ［045］7 - 781
　〔解題〕坊城右大臣殿歌合 ……… ［045］5 - 1408
　〔解題〕道成集 …………………… ［045］7 - 789
　〔解題〕保明親王帯刀陣歌合 …… ［045］5 - 1407
　〔解題〕陽成院一親王姫君歌合 … ［045］5 - 1408
　〔解題〕陽成院親王二人歌合 …… ［045］5 - 1407
　〔解題〕頼基集 …………………… ［045］3 - 858
　〔解題〕麗景殿女御歌合 ………… ［045］5 - 1408
　〔解題〕論春秋歌合 ……………… ［045］5 - 1406
杉戸 千洋
　〔解題〕新古今和歌集 …………… ［045］1 - 813
杉本 和寛
　女大名丹前能 …………………… ［064］2 - 1
　〔解題〕女大名丹前能 …………… ［064］2 - 557
　〔解題〕陽炎日高川 ……………… ［073］22 - 439
　〔解題〕刈萱二面鏡 ……………… ［073］16 - 533
　〔解題〕傾城武道桜 ……………… ［064］2 - 571
　〔解題〕善悪両面常盤染 ………… ［073］14 - 517
　〔解題〕百合稚錦嶋 ……………… ［073］20 - 530
　陽炎日高川 ……………………… ［073］22 - 61
　刈萱二面鏡 ……………………… ［073］16 - 205
　傾城武道桜 ……………………… ［064］2 - 211

　善悪両面常盤染 ………………… ［073］14 - 421
　百合稚錦嶋 ……………………… ［073］20 - 155
杉本 苑子
　枕草子 …………………………… ［084］9 - 11
　わたしと『枕草子』—ただ、過ぎに過ぐるも
　　の ……………………………… ［084］9 - 1
杉本 好伸
　〔解題〕雪窓夜話 ………………… ［007］5 - 1077
　〔解題〕稲亭物怪録 ……………… ［007］5 - 1078
　鑑賞の手引き〈謎〉と〈ぬけ〉手法—読者に求めら
　　れる話の背後への透視〔西鶴諸国はなし 巻
　　五の二〕 ……………………… ［080］(6) - 170
　〔西鶴諸国はなし〕巻五の二 恋の出見世
　　……………………………… ［080］(6) - 167
　世間胸算用 ……………………… ［046］4 - 1
　雪窓夜話 ………………………… ［007］5 - 519
　稲亭物怪録 ……………………… ［007］5 - 643
　日本永代蔵 ……………………… ［046］3 - 109
杉山 和也
　〔解題〕下草（書陵部蔵五三三・一一〇） … ［081］1 - 577
杉山 重行
　〔解題〕歌枕名寄 ………………… ［045］10 - 1182
　〔解題〕覚綱集 …………………… ［045］7 - 798
　〔解題〕神林姝葉集（資隆） ……… ［045］7 - 798
　〔解題〕月詣和歌集 ……………… ［045］2 - 875
祐野 隆三
　十六夜日記 ……………………… ［058］2 - 163
　解説〔十六夜日記〕 ……………… ［058］2 - 215
　解説〔信生法師集〕 ……………… ［058］2 - 302
　解説〔筑紫道の記〕 ……………… ［058］6 - 170
　信生法師集 ……………………… ［058］2 - 237
　宗祇年譜 ………………………… ［058］6 - 179
　筑紫道の記 ……………………… ［058］6 - 125
鈴鹿 千代乃
　解説〔古事記〕 …………………… ［084］1 - 307
鈴木 一雄
　浅茅が露 ………………………… ［057］1 - 169
　〔浅茅が露〕解題 ………………… ［057］1 - 314
　〔浅茅が露〕梗概 ………………… ［057］1 - 310
　夜寝覚物語 ……………………… ［057］19 - 5
　〔夜寝覚物語〕解題 ……………… ［057］19 - 410
　〔夜寝覚物語〕梗概 ……………… ［057］19 - 406
　〔夜寝覚物語〕登場人物一覧 …… ［057］19 - 401
鈴木 健一
　おくのほそ道 …………………… ［080］(4) - 1
　解説〔おくのほそ道 芭蕉・蕪村・一茶名句
　　集〕 …………………………… ［069］20 - 304
　解説〔おくのほそ道〕 …………… ［080］(4) - i
　解説〔後水尾院御集〕 …………… ［082］68 - 255
　〔解説〕芭蕉の生涯とその作品 … ［080］(4) - i
　〔解説〕布留散東・はちすの露 … ［082］74 - 425
　〔解題〕後水尾院御集 …………… ［045］9 - 773
　〔解題〕碧玉集（政為） …………… ［045］8 - 844
　後水尾院御集 …………………… ［082］68 - 1
　作者紹介〔蕪村・一茶〕 ………… ［069］20 - 134
　作者紹介・あらすじ〔おくのほそ道〕
　　……………………………… ［069］20 - 12
　はじめに—江戸俳諧の豊かさ …… ［069］20 - 3

はちすの露 ……………………… ［082］**74** - 17
布留散東 ……………………… ［082］**74** - 1
鈴木 重三
　暁傘時雨古手屋 ……………… ［038］**9** - 105
　親敵うとふ之佛 ……………… ［038］**9** - 9
　梅由兵衛紫頭巾 ……………… ［038］**9** - 343
　岩藤左衛門尾上之助男草履打 … ［038］**9** - 289
　〔解題〕桜姫全伝曙草紙挿絵典拠考証付記
　　　　 ……………………… ［038］**16** - 680
　〔解題〕稲妻表紙後編本朝酔菩提全伝〕補説
　　　　 ……………………… ［038］**17** - 689
　〔解題〕浮牡丹全伝〕補説 ……… ［038］**17** - 652
　〔解題〕親敵うとふ之佛 ………… ［038］**9** - 506
　〔解題〕善知安方忠義伝〕補説 … ［038］**16** - 692
　〔解題〕戯場花牡丹燈籠 ………… ［038］**9** - 514
　〔解題〕双蝶記〕補説 …………… ［038］**17** - 709
　戯場花牡丹燈籠 ……………… ［038］**9** - 55
　桜ひめ筆の再咲 ……………… ［038］**9** - 225
　播州皿屋敷物語 ……………… ［038］**9** - 399
　昔織博多小女郎 ……………… ［038］**9** - 161
　娘景清艦褸振袖 ……………… ［038］**9** - 453
鈴木 淳
　〔解題〕六帖詠草 ……………… ［082］**70** - 460
　〔解題〕鈴屋集（宣長） ………… ［045］**9** - 786
　〔解題〕教長集 ………………… ［045］**3** - 913
　〔解題〕八十浦之玉 …………… ［045］**6** - 969
　六帖詠草 ……………………… ［082］**70** - 1
鈴木 孝庸
　解説 中院本の句切り点について〔平家物語〕
　　　　 ……………………… ［059］〔**7**〕- 387
鈴木 千恵子
　鑑賞の手引き 死への手形〔西鶴諸国はなし 巻五
　　の四〕 ……………………… ［080］〔**6**〕- 183
　〔西鶴諸国はなし〕巻五の四 闇がりの手形
　　　　 ……………………… ［080］〔**6**〕- 179
鈴木 徳男
　あとがき〔新注和歌文学叢書8〕 … ［042］**8** - 433
　永縁奈良房歌合 ……………… ［082］**48** - 219
　〔解題〕永縁奈良房歌合 ………… ［082］**48** - 362
　〔解題〕高陽院七番歌合 ………… ［082］**48** - 352
　解説〔続詞花和歌集〕 …………… ［042］**8** - 333
　〔解題〕忠通家歌合 元永元年十月二日
　　　　 ……………………… ［082］**48** - 359
　〔解題〕飛月集 ………………… ［045］**10** - 1186
　〔解題〕宗尊親王百五十番歌合 弘長元年
　　　　 ……………………… ［045］**10** - 1130
　〔解題〕朗詠百首（隆房） ……… ［045］**10** - 1104
　高陽院七番歌合 ……………… ［082］**48** - 123
　〔校訂一覧〕永縁奈良房歌合 …… ［082］**48** - 375
　〔校訂一覧〕高陽院七番歌合 …… ［082］**48** - 373
　〔校訂一覧〕忠通家歌合 元永元年十月二日
　　　　 ……………………… ［082］**48** - 374
　続詞花和歌集 巻第十三～巻第二十 … ［042］**8** - 1
　忠通家歌合 元永元年十月二日 … ［082］**48** - 175
鈴木 元
　〔解題〕玄旨公御連歌 …………… ［081］**3** - 682
鈴木 日出男
　源氏物語 桐壺～藤裏葉 ……… ［069］**9** - 11

源氏物語 若菜 上～夢浮橋 …… ［069］**10** - 11
鈴木 宏子
　〔解説〕『古今和歌集』の成立 …… ［069］**5** - 294
　〔解説〕『古今和歌集』の配列 …… ［069］**5** - 297
　〔解説〕『古今和歌集』の表現 …… ［069］**5** - 295
　〔解説〕猿丸集 ………………… ［082］**18** - 303
　古今和歌集 …………………… ［069］**5** - 11
　古今和歌集 内容紹介 ………… ［069］**5** - 12
　猿丸集 ………………………… ［082］**18** - 175
　はじめに─勅撰和歌集の歴史 … ［069］**5** - 3
鈴木 瑞枝
　あとがき〔日本漢詩人選集13 館柳湾〕
　　　　 ……………………… ［067］**13** - 243
　館柳湾について ……………… ［067］**13** - 173
　はじめに〔日本漢詩人選集13 館柳湾〕
　　　　 ……………………… ［067］**13** - 3
鈴木 邑
　解説〔南総里見八犬伝〕 ……… ［024］〔**16**〕- 351
　太平記（現代語訳）〔巻第一～巻第十〕
　　　　 ……………………… ［024］〔**12**〕- 1
　太平記（現代語訳）〔巻第十一～巻第十五〕
　　　　 ……………………… ［024］〔**13**〕- 3
　南総里見八犬伝（抄訳）〔第一輯～第六輯〕
　　　　 ……………………… ［024］〔**16**〕- 1
　南総里見八犬伝（抄訳）〔第七輯～第九輯〕
　　　　 ……………………… ［024］〔**17**〕- 1
須永 朝彦
　絵本玉藻譚 …………………… ［025］**3** - 219
　〔解題〕石川雅望と『飛騨匠物語』 … ［025］**3** - 539
　〔解題〕絵本物読本と『絵本玉藻譚』
　　　　 ……………………… ［025］**3** - 543
　〔解題〕『桜姫全伝曙草紙』 ……… ［025］**1** - 425
　〔解題〕『自来也説話』と蝦蟇の稗史小説
　　　　 ……………………… ［025］**5** - 473
　〔解題〕長篇読本と山東京伝 …… ［025］**1** - 415
　〔解題〕『復讐奇談安積沼』 ……… ［025］**1** - 422
　〔解題〕柳亭種彦と『近世怪談霜夜星』
　　　　 ……………………… ［025］**5** - 480
　報仇奇談自来也説話 ………… ［025］**5** - 5
　近世怪談霜夜星 ……………… ［025］**5** - 287
　桜姫全伝曙草紙 ……………… ［025］**1** - 163
　自来也説話後編 ……………… ［025］**5** - 151
　飛騨匠物語 …………………… ［025］**3** - 5
　復讐奇談安積沼 ……………… ［025］**1** - 5

【せ】

関根 慶子
　赤染衛門集 …………………… ［039］**1** - 1
　あとがき〔私家集全釈叢書16〕 … ［039］**16** - 577
　伊勢集 ………………………… ［039］**16** - 61
　解説〔伊勢集〕 ………………… ［039］**16** - 1
　序〔私家集全釈叢書12〕 ……… ［039］**12** - 1
　序─『私家集全釈叢書』刊行に寄せて─ … ［039］**1** - 1
勢田 勝郭
　解説〔佐野のわたり〕 ………… ［058］**7** - 167

せのお

佐野のわたり ………………… [058]**7**-149

妹尾 好信
海人の刈藻 ………………… [057]**2**-5
〔海人の刈藻〕解題 ………… [057]**2**-226
〔山路の露〕解題 …………… [057]**8**-327

芹田 渚
〔解説『民部卿典侍集』とその周辺〕民部卿典
　　侍因子の題詠歌 ………… [039]**40**-79

千艘 秋男
〔解題〕歌枕名寄 …………… [045]**10**-1182
〔解題〕調鶴集(文雄) ………… [045]**9**-794

【そ】

五月女 肇志
〔解説「俊頼述懐百首」〕総説 …… [006]**3**-147
〔解説「俊頼述懐百首」〕万葉摂取 …… [006]**3**-203
俊頼述懐百首 ………………… [006]**3**-11
冷泉家本解題〔俊頼述懐百首〕… [006]**3**-241

相馬 万里子
〔解題〕耕雲千首 …………… [045]**10**-1090
〔解題〕古今和歌六帖 ……… [045]**2**-867
〔解題〕伏見院御集 ………… [045]**7**-830
〔解題〕文保百首 …………… [045]**4**-716
〔解題〕宗良親王千首 ……… [045]**10**-1092

曽根 誠一
あとがき〔歌合・定数歌全釈叢書20〕
　………………………………… [006]**18**-351
〈順百首〉における『万葉集』受容
　………………………………… [006]**18**-270
為頼集 ………………………… [039]**14**-111
『為頼集』の伝本 …………… [039]**14**-32
〈好忠百首〉における『万葉集』受容　附『万葉
集』古点の成立時期臆断 …… [006]**20**-280

園 明美
解説〔大斎院前の御集〕……… [039]**37**-3
大斎院前の御集 ……………… [039]**37**-59

染谷 智幸
鑑賞の手引き 男装の女主人は大阪で何を買うのか
　〔西鶴諸国はなし 巻一の五〕… [080]**(6)**-30
〔西鶴諸国はなし〕巻一の五 不思議のあし
　音 …………………………… [080]**(6)**-26
定点観測の時代―動く芭蕉、動かない西鶴
　………………………………… [080]**(6)**-211
武道伝来記 …………………… [046]**2**-409

【た】

太平主人
解説〔春色雪の梅〕…………… [070]**4**-369
春色雪の梅 …………………… [070]**4**-7

高城 功夫
〔解題〕国冬祈雨百首 ……… [045]**10**-1112

〔解題〕中古六歌仙 ………… [045]**5**-1483
〔解題〕宝篋院百首(義詮) …… [045]**10**-1119

高木 和子
〔和泉式部50首〕…………… [032]**006**-2
解説「歌に生き恋に生き 和泉式部」
　………………………………… [032]**006**-106
〔解説〕風葉和歌集 ………… [082]**50**-426
風葉和歌集 …………………… [082]**50**-111

髙木 元
絵半切かしくの文月 ………… [007]**4**-513
〔解題〕絵半切かしくの文月 … [007]**4**-1023
〔解題〕復讐妹背山物語 …… [007]**4**-986
〔解題〕敵討貞女鑑 ………… [007]**4**-1043
〔解題〕契情身持扇 ………… [007]**4**-1032
〔解題〕小桜姫風月奇観 …… [007]**4**-988
〔解題〕はじめに …………… [007]**4**-979
〔解題〕鷲談伝奇桃花流水 … [007]**4**-992
復讐妹背山物語 ……………… [007]**4**-13
敵討貞女鑑 …………………… [007]**4**-903
契情身持扇 …………………… [007]**4**-721
小桜姫風月奇観 ……………… [007]**4**-67
山東京山略伝 ………………… [007]**4**-981
鷲談伝奇桃花流水 …………… [007]**4**-177

高木 蒼梧
露沾公の歳旦吟その他 ……… [030]**5**-311

髙木 輝代
小野宮殿実頼集 ……………… [039]**31**-53
『小野宮殿集』『九条殿集』関係年表
　………………………………… [039]**31**-338
九条殿師輔集 ………………… [039]**31**-183

高崎 由理
〔解題〕祐茂百首 …………… [045]**10**-1109
〔解題〕雪玉集(実隆) ………… [045]**8**-850
〔解題〕仙洞歌合 崇光院(応安三年～四年)
　………………………………… [045]**10**-1143

高重 久美
解説「友と生き 旅に生きた歌人 能因」
　………………………………… [032]**045**-129
〔能因31首〕………………… [032]**045**-2

高田 祐彦
解説〔源氏物語〕……………… [069]**10**-310
源氏物語 桐壺―末摘花 あらすじ … [069]**9**-12
源氏物語 紅葉賀―花散里 あらすじ
　………………………………… [069]**9**-100
源氏物語 須磨―朝顔 あらすじ … [069]**9**-160
源氏物語 少女―藤裏葉 あらすじ … [069]**9**-250
源氏物語 若菜 上―柏木 あらすじ
　………………………………… [069]**10**-12
源氏物語 横笛―幻 あらすじ … [069]**10**-102
源氏物語 匂兵部卿―早蕨 あらすじ
　………………………………… [069]**10**-164
源氏物語 宿木―夢浮橋 あらすじ
　………………………………… [069]**10**-232
はじめに―『源氏物語』を読み味わうために
　………………………………… [069]**9**-3
はじめに―物語文学未踏の地へ〔源氏物語〕
　………………………………… [069]**10**-3

高田 衛
　青頭巾〔雨月物語〕……………〔069〕19－99
　浅茅が宿〔雨月物語〕……………〔069〕19－41
　雨月物語 ………………………………〔069〕19－9
　俳諧絵の山陰 書誌・解題 …………〔053〕2－10
　おぎのかぜ 書誌・解題 ……………〔053〕2－34
　〔解題〕寒葉斎画譜 …………………〔053〕8－455
　片歌あさふすま 書誌・解題 ………〔053〕3－70
　菊花の約〔雨月物語〕………………〔069〕19－12
　吉備津の釜〔雨月物語〕……………〔069〕19－70
　〔佐原日記〕書誌・解題 ……………〔053〕2－40
　追悼冬こだち 書誌・解題 …………〔053〕3－312
　俳諧桃八仙 書誌・解題 ……………〔053〕1－300
　俳諧川柳 書誌・解題 ………………〔053〕1－226
　明和三年春興帖 書誌・解題 ………〔053〕3－234
高梨 素子
　〔解説〕「烏丸光広、人間的な魅力をもつ近世
　　公家歌人」……………………〔032〕032－109
　〔解説〕「松永貞徳、古典学の継承と大衆化」
　　 …………………………………〔032〕032－106
　〔解説〕耕雲百首 …………………〔045〕10－1120
　〔解題〕佐保川（余野子）……………〔045〕9－783
　〔解題〕新王津島社歌合 貞治六年三月
　　 …………………………………〔045〕5－1471
　〔解説〕長慶天皇千首 ………………〔045〕10－1094
　〔解説〕南朝五百番歌合 ……………〔045〕5－1471
　〔烏丸光広 30首〕……………………〔032〕032－42
　〔松永貞徳 20首〕……………………〔032〕032－2
高野 晴代
　伊勢集 …………………………………〔082〕18－79
　〔解説〕伊勢集 ………………………〔082〕18－288
　解説「和歌から解く『源氏物語』世界の機微」
　　 …………………………………〔032〕008－115
髙野 浩
　あとがき〔江戸後期紀行文学全集2〕
　　 …………………………………〔010〕2－459
髙野瀬 惠子
　〔解説 肥後集〕作者 ………………〔083〕3－320
　解説「源俊頼－平安後期歌人にふれる楽しさ
　　ー」……………………………〔032〕046－106
　肥後集関係略年譜 ……………………〔083〕3－339
　〔源俊頼 46首〕………………………〔032〕046－2
髙橋 正治
　解説〔兼盛集注釈〕…………………〔040〕4－479
　〔解説〕公忠集 ………………………〔045〕3－857
　〔解説〕元良親王集 …………………〔045〕3－869
　兼盛集 …………………………………〔040〕4－7
　「本院侍従集」諸本の解説 …………〔039〕11－4
高橋 啓之
　解題 狂歌師細見 ……………………〔009〕15－86
　解題 狂歌数寄屋風呂 ………………〔009〕3－174
　解題 狂歌評判俳優風 ………………〔009〕3－2
　解題 狂歌吉原形四季細見 …………〔009〕12－2
　解題 十符の菅薦 ……………………〔009〕12－164
　解題 吉原十二時 ……………………〔009〕10－138
　狂歌師細見 ……………………………〔009〕15－87
　狂歌数寄屋風呂 ………………………〔009〕3－175
　狂歌吉原形四季細見 …………………〔009〕12－3
　十符の菅薦 ……………………………〔009〕12－165
　吉原十二時 ……………………………〔009〕10－139
　狂歌評判俳優風 ………………………〔009〕3－3
高橋 由紀
　初句索引〔式子内親王集・建礼門院右京大夫
　　集・俊成卿女集・艶詞〕……〔082〕23－333
　人名索引〔式子内親王集・建礼門院右京大夫
　　集・俊成卿女集・艶詞〕……〔082〕23－307
　地名索引〔式子内親王集・建礼門院右京大夫
　　集・俊成卿女集・艶詞〕……〔082〕23－321
高橋 由記
　馬内侍集 ………………………………〔082〕54－117
　〔解説〕馬内侍集 ……………………〔082〕54－328
　〔解説〕傅大納言母上集 ……………〔082〕54－322
　初句索引〔曾禰好忠集・傅大納言母上集・馬内
　　侍集・大納言公任集〕………〔082〕54－389
　人名索引〔曾禰好忠集・傅大納言母上集・馬内
　　侍集・大納言公任集〕………〔082〕54－353
　地名索引〔曾禰好忠集・傅大納言母上集・馬内
　　侍集・大納言公任集〕………〔082〕54－372
　傅大納言母上集 ………………………〔082〕54－105
高橋 良雄
　廻国雑記 ………………………………〔058〕7－1
　解説〔廻国雑記〕……………………〔058〕7－88
高橋 善浩
　〔解説〕五代集歌枕 …………………〔045〕10－1180
高松 敬吉
　〔資料解題〕永照寺 …………………〔062〕18－88
　〔資料解題〕地福寺 …………………〔062〕18－53
　〔資料解題〕『萃頂要略附録 第卅六 盲僧支
　　配〕……………………………〔062〕18－30
　〔資料解題〕長徳寺 …………………〔062〕18－76
　総説〔宮崎県日南地域盲僧資料集〕‥〔062〕18－1
高松 寿夫
　解説「和歌文学草創期の大成者 柿本人麻呂」
　　 …………………………………〔032〕001－110
　〔柿本人麻呂 41首〕…………………〔032〕001－2
高松 亮太
　怪談記野狐名玉 ………………………〔008〕4－175
　『怪談記野狐名玉』解説 ……………〔008〕4－402
高安 吸江
　道頓堀花みち（一）……………………〔030〕1－262
　道頓堀花みち（二）……………………〔030〕1－271
高柳 佑子
　正治二年院初度百首 …………………〔082〕49－1
滝沢 貞夫
　あとがき〔歌合・定数歌全釈叢書6〕
　　 …………………………………〔006〕6－485
　解説〔堀河院百首〕…………………〔006〕6－421
　解説〔基俊集〕………………………〔039〕5－1
　〔解題〕石見女式 ……………………〔045〕5－1487
　〔解題〕雲居寺結縁経後宴歌合 ‥……〔045〕5－1435
　〔解題〕永久百首 ……………………〔045〕4－702
　〔解題〕奥儀抄 ………………………〔045〕5－1488
　〔解題〕歌経標式（真名）……………〔045〕5－1487
　〔解題〕綺語抄 ………………………〔045〕5－1488
　〔解題〕紀師匠曲水宴和歌 …………〔045〕5－1479
　〔解題〕新撰髄脳 ……………………〔045〕5－1487

〔解題〕新撰和歌髄脳 ………… [045] 5 - 1487
〔解題〕俊頼髄脳 ……………… [045] 5 - 1487
〔解題〕難後拾遺抄 …………… [045] 5 - 1487
〔解題〕日本紀竟宴和歌 ……… [045] 5 - 1479
〔解題〕能因歌枕(広本) ……… [045] 5 - 1487
〔解題〕堀河百首 ……………… [045] 4 - 700
〔解題〕万寿元年高陽院行幸和歌 ‥ [045] 5 - 1480
〔解題〕永縁奈良房歌合 ……… [045] 5 - 1437
〔解題〕隆源口伝 ……………… [045] 5 - 1487
〔解題〕類聚証 ………………… [045] 5 - 1487
〔解題〕倭歌作式 ……………… [045] 5 - 1487
〔解題〕和歌式 ………………… [045] 5 - 1487
堀河院御時百首和歌 …………… [039] 5 - 203
堀河院百首〔春部～秋部〕…… [006] 5 - 7
堀河院百首〔冬部～雑部〕…… [006] 6 - 7
基俊集(書陵部蔵 五〇一・七四三) …… [039] 5 - 35
基俊集(書陵部蔵 五一〇・五七八) …… [039] 5 - 179

瀧谷 琢宗
　総持寺開山 第五十四祖(日本四祖・太祖)螢山紹
　　瑾略伝 …………………… [026] 〔2〕- 233

田草川 みずき
　解題〔和泉国浮名溜池〕……… [018] 21 - 95
　解題〔酒吞童子出生記〕……… [018] 50 - 141
　解題〔曽我昔見台〕…………… [018] 27 - 101
　解題〔田村麿鈴鹿合戦〕……… [018] 38 - 127

武井 和人
　〔解題〕歌林良材 ……………… [045] 10 - 1198
　〔解題〕玉伝集和歌最頂 ……… [045] 10 - 1198
　〔解題〕春霞集(元就) ………… [045] 8 - 853
　〔解題〕内裏歌合(天正七年) … [045] 10 - 1147
　〔解題〕筆のまよひ …………… [045] 10 - 1198
　〔解題〕慕景集異本 …………… [045] 8 - 825
　〔解題〕和歌会次第 …………… [045] 10 - 1198
　〔解題〕和歌灌頂次第秘密抄 … [045] 10 - 1198
　〔解題〕和歌深秘抄 …………… [045] 10 - 1198
　〔解題〕和歌密書 ……………… [045] 10 - 1198

武内 はる恵
　〔解題〕相模集 ………………… [045] 7 - 791
　相模集(異本) ………………… [039] 12 - 563
　相模集(流布本) ……………… [039] 12 - 67
　思女集 ………………………… [039] 12 - 593
　流布本相模集について ……… [039] 12 - 3

竹下 豊
　〔解題〕柿本人麻呂勘文 ……… [045] 5 - 1488
　〔解題〕袖中抄 ………………… [045] 5 - 1488
　〔解題〕長方集 ………………… [045] 4 - 686
　〔解題〕万葉集時代難事 ……… [045] 5 - 1488
　〔解題〕道済集 ………………… [045] 7 - 788
　〔解題〕六百番陳状 …………… [045] 5 - 1488

竹下 義人
　熱田宮雀 ……………………… [046] 5 - 758
　逸題書 ………………………… [046] 5 - 158
　俳諧引導集 …………………… [046] 5 - 781
　大硯 …………………………… [046] 5 - 231
　奥細道洗心抄 ………………… [030] 7 - 318
　阿蘭陀丸二番船 ……………… [046] 5 - 462
　解題〔奥細道洗心抄〕………… [030] 7 - 371
　かたはし ……………………… [046] 5 - 1076

俳諧河内羽二重 ………………… [046] 5 - 978
近来俳諧風躰抄 ………………… [046] 5 - 437
草枕 ……………………………… [046] 5 - 86
句箱 ……………………………… [046] 5 - 341
くまのからす …………………… [046] 5 - 1059
熊野からす ……………………… [046] 5 - 1061
雲喰ひ …………………………… [046] 5 - 464
俳諧五徳 ………………………… [046] 5 - 279
西鶴五百韻 ……………………… [046] 5 - 314
西鶴独吟百韻自註絵巻 ………… [046] 5 - 998
俳諧四国猿 ……………………… [046] 5 - 880
俳諧本式百韻精進膾 …………… [046] 5 - 774
仙台大矢数 ……………………… [046] 5 - 308
それそれ草 ……………………… [046] 5 - 757
誹諧大悟物狂 …………………… [046] 5 - 865
太夫桜 …………………………… [046] 5 - 461
一時軒会合太郎五百韻 ………… [046] 5 - 292
狂歌太郎殿犬百首 ……………… [009] 3 - 293
俳諧団袋 ………………………… [046] 5 - 876
珍重集 …………………………… [046] 5 - 256
江戸大坂通し馬 ………………… [046] 5 - 467
飛梅千句 ………………………… [046] 5 - 407
俳諧雛波風 ……………………… [046] 5 - 225
日本行脚文集 …………………… [046] 5 - 780
誹諧生駒堂 ……………………… [046] 5 - 867
俳諧三部抄 ……………………… [046] 5 - 157
道頓堀花みち …………………… [046] 5 - 445
俳諧新附合物種集追加二葉集 … [046] 5 - 438
俳諧昼網 ………………………… [046] 5 - 84
大坂みつかしら ………………… [046] 5 - 761
俳諧わたまし抄 ………………… [046] 5 - 994
蓮実 ……………………………… [046] 5 - 972
三原誹諧備後砂 ………………… [046] 5 - 1064
翻刻『奥細道洗心抄』(一) …… [030] 7 - 318
翻刻『奥細道洗心抄』(二) …… [030] 7 - 330
翻刻『奥細道洗心抄』(三) …… [030] 7 - 342
翻刻『奥細道洗心抄』(四) …… [030] 7 - 350
翻刻『奥細道洗心抄』(五) …… [030] 7 - 358
翻刻『奥細道洗心抄』(六) …… [030] 7 - 366
翻刻『俳諧わたまし抄』……… [030] 4 - 55
夢想之俳諧 ……………………… [046] 5 - 772
八重一重 ………………………… [046] 5 - 996
我か庵 …………………………… [046] 5 - 883
誹諧渡し船 ……………………… [046] 5 - 873
わたし船 ………………………… [046] 5 - 448

竹島 一希
　〔解題〕基佐句集(書陵部鷹山文庫蔵本)
　　………………………………… [081] 1 - 581

武田 早苗
　赤染衛門集 …………………… [082] 20 - 65
　あとがき〔新注和歌文学叢書17〕
　　………………………………… [042] 17 - 255
　〔解説〕赤染衛門集 …………… [082] 20 - 274
　解説「歌人「相模」」………… [032] 009 - 106
　〔解説〕賀茂保憲女集 ………… [082] 20 - 259
　賀茂保憲女集 ………………… [082] 20 - 1
　〔相模 50首〕 ………………… [032] 009 - 2
　『重之子僧集』歌番号対照表 … [042] 17 - 247
　重之子僧集 …………………… [042] 17 - 115

作家名索引（注・訳者） たつみ

重之女集 ……………………… [042]17-3
『重之女集』校異一覧表 ……… [042]17-242
源重之女・源重之子僧 詠草とその人生
　………………………………… [042]17-201

武田 昌憲
解説〔保元物語〕 ……………… [024]〔20〕-213
保元物語（現代語訳） ………… [024]〔20〕-1

武田 元治
あとがき〔歌合・定数歌全釈叢書2〕
　………………………………… [006]2-207
あとがき〔歌合・定数歌全釈叢書7〕
　………………………………… [006]7-187
あとがき〔歌合・定数歌全釈叢書13〕
　………………………………… [006]13-225
解説〔重家朝臣家歌合〕 ……… [006]2-171
解説〔住吉社歌合〕 …………… [006]7-167
解説〔広田社歌合〕 …………… [006]13-197
重家朝臣家歌合 ……………… [006]2-5
住吉社歌合 …………………… [006]7-5
判詞覚書―『中宮亮重家朝臣家歌合』の俊成
　の批評についての覚書 ……… [006]2-177
広田社歌合 …………………… [006]13-5

竹西 寛子
おくのほそ道 ………………… [084]18-93
春風馬堤曲 …………………… [084]18-237
〔竹西寛子の松尾芭蕉集〕発句 … [084]18-15
〔竹西寛子の与謝蕪村集〕発句 … [084]18-145
北寿老仙をいたむ …………… [084]18-232
わたしと松尾芭蕉、与謝蕪村 … [084]18-1

竹野 静雄
凱陣八嶋 ……………………… [046]5-1216
かすがの・いろ香 …………… [046]5-1482
扶桑近代艶隠者 序 …………… [046]5-1263
好色一代女 …………………… [046]1-497
小竹集 序 …………………… [046]5-1261
暦 ……………………………… [046]5-1178
西鶴織留 ……………………… [046]4-311
西鶴書簡 ……………………… [046]5-1486
新編西鶴発句集 ……………… [046]5-1081
新古原つねづね草 …………… [046]5-1422
難波の兄は伊勢の白粉 ……… [046]5-1139
俳諧習ひ事 …………………… [046]5-845
俳諧のならひ事 ……………… [046]5-828
一目玉鉾 ……………………… [046]5-1266

竹鼻 績
あとがき〔公任集注釈〕 ……… [040]15-749
馬内侍集 ……………………… [040]10-7
解説〔馬内侍集注釈〕 ………… [040]10-281
解説〔公任集注釈〕 …………… [040]15-685
解説〔小大君集注釈〕 ………… [040]1-233
解説〔実方集注釈〕 …………… [040]5-481
〔解説〕大納言公任集 ………… [082]54-335
公任集 ………………………… [040]15-7
小大君集 ……………………… [040]1-7
実方集 ………………………… [040]5-7
大納言公任集 ………………… [082]54-161

建部綾足著作刊行会
建部綾足全句集 ……………… [053]9-341

建部綾足略年譜 ……………… [053]9-437
編集のことば〔建部綾足全集〕 ………
　[053]1-1, [053]2-1, [053]3-1,
　[053]4-1, [053]5-1, [053]6-1,
　[053]7-1, [053]8-1, [053]9-1

武谷 恵美子
初句索引〔源兼澄集〕 ………… [039]10-299

田坂 英俊
〔蝶夢全集 解題〕紀行篇 ……… [060]〔1〕-742

田坂 憲二
あとがき〔歌合・定数歌全釈叢書11〕
　………………………………… [006]11-343
恵慶と曾禰好忠の和歌―好忠百首・恵慶百首
　を中心に― …………………… [006]11-275
解説〔恵慶百首〕 ……………… [006]11-229
為頼集 ………………………… [039]14-111
『為頼集』の構造とその歌風 … [039]14-3
『源兼澄集』の伝本と本文 …… [039]10-1

田島 智子
〔解説〕賀陽院水閣歌合 ……… [082]48-336
〔解説〕皇后宮春秋歌合 ……… [082]48-347
〔解説〕弘徽殿女御歌合 ……… [082]48-341
〔解説〕内裏歌合 永承四年 … [082]48-343
賀陽院水閣歌合 ……………… [082]48-71
皇后宮春秋歌合 ……………… [082]48-109
〔校訂一覧〕賀陽院水閣歌合 … [082]48-372
〔校訂一覧〕皇后宮春秋歌合 … [082]48-372
〔校訂一覧〕弘徽殿女御歌合 … [082]48-372
〔校訂一覧〕内裏歌合 永承四年 … [082]48-372
弘徽殿女御歌合 ……………… [082]48-91
内裏歌合 永承四年 …………… [082]48-99

田尻 嘉信
〔解題〕石清水若宮歌合 寛喜四年 … [045]5-1462

田代 一葉
景物一覧〔おくのほそ道〕 …… [080]〔4〕-179

多田 一臣
解説「表現史の中の虫麻呂・赤人」
　………………………………… [032]061-113
〔歌人略伝〕高橋虫麻呂 ……… [032]061-107
〔歌人略伝〕山部赤人 ………… [032]061-108
〔高橋虫麻呂 長歌・短歌・旋頭歌ほか〕
　………………………………… [032]061-2
〔山部赤人 長歌・短歌・旋頭歌ほか〕
　………………………………… [032]061-54

橘 今滋
〔志濃夫廼舎歌集〕例言 ……… [054]〔1〕-24
橘曙覧小伝 …………………… [041]〔1〕-34
橘曙覧の家にいたる詞 ……… [041]〔1〕-48
例言〔志濃夫廼舎歌集〕 ……… [041]〔1〕-47

橘 健二
大鏡 …………………………… [069]11-11

橘 りつ
〔解題〕調鶴集（文雄） ………… [045]9-794

辰巳 正明
解説「生きることの意味を問い続けた歌人 山
　上憶良」 ……………………… [032]002-106
〔山上憶良 39首〕 ……………… [032]002-2

田中 喜作
参考資料(一) 師宣の初期絵入本に就て
 .... ［015］**33**－260

田中 喜美春
あとがき〔私家集全釈叢書20〕‥［039］**20**－693
〔解説〕貫之集 ‥‥ ［082］**19**－319,［039］**20**－1
貫之集 .... ［039］**20**－71,［082］**19**－1
〔貫之集〕異本所載歌 .... ［039］**20**－654

田中 恭子
赤染衛門集 .... ［039］**1**－1
赤染衛門について .... ［039］**1**－14
あとがき〔私家集全釈叢書20〕‥［039］**20**－693
解説〔貫之集〕 .... ［039］**20**－1
系図〔赤染衛門〕 .... ［039］**1**－561
貫之集 .... ［039］**20**－71
〔貫之集〕異本所載歌 .... ［039］**20**－654
年表〔赤染衛門〕 .... ［039］**1**－569

田中 康二
〔雨月物語序〕書き下し文 ‥‥‥ ［080］〔**3**〕－1
〔解説〕研究史・受容史のなかの『雨月物語』
 .... ［080］〔**3**〕－xi
解説〔琴後集〕 .... ［082］**72**－321
菊花の約〔雨月物語〕 .... ［080］〔**3**〕－32
琴後集 .... ［082］**72**－1
仏法僧〔雨月物語〕 .... ［080］〔**3**〕－109
夢応の鯉魚〔雨月物語〕 .... ［080］〔**3**〕－90

田中 新一
後書き〔新注和歌文学叢書2〕‥‥［042］**2**－275
解説―「集」の基礎的考察―〔紫式部集新注〕
 .... ［042］**2**－195
〔解題〕熱田本日本書紀紙背懐紙和歌
 .... ［045］**10**－1172
〔解題〕正徹千首 .... ［045］**4**－721
〔解題〕宝治百首 .... ［045］**4**－712
〔解題〕雅世集 .... ［045］**8**－815
はじめに〔新注和歌文学叢書2〕‥［042］**2**－iii
紫式部集 .... ［042］**2**－1

田中 澄江
女殺油地獄 .... ［084］**17**－223
国性爺合戦 .... ［084］**17**－141
語注〔曾根崎心中・堀川波鼓・冥途の飛脚・大
 経師昔暦・国性爺合戦・心中天の網島・女殺
 油地獄〕................... ［084］**17**－259
心中天の網島 .... ［084］**17**－181
曾根崎心中 .... ［084］**17**－9
大経師昔暦 .... ［084］**17**－101
【付録エッセイ】宮詣でと寺詣り（抄）〔清少納言〕
 .... ［032］**007**－116
堀川波鼓 .... ［084］**17**－37
冥途の飛脚 .... ［084］**17**－69
わたくしと近松 .... ［084］**17**－1

田中 隆裕
〔解題〕霊元法皇御集 .... ［045］**9**－776

田中 登
解説「平安文学の開拓者 紀貫之」
 .... ［032］**005**－106
〔解題〕歌合 弘安八年四月 ‥‥ ［045］**10**－1132
〔解題〕北野宝前和歌（元徳二年）‥ ［045］**10**－1462

〔解題〕貫之集 ‥‥［045］**3**－856,［045］**7**－780
〔解題〕法隆寺宝物和歌 .... ［045］**10**－1196
〔紀貫之 50首〕 .... ［032］**005**－2

田中 初恵
〔解題〕五代集歌枕 .... ［045］**10**－1180

田中 仁
参考文献一覧〔おくのほそ道〕‥ ［080］〔**4**〕－176

田仲 洋己
〔解題〕歌合 建隆五年四月廿日 ‥ ［045］**10**－1127
〔解題〕右大将家歌合 建隆五年八月
 .... ［045］**10**－1128

田中 幹子
〔文集百首〕慈円点歌と定家歌の違いについて
 .... ［006］**8**－511

田中 道雄
あとがき〔蝶夢全集〕 .... ［060］〔**1**〕－969
〔蝶夢全集 解題〕蝶夢和尚文集 巻一・二・
 三 .... ［060］〔**1**〕－715
〔蝶夢全集 解題〕蝶夢文集拾遺一
 .... ［060］〔**1**〕－730
〔蝶夢全集 解題〕芭蕉翁絵詞伝 ［060］〔**1**〕－769
〔蝶夢全集 解題〕文章篇 ..... ［060］〔**1**〕－714
〔蝶夢全集 解題〕編纂した撰集 ‥ ［060］〔**1**〕－771
〔蝶夢全集 解題〕発句篇 ..... ［060］〔**1**〕－709
文人僧蝶夢―その事蹟の史的意義
 .... ［060］〔**1**〕－777
翻刻『維舟点賦何柚誹諧百韻』‥ ［030］**3**－127
翻刻・麦水俳諧春帖四種―『春濃夜』・『三津
 祢』・『大蓋曲』・逸題春帖 ‥‥ ［030］**6**－375

田中 幸江
源平盛衰記（完訳）〔巻十八～巻二十〕
 .... ［024］〔**5**〕－1

田中 裕
解説〔世阿弥芸術論集〕 .... ［043］〔**31**〕－265
〔解題〕安撰和歌集 .... ［045］**6**－960
〔解題〕詠歌一体 .... ［045］**5**－1488
〔解題〕近来風体抄 .... ［045］**5**－1489
〔解題〕愚問賢注 .... ［045］**5**－1489
〔解題〕兼載雑談 .... ［045］**5**－1489
〔解題〕耕雲口伝 .... ［045］**5**－1489
〔解題〕越部禅尼消息 .... ［045］**5**－1488
〔解題〕正徹物語 .... ［045］**5**－1489
〔解題〕正風体抄 .... ［045］**10**－1180
〔解題〕新勅撰和歌集 .... ［045］**1**－819
〔解題〕井蛙抄 .... ［045］**5**－1489
〔解題〕先達物語 .... ［045］**5**－1488
〔解題〕題林愚抄 .... ［045］**6**－964
〔解題〕追加 .... ［045］**5**－1489
〔解題〕二言抄 .... ［045］**5**－1489
〔解題〕廿二番歌合 治承二年 ‥ ［045］**5**－1445
〔解題〕夜の鶴 .... ［045］**5**－1488
〔解題〕落書露顕 .... ［045］**5**－1489
〔解題〕了俊一子伝 .... ［045］**5**－1489
〔解題〕別雷社歌合 .... ［045］**5**－1445
花鏡 .... ［043］〔**31**〕－115
九位 .... ［043］〔**31**〕－163
至花道 .... ［043］〔**31**〕－99
世子六十以後申楽談儀 .... ［043］〔**31**〕－171

風姿花伝 ……………………… [043]〔31〕- 11
棚橋 正博
　淀屋宝物東都名物鳴呼奇々羅金鶏 … [038]2 - 93
　暁傘時雨古手屋 ……………… [038]9 - 105
　明矣七変目景清 ……………… [038]1 - 267
　侠中侠悪言鮫骨 ……………… [038]1 - 213
　こはだ小平次安積沼後日仇討 … [038]6 - 103
　金烏帽子於寒鍾鼠判九郎朝妻船柳三日月
　　…………………………… [038]11 - 55
　団七黒茶椀釣船之花入朝茶湯一寸口切
　　…………………………… [038]10 - 453
　おそろしきもの師走の月安達原氷之姿見
　　…………………………… [038]11 - 105
　口中乃不畳鏡甘哉名利研 …… [038]4 - 333
　助六総角家桜継穂鉢植 ……… [038]14 - 177
　鳴神左衛門希代行法勇雲外気節 [038]10 - 259
　姥池由来一家昔語石枕春宵抄 … [038]13 - 93
　式刻価万両回春 ……………… [038]4 - 191
　一生入福兵衛幸 ……………… [038]2 - 159
　一百三升芋地獄 ……………… [038]2 - 145
　安達ヶ原那須野原糸車九尾狐 … [038]6 - 235
　糸桜本朝文粋 ………………… [038]8 - 327
　留袖の於駒振袖の於駒今昔八丈揃 [038]10 - 167
　久我之助ひな鳥妹背山長柄文台 [038]10 - 213
　岩井櫛粂野仇討 ……………… [038]6 - 305
　岩戸神楽剣威徳 ……………… [038]8 - 269
　焦尾琴調子伝薄雲猫旧話 …… [038]10 - 357
　虚生実草紙 …………………… [038]4 - 145
　親敵うとふ之侾 ……………… [038]9 - 9
　禿池情語梅之於由女丹前 …… [038]8 - 427
　梅由兵衛紫頭巾 ……………… [038]9 - 343
　人相手紋裡家篁見通坐敷 …… [038]5 - 131
　摂州有馬於藤之伝妬湯仇討話 … [038]6 - 357
　緑青邑組朱塗蔦葛絵看版子持山姥 [038]12 - 291
　江戸生艶気樺焼 ……………… [038]1 - 183
　茌土自慢名産杖 ……………… [038]5 - 313
　黄金長者白金長者江戸砂子娘敵討 [038]5 - 187
　江戸春一夜千両 ……………… [038]1 - 247
　仙станю延寿反魂談 …………… [038]2 - 61
　早替小金軽業希術艶哉女僁人 … [038]2 - 127
　小金帽子彦惣頭巾大磯俄練物 [038]14 - 9
　笑話於臍茶 …………………… [038]1 - 69
　小倉山時雨珍説 ……………… [038]1 - 445
　於杉於玉二身之仇討 ………… [038]6 - 189
　岩藤左衛門尾上之助男草履打 [038]9 - 289
　濡髪乾駒伉俠双蛺蝶 ………… [038]7 - 9
　踊発会金糸腰蓑（礒馴松金糸腰蓑）
　　…………………………… [038]14 - 433
　酒神餅神鬼殺心角樽 ………… [038]4 - 35
　於六櫛木曾仇討 ……………… [038]6 - 9
　延命長尺御誂染長寿小紋 …… [038]4 - 563
　女俊寛雪花道 ………………… [038]10 - 55
　女達三日月於僁 ……………… [038]7 - 87
　女達磨之由来文法語 ………… [038]12 - 367
　神田利生王子神徳女将門七人化粧 [038]3 - 155
　〔解題〕淀屋宝物東都名物鳴呼奇々羅金鶏
　　…………………………… [038]2 - 501
　〔解題〕明矣七変目景清（上巻絵題簽）
　　…………………………… [038]1 - 532
　〔解題〕侠中侠悪言鮫骨（袋） [038]1 - 527

〔解題〕こはだ小平次安積沼後日仇討 … [038]6 - 458
〔解題〕金烏帽子於寒鐘鼠判九郎朝妻船柳三日月
　　…………………………… [038]11 - 470
〔解題〕団七黒茶椀釣船之花入朝茶湯一寸口切
　　…………………………… [038]10 - 526
〔解題〕おそろしきもの師走の月安達原氷之姿見
　　…………………………… [038]11 - 473
〔解題〕口中乃不畳鏡甘哉名利研（上巻絵題簽）
　　…………………………… [038]4 - 608
〔解題〕助六総角家桜継穂鉢植 … [038]14 - 467
〔解題〕鳴神左衛門希代行法勇雲外気節
　　…………………………… [038]10 - 516
〔解題〕姥池由来一家昔語石枕春宵抄
　　…………………………… [038]13 - 458
〔解題〕式刻価万両回春（上巻絵題簽）
　　…………………………… [038]4 - 600
〔解題〕一生入福兵衛幸（上巻絵題簽）
　　…………………………… [038]2 - 506
〔解題〕一百三升芋地獄（上巻絵題簽）
　　…………………………… [038]2 - 505
〔解題〕安達ヶ原那須野原糸車九尾狐 … [038]6 - 465
〔解題〕糸桜本朝文粋 ………… [038]8 - 489
〔解題〕留袖の於駒振袖の於駒今昔八丈揃
　　…………………………… [038]10 - 512
〔解題〕久我之助ひな鳥妹背山長柄文台
　　…………………………… [038]10 - 514
〔解題〕岩井櫛粂野仇討 ……… [038]6 - 468
〔解題〕焦尾琴調子伝薄雲猫旧話 [038]10 - 521
〔解題〕虚生実草紙（上巻絵題簽）… [038]4 - 597
〔解題〕人相手紋裡家篁見通坐敷（上巻絵題簽）
　　…………………………… [038]5 - 547
〔解題〕摂州有馬於藤之伝妬湯仇討話 … [038]6 - 471
〔解題〕緑青邑組朱塗蔦葛絵看版子持山姥
　　…………………………… [038]12 - 500
〔解題〕江戸生艶気樺焼（上巻絵題簽）
　　…………………………… [038]1 - 525
〔解題〕茌土自慢名産杖（上巻絵題簽）
　　…………………………… [038]5 - 558
〔解題〕黄金長者白金長者江戸砂子娘敵討（上巻絵題簽）
　　…………………………… [038]5 - 550
〔解題〕江戸春一夜千両（上巻絵題簽）
　　…………………………… [038]1 - 530
〔解題〕仙станю延寿反魂談（上巻絵題簽）… [038]2 - 499
〔解題〕早替小金軽業希術艶哉女僁人（上巻絵題簽）
　　…………………………… [038]2 - 504
〔解題〕小金帽子彦惣頭巾大磯俄練物
　　…………………………… [038]14 - 460
〔解題〕笑話於臍茶（上巻絵題簽）… [038]1 - 516
〔解題〕小倉山時雨珍説 ……… [038]1 - 543
〔解題〕於杉於玉二身之仇討 … [038]6 - 463
〔解題〕岩藤左衛門尾上之助男草履打 … [038]9 - 527
〔解題〕濡髪乾駒伉俠双蛺蝶 … [038]7 - 464
〔解題〕踊発会金糸腰蓑（礒馴松金糸腰蓑）
　　…………………………… [038]14 - 487
〔解題〕酒神餅神鬼殺心角樽（上巻絵題簽）
　　…………………………… [038]4 - 591
〔解題〕於花半七物語（十種香萩碾白茘）
　　…………………………… [038]14 - 490
〔解題〕於六櫛木曾仇討 ……… [038]6 - 452

〔解題〕延命長尺御誂染長寿小紋（上巻絵題簽） …………………………… ［038］4－619	〔解題〕栄花夢後日話金々先生造化夢（上巻絵題簽） ………………………… ［038］3－601

- 〔解題〕延命長尺御誂染長寿小紋（上巻絵題簽） …… ［038］4－619
- 〔解題〕女俊寛雪花道 ……… ［038］10－506
- 〔解題〕女達三日月於僊 ……… ［038］7－466
- 〔解題〕女達磨之由来文法語 …… ［038］12－503
- 〔解題〕神田利生王子神徳女将門七人化粧（絵題簽） ……………… ［038］3－578
- 〔解題〕さらやしきろくろくろむすめかさね会談三組盃 ……………… ［038］12－486
- 〔解題〕怪談摸摸夢字彙（上巻絵題簽） ……………… ［038］5－544
- 〔解題〕お花半七開帳利益札遊合（上巻絵題簽） ……………… ［038］1－512
- 〔解題〕会通已恍惚照子（上巻絵題簽） ……………… ［038］1－539
- 〔解題〕廓中丁子（上巻絵題簽） …… ［038］1－524
- 〔解題〕籠釣瓶丹前八橋 ……… ［038］10－518
- 〔解題〕重井筒娘千代能 ……… ［038］11－475
- 〔解題〕於房徳丘奈累井筒紅葉打散 … ［038］8－478
- 〔解題〕霞之偶春朝日名（上巻絵題簽） ……………… ［038］3－575
- 〔解題〕復讐後祭祀（上巻絵題簽） … ［038］1－538
- 〔解題〕敵討狼河原（前編上巻絵題簽） ［038］5－562
- 〔解題〕敵討岡崎女郎衆 ……… ［038］6－461
- 〔解題〕濡髪放駒全伝復讐曲輪達引 … ［038］14－469
- 〔解題〕売茶翁祇園梶復讐煎茶濫觴（上巻絵題簽） ……………… ［038］5－556
- 〔解題〕敵討衛玉川 ……… ［038］6－456
- 〔解題〕敵討天竺徳兵衛 ……… ［038］7－473
- 〔解題〕河内老嫗火近江手孕村敵討両輌車（前編上巻絵題簽） ……… ［038］5－565
- 〔解題〕敵討孫太郎虫（後編上巻絵題簽） ［038］5－566
- 〔解題〕喩意馬筆曲仮多手綱忠臣鞍（上巻絵題簽） ……………… ［038］4－612
- 〔解題〕仮名手本胸之鏡（上巻絵題簽） ……………… ［038］4－605
- 〔解題〕鐘は上野哉 ……… ［038］1－532
- 〔解題〕枯樹花大悲利益（上巻絵題簽） ……………… ［038］4－618
- 〔解題〕堪忍袋緒〆善玉（中巻絵題簽） ［038］3－580
- 〔解題〕気替而戯作問答 …… ［038］13－476
- 〔解題〕真字手本義士之筆力（上巻絵題簽） ……………… ［038］1－544
- 〔解題〕飛脚屋忠兵衛仮住居梅川奇事中洲話（上巻絵題簽） ……… ［038］2－497
- 〔解題〕客衆肝照子（題簽） …… ［038］18－587
- 〔解題〕客人女郎（袋） ……… ［038］1－520
- 〔解題〕張かへし行儀有良礼（袋） … ［038］2－520
- 〔解題〕扇蟹目傘簶艤狂言庁広栄（上巻絵題簽） ……………… ［038］1－541
- 〔解題〕京伝憂世之酔醒（上巻絵題簽） ［038］2－514
- 〔解題〕京伝憂世之酔醒（中巻絵題簽） ［038］5－570
- 〔解題〕京伝主十六利鑑（上巻絵題簽） ……………… ［038］4－603
- 〔解題〕京伝予誌（題簽） …… ［038］18－608
- 〔解題〕栄花夢後日話金々先生造化夢（上巻絵題簽） …… ［038］3－601
- 〔解題〕文展狂女手車之翁琴声美人伝 ……………… ［038］13－466
- 〔解題〕狂伝和尚廓中法語九界十年色地獄（上巻絵題簽） ……………… ［038］2－528
- 〔解題〕関中狂言廓大帳（題簽） ［038］18－606
- 〔解題〕傾城買四十八手（題簽） … ［038］18－610
- 〔解題〕傾城艦（題簽） ……… ［038］18－595
- 〔解題〕賢愚湊袋湯新話（上巻絵題簽） ……………… ［038］4－617
- 〔解題〕孔子縞于時藍染（上巻絵題簽） ……………… ［038］2－507
- 〔解題〕染分手綱尾花馬市黄金花奥州細道 ……………… ［038］12－495
- 〔解題〕濡髪茶入放駒掛物黄金花万宝善書 ……………… ［038］13－460
- 〔解題〕古契三娼（題簽） ……… ［038］18－590
- 〔解題〕手前勝手御存商売物（上巻絵題簽） ［038］1－519
- 〔解題〕五体和合談（上巻絵題簽） … ［038］4－606
- 〔解題〕人間一代悟甾迷所独案内（上巻絵題簽） ……………… ［038］5－543
- 〔解題〕諺下司話説（上巻絵題簽） … ［038］4－592
- 〔解題〕薩摩下芋兵衛砂糖団子兵衛五人切西瓜斬売（上巻絵題簽） …… ［038］5－554
- 〔解題〕小人国毀桜 ……… ［038］3－584
- 〔解題〕昔男生得這奇の見勢物語（上巻絵題簽） ……………… ［038］4－610
- 〔解題〕折啓姫宮玄婚礼累章筍 …… ［038］11－480
- 〔解題〕瀧口左衛門横笛姫咲替花之二番目 ……………… ［038］10－504
- 〔解題〕作者胎内十月図（上巻絵題簽） ……………… ［038］5－549
- 〔解題〕作者胎内十月図（草稿） … ［038］14－483
- 〔解題〕皐下旬虫干曾我（上巻絵題簽） ……………… ［038］3－582
- 〔解題〕粟野女郎平奴之小蘭獏猴著聞水月談 ……………… ［038］12－506
- 〔解題〕三歳図会稚講釈（上巻絵題簽） ……………… ［038］4－596
- 〔解題〕残燈奇譚案机塵（上巻絵題簽） ……………… ［038］5－560
- 〔解題〕仕懸文庫（題簽） ……… ［038］18－619
- 〔解題〕児訓影絵喩（上巻絵題簽） … ［038］4－601
- 〔解題〕繁千話（題簽） ……… ［038］18－615
- 〔解題〕地獄一面照子浄頗梨（上巻絵題簽） ……………… ［038］2－511
- 〔解題〕将門秀郷時代世話二挺鼓（上巻絵題簽） ……………… ［038］1－542
- 〔解題〕実語教幼稚講釈（上巻絵題簽） ……………… ［038］3－570
- 〔解題〕志道軒往古講釈 …… ［038］8－484
- 〔解題〕絞染五郎強勢談 …… ［038］6－473
- 〔解題〕十六利勘略縁起 …… ［038］13－456
- 〔解題〕正月故攴談（上巻絵題簽） … ［038］4－594
- 〔解題〕娼妓絹籭（題簽） ……… ［038］18－624
- 〔解題〕志羅川夜船（題簽） …… ［038］18－599
- 〔解題〕白拍子富民静皷音（袋） … ［038］1－517
- 〔解題〕白藤源太談 ……… ［038］7－470

〔解題〕大極上請合売心学早染艸（上巻絵題簽） ……………………………………［038］2-517	〔解題〕箱入娘面屋人魚（上巻絵題簽） ……………………………………［038］2-525
〔解題〕心学早染草（稿本）………［038］14-473	〔解題〕八被般若角文字（袋）……［038］1-526
〔解題〕甚句義経真実情文桜（上巻絵題簽）……………………………………［038］2-496	〔解題〕初衣抄（題簽）……………［038］18-591
〔解題〕青楼和談新造図彙（題簽）…［038］18-603	〔解題〕京伝勧請新神名帳八百万両金神花（上巻絵題簽）……………………………………［038］2-527
〔解題〕冨士之白酒阿部川紙子新板替道中助六（袋）……………………………………［038］3-591	〔解題〕花之笑七福参詣（上巻絵題簽）……………………………………［038］3-586
〔解題〕総籬（題簽）………………［038］18-593	〔解題〕花東頼朝公御入（上巻絵題簽）……………………………………［038］2-509
〔解題〕ふところにかへ服紗あり燕子花草履打所縁色揚 ……………………………………［038］12-498	〔解題〕先時怪談花芳野犬斑点（上巻絵題簽）……………………………………［038］2-512
〔解題〕一体分身扮接銀煙管（上巻絵題簽）……………………………………［038］1-539	〔解題〕早道節用守（上巻絵題簽）…［038］2-502
〔解題〕小歌蜂兵衛濡髪の小静袖之梅月土手節 ……………………………………［038］13-472	〔解題〕市川団蔵的中狂言早業七人前（上巻絵題簽）……………………………………［038］4-613
〔解題〕松風村雨磯馴松金糸腰蓑 …［038］12-484	〔解題〕[春霞御鬢付（万屋景物）]……………………………………［038］5-569
〔解題〕東海道五十三駅人間一生五十年凸凹話（上巻絵題簽） ……………………………［038］4-598	〔解題〕濡髪蝶五郎放駒之蝶吉春相撲花之錦絵 ……………………………………［038］11-485
〔解題〕唯心鬼打豆（上巻絵題簽）…［038］3-577	〔解題〕播州皿屋敷物語 …………［038］9-533
〔解題〕浦嶋太郎龍宮軃鉢木（上巻絵題簽）……………………………………［038］3-585	〔解題〕人心鏡写絵（上巻絵題簽）…［038］4-590
〔解題〕太平記吾妻鑑玉磨青砥銭（上巻絵題簽）……………………………………［038］2-510	〔解題〕二代目艶二郎碑文谷利生四竹節（上巻絵題簽）……………………………………［038］2-496
〔解題〕[玉屋景物]……………［038］5-555	〔解題〕百人一首戯講釈（上巻絵題簽）……………………………………［038］3-598
〔解題〕江嶋古跡児ケ淵桜之振袖 …［038］11-483	〔解題〕冷哉汲立清水記（上巻絵題簽）……………………………………［038］2-515
〔解題〕忠臣蔵前世暮無（上巻絵題簽）……………………………………［038］3-593	〔解題〕平仮名銭神問答（上巻絵題簽）……………………………………［038］4-609
〔解題〕忠臣蔵即席料理（上巻絵題簽）……………………………………［038］3-594	〔解題〕貧福両道中之記（上巻絵題簽）……………………………………［038］3-581
〔解題〕大磯之丹前化粧坂編笠蝶衛曾我俤 ……………………………………［038］13-469	〔解題〕不案配即席料理（上巻絵題簽）……………………………………［038］1-523
〔解題〕通気粋語伝 ………………［038］18-604	〔解題〕腹中名所図絵 ……………［038］14-465
〔解題〕通気智之銭光記 …………［038］4-614	〔解題〕福徳果報兵衛伝 …………［038］3-587
〔解題〕女忠信早静釣狐昔塗笠 …［038］11-468	〔解題〕福禄寿（金の成木阿止見与菽和歌）……………………………………［038］14-489
〔解題〕天慶和句文（上巻絵題簽）…［038］1-522	〔解題〕仁田四郎富士之人穴見物（上巻絵題簽）……………………………………［038］1-545
〔解題〕天剛垂楊柳（上巻絵題簽）…［038］3-574	〔解題〕梅川忠兵衛二人虚無僧 …［038］10-509
〔解題〕[天地人三階図絵]（新板広告）……………………………………［038］1-529	〔解題〕分解道胸中双六（上巻絵題簽）……………………………………［038］5-545
〔解題〕[虎屋景物] ………………［038］5-568	〔解題〕天竺徳兵衛お初徳兵衛ヘマムシ入道昔話 ……………………………………［038］11-477
〔解題〕笄甚五郎差櫛於六長髦蛇柳 ……………………………………［038］14-462	〔解題〕鹿子貫平五尺染五郎升繋男子鏡 ……………………………………［038］10-524
〔解題〕栄花男二代目七色合点豆 …［038］5-552	〔解題〕のしの書初若井の水引先開梅赤本（上巻絵題簽）……………………………………［038］3-589
〔解題〕三国伝来無匂線香（上巻絵題簽）……………………………………［038］1-528	〔解題〕万福長者栄華談 …………［038］7-475
〔解題〕せいろうひるのせかい錦之裏（題簽）……………………………………［038］18-628	〔解題〕三日月形柳横櫛（朝妻船柳三日月）……………………………………［038］14-486
〔解題〕悪魂後編人間一生胸算用（上巻絵題簽）……………………………………［038］2-523	〔解題〕三河島御不動記（上巻絵題簽）……………………………………［038］2-500
〔解題〕人間万事吹矢的（上巻絵題簽）……………………………………［038］5-542	〔解題〕箕間尺参人酩酊（上巻絵題簽）……………………………………［038］3-595
〔解題〕人間万事吹矢的（草稿）…［038］14-479	〔解題〕三千歳成云蚵蛇（上巻絵題簽）……………………………………［038］1-537
〔解題〕不破名古屋濡燕子宿傘 …［038］12-490	〔解題〕昔織博多小女郎 …………［038］9-523
〔解題〕夫は水虎是は野狐根無草笔苆（上巻絵題簽）……………………………………［038］3-597	〔解題〕宿昔語笔操（上巻絵題簽）…［038］9-592
〔解題〕諸色買帳呑込多霊宝縁起（上巻絵題簽）……………………………………［038］4-616	
〔解題〕諸色買帳呑込多霊宝縁記（草稿）……………………………………［038］14-477	
〔解題〕怪物徒然草（上巻絵題簽）…［038］3-576	
〔解題〕化物和本草（上巻絵題簽）…［038］4-602	

〔解題〕無間之鐘娘縁記 ……… [038] 11 - 488
〔解題〕無間之鐘娘縁記(草稿)‥ [038] 14 - 484
〔解題〕息子部屋(題簽) ……… [038] 18 - 582
〔解題〕娘敵討古郷錦(上巻絵題簽)‥ [038] 1 - 514
〔解題〕娘清玄振袖日記 ……… [038] 13 - 454
〔解題〕百文二朱寅骨牌(上巻絵題簽) [038] 1 - 536
〔解題〕京鹿子無間鐘薩梅枝伝賦(上巻絵題簽)
    ……………………………… [038] 1 - 533
〔解題〕昔々桃太郎発端話説(上巻絵題簽)
    ……………………………… [038] 3 - 571
〔解題〕八重霞かしくの仇討 …… [038] 7 - 468
〔解題〕団子兵衛御ばう焼餅噺(上巻絵題簽)
    ……………………………… [038] 1 - 515
〔解題〕山鵐鳩蹴転破瓜(上巻絵題簽)
    ……………………………… [038] 2 - 516
〔解題〕吉野屋酒楽(複製絵題簽) [038] 1 - 546
〔解題〕吉野屋酒楽]・[絵本東大全]・[新板落語
    太郎花] ……………………… [038] 14 - 470
〔解題〕吉原やうし(題簽) …… [038] 18 - 597
〔解題〕凡悩即席菩提料理四人詰南片傀儡(上巻絵題
    簽) ………………………… [038] 3 - 588
〔解題〕扇屋かなめ傘屋六郎兵衛米饂頭始(上巻絵題
    簽) ………………………… [038] 1 - 513
〔解題〕世上洒落見絵図(上巻絵題簽)
    ……………………………… [038] 2 - 522
〔解題〕梁山一歩談(上巻絵題簽) [038] 3 - 573
〔解題〕両頭笔善悪日記(上巻絵題簽)
    ……………………………… [038] 4 - 607
〔解題〕蘆生夢魂其前日(上巻絵題簽)
    ……………………………… [038] 2 - 524
〔解題〕和荘兵衛後日話(上巻絵題簽)
    ……………………………… [038] 4 - 595
さらやしきころむすめかさね会談三組盃
    ……………………………… [038] 12 - 63
怪談摸摸夢字彙 ……………… [038] 5 - 67
お花半七開帳利益札遊合 …… [038] 1 - 11
会通已忧惚照子 ……………… [038] 1 - 401
地獄一面照子浄頗梨 ………… [038] 2 - 229
廓中丁子 ……………………… [038] 1 - 169
籠釣瓶丹前八橋 ……………… [038] 10 - 311
重井筒娘千代能 ……………… [038] 11 - 157
於房徳丸累井筒紅葉打敷 …… [038] 8 - 9
笠森娘錦之笈摺 ……………… [038] 8 - 79
霞之偶春朝日名 ……………… [038] 3 - 101
復讐後祭祀 …………………… [038] 5 - 365
敵討狼河原 …………………… [038] 5 - 369
敵討岡崎女郎衆 ……………… [038] 6 - 145
濡髪放埒全伝復讐曲輪達引 … [038] 14 - 235
売茶翁祇園曲梔復讐煎茶濫觴 [038] 5 - 287
敵討御玉川 …………………… [038] 6 - 59
敵討天竺徳兵衛 ……………… [038] 7 - 249
河内老媼火近江手孕村敵討両輌車 [038] 5 - 411
敵討孫太郎虫 ………………… [038] 5 - 453
嗚意馬筆仇馬仮多手綱忠臣鞍 [038] 4 - 397
仮名手本胸之鏡 ……………… [038] 4 - 271
鐘は上野哉 …………………… [038] 1 - 281
戯場花牡丹燈籠 ……………… [038] 9 - 55
枯樹花大悲利益 ……………… [038] 4 - 535
堪忍袋緒〆善玉 ……………… [038] 3 - 169
気替而戯作問答 ……………… [038] 13 - 389

真字手本義士之筆力 ………… [038] 1 - 457
飛脚屋忠兵衛仮住居梅川奇事中洲話 [038] 2 - 43
客衆肝照子 …………………… [038] 18 - 45
客人女郎 ……………………… [038] 1 - 121
張かへし行儀有良礼 ………… [038] 2 - 341
扇蟹目亀轆轤狂言末広栄 …… [038] 1 - 415
京伝憂世之酔醒 ‥ [038] 2 - 263, [038] 5 - 523
京伝主十六利鑑 ……………… [038] 4 - 251
京伝予誌 ……………………… [038] 18 - 373
栄花夢後日話金々先生造化夢 [038] 13 - 547
文展狂女手車之翁琴声美人伝 [038] 13 - 213
狂伝和尚廓中法語九界十年色地獄 … [038] 2 - 475
閨中狂言廓大帳 ……………… [038] 18 - 343
傾城買四十八手 ……………… [038] 18 - 411
傾城髑 ………………………… [038] 18 - 197
賢愚湊銭湯新話 ……………… [038] 4 - 511
孔子縞于時藍染 ……………… [038] 2 - 177
染分手綱尾花馬市黄金花奥州細道 … [038] 12 - 185
濡髪茶入放駒掛物黄金花万宝善書 [038] 13 - 57
古契三娼 ……………………… [038] 18 - 77
手前勝手御存商売物 ………… [038] 1 - 103
五体和合談 …………………… [038] 4 - 289
人間一代悟徹迷所独案内 …… [038] 5 - 35
諺下司話説 …………………… [038] 4 - 59
薩摩下芋兵衛砂糖団子兵衛五人切西瓜斬売
    ……………………………… [038] 5 - 239
小人国殼桜 …………………… [038] 3 - 241
昔男生得這奇的見勢物語 …… [038] 4 - 375
折琴姫宗玄婚礼累箪笥 ……… [038] 11 - 257
瀧口左衛門横笛嫝咲替花之二番目 … [038] 10 - 9
作者胎内十月図 ……………… [038] 5 - 163
桜ひめ筆の再咲 ……………… [038] 9 - 225
皐下旬虫干曾我 ……………… [038] 13 - 213
粟野女郎平妃之小繭狻猴著聞水月談 ‥ [038] 12 - 429
三歳図会権講釈 ……………… [038] 4 - 121
残燈奇譚案机塵 ……………… [038] 5 - 345
仕懸文庫 ……………………… [038] 18 - 475
児訓影絵喩 …………………… [038] 4 - 209
繁千話 ………………………… [038] 18 - 447
将門秀郷時代世話二挺皷 …… [038] 1 - 433
実語教幼稚講釈 ……………… [038] 3 - 9
志道軒往古講釈 ……………… [038] 8 - 219
絞女五郎勢券談 ……………… [038] 6 - 407
十六利勘縁起 ………………… [038] 13 - 65
正月故支談 …………………… [038] 4 - 83
娼妓絹籠 ……………………… [038] 18 - 515
志羅川夜船 …………………… [038] 18 - 253
白拍子富나静皷音 …………… [038] 1 - 87
白藤源太談 …………………… [038] 7 - 197
心学早染草(稿本) …………… [038] 14 - 347
大極上請合売心学早染岬 …… [038] 2 - 323
甚句義経真実情文楼 ………… [038] 2 - 9
青楼和談新造図彙 …………… [038] 18 - 283
冨士之白酒阿胤紙・新板替道中助六
    ……………………………… [038] 3 - 377
総籠 …………………………… [038] 18 - 157
ふところにかへ服紗あり燕子花草履打所縁色揚
    ……………………………… [038] 12 - 239
一体分身扮接銀煙管 ………… [038] 1 - 383

小歌蜂兵衛濡髪の小静袖之梅月土手節
　……………………………　[038]13-327
松風村雨磯馴松金糸腰蓑 …………　[038]12-9
東海道五十三駅人間一生五十年凸凹話‥　[038]4-167
唯心鬼打豆 ………………………　[038]3-129
浦嶋太郎龍宮瓊鉢木 ……………　[038]3-259
太平記吾妻鑑玉磨青砥銭 ………　[038]2-209
玉屋景物 …………………………　[038]5-271
江嶋烏跡児ケ淵桜之振袖 …………　[038]11-301
忠臣蔵前世幕無 …………………　[038]3-421
忠臣蔵即席料理 …………………　[038]3-449
大磯之丹前化粧坂編笠蝶衛曾我俤　[038]13-271
通気粋語伝 ………………………　[038]18-311
通気智之銭光記 …………………　[038]4-447
女忠信男子静釣狐昔塗笠 ………　[038]11-9
天慶和句文 ………………………　[038]1-135
天剛垂楊柳 ………………………　[038]3-79
天地人三階図絵 …………………　[038]1-239
東海道中膝栗毛 …………………　[069]18-155
虎屋景物 …………………………　[038]5-495
笄甚五郎差櫛於六長髦姿蛇柳 ……　[038]14-63
栄花男二代目七色合点豆 ………　[038]5-213
三国伝来無匂線香 ………………　[038]1-221
せいろうたのせかい錦之裏 ………　[038]18-549
悪魂後編人間一生胸算用 ………　[038]2-383
人間万事吹矢的 …………………　[038]5-9
不破名古屋濡燕子宿傘 …………　[038]12-117
夫は大虎是は野狐根無草笔芿 ……　[038]3-497
諸色買帳呑込多霊宝縁起 ………　[038]4-479
怪物徒然草 ………………………　[038]3-115
化物和本草 ………………………　[038]4-231
箱入娘面屋人魚 …………………　[038]2-431
八被般若角文字 …………………　[038]1-203
初衣抄 ……………………………　[038]18-109
京伝勧請新神名帳八百万両金神花‥　[038]2-453
花之笑七福参詣 …………………　[038]3-281
花東頓朝公御入 …………………　[038]2-195
先時怪談花芳野犬斑点 …………　[038]2-249
早道節用守 ………………………　[038]2-107
市川團蔵の中狂言早業七人前 ……　[038]4-421
春霞御髷付（万屋景物）…………　[038]5-509
濡髪継五郎放駒之蝶吉春相撲花之錦絵
　……………………………　[038]11-357
播州皿屋敷物語 …………………　[038]9-399
人心鏡写絵 ………………………　[038]4-9
二代目艶二郎碑文谷利生四竹節 ……　[038]2-29
百人一首戯講釈 …………………　[038]3-525
冷哉汲立清水記 …………………　[038]2-281
平仮名神問答 ……………………　[038]4-353
貧福両道中之記 …………………　[038]3-193
不案配即席料理 …………………　[038]1-149
お夏清十郎風流伽め三味線 ………　[038]8-131
腹中名所図絵 ……………………　[038]14-125
福徳果報兵衛伝 …………………　[038]3-301
仁四郎富士之人穴見物 …………　[038]1-475
梅川忠兵衛二人虚無僧 …………　[038]10-91
分解道胸中双六 …………………　[038]5-99
天竺徳兵衛お初鴈兵衛ヘマムシ入道昔話
　……………………………　[038]11-207

鹿貫平五尺染五郎升繋男子鏡 ……　[038]10-405
のしの書初若井の水引先開梅赤本　[038]3-351
松梅竹取談 ………………………　[038]7-327
万福長者栄華談 …………………　[038]7-299
三日月形柳横櫛（朝妻船柳三日月）
　……………………………　[038]14-425
三河烏御不動記 …………………　[038]2-79
箕間尺参人酩酊 …………………　[038]3-475
三筋緯客気植田 …………………　[038]1-313
三千歳成公蚋蛇 …………………　[038]1-353
昔織博多小女郎 …………………　[038]9-161
宿昔語笔操 ………………………　[038]3-403
無間之鐘娘縁記 …………………　[038]11-413
息子部屋 …………………………　[038]18-9
娘景清艦褸振袖 …………………　[038]9-453
娘敵討古郷錦 ……………………　[038]1-37
娘清玄振袖日記 …………………　[038]13-9
百文二朱寓骨牌 …………………　[038]1-335
京鹿子無間蔭梅枝伝賦 …………　[038]1-295
昔々桃太郎発端話説 ……………　[038]3-35
八重霞かしくの仇討 ……………　[038]7-137
団子兵衛御ばゞ焼餅噺 …………　[038]1-55
山鷸鴗蹴転破瓜 …………………　[038]2-301
吉野屋酒楽 ………………………　[038]1-493
吉原やうし ………………………　[038]18-227
凡悩即席菩提料理四人詰南片傀儡　[038]3-327
扇屋かなめ傘屋六郎兵衛米饅頭始　[038]1-23
世上洒落見絵図 …………………　[038]2-363
梁山一歩談 ………………………　[038]3-59
両頭笔善悪日記 …………………　[038]4-311
盧生夢魂其前日 …………………　[038]2-409
和荘兵衛後日話 …………………　[038]4-103

田辺 聖子
古事記 ……………………………　[084]1-7
序章〔古事記〕 …………………　[084]1-9
わたしと『古事記』 ……………　[084]1-1

谷 知子
秋篠月清集 ………………………　[082]60-1
〔解説〕秋篠月清集 ……………　[082]60-343
〔解説〕建礼門院右京大夫集 ……　[082]23-249
〔解説〕艶詞 ……………………　[082]23-285
〔解題〕歌合 建保七年二月十一日　[045]10-1128
〔解題〕歌合 建保七年二月十二日　[045]10-1127
〔解題〕歌合 建暦三年九月十三夜　[045]10-1126
〔解題〕歌合 正安四年六月十一日　[045]10-1135
建礼門院右京大夫集 ……………　[082]23-63
艶詞 ………………………………　[082]23-201

谷川 敏朗
阿部家横巻（一八〇首）…………　[061]2-66
乙子神社草庵時代〔定本 良寛全集 詩 補遺〕
　……………………………　[061]1-430
乙子神社草庵時代（三一三首）〔定本 良寛全集〕
　……………………………　[061]2-362
戒語付・愛語 ……………………　[061]3-369
木村家横巻（九八首）……………　[061]2-128
久賀美（二六首）…………………　[061]2-51
句集〔定本 良寛集〕 ……………　[061]3-27
偈頌〔定本 良寛全集 詩 補遺〕…　[061]1-560
解良家横巻（七首） ……………　[061]2-63

たにや　　　　　作家名索引(注・訳者)

「解良家横巻」及び解良栄重『良寛禅師詩集』
　より ……………………………… [061]**1**-380
校注 良寛全歌集 ………………… [027]〔1〕-9
校注 良寛全句集 ………………… [028]〔1〕-9
校注 良寛全詩集 ………………… [027]〔1〕-11
五合庵時代〔定本 良寛全集 詩 補遺〕
　 ………………………………… [061]**1**-402
五合庵時代(三八一首)〔定本 良寛全集〕
　 ………………………………… [061]**2**-245
島崎草庵時代〔定本 良寛全集 詩 補遺〕
　 ………………………………… [061]**1**-471
島崎草庵時代(二二二首)〔定本 良寛全集〕
　 ………………………………… [061]**2**-468
住居不定時代(三九首)〔定本 良寛全集〕
　 ………………………………… [061]**2**-229
書簡集〔定本 良寛全集〕 ……… [061]**3**-71
鈴木隆造校・鈴木陳造補『草堂集』より
　 ………………………………… [061]**1**-372
短連歌(二首)〔定本 良寛全集〕 … [061]**2**-539
年代未詳〔定本 良寛全集 詩 補遺〕
　 ………………………………… [061]**1**-492
布留散東(六一首)〔定本 良寛全集〕
　 ………………………………… [061]**2**-27
良寛の歌の世界 ………………… [027]〔1〕-421
良寛の漢詩の世界 ……………… [029]〔1〕-489
良寛の俳句の世界 ……………… [028]〔1〕-247
良寛・由之兄弟和歌巻(一九首) …[061]**2**-167

谷山 茂
　〔解題〕右衛門督家歌合 久安五年 ‥ [045]**5**-1439
　〔解題〕俊成撰祇園百首 ……… [045]**10**-1103
　〔解題〕続千載和歌集 ………… [045]**1**-826
　〔解題〕相撲立詩歌合 ………… [045]**5**-1439
　〔解題〕内裏百番歌合 承久元年 [045]**5**-1461
　〔解題〕中宮亮重家朝臣家歌合 … [045]**5**-1440
　〔解題〕殿上蔵人歌合(大治五年) ‥ [045]**5**-1438
　〔解題〕三井寺新羅社歌合 …… [045]**5**-1443

谷脇 理史
　あとがき〔新編西鶴全集〕…… [046]**5**-巻末
　好色一代男 ……………………… [046]**1**-1
　好色盛衰記 ……………………… [046]**2**-589
　西鶴置土産 ……………………… [046]**4**-215
　まえがき〔新編西鶴全集〕…… [046]**5**-(1)

種茂 勉
　貞徳『誹諧新式十首之詠筆』季吟『如渡得船』
　　一茶『湖に松』 ……………… [030]**3**-左開12
　貞徳『誹諧新式十首之詠筆』補足
　　 ……………………………… [030]**3**-左開8

田渕 句美子
　あとがき〔私家集全釈叢書40〕 ‥ [039]**40**-407
　解説〔土御門院女房〕………… [039]**40**-317
　〔解説〕民部卿典侍因子について … [039]**40**-3
　〔解説〕『民部卿典侍集』について〕構成と内
　　容 …………………………… [039]**40**-28
　〔解説〕『民部卿典侍集』について〕成立と特
　　質 …………………………… [039]**40**-47
　土御門院女房 …………………… [039]**40**-337
　民部卿典侍因子年譜 …………… [039]**40**-269

田淵 福子
　風に紅葉 ………………………… [057]**15**-5

木幡の時雨 ……………………… [057]**6**-7
〔木幡の時雨〕解題 …………… [057]**6**-96
〔木幡の時雨〕梗概 …………… [057]**6**-94
しのびね ………………………… [057]**10**-7
〔しのびね〕解題 ……………… [057]**10**-142
〔しのびね〕梗概 ……………… [057]**10**-140

玉城 司
　いはほぐさ 書誌・解題 ……… [053]**3**-346
　をぐななぶり 書誌・解題 …… [053]**3**-102
　奥細道洗心抄 …………………… [030]**7**-318
　〔解題〕綾足家集 ……………… [053]**5**-463
　解題〔奥細道洗心抄〕………… [030]**7**-371
　〔解題〕古今わすれ …………… [053]**6**-386
　〔解題〕芭蕉翁頭陀物語 ……… [053]**6**-371
　〔解題〕風雅艶談 浮舟部 ………[053]**4**-381
　〔解題〕孟喬和漢雑画 ………… [053]**8**-463
　片歌旧宜集 書誌・解題 ……… [053]**3**-276
　片歌二夜問答 書誌・解題 …… [053]**3**-32
　片歌弁 書誌・解題 …………… [053]**3**-384
　片歌道のはじめ 書誌・解題 … [053]**3**-2
　俳諧枯野問答 書誌・解題 …… [053]**1**-98
　草枕 書誌・解題 ……………… [053]**3**-264
　俳諧統三正猿 書誌・解題 …… [053]**1**-164
　俳諧その日がへり 書誌・解題 [053]**2**-108
　たづのあし 書誌・解題 ……… [053]**3**-60
　南北新話後篇 書誌・解題 …… [053]**1**-312
　俳諧角あはせ 書誌・解題 …… [053]**1**-240
　俳諧南北新話 書誌・解題 …… [053]**1**-128
　俳諧明題冬部 書誌・解題 …… [053]**2**-376
　紀行俳仙窟 書誌・解題 ……… [053]**1**-252
　俳諧琵琶の雨 書誌・解題 …… [053]**1**-82
　〔宝暦九年春興帖〕書誌・解題 …[053]**1**-326
　翻刻『奥細道洗心抄』(一) …… [030]**7**-318
　翻刻『奥細道洗心抄』(二) …… [030]**7**-330
　翻刻『奥細道洗心抄』(三) …… [030]**7**-342
　翻刻『奥細道洗心抄』(四) …… [030]**7**-350
　翻刻『奥細道洗心抄』(五) …… [030]**7**-358
　翻刻『奥細道洗心抄』(六) …… [030]**7**-366
　太山樒 書誌・解題 …………… [053]**1**-190
　百夜問答 書誌・解題 ………… [053]**3**-188
　百夜問答二篇 書誌・解題 …… [053]**3**-292

田丸 真理子
　怪談名香富貴玉 ………………… [008]**4**-243

田村 柳壹
　〔解題〕明日香井和歌集(雅経) … [045]**4**-691
　〔解題〕御室撰歌合 …………… [045]**10**-1125
　〔解題〕柿園詠草(諸平) ……… [045]**9**-792
　〔解題〕熊野懐紙 ……………… [045]**10**-1154
　〔解題〕五代集歌枕 …………… [045]**10**-1107
　〔解題〕後鳥羽院遠島百首 …… [045]**10**-1105
　〔解題〕後二条院百首 ………… [045]**10**-1111
　〔解題〕為兼鹿百首 …………… [045]**10**-1110
　〔解題〕雅顕集 ………………… [045]**7**-822
　〔解題〕雅有集 ………………… [045]**7**-827
　〔解題〕隣女集(雅有) ………… [045]**7**-825
　〔解題〕六百番歌合 …………… [045]**5**-1447

田吉 明
　【付録エッセイ】風景〔今様〕…[032]**025**-114

檀上 正孝
　『十八番諸職之句合』解題と翻刻―立圃俳諧資
　　料考――　……………………　[030] 3-103
　手繰舟所収 松山玖也判 百番俳諧発句合
　　　………………………………　[030] 1-155
　『奉納于飯野八幡宮ノ発句』―解題と翻刻
　　　………………………………　[030] 3-155
　翻刻 寺の笛（天）　………………　[030] 5-7
　『遼々篇』―解題と翻刻―　………　[030] 5-267

【ち】

千明 守
　解題 平家物語諸本における中院本の位置〔平
　　家物語〕　……………………　[059]〔7〕-357
筑紫平安文学会
　恵慶百首　………………………　[006] 11-5
千里集輪読会
　千里集　…………………………　[039] 36-37
　順百首　…………………………　[006] 18-7
　好忠百首　………………………　[006] 20-7
千葉 覚
　〔解題〕嘉元百首　………………　[045] 4-715
千葉 義孝
　〔解題〕家経集　…………………　[045] 7-791
　〔解題〕越中守頼家歌合　………　[045] 5-1421
　〔解題〕賀陽院水閣歌合　………　[045] 5-1417
　〔解題〕関白殿蔵人所歌合　……　[045] 5-1421
　〔解題〕故侍中左金吾家集（頼実）…　[045] 3-892
　〔解題〕左京大夫八条山庄障子絵合
　　　………………………………　[045] 5-1421
　〔解題〕上東門院菊合　…………　[045] 5-1416
　〔解題〕津守和歌集　……………　[045] 6-962
　〔解題〕東宮学士義忠歌合　……　[045] 5-1416
中世和歌の会
　民部卿典侍集　…………………　[039] 40-93

【つ】

塚田 晃信
　〔解題〕正覚国師集　……………　[045] 7-836
　〔解題〕仏국禅師集　……………　[045] 7-829
塚本 邦雄
　【付録エッセイ】心底の秋（抄）〔藤原良経〕
　　　………………………………　[032] 027-114
辻 勝美
　解説〔建礼門院右京大夫集〕……　[058] 1-181
　解説 堀河院百首和歌〕伝本と底本
　　　………………………………　[082] 15-326
　〔解題〕季経集　…………………　[045] 7-807
　〔解題〕千五百番歌合　…………　[045] 5-1454
　〔解題〕為家一夜百首　…………　[045] 10-1109
　〔解題〕長明百首　………………　[045] 4-690
　〔解題〕道家百首　………………　[045] 10-1105

　〔解題〕頼輔集　…………………　[045] 7-800
　系図〔建礼門院右京大夫集〕……　[058] 1-206
　建礼門院右京大夫集　……………　[058] 1-1
　年譜〔建礼門院右京大夫集〕……　[058] 1-202
　堀河院百首和歌　…………………　[082] 15-1
　本文校訂表〔建礼門院右京大夫集〕
　　　………………………………　[058] 1-197
辻村 尚子
　〔解題〕兼如発句帳　……………　[081] 3-681
辻本 裕成
　〔医談抄 解説〕歌壇における宮廷医師の活動―
　　文芸と医家―　………………　[062] 22-72
　〔医談抄 解説〕諸本と本文について
　　　………………………………　[062] 22-27
　〔医談抄 解説〕典拠とその周辺 …　[062] 22-76
辻森 秀英
　〔解題〕井手曙覧翁墓碣銘　……　[041]〔1〕-13
　〔解題〕囲炉裡譚　………………　[041]〔1〕-21
　〔解題〕沽哉集　…………………　[041]〔1〕-20
　〔解題〕志濃夫廼舎歌集　………　[041]〔1〕-14
　〔解題〕「新修 橘曙覧全集」書簡補遺
　　　………………………………　[041]〔1〕-23
　〔解題〕「新修 橘曙覧全集」短歌拾遺
　　　………………………………　[041]〔1〕-27
　〔解題〕橘曙覧小伝　……………　[041]〔1〕-13
　〔解題〕付録・橘氏泝源　………　[041]〔1〕-27
　〔解題〕花洒沙久等　……………　[041]〔1〕-22
　〔解題〕累代忌日目安付略伝　…　[041]〔1〕-28
　〔解題〕累代追遠年表　…………　[041]〔1〕-28
　〔解題〕藁屋詠艸　………………　[041]〔1〕-15
　〔解題〕藁屋文集　………………　[041]〔1〕-18
　橘曙覧伝とその作品　……………　[041]〔1〕-445
津田 眞弓
　熱海温泉図彙　……………………　[007] 4-789
　〔解題〕熱海温泉図彙　…………　[007] 4-1034
　〔解題〕戻駕籠故郷錦絵　………　[007] 4-1012
　〔解題〕奴勝山愛玉丹前　………　[007] 4-1007
　戻駕籠故郷錦絵　…………………　[007] 4-447
　奴勝山愛玉丹前　…………………　[007] 4-415
蔦尾 和宏
　解説〔今昔物語集〕………………　[069] 12-309
　今昔物語集 本朝世俗部 内容紹介
　　　………………………………　[069] 12-124
　今昔物語集 本朝仏法部 内容紹介 …　[069] 12-12
　はじめに―あらゆる生を描く説話集〔今昔物
　　語集〕　………………………　[069] 12-3
土田 衞
　解説―消息二「田結荘家」書簡について〔増補
　　蓮月尼全集〕　………………　[051]〔1〕-77
土屋 順子
　因果物語　…………………………　[001] 4-19
　〔解題〕因果物語 大本六巻六冊 …　[001] 4-549
　〔解題〕神威怪異奇談（南路志巻三十六・三十七）
　　　………………………………　[007] 5-1081
　〔解題〕大和怪異記　……………　[007] 5-1083
　神威怪異奇談（南路志巻三十六・三十七）
　　　………………………………　[007] 5-735
　大和怪異記　………………………　[007] 5-819

堤 邦彦
- （解説総論）宗祖高僧絵伝の絵解き ………………………… [062]15-3
- 〔解題 近世民間異聞怪談集成〕はじめに
  ……………………………… [007]5-1059
- 〔解題〕古今弁惑実物語 ……… [007]5-1085
- 〔解題〕三州奇談 ……………… [007]5-1069
- 〔解題〕駿国雑志(抄) ………… [007]5-1071
- 古今弁惑実物語 ……………… [007]5-919
- 三州奇談 ……………………… [007]5-105
- 駿国雑志(抄) ………………… [007]5-297
- （解説）道元絵伝の成立 ……… [062]15-281

津本 静子
- あとがき〔江戸後期紀行文学全集〕
  ……………………………… [010]3-284

津本 信博
- 〔解題〕青葉の道の記 ………… [010]2-450
- 〔解題〕あさぎぬ ……………… [010]2-236
- 〔解題〕天山日記 ……………… [010]3-234
- 〔解題〕淡路廼道草 …………… [010]2-453
- 〔解題〕伊豆日記 ……………… [010]1-678
- 〔解題〕出雲路日記 …………… [010]1-684
- 〔解題〕橋立日記磯清水 ……… [010]1-671
- 〔解題〕乙卯記行 ……………… [010]3-237
- 〔解題〕鬼道紀行（宇治紀行）… [010]3-233
- 〔解題〕宇治のたびにき ……… [010]1-679
- 〔解題〕煙霞日記 ……………… [010]2-445
- 〔解題〕近江田上紀行 ………… [010]2-455
- 〔解題〕香川平景樹大人東遊記… [010]1-672
- 〔解題〕花鳥日記 ……………… [010]1-670
- 〔解題〕かりの冥途 …………… [010]2-453
- 〔解題〕木曽の道の記 ………… [010]3-231
- 〔解題〕九月十三夜の詞 堀練誠に贈る歌
  ……………………………… [010]2-451
- 〔解題〕熊埜紀行・踏雲吟稿 … [010]3-232
- 〔解題〕越の道の記 …………… [010]1-668
- 〔解題〕西行日記 ……………… [010]3-236
- 〔解題〕相良日記 ……………… [010]1-669
- 〔解題〕さきくさ日記 ………… [010]1-446
- 〔解題〕修学院御幸 …………… [010]1-682
- 〔解題〕輔尹先生東紀行 ……… [010]1-674
- 〔解題〕鈴屋大人都日記 ……… [010]1-675
- 〔解題〕須磨記 ………………… [010]2-454
- 〔解題〕蜻蜒百首道の記 ……… [010]2-451
- 〔解題〕たけ狩 ………………… [010]2-456
- 〔解題〕堂飛乃日難美 ………… [010]2-454
- 〔解題〕朝三日記 ……………… [010]1-667
- 〔解題〕千代の浜松 …………… [010]1-681
- 〔解題〕寺めぐり（草稿）……… [010]2-457
- 〔解題〕中空の日記 …………… [010]1-673
- 〔解題〕中道日記 ……………… [010]1-669
- 〔解題〕二条日記 ……………… [010]1-683
- 〔解題〕日光山扈従私記(露の道芝)
  ……………………………… [010]2-452
- 〔解題〕日光道の記 …………… [010]2-449
- 〔解題〕野山の歓び …………… [010]3-235
- 〔解題〕はまの松葉 …………… [010]2-447
- 〔解題〕春のみかり …………… [010]2-448
- 〔解題〕文月の記 ……………… [010]1-680
- 〔解題〕ふるの道くさ（草稿）… [010]3-231
- 〔解題〕蓬莱園記 ……………… [010]2-445
- 〔解題〕みかげのにき ………… [010]1-685
- 〔解題〕御藤日記 ……………… [010]1-686
- 〔解題〕野総紀行 ……………… [010]2-448
- 〔解題〕やつれ蓑の日記 ……… [010]1-677
- 〔解題〕よしの行記 …………… [010]2-457
- 刊行にあたって〔江戸後期紀行文学全集〕
  ……………………………… [010]1-13
- 公任集 ………………………… [039]7-53
- 公任とその周辺の人物 ……… [039]7-43
- 『熊本十日記』に見る日記文学的性格―敬神党
  の乱に関わって― ………… [010]3-249
- ライデン大学蔵本『源氏』翻刻紹介
  ……………………………… [010]3-241

鶴﨑 裕雄
- 〔解題〕石苔 …………………… [081]2-509
- 〔解題〕老耳 …………………… [081]2-492
- 〔解題〕春夢草（肖柏）………… [045]8-846
- 〔解題〕吉野拾遺 ……………… [045]10-1199

【 て 】

鉄野 昌弘
- 解説〔万葉集〕………………… [069]4-304
- はじめに―和歌の起こり〔万葉集〕… [069]4-3
- 万葉集 ………………………… [069]4-9
- 万葉集 主要歌人紹介 ………… [069]4-10

寺尾 麻里
- 〔解題〕昌穏集 ………………… [081]3-691

寺島 恒世
- 解説〔後鳥羽院御集〕………… [082]24-321
- 〔解題〕後鳥羽院自歌合 ……… [045]5-1462
- 〔解題〕土御門院御集 ………… [045]7-809
- 〔解題〕定家家隆両卿撰歌合 … [045]7-1465
- 〔解題〕雅成親王集 …………… [045]7-813
- 後鳥羽院御集 ………………… [082]24-1

寺山 旦中
- あとがき〔一休和尚全集 別巻〕… [004]別-119
- 一休墨跡について …………… [004]別-110
- 墨跡〔一休宗純〕……………… [004]別-9

【 と 】

土井 大介
- 〔解題〕燈前新話 ……………… [007]5-1065
- 燈前新話 ……………………… [007]5-15

東野 治之
- 万葉集 ………………………… [069]4-9

遠田 晤良
- 〔解題〕太皇太后宮小侍従集 … [045]4-682
- 〔解題〕二条院讃岐集 ………… [045]4-689

常磐井 和子
　むぐら ・・・・・・・・・・・・・・・・・・・・・ ［057］15－143
　〔むぐら〕解題 ・・・・・・・・・・・・・・・・ ［057］15－232
　〔むぐら〕梗概 ・・・・・・・・・・・・・・・・ ［057］15－226
徳植 俊之
　あとがき〔道信集注釈〕 ・・・・・・・ ［040］11－313
　解説〔道信集注釈〕 ・・・・・・・・・・ ［040］11－223
　道信集 ・・・・・・・・・・・・・・・・・・・・・ ［040］11－7
徳田 武
　桜姫全伝曙草紙 ・・・・・・・・・・・・・・ ［038］16－9
　復讐奇談安積沼 ・・・・・・・・・・・・・・ ［038］15－267
　浮牡丹全伝 ・・・・・・・・・・・・・・・・・・ ［038］17－9
　善知安方忠義伝 ・・・・・・・・・・・・・・ ［038］16－173
　優曇華物語 ・・・・・・・・・・・・・・・・・・ ［038］15－393
　〔解題〕桜姫全伝曙草紙 ・・・・・・・・ ［038］16－672
　〔解題〕復讐奇談安積沼 ・・・・・・・・ ［038］15－580
　〔解題〕浮牡丹全伝 ・・・・・・・・・・・・ ［038］17－636
　〔解題〕善知安方忠義伝 ・・・・・・・・ ［038］16－681
　〔解題〕優曇華物語 ・・・・・・・・・・・・ ［038］15－585
　〔解題〕双蝶記 ・・・・・・・・・・・・・・・・ ［038］17－690
　〔解題〕忠臣水滸伝 前編・後編 ・・ ［038］15－572
　〔解題〕画図通俗大聖伝 ・・・・・・・・ ［038］15－566
　〔解題〕梅之与四兵衛物語梅花氷裂 ・・ ［038］16－709
　〔解題〕稲妻表紙後編本朝酔菩提全伝
　　　　 ・・・・・・・・・・・・・・・・・・・・・・・ ［038］17－655
　〔解題〕昔話稲妻表紙 ・・・・・・・・・・ ［038］16－695
　双蝶記 ・・・・・・・・・・・・・・・・・・・・・ ［038］17－447
　忠臣水滸伝 前編 ・・・・・・・・・・・・・ ［038］15－81
　忠臣水滸伝 後編 ・・・・・・・・・・・・・ ［038］15－181
　画図通俗大聖伝 ・・・・・・・・・・・・・・ ［038］15－9
　梅之与四兵衛物語梅花氷裂 ・・・・・ ［038］16－573
　稲妻表紙後編本朝酔菩提全伝 ・・・ ［038］17－139
　昔話稲妻表紙 ・・・・・・・・・・・・・・・・ ［038］16－379
徳原 茂実
　〔解説〕兼盛集 ・・・・・・・・・・・・・・・ ［082］52－433
　〔解説〕小大君集 ・・・・・・・・・・・・・ ［082］52－461
　〔解説〕重之集 ・・・・・・・・・・・・・・・ ［082］52－448
　〔解説〕元輔集 ・・・・・・・・・・・・・・・ ［082］52－419
　〔解説〕躬恒集 ・・・・・・・・・・・・・・・ ［045］7－779
　兼盛集 ・・・・・・・・・・・・・・・・・・・・・ ［082］52－187
　小大君集 ・・・・・・・・・・・・・・・・・・・ ［082］52－287
　重之集 ・・・・・・・・・・・・・・・・・・・・・ ［082］52－227
　西本願寺本『躬恒集』 ・・・・・・・・ ［040］14－364
　躬恒集 ・・・・・・・・・・・・・・・・・・・・・ ［040］14－7
　『躬恒集』の伝本 ・・・・・・・・・・・・ ［040］14－361
　元輔集 ・・・・・・・・・・・・・・・・・・・・・ ［082］52－137
殿田 良作
　伊藤信徳の「雛形」 ・・・・・・・・・・ ［030］4－223
外村 展子
　あとがき〔関東俳諧叢書1〕 ・・・・ ［017］1－282
　あとがき〔関東俳諧叢書4〕 ・・・・ ［017］3－279
　あとがき〔関東俳諧叢書20〕 ・・・ ［017］20－179
　解説〔なぐさめ草〕 ・・・・・・・・・・ ［058］6－220
　解説〔藤河の記〕 ・・・・・・・・・・・・ ［058］6－269
　〔解題〕住吉社歌合 弘長三年 ・・ ［045］10－1130
　〔解題〕雪玉集（実隆） ・・・・・・・・ ［045］8－850
　〔解題〕玉津島歌合 弘長三年 ・・ ［045］10－1131
　〔解題〕南都百首（兼良） ・・・・・・ ［045］10－1121

〔解題〕政範集 ・・・・・・・・・・・・・・・・ ［045］7－823
刊行の辞〔関東俳諧叢書3〕 ・・・・・・・ ［017］3－1
関東俳書年表（宝暦以前） ・・・・・・ ［017］20－55
関東俳書年表2―明和二年～文化十五年
　　　　 ・・・・・・・・・・・・・・・・・・・・・・・ ［017］32－3
詞書索引〔沙弥蓮瑜集〕 ・・・・・・・ ［039］23－566
前長門守時朝入京田舎打聞集 ・・・ ［039］18－61
作者索引〔関東俳諧叢書〕
　　　　 ・・・・・・・・・ ［017］20－左1, ［017］32－左7
参考文献〔関東俳諧叢書〕 ・・・・・・ ［017］20－159
参考文献2〔関東俳諧叢書〕 ・・・・・ ［017］32－151
沙弥蓮瑜集 ・・・・・・・・・・・・・・・・・・ ［039］23－81
『沙弥蓮瑜集』の作者と和歌 ・・・・ ［039］23－3
緒言―完結に当たって―〔関東俳諧叢書〕
　　　　 ・・・・・・・・・・・・・・・・・・・・・・・ ［017］32－2
書名索引〔関東俳諧叢書〕
　　　　 ・・・・・・・ ［017］20－左169, ［017］32－左183
総目次〔関東俳諧叢書〕 ・・・・・・・・ ［017］32－左1
地名索引〔関東俳諧叢書〕
　　　　 ・・・・・・・ ［017］20－左131, ［017］32－左147
なぐさめ草 ・・・・・・・・・・・・・・・・・・ ［058］6－185
藤河の記 ・・・・・・・・・・・・・・・・・・・・ ［058］6－235
補訂〔関東俳諧叢書〕 ・・・・・・・・・・ ［017］20－167
補訂2〔関東俳諧叢書〕 ・・・・・・・・・ ［017］32－193
富岡 多恵子
　好色一代女 ・・・・・・・・・・・・・・・・・・ ［084］16－117
　好色五人女 ・・・・・・・・・・・・・・・・・・ ［084］16－11
　わたしと西鶴 ・・・・・・・・・・・・・・・・ ［084］16－1
富澤 美智子
　義太夫節人形浄瑠璃上演年表（一七一六―一七五一）
　　　　 ・・・・・・ ［018］13－111, ［018］14－102,
　　　　　　　　［018］15－118, ［018］16－94,
　　　　　　　　［018］17－139, ［018］18－74,
　　　　　　　　［018］19－142, ［018］20－128,
　　　　　　　　［018］21－102, ［018］22－127,
　　　　　　　　［018］23－136, ［018］24－142,
　　　　　　　　［018］25－135, ［018］26－135,
　　　　　　　　［018］27－108, ［018］28－92,
　　　　　　　　［018］29－92, ［018］30－142,
　　　　　　　　［018］31－128, ［018］32－144,
　　　　　　　　［018］33－126, ［018］34－127,
　　　　　　　　［018］35－104, ［018］36－86,
　　　　　　　　［018］37－128, ［018］38－136,
　　　　　　　　［018］39－147, ［018］40－144,
　　　　　　　　［018］41－147, ［018］42－121,
　　　　　　　　［018］43－139, ［018］44－120,
　　　　　　　　［018］45－135, ［018］46－129,
　　　　　　　　［018］47－136, ［018］48－137,
　　　　　　　　［018］49－151, ［018］50－150,
　　　　　　　　［018］51－136, ［018］52－170
富田 志津子
　〔解題〕漫吟集（契沖） ・・・・・・・・ ［045］9－775
　翻刻『茶初穂』（立圃五十回忌追善集）
　　　　 ・・・・・・・・・・・・・・・・・・・・・・・ ［030］6－7
冨田 成美
　〔解題〕『世諺問答』（古活字本） ・・・ ［015］44－317
　〔解題〕『世諺問答』（写本） ・・・・ ［015］44－313
　〔解題〕『世諺問答』（万治三年板） ・・ ［015］44－319
　〔解題〕塵塚 ・・・・・・・・・・・・・・・・・・ ［015］50－316

〔解題〕田夫物語 ……………… [015] **52** - 287
〔解題〕花の縁物語 …………… [015] **58** - 265
〔解題〕はなむけ草 …………… [015] **58** - 267
友久 武文
 とりかへばや ………………… [057] **12** - 5
 〔とりかへばや〕解題 ………… [057] **12** - 349
 〔とりかへばや〕梗概 ………… [057] **12** - 346
富山 奏
 秋の朝寝 ……………………… [043] 〔**47**〕- 271
 あきのそら—解題と翻刻— …… [030] **7** - 297
 明智が妻の話 ………………… [043] 〔**47**〕- 162
 鵜舟 …………………………… [043] 〔**47**〕- 93
 雲竹自画像の讃 ……………… [043] 〔**47**〕- 179
 笈の小文 ……………………… [043] 〔**47**〕- 62
 おくのほそ道 ………………… [043] 〔**47**〕- 106
 骸骨の絵讃 …………………… [043] 〔**47**〕- 259
 解説 芭蕉—その人と芸術 … [043] 〔**47**〕- 291
 垣穂の梅 ……………………… [043] 〔**47**〕- 48
 笠の記 ………………………… [043] 〔**47**〕- 51
 鹿島詣 ………………………… [043] 〔**47**〕- 55
 堅田十六夜の弁 ……………… [043] 〔**47**〕- 201
 紙衾の記 ……………………… [043] 〔**47**〕- 158
 寒夜の辞 ……………………… [043] 〔**47**〕- 18
 許六離別の詞 ………………… [043] 〔**47**〕- 231
 幻住庵の記 …………………… [043] 〔**47**〕- 166
 嵯峨日記 ……………………… [043] 〔**47**〕- 183
 更科紀行 ……………………… [043] 〔**47**〕- 94
 四山の瓢 ……………………… [043] 〔**47**〕- 49
 四条の河原涼み ……………… [043] 〔**47**〕- 174
 自得の箴 ……………………… [043] 〔**47**〕- 47
 柴の戸 ………………………… [043] 〔**47**〕- 15
 島田の時雨 …………………… [043] 〔**47**〕- 203
 洒落堂の記 …………………… [043] 〔**47**〕- 164
 十八楼の記 …………………… [043] 〔**47**〕- 91
 栖去の弁 ……………………… [043] 〔**47**〕- 205
 月侘斎 ………………………… [043] 〔**47**〕- 16
 机の銘 ………………………… [043] 〔**47**〕- 224
 夏野の画讃 …………………… [043] 〔**47**〕- 23
 野ざらし紀行 ………………… [043] 〔**47**〕- 24
 はじめに〔『春鹿集』作者一覧〕 … [030] **2** - 239
 はじめに〔翻刻『春鹿集』天の巻〕 … [030] **2** - 173
 芭蕉庵十三夜 ………………… [043] 〔**47**〕- 103
 芭蕉を移す詞 ………………… [043] 〔**47**〕- 221
 『春鹿集』の地の巻—付・翻刻— … [030] **2** - 225
 『春鹿集』作者一覧 …………… [030] **2** - 242
 凡例(序文を兼ねて)〔新潮日本古典集成 芭蕉文集〕 ……………… [043] 〔**47**〕- 7
 深川の雪の夜 ………………… [043] 〔**47**〕- 54
 深川八貧 ……………………… [043] 〔**47**〕- 105
 閉関の説 ……………………… [043] 〔**47**〕- 233
 茅舎の感 ……………………… [043] 〔**47**〕- 17
 翻刻「春鹿集」の補正 ………… [030] **2** - 259
 雪の枯尾花 …………………… [043] 〔**47**〕- 204
 雪丸げ ………………………… [043] 〔**47**〕- 53
豊田 恵子
 解説「実隆にとっての和歌とは何か」
  ……………………………… [032] **055** - 107
 〔三条西実隆 40首〕…………… [032] **055** - 2

鳥井 千佳子
 あとがき〔新注和歌文学叢書18〕
  ……………………………… [042] **18** - 513
 解説〔忠通家歌合〕…………… [042] **18** - 371
 関白内大臣家歌合 保安二年 … [042] **18** - 271
 摂政左大臣家歌合 大治元年 … [042] **18** - 352
 内大臣家歌合 永久三年前度 … [042] **18** - 3
 内大臣家歌合 永久三年後度 … [042] **18** - 12
 内大臣家歌合 永久五年 ……… [042] **18** - 20
 内大臣家歌合 元永元年十月二日 … [042] **18** - 22
 内大臣家歌合 元永元年十月十一日
  ……………………………… [042] **18** - 141
 内大臣家歌合 元永元年十月十三日
  ……………………………… [042] **18** - 148
 内大臣家歌合 元永二年 ……… [042] **18** - 171
鳥越 文蔵
 解題〔右大将鎌倉実記〕……… [018] **11** - 111
鳥津 亮二
 〔解題〕素丹発句 ……………… [081] **3** - 684

【 な 】

直木 孝次郎
 日本書紀 巻第一〜巻第二十二 …… [069] **2** - 11
 日本書紀 巻第二十三〜巻第三十 … [069] **3** - 11
中 周子
 〔解説〕藤三位集 ……………… [082] **20** - 319
 〔解説〕紫式部集 ……………… [082] **20** - 301
 〔解題〕一条大納言家石名取歌合 … [045] **5** - 1412
 〔解題〕一条大納言家歌合 …… [045] **5** - 1411
 〔解題〕宇多院歌合 …………… [045] **5** - 1404
 〔解題〕円融院扇合 …………… [045] **5** - 1411
 〔解題〕小野宮右衛門督君達歌合 … [045] **5** - 1412
 〔解題〕女四宮歌合 …………… [045] **5** - 1410
 〔解題〕寛平御時中宮歌合 …… [045] **5** - 1403
 〔解題〕御形宣旨集 …………… [045] **7** - 783
 〔解題〕惟成弁集 ……………… [045] **7** - 784
 〔解題〕左兵衛佐定文歌合 …… [045] **5** - 1404
 〔解題〕三条左大臣殿前栽歌合 … [045] **5** - 1412
 〔解題〕亭子院女郎花合 ……… [045] **5** - 1404
 〔解題〕謎歌合 ………………… [045] **5** - 1412
 〔解題〕堀河中納言家歌合 …… [045] **5** - 1411
 〔解題〕本院左大臣歌合 ……… [045] **5** - 1405
 〔解題〕光昭少将家歌合 ……… [045] **5** - 1413
 藤三位集 ……………………… [082] **20** - 233
 紫式部集 ……………………… [082] **20** - 203
那珂 太郎
 【付録エッセイ】正徹の歌一首 … [032] **054** - 116
永井 一彰
 雨の日や(十四句)…………… [078] **2** - 521
 いざ雪車に(歌仙)…………… [078] **2** - 421
 いとによる(十二句)………… [078] **2** - 500
 植かへる(三十二句)………… [078] **2** - 375
 うぐひすや(十九句)………… [078] **2** - 477
 海見へて(十六句)…………… [078] **2** - 337
 蚊屋を出て(十五句)………… [078] **2** - 445

曲水や〈歌仙〉 ……………………… [078]**2**-526
国を去て〈歌仙〉 …………………… [078]**2**-516
歳旦を〈歌仙〉 ……………………… [078]**2**-401
さゝら井に〈十五句〉 ……………… [078]**2**-491
耳目肺腸〈歌仙〉 …………………… [078]**2**-493
霜に嘆ず〈歌仙〉 …………………… [078]**2**-357
涼さや〈半歌仙〉 …………………… [078]**2**-523
竹の隙もる〈五句〉 ………………… [078]**2**-329
月のь゙り〈歌仙〉 …………………… [078]**2**-432
付句四章 …………………………… [078]**2**-541
涕かみて〈十句〉 …………………… [078]**2**-498
野の池や〈二十三句〉 ……………… [078]**2**-466
花見たく〈二十五句〉 ……………… [078]**2**-462
春惜しむ〈歌仙〉 …………………… [078]**2**-427
冬ごもり〈半歌仙〉 ………………… [078]**2**-531
ほとゝぎす〈歌仙〉 ………………… [078]**2**-502
短夜や〈二十句〉 …………………… [078]**2**-339
身の秋や〈歌仙〉 …………………… [078]**2**-396
目の下の〈四句〉 …………………… [078]**2**-539
山にかゝる〈歌仙〉 ………………… [078]**2**-472
夕附日〈十四句〉 …………………… [078]**2**-507
余処の夜に〈歌仙〉 ………………… [078]**2**-370

永井 和子
　伊勢物語 ………………………… [013]**(1)**-20
　〈いはでしのぶ〉解題 …………… [057]**4**-449
　〈いはでしのぶ〉梗概 …………… [057]**4**-390
　〈いはでしのぶ〉校訂一覧 ……… [057]**4**-434
　いはでしのぶ …………………… [057]**4**-5
　解説〔伊勢物語〕 ……………… [013]**(1)**-215
　解説〔枕草子〕 ………………… [084]**9**-253
　口絵について〔伊勢物語〕 …… [013]**(1)**-巻頭
　語注〔枕草子〕 ………………… [084]**9**-251
　諸本・参考文献〔枕草子〕 …… [013]**(1)**-224
　中宮様のことば（栞〈月報より〉）〔枕草子〕
　　……………………………… [013]**(7)**-682
　はじめに―伊勢物語覚え書 …… [013]**(1)**-1
　復刊にあたって〔伊勢物語〕 … [013]**(1)**-5
　枕草子 …………………………… [069]**8**-11
　枕草子〔能因本〕 ……………… [013]**(7)**-21

永井 路子
　徒然草 …………………………… [084]**13**-47
　方丈記 …………………………… [084]**13**-15
　わたしと『方丈記』『徒然草』 … [084]**13**-1

中川 博夫
　解説〔瓊玉和歌集〕 …………… [042]**14**-523
　解説〔新勅撰和歌集〕 ………… [082]**6**-367
　解説〔大弐高遠集注釈〕 ……… [040]**17**-433
　〔解題〕歌合（正安元年～嘉元二年） … [045]**10**-1134
　〔解題〕閑月和歌集 …………… [045]**6**-950
　〔解題〕現存卅六人詩歌 ……… [045]**10**-1158
　〔解題〕五種歌合 正安元年 …… [045]**10**-1134
　〔解題〕前長門守時朝入京田舎打聞集
　　……………………………… [045]**7**-815
　〔解題〕詩歌合（正和三年） … [045]**10**-1137
　〔解題〕新三十六人撰 正元二年 … [045]**10**-1148
　〔解題〕二十八品並九品詩歌 … [045]**10**-1157
　〔解題〕宝治元年後嵯峨院詠翫花和歌
　　……………………………… [045]**10**-1157
　〔解題〕基佐集 ………………… [045]**8**-831

〔解題〕蓮性陳状 ………………… [045]**10**-1198
〔解題〕和漢名所詩歌合 ………… [045]**10**-1132
玉葉和歌集 巻第一〜十三 ……… [082]**39**-1
瓊玉和歌集 ……………………… [042]**14**-1
前長門守時朝入京田舎打聞集 … [039]**18**-61
沙弥蓮瑜集 ……………………… [039]**23**-81
新勅撰和歌集 …………………… [082]**6**-1
大弐高遠集 ……………………… [040]**17**-7
『時朝集』の成立 ………………… [039]**18**-3

中川 真喜子
　『春鹿集』天の巻 ……………… [030]**2**-176
　『春鹿集』作者一覧 …………… [030]**2**-242

中込 重明
　解説〔花菖蒲澤の紫〕 ………… [070]**3**-243
　花菖蒲澤の紫 …………………… [070]**3**-7

長坂 成行
　太平記年表 ……………… [043]**(34)**-414,
　　　[043]**(36)**-484, [043]**(38)**-514

長崎 健
　あとがき〔私家集全釈叢書18〕 … [039]**18**-313
　あとがき〔私家集全釈叢書23〕 … [039]**23**-569
　〔解題〕延文百首 ……………… [045]**4**-717
　〔解題〕元徳二年七夕御会 …… [045]**10**-1163
　〔解題〕金剛三昧院奉納和歌 … [045]**10**-1165
　〔解題〕持明院殿御会和歌 …… [045]**10**-1165
　〔解題〕信生法師集 …………… [045]**7**-815
　〔解題〕新和歌集 ……………… [045]**6**-946
　〔解題〕孝範集 ………………… [045]**8**-840
　前長門守時朝入京田舎打聞集 … [039]**18**-61
　沙弥蓮瑜集 ……………………… [039]**23**-81

中島 あや子
　参考文献一覧〔源兼澄集〕 …… [039]**10**-55

中島 次郎
　天草四郎 ………………………… [001]**4**-523
　〔解題〕天草四郎 半紙本二巻一冊 … [001]**4**-577
　〔解題〕寛文版『竹斎』 ……… [015]**49**-313
　〔解題〕鬼利至端破却論伝 大本三巻一冊
　　……………………………… [001]**4**-572
　〔解題〕竹斎（奈良絵本） …… [015]**49**-316
　〔解題〕竹斎狂哥物語 ………… [015]**48**-323
　〔解題〕徳永種久紀行 ………… [015]**54**-263
　〔解題〕ねこと草 ……………… [015]**55**-328
　寛文板『竹斎』全挿絵（寛文板、四巻四冊、絵入）
　　……………………………… [015]**49**-163
　鬼利至端破却論伝 ……………… [001]**4**-485

中嶋 真也
　〔大伴旅人 39首〕 ……………… [032]**041**-2
　解説〔日本書紀・風土記〕 …… [069]**3**-303
　解説「人間旅人の魅力」〔大伴旅人〕
　　……………………………… [032]**041**-100
　日本書紀 巻第一〜巻第二十二 あらすじ
　　……………………………… [069]**2**-12
　日本書紀 巻第二十三〜巻第三十 あらすじ
　　……………………………… [069]**3**-12
　はじめに―古代史の一級資料として〔日本書紀〕
　　……………………………… [069]**3**-3
　はじめに―歴史をつくる使命感と喜びに溢れた書〔日本書紀〕
　　……………………………… [069]**2**-3

なかし　　　　　　　作家名索引（注・訳者）

中嶋　隆（承前）
　風土記 あらすじ ……………………［069］3-212
中嶋　隆
　曦太平記 ……………………………［073］11-301
　敦盛源平桃 …………………………［073］16-139
　嵐は無常物語 ………………………［046］3-419
　今昔出世扇 …………………………［073］18-1
　小野篁恋釣船 ………………………［073］19-151
　女将門七人化粧 ……………………［073］9-327
　〔解題〕敦盛源平桃 …………………［073］16-530
　〔解題〕今昔出世扇 …………………［073］18-553
　〔解題〕小野篁恋釣船 ………………［073］19-496
　〔解題〕女将門七人化粧 ……………［073］9-550
　〔解題〕寛濶役者片気 ………………［073］2-561
　〔解題〕当世御伽曽我 ………………［073］4-511
　〔解題〕当世御伽曽我後風流東鑑 …［073］4-514
　〔解題〕風流宇治頼政 ………………［073］8-529
　〔解題〕風流庭訓往来 ………………［073］22-455
　〔解題〕武遊双級巴 …………………［073］15-516
　寛濶役者片気 ………………………［073］2-415
　当世御伽曽我 ………………………［073］4-67
　当世御伽曽我後風流東鑑 …………［073］4-169
　当世信玄記 …………………………［073］4-311
　風流宇治頼政 ………………………［073］8-1
　風流庭訓往来 ………………………［073］22-377
　武遊双級巴 …………………………［073］15-81
中島　輝賢
　〔伊勢 50首〕…………………………［032］023-2
　解説「理想の女房 伊勢」……………［032］023-116
長島　弘明
　秋萩の（二十五句）……………………［078］2-393
　秋もはや（歌仙）………………………［078］2-77
　行かぬる（歌仙）………………………［078］2-416
　俳諧いせのはなし 書誌・解題 ……［053］1-88
　春や（歌仙）……………………………［078］2-406
　烏帽子着て（歌仙）……………………［078］2-264
　おもふこと（歌仙）……………………［078］2-72
　〔解題〕東の道行ぶり ………………［053］5-458
　〔解題〕漢書指南 ……………………［053］8-475
　〔解題〕勢語講義 ……………………［053］7-515
　〔解題〕藤簍冊子（秋成）……………［045］9-787
　〔解題〕望雲集 ………………………［053］5-471
　〔解題〕奉納伊勢国能褒野日本武尊神陵請筆篇
　　　　　…………………………………［053］5-476
　〔解題〕本朝水滸伝 後篇 …………［053］4-396
　〔解題〕万葉綾足草 …………………［053］7-549
　〔解題〕万葉以佐詞考 ………………［053］7-551
　〔解題〕やはたの道行ぶり …………［053］5-452
　〔解題〕李用雲竹譜 …………………［053］8-460
　風薫れ（七十八句）……………………［078］2-141
　片歌磯の玉藻 書誌・解題 …………［053］3-224
　君と我（歌仙）…………………………［078］2-534
　行年の（歌仙）…………………………［078］2-211
　具足師の（十句）………………………［078］2-489
　雲散りて（十四句）……………………［078］2-386
　紅葉の（歌仙）…………………………［078］2-52
　俳諧香爐峯 書誌・解題 ……………［053］2-152
　〔古人六印以上句〕書誌・解題 ……［053］3-146
　十題点位丸以上 書誌・解題 ………［053］3-368
　水仙の（百韻）…………………………［078］2-126

　薄見つ（歌仙）…………………………［078］2-244
　染る間の（歌仙）………………………［078］2-39
　粽解て（付合）…………………………［078］2-343
　月は二日（半歌仙）……………………［078］2-442
　燈心の（歌仙）…………………………［078］2-167
　菜の花や（歌仙）………………………［078］2-276
　俳諧田家の春 書誌・解題 …………［053］1-272
　花ざかり（三十句）……………………［078］2-512
　花咲て（十八句）………………………［078］2-509
　花にぬれて（半歌仙）…………………［078］2-367
　ひよろひよろと（付合）………………［078］2-426
　二もとの（付合）………………………［078］2-270
　ほとゝぎす（歌仙）……………………［078］2-286
　丸盆の（付合）…………………………［078］2-469
　物いふも（歌仙）………………………［078］2-157
　夕風や（歌仙）…………………………［078］2-296
　夕やけや（歌仙）………………………［078］2-62
　恋々として（歌仙）……………………［078］2-254
中嶋　眞理子
　現存本「本院侍従集」の諸本について
　　　　　…………………………………［039］11-3
　初句索引〔橘為仲朝臣集〕…………［039］21-313
　植物索引〔橘為仲朝臣集〕…………［039］21-320
　人名索引〔橘為仲朝臣集〕…………［039］21-316
　橘為仲朝臣集（乙本）………………［039］21-235
　為仲の旅〔地図〕……………………［039］21-305
　地名索引〔橘為仲朝臣集〕…………［039］21-318
　本院侍従集考 ………………………［039］11-217
　「本院侍従集」諸本の解説 …………［039］11-6
　本院侍従集（底本 松平文庫本）…［039］11-23
　本院侍従集（「幻の本院侍従集」想定本文）
　　　　　…………………………………［039］11-69
永積　安明
　徒然草 ………………………………［069］14-65
永田　英理
　〔解題〕汚塵集 ………………………［081］3-689
　〔解題〕雪光集 ………………………［081］3-699
長谷　完治
　〔解題〕安嘉門院四条五百首 ……［045］10-1095
　〔解題〕新勅撰和歌集 ………………［045］1-819
　〔解題〕楢葉和歌集 …………………［045］6-937
　〔解題〕はちすの露（良寛）…………［045］9-790
長友　千代治
　愛護初冠女筆始 ……………………［073］13-1
　御伽平家 ……………………………［073］10-217
　御伽平家後風流扇子軍 ……………［073］10-295
　〔解題〕愛護初冠女筆始 ……………［073］13-513
　〔解題〕御伽平家 ……………………［073］10-533
　〔解題〕御伽平家後風流扇子軍 ……［073］10-535
　〔解題〕柿本人麿誕生記 ……………［073］22-453
　〔解題〕日本五山建仁寺供養 ………［064］4-335
　〔解題〕十二小町職裳 ………………［073］19-491
　〔解題〕世間子息気質 ………………［073］6-565
　〔解題〕風流七小町 …………………［073］8-547
　〔解題〕昔米万石通 …………………［064］5-417
　〔解題〕名物焼鮨 ……………………［073］6-567
　〔解題〕優源平歌嚢 …………………［073］20-525
　〔解題〕遺放三番続 …………………［073］23-404

〔解題〕弓張月曙桜 ……………… [073]17－521
〔解題〕善光倭丹前 ……………… [073]16－527
柿本人麿誕生記 ………………… [073]22－319
日本五山建仁寺供養 ……………… [064]4－53
十二小町礦裘 …………………… [073]19－1
世間子息気質 …………………… [073]6－1
風流七小町 ……………………… [073]8－451
北条時頼記 ……………………… [064]6－71
昔米万石通 ……………………… [064]5－69
名物焼蛤 ………………………… [073]6－71
優源平歌嚢 ……………………… [073]20－1
遺放三番続 ……………………… [073]23－213
弓張月曙桜 ……………………… [073]17－155
善光倭丹前 ……………………… [073]16－75
中西 啓
其角伝書「正風二十五条」 ……… [030]7－253
近畿巡遊日記 …………………… [030]2－34
「蕉門千那俳諧之伝」解説と翻刻 … [030]6－237
杉浦博士未翻刻「曽良日記」 …… [030]2－31
曽良日記、随行日記残部 ………… [030]2－33
つくしの海 ……………………… [030]1－203
つくしの海〔解説〕 ……………… [030]1－202
土芳自筆本 簑虫庵集草稿(解説並びに翻刻)
 ……………………………… [030]4－365
和及伝書「倭哥俳諧大意秘抄」と去来伝書「修
 行地」について ……………… [030]6－115
中西 健治
風に紅葉 ………………………… [057]15－5
〔風に紅葉〕解題 ………………… [057]15－132
中西 進
【付録エッセイ】「士」として歩んだ生涯―み
 ずからの死―〔山上憶良〕 …… [032]002－116
中根 千絵
〔医談抄 解説〕惟宗家の系譜 …… [062]22－64
〔医談抄 解説〕丹波氏と和気氏 … [062]22－57
〔医談抄 解説〕典拠とその周辺 … [062]22－76
中野 沙恵
解説〔蕉村全集5 書簡〕 ………… [078]5－667
書簡抄〔新編 芭蕉大成〕 ……… [047]〔1〕－447
新編序〔新編 芭蕉大成〕 ……… [047]〔1〕－3
永野 仁
芭蕉全句集 ……………………… [071]〔1〕－11
中野 方子
〔在原業平 35首〕 ……………… [032]004－2
解説「伝説の基層からの輝き―業平の和歌を
 読むために」 ………………… [032]004－104
中葉 芳子
小野宮殿実頼集 ………………… [039]31－53
九条殿師輔集 …………………… [039]31－183
国用集 …………………………… [039]22－78
諸本配列一覧表(『小野宮集』『九条殿集』)
 ……………………………… [039]31－321
人名索引〔小野宮殿実頼集・九条殿師輔集〕
 ……………………………… [039]31－351
人名索引〔藤原仲文集〕 ………… [039]22－169
仲文集 …………… [039]22－27, [039]22－109
中丸 貴史
太平記(現代語訳)〔巻二一～巻三〇〕
 ……………………………… [024]〔14〕－1
中村 晃
解説 平治物語の世界 …………… [024]〔19〕－181
源平盛衰記(完訳)〔巻六～巻十一〕
 ……………………………… [024]〔3〕－1
源平盛衰記(完訳)〔巻三十一～巻三十六〕
 ……………………………… [024]〔7〕－1
平治物語(現代語訳) ……………… [024]〔19〕－1
中村 文
あとがき〔新注和歌文学叢書21〕
 ……………………………… [042]21－342
解説〔源三位頼政集〕 …………… [042]21－191
〔解題〕一宮百首(尊良親王) …… [045]10－1114
〔解題〕佚名歌集(徳川美術館) … [045]10－1196
〔解題〕今鏡 …………………… [045]5－1489
〔解題〕石清水若宮歌合 正治二年 [045]5－1450
〔解題〕殷富門院大輔集 ………… [045]7－803
〔解題〕歌合 文明十六年十二月 … [045]10－1147
〔解題〕浦のしほ貝(直好) ……… [045]9－793
〔解題〕大鏡 …………………… [045]5－1489
〔解題〕北野社百首和歌(建武三年)
 ……………………………… [045]10－1164
〔解題〕雪玉集(実隆) …………… [045]8－850
〔解題〕親宗集 ………………… [045]7－803
〔解題〕楢葉和歌集 ……………… [045]6－937
〔解題〕百番歌合(応安三年～永和二年)
 ……………………………… [045]10－1142
〔解題〕宝篋印陀羅尼経料紙和歌
 ……………………………… [045]10－1153
〔解題〕法門百首(寂然) ………… [045]10－1101
〔解題〕増鏡 …………………… [045]5－1490
〔解題〕水鏡 …………………… [045]5－1490
正治二年院初度百首 ……………… [082]49－1
中村 和裕
日本書紀の風景 6 板蓋宮伝承地 … [069]3－42
日本書紀の風景 7 酒船石と亀形石造物
 ……………………………… [069]3－90
日本書紀の風景 8 水城 ………… [069]3－120
日本書紀の風景 9 天武・持統天皇陵
 ……………………………… [069]3－195
日本書紀の風景 10 藤原宮跡 …… [069]3－210
風土記の風景 1 筑波山 ………… [069]3－230
風土記の風景 2 国引き神話 …… [069]3－252
風土記の風景 3 鏡山 …………… [069]3－281
中村 一基
〔解題〕霞関集 ………………… [045]6－968
〔解題〕悠然院様御詠草(宗武) … [045]9－780
中村 俊定
誹諧隠蓑 巻上 ………………… [030]1－177
四人法師 ………………………… [030]1－241
「四人法師」解説 ………………… [030]1－240
中村 隆嗣
総索引〔決定版 対訳西鶴全集〕 … [023]18－1
中村 幸彦
東海道中膝栗毛 ………………… [069]18－155
中森 康之
〔蝶夢全集 解題〕蕉門俳諧語録 … [060]〔1〕－767
〔蝶夢全集 解題〕俳論篇 ……… [060]〔1〕－755

なこや

名古屋国文学研究会
  風葉和歌集 巻第一〜巻第三 ...... [042] **20** - *1*
  風葉和歌集 巻第四〜巻第八 ...... [042] **23** - *1*
波平 八郎
  事項索引〔宝井其角全集〕 .... [052]〔4〕- *835*
  人名索引〔宝井其角全集〕 .... [052]〔4〕- *753*
  発句・付句索引〔宝井其角全集〕 ... [052]〔4〕- *1*
名和 修
  〔解題〕六条斎院歌合 秋 ...... [045] **5** - *1425*
  〔解題〕六条斎院歌合（天喜四年五月）
    .... [045] **5** - *1424*
  〔解題〕六条斎院歌合（天喜四年七月）
    .... [045] **5** - *1424*
  〔解題〕六条斎院歌合（天喜五年五月）
    .... [045] **5** - *1424*
  〔解題〕六条斎院歌合（天喜五年八月）
    .... [045] **5** - *1424*
  〔解題〕六条斎院歌合（天喜五年九月）
    .... [045] **5** - *1424*
南里 一郎
  恵慶百首と『万葉集』―表現摂取を中心に―
    .... [006] **11** - *249*
  〈恵慶百首〉に見られる〈好忠百首〉の影響について
    .... [006] **20** - *338*
  解説〔恵慶百首〕 .... [006] **11** - *229*
  資経本『曾禰好忠集』の本文について
    .... [006] **20** - *260*
  『曾禰好忠集』所収〈順百首〉の本文について
    .... [006] **18** - *229*

【 に 】

仁枝 忠
  佐郎山 .... [030] **4** - *96*
  『佐郎山』について .... [030] **4** - *89*
仁尾 雅信
  〔解題〕実方集 .... [045] **7** - *785*
西尾 光一
  解説〔古今著聞集〕 ....
    [043]〔20〕- *473*, [043]〔21〕- *421*
  古今著聞集 .. [043]〔20〕- *25*, [043]〔21〕- *23*
西岡 淳
  市川寛斎について .... [067] **9** - *208*
西岡 陽子
  解題〔地神盲僧資料集〕 ...... [062] **19** - *27*
  鶏足寺文書 .... [062] **19** - *43*
  佐世保盲僧祭文 .... [062] **19** - *329*
  成就寺文書 .... [062] **19** - *311*
  長久寺文書 .... [062] **19** - *173*
錦 仁
  〔解題〕金葉和歌集 .... [082] **34** - *247*
  〔解題〕拾藻鈔（公順） .... [045] **7** - *834*
  〔解題〕白葉和歌集（祐臣） ..... [045] **7** - *835*
  〔解題〕光吉集 .... [045] **7** - *837*
  金葉和歌集 .... [082] **34** - *1*
  金葉和歌集 校異一覧 .... [082] **34** - *237*

人名一覧〔金葉和歌集・詞花和歌集〕
    .... [082] **34** - *281*
  地名一覧〔金葉和歌集・詞花和歌集〕
    .... [082] **34** - *331*
西澤 誠人
  〔解題〕洞院摂政家百首 .... [045] **4** - *708*
西沢 正史
  系図〔とはずがたり（後深草院二条）〕
    .... [058] **4** - *468*
  とはずがたり .... [058] **4** - *1*
  年譜〔とはずがたり（後深草院二条）〕
    .... [058] **4** - *465*
  平家物語（現代語訳）〔巻一〜巻三〕
    .... [024]〔18〕- *1*
  平家物語・人物別名文抄 .... [024]〔18〕- *239*
西澤 美仁
  〔解説〕山家集 .... [082] **21** - *463*
  〔解題〕有房集 .... [045] **4** - *683*
  〔解題〕粟田口別当入道集（惟方） ... [045] **7** - *800*
  〔解題〕桂大納言入道殿御集（光頼） ... [045] **7** - *797*
  西行日記（神宮文庫本） ...... [036]〔1〕- *613*
  山家集 .... [082] **21** - *1*
  山家集（松屋本書入六家集本） .... [036]〔1〕- *157*
  山家集（陽明文庫本） .... [036]〔1〕- *15*
  蓮阿記（内閣文庫本） .... [036]〔1〕- *603*
西島 孜哉
  解説〔狂歌秋の花, 狂歌千代のかけはし, きやうか圓, 狂歌栗下草〕 .... [022] **3** - *89*
  解説〔狂歌あさみとり, 狂歌我身の土産, 古稀賀吟帖, 狂歌鵜の真似〕 ...... [022] **11** - *97*
  解説〔狂歌浦の見わたし, 狂歌かたをなみ, 狂歌得手かつて〕 .... [022] **29** - *88*
  解説〔狂歌俤百人一首, 狂歌千種園 秋, 冬〕
    .... [022] **18** - *102*
  解説〔興歌かひこの鳥, 和哥夷, 狂歌芦の若葉〕 .... [022] **14** - *95*
  解説〔狂歌かゝみやま〕 .... [022] **1** - *93*
  解説〔狂歌気のくすり, 狂歌落穂集, 狂歌阿伏兎土産, 狂歌水の鏡, 狂歌まことの道〕
    .... [022] **24** - *86*
  解説〔狂歌後三栗集, 狂歌新三栗集〕
    .... [022] **8** - *111*
  解説〔狂歌三年物, 狂歌水の面, 狂歌柿の核, 狂歌ふくるま, 狂歌今はむかし〕
    .... [022] **12** - *103*
  解説〔狂歌拾遺われすれ貝, 狂歌家の風, 狂歌新後三栗集, 狂歌拾遺三栗集〕 ... [022] **9** - *96*
  解説〔狂歌西都紀行, 狂歌ふくろ, 狂歌言玉集〕 .... [022] **25** - *110*
  解説〔狂歌泰平楽, 狂歌選集楽, 除元狂歌小集, 除元狂歌小集, 除元狂歌集〕 ... [022] **27** - *110*
  解説〔狂歌千種園 春, 夏, 狂歌手毎の花 4編, 5編〕 .... [022] **7** - *94*
  解説〔狂歌月の影, 狂歌粟のおち穂, 狂歌わかみとり, 狂歌つのくみ草〕 ..... [022] **10** - *94*
  解説〔狂歌手毎の花 初編〜3編〕 .. [022] **16** - *112*
  解説〔狂歌手なれの鏡, 狂歌ふもとの塵, 狂歌友かゝみ, 狂歌しきのはねかき, 狂歌渓の月〕 .... [022] **2** - *88*

解説〔狂歌ならひの岡, 狂歌藻塩草, 拾遺藻草, 狂歌芦分船〕‥‥‥‥‥［022］4－90
　解説〔狂歌廿日月, 狂歌君か側, 夷曲哥ねふつ, 興歌野中の水, 狂歌紅葉集〕‥‥［022］15－99
　解説〔狂歌肱枕, 狂歌百羽掻, 狂歌二見の磯, 狂歌百千鳥, 萩の折はし, 狂歌板橋集, 狂歌似世物語〕‥‥‥‥‥‥‥‥［022］6－92
　解説〔興歌百人一首嵯峨辺, 狂歌角力車, 狂歌千種園 恋, 狂歌千種園 雑〕‥‥［022］19－100
　解説〔狂歌帆かけ船, 狂歌浪花丸, 狂歌三津浦, 狂歌雪月花, 狂歌大和拾遺〕‥［022］20－95
　解説〔興歌牧の笛, 狂歌春の光, 酔中興集, 興歌老の胡馬, 狂歌ことはの道, 狂歌無心抄〕‥‥‥‥‥‥‥‥‥［022］23－88
　解説〔狂歌柳下草, 狂歌軒の松, 狂歌三栗集, 狂歌越天楽, 狂歌一橙集〕‥‥‥‥［022］7－89
　解説〔狂歌よつの友, 狂歌蘆の角, 絵賛常の山〕‥‥‥‥‥‥‥‥‥‥［022］28－93
　解説〔狂歌栗葉集, 狂歌花の友, 狂歌辰の市, 狂歌夜光玉〕‥‥‥‥‥‥［022］5－88
　解説〔古新狂歌酒, 狂謌いそちとり, 浪花のながめ, 浪花のむめ, 狂歌古万沙良辺, 狂歌名越岡〕‥‥‥‥‥‥‥‥［022］21－97
　解説〔朋ちから, 興太郎, 興歌河内河二重, 狂歌野夫鶯, 狂歌除元集〕‥‥‥［022］13－93
　解説〔螂蟬夷曲集, 狂歌二翁集, 狂歌玉雲集, 狂歌拾葉集〕‥‥‥‥‥‥［022］26－99
　西鶴俗つれづれ ‥‥‥‥‥‥［046］4－431
　万の文反古 ‥‥‥‥‥‥‥‥［046］4－517

西津 弘美
　義経記（現代語訳）‥‥‥‥［024］〈1〉－1
　源平盛衰記（完訳）〔巻三十七〜巻四十二〕‥‥‥‥‥‥‥‥‥‥［024］〈8〉－1

西端 幸雄
　和歌初句索引〔後拾遺和歌集〕‥［002］5－451
　和歌初句索引〔詞花和歌集〕‥［002］7－226

西前 正芳
　〔解題〕大嘗会悠紀主基和歌 ‥［045］10－1189

西丸 妙子
　解説〔檜垣嫗集〕‥‥‥‥‥‥［039］9－99
　檜垣嫗集 ‥‥‥‥‥‥‥‥‥‥［039］9－3

西宮 一民
　解説〔古事記〕‥‥‥‥‥［043］〈22〉－273
　古事記 ‥‥‥‥‥‥‥‥‥［043］〈22〉－15
　日本書紀 巻第一〜巻第二十二 ‥［069］2－11
　日本書紀 巻第二十三〜巻第三十 ‥［069］3－11

西村 燕々
　祇空遺芳（一）‥‥‥‥‥‥‥［030］6－155
　祇空遺芳（二）‥‥‥‥‥‥‥［030］6－158
　祇空遺芳（三）‥‥‥‥‥‥‥［030］6－160
　祇空遺芳（四）‥‥‥‥‥‥‥［030］6－162
　祇空遺芳（五）‥‥‥‥‥‥‥［030］6－165
　祇空遺芳（六）‥‥‥‥‥‥‥［030］6－168
　祇空遺芳（七）‥‥‥‥‥‥‥［030］6－170
　祇空遺芳（八・完結）‥‥‥‥［030］6－173
　祇空遺芳（完結）‥‥‥‥‥‥［030］6－175
　祇空の子 ‥‥‥‥‥‥‥‥‥［030］6－127

西村 加代子
　〔解題〕和歌一字抄 ‥‥‥‥［045］5－1472

　〔解題〕若宮社歌合 建久二年三月 ‥［045］5－1447

西村 真砂子
　国立国会図書館蔵『七部礫噺』翻刻篇
　‥‥‥‥‥‥‥‥‥‥‥‥‥‥［030］7－375

西本 寮子
　とりかへばや ‥‥‥‥‥‥‥［057］12－5
　〔とりかへばや〕解題 ‥‥‥［057］12－349
　〔とりかへばや〕梗概 ‥‥‥［057］12－346

西山 秀人
　あとがき〔私家集全釈叢書19〕‥［039］19－197
　〔解説〕順集 ‥‥‥‥‥‥‥‥［082］52－384
　順集 ‥‥‥‥‥‥‥‥‥‥‥‥［082］52－19
　千穎集 ‥‥‥‥‥‥‥‥‥‥‥［039］19－51
　〔千穎集〕引用歌句索引 ‥‥［039］19－187
　千穎集初句索引 ‥‥‥‥‥‥［039］19－185
　〔千穎集〕伝本について ‥‥‥［039］19－3

新田 孝子
　松山坊秀句 ‥‥‥‥‥‥‥‥［030］3－147

【の】

野口 元大
　解説 伝承から文学への飛躍〔竹取物語〕
　‥‥‥‥‥‥‥‥‥‥‥‥‥［043］〈39〉－87
　〔解題〕篁集 ‥‥‥‥‥‥‥［045］3－867
　竹取物語 ‥‥‥‥‥‥‥‥‥［043］〈39〉－7
　附説 作中人物の命名法〔竹取物語〕
　‥‥‥‥‥‥‥‥‥‥‥‥‥［043］〈39〉－185

野沢 拓夫
　解説〔建礼門院右京大夫集〕‥［058］1－181
　建礼門院右京大夫集 ‥‥‥‥‥［058］1－1
　『建礼門院右京大夫集』和歌初句索引
　‥‥‥‥‥‥‥‥‥‥‥‥‥‥［058］1－左1
　参考文献〔建礼門院右京大夫集〕‥［058］1－210
　本文校訂表〔建礼門院右京大夫集〕
　‥‥‥‥‥‥‥‥‥‥‥‥‥‥［058］1－197

野田 浩子
　【付録エッセイ】古代の旅(抄)〔東歌・防人歌〕
　‥‥‥‥‥‥‥‥‥‥‥‥‥‥［032］022－116

野中 春水
　〔解題〕住吉歌合 大治三年 ‥‥［045］5－1438
　〔解題〕西宮歌合 ‥‥‥‥‥‥［045］5－1438
　〔解題〕南宮歌合 ‥‥‥‥‥‥［045］5－1438

延広 真治
　新玉帖 ‥‥‥‥‥‥‥‥‥‥‥［009］12－43
　解題 新玉帖 ‥‥‥‥‥‥‥‥［009］12－42
　解題 狂歌棟上集・続棟上集 ‥‥［009］11－2
　解題 新玉狂歌集 ‥‥‥‥‥‥［009］3－72
　解題 とこよもの ‥‥‥‥‥‥［009］7－138
　狂歌棟上集 ‥‥‥‥‥‥‥‥‥［009］11－5
　新玉狂歌集 ‥‥‥‥‥‥‥‥‥［009］3－74
　とこよもの ‥‥‥‥‥‥‥‥［009］7－139

野村 精一
　和泉式部集 ‥‥‥‥‥‥‥‥［043］〈1〉－89
　和泉式部日記 ‥‥‥‥‥‥‥‥［043］〈1〉－9

解説〔和泉式部日記・和泉式部集〕
　　　　　　　　　　　　　　　　［043］(1) - 139
野村　眞智子
　あぜかけ姫 ･･････････････････　［062］20 - 84
　あとがき〔伝承文学資料集成20〕
　　　　　　　　　　　　　　　　［062］20 - 357
　一の谷 ････････････････････････　［062］20 - 27
　一の谷（二）････････････････････　［062］20 - 34
　一の谷嫩軍記 ････････････････　［062］20 - 26
　魚づくし（鯛の押掛婿入話）･･････　［062］20 - 297
　浮草源氏 ････････････････････　［062］20 - 66
　大江山（羅生門）･･････････････　［062］20 - 72
　小栗判官 ････････････････････　［062］20 - 75
　菊池くずれ ･･････････････････　［062］20 - 112
　小敦盛 ･･････････････････････　［062］20 - 39
　五郎正宗 ････････････････････　［062］20 - 288
　筑前原田説法 ････････････････　［062］20 - 174
　天竜川 ･･････････････････････　［062］20 - 215
　二代長者（俊徳丸）････････････　［062］20 - 98
　端唄（一）････････････････････　［062］20 - 301
　端唄（二）････････････････････　［062］20 - 302
　肥後琵琶探訪報告 ････････････　［062］20 - 317
　豊後浄瑠璃 ･･････････････････　［062］20 - 300
　餅酒合戦（一）････････････････　［062］20 - 290
　餅酒合戦（二）････････････････　［062］20 - 294
　餅酒合戦（三）････････････････　［062］20 - 296
　都合戦筑紫下り（玉依姫一代記・牡丹長者・高
　　安長者）････････････････････　［062］20 - 125
　野菜づくし ･･････････････････　［062］20 - 299
　わたまし ････････････････････　［062］20 - 23
　わたまし神事 ････････････････　［062］20 - 14

【　は　】

芳賀　矢一
　跋〔花廼沙久等〕････････････　［041］(1) - 304
萩谷　朴
　解説　清少納言枕草子―人と作品
　　　　　　　　　　　　　　　　［043］(53) - 331
　〔解題〕和泉式部日記 ･･････････　［045］5 - 1491
　〔解題〕蜻蛉日記 ･･････････････　［045］5 - 1491
　〔解題〕讃岐典侍日記 ･･････････　［045］5 - 1491
　〔解題〕更級日記 ･･････････････　［045］5 - 1491
　〔解題〕土左日記 ･･････････････　［045］5 - 1491
　〔解題〕枕草子 ････････････････　［045］5 - 1491
　〔解題〕紫式部日記 ････････････　［045］5 - 1491
迫　徹朗
　〔解題〕新撰和歌 ･･････････････　［045］2 - 866
橋本　朝生
　雨月 ････････････････････････　［036］(1) - 1075
　梅浜 ････････････････････････　［036］(1) - 1077
　江口 ････････････････････････　［036］(1) - 1080
　御冷 ････････････････････････　［036］(1) - 1114
　木樵歌 ･･････････････････････　［036］(1) - 1115
　現在江口 ････････････････････　［036］(1) - 1084
　西行桜 ･･････････････････････　［036］(1) - 1090
　西行塚 ･･････････････････････　［036］(1) - 1093
　西行西住 ････････････････････　［036］(1) - 1086
　〔西行全集　謡曲・狂言〕各曲解題
　　　　　　　　　　　　　　　　［036］(1) - 1118
　実方 ････････････････････････　［036］(1) - 1096
　鳴子遺子 ････････････････････　［036］(1) - 1116
　初瀬西行甲 ･･････････････････　［036］(1) - 1099
　初瀬西行乙 ･･････････････････　［036］(1) - 1103
　人丸西行 ････････････････････　［036］(1) - 1105
　松山天狗 ････････････････････　［036］(1) - 1108
　遺子 ････････････････････････　［036］(1) - 1116
　遊行柳 ･･････････････････････　［036］(1) - 1110
橋本　治
　【付録エッセイ】古典は生きている〔源実朝〕
　　　　　　　　　　　　　　　　［032］051 - 114
橋本　四郎
　萬葉集　巻第四 ･･････････････　［043］(55) - 257
　萬葉集　巻第九 ･･････････････　［043］(56) - 373
　萬葉集　巻第十二 ････････････　［043］(57) - 301
　萬葉集　巻第十六 ････････････　［043］(58) - 219
　萬葉集　巻第十七 ････････････　［043］(59) - 41
　萬葉集の世界（四）萬葉集の歌の場
　　　　　　　　　　　　　　　　［043］(58) - 275
橋本　不美男
　〔解題〕遺塵和歌集 ････････････　［045］6 - 951
　〔解題〕石見女式 ･･････････････　［045］5 - 1487
　〔解題〕雲居寺結縁経後宴歌合 ･･　［045］5 - 1435
　〔解題〕永久百首 ･･････････････　［045］4 - 702
　〔解題〕奥儀抄 ････････････････　［045］5 - 1488
　〔解題〕歌経標式（真本）････････　［045］5 - 1487
　〔解題〕高陽院七番歌合 ････････　［045］5 - 1432
　〔解題〕綺語抄 ････････････････　［045］5 - 1487
　〔解題〕紀師匠曲水宴和歌 ･･････　［045］5 - 1479
　〔解題〕金葉和歌集初度本 ･･････　［045］6 - 933
　〔解題〕金葉和歌集（二度本・三奏本）･･　［045］1 - 807
　〔解題〕古今和歌六帖 ･･････････　［045］2 - 867
　〔解題〕左近権中将俊忠朝臣家歌合
　　　　　　　　　　　　　　　　［045］5 - 1434
　〔解題〕秋風和歌集 ････････････　［045］6 - 942
　〔解題〕新撰髄脳 ･･････････････　［045］5 - 1487
　〔解題〕新撰和歌髄脳 ･･････････　［045］5 - 1487
　〔解題〕中古六歌仙 ････････････　［045］5 - 1483
　〔解題〕俊頼髄脳 ･･････････････　［045］5 - 1487
　〔解題〕難後拾遺抄 ････････････　［045］5 - 1487
　〔解題〕日本紀竟宴和歌 ････････　［045］5 - 1479
　〔解題〕仁和御集（光孝天皇）････　［045］3 - 867
　〔解題〕能因歌枕（広本）････････　［045］5 - 1487
　〔解題〕深養父集 ･･････････････　［045］3 - 868
　〔解題〕堀河院艶書合 ･･････････　［045］5 - 1433
　〔解題〕堀河百首 ･･････････････　［045］4 - 700
　〔解題〕万寿元年高陽院行幸和歌 ･･　［045］5 - 1480
　〔解題〕基俊集 ････････････････　［045］7 - 795
　〔解題〕永縁奈良房歌合 ････････　［045］5 - 1437
　〔解題〕吉田兼右筆　二十一代集 ･･　［045］1 - 823
　〔解題〕隆源口伝 ･･････････････　［045］5 - 1487
　〔解題〕類聚証 ････････････････　［045］5 - 1487
　〔解題〕倭歌作式 ･･････････････　［045］5 - 1487
　〔解題〕和歌式 ････････････････　［045］5 - 1487

橋本 政宣
　解説〔橘曙覧全歌集〕 ……… [054]⑴-389
　志濃夫廼舎歌集 ……………… [054]⑴-15
　橘曙覧拾遺歌 ………………… [054]⑴-271
橋本 美香
　解説「時代を超えて生きる遁世歌人 西行」
　　　……………………………… [032]048-106
　〔西行 38首〕 ………………… [032]048-2
橋本 ゆり
　〔解題〕大斎院御集 …………… [045]3-889
　〔解題〕大斎院前の御集 ……… [045]3-889
　〔解題〕丹後守公基朝臣歌合 康平六年
　　　……………………………… [045]5-1425
　〔解題〕丹後守公基朝臣歌合 天喜六年
　　　……………………………… [045]5-1425
　〔解題〕発心和歌集（選子内親王）… [045]3-890
　〔解題〕無動寺和尚賢聖院歌合 … [045]5-1425
　〔解題〕村上天皇御集 ………… [045]7-781
長谷川 端
　太平記 ………………………… [069]16-9
長谷川 千尋
　〔解題〕孤竹 …………………… [081]2-497
　〔解題〕堺宗訊付句発句 ……… [081]2-503
　〔解題〕宗訊句集 ……………… [081]2-504
　〔解題〕潮信句集 ……………… [081]2-505
長谷川 強
　〔解題〕けいせい色三味線 …… [073]1-591
　〔解題〕けいせい伝受紙子 …… [073]2-550
　〔解題〕世間手代気質 ………… [073]11-615
　〔解題〕世間娘気質 …………… [073]6-581
　〔解題〕陳扮漢 ………………… [073]23-412
　〔解題〕野傾旅葛籠 …………… [073]2-562
　〔解題〕遊女懐中洗濯付 野傾髪透油・けいせい卵子
　　　酒 ………………………… [073]1-600
　完結にあたって〔西沢一風全集〕… [064]6-333
　完結に当って〔八文字屋全集〕… [073]23-469
　刊行にあたって〔西沢一風全集〕… [064]1-1
　刊行のことば〔八文字屋本全集〕… [073]1-1
　けいせい色三味線 …………… [073]1-1
　けいせい伝受紙子 …………… [073]2-167
　索引〔八文字屋全集〕 ………… [073]23-449
　序〔八文字屋本全集 索引〕 … [073]索引-1
　世間娘気質 …………………… [073]6-475
　忠臣金短冊〔書誌等〕 ………… [073]23-419
　陳扮漢 ………………………… [073]23-361
　年表〔八文字屋全集〕 ………… [073]23-424
　附録〔八文字屋全集〕 ………… [073]23-453
　遊女懐中洗濯付 野傾髪透油・けいせい卵子酒
　　　……………………………… [073]1-455
畑中 千晶
　鑑賞の手引き「キレイなお姉さんは好きですか」
　　　〔西鶴諸国はなし 巻二の一〕… [080]⑹-47
　〔西鶴諸国はなし〕巻二の一 姿の飛び乗物
　　　……………………………… [080]⑹-44
服部 幸造
　月庵酔醒記 上巻 ……………… [059]⑴-27
　月庵酔醒記 中巻 ……………… [059]⑵-11
　月庵酔醒記 下巻 ……………… [059]⑶-7

『月庵酔醒記』略解題 ………… [059]⑴-9
服部 直子
　『国曲集』―解題と翻刻― … [030]5-339
　『舩庫集』―解題と翻刻― … [030]5-279
　『二人行脚』―解題と翻刻― … [030]5-215
　『軒této』―解題と翻刻― … [030]5-133
花田 富二夫
　女非人綴錦 …………………… [073]16-363
　〔解題〕伽婢子 大本十三巻十三冊 … [001]5-426
　〔解題〕女非人綴錦 …………… [073]16-540
　〔解題〕勧進能舞台桜 ………… [073]18-558
　〔解題〕諸芸袖日記後篇教訓私儘育 … [073]19-505
　〔解題〕楠三代壮士 …………… [073]7-605
　〔解題〕風俗傾性野群談 ……… [073]6-576
　〔解題〕慶長見聞集（承前）… [015]57-306
　〔解題〕北条時頼開分二女桜 … [073]10-525
　〔解題〕『新語園』 …………… [015]41-209
　〔解題〕『水鳥記』 …………… [015]42-293
　〔解題〕『杉楊枝』 …………… [015]42-311
　〔解題〕大尽三ツ盃 …………… [073]1-595
　〔解題〕他我身のうへ ………… [015]48-311
　〔解題〕たにのむもれ木 ……… [015]47-248
　〔解題〕中将姫誓糸遊 ………… [073]21-528
　〔解題〕棠陰比事加鈔（承前）(整版本)
　　　……………………………… [015]54-249
　〔解題〕棠陰比事物語（寛永頃無刊記板）
　　　……………………………… [015]53-296
　〔解題〕何物語 ………………… [015]54-268
　〔解題〕仁勢物語 ……………… [015]55-322
　〔解題〕二人比丘尼 …………… [015]56-265
　〔解題〕百戦奇法 ……………… [015]61-265
　〔解題〕風流西海硯 …………… [073]13-526
　〔解題〕風流東海硯 …………… [073]14-505
　〔解題〕風流諢平家 …………… [073]5-555
　〔解題〕野傾旅葛籠 …………… [073]2-562
　勧進能舞台桜 ………………… [073]18-155
　諸芸袖日記後篇教訓私儘育 … [073]19-341
　楠三代壮士 …………………… [073]7-513
　風俗傾性野群談 ……………… [073]6-303
　北条時頼開分二女桜 ………… [073]10-1
　大尽三ツ盃 …………………… [073]1-209
　中将姫誓糸遊 ………………… [073]21-385
　風流西海硯 …………………… [073]13-321
　風流東海硯 …………………… [073]14-93
　風流諢平家 …………………… [073]5-361
　本朝二十不孝 ………………… [046]2-103
　野傾旅葛籠 …………………… [073]2-453
　例言〔假名草子集成〕 ………
　　　[015]50-1, [015]51-1, [015]52-1,
　　　[015]53-1, [015]54-1, [015]55-1,
　　　[015]56-1, [015]57-1, [015]58-1,
　　　[015]59-1, [015]60-1, [015]61-1
花上 和広
　解説〔康資王母集注釈〕 ……… [040]8-213
　康資王母集 …………………… [040]8-7
羽生 紀子
　解説〔狂歌浦の見わたし, 狂歌かたをなみ, 狂
　　　歌得手かつて〕 …………… [022]29-88
　解説〔狂歌気のくすり, 狂歌落穂集, 狂歌阿伏

はは

兎土産, 狂歌水の鏡, 狂歌まことの道〕
　　　　　　　　　　　　　　　　[022]**24**-86
解説〔狂歌西都紀行, 狂歌ふくろ, 狂歌言玉
　集〕　　　　　　　　　　　　　[022]**25**-110
解説〔狂歌泰平楽, 狂歌選集楽, 除元狂歌小集,
　除元狂歌小集, 除元狂歌集〕…[022]**27**-110
解説〔興歌百人一首嵯峨辺, 狂歌角力草, 狂歌
　千種園 恋, 狂歌千種園 雑〕…[022]**19**-100
解説〔狂歌帆かけ船, 狂歌浪花丸, 狂歌三津浦,
　狂歌雪月花, 狂歌大和拾遺〕…[022]**20**-95
解説〔興歌牧の笛, 狂歌春の光, 酔中雅興集,
　興歌老の胡馬, 狂歌ことはの道, 狂歌無心
　抄〕　　　　　　　　　　　　　[022]**23**-88
解説〔狂歌よつの友, 狂歌蘆の角, 絵賛常の
　山〕　　　　　　　　　　　　　[022]**28**-93
解説〔古新狂歌酒, 狂謌いそちとり, 浪花のな
　がめ, 浪花のむめ, 狂歌古万沙良辺, 狂歌名
　越岡〕　　　　　　　　　　　　[022]**21**-97
解説〔蜆夷曲集, 狂歌二翁集, 狂歌玉雲集, 狂
　歌拾葉集〕　　　　　　　　　　[022]**26**-99

馬場 あき子
　安達原　　　　　　　　　　　　[084]**15**-132
　井筒　　　　　　　　　　　　　[084]**15**-9
　善知鳥　　　　　　　　　　　　[084]**15**-49
　江口　　　　　　　　　　　　　[084]**15**-119
　隅田川　　　　　　　　　　　　[084]**15**-84
　高砂　　　　　　　　　　　　　[084]**15**-73
　忠度　　　　　　　　　　　　　[084]**15**-20
　鉢木　　　　　　　　　　　　　[084]**15**-98
　【付録エッセイ】伊勢 女の晴れ歌(抄)
　　　　　　　　　　　　　　　　[032]**023**-124
　【付録エッセイ】擬人感覚と序詞の詩情〔忠岑と
　躬恒〕　　　　　　　　　　　　[032]**024**-117
　【付録エッセイ】俊頼と好忠　　…[032]**046**-114
　【付録エッセイ】花を見送る非力者の哀しみ(抄)
　　―作歌態度としての〈詠め〉の姿勢〔式子内親王〕
　　　　　　　　　　　　　　　　[032]**010**-115
　紅葉狩　　　　　　　　　　　　[084]**15**-61
　熊野　　　　　　　　　　　　　[084]**15**-35
　わたしと謡曲　　　　　　　　　[084]**15**-7

濱口 順一
　鑑賞の手引き サイカク・コード〔西鶴諸国はな
　し 巻一の六〕　　　　　　　　[080]**(6)**-36
　〔西鶴諸国はなし〕巻一の六 雲中の腕押し
　　　　　　　　　　　　　　　　[080]**(6)**-32

浜口 俊裕
　〔解題〕蜻蛉日記　　　　　　　[045]**5**-1491
　〔解題〕土左日記　　　　　　　[045]**5**-1491
　〔解題〕枕草子　　　　　　　　[045]**5**-1491

濱口 博章
　〔解題〕歌合 乾元二年五月……[045]**10**-1136
　〔解題〕新後撰和歌集　………[045]**1**-824
　〔解題〕為兼家歌合(乾元二年)　[045]**10**-1135
　〔解題〕為理集　　　　　　　　[045]**7**-830
　〔解題〕時広集　　　　　　　　[045]**7**-821
　〔解題〕長景集　　　　　　　　[045]**7**-828
　〔解題〕夫木和歌抄　　　　　　[045]**2**-879
　〔解題〕茂重集　　　　　　　　[045]**7**-829

濱田 寛
　あとがき〔江戸後期紀行文学全集2〕
　　　　　　　　　　　　　　　　[010]**2**-459

浜田 泰彦
　井原西鶴について　…………[080]**(11)**-1
　鑑賞の手引き 死の伝達者・鱶鮨〔西鶴諸国はな
　し 巻五の三〕　　　　　　　　[080]**(6)**-177
　〔西鶴諸国はなし〕巻五の三 楽しみの鱶鮨の
　手　　　　　　　　　　　　　　[080]**(6)**-174
　新斎夜語　　　　　　　　　　　[008]**2**-121
　武家義理物語　……………　[080]**(11)**-24
　読みの手引き〔武家義理物語〕………
　　　　　　　[080]**(11)**-51, [080]**(11)**-66,
　　　　　　　[080]**(11)**-81, [080]**(11)**-136,
　　　　　　　[080]**(11)**-146, [080]**(11)**-171,
　　　　　　　[080]**(11)**-207, [080]**(11)**-246

早川 やよい
　『小野宮殿集』『九条殿集』登場人物解説
　　　　　　　　　　　　　　　　[039]**31**-329
　九条殿師輔集　………………　[039]**31**-183

早川 由美
　鑑賞の手引き 一番欲深いのは誰？〔西鶴諸国は
　なし 巻二の七〕　　　　　　　[080]**(6)**-82
　鑑賞の手引き 仙人ってどういう人？〔西鶴諸国
　はなし 巻二の四〕　　　　　　[080]**(6)**-64
　〔西鶴諸国はなし〕巻二の四 残る物とて金の
　鍋　　　　　　　　　　　　　　[080]**(6)**-60
　〔西鶴諸国はなし〕巻二の七 神鳴の病中
　　　　　　　　　　　　　　　　[080]**(6)**-78

林 達也
　〔解題〕衆妙集(幽斎)　………[045]**9**-767
　【付録エッセイ】景樹の和歌論　…[032]**016**-116

林 望
　けいせい竈照君　………………[073]**7**-151
　遊女懐中洗濯付 野傾髪透油・けいせい卵子酒
　　　　　　　　　　　　　　　　[073]**1**-455

林 雅彦
　あとがき〔伝承文学資料集成15 宗祖高僧絵伝
　（絵解き）集〕　　　　　　　　[062]**15**-341
　（解説）「枕石山願法寺略縁起絵伝」の絵解き―
　その周辺を眺めつつ　………　[062]**15**-229

林 マリヤ
　赤染衛門集　……………………　[039]**1**-1
　赤染衛門集について　…………　[039]**1**-3
　あとがき〔私家集全釈叢書12〕…[039]**12**-631
　あとがき〔私家集全釈叢書13〕…[039]**13**-319
　異本相模集と思女集について　[039]**12**-46
　解説〔匡衡集〕　…………………[039]**26**-1
　桂宮本の錯簡・脱落〔赤染衛門集〕[039]**1**-557
　相模集（異本）　　　　　　　　[039]**12**-563
　相模集（流布本）　　　　　　　[039]**12**-67
　相模について　…………………　[039]**12**-47
　思女集　　　　　　　　　　　　[039]**12**-593
　匡衡集　……………………　[039]**26**-39
　和歌索引〔赤染衛門集〕　　　　[039]**1**-575

林田 愼之助
　あとがき〔日本漢詩人選集15 広瀬淡窓〕
　　　　　　　　　　　　　　　　[067]**15**-207

はじめに〔日本漢詩人選集15 広瀬淡窓〕
　　　　　　　　　　　　　　　　[067]15－3

葉山　修平
　曽我物語（現代語訳）　………　[024]⟨11⟩－1

速水　香織
　〔解題〕朝鮮征伐記　…………　[015]50－311
　〔解題〕囃物語　………………　[015]58－261
　〔解題〕春風　…………………　[015]58－274
　〔解題〕春寝覚　………………　[015]58－275
　鑑賞の手引き　人形芝居に「執心」したのは誰？
　　〔西鶴諸国はなし　巻四の一〕‥[080]⟨6⟩－129
　〔西鶴諸国はなし〕巻四の一　形は昼のまね
　　　　　　　　　　　　　　　　[080]⟨6⟩－126
　『朝鮮征伐記』解題　正誤・追加　[015]51－382

原田　敦史
　太平記（現代語訳）〔巻二一～巻三〇〕
　　　　　　　　　　　　　　　　[024]⟨14⟩－1

原田　真澄
　解題〔傾城枕軍談〕　…………　[018]31－121
　解題〔物ぐさ太郎〕　…………　[018]52－159
　解題〔百合稚高麗軍記〕　……　[018]40－135

半井　公平
　〔解題〕寂身法師集　…………　[045]7－813
　〔解題〕寂蓮結題百首　………　[045]10－1104
　〔解題〕寂蓮法師集　…………　[045]4－687
　〔解題〕寂蓮無題百首　………　[045]10－1103
　〔解題〕親盛集　………………　[045]7－803
　〔解題〕洞院摂政家百首　……　[045]4－708

坂内　泰子
　〔解題〕歌枕名寄　……………　[045]10－1182
　解説〔誹風柳多留〕　…………　[084]22－261
　〔解題〕六帖詠草(蘆庵)　………　[045]9－784
　〔解題〕六帖詠草拾遺(蘆庵)　…　[045]9－785

伴野　英一
　逸題（『元禄難波前句附集』）　　[046]5－981
　江戸点者寄合俳諧　……………　[046]5－815
　はいかいうしろひも　…………　[046]5－1078
　誹諧大坂歳旦（発句三物）　　　[046]5－82
　乙夜随筆〔西鶴抜粋〕　………　[046]5－1077
　解題　狂歌大体　………………　[009]15－30
　哥仙(大坂俳諧師)　………………　[046]5－9
　狂歌大体　………………………　[009]15－31
　古今俳諧師手鑑　………………　[046]5－92
　西鶴評点歌水艶山両吟歌仙巻　　[046]5－983
　西鶴評点湖水等三吟百韻巻断簡…　[046]5－479
　西鶴評点如雲等五吟百韻巻　…　[046]5－1067
　西鶴評点政昌等三吟百韻巻　…　[046]5－806
　西鶴評点山太郎独吟歌仙巻山太郎再判
　　　　　　　　　　　　　　　　[046]5－988
　前句点難波土産　………………　[046]5－1047
　奈良土産　………………………　[046]5－1058
　笠付前句ぬりかさ　……………　[046]5－1066
　絵入物見車返俳諧石車　………　[046]5－885
　古今俳諧女哥仙（すがた絵入）　　[046]5－784
　俳諧角相撲　……………………　[046]5－768
　俳諧之口伝　……………………　[046]5－159
　誹諧寄垣諸抄大成　……………　[046]5－1065
　誹諧蓮の花笠　…………………　[046]5－1063
　誹諧物見車　……………………　[046]5－868
　尾陽鳴海俳諧喚続集　…………　[046]5－471

【ひ】

東　晴美
　解題〔伊勢平氏年々鑑〕　……　[018]4－113
　解題〔今様ты二色〕　…………　[018]35－99
　解題〔梅屋渋浮名色揚〕　……　[018]18－69
　解題〔鎌倉大系図〕　…………　[018]49－141
　解題〔信州姨拾山〕　…………　[018]8－123
　解題〔本朝檀特山〕　…………　[018]25－125

樋口　芳麻呂
　あとがき〔私家集全釈叢書29〕‥[039]29－527
　解説　金槐和歌集―無垢な詩魂の遺書
　　　　　　　　　　　　　　　　[043]⟨9⟩－227
　解説　隆信集　…………………　[039]29－1
　〔解題〕あきぎり　……………　[045]10－1199
　〔解題〕秋萩集　………………　[045]6－934
　〔解題〕浅茅が露　……………　[045]1492
　〔解題〕海人の刈藻　…………　[045]10－1199
　〔解題〕有明の別れ　…………　[045]1492
　〔解題〕石清水社歌合　建仁元年十二月
　　　　　　　　　　　　　　　　[045]5－1453
　〔解題〕石清水物語　…………　[045]1492
　〔解題〕言はで忍ぶ　…………　[045]1492
　〔解題〕遠島御歌合　…………　[045]5－1464
　〔解題〕風につれなき物語　…　[045]1492
　〔解題〕風に紅葉　……………　[045]10－1199
　〔解題〕唐物語　………………　[045]1492
　〔解題〕雲隠六帖　別本　……　[045]10－1199
　〔解題〕雲隠六帖　……………　[045]10－1199
　〔解題〕源氏物語歌合　………　[045]1492
　〔解題〕恋路ゆかしき大将　…　[045]1492
　〔解題〕苔の衣　………………　[045]1492
　〔解題〕木幡の時雨　…………　[045]1492
　〔解題〕前十五番歌合　………　[045]5－1416
　〔解題〕実material母集　…………　[045]7－817
　〔解題〕小夜衣　………………　[045]1492
　〔解題〕三十人撰　……………　[045]5－1482
　〔解題〕三十六人撰　…………　[045]5－1482
　〔解題〕治承三十六人歌合　…　[045]5－1444
　〔解題〕雫に濁る　……………　[045]10－1199
　〔解題〕時代不同歌合　………　[045]5－1463
　〔解題〕しのびね物語　………　[045]1492
　〔解題〕俊成三十六人歌合　…　[045]5－1444
　〔解題〕続後撰和歌集　………　[045]1－819
　〔解題〕深窓秘抄　……………　[045]5－1483
　〔解題〕住吉物語　……………　[045]1492
　〔解題〕隆信集　……………[045]4－688, [045]7－805
　〔解題〕竹風和歌抄(宗尊親王)　…　[045]7－819
　〔解題〕定家卿百番自歌合　…　[045]5－1461
　〔解題〕定家八代抄　…………　[045]10－1176
　〔解題〕なよ竹物語絵巻　……　[045]10－1199
　〔解題〕入道右大臣集(頼宗)　…　[045]3－895
　〔解題〕後十五番歌合　………　[045]5－1416
　〔解題〕白露　…………………　[045]10－1199

〔解題〕八代集秀逸 ………… [045]10 - 1180
〔解題〕葉月物語絵巻 ……… [045]10 - 1199
〔解題〕兵部卿物語 ………… [045]5 - 1492
〔解題〕宝治百首 …………… [045]4 - 712
〔解題〕雅世集 ……………… [045]8 - 815
〔解題〕松陰中納言物語 …… [045]10 - 1200
〔解題〕松浦宮物語 ………… [045]5 - 1492
〔解題〕水無瀬釣殿当座六首歌合 建仁二年六月
 ……………………………… [045]5 - 1453
〔解題〕むぐら ……………… [045]10 - 1200
〔解題〕無名草子 …………… [045]5 - 1492
〔解題〕八重葎 ……………… [045]10 - 1200
〔解題〕八重葎 別本 ………… [045]10 - 1200
〔解題〕山路の露 …………… [045]5 - 1492
〔解題〕夢の通路 …………… [045]10 - 1200
〔解題〕我が身にたどる姫君 … [045]5 - 1492
金槐和歌集 ………………… [043](9) - 9
実朝歌拾遺 ………………… [043](9) - 191
隆信集（元久本）…………… [039]29 - 29
隆信集（寿永本）…………… [039]29 - 498

久富 哲雄
〔一の木戸 下巻〕作者別発句索引 ‥ [030]2 - 116
〔一の木戸 下巻〕入集句数順作者一覧
 ……………………………… [030]2 - 118
おくのほそ道 ……………… [069]20 - 11
作者別発句索引〔寛伍集・巻第四〕[030]3 - 187
周徳自筆本『ゆきまるげ』―翻刻―
 ……………………………… [030]2 - 534
須賀川市図書館所蔵『栗木菴之記』の紹介（前）
 ……………………………… [030]7 - 57
須賀川市図書館所蔵『栗木菴之記』の紹介（後）
 ……………………………… [030]7 - 75
聖心女子大学所蔵『寛伍集・巻第四』の紹介
 ……………………………… [030]3 - 165
梅人著『桃青伝』―翻刻― ‥ [030]7 - 265
芳賀一晶著『千句後集』の紹介・芳賀一晶著
 『千句後集』の紹介補訂 …… [030]5 - 77
芳賀一晶著『千句後集』の紹介 [030]5 - 79
芳賀一晶著『千句後集』の紹介補訂
 ……………………………… [030]5 - 101
板本『一の木戸』下巻の紹介 … [030]2 - 91
「雪丸げ」私見 ……………… [030]2 - 523
柳條編『奥の枝折』―翻刻― … [030]7 - 211

久松 潜一
序〔増訂 秋成全歌集とその研究〕
 ……………………………… [049](1) - 巻頭
〔付録エッセイ〕「永福門院」（抄）‥ [032]030 - 116

日野 龍夫
石上私淑言 ………………… [043](62) - 249
解説「『物のあわれを知る』の説の来歴〔本居
 宣長集〕…………………… [043](62) - 505
紫文要領 …………………… [043](62) - 11

日比野 純三
〔解題〕難波捨草 …………… [045]6 - 967

日比野 浩信
解説「伝統の継承者・為氏と為世―次世代への
 架け橋」…………………… [032]029 - 110
〔二条為氏 22首〕…………… [032]029 - 2
〔二条為世 20首〕…………… [032]029 - 56

平井 啓子
解説「斎院の思い出を胸に 式子内親王」
 ……………………………… [032]010 - 106
〔式子内親王 45首〕………… [032]010 - 2

平沢 五郎
〔解題〕金葉和歌集（二度本・三奏本）‥ [045]1 - 807

平沢 竜介
〔解説〕躬恒集 ……………… [082]19 - 357
躬恒集 ……………………… [082]19 - 177

平田 徳
おなつ蘇甦物語 …………… [007]5 - 971
〔解題〕おなつ蘇甦物語 …… [007]5 - 1086

平田 英夫
あとがき〔新注和歌文学叢書11〕
 ……………………………… [042]11 - 201
解説〔御裳濯河歌合・宮河歌合〕‥ [042]11 - 177
御裳濯河歌合 ……………… [042]11 - 3
宮河歌合 …………………… [042]11 - 93

平田 喜信
〔解題〕時明集 ……………… [045]7 - 785
〔解題〕長能集 ……………… [045]3 - 884
道信集 ……………………… [040]11 - 7

平野 宗浄
〔解題〕『一休和尚年譜』…… [004]3 - 503
〔解題〕『開祖下火録』……… [004]3 - 507
〔解題〕『狂雲集補遺』……… [004]3 - 507
〔解題〕『自戒集』…………… [004]3 - 504
狂雲集 上 …………………… [004]1 - 1
自戒集 ……………………… [004]3 - 107
序にかえて〔一休和尚全集〕… [004]1 - 1
序文〔一休和尚全集 別巻〕… [004]別 - 1
真珠庵本のみにある録頌〔一休和尚全集〕
 ……………………………… [004]3 - 259
東海一休和尚年譜 ………… [004]3 - 3
はじめに〔一休和尚全集1〕… [004]1 - 5

平野 多恵
おみくじの歌概観 ………… [032]076 - 103
解説「おみくじの和歌」…… [032]076 - 106
〔解説〕鴨長明と『方丈記』… [069]14 - 308
〔解説〕兼好と『徒然草』…… [069]14 - 311
〔解説〕親鸞と『歎異抄』…… [069]14 - 315
〔解説〕「俊頼述懐百首」総説 [006]3 - 147
〔解説〕「俊頼述懐百首」動植物詠 ‥ [006]3 - 190
〔解説〕明恵上人歌集 ……… [082]60 - 361
歎異抄 あらすじ …………… [069]14 - 240
徒然草 あらすじ …………… [069]14 - 66
俊頼述懐百首 ……………… [006]3 - 11
はじめに―中世人の希求〔方丈記・徒然草・歎
 異抄〕……………………… [069]14 - 3
方丈記 あらすじ …………… [069]14 - 14
明恵上人歌集 ……………… [082]60 - 267

平野 美樹
四条宮下野集 ……………… [039]25 - 41
四条宮下野集について …… [039]25 - 3

平野 由紀子
あとがき〔私家集全釈叢書36〕‥ [039]36 - 291
「いもせ」考 ………………… [039]3 - 183
小野篁集 …………………… [039]3 - 37

解説〔小野篁集〕 ･･････････････ ［039］3－3
解説〔信明集注釈〕 ･･････････ ［040］13－197
解説 ････････････････････････ ［039］36－1
解説〔御堂関白集〕 ････････････ ［039］38－1
〔解題〕朝忠集 ･･････････････ ［045］3－859
〔解題〕玄玄集 ･･････････････ ［045］2－870
〔解題〕輔尹集 ･･････････････ ［045］7－784
〔解題〕仲文集 ･･････････････ ［045］3－860
信明集 ･･････････････････････ ［040］13－7
「だいわうの宮」考 ･･････････ ［039］3－199
篁物語の和歌（贈答三組評論／ただすの神と石
  神／身をうき雲と／夢の魂）‥［039］3－165
千里集 ･･････････････････････ ［039］36－37
御堂関白集 ･･････････････････ ［039］38－21
平林 香織
  鑑賞の手引き 藤の精の苦しみ〔西鶴諸国はなし
    巻四の五〕 ･･････････････ ［080］(6)－150
  〔西鶴諸国はなし〕巻四の五 夢に京より戻
    る ････････････････････ ［080］(6)－147
廣木 一人
  〔解題〕一掬集 ･･････････････ ［081］3－691
  〔解題〕神路山 ･･････････････ ［081］2－486
  〔解題〕上手達発句 ･･････････ ［081］2－482
  〔解題〕救済付句（神宮文庫蔵本） ［081］1－556
  〔解題〕玄的連歌発句集 ･･････ ［081］3－690
  〔解題〕昨木集 ･･････････････ ［081］3－695
  〔解題〕里村玄川句集 ････････ ［081］3－700
  〔解題〕下葉（大阪天満宮蔵本）･ ［081］1－572
  〔解題〕昌程抜句 ････････････ ［081］3－694
  〔解題〕諸家月次聯歌抄（尊経閣文庫蔵本）
       ････････････････････ ［081］1－565
  〔解題〕新撰菟玖波集（筑波大学蔵本）
       ････････････････････ ［081］1－534
  〔解題〕宗祇百句（祐徳稲荷神社中川文庫蔵本）
       ････････････････････ ［081］1－574
  〔解題〕親当句集（旧横山重〈赤木文庫〉蔵本）
       ････････････････････ ［081］1－557
  〔解題〕月次発句（長谷寺豊山文庫蔵本）
       ････････････････････ ［081］1－540
  〔解題〕半松句句 ････････････ ［081］2－512
  〔解題〕卜純句集 ････････････ ［081］2－496
  〔解題〕萱草（早稲田大学伊地知文庫蔵本）
       ････････････････････ ［081］1－574
  刊行のことば〔連歌大観〕 ････ ［081］1－巻頭
広嶋 進
  鑑賞の手引き さかさまの惨劇〔西鶴諸国はなし
    巻三の七〕 ･･････････････ ［080］(6)－124
  〔西鶴諸国はなし〕巻三の七 因果の抜け穴
       ････････････････････ ［080］(6)－120
  世間胸算用 ････････････････ ［046］4－1
  日本永代蔵 ････････････････ ［046］3－109
広部 俊也
  解題 狂歌すまひ草 ･･････････ ［009］2－2
  解題 下里巴人巻 ････････････ ［009］2－304
  解題 巴人集 ････････････････ ［009］2－54
  狂歌すまひ草 ･･････････････ ［009］2－3
  狂歌類題鳴子栗 ････････････ ［009］11－71
  下里巴人巻 ････････････････ ［009］2－305
  続棟上集 ･･････････････････ ［009］11－60

巴人集 ････････････････････ ［009］2－55

【 ふ 】

深井 一郎
  資料翻刻 便船集 ････････････ ［030］1－121
深沢 秋男
  浮世ばなし ････････････････ ［001］1－405
  浮世物語 ･･････････････････ ［001］1－319
  〔解題〕浮世ばなし 五巻五冊 ･･ ［001］1－493
  〔解題〕浮世物語 大本五巻五冊 ･ ［001］1－491
  〔解題〕可笑記評判 大本十巻十冊 ･･ ［001］3－469
  〔解題〕『若輩抄』 ････････････ ［015］39－297
  〔解題〕『女訓抄』 ････････････ ［015］39－305
  〔解題〕『親鸞上人記』 ････････ ［015］41－229
  可笑記評判 ････････････････ ［001］3－17
  享保二年求版『可笑記』 ･･････ ［015］19－271
  写本『可笑記跡追』 ･･････････ ［015］19－273
  例言〔假名草子集成〕 ････････
    ［015］11－1, ［015］12－1, ［015］13－1,
    ［015］14－1, ［015］15－1, ［015］16－1,
    ［015］17－1, ［015］18－1, ［015］19－1,
    ［015］20－1, ［015］21－1, ［015］22－1,
    ［015］50－1, ［015］51－1, ［015］52－1,
    ［015］53－1, ［015］54－1, ［015］55－1,
    ［015］56－1, ［015］57－1, ［015］58－1
深沢 眞二
  〔解題〕大江元就詠草 ････････ ［081］3－679
  〔解題〕広幡句集（天理図書館綿屋文庫蔵本）
       ････････････････････ ［081］1－580
  〔解題〕渚藻屑 ･･････････････ ［081］3－698
  〔解題〕蜻山親俊発句付句集 ･･ ［081］2－514
  コラム「芥川の見た「枯野」」‥ ［080］(9)－186
  コラム「聞きなしについて」‥‥［080］(8)－180
  コラム「真如堂の秋の暮」‥‥ ［080］(9)－115
  コラム「スリランカの古池句」‥ ［080］(8)－80
  コラム「青春について」････････ ［080］(9)－115
  コラム「蘇武が日本にやってきた」
       ････････････････････ ［080］(9)－72
  コラム「挑戦する『猿蓑』」････ ［080］(9)－139
  コラム「芭蕉の笠」･･･････････ ［080］(8)－162
  コラム「花札の桜、財布の中の桜」
       ････････････････････ ［080］(8)－64
  コラム「忘年会」････････････ ［080］(9)－230
深沢 了子
  コラム「かぐや姫の言葉遊び」‥ ［080］(9)－58
  コラム「こたつにみかん」‥‥ ［080］(9)－208
  コラム「暦」･･･････････････ ［080］(8)－43
  コラム「衣配り」････････････ ［080］(8)－148
  コラム「節分豆撒き恵方巻き」‥ ［080］(8)－105
  コラム「鳴く虫、鳴かぬ虫」‥ ［080］(9)－105
  コラム「俳画」･････････････ ［080］(8)－202
  コラム「化け物」････････････ ［080］(8)－220
  コラム「蛍と雪」････････････ ［080］(9)－166
  コラム「謡曲の『狩り』」･･････ ［080］(9)－17
深津 睦夫
  解説〔続後拾遺和歌集〕 ･･････ ［082］9－249

ふくい　　　　　　　　作家名索引（注・訳者）

新葉和歌集 ……………………… [082]**44**-310
〔解題〕伊勢新名所絵歌合 …… [045]**10**-1133
〔解題〕延明神主和歌 ………… [045]**10**-1124
〔解題〕後二条院歌合 乾元二年七月
　　　　……………………………… [045]**10**-1136
〔解題〕正応三年九月十三夜歌会歌
　　　　……………………………… [045]**10**-1159
〔解題〕草庵集（頓阿）………… [045]**4**-696
〔解題〕続草庵集（頓阿）……… [045]**4**-698
〔解題〕朝棟亭歌会 ……………… [045]**10**-1163
〔解題〕散りのこり（倭文子）… [045]**9**-779
〔解題〕筑波子家集（倭文子）… [045]**9**-784
〔解題〕世中百首（守武）……… [045]**10**-1121
校訂一覧〔新葉和歌集〕……… [082]**44**-307
続後拾遺和歌集 ………………… [082]**9**-1
新葉和歌集 ……………………… [082]**44**-1

福井 咲久良
〔解題〕周桂発句帖 ……………… [081]**2**-498
〔解題〕発句聞書 ………………… [081]**2**-482
〔解題〕連歌五百句（書陵部蔵五〇九・一八）
　　　　……………………………… [081]**1**-561

福井 貞助
伊勢物語 ………………………… [069]**6**-133

福井 迪子
〔解題〕在良集 …………………… [045]**3**-903
〔解題〕馬内侍集 ………………… [045]**3**-880
〔解題〕惟規集 …………………… [045]**7**-787
〔解題〕冷泉院御集 ……………… [045]**7**-786
源兼澄の伝記と詠歌活動 ……… [039]**10**-19

福崎 春雄
〔解題〕清輔集 …………………… [045]**3**-910
〔解題〕田多民治集（忠通）…… [045]**3**-909
〔解題〕慕景集 …………………… [045]**4**-699

福嶋 昭治
〔解題〕斎宮女御集 ……………… [045]**3**-862

福島 理子
詩人星巌の誕生とその謎 ……… [067]**17**-3
星巌遺稿の世界 ………………… [067]**17**-190

福田 晃
一宮御本地一生記（斎藤報恩会蔵）
　　　　……………………………… [062]**10**-47
奥州一ノ宮御本地（斎藤報恩会蔵）
　　　　……………………………… [062]**10**-107
奥州一ノ宮御本地由来之事（斎藤報恩会蔵）
　　　　……………………………… [062]**10**-87
〔「塩釜御本地」解題・解説〕斎藤報恩会蔵「奥州
　一ノ宮御本地由来之事」……… [062]**10**-260
〔「塩釜御本地」解題・解説〕斎藤報恩会蔵「一
　宮御本地一生記」………………… [062]**10**-238
〔「塩釜御本地」解題・解説〕斎藤報恩会蔵「奥
　州一ノ宮御本地由来之事」…… [062]**10**-280
〔「塩釜御本地」解題・解説〕「塩釜御本地」の
　諸本 ……………………………… [062]**10**-224
〔「塩釜御本地」解題・解説〕宮城県立図書館蔵
　「塩釜本地由来記」……………… [062]**10**-228
塩釜本地由来記（宮城県立図書館蔵）
　　　　……………………………… [062]**10**-7
はしがき〔伝承文学資料集成20〕… [062]**20**-5

例言〔伝承文学資料集成10〕…… [062]**10**-3

福田 智子
あとがき〔歌合・定数歌全釈叢書21〕
　　　　……………………………… [006]**20**-397
恵慶百首と『古今和歌六帖』に共通する特殊
　語句について ………………… [006]**11**-263
恵慶法師について─交友のこと・恵慶百首の
　こと・伝本のこと─ ………… [006]**11**-231
解説〔恵慶百首〕………………… [006]**11**-229
後世の歌集に採られた〈順百首〉歌の作者認定
　について ……………………… [006]**18**-298
〈順百首〉の表現受容─歌合を中心に─
　　　　……………………………… [006]**18**-289
曾禰好忠─その人生と歌─ …… [006]**20**-243
為頼拾遺歌 ……………………… [039]**14**-245
為頼集参考文献 ………………… [039]**14**-259
源順の人生と百首歌 …………… [006]**18**-219
〈好忠百首〉春夏秋冬恋部の表現─『古今集』
　『後撰集』の受容─ …………… [006]**20**-306
〈好忠百首〉の表現摂取─歌合・私家集との関
　わりを中心に─ ……………… [006]**20**-315

福田 秀一
解説〔とはずがたり〕…… [043]〔**43**〕-333
〔解題〕十六夜日記 ……………… [045]**5**-1491
〔解題〕歌合 永仁五年当座 …… [045]**5**-1469
〔解題〕うたたね ………………… [045]**5**-1491
〔解題〕歌枕名寄 ………………… [045]**10**-1182
〔解題〕延慶両御訴陳状 ………… [045]**5**-1488
〔解題〕延明神主和歌 ………… [045]**10**-1124
〔解題〕海道記 …………………… [045]**5**-1491
〔解題〕歌苑連署奉書 …………… [045]**5**-1488
〔解題〕嘉喜門院集 ……………… [045]**7**-840
〔解題〕徽安門院一条集 ……… [045]**10**-1116
〔解題〕玉葉和歌集 ……………… [045]**1**-825
〔解題〕国道百首 ……………… [045]**10**-1113
〔解題〕建春門院中納言日記 …… [045]**5**-1491
〔解題〕光厳院三十六番歌合 貞和五年八月
　　　　……………………………… [045]**5**-1470
〔解題〕嵯峨の通ひ路 …………… [045]**5**-1491
〔解題〕貞秀集 …………………… [045]**7**-841
〔解題〕正応三年九月十三夜歌会歌
　　　　……………………………… [045]**10**-1159
〔解題〕松花和歌集 ……………… [045]**6**-955
〔解題〕続門葉和歌集 …………… [045]**6**-952
〔解題〕代集 ……………………… [045]**5**-1488
〔解題〕竹むきが記 ……………… [045]**5**-1491
〔解題〕為兼卿和歌抄 …………… [045]**5**-1488
〔解題〕朝棟亭歌会 ……………… [045]**10**-1163
〔解題〕経氏集 …………………… [045]**7**-842
〔解題〕徒然草 …………………… [045]**5**-1491
〔解題〕東関紀行 ………………… [045]**5**-1491
〔解題〕とはずがたり …………… [045]**5**-1491
〔解題〕中務内侍日記 …………… [045]**5**-1491
〔解題〕野守鏡 …………………… [045]**5**-1488
〔解題〕春の深山路 ……………… [045]**5**-1491
〔解題〕百首歌合 建長八年 …… [045]**5**-1467
〔解題〕夫木和歌抄 ……………… [045]**2**-879
〔解題〕弁内侍日記 ……………… [045]**5**-1491
〔解題〕水無瀬釣殿当座六首歌合 建仁二年六月
　　　　……………………………… [045]**5**-1453

〔解題〕源家長日記	[045]	5-1491
〔解題〕都路の別れ	[045]	5-1491
〔解題〕無名の記	[045]	5-1491
〔解題〕最上の河路	[045]	5-1491
〔解題〕基佐集	[045]	8-831
〔解題〕李花和歌集(宗良親王)	[045]	7-839
〔解題〕臨永和歌集	[045]	6-958
〔解題〕和歌口伝	[045]	5-1488
〔解題〕和歌庭訓	[045]	5-1488
〔解題〕和歌用意条々	[045]	5-1489
とはずがたり	[043]	〔43〕-7

福田 道子
翻刻『位山集』 [030] 5-187

福田 安典
醫説 [062] 21-36
『医説』解題 [062] 21-379
伊丹椿園について [007] 2-744
絵本弓張月 [007] 2-711
翁草 [007] 2-477
〔解題〕絵本弓張月 [007] 2-777
〔解題〕翁草 [007] 2-770
〔解題〕唐錦 [007] 2-771
〔解題〕椿園雑話 [007] 2-775
〔解題〕深山草 [007] 2-773
唐錦 [007] 2-551
椿園雑話 [007] 2-671
都賀庭鐘について [007] 2-731
深山草 [007] 2-615

福田 百合子
あきぎり [057] 1-7
〔あきぎり〕解題 [057] 1-164
〔あきぎり〕底本傍記の仮名遣い校訂表 [057] 1-154
〔解題〕太皇太后宮亮平経盛朝臣家歌合 [045] 5-1441

福長 進
栄花物語 [069] 11-183

福家 俊幸
あとがき〔江戸後期紀行文学全集2〕 [010] 2-459
あとがき〔日本古典評釈・全注釈叢書 更級日記全注釈〕 [068] 〔33〕-397
解説〔更級日記〕 [068] 〔33〕-315
更級日記 [068] 〔33〕-9

冨士 昭雄
嵐は無常物語 [023] 4-237
色里三所世帯 [023] 17-1, [046] 3-233
浮世榮花一代男 [023] 17-103
〔解題〕嵐は無常物語 [023] 4-307
〔解題〕色里三所世帯 [023] 17-268
〔解題〕浮世栄花一代男 [023] 17-274
〔解題〕好色一代男 [023] 1-306
〔解題〕好色一代女 [023] 3-354
〔解題〕好色五人女 [023] 3-347
〔解題〕好色盛衰記 [023] 4-303
〔解題〕西鶴置土産 [023] 15-274
〔解題〕西鶴織留 [023] 14-209
〔解題〕西鶴諸国ばなし [023] 5-304

〔解説〕西鶴俗つれづれ	[023]	16-240
〔解説〕西鶴名残の友	[023]	16-246
〔解説〕諸艶大鑑	[023]	2-334
〔解説〕新可笑記	[023]	9-177
〔解説〕世間胸算用	[023]	13-155
〔解説〕男色大鑑	[023]	6-348
〔解説〕日本永代蔵	[023]	12-209
〔解説〕武家義理物語	[023]	8-160
〔解説〕武道伝来記	[023]	7-309
〔解説〕懐硯	[023]	5-313
〔解説〕本朝桜陰比事	[023]	11-190
〔解説〕本朝二十不孝	[023]	10-145
〔解説〕万の文反古	[023]	15-279
〔解説〕椀久一世の物語	[023]	4-300
好色一代男	[023]	1-1
好色一代女	[023]	3-149
好色五人女	[023] 3-1, [046]	1-393
好色盛衰記	[023]	4-67
西鶴置土産	[023]	15-1
西鶴織留	[023]	14-1
西鶴小伝	[023]	1-291
西鶴諸國ばなし	[023]	5-1
西鶴俗つれづれ	[023]	16-1
西鶴名殘の友	[023]	16-125
好色二代男諸艶大鑑	[023]	2-1
諸艶大鑑	[046]	1-177
新可笑記	[023]	9-1
世間胸算用大晦日は一日千金	[023]	13-1
総索引〔決定版 対訳西鶴全集〕	[023]	18-1
本朝若風俗男色大鑑	[023]	6-1
日本永代蔵	[023]	12-1
はじめに〔決定版 対訳西鶴全集〕	[023]	18-1
武家義理物語	[023]	8-1
諸國敵討武道傳來記	[023]	7-1
懐硯	[023]	5-141
本朝櫻陰比事	[023]	11-1
本朝二十不孝	[023]	10-1
萬の文反古	[023]	15-139
椀久一世の物語	[023]	4-1

藤井 隆
〔解題〕風葉和歌集 [045] 5-1476

藤岡 忠美
〔解題〕和泉式部集 [045] 3-886
〔解題〕和泉式部続集 [045] 3-888
〔解題〕京極御息所歌合 [045] 5-1406
〔解題〕内裏菊合 延喜十三年 [045] 5-1406
〔解題〕亭子院殿上人歌合 [045] 5-1405
〔解題〕亭子院歌合 [045] 5-1405
〔解題〕陽成院歌合(延喜十二年夏) [045] 5-1405
〔解題〕陽成院歌合 延喜十三年九月 [045] 5-1406
忠岑集 [040] 9-7
【付録エッセイ】和泉式部、虚像化の道 [032] 006-115
躬恒集 [040] 14-7
躬恒の伝記と和歌 [040] 14-349
壬生忠岑の伝記 [040] 9-412

藤川 晶子
海人手子良集 [042] 4-3
小野宮殿実頼集 [039] 31-53

ふしか　作家名索引（注・訳者）

『小野宮殿集』『九条殿集』登場人物解説
　……………………………………[039]**31**-329
九条殿師輔集 ……………………[039]**31**-183
国用集 ……………………………[039]**22**-78
登場人物解説〔藤原仲文集〕 ……[039]**22**-159
仲文集 ………[039]**22**-27, [039]**22**-109
本院侍従集 ………………………[042]**4**-125
『本院侍従集』解説 ………………[042]**4**-343
義孝集 ……………………………[042]**4**-183

藤川 雅恵
あとがき〔三弥井古典文庫 御伽百物語〕
　……………………………………[080]〔5〕-256
御伽百物語 ………………………[080]〔5〕-1
鑑賞の手引き 異郷訪問譚のダークサイド〔西鶴
　諸国ばなし 巻三の五〕…………[080]〔6〕-113
鑑賞の手引き 西鶴と荘子〔西鶴諸国はなし 巻五
　の五〕……………………………[080]〔6〕-188
元禄バブルの走馬灯―『御伽百物語』という
　作品の魅力 ……………………[080]〔5〕-iv
〔西鶴諸国はなし〕巻三の五 行末の宝舟
　……………………………………[080]〔6〕-109
〔西鶴諸国はなし〕巻五の五 執心の息筋
　……………………………………[080]〔6〕-185
見どころ・読みどころ―芋粥の誤読―〔御伽百
　物語 巻四の一〕………………[080]〔5〕-146
見どころ・読みどころ―江戸のポルターガイス
　ト―〔御伽百物語 巻五の一〕…[080]〔5〕-100
見どころ・読みどころ―怪談に利用された浮
　世絵師―〔御伽百物語 巻四の四〕
　……………………………………[080]〔5〕-174
見どころ・読みどころ―重なり合う因果―〔御
　伽百物語 巻四の三〕…………[080]〔5〕-166
見どころ・読みどころ―鬼神否定の儒者―〔御
　伽百物語 巻五の一〕…………[080]〔5〕-185
見どころ・読みどころ―元禄の豪商と日本画壇
　―〔御伽百物語 巻二の三〕……[080]〔5〕-72
見どころ・読みどころ―小泉八雲が好んだ恋物
　語―〔御伽百物語 巻二の二〕…[080]〔5〕-64
見どころ・読みどころ―高僧の条件―〔御伽百
　物語 巻六の二〕………………[080]〔5〕-232
見どころ・読みどころ―古墳盗掘の呪い―〔御
　伽百物語 巻一の三〕…………[080]〔5〕-27
見どころ・読みどころ―堺のミステリー―〔御
　伽百物語 巻四の二〕…………[080]〔5〕-81
見どころ・読みどころ―死後の世界の有無―
　〔御伽百物語 巻三の五〕………[080]〔5〕-133
見どころ・読みどころ―相撲禁令と生類憐れ
　みの令―〔御伽百物語 巻二の一〕
　……………………………………[080]〔5〕-55
見どころ・読みどころ―仙人たちの楽園―〔御
　伽百物語 巻三の二〕…………[080]〔5〕-109
見どころ・読みどころ―人間の欲が呼び寄せ
　る妖怪―〔御伽百物語 巻一の五〕
　……………………………………[080]〔5〕-46
見どころ・読みどころ―人間以外との恋―〔御
　伽百物語 巻三の三〕…………[080]〔5〕-119
見どころ・読みどころ―吐き出す妖術―〔御伽
　百物語 巻四の二〕……………[080]〔5〕-154
見どころ・読みどころ―化け物は誰？―〔御伽
　百物語 巻二の二〕……………[080]〔5〕-200
見どころ・読みどころ―箱庭の忠臣蔵―〔御伽
　百物語 巻六の一〕……………[080]〔5〕-222
見どころ・読みどころ―離れない女の怨霊―
　〔御伽百物語 巻一の四〕………[080]〔5〕-36
見どころ・読みどころ―人を化かすのはだれ？
　―〔御伽百物語 巻一の二〕……[080]〔5〕-18
見どころ・読みどころ―百物語から化け物が
　出る？―〔御伽百物語 巻六の五〕
　……………………………………[080]〔5〕-254
見どころ・読みどころ―二人の息子の謎―〔御
　伽百物語 巻二の五〕…………[080]〔5〕-90
見どころ・読みどころ―不治の病の妙薬―〔御
　伽百物語 巻五の三〕…………[080]〔5〕-211
見どころ・読みどころ―本陣妖怪事件―〔御伽
　百物語 巻六の三〕……………[080]〔5〕-238
見どころ・読みどころ―冥界を往来する高僧
　―〔御伽百物語 巻三の四〕……[080]〔5〕-125
見どころ・読みどころ―竜宮と道真の縁―〔御
　伽百物語 巻一の一〕…………[080]〔5〕-10
見どころ・読みどころ―恋愛というファンタ
　ジー〔御伽百物語 巻六の四〕
　……………………………………[080]〔5〕-248

藤川 功和
〔解説〕続古今和歌集 …………[082]**38**-444
続古今和歌集 ……………………[082]**38**-1

藤田 一尊
解説〔源家長日記〕………………[058]**3**-127
源家長日記 ………………………[058]**3**-1

藤田 真一
あとがき〔蕪村全句集〕…………[077]〔**1**〕-602
俳諧瓜の実（安永三年）……………[078]**8**-243
俳諧瓜の実 解題 …………………[078]**8**-243
解説〔蕪村全集8 関係俳書〕……[078]**8**-571
〔解題〕六帖詠草（蘆庵）……………[045]**9**-784
〔解題〕六帖詠草拾遺（蘆庵）………[045]**9**-785
片折（安永三年）……………………[078]**8**-282
片折 解題 ………………………[078]**8**-282
雁風呂（寛政六年）…………………[078]**8**-553
雁風呂 解題 ……………………[078]**8**-553
孝婦集（明和八年）…………………[078]**8**-156
孝婦集 解題 ……………………[078]**8**-156
五畳敷（明和六年）…………………[078]**8**-143
五畳敷 解題 ……………………[078]**8**-143
歳旦（安永七年）……………………[078]**8**-427
歳旦（安永八年）……………………[078]**8**-440
歳旦 不夜庵（明和八年）……………[078]**8**-164
歳旦（安永七年）解題 ……………[078]**8**-427
歳旦（安永八年）解題 ……………[078]**8**-440
歳旦（明和八年）解題 ……………[078]**8**-164
猿利口（安永四年）…………………[078]**8**-314
猿利口 解題 ……………………[078]**8**-314
春興（安永五年）……………………[078]**8**-341
春興（天明二年）……………………[078]**8**-517
春興（安永五年）解題 ……………[078]**8**-341
春興（天明二年）解題 ……………[078]**8**-517
春興俳諧発句 無為庵（安永四年）[078]**8**-289
春興俳諧発句 解題 ……………[078]**8**-289
春慶引（安永九年）…………………[078]**8**-483
春慶引（明和五年）…………………[078]**8**-126

作家名索引（注・訳者）　　　　　　　　　　　　　　ふしも

春慶引〔安永九年〕解題 .... [078]8－483
春慶引〔明和五年〕解題 .... [078]8－126
蕭条篇〔安永六年〕 .... [078]8－421
蕭条篇　解題 .... [078]8－421
新みなし栗〔安永六年〕 .... [078]8－396
新みなし栗　解題 .... [078]8－396
せりのね〔安永八年〕 .... [078]8－462
せりのね　解題 .... [078]8－462
はいかい棚さがし〔安永五年〕 .... [078]8－360
はいかい棚さがし　解題 .... [078]8－360
丁酉帖〔安永六年〕 .... [078]8－380
丁酉帖　解題 .... [078]8－380
とら雄遺稿〔安永五年〕 .... [078]8－374
とら雄遺稿　解題 .... [078]8－374
浪速住〔天明元年〕 .... [078]8－506
浪速住　解題 .... [078]8－506
俳諧氷餅集〔安永三年〕 .... [078]8－273
俳諧氷餅集　解題 .... [078]8－273
初懐紙〔天明二年〕解題 .... [078]8－515
初懐紙　落柿舎〔天明二年〕 .... [078]8－515
張瓢〔安永五年〕 .... [078]8－352
張瓢　解題 .... [078]8－352
不夜庵歳旦〔安永五年〕 .... [078]8－335
不夜庵歳旦〔安永五年〕解題 .... [078]8－335
不夜庵春帖〔明和七年〕 .... [078]8－150
不夜庵春帖〔明和七年〕解題 .... [078]8－150
もの、親〔天明三年〕 .... [078]8－535
もの、親　解題 .... [078]8－535
雪の声〔安永九年〕 .... [078]8－493
雪の声　解題 .... [078]8－493

藤田　徳太郎
あて宮〔「うつほ物語」〕 .... [079]〔5〕－443
うつほ物語〔俊蔭～忠こそ〕 .... [079]〔4〕－1
うつほ物語〔梅の花笠～あて宮〕 ...... [079]〔5〕－1
うつほ物語〔初秋～蔵開 下〕 .... [079]〔6〕－1
うつほ物語〔國譲 上～國譲 下〕 ...... [079]〔7〕－1
うつほ物語〔樓の上 上～樓の上 下〕
　　　　　　　　　　　　　　　　...... [079]〔8〕－1
うつほ物語考 .... [079]〔8〕－7
宇都保物語年立 .... [079]〔8〕－67
梅の花笠　一名 春日詣〔「うつほ物語」〕
　　　　　　　　　　　　　　　　...... [079]〔5〕－227
逢坂越えぬ権中納言（評） .... [013]〔5〕－250
思はぬ方にとまりする少将（評）
　　　　　　　　　　　　　　　　...... [013]〔5〕－259
貝合（評） .... [013]〔5〕－254
菊の宴〔「うつほ物語」〕 .... [079]〔5〕－377
國譲　上〔「うつほ物語」〕 .... [079]〔7〕－785
國譲　中〔「うつほ物語」〕 .... [079]〔7〕－867
國譲　下〔「うつほ物語」〕 .... [079]〔7〕－947
藏開　上〔「うつほ物語」〕 .... [079]〔6〕－589
藏開　中〔「うつほ物語」〕 .... [079]〔6〕－673
藏開　下〔「うつほ物語」〕 .... [079]〔6〕－723
後記〔覆刻 日本古典全集 うつほ物語〕
　　　　　　　　　　　　　　　　...... [079]〔8〕－1
このついで（評） .... [013]〔5〕－241
嵯峨院〔「うつほ物語」〕 .... [079]〔4〕－139
田鶴の村鳥〔「うつほ物語」〕 .... [079]〔6〕－561
忠こそ〔「うつほ物語」〕 .... [079]〔4〕－195

断章（評） .... [013]〔5〕－272
俊蔭〔「うつほ物語」〕 .... [079]〔4〕－1
はいずみ（評） .... [013]〔5〕－264
初秋〔「うつほ物語」〕 .... [079]〔6〕－473
花桜折る中将（評） .... [013]〔5〕－237
はなだの女御（評） .... [013]〔5〕－262
吹上（上）〔「うつほ物語」〕 .... [079]〔5〕－257
吹上（下）〔「うつほ物語」〕 .... [079]〔5〕－351
藤原の君〔「うつほ物語」〕 .... [079]〔4〕－83
ほどほどの懸想（評） .... [013]〔5〕－249
祭の使〔「うつほ物語」〕 .... [079]〔5〕－303
虫めづる姫君（評） .... [013]〔5〕－245
よしなしごと（評） .... [013]〔5〕－269
樓の上 上〔「うつほ物語」〕 .... [079]〔8〕－1055
樓の上 下〔「うつほ物語」〕 .... [079]〔8〕－1125

藤田　百合子
西行集（伝甘露寺伊長筆本） .... [036]〔1〕－423
西行上人集（李花亭文庫本） .... [036]〔1〕－355
山家心中集（内閣文庫本） .... [036]〔1〕－535
続三十六番歌合〔宮河歌合〕 .... [036]〔1〕－583
御裳濯河歌合（内閣文庫本） .... [036]〔1〕－567

藤田　洋治
公忠集 .... [039]35－59
公忠の勅撰集入集歌と公忠集の注釈史
　　　　　　　　　　　　　　　　...... [039]35－47
主要参考文献〔公忠集〕 .... [039]35－227

藤平　泉
〔解題〕松下集（正広） .... [045]8－832
〔解題〕土御門院百首 .... [045]10－1106
〔解題〕如願法師集 .... [045]7－811

藤平　春男
〔解題〕鴨祖社歌合 建永二年 .... [045]5－1457
〔解題〕賀茂別雷社歌合 建永二年二月
　　　　　　　　　　　　　　　　...... [045]5－1458
〔解題〕古今和歌集 .... [045]1－801
〔解題〕小侍従集 .... [045]7－803
〔解題〕佐保川（余野子） .... [045]9－783
〔解題〕慈鎮和尚歌合 .... [045]5－1448
〔解題〕志濃夫廼舎歌集（曙覧） .... [045]9－794
〔解題〕内裏歌合 建保元年七月 .... [045]5－1458
〔解題〕内裏歌合 建保元年閏九月 ..... [045]5－1458
〔解題〕内裏詩歌合 建保元年二月 ..... [045]5－1458
〔解題〕内裏百番歌合 建保四年 .... [045]5－1459
〔解題〕長秋草（俊成） .... [045]7－804
〔解題〕日吉社撰歌合 寛喜四年 .... [045]10－1129
〔解題〕日吉社大宮歌合 承久元年、日吉社十禅師
　　　歌合 承久元年 .... [045]10－1128
〔解題〕日吉社知家自歌合 嘉禎元年
　　　　　　　　　　　　　　　　...... [045]10－1129
〔解題〕通勝集 .... [045]8－855
〔解題〕露色随詠集（鑁也） .... [045]7－808

藤本　一恵
あとがき〔私家集全釈叢書24〕 .... [039]24－331
解説〔清原元輔集〕 .... [039]8－1
解説〔小馬命婦集〕 .... [039]24－169
〔解題〕嘉言集 .... [045]3－884
〔解題〕皇后宮春秋歌合 .... [045]5－1423
〔解題〕小馬命婦集 .... [045]3－875
〔解題〕六条右大臣家歌合 .... [045]5－1423

〔解題〕六条斎院歌合 天喜三年 ‥ 〔045〕**5** - *1422*
小馬命婦集 ‥‥‥‥‥‥‥‥‥‥ 〔039〕**24** - *217*
深養父集 ‥‥‥‥‥‥‥‥‥‥‥ 〔039〕**24** - *35*
元輔集（正保版歌仙家集本）‥‥‥ 〔039〕**8** - *33*
元輔集 特有歌（書陵部蔵桂宮丙本）
　　‥‥‥‥‥‥‥‥‥‥‥‥‥ 〔039〕**8** - *451*
元輔集（前田尊経閣蔵）‥‥‥‥‥ 〔039〕**8** - *319*

藤本 宗利
　解説〔枕草子〕‥‥‥‥‥‥‥‥ 〔069〕**8** - *302*
　はじめに―不思議世界への扉〔枕草子〕
　　‥‥‥‥‥‥‥‥‥‥‥‥‥ 〔069〕**8** - *3*
　枕草子 内容紹介 ‥‥‥‥‥‥‥ 〔069〕**8** - *12*

藤原 英城
　職太平記後楠軍法鎧桜 ‥‥‥‥‥ 〔073〕**11** - *385*
　今源氏空船 ‥‥‥‥‥‥‥‥‥ 〔064〕**3** - *103*
　色茶屋頻卑顔 ‥‥‥‥‥‥‥‥ 〔064〕**3** - *485*
　〔解題〕職太平記後楠軍法鎧桜 ‥ 〔073〕**11** - *624*
　〔解題〕今源氏空船 ‥‥‥‥‥‥ 〔064〕**3** - *574*
　〔解題〕色茶屋頻卑顔 ‥‥‥‥‥ 〔064〕**3** - *595*
　〔解題〕世間母親容気 ‥‥‥‥‥ 〔073〕**20** - *535*
　〔解題〕花襷厳柳嶋 ‥‥‥‥‥‥ 〔073〕**15** - *521*
　〔解題〕花実義経記 ‥‥‥‥‥‥ 〔073〕**7** - *598*
　〔解題〕舞台三津扇 ‥‥‥‥‥‥ 〔073〕**8** - *543*
　〔解題〕三浦大助節分寿 ‥‥‥‥ 〔073〕**12** - *513*
　〔解題〕名玉女舞鶴 ‥‥‥‥‥‥ 〔073〕**16** - *535*
　〔解題〕盛久側柏葉 ‥‥‥‥‥‥ 〔073〕**18** - *572*
　〔解題〕頼政現在鵺 ‥‥‥‥‥‥ 〔073〕**21** - *522*
　新可笑記 ‥‥‥‥‥‥‥‥‥‥ 〔046〕**3** - *461*
　世間母親容気 ‥‥‥‥‥‥‥‥ 〔073〕**20** - *309*
　花襷厳柳嶋 ‥‥‥‥‥‥‥‥‥ 〔073〕**15** - *225*
　花襷厳柳嶋〔書誌等〕‥‥‥‥‥ 〔073〕**23** - *421*
　花実義経記 ‥‥‥‥‥‥‥‥‥ 〔073〕**7** - *367*
　舞台三津扇 ‥‥‥‥‥‥‥‥‥ 〔073〕**8** - *369*
　三浦大助節分寿 ‥‥‥‥‥‥‥ 〔073〕**12** - *267*
　名玉女舞鶴 ‥‥‥‥‥‥‥‥‥ 〔073〕**16** - *285*
　盛久側柏葉 ‥‥‥‥‥‥‥‥‥ 〔073〕**18** - *487*
　頼政現在鵺 ‥‥‥‥‥‥‥‥‥ 〔073〕**21** - *225*

藤原 芳樹
　藤原芳樹序〔蓮月尼全集〕‥‥‥ 〔051〕〔**1**〕- *1*

渕田 裕介
　解題〔敵討御未刻太鼓〕‥‥‥‥ 〔018〕**16** - *87*
　解題〔丹州爺打栗〕‥‥‥‥‥‥ 〔018〕**30** - *131*
　解題〔花衣いろは縁起〕‥‥‥‥ 〔018〕**39** - *139*
　解題〔莠伶人吾妻雛形〕‥‥‥‥ 〔018〕**44** - *113*

古相 正美
　〔解題〕歌枕名寄 ‥‥‥‥‥‥‥ 〔045〕**10** - *1182*
　〔解題〕榻取魚彦家集 ‥‥‥‥‥ 〔045〕**9** - *782*
　事項索引〔宝井其角全集〕‥‥‥ 〔052〕〔**4**〕- *835*
　人名索引〔宝井其角全集〕‥‥‥ 〔052〕〔**4**〕- *753*
　発句・付句索引〔宝井其角全集〕‥ 〔052〕〔**4**〕- *1*

【 へ 】

平安私家集研究会
　範永集 ‥‥‥‥‥‥‥‥‥‥‥ 〔042〕**19** - *1*
　肥後集 ‥‥‥‥‥‥‥‥‥‥‥ 〔083〕**3** - *7*

部矢 祥子
　〔解題〕外宮北御門歌合 元亨元年 ‥ 〔045〕**10** - *1138*

【 ほ 】

保坂 都
　〔解題〕康資王母集 ‥‥‥‥‥‥ 〔045〕**3** - *902*

星加 宗一
　東北帝國大學狩野文庫の今昔物語
　　‥‥‥‥‥‥‥‥‥‥‥‥‥ 〔079〕〔**29**〕- *1*
　紫式部日記考 ‥‥‥‥‥‥‥‥ 〔079〕〔**57**〕- *1*

穂積 和夫
　参考図〔蜻蛉日記・和泉式部日記〕‥ 〔084〕**5** - *269*
　参考図〔源氏物語 桐壺〜蓬生・関屋〕
　　‥‥‥‥‥‥‥‥‥‥‥‥‥ 〔084〕**6** - *274*
　参考図〔源氏物語 絵合〜雲隠〕‥ 〔084〕**7** - *280*
　参考図〔源氏物語 橋姫〜夢浮橋〕 〔084〕**8** - *251*
　参考図〔古事記〕‥‥‥‥‥‥‥ 〔084〕**1** - *315*
　参考図〔今昔物語集〕‥‥‥‥‥ 〔084〕**11** - *269*
　参考図〔更級日記・堤中納言物語〕
　　‥‥‥‥‥‥‥‥‥‥‥‥‥ 〔084〕**10** - *293*
　参考図〔太平記〕‥‥‥‥‥‥‥ 〔084〕**14** - *267*
　参考図〔竹取物語・伊勢物語〕‥ 〔084〕**3** - *266*
　参考図〔近松門左衛門作品〕‥‥ 〔084〕**17** - *269*
　参考図〔東海道中膝栗毛〕‥‥‥ 〔084〕**20** - *290*
　参考図 南総里見八犬伝ゆかりの地
　　‥‥‥‥‥‥‥‥‥‥‥‥‥ 〔084〕**21** - *270*
　参考図〔平家物語〕‥‥‥‥‥‥ 〔084〕**12** - *265*
　参考図〔方丈記・徒然草〕‥‥‥ 〔084〕**13** - *253*
　参考図〔枕草子〕‥‥‥‥‥‥‥ 〔084〕**9** - *261*
　参考図〔萬葉集〕‥‥‥‥‥‥‥ 〔084〕**2** - *277*
　参考図〔謡曲集・狂言集〕‥‥‥ 〔084〕**15** - *291*

細川 知佐子
　〔文集百首〕名所詠について ‥‥ 〔006〕**8** - *533*

細谷 直樹
　〔解題〕御裳濯河歌合 ‥‥‥‥‥ 〔045〕**5** - *1446*
　〔解題〕宮河歌合 ‥‥‥‥‥‥‥ 〔045〕**5** - *1446*

堀田 善衞
　【付録エッセイ】あはれ無益の事かな（抄）〔鴨長明〕
　　‥‥‥‥‥‥‥‥‥‥‥‥‥ 〔032〕**049** - *121*

堀 信夫
　芭蕉名句集 ‥‥‥‥‥‥‥‥‥ 〔069〕**20** - *136*

堀内 秀晃
　影響文献一覧〔和漢朗詠集〕‥‥ 〔043〕〔**67**〕- *378*
　解説〔和漢朗詠集〕‥‥‥‥‥‥ 〔043〕〔**67**〕- *301*
　〔解題〕新撰朗詠集 ‥‥‥‥‥‥ 〔045〕**2** - *871*
　作者一覧〔和漢朗詠集〕‥‥‥‥ 〔043〕〔**67**〕- *424*
　典拠一覧〔和漢朗詠集〕‥‥‥‥ 〔043〕〔**67**〕- *347*
　和漢朗詠集 ‥‥‥‥‥‥‥‥‥ 〔043〕〔**67**〕- *7*

堀川 貴司
　〔解題〕詠十首和歌 ‥‥‥‥‥‥ 〔045〕**10** - *1156*
　〔解題〕玄恵追善詩歌 ‥‥‥‥‥ 〔045〕**10** - *1165*

本多 朱里
　〔解題〕家桜継穂鉢植 ‥‥‥‥‥ 〔007〕**4** - *651*
　〔解題〕家桜継穂鉢植 ‥‥‥‥‥ 〔007〕**4** - *1029*

〔解題〕琴声女房形気 ……………… [007] 4 - 1041
〔解題〕関七福茶番 ……………… [007] 4 - 1024
琴声女房形気 …………………… [007] 4 - 847
関七福茶番 ……………………… [007] 4 - 571

本多 勝一
　【付録エッセイ】イヨマンテの日（抄）〔アイヌ神
　　謡〕 ………………… [032] 060 -（右開き）1

本田 義憲
　解説　今昔物語集の誕生 ……… [043]〔23〕- 273
　解説　「辺境」説話の説 ……… [043]〔24〕- 227
　今昔物語集　巻第二十二～巻第二十四
　　………………………………… [043]〔23〕- 15
　今昔物語集　巻第二十五～巻第二十六
　　………………………………… [043]〔24〕- 13
　今昔物語集　巻第二十七～巻第二十八
　　………………………………… [043]〔25〕- 17
　今昔物語集　巻第二十九～巻第三十一
　　………………………………… [043]〔26〕- 17

本間 純一
　〔解題〕佐渡怪談藻塩草 ………… [007] 5 - 1068
　佐渡怪談藻塩草 ………………… [007] 5 - 49

本間 正幸
　俳文編〔新編 芭蕉大成〕 ……… [047]〔1〕- 375
　芭蕉略年譜 ……………………… [047]〔1〕- 825
　発句編〔新編 芭蕉大成〕 ……… [047]〔1〕- 1

【ま】

前田 金五郎
　雀の森—解題と翻刻— …………… [030] 2 - 7
　「底抜磨」—解題と翻刻— ……… [030] 1 - 13
　貞徳独吟—翻刻と解題— ………… [030] 3 - 13
　雪之下草歌仙 俳諧—解題と翻刻—
　　………………………………… [030] 3 - 343

前田 利治
　「胡蝶判官」—解題と翻刻— …… [030] 2 - 53

牧野 和夫
　聖徳太子伝記 …………………… [062] 1 - 5
　略解題〔聖徳太子伝記〕 ………… [062] 1 - 1

牧野 悟資
　解題 たはれうたよむおほむね … [009] 15 - 42
　たはれうたよむおほむね ……… [009] 15 - 44

槙山 雅之
　〔解題〕一二草 …………………… [007] 1 - 691
　一二草 …………………………… [007] 1 - 389

正宗 敦夫
　赤染衛門集 ……………………… [079]〔11〕- 233
　和泉式部集 ……………………… [079]〔1〕- 3
　和泉式部集補遺（後醍醐天皇宸翰本抄録）
　　………………………………… [079]〔1〕- 187
　和泉式部全集解題 ……………… [079]〔1〕- 1
　和泉式部続集 …………………… [079]〔1〕- 101
　和泉式部日記 …………………… [079]〔1〕- 1
　伊勢物語解題 …………………… [079]〔2〕- 1
　一念義停止起請文 ……………… [079]〔44〕- 162
　田舎の句合 ……………………… [079]〔40〕- 173

宇治拾遺物語 ……………………… [079]〔3〕- 1
宇治拾遺物語解説 ………………… [079]〔3〕- 1
卯辰紀行 …………………………… [079]〔40〕- 86
榮華物語上巻解題 ………………… [079]〔9〕- 1
榮華物語〔衣珠～紫野〕 ………… [079]〔11〕- 1
榮華物語下巻解題 ………………… [079]〔11〕- 1
奥の細道 …………………………… [079]〔40〕- 100
追而加ричі西行上人和歌〔異本山家集より抄録〕
　………………………………… [079]〔37〕- 245
貝おほひ …………………………… [079]〔40〕- 161
懷風藻 ……………………………… [079]〔12〕- 1
「懷風藻」等五詩集解題 ………… [079]〔12〕- 1
蜻蛉日記 …………………………… [079]〔39〕- 29
蜻蛉日記解題 ……………………… [079]〔39〕- 4
鹿島紀行 …………………………… [079]〔40〕- 83
甲子吟行 …………………………… [079]〔40〕- 75
賀茂翁家集 ………………………… [079]〔13〕- 5
賀茂ノ眞淵年譜 …………………… [079]〔13〕- 1
賀茂眞淵集解題 …………………… [079]〔13〕- 1
唐物語 ……………………………… [079]〔36〕- 213
唐物語解題 ………………………… [079]〔36〕- 16
唐物語提要 ………………………… [079]〔36〕- 201
義經記 ……………………………… [079]〔14〕- 1
義經記解題 ………………………… [079]〔14〕- 1
去來抄 ……………………………… [079]〔40〕- 203
金葉和歌集 ………………………… [079]〔15〕- 1
金葉和歌集解題 …………………… [079]〔15〕- 1
黒谷上人起請文（一名、一枚起請文）
　………………………………… [079]〔44〕- 156
黒谷上人御法語（一名、二枚起請文）
　………………………………… [079]〔44〕- 157
經翰集 ……………………………… [079]〔12〕- 107
元久法語（一名、登山状） ……… [079]〔44〕- 193
元々集 ……………………………… [079]〔33〕- 1
元々集解題と凡例 ………………… [079]〔33〕- 1
源氏物語 桐壺～須磨 …………… [079]〔16〕- 1
源氏物語 明石～篝火 …………… [079]〔17〕- 1
源氏物語 野分～鈴蟲 …………… [079]〔18〕- 1
源氏物語 夕霧～早蕨 …………… [079]〔19〕- 1
源氏物語 宿木～夢浮橋 ………… [079]〔20〕- 1
源氏物語解題 ……………………… [079]〔16〕- 1
江漢西遊日記 ……………………… [079]〔21〕- 1
江漢西遊日記解題 ………………… [079]〔21〕- 1
古今和歌集 ………………………… [079]〔22〕- 1
「古今和歌集」及び「古今集注」解題
　………………………………… [079]〔22〕- 1
古今和歌集註 ……………………… [079]〔22〕- 1
古今著聞集〔巻一～巻十〕 ……… [079]〔23〕- 1
古今著聞集〔巻十一～巻二十〕
　………………………………… [079]〔24〕- 267
古今著聞集の終に ………………… [079]〔24〕- 1
後拾遺和歌集 ……………………… [079]〔25〕- 1
後拾遺和歌集解題 ………………… [079]〔25〕- 1
後撰和歌集 ………………………… [079]〔26〕- 1
後撰和歌集解題 …………………… [079]〔26〕- 1
後撰和謌集 關戸氏片假名本 …… [079]〔26〕- 1
今昔物語集　巻第一～巻第十 …… [079]〔27〕- 1
今昔物語集　巻第十一～巻第二十
　………………………………… [079]〔28〕- 459

ましも

今昔物語集 巻第二十二〜巻第三十一 ……………………………………[079]〔29〕- 1017
今昔物語集の奥に ……………[079]〔29〕- 1
嵯峨日記 ……………………[079]〔40〕- 122
更科紀行 ……………………[079]〔40〕- 97
更級日記 ……………………[079]〔39〕- 185
更級日記解題 ………………[079]〔39〕- 10
山家集 ………………………[079]〔37〕- 87
山家集拾遺〔異本山家集より抄録〕
 ……………………………[079]〔37〕- 231
參考讀史餘論 ………………[079]〔30〕- 1
讚語三章 ……………………[079]〔44〕- 209
三心義 ………………………[079]〔44〕- 190
詞花和歌集 …………………[079]〔15〕- 1
詞花和歌集解題 ……………[079]〔15〕- 1
拾遺和歌集 …………………[079]〔31〕- 1
「拾遺和歌集」及び「藤原公任歌集」解題
 ……………………………[079]〔31〕- 1
浄土宗略抄 …………………[079]〔44〕- 165
新古今和歌集 ………………[079]〔32〕- 1
新古今和歌集解題 …………[079]〔32〕- 1
神皇正統記 …………………[079]〔33〕- 1
神皇正統記のはしに ………[079]〔33〕- 98
住吉物語 … [079]〔36〕- 14, [079]〔36〕- 149
清少納言家集 ………………[079]〔57〕- 329
清少納言家集〔解題〕………[079]〔57〕- 15
清少納言(枕草子)解題 ……[079]〔57〕- 2
千載和歌集 …………………[079]〔34〕- 1
千載和歌集解題 ……………[079]〔34〕- 1
選擇本願念佛集 ……………[079]〔44〕- 1
曾我物語 ……………………[079]〔35〕- 1
曾我物語解題 ………………[079]〔35〕- 1
「曾我物語」と史實 …………[079]〔35〕- 1
竹取物語 ……………………[079]〔36〕- 1
竹取物語解題 ………………[079]〔36〕- 1
長秋詠藻 ……………………[079]〔37〕- 1
「長秋詠藻」及び「山家集」解題 ‥[079]〔37〕- 1
續の原(四季之句合) ………[079]〔40〕- 197
徒然草 ………………………[079]〔38〕- 3
徒然草解題 …………………[079]〔38〕- 1
傳兼良筆、伊勢物語を刊行するに就て
 ……………………………[079]〔2〕- 1
常盤屋之句合 ………………[079]〔40〕- 181
土佐日記 ……………………[079]〔39〕- 3
土佐日記解題 ………………[079]〔39〕- 1
七個條起請文 ………………[079]〔44〕- 158
念佛往生義 …………………[079]〔44〕- 178
念佛大意 ……………………[079]〔44〕- 182
芭蕉翁終焉記 ………………[079]〔40〕- 248
〔芭蕉全集〕遺語集 …………[079]〔40〕- 243
〔芭蕉全集〕歌集 ……………[079]〔40〕- 71
芭蕉全集後編 解題 …………[079]〔41〕- 1
〔芭蕉全集〕消息集 …………[079]〔40〕- 273
〔芭蕉全集〕小品集 …………[079]〔40〕- 131
芭蕉全集前編 解題 …………[079]〔40〕- 1
〔芭蕉全集〕俳諧集 …………[079]〔40〕- 1
〔芭蕉全集〕發句集 …………[079]〔40〕- 1
初懐紙 ………………………[079]〔40〕- 189
藤原公任歌集 ………………[079]〔31〕- 187

文華秀麗集 …………………[079]〔12〕- 73
平家物語 巻第一〜巻第六 …[079]〔42〕- 1
平家物語 巻第七〜灌頂巻 …[079]〔43〕- 1
平家物語解題 ………………[079]〔42〕- 1
法然上人集解題 ……………[079]〔44〕- 1
〔法然上人集〕歌集 …………[079]〔44〕- 212
本朝麗藻 ……………………[079]〔12〕- 199
枕草子 ………………………[079]〔57〕- 113
萬葉私考 ……………………[079]〔45〕- 1
萬葉私考解題 ………………[079]〔45〕- 1
萬葉集誤字愚考 ……………[079]〔45〕- 1
萬葉集誤字愚考 解題 ………[079]〔45〕- 6
萬葉集品物圖繪 ……………[079]〔46〕- 1
萬葉集品物圖繪解題 ………[079]〔46〕- 1
萬葉集略解(萬葉集 巻第一〜巻第三)
 ……………………………[079]〔47〕- 1
萬葉集略解(萬葉集 巻第三下〜巻第五))
 ……………………………[079]〔48〕- 1
萬葉集略解(萬葉集 巻第六〜巻第七))
 ……………………………[079]〔49〕- 1
萬葉集略解(萬葉集 巻第八〜巻第十))
 ……………………………[079]〔50〕- 1
萬葉集略解(萬葉集 巻第十下〜巻第十一))
 ……………………………[079]〔51〕- 1
萬葉集略解(萬葉集 巻第十二〜巻第十三))
 ……………………………[079]〔52〕- 1
萬葉集略解(萬葉集 巻第十四〜巻第十七))
 ……………………………[079]〔53〕- 1
萬葉集略解(萬葉集 巻第十八〜巻第二十))
 ……………………………[079]〔54〕- 1
萬葉集略解解題 ……………[079]〔47〕- 1
萬葉集略解序 ………………[079]〔47〕
御堂關白歌集 ………………[079]〔56〕- 277
御堂關白記(長徳四年〜寛弘八年)
 ……………………………[079]〔55〕- 1
御堂關白記(寛弘九年〜寛仁五年)
 ……………………………[079]〔56〕- 1
御堂關白記解題 ……………[079]〔55〕- 1
紫式部家集 …………………[079]〔57〕- 95
紫式部日記 …………………[079]〔57〕- 39
紫式部日記及び紫式部家集解題 ‥[079]〔57〕- 1
大和物語 ……………………[079]〔36〕- 37
大和物語解題 ………………[079]〔36〕- 8
凌雲集 ………………………[079]〔12〕- 45
靈感二章 ……………………[079]〔44〕- 206
和字選擇集 …………………[079]〔44〕- 75

真下 美弥子

あとがき―奥浄瑠璃研究会消息〔奥浄瑠璃集成〕
 ……………………………[062]10 - 345
奥浄瑠璃テキストの性格 ……[062]10 - 205
[「竹生島の本地」解題・解説]小野豪信氏蔵
 「松浦誕生記」について ……[062]10 - 305
[「竹生島の本地」解題・解説]斎藤報恩会蔵
 「竹生嶋弁財天御本地」(大場本)について
 ……………………………[062]10 - 302
[「竹生島の本地」解題・解説]斎藤報恩会蔵「竹
 生島弁才天由来記」(菊地本) ‥[062]10 - 307
[「竹生島の本地」解題・解説]「竹生島の本地」
 の諸本 ……………………[062]10 - 296

〔「竹生島の本地」解題・解説〕伝承とテキスト ………… [062]10-313
竹生嶋弁財天御本地(斎藤報恩会蔵) ………… [062]10-123
竹生島弁才天由来記(斎藤報恩会蔵) ………… [062]10-173
松浦誕生記(小野豪信氏蔵) ………… [062]10-149

真下 良祐
いわゆる去来系芭蕉伝書『元禄式』一許六『俳諧新々式』との相関について— … [030]4-35

増古 和子
宇治拾遺物語 ………… [069]15-11

増田 繁夫
解説〔拾遺和歌集〕 ………… [082]32-263
解説〔枕草子〕 ………… [002]1-10
解説〔能宣集注釈〕 ………… [040]7-529
〔解題〕朝光集 ………… [045]3-881
〔解題〕花山院歌合 ………… [045]5-1415
〔解題〕蔵人頭家歌合 永延二年七月七日 ………… [045]5-1414
〔解題〕皇太后宮歌合 東三条院 ………… [045]5-1414
〔解題〕四季恋三首歌合 ………… [045]5-1415
〔解題〕春夜詠二首歌合 ………… [045]5-1415
〔解題〕輔親集 ………… [045]3-890
〔解題〕大弐三位集 ………… [045]3-899
〔解題〕帯刀陣歌合 正暦四年 ………… [045]5-1414
〔解題〕為信集 ………… [045]7-782
〔解題〕為頼集 ………… [045]3-882
〔解題〕御堂関白集(道長) ………… [045]3-888
拾遺和歌集 ………… [082]32-1
枕草子 ………… [002]1-1
能宣集 ………… [040]7-7

増淵 勝一
増基法師集 ………… [045]3-871

松尾 葦江
あとがき〔中世の文学 校訂中院本平家物語 下〕 ………… [059]〔7〕-403
源平盛衰記 巻第二十五〜巻第三十 ………… [059]〔4〕-9
源平盛衰記 巻第三十七〜巻第四十二 ………… [059]〔5〕-9
文書類の訓読文〔源平盛衰記 巻第二十五〜巻第三十〕 ………… [059]〔4〕-209
文書類の訓読文〔源平盛衰記 巻第三十七〜巻第四十二〕 ………… [059]〔5〕-209

松尾 勝郎
伊香保山日記 書誌・解題 ………… [053]1-26
〔解題〕紀行三千里 ………… [053]5-437
〔解題〕すずみぐさ ………… [053]6-389
春興かすみをとこ 書誌・解題 ………… [053]3-116
片歌草のはり道 書誌・解題 ………… [053]3-50
古今俳諧明集 書誌・解題 ………… [053]2-184
俳諧山居の春 書誌・解題 ………… [053]1-214
俳諧新涼夜話 書誌・解題 ………… [053]1-372
俳諧続新百韻 書誌・解題 ………… [053]1-72
俳諧杖のさき 書誌・解題 ………… [053]1-50
つぎほの梅 書誌・解題 ………… [053]1-202
田家百首 書誌・解題 ………… [053]3-376
俳諧麦ばたけ 書誌・解題 ………… [053]1-120
俳諧はしのな 書誌・解題 ………… [053]2-48
華盗人 書誌・解題 ………… [053]1-290
まごの手 書誌・解題 ………… [053]1-12
桃乃鳥 書誌・解題 ………… [053]1-34
雪石ずり 書誌・解題 ………… [053]1-60

松尾 聰
解説〔枕草子〕 ………… [013]〔7〕-631
先しのびやかに短く(栞(月報より))〔枕草子〕 ………… [013]〔7〕-678
枕草子 ………… [069]8-11
枕草子〔能因本〕 ………… [013]〔7〕-21

松尾 善弘
あとがき〔西郷隆盛漢詩全集〕 ………… [037]〔1〕-284
増補改訂版 あとがき〔西郷隆盛漢詩全集〕 ………… [037]〔1〕-286
はしがき〔西郷隆盛漢詩全集〕 ………… [037]〔1〕-巻頭

マックルーア, ボニー
〔解題〕永運句集(書陵部蔵九・一六八七) ………… [081]1-557

松島 毅
あとがき〔江戸後期紀行文学全集2〕 ………… [010]2-459

松田 成穂
古今和歌集 ………… [069]5-11

松野 敏之
監訳者あとがき〔漢詩名作集成〕 ………… [016]〔1〕-851

松野 陽一
あとがき〔藤原俊成全歌集〕 ………… [076]〔1〕-1070
右大臣家百首 ………… [076]〔1〕-310
歌枕地名一覧〔詞花和歌集〕 ………… [002]7-197
御室五十首 ………… [076]〔1〕-461
〔解題〕唯心房集(寂然) ………… [045]7-801
〔解題〕浦のしほ貝(直好) ………… [045]9-793
〔解題〕霞関集 ………… [045]6-968
〔解題〕玄玉和歌集 ………… [045]2-876
〔解題〕皇太后宮大進集 ………… [045]7-799
〔解題〕後鳥羽天皇御口伝 ………… [045]5-1488
〔解題〕古来風体抄 ………… [045]5-1488
〔解題〕西行上人談抄 ………… [045]5-1488
解題〔詞花和歌集〕 ………… [002]7-(5)
〔解題〕寂然法師集 ………… [045]7-802
〔解題〕俊成五社百首 ………… [045]10-1095
〔解題〕千載和歌集 ………… [045]1-812
〔解題〕為忠家初度百首・為忠家後度百首 ………… [045]4-702
〔解題〕経家集 ………… [045]7-807
〔解題〕中御門大納言殿集 ………… [045]7-801
〔解題〕卑懐集(基綱) ………… [045]8-841
〔解題〕宝治元年後嵯峨院詠貳花和歌 ………… [045]10-1157
〔解題〕三井寺山家歌合 ………… [045]5-1446
〔解題〕基綱集 ………… [045]8-841
〔解題〕八雲御抄 ………… [045]5-1488
〔解題〕和歌色葉 ………… [045]5-1488
〔解題〕和歌初学抄 ………… [045]5-1488
祇園社百首 ………… [076]〔1〕-476
久安百首(非部類本) ………… [076]〔1〕-281

まつは　　　　　　　　　　　　作家名索引（注・訳者）

久安百首(部類本) ……………… [076]〔1〕- 294
五社百首(社別) ………………… [076]〔1〕- 322
五社百首(題別) ………………… [076]〔1〕- 404
五社百首切(住吉切)集成 ……… [076]〔1〕- 452
五条殿筆詠草 …………………… [076]〔1〕- 240
詞書人名索引〔詞花和歌集〕… [002]7 - 222
作者略伝〔詞花和歌集〕……… [002]7 - 205
詞花後葉共通歌対照表〔詞花和歌集〕
　　　　　　　　　………… [002]7 - 191
詞花集注 ………………………… [002]7 - 123
詞花和歌集 ……………………… [002]7 - 1
自撰家集切(存疑) ……………… [076]〔1〕- 242
主要撰集資料一覧(詞花後葉対照)〔詞花和歌
　集〕……………………………… [002]7 - 189
俊成家集 ………………………… [076]〔1〕- 111
正治初度百首 …………………… [076]〔1〕- 466
序〔藤原俊成全歌集〕………… [076]〔1〕- 1
為忠家後度百首 ………………… [076]〔1〕- 264
為忠家初度百首 ………………… [076]〔1〕- 247
長秋詠藻(一類本) ……………… [076]〔1〕- 27
〔藤原俊成全歌集 解題〕家集 … [076]〔1〕- 999
〔藤原俊成全歌集 解題〕資料1 … [076]〔1〕- 1014
〔藤原俊成全歌集 解題〕資料2 … [076]〔1〕- 1038
〔藤原俊成全歌集 解題〕定数歌
　　　　　　　　　………… [076]〔1〕- 1005
保延のころほひ ………………… [076]〔1〕- 234

松原 一義
　〔解説〕新後拾遺和歌集 ……… [082]11 - 288
　新後拾遺和歌集 ………………… [082]11 - 1

松原 秀江
　解説─世にあるものは金銀の物語〔世間胸算
　　用〕……………………………… [043]〔32〕- 169
　世間胸算用 ……………………… [043]〔32〕- 11
　奈良の庭竈 ……………………… [043]〔32〕- 117

松村 美奈
　〔解題〕百物語 ………………… [015]58 - 278
　鑑賞の手引き 宝亀院は高野山を救えたのか!?〔西
　　鶴諸国はなし 巻四の一〕… [080]〔6〕- 140
　〔西鶴諸国はなし〕巻四の三 命に替はる鼻の
　　先 ……………………………… [080]〔6〕- 137
　『棠陰比事物語』解題追補 …… [015]54 - 271

松村 雄二
　解説「酒・酒の歌・文学」…… [032]080 - 120
　解説「辞世─言葉の虚と実」… [032]020 - 107
　〔解題〕広言集 ………………… [045]4 - 685

松本 麻子
　〔解題〕玉屑集 ………………… [081]3 - 675
　〔解題〕園塵 …………………… [081]2 - 483
　刊行のことば〔連歌大観〕…… [081]1 - 巻頭

松本 市壽
　解説〔定本 良寛全集1 詩集〕… [061]1 - 5
　解説〔定本 良寛全集2 歌集〕…… [061]2 - 5
　解説〔定本 良寛全集3 書簡集・法華転・法華
　　讃〕……………………………… [061]3 - 5
　勧受食文(その一) ……………… [061]3 - 416
　勧受食文(その二) ……………… [061]3 - 423
　「里へくだらば」〈吉野花筐〉… [061]3 - 443
　　(自警文) ……………………… [061]3 - 437
　請受食文 ………………………… [061]3 - 409
　書簡集〔良寛〕………………… [061]3 - 71
　書与敦賀屋氏(出雲崎町鳥井義質氏宗家)
　　……………………………… [061]3 - 438
　水神相伝 ………………………… [061]3 - 435
　「すまでらの」………………… [061]3 - 442
　石像観音之記 …………………… [061]3 - 430
　　(大蔵経碑文) ………………… [061]3 - 433
　「天のたかきもはかりつべし」… [061]3 - 440
　「はこの松は」………………… [061]3 - 441
　はちすの露 本篇(九四首) …… [061]2 - 174
　はちすの露 唱和篇(三四首) … [061]2 - 208
　　(有人乞仏語) ………………… [061]3 - 429
　嵐窓記 …………………………… [061]3 - 434

松本 清張
　【付録エッセイ】細川幽斎(抄) … [032]033 - 114

松本 節子
　〔解題〕鳥の迹 ………………… [045]6 - 967

松本 真奈美
　あとがき〔私家集全釈叢書19〕… [039]19 - 197
　恵慶集 …………………………… [040]16 - 7
　解説〔恵慶集注釈〕…………… [040]16 - 417
　〔解説〕曾禰好忠集 …………… [082]54 - 307
　千顆集 …………………………… [039]19 - 51
　曾禰好忠集 ……………………… [082]54 - 1

馬淵 和夫
　今昔物語集 ……………………… [069]12 - 11

丸谷 才一
　【付録エッセイ】宮廷文化と政治と文学(抄)〔後鳥
　　羽院〕…………………………… [032]028 - 113
　【付録エッセイ】夏・宮内卿 …… [032]050 - 114
　【付録エッセイ】春・藤原為氏 … [032]029 - 133

丸山 一彦
　安永四年春帖(安永四年春) …… [078]7 - 187
　安永四年春帖 解題 ……………… [078]7 - 186
　一茶名句集 ……………………… [069]20 - 254
　贈梅女画賛小摺物(仮題)安永五年か … [078]7 - 456
　贈梅女画賛小摺物 解題 ………… [078]7 - 456
　笈脱だ(九十八句) ……………… [078]2 - 447
　解説〔蕪村全集2 連句〕……… [078]2 - 603
　解説〔蕪村全集3 句集・句稿・句会稿〕
　　……………………………… [078]3 - 675
　解説〔蕪村全集8 編著・追善〕… [078]7 - 629
　から檜葉 上下(天明四年一月跋) … [078]7 - 317
　から檜葉 解題 …………………… [078]7 - 315
　寛保四年宇都宮歳旦帖(寛保四年春) … [078]7 - 11
　寛保四年宇都宮歳旦帖 解題 …… [078]7 - 10
　其紅改号披露摺物(仮題)年次未詳 … [078]7 - 464
　其紅改号披露摺物 解題 ………… [078]7 - 464
　兀童初懐紙(安永五年・同九年・同十年・天明二年・同
　　三年) …………………………… [078]7 - 586
　兀童初懐紙 解題 ………………… [078]7 - 586
　月渓若菜売図一枚摺(仮題)安永八年春
　　……………………………… [078]7 - 460
　月渓若菜売図一枚摺 解題 ……… [078]7 - 460
　江涯冬籠之俳諧摺物(仮題)安永三年冬
　　……………………………… [078]7 - 455
　江涯冬籠之俳諧摺物 解題 ……… [078]7 - 455

作品名	巻・頁
高徳院発句会 夜半亭社中	[078]3-359
高徳院発句会 解題	[078]3-359
此法や(百韻)	[078]2-88
金福寺蔵俳諧資料蕪村追悼句抜書(天明四年〜弘化四年か)	[078]7-435
金福寺蔵俳諧資料蕪村追悼句抜書 解題	[078]7-435
師翁大祥忌追福俳諧独吟脇起(天明五年十一月)	[078]7-357
師翁大祥忌追福俳諧独吟脇起 解題	[078]7-357
写経社集 全(安永五年夏)	[078]7-497
写経社集 解題	[078]7-497
新雑談集(天明五年秋)	[078]7-550
新雑談集 解題	[078]7-550
晋明集二稿〔春夏〕	[078]3-601
晋明集二稿〔秋冬〕	[078]3-620
晋明集二稿 解題	[078]3-601
『大来堂発句集』蕪村追悼句抜書	[078]7-429
『大来堂発句集』蕪村追悼句抜書 解題	[078]7-429
たまも集(安永三年八月)	[078]7-85
たまも集 解題	[078]7-84
但州出石連中摺物(仮題)安永三年春	[078]7-452
但州出石連中摺物 解題	[078]7-452
丹波篠山連中摺物(仮題)安永二年か	[078]7-450
丹波篠山連中摺物 解題	[078]7-450
辛丑春月並会句記 春夜社中(天明元年)	[078]3-582
辛丑春月並会句記 解題	[078]3-582
月並発句帖 夜半亭	[078]3-375
月並発句帖 解題	[078]3-375
附合てびき蔓 解題	[078]2-544
丁酉之句帖巻六(安永六年)	[078]3-521
丁酉之句帖巻六 解題	[078]3-521
常盤の香(蕪村七回忌・寛政十一年)	[078]7-406
常盤の香 解題	[078]7-405
中垣の(百韻)	[078]2-100
夏より 三菓社中句集	[078]3-319
夏より 解題	[078]3-319
俳諧関のとびら(安永十年一月)	[078]7-277
俳諧関のとびら 解題	[078]7-276
買山・自珍・橘仙年賀摺物(仮題)天明三年一月	[078]7-461
買山・自珍・橘仙年賀摺物 解題	[078]7-461
芭蕉翁付合集 上下(安永三年自序・安永五年九月)	[078]7-123
芭蕉翁付合集 解題	[078]7-122
芭蕉百回忌取越追善俳諧「花咲て」句稿(1・2)解題	[078]2-580
花のちから 全(夜半亭月並句集・天明四年八月)	[078]7-297
花のちから 解題	[078]7-296
日発句集(明和七年)	[078]3-422
日発句集 解題	[078]3-422
兵庫連中蕪村追慕摺物(仮題)(天明四年春)	[078]7-349
兵庫連中蕪村追慕摺物 解題	[078]7-349
蕪村遺稿	[078]3-147
蕪村遺稿 解題	[078]3-146
蕪村遺稿 露石本増補句	[078]3-182
蕪村画雨中人物図一枚摺(仮題)天明三年二月	[078]7-462
蕪村画雨中人物図一枚摺 解題	[078]7-462
蕪村画諫鼓鳥図一枚摺(仮題)安永二年夏	[078]7-451
蕪村画諫鼓鳥図一枚摺 解題	[078]7-451
蕪村句集	[078]3-83
蕪村句集 解題	[078]3-82
丙申之句帖巻五(安永五年)	[078]3-499
丙申之句帖巻五 解題	[078]3-499
甲午之夏ほく帖巻の四(安永三年)	[078]3-472
甲午之夏ほく帖巻の四 解題	[078]3-472
戊戌之句帖(安永七年)	[078]3-546
戊戌之句帖 解題	[078]3-546
発句集巻之三(安永二年)	[078]3-447
発句集巻之三 解題	[078]3-447
『俳諧も、すも、』関係几童宛蕪村書簡 解題	[078]2-566
耳たむし	[078]3-401
耳たむし 解題	[078]3-401
妙見宮奉納画賛句募集一枚摺(仮題)天明三年か	[078]7-465
妙見宮奉納画賛句募集一枚摺 解題	[078]7-465
むかしを今 全(安永三年夏)	[078]7-75
むかしを今 解題	[078]7-74
明和辛卯春(明和八年春)	[078]7-23
明和辛卯春 解題	[078]7-22
木染義仲寺詣摺物(仮題)安永三年か	[078]7-454
木染義仲寺詣摺物 解題	[078]7-454
蕪村・几董交筆『も、すも、』草稿 解題	[078]2-577
宿の日記(安永五年)	[078]3-633
宿の日記 解題	[078]3-633
夜半翁三年忌追福摺物(仮題)(天明五年十一月)	[078]7-353
夜半翁三年忌追福摺物 解題	[078]7-353
夜半叟句集	[078]3-243
夜半叟句集 解題	[078]3-242
夜半亭月並小摺物(仮題)明和八年	[078]7-449
夜半亭月並小摺物 解題	[078]7-449
山伏摺物(仮題)安永六年春	[078]7-458
山伏摺物 解題	[078]7-458
雪の光(几董七回忌・蕪村十三回忌・寛政七年)	[078]7-362
雪の光 解題	[078]7-361
落日菴句集	[078]3-185
落日菴句集 解題	[078]3-184
連句会草稿幷定式且探発句記(安永八年)	[078]3-566
連句会草稿 解題	[078]3-566

丸山 陽子

解説「歌人 兼好法師一生涯の記録『兼好法師集』」	[032]013-106
〔兼好法師 50首〕	[032]013-2
新後拾遺和歌集	[082]11-1

【 み 】

三浦 一朗
　〔解説〕研究史・受容史の中の『春雨物語』
　　　　　　　　　　　　　　　　[080]〔10〕- v
　死首の咲顔〔春雨物語〕 ……… [080]〔10〕- 116
　樊噲〔春雨物語〕 ……………… [080]〔10〕- 199

三浦 洋美
　〔解題〕劇春大江山入 ………… [007]4 - 1000
　劇春大江山入 ………………… [007]4 - 359

三浦 雅彦
　〔解題〕念仏草紙 ……………… [015]56 - 273
　『念仏草子』解題追加 ………… [015]61 - 274

三木 麻子
　海人手子良集 ………………… [042]4 - 3
　『海人手子良集』解説 ………… [042]4 - 325
　小野宮殿実頼集 ……………… [039]31 - 53
　解説「源実朝の和歌」 ………… [032]051 - 106
　九条殿師輔集 ………………… [039]31 - 183
　参考文献一覧〔小野宮殿実頼集・九条殿師輔集〕
　　　　　　　　　　　　　　　　[039]31 - 346
　諸本配列一覧表（『小野宮殿集』『九条殿集』）
　　　　　　　　　　　　　　　　[039]31 - 321
　本院侍従集 …………………… [042]4 - 125
　〔源実朝 47首〕 ……………… [032]051 - 2
　義孝集 ………………………… [042]4 - 183

三木 紀人
　解説 長明小伝 ………………… [043]〔52〕- 387
　方丈記 ………………………… [043]〔52〕- 13
　発心集 ………………………… [043]〔52〕- 41

水島 直文
　解説〔橘曙覧全歌集〕 ………… [054]〔1〕- 389
　志濃夫廼舎歌集 ……………… [054]〔1〕- 15
　橘曙覧拾遺歌 ………………… [054]〔1〕- 271

水谷 隆之
　鑑賞の手引き 淡島の女神と男たち〔西鶴諸国はなし 巻二の二〕 [080]〔6〕- 52
　鑑賞の手引き 身分違いの恋〔西鶴諸国はなし 巻四の二〕 [080]〔6〕- 135
　〔西鶴諸国はなし〕巻二の二 十二人の俄坊主 [080]〔6〕- 49
　〔西鶴諸国はなし〕巻四の二 忍び扇の長歌 [080]〔6〕- 131

水野 稔
　暁傘時雨古手屋 ……………… [038]9 - 105
　桜姫全伝曙草紙 ……………… [038]16 - 9
　復讐奇談安積沼 ……………… [038]15 - 267
　こはだ小平次安積沼後日仇討 … [038]6 - 103
　安達ヶ原那須野黒木車九尾狐 … [038]6 - 235
　糸桜本朝文粋 ………………… [038]8 - 327
　岩井櫛粂野仇討 ……………… [038]6 - 305
　岩戸神楽剣威徳 ……………… [038]8 - 269
　親敵うとふ之俤 ……………… [038]9 - 9
　善知安方忠義伝 ……………… [038]16 - 173
　優曇華物語 …………………… [038]15 - 393
　禿池昔語梅之於由女丹前 …… [038]8 - 427
　梅由兵衛紫頭巾 ……………… [038]9 - 343
　摂州有馬於藤之伝姤湯仇討話 … [038]6 - 357
　於杉於玉二身之仇討 ………… [038]6 - 189
　岩藤左衛門尾上之助男草履打 … [038]9 - 289
　濡髪放胸侫俠双蜘蛛 ………… [038]7 - 9
　於六櫛木曾仇討 ……………… [038]6 - 9
　女達三日月於傳 ……………… [038]7 - 87
　〔解題〕三筋緯客気植田（上巻絵題簽）
　　　　　　　　　　　　　　　　[038]1 - 535
　於房徳兵衛累井筒紅葉打敷 … [038]8 - 9
　笠森娘錦之笈摺 ……………… [038]8 - 79
　敵討岡崎女郎衆 ……………… [038]6 - 145
　敵討衛玉川 …………………… [038]6 - 59
　敵討天竺徳兵衛 ……………… [038]7 - 249
　戯場花牡丹燈籠 ……………… [038]9 - 55
　桜ひめ筆の再咲 ……………… [038]9 - 225
　志道軒往古講釈 ……………… [038]8 - 219
　絞染五郎強勢談 ……………… [038]6 - 407
　白ands源太談 ………………… [038]7 - 197
　忠臣水滸伝 前編 ……………… [038]15 - 81
　忠臣水滸伝 後編 ……………… [038]15 - 181
　画図通俗大聖伝 ……………… [038]15 - 9
　梅之与四兵衛物語梅花氷裂 … [038]16 - 573
　播州皿屋敷物語 ……………… [038]9 - 399
　お夏清十郎風流伽三味線 …… [038]8 - 131
　松梅竹取談 …………………… [038]7 - 327
　万福長者栄華談 ……………… [038]7 - 299
　昔織博多小女郎 ……………… [038]9 - 161
　昔話稲妻表紙 ………………… [038]16 - 379
　娘景清艦樓振袖 ……………… [038]9 - 453
　八重霞かしくの仇討 ………… [038]7 - 137

水原 一
　解説『平家物語』への途 ……… [043]〔49〕- 375
　解説『平家物語』の流れ ……… [043]〔51〕- 391
　解説 歴史と文学・広本と略本〔平家物語〕
　　　　　　　　　　　　　　　　[043]〔50〕- 313
　平家物語（巻第一〜巻第四）… [043]〔49〕- 21
　平家物語（巻第五〜巻第八）… [043]〔50〕- 21
　平家物語（巻第九〜巻第十二）… [043]〔51〕- 23

三角 美冬
　聞書集（天理図書館本） ……… [036]〔1〕- 317
　残集（宮内庁書陵部乙本） …… [036]〔1〕- 345

三角 洋一
　石清水物語 …………………… [057]5 - 5
　〔石清水物語〕解題 …………… [057]5 - 310
　〔解説〕風葉和歌集 …………… [082]50 - 426
　〔解説〕物語二百番歌合 ……… [082]50 - 416
　〔解題〕あきぎり ……………… [045]10 - 1199
　〔解題〕浅茅が露 ……………… [045]5 - 1492
　〔解題〕海人の刈藻 …………… [045]10 - 1199
　〔解題〕有明の別れ …………… [045]5 - 1492
　〔解題〕石清水物語 …………… [045]5 - 1492
　〔解題〕言にで忍ぶ …………… [045]5 - 1492
　〔解題〕風につれなき物語 …… [045]5 - 1492
　〔解題〕風に紅葉 ……………… [045]10 - 1199
　〔解題〕唐物語 ………………… [045]5 - 1492
　〔解題〕雲隠六帖 別本 ……… [045]10 - 1199
　〔解題〕雲隠六帖 ……………… [045]10 - 1199
　〔解題〕恋路ゆかしき大将 …… [045]5 - 1492

〔解題〕	苔の衣	［045］5－1492
〔解題〕	木幡の時雨	［045］5－1492
〔解題〕	小夜衣	［045］5－1492
〔解題〕	雫に濁る	［045］10－1199
〔解題〕	しのびね物語	［045］5－1492
〔解題〕	住吉物語	［045］5－1492
〔解題〕	隆房集	［045］7－806
〔解題〕	艶詞（隆房）	［045］7－806
〔解題〕	なよ竹物語絵巻	［045］10－1199
〔解題〕	白露	［045］10－1199
〔解題〕	葉月物語絵巻	［045］10－1199
〔解題〕	兵部卿物語	［045］5－1492
〔解題〕	松陰中納言物語	［045］10－1200
〔解題〕	松浦宮物語	［045］5－1492
〔解題〕	むぐら	［045］10－1200
〔解題〕	無名草子	［045］5－1492
〔解題〕	八重葎	［045］10－1200
〔解題〕	八重葎 別本	［045］10－1200
〔解題〕	山路の露	［045］5－1492
〔解題〕	夢の通路	［045］10－1200
〔解題〕	我が身にたどる姫君	［045］5－1492
	西行物語（文明本）	［036］〔1〕－961
	風葉和歌集	［082］50－111
	物語二百番歌合	［082］50－1

光井 文華

解説〔狂歌俳百人一首, 狂歌千種園 秋, 冬〕 …… ［022］18－102
解説〔興歌かひこの鳥, 和哥夷, 狂歌芦の若葉〕 …… ［022］14－95
解説〔狂歌気のくすり, 狂歌落穂集, 狂歌阿伏兎土産, 狂歌水の鏡, 狂歌まことの道〕 …… ［022］24－86
解説〔狂歌千種園 春, 夏, 狂歌手毎の花 4編, 5編〕 …… ［022］17－94
解説〔狂歌手毎の花 初編～3編〕 …… ［022］16－112
解説〔狂歌廿日月, 狂歌君か側, 夷曲哥ねふつ, 興歌野中の水, 狂歌紅葉集〕 …… ［022］15－99
解説〔興歌百人一首嵯峨辺, 狂歌角力country, 狂歌千種園 恋, 狂歌千種園 雑〕 …… ［022］19－100
解説〔狂歌帆かけ船, 狂歌浪花丸, 狂歌三津浦, 狂歌雪月花, 狂歌大和拾遺〕 …… ［022］20－95
解説〔興歌牧の笛, 狂歌春の光, 酔中雅興集, 興歌老の胡馬, 狂歌ことはの道, 狂歌無心抄〕 …… ［022］23－88
解説〔五色集〕 …… ［022］22－106
解説〔古新狂歌酒, 狂詞いそちとり, 浪花のながめ, 浪花のむめ, 狂歌古万沙良辺, 狂歌名越岡〕 …… ［022］21－97

光田 和伸

いざかたれ	（付合三句）	［078］2－323
浮葉巻葉	（二十四句）	［078］2－344
うぐひすや	（歌仙）	［078］2－120
朧月	（歌仙）	［078］2－196
欠々て	（歌仙）	［078］2－201
陽炎の	（歌仙）	［078］2－191
風鳥の	（歌仙）	［078］2－179
頭へや	（歌仙）	［078］2－216
かづらもの	（三つ物三組）	［078］2－172
神風や	（三つ物三組）	［078］2－189

御忌の鐘	（歌仙）	［078］2－332
紅梅や	（歌仙）	［078］2－224
月うるみ	（歌仙）	［078］2－352
鳥遠く	（歌仙）	［078］2－174
啼捨の	（十六句）	［078］2－150
啼ながら	（歌仙）	［078］2－313, ［078］2－318
錦木の	（三つ物五組）	［078］2－221
はしだてや	（歌仙）	［078］2－115
花の春	（三つ物）	［078］2－269
春の夜や	（歌仙）	［078］2－271
ほうらいの	（三つ物三組）	［078］2－330
瀧出た	（歌仙）	［078］2－206
松下の	（歌仙）	［078］2－229
みのむしの	（歌仙）	［078］2－362

満田 達夫

蕣や	（歌仙）	［078］2－239
あらし吹	（六句）	［078］2－385
あらし山	（歌仙）	［078］2－291
萍を	（歌仙）	［078］2－234
追剥に	（付句一）	［078］2－125
面白の	（百韻）	［078］2－9
郭公	（付合三句）	［078］2－342
乾鮭を	（歌仙）	［078］2－388
枯てだに	（歌仙）	［078］2－44
かんこどり	（歌仙）	［078］2－380
木くらげの	（付合）	［078］2－49
雉子鳴や	（百韻）	［078］2－26
木のはしの	（歌仙）	［078］2－162
恋の義理ほど	（百韻付合）	［078］2－22
紅梅の	（歌仙）	［078］2－152
声ふりて	（歌仙）	［078］2－437
小しぐれに	（付合）	［078］2－540
霜に伏て	（十一句）	［078］2－324
白菊に	（歌仙）	［078］2－249
虱とる	（付合）	［078］2－25
そば	（歌仙）	［078］2－281
杖になる	（四十四）	［078］2－82
月に漕	（歌仙）	［078］2－471
月に漕ぐ	（四句）	［078］2－470
歳ばいは	（歌仙）	［078］2－184
泣に来て	（半歌仙）	［078］2－459
鶏は羽に	（三つ物三組）	［078］2－50
花ながら	（歌仙）	［078］2－259
花の雲	（百韻）	［078］2－301
日の筋や	（半歌仙）	［078］2－326
冬木だち	（歌仙）	［078］2－484
牡丹散て	（歌仙）	［078］2－479
前うしろ	（歌仙）	［078］2－67
孫はねは	（半歌仙）	［078］2－112
柳ちり	（歌仙）	［078］2－57
夕がほも	（歌仙）	［078］2－347
夕風に	（歌仙）	［078］2－411
我宿と	（半歌仙）	［078］2－138

緑川 新

源平盛衰記（完訳）〔巻二一～巻二十四〕
 …… ［024］〔5〕－127

南 清恵

ホノルル美術館所蔵リチャード・レインコレクション『伽婢子』紹介（英文） …… ［015］51－9

みなみ

ホノルル美術館所蔵リチャード・レインコレクション『伽婢子』紹介（翻訳）‥ [015] 51 - 11

南 陽子
鑑賞の手引き 「奇」の所在—かれこれ武士のつきあひ、格別ぞかし〔西鶴諸国ばなし 巻一の三〕 …………………………… [080]〔6〕- 19
〔西鶴諸国はなし〕巻一の三 大晦日はあはぬ算用 …………………………… [080]〔6〕- 14

峯村 文人
〔解題〕三百六十番歌合 正治二年 ‥ [045] 5 - 1451
〔解題〕散木奇歌集（俊頼） ……… [045] 3 - 905
新古今和歌集 ……………………… [069] 5 - 151

美濃部 重克
医談抄上 脈法 鍼灸 薬療 …………… [062] 22 - 125
医談抄下 雑言 ………………………… [062] 22 - 167
〔医談抄 解説〕ある日の宮廷医師 … [062] 22 - 17
〔医談抄 解説〕医事説話の世界—『医談抄』の窓から— ……………… [062] 22 - 4
〔医談抄 解説〕はじめに ………… [062] 22 - 1
月庵酔醒記 上巻 ………………… [059]〔1〕- 27
月庵酔醒記 中巻 ………………… [059]〔2〕- 11
月庵酔醒記 下巻 ………………… [059]〔3〕- 7
女訓抄（天理図書館蔵）翻刻 …… [062] 17 - 3
天理図書館蔵『女訓抄』解説 …… [062] 17 - 188

御橋 悳言
「曾我物語」につきて …………… [079]〔35〕- 1

三保 サト子
〔解題〕道命阿闍梨集 …………… [045] 7 - 788

三村 晃功
〔解題〕草根集（正徹） …………… [045] 8 - 821
〔解題〕内裏九十番歌合 ………… [045] 5 - 1472
〔解題〕題林愚抄 ………………… [045] 6 - 964
〔解題〕為重集 …………………… [045] 7 - 876
〔解題〕藤川五百首 ……………… [045] 4 - 721
〔解題〕武州江戸歌合 文明六年 … [045] 10 - 1146
〔解題〕六花集注 ………………… [045] 10 - 1199

宮腰 寿子
〔解題〕萱草（早稲田大学伊地知文庫蔵本） …………………………… [081] 1 - 574

宮崎 修多
解題 狂歌三十六歌仙 …………… [009] 4 - 68
解題 狂歌四季人物 ……………… [009] 12 - 218
解題 狂歌晴天闢歌集 …………… [009] 4 - 252
解題 柳の糸 ……………………… [009] 5 - 2
狂歌三十六歌仙 ………………… [009] 4 - 69
狂歌四季人物 …………………… [009] 12 - 219
狂歌晴天闢歌集 ………………… [009] 4 - 253
柳の糸 …………………………… [009] 5 - 3

宮澤 照恵
鑑賞の手引き 「竜の天上」から「策彦の涙」へ—謎掛けと咄の原点〔西鶴諸国はなし 巻三の六〕 ……………………… [080]〔6〕- 118
〔西鶴諸国はなし〕巻三の六 八畳敷の蓮の葉 ……………………… [080]〔6〕- 115

宮田 京子
為頼集 …………………………… [039] 14 - 111
為頼集勘物翻刻 ………………… [039] 14 - 263

宮田 正信
寛延二己巳年 奉扇会（翻刻・解題） …………………………… [030] 6 - 243

宮田 光
恋路ゆかしき大将 ……………… [057] 8 - 7
〔恋路ゆかしき大将〕解題 ……… [057] 8 - 239
〔恋路ゆかしき大将〕梗概 ……… [057] 8 - 235

美山 靖
解説〔春雨物語・書初機嫌海〕… [043]〔48〕- 197
書初機嫌海 ……………………… [043]〔48〕- 155
〔桑折宗臣日記〕（抄）（一〜終）… [030] 3 - 409
春雨物がたり …………………… [043]〔48〕- 9

宮本 祐規子
鑑賞の手引き 異世界の記号〔西鶴諸国はなし 巻二の五〕 ………… [080]〔6〕- 71
〔西鶴諸国はなし〕巻二の五 夢路の風車 …………………………… [080]〔6〕- 67

宮脇 真彦
笈の小文 ………………………… [047]〔1〕- 330
おくのほそ道 …………………… [047]〔1〕- 336
かしまの記 ……………………… [047]〔1〕- 328
嵯峨日記 ………………………… [047]〔1〕- 366
桜御所千句 ……………………… [066] 1 - 284
更科紀行 ………………………… [047]〔1〕- 335
十花千句 ………………………… [066] 1 - 255
新編序〔新編 芭蕉大成〕………… [047]〔1〕- 3
対照連句索引〔新編 芭蕉大成〕‥ [047]〔1〕- 861
野ざらし紀行 …………………… [047]〔1〕- 323
芭蕉庵三ケ月日記 ……………… [047]〔1〕- 369
正方・宗因両吟千句 …………… [066] 1 - 225
連句編〔新編 芭蕉大成〕………… [047]〔1〕- 155

三輪 正胤
〔解題〕悦目抄 …………………… [045] 5 - 1489
〔解題〕桐火桶 …………………… [045] 5 - 1489
〔解題〕愚見抄 …………………… [045] 5 - 1489
〔解題〕愚秘抄 …………………… [045] 5 - 1489
〔解題〕三五記 …………………… [045] 5 - 1489
〔解題〕新葉和歌集 ……………… [045] 1 - 833
〔解題〕竹園抄 …………………… [045] 5 - 1488
〔解題〕定家物語 ………………… [045] 5 - 1488
〔解題〕和歌肝要 ………………… [045] 5 - 1489
〔解題〕和歌口伝抄 ……………… [045] 5 - 1489
〔解題〕和歌大綱 ………………… [045] 5 - 1489
〔解題〕和歌無底抄 ……………… [045] 5 - 1489

【 む 】

武藤 元昭
恐可志 …………………………… [070] 2 - 63
『恐可志』解説 …………………… [070] 2 - 39
花名所懐中暦 …………………… [070] 1 - 27
『花名所懐中暦』解説 …………… [070] 1 - 3

宗政 五十緒
【付録エッセイ】松永貞徳 ……… [032] 032 - 114

村尾 誠一
解説〔新続古今和歌集〕………… [082] 12 - 397

解説「藤原定家の文学」	[032] **011**-106
〔解題〕歌合 建保四年八月廿二日	[045] **10**-1127
〔解題〕歌合 建保四年八月廿四日	[045] **10**-1127
〔解題〕禁裏歌合 建保二年七月	[045] **10**-1126
〔解題〕後鳥羽院御集	[045] **4**-693
〔解題〕三十番歌合（正安二年～嘉元元年）	[045] **10**-1134
〔解題〕深心院関白集（基平）	[045] **7**-816
〔解題〕信実集	[045] **7**-816
〔解題〕法性寺為信集	[045] **7**-827
新続古今和歌集	[082] **12**-1
〔藤原定家 50首〕	[032] **011**-2

村上 明子
| 〔解題〕晩花集（長流） | [045] **9**-775 |
| 〔解題〕林葉累塵集 | [045] **6**-966 |

村上 素道
大田垣蓮月傳	[051] 〔**1**〕-1
感謝數件〔蓮月尼全集〕	[051] 〔**1**〕-1
年譜〔大田垣蓮月〕	[051] 〔**1**〕-1
例言及感謝〔蓮月尼全集〕	[051] 〔**1**〕-1
例言〔蓮月尼全集〕	[051] 〔**1**〕-1

村上 美登志
あとがき〔和泉古典叢書10〕	[002] **10**-349
解説〔曽我物語〕	[002] **10**-311
曽我物語（太山寺本）	[002] **10**-11

村瀬 敏夫
〔解題〕寛平御時菊合	[045] **5**-1403
〔解題〕寛平御時后宮歌合	[045] **5**-1403
〔解題〕是貞親王家歌合	[045] **5**-1403
〔解題〕西宮左大臣集（高明）	[045] **3**-875
〔解題〕民部卿家歌合	[045] **5**-1403
〔解題〕能宣集	[045] **3**-865

村瀬 憲夫
〔解題〕古事記	[045] **5**-1489
〔解題〕続日本紀	[045] **5**-1489
〔解題〕続日本後紀	[045] **5**-1489
〔解題〕日本後紀	[045] **5**-1489
〔解題〕日本三代実録	[045] **5**-1489
〔解題〕日本書紀	[045] **5**-1489
〔解題〕風土記	[045] **5**-1489

村田 穆
| 解説〔日本永代蔵〕 | [043] 〔**44**〕-211 |
| 日本永代蔵 | [043] 〔**44**〕-11 |

村田 紀子
| うたたね | [058] **2**-111 |
| 解説〔うたたね〕 | [058] **2**-150 |

室賀 和子
あとがき〔歌合・定数歌全釈叢書18〕	[006] **17**-305
閑居百首	[006] **17**-95
「閑居百首」について	[006] **17**-199
月百首	[006] **17**-9
「月百首」について	[006] **17**-175
〔鑁也〕事蹟をめぐって	[006] **17**-224
『露色随詠集』ならびに鑁也歌抄	[006] **17**-169

室城 秀之
〔解題〕小町集	[082] **18**-189
〔解題〕素性集	[082] **18**-260
〔解題〕業平集	[082] **18**-232
〔解題〕遍昭集	[082] **18**-214
古今和歌六帖 第一帖～第四帖	[082] **45**-1
小町集	[082] **18**-1
雫ににごる	[057] **11**-5
〔雫ににごる〕解題	[057] **11**-44
〔雫ににごる〕梗概（錯簡を訂正したもの）	[057] **11**-40
素性集	[082] **18**-63
業平集	[082] **18**-41
遍昭集	[082] **18**-27

室木 弥太郎
あいごの若	[043] 〔**33**〕-299
をぐり	[043] 〔**33**〕-209
解説〔説経集〕	[043] 〔**33**〕-391
かるかや	[043] 〔**33**〕-9
さんせう太夫	[043] 〔**33**〕-79
しんとく丸	[043] 〔**33**〕-153
まつら長者	[043] 〔**33**〕-345

室伏 信助
| 学習院大学蔵伝定家自筆天福本『伊勢物語』本文の様態 | [013] 〔**1**〕-239 |

【め】

目加田 さくを
〔解説〕重之の子の僧の集	[039] **4**-13
〔解説〕重之の子の僧の集	[039] **4**-25
解説〔竹取物語・伊勢物語〕	[084] **3**-253
解説〔橘為仲朝臣集〕	[039] **21**-1
〔解説〕源重之	[039] **4**-3
〔解説〕源重之女集	[039] **4**-35
解題〔本院侍従集〕	[039] **11**-173
系図〔本院侍従集〕	[039] **11**-267
後記〔私家集全釈叢書21〕	[039] **21**-321
〔語注〕伊勢物語	[084] **3**-252
〔語注〕竹取物語	[084] **3**-251
重之一門年表	[039] **4**-5
重之集	[039] **4**-43
重之の子の僧の集	[039] **4**-293
重之女集	[039] **4**-339
資料〔本院侍従集〕	[039] **11**-272
橘為仲朝臣集（甲本）	[039] **21**-117
本院侍従集（底本 松平文庫本）	[039] **11**-23
本院侍従集（幻の本院侍従集（A案推定年代順））	[039] **11**-87
源重之一家の系図	[039] **4**-10

目崎 徳衛
| 【付録エッセイ】在原業平（抄） | [032] **004**-115 |
| 【付録エッセイ】小野小町（抄） | [032] **003**-114 |

【 も 】

毛利 正守
　日本書紀 巻第一〜巻第二十二 ……　[069] **2** – 11
　日本書紀 巻第二十三〜巻第三十 ‥　[069] **3** – 11
　萬葉集 ……………………………　[002] **11** – 3
森 県
　〔解題〕文保百首 ………………　[045] **4** – 716
森 耕一
　鑑賞の手引き 都市型犯罪の不思議〔西鶴諸国は
　　なし 巻二の六〕…………………　[080]〔6〕– 76
　〔西鶴諸国はなし〕巻二の六 男地蔵
　　…………………………………　[080]〔6〕– 73
母利 司朗
　〔解題〕道遊集（貞徳）……………　[045] **9** – 772
　貞室独吟「曙の」百韻自註―玉川大学図書館
　　蔵貞室新出資料― ……………　[030] **3** – 213
　俳諧之連歌 ………………………　[030] **3** – 217
森川 昭
　延宝七己未名古屋歳旦板行之写シ―千代倉家
　　代々資料考 ― …………………　[030] **3** – 315
　延宝四年西鶴歳旦帳 ……………　[030] **3** – 227
　許六一門・送行未来記 …………　[030] **5** – 385
　堺半井家代々資料考（四）（落髪千句）
　　…………………………………　[030] **1** – 47
　徳元の周囲―「徳元等百韻五巻」考―
　　…………………………………　[030] **3** – 29
　木因翁紀行 ………………………　[030] **5** – 231
　松のわらひ・合歓のいひき 翻刻と解題
　　…………………………………　[030] **2** – 491
森下 純昭
　風につれなき ……………………　[057] **6** – 111
　〔風につれなき〕解題 ……………　[057] **6** – 206
　〔風につれなき〕梗概 ……………　[057] **6** – 204
森田 兼吉
　あとがき〔私家集全釈叢書14〕‥　[039] **14** – 301
　為頼集 ……………………………　[039] **14** – 111
　具平親王と為頼 …………………　[039] **14** – 80
盛田 帝子
　解説「天皇の和歌概観」……　[032] **077** – 111
森田 雅也
　鑑賞の手引き 狐の復讐〔西鶴諸国はなし 巻一の
　　七〕………………………………　[080]〔6〕– 42
　〔西鶴諸国はなし〕巻一の七 狐四天王
　　…………………………………　[080]〔6〕– 38
　本朝桜陰比事 ……………………　[046] **3** – 597
　万の文反古 ………………………　[046] **4** – 517
森田 蘭
　発句〔蕪村全集1〕………………　[078] **1** – 9
森本 元子
　殷富門院大輔集 …………………　[039] **13** – 21
　殷富門院大輔集（乙類本）………　[039] **13** – 263
　解説〔殷富門院大輔集〕…………　[039] **13** – 1
　解説〔定頼集〕……………………　[039] **6** – 1
　〔解説〕更級日記 …………………　[084] **10** – 284

〔解説〕堤中納言物語 …………　[084] **10** – 288
〔解題〕後堀河院民部卿典侍集 …　[045] **7** – 810
〔解題〕定頼集 …………………　[045] **3** – 893
〔解題〕実国家歌合 ……………　[045] **5** – 1441
〔解題〕実国集 …………………　[045] **4** – 684
〔解題〕散位源広綱朝臣歌合 長治元年五月
　…………………………………　[045] **5** – 1433
〔解題〕散位源広綱朝臣歌合 長治元年五月廿日
　…………………………………　[045] **5** – 1434
〔解題〕俊忠集 …………………　[045] **3** – 904
〔解題〕基俊集 …………………　[045] **3** – 906
〔解題〕師光集 …………………　[045] **4** – 684
研究史について〔殷富門院大輔集〕
　…………………………………　[039] **13** – 303
研究文献について〔定頼集〕……　[039] **6** – 401
〔語注〕更級日記 ………………　[084] **10** – 282
〔語注〕堤中納言物語 …………　[084] **10** – 283
四条中納言定頼集 ………………　[039] **6** – 33
四条中納言集 ……………………　[039] **6** – 313
【付録エッセイ】「うらみわび」の歌について〔相
　模〕………………………………　[032] **009** – 115
守屋 省吾
　〔解題〕本院侍従集 ……………　[045] **3** – 873
モレッティ, ラウラ
　〔解説〕竹斎療治之評判 ………　[015] **48** – 328
もろさわ ようこ
　今昔物語集 ……………………　[084] **11** – 7
　わたしと『今昔物語集』…………　[084] **11** – 1
両角 倉一
　解説〔白河紀行〕………………　[058] **6** – 105
　〔解題〕紹巴発句帳 ……………　[081] **3** – 680
　白河紀行 ………………………　[058] **6** – 87
文集百首研究会
　文集百首 ………………………　[006] **8** – 11

【 や 】

柳生 四郎
　翻刻 俳諧雪月花 ………………　[030] **6** – 189
八嶌 正治
　〔解題〕建春門院北面歌合 ……　[045] **5** – 1442
　〔解題〕耕雲千首 ………………　[045] **10** – 1090
　〔解題〕沙玉集Ⅰ・Ⅱ（後崇光院）…　[045] **8** – 818
　〔解題〕住吉社歌合 嘉応二年 …　[045] **5** – 1442
　〔解題〕伏見院御集 ……………　[045] **7** – 830
　〔解題〕文保百首 ………………　[045] **4** – 716
　〔解題〕宗良親王千首 …………　[045] **10** – 1092
矢代 和夫
　研究文献〔源平盛衰記〕………　[024]〔2〕– 17
　『源平盛衰記』の世界 …………　[024]〔2〕– 1
安井 重雄
　雲居寺結縁経後宴歌合 …………　[082] **48** – 163
　〔解説〕雲居寺結縁経後宴歌合 …　[082] **48** – 357
　〔解説〕気多宮歌合 ……………　[082] **48** – 350
　〔解説〕神祇伯顕仲住吉歌合 …　[082] **48** – 367
　〔解説〕神祇伯顕仲西宮歌合 …　[082] **48** – 365

作家名索引（注・訳者） やは

高陽院七番歌合 ……………… [082]48-123
気多宮歌合 ………………… [082]48-119
〔校訂一覧〕雲居寺結縁経後宴歌合
　　　　　　　　　　　　　　　　 [082]48-373
〔校訂一覧〕高陽院七番歌合 … [082]48-373
〔校訂一覧〕神祇伯顕仲住吉歌合 … [082]48-375
〔校訂一覧〕神祇伯顕仲西宮歌合 … [082]48-375
神祇伯顕仲住吉歌合 ………… [082]48-265
神祇伯顕仲西宮歌合 ………… [082]48-249
安井 久善
　〔解題〕閑窓撰歌合 建長三年 …. [045]10-1130
　〔解題〕秋風抄 ……………… [045]6-942
　〔解題〕新撰和歌六帖 ……… [045]2-877
　〔解題〕簸河上 ……………… [045]5-1488
　〔解題〕師兼千首 …………… [045]10-1094
安田 章生
　〔付録エッセイ〕能因 ……… [032]045-137
安田 清人
　太平記の風景 1 千早城 …… [069]16-90
　太平記の風景 2 蓮華寺 …… [069]16-108
　太平記の風景 3 鎌倉幕府跡 … [069]16-120
　太平記の風景 4 鎌倉宮 …… [069]16-133
　太平記の風景 5 大覚寺 …… [069]16-165
　太平記の風景 6 称念寺 …… [069]16-172
　太平記の風景 7 塔尾陵 …… [069]16-181
　日本書紀の風景 1 山辺の道の古墳群
　　　　　　　　　　　　　　　　 [069]2-117
　日本書紀の風景 2 熱田神宮 … [069]2-175
　日本書紀の風景 3 難波宮 … [069]2-224
　日本書紀の風景 4 稲荷山古墳 … [069]2-250
　日本書紀の風景 5 今城塚古墳 … [069]2-272
　日本書紀の風景 6 板蓋宮伝承地 … [069]3-42
　日本書紀の風景 7 酒船石と亀形石造物
　　　　　　　　　　　　　　　　 [069]3-90
　日本書紀の風景 8 水城 …… [069]3-120
　日本書紀の風景 9 天武・持統天皇陵
　　　　　　　　　　　　　　　　 [069]3-195
　日本書紀の風景 10 藤原宮跡 … [069]3-210
　風土記の風景 1 筑波山 …… [069]3-230
　風土記の風景 2 国引き神話 … [069]3-252
　風土記の風景 3 鏡山 ……… [069]3-281
安田 徳子
　あとがき〔私家集全釈叢書25〕… [039]25-296
　はしがき〔新注和歌文学叢書20〕 … [042]20-iii
　解説〔万代和歌集〕 ………… [082]14-289
　〔解題〕雲葉和歌集 ………… [045]6-943
　〔解題〕影供歌合 建長三年九月 … [045]5-1466
　〔解題〕沙弥蓮愉集 ………… [045]7-824
　〔解題〕大嘗会悠紀主基和歌 … [045]10-1189
　〔解題〕為富集（持為） ……… [045]8-816
　〔解題〕万代和歌集 ………… [045]2-878
　〔解題〕持為集Ⅰ・Ⅱ・Ⅲ ……… [045]8-816
　四条宮下野集 ……………… [039]25-41
　四条宮下野集について ……… [039]25-3
　万代和歌集 巻第一〜十 …… [082]13-1
　万代和歌集 巻第十一〜廿 … [082]14-1
　『万代和歌集』とその時代 … [082]13-359
安田 富貴子
　解説〔好色五人女・好色一代女〕… [084]16-248

安田 吉人
　笈日記（抄） ………………… [047]〔1〕-810
　芭蕉翁行状記 ……………… [047]〔1〕-808
　芭蕉翁系譜 ………………… [047]〔1〕-817
　芭蕉翁終焉記 ……………… [047]〔1〕-805
　俳文編〔新編 芭蕉大成〕 … [047]〔1〕-375
　発句編〔新編 芭蕉大成〕 … [047]〔1〕-1
安原 眞琴
　〔解題〕沢庵和尚鎌倉記 ………
　　　　　　　　　　　　 [015]47-232, [015]48-315
　〔解題〕月見の友 …………… [015]50-321
　〔解題〕つれづれ御伽草 …… [015]54-252
　〔解題〕徒然草嫌評判 ……… [015]54-256
　〔解題〕変化はなし ………… [015]61-271
　〔解題〕やうきひ物語 大本三巻三冊 … [001]5-421
　やうきひ物語 ……………… [001]5-15
安良岡 康作
　歎異抄 ……………………… [069]14-239
柳沢 昌紀
　〔解題〕『女四書』 …………… [015]40-287
　〔解題〕『醒睡笑』 …………… [015]43-340
　〔解題〕醒睡笑（承前） ……… [015]58-283
　〔解題〕『続清水物語』（写本） … [015]45-269
　〔解題〕智恵鑑（承前） ……… [015]49-287
　〔解題〕童蒙先習 …………… [015]56-255
　〔解題〕常盤木 ……………… [015]53-298
　〔解題〕ひそめ草（承前） …… [015]59-301
　〔解題〕秀頼物語 …………… [015]60-322
　〔解題〕大倭二十四孝 大本二十四巻十二冊
　　　　　　　　　　　　　　　　 [001]2-462
　〔假名草子集成〕第四十三巻『醒睡笑』解題
　　　　　　　　　　　　　　　　 [015]44-333
　『智恵鑑』解題 正誤 ………… [015]50-323
　『童蒙先習』解題追加 ……… [015]57-310
　『童蒙先習』正誤 …………… [015]57-313
　大倭二十四孝 ……………… [001]2-205
　例言〔假名草子集成〕 ………
　　　[015]50-1, [015]51-1, [015]52-1,
　　　[015]53-1, [015]54-1, [015]55-1,
　　　[015]56-1, [015]57-1, [015]58-1,
　　　[015]59-1, [015]60-1, [015]61-1
柳澤 良一
　〔解説〕『新撰朗詠集』 ……… [082]47-543
　〔解説〕資賢集 ……………… [045]4-686
　新撰朗詠集 ………………… [082]47-265
簗瀬 一雄
　〔解題〕石清水若宮歌合 元久元年十月
　　　　　　　　　　　　　　　　 [045]5-1456
　〔解題〕後葉和歌集 ………… [045]2-872
柳瀬 万里
　〔解説〕芭蕉の発句 ………… [084]18-253
　〔解説〕芭蕉の連句 ………… [084]18-255
　〔解説〕蕪村の俳詩 ………… [084]18-259
　〔解説〕松尾芭蕉の生涯と文学 … [084]18-246
　〔解説〕与謝蕪村とその作風 … [084]18-258
矢羽 勝幸
　安左与母岐 ………………… [050]下-207
　あとがき〔増補改訂 加舎白雄全集〕

	………………………………	[050]下-633
岩田涼菟の柏崎住吉神社奉納百韻		
	………………………………	[030]5-421
奥羽記行	………………………………	[050]上-418
おもかげ集	………………………………	[050]下-15
加佐里那止	………………………………	[050]上-491
鎌都	………………………………	[050]上-428
暁台の越後行 付・翻刻『なづな集』		[030]7-95
葛の葉表	………………………………	[050]下-297
甲峡記行	………………………………	[050]上-423
故人五百題	………………………………	[050]下-363
昨烏伝書乙	………………………………	[050]上-459
出典Ⅰ(生前刊行書)〔増補改訂 加舎白雄全集 発句篇〕		[050]上-176
出典Ⅱ(没後刊行成立書)〔増補改訂 加舎白雄全集 発句篇〕		[050]上-188
春秋菴白雄居士記行	…………………	[050]上-399
春秋庵月並書き抜き	…………………	[050]下-405
春秋稿 初編	………………………………	[050]下-115
春秋稿 二編	………………………………	[050]下-151
春秋稿 三編	………………………………	[050]下-179
春秋稿 四編	………………………………	[050]下-225
春秋稿 五編	………………………………	[050]下-261
春秋夜話	………………………………	[050]上-587
抄録	………………………………	[050]上-449
序〔榎本星布全句集〕	[011]**(1)**-(1)
諸鳥之字	………………………………	[050]上-661
新出樗良句集「無為庵樗良翁発句書」		[030]7-103
信中四時	………………………………	[050]上-424
須磨紀行	………………………………	[050]上-406
前春秋菴白雄居士紀行	………………	[050]上-438
袖書心得	………………………………	[050]上-703
田ごとのはる	………………………………	[050]下-41
鳥酔翁遺語	………………………………	[050]上-509
附合自佗之句法・発句病之事	……	[050]上-529
東道記行	………………………………	[050]上-413
内外記行	………………………………	[050]上-402
『なづな集』解題	………………………	[030]7-97
南紀紀行	………………………………	[050]上-408
南紀吟行	………………………………	[050]上-432
『俳諧苗代水』について	…………	[050]下-621
俳諧寂栞	………………………………	[050]下-539
俳諧作法(一)	……………………………	[050]上-605
俳諧作法(二)	……………………………	[050]上-625
誹諧去嫌大概	……………………………	[050]下-709
誹諧名家録	………………………………	[050]下-641
俳文篇〔増補改訂 加舎白雄全集〕		[050]下-353
はし書ぶり	………………………………	[050]下-685
葉留農音津麗	……………………………	[050]下-325
誹諧俤表紙	………………………………	[050]下-77
蕪村の信州行―翻刻『俳諧風の恵』―		[030]6-349
文車	………………………………	[050]下-55
宝暦期諸国美濃派系俳人名録	……	[030]6-251
北越記行	………………………………	[050]上-415
発句篇〔増補改訂 加舎白雄全集〕		[050]上-17
美濃路	………………………………	[050]上-427
明和期類題発句集	………………………	[050]下-335
詣 諏訪廟・諏方社前	…………………	[050]上-424

大和紀行	………………………………	[050]上-403
よしの山紀・芳野山・記行	……	[050]上-404
連句篇〔増補改訂 加舎白雄全集〕		[050]上-197
山木 幸一		
〔解題〕西行法師家集	…………………	[045]3-917
山口 仲美		
解説〔今昔物語集〕	……………………	[084]11-261
山口 博		
〔解題〕海人手古良集(師氏)	……	[045]3-872
〔解題〕相如集	……………………………	[045]3-882
〔解題〕千穎集	……………………………	[045]3-878
〔解題〕檜垣嫗集	…………………………	[045]3-870
山口 佳紀		
古事記	………………………………	[069]1-9
山崎 和子		
大斎院前の御集	…………………………	[039]37-59
山崎 桂子		
〔解説〕土御門院	…………………………	[042]12-213
〔解説〕土御門院御百首	…………………	[042]12-228
〔解説〕土御門院女房日記	………………	[042]12-266
〔解題〕正治後度百首	…………………	[045]4-706
〔解題〕正治初度百首	…………………	[045]4-705
土御門院御百首	…………………………	[042]12-3
土御門院関係略年譜	……………………	[042]12-224
土御門院女房日記	………………………	[042]12-153
山崎 節子		
〔解題〕赤人集	……………………………	[045]3-845
〔解題〕人丸集	……………………………	[045]3-845
〔解題〕家持集	……………………………	[045]3-847
山崎 敏夫		
【付録エッセイ】長明・兼好の歌		[032]**013**-113
山下 一海		
あけ烏 全(安永二年秋序)	……………	[078]7-486
あけ烏 解題	………………………………	[078]7-486
いそのはな	………………………………	[078]4-445
解説〔蕪村全集4 俳詩・俳文〕	……	[078]4-470
花鳥篇(天明二年五月自序)	……………	[078]7-263
花鳥篇 解題	………………………………	[078]7-262
寄宅嘯山兼東平安諸子	…………………	[078]4-32
几董・月居十番句合	……………………	[078]4-330
几董発句	………………………………	[078]4-271
漁父図賛	………………………………	[078]4-39
「きりぎりす」前書	……………………	[078]4-43
句合草稿断簡	……………………………	[078]4-338
月渓独吟歌仙	……………………………	[078]4-265
古今短冊集	………………………………	[078]4-369
五車反古(天明三年十一月)	……………	[078]7-531
五車反古 解題	……………………………	[078]7-531
此ほとり 一夜四哥仙 全(安永二年九月)		[078]7-39
此ほとり 解題	……………………………	[078]7-38
魂帰来賦	………………………………	[078]4-41
山水図賛	………………………………	[078]4-32
秋題点取帖	………………………………	[078]4-351
春風馬堤曲	………………………………	[078]4-16
春風馬堤曲草稿	…………………………	[078]4-23
新花摘(安永六年)	………………………	[078]7-227
新花摘 解題	………………………………	[078]7-226

新花摘（文章篇）	［078］**4**-57
石友図賛	［078］**4**-39
続明烏（安永五年九月）	［078］**7**-503
続明烏 解題	［078］**7**-503
其雪影（明和九年八月跋）	［078］**7**-469
其雪影 解題	［078］**7**-469
太祇句選	［078］**4**-415
「誰れ住みて」前書	［078］**4**-36
竹陰閑居訪友図賛	［078］**4**-40
澱河歌	［078］**4**-11
点取帖断簡	［078］**4**-358
梅花七絶	［078］**4**-37
評巻景物	［078］**4**-363
兵庫点取帖（イ）	［078］**4**-272
兵庫点取帖（ロ）	［078］**4**-294
兵庫評巻断簡	［078］**4**-362
蕪村翁文集	［078］**4**-453
〔蕪村〕〈俳文〉短篇・画賛類（一一九篇）	［078］**4**-82
〔蕪村〕〈俳文〉存疑（一三篇）	［078］**4**-249
蕪村名句集	［069］**20**-198
平安二十歌仙	［078］**4**-387
倣王叔明山水図賛	［078］**4**-33
北寿老仙をいたむ	［078］**4**-26
「水に散りて」前書	［078］**4**-38
俳諧もゝすもゝ 全（安永九年十一月）	［078］**7**-255
俳諧もゝすもゝ 解題	［078］**7**-254
夜半門冬題点取集	［078］**4**-339
夜半楽（安永六年一月）	［078］**7**-213
夜半楽 解題	［078］**7**-212
「山鳥の」前書	［078］**4**-36
妖怪絵巻	［078］**4**-47
柳塘晩霽図賛	［078］**4**-34
蘆陰句選	［078］**4**-435
老翁坂図賛	［078］**4**-31
山下 久夫	
解説「宣長にとっての歌」	［032］**058**-100
〔本居宣長 45首〕	［032］**058**-2
山下 宏明	
解説―『平治物語』を読むために	［059］**(12)**-405
解説 太平記を読むにあたって	［043］**(34)**-391
解説 太平記と女性	［043］**(36)**-469
解説 太平記と落書	［043］**(35)**-445
解説 太平記の挿話	［043］**(37)**-475
解説 太平記は、いかなる物語か	［043］**(38)**-493
太平記 巻第一〜巻第八	［043］**(34)**-11
太平記 巻第九〜巻第十五	［043］**(35)**-11
太平記 巻第二十三〜巻第三十一	［043］**(37)**-11
太平記 巻第三十二〜巻第四十	［043］**(38)**-11
太平記 巻第十六〜巻第二十二	［043］**(36)**-11
太平記年表	［043］**(34)**-414, ［043］**(35)**-464, ［043］**(36)**-484, ［043］**(37)**-498, ［043］**(38)**-514
底本比較対照表〔平治物語〕	［059］**(12)**-367
平治物語（古本）	［059］**(12)**-431
平治物語（語り本）	［059］**(12)**-11
山下 道代	
伊勢集	［039］**16**-61
解説〔伊勢集〕	［039］**16**-1
山田 洋嗣	
〔解題〕海人の刈藻（蓮月）	［045］**9**-795
〔解題〕右兵衛督家歌合	［045］**5**-1435
〔解題〕嘉元百首	［045］**4**-715
〔解題〕後六々撰	［045］**5**-1483
〔解題〕正平二十年三百六十首	［045］**10**-1167
〔解題〕新中将家歌合	［045］**5**-1435
〔解題〕為世集	［045］**7**-817
〔解題〕南朝三百番歌合 建徳二年	［045］**10**-1143
〔解題〕柏玉集（後柏原院）	［045］**8**-844
〔解題〕六華和歌集	［045］**6**-961
〔解題〕和歌童蒙抄	［045］**5**-1488
各句索引〔為頼集〕	［039］**14**-294
為頼集	［039］**14**-111
和歌自立語索引〔為頼集〕	［039］**14**-269
山田 孝雄	
北畠親房卿年譜略	［079］**(33)**-3
神皇正統記	［079］**(33)**-1
神皇正統記諸本解説略	［079］**(33)**-13
神皇正統記論	［079］**(33)**-42
百二十年にして世に出でたる萬葉集誤字愚考	［079］**(45)**-1
平家物語序説	［079］**(42)**-1
山名 順子	
解題 狂歌師伝	［009］**15**-398
狂歌師伝	［009］**15**-399
狂歌人物誌	［009］**15**-329
山中 裕	
栄花物語	［069］**11**-183
山根 為雄	
心中天の網島	［069］**19**-213
山之内 英明	
解題〔赤松円心緑陣幕〕	［018］**45**-127
解題〔鎌倉比事青砥銭〕	［018］**22**-117
解題〔楠正成軍法実録〕	［018］**19**-131
解題〔曽我錦几帳〕	［018］**15**-109
解題〔待賢門夜軍〕	［018］**33**-117
山本 章博	
あとがき〔歌合・定数歌全釈叢書12〕	［006］**12**-257
あとがき〔歌合・定数歌全釈叢書14〕	［006］**14**-241
解説〔法門百首〕	［006］**14**-201
法門百首	［006］**14**-9
山本 和義	
後記〔日本漢詩人選集17 梁川星巌〕	［067］**17**-201
詩人星巌の誕生とその謎	［067］**17**-3
星巌遺稿の世界	［067］**17**-190
山本 啓介	
〔解題〕自然斎発句（大阪天満宮文庫蔵本）	［081］**1**-579
〔解題〕昌琢等発句集	［081］**3**-681
続古今和歌集	［082］**38**-1

山本 健吉
　【付録エッセイ】「や」についての考察〔芭蕉〕
　　　　　　　　　　　　　　　　　[032]〔34〕-115
山本 綏子
　天津をとめ〔春雨物語〕……… [080]〔10〕-30
　〔解説〕上田秋成と『春雨物語』… [080]〔10〕-i
　捨石丸〔春雨物語〕………… [080]〔10〕-145
　〔春雨物語〕序 …………………… [080]〔10〕-1
　目ひとつの神〔春雨物語〕…… [080]〔10〕-97
山本 登朗
　あとがき〔日本漢詩人選集3 菅原道真〕
　　　　　　　　　　　　　　　　　[067]1-179
　はじめに〔日本漢詩人選集1 菅原道真〕
　　　　　　　　　　　　　　　　　[067]1-3
山本 一
　下巻所収の冊の特徴と、注における扱いにつ
　　いて〔拾玉集〕………………… [082]59-2
　拾玉集 第一〜三 ……………… [082]58-1
　拾玉集 第四〜五 ……………… [082]59-1
山本 藤枝
　太平記 …………………………… [084]14-7
　わたしと『太平記』…………… [084]14-1
山本 利達
　解説〔紫式部日記 紫式部集〕‥[043]〔61〕-165
　〔解題〕紫式部集 ……………… [045]3-885
　紫式部集 ………………………… [043]〔61〕-113
　紫式部日記 ……………………… [043]〔61〕-9

【ゆ】

湯浅 忠夫
　〔解題〕続門葉和歌集 ………… [045]6-952
　〔解題〕柏玉集（後柏原院）…… [045]8-844
　〔解題〕李花和歌集（宗良親王）… [045]7-839
　〔解題〕臨永和歌集 ……………… [045]6-958
湯浅 佳子
　解説〔南総里見八犬伝〕……… [080]〔7〕-i
　戒殺物語・放生物語 …………… [001]4-427
　〔解題〕戒殺物語・放生物語 大本四巻二冊
　　　　　　　　　　　　　　　　　[001]4-565
　〔解題〕孝行物語 大本六巻六冊 … [001]1-488
　〔解題〕『曾呂里物語』（万治三年板）… [015]45-273
　〔解題〕宿直草 ………………… [015]55-315
　〔解題〕錦木 …………………… [015]56-261
　〔解題〕二十四孝 ……………… [015]56-264
　〔解題〕比売鑑 ………………… [015]60-315
　孝行物語 ………………………… [001]1-189
　『宿直草』解題追加 …………… [015]56-276
　南総里見八犬伝（名場面集）… [080]〔7〕-1
　『二十四孝』解題追加 ………… [015]58-287
　『八犬伝』諸本、書誌についての参考文献
　　　　　　　　　　　　　　　　　[080]〔7〕-xvii
湯浅 淑子
　〔解題〕煙草二抄 ……………… [007]4-995

煙草二抄 …………………………… [007]4-325
弓削 繁
　月庵酔醒記 上巻 ……………… [059]〔1〕-27
　月庵酔醒記 中巻 ……………… [059]〔2〕-11
　月庵酔醒記 下巻 ……………… [059]〔3〕-7

【よ】

横山 正
　はじめに〔紀海音全集〕……… [020]1-巻頭
與謝野 晶子
　和泉式部全集解題 ……………… [079]〔1〕-1
　一念義停止起請文 ……………… [079]〔44〕-162
　榮華物語上巻解題 ……………… [079]〔9〕-1
　榮華物語下巻解題 ……………… [079]〔11〕-1
　「懐風藻」等五詩集解題 ……… [079]〔12〕-1
　賀茂ノ眞淵年譜 ………………… [079]〔13〕-1
　賀茂眞淵集解題 ………………… [079]〔13〕-1
　黒谷上人起請文（一名、一枚起請文）
　　　　　　　　　　　　　　　　　[079]〔44〕-156
　黒谷上人御法語（一名、二枚起請文）
　　　　　　　　　　　　　　　　　[079]〔44〕-157
　元久法語（一名、登山状）…… [079]〔44〕-193
　源氏物語解題 …………………… [079]〔16〕-1
　江漢西遊日記解題 ……………… [079]〔21〕-1
　「古今和歌集」及び「古今集注」解題
　　　　　　　　　　　　　　　　　[079]〔22〕-1
　後撰和歌集解題 ………………… [079]〔26〕-1
　讚語三章 ………………………… [079]〔44〕-209
　三心義 …………………………… [079]〔44〕-190
　「拾遺和歌集」及び「藤原公任歌集」解題
　　　　　　　　　　　　　　　　　[079]〔31〕-1
　浄土宗略抄 ……………………… [079]〔44〕-165
　選擇本願念佛集 ………………… [079]〔44〕-1
　曾我物語解題 …………………… [079]〔35〕-1
　「長秋詠藻」及び「山家集」解題 … [079]〔37〕-1
　徒然草解題 ……………………… [079]〔38〕-1
　七個條起請文 …………………… [079]〔44〕-158
　念佛往生義 ……………………… [079]〔44〕-178
　念佛大意 ………………………… [079]〔44〕-182
　芭蕉全集後編解題 ……………… [079]〔41〕-1
　芭蕉全集前編 解題 ……………… [079]〔40〕-1
　平家物語解題 …………………… [079]〔42〕-1
　法然上人集解題 ………………… [079]〔44〕-1
　〔法然上人集〕歌集 …………… [079]〔44〕-212
　萬葉集略解（萬葉集 卷第三下〜卷第五）
　　　　　　　　　　　　　　　　　[079]〔48〕-1
　萬葉集略解（萬葉集 卷第一〜卷第三）
　　　　　　　　　　　　　　　　　[079]〔47〕-1
　萬葉集略解（萬葉集 卷第六〜卷第七）
　　　　　　　　　　　　　　　　　[079]〔49〕-1
　萬葉集略解（萬葉集 卷第八〜卷第十）
　　　　　　　　　　　　　　　　　[079]〔50〕-1
　萬葉集略解（萬葉集 卷第十〜卷第十一）
　　　　　　　　　　　　　　　　　[079]〔51〕-1
　萬葉集略解（萬葉集 卷第十二〜卷第十三）
　　　　　　　　　　　　　　　　　[079]〔52〕-1

萬葉集略解（萬葉集 巻第十四～巻第十七）
　　　　　　　　　　　　　　　　　　　[079]〔53〕- 1
萬葉集略解（萬葉集 巻第十八～巻第二十）
　　　　　　　　　　　　　　　　　　　[079]〔54〕- 1
萬葉集略解解題 ………………………　[079]〔47〕- 1
萬葉集略解序 …………………………　[079]〔47〕
御堂關白歌集 ……………　[079]〔56〕- 277
御堂關白記（長徳四年～寛弘八年）
　　　　　　　　　　　　　　　　　　　[079]〔55〕- 1
御堂關白記（寛弘九年～寛仁五年）
　　　　　　　　　　　　　　　　　　　[079]〔56〕- 1
御堂關白記解題 ………………………　[079]〔55〕- 1
靈感二章 …………………………　[079]〔44〕- 206
和字選擇集 …………………………　[079]〔44〕- 75
赤染衞門集 …………………………　[079]〔11〕- 233
和泉式部集 …………………………　[079]〔1〕- 3
和泉式部集補遺〔後醍醐天皇宸翰本抄録〕
　　　　　　　　　　　　　　　　　　　[079]〔1〕- 187
和泉式部續集 …………………………　[079]〔1〕- 101
和泉式部日記 …………………………　[079]〔1〕- 1
榮華物語〔衣珠～紫野〕 …………　[079]〔11〕- 1
懷風藻 …………………………………　[079]〔12〕- 1
賀茂翁家集 ……………………………　[079]〔13〕- 5
經國集 ………………………………　[079]〔12〕- 107
源氏物語 桐壺～須磨 ……………　[079]〔16〕- 1
源氏物語 明石～篝火 ……………　[079]〔17〕- 1
源氏物語 野分～鈴蟲 ……………　[079]〔18〕- 1
源氏物語 夕霧～早蕨 ……………　[079]〔19〕- 1
源氏物語 宿木～夢浮橋 …………　[079]〔20〕- 1
江漢西遊日記 …………………………　[079]〔21〕- 1
古今和歌集 ……………………………　[079]〔22〕- 1
古今和歌集註 …………………………　[079]〔22〕- 1
後撰和歌集 ……………………………　[079]〔26〕- 1
後撰和謌集 關戸氏片假名本 ………　[079]〔26〕- 1
參考讀史餘論 …………………………　[079]〔30〕- 1
曾我物語 ………………………………　[079]〔35〕- 1
徒然草 …………………………………　[079]〔38〕- 3
文華秀麗集 ……………………………　[079]〔12〕- 73
平家物語 卷第一～卷第六 ………　[079]〔42〕- 1
平家物語（卷第七～灌頂卷） ……　[079]〔43〕- 1
本朝麗藻 ……………………………　[079]〔12〕- 199
萬葉集品物圖繪 ………………………　[079]〔46〕- 1
萬葉集品物圖繪解題 …………………　[079]〔46〕- 1
凌雲集 ………………………………　[079]〔12〕- 45
田舍の句合 …………………………　[079]〔40〕- 173
卯辰紀行 ……………………………　[079]〔40〕- 86
奧の細道 ……………………………　[079]〔40〕- 100
追而加書西行上人和歌〔異本山家集より抄録〕
　　　　　　　　　　　　　　　　　　　[079]〔37〕- 245
貝おほひ ……………………………　[079]〔40〕- 161
鹿島紀行 ……………………………　[079]〔40〕- 83
甲子吟行 ……………………………　[079]〔40〕- 75
去來抄 ………………………………　[079]〔40〕- 203
嵯峨日記 ……………………………　[079]〔40〕- 122
更科紀行 ……………………………　[079]〔40〕- 97
山家集 ………………………………　[079]〔37〕- 87
山家集拾遺〔異本山家集より抄録〕
　　　　　　　　　　　　　　　　　　　[079]〔37〕- 231
拾遺和歌集 …………………………　[079]〔31〕- 1
長秋詠藻 ……………………………　[079]〔37〕- 1

續の原（四季之句合） ………　[079]〔40〕- 197
常盤屋之句合 …………………　[079]〔40〕- 181
芭蕉翁終焉記 …………………　[079]〔40〕- 248
〔芭蕉全集〕遺語集 …………　[079]〔40〕- 243
〔芭蕉全集〕歌集 ……………　[079]〔40〕- 71
〔芭蕉全集〕小品集 …………　[079]〔40〕- 131
〔芭蕉全集〕消息集 …………　[079]〔40〕- 273
〔芭蕉全集〕俳諧集 …………　[079]〔40〕- 1
〔芭蕉全集〕發句集 …………　[079]〔40〕- 1
初懷紙 …………………………　[079]〔40〕- 189
藤原公任歌集 …………………　[079]〔31〕- 187
御堂關白歌集の後に …………　[079]〔56〕- 1
與謝野晶子先生跋〔蓮月尼全集〕… [051]〔1〕- 1
與謝野　寬
赤染衞門集 ……………………　[079]〔11〕- 233
和泉式部集 ……………………　[079]〔1〕- 3
和泉式部集補遺〔後醍醐天皇宸翰本抄録〕
　　　　　　　　　　　　　　　[079]〔1〕- 187
和泉式部全集解題 ……………　[079]〔1〕- 1
和泉式部續集 …………………　[079]〔1〕- 101
和泉式部日記 …………………　[079]〔1〕- 1
一念義停止起請文 ……………　[079]〔44〕- 162
田舍の句合 ……………………　[079]〔40〕- 173
卯辰紀行 ………………………　[079]〔40〕- 86
榮華物語上卷解題 ……………　[079]〔9〕- 1
榮華物語〔衣珠～紫野〕 ……　[079]〔11〕- 1
榮華物語下卷解題 ……………　[079]〔11〕- 1
奧の細道 ………………………　[079]〔40〕- 100
追而加書西行上人和歌〔異本山家集より抄録〕
　　　　　　　　　　　　　　　[079]〔37〕- 245
貝おほひ ………………………　[079]〔40〕- 161
懷風藻 …………………………　[079]〔12〕- 1
「懷風藻」等五詩集解題 ……　[079]〔12〕- 1
鹿島紀行 ………………………　[079]〔40〕- 83
甲子吟行 ………………………　[079]〔40〕- 75
賀茂翁家集 ……………………　[079]〔13〕- 5
賀茂ノ眞淵年譜 ………………　[079]〔13〕- 1
賀茂眞淵集解題 ………………　[079]〔13〕- 1
去來抄 …………………………　[079]〔40〕- 203
黒谷上人起請文（一名、一枚起請文）
　　　　　　　　　　　　　　　[079]〔44〕- 156
黒谷上人御法語（一名、二枚起請文）
　　　　　　　　　　　　　　　[079]〔44〕- 157
經國集 …………………………　[079]〔12〕- 107
元久法語（一名、登山状）…　[079]〔44〕- 193
源氏物語 桐壺～須磨 ………　[079]〔16〕- 1
源氏物語 明石～篝火 ………　[079]〔17〕- 1
源氏物語 野分～鈴蟲 ………　[079]〔18〕- 1
源氏物語 夕霧～早蕨 ………　[079]〔19〕- 1
源氏物語 宿木～夢浮橋 ……　[079]〔20〕- 1
源氏物語解題 …………………　[079]〔16〕- 1
江漢西遊日記 …………………　[079]〔21〕- 1
江漢西遊日記解題 ……………　[079]〔21〕- 1
古今和歌集 ……………………　[079]〔22〕- 1
「古今和歌集」及び「古今集注」解題
　　　　　　　　　　　　　　　[079]〔22〕- 1
古今和歌集註 …………………　[079]〔22〕- 1
後撰和歌集 ……………………　[079]〔26〕- 1
後撰和歌集解題 ………………　[079]〔26〕- 1

よしえ

後撰和謌集 關戸氏片假名本 ……… [079][26]-1
嵯峨日記 ……………………………… [079][40]-122
更科紀行 ……………………………… [079][40]-97
山家集 ………………………………… [079][37]-87
山家集拾遺〔異本山家集より抄録〕
　　　　　　　　　　　　　　……… [079][37]-231
參考讀史餘論 ………………………… [079][30]-1
讚語三章 ……………………………… [079][44]-209
三心義 ………………………………… [079][44]-190
拾遺和歌集 …………………………… [079][31]-1
「拾遺和歌集」及び「藤原公任歌集」解題
　　　　　　　　　　　　　　……… [079][31]-1
淨土宗略抄 …………………………… [079][44]-165
選擇本願念佛集 ……………………… [079][44]-1
曾我物語 ……………………………… [079][35]-1
曾我物語解題 ………………………… [079][35]-1
長秋詠藻 ……………………………… [079][37]-1
「長秋詠藻」及び「山家集」解題 … [079][37]-1
續の原 (四季之句合) ………………… [079][40]-197
徒然草 ………………………………… [079][38]-3
徒然草解題 …………………………… [079][38]-1
常盤屋之句合 ………………………… [079][40]-181
七個條起請文 ………………………… [079][44]-158
念佛往生義 …………………………… [079][44]-178
念佛大意 ……………………………… [079][44]-182
芭蕉翁終焉記 ………………………… [079][40]-248
〔芭蕉全集〕遺語集 ………………… [079][40]-243
〔芭蕉全集〕歌集 …………………… [079][40]-71
芭蕉全集後編 解題 …………………… [079][41]-1
〔芭蕉全集〕消息集 ………………… [079][40]-273
〔芭蕉全集〕小品集 ………………… [079][40]-131
芭蕉全集前編 解題 …………………… [079][40]-1
〔芭蕉全集〕俳諧集 ………………… [079][40]-1
〔芭蕉全集〕發句集 ………………… [079][40]-1
初懷紙 ………………………………… [079][40]-189
藤原公任歌集 ………………………… [079][31]-187
文華秀麗集 …………………………… [079][12]-73
平家物語 卷第一～卷第六 …………… [079][42]-1
平家物語 卷第七～灌頂卷 …………… [079][43]-1
平家物語解題 ………………………… [079][42]-1
法然上人集解題 ……………………… [079][44]-1
〔法然上人集〕歌集 ………………… [079][44]-212
本朝麗藻 ……………………………… [079][12]-199
萬葉集品物圖繪 ……………………… [079][46]-1
萬葉集品物圖繪解題 ………………… [079][46]-1
萬葉集略解 (萬葉集 卷第一～卷第三)
　　　　　　　　　　　　　　……… [079][47]-1
萬葉集略解 (萬葉集 卷第三下～卷第五)
　　　　　　　　　　　　　　……… [079][48]-1
萬葉集略解 (萬葉集 卷第六～卷第七)
　　　　　　　　　　　　　　……… [079][49]-1
萬葉集略解 (萬葉集 卷第八～卷第十)
　　　　　　　　　　　　　　……… [079][50]-1
萬葉集略解 (萬葉集 卷第十下～卷第十一)
　　　　　　　　　　　　　　……… [079][51]-1
萬葉集略解 (萬葉集 卷第十二～卷第十三)
　　　　　　　　　　　　　　……… [079][52]-1
萬葉集略解 (萬葉集 卷第十四～卷第十七)
　　　　　　　　　　　　　　……… [079][53]-1
萬葉集略解 (萬葉集 卷第十八～卷第二十)
　　　　　　　　　　　　　　……… [079][54]-1
萬葉集略解解題 ……………………… [079][47]-1
萬葉集略解序 ………………………… [079][47]
御堂關白歌集 ………………………… [079][56]-277
御堂關白記 (長德四年～寬弘八年)
　　　　　　　　　　　　　　……… [079][55]-1
御堂關白記 (寬弘九年～寬仁五年)
　　　　　　　　　　　　　　……… [079][56]-1
御堂關白記解題 ……………………… [079][55]-1
凌雲集 ………………………………… [079][12]-45
靈感二章 ……………………………… [079][44]-206
蓮月尼の事ども ……………………… [051][1]-1
和字選擇集 …………………………… [079][44]-75

吉江 久彌
西鶴全句集 …………………………… [033][1]-19
『西鶴全句集 解釋と鑑賞』に就いて … [033][1]-1

吉海 直人
〔解題〕国冬五十首 ………………… [045]10-1123
〔解題〕国冬百首 …………………… [045]10-1112
〔解題〕尚賢五十首 ………………… [045]10-1123
〔しのびね〕〔主要文獻目録〕 …… [057]10-161

吉川 栄治
〔解題〕忠岑集 ……………………… [045]7-779

吉澤 義則
藤原教長著「古今集註」 …………… [079][22]-1
文學博士吉澤義則先生序〔蓮月尼全集〕
　　　　　　　　　　　　　　……… [051][1]-1

吉田 薫
あとがき〔藤原俊成全歌集〕 ……… [076][1]-1070
右大臣家百首 ………………………… [076][1]-310
御室五十首 …………………………… [076][1]-461
祇園社百首 …………………………… [076][1]-476
久安百首 (非部類本) ………………… [076][1]-281
久安百首 (部類本) …………………… [076][1]-294
五社百首切 (住吉切) 集成 …………… [076][1]-452
五社百首 (社別) ……………………… [076][1]-322
五社百首 (題別) ……………………… [076][1]-404
五条殿筆詠草 ………………………… [076][1]-240
自撰家集切 (存疑) …………………… [076][1]-242
俊成家集 ……………………………… [076][1]-111
正治初度百首 ………………………… [076][1]-466
序〔藤原俊成全歌集〕 ……………… [076][1]-1
爲忠家後度百首 ……………………… [076][1]-264
爲忠家初度百首 ……………………… [076][1]-247
長秋詠藻 (一類本) …………………… [076][1]-27
〔藤原俊成全歌集 解題〕家集 …… [076][1]-999
〔藤原俊成全歌集 解題〕資料1 …… [076][1]-1014
〔藤原俊成全歌集 解題〕資料2 …… [076][1]-1038
〔藤原俊成全歌集 解題〕定数歌
　　　　　　　　　　　　　　……… [076][1]-1005
保延のころほひ ……………………… [076][1]-234

吉田 茂
あとがき〔私家集全釈叢書30〕 …… [039]30-333
経衡集 ………………………………… [039]30-75
経衡集解読 …………………………… [039]30-3

吉田 英也
安永二年癸巳秋詠草 ………………… [014][1]-36

安永八年亥七月より詠草 ……… [014]〔1〕- 48
丑年詠歌 …………………… [014]〔1〕- 4
乙骨耐軒の研究 人とその作品について
　……………………………… [014]〔1〕- 432
家集（天明五年―寛政六年） … [014]〔1〕- 87
春日昌預関係略年譜 ………… [014]〔1〕- 430
梨園集（寛政四年） …………… [014]〔1〕- 113
梨園集（寛政十一年） ………… [014]〔1〕- 187
梨園集（文政五年） …………… [014]〔1〕- 318
梨園集（文政十年） …………… [014]〔1〕- 384
梨乃耶集（文化六年） ………… [014]〔1〕- 243
若松屋・加藤家の人びと 付 春日昌預略年譜
　……………………………… [014]〔1〕- 424

吉田 幹生
伊勢物語 あらすじ …………… [069]6 - 134
〔解説〕伊勢物語 ……………… [069]6 - 311
〔解説〕竹取物語 ……………… [069]6 - 308
〔解説〕堤中納言物語 ………… [069]6 - 314
竹取物語 あらすじ …………… [069]6 - 12
堤中納言物語 あらすじ ……… [069]6 - 240
はじめに―平安の物語とは … [069]6 - 3

吉田 ミスズ
あとがき〔私家集全釈叢書12〕 … [039]12 - 631
相模集（異本） ………………… [039]12 - 563
相模集（流布本） ……………… [039]12 - 67
思女集 ………………………… [039]12 - 593

吉野 知子
系図〔とはずがたり（後深草院二条）〕
　……………………………… [058]4 - 468
年譜〔とはずがたり（後深草院二条）〕
　……………………………… [058]4 - 465

吉野 朋美
あとがき〔歌合・定数歌全釈叢書3〕
　……………………………… [006]3 - 259
〔解説〕『新古今和歌集』入集歌の方法と特質
　……………………………… [069]5 - 301
〔解説〕『新古今和歌集』の成立と後鳥羽院
　……………………………… [069]5 - 299
解説「帝王後鳥羽院とその和歌」
　……………………………… [032]028 - 104
〔解説「俊頼述懐百首」〕総説 … [006]3 - 147
〔解説「俊頼述懐百首」〕地名詠 … [006]3 - 177
〔解説 堀河院百首和歌〕後代への影響
　……………………………… [082]15 - 331
聞書集 ………………………… [035]〔1〕- 251
校訂一覧〔西行全歌集〕 ……… [035]〔1〕- 463
〔後鳥羽院 37首〕 ……………… [032]028 - 2
西行法師家集 ………………… [035]〔1〕- 389
山家集 ………………………… [035]〔1〕- 9
山家集（松屋本） ……………… [035]〔1〕- 378
山家和歌集（六家集板本） …… [035]〔1〕- 372
残集 …………………………… [035]〔1〕- 300
新古今和歌集 ………………… [069]5 - 151
新古今和歌集 内容紹介 ……… [069]5 - 152
俊頼述懐百首 ………………… [006]3 - 11
別本山家集 …………………… [035]〔1〕- 389
堀河院百首和歌 ……………… [082]15 - 1
御裳濯河歌合 ………………… [035]〔1〕- 312
宮河歌合 ……………………… [035]〔1〕- 343

吉野 瑞恵
〔解説〕院の思い人の物語的な日記―『とはず
　がたり』 …………………… [069]7 - 308
〔解説〕歌人紀貫之の日記―『土佐日記』
　……………………………… [069]7 - 303
〔解説〕権力者の妻の日記―『蜻蛉日記』
　……………………………… [069]7 - 305
〔解説〕斎宮女御集 …………… [082]52 - 402
蜻蛉日記 あらすじ …………… [069]7 - 56
斎宮女御集 …………………… [082]52 - 85
土佐日記 あらすじ …………… [069]7 - 12
とはずがたり あらすじ ……… [069]7 - 144
はじめに―日記を書くこと、そして自己を語
　ること ……………………… [069]7 - 3

吉丸 雄哉
解題 狂歌觿初編 ……………… [009]15 - 116
解題 狂歌觿後編 ……………… [009]15 - 150
解題 新狂歌觿 初編・二篇 …… [009]15 - 186
解題 俳諧歌觿 ………………… [009]15 - 260
狂歌觿初編 …………………… [009]15 - 118
狂歌觿後編 …………………… [009]15 - 151
新狂歌觿 初編 ………………… [009]15 - 187
新狂歌觿 二篇 ………………… [009]15 - 225
俳諧歌觿 ……………………… [009]15 - 261

好村 友江
橘為仲朝臣集（乙本） ………… [039]21 - 235

吉原 春蘿
東都俳人墓所集（一） ………… [030]7 - 411
東都俳人墓所集（二） ………… [030]7 - 416
東都俳人墓所集（三） ………… [030]7 - 420
東都俳人墓所集（四） ………… [030]7 - 423
東都俳人墓所集（五） ………… [030]7 - 426

依田 百川
井手曙覧翁墓碣銘 …………… [041]〔1〕- 33

米谷 巌
元文四年『伊都岐嶋八景 下』―解説と翻刻
　― …………………………… [030]6 - 205
坂上羨鳥編「俳諧花橘 春秋 下」… [030]5 - 325
『十八番諸職之句合』解題と翻刻―立圃俳諧資
　料考一― …………………… [030]3 - 103
富永燕石著『夜のにしき』解説と翻刻
　……………………………… [030]3 - 75
「わたし舩」初句索引 ………… [030]3 - 376

米谷 悦子
為頼集 ………………………… [039]14 - 111
為頼集勘物翻刻 ……………… [039]14 - 263

頼政集輪読会
源三位頼政集〔春～哀傷〕 …… [042]10 - 3
源三位頼政集〔恋〕 …………… [042]13 - 3
源三位頼政集〔雑〕 …………… [042]21 - 3

【 り 】

李 寅生
原書まえがき〔漢詩名作集成〕 … [016]〔1〕- 1
後記〔漢詩名作集成〕 ………… [016]〔1〕- 849

【 わ 】

若木 太一
　〔解題〕契情お国䁕妓 ………… [073]**10**−543
　〔解題〕娘楠契情太平記 ……… [073]**17**−524
　〔解題〕渡世身持談義 ………… [073]**13**−524
　〔解題〕那智御山手管滝 ……… [073]**12**−503
　〔解題〕昔女化粧桜 …………… [073]**19**−494
　契情お国䁕妓 …………………… [073]**10**−445
　娘楠契情太平記 ………………… [073]**17**−233
　魂胆色遊懐男 ………………………… [073]**3**−1
　渡世商軍談 ……………………… [073]**3**−323
　渡世身持談義 …………………… [073]**13**−249
　那智御山手管滝 ……………………… [073]**12**−1
　昔女化粧桜 ……………………… [073]**19**−79
簑田 将樹
　『新斎夜語』解説 ……………… [008]**2**−365
　続新斎夜語 ……………………… [008]**2**−193
　『続新斎夜語』解説 …………… [008]**2**−374
和田 克司
　〔解題〕大山祇神社百首和歌 … [045]**10**−1171
和田 大圓
　勧修寺門跡和田大圓僧上序〔蓮月尼全集〕
　　 ………………………………………… [051]**(1)**−1
和田 琢磨
　解説〔義経記〕………………… [024]**(1)**−415
　解説〔曽我物語〕……………… [024]**(11)**−337
　解説〔太平記〕………………… [024]**(15)**−441
　『義経記』関係地図 …………… [024]**(1)**−446
　『義経記』関係年表 …………… [024]**(1)**−437
　源氏系図〔平家物語〕………… [024]**(18)**−325
　皇室略系図〔太平記〕…………………
　　　　　　[024]**(12)**−421, [024]**(13)**−533,
　　　　　　[024]**(14)**−399, [024]**(15)**−407
　参考文献〔太平記 解説〕…… [024]**(15)**−443
　清和源氏略系図〔太平記〕
　　　　　　[024]**(12)**−422, [024]**(13)**−534,
　　　　　　[024]**(14)**−400, [024]**(15)**−408
　『太平記』関係地図 ……………
　　　　　　[024]**(12)**−423, [024]**(13)**−535,
　　　　　　[024]**(14)**−401, [024]**(15)**−409
　天皇家系図〔平家物語〕……… [024]**(18)**−323
　登場人物紹介〔義経記〕……… [024]**(1)**−(6)
　登場人物紹介〔曽我物語〕…… [024]**(11)**−(8)
　登場人物紹介〔平家物語〕…… [024]**(18)**−(8)
　登場人物〔太平記〕……………………
　　　　　　[024]**(12)**−(8), [024]**(13)**−(10),
　　　　　　[024]**(14)**−(8), [024]**(15)**−(9)
　南北朝時代（太平記の時代）の略年譜 …
　　　　　　[024]**(12)**−409, [024]**(13)**−521,
　　　　　　[024]**(14)**−387, [024]**(15)**−395
　『平家物語』関係地図 ………… [024]**(18)**−326
　『平家物語』関係年譜 ………… [024]**(18)**−315
　平氏系図〔平家物語〕………… [024]**(18)**−324
和田 恭幸
　〔解題〕『死霊解脱物語聞書』…… [015]**39**−301

　〔解題〕『草茉物語』…………… [015]**44**−330
　〔解題〕大仏物語 ……………… [015]**47**−230
　〔解題〕糺物語 ………………… [015]**47**−244
　『草茉物語』解題追加 ………… [015]**45**−289
渡瀬 淳子
　〔解題〕小槻量実句集（早稲田大学横山重旧蔵本）
　　 ……………………………… [081]**1**−556
　〔解題〕祖白発句帳 …………… [081]**3**−692
　〔解題〕室町殿御発句（柿衞文庫蔵本）
　　 ……………………………… [081]**1**−570
渡辺 憲司
　〔解題〕浦のしほひ貝（直好）…… [045]**9**−793
渡辺 静子
　飛鳥井雅有卿記事 ……………… [058]**3**−155
　飛鳥井雅有卿日記 ……………… [058]**3**−153
　解説〔竹むきが記〕…………… [058]**5**−259
　解説〔中務内侍日記〕………… [058]**5**−110
　解説〔春のみやまぢ〕………… [058]**3**−337
　竹むきが記 ……………………… [058]**5**−127
　中務内侍日記 ……………………… [058]**5**−1
　春のみやまぢ …………………… [058]**3**−229
渡邊 昭五
　(解説)尾道浄土寺の弘法大師絵伝と他大師絵
　　伝の比較 …………………… [062]**15**−33
　(解説)教信上人掛幅絵伝（雛行図・易行図）
　　の絵解き―加古川教信寺の絵解き―
　　 ……………………………… [062]**15**−255
　(解説総論)宗祖高僧絵伝の絵解き
　　 ………………………………… [062]**15**−3
渡辺 麻里子
　宇治拾遺物語 内容紹介 ……… [069]**15**−12
　〔解説〕『宇治大納言物語』の幻影 … [069]**15**−310
　〔解説〕『宇治拾遺物語』の深淵 … [069]**15**−312
　〔解説〕『宇治拾遺物語』の成立 … [069]**15**−308
　〔解説〕『十訓抄』の編者と武士への視座
　　 ……………………………… [069]**15**−315
　〔解説〕『十訓抄』の魅力の根源 … [069]**15**−317
　十訓抄 内容紹介 ……………… [069]**15**−218
　はじめに―説話集の魅力 ……… [069]**15**−3
渡辺 実
　伊勢物語 ………………………… [043]**(2)**−11
　解説 伊勢物語の世界 ………… [043]**(2)**−137
渡辺 守邦
　阿漕浦三巴 ……………………… [073]**17**−435
　哥行脚懐硯 ……………………… [073]**22**−247
　伽婢子 ……………………………… [001]**5**−61
　〔解題〕阿漕浦三巴 …………… [073]**17**−534
　〔解題〕哥行脚懐硯 …………… [073]**22**−451
　〔解題〕禁短気三編 …………… [073]**23**−397
　〔解題〕芝居万人葛 ……………… [073]**9**−541
　〔解題〕丹波太郎物語 ………… [073]**5**−554
　〔解題〕忠孝寿門松 …………… [073]**15**−515
　〔解題〕通俗諸分床軍談 ……… [073]**5**−533
　〔解題〕歳徳五葉松 …………… [073]**20**−538
　〔解題〕風流友三味線 ………… [073]**11**−629
　〔解題〕法花経利益物語 大本十二巻十二冊
　　 ……………………………… [001]**4**−559
　〔解題〕京略ひながた 十二段 … [073]**5**−544

〔解題〕物部守屋錦蘂 ………… [073]**18**-570
〔解題〕略平家都遷 ………… [073]**13**-518
禁短気三編 ………………… [073]**23**-55
芝居万人葛 ………………… [073]**9**-79
丹波太郎物語 ……………… [073]**5**-327
忠孝寿門松 ………………… [073]**15**-1
通俗諸分床軍談 …………… [073]**5**-1
歳徳五葉松 ………………… [073]**20**-379
風流友三味線 ……………… [073]**11**-537
法花経利益物語 …………… [001]**4**-99
京略ひながた 十二段 ……… [073]**5**-187
物部守屋錦蘂 ……………… [073]**18**-419
略平家都遷 ………………… [073]**13**-77

渡部 泰明
　解説〔慈円難波百首〕………… [006]**12**-239
　〔解題〕歌合 永仁五年八月十五夜 [045]**10**-1133
　〔解題〕詠五十首和歌〔金沢文庫〕 [045]**10**-1160
　〔解題〕公衡集 ……………… [045]**7**-802
　〔解題〕通具俊成卿女歌合 …… [045]**10**-1124
　〔解題〕和歌詠草〔金沢文庫〕 … [045]**10**-1160

渡邉 裕美子
　あとがき〔歌合・定数歌全釈叢書10〕
　　……………………………… [006]**10**-547
　解説〔最勝四天王院障子和歌〕‥ [006]**10**-415
　解説「詩心と世知と」〔藤原俊成〕
　　……………………………… [032]**063**-111
　最勝四天王院障子和歌 ……… [006]**10**-7
　正治二年院初度百首 ………… [082]**49**-1
　〔藤原俊成 50首〕…………… [032]**063**-1

渡辺 好久児
　解題 狂歌杓子栗 …………… [009]**5**-150
　解題 狂歌初心抄 …………… [009]**15**-52
　解題 狂歌酔竹集 …………… [009]**6**-42
　解題 狂歌左鞆絵 …………… [009]**6**-134
　解題 狂歌武射志風流 ……… [009]**6**-230
　解題 狂歌若緑岩代松 ……… [009]**8**-2
　狂歌杓子栗 ………………… [009]**5**-151
　狂歌初心抄 ………………… [009]**15**-53
　狂歌酔竹集 ………………… [009]**6**-43
　狂歌左鞆絵 ………………… [009]**6**-135
　狂歌武射志風流 …………… [009]**6**-231
　狂歌若緑岩代松 …………… [009]**8**-3

綿抜 豊昭
　解説「戦国武将の歌」……… [032]**014**-110
　〔解題〕昌程発句集 ………… [081]**3**-694
　〔解題〕隣松軒発句牒 ……… [081]**3**-695
　〔解題〕聯玉集 ……………… [081]**3**-696

渡 忠秋
　渡忠秋翁序〔蓮月尼全集〕…… [051]〔1〕-3

日本古典文学全集・内容綜覧
第Ⅱ期　付・作家名索引

2019年11月25日　第1刷発行

発 行 者／大高利夫
編集・発行／日外アソシエーツ株式会社
　　　　　　〒140-0013 東京都品川区南大井6-16-16 鈴中ビル大森アネックス
　　　　　　電話(03)3763-5241（代表）FAX(03)3764-0845
　　　　　　URL http://www.nichigai.co.jp/
発 売 元／株式会社紀伊國屋書店
　　　　　　〒163-8636 東京都新宿区新宿 3-17-7
　　　　　　電話 (03)3354-0131（代表）
　　　　　　ホールセール部（営業）電話 (03)6910-0519

電算漢字処理／日外アソシエーツ株式会社
印刷・製本／株式会社平河工業社

不許複製・禁無断転載　　　　　　《中性紙三菱クリームエレガ使用》
<落丁・乱丁本はお取り替えいたします>
ISBN978-4-8169-2800-0　　Printed in Japan, 2019

> 本書はディジタルデータでご利用いただくことが
> できます。詳細はお問い合わせください。

日本古典文学全集・内容綜覧
付・作家名索引

A5・880頁　定価（本体33,000円＋税）　2005.4刊

日本古典文学全集・作品名綜覧

A5・560頁　定価（本体27,000円＋税）　2005.4刊

1945～2004年に刊行が完結した、日本古典文学全集の収録内容を一覧・検索できるツール。徹底した原本調査により、目次に記載されていない小品、校注、解説、索引、年表などまで収録。内容綜覧では各巻の書誌事項と収録内容を一覧。作家名索引では原作者や校注・解説者から、作品名綜覧では作品名から収録全集・掲載ページを調べることができる。

日本児童文学文献目録 1945-1999

遠藤純監修　A5・750頁　定価（本体19,000円＋税）　2019.9刊

日本児童文学文献目録 2000-2019

遠藤純監修　A5・840頁　定価（本体19,000円＋税）　2019.10刊

日本・海外の児童文学に関する図書、雑誌論文、書誌、書評を網羅的に採録、体系化して収録した初の文献目録。収録文献は「児童文学一般」「日本児童文学」「海外児童文学」「童謡・唱歌・詩」「民話・昔話・神話・伝承」「絵本」「マンガ・アニメーション・映画」「児童文化・子ども文化」「ポップ・サブカルチャー・メディア」「子どもと読書」「作家・作品論（日本）」「作家・作品論（海外）」に大別し、図書、雑誌、書誌、書評に分けて刊行年月順に排列。巻頭に研究案内「児童文学の研究をはじめるにあたって」、巻末に「事項名索引」「著者名索引」「収録誌名一覧」付き。

教科書に載った日本史人物1000人
―知っておきたい伝記・評伝

A5・730頁　定価（本体11,500円＋税）　2018.12刊

教科書に掲載された日本史の人物を深く知るための図書を収録した目録。高等学校の日本史教科書に載った、神話時代から昭和・平成までの人物を知るための伝記、評伝、日記、書簡集、資料集など1万点を一覧できる。

データベースカンパニー
日外アソシエーツ　〒140-0013　東京都品川区南大井6-16-16
TEL.(03)3763-5241　FAX.(03)3764-0845　http://www.nichigai.co.jp/